U0723704

安徽師範大學中國詩學研究中心重大項目

江南文脉
jiangnan wenmai

陸士龍文集校釋

（上）

（晉）陸雲 著
劉運好 校釋

鳳凰出版社

圖書在版編目（CIP）數據

陸士龍文集校釋 / (晉) 陸雲著 ; 劉運好校釋. -- 南京 : 鳳凰出版社, 2022.12
ISBN 978-7-5506-3799-3

Ⅰ. ①陸… Ⅱ. ①陸… ②劉… Ⅲ. ①中國文學－古典文學－作品綜合集－西晉時代 Ⅳ. ①I213.712

中國版本圖書館CIP數據核字(2022)第253428號

書名	陸士龍文集校釋
著者	(晉)陸　雲
校釋	劉運好
責任編輯	單麗君
裝幀設計	姜　嵩
出版發行	鳳凰出版社(原江蘇古籍出版社) 發行部電話025-83223462
出版社地址	江蘇省南京市中央路165號,郵編:210009
照排	南京凱建文化發展有限公司
印刷	蘇州市越洋印刷有限公司 江蘇省蘇州市吴中區南官渡路20號,郵編:215104
開本	880毫米×1230毫米　1/32
印張	44.625
字數	995千字
版次	2022年12月第1版
印次	2022年12月第1次印刷
標準書號	ISBN 978-7-5506-3799-3
定價	460.00圓(全三册)

(本書凡印裝錯誤可向承印廠調换,電話:0512-68180788)

目録

卷三

詩

卷四

詩

卷五

誄

卷六

頌　讚　嘲

補遺

賦

詩

存疑

文

前言

陸雲，字士龍，出身於江東世族，吳郡吳縣（今江蘇蘇州市）人，與兄陸機並稱『二陸』，乃西晉文壇翹楚，其文學史影響也十分深遠。

猶如乃兄，陸雲籍貫、行迹也同樣存在諸多争論，《陸士衡文集校釋・前言》對前者已有考證，所附『年譜考辨』對後者亦有辨正，故不再贅述。本書《前言》主要論述陸雲著述、文集版本，以及吴氏叢書堂鈔本意義、《與兄平原書》錯簡等問題，最後附帶回應二陸孰優孰劣的問題。有關陸雲思想、文學理論及其文學成就、文學史影響等，筆者另著有《陸機陸雲考論》（中華書局二〇二〇年版），可與此書互相參照。

一、陸雲著述考

陸雲一生著述豐富，然生前未曾編集。劉明依據《與兄平原書》第二十七書所言：『欲作文章六七紙，卷十分，可令皆如今所輩，爲復差徒爾。文章誠不用多，苟卷必佳，便謂此爲足。今見已向四卷，比五十可得成。』認爲是陸雲自我編集的證據[一]，恐誤。比照此書的前後語境，是乃陸雲協助、潤色陸機著録之《吴書》。『比五十可得成』，是設想《吴書》的卷數，而非陸雲自編集的卷數。《抱朴子》所云二陸文集百許卷傳世，應是二陸去世之後，晉人所編。可惜晉人所編文集，久已散佚。後來，南朝梁亦有編集，也散佚。今之所見，百無存一。存世的華亭縣學刻本，乃宋人以八卷殘本爲底本，依據總集、類書補輯而成。《四庫全書總目》卷一百四十八《陸士龍集》提要曰：『此僅録二百餘篇，似非足本。蓋宋以前相傳舊集，久已亡佚。此特裒合散亡，重加編緝，故叙次頗爲叢雜。』[二]然而，學界對這一觀點並不贊同。如劉明説：『兹以本集校宋本《文選》所收陸雲篇目，存在差異；且現存陸雲詩文篇目二百二十四篇，相較於本集闕佚約三分之一，主體尚爲完整，楊明便認爲「陸雲集至宋代雖頗有殘缺，但存留者尚爲可觀」；再者類書及總集少見稱引本集詩文，故重編之説難以成立。』[三]《文選》所收陸雲篇目很少，難以爲據；『主體尚爲完整』『存留者尚爲可觀』云云，亦爲推測之説，尚無可靠證據可以駁

[一] 劉明《宋本陸士龍文集·序》，國家圖書館出版社二〇一八年版。
[二] 永瑢等《四庫全書總目》，中華書局一九六五年版，第一二七三頁。
[三] 劉明《晉二俊文集流傳及版本述略》，《中國典籍與文化》二〇一五年第四期。

倒《四庫全書總目》之説。所以筆者仍然堅持『重編』説。下文通過鈎稽史籍，考論其著述流傳，至於版本系統，則專題論之。

陸雲著述，《隋書·經籍志四》載：『晉清河太守《陸雲集》十二卷。』又注曰：『梁十卷，録一卷。又有少府《孫拯集》二卷，録一卷，亡。』《舊唐書·經籍志下》《新唐書·藝文志》載十卷；《通志·藝文略》載十二卷；《崇文總目》卷十一載八卷，《郡齋讀書志》卷四載十卷。除别集以外，見諸前代文獻者，尚有以下幾種：《新書》《陸子》《陸氏異林》《笑林》《棋品序》。綜考之如下：

《晉書·陸雲傳》載：『又撰《新書》十篇，並行於世。』《通志》卷一百二十四上、《郝氏續後漢書》卷六十六下《文章》、《姑蘇志》卷四十四《人物》所載之陸雲本傳，《册府元龜》卷八百三十八《文章》、卷八百五十四《立言》，《文獻通考》卷二百三十、《郡齋讀書志》卷四上之《陸雲集十卷》提要，所載均同《晉書》。然而，檢隋《志》、新舊唐《志》，皆未録陸雲《新書》之目，惟《隋書·經籍志三》在《唐子》十卷下注曰：『《陸子》十卷，陸雲撰，亡。』《舊唐書·經籍志》《新唐書·藝文志》《通志·藝文略》均載：『《陸子》十卷，陸雲撰。』或《新書》爲《陸子》之初名，因與漢人陸賈所著《新書》重名，或晉人編輯『二陸』文集即更名爲《陸子》，故隋《志》著録曰《陸子》。殘篇斷簡，見諸後人文獻者，亦稱《陸子》。丁國鈞《補晉書藝文志》卷三曰：『《陸子》十卷，陸雲。

謹按：見《七録》。本書雲傳言撰《新書》十篇，即此書。』〔一〕此言信然。

《玉函山房輯佚書》輯《陸子》佚文四則，其中有二則題爲《陸氏異林》，並定爲《新書》中語，誤。此書《子編・道家類》曰：『又裴松之《魏志》注引《陸氏異林》一節，記鍾繇事，云叔父清河太守説如此。清河，陸雲也。陸氏蓋雲之猶子也。考《陸機傳》，二子蔚、夏，或其所作稱清河説，定爲《新書》中語。……採録之。』〔二〕又《少室山房筆叢正集》卷二十引陸氏《異林》曰：『叔父清河太守説，清河，陸雲也。按：此書蓋吴人士龍猶子撰者，而諸家絶無此目，僅見《三國志・鍾繇傳》注中，因録此。』〔三〕『叔父清河太守説如此』，是乃陸機之子的口吻，絶非陸雲作明矣。由此可見，《陸氏異林》應爲陸機之子作，有些内容或出自陸雲之口，記入《異林》之中。

王仁俊《玉函山房輯佚書續編三種・補編》從《琱玉集》卷十四中輯陸雲《笑林》佚文一則；《説郛》卷一百六上、《紺珠集》卷十一、《六帖補》卷十及《筭譜》引陸雲《笑林》一則；《紺珠集》卷十一、《海録碎事》卷六引陸雲《笑林》一則。王仁俊所輯内容雖存於《琱玉集》殘卷中，然

〔一〕丁國鈞《補晉書藝文志》卷三，《二十五史補編》第三册，中華書局一九五五年版，第三六七七頁。
〔二〕馬國翰《玉函山房輯佚書》第四册，廣陵書社二〇〇四年版，第二七〇六頁。
〔三〕胡應麟《少室山房筆叢正集》，文津閣《四庫全書》第八八七册，商務印書館二〇〇六年版，第六五八頁。

《琱玉集》未標明著者姓名，王氏定爲陸雲所作，尚無確鑿證據。《説郛》《紺珠集》等所引《笑林》内容，雖題名陸雲，然其内容又分別見於魏邯鄲淳《笑林》，故後代類書等所引《笑林》，題名陸雲者，皆誤。

此外，《隋書·經籍志》又載：『《棋品序》一卷，陸雲撰。』此書僅見載於隋《志》，亦不見載後人文獻，後代類書如《駢字類編》《佩文韻府》所引之《棋品序》均出自沈約之文，隋《志》所載，亦係孤證，當存疑待考。

綜上所考，陸雲著述，除《陸雲集》外，可信者惟《陸子》十卷，即《新書》十篇；《陸氏異林》《笑林》，均非陸雲所作；《棋品序》存疑。

《陸雲集》之編撰、流傳及其散佚情況，亦頗爲叢雜，兹考之如下：

《與兄平原書》第三十九書曰：『前集兄文爲二十卷，適迄一十。』説明陸雲生前曾爲兄陸機編集，却未見自編集之記載。關於陸雲著述編集之記載，最早見於葛洪《抱朴子》：『余見二陸之文百許卷，似未盡也。』[一]説明『二陸』作品在東晉已經完整結集，而且『二陸』之作品編爲一帙。言『百許卷』，足見二陸創作數量之多，『似未盡』，又説明二陸之文在東晉可能就已有部分散佚。然此『百許卷』中，陸雲著述之卷數則未詳。考《隋書·經籍志》：『《陸機集》十四

[一] 葛洪著，楊明照撰《抱朴子外篇校箋》下，中華書局一九九一年版，第七五一頁。

卷。』又注曰：『梁四十七卷，録一卷，亡；《連珠》一卷，何承天注。』據此可知，梁時《陸機集》尚存四十七卷，加目録一卷，《連珠》一卷，計四十九卷。再參考陸雲生前爲機編集二十卷，則可推知，梁時所存之《陸機集》，當與葛洪所見之《陸機集》比較接近。而陸雲『雖文章不及機，而持論過之』（《晉書・陸雲傳》），其創作數量或與兄陸機差近。據此可以推知，東晉時《陸雲集》之卷數當不少於五十卷。然《隋書・經籍志四》載：『晉清河太守《陸雲集》十二卷。』又注曰：『梁十卷，録一卷。』《陸雲集》至梁阮孝緒編纂《七録》時，連同目録僅存十一卷，足見散佚之嚴重。而《隋志》所載十二卷，當與梁時接近，或編次分卷之不同而已。然而，胡旭先生認爲：『《隋志》著録《陸雲集》，較梁本多二卷，源流似非一。兩《唐志》之著録，卷數與梁本同，當爲開元間廣徵天下典籍時復得梁本。』〔二〕可備一說。《晉書・陸雲傳》載：『所著文章三百四十九篇，又撰《新書》十篇，並行於世。』《隋書》《晉書》均爲唐修『八史』之一種，可見唐人所見之《陸雲集》十二卷，所收文章三百四十九篇，或即《隋志》所著録之十二卷。《通志》卷六十九載『清河太守《陸雲集》十二卷』，當係鈔自《隋志》。唐人所見《陸雲集》十二卷，收文章三百四十九篇，至唐末五代，或因戰亂而又有散佚。《舊唐書・經籍志》載：『《陸雲集》十卷。』（《新唐書・藝文志》同）與唐初所見之十二卷的版本已是不同。《舊唐書》乃五代後晉劉昫所作，雖

〔二〕胡旭《先唐别集叙録》，中國社會科學出版社二〇一一年版，第二〇六頁。

然劉昫所見之十卷本所收篇數不詳，但是從今傳宋本來看，其篇目較唐本可能散佚近半。至北宋時十卷本也已湮没無聞，宋仁宗景祐元年（一〇三四）編纂的《崇文總目》著録八卷，應係殘本。

今之所見，乃南宋寧宗慶元六年（一二〇〇）由華亭縣學所刻《晉二俊文集·陸士龍文集》，也是目前僅存的宋本陸雲集。其徐民瞻序曰：『每以未見其全集爲恨……因訪其遺文於鄉曲，得《士衡集》十卷於新淮西撫幹林君，其首篇冠以《文賦》。《士龍集》十卷則無之。明年，移書故人秘書郎鍾君，得之於册府。』雖云『得之於册府』（宫廷藏書之地），然從内容看，實乃宋人輯佚本。《四庫全書總目》卷一百四十八提要曰：『《陸士龍集》十卷，晉陸雲撰。……慶元間，信安徐民瞻始得之於秘書省，與機集並刊以行。然今亦未見宋刻，世所行者惟此本。考史稱雲所著文詞凡三百四十九篇，此僅録二百餘篇，似非足本。蓋宋以前相傳舊集，久已亡佚。此特裒合散亡，重加編緝，故叙次頗爲叢雜。如《答兄平原詩》二首，其「行矣怨路長」一首，乃機贈雲之作，故馮惟訥《詩紀》收入機詩内，而此本誤作雲答機詩。又「緑房含青實」四語及「逍遥近南畔」二語，皆自《藝文類聚》『芙蕖部』『嘯部』摘出，佚其全篇。故《詩紀》以爲失題，系之卷末。』此書刊刻於南宋慶元六年（一二〇〇），與《郡齋讀書志》所見之版本，應是同一底本。而《郡齋讀書志》成書於紹興二十一年（一一五一），説明《陸士龍文集》輯佚本當在此之前。南宋初『裒合散亡，重加編緝』，藏之册府。具體爲何人所輯，輯於何時，則不得而知，徐民瞻或爲始作俑者，亦未可知。

原本宋本，今亦湮没。存世宋本《陸士龍文集》，乃以明項元汴重裝宋本爲最早刻本，而以《四部叢刊》翻刻陸元大《晉二俊文集·陸士龍文集》流傳最廣。

二、陸雲集版本系統考

雖明清兩代翻刻、鈔録、校勘之《陸雲集》，皆以徐民瞻《晉二俊文集》爲祖本，然衆刻本或鈔本又各有不同，今可見之《陸雲集》有如下版本系列：

《陸士龍文集》十卷本

（一）《陸士龍文集》十卷，宋慶元六年華亭縣學刻《晉二俊文集》本，明項元汴重裝並跋。今藏國家圖書館。

按：據項元汴跋曰：『宋板晉陸雲文集五册。墨林項元汴跋於明萬曆二年秋八月。重裝於天籟閣中。』可知陸雲文集宋本五册，項元汴分裝爲兩册，其行款、版式保留了宋本原貌。與陸元大翻刻的宋本《晉二俊文集》比較，惟前無徐民瞻序，後無都穆跋。薛殿璽將項元汴本之避諱、訛誤、刊工、行款與陸元大本、清影鈔宋本悉心比較，『可證此本應即是宋慶元六年華亭縣學刊《晉二俊文集》本之一』[一]。此本亦晁公武《郡齋讀書志》所著録之本。宋本《陸士龍文集》已佚，此本尚存，是極爲珍貴的宋刻分裝本。卷首印有『趙氏子昂』『唐白虎』『玉蘭堂』『梅溪精舍』『項元汴印』『子京所藏』『天籟閣』『滄葦振宜之印』『乾學』『徐健庵』『朱學勤印』『結一廬藏書印』『徐乃昌讀』等印，乃流傳有緒之善本。中華書局『古逸叢書』本、國家圖書館出版社『國學基本典籍叢刊本』皆據此影印。然此書雖是現存最早刻本，向來爲泥古者所寶重，但是此書刊刻十分粗糙，錯訛、脱衍以及誤刻比比皆是，若無詳盡校勘，實是難以卒讀。

（二）《陸士龍文集》十卷，明正德十四年陸元大刻《晉二俊文集》本，都穆跋。今藏國家圖書館。

按：《四部叢刊》收録之《晉二俊文集》即爲此本。乃明正德十四年陸元大翻刻都穆藏宋慶元六年華亭縣學刻《晉二俊文集》本，前有徐民瞻序，後有都穆跋。行款雖與項元汴重裝宋本不同，『但二本相較，卷中墨釘除三處外，均相同；陸本卷八有錯簡，其誤處又適當宋本分葉處，可證陸本實據此宋本付刊而改易行款』[二]。然都穆跋曰：『《士衡集》十卷，宋慶元中嘗刻華亭縣齋。歲久，其書不傳。予家舊有藏本，吳士陸元大爲重刻之。』『《士衡集》訖工，復取斯

[一] 薛殿璽《影印宋本〈陸士龍文集〉説明》，《陸士龍文集》，中華書局一九八六年影印本。

[二] 薛殿璽《影印宋本〈陸士龍文集〉説明》，《陸士龍文集》。

集》以予家本校而刻之。』説明此本又經穆跋校勘，就文本的文字之『善』而言，又在華亭縣學刻本之上。

（三）《陸士龍文集》十卷，明正德十四年陸元大刻《晉二俊文集》本，葉恭焕題款。今藏國家圖書館。

（四）《陸士龍文集》十卷，明正德十四年陸元大刻《晉二俊文集》本，傅增湘校，存四卷（卷四至卷七）。今藏國家圖書館。

（五）《陸士龍文集》十卷，明正德十四年陸元大刻《晉二俊文集》本，管一德校。今藏南京圖書館。

（六）《陸士龍文集》十卷，明嘉靖間刻本。今藏臺灣『故宫博物院』。

按：此本行款、版式、錯訛、墨釘以及避諱悉同《四部叢刊》刻本，乃陸元大本之翻刻本。臺灣『故宫博物院』一直將此書視爲宋本而寶藏之，爲此筆者曾專赴臺灣考查此本，經仔細校閲之後，發現此本乃《四部叢刊》刻本之翻刻本（贋本），殊失所望。

（七）《陸士龍文集》十卷，明陸元大正德十四年刻《晉二俊文集》本，陳仲魚手録陸敕先校宋本二俊文集，今藏臺灣『國家圖書館』。

按：陳仲魚名鱣，字仲魚。此書前有題簽『陸士龍文集』，下有『寒雲藏，梅真題』。此本亦明正德十四年刊本，二十卷，二册，板框長一七點七厘米，寬一二點七厘米。

每册前有題簽，署『寒雲藏，梅真題』。寒雲乃袁世凱次子袁克文之號，著名藏書家，梅真是克文之妻劉姌字。故此書乃袁氏所藏之善本。從書末『己巳年章保世敬觀』數字看，此書後來又爲章氏所藏。章保世字佩乙，一八九七年出生於江蘇吴縣，曾任北洋政府財政部錢幣司司長。精於鑒賞，喜收藏。此書版式每頁十行，行十八字，與『宋本十一行，二十字』不同。舉凡墨釘、避諱、頁數以及版式中偶有雙行小字排列等，均同於《四部叢刊》本。然而細考此本有兩點值得注意：一是刻本糾正了《四部叢刊》的部分錯訛，二是陳仲魚迻録陸貽典校勘。因此，就版本之善當在《四部叢刊》本之上。此書所録陸敕先校勘與黄丕烈臨陸貽典校勘内容相同，然此本在徐民瞻序下又有：『筆劃不能悉正，聊改一二以該大全。』正文部分舉凡與宋本不同者，悉以朱筆小字標出。脱字則補之，衍字則删之，倒錯則正之，宋本避諱缺筆之字則標誌之。校勘所使用的底本，乃明項元汴分裝之宋本。

（八）《陸士龍文集》十卷，明萬曆天啓年間新安汪士賢校《漢魏諸名家集》本。今藏國家圖書館。

按：國家圖書館藏《漢魏諸名家集》，南城翁少麓明萬曆十一年刻本，收漢魏别集二十一種，一百二十四卷，附一種，八卷，共二十五册。此集在張溥《漢魏六朝百三家集》之前，而與張燮《七十二家集》亦有不同。所録之《陸士衡文集》前有徐民瞻《晉二俊文集》序，《陸士龍文集》前有王元懋、聖修甫序。總目録前作『陸士龍文集』，而版心則鐫『陸士龍集』，王元懋、聖修甫序亦題作《陸士龍集序》。

（九）《陸士龍文集》十卷，明萬曆天啓年間新安汪士賢校《漢魏六朝諸家文集》本，並有陸貽典、傅增湘校兩種。今藏國家圖書館。

按：《漢魏六朝諸家文集》收漢魏六朝文集二十二種，一百二十九卷。所收録之《陸士龍文集》異文、脱訛多同於明陸元大本，與翁少麓刻本爲同一系統。書有『荃孫』印，乃清代著名藏書家繆荃孫之藏本。

（十）《陸士龍文集》十卷，明天啓丙寅武林葛寅亮重刊汪士賢校《漢魏諸名家集》本之《晉二俊文集》，今藏臺灣『國家圖書館』。

（一一）《陸士龍文集》十卷，明萬曆癸未秣陵焦竑重刊汪士賢校《漢魏諸名家集》本之《晉二俊文集》，今藏臺灣『國家圖書館』。

按：臺灣『國家圖書館』藏明天啓丙寅武林葛寅亮、萬曆癸未秣陵焦竑之重刊汪士賢校本《漢魏諸名家集》本，二書内容、行款、分頁均相同，惟書前總序一爲秣陵焦竑作，一爲武林葛寅亮作，應是明代書商依據同一底本的不同翻刻本。

（一二）《陸士龍文集》十卷，清光緒四年長沙寄生草堂重刻明汪士賢校《漢魏六朝諸家文集》本之《晉二俊文集》。今藏國家圖書館。

（一三）《陸士龍文集》十卷，明萬曆天啓年間新安汪士賢校《漢魏諸名家集》本之《晉二俊文集》，鄭文焯校。今藏中山圖書館。

（一四）《陸士龍文集》十卷，明萬曆天啓年間新安汪士賢刻《漢魏諸名家集》本之《晉二俊文集》，鄧邦述手校並跋。今藏臺灣『國家圖書館』。

按：此刻本前有王元懋、聖修甫序，附録《陸雲傳》。首頁有『南陵徐乃昌校勘經籍記』之印。徐乃昌（一八六九—一九四三），字積餘，晚號隨庵老人，南陵人，是近代著名的藏書家。此書所録校勘，皆未標明出處，從校勘内容看，當是過録陸貽典之校勘。然其版式與陸校宋本所使用的底本大異。第一，陸校之底本無總目録，目録分至每卷之前；此本有總目録，每卷前無目録，乃明代刻本流行之版式。第二，陸校之底本，每卷前署名『晉清河内史吴郡陸雲士龍』，此本則爲『晉吴郡陸雲著』。實乃《漢魏諸名家集》本之《晉二俊文集》翻刻本。鄧邦述則依陸貽典所校之底本（宋本）一一改正之，並抄録陸氏校勘的所有内容，後有鄧氏校後記（跋），交待原委。

（一五）《陸士龍文集》十卷，明鈔本，孫原湘跋。今藏國家圖書館。

按：據孫原湘跋：『此本爲影宋鈔本，文休承得之武陵市。卷首有竹垞兩印，原止一本，張生伯元重裝，析之爲二。雖未得見宋本，睹此已較明本迥勝耳。』可知此爲影宋鈔本，乃朱竹垞所藏，張伯元重裝。值得注意的是，項元汴重裝宋本多墨釘，明刻本多因襲之，影宋鈔本則多作校補。且此本後附録監刊、用紙、賃版錢等細節，爲他本所無。現抄録如下：

二俊文集以慶元六年二月既望書成縣學職事校正監刊者題名於後：

縣學司計進士朱　奎監刊

縣學直學士進士孫　垓校正

縣學學長鄉貢進士范公兗校正

二俊文集一部共四册

印書紙共一百八十六張

書皮表背并副葉共大小紙二十張

工墨錢一百八十六文

賃版錢一百八十六文

裝背工糊錢

右具如前

二月　日印匠諸　成等具

由此可見，此鈔本必爲宋本無疑，且較其他宋本更加完備，故此書版本意義十分重要。

（一六）《陸士龍文集》十卷，明長洲吴氏叢書堂鈔本，清韓應陛手書題記。今藏臺灣『國家圖書館』。

按：此鈔本共二册，從字迹看，前五卷爲一人所鈔，後五卷乃另一人所鈔，然皆每頁十行，行二十字。左右雙欄，版心白口。其版式、行款基本與孫原湘跋之明鈔本相同。韓應陛題記皆用朱筆。前無徐民瞻序，後無都穆跋，與項元汴重裝宋本相同，其異文、脱誤，亦多與項本同，疑二本祖本相同。然其《歲暮賦》韓應陛校曰：『以陸敕先校宋本，略勘數處，不僅佳與宋本相同，且有勝於宋本者，如「豐顔曄而朝瘁」之「瘁」字（或陸本漏補，或異補），「兮荷」「長歎息而」之作雙行，足見其所本者乃又一宋本也。』[一] 惜乎間有殘缺。這一問題後文專題論述。

（一七）《陸士龍文集》十卷，《晉二俊文集》本，清影鈔宋本，共二十卷，二册，清趙懷玉、翁同書校並跋，嚴元照校跋並録盧文弨校。今藏國家圖書館。

按：此本舊藏鮑廷博氏知不足齋，卷二十後有慶元六年縣學監刊、裝印人名，其行款、刊工、避諱與明項元汴重裝宋本相同，與《四部叢刊》收録之《晉二俊文集》比較，目録次序相同，然異文較多，或取别一宋本，未詳待考。

[一] 按：『或陸本漏補，或異補』原本以小字補於兩行之間，括弧乃作者所加。後『兮荷』『長歎息而』原本亦分别以小字雙行排列。另，原本在『又一宋本也』後另有兩小字『殷泉』，或指殷泉依據藏本校録。殷泉即王蔭嘉（一八九二—一九三七），原名大森，字殷泉，號蒼虬，現代版本目録學家王大隆之兄。原籍浙江秀水，遷江蘇蘇州。喜藏書，以所藏端硯一方，有二十八眼，名其書齋曰『二十八宿硯齋』。

《陸士龍集》十卷本

（一）《陸士龍集》十卷，《四部備要・别集類》之《晉二俊文集》。

按：《四部備要》本最爲叢雜，未爲善本。其錯訛、脱誤，多同於明項元汴重裝宋本、吴氏叢書堂鈔本；錯簡則同於明清刻本，惟有詩錯簡一處，不見於别本；異文亦間有與他本不同。

（二）《陸士龍集》十卷，文津閣《四庫全書・集部・别集類》。

（三）《陸士龍集》十卷，文淵閣《四庫全書・集部・别集類》。

按：《四庫全書》多有删節，故向爲校書家所鄙棄，然此本對宋本之脱句、脱字，均有補校，使殘篇而成完帙，其校勘意義重要，未可囿於傳統眼光。《四庫全書》之文津閣本、文淵閣本亦間有不同，皆有校勘意義。

舉凡《陸士龍集》十卷本，與《陸士龍文集》十卷本屬於同一版本系統，均是以徐民瞻《晉二俊文集》爲祖本。其《陸士龍文集》，明萬曆天啓年間新安汪士賢刻《漢魏六朝諸家文集》本、清宣統三年無錫丁氏鉛印《漢魏六朝諸名家集》本、清光緒四年寄生草堂本等亦作《陸士龍集》。

《陸士龍集》四卷本

（一）《陸士龍集》四卷，明嘉靖年間刻《六朝詩集》本。今藏中華書局圖書館。

按：此本收賦一卷、詩三卷。中華書局圖書館所藏之《陸士龍集》，收録内容、目録次序悉同《晉二俊文集》本。國家圖書館藏明嘉靖年間毗陵陳奎刊刻《六朝詩集》本收録二十四種，五十五卷。所收二陸之賦、詩錯訛較多，故《續修四庫全書》所收《六朝詩集》之《陸士龍集》據中華書局藏本影印。

（二）《陸士龍集》四卷，明嘉靖年間刻《六朝詩集》本，周亮工校並識。今藏上海圖書館。劉躍進主編《漢魏六朝集部珍本叢刊》收録之。

按：此書題簽『明刻嵛陸士龍集四卷』，前有『識』交代版本及其來源曰：『陸士龍集四卷，乃明萬曆静紅齋校本，筆力端方，刀法遒勁，勝今坊校者多矣。兼所採擇精詳，真有以少爲貴者。康熙戊子同陳胸度太史遊金陵書肆，因購藏之。櫟園老人識。』櫟園老人乃周亮工號。從校勘内容看，周亮工主要以《六朝詩集》本對校汪士賢本。

《陸清河集》八卷本

《陸清河集》八卷，附録一卷，明天啓崇禎年間刻張燮《七十二家集》本，今藏國家圖書館。

《陸清河集》二卷本

《陸清河集》二卷，明婁東張溥《漢魏六朝百三家集》本。今藏國家圖書館。

按：《漢魏六朝百三家集》流傳廣泛，刻本繁多，僅國家圖書館就另藏有清光緒三年滇南唐友耕壽考堂刻本、清光緒五年彭懋謙信述堂刻本、清光緒十八年善化章經濟堂刻本、清光緒十八年長沙謝氏翰墨山房刻本等數種。

年重印。

《陸士龍集》一卷本

《陸士龍集校》一卷，清陸心源撰，同治光緒間刻《潛園總集》本，廣陵古籍刻印社一九八七年重印。

另有李賓輯《八代文鈔》、梅鼎祚輯《西晉文紀》、嚴可均輯《全晉文》所收之陸雲文；馮惟訥輯《古詩紀》、近人丁福保輯《全漢三國晉南北朝詩》所收之陸雲詩。

從以上所列的各種版本可以看出，除去輯校之一卷本外，現存《陸雲文集》，可以分爲五大類、四個系統（十卷本、八卷本、四卷本、二卷本）。現存最早版本是宋慶元六年華亭縣學刻《晉二俊文集》本，有明項元汴重裝之宋本、明陸元大翻刻之宋本。校勘最爲精審之版本有：黄丕烈跋並臨陸貽典校本；趙懷玉、翁同書校並跋，嚴元照校跋並録盧文弨校之影鈔宋本；陸貽典、傅增湘校之《漢魏諸家文集》本；鄧邦述手校並跋之《漢魏諸名家集》本。鈔本以吴氏叢書堂鈔本、孫原湘跋之明鈔本爲善。《四庫全書》本校補殘闕，其版本意義也不可忽視。

此外，今人逯欽立《先秦兩漢魏晉南北朝詩》收録陸雲詩較全。黄葵點校《陸雲集》，以項元汴本爲底本，參校張燮《七十二家集》本、張溥《漢魏六朝百三家集》本等，所使用之校勘本皆非善本，而且校勘粗略，甚至《四庫全書總目》所糾正的錯誤亦未加校勘説明。『補遺』部分亦粗略，且錯誤多，如《泰伯碑》乃梁陸雲公所作，亦誤輯爲陸雲作品。

三、吴氏叢書堂鈔本的版本意義

臺灣『國家圖書館』所藏之明代長洲吴氏叢書堂鈔本《陸士龍文集》（下稱『叢書堂鈔本』），乃係孤本，不僅爲大陸圖書館所未見，亦未見學界考索『二陸』版本者所論及，故專門考論如下。

此鈔本十卷，共二册。版式行款：每頁十行，行二十字，左右雙欄，版心白口，邊署『叢書堂』三字，框長一七點七厘米，寬一二點七厘米。前有總目録，除首卷外，每卷先全目，後篇目，既保持宋本舊式，又具有明鈔本的特徵，墨光黝潤，字迹雋美。此鈔本以宋本爲底本，然與明代項元汴重裝之宋本《陸士龍文集》和陸元大翻刻之宋本《晉二俊文集》，皆有差異，且可校補項元汴重裝本和陸元大翻刻本文字之誤，故其版本、校勘價值頗高。

從抄録者鈐印看，叢書堂鈔本淵源有自。目録首頁鈐『中吴吴寬』印，中吴乃長洲之别名，吴寬乃抄録者姓名。可知此本確係明吴寬（一四三五—一五〇四）抄録。《明史·吴寬傳》載：『吴寬，字原博，長洲人。以文行有聲諸生間。成化八年，會試、廷試皆第一，授修撰。……年七十，數引疾，輒慰留，竟卒於官。贈太子太保，謚文定。』寬號匏庵，室名『叢書堂』，因是長洲（今蘇州）人，故所抄之《陸士龍文集》稱之曰『明長洲吴氏叢書堂鈔本』。吴寬不僅文學成就斐然，今有《匏庵集》存世，又是當時著名的藏書家，而且於公務之暇，以抄書爲樂。《千頃堂書目》卷十載『吴匏庵《叢書堂書目》一卷』[一]。因爲吴寬又是著名書法家，故所抄之書，皆爲精品。朱彝尊《書〈尊前集〉後》曰：『康熙辛酉冬，予留吴下，有持吴文定公手抄本告售。書法精楷，卷首識以私印，書肆索直三十金。』[二]其《静志居詩話》又曰：『余嘗見公家遺書偶有流傳者，悉公手録，以私印記之。前輩風流，不可及也。』[三]可知寬藏書多爲手抄，其書法精美，且所抄内容、版式行款悉依善本原貌，故其鈔本有很高的版本價值和藝術觀賞價值，成爲清代以降藏書家競相收藏之精品。

從收藏家鈐印看，叢書堂鈔本流傳有緒。目録首頁另鈐『蕘圃考藏』『廣圻之印』『汪士鐘藏』『席氏玉照』諸印。『蕘圃考藏』乃黄丕烈印。黄丕烈（一七六三——一八二五），字紹武，又字蕘圃，蕘翁等，號有抱守老人、蕘圃主人、士禮居主人等，亦長洲人。一生嗜學好古，精於版本，長於校勘。素好藏書，尤重宋版。其藏書之富，爲當時東南之巨擘。『廣圻之印』是顧廣圻印。顧廣圻（一七六六——一八三五），字千里，號澗蘋，别號思適居士，元和（今屬蘇州）人，清著名的

[一] 黄虞稷《千頃堂書目》，上海古籍出版社二〇〇一年版，第二九四頁。
[二] 朱彝尊《曝書亭集》卷四十三，商務印書館一九三五年版，第七〇八頁。
[三] 朱彝尊《静志居詩話》卷八，人民文學出版社一九九〇年版，第二一九頁。

校勘學家、目録學家。『汪士鐘藏』是汪士鐘印。汪士鐘（約一七八六—？），字春霆，號朗園，一作閬源，原籍徽州，是長洲著名藏書家。『席氏玉照』是席鑒印。席鑒（生卒不詳），字玉照，號茱萸山人，常熟人，亦清代著名藏書家。由此可見，此本所藏者皆爲明清藏書大家，且流傳有緒，故足以據爲校勘之資。

如果將叢書堂鈔本與現存《陸士龍文集》最早版本比較，則又可見叢書堂鈔本版本價值之高。如前所論，《陸士龍文集》宋本已佚，現存兩種明代刻本尚保留宋本面貌：一是項元汴重裝之宋本《陸士龍文集》（下稱『項本』），中華書局『古逸叢書』三編即據此影印；二是陸元大翻刻之宋本《晉二俊文集》，《四部叢刊》據此影印。考察上二種版本題跋，則可知其源流。項本元汴跋曰：『宋板晉陸雲文集五册。墨林項元汴跋於明萬曆二年秋八月。重裝於天籟閣中。』又陸本都穆跋曰：『《士衡集》十卷，宋慶元中嘗刻華亭縣學。歲久，其書不傳。予家舊有藏本，吴士陸元大爲重刻之。』『《士衡集》訖工，復取斯集（《士龍集》），以予家本校而刻之。』項本乃宋本之重裝本，陸本是宋本之翻刻本。因此，項本是目前所見《陸士龍文集》的最早版本，其版本價值高於陸本。

然而，比勘叢書堂鈔本與項本，二本錯訛悉同；凡項本之墨釘，或因脱字而留下之空白，叢書堂鈔本均以空白置之；且宋本因避諱而闕筆者如『桓』『構』，或因避諱而改字者如『惇』改爲『悖』，二本亦同。則可知二書所據之底本屬於同一版本系統。值得注意的是，項本與叢書堂鈔本均無徐民瞻序以及都穆跋，可見二本所據之底本與陸本不同，或即徐民瞻『序』所言：『因訪其遺文於鄉曲，得士衡集十卷於新淮西撫幹林君。……士龍集十卷則無之。明年，移書故人秘書郎鍾君，得之於册府。』若叢書堂鈔本與項本所據之底本同出於徐民瞻所言『得之於册府』所藏的宋本系統，那麽叢書堂鈔本在時間上也早於陸本，其版本價值亦高於陸本。

但仔細比照，叢書堂鈔本與項本亦有不同。在版式行款上，叢書堂鈔本每頁十行，行二十字；項本每頁十一行，行二十字。然項本偶有行二十一字，如《逸民賦》之第五行；而叢書堂鈔本行二十字，則絶無例外。在避諱上，叢書堂鈔本不如項本嚴格，如『貞』『慎』，項本闕筆，乃避『趙禎』『趙昚』之諱（按：『昚』乃『慎』之古字，故宋本亦避諱），而叢書堂鈔本則不闕筆，可能是吴寬抄録時有所改正所致。在内容上，除叢書堂鈔本偶因抄録之脱訛外，二本亦有多處異文。如項本《逸民賦》『棲遲乎於一丘』，衍『乎』，叢書堂鈔本則無此衍字。項本《南征賦》『地靈夙挺』之『挺』，叢書堂鈔本作『振』；『致天屬於王畿』之『王』，叢書堂鈔本作『玉』。項本《征東大將軍京陵王公會射堂皇太子見命作此詩》『大鈞造物』之『物』，叢書堂鈔本作『化』。項本《大將軍宴會被命作此詩》其二『巍巍明聖』，叢書堂鈔本作『□□□聖』。項本《贈鄭曼季往返八首·南衡》『和壁在山』之『壁』，叢書堂鈔本作『璧』；項本《西園第既成有司啓》『叉何以能國』之『叉』，叢書堂鈔本作『又』；等等。由此可證，項本與叢書堂鈔本所據之底本，雖屬同一版本系統，則源自不同的宋刻本，這在下文所引的韓應陛題記中也可以得到旁證。由此可見叢書堂鈔本的版本價值。

從校勘上看，以叢書堂鈔本對校，不僅可勘項本之誤，而且爲更正《陸士龍文集》之錯簡提供了重要的版本依據。除叢書堂鈔本與項本外，陸雲《與平原書》諸本皆有錯簡，且後人亦淆亂莫辨。如黄葵《陸雲集》校曰：『此信宋刻本有錯簡：「遊仙詩故自能」至「諸應作傳及作」，誤置「歌亦平平」後、「彼見人贊叙」前；而「引甚單常欲更之」至「歌亦平平」誤置「信以白兄作」後、「遊仙詩故自能」前。今據影宋本、叢刊本、汪本、張本等訂正。』〔二〕據黄葵點校《陸雲集·前言》可知，其所言之宋本即爲項本。或黄葵先生感覺孤證難以採信，故以後出諸本而校改宋本。其實，這是很大的誤解。《漢魏六朝諸家文集》之《陸士龍文集》傅增湘校曰：『細觀文義，照宋板似亦無不可。所以自宋本爲號碼誤者，因文中有二「頌」字，意其指《二祖頌》及《劉氏頌》也。晉人尺牘難通，故不可確定，□□宋本頁數標出，順其次可見宋本之真面。』又校曰：『「引」字爲宋板第三頁起，汪刻誤接。當從宋本接此本第十三頁第九行「彼見」云云，以甲乙等字識之。』又校曰：『「彼見」以下接汪刻第八頁第一行「作」字下。宋板爲第十一頁起頭。』另外，臺灣『故宫博物院』藏《四部叢刊》本《陸士龍文集》後也附朱筆『訂正』曰：『卷八四四頁下七行「以白兄作」，下應接四五頁下十六行「引甚單常欲引之」，至四九頁下四行「歌亦平平」止。

〔二〕黄葵校點《陸雲集》，中華書局一九八八年版，第一四七頁。

四九頁下四行「歌亦平平」，下應接四四頁下七行「《遊仙詩》故自能」，至四五頁下十六行「諸應作傳及作」止。四五頁下十六行「諸應作傳及作」下應接四九頁下五行「彼見人贊叙者」，至卷終。』可惜此朱筆訂正未署姓名，未知何人所校。比勘叢書堂鈔本與項本，稽考文意，則可證宋本並無錯簡，後來諸本所誤，恰在宋本分頁處，錯簡之産生乃因誤置宋本頁碼所致。所以叢書堂鈔本的校勘意義也不容忽視。

今存叢書堂鈔本尚有清韓應陛手校題記。叢書堂鈔本目録首頁亦鈐有韓應陛藏書印一枚，可證手校題記確係出自韓氏之手。韓應陛（？—一八六〇），字對虞，又號緑卿，松江人。居官之暇，手不釋卷，收藏圖籍甚富，先後得宋元古本、舊抄四百餘部。所藏之書多爲藏書名家黄丕烈、顧廣圻、汪閬源諸家散出之善本。從叢書堂鈔本所鈐之印看，《陸士龍文集》即出自上述三人所藏之善本。

韓應陛手校題記，以陸貽典校宋本爲比勘的主要版本，均用朱筆標出。陸貽典（一六一七—？），字敕先，號覲庵，是清代著名的藏書家與校讎學家。韓氏取敕先校勘成果，增加了叢書堂鈔本的校勘價值。韓氏題記主要考其版本，其《歲暮賦》題記曰：『以陸敕先校宋本，略勘數處，不僅佳與宋本相同，且有勝於宋本者，如「豐顔曄而朝瘁」之「瘁」字（或陸本漏補，或異補），「兮荷」「長歎息而」之作雙行，足見其所本者乃又一宋本也。』通過比勘，韓應陛發現：叢書堂鈔本與陸貽典校宋本所使用的版本不同，而且叢書堂鈔本所據之宋本比陸貽典所據之宋本版本價值更高。韓氏校勘主要集中於三點：第一，補其缺漏。如叢書堂鈔本目録缺漏『從事中郎張彦明爲中護軍』，韓則補之；《兄平原贈》『騤騤戎馬，有□有翰』之奪字，韓補『服』字。所校正者以補脱字最多，僅《與平原書》就多達三處。第二，糾正錯訛。如叢書堂鈔本目録『國啓西園第表啓』之前一『啓』字，韓校改爲『起』；《逸民賦》序『棲遲於一立』之『立』字，韓校改爲『丘』。第三，迻録陸校。如叢書堂鈔本《愁霖賦》韓校曰：『「愁情深疾」，陸本「沉」。』《南征賦》韓校曰：『「地靈夙振」，作「挺」。』『「玉畿」，作「王」。』凡韓校改或補正之内容均隨文標出，而迻録陸貽典之校勘，則置於書的天頭，以示區別。必須説明的是，陸氏校勘悉依宋本，意在恢復宋本的本來面貌，故宋本訛誤亦校改之。而韓氏所取陸氏校勘則依據文意，選擇甚嚴，舉凡陸氏校改之宋本訛誤處，則棄之不録，故其所取之陸氏校勘，均可採信。

非常可惜的是，吴氏叢書堂鈔本之第二卷殘缺比較嚴重，未免有終非完璧之憾。縱然如此，此書在版本與校勘上仍有很高的價值。

四、《與兄平原書》錯簡考

《陸雲集》錯簡嚴重處有二：一是《答兄平原詩》，二是《與兄平原書》。前者相對簡單，附於詩後校勘；後者則較爲複雜，則專論之。

《與兄平原書》錯簡涉及三封書信，内容頗爲叢雜。爲便於讀者對校，現將所涉及的版本以及錯簡的内容，列表對照如下：

華亭縣學刊本、明長洲吴氏叢書堂鈔本	《西晉文紀》卷十七、《七十二家集》本、《百三家集》本、汪士賢《漢魏六朝二十名家集》刻本、翁少麓《漢魏六朝諸名家集》刻本、長沙寄生草堂重刻汪士賢校本、《四部叢刊》本、影鈔宋本、《四部備要》本；陳仲魚手録陸敕先校宋本、鄧邦述手校並跋汪士賢校本
雲再拜：《二祖頌》甚爲高偉。雲作雖時有一佳語，見兄作，又欲成貧儉家，無緣當致兄此謙辭。又雲亦復不以苟自退耳。然意故復謂之微多，『民不輟歎』一句，謂可省。武烈未得有吴，説桓王之事，而云『建其孤』，恐太祖不得爲桓王之孫。雲前作此頌及信以白兄，作引甚單，常欲更（一作『引』）之未得。兄所作引甚好，雲方欲更作引。《述思賦》『黨自竭厲』，然雲意皆已盡，不知本復何言。方當積思，思有利鈍。如兄所賦，恐不可須，願兄且以示伯聲兄弟。 按：『二祖』，指武烈皇帝孫堅、長沙桓王孫策。《三國志・孫策傳》載，權稱帝後，謚堅曰武烈皇帝，策曰長沙桓王。『引』，指文章之序。此書所言之『引』乃指《二祖頌》序言，故前論二祖頌，後論頌文之引，前後文意連貫，當非錯簡。	雲再拜：《二祖頌》甚爲高偉。雲作雖時有一佳語，見兄作，又欲成貧儉家，無緣當致兄此謙辭。又雲亦復不以苟自退耳。然意故復謂之微多，『民不輟歎』一句，謂可省。武烈未得有吴，説桓王之事，而云『建其孤』，恐太祖不得爲桓王之孫。雲前作此頌及信以白兄，作《遊仙詩》故自能。《劉氏頌》極佳，但無出言耳。二頌不減，復過所望，如此已欲解此公之半。《歲暮賦》甚欲成之，而不可自，用得此百數十字，今送。不知於諸賦者不麗少不？想少佳。成，當送到洛。陳琳《大荒》甚極，自雲作必過之，想終能自果耳。 按：此書前後論『頌』，中間插入論『詩』，使前後文意不連，當爲錯簡。

接上表

華亭縣學刊本、明長洲吴氏叢書堂鈔本	雲再拜：誨欲定《吴書》，雲昔嘗已商之兄，此真不朽事，恐不與十分好書。同是出千載事，兄作必自與昔人相去。《辯亡》則已是《過秦》對事，求當可得耳。陳壽《吴書》，有魏《賜九錫文》及《分天下文》，《吴書》不載。又有嚴陸諸君傳，今當寫送。兄體中佳者，可並思諸應作傳。及作彼見人讚叙者，當與令伯論吴百官次第、公卿名伯，略盡識，少交當具。頃作頌，及吴事，有愴然。且公傳未成，諸人所作，多不盡理。兄作之，公私並叙，且又非常業。從雲，兄來作之。今略已成，甚復可惜事少，功夫亦易耳。猶可得五十卷。謹啓。 按：此書討論《吴書》内容，『贊叙』乃史書體例之一種，前後文意連貫，當非錯簡。
《西晉文紀》卷十七、《七十二家集》本、《百三家集》本、汪士賢《漢魏六朝諸名家集》刻本、翁少麓《漢魏六朝諸名家集》刻本、長沙寄生草堂重刻汪士賢校本、《四部叢刊》本、影鈔宋本、《四部備要》本；陳仲魚手録陸敕先校宋本、鄧邦述手校並跋汪士賢校本	雲再拜：誨欲定《吴書》，雲昔嘗已商之兄，此真不朽事。恐不與十分好書，同是出千載事，兄作必自與昔人相去。《辯亡》則已是《過秦》對事，求當可得耳。陳壽《吴書》有魏《賜九錫文》，及《分天下文》，《吴書》不載。又有嚴、陸諸君傳，今當寫送。兄體中佳者，可並思諸應作傳。及作引甚單，常欲更（一作引）之未得。兄所作引甚好，雲方欲更作引。《述思賦》，党自竭厲。然雲意皆已盡，不知本復何言。方當積思，思有利鈍。如兄所賦，恐不可須，願兄且以示伯聲兄弟。 按：此書前論《吴書》，後論賦，前後文意不連；『引』亦非史書之體例，當爲錯簡。

接上表

版本	文本
華亭縣學刊本、明長洲吳氏叢書堂鈔本	雲再拜：張公箴誄，自過五言詩耳。但雲自不便五言詩，由己而言耳。《玄泰誄》自不及《士祚誄》。兄《丞相箴》小多，不如《女史》清約耳。恐兄無緣思於此，意猶云何？而兄乃有高論，更復無意。雲故日不作文，而常少張公文。今所作，兄輒復云過之，得作此公輩，便可裴（斐）然有所謝，故自爲不及，諸碑箴輩甚極，不足與校，歌亦平平。《遊仙詩》故自能。《劉氏頌》極佳，但無出言耳。二頌不減，復過所望，如此已欲解此公之半。《歲暮賦》甚欲成之，而不可自，用得此百數十字，今送。不知於諸賦者不罷少不？想少佳。成，當送到洛。陳琳《大荒》甚極，自雲作必過之，想終能自果耳。謹啓。 按：此書由言張公『歌亦平平』，引出對《遊仙詩》的評價，前後文意連貫，當非錯簡。
《西晉文紀》卷十七、《七十二家集》本、《百三家集》本、汪士賢《漢魏六朝二十名家集》刻本、翁少麓《漢魏六朝諸名家集》刻本、長沙寄生草堂重刻汪士賢校本、《四部叢刊》本、影鈔宋本、《四部備要》本；陳仲魚手録陸敕先校宋本、鄧邦述手校並跋汪士賢校本	雲再拜：張公箴誄，自過五言詩耳。但雲自不便五言詩，由己而言耳。《玄泰誄》自不及《士祚誄》。兄《丞相箴》小多，不如《女史》清約耳。恐兄無緣思於此，意猶云何？而兄乃有高論，更復無意。雲故日不作文，而常少張公文。今所作，兄輒復云過之，得作此公輩，便可裴（斐）然有所謝，故自爲不及，諸碑箴輩甚極，不足與校，歌亦平平。彼見人贊叙者，當與令伯論吳百官次第、公卿名伯，略盡識少，交當具。頃作頌，及吳事，有愴然。且公傳未成，諸人所作，多不盡理。兄作之，公私並叙，且又非常業。從雲，兄來作之。今略已成，甚復可惜事少，功夫亦易耳。猶可得五十卷。謹啓。 按：由『歌亦平平』跳到論史書之『贊叙』體例，前後文意不連，當爲錯簡。

黄葵校點《陸雲集》校曰：『此信宋刻本有錯簡：「遊仙詩故自能」至「諸應作傳及作」，誤置「歌亦平平」後、「彼見人贊叙」前；而「引甚單常欲更之」至「歌亦平平」誤置「信以白兄作」後、「遊仙詩故自能」前。今據影宋本、叢刊本、汪本、張本等訂正。』據後出之本而改宋本，欠妥。從文意看，亦當以宋本爲善。

關於此書錯簡，前人已有考證。第一，汪士賢校《諸家文集》本，傅增湘校曰：『宋本至「作」字止爲第二頁，「遊」字以下爲第九頁，中隔三、四、五、六、七、八共六頁。文義不接，乃書口號碼誤刻，當以汪本爲合。』又曰：『細觀文義，照宋板似亦無不可。所以自宋本爲號碼誤者，因文中有二「頌」字，意其指《二祖頌》及《劉氏頌》也。晋人尺牘難通，故不可確定，□□宋本頁數標出，順其次可見宋本之真面。』又校曰：『「引」字爲宋板第三頁起，汪刻誤接。當從宋本接此本第十三頁第九行「彼見」云云，以甲乙等字識之。』又校曰：『「彼見」以下接汪刻第八頁第一行「作」字下。宋板爲第十一頁起頭。』傅增湘校汪本，特標出宋本頁碼，意在恢復『宋本之真面目』。考傅氏所標注之行款、頁碼與華亭縣學刊本相同，可知二者乃同一底本。第二，臺灣『故宫博物院』藏《四部叢刊》本《晉二俊文集》附朱筆『訂正』曰：『卷八四四葉下七行「以白兄作」，下應接四五葉下十六行「引甚單常欲引之」，至四九葉下四行「歌亦平平」止。四九葉下四行「歌亦平平」，下應接四四葉下七行「《遊仙詩》故自能」，至四五葉下十六行「諸應作傳及作」止。四五葉下十六行「諸應作傳及作」下應接四九葉下五行「彼見人贊叙者」，至卷終。』臺灣『故宫博物院』藏《四部叢刊》本之訂正次序，與傅增湘校正相同，亦據華亭縣學刊本。恢復二者校勘内容，即是上表左欄所引華亭縣學刊本、明長洲吴氏叢書堂鈔本之内容。

而華亭縣學刊本，乃明項元汴重裝之宋本，是現存《陸士龍文集》最早刻本；臺灣『國家圖書館』藏明長洲吴氏叢書堂鈔本乃明人鈔本，清韓應陛手書題記：『以陸敕先校宋本，略勘數處，不僅佳處與宋本相同，且有勝於宋本者……足見其所本者乃又一宋本也。』可知，吴氏叢書堂鈔本可能鈔自别一宋本。就版本而言，這兩種版本之可信是不言而喻的。且傅增湘謂别本『文義不接』，乃屬錯簡。故考其文意，亦當以華亭縣學刊本、明長洲吴氏叢書堂鈔本爲善。

五、二陸優劣論簡述

需補充説明的是，二陸優劣論是文學批評史上一個饒有興味的話題。然而，因爲文集散佚，所見文獻之不同；審美偏好，所持標準之差異；見識有限，所論或一葉障目，歷代得出的結論自然有别。但有關二陸優劣的評價，却大致可以反映出二陸在文學史上的不同際遇。

在兩晉文學史上，陸雲雖無乃兄的文學宗主地位，然其實際影響並不遜色。從《與兄平原書》看，陸雲的創作在當時就産生了熱烈的反響。第三二書曰：天才作家崔君苗，『作《愁霖賦》極佳，頗仿雲』；第一五書又曰：『《九悲》多好語，可耽詠，但小不韻耳。皆已行天下，天下人歸高如此，亦可不復更耳。』不僅天才作家崔君苗模仿他的作品，而且他所創作的《九悲》（今佚）始一完成，立即風行天下，獲得一片讚譽。其影響之大不言而喻。尤需説明的是，士龍『文章不及機，而持論過之』。其子書《陸子》尤受世人追捧，《抱朴子》曰：『《陸子》十篇，誠爲快書。其辭之富者，雖覃思不可損也；其理之約者，雖鴻筆不可益也。』〔一〕《陸子》今雖不存，從葛洪的評價可以看出，此書文思流暢，理約辭富，不可增删。無論思想深度，抑或藝術表達，都讓葛洪爲之傾倒。

因此，西晉文人一直以二陸並稱，所謂『二陸入洛，三張減價』，顯然也包括對士龍的推崇。兩晉之際的文人雖有『二陸優劣』的議論，却無抑雲揚機的傾向。葛洪《抱朴子》曰：『嵇君道問二陸優劣。抱朴子曰：「吾見二陸之文百許卷，似未盡也。朱淮南嘗言二陸重規沓矩，無多少也。一手之中，不無利鈍。方之他人，若江漢之與潢汙。及其精處，妙絶漢魏之人也。」』〔二〕二陸去世後，伴隨二陸文集編輯的完成，二陸優劣在當時即成爲人們關注的話題，嵇含（字君道）即是其中之一。葛洪在回答嵇含二陸優劣的提問時，首先表達了對二陸的同等喜愛，然後

〔一〕楊明照《抱朴子外篇校箋》下，中華書局一九九七年版，第七五一頁。
〔二〕楊明照《抱朴子外篇校箋》下，第七五一頁。

引用淮南内史朱誕的評價稱，二陸風格一致：『重規沓矩，無多少』，無論長短文章，皆遵循文體規則；各有優劣：『一手之中，不無利鈍』，每人文章各有短長；然而，皆成就斐然：『方之他人，若江漢之與潢汙』，汪洋浩瀚，他人與之相比簡直是雲泥之别。簡要地説，二陸文章皆遵循法度、規矩；各有流暢、滯澀的存在；整體上超越時人，精妙處『妙絶漢魏』。葛洪、朱誕與二陸同時稍晚，是活動於兩晉之際的文人及理論家。葛洪所見『二陸之文百許卷』，雖然可能收録並不完整，但所可見者已是足本。朱誕任淮南内史時，二陸已經去世。因此，上述評價基本反映了兩晉文士對二陸文學成就的整體認知，所以，《抱朴子》概括曰：『陸士龍、士衡，曠世特秀，超古邈今。』〔一〕也就是説，在兩晉之際，二陸的文學經典地位大致相同。

但是，南朝宋梁之際，因爲戰亂頻仍，二陸文集散佚嚴重，《陸雲集》尤甚。據《隋書·經籍志四》注可知，梁時《陸機集》尚存四十九卷，大約與晉本原貌相差無幾；《陸雲集》僅存十一卷，與晉本原貌已相差甚遠。當時文人依據存世文集，考察二陸的文學實績，當然陸雲與陸機已是不可同日而語。於是，機優雲劣的論調開始産生。《文選》大量選録機詩，而雲詩選録極少。《詩品》不僅置機爲上品，雲爲中品，而且在『晉清河太守陸雲』條中明確指出：『清河之方平原，殆如陳思之匹白馬。於其哲昆，故稱二陸。』用曹植、曹彪的文學成就之差異，比擬陸機、

〔一〕《文選》卷五十四劉孝標《辨命論》李善注引，中華書局一九七七年版，第七四七頁。

陸雲，雲與乃兄差距之大已是不言而喻。劉勰《文心雕龍》雖然具體評價二陸文章風格，持論尚算中允，如《才略》：『陸機才欲窺深，辭務索廣，故思能入巧，而不制繁。士龍朗練，以識檢亂，故能布采鮮净，敏於短篇。』似乎還未分軒輊，但是《鎔裁》所言：『士衡才優，而綴辭尤繁；士龍思劣，而雅好清省。』才優、思劣之論則有明顯的褒貶傾向。

梁代之後，二陸文集抑又散佚，但是這一次情况發生倒置，《陸機集》散佚嚴重，《陸雲集》則基本保持梁本原貌。《隋書·經籍志四》載，《陸機集》十四卷，比梁本相差三十五卷；《陸雲集》十二卷，梁本多出二卷，應是所附録《孫拯集》二卷。唐人所作的判斷，乃依據唐初的存世文集，故唐太宗在《晉書·陸機傳論》中將二陸相提並論：『觀夫陸機陸雲……故足遠超枚馬，高躡王劉，百代文宗，一人而已。』李翰《鳳閣王侍郎傳論贊并序》亦曰：『兄弟文章，陸機與陸雲齊舉。』

大約北宋時期，二陸集再次散佚，今所見之徐民瞻《晉二俊文集》，乃是南宋時依據殘本，截取總集、類書編輯而成。雖然兄弟二人文集卷數相同，但内容上《陸機集》比《陸雲集》豐富。明清兩代文人對二陸的評價基本上依據南宋本。詩話批評，之所以多圍繞陸機展開，主要因爲批評家認爲士衡優於士龍。或謂『二陸則士衡居先』（喬億《劍溪説詩》卷上），整體成就機在雲上；或謂『士龍文章，差亞乃昆，詩遠不如』（胡應麟《詩藪·内編》卷二），認爲雲之詩歌遠在陸機之下；或謂『二陸辭藻，獨秀於平原』（皇甫汸《答子浚兄書》），認爲二陸中唯有陸機辭藻獨秀。用一『獨』字，自然將士龍排斥在辭藻秀美之外。惟因如此，明清兩代，對於褒之者而言，陸雲難入法眼；對於貶之者而言，陸機方爲論敵。但是明清的詩歌選本批評則反之，惟有《六朝選詩定論》謂陸雲：『詩才及格，不逮乃兄遠甚，當是學力未充耳，而非附平原，浚儀之名奚彰？』[一]站在《文選》立場上極力貶低陸雲。其他選本如《古詩評選》《采菽堂古詩選》都極力推崇士龍，一曰唯『清河而已』，一曰『警切於平原』，顯然二書認爲士龍又在士衡之上。

不僅如此，從成書於東晉的《文士傳》，到宋葉夢得《避暑録話》，以及明王世貞《弇州四部稿》，還從人物個性、處事風格上，比較二陸優劣，認爲士龍優於士衡。宋代也有少數文人從具體作品的評價上比較二陸優劣，如宋《王正德詩話》引晁補之評價陸雲《九愍》在陸機《歎逝》《文賦》之上。雖是吉光片羽，却是值得注意的一種文學史現象。這些評價皆附録於本書之後，不另贅引。

總之，從現存的文集看，雲之創作無乃兄豐富，雲之理論亦無如《文賦》之鴻文。雖曰並稱，成就不一，風格各異，文學經典地位亦有差異。但是，無論古今，陸雲《與兄平原書》所蘊涵的理論體系，詩歌清省中所創造的晶瑩境界，辭賦藉象説理的文本書寫體系，都被歷代文人或學者忽略了。這也可以證明：經典的意義是在後人的闡釋中不斷增殖。——因爲後人對陸

〔一〕吴淇撰，汪俊等點校《六朝選詩定論》卷十，廣陵書社二〇〇九年版，第二六六頁。

雲闕注相對不足，闡釋相對較少，影響了陸雲在文學史上的經典地位。筆者在《陸機陸雲考論・弁言》中概括説：『簡要言之，二陸雖然出身相同，文化同根，年齡相亞，聲氣互通，且政治上進退同趨，文學上切磋琢磨，但是性情、思想、文學觀念以及創作的題材、體裁、美學風格却又各有不同。大致上説：性情上，士衡「言多慷慨」，偏於耿介；士龍「文弱可愛」，偏於温和。思想上，士衡「伏膺儒術」，偏於儒學；士龍「談老殊進」，偏於道家。文學觀念上，士衡「曲盡其妙」，重於工巧；士龍「雅好清省」，得乎自然。題材上，士衡偏於雜文學，士龍近乎純文學；詩歌體裁上，士衡善五言，士龍善四言；美學風格上，士衡偏於繁縟輕綺，士龍偏於省净自然。在文學史上，士衡跫音空谷，反響熱烈；士龍潤物無聲，潜移默化。』在文學史上貢獻雖各有不同，影響也不可一概而論，但若回歸歷史的原點，從理論到創作，却又是一個『難爲兄』，一個『難爲弟』，不可軒輊。讀者若希望了解詳情，可參閲拙著《陸機陸雲考論》。

六、關於本書校釋簡要説明

此書是在《陸士龍文集校注》基礎上，大規模修訂而成。此次修訂除了匡正原書訛誤之外，特別强化『校釋』，故更名爲《陸士龍文集校釋》。

校書所使用的底本必取善本，這似乎是必須遵循的規則。然而，實際情況遠比我們想象的複雜。從廣義上説，所謂『善本』，一是指版本之善，當然以宋本爲尚，所以中華書局《古逸叢書》影印本、國家圖書館出版社《陸士龍文集》影印本，均爲項元汴重裝宋本，這是我們目前所能見到的唯一最早的版本，無疑應該屬於『善本』。二是指文本之善，又須以經過後人整理、文從字順的版本爲尚。就陸雲集而言，這兩者並不統一。宋本錯訛十分嚴重，就文本而言，顯然劣於《四部叢刊》的《晉二俊文集》本。可是，泥古是『抄書公』一以貫之的思維模式。比如，宋本明明錯訛的内容，大學問家陸貽典校勘二陸文集時，亦迻録宋本原文，甚至宋代避諱的闕筆也一一照之校改，試圖全面恢復宋本原貌。而這一做法一直爲後人所稱賞、所效仿。正是基於『傳統』校勘模式，這次重新修訂《陸士龍文集校注》時，就選擇宋本《陸士龍文集》爲底本。但是對於明顯的翻刻之誤，或宋本訛誤，舉凡有文獻依據，則必糾正之。也就是説，追求版本之『善』與文本之『善』的統一，是本書校勘的基本出發點。

先唐文學由於離現代更爲遥遠，對於如我之輩學問根底薄弱者來説，閲讀難度是顯而易見的。陳祚明《采菽堂古詩選·凡例》不滿六臣注《文選》之方法，認爲：『《文選注》雖更六臣，詳故實，不究作者之意。如十九首、三曹、嗣宗、元亮及他家詠懷雜詩，言稍微者，旨晦矣。學者習其讀而昧其情，擷其辭而已。且詩所以佳，各有處，如吾前所云致於工之路者，曾不之及，將故實爲佳乎？此後人所以不窺選者心，謬題爲固陋，謂徒以辭，咎在注也。』故此書殫精竭慮强化『釋』的内容，希望直指文心，裨益讀者。

凡例

一、本書編次悉依國家圖書館藏明項元汴重裝之宋刻本《陸士龍文集》（簡稱『文集』），分爲十卷。舉凡《陸士龍文集》失收之賦、詩、文及其殘篇斷句，凡所可見者，悉加輯録；士龍另有《陸子》（又名《新書》）十篇，已佚，殘篇斷句存諸後代文獻者，亦加輯録，分别編成賦、詩、文、專著佚文四個部分。凡後人誤收，或疑不能明者，均以『存疑』標誌之。書後另有『附録』四種。

二、本書校釋分爲六個部分：題解、正文、校勘、注釋、評箋（集評和總評）、備考。

三、本書題解主要考定作品繫年，簡析作品之背景、本事、主旨、藝術、因革、影響等幾個方面，尤重主旨與藝術分析，力求切中肯綮，突出特點。

四、本書校勘以宋本《陸士龍文集》爲底本，主要校以下諸本：

（一）《陸士龍文集》十卷，《四部叢刊》影印陸元大翻刻《晉二俊文集》，簡稱『《四部叢刊》本』。

（二）《陸士龍文集》十卷，國家圖書館藏《晉二俊文集》，清影鈔宋本，清趙懷玉、翁同書校，嚴元照批注並録盧文弨校，簡稱『清影鈔宋本』。

（三）《陸士龍文集》十卷，國家圖書館藏明汪士賢刻《漢魏六朝諸家文集》本，並有陸貽典、傅增湘校兩種，簡稱『《諸家文集》本』。

（四）《陸士龍文集》十卷，國家圖書館藏清光緒四年長沙寄生草堂重刻明汪士賢校本，簡稱『寄生草堂本』。

（五）《陸士龍文集》十卷，國家圖書館藏明萬曆天啓年間汪士賢刻《漢魏六朝諸名家集》，簡稱『《諸名家集》本』。

（六）《陸士龍文集》十卷，國家圖書館藏明鈔宋本，孫原湘跋，簡稱『明鈔本』。

（七）《陸士龍文集》十卷，國家圖書館藏明末徐日曦刻《晉二俊文集》，簡稱『徐日曦刻本』。

（八）《陸士龍文集》十卷，臺灣『國家圖書館』藏陳仲魚手録陸敕先校宋本《晉二俊文集》，簡稱『陳仲魚校本』。

（九）《陸士龍文集》十卷，臺灣『國家圖書館』藏鄧邦述手校並跋明萬曆新安汪士賢校刊本《晉二俊文集》，簡稱『鄧邦述校本』。

（十）《陸士龍文集》十卷，鈔本。臺灣『國家圖書館』藏明長洲吴氏叢書堂鈔本，韓應陛校宋本，簡稱『叢書堂鈔本』。

（十一）《陸士龍集》四卷，國家圖書館藏《晉二俊文集》本，傅增湘校，簡稱『《晉二俊文集》四卷本』。

（十二）《陸清河集》八卷，國家圖書館藏明張燮輯《七十二家集》本，簡稱『《七十二家集》本』。

（十三）《陸士龍集》四卷，國家圖書館藏明嘉靖《六朝詩集》本，周亮工校，簡稱『周亮工校本』。

（十四）《陸平原集》二卷，國家圖書館藏明張溥輯《漢魏六朝百三家集》本，簡稱『《百三家集》本』。

五、因爲《文集》原本散佚，後人輯録、翻刻、脱衍、錯訛、異文較多，因此本書在校勘部分不避煩瑣，舉凡總集如《文館詞林》《詩紀》《全晉文》，類書如《北堂書鈔》《藝文類聚》《初學記》，史籍如《三國志》《晉書》，以及文集注釋引文如《文選》六臣注等，所出現之異文，悉加收録；前賢校勘成果，如胡克家《文選考異》，王太岳等《四庫全書考證》，嚴可均、陸貽典、盧文弨、嚴元照、傅增湘，以及今人逯欽立《先秦漢魏晉南北朝詩》、黄葵《陸雲集》等之校勘，凡可采信者，一併收録。校勘體式分爲五種：

（一）正文雖有異文然文意可解者，僅出示諸本之異文。對於古今字、通假字、異體字，以『某同某』或『某通某』的形式説明之。對於不涉及字形考辨的異體字，一般采用規範繁體字。

（二）對於《文選》異文，若六臣本（《四部叢刊》本）與李善本（胡刻本）相同，標《文選》卷次；若六臣本與李善本不同，則標『六臣本』或『李善本』以別之。另，周勛初纂輯《唐鈔文選集注彙存》（海外珍藏善本）尚存少數陸士龍詩，亦參校之。

（三）《文集》明顯錯訛脱漏或翻刻之誤，稽考可資采信之文獻，逕改原文，出示校記。

（四）採用前賢校勘成果，均加注明；對於千慮一失者，亦略加辨正。

（五）對『補遺』所收之作品及其殘篇斷句，以及陸士龍專著之佚文，或取所存之最早版本文獻，用後出文獻校之；或取相對較爲完整之佚文，以別本文獻校之。

六、本書注釋亦同《陸士衡文集校釋》，採取『就繁避簡、由簡馭繁』之原則。因陸雲文集向無注本，且其用詞古奥，用典頗多，意難索解，故凡所注釋，不避細文周納，典章故實、名物史乘、文字訓詁等，均詳加注釋，稽引史料、文獻、古代字書，以資斟酌對照。其注釋體式是：

（一）前賢有注者，先引前賢注釋。雖僅有《文選注》詩四題，《玉臺新詠》吴兆宜注詩一題，然吉光片羽，亦足珍貴。

（二）因《文選》所選之其他作品及其注釋，從文學文獻、字詞意義之發展看，最近晉人，故本書注釋取《文選》之例證較多。爲節約篇幅，本書一律採用簡稱：李善注，簡稱善注；五臣吕延濟、劉良、張銑、吕向、李周翰注，簡稱濟注、良注、銑注、向注、翰注。惟殘本《唐鈔文選集注彙存》採用全稱。取《文選》注釋，按照《文選》李善注、五臣注、《唐鈔文選集注彙存》之次序。

(三)全書正文與補遺,除『存疑』之作外,全部詳加注釋。注釋内容大致可分爲釋詞、釋句、釋段、釋篇四類。第一,釋詞。主要注釋典章故實、名物史乘、文字訓詁等,先注明詞義,再徵引史料、文獻或古代字書爲證,此即所謂『就繁避簡』。文字訓詁,或直接徵引古代字書,如《説文》《爾雅》《釋名》《方言》《玉篇》《經典釋文》《廣韻》等;或徵引有前人注釋之文獻,如《周易》王弼韓康伯注、《尚書》孔安國傳、《詩經》毛傳鄭箋、《老子》河上公注、《論語》何晏《集解》、《左傳》杜預注、《楚辭》王逸注、《莊子》郭象注等等;若二者皆無,不得已斷以己見者,則先注釋詞義,再引書證。考慮到文獻生成的時代性,所引文獻,以漢魏六朝爲主,前代次之,唐代又次之。極少數冷僻語詞不得其例者,則徵引後代文獻。第二,釋句。由於二陸文章難讀,詩賦尤甚,即使字義可解,對初窺古典門奥者,仍不得要領,故詩賦在句組之後,均有簡要闡釋,或概括表層義,或闡明深層義,此即所謂『由簡馭繁』。對於文,原則上不作句釋,偶有難解處方作句釋。第三,釋段。文或辭賦,採取分段注釋,每段之後,均有段意概括,間有藝術分析,凡前賢選本有注析者,亦附録於校釋者分析之後,以資讀者參考;組詩分章注釋,體例同前。第四,釋篇。即文前之『題解』。

(四)爲避免不同版本異文之糾葛,舉凡注釋引書,亦詳見『附録』之『校勘、輯佚、注釋、評箋主要引用書目』。對於引文之錯訛、脱衍,均在其後加小括弧,或示以正字,或補其闕遺,或出之按語。

七、本書評箋分爲『集評』和『總評』兩種形式。『集評』輯録前人對單篇作品之評箋，附於各篇注釋之後；『總評』輯録前人對陸雲或二陸某一文體或總體之評論，附於全書注釋之後。若同一内容有多家評箋，則删其重複，大致按時代先後排列。

八、本書對於贈答以及摹擬之作，均在篇後附録贈答、摹擬之原作，以省讀者翻檢之勞。

九、本書『備考』，主要是對《文集》中存在的文章真僞、版本錯簡、著者歸屬等争議較大，且在校勘中三言兩語無法説清之作品考證。『備考』一般按時代先後先引諸家之説，最後提出一己之見。若雖有争議，但問題簡單，均在校勘中説明之。

十、由於史料闕如，本書對少數作品或佚文難以斷其真僞者，另列『存疑』以收録之，以俟方家博考。

十一、本書一律使用新式標點，凡引前賢之校勘、注釋，均加引號，避免與校釋者之注釋混淆。既尊重前賢成果，不敢掠美；又避免校釋者之魚目，而混前賢之珠。

十二、本書所引前人注釋中的二級引文，因語意較明，不另加二級引號（單引號），以節約篇幅。但所引之評箋及附録之材料，如傳記資料、序跋、題記、提要等，則不在此例。

十三、本書對於古代舉凡所引用之書證之異體字、通假字，悉遵原文；校釋者闡釋文字亦遵從古人用語習慣，若今簡化爲一字，而古代是意義不同的幾個字，如『系、係、繫』，『里、裡、裏』，則嚴格區别；對於古代始則意義不同，其後運用並無嚴格界限，如『于、於』，『修、脩』，則遵從用語習慣，不做嚴格區分，然運用其原始意，或用字不同則義項有別時，則又嚴格分别之。

十四、對於翻刻之錯字且不見字書者，一律逕改，不出校。對於晉人誤用之字如『恨恨』與『悢悢』、『德猷』與『德輶』，而後代又嚴格區别者，則在釋義後，加『按語』説明之，以免混淆視聽。

十五、本書附録有以下資料：

（一）陸士龍年譜考辨

（二）陸士龍傳記資料

（三）陸士龍文集序跋、題記、提要

（四）校勘、輯佚、注釋、評箋主要引用書目

由於本書着力於『校』與『釋』。故所『校』，舉凡後人校補内容一律用【】標示，意在保持留宋本原貌；博取史乘及存世善本，不避繁瑣，臚列諸説，意在匡正宋本錯訛，力圖爲研究者提供可靠而又完整的文集版本。所『釋』，除注重訓詁釋義之外，别取漢人『章句』之術，盡可能細緻闡釋文本生成背景及其内在意蘊，以便一般文學愛好者閱讀。筆者另有《陸士衡文集校釋》及專著《陸機陸雲考論》，與本書構成一個完整系列，可以互相參閱。

卷一

賦　箴

逸民賦并序

【題解】

此賦乃贊古之隱士。序述作賦之緣起，以古之逸民追求的人生境界，妙悟的人生之理，所得的人生之樂，籠罩全篇。正文分别描述逸民的隱逸之由、隱逸之境、隱逸之行與隱逸之心，最後歸之道家思想，闡明有得必喪，居寵招辱，若求立德進業，必自取其禍之理，强調只有守無可無不可之道，泯是非，齊萬物，同榮辱，忘自我，方可怡養德性，避禍全身。其中浸透着詩人濃厚的隱逸之思。全文由叙述引入，以描寫爲核心，最後升華説理，層次清晰而渾融，描寫鋪陳而簡約，説理警策而自然。士龍以『頗善賦』自高，非自譽，乃實情也。

此賦所作時間無載。然據陸雲《與兄平原書》第四書曰：『前省皇甫士安《高士傳》，復作《逸民賦》，今復送之，如欲報稱。』可知《逸民賦》與此書所作時間差近。而書又曰：『誨欲得雲論，間在郡紛紛，有所鈎定……今自好醜不可視。』則可知此書是在任郡守時所作。又《歲暮賦》序曰：『永寧二年春，忝寵北郡。其夏又轉大將軍右司馬於鄴都。』因此此賦必作於永寧二年（三〇二）夏之前。考其史，永寧元年四月，趙王倫因篡位被誅，兄機又因任趙王倫中書郎被疑參與擬九錫文及禪詔，被捕入獄，雲亦職在中書而連坐，賴成都王穎、吴王晏並救理之，遇赦出獄，旋任清河太守。《逸民賦》則折射這一特殊時期的特殊心境。

富與貴，人之所欲也。而古之逸民，或〔一〕輕天下，細萬物①，而欲專一丘之歡〔二〕，擅一壑之美②，豈不以身聖〔三〕於宇宙，而恬貴於紛華〔四〕者哉③！故天地〔五〕不易其樂，萬物不干其心〔六〕④，然後可以妙有生之極，享〔七〕無疆之休也⑤。乃爲賦云：

【校勘】

〔一〕『或』，《藝文類聚》卷三十六、《太平御覽》卷五一〇無此字。

〔二〕『專』，《西晉文紀》卷十六作『耑』，同專。又『歡』，《太平御覽》卷五一〇作『忻』，同欣。

〔三〕『聖』，《藝文類聚》卷三十六、《太平御覽》卷五十六作『重』。寄生草堂本、《百三家集》本、鄧邦述校本作『勝』。鄧邦述校本校作『聖』。

〔四〕『恬貴』，《文選補遺》卷三十一、《百三家集》本、《七十二家集》本、《西晉文紀》卷十六、《歷代賦彙・外集》卷十一並作『心恬』。又『紛華』，《藝文類聚》卷三十六作『芬華』。

〔五〕『天地』，《太平御覽》卷五一〇作『天下』。

〔六〕『心』，《太平御覽》卷五一〇作『志』。

〔七〕『亨』，《藝文類聚》卷三十六作『固』，《太平御覽》卷五一〇作『因』。

【注釋】

① 欲，《説文》：『貪欲也。』逸民，節行超逸者，後指隱居不仕者。《論語・微子》：『逸民：伯夷、叔齊、虞仲、夷逸、朱張、柳下惠、少連。』何晏《集解》：『逸民者，節行超逸者。包曰：此七人皆逸民之賢者。』輕天下，視權勢爲輕。細萬物，以萬物爲小。《淮南子・精神訓》：『輕天下則神無累矣，細萬物則心不惑矣。』許慎注：『輕薄天下寵勢之權者，許由是也，故其精神無留累於物也。以萬物爲小事而弗欲，故心不惑物也。』細，《玉篇》：『小也。』

② 專，獨也。《書・説命》：『罔俾阿衡，專美有商。』孔安國傳：『汝庶幾明安我事，則與伊尹同美。』擅，《説文》：『專也。』美，《説文》：『甘也。』

③ 身聖於宇宙，猶謂生命達乎自然。聖，《説文》：『通也。』宇宙，猶言自然。《經典釋文》卷二十六：『《尸子》云：天地四方曰宇，往古來今曰宙。』恬，安，靜也。《説文》：『恬，安也。』紛華，繁盛而華麗。《慎子・内篇》：『夫錦繢紛華，所服不過温體。』此喻榮華也。上四句言古之逸民獨樂於丘壑，甘於隱居，超越世俗，達乎自然。

④ 易，《玉篇》：『變也。』干，猶言干擾。《玉篇》：『干，觸也。』上二句言天地萬物，不變其樂，不擾其心。

⑤ 妙，精微，深微。《正字通》：『妙，精微也。』此作動詞，謂體悟深微之理。《經典釋文》卷一：『唯王輔嗣妙得虛無之旨。』極，臻也。《爾雅·釋詁》：『極，至也。』無疆之休，無窮之美。《書·太甲中》：『王克終厥德，實萬世無疆之休。』孔安國傳：『言王能終其德，乃天之顧祐商家，是商家萬世無窮之美。』《説文》：『疆，本作畺，界也。』此二句言惟此則可以妙悟人生之至理，享受無限之歡樂。

序謂作賦之緣由。言世俗之人耽於富貴，惟有古之逸民，棄世貴身，甘隱丘壑；天地不改其樂，萬物不擾其心，妙悟人生之臻境，享受無限之美也。

世有逸民兮，栖遲乎於一丘〔一〕①。委天刑之外心兮〔二〕，淡浩然其何求②。陋此世之險隘兮，又安足以盤遊③？杖短策而遂往兮，乃枕石而漱流④。載營抱魄，懷元執〔三〕一⑤。傲物思寧，妙世自逸⑥。靜芬響於永言，滅絶景於無質⑦。相荒土而卜居〔四〕，度山阿〔五〕而考室⑧。

【校勘】

〔一〕『栖』，《四部叢刊》本作『棲』，古二字同。《玉篇》：『棲，亦作栖。』又『乎於』，《歷代賦彙·外集》卷十一、《七十二家集》本、《百三家集》本、叢書堂鈔本作『於』。寄生草堂本、鄧邦述校本作『足於』。鄧邦述校本又校作『乎於』。

〔二〕『委天刑之外心兮』，《藝文類聚》卷三十六作『委天刑以外心』。又『刑』，《文選補遺》卷三十二、《七十二家集》本、《百三家集》本、寄生草堂本、《歷代賦彙·外集》卷十一、《四部備要》本作『形』，古二字通。

〔三〕『執』，《文選補遺》卷三十二、《百三家集》本、《歷代賦彙·外集》卷十一作『服』。

〔四〕『而卜居』，《太平御覽》卷五一〇作『以爲居』。

〔五〕『山阿』，《文集》、叢書堂鈔本、《四部叢刊》本、周亮工校本、鄧邦述校本、陳仲魚校本作『山河』；《太平御覽》卷五一〇、《文選補遺》卷三十二、《百三家集》本作『山阿』。考其文意，當以『阿』爲善，故據改。按：『相荒土而卜居，度山阿而考室』二句，《太平御覽》卷五十六題作陸機，金濤聲《陸機集》亦以陸機佚文收録之，並誤。

【注釋】

① 棲遲，遊息。《詩·陳風·衡門》：『衡門之下，可以棲遲。』毛詩傳：『棲遲，遊息也。』棲，同栖。此二句言世之逸民居陋室而優遊棲息於丘壑。

② 委，《廣韻》：『棄也。』天刑，天子之法。潘勗《册魏公九錫文》：『君糾虔天刑，章厥有罪。』善曰：『韋昭曰：刑，法也。《尚書》：降災于夏，以彰厥罪。』銑曰：『察天子刑法，明其有罪無罪也。』外心，指超然物外之心。《禮記·禮器》：『禮之以多爲貴者，以其外心者也。』鄭玄注：『外心，用心於外，其德在表也。』淡，通澹，喻心境安恬。《廣韻》：『澹，又恬静。』《集韻》：『淡，水貌。或作澹。』浩然，至大至剛之氣。《孟子·公孫丑上》：『敢問何謂浩然之氣？曰：難言也。其爲氣也，至大至剛，以直養而無害，則塞於天地之

間。」趙岐注：『言此至大至剛正直之氣也。』此二句言超然於世俗之外，心境安恬而剛正無所求。

③陋，狹隘。《字彙》：『陋，阸狹也。』險，《説文》：『阻難也。』安，焉，何。王引之《經傳釋詞》卷二：『《易·同人》正義曰：安，猶何也。顏師古注《漢書·吴王濞傳》曰：安，焉也。』盤遊，盤桓遊逸。《書·五子之歌》：『乃盤遊無度，畋于有洛之表，十旬弗反。』孔安國傳：『盤樂遊逸，無法度。』此二句言世道之狹隘險阻，又何可盤桓逸遊。

④杖，《説文》：『持也。』短策，短鞭。《左傳·襄公十七年》：『爲己短策，苟過華臣之門必騁。』孔穎達疏：『服虔云：策，馬捶也。自爲短策過華臣之門。』遂，終。《廣雅·釋詁》：『遂，竟也。』枕石漱流，謂以山石爲枕，以溪流漱口。《世説新語·排調》：『孫子荆年少時，欲隱，語王武子當枕石漱流，誤曰漱石枕流。』喻歸隱林泉也。此二句謂其終策馬而歸隱林泉也。

⑤載，承。《易·坤》：『君子以厚德載物。』抱，《廣韻》：『持也。』元，猶一。《爾雅·釋詁》：『元，始也。』一，道之始生者。《老子》第四十二章：『道生一，一生二，二生三，三生萬物。』河上公注：『道始所生者。』又《老子》第十章：『載營魄抱一，能無離乎。』河上公注：『營魄，魂魄也。人載魂魄之上得以生，當愛養之。喜怒亡魂，卒驚傷魄。魂在肝，魄在肺。美酒甘肴腐人肺，故魂静志道不亂，魄安得壽延年也。言人能抱一使不離於身，則長存。一者，道始所生大。』此二句言身載魂魄，心持以道。

⑥傲物，輕視外物。《抱朴子·外篇·自叙》：『苟達側立勢門者，又共疾洪之異於己，而見疵毁，謂洪爲傲物輕俗。』思寧，思安。袁宏《三國名臣序贊》：『宗子思寧，薄言解控。』翰注：『寧，安也。』妙世，體悟世道精微之理。《正字通》：『妙，精微也。』逸，《正韻》：『隱也，遁也。』此二句言輕視外物而求安，妙悟世理而自隱。

⑦芬，喻德之芬芳。《玉篇》：『芬，草木芬芳盛也。』響，喻德之播揚。《玉篇》：『響，應聲也。』永言，猶言我常也。《詩・大雅・文王》：『無念爾祖，聿脩厥德。永言配命，自求多福。』毛詩傳：『永，長；言，我也。』鄭玄箋：『長，猶常也。王既述脩祖德，常言當配天命而行，則福禄自來。』絕影，無影，喻行之迅疾。《抱朴子・外篇・勖學》：『雖尋飛絕景，止而不行，則步武不過焉。』無質，意謂其言巧飾而媚於時俗。《汲冢周書・官人解》：『其貌曲媚，其言工巧；飾其見物，務其小證，以故自説，曰無質者也。』此二句言泯滅世俗之自我德行，杜絕世俗之巧言媚世。

⑧相，《説文》：『省視也。』卜居，占卜以決其所居。《楚辭・卜居》王逸注：『屈原……執忠直而身放棄，心迷意惑，不知所爲。乃往至太卜之家，稽問神明，決之蓍龜，卜己居世，何所宜行，冀聞異策，以定嫌疑，故曰卜居也。』度，《爾雅・釋詁》：『謀也。』山阿，山曲隅處。《楚辭・九歎・逢紛》：『徐徘徊於山阿兮，飄風來之洶洶。』王逸注：『阿，曲隅也。』考室，猶言築室。《詩・小雅・斯干》序：『《斯干》，宣王考室也。』毛詩傳：『考，成也。』此二句言察看荒丘而擇居，忖度山隅而築室。

此段言古代逸民隱逸之由。因世道險隘，無可措足，故隱逸者棲遲丘壑，超然塵世之法網，恬淡浩然，養氣怡性；與道逍遥，息影山林。

曾丘翳蒼〔一〕，穹谷重深①。叢木振穎〔二〕，葛藟垂蔭〔三〕②。潛魚泳〔四〕沚，嚶鳥來吟③。仍疏圃於芝薄兮〔五〕，即蘭堂於芳林④。靡炎飇〔六〕以赴節兮，揮天籟而〔七〕興音⑤。假樂器〔八〕於神造兮，詠幽人於鳴琴⑥。挹迴源〔九〕於別沼兮，飡秋菊〔一〇〕於高岑⑦。蒙玉泉以濯髮兮〔一一〕，臨濬谷〔一二〕而投簪⑧。寂然尸居，儼焉山立⑨。遵渚〔一三〕龍見，在林鳳戢⑩。遁綿野以宅心〔一四〕，望空巖〔一五〕而凱入⑪。明發悟〔一六〕歌，有懷在昔⑫。賓濮水之清淵兮〔一七〕，儀磻溪之一壑⑬。毒萬物之諠譁兮，聊漁釣於此澤⑭。

【校勘】

〔一〕「曾丘」，《太平御覽》卷五一〇作「層幽」。又「翳蒼」，《文選補遺》卷三十二、《百三家集》本、《歷代賦彙·外集》卷十一作「蓊薈」。《藝文類聚》卷三十六、《太平御覽》卷五一〇、《七十二家集》本並作「翳薈」。《四部叢刊》本、陳仲魚校本作「翳莽」，周亮工校本、鄧邦述校本作「翳莾」，「莾」乃「莽」之俗字。鄧邦述、陳仲魚校本皆校作「蒼」。

〔二〕「叢」，《諸家文集》本、叢書堂鈔本、《四部叢刊》本、鄧邦述校本、陳仲魚校本作「藂」。陸貽典校作「藂」，陳仲魚校本校作「叢」。古二字同，《集韻》：「叢，或作藂。」又「穎」，《藝文類聚》卷三十六、《太平御覽》卷五一〇作「巖」，《文選補遺》卷三十二作「類」。

〔三〕「蔭」，周亮工校本、鄧邦述校本、陳仲魚校本作「陰」。叢書堂鈔本作「蔭」，鄧邦述、陳仲魚校本亦校作「蔭」。古二字通。

〔四〕「泳」，《太平御覽》卷五一〇作「潦」。

〔五〕「仍疏圃於芝薄兮」，《太平御覽》卷五一〇作「鶴既囿於芝薄」。又「仍疏圃」，《太平御覽》卷五一〇作「顧蔬圃」；《文選補遺》卷三十二、《七十二家集》本、《百三家集》本、《歷代賦彙·外集》卷十一作「仍蔬圃」。

〔六〕「炎飈」，《藝文類聚》卷三十六、《太平御覽》卷五一〇作「飛飄」。

〔七〕「而」，《文選補遺》卷三十二作「以」。

〔八〕「器」，《藝文類聚》卷三十六作「之」。

〔九〕「挹迴源」，《太平御覽》卷五一〇作「抱迴流」。

〔一〇〕「飡」，《四部叢刊》本、周亮工校本、鄧邦述校本、陳仲魚校本作「食」。寄生草堂本、《歷代賦彙·外集》卷十一作「餐」。飡、餐，古二字同。又「菊」，《太平御覽》卷五一〇作「華」。

〔一一〕「蒙玉泉以濯髮兮」，《太平御覽》卷五一〇作「濛玉泉以濯流」。

〔一二〕「臨濬谷」，《太平御覽》卷五一〇作「浚金谷」；《文選補遺》卷三十二作「臨深谷」。

〔一三〕「渚」，《文選補遺》卷三十二作「陼」。

〔一四〕「綿野」，《太平御覽》卷五一〇作「緑野」。又「宅心」，《文選補遺》卷三十二作「安宅」。

〔一五〕「空巖」，《太平御覽》卷五一〇作「巖穴」。

〔一六〕「悟」，《四部備要》本作「寤」，古二字通。

〔一七〕「兮」，《文選補遺》卷三十二脱。

【注釋】

①曾丘，山丘重疊。陶淵明《遊斜川》：「迥澤散遊目，緬然睇曾丘。」曾，通層。曹丕《曹倉舒誄》：「層丘峨峨，寢廟渠渠。」《楚辭·招魂》：「層臺累榭，臨高山些。」王逸注：「層、累，皆重也。」翳莽，草木叢深。

《玉篇》：『翳，屏愛也，障也。』郭璞注：『翳，會也。』穹谷，深谷。班固《西都賦》：『其陽則崇山隱天，幽林穹谷。』善注：『薛君曰：穹谷，深谷也。』此二句言層巒疊翠，山谷遥深。

②振穎，猶擢穎，謂拔節伸展。《廣韻》：『振，奮也，舉也。』《玉篇》：『穎，禾末也。』葛藟，葛藤。《詩·王風·葛藟》：『緜緜葛藟，在河之滸。』鄭玄箋：『葛也藟也，生於河之厓，得其潤澤，以長大而不絶與者。』垂陰，垂葉成陰，喻草木茂盛。張衡《西京賦》：『吐葩颺榮，布葉垂陰。』善注：『綜曰：皆草木盛貌也。』此二句言叢木茂盛，藤陰濃密。

③潛魚，游魚。袁宏《三國名臣序贊》：『潛魚擇淵，高鳥候柯。』翰注：『潛，游也。』泳沚，水中游息也。《説文》：『泳，潛行水中也。』沚，通止，息也。朱珔《説文假借義證》：『《詩》「湜湜其沚」，《玉篇》及《集韻》《類篇》皆作止，此《毛詩》舊本也。《傳》亦用止義。』《釋名·釋水》：『小渚曰沚。沚，止也。小可以止息其上也。』嚶鳥，啼鳴之鳥。《説文》：『嚶，鳥鳴也。』此二句言魚在溪水或游或息，鳥在山林亦鳴亦吟。上六句狀林壑之美，草木之盛，魚鳥之歡。

④仍，《正韻》：『因也。』疏圃，菜園。疏，同蔬。《論語·述而》：『飯疏食飲水，曲肱而枕之，樂亦在其中矣。』《經典釋文》卷二十四：『疏，本或作蔬。』圃，菜地。《説文》：『種菜曰圃。』芝薄，靈芝叢生之處。《玉篇》：『薄，林薄也。』草木叢生曰薄。蘭堂，堂之美稱。張衡《南都賦》：『以速遠朋嘉賓，是將揖讓而升宴於蘭堂。』濟注：『召遠方之朋故嘉賓，是進爲揖讓之禮而升堂。蘭者，取其芬芳也。』此二句言因憑芝林而種園圃，靠近芳林而築屋宇。

⑤靡，《爾雅·釋言》：『無也。』炎飈，熾烈狂風。《玉篇》：『飆，暴風也。』飆，同飈。《正字通》：『飈，飈字之譌。』赴節，應節拍而起舞。劉峻《重答劉秣陵沼書》：『靡蓋山之泉，聞絃歌而赴節。』《爾雅·釋

樂》：『和樂謂之節。』此喻狂風之起。揮，《廣韻》：『振也，動也。』天籟，自然之音響。《莊子・齊物論》：『女聞人籟而未聞地籟，女聞地籟而未聞天籟。』郭象注：『籟，簫也。夫簫管參差，宫商異律，故音短長高下萬殊之聲。聲雖萬殊，而所禀之度一也。』興，《爾雅・釋言》：『起也。』此二句言既無狂風熾烈之起，惟有天籟之音而興。上四句謂居處之清幽也。

⑥假，借也。《禮記・曲禮下》：『有宰食力，祭器衣服不假。』神造，自然之造化。陸機《漏刻賦》：『是故來象神造，去猶鬼幻。』幽人，猶言隱士。陸機《招隱詩》：『躑躅欲安之，幽人在浚谷。』善注：『《周易》曰：履道坦坦，幽人貞吉。』濟注：『幽人，隱者。』此二句言以自然造化爲樂器，如鳴琴而詠隱士之歌。

⑦挹，酌，以器舀水。《詩・小雅・大東》：『維北有斗，不可以挹酒漿。』毛詩傳：『挹，斞也。』《廣雅》：『斞，酌也。』王筠《説文句讀》：『《華嚴經音義》引《珠叢》曰：凡以器斟酌于水謂之挹。』迴源，猶回流。《説文》：『源，水泉本也。』沼，水池。《説文》：『沼，池也。』湌秋菊，即餐秋菊。《楚辭・離騷》：『朝飲木蘭之墜露兮，夕餐秋菊之落英。』高岑，高山。《説文》：『岑，山小而高。』此二句言酌迴旋之水源，餐高山之秋菊。上四句總寫人生之逍遥，秉性之高潔。

⑧蒙，覆蓋。《廣韻》：『蒙，覆也，奄也。』意謂以水覆首。玉泉，仙人之泉。王充《論衡・談天》：『河出崑崙，其高三千五百餘里，日月所於辟隱爲光明也。其上有玉泉、華池。』此喻泉如翠玉之美也。濯，洗滌。《詩・大雅・洞酌》：『洞酌彼行潦，挹彼注兹，可以濯罍。』毛詩傳：『濯，滌也。』臨，向下看。《爾雅・釋詁》：『臨，視也。』郭璞注：『皆謂察視也。』濬谷，深谷。馮宿《蘭谿縣靈隱寺東峰新亭記》：『崇山濬谷，佳境勝槩。』《説文》：『濬，通川也。』投簪，猶言棄官。孔稚珪《北山移文》：『昔聞投簪逸海岸，今見解蘭縛塵纓。』翰注：『投，棄也。謂疏廣棄官而歸東海也。』此二句言傾仙泉而洗滌頭髮，視深谷而投簪去官。

⑨ 寂然，喻心境澄澈恬静。嵇康《養生論》：『曠然無憂患，寂然無思慮。』《玉篇》：『寂，静也，安也。』尸居，如尸一樣静止，喻沉默無爲。《莊子·庚桑楚》：『吾聞至人，尸居環堵之室，而百姓倡狂不知所如往。』《論語·鄉黨》：『寢不尸，居不容。』何晏《集解》：『苞氏曰：偃卧四體，布展手足，似死人也。』儼，嚴正。《論語·子張》：『望之儼然，即之也温。』《玉篇》：『儼，矜莊貌。』此二句言寂静無爲，嚴正若山之立。

⑩ 遵渚，循行於小洲。《詩·豳風·九罭》：『鴻飛遵渚，公歸無所，於女信處。』毛詩傳：『鴻不宜循渚也。』《説文》：『遵，循也。』《爾雅·釋水》：『小洲曰渚。』龍見，謂出潛離隱。《易·乾》：『見龍在田，利見大人。』王弼注：『出潛離隱，故曰見龍。』鳳戢，陸機《漢高祖功臣頌》：『怡顔高覽，弭翼鳳戢。』翰注：『戢，藏也。言……退歸静理，如鳳之止羽翼不見也。』遵渚龍見，言不遇於時；在林鳳戢，言韜隱於世。

⑪ 遁，《廣韻》：『隱也。』緜野，緜延之田野。謝莊《郊遊》：『静默鏡緜野，四睇亂曾岑。』濟注：『緜，遠。』緜，同綿。《玉篇》：『綿，與緜同。』宅心，猶安其心也。《書·康誥》：『宅心知訓。』孔穎達疏：『居之於心，則知訓民矣。』《爾雅·釋言》：『宅，居也。』空巖，猶空山。《玉篇》：『巖，石貌也，峰也。』凱入，猶凱旋。陸機《漢高祖功臣頌》：『霸楚寔喪，皇漢凱入。』良注：『凱入，謂戰勝凱歌而還其國，言漢勝而入其國也。』此二句言隱居山野而安頓其心，遥望空山如凱歌而還。謂隱居山林而身心安樂也。上八句具體寫隱居之生活。

⑫ 明發，從夕至明。《詩·小雅·小宛》：『明發不寐，有懷二人。』毛詩傳：『明發，發夕至明。』悟歌，寐覺而歌。《詩·衛風·考槃》：『獨寐寤歌，永矢弗過。』段玉裁《説文解字注》：『寐覺而有言曰寤。古書多假寤爲悟。』在昔，古之先民。《詩·商頌·那》：『自古在昔，先民有作。』毛詩傳：『古曰在昔，昔曰先民。』此指古之逸民。此二句言日夜而歌，懷念古之逸民。蓋指下文所言之莊周、吕望也。

⑬ 賓，同賔，追隨。《玉篇》：『賔，敬也，從也。』又『賓，《説文》：賔』。濮水，古黄河濟水之分流，在春秋陳國境内。相傳莊子曾在此水垂釣。《莊子·秋水》：『莊子釣於濮水，楚王使大夫二人往先焉。曰：願以竟内累矣。莊子持竿不顧。』郭象注：『濮水，陳地水也。』儀，效法。張衡《東京賦》：『儀姬伯之渭陽，失熊羆而獲人。』善注：『綜曰：儀，則也。』磻溪，在今陝西寶鷄市東南，源出南山，北流於渭，一名潢河。相傳太公吕望未遇文王時垂釣之處。《尚書大傳·西伯戡耆》：『周文王至磻溪，見吕望，文王拜之。』此二句言追隨濮水邊超世之莊周，效法磻溪上垂釣之吕望。

⑭ 毒，憎恨。《廣韻》：『毒，痛也，憎也。』諠譁，喧鬧聲。左思《蜀都賦》：『諠譁鼎沸，則哤聒宇。』翰注：『諠譁之聲，如鼎之沸亂，聒於天地也。』此指世事之紛擾。聊，願，姑且。《詩·邶風·泉水》：『孌彼諸姬，聊與之謀。』毛詩傳：『聊，願也。』鄭玄箋：『聊，且略之辭。』此二句言憎世事之紛擾，願漁釣於山邊水澤。

此段先狀居處之美，境界之幽，而又充滿自然之生機；然後以挹清源，餐秋菊，濯髮玉泉，臨谷投簪，寫其生活之逍遥，秉性之高潔；以尸居山立，遵渚在林，寫其韜晦避世，心静且樂；最後表達自己願意追蹤古之逸民，甘隱丘林之願望。

爾乃薄言容與，式宴盤桓①。朝挹芳露，夕玩〔一〕幽蘭②。眇區外而放志兮，眷天路而怡顔③。望靈嶽之清〔二〕景兮，想佳人於雲端④。悲滄浪之濁波兮，詠芳池之清瀾⑤。鄙終南之辱節兮，韙伯陽之考槃⑥。眄清霄以寄傲〔三〕兮，泝凌風而頹歎⑦。

【校勘】

〔一〕『玩』,《歷代賦彙·外集》卷十一作『翫』,古二字通。

〔二〕『清』,《文選補遺》卷三十二作『貴』。

〔三〕『傲』,《文選補遺》卷三十二作『響』。

【注釋】

① 爾乃,如此、於是之意。《古書虚字集釋》卷七:『爾乃,猶云若乃也。』薄言,猶我也,或曰我薄之。《詩·周南·芣苢》:『采采芣苢,薄言采之。』毛詩傳:『薄,辭也。』鄭玄箋:『薄言,我薄也。』容與,優遊嬉戲貌。《楚辭·離騷》:『忽吾行此流沙兮,遵赤水而容與。』王逸注:『容與,遊戲貌。』式宴,因之安樂也。張衡《東京賦》:『上下通情,式宴且盤。』薛綜注:『式,用也。』《説文》:『宴,安也。』盤桓,徘徊不進貌。班固《幽通賦》:『承靈訓其虚徐兮,佇盤桓而且俟。』善注:『盤桓,不進也。』此二句言於是我優遊嬉戲,逗留徘徊,安於山林。

② 挹,酌,以器舀水也。見上注。芳露,芬芳露珠。王鑒《七夕觀織女詩》:『峨澤因芳露,沾恩附蘭風。』玩,同翫。《管子·非十二子》:『好治怪説,玩琦辭。』楊倞注:『玩與翫同。』《玉篇》:『翫,習也,貪悦也。』幽蘭,《楚辭·離騷》:『時曖曖其將罷兮,結幽蘭而延佇。』洪興祖補注:『劉次莊云:蘭喻君子,言其處於深林幽澗之中,而芬芳郁烈之不可掩,故《楚詞》云云。』此二句以挹芳露而飲,賞幽蘭之芬芳,喻超然塵世而其志高潔。

③ 眇，《博雅》：『遠也。』區外，區宇之外，指塵世之外也。顔延之《陶徵士誄》：『遂乃解體世紛，結志區外。』銑曰：『不與俗諧也。』放志，放縱情志，謂超越名教而任自然。白居易《無可奈何歌》：『何不與道逍遥，委化從容；縱心放志，泄泄融融。』眷，視。《書·大禹謨》：『皇天眷命，奄有四海，爲天下君。』孔安國傳：『眷，視。』天路，仙境之道，此代指仙境。張衡《西京賦》：『美往昔之松喬，要羨門乎天路。』怡顔，和顔。陸機《漢高祖功臣頌》：『怡顔高覽，弭翼鳳戢。』翰注：『怡，和。』此二句言遠離塵世，放縱自然之性，遥視仙境，顔和而神往之。

④ 靈嶽，仙山。《法苑珠林·聖迹部》：『城西南六里許，至伽耶山，谿谷杳冥，世謂靈嶽。』清景，仙人之影。《雲笈七籤·雜祕要訣法》：『太微天帝君遊宴之時，清景行道，受仙之日也。』景，同影。《經典釋文》卷八：『日景，或作影。』佳人，指仙女。曹植《洛神賦》：『嗟佳人之信脩，羌習禮而明詩。』此二句言遠望仙境清麗之影，遥想雲端仙女之美。

⑤ 滄浪之濁波，喻世道之溷濁。《孟子·離婁上》：『孺子歌曰：滄浪之水清兮，可以濯我纓；滄浪之水濁兮，可以濯我足。』趙岐注：『清濯所用，尊卑若此，自取之，喻人善惡見尊賤乃如此。』清瀾，水波清也。劉峻《東陽金華山棲志》：『泉清瀾微霔，滴瀝生響。』《爾雅·釋水》：『大波爲瀾。』芳池清瀾，喻仙境之澄澈。

⑥ 鄙，猶鄙視。《世説新語·品藻》：『或重許高情，則鄙孫穢行。』終南辱節，謂出仕受禄而辱節也。《詩·秦風·終南》：『終南何有，有條有梅。君子至止，錦衣狐裘。顔如渥丹，其君也哉。』毛詩傳：『終南，周之名山中南也。』鄭玄箋：『至止者，受命服於天子而來也。諸侯狐裘錦衣以裼之。』朱熹《詩集傳》：『君子，指其君也。至止，至終南之下也。』韙，《説文》：『是也。』伯陽，老子字。《經典釋文》卷一：『老子者，姓

李名耳，字伯陽，陳國苦縣厲鄉人也。』此指隱逸者也。考槃，隱逸者之歌。《詩・衛風・考槃序》：『《考槃》，刺莊公也。不能繼先公之業，使賢者退而窮處。』《孔叢子・記義》：『孔子讀《詩》及《小雅》，喟然而嘆曰：吾於……《考槃》，見遁世之士而不悶也。』又《經典釋文》卷五：『《考槃》：考，成也；槃，樂也。』此二句言鄙視出仕而辱節，讚賞隱逸而成樂。

⑦眄，猶視。《方言》：『睇，眄也。自關而西秦晉之間曰眄。』寄傲，寄託傲世之志。《説文》：『傲，倨也。』泝，此指逆風而飛。《玉篇》：『遡，行也，逆流而上。與泝同。』凌風，乘風而起。謝朓《直中書省》：『安得凌風翰，聊恣山泉賞。』善注：『莊子曰：鵠巢於高榆之顛，巢折凌風而起。』翰注：『願如鳥飛，恣平生所向也。』頹歎，哀歎。陸機《吊魏武帝文》：『撫四子以深念，循膚體而穨歎。』銑注：『穨歎，謂悲思隕絶也。』穨，同頹。《玉篇》：『穨，暴風，亦作頹。』此指因逆風飛行之難而歎。《爾雅・釋天》：『焚輪謂之穨。』郭璞注：『暴風從上下。』此二句言神思出世而寄傲世之志，逆風飛行而忤常性故悲歎也。後句蓋歎世俗之人也。

此段先以容與盤桓，挹芳露，玩幽蘭，寫隱逸生活之逍遥高潔；以放志怡顔，望靈嶽，想佳人，寫精神之高遠自由。然後將世俗之溷濁、仕人之辱節、人性之扭曲與仙境式隱逸環境之澄澈、生活之快樂、心境之逍遥形成鮮明對比，多方位讚美隱逸之美。

玄微載晏，何思何欲①。漂若行雲之浮，泊若窮林之木②。溶有得之必喪兮，蓋居寵之召辱〔一〕③。彼貪夫之死權兮，固遺生以要禄④。竦戰兢而履冰〔二〕兮，祇〔三〕肅懷以臨谷⑤。亮據鼎之無慄〔四〕兮，在顛沛其必渥⑥。

【校勘】

〔一〕『居寵之召辱』，《文集》、叢書堂鈔本、《四部叢刊》本、周亮工校本、鄧邦述校本、陳仲魚校本作『居寵之名辱』。《諸家文集》本作『居龐之召辱』。龐，陸貽典校作『寵』。《七十二家集》本、《百三家集》本、《歷代賦彙·外集》卷十一作『怙寵之召辱』；《文選補遺》卷三十二作『古寵之名辱』。『龐』與『寵』、『名』與『召』，皆形近而誤，故校改。

〔二〕『冰』，鄧邦述校本、陳仲魚校本作『水』，二者皆又校作『冰』。

〔三〕『祇』，《四部叢刊》本、周亮工校本、《四部備要》本、鄧邦述校本、陳仲魚校本作『秖』，形近而誤。

〔四〕『慄』，《文選補遺》卷三十二作『懷』。

【注釋】

① 玄微，幽深精微之理。曹植《七啓》：『玄微子隱居大荒之庭，肥遯離俗，澄神定靈。』善注：『玄微，幽玄精微也。』銑曰：『假立幽玄精微之人以爲端。』載晏，寬容覆載。孫星衍《容作聖論》：『晏，古義釋爲寬容覆載。晏，爲天清也。如淳注《漢書》，爲日出清濟爲晏。』《說文》：『晏，天清也。』何思何欲，心無所思意無所欲。猶莊子之『心齋』『坐忘』也。此二句言隱逸者洞悉宇宙幽深精微之理，寬容覆載，無思無欲。

② 漂，猶飄飄，高飛也。賈誼《弔屈原賦》：『鳳漂漂其高逝兮，固自引而遠去。』翰注：『漂漂，高飛

貌。』漂，同飄。《經典釋文》卷五：『漂女，本亦作飄。』行雲之浮，任意而順乎自然，謂適性也。泊，澹泊，恬静。《老子》第二十章：『我獨泊乎其未兆，如嬰兒之未孩。』《正字通》：『泊，澹泊，恬静無爲貌。』窮林，深林。劉琨《扶風歌》：『慷慨窮林中，抱膝獨摧藏。』窮林之木，風至而兀然不動，謂心静也。此二句言動則自然適性，静則澹泊恬静。

③ 咨，歎。《玉篇》：『咨，嗟也。』有得，得志也。《易·坤下》：『由豫大有得，志大行也。』必喪，謂失位亡家也。《書·伊訓》：『惟兹三風十愆，卿士有一於身，家必喪。』孔安國傳：『有一過，則德義廢，失位亡家之道。』居寵，身處尊位。《書·周官》：『居寵思危，罔不惟畏。』《説文》：『居，處也。』又『寵，尊居也』。召辱，招致侮辱。《荀子·勸學》：『故言有召禍也，行有招辱也。』召，通招。此二句言得志者必喪家失位，居尊者必招身辱。

④ 遺生，忘生。《説文》：『遺，亡也。』此二句言貪婪者死於權勢，固爲忘身而求禄也。

⑤ 竦，懼。《詩·商頌·長發》：『不戁不竦，百禄是總。』毛詩傳：『竦，懼也。』戰兢，謂恐懼戒備。履冰，喻身陷險境。《詩·小雅·小旻》：『戰戰兢兢，如臨深淵，如履薄冰。』毛詩傳：『戰戰，恐也。兢兢，戒也。恐墜也，恐陷也。』祇肅，嚴肅恭敬。《書·太甲上》：『社稷宗廟，罔不祇肅。』孔安國傳：『肅，嚴也。言能嚴敬鬼神而遠之。』《爾雅·釋詁》：『祇，敬也。』臨谷，喻身臨險境。《詩·小雅·小宛》：『惴惴小心，如臨于谷。』毛詩傳：『恐隕也。』此二句言求權要禄之人心存竦懼，戰戰兢兢，如履薄冰，嚴肅恭敬，如臨深谷。

⑥ 亮，信。《書·舜典》：『使宅百揆，亮采惠疇。』孔安國傳：『亮，信。』《經典釋文》卷三：『亮，又作諒。』表測度語氣。據鼎，據於鼎足之位，喻輔弼重臣。張衡《南都賦》：『周召之儔，據鼎足焉，以庀王職。』善注：『《漢書》曰：夫三公，鼎足之輔也。』良注：『周公、邵公之儔輔佐，可依如鼎足者，以理天子之職。』

《玉篇》：『據，依也。』慄，《爾雅・釋詁》：『懼也。』顛沛，猶傾覆。歐陽建《臨終詩》：『況乃遭屯蹇，顛沛遇災患。』善注：『《論語》：子曰：顛沛必於是也。』濟注：『顛沛，猶傾覆也。』渥，優厚。《廣雅・釋詁》：『渥，厚也。』此二句言位據輔弼，豈無竦懼；俸禄豐厚，必將傾覆。

此段先言隱逸者洞悉深微之玄理，寬容覆載，無思無欲，任性而行，澹泊恬静；而後歎息世俗貪夫不明有得必喪、居寵招辱之理，逐勢求禄，奮不顧身，雖履冰臨谷，終至傾覆也。

是故夫〔一〕形瑰者徵咎，體壯者爲犧①。雖明文而龍藻兮，終俛首而受羈②。立脩名於禍始兮，登全生於戾階③。資朝華〔二〕之促節兮，抱千載之長懷④。擠考終於遠期兮，隕〔三〕靈根而自摧⑤。殉有喪之假樂兮〔四〕，方〔五〕無身其孰哀⑥。美達人之玄覽兮，邈藏器於無爲⑦。

【校勘】

〔一〕『夫』，《百三家集》本脱。

〔二〕『朝華』，《文選補遺》卷三十二作『朝幸』，形近而誤。

〔三〕『隕』，《文選補遺》卷三十二、《六朝詩集》本、《七十二家集》本、《百三家集》本、《歷代賦彙・外集》卷十一、叢書堂鈔本、周亮工校本、陳仲魚校本作『顛』。《四部叢刊》本作『顚』。《四部備要》本、鄧邦述校本作『韻』。鄧邦述校本校作『顛』，陳仲魚校本校作『顚』。

〔四〕『兮』，《文集》、叢書堂鈔本、《四部叢刊》本、鄧邦述校本、陳仲魚校本脱，此據《文選補遺》卷三十

二、《百三家集》本校補。

〔五〕『方』，《文選補遺》卷三十二、《七十二家集》本、《百三家集》本、《歷代賦彙・外集》卷十一並作『彼』。

【注釋】

① 形瑰，形體珍奇。張華《鷦鷯賦》：『夫唯體大妨物，而形瓌足瑋也。』《後漢書・班固傳》李賢注：『《埤蒼》曰：瑰瑋，珍奇也。』《玉篇》：『瑰，同瓌。』徵咎，即咎徵，災禍之徵兆。《書・洪範》：『曰咎徵。』孔安國傳：『叙惡行之驗。』《廣韻》：『咎，過也，災也。』又『徵，證也』。犧，宗廟祭祀所用之純色牲畜。《書・微子》：『今殷民乃攘竊神祇之犧牷牲。』孔安國傳：『色純曰犧，體完曰牷，牛羊豕曰牲。』《説文》：『犧，宗廟之牲也。』此二句言所以形體珍奇者是災禍之兆，體格肥壯者乃祭祀之牲。

② 明文，謂德昭天下，才緯天地。《國語・周語下》：『成王能明文昭能，定武烈者也。』《經典釋文》卷三：『馬云：照臨四方謂之明，經緯天地謂之文。』龍藻，天子之服飾。《禮記・禮器》：『天子龍衮，諸侯黼，大夫黻，士玄衣，纁裳。天子之冕朱緑，藻十，有二旒；諸侯九，上大夫七，下大夫五，士三，此以文爲貴也。』俛首，低首，謂低首服罪。賈誼《過秦論》：『百越之君，俛首係頸，委命下吏。』向曰：『俛，低也。……委命下吏，言任性命於獄官也。』俛，同俯。《玉篇》：『俛，低頭。亦作頫。』又『頫，《説文》音俯』。古三字並通。羈，拘係。《後漢書・文苑傳》：『南羈鈎町，水劍强越。』李賢注：『羈，係也。』此二句言即使德才曠世，身服龍藻，終難免於俯首係頸而受拘係也。

③ 脩名，猶美名也。《楚辭・離騷》：『老冉冉其將至兮，恐脩名之不立。』洪興祖補注：『脩名，脩潔之名也。』脩，同修。《正字通》：『今脩、修通。』登，《玉篇》：『上也，進也。』戾階，罪惡之級。《爾雅・釋詁》：『戾，辠也。』郭璞注：『皆刑罪。』辠，古罪字。又《玉篇》：『階，登堂道也，級也。』此二句言立修名而爲災禍之始，欲全生而登罪惡之階。

④ 資，通咨，嗟歎。《字彙》：『資，與咨同，嗟歎聲。』朝華，木槿花。陸機《爲顧彦先贈婦》：『容色貴及時，朝華忌日晏。』善注：『《説文》曰：木槿，朝華暮落。』促節，指拔節生長。庾信《竹杖賦》：『秋藜促節，白藿同心。』《説文》：『節，竹約也。』千載長懷，猶言千年之思。《説文》：『懷，念思也。』此二句言嗟歎木槿朝開暮落，生長迅速，然猶人皆懷有千載之思。

⑤ 擠，猶毁。《淮南子・俶真訓》：『飛鳥鎩翼，走獸擠脚。』高誘注：『飛鳥折翼，走獸毁脚，無不被害也。』考終，猶言壽終正寢。《書・洪範》：『九五福：一曰壽，二曰富，三曰康寧，四曰攸好德，五曰考終命。』孔安國傳：『各成其短長之命以自終，不横夭。』《説文》：『考，老也。』隕，墜落。《詩・小雅・小弁》：『心之憂矣，涕既隕之。』毛詩傳：『隕，隊也。』隊，同墜。《集韻》：『隊，本作墜，亦作隧。』靈根，喻生命。陸機《君子有所思行》：『宴安消靈根，鴆毒不可恪。』濟注：『《黄庭經》云：玉池清水灌靈根，靈根堅固，老不衰然。靈根，喻身也。』摧，猶夭折。《玉篇》：『摧，挫也，折也。』此二句言毁其壽考而不可遠期，生命隕落而自行夭折。

⑥ 殉，順，從。《孟子・盡心上》：『天下無道，以身殉道，未聞以道殉乎人者也。』趙岐注：『殉，從也。』假樂，猶樂也。《詩・大雅・假樂》：『假樂君子，顯顯令德。』毛詩傳：『假，嘉也。』又《禮記・禮運》：『君與夫人交獻，以嘉魂魄。』鄭玄注：『嘉，樂也。』方，齊等，等同。《詩・大雅・生民》：『實方實苞，實種實褎。』

鄭玄箋：『方，齊等也。』方無身，意謂有身與無身齊等，即道家之齊生死。此二句言順乎死亡之規律而聊以爲樂，生死齊一，其何以哀傷！

⑦ 達人，通達知命之人。賈誼《鵩鳥賦》：『達人大觀兮，物無不可。』翰注：『通達之人，以理觀之，萬物不殊於己，故云物無不可。』玄覽，心境玄遠，可以覽知萬物。陸機《文賦》：『佇中區以玄覽，頤情志於典墳。』善注：『《字書》曰：玄，幽遠也。《老子》曰：滌除玄覽。河上公曰：心居玄冥之處，覽知萬物，故謂之玄覽。』邈，《玉篇》：『曠遠也。』藏器，身懷治國之才。任昉《爲蕭揚州作薦士表》：『猶懼隱鱗卜祝，藏器屠保。』善注：『《易》曰：君子藏器於身，待時而動。』銑注：『藏器，謂藏治國之器也。』無爲，道家指順應自然，不求有所作爲。《老子》第三章：『爲無爲，則無不治。』魏源《本義》：『無知、無欲則無爲。縱有聰明知識者出，欲有所作爲，而不敢自爲。無爲之爲，民返于樸而不自知，夫安有不治者哉！』此二句言褒贊通達之人心境玄遠而洞悉物理，遠離所懷之治國才能而無所作爲。

此段以道家思想爲基點，闡述形奇體壯、立德修名、建立不世之業者，必然自取其禍；渴望長壽者亦不可期，唯有順乎自然，等同生死，身藏治國之器而不用於世，方爲達人之玄鑒也。

物有〔一〕自遺，道無不可①。萬殊有同，齊物無寡②。並家於國，等朝于野③。榮在此〔二〕而貴身兮，神居形而忘我④。欽妙古之達言兮，信懷莊而悅賈⑤。曾〔三〕既明於天爵兮，何惙悲〔四〕於人禍⑥。陋國風之皇〔五〕恤，同明哲於大雅⑦。

【校勘】

〔一〕『物有』,《文選補遺》卷三十二作『有迹』。

〔二〕『此』,《文選補遺》卷三十二、《七十二家集》本、《百三家集》本、《歷代賦彙・外集》卷十一作『世』,形近而誤。

〔三〕『曾』,《文集》、叢書堂鈔本、《四部叢刊》本、鄧邦述校本、陳仲魚校本作『憎』,《文選補遺》卷三十二作『增』,語意扞格。《七十二家集》本、《百三家集》本、《歷代賦彙・外集》卷十一作『曾』,今據改。

〔四〕『惙』,《文選補遺》卷三十二作『掇』。又『悲』,《文集》、《六朝詩集》本、叢書堂鈔本、《四部叢刊》本、《四部備要》本、鄧邦述校本、陳仲魚校本脱,《四部備要》本『何』前加『□』。周亮工校本校曰:『汪本闕惙字。』按:應爲闕悲字。此據《文選補遺》卷三十二、《七十二家集》本、《百三家集》本校補。

〔五〕『皇』,文淵閣四庫本作『遑』,古二字通。《詩・邶風・谷風》『遑恤我後』,《禮記・表記》引作『皇恤我後』。

【注釋】

① 自遺,自遺其咎之略,即自尋其災也。《老子》第八章:『富貴而驕,自遺其咎。功成名遂身退,天之道。』道無不可,即道之無可無不可也。《莊子・齊物論》:『可乎可,不可乎不可。道行之而成,物謂之而然。惡乎然?然於然。惡乎不然?不然於不然。物固有所然,物固有所可。無物不然,無物不可。』此二句言道本無可無不可,然物執一端,自遺其咎。

② 萬殊有同，謂宇宙物理殊塗而同歸。《易・繫辭下》：『天下同歸而殊塗，一致而百慮，天下何思何慮。』韓康伯注：『夫少則得，多則惑。塗雖殊，其歸則同；慮雖百，其致不二。苟識其要，不在博求，一以貫之，不慮而盡矣。』齊物無寡，謂宇宙萬物齊一而無不同。齊物，道家之學說，即物我齊一、是非同體、生死一貫之理。《莊子・齊物論》王先謙解題曰：『天下之物之言，皆可齊一視之，不必致辯，守道而已。蘇輿云：天下之至紛，莫如物論。是非太明，足以累心。故視天下之言，如天籟之旋怒旋已，如鷇音之自然，而一無與於我。然後忘彼是，渾成毀，平尊隸，均物我，外形骸，遺生死，求其真宰，照以本明，遊心於無窮。皆莊生最微之思理。』寡，《說文》：『少也。』此二句言萬物有別而其理一以貫之，若以齊物視之，則無少別矣。

③ 此二句直承上二句而言，謂以道家之理視之則家國並同，朝野齊等。

④ 榮，喻尊貴。《老子》第二十八章：『知其榮，守其辱，爲天下谷。』河上公注：『榮，以喻尊貴；辱，以喻污濁。知己之有榮貴，當守之以污濁。如是，則天下歸之如水流入深谷也。』在此，謂隱逸丘林也。忘我，一指我之忘我，二指天下之忘我。《莊子・天道》：『兼忘天下易，使天下兼忘我難。』河上公注：『夫至仁者百節皆適，則終日不自識也。聖人在上非有爲也，恣之使各自得而已耳。自得其爲，則衆務自適，群生自足，天下安得不各自忘我哉！各自忘矣，主其安，在乎斯，所謂兼忘也。』此二句言隱逸丘林而身榮貴也，神居形内則忘我矣。

⑤ 欽，敬。《書・堯典》：『放勳，欽明文思安安。』孔安國傳：『欽，敬也。』妙古，妙悟古今之至理。妙，精微也。見上注。達言，知能通達之言。曹植《與楊德祖書》：『吾常歎此達言，以爲美談。』《玉篇》：『達，通也。』信，誠信。《說文》：『信，誠也。』賈，求。《國語・晉語》：『謀於衆，不以賈好。』韋昭注：『賈，求也。』悦賈，指悦其隱逸也。此二句言追憶莊生而悦其隱逸，欽敬其通達古今之至理。

⑥既明，既明且哲之略。《詩・大雅・烝民》：『既明且哲，以保其身。』此取明哲保身之意。天爵，仁義忠信之德。《孟子》：『有天爵者，有人爵者。仁義忠信，樂善不倦，此天爵也。公卿大夫，此人爵也。』趙岐注：『天爵以德，人爵以禄。』此指怡養德性。惙悲，憂傷。《説文》：『惙，憂也。』此二句言既曾怡養德性，明哲保身，又何須憂傷於人禍？

⑦陋，以之爲陋，鄙視、輕視意。杜甫《甘林》：『勿矜朱門是，陋此白屋非。』皇恤，猶憂也。《詩・邶風・谷風》：『我躬不閲，遑恤我後。』鄭玄箋：『遑，暇；恤，憂也。』此二句言鄙視《國風》『皇恤』之憂傷，贊同《大雅》『明哲』之保身。

此段進一步申述道家之理，守無可無不可之道，泯是非，齊萬物，同榮辱，進入忘我之境。懷思莊子之隱，敬其妙古之言，方可蹈隱山林，怡養德性，避禍全身。

亂曰：乘白駒兮皎皎，遊穹谷兮藹藹①。尋峻路兮崢嶸，臨芳水兮悠裔②。槃丘園兮暇豫，翳翠葉〔一〕兮重蓋③。瞻洪崖兮清煇〔二〕，紛容與兮雲際④。欲凌霄〔三〕兮從之，恨穹天〔四〕兮未泰⑤。詠歡友兮清唱，和爾音兮此世⑥。

【校勘】

〔一〕『葉』，《文選補遺》卷三十二作『采』。

〔二〕『崖』，《文選補遺》卷三十二作『涯』，古二字通。又『煇』，《七十二家集》本、《百三家集》本、《歷代賦彙·外集》卷十一並作『輝』，古二字同。

〔三〕『霄』，《文選補遺》卷三十二作『胥』，形近而誤。

〔四〕『穹天』，《文選補遺》卷三十二作『天地』。

【注釋】

① 亂，音樂之尾曲。《楚辭·離騷》王逸注：『亂，理也。所以發理詞指，總撮其要也。』白駒皎皎，潔白的小馬，賢人所乘。《詩·小雅·白駒》：『皎皎白駒，在彼空谷。生芻一束，其人如玉。』鄭玄箋：『皎皎，潔白也。』《説文》：『馬二歲曰駒。』又王粲《贈士孫文始》：『白駒遠志，古人所箴。』銑注：『《白駒》，詩篇名，刺宣王不能留賢，賢者乘白駒而去。』穹谷，深谷。見上注。藹藹，樹木繁茂貌。謝惠連《雪賦》：『藹藹浮浮，瀌瀌奕奕。』善注：『《廣雅》曰：藹藹、奕奕，盛貌。』《玉篇》：『藹，樹茂也。』此二句言乘潔白小馬，遨遊於丘林。

② 峻路，高峻山路。班固《西都賦》：『仍增崖而衡閾，臨峻路而啓扉。』善注：『峻，高大也。』峥嶸，幽遠。《楚辭·遠遊》：『下峥嶸而無地兮，上寥廓而無天。』洪興祖補注：『顔師古云：峥嶸，深遠貌也。』悠裔，即容裔，行進貌。曹植《洛神賦》：『六龍儼其齊首，載雲車之容裔。』良注：『容裔，行貌。』此二句言上循幽遠高峻之山路，下臨芬芳水邊而徘徊。

③ 槃，同盤，盤桓也。《經典釋文》卷二十九：『槃，又作盤。』又『般，又作盤。……水曲如鈎流盤桓，不直前也』。丘園，山林，隱逸之處。張衡《東京賦》：『聘丘園之耿絜，旅束帛之戔戔。』薛綜注：『言丘園中有

隱士……《周易》曰：六五：賁於丘園，束帛戔戔。』暇豫，閑暇之樂。《國語・晉語》：『我教茲暇豫事君。』韋昭注：『暇，閑也。豫，樂也。』翳，掩映。《方言》卷六：『掩、翳，薆也。』郭璞注：『謂蔽薆也。詩曰：薆而不見。』此二句言盤桓於丘園，悠閒愉悦，翠葉掩映，層層覆蓋。

④ 瞻，《説文》：『臨視也。』洪崖，仙人名。傳説黄帝臣子伶倫，帝堯時已三千歲，仙號洪崖。郭璞《遊仙詩》：『左挹浮丘袖，右拍洪崖肩。』善注：『《神仙傳》曰：衛叔卿與數人博。其子度曰：向與博者爲誰？叔卿曰：是洪崖先生。』良曰：『浮丘、洪崖，並仙人。』容與，悠遊嬉戲。《楚辭・九歌・湘夫人》：『時不可兮驟得，聊逍遥兮容與。』王逸注：『言聊且遊戲以盡年壽也。』此二句言目睹仙人之清輝，悠游嬉戲於紛盛之雲邊。

⑤ 凌霄，飛舉雲霄。郭璞《遊仙詩》：『放情凌霄外，嚼蘂挹飛泉。』穹天，蒼天。《爾雅・釋天》：『穹，蒼天也。』泰，通也。《易・乾下》：『天地交泰，後以財成。』王弼注：『泰者，物大通之時也。』此二句言欲飛舉雲霄而從仙人之遊，又怨天穹之未通。

⑥ 此二句言詠友人之清曲，應和其音而逍遥於世。

此段爲音樂尾聲，總述隱逸山林自然灑脱的生存狀態，曠遠自由的怡悦心情，以及長隱山林之願望。

【集評】

［唐］丘光庭《兼明書》卷四：棘嵩見陸雲作《逸民賦》，嵩以爲丈夫出身，不爲孝子，則爲忠臣，必欲建功立策，爲國宰輔，遂作《官人賦》，以反雲之賦。（《文士傳》）

［宋］樓鑰《攻媿集·跋戴伯與石屋詩卷》：莊子《秋水篇》言：『埳井之蛙，擅一壑之水。』陸士龍《逸民賦》『富貴者是人之所欲』，而古之逸民輕天下，細萬物，而欲專一丘之歡，擅一壑之美。半山詩曰：『穰侯久擅關中政，長恐諸侯客子來。我亦暮年專一壑，忽逢車馬便驚猜。』蓋用其語，語則工矣，惜乎其不大也。石屋之勝，余未及識。伯與以妙思尋幽，而無專擅之意。思與好事者共之，豈不宏哉！

逸民箴并序

【題解】

此箴乃爲駁斥何道彦《反逸民賦》而作。全文思想傾向與《逸民賦》基本相同，乃以道家思想爲支點，以名在身外、位極必傾、名美必亡爲核心論點，針對何文盛讚寵禄之美、名位之貴，而分别論述禮繁而道散，貪欲而禍至，盛衰隨之，得喪並之，寵福因之，安危共之。最後正面告誡出仕者，須敝屣利禄，慎名利，戒驕奢，畏天道，積仁善，毋忘本真，述修其淳，慎己敬人，返璞歸真。《文心雕龍·銘箴》曰：『箴者，所以攻疾防患，喻針石也。』士龍此文語言警醒，思致深刻，真乃醒世之良藥。以道家爲基點，亦爲談玄者之所資也。

此箴所作時間無載，然序既言『余昔爲《逸民賦》』，説明此文所作在《逸民賦》之後，而大將軍即指司馬穎，據此，《逸民箴》當作於陸雲在大將軍右司馬任上，即永寧二年（三〇二）之後，太安二年（三〇三）十月被殺之前。

余昔爲《逸民賦》，大將軍掾何道彥，大府之俊才也①，作《反逸民賦》，盛稱官人，以〔一〕美寵禄之華靡，偉名位之大寶，斐然其可觀也②。夫名者，實之賓；位者，物之寄③。窮高有必顛之吝〔二〕，溢美〔三〕有大惡之尤，可不慎哉④！故爲《逸民箴》以戒反正焉⑤。

【校勘】

〔一〕「以」，《文集》、《西晉文紀》卷十六、叢書堂鈔本、《四部備要》本、鄧邦述校本、陳仲魚校本作「之」，則句不可讀。《文章辨體彙選》卷四百四十五、《百三家集》本作「以」，今據改。

〔二〕「吝」，叢書堂鈔本、《四部叢刊》本、鄧邦述校本、陳仲魚校本作「𠫤」，古二字同。《廣韻》：「吝，俗作𠫤。」今改爲正字。又《百三家集》本作「郄」。

〔三〕「美」，《文集》、《諸家文集》本、叢書堂鈔本作「蓋」，語意扞格。《西晉文紀》卷十六、《百三家集》本、《四部叢刊》本、鄧邦述校本、陳仲魚校本作「美」。陸貽典亦校作「美」。今據改。

【注釋】

① 何道彥，生平不詳，曾任成都王司馬穎大將軍掾。《廣博物志》卷二十九引《文士傳》曰：「棘嵩見陸雲作《逸民賦》，嵩以爲大夫出身，不爲孝子，則爲忠臣。必欲建功立策，爲國宰輔，遂作《官人賦》以反雲之賦。」未言及道彥。大府，丞相府，此指大將軍府。《漢書·張湯傳》：「以湯爲無害，言大府，調茂陵尉。」顏師古注：「大府，丞相府也。」晉永寧元年正月，趙王倫篡位，成都王穎等起兵誅倫。六月，穎遷大將軍，録尚

書事。位同丞相，故稱大府。俊才，才能過人者。《左傳・宣公十五年》：『晉侯將伐之，諸大夫皆曰：不可，酆舒有三儁才。』杜預注：『儁，絶異也。言有才藝勝人者三。』儁，同俊。《玉篇》：『儁，同俊，俗作儶。』

② 官人，事君治民。《書・臯陶謨》：『知人則哲，能官人安民則惠。』《說文》：『官，吏事君也。』美，以之爲美也。《爾雅・釋詁》：『嘉，美也。』寵禄，恩寵與俸禄。《左傳・昭公元年》：『國之大臣，榮其寵禄，任其大節。』華靡，綺靡，此指榮華也。曹植《求自試表》：『目極華靡，耳倦絲竹者，爵重禄厚之所致也。』向注：『華靡絲竹，謂伎樂也。言得如此者，禄厚故也。』偉，愛。《方言》卷二：『梁益之間，凡人言盛及其所愛曰偉。』名位，名號地位。《左傳・莊公十八年》：『王命諸侯，名位不同，禮亦異數。』大寶，謂貴重其名位。潘岳《西征賦》：『唯生與位，謂之大寶。』善注：『《易》曰：天地之大德曰生，聖人之大寶曰位，言人之生獨貴在位。』斐然，五色交錯貌，喻有文采。桓玄《與王中令書》：『來難手筆甚佳，殊爲斐然。』《玉篇》：『斐，文章貌。《詩》：有斐君子。』

③ 名、實，指物之名稱與本質。《莊子・逍遥遊》：『名者，實之賓也。』寄，暫時之依託。《說文》：『寄，託也。』此二句乃發揮莊子之思想，意謂外物之名，乃本質之表象；名號地位，亦人生暫時之依託而已。

④ 窮，《玉篇》：『極也。』吝，猶恨也。《廣韻》：『吝，悔吝。又惜也，恨也。』溢，充盈。《爾雅・釋詁》：『溢，盈也。』大惡，此指亡身之禍。《禮記・禮運》：『死亡貧苦，人之大惡存焉。』尤，過也。《詩・鄘風・載馳》：『許人尤之，衆穉且狂。』毛詩傳：『尤，過也。』此三句言位極者必有顛覆之恨，盈美者有過於亡身之禍者也。

⑤ 戒，警誡也。《玉篇》：『戒，警也，防患也。』反正，邪也。《新書・道術》：『不曲謂之正，反正爲邪。』

序言作文之緣由。何道彦盛讚寵禄之美，名位之貴，作者以道家思想爲支點，指出名位乃身外之物，位極者必有傾覆之恨，名美者必有過於亡身者，故作此文以警誡矣。

浩浩太素，制爲兩儀①。經始君臣，朝有俊弼②，野有逸民，各有攸屆，而後品物有倫③。在昔后帝，齊物達觀，賞不假爵，教不示勸④。號謚〔一〕莫設，而生黎淳晏⑤。降迄中古，黄象可觀，而唐文有煥。乃彫乃藻，大樸既散⑥。

【注釋】

① 浩浩，盛大貌。《書·堯典》：『浩浩滔天，下民其咨。』孔安國傳：『浩浩，盛大若漫天。』太素，原指構成宇宙的本初物質形態。《白虎通德論·天地》：『始起之天，始起先有太素，後有太始，形兆既成，名曰太素。……故《乾鑿度》曰：太初者，氣之始也；太始者，形兆之始也；太素者，質之始也。』此指太極，宇宙本初的混沌之氣。《易·繫辭上》：『易有大極，是生兩儀。兩儀生四象，四象生八卦。』韓康伯注：『夫有必始於無，故大極生兩儀也。大極者無稱之稱，不可得而名，取其有之所極，况之大極者也。』制，分也。《玉篇》：『制，裁也。』兩儀，指天地陰陽相對立的兩大因素。此二句言浩大宇宙之本初，分爲天地陰陽。

② 經始，謂始經營規度。《詩·大雅·靈臺》：『經始靈臺，經之營之。』毛詩傳：『經，度之也。』君臣，古人以天地陰陽比附君臣，故曰太素生兩儀而經始君臣。《白虎通德論·天地》：『天道所以左旋，地道右周，何以爲天地動而不別，行而不離？所以左旋右周者，猶君臣陰陽相對之義。』俊弼，俊傑之輔臣。《爾雅·釋詁》：『弼，俌也。』郭璞注：『《易》曰：比，輔也。俌，猶輔也。』此二句言天地始生君臣，使朝有俊傑

之輔臣。

③逸民，隱逸之賢者。見上注。攸屆，所至也。《玉篇》：「攸，所也。」《書·大禹謨》：「惟德動天，無遠弗屆。」孔安國傳：「屆，至也。」品物，猶萬物也。《國語·楚語下》：「天子徧祀，群神品物。」韋昭注：「品物，謂若八蜡所祭貓虎昆蟲之類也。」倫，次序。《廣韻》：「倫，等也，比也。」此二句言野有隱逸之民，亦是性之各有所至。朝有俊臣，野有逸民，而後亦如萬物之各有次序也。

④后帝，指上古帝王。《左傳·昭公元年》：「后帝不臧，遷閼伯于商丘主辰。」杜預：「后帝，堯也。」齊物，是非物我，齊一視之。意謂泯滅是非界限，物我渾然爲一。《莊子·齊物論》郭象注：「夫自是而非彼，美己而惡人，物莫不皆然。然故是非雖異，而彼我均也。」達觀，通達之見解。羅含《更生論》：「達觀者，所以齊死生，亦云死生爲寤寐。」假，憑藉。《廣雅·釋詁》：「假，借也。」勸，勉勵。《說文》：「勸，勉也。」段玉裁注：「勉之而悅從亦曰勸。」此四句言上古帝王，達觀是非，齊一視之，不借爵位而賞賜臣下，不以勸勉而教化百姓。

⑤號謚，即謚號，古代王公貴族死後依其一生行迹而給予之稱號。司馬相如《封禪文》：「繼韶夏崇號謚，略可道者七十有二君。」向注：「自古之君，有繼明大道，崇其號謚，歷世可稱道者，七十二君有封禪之事。」《廣韻》：「号，謚也。亦作號。」亦泛指名號。《吴越春秋》卷五：「伯父若能輔余一人，則兼受永福，周室何憂焉。乃賜弓弩王阼，以增號謚。」生黎，百姓。《玉篇》：「黎，衆也。」淳，質樸。《廣韻》：「淳，樸也。」晏，安寧。《釋名·釋言語》：「安，晏也。晏晏然和喜無動懼也。」此二句言上古不設名號，而百姓質樸安寧。

⑥迄，《說文》：「至也。」中古，指西周以後。《孟子·公孫丑下》：「古者棺椁無度，中古棺七寸，椁稱

之。』趙岐注：『中古，謂周公制禮以來。』黄象，王后蠶服鞠衣，色黄象鞠。楊炯《庭菊賦》：『純黄象於后土，故尋藥而菊衣。』吴景旭《歷代詩話》卷四十九：『《埤雅》云：《周官》：后蠶服鞠衣，色黄象鞠。』鞠，通菊。《釋名·釋衣服》：『鞠衣，黄如菊花色也。』其祭祀亦取其色以象其功。《五禮通考》卷五：『陽祀祭天，陰祀祭地。祀神之牲，于天用蒼，于地用黄，象其功也。』唐文，泛指上古禮儀。《後漢書·崔駰傳》：『今聖上之育斯人也，樸以皇質，雕以唐文。』唐，帝堯。《尚書序》：『少昊、顓頊、高辛、唐虞之書，謂之五典，言常道也。』《經典釋文》卷三：『唐，帝堯也。』文，禮儀。《論語·子罕》：『文王既没，文不在兹乎。』朱熹注：『道之顯者謂之文，蓋禮樂制度之謂。』按：黄象、唐文，均泛指禮儀。唐與黄字面相對，非取黄帝之實義，不可因辭害意。焕，明。《論語·泰伯》：『巍巍乎其有成功也，焕乎其有文章。』何晏《集解》：『焕，明也。其立文垂制，復著明也。』乃彫乃藻，文飾，謂煩瑣之禮儀也。《説文》：『彫，琢文也。』又《廣韻》：『藻，文藻。』大樸，亦曰太樸，大道也。桓温《薦譙元彦表》：『太樸既虧，則高尚之標顯。』良注：『大樸，大道也。』大，同太。《廣韻》：『太，大也。』此五句言降至西周，禮儀華美紛繁，文藻雕飾，而大道離散矣。

此段論禮繁而道散之理。言混沌初開，陰陽始分，君立臣設，然朝有俊臣，野有逸民，各適其性而有序，故先王達觀禮簡而民純樸安寧，西周之後禮繁而大道散矣。

樸之既散，萬百熙心①。形爲寵放，神爲利淫②。有翿者車，命彼在林③。是故懷玉喪寶，而被褐解襟④。恬亡智生，與世式競〔一〕⑤。匪智無鑒，匪心伊鏡⑥。芒芒禹迹，鞠爲塗徑⑦。惟是每懷，偏陂〔二〕反正⑧。正反於寵，既尸干禄⑨。相協厥居，而豐其屋⑩。禄之既尸，刑爲爾司。屋之既豐，喪家于宮⑪。故非據之災，戒之在凶⑫。

【校勘】

〔一〕『式』，《諸家文集》本、《四部叢刊》本、《四部備要》本、鄧邦述校本、陳仲魚校本作『或』，形近而誤。陸貽典校作『式』，鄧邦述、陳仲魚校本亦校作『式』。又『競』，《四部叢刊》本、陳仲魚校本作『兢』。陳仲魚校作『競』。《説文》：『兢，競也。』古二字互訓。

〔二〕『陂』，《文集》、叢書堂鈔本、《四部叢刊》本、鄧邦述校本、陳仲魚校本作『彼』，形近而誤。《百三家集》本作『陂』，今據改。

【注釋】

① 萬百，言其多，指衆人。熙心，興心，指産生貪欲之心。《爾雅·釋詁》：『熙，興也。』此二句言大道散離，衆人産生貪欲之心。

② 放，縱恣，放蕩。嵇康《與山巨源絶交書》：『又讀莊老，重增其放。』善注：『放，謂放蕩。』濟注：『莊老忘榮辱，齊是非，故增放逸也。』淫，放縱，恣肆。《周禮·天官冢宰》：『去其淫怠與其奇衺之民。』鄭玄注：『淫，放濫也。』此二句互文，言形神縱恣於恩寵，泛濫於利禄。

③ 翹車，使者之車，以招隱也。陸機《漢高祖功臣頌》：『是以俊乂之藪，希蒙翹車之招。』善注：『毛萇《詩傳》曰：適，之也。陳敬仲曰：翹翹車乘，招我以弓。豈不欲往，畏我友朋。』濟注：『翹車，使車也。』此

二句言王命使者之車，適丘林而招隱。

④ 懷玉，胸懷玉質也。《老子》第七十章：『知我者希，則我者貴，是以聖人被褐懷玉。』河上公注：『被褐者薄外，懷玉者厚內。匿寶藏懷，不以示人也。』喪寶，失其玉質也。《左傳・襄公元年》：『宋人或得玉，獻諸子罕，子罕弗受。獻玉者曰：以示玉人，玉人以爲寶也，故敢獻之。子罕曰：我以不貪爲寶，爾以玉爲寶，若以與我，皆喪寶也。』被褐，身著布衣，指隱士。《孔子家語・三恕》：『子路問於孔子曰：有人於此披褐而懷玉，何如？子曰：國無道，隱之可也；國有道，則袞冕而執玉。』王肅注：『褐，毛布衣。』披，同被。《經典釋文校勘記》卷中：『被，段作披。』解襟，猶解褐，喻出仕也。《太平御覽》卷四百六十四：『明公將隆伊周之化，方使四海解衿。謝混何人，而敢獨異乎？』衿，同襟。《通志・六書略》：『衿，與襟同。』懷玉、被褐，喻隱者；喪寶、解襟，喻仕者。此二句言所以胸懷玉質者失其節，布衣隱居者出其仕。

⑤ 恬，静。《莊子・繕性》：『古之治道者，以恬養知。』郭象注：『恬静而後知不蕩，知不蕩而性不失也。』《説文》：『恬，安也。』智生，指詐僞之心生。《老子》第十九章：『絶聖棄智，民利百倍。』魏源《本義》：『然大道廢而後有仁義，則其變猶緩；智慧出而遄有大僞，則其變爲甚亟。』式，語助詞。《詩・邶風・式微》：『式微式微，胡不歸？』鄭玄箋：『式，發聲也。』競，追逐。《説文》：『兢，競也。』又《爾雅・釋言》：『競，逐彊也。』此二句言恬静之心失，而詐僞之心生，故與世追逐利禄矣。

⑥ 匪，非。《説文》：『匪，一曰非也。』鑒，鏡。《詩・邶風・柏舟》：『我心匪鑒，不可以茹。』毛詩傳：『鑒，所以察形也。』鄭玄箋：『我心非如是鑒。』伊，維，語助詞。《爾雅・釋詁》：『伊，維也。』郭璞注：『發語辭。』此二句言非人之心智没有鑒戒，乃世俗使之然也。

⑦ 芒芒禹迹，喻遠古帝王之遺風。《左傳・襄公元年》：『芒芒禹迹，畫爲九州。』杜預注：『芒芒，遠

貌。』禹迹，大禹之足迹。鞠，踏。《説文》：『鞠，踏鞠也。』此二句用比，言遠古帝王之遺風，皆化爲世俗之途徑。意謂樸散恬亡，競逐於世俗之利禄。

⑧ 惟是，惟此。曹植《鰕䱇篇》：『俯觀上路人，勢利惟是謀。』是，指世俗之利禄。每懷，私懷也。《詩·小雅·皇皇者華》：『駪駪征夫，每懷靡及。』鄭玄箋：『《春秋外傳》曰：懷私爲每懷也。』偏陂，偏頗，不公正。《書·洪範》：『無偏無陂，遵王之義。』孔安國傳：『偏，不平；陂，不正。言當循先王之正義以治民。』《經典釋文》卷四：『陂，舊本作頗。』反正，由邪歸正。《公羊傳·哀公十四年》：『撥亂世，反諸正，莫近諸《春秋》。』此二句言惟因人懷其私，偏頗不復反于先王之正。

⑨ 既尸，已主其位。《書·康王之誥》：『康王既尸天子，遂誥諸侯。』孔安國傳：『尸，主也，主天子之正號。』干禄，求其利禄。《詩·大雅·旱麓》：『豈弟君子，干禄豈弟。』毛詩傳：『干，求也。』此二句言由先王之正反于居寵，既尸其位，亦求其禄。

⑩ 相協厥居，君主賜其居也。《書·洪範》：『惟天陰騭下民，相協厥居。』孔安國傳：『天不言而默定下民，是助合其居，使有常生之資。』豐其屋，大其屋也。《易·豐》：『豐其屋，天際翔也。』《玉篇》：『豐，大也。』此二句言君主既賜其居室，却又欲擴大其屋宇。意謂不滿足于常生之資，而求其奢靡矣。

⑪ 刑，刑罰。《玉篇》：『刑，法也。罰總名也。』司，《廣雅·釋詁》：『主也。』宫，帝王住所。《經典釋文》卷二十九：『古者貴賤同稱宫，秦漢以來，唯王者所居稱宫焉。』此指宫廷。此四句言禄位既享，爾亦爲刑罰之主；屋宇既大，必喪家於宫廷之中。

⑫ 非據，居於不當之位。諸葛亮《街亭之敗戮馬謖上疏》：『臣以弱才，叨竊非據。親秉節旄，以厲三軍。』據，處，居。《國語·晉語》：『今不據其安，不可謂其謀。』韋昭注：『據，居也。』戒，使警省。《説文》：

『戒，警也。』凶，災禍。《廣韻》：『凶，禍也。』此二句意謂貪於利禄，必遭災禍，當警省之。

此段論貪欲而禍至之理。言大道離散，衆人心生貪欲，追逐利禄，不鑒前賢，喪其古代淳樸之風，而不知尸禄者，刑亦隨之；屋豐者，旋喪家室。故貪于利禄，身居不當之位，必遭後患。

人皆知存之爲存，而莫知得之爲喪①。榮猶振穎，墜若穨荒②。咎自專寵，福在循墻③。是故保其安者常危，而忘其存者不亡④。無休爾榮，身寔〔一〕親名⑤。無謂爾崇，神期好沖⑥。戒彼覆餗，冒此棟隆⑦。慎微如顯，乃保身以終⑧。

【校勘】

〔一〕寔，《文章辨體彙選》卷四百四十五作『實』，古二字通。《正韻》：『寔，與實通。』

【注釋】

① 此二句意謂衆人皆知利禄之存在是一種現實，而不知利禄之獲得是失去之開始。

② 榮，顯貴。《呂氏春秋·務本》：『三王之佐，其名無不榮者。』高誘注：『榮，顯也。』振穎，猶擢穎，謂拔節伸展。《廣韻》：『振，奮也，舉也。』《玉篇》：『穎，禾末也。』墜，衰落。《爾雅·釋詁》：『墜，落也。』穨荒，衰敗荒穢。《集韻》：『穨，委廢貌。』又《玉篇》：『荒，荒蕪多艸。』此二句言榮顯時猶如拔節之禾穎，衰落時又若穨敗之荒穢。

③ 咎，災禍。《説文》：『咎，災也。』循墻，喻謙恭之甚。《孔子家語·觀周》：『一命而僂，再命而傴，三命而俯，循墻而走。』王肅注：『言恭之甚。』此二句言禍起自獨擅恩寵，福生於謙恭待世。

④ 存，指利禄之所在。《爾雅·釋詁》：『在，存也。』此二句言欲保其安逸者常處於危險之境，而忘其利禄者則無亡身之憂。

⑤ 休，《爾雅·釋詁》：『美也。』寔，《爾雅·釋詁》：『是也。』郭璞注：『《公羊傳》曰：寔來者何？是來也。』親名，謂父所名之也。《儀禮·喪服》：『子生三月則父名之。』此意謂身乃父母之賜，言當惜其身也。此二句意謂爾無美其顯貴，而當惜其父母所賜之身。

⑥ 崇，喻尊貴。《爾雅·釋詁》：『崇，高也。』又《玉篇》：『崇，尊也。』期，合。《説文》：『期，會也。』段玉裁注：『會者，合也。期者，邀約之意，所以爲會合也。』沖，虚静。《玉篇》：『沖，沖虚也。』此二句言爾無言其尊貴，其神當合於虚静。

⑦ 覆餗，意同折足覆餗。謂鼎足折斷，傾覆所盛之美食。喻在位者知小謀大、力薄任重而遂至凶咎。《後漢書·謝弼傳》：『今之四公，唯司空劉寵斷斷守善，餘皆素餐致寇之人，必有折足覆餗之凶。』語出《易·鼎》：『鼎折足，覆公餗，其形渥，凶。』王弼注：『既覆公餗，體爲渥沾，知小謀大，不堪其任，受其至辱，災及其身，故曰其形渥凶也。』餗，鼎内之食物。《經典釋文》卷二：『餗，虞云：八珍之具也。馬云：鍵也。鄭云：菜也。』冒，覆。《易·繫辭上》：『夫《易》，開物成務，冒天下之道，如斯而已者也。』韓康伯注：『冒，覆也。言《易》通萬物之志，成天下之務，其道可以覆冒天下也。』此指傾覆。棟隆，指棟樑隆起。《易·大過》：『棟隆，吉。有它吝。《象》曰：棟隆之吉，不橈乎下也。』王弼注：『體屬上體，以陽處陰，能拯其弱，不爲下所橈者也。故棟隆吉也。』此喻擔當重任者。此二句言警省其折足覆餗之凶，謹防傾覆隆起之棟樑。

意謂知小力薄而貪位者必凶，身居高位則易於傾覆。

⑧ 慎微，警惕事物細微之處。《淮南子・人間訓》：『聖人敬小慎微，動不失時。』《説文》：『慎，謹也。』又《廣韻》：『微，細也。』顯，明見幽微。《爾雅・釋詁》：『顯，見也。』郭璞注：『顯、昭，明見也。』保身，全其身也。《詩・大雅・烝民》：『既明且哲，以保其身。』《字彙》：『保，全之也。』此二句言謹小慎微，如明見幽隱，則可全身而終。

此段論全身養性之道。言盛衰相隨，得爲喪始，禍福因之，安危共之，惟有棄榮顯，重身名，合虛靜，戒貪欲，謹小慎微，燭照幽隱，方可全身而終。

自古在昔，逸民有作。相彼宇宙，方之委舄①。夫豈無不休，而好是沖漠②？是故名利之災，至人攸恪③。謂予未信，無寧監于桑霍④。天明既畏，神道無親⑤。善在求己，慶由積仁⑥。無念爾本，聿修厥淳⑦。執盈如虛，乃反天真⑧。逸民司正，敢告官人⑨。

【注釋】

① 在昔，古之先王。《詩・商頌・那》：『自古在昔，先民有作。』毛詩傳：『先王稱之曰在古，古曰在昔，昔曰先民。』有作，猶作，興起。《荀子・議兵》：『湯伐有夏，文王伐崇。』有夏，即夏。《易・乾》：『聖人作而萬物睹。』相，《説文》：『省視也。』宇宙，《經典釋文》卷二十六：『《尸子》云：天地四方曰宇，往古來今曰宙。』方，比擬。《廣韻》：『方，比也。』委舄，謂棄之如敝屣也。委，丢棄。《廣雅・釋詁》：『委，棄也。』舄，

泛指鞋。《廣韻》：『舄，履也。』此四句言古代逸民興起，視天下如敝履。謂輕視其功名利禄矣。

②無不休，乃無不美也。《書・説命》：『王惟戒兹允兹，克明，乃罔不休。』孔安國傳：『言王戒慎此四惟之事，信能明政，乃無不美。』罔，通無。《爾雅・釋言》：『罔，無也。』好，稱意。《爾雅・釋言》：『稱，好也。』郭璞注：『物稱人意亦爲好。』沖漠，虛静恬寂。張協《七命》：『沖漠公子，含華隱曜。』善注：『沖漠，沖虛恬漠也。』向注：『沖漠，幽寂也。』《玉篇》：『沖，虛也。』此二句意謂非爲天下之不美也，乃逸民稱意於虛静恬寂而已。

③至人，遺物棄世，性情本真之人。賈誼《鵩鳥賦》：『至人遺物兮，獨與道拘。』善注：『莊子曰：不離於真，謂之至人。』翰注：『至人能遺去物累，與道俱行。』攸恪，所敬。《爾雅・釋言》：『攸，所也。』《爾雅・釋詁》：『恪，敬也。』此爲謹慎之意。此二句言遺物棄世之人亦謹防名利之災。

④謂予未信，謂我言之不誠。乃假設之詞也。《詩・王風・大車》：『謂予不信，有如皦日。』《爾雅・釋詁》：『誠，信也。』無寧，寧也。《左傳・隱公十一年》：『無寧兹許公復奉其社稷。』杜預注『無寧，寧也。』監，考察。《爾雅・釋詁》：『監，視也。』郭璞注：『皆謂察視也。』桑霍，指漢之桑弘羊、霍禹，以驕奢而致禍。《漢書・張湯傳》：『（張）臨亦謙儉，每登閣殿，常歎曰：桑霍爲我戒，豈不厚哉。』顏師古注：『桑，桑弘羊；霍，霍禹也。言以驕奢致禍也。』此二句言若謂我言不信，寧可考察其桑霍之戒也。

⑤天明既畏，上天明察而可畏也。《書・皋陶謨》：『天明畏，自我民明威。』孔安國注：『天明可畏，亦用民成其威。』神道，天道。王延壽《魯靈光殿賦》：『敷皇極以創業，協神道而太寧。』善注：『《周易注》曰：人君在上位，負荷天之大道。《周易》曰：聖人以神道設教。』無親，無親疏之别。《書・太甲下》：『惟天無親，克敬惟親。』孔安國傳：『言天於人無有親疏，惟親能敬身者。』此二句言上天明察可

畏，神明無有親疏。

⑥ 此二句言積善而在於求己，吉祥而在於積仁。

⑦ 無念爾本，聿修厥淳，謂不忘其本，惟修其淳樸。《詩·大雅·文王》：『無念爾祖，聿脩厥德。』毛詩傳：『無念，念也。聿，述。』《爾雅·釋言》：『厥，其也。』聿，應釋爲惟。班固《幽通賦》：『聿中龢爲庶幾兮，顔與冉又不得。』善注：『曹大家曰：聿，惟也。』

⑧ 執盈如虛，此乃《禮記·少儀》『執虛如執盈，入虛如有人』之省略。意謂手持虛空，猶如手持滿物，喻謹慎之至也；入於空室，猶如室中有人，喻恭敬之至也。天真，超越世俗之自然本性。《莊子·漁父》：『真者，所以受於天也，自然不可易也，故聖人法天貴真。』此二句言慎以待己，敬以待世，乃可復歸自然之本性。

⑨ 司正，主持禮儀者。《孔子家語·觀鄉射》：『一人揚觶，乃立司正焉。』王肅注：『賓將欲去，故復使一人揚觶，乃立司正，主威儀，請安賓也。』此喻曉之其理者也。敢，謙詞。《儀禮·士虞禮》：『敢用潔牲剛鬣。』鄭玄注：『敢，昧冒之辭。』官人，出仕者。見上注。此二句言逸民曉之以理，冒昧告之爲官者。

此段總論逸民之本質特徵，交代作文之目的。言自古逸民，棄世俗利禄如敝履，慎之名利，戒之驕奢，畏天道，積仁善，毋忘本真，述修其淳，慎己敬人，返璞歸真，故以此理告之出仕者。

歲暮賦并序

【題解】

此賦乃由姑姊去世而産生日月遷逝之感。遷徙漂泊之思、姑姊見背之痛、日月流逝之感，是全文抒情敘事的核心。然文章逆序而展開，時序更替，時光流逝之迅疾；老之將至，學業無成之感慨；故鄉之思，姑姊淪亡之苦痛；生命有限，欲歸不能之憂傷，使詩人百感交集。最後借道家之觀點，晏子之達言，自寬自慰。賦雖短小，抒情却類似《離騷》，憂端無緒，反復凌亂；結構有序，而層次之間種種情感又互相包融，折射了詩人創作時極爲複雜的心境。中間插入宦遊上京，得其恩寵之殊榮，表面上看，破壞了抒情的統一性和結構的完整性，而在深層中與濃烈的思鄉之情形成反襯，强化了情感的濃度。此外，文章中所透出强烈的生命意識和現實人生超越的努力，恰恰顯示了生命悖論的兩極，使抒情短文染有濃濃的形而上的哲理思辨色彩。

賦序曰：『永寧二年春，忝寵北郡。其夏又轉大將軍右司馬於鄴都。』據此可知，此賦當作於永寧二年（三〇二）夏之後。

余祗〔一〕役京邑，載離永久①。永寧二年春，忝寵北郡。其夏又轉大將軍右司馬於鄴都②。自去故鄉，荏苒六年③。惟姑與姊〔二〕，仍見背棄〔三〕。銜〔四〕痛萬里，哀思〔五〕傷毒④。而日月逝速，歲聿云暮。感萬物之既改，瞻天地而傷懷，乃作賦以言情焉⑤。

【校勘】

〔一〕『袛』，《四部叢刊》本、陳仲魚校本作『祗』，形近而誤。

〔二〕『姊』，陸貽典校作『姉』，古二字同。

〔三〕『棄』，陸貽典校作『弃』，《説文》：『弃，古棄字。』

〔四〕『銜』，叢書堂鈔本作『啣』，古二字通。

〔五〕『思』，《文集》、叢書堂鈔本、《四部叢刊》本、陳仲魚校本作『恩』，形近而誤。《百三家集》本、《西晉文紀》卷十六、《歷代賦彙》卷十三、寄生草堂本、鄧邦述校本作『思』，今據改。

【注釋】

① 袛役，猶任職也。謝靈運《鄰里相送方山詩》：『袛役出皇邑，相期憩甌越。』善注：『役，所莅之職也。』《爾雅·釋詁》：『袛，敬也。』載離，『載離寒暑』之略，歷經寒暑。《詩·小雅·小明》：『二月初吉，載離寒暑。』孔穎達疏：『以二月初朔之吉日始行，至於今則離歷冬寒夏暑矣，尚不得歸。』離，通罹。《經典釋文》卷五：『百罹，本又作離。』《玉篇》：『離，遇也。』

② 永寧，晉惠帝年號。永寧二年，公元三〇二年。忝寵，謂猥受恩寵，言任職也。忝，謙詞。《説文》：『忝，辱也。』北郡，蓋指清河。《晉書·陸雲傳》：『成都王穎表爲清河内史。』即指此事。轉，遷調官職。《晉

書・陸雲傳》：『穎將討齊王冏，以雲爲前鋒都督。會冏誅，轉大將軍右司馬。』鄴都，古地名，春秋齊桓公始築城，秦置縣，三國魏爲鄴都，時爲成都王穎之封藩。故址在今河北臨漳縣西，河南安陽市北。

③ 荏苒，漸盡。潘岳《悼亡詩》之一：『荏苒冬春謝，寒暑忽流易。』善注：『荏苒，猶漸也。冉冉，歲月流貌也。』良注：『荏苒，漸盡貌。』

④ 見，代詞，用於動詞前，猶前置之『我』。李密《陳情表》：『生孩六月，慈父見背。』背棄，指棄我而逝。銜痛，含痛。《説文》：『銜，馬勒口中。』泛指含。傷毒，痛之極也。《詩・小雅・小明》：『心之憂矣，其毒大苦。』《廣韻》：『毒，痛也。』

⑤ 歲聿云暮，猶歲暮也。《詩・唐風・蟋蟀》：『蟋蟀在堂，歲聿其莫。』毛詩傳：『聿，遂。』莫，同暮。《經典釋文》卷二：『莫夜，音暮，注同字。』瞻，《爾雅・釋詁》：『視也。』郭璞注：『皆謂察視也。』

序言作賦之緣由。離鄉已久，遷徙漂泊，故生鄉思；姑姊零落，銜痛異鄉，情在駿奔；日月流逝，物華凋落，更傷懷難堪，故作賦而抒情。序言雖短，情感遞進，層層轉深。

夫何乾行之變通兮，昏明迭而載路①。羨飛轡之遠御兮，騰六龍於天步②。時赴節而漸流兮，氣移數而改度③。揮促節於短日兮，振修策於長夜④。運攸忽〔一〕其既周兮，歲冉冉而告暮⑤。變棘心之柔風兮，滋豐草之湛露⑥。玄暉邈以峻服兮，黄裳皓而振素⑦。

【校勘】

〔一〕『攸忽』，《百三家集》本、《西晉文紀》卷十六、《歷代賦彙》卷十三作『悠忽』，古二詞同。《毛詩古音考》卷一引作『悠悠』，與下句『冉冉』相對，當據改。

【注釋】

① 乾行，原意謂君子剛健振作，踐行事務。《易・乾》：『終日乾乾，行事也。』李鼎祚《周易集解》引何妥曰：『此當文王爲西伯之時，處人臣之極，必須事上接下，故言行事也。』因乾卦，其義爲健，其象爲天，故以乾行代指天行，後亦代天子之行。沈約《南齊皇太子禮佛願疏》：『去歲，皇帝暫虧御膳，小廢乾行，四海震惶，百司戰悚。』變通，趨時而變也。《易・繫辭上》：『廣大配天地，變通配四時。』又《繫辭下》：『變通者，趨時者也。』韓康伯注：『趨時況爻。』昏明，晝夜。《易・繫辭上》韓康伯注：『《象》況日月星辰，形況山川草木也。縣象運轉，以成昏明。』迭，《説文》：『更迭也。』載路，猶應也。載，語助詞。《詩・鄘風・載馳》：『載馳載驅，歸唁衛侯。』毛詩傳：『載，辭也。』路，應。《詩・大雅・皇矣》：『帝遷明德，串夷載路。』鄭玄箋：『路，應也。』此二句言天行之變何其速，晝夜更迭而應時矣。

② 羡，羡慕。《廣韻》：『羡，貪慕。』飛轡，猶言飛馳也。陸機《擬青青陵上柏》：『方駕振飛轡，遠遊入長安。』轡，馬韁。《玉篇》：『轡，馬轡也。』御，駕御車馬。《説文》：『御，使馬也。』騰，《玉篇》：『上躍也，奔也。』六龍，御車之龍。《楚辭・離騷》：『吾令羲和弭節兮，望崦嵫而勿迫。』洪興祖補注：『日乘車駕以六龍，羲和御之日。』天步，行于雲霄。陸機《擬迢迢牽牛星》：『昭昭清漢暉，粲粲光天步。』步，行。《詩・小

雅・白華》：『天步艱難，之子不猶。』毛詩傳：『步，行也。』此二句言羨慕其御飛駕而遠行，六龍騰躍，行于雲霄。

③ 赴節，謂合於節氣也。《説文》：『赴，趨也。』節，節氣。《史記・太史公自序》：『夫陰陽四時、八位、十二度、二十四節，各有教令。』氣，四氣，猶四時之節氣。《玉篇》：『氣，候也。』移數，謂星象度數之變。《廣韻》：『移，易也。』數，星象度數。《孫子・火攻》：『凡軍必知有五火之變，以數守之。』張預注：『指四星之度數，知風起之日，則嚴守備之。』改度，日月之改變。《太平御覽》卷六百六十七：『甲子陰陽之首氣，月晦改度之初萌，故爲新日也。』此二句承『乾行之變通』之意，言四時合節氣之變而漸漸逝去，四氣依星數之變而日月改度。謂四時之更替也。

④ 揮，《説文》：『奮也。』促節，疾驅也。司馬相如《上林賦》：『然後侵淫促節，儵敻遠去。』善注：『郭璞曰：言疾驅也。』又《子虛賦》：『案節未舒，即陵狡獸。』銑注：『節，馬足也。』陸機《與弟清河雲》：『六龍促節，逝不我待。』振，《廣韻》：『奮也，舉也。』修策，長鞭。王通《中説・録關子明事》：『脩策迴馭，長羅遠羈。』脩，同修。見上注。此二句承『騰六龍於天步』之意，言其白日奮節疾馳，黑夜舉鞭長驅。謂時間之流逝也。

⑤ 攸忽，猶倏忽，迅疾貌。楊子欽《張公神碑》：『蜚魚往來，悠忽遂熹。』朱駿聲《説文通訓定聲》：『攸，叚借爲悠。』周，遍。《廣韻》：『徧也，俗作遍。』冉冉，漸漸。《楚辭・離騷》：『老冉冉其將至兮，恐脩名之不立。』洪興祖補注：『冉冉，行貌。五臣云：冉冉，漸漸也。』此二句言六龍疾行既周遍天下，一年亦漸至盡矣。

⑥ 棘心之柔風，謂柔和之南風吹拂酸棗之木，指夏也。《詩・邶風・凱風》：『凱風自南，吹彼棘心。』

毛詩傳：『南風謂之凱風。樂夏之長養。棘，難長養者。』《説文》：『棘，小棗叢生者。』滋，《玉篇》：『長也，益也。』豐草之湛露，謂濃濃之露落于豐茂之草，指秋也。《詩・小雅・湛露》：『湛湛露斯，在彼豐草。』毛詩傳：『湛湛，露茂盛貌。』此二句謂由夏至秋也。

⑦玄暉，天日。玄，天。《易・坤》：『夫玄黃者，天地之雜也。天玄而地黃。』邈，遥遠。《玉篇》：『邈，曠遠也。』峻服，猶峻也。《説文》：『峻，高也。』服，語助詞。黃裳，代指少年。駱賓王《上廉使啓》：『白羽書生，自銘於食稻；黃裳童子，將賽德於飡花。』皓，同縞，白色。《玉篇》：『縞縞，白色也。皓，同縞。』振素，謂飄舉之鬚髮如素，言其老矣。《抱朴子・外篇・廣譬》：『吕尚非早蔽而晚智，然振素而僅遇。』《玉篇》：『素，白也，白緻繒也。』又《廣韻》：『振，奮也，舉也。』此二句言天日遥遠而高峻，黃裳之童轉瞬鬚髮白矣。

此段言時光流逝之迅疾。天道變化，晝夜交替，時節流逝，星數改度，倏忽之間，日晝夜來，夏去秋至，歲之將暮，人之老矣。

於是顓頊御時，玄冥統官①。天廟既底，日月貞觀②。淪重陽於潛户兮，嚴積陰於司寒〔一〕③。日回天以滅景兮，飇衝淵而無瀾④。堅冰涸於川底兮，白雪隕於雲端⑤。普區宇之瘁景兮，頻萬物之衰〔二〕顏⑥。

【校勘】

〔一〕『嚴積陰於司寒』，《文集》、《六朝詩集》本、《四部叢刊》本、周亮工校本、鄧邦述校本、陳仲魚校本作『嚴徵積陰於司寒』，與上下句式不合。《初學記》卷三、《藝文類聚》卷三、《百三家集》本、《歷代賦彙》卷十三均無『徵』，此據删。《太平御覽》卷二十七、《四部備要》本作『徵積陰於司寒』，叢書堂鈔本作『嚴徵積於司寒』，句式雖與上下相合，然語意扞格。

〔二〕『衰』，《文集》、叢書堂鈔本作『哀』，形近而誤。《百三家集》本、《六朝詩集》本、寄生草堂本、《歷代賦彙》卷十三、周亮工校本、鄧邦述校本、陳仲魚校本作『衰』，今據改。

【注釋】

① 顓頊，五帝之第二帝。《尚書序》：『少昊、顓頊、高辛、唐、虞之書，謂之五典。』孔安國傳：『顓頊，高陽氏，姬姓，黄帝之孫，昌意之子。母曰景僕，謂之女樞。以水德王，五帝之二也。』御，《玉篇》：『治也。』玄冥，少昊氏之子，顓頊時任水官。《禮記・月令》：『孟冬之月，日在尾，昏危中，旦七星中。其日壬癸，其帝顓頊，其神玄冥。』鄭玄注：『此黑精之君，水官之臣，自古以來，著德立功者也。顓頊，高陽氏也。玄冥，少皞（昊）氏之子，曰脩曰熙，爲水官。』統，《玉篇》：『總也。』此二句言於是顓頊治其四時，玄冥總其百官。

② 天廟既底，謂日月照臨其室。《國語・周語上》：『日月底於天廟。』韋昭注：『底，至也。天廟，營室也。孟春之月，日月皆在營室。』厎，同底。《韻會》：『厎，通作底。』日月貞觀，謂日月以其明而照臨萬物。《易・繫辭下》：『天地之道，貞觀者也；日月之道，貞明者也。』王弼注：『明夫天地萬物，莫不保其貞以全其用也。』《玉篇》：『貞，正也。』此二句言日月之明照臨屋宇，遍被萬物。此謂春季也。

③ 淪，喪，没。《書・微子》：『今殷其淪喪。』孔安國傳：『淪，没也。』重陽，九天之陽。《楚辭・遠

遊》：『集重陽入帝宮兮，造旬始而觀清都。』洪興祖補注：『《文選》云：重陽集清氣。又云：集重陽之清徵。注云：言上止於天陽之宇。上爲陽，清又爲陽，故曰重陽。余謂：積陽爲天，天有九重，故曰重陽。』此指春日之陽也。潛户，謂蟄居室内，潛匿未出。張衡《東京賦》：『既春遊以發生，啓諸蟄於潛户。』善注：『《禮記》曰：仲春之月，蟄蟲咸動，啓户始出。』向注：『言春遊者，爲有蟄蟲潛匿未出者，故巡遊以啓發出之。』嚴，《正字通》：『寒氣凛冽曰嚴。』積陰，猶積寒，謂寒冬也。《淮南子·天文訓》：『積陽之熱氣生火，火氣之精者爲日；積陰之寒氣者爲水，水氣之精者爲月。』司寒，指玄冥，北方之神。《左傳·昭公四年》：『其藏之也，黑牡秬黍，以享司寒。』杜預注：『司寒，玄冥，北方之神。』此二句言春陽已没，蟄蟲潛匿於室中；寒氣凛冽，玄冥司掌於嚴冬。

④回天，運行於天。《説文》：『回，轉也。从口，中象回轉形。』徐鍇《繫傳》曰：『渾天之氣，天地相成，天周地外，陰陽日月五星回薄其中也。』滅景，無影。孫綽《遊天臺山賦》：『建木滅景於千尋，琪樹璀璨而垂珠。』濟注：『景，影也。建木，木名。天帝所從上，下處此木，日中無影，故云滅景也。』此指影滅，即日落。飈，狂風。荀悦《前漢紀·孝武皇帝紀》：『至如飈風，去如流電。』飈，同飆。《正字通》：『飆，俗省作飈。』此二句言春日運行於天而墜影，飆風衝擊深淵亦無波。

⑤涸，《爾雅·釋詁》：『竭也。』此二句言堅冰盡於川底，白雪墜於雲霄。謂冰厚雪密也。

⑥普，《玉篇》：『徧也。』區宇，猶天下也。張衡《東京賦》：『區宇乂寧，思和求中。』薛綜注：『天地之内稱宇。』《玉篇》：『區，域也。』瘁景，喻景物之慘澹。《廣韻》：『瘁，病也。』頻，猶皆也。《廣雅》：『頻，比也。』此二句言遍天下景物慘澹，萬物皆已衰零。

此段順承上段，亦言時光流逝之迅疾。顓頊治四時，玄冥總衆神，春陽普照，然轉瞬之間嚴冬至矣，冰凍川底，雪落雲端，普天之萬物慘澹衰零。上段由夏至秋，此段由春至冬。

時凜〔一〕戾其可悲兮，氣蕭索而傷心①。凄風愴其鳴條兮，落葉翻而灑林②。獸藏丘而絶迹兮，鳥攀木而栖音③。山振枯於曾嶺兮，民懷慘於重襟④。

【校勘】

〔一〕「凜」，《文集》、叢書堂鈔本、《四部叢刊》本、鄧邦述校本、陳仲魚校本作「稟」。《百三家集》本、寄生草堂本、《歷代賦彙》卷十三、周亮工校本作「凜」，今據改。

【注釋】

① 凜戾，猶凜冽，嚴寒也。《説文》：「凜，寒也。」《玉篇》：「戾，虐也。」蕭索，蕭條冷落。陶淵明《自祭文》：「天寒夜長，風氣蕭索。」此二句言季節嚴寒而悲涼，氣候蕭條而傷心。

② 愴，凄涼憂傷。《廣韻》：「愴，悽愴。」翻，飛。《廣韻》：「飜，飛也。翻，同飜。」此二句言風鳴枝條，凄涼憂傷；落葉翻飛，灑落林間。

③ 栖，鳥棲息，引作止。《玉篇》：「棲，鳥棲也。又作栖。」絶迹，滅迹，没有蹤迹，謂獸畏寒而不出入也。班彪《北征賦》：「遂奮袂以北征兮，超絶迹而遠遊。」善注：「《廣雅》曰：絶，滅也。」此二句言野獸藏匿山丘而絶迹野外，飛鳥依附林中而不再鳴叫。謂嚴寒也。

④ 曾嶺，高山峻嶺。謝惠連《西陵遇風獻康樂》：『屯雲蔽曾嶺，驚風涌飛流。』銑注：『曾嶺，高山也。』曾，通層。《增韻》：『層，古通作曾。』重襟，重疊之衣襟，此謂胸襟之中也。左思《招隱詩》：『秋菊兼餱糧，幽蘭間重襟。』此二句言高山峻嶺枯葉振飛，人之胸中滿懷慘凄。

此段通過凄風鳴條，落葉亂飛，鳥獸匿迹之景物，極寫冬之寒冷蕭索，以悲傷、凄愴、懷慘等詞，渲染心境之落寞憂傷。

寒與暑其代謝兮，年冉冉其將老①。豐顔曄而朝謝〔一〕兮，玄髮粲其夕皓②。感芳華之志學兮，悲時暮而難考③。遠圖逝而辭懷兮，密思集而盈抱④。羨厚德之溥載兮，嘉豐化之大造⑤。恨盛來之苦晏兮，悲衰至之常蚤⑥。指晞露而怵心兮，衍死生於靡草⑦。

【校勘】

〔一〕『謝』，《文集》、叢書堂鈔本、《四部叢刊》本、周亮工校本、陳仲魚校本脱。《百三家集》本、《七十二家集》本、《歷代賦彙》卷十三、影鈔宋本、《四部備要》本作『榮』；寄生草堂本、鄧邦述校本作『謝』。考其文意，當以『謝』爲善，故據此校補。

【注釋】

① 代謝，時序更替。《淮南子·俶真訓》：『二者代謝舛馳，各樂其成形。』許慎注：『代，更也；謝，敘

也。』冉冉，漸漸。見上注。此二句言寒來暑往，時序更替；歲月漸逝，人之將老。

② 豐顔，猶言盛年。《廣韻》：『豐，茂也，盛也。』顔，容顔。《玉篇》：『顔，《國語》：天威不違顔咫尺。顔，謂眉面之間也。』暐，喻容光煥發。《廣韻》：『暐，光也。』玄髮，黑髮。《説文》：『黑而有赤色者爲玄，象幽而入覆之也。』粲，形容鮮明有光澤。《經典釋文》卷六：『粲，鮮明也。』皓，《小爾雅》：『白也。』此二句言盛年容光，一朝殂謝；潤澤黑髮，至夕即白。

③ 芳華，年華芬芳，喻少年。《楚辭·九章·思美人》：『芳與澤其雜糅兮，羌芳華自中出。』王逸注：『生含天姿，不外受也。』志學，有志於學。《論語·爲政》：『子曰：吾十有五而志乎學，三十而立。』考，完成。《爾雅·釋詁》：『考，成也。』此二句言感于少年而立志乎學，悲歎年暮而學無所成。

④ 遠圖逝，乃圖遠逝之倒裝。密思集，亦思密集之倒裝。辭懷，指辭歸之情。此二句言圖謀遠逝而辭歸，却又百思交集而滿懷。謂欲隱而不能也。

⑤ 厚德溥載，謂厚其道德而廣載萬物。《易·坤》：『君子以厚德載物。』《説文》：『溥，大也。』嘉，《爾雅·釋詁》：『美也。』豐化，猶大化。《玉篇》：『豐，大也。』大化，謂陰陽之造化萬物。《荀子·天論》：『陰陽大化，風雨博施。』楊倞注：『大化，謂寒暑變化萬物也。』大造，猶言皆成也。陸機《吊魏武帝文》：『彼人事之大造，夫何往而不臻。』善注：『《左氏傳》：吕相曰：我有大造於西也。杜預注曰：造，成也。』此二句言慕大地之厚德而廣載萬物，美陰陽之造化而成之。按：厚德之語出自《坤》卦，坤爲地，故此指地之厚德載物，非指由地而推衍出的『君子厚德載物』之理。

⑥ 晏，《玉篇》：『晚也。』蚤，通早。《孟子·離婁下》：『蚤起，施從良人之所之。』《廣韻》：『蚤，又古借爲蚤暮字。』此二句言怨盛年來之苦晚，悲衰顔至之常早。

⑦晞露，露燥乾也。《經典釋文》卷五：『晞，毛云：乾也。』怵心，内心悚懼。《玉篇》：『怵，悚懼也。』衍死生，謂由生而至死也。衍，至。《廣韻》：『衍，達也。』靡草，狗薺草，泛指荒草。《淮南子·時則訓》：『靡草死，麥秋至，决小罪，斷薄刑。』許慎注：『靡草，則亭歷之屬。』又《爾雅·釋草》：『葶，亭歷。』郭璞注：『實葉皆似芥，一名狗薺。』此二句言指消逝之露珠而内心悚懼，終由生至死而葬身荒草矣。意謂人生如露，轉瞬即逝。

此段言時序更替，老之將至，韶華轉瞬即逝，而學業無成；欲隱不能，百感交集；羡慕天地厚德化物，人生苦短而壯志難酬，故感於晞露而心懷悚懼矣。

蒙時來之嘉運兮，遊上京而凱入①。委乘輅於紫宫兮，剖金虎而底邑②。憑台光之發暉兮，荷寵靈而來集③。望故疇之迥〔一〕遼兮，泝南風而頹泣④。長歎〔二〕息而永懷兮，感逝物而傷悲⑤。哀年歲之攸往兮，伊行人之思歸⑥。結隆思於朝日兮，綴永念於汜〔三〕暉⑦。表寸陰而貞吝兮，眄〔四〕盈尺其若遺⑧。嗟我行之久永兮，何歸途之芒芒〔五〕⑨。

【校勘】

〔一〕『迥』，《四部備要》本作『迴』，古二字通。

〔二〕『歎』，《四部叢刊》本、周亮工校本、陳仲魚校本作『難』，形近而誤。陳仲魚校本校作『歎』。

〔三〕『汜』，《文集》、叢書堂鈔本、《四部叢刊》本、周亮工校本、鄧邦述校本、陳仲魚校本作『紀』，語意扞格。《百三家集》本、《七十二家集》本、《歷代賦彙》卷十三作『汜』，今據改。

〔四〕『盻』，《文集》作『眄』，下文『盻』亦同。《歷代賦彙》卷十三、《七十二家集》本、《四部備要》本作『盼』；叢書堂鈔本、周亮工校本、鄧邦述校本、陳仲魚校本作『盻』。盻、盼，古二字同。今據改。

〔五〕『芒芒』，《百三家集》本、《歷代賦彙》卷十三並作『茫茫』，古二詞同。

【注釋】

① 蒙，承受，猶遭遇。《易・明夷》：『內文明而外柔順，以蒙大難。』時，時機，時運。《左傳・莊公八年》：『務脩德以待時乎。』嘉運，好運。《爾雅・釋詁》：『嘉，美也。』上京，帝都，此指鄴都。曹植《與楊德祖書》：『德璉發迹於此魏，足下高視於上京。』濟注：『上京，謂帝都也。』凱入，謂樂而入其國也。《玉篇》：『凱，樂也。』此二句言遇其時，蒙嘉運，宦遊鄴都而心樂之。

② 輅，車。王褒《四子講德論》：『有二人焉，乘輅而歌。』善注：『輅，車也。』紫宮，天子之所居。張衡《西京賦》：『正紫宮於未央，表嶢闕於閶闔。』薛綜注：『曰天有紫微宮，王者象之。紫微，宮門名。』此指成都王穎之宮室也。金虎，又名虎符、銅符虎、金虎符，古代發兵所用的符信。符分爲二，朝廷與執事者各執其半，合之則可發兵，故曰剖金虎。此謂授職清河太守。陸機《謝平原內史表》：『猥辱大命，顯授符虎。』善注：『《漢書・文帝紀》曰：初與郡守爲銅虎符、竹使符。』向注：『符虎，謂金虎符也，謂授內史也。』底邑，謂至於清河也。底，同底。見上注。《玉篇》：『底，至也。』此二句言委隨王室之車，受其符信而出守清河。

③ 台，台衡，三公之位。王儉《褚淵碑文》：『具瞻之範既著，台衡之望斯集。』善注：『《春秋漢含孶》

曰：三公在天，法三能。台與能同。《毛詩》曰：實惟阿衡，左右商王。』向注：『具瞻、台衡，並宰相之位也。』此指成都王司馬穎。《晉書·惠帝紀》：永寧元年，成都王穎因誅趙王倫功，『拜大將軍，録尚書事』，其位至三公，故謂之。荷，受，表感激之詞。《左傳·昭公三年》：『一爲禮於晉，猶荷其禄，况以禮終始乎。』寵靈，謂施恩而授其位也。《左傳·昭公七年》：『今君若步玉趾，辱見寡君，寵靈楚國。』孔穎達疏：『言開其恩惠，賜以威靈，以及楚國。』來集，猶至也。東方朔《非有先生論》：『鳳皇來集，麒麟在郊。』《説文》：『集，群鳥在木上也。從雥從木。』此二句言借台衡之光而輝煌，受恩寵而威儀至。謂受成都王之恩信而任清河太守也。

④故疇，猶故鄉。《史記·曆書》：『故疇人子弟分散。』裴駰《集解》：『如淳曰：家業世世相傳爲疇。』司馬貞《索隱》：『韋昭云：疇，類也。』迥遼，遥遠。《爾雅·釋詁》：『迥，遠也。』《康熙字典》：『迥，俗作逈。』又《玉篇》：『遼，遠也。』泝，猶迎。《玉篇》：『逆流而上。或作遡。』頽泣，猶落淚。頽，同隤。《集韻》：『隤，《説文》：下墜也。或作頽。』因詩人故鄉東吴，在清河之南，故迎南風而落淚。此二句言望遥遠之故鄉，迎南風而落淚。

⑤逝物，隨節序變化之萬物。陸機《遨遊出西城》：『逝物隨節改，時風肅且熠。』《爾雅·釋詁》：『逝，往。』郝立權《陸士衡詩注》：『風物隨節序而遷改，故云逝物也。』此二句言久久歎息而故鄉永懷，感慨物候之變而憂傷悲涼。

⑥攸往，所之，猶逝去。《國語·晉語》：『元亨利貞，勿用有攸往。』韋昭注：『攸，所也。往，之也。』伊，發語詞。《爾雅·釋詁》：『伊，維也。』郭璞注：『發語辭。』行人，遊子，士龍之自謂。此二句言哀傷年歲逝去，遊子思歸。

⑦ 結，係，猶縈繞也。《漢書・張釋之傳》：『釋之跪而結之。』顏師古注：『結，讀曰係。』隆思，思緒紛繁。陸機《爲顧彦先贈婦》：『隆思亂心曲，沉歡滯不起。』良注：『隆，繁也。』綴，連。《廣韻》：『綴，連，補也。』汜暉，日落之光。汜，蒙汜，日入之處。《楚辭・天問》：『出自湯谷，次於蒙汜。』王逸：『汜，水涯也。言日出東方湯谷之中，暮入西極蒙水之涯也。』洪興祖補注：《爾雅》云：西至日所入爲太蒙，即蒙汜也。』此二句言日出日落，深厚長久之鄉思，持續縈繞心頭。

⑧ 表，立木以標日影也。《國語・晉語》：『置茅蕝，設望表，與鮮牟守燎，故不與盟。』韋昭注：『表，謂望祭山川，立木以爲表，表其位也。』寸陰，形容日影之短。左思《吴都賦》：『責千里於寸陰，聊先期而須臾。』劉注：『寸陰，晷之短也。』貞吝，卦爻辭之語，意謂守其正而無悔。陸機《吊魏武帝文》：『援貞吝以惎悔，雖在我而不臧。』善注：『《周易》曰：自邑告命，貞吝。』濟注：『貞，正也。』《説文》：『吝，惜也。』此取字面義，即正是其悔也。眄，同盼。《字彙》：『眄字乃眄恨之眄，今人混作盼睞之盼，非。』《廣韻》：『眄，恨視。』若遺，如遺，謂棄我如遺物。《詩・小雅・谷風》：『將安將樂，棄予如遺。』鄭玄箋：『如遺者，如人行道遺忘物，忽然不省存也。』此二句言標誌日影，見寸陰而心悔，視盈尺之影亦棄我而去。謂我惜其寸陰，而光陰棄我而逝之。

⑨ 芒芒，渺遠貌。《左傳・襄公元年》：『芒芒禹迹，畫爲九州。』杜預注：『芒芒，遠貌。』此二句言嗟歎我行役永久，歸途何其渺遠。

此段言雖遇其時運，宦遊上京，得其恩寵，受其爵位，然故鄉遥遠，欲歸不能，故向南墜泣，長歎永懷。感物候之變，時光遷逝，愈加歸思難收，而離鄉久長，歸途茫茫，不禁歎息傷懷矣。身嬰榮寵，位至顯貴，本應樂不思蜀，此則反襯其思鄉之情濃矣。

憇遵渚於川盻兮，眄攸逝於江湘〔一〕①。處孝敬於神丘兮，結祇慕於惟〔二〕桑②。瞻山川而物存兮〔三〕，思六親而人亡③。問仁姑而背世兮，及伯姊而淪喪④。尋餘蹤於空宇兮，想絶景於遺堂⑤。悲山林之杳藹兮，痛華構之丘荒⑥。

【校勘】

〔一〕『憇遵渚於川盻兮，眄攸逝於江湘』，《文集》、叢書堂鈔本、周亮工校本、陳仲魚校本作『憇遵渚於川盻，攸逝於江湘』。《四部叢刊》本作『憇遵渚於盻川，攸逝兮江湘』，寄生草堂本、鄧邦述校本作『憇遵渚於盻川兮，攸逝兮江湘』。《諸家文集》本脱『兮』，此據陸貽典校補。《百三家集》本、《七十二家集》本、《歷代賦彙》卷十三作『遵渚兮盻川，攸逝兮江湘』；《四部備要》本作『憇遵渚於□川兮，眄攸逝兮江湘』。又後一『兮』字，文淵閣《四庫全書》本注曰：『一作「於」。』考其下文句式，『攸逝』前當脱一字，此據《四部備要》本校補『眄』字。後句『攸逝兮江湘』則據文淵閣四庫本校改爲『於』。

〔二〕『祇』，《四部叢刊》本作『祗』，形近而誤。又『慕』，《文集》、叢書堂鈔本、周亮工校本、鄧邦述校本、陳仲魚校本作『纂』，形近而誤。《百三家集》本、《七十二家集》本、《歷代賦彙》卷十三作『慕』，今據改。又『惟』，《文集》、《四部叢刊》本、周亮工校本、鄧邦述校本、陳仲魚校本作『帷』，形近而誤。『惟桑』指桑梓，作『帷桑』則扞格難解。《百三家集》本、《歷代賦彙》卷十三、叢書堂鈔本作『惟』，今據改。士龍《九愍・悲郢》：『望龍門而屢顧，攀惟桑而祇泣。』可爲旁證。

〔三〕『兮』，《歷代賦彙》卷十三脱。

【注釋】

①憩，止息。《爾雅·釋詁》：「憩，息也。」遵渚，循洲渚而行。《詩·豳風·九罭》：「鴻飛遵渚，公歸無所，於女信處。」毛詩傳：「鴻不宜循渚也。」《爾雅·釋水》：「小洲曰渚。」川昣，地名，古屬蜀中川西。《蜀中廣記》卷三十一：「明斷彼路，河西川昣，溝壕塹之制亦如之。」此泛指山川。眄，視也。《廣韻》：「眄，斜視。」攸逝，所往。《爾雅·釋言》：「攸，所也。」《説文》：「逝，往也。」江湘，長江與湘水，皆在詩人之故鄉。此二句言目睹歸鴻憩息于山川水洲，而飛向故鄉之江湘。

②處，猶遺也。《廣韻》：「處，止也，留也。」神丘，社壇。古代祭祀土地神之臺。《莊子·應帝王》：「鼷鼠深穴乎神丘之下，以避熏鑿之患。」結，係，猶縈繞也。見上注。祗慕，恭敬而思之。《左傳·僖公三十三年》：「父不慈，子不祗。」杜預注：「祗，敬也。」《玉篇》：「慕，思也。」惟桑，惟桑惟梓之略。桑梓，代指故鄉。潘尼《贈陸機出爲吴王郎中令》：「祁祁大邦，惟桑惟梓。」良注：「大邦，則吴矣，謂是機之桑梓。機出爲吴王郎中令，故云爾。」此二句言遺孝敬之情於社壇，係敬慕之思於鄉梓。詩人由鴻飛向南而思念故園也。

③瞻，望。《爾雅·釋詁》：「瞻，視也。」六親，指父母兄弟妻子。《老子》第十八章：「六親不和，有孝慈。」此泛指親人。此二句言瞻望故鄉，風物依舊，思念親人，而親人已亡。

④問，猶聞也。《説文》：「問，訊也。」仁姑，姑之尊稱。背世，棄世，謂死亡。潘岳《楊仲武誄》：「如何短折，背世湮沈，嗚呼哀哉。」淪喪，死亡。《書·微子》：「今殷其淪喪。」孔安國傳：「淪，没也。言殷將没亡。」此二句言聞知姑母與大姊皆亡也。

⑤餘蹤，遺迹。李白《送温處士歸黄山白鵝峰舊居》：「仙人鍊玉處，羽化留餘蹤。」絶景，猶影絶，謂不

見其形影。景，同影。《經典釋文》卷八：『日景，本或作影。』《玉篇》：『影，形影。』又《廣韻》：『景，像也。』此二句言人去屋空，遺迹難覓；影絶堂存，空留想像。

⑥ 杳藹，形容草木幽暗茂密。張衡《南都賦》：『杳藹蓊鬱於谷底，森蕁蕁而刺天。』《説文》：『杳，冥也。』《玉篇》：『藹，晻藹，樹繁茂也。』華構，華屋。《玉篇》：『構，架屋也。』丘荒，形容荒蕪寥落。陸機《歎逝賦》：『悼堂構之隤瘁，愍城闕之丘荒。』銑曰：『堂構，祖考所構之堂，皆崩頽毀瘁，城闕亦丘墟荒蕪。』此二句言故鄉之山林幽暗茂密，而昔日之華屋則荒蕪寥落，故傷痛悲哀。

此段抒寫故鄉之思，姑姊淪亡之痛。鴻飛遵渚，逝于江湘，不禁引起詩人故鄉之思，然瞻望山川，物是人非，姑姊淪喪，蹤滅影絶，山林杳藹，華堂丘荒，故悲從中來。

靖深情以遐慕兮，思纏綿而懷楚〔一〕①。涕垂頤〔二〕以交頽兮，哀凌心而洞駭②。神尋路而窅逝兮，形頻〔三〕蹙乎其所③。心悠悠其若懸兮，音既絶而復舉④。悲人生之有終兮，何天造而罔極⑤。

【校勘】

〔一〕『懷楚』，文津閣四庫本作『楚懷』。考其用韻，當據改。

〔二〕『頤』，《文集》、《諸家文集》本、叢書堂鈔本作『顔』，語意扞格。《歷代賦彙》卷十三、《百三家集》本、周亮工校本、鄧邦述校本、陳仲魚校本作『頤』，今據改。

〔三〕『頻』，《歷代賦彙》卷十三作『顰』。《百三家集》本、《七十二家集》本、《四部備要》本、鄧邦述校本作『嚬』，當據改。

【注釋】

① 靖，思念。《廣韻》：『靖，思也。』遐，遠。此指遥遠之故鄉。《説文》：『遐，遠也。』纏綿，思緒紛亂貌。陸機《贈尚書郎顧彦先》之一：『感物百憂生，纏綿自相尋。』善注：『張昇《與任彦堅書》：纏綿恩好，庶蹈高蹤。』濟注：『纏綿，思亂貌。』楚，指東吴。吴古屬楚地，故謂之懷楚。此二句言懷念遥遠之故鄉，情感深摯，思緒紛亂。

② 頤，面頰。《説文》：『頤，顄也。』穨，同隤。《集韻》：『隤，《説文》：下墜也。或作穨。』凌，侵陵。朱駿聲《説文通訓定聲》：『夌，經傳多以陵、以凌、以淩爲之。』《廣韻》：『陵，侵也。』洞駭，謂心靈深處之驚駭也。顔延年《五君詠·阮步兵》：『阮公雖淪迹，識密鑒亦洞。』善注：『洞，深也。』《廣韻》：『駭，驚也。』此二句言淚垂面頰而交相墜落，哀傷侵心而驚駭不已。

③ 窘逝，謂處境困窘而難行也。《詩·小雅·正月》：『終其永懷，又窘陰雨。』毛詩傳：『窘，困也。』頻蹙，亦作嚬蹙，憂愁也。王延壽《魯靈光殿賦》：『若悲愁于危處，憯嚬蹙而含悴。』善注：『嚬蹙，憂貌。』此二句言思尋歸途，不能離去；形容憂愁，心繫故鄉。

④ 悠悠，思之也。《詩·邶風·雄雉》：『瞻彼日月，悠悠我思。』鄭玄箋：『視日月之行迭往迭來，今君子獨久行役而不來，使我心悠悠然思之。』懸，形容心有牽掛，如物之懸。《説文》：『縣，繫也，從系持県。』徐鉉

《繫傳》：『此本是縣掛之縣，借爲州縣之縣。今俗加心，别作懸，義無所取。』舉，謂提心吊膽也。《廣韻》：『舉，擎也，動也。』此二句言心思故鄉，如物之懸；音訊已絶，心復憂矣。

⑤ 天造，天造萬物。陸機《歎逝賦》：『然後弭節安懷，妙思天造。』濟注：『妙思天之造物。』罔極，無極，無窮盡也。《詩·小雅·蓼莪》：『欲報之德，昊天罔極。』鄭玄箋：『罔，無也。』此二句乃悲歎天之造物而無盡，人之壽命而有終。

此段極寫思鄉之痛楚，欲歸不能之憂傷，最後悲歎生命有限。將强烈的思鄉之情與深厚的生命意識交織，强化了情感濃度。

仰悲谷之方中兮，顧懸車而日昃①。百年迅於分噓兮，千歲疾於一息②。詠大椿之萬祀兮，同蟪蛄於未識③。歲難停而易逝兮，情艱多而泰寡④。年有來而棄予〔一〕兮，時無算而非我⑤。祗生心於日順兮，雖呼〔二〕翕其難假⑥。攝貸〔三〕生於逆旅兮，欲淹留其焉可⑦。

【校勘】

〔一〕『予』，《四部叢刊》本、周亮工校本、鄧邦述校本作『子』，或形近而誤。鄧邦述校作『予』。

〔二〕『呼』，《文集》、《諸家文集》本、叢書堂鈔本作『乎』。《百三家集》本、影鈔宋本、《歷代賦彙》卷十三、周亮工校本、鄧邦述校本、陳仲魚校本作『呼』，今據改。

〔三〕『貸』，《歷代賦彙》卷十三作『貳』，古二字同。

【注釋】

① 悲谷，謂日在南也。《淮南子·天文訓》：『日出于暘谷，浴于咸池，拂于扶桑，是謂晨明。……至于悲谷，是謂餔時。』許慎注：『悲谷，西南方之大壑，言其深峻。臨其上，令人悲思，故曰悲谷也。』方中，即正中。《淮南子·天文訓》：『日出于暘谷……至于昆吾，是謂正中。』顧，《玉篇》：『瞻也。回首曰顧。』懸車，黄昏之日也。黄昏之前，日行舒緩，如車懸掛於天。《淮南子·天文訓》：『日出于暘谷……至於悲泉，爰止其女，爰息其馬，是謂縣車。』古代神話謂羲和駕日，以六龍爲御，故曰縣車。縣，同懸。見上注。日昃，日偏西。《易·離》：『日昃之離，何可久也。』《説文》：『昃，日在西方時側也。』此二句言仰視日在正南，轉瞬之間回首視之，則已日昃矣。謂日影移動之速也。

② 分噓，呼气至半也。《公羊傳·莊公四年》：『紀卜之曰：師喪分焉。』何休注：『分，半也。』《説文》：『噓，吹也。』一息，呼吸一次。《增韻》：『一呼一吸爲一息。』分噓、一息，形容時間極短暫。此二句以誇張手法，喻時間流逝之迅疾。

③ 詠，《説文》：『歌也。』大椿，莊子虚構之長壽樹。《莊子·逍遥遊》：『楚之南有冥靈者，以五百歲爲春，五百歲爲秋；上古有大椿者，以八千歲爲春，八千歲爲秋。』祀，年。《玉篇》：『祀，《爾雅》云：祭也。又年也。』蟪蛄，寒蟬，一名蝭蟧。《莊子·逍遥遊》：『朝菌不知晦朔，蟪蛄不知春秋，此小年也。』《經典釋文》卷二十六：『司馬云：惠蛄，寒蟬也，一名蝭蟧。春生夏死，夏生秋死。崔云：蛁蟧也，或曰山蟬。秋鳴者不及春，春鳴者不及秋。《廣雅》云：蟪蛄，蛁蟧也。案：即《楚詞》所云寒螿者也。』未識，不識春秋也。此二句言歌大椿萬齡之壽，亦同乎蟪蛄未識春秋。意謂生命雖有長短之別，然皆隨時間流逝而不免於死亡矣。乃道家齊壽夭、一死生之思想。

④ 艱，喻情感鬱結。《爾雅·釋詁》：『艱，難也。』郭璞注：『皆險難。』泰，喻情感舒泰。《廣韻》：『泰，大也，通也。』此二句言歲月不停而易流逝，故情感鬱結而難舒泰。

⑤ 算，《爾雅·釋詁》：『數也。』非，《説文》：『違也。從飛下翅，取其相背。』此二句言年來歲往，棄我而去；時序無數，背我而馳。

⑥ 祇，通祇，猶適，只也。《詩·小雅·我行其野》：『成不以富，亦祇以異。』毛詩傳：『祇，適也。』《正字通》：『祇，與祇通。』生心，猶生情。郗超《奉法要》：『《泥洹經》云：心識静休，則不死、不生心爲種本。』日順，猶言日相連也。《玉篇》：『順，從也。』呼翕，呼吸。翕，同吸。《詩·小雅·大東》：『維南有箕，載翕其舌。』毛詩傳：『翕，合也。』馬瑞辰《通釋》：『翕、吸同音通用。』此猶片刻，喻時間短暫。假，止，停也。《爾雅·釋詁》：『假，已也。』此二句言日復一日，無片刻之停留，故心生感喟之情。

⑦ 攝⿰亻貳生，乃⿰亻貳攝生之倒裝，懷疑養生之道也。⿰亻貳，《集韻》：『⿰亻貳即貳字。』《爾雅·釋詁》：『貳，疑也。』攝生，猶言養生。左思《吴都賦》：『土壤不足以攝生，山川不足以周衛。』劉淵林注：『攝，持也。』《老子》曰：『善攝生。』逆旅，客舍。《左傳·僖公二年》：『今虢爲不道，保於逆旅。』杜預注：『逆旅，客舍也。』後喻人生於世，如寓客舍。宗炳《明佛論》：『若鑒以佛法，則厥身非我，蓋一憩逆旅耳。』淹留，久留。《爾雅·釋詁》：『淹，留久也。』其，語氣詞，表疑問。王引之《經傳釋詞》卷五：『其，問辭之助也。』焉，何，表反詰。《廣韻》：『焉，何也。』此二句言人生寓世，如匆匆過客，豈可希望長壽？故養生之道亦可疑也。

此段先言日影遷逝，年過迅疾，物之短長，亦將泯然而逝，然後引出詩人日月逝矣，人生如寄，年壽有時而盡，不可淹留之感慨。文章所言之百年半噓气，千歲一呼息，大椿蟪蛄同壽，與道家之同死生，齊萬物，泯然合矣。

彼鑒寐之有時兮，亦始卒之固然①。舒遠懷於千載兮，悵同感乎中山②。鑒通人之炯戒兮，懼晏平之達言③。啓貞心以自責〔一〕兮，覽遺籍而問道④。亮爽鳩之既徂兮，故營丘之有紹⑤。在吾儕之陋心兮，豈取樂於東表⑥。苟長生而自得兮，將奚待而有夭⑦。考大德於天地兮，知斯言之益〔二〕矯⑧。

【校勘】

〔一〕『責』，《文集》、叢書堂鈔本、《四部叢刊》本、周亮工校本、鄧邦述校本、陳仲魚校本作『買』，形近而誤。《百三家集》本、《七十二家集》本、《歷代賦彙》卷十三作『責』，今據改。

〔二〕『益』，《文集》、叢書堂鈔本、《諸家文集》本作『蓋』，鄧邦述、陳仲魚皆校作『蓋』，形近而誤。《百三家集》本、《六朝詩集》本、《七十二家集》本、寄生草堂本、《歷代賦彙》卷十三、周亮工校本、鄧邦述校本、陳仲魚校本作『益』，今據改。

【注釋】

① 鑒寐，假寐。江淹《蕭太尉子姪爲領軍江州兖州豫州淮南黄門謝啓》：『永言戚慮，鑒寐殷心。』《通雅》卷四：『監寐，假寐也，或作鑒寐。』《詩・小雅・小弁》鄭玄注：『不脱衣冠而寐，曰假寐。』卒，死。《爾雅・釋詁》：『盡也。』郭璞注：『終盡也。』此二句言人之始亡，亦如有時之假寐。

② 舒，叙述，抒寫。《爾雅・釋詁》：『舒，叙也。』遠懷千載，猶謂發思古之幽情也。悵，惆悵。《玉

篇》：『悵，惆悵失志。』中山，酒家之名。張華《博物志》：『劉玄石於中山酒家沽酒，酒家與千日酒飲之，忘言其節度。歸至家，大醉，不醒數日，而家人不知，以爲死也，具棺殮葬之。後酒家計千日滿，乃憶玄石前來沽酒，醉當醒矣。往視之，云：玄石亡來三年，已葬。於是開棺，醉始醒。俗云：玄石飲酒，一醉千日。』後代指美酒。謝靈運《擬魏太子鄴中集詩・平原侯植》：『中山不知醉，飲德方覺飽。』同感乎中山，謂感喟人生同乎醉死夢生。此二句言抒發千載之幽情，惆悵人生同乎醉死夢生。按：中山，當爲牛山之形誤（見下注），意謂同感乎景公之牛山之歎也。曹植《感節賦》：『慕牛山之哀泣，懼平仲之我笑。』則是陸雲取意之本。如此，則與下文意脉相連。此處解釋尚嫌牽强，然作『牛山』則無版本依據，故不敢妄改。俟方家考之。

③ 鑒，考察。《玉篇》：『鑒，察也。』通人，通達事理者。《淮南子・脩務訓》：『通人則不然，服劒者期於銛利，而不期於墨陽、莫邪。』許慎注：『通人，通於事類。』此指晏子。炯戒，明戒。班固《幽通賦》：『既訊爾以吉象兮，又申之以炯戒。』善注：『曹大家曰：炯，明也。登高爲吉象，深谷爲明戒也。』晏平，晏子，齊國人，博聞彊記，通於古今，事齊靈公、莊公、景公。晏子名嬰，謚平仲，故後人稱之晏平。達言，通達之言，蓋指晏子關於生死乃自然規律之言。《晏子春秋》卷一：『景公遊于牛山，北臨其國城而流涕曰：若何滂滂去此而死乎？艾孔、梁丘據皆從而泣。晏子獨笑於旁。公刷涕而顧晏子曰：寡人今日遊悲，孔與據皆從寡人而涕泣，子之獨笑，何也？晏子對曰：使賢者常守之，則太公、桓公將常守之矣。使勇者常守之，則莊公、靈公將常守之矣。數君者將守之，則吾君安得此位而立焉？以其迭處之，迭去之，至於君也。而獨爲之流涕，是不仁也。不仁之君見一，諂諛之臣見二，此臣之所以獨竊笑也。』此二句言考察晏子有關生死之通達言論，内心充滿悚懼。謂懼如景公之無知也。

④ 啓，啓迪。《玉篇》：『啓，《説文》：教也。又開，發也。』貞心，正直而明察之心。《汲冢周書・謚法

解》：『貞心大度曰匡。』孔晁注：『心正而明察也。』覽，閲覽。《玉篇》：『覽，視也。』遺籍，前代典籍。魏收《魏書・釋老志》：『漢採遺籍，復若山丘。』問道，探詢至理。《説文》：『問，訊也。』又《法言・問道》李軌注曰：『夫道者，弘乎至化，通乎至理也。』此二句言前人達言啓迪其心正明察，而自責其識見淺陋，閲覽前代典籍而探詢人生之至道。

⑤ 亮，信，誠然。《爾雅・釋詁》：『亮，信也。』爽鳩之既徂，謂爽鳩氏已逝去。陸機《齊謳行》：『爽鳩苟已徂，吾子安得停？』善注：『《左氏傳》：齊侯飲酒樂，公曰：古而無死，其樂若何？晏子對曰：古而無死，古之樂也，君何得焉。爽鳩氏始居此地，季萴因之，而逢伯凌因之，蒲姑氏因之，而大公因之。古若無死，爽鳩氏之樂，非君所願也。』良注：『徂，往也。』爽鳩，即五鳩，相傳爲少皞時官名。《左傳・昭公十七年》：『爽鳩氏，司寇也。』後用作姓氏。營丘，太公之封地，即今山東淄博市。陸機《齊謳行》：『營丘負海曲，沃野爽且平。』善注：『《禮記》曰：太公封于營丘。鄭玄曰：齊曰營丘。晁錯《新書》曰：齊地僻遠負海，地大人衆。』向注：『營丘，地名，太公所封也。』此指太公所創立之基業。紹，《説文》：『繼也。』此二句言誠因爽鳩之逝去，故太公繼之以創立基業。

⑥ 吾儕，我輩。《左傳・宣公十一年》：『吾儕小人，所謂取諸其懷而與之也。』杜預注：『儕，輩也。』陋心，淺薄之識見，謂希望生命永恒之見。《荀子・脩身》：『少見曰陋。』東表，代指齊地。陸機《齊謳行》：『惟師恢東表，桓后定周傾。』善注：『《左氏傳》曰：季札請觀于周樂，爲歌齊曰：表東海者，其太公乎。又曰：公及齊侯會於首止，謀寧周也。公，魯僖公也。齊侯，桓公也。』此二句言若我輩所存之淺陋之見，今豈可取樂於齊地。意謂若前人生命永恒，則我輩不得取樂於此地也。

⑦ 苟，假若。王引之《經傳釋詞》卷五：『苟，猶若也。』奚，何。楊樹達《詞詮》卷四：『奚，疑問代詞，何

事也。』待，《增韻》：『遇也。』夭，夭折。《博雅》：『不盡天年謂之夭。』此二句言若人之可得長生，又將何以遇上年少壽夭呢。

⑧ 大德，天地之德。天地化育萬物而順乎自然，故爲大德。《易·繫辭下》：『天地之大德曰生，聖人之大寶曰位。』韓康伯注：『施生而不爲，故能常生，故曰大德也。』矯，正也。《漢書·成帝紀》：『鄉本者少，趨末者衆，將何以矯之？』顔師古注：『矯，正也。』此二句言考天地之德，生死順乎自然，則益知達言之正矣。

此段作通達之言。謂死亡如同假寐，閲覽遺籍，考察晏子之達言，探詢人生之至理，則知爽鳩逝而有太公，太公逝而有吾輩，考天地之德，順乎自然，益知晏子生死之達言是矣。

愁霖賦并序

【題解】

鄴中霖雨，『稼穡沉湮，生民愁瘁』，詩人憂歎焦慮而作此賦。賦以霖雨愁人爲全文張本，然後寫雨之狂烈及其造成的嚴重後果，再以霖雨間歇時之所見，强化霖雨之後果，自然過渡到對暑去雨止的殷切盼望。又因士龍生在東吴水鄉，見霖雨而憂桑梓，因憂慮而生鄉思，由鄉思而感歎人生，又由此而推及衆生，最後回歸主題，切盼霖雨之止。賦寫霖雨，由『稼穡沉湮』而及『生民愁瘁』，升華了文章之境界；由鄴都而及故鄉，拓展了表達空間；再由故鄉而生故鄉之思與人生感歎，深化了情感的表達。就表達效果而言，由近及遠，由景及情，由己及人，也是化綿密爲疏宕，化景物爲情思。以誇張之筆而寫實是士龍描寫的基本特徵，如本文伸寫風疾、雷鳴、電閃、雲涌、雨狂，即其例證也。

據賦序，此賦當作於永寧二年（三〇二）夏六月或稍後。

永寧二年〔一〕夏六月，鄴都大霖，旬有奇日①。稼穡沉湮，生民愁瘁②。時文雅之士，焕然並作，同僚見命③，乃作賦曰〔二〕：

【校勘】

〔一〕『二年』，《文集》、《百三家集》本、《西晉文紀》卷十六、《六朝詩集》本、叢書堂鈔本、影鈔宋本、《四部叢刊》本、《四部備要》本、周亮工校本、鄧邦述校本、陳仲魚校本作『三年』。黄葵《陸雲集》：『按：晉惠帝于永康二年四月改元永寧，至二年十二月又改元泰安，不得有「三年」。』黄説甚是。《初學記》卷二作『二年』，今據改。

〔二〕此序與正文諸本版式皆不分段落，連續排列。《諸家文集》本傅增湘校曰：『宋本「曰」字足前，照别賦式應另起。』

【注釋】

①鄴都，古地名，春秋齊桓公始築城，秦置縣，三國魏爲鄴都，時爲成都王司马穎之封藩。故址在今河北臨漳縣西，河南安陽市北。霖，久雨。《爾雅·釋天》：『久雨謂之淫，淫謂之霖。』郭璞注：『雨自三日已

上爲霖。』奇日，單日。《説文》：『奇，一曰不耦。』旬有奇日，謂十一日。

② 稼穡，耕種收穫。《書·洪範》：『土爰稼穡。』孔安國傳：『種曰稼，斂曰穡。』此指莊稼。沉湮，淹没。《説文》：『湮，没也。』桂馥《義證》：『没也者，《集韻》：湮，没水中也。』愁瘁，謂愁之深重也。《廣韻》：『瘁，病也。』

③ 文雅，指藝文禮樂。謝朓《奉和隨王殿下》：『平臺盛文雅，西園富群英。』文雅之士，指博通藝文之人。焕，形容文采之盛。《論語·泰伯》：『焕乎其有文章。』何晏《集解》：『焕，明也。』同僚，同朝爲官者。《詩·大雅·板》：『我雖異事，及爾同僚。』毛詩傳：『僚，官也。』見命，猶命我也。

序言作賦之緣起。從『稼穡沉湮，生民愁瘁』句看，作賦非止是『見命』之作，而滲透着明確的民生之憂。

在朱明之季月兮〔一〕，反極陽於重陰①。興介丘之膚寸兮，墜崩雲而洪沉②。谷風扇而攸遂〔二〕兮，苦雨播而成淫③。天泱漭以懷慘兮，民嚬蹙〔三〕而愁霖④。

【校勘】

〔一〕『兮』，《藝文類聚》卷二無此字。下文均無『兮』字。

〔二〕『遂』，《藝文類聚》卷二作『遠』，疑是。

〔三〕『嚬』，《歷代賦彙》卷八作『顰』。又『蹙』，《文集》、叢書堂鈔本、《諸家文集》本作『感』，鄧邦述、陳仲魚亦校作『感』，皆誤。

【注釋】

① 朱明，夏也。《爾雅・釋天》：『夏爲朱明。』郭璞注：『氣赤而光明。』季月，每季之最後一月。揚雄《羽獵賦》：『於是玄冬季月，天地隆烈。』此指六月。極陽，酷烈之夏日。《説郛》卷八上：『春爲陽始，夏爲陽極。』又作積陽。陸機《贈尚書郎顧彦先》之一：『大火貞朱光，積陽熙自南。』《唐鈔文選集注彙存》：『《鈔》曰：積陽，日也。陸善經曰：謂六月大星昏，正時星昏，正特積陽，夏積陽氣。』向注：『此仲夏之月，積陽爲日氣也。』重陰，雲濃幽暗，此指雨。陸機《贈尚書郎顧彦先》之一：『望舒離金虎，屏翳吐重陰。』善注：『言月離畢，天將雨也。』此二句言夏季之六月，本應爲夏日之酷烈而反成陰雨。

② 介丘，大丘。揚雄《方言・吾子》：『以登介丘，不亦恧乎？』善注：『服虔曰：介，大丘也。』膚寸，喻其小也。謂雲之重合，無有膚寸之隙，形容雲密。《公羊傳・僖公三十一年》：『觸石而出，膚寸而合，不崇朝而徧雨乎天下者，唯泰山爾。』何休注：『側手爲膚，按指爲寸，言其觸石理而出，無有膚寸而不合。』崩雲，形容雨暴而如雲之崩裂。沉，猶湮，落也。《爾雅・釋詁》：『湮，落也。』郭璞注：『湮，沈落也。』沈，同沉。此二句言濃雲生於山丘，重合濃密，雨之下墜，如洪水之落。

③ 谷風，山林之風。《淮南子・天文訓》：『虎嘯而谷風至，龍舉而景雲屬。』許慎注：『谷風，木風也。』扇，猶吹，起也。嵇康《雜詩》：『微風清扇，雲氣四除。』攸遂，所至。《玉篇》：『攸，所也。』《廣韻》：『遂，達也。』苦雨，迕時之雨。《吕氏春秋・孟夏紀》：『孟夏行秋令，則苦雨數來，五穀不滋。』播，《説文》：『種也。一曰布也。』淫，過，溢也。《書・大禹謨》：『罔遊于逸，罔淫于樂。』孔安國傳：『淫，過也。』此二句言山林之風起，所至之處，違時之雨密布而成淫。

④ 泱漭，彌漫無際。張衡《西京賦》：『山谷原隰，泱漭無疆。』薛綜注：『泱漭，無限域之貌，言其多無

境限也。』嚬蹙，憂愁貌。王延壽《魯靈光殿賦》：『若悲愁于危處，憯嚬蹙而含悴。』善注：『嚬蹙，憂貌。』此二句言天之雲雨彌漫，民之傷懷憂愁。

此段言霖雨之愁人。夏之六月，本應烈日，反成陰雨。風起雲涌，淫雨彌漫，迄時殺穀，故百姓憂傷慘惻矣。

於是天地發揮，陰陽交烈〔一〕①。萬物混而同波〔二〕兮，玄黃浩其〔三〕無質②。雷憑虛以振庭兮，電凌牖而輝〔四〕室③。霤鼎沸以駿奔兮，潦風驅而競〔五〕疾④。豈南山之暴隮〔六〕兮，將冥海之蹔〔七〕溢⑤！

【校勘】

〔一〕『烈』，《藝文類聚》卷二、《歷代賦彙》卷八並作『激』。

〔二〕『波』，《藝文類聚》卷二作『汲』，蓋形近而誤。

〔三〕『其』，《藝文類聚》卷二作『而』。

〔四〕『輝』，《藝文類聚》卷二作『曜』。

〔五〕『驅』，《藝文類聚》卷二作『馳』。又『競』，《四部叢刊》本、陳仲魚校本作『兢』，古二字通。

〔六〕『隮』，《文集》、叢書堂鈔本、《四部叢刊》本、周亮工校本、陳仲魚校本作『濟』，形近而誤。《藝文類聚》卷二作『躋』，《百三家集》本、《歷代賦彙》卷八作『隮』。躋、隮，古二字同，今據改。

〔七〕『冥』，《藝文類聚》卷二作『溟』，古二字通。又『蹔』，《藝文類聚》卷二、《歷代賦彙》卷八、叢書堂鈔本作『暫』，古二字同。

【注釋】

① 發揮，發越揮散，形容雨之噴射彌散也。《易·乾》：『六爻發揮，旁通情也。』孔穎達疏：『發謂發越也，揮謂揮散也。』陰陽，猶雨雷。《易·說卦》：『參天兩地而奇數，觀變於陰陽而立卦。』韓康伯注：『卦象也，卦則雷風相薄，山澤通氣，擬象陰陽變化之體。』烈，猛。《說文》：『烈，火猛也。』此二句言於是雨之噴射彌散于天地，雷雨交加而猛烈。

② 玄黃，指天地。《易·坤》：『夫玄黃者，天地之雜也。天玄而地黃。』浩，猶浩蕩，盛大貌。《書·堯典》：『蕩蕩懷山襄陵，浩浩滔天。』孔安國傳：『浩浩，盛大若漫天。』無質，無主，謂天地混茫而無主次也。《左傳·襄公九年》：『且要盟無質，神弗臨也。』杜預注：『質，主也。』此二句言萬物混同於水波，天地相連而浩蕩。

③ 憑虛，依託天空。張衡《西京賦》：『有憑虛公子者，心侈體忲。』薛綜注：『憑，依託也。虛，無也。』庭，《玉篇》：『庭，堂階前也。』凌牖，凌窗也。《玉篇》：『牕，牕牖。與窗同。』輝，動詞，光照也。《玉篇》：『暉，光也。亦作輝。』此二句言雷鳴空中，振動庭前；閃電凌窗，光照室中。

④ 霤，屋流之雨水。《玉篇》：『霤，雨屋水流下。』鼎沸，如鼎之水沸。《玉篇》：『沸，泉涌出。又煮水沸。』潦，地上之雨水。《詩·大雅·泂酌》：『泂酌彼行潦，挹彼注茲，可以餴饎。』毛詩傳：『行潦，流潦也。』

《廣韻》：『潦，雨水。』競，同兢。《説文》：『兢，競也。』二字互訓。又《爾雅·釋言》：『競，逐彊也。』此二句言屋流雨水，如鼎中沸水，駿馬奔騰；地上積水，狂風驅之，競相疾流。

⑤ 南山暴隮，謂雲迹升於山也。《詩·曹風·候人》：『薈兮蔚兮，南山朝隮。』毛詩傳：『隮，升雲也。』鄭玄箋：『薈蔚之小雲朝升於南山，不能爲大雨。』暴，疾。《詩·邶風·終風》：『終風且暴，顧我則笑。』毛詩傳：『暴，疾也。』冥海，天池。《莊子·逍遥遊》：『窮髮之北，有冥海者，天池也。』蹔，同暫，猝然。《玉篇》：『暫，猶卒也。蹔，同暫。』卒，同猝。《廣韻》：『卒，急也。』此二句言豈是南山之雲迅疾興起，猝然之間將天池之水漫溢！

此段以詩張之筆進一步伸寫風疾、雷鳴、電閃、雲涌、雨狂。雨之來也，天地彌散，雷電交疾；萬物同波，天地混茫，雷聲震地，電耀窗室，屋水駿涌，流潦疾馳，如南山之雲起，天池之水溢。

隱隱填填，若降自天①。高岸涣其無崕〔一〕兮，平原蕩而爲淵②。遵渚回於凌河兮，黍稷仆〔二〕於中田③。匱多稼於億廩〔三〕兮，虚夙敬於祈年④。

【校勘】

〔一〕『崕』，《諸家文集》本作『崖』，《七十二家集》本、《百三家集》本作『涯』，古三字並同。

〔二〕『仆』，鄧邦述校本作『什』，又校作『仆』。

〔三〕『廩』，《文集》、叢書堂鈔本、《諸家文集》本、《四部叢刊》本、周亮工校本、鄧邦述校本、陳仲魚校本作『庚』，形近而誤。《百三家集》本、寄生草堂本、《歷代賦彙》卷八作『廩』，今據改。

【注釋】

①隱隱填填，擬聲詞，皆謂雷聲。司馬相如《長門賦》：『雷隱隱而響起兮，聲象君之車音。』良注：『隱隱，聲也。』又《楚辭·九歌·山鬼》：『雷填填兮雨冥冥，猨啾啾兮又夜鳴。』洪興祖補注：『五臣云：填填，雷聲。』此二句雷声隱隱填填，雨若從天而降。

②涣，水盛貌。《詩·鄭風·溱洧》：『溱與洧，方涣涣兮。』毛詩傳：『涣涣，春水盛也。』崕，岸。《爾雅·釋丘》：『厓，高岸。』郭璞注：『厓，水邊。視厓峻而水深者曰岸。』厓、崖、崕，古三字並同。《玉篇》：『厓，水边。或作涯。』《正字通》：『崕，同崖。』蕩，水勢盛大。《廣韻》：『蕩，大也。』此二句言水勢盛大，使高岸無邊，平原成淵。

③遵渚，從渚也。《爾雅·釋水》：『遵，自也。』郭璞注：『自，猶從也。』又『小洲曰渚』。凌河，歷河。小洲由河水衝擊而成，故曰歷河。《廣韻》：『凌，歷也。』仆，猶偃。《玉篇》：『仆，傾倒貌。』中田，田中。《詩·小雅·信南山》：『中田有廬，疆埸有瓜，是剥是菹。』鄭玄箋：『中由，田中也。』此二句言從小洲重回歷所之河，莊稼亦仆倒田中。

②匱，匱乏。《廣韻》：『匱，竭也，乏也。』稼，禾之實也。《説文》：『禾之秀實爲稼。』廩，糧倉。《玉篇》：『廩，倉也。』夙敬祈年，謂早行恭敬祀天以祈求豐年也。《詩·大雅·雲漢》：『祈年孔夙，方社不莫。……敬恭明神，宜無悔怒。』《説文》：『夙，早敬也。』又『祈，求福也』。此二句言莊稼無收，倉廩匱乏，豐

年祈求，現已成空。

此段言霖雨所造成的嚴重後果。天降霖雨，水没高岸，平原成淵，洲渚成河，黍稷偃於田中，倉廩匱而年荒矣。

外薄郊甸，内荒都城①。陰無晞景，霤無輟聲②。纖波靡於前途〔一〕兮，微津〔二〕隔於峻庭③。紛雲擾而霧塞兮，漫天頽而地盈④。

【校勘】

〔一〕『途』，《歷代賦彙》卷八作『塗』，古二字通。

〔二〕『津』，《文集》、叢書堂鈔本、《四部叢刊》本、周亮工校本、陳仲魚校本作『律』，形近而誤。《百三家集》本、《歷代賦彙》卷八、長沙寄生堂刻本、鄧邦述校本作『津』，今據改。

【注釋】

①薄，迫，至也。《書·益稷》：『外薄四海，咸建五長。』孔安國傳：『薄，迫也。言至海。』郊甸，城郊。《左傳·襄公二十一年》：『將逃罪，罪重於郊甸。』杜預注：『郭外曰郊，郊外曰甸。』此二句言霖雨之災外至於郊外，内荒於城中。

②晞景，日出之影。《玉篇》：『暴，晞也，曬也。』又『景，光景也』。景，同影。見上注。輟，止。《爾

雅・釋詁》：『輟，已也。』此二句陰雨連綿，不見日影；屋檐滴雨，聲無止時。

③ 靡，無。《書・咸有一德》：『嗚呼！天難諶，命靡常。』孔安國傳：『以其無常，故難信。』前途，前路。顏延年《秋胡詩》：『遲遲前途盡，依依造門基。』《玉篇》：『途，路也。』微津，微潤，猶微雨。《水經注》卷三十一：『冰雪微津，細液滴瀝不斷。』《經典釋文》卷八：『津，一本作濜，音同，潤也。』此二句言地上之雨水細波淹没前路，微雨阻隔高門庭院。

④ 紛雲擾，即雲紛擾，謂雲盛也。《廣韻》：『紛，紛紜，衆也，亂也。』又『擾，亂也』。頹，同隤。《集韻》：『隤，《説文》：下墜也。或作頹。』盈，滿。《説文》：『盈，滿器也。』此二句言雲霧盛多，充塞天地，如上墜於天，下彌其地。

此段描寫霖雨初歇之時的情狀。都城内外，一片荒凉，濃陰密布，檐水淅瀝，微波遍地，雲霧彌漫天地之間。

於是愁音比屋，歎發屢省①。陽堂乏暉，朗室無景②。望曾雲之萬仞兮，想白日之寸脛〔一〕③。感虚無而思深兮，對寂漠〔二〕而言靖④。毒甚雨之未晞兮，悲夏日之方永⑤。瞻大辰以頹息兮〔三〕，仰天衢而引領⑥。

【校勘】

〔一〕『脛』，《文集》、叢書堂鈔本、《諸家文集》本作『眙』，形近而誤。《四部叢刊》本、周亮工校本、鄧邦述校本、陳仲魚校本作『脛』，今據改。

〔二〕『寂漠』，《歷代賦彙》卷八作『寂寞』，古二詞同。

〔三〕『瞻大辰以頽息』，《藝文類聚》卷二作『瞻大晨以積思』。

【注釋】

① 比屋，猶並屋，連屋。左思《蜀都賦》：『比屋連甍，千廡萬室。』良注：『言閭閻相次也。』《玉篇》：『比，並也。』歎發，歎息生也。《抱朴子・內篇・暢玄》：『故曲終則歎發，醮罷則心悲也。』屢省，屢見。《書・益稷》：『屢省，乃成欽哉！』孔安國傳：『屢，數也。』《説文》：『省，視也。』此二句言於是愁音連屋，屢見歎息。

② 陽堂，高大明亮之屋。盧仝《寄贈含曦上人》：『余必投泥裏，不如向陽堂。』《説文》：『陽，高明也。』此二句言高大明亮之屋宇，陰沉而無日影。

③ 曾雲，重雲。陸機《泰山吟》：『峻極周已遠，曾雲鬱冥冥。』曾，通層。《楚辭・招魂》：『層臺累榭，臨高山些。』王逸注：『層、累，皆重也。』萬仞，言其高也。《玉篇》：『仞，孔安國曰：八尺曰仞。鄭玄曰：七尺爲仞。』寸脛，言其小也。《玉篇》：『脛，脚脛。』又《釋言・釋形體》：『脛，莖也。直而長，似物莖也。』此二句言遙望重雲之高聳，期盼微末之日光。

④ 虛無，天空。司馬相如《上林賦》：『凌驚風，歷駭猋，乘虛無，與神俱。』善注：『郭璞《老子經》注曰：虛無寥廓，與元通靈。言其所乘氣之高，故能出飛鳥之上，而與神俱者也。』向注：『凌歷風猋，乘躡虛

無之所，故云與神俱也。』寂漠，空虛。謝朓《和伏武昌登孫權故城》：『參差世祀忽，寂漠市朝變。』濟注：『寂寞，空虛也。』此意同虛無，謂天空。言，我。《詩・邶風・終風》：『寤言不寐，願言則嚏。』鄭玄箋：『言，我。』靖，安。《玉篇》：『靖，同竫，安也。』言靖，謂我祈求其安也。此二句言面對天空，感慨思深，祈求安寧。

⑤ 毒，恨。《廣韻》：『毒，痛也，憎也。』甚雨，大雨。《禮記・玉藻》：『若有疾風、迅雷、甚雨，則必變。』《爾雅・釋言》：『孔，甚也。』孔，即大。《老子》第二十一章：『孔德之容，唯道是從。』河上公注：『孔，大也。』轉相訓。晞，乾。《玉篇》：『晞，又燥也。』未晞，此指霖雨之未止也。永，長。《說文》：『永，水長也。』此二句言恨霖雨之未止，悲夏日之方長。

⑥ 大辰，星宿名。陸機《答賈謐（長淵）》：『大辰匿暉，金虎曜質。』善注：『《漢書》曰：東方蒼龍，房心，心爲明堂，大星天王。《爾雅》曰：大辰，房心尾也。《石氏星經》曰：昴者，西方白虎之宿也。太白者，金之精。太白入昴，金虎相薄，主有兵亂。』濟注：『匿，藏也。火辰，心星也。明則天下和平，闇則天下喪亂，故火辰藏暉，金虎曜質，謂漢亂也。』《唐鈔文選集注彙存》：『大辰，心星也。此星明，天下太平；暗，即天下亂。心有三星，故曰參。天下太平，則中星明；天下亂，則中星暗。』大辰，心星，爲蒼龍七宿中的三宿，亦名大火，故亦可稱爲火辰。《公羊傳・昭公十七年》：『冬，有星孛於大辰。孛者何？彗星也。……大辰者何？大火也。』《爾雅・釋天》：『大火，謂之大辰。』郭璞注：『大火，心也。在中最明，故時候主焉。』此指星暗而雲濃。頹息，歎息。呂温《地志圖序》：『舉地成圖，闓天無路，此志士儒林所以爲之頹息也。』天衢，天路。成公綏《嘯賦》：『狹世路之阸僻，仰天衢而高蹈。』銑注：『仰視天路而高蹈也。衢，路也。』此指天空。引領，延頸。言期盼之殷切。《孟子・梁惠王上》：『則天下之民，皆引領而望之矣。』趙岐注：『民皆延頸望欲歸之。』此二句言瞻望大辰暗淡而歎息霖雨；仰視天空而切盼天晴。

此段抒寫期盼暑雨止的殷切之情。霖雨不止，愁歎比屋，陰霾滿室，故詩人延頸遥望天空，冀盼暑退，雨止，日出，民之安寧矣。

愁情沉〔一〕疾，明發哀吟。永言有懷，感物傷心①。結南枝之舊思兮，詠莊舄之遺音②。羡弁彼之歸飛兮，寄予思乎江陰③。眇〔二〕天末以流目兮，涕潺湲而沾襟④。

【校勘】

〔一〕『沉』，叢書堂鈔本作『深』。韓應陛校曰：『深，陸本沉。』

〔二〕『眇』，《歷代賦彙》卷八、《百三家集》本、周亮工校本、鄧邦述校本、陳仲魚校本作『渺』。陳仲魚校作『眇』，古二字通。

【注釋】

① 沉疾，重病。楊炯《後周明威將軍梁公神道碑》：『憂能傷人，竟成沉疾。』明發，從夕至明。《詩·小雅·小宛》：『明發不寐，有懷二人。』毛詩傳：『明發，發夕至明。』永言，謂我之長久。《詩·大雅·文王》：『永言配命，自求多福。』毛詩傳：『永，長。言，我也。』此四句言日日哀吟，因愁情而染病，長有此懷，感物傷情。

② 南枝，喻故鄉。潘岳《在懷縣作》之二：『徒懷越鳥志，眷戀想南枝。』善注：『《古詩》曰：越鳥巢南

枝。』濟注：『越鳥在北地，則巢亦南枝。』南枝舊思，即故鄉之思。言其舊者，乃指鄉思已非一日矣。士龍吴人，故以南枝喻之。莊舄，人名，越人而仕楚。王粲《登樓賦》：『鍾儀幽而楚奏兮，莊舄顯而越吟。』善注：『《史記》曰：陳軫適楚，秦惠王曰：子去寡人之楚，亦思寡人不？陳軫對曰：昔越人莊舄，仕楚執珪，有頃而病。楚王曰：舄，故越之鄙細人也。今仕楚執珪，富貴矣。亦思越不？對曰：凡人之思，故在其病也。彼思越則越聲，不思越則且楚聲。人往聽之，猶尚越聲也。今臣雖棄逐之楚，豈能無秦聲者哉！』莊舄遺音，即思鄉之音。古之越地在吴境内，故以越人仕楚思越喻已仕晉而思吴也。言其遺者，乃指思鄉之情，自古而然，非止今日也。此二句言如心繫越鳥居北，巢築南枝之思，口詠莊舄仕楚，所尚之越聲。謂身在北而心繫吴，雖仕于晉而思鄉矣。

③ 弁彼之歸飛，謂雅烏歸飛之樂也。《詩·小雅·小弁》：『弁彼鸒斯，歸飛提提。』毛詩傳：『弁，樂也。鸒，雅烏也。』鄭玄箋：『樂乎，彼雅烏出食在野，其飽群飛而歸，提提然。』江陰，長江北岸。水北曰陰。謝莊《郊遊》：『肅舲出郊際，徙樂逗江陰。』翰注：『江陰，北江岸。』此指江岸。此二句羡慕雅烏歸飛之樂，寄託我之鄉思於江岸。

④ 眇，通渺。《史記·司馬相如傳》：『紅杳渺以眩湣兮，猋風涌而雲浮。』《漢書·司馬相如傳》作『眇』。陸機《爲顧彦先贈婦》：『借問歎何爲？佳人眇天末。』《唐鈔文選集注彙存》：『陸善經曰：眇，遠。』天末，天畔。《玉篇》：『末，端也，盡也。』流目，謂流轉目光以望也。何劭《遊仙詩》：『揚志玄雲際，流目矚巖石。』潺湲，淚流不止貌。《楚辭·九歌·湘君》：『横流涕兮潺湲，隱思君兮陫側。』王逸注：『潺湲，流貌。』襟，《玉篇》：『衣領也。』此二句言流目而望，故鄉遥遠，如在天畔，不禁淚流沾濕衣襟矣。

此段渲染其思鄉之情也。日夕思念，感物傷懷，身在他鄉，心繫故土，故託歸鳥以寄情，望天末而流淚。

因士龍之故鄉東吳乃爲水鄉，見霖雨而憂桑梓，因憂而生鄉思。

何人生之倏忽，痛存亡之無期①。方千歲於天壤兮，吾固已陋夫靈龜②。矧百年之促節兮，又莫登乎期頤③。哀戚容之易感兮，悲懽顔之難怡〔一〕④。考傷懷於衆苦兮，愁豈霖之足悲⑤。

【校勘】

〔一〕『怡』，《七十二家集》本作『傷』。《四庫全書考證》卷九十五曰：『刊本「怡」訛「傷」。據《賦彙》改。』

【注釋】

① 倏忽，迅疾貌。《楚辭·天問》：『雄虺九首，儵忽焉在？』王逸注：『儵忽，電光也。』洪興祖補注：『儵忽，疾急貌。王逸以爲電，非也。』《集韻》：『儵，倏本字。』無期，無約，謂難以逆料也。《玉篇》：『期，時也，契約也。』此二句感歎人生何其短暫，又悲傷存亡難以逆料。

② 方，比擬。《廣韻》：『方，比也。』段玉裁《説文解字注》：『方，引申爲比方。』方千歲於天壤，謂人壽之于千歲，猶天地之懸殊，言其不可得也。陋，見識少。《荀子·修身》：『多見曰閑，少見曰陋。』靈龜，指冥靈，長壽之神龜。《莊子·逍遥遊》：『楚之南有冥靈者，以五百歲爲春，五百歲爲秋。』此二句言人壽之于千

歲，猶天地之懸殊，我固未見其有靈龜之長壽也。

③ 矧，《玉篇》：『況也。』促節，疾驅，形容時間流逝之迅速。見上注。期頤，百歲。《禮記・曲禮上》：『百年曰期頤。』鄭玄注：『期，猶要也。頤，養也。不知衣服食味，孝子要盡養道而已。』百歲爲人壽之極，故曰期。百歲之人待子養，故曰頤。此二句言人生百年迅疾而逝，況又無人可壽登百歲呢！

④ 戚容，悲戚之容。《禮記・雜記》：『顏色稱其情，戚容稱其服。』戚，通慼。段玉裁《説文解字注》：『戚，又引伸訓憂。度古祇有戚，後乃別制慼字。』《玉篇》：『慼，憂也。』懽顏，愉悦之容。《玉篇》：『懽，悦也。』懽，同歡。《正韻》：『懽與歡同，喜也。』怡，快樂。《爾雅・釋言》：『怡，樂也。』此二句言心存悲哀，故見悲戚之顏易生傷感，睹怡悦之容亦難歡樂也。

⑤ 考，生，成也。《爾雅・釋詁》：『考，成也。』此二句言因衆生之苦而生傷懷，豈止是憂愁霖雨！

此段感傷人生之短暫。人生倏忽，存亡難料，長壽不能，百年莫登，故傷悲滿懷，感慨衆生矣。由霖雨而念衆生，這種悲憫衆生之情懷，提升了文章的思想高度。

雲曇曇而疊結〔一〕兮，雨淫淫而未散①。晞朱陽於崇朝兮，悲此日之屢晏②。劾豐隆於岳陽兮，執赤松於神館③。命雲師以藏用兮，紲乘龍於河漢④。照濛氾之清暉兮，炳扶桑之始旦⑤。考幽明於人神兮，妙萬物以達觀⑥。

【校勘】

〔一〕『疊結』，《文集》、叢書堂鈔本、《四部叢刊》本、周亮工校本、鄧邦述校本、陳仲魚校本作『疊結之』。《百三家集》本、《歷代賦彙》卷八無『之』字。從上下文句式看，『之』爲衍文，故據刪。

【注釋】

① 曇曇，黑雲密布。《説文》：『曇，雲布也。』又《玉篇》：『曇曇，黑雲貌。』疊結，猶鬱結。《玉篇》：『疊，重也，累也。』淫淫，水流貌。《楚辭·大招》：『霧雨淫淫，白皓膠只。』王逸注：『淫淫，流貌也。』此二句言黑雲密布，重疊鬱結，雨水流淌，連成一片。

② 晞，照曬。《方言》卷七：『晞，暴也。暴五穀之類，秦晉之間謂之曬，東齊北燕海岱之郊謂之晞。』崇朝，早晨。《詩·鄘風·蝃蝀》：『朝隮于西，崇朝其雨。』毛詩傳：『崇，終也。從旦至食時爲終朝。』晏，日暮。《小爾雅》：『晏，晚也。』此指因雲遮而日昏暗也。此二句言冀朝陽之朗照，悲日光之昏暗。

③ 劾，審判罪人。《廣韻》：『劾，推窮罪人也。』豐隆，雲師。張景陽《雜詩》：『飛廉應南箕，豐隆迎號屏。』善注：『王逸曰：豐隆，雲師也。』岳陽，山岳之南。顔延年《始安郡還都與張湘州登巴陵城樓作》：『清雰霽岳陽，曾暉薄瀾澳。』善注：『毛萇《詩傳》曰：山南曰陽。』山南見日，故言岳陽。執，拘捕罪人。《廣韻》：『執，持也。』《説文》：捕辠人也。』赤松子，神農時爲雨師。《楚辭·遠遊》：『聞赤松之清塵兮，願承風乎遺則。』善注：『《列仙傳》：赤松子，神農時爲雨師。』神館，神仙所居之所。《玉篇》：『館，舍也，逆旅名。』此二句言在山南審判豐隆，於神館拘捕赤松。

④紲，猶縛也。《説文》：『紲，系也。』河漢，黄河與漢水，此泛指河流。《吕氏春秋·有始》：『何謂九州？河漢之間爲豫州，周也。』高誘注：『河在北，漢在南。』此二句言命雲師收其功用，縛乘龍於河流。上四句爲想像之詞，謂其渴望霖雨之止也。

⑤扶桑，日出之處。濛汜，日入之所。張衡《西京賦》：『日月於是乎出入，象扶桑與濛汜。』善注：『《淮南子》曰：日出暘谷，拂於扶桑。《楚辭》曰：出自暘谷，入於濛汜。』向注：『扶桑，日出處。濛汜，日入處。』炳，《説文》：『明也。』旦，《玉篇》：『朝也。』此二句言使日出扶桑，焕然光明，日落濛汜，照其清暉。

⑥考幽明，稽考功績。幽，無功者；明，有功者。《書·舜典》：『三載考績，三考，黜陟幽明。』孔安國傳：『三年有成，故以考功九歲，則能否幽明有别，黜退其幽者，陞進其明者。』妙，察其幽微。《易·説卦》：『妙萬物而爲言者也。』達觀，通達事理。陸機《應嘉賦》：『假妙道以達觀，考賁龜而貞卜。』此二句言稽考人神之功過，妙察幽微而達理。

此段寫詩人渴望霖雨止而日清。雲疊雨霖，日暗無光，故詩人假想劾豐隆，執赤松，命雲師，紲乘龍，黜幽升明，使日之清輝朗照，方可明人神之所需，察萬物之微理。

喜霽賦并序

【題解】

此賦寫霖雨初霽之喜悦，超然世外之遐思。其正文描寫雨止風静，雲散日出，季節反正，禾木轉盛，衆生喜悦，萬物欣欣，豐年在望，普天同慶。以憂憤霖雨失時作承接，以隱士欣然而喜爲收束。按照天——地——萬物的順序，依次展開描寫，與《歲暮賦》之反復凌亂的抒情方式有别。最後由陰陽通泰，萬物茂盛，而聯想到秋夏更迭，時光易逝，從而産生神仙之思，轉入對仙人自由逍遥、超然灑脱的生活描述。一般説來，由雨霽而生神仙之遐思，中間缺乏必然的邏輯聯繫。然而，由霖雨到雨霽，天氣變化中亦包含著時間流逝，詩人敏鋭地感受到四時更迭、人之將老的殘酷現實，故神仙之思就油然而生。而詩人在描寫雨霽之喜時，巧妙拈出『隱士』意象，又與神仙之遐思就構成了事理上的聯繫，此也是士龍此賦結構匠心之所在。

據《愁霖賦》序：『永寧二年夏六月，鄴都大霖，旬有奇日。……同僚見命，乃作賦。』可知此賦亦作於永寧二年（三〇二）六月後。

余既作《愁霖賦》，雨亦霽。昔魏之文士，又作《喜霽賦》①，聊厠作者之末，而作是賦焉〔一〕②。

【校勘】

〔一〕《初學記》卷二曰：『陸雲《喜霽賦》序曰：永寧二年，鄴都大霖，作《愁霖賦》。賦成，天雨已霽，故又作《喜霽賦》。』所載序言與諸本不同。

【注釋】

① 魏之文士，指曹植。曹植作有《愁霖賦》《雨霽賦》。

② 聊，語助詞。《廣韻》：「聊，語助也。」厠，厠身其間。《釋名·釋宮室》：「厠，言人雜在上，非一也。」

序言作賦之緣起。從「昔魏之文士，又作《喜霽賦》」句，可以看出晉之文士鬥才逞能之風氣。

毒霖雨之掩〔一〕時兮，情懷憤而無懌①。肅有禱於人謀兮，反極陰于天律〔二〕②。靖〔三〕屏翳之洪隧兮，戢太山〔四〕之觸石③。凌風絶而謐寧兮，歸雲反〔五〕而揮霍④。改望舒之離畢兮，曜〔六〕六龍於紫閣⑤。揚〔七〕天步之剡剡兮，播靈輝之赫奕⑥。

【校勘】

〔一〕「掩」，《初學記》卷二、《歷代賦彙》卷八並作「淹」。

〔二〕「律」，《文集》、叢書堂鈔本作「作」，行書形近而誤。《百三家集》本、《七十二家集》本、寄生草堂本、《四部叢刊》本、周亮工校本、鄧邦述校本作「律」。《四庫全書考證》卷六十六曰：「刊本「律」訛「作」，據《賦彙》改。」今據改。

〔三〕「靖」，《初學記》卷二作「清」。

〔四〕「戢」，《初學記》卷二、《淵鑑類函》卷十一並作「俄」。又「太山」，《四部叢刊》本、周亮工校本、鄧邦述校本作「大山」，形近而誤。

〔五〕『反』，《百三家集》本作『笠』。

〔六〕『曜』，《初學記》卷二作『躍』。

〔七〕『揚』，《文集》、叢書堂鈔本、《諸家文集》本作『楊』，形近而誤。《歷代賦彙》卷八、《百三家集》本、《四部叢刊》本、周亮工校本、鄧邦述校本作『揚』，今據改。

【注釋】

① 毒，怨恨。《廣韻》：『毒，痛也，憎也。』掩，《方言》卷六：『薆也。』又《爾雅·釋言》：『薆，隱也。』郭璞注：『謂隱蔽。』掩時，謂失其時也。 懌，《説文》：『悦也。』此二句言憎霖雨失其季節，心懷怨憤而無樂。

② 肅，《廣韻》：『恭也，敬也。』有禱，即祈禱。《説文》：『禱，告事求福也。』有，語助詞。 王引之《經傳釋詞》：『有，語助也。 一字不成詞，則加有字以配之。』極陰，冬至之季節。《慎子·外篇》：『六氣而陰，極陰位，故其氣寒而爲冬至之節也。』冬爲極陰，水盛；夏爲極陽，火盛。六月本爲陽極，却霖雨不止，如冬之寒，故曰反於極陰。 天律，天道也，猶自然之規律。 陳文帝《金光明懺文》：『常恐王領之宜不符正論，御世之道有乖天律。』此二句言天道反時，水盛如冬至，故人恭敬祈禱上天也。

③ 靖，使安静。《經典釋文》卷三：『靖，馬云：安也。』屏翳，雨師也。 又曰風師、雷師。 曹植《洛神賦》：『屏翳收風，川后静波。』善注：『王逸《楚辭注》曰：屏翳，雨師名。 虞喜《志林》曰：韋昭云：屏翳，雷師。 喜云：雨師。 然説屏翳者雖多，並無明據。 曹植《誥洛文》曰：河伯典澤，屏翳司風。 植既皆爲風師，不可引他説以非之。』向注：『屏翳，風師也。』洪隧，喻大雨如注。 隧，通墜。《荀子·儒效》：『至共頭而山

隧。』楊倞注：『隧，謂山石崩摧也，隧讀爲墜。』戢，止也。《詩·小雅·鴛鴦》：『鴛鴦在梁，戢其左翼。』鄭玄箋：『戢，歛也。』太山，即泰山。此泛指高山。《孟子·盡心上》：『孔子登東山而小魯，登太山而小天下。』觸石，謂雲出也。《尚書大傳·禹貢》：『五嶽皆觸石而出雲，扶寸而合，不崇朝而雨天下。』此二句言屏翳止其暴雨，收其密雲。

④　凌風，乘風而起。謝朓《直中書省》：『安得凌風翰，聊恣山泉賞。』善注：『莊子曰：鵲巢於高榆之顛，巢折凌風而起。』此猶飄風也。謐寧，寧静。《爾雅·釋詁》：『謐、寧，静也。』揮霍，迅疾貌。陸機《文賦》：『紛紜揮霍，形難爲狀。』善注：『揮霍，疾貌。』此二句言飄風止而寧静，歸雲返而迅疾。

⑤　望舒，御月者。《楚辭·離騷》：『前望舒使先驅兮，後飛廉使奔屬。』王逸注：『望舒，月御也。《淮南子》曰：月御曰望舒，亦曰纖阿。』離畢，猶言下雨。離，罹也；畢，金虎星。古人謂月行于畢星，則雨。張協《七命》：『離畢之雲，無以豐其澤。』善注：『《春秋緯》：月失其行，離於箕者，風離於畢者，雨也。』翰曰：『畢星主雨。離，著也。月行著畢則雨也。』曜，日出。《玉篇》：『曜，照也。亦作耀。』六龍，駕日之龍。木華《海賦》：『鷸如鷩鳧之失侶，倏如六龍之所掣。』善注：『《春秋命曆序》曰：皇伯登出扶桑日之陽，駕六龍以上下。』喻日光。曹植《與吴質書》：『思欲抑六龍之首，頓羲和之轡。』紫閣，猶紫宫，天庭也。《焦氏易林》卷二：『紫閣九重，尊嚴在中。』此二句言雨止而日出也。

⑥　揚，升起。《説文》：『揚，飛舉也。』天步，天行。《詩·小雅·白華》：『天步艱難，之子不猶。』毛詩傳：『步，行也。』此指日月之行也。炯炯，光明貌。《楚辭·離騷》：『皇炯炯其揚靈兮，告余以吉故。』王逸注：『炯炯，光貌。』播，布。《説文》：『播，一曰布也。』靈輝，日月之光輝。陸機《演連珠》：『臣聞靈輝朝覯，稱物納照。』翰注：『靈輝，日也。』赫奕，光芒盛大貌。陸機《吊魏武帝文》：『伊君王之赫奕，實終古之所

難。』向注：『赫奕，盛貌。』此二句言日月升起，行於天上，光芒四射。

此段以憂憤霖雨失時作承接，然後寫雨霽之景象。始怨恨霖雨失時，心懷憂憤，祈禱上天，無反天律；彷佛天從人願，雨止，風静，雲散，日月之行于雲天，光華之照臨大地。

於是朱明自皓〔一〕，凱風來南〔二〕①。復火正之舊〔三〕司兮，黜后土於重陰②。夷中原〔四〕之多潦兮，反高岸於嵩岑③。萎禾竦而振穎兮，偃木竪而成〔五〕林④。嘉〔六〕大田之未墜兮，幸神祇〔七〕之有歆⑤。

【校勘】

〔一〕『自皓』，《藝文類聚》卷二作『啓候』；《初學記》卷二作『日皓』。

〔二〕『南』，《文集》作『雨』。《歷代賦彙》卷八、《百三家集》本、叢書堂鈔本、《四部叢刊》本、鄧邦述校本、周亮工校本作『南』，今據改。

〔三〕『舊』，《藝文類聚》卷二作『權』。

〔四〕『中原』，《文集》、叢書堂鈔本作『中源』，音同而誤。《歷代賦彙》卷八、《百三家集》本、《四部叢刊》本、周亮工校本、鄧邦述校本作『中原』，今據改。

〔五〕『竪』，《藝文類聚》卷二作『樹』。又『成』，《藝文類聚》卷二、《初學記》卷二作『爲』。

〔六〕『嘉』，《初學記》卷二作『敬』。

〔七〕『祇』，叢書堂鈔本、《百三家集》本、《四部叢刊》本、鄧邦述校本作『祗』，形近而誤。

【注釋】

① 朱明，夏也。《爾雅·釋天》：『夏爲朱明。』《音釋》：『氣赤而光明。』皓，光明。《爾雅·釋詁》：『皓，光也。』凱風，南風。見上注。此二句言因雨止而使夏之光明出，南風起矣。

② 火正，司火之官，指祝融。《左傳·襄公九年》：『陶唐氏之火正閼伯居商丘。』杜預注：『陶唐堯有天下，號閼伯，高辛氏之子。傳曰：遷閼伯於商丘，主辰。辰，大火也。』又張衡《思玄賦》：『痛火正之無懷兮，託山坡以孤魂。』張衡注：『阿，山下也。有黎高辛氏之火正，謂祝融也。』舊司，舊職。《玉篇》：『司，主也。』黜，退去。《玉篇》：『黜，退也，去也。』后土，土地之神。《周禮·春官宗伯》：『王大封，則先告后土。』鄭玄注：『后土，土神也，黎所食者。』此泛指大地。重陰，濃雲密雨。陸機《贈尚書郎顧彦先》：『望舒離金虎，屏翳吐重陰。』

③ 夷，謂消失。《玉篇》：『夷，平也，滅也。』中原，猶平原。《詩·小雅·小宛》：『中原有菽，庶民采之。』毛詩傳：『中原，原中也。』潦，地上積水。《經典釋文》卷十一：『雨水謂之潦。』高岸，高聳之水岸。《詩·小雅·十月之交》：『高岸爲谷，深谷爲陵。』《説文》：『岸，水涯而高者。』嵩岑，山之高聳。曹植《節遊賦》：『仰西嶽之崧岑，臨漳滏之清渠。』《玉篇》：『嵩，同崧。』此二句言平原之積水消失，水邊之高岸凸現。

④ 萎，枯萎。《廣韻》：『萎，蔫也。』竦，高也，謂聳立。《釋名·釋山》：『山大而高曰嵩。嵩，竦也，亦

高稱也。』振穎，猶擢穎，謂拔節伸展。《廣韻》：『振，奮也，舉也。』《玉篇》：『穎，禾末也。』偃木，倒地之樹木。《玉篇》：『偃，僕也。』此二句言雨霽天晴，枯萎之禾拔節伸展，倒地之木聳立成林。

⑤嘉，美，欣喜。《爾雅·釋詁》：『嘉，善也。』大田，肥沃之田地。《詩·小雅·大田》：『大田多稼，既種既戒，既備乃事。』鄭玄箋：『大田，謂地肥美，可墾耕，多爲稼，可以授民者也。』墜，猶淹没。《爾雅·釋詁》：『墜，落也。』郭璞注：『沈落也。』幸，幸而。《爾雅·釋言》：『庶，幸也。』郭璞注：『庶幾僥倖。』神祇，天地之神。《經典釋文》卷三：『神祇，天曰神，地曰祇。』歆，享其祭祀。《書·微子之命》：『上帝時歆，下民祇協。』孔安國傳：『孝恭之人，祭祀則神，施令則人敬和。』又《説文》：『歆，神食氣也。』此二句言欣喜肥沃田野未被淹没，有幸天地之神安享祭祀。

此段言陽光普照，南風和煦，季節反正，雨止岸顯，萎靡之禾抽穎，倒地之木成林，故詩人欣歎田野肥美，神靈安享祭祀。

爾乃俯順習坎，仰熾重離①。兼明暢而天地嘩〔一〕兮，群生悦而萬物齊②。魚凌淵以增躍兮，鳥望〔二〕林而朝隮③。戢流波於枉〔三〕水兮，起芳塵於沉泥④。朱光播於瓮牖兮，素景衍乎中閨。

【校勘】

〔一〕『天』，《文集》、叢書堂鈔本、《諸家文集》本作『夫』，形近而誤。《歷代賦彙》卷八、《百三家集》本、

《四部叢刊》本、周亮工校本、鄧邦述校本作『天』，今據改。又『曄』，《初學記》卷二作『爽』。

〔二〕『望』，《文集》、叢書堂鈔本、鄧邦述校本脱。《歷代賦彙》卷八、《百三家集》本、《四部叢刊》本作『望』，今據補。又《六朝詩集》本作『集』，亦可通。

〔三〕『枉』，《初學記》卷二、《七十二家集》本作『桂』。《四庫全書考證》卷九十五曰：『刊本「枉」訛「桂」。據《賦彙》改。』

【注釋】

① 爾乃，於是，轉句之詞也。士龍《與兄平原書》：『文中有「於是」「爾乃」，於轉句誠佳。』順，和順。《易·豫》：『聖人以順動。』孔穎達疏：『若聖人和順而動，合天地之德。』習坎，重疊其險象，謂霖雨不止也。《易·坎》：『彖曰：習坎重險也。』王弼注：『坎以險爲用，故特名曰重。險言習坎者，習乎重險也。』重離，謂日月之光也。梁簡文帝《玄圃園講頌》：『重離照景，玉潤舒華。』《廣雅·釋詁》：『離，明也。』王念孫《疏證》：『離者，《説卦》傳云：離也者，明也。萬物皆相見，南方之卦也。』此二句言俯視地下歷遭霖雨轉天氣和順，仰觀天上日月重現而靈光熾烈。

② 兼明，指日月。《説文》：『兼，並也。從又持秝。兼持二禾，秉持一禾。』暢，明也。《玉篇》：『暢，通也，亦作陽。』《説文》：『陽，高明也。』曄，光明。《廣韻》：『曄，光也。』群生，衆生。《韓詩外傳》卷二：『陰陽調，寒暑平，群生遂，萬物寧。』齊，謂禾稼吐穗。《説文》：『齊，禾麥吐穗上平也，象形。』此二句言日月輝照而天地光明，衆生喜悦而禾稼吐穗。

③凌，通陵，越也。《吕氏春秋・論威》：『雖有江河之險，則凌之。』高誘注：『凌，越也。』望，或當爲集，見校勘。朝，《爾雅・釋詁》：『早也。』隮，飛升。《詩・鄘風・蝃蝀》：『朝隮于西，崇朝其雨。』毛詩傳：『隮，升。』此二句言魚出深淵而跳躍，鳥棲林中而朝飛。

④戢，止也。詳上注。枉水，曲水。《楚辭・涉江》：『朝發枉陼兮，夕宿辰陽。』王逸注：『或曰：枉，曲也。』此二句言曲水寧静，波瀾不驚，沉泥揚塵，散發芳香。

⑤朱光，夏日之陽光。陸機《贈尚書郎顧彦先》：『大火貞朱光，積陽熙自南。』善注：『朱光，朱明也。《爾雅》曰：夏爲朱明。』播，《廣韻》：『揚也，布也。』瓮牖，泛指窗户。《經典釋文》卷二十八：『瓮牖，司馬云：破瓮爲牖。』素景，日光。江淹《靈丘竹賦》：『蒙朱霞之丹氣，曖白日之素景。』衍，《廣韻》：『達也。』中閨，閨中。謝惠連《擣衣》：『夕陰空結幕，霄月皓中閨。』良曰：『月照於閨房之中也。』《爾雅》：『宫中之門謂之闈。』郭璞注：『謂相通小門也。其小者謂之閨，小閨謂之閤。』此二句言日之光影布散於窗户，照臨於閨中。

此段言霖雨止而日月明，天地輝光，衆生喜悦，禾稼吐穗，魚躍鳥飛，水波不驚，泥土芬芳，屋宇一片光明。

天監作照，幽明畢覲①。普厥有懽，覃及四國②。翕萬情而咸喜兮，雖無獲而自得③。災未及周〔一〕，和斯有祥④。翼翼黍稷，油油稻粱〔二〕⑤。望有年於自古兮，晞隆周〔三〕之萬箱⑥。原思悦於蓬户兮，孤竹欣於首陽⑦。

【校勘】

〔一〕『周』，《初學記》卷二、《百三家集》本、《七十二家集》本、《歷代賦彙》卷八、《四部備要》本作『害』。

〔二〕『粱』，《文集》、叢書堂鈔本脱。《七十二家集》本、《四部叢刊》本、《四部備要》本、周亮工校本、鄧邦述校本作『糧』。《初學記》卷二、《百三家集》本、《七十二家集》本、《歷代賦彙》卷八作『粱』。稻粱乃魏晉六朝通行詞，今據補。

〔三〕『晞隆周』，《初學記》卷二本作『希詩人』；《歷代賦彙》卷八作『希隆周』。『晞』，周亮工校本作『睎』，應據改。

【注釋】

① 天監，天視之也。《書·太甲上》：『天監厥德，用集大命，撫綏萬方。』孔安國傳：『監，視也。』覿，《説文》：『見也。』此二句言天之日月照臨下界，使萬物幽明畢顯。

② 普，《玉篇》：『徧也。』厥，《玉篇》：『其也。』懽，同歡。《廣韻》：『歡，喜也。懽，同歡。』普厥有懽，謂舉世歡樂。覃及，延及。《詩·周南·葛覃》：『葛之覃兮，施于中谷，維葉萋萋。』毛詩傳：『覃，延也。』四國，四方之國。《詩·小雅·十月之交》：『四國無政，不用其良。』鄭玄箋：『四方之國無政治者，由天子不用善人也。』此二句言舉世歡樂，延及四方之國。

③ 翕，和樂。《詩·小雅·常棣》：『兄弟既翕，和樂且湛。』毛詩傳：『翕，合。』咸，皆。《説文》：『咸，皆也。』自得，謂得其天道。《禮記·中庸》：『君子無入而不自得焉。』鄭玄注：『自得，謂所鄉不失其道。』此

二句言萬民之情和樂喜悦，雖禾稼未獲而天道順矣。

④ 周，《廣韻》：『周，備也，徧也。』災未及周，因霖雨止而災情尚輕，故謂之。有祥，謂有嘉祥之應。《易・繫辭下》：『是故變化云爲，吉事有祥。』韓康伯注：『夫變化云爲者，行其吉事，則獲嘉祥之應。』此二句言災情尚輕，天道和諧，而有嘉祥之應。

⑤ 黍稷翼翼，形容禾黍之繁盛。翼翼，繁盛貌。《詩・小雅・楚茨》：『我黍與與，我稷翼翼。』鄭玄箋：『翼翼，蕃蕪貌。』油油稻粱，形容稻粱之茂盛。左思《蜀都賦》：『黍稷油油，粳稻莫莫。』銑注：『油油、漠漠，茂盛貌。』此二句言禾稼之茂盛也。

⑥ 有年，猶豐年也。有，語助詞，見上注。《書・多士》：『厥有幹，有年於兹洛。』孔安國傳：『則汝其有安事，有豐年於此洛邑。』晞，通睎，望也。《楚辭・九懷・危俊》：『紆余轡兮自休，晞白日兮皎皎。』王逸注：『晞，一作睎。』洪興祖補注：『睎，望也。』隆周，隆盛之周代。釋法琳《辨正論・十喻篇上》：『老君文王之日，爲隆周之宗師。』萬箱，形容倉廩之豐。葛洪《抱朴子・内篇・極言》：『千倉萬箱，非一耕所得。』箱，車箱；又曰廪也。《詩・小雅・甫田》：『乃求千斯倉，乃求萬斯箱。』此二句言今年乃有自古豐年之望，隆盛周代之豐。

⑦ 原思，孔子弟子子思。《論語・雍也》：『原思爲之宰，與之粟九百，辭。』何晏《集解》：『苞氏曰：弟子原憲也。思，字也。』蓬户，指貧困之家。《經典釋文》卷十四：『蓬户，以蓬爲户也。』户，單扇之門。《玉篇》：『一扉曰户，兩扉曰門。』原憲家貧，蓬户瓮牖而安貧樂道，故言『原思悦於蓬户』也。《韓詩外傳》卷一：『原憲居魯，環堵之室，茨以蒿萊，蓬户瓮牖，桷桑而無樞，上漏下濕，匡坐而絃歌。』孤竹，古國名，此指商孤竹國君之二子伯夷、叔齊。《史記・周紀》：『伯夷、叔齊在孤竹。』二人讓國，先後逃到周國。周武王伐

紂，二人叩馬諫阻。武王滅商後，耻食周粟，逃至首陽山，采薇而食，餓死山中。事見《孟子·王章下》《史記·伯夷傳》。此二句言年將豐稔，即使超然塵世之士亦喜。意謂天下之人無不歡欣矣。

此段言日月照臨，普天同慶，小災過後，天道和諧，禾稻茂盛，豐年在望，雖超世之隱士亦欣然喜悦矣。

陰陽交泰，萬物方遒①。炎神送暑，素靈迎秋②。四時逝而代謝兮，大火忽其西流③。年冉冉其易頹兮，時靡靡而難留④。嗟沉哀之愁思兮，瞻〔一〕日月而增憂⑤。感年華之行暮兮，思乘煙而遠遊⑥。命海若以量津兮，吾欲往乎瀛洲⑦。

【校勘】

〔一〕『瞻』，周亮工校作『擔』，形近而誤。

【注釋】

① 陰陽，即天地。乾爲天爲陽，坤爲地爲陰，故謂之。天地交泰，意謂天地之氣相交，則通泰。《易·泰》：『天地交，泰。後以財成天地之道，輔相天地之宜，以左右民。』王弼注：『泰者，物大通之時也。上下大通，則物失其節，故財成而輔相，以左右民也。』方遒，謂正生長强健。《廣韻》：『方，正也。』《三國志·魏·阮瑀傳》：『公幹有逸氣，但未遒耳。』《正韻》：『遒，健也。』此二句天地之氣相交而四時通泰，故萬物繁盛。

②炎神，指祝融。《楚辭・遠遊》：『指炎神而直馳兮，吾將往乎南疑。』王逸注：『南方丙丁，其帝炎帝，其神祝融。炎神，一作炎帝。』祝融，顓頊之子黎，高辛氏火正之官，因『以淳燿惇大，天明地德，光昭四海，故命之曰祝融』。事見《國語・鄭語》及韋昭注。素靈，或爲秋之神。陸機《皇太子宴玄圃宣猷堂有令賦詩》：『黄暉既渝，素靈承祜。』善注：『金於西方爲白，故曰素靈也。』按照五行之説，方位以西方爲金，顔色以白色爲金，四季以秋天爲金，故稱秋之神爲素靈。一曰素靈即白帝子。荀悦《前漢紀・高祖皇帝紀》：『高祖以亭長送徒驪山，夜行經豐西澤中，有蛇當道，拔劒斬之，遂過。後人至者，見一老嫗哭蛇曰：此白帝子也。向赤帝子遇而殺之。』故陸機《漢高祖功臣頌》：『彤雲晝聚，素靈夜哭。』善注：『素靈，即《高祖紀》老嫗哭所殺白蛇。』然此意與秋之神無關聯，故當取上意。此二句言炎神送走暑夏，素靈又迎來秋季。

③大火，心星，爲蒼龍七宿中的三宿，亦名大辰、火辰。《公羊傳・昭公十七年》：『冬，有星孛於大辰。孛者何？彗星也。……大辰者何？大火也。』大火是南方之星，主夏；西流則爲秋。此二句四時流逝，季節更迭，倏忽之間，心星西轉而秋季至矣。

④冉冉，漸漸。見上注。頽，此喻時光流逝。《楚辭・九章・悲回風》：『歲曶曶其若頽兮，旹亦冉冉而將至。』王逸注：『年歲轉去而流没也。』洪興祖補注：『頽，下墜也。』靡靡，猶遲遲，徐行貌。《詩・王風・黍離》：『行邁靡靡，中心揺揺。』毛詩傳：『靡靡，猶遲遲也。』此二句言年歲漸漸消逝，時光徐徐離去。

⑤此二句言嗟歎愁思鬱積而哀傷，目睹日月流逝而增憂。

⑥行暮，言人之將老也。陸機《歎逝賦》：『世閲人而爲世，人冉冉而行暮。』乘煙，即乘煙霞，謂仙人之遊也。《太平御覽》卷八百五引《抱朴子》：『赤松子以玄蟲而漬玉爲水服之，故得乘煙霞上下也。』此二句言

有感年華老去，思作仙人之遊也。

⑦ 海若，海神。《楚辭·遠遊》：『使湘靈鼓瑟兮，令海若舞馮夷。』王逸注：『海若，海神名也。』洪興祖補注：『海若，莊子所稱北海若也。』瀛洲，傳説仙人所居之山。《史記·秦始皇本紀》：『齊人徐市等上書，言海中有三神山，名蓬萊、方丈、瀛洲，仙人居之。』此二句言命海若度量河津，吾將欲遠遊於仙山。

此段言雖是陰陽通泰，萬物茂盛，然轉瞬間暑去秋來，四時更迭，時光易逝，人之將老，愁思鬱結，故思超然世外，作仙人之遊也。

臨儀天之大川兮，陵〔一〕懷山之洪波①。瞻增城之峻極兮，仰蓬萊之峩峩〔二〕②。望王母於弱水兮，詠白雲之清歌③。雖嘉命之未錫兮，將輕舉於流沙④。振仙車之鳴鸞兮，吐玉衡之八和⑤。託芝蓋之後乘兮，飡〔三〕瓊林之朝華⑥。修無窮以容與兮，豈萬載之足多⑦。

【校勘】

〔一〕『陵』，《歷代賦彙》卷八、《百三家集》本、《四部叢刊》本、周亮工校本、鄧邦述校本、陳仲魚校本作『淩』。鄧邦述、陳仲魚校作『陵』。古二字通。

〔二〕『峩峩』，《百三家集》本、《七十二家集》本、《歷代賦彙》卷八作『嵬峩』，《四部備要》本作『峨峨』。峨，同峩。

〔三〕『飡』，《百三家集》本作『飱』，《歷代賦彙》卷八作『餐』，古三字並同。

【注釋】

①臨，俯視。《玉篇》：『臨，視也。』儀天，效法天象。陸機《演連珠》：『是以儀天步晷，而修短可量。』善注：『儀，猶法象也。』古人認爲，地法天，地上之山川亦法其天象也。凌，通陵，越也。朱駿聲《説文通訓定聲》：『夌，經傳多爲陵，以淩、以凌爲之。』懷山，指水中之山。《書·堯典》：『蕩蕩懷山襄陵，浩浩滔天。』孔安國傳：『懷，包。襄，上也。』此二句言下臨法天之大川，越過水中之高山。

②瞻，《説文》：『臨視也。』增城，猶高城。《淮南子·墜形訓》：『中有增城九重，其高萬一千里百一十四步二尺六寸。』許慎注：『增，重也。』蓬萊，仙山名，見上注。峩峩，同峨峨，高聳貌。陸機《答賈謐》：『東朝既建，淑問峩峩。』善注：『峩峩，高貌。』此二句言下視高峻之層城，遠仰巍峨之蓬萊。

③王母，即西王母，神話中之女神。《穆天子傳》卷三：『吉日甲子，天子賓于西王母，乃執白圭玄璧以見西王母。』又《山海經·西山經》：『王母其狀如人，豹尾、虎齒，而善嘯，蓬髮、戴勝。』因穆天子見西王母，樂而忘返，後世遂多以爲是美貌之女神。弱水，神水名，西王母所居處。荀悦《前漢紀·孝武皇帝紀》：『條支國去長安萬二千三百里，臨西海，出善幻人，有大鳥，卵如瓮。長老傳聞：條支西有弱水，西王母所居。』白雲清歌，指西王母所歌之白雲謡。《穆天子傳》卷三：『乙丑，天子觴西王母于瑶池之上。西王母爲天子謡曰：白雲在天，山陵自出。道里悠遠，山川間之。將子無死，尚能復來。天子答之曰：予歸東土，和治諸夏。萬民平均，吾顧見女。比及三年，將復而野。』此二句言望見弱水之王母，歌詠白雲之清歌。

④嘉命，西王母之美命。《爾雅·釋詁》：『嘉，美也。』錫，同賜。《爾雅·釋詁》：『錫，賜也。』輕舉，輕飇之飛升。《論衡·道虚》：『且凡能輕舉入雲中者，飲食與人殊之故也。』流沙，西方沙漠，在弱水

之西。《書·禹貢》：『導弱水至于合黎，餘波入于流沙。』孔安國注：『弱水餘波西溢入流沙。』此二句言雖未有王母所賜之美命，仍將飛舉於流沙。

⑤振，飛舉。《廣韻》：『振，奮也，舉也。』鳴鸞，鸞鈴和鳴。鸞，鈴之形狀。《大戴禮記·保傅》：『在衡爲鸞，在軾爲和，馬動而鸞鳴，鸞鳴而和應。』玉衡，喻車衡之華貴。《楚辭·九歎·遠遊》：『玉衡於炎火兮，委兩館於咸唐。』王逸注：『衡，車衡也。』八和，八音之和。古稱金、石、絲、竹、匏、土、革、木爲八音。此泛指聲音和諧也。此二句言仙車飛舉，車衡之鸞鈴吐出和諧之音。

⑥託，《玉篇》：『憑依也。』芝蓋，以靈芝爲車蓋。張衡《西京賦》：『驪駕四鹿，芝蓋九葩。』薛綜注：『以芝爲蓋。』飡，同餐。《廣韻》：『飡，同餐，俗作飡。』瓊林，玉林，林之美稱也。《説文》：『瓊，赤玉也。』朝華，晨開之花。石崇《王明君辭》：『朝華不足歡，甘與秋草並。』華，同花。此二句言託身芝蓋之仙車，餐食玉林之朝花。

⑦容與，徘徊盤桓。《楚辭·九章·思美人》：『固朕形之不服兮，然容與而狐疑。』王逸注：『俳佪進退，觀衆意也。』此二句言長途漫漫，徘徊盤桓，人間萬載，豈足多哉。謂年壽之無窮也。

此段言乘仙人之車，餐玉林之花，臨大川，越高山，瞻仰仙山，遥望王母，鸞鈴和鳴，人壽無窮。極寫仙人生活之自由逍遥，超然灑脱。

登臺賦并序

【題解】

此賦以論前代興廢爲文眼。先言登閣之緣由；再言登臺入室之所見、所感；最後抒發現實人生之感慨。描寫登臺入室是文章之重點。詩人先寫登臺所見之長廊綺窗，茂盛草木，接着寫室内芳塵回風，最後寫回望三臺之荒凉冷落。在描寫中，詩人始終抓住對比，草木葱蘢與華宇衰敗——自然與人事形成對比；芳塵蒙室，回風駭人，屋宇猶在，惟有衆鳥聯翩飛翔，現實與歷史——人事盛衰形成對比。文章突出描寫三臺之衰敗，而將曹操經天緯地、轟轟烈烈的人生功業隱蔽到語言之外，一隱一顯，一盛一衰，在歷史沉思中，顯得何其觸目驚心！正是由眼前景象與歷史迴響的盛衰對比，引出詩人現實人生的深刻思考。若自登臺視之，海水浩蕩，樹林葱鬱；若自天庭視之，則扶桑細微，崑崙低小。在虚擬空間的轉换中，消解了歷史與現實的愴痛。故以道家『齊物』之理觀之，天地與我並生，萬物與我齊一，萬物之變，亦一壽夭、同大小而已。永恒者惟有無形之道與神仙之境，然而片刻的逍遥與遐想畢竟難以逃脱殘酷的現實，所以當詩人回歸現實時，盛如雲升、衰如墜物、興廢無常之感又泛上心頭，不禁由此臺今昔之變而體悟天命歷數。超自由的神思與桎梏的現實，也成爲人生悖論的命題之一。然而也因此而構成本文結構的波折跌宕。

由賦序可知，此賦作於永寧中。永寧乃晉惠帝年號，止二年，永寧二年十二月，改元太安。由此可知，此賦當作於永寧二年（三〇二）十二月前。從『經蕤曄以披藻兮，椒塗馥而遺芳』之景物看，或在是年夏秋之際。

永寧〔一〕中，參大〔二〕府之佐於鄴都①。以時事巡行鄴宮〔三〕三臺，登高有感，因以言崇替，廼作賦云②：

【校勘】

〔一〕『寧』，《七十二家集》本作『靈』，音同而誤。

〔二〕『大』，《歷代賦彙》卷一〇七作『太』。

〔三〕『行』，《藝文類聚》卷六十二、《淵鑑類函》卷三百四十九作『幸』。又『宮』，《文集》、叢書堂鈔本、《四部叢刊》本、周亮工校本、鄧邦述校本、陳仲魚校本作『官』，形近而誤。《西晉文紀》卷十六、《歷代賦彙》卷一〇七、《七十二家集》本、《六朝詩集》本、《百三家集》本作『宮』，今據改。

【注釋】

① 永寧，晉惠帝年號（三〇一—三〇三），永寧二年十二月，改元太安。大府，原爲周代掌財物庫藏之官。《周禮·天官冢宰》鄭玄注：『大府，爲王治藏之長，若今司農矣。』此指成都王司馬穎之官府。佐，輔官，僚屬。是年雲轉大將軍右司馬，故云。鄴，古地名，秦置縣，三國魏爲鄴都。故址在今河北臨漳縣西、河

南安陽市北。時乃成都王司馬穎封藩之都城。

② 巡行，出巡視察。荀悦《前漢紀・孝武皇帝紀》：『遺謁者巡行天下。』三臺，鄴都宮殿名。《初學記》卷二一引《鄴中記》：『魏武帝於鄴城西北立三臺。中臺名銅雀臺，南名金獸臺，北名冰井臺。』崇替，猶言興廢。《國語・楚語下》：『吾聞君子唯獨居思念前世之崇替。』韋昭注：『崇，終也。替，廢也。』

序言作賦之緣起，並點明賦主旨，乃因登高有感而作賦言前代興廢之事。

承后皇之嘉惠兮，翼聖宰之威靈①。肅言〔一〕而述業兮，乃啓行乎北京②。巡華室以周流兮，登崇臺而上征③。攀凌坻而遂隮兮，迄雲閣而少寧④。

【校勘】

〔一〕『言』，《百三家集》本、《七十二家集》本、《歷代賦彙》卷一〇七作『言詞』。

【注釋】

① 后皇，猶皇也。張説《季春下旬詔宴薛王山池序》：『后皇所以發時令，布新慶，二南邁周、召之風，百辟形金石之詠者也。』嘉惠，猶恩惠也。《左傳・昭公七年》：『君之嘉惠，是寡君既受貺矣。』翼，輔也。聖宰，聖明之宰臣。曹植《七啓》：『世有聖宰，翼帝霸世。』善注：『孔安國《尚書傳》曰：翼，輔也。』良注：『翼，佐也。』宰，冢宰。《經典釋文》卷八：『鄭云：宰，主也。干云：濟其清濁，和其剛柔，而納之中和，曰

宰。』是年，惠帝詔遣司馬穎兼太尉、進位大將軍、都督中外軍事、録尚書事，故稱之。威靈，猶神威也。班固《典引》：『拊翼而未舉，則威靈紛紜。』此二句言蒙皇上之恩惠，佐宰輔之神威。

②肅言，恭敬也。《廣韻》：『肅，恭也，敬也。』王引之《經傳釋詞》卷五：『言，語詞也。若《詩・葛覃》之「言告師氏，言告言歸」。』述業，紹述大業。陸機《辨亡論上》：『招攬遺老，與之述業。』翰注：『述業，謂述父業也。』北京，指鄴都。曹操爲魏公定都于此，曹丕稱帝，定都洛陽，仍以鄴爲五都之一。因鄴在洛陽之北，故稱北京。此二句言恭敬地紹述王之大業，於是從鄴都啓行。

③周流，猶周遊也。劉向《説苑・復恩》：『晉文公出亡，周流天下。』崇臺，高臺。班固《西都賦》：『徇以離宫別寢，承以崇臺閒館。』向注：『崇臺，高臺。』上征，向上行。《楚辭・離騷》：『駟玉虬以乘鷖兮，溘埃風余上征。』《爾雅・釋言》：『征，行也。』此二句言巡行于華美宫室而周遊三臺，攀登高臺向上前行。

④凌坻，高地。凌，通陵。朱駿聲《説文通訓定聲》：『夌，經傳多爲陵，以淩、以凌爲之。』坻，水中高地。《詩・小雅・甫田》：『曾孫之庾，如坻如京。』鄭玄箋：『坻，水中之高地也。』隮，《玉篇》：『登也。』迄，《説文》：『至也。』雲閣，喻臺閣之高聳。此二句言攀上高臺之地而方至登臨，直至高聳樓閣而心情稍安。

此段言承明君主恩惠，佐聖明宰臣，恭敬紹述王業，故啓駕鄴都，巡行三臺，而登上雲閣。謂其登閣之緣由也。

爾乃佇眄〔一〕瑶軒，滿目〔二〕綺寮①。中原方華，緑葉振翹②。嘉生民之亹亹兮，望天晷之苕苕③。歷玉階〔三〕而容與兮，憩〔四〕蘭堂以逍遥④。蒙紫庭之芳塵兮，駭洞房之迴〔五〕飈⑤。頹響逝而迕〔六〕物兮，傾冠舉而淩霄⑥。曲房縈〔七〕而窈眇兮，長廊邈而蕭條⑦。

【校勘】

〔一〕「眄」，《歷代賦彙》卷一〇七作「盼」。

〔二〕「滿目」，《淵鑑類函》卷三百四十九作「流目」。

〔三〕「階」，《藝文類聚》卷六十二作「陛」。

〔四〕「憩」，《文集》、叢書堂鈔本、影鈔宋本、鄧邦述校本、陳仲魚校本脱。《藝文類聚》卷六十二、《歷代賦彙》卷一〇七作「步」。《四部叢刊》本作「憩」，《百三家集》本、《四部備要》本作「憇」，古二字同，今據補。

〔五〕「迴」，《文集》、叢書堂鈔本作「逈」，陳仲魚亦校作「逈」，形近而誤。《歷代賦彙》卷一〇七、《百三家集》本、《四部叢刊》本、周亮工校本、鄧邦述校本、陳仲魚校本作「迴」，今據改。

〔六〕「迕」，《百三家集》本作「忤」。

〔七〕「縈」，《歷代賦彙》卷八、《百三家集》本、《四部叢刊》本、《四部備要》本、周亮工校本、鄧邦述校本、陳仲魚校本作「榮」，《全晉文》卷一百作「營」，均誤。《四庫全書考證》卷九十五曰：「刊本「縈」訛「榮」。」

【注釋】

① 爾乃，於是，轉句之詞也。見上注。佇，立。眄，看。陸機《於承明作與士龍》：「佇眄要遐景，傾耳玩餘聲。」良注：「佇，立。眄，看。」瑤軒，玉飾之長廊，形容長廊之華貴。瑤，《玉篇》：「瓊玉之美者。」軒，有

窗之長廊。左思《魏都賦》：『周軒中天，丹墀臨猋。』善注：『軒，長廊之有牕也。』綺寮，花紋錯鏤之窗。左思《魏都賦》：『雷雨窈冥而未半，皦日籠光於綺寮。』向注：『寮，窗也。』《説文》：『綺，文繒也。』牕、窗並同窗。見上注。此二句言於是久立審視華貴之長廊，滿目精美之窗户。

② 中原，猶平原。《詩·小雅·小宛》：『中原有菽，庶民采之。』毛詩傳：『中原，原中也。』華，《廣韻》：『華，草盛也。《説文》作蕚，榮也。』振翹，猶言託起花朵也。《説文》：『振，一曰奮也。』《廣韻》：『翹，鳥尾也。』後以翹喻花。蕭綱《與廣信侯書》：『以此春翹，方爲秋實。』此二句言原野草木茂盛，緑葉託起花朵。

③ 嘉，《爾雅·釋詁》：『美也。』生民，猶黎民。《書·仲虺之誥》：『惟天生民有欲，無主乃亂。』亹亹，勤勉不倦貌。《詩·大雅·文王》：『亹亹文王，令聞不已。』毛詩傳：『亹亹，勉也。』天晷，天日。陸機《皇太子宴玄圃宣猷堂有令賦詩》：『天晷仰澄，淳曜六合。』《説文》：『晷，日景也。』苕苕，遥遠。謝靈運《述祖德詩》：『苕苕歷千載，遥遥播清塵。』良注：『苕苕、遥遥，皆遠也。』今通作迢迢。此二句言仰望遥遠之天日，歎美勤勉之生民。

④ 歷，經過。《玉篇》：『歷，過也。』容與，徘徊盤桓。見上注。憩，《玉篇》：『安息也。』逍遥，閒適自得貌。《莊子·逍遥遊》郭象注：『義取閒放不拘，怡適自得。』此二句言經過玉石之階而徘徊盤桓，休憩芬芳之室而閒適自得。

⑤ 蒙，《廣韻》：『覆也，奄也。』紫庭，帝王之居。王融《雜體報范通直》：『紫庭風日好，青槐枝葉新。』章樵注：『帝王之居，象北極紫微宮，故曰紫庭。』駭，《玉篇》：『驚起也。』洞房，幽深之室。王延壽《魯靈光殿》：『旋室㛹娟以窈窕，洞房叫窱而幽邃。』張載注：『言深邃也。』迴飈，回風。《楚辭·惜誓》：『臨中國之

衆人兮，託回飈乎尚羊。』王逸注：『言已臨見楚國之中衆人貪佞，故託回風遠行遊戲也。』迴，同回。《正韻》：『迴，與回同。』此二句言帝王居室之落滿芬芳塵土，幽深密室之回風使人心驚。

⑥ 頽響，如崩頽之回聲。陸機《招隱詩》：『哀音附靈波，頽響赴曾曲。』濟注：『又似崩頽之響，赴于幽深之曲。』嚮，通響。《韻會》：『響，又作鄉，通作嚮。』謂風吹室内回聲之大，與上句『駭』字相應。忤物，謂風之逆物。《説文》：『忤，逆也。』舉，《廣韻》：『擎也，動也。』此二句言吹風逆物，如崩頽之迴響，漸漸逝去；傾斜之冠，風吹飄舉而入雲霄矣。以誇張之筆寫室内回風之狂也。

⑦ 曲房，幽隱之密室。枚乘《七發》：『往來遊宴，縱恣于曲房隱閒之中。』此同洞房。縈，《廣韻》：『繞也。』窈眇，幽遠貌。葛洪《抱朴子·内篇·暢玄》：『經乎汗漫之門，遊乎窈眇之野。』邈，《説文》：『遠也。』蕭條，寂静貌。《淮南子·齊俗訓》：『故蕭條者形之君，而寂漠者音之主也。』許慎注：『蕭條，深静。』此二句言回風逝去，洞房縈繞而幽深，長廊悠遠而寂静。

此段寫其登臺所望，入室所聞、所見、所感。長廊綺窗精緻華美，四周草木葉茂花盛，詩人由此感慨人生勤勉而天道遠矣。接着叙述歷玉階，憩蘭堂，從而轉入對室内芳塵、回風之描述。芳塵蒙室，言無人矣；回風駭人，言森然矣；風過幽静，言冷落矣。其深層隱含着盛衰之對比。

於是迴路委夷〔一〕，邃宇玄芒，深堂百室，曾〔二〕臺千房①。闢南牕而蒙暑兮，啓朔牖而履霜。遊陽堂而冬温兮，步陰房而夏凉②。萬禽委蛇〔三〕於潛室兮，鸞鳳〔四〕矯翼而來翔③。紛譎譎〔五〕於有象兮，邈攸〔六〕忽而無方④。

【校勘】

〔一〕「委夷」,《文集》、叢書堂鈔本、《四部叢刊》本、《四部備要》本、周亮工校本、鄧邦述校本、陳仲魚校本作「季夷」,形近而誤;《全晉文》卷一〇三作「委夷」,今據改。又《百三家集》本、《七十二家集》本、《歷代賦彙》卷一〇七作「逶夷」。「逶夷」同委夷,疊韻連綿詞,通作逶迤。

〔二〕「曾」,《歷代賦彙》卷一〇七作「層」,古二字通。

〔三〕「委蛇」,《百三家集》本、《四部叢刊》本、周亮工校本、鄧邦述校本、陳仲魚校本作「委虵」,蛇、虵,古二字同。與上文之「委夷」亦同。

〔四〕「鳳」,叢書堂鈔本、《四部叢刊》本、《百三家集》本作「風」,應據改。

〔五〕「譎譎」,《百三家集》本、《歷代賦彙》卷一〇七作「譎詭」。

〔六〕「攸忽」,《百三家集》本、《歷代賦彙》卷一〇七作「悠忽」。古二詞同。

【注釋】

① 迥路,遠路。李商隱《詠雲》:「纔聞飄迥路,旋見隔重城。」迥,同迴。《康熙字典》:「迴,俗作迥。」《爾雅·釋詁》:「迥,遠也。」委夷,疊韻連綿詞,通作逶迤,悠長屈曲貌。王粲《登樓賦》:「路逶迤而脩迥兮,川既漾而濟深。」善注:「逶迤,長貌也。」邃宇,深邃之屋宇。《楚辭·招魂》:「高堂邃宇,檻層軒些。」王逸注:「邃,深也。宇,屋也。」玄芒,深遠渺茫之處。陸機《王侯挽歌辭》:「操心玄芒内,注血貽鬼區。」曾臺,高臺。陸機《擬青青陵上柏》:「飛閣纓虹帶,曾臺冒雲冠。」濟注:「曾臺,高臺也。」此四句言長廊之路,

悠遠曲折；屋宇深邃，渺茫幽遠；高堂之室，高臺之房，鱗次櫛比。

②闢，《説文》：『開也。』蒙暑，意謂蒙受暑熱也。《玉篇》：『蒙，覆也，奄也。』启，意同闢。《玉篇》：『啓，開發也。』朔，北。《玉篇》：『朔，北方也。』牖，北向之窗。《廣韻》：『牖，向也。』履霜，謂踐行霜露，此謂受霜寒也。《詩·魏風·葛屨》：『糾糾葛屨，可以履霜。』陽堂，向南之正屋。盧仝《寄贈含曦上人》：『不如向陽堂，撥醅泛浮蟻。』陰房，即陰室，向北之屋宇。王勃《梓州郪縣兜率寺浮圖碑》：『廊軒外敞，淑氣長延；陰室中開，鮮飈自激。』此四句言開南窗而受其熱，辟北窗則遭其寒。故冬遊于南向之屋則温暖，夏行于北向之室則涼爽。此謂設計之巧妙。

③委虵，同逶迆，相連貌。王巾《頭陀寺碑文》：『飛閣逶迆，下臨無地。』善注：『《楚辭》曰：載雲旗兮逶移。王逸曰：逶移而長，移與迆音義同。』銑注：『逶迆，相連貌。』驚鳳，應爲驚風，猶疾風。曹植《贈徐幹》：『驚風飄白日，忽然歸西山。』銑注：『驚，風飄之忽。』撟翼，猶振翅。撟，舉。《楚辭·九章·惜頌》：『撟茲媚以私處兮，願曾思而遠身。』王逸注：『撟，舉也。』此二句言衆鳥相連，乘疾風而振翅，翱翔于幽深之室矣。

④紛，衆多。《廣韻》：『紛，紛紜，衆也。』譎譎，乃潏潏之訛，鼎沸馳分。《四庫全書考證》卷七十五：『(李太白)《草創大還贈柳官迪》『相煎成苦』，老注：潏潏，鼎沸馳分。刊本「潏潏」訛「譎譎」。』此形容鳥之紛飛喧囂也。邈，《説文》：『遠也。』攸忽，猶倏忽，輕疾貌。《廣韻》：『忽，倏忽，輕也。』《淮南子·脩務訓》：『倏忽變化，與物推移。』無方，無常。《經典釋文》卷二十七：『司馬云：方，常也。』此二句言衆鳥紛飛喧囂而有形，迅疾遠逝而無常。

此段言進一步描述三臺之荒涼冷落。長廊逶迆，屋宇猶在，窗納寒暑，屋存温涼，然惟有衆鳥聯翩飛翔，喧囂紛擾，其衰敗之象觸目驚心矣。

于時南征司火〔一〕，朱明鬱遂①，縣車式徐，曜靈西墜②。暑乘陰而增炎兮，景望淵而曖昧③。玩瓊宇而情廞兮，覽八方而思〔二〕鋭④。陋雨館之常規兮，鄙鳴鵠之蔽第〔三〕⑤。仰〔四〕凌眄於天庭兮，俛旁觀乎萬類⑥。北溟浩以揚波兮，青林焕其興蔚⑦。扶桑細於毫末兮，崑崙卑乎覆簣⑧。

【校勘】

〔一〕于時，《全晉文》卷一百作「于是」。又「征」，《百三家集》本、《歷代賦彙》卷一〇七作「正」。《四庫全書考證》卷九十五曰：「刊本「正」訛「征」；「天」訛「火」。並據《賦彙》改。」從「縣車式徐」句看，作「征」似不誤。

〔二〕「思」，《歷代賦彙》卷一〇七作「恩」，蓋形近而誤。

〔三〕「第」，叢書堂鈔本作「弟」，《百三家集》本、《七十二家集》本、《歷代賦彙》卷一〇七作「芾」。黄葵《陸雲集》校曰：「按《詩·甘棠》：「蔽芾甘棠，勿剪勿伐。」毛傳：「蔽芾，小貌。」疑作「芾」字是。」

〔四〕「仰」，《文集》、叢書堂鈔本、《諸家文集》本、《二十家集》本、影鈔宋本作「卯」。傅增湘校曰：「卯，卬字誤。」周亮工校本、鄧邦述校本作「仰」。翁同書校：「當作卬，古仰字也。」今據改。

【注釋】

① 南征司火，謂司火之官南行也。火，指大火，心星，爲蒼龍七宿中的三宿，亦名大辰、火辰。大火是南方之星，主夏。司火，司火之官，即火正，謂祝融也。《玉篇》：『司，主也。』見上注。朱明，夏也。見上注。鬱遂，同鬱術，猶鬱積也。王粲《大暑賦》：『或赫爔以瘴炎，或鬱術而燠蒸。』《釋名・釋水》：『堰使水鬱術也。』此二句言此時火正祝融南行，夏日炎光鬱積。

② 縣車，黄昏之日也。黄昏之前，日行舒緩，如車懸掛於天。古代神話謂羲和駕日，以六龍爲御，故曰縣車。縣，同懸。見上注。式徐，猶徐也。式，發聲詞。《詩・邶風・式微》：『式微式微，胡不歸？』鄭玄箋：『式，發聲也。』曜靈，日也。《楚辭・天問》：『角宿未旦，曜靈安藏。』王逸注：『曜靈，日也。』此二句言黄昏之日徐行於天，然轉眼西沉矣。

③ 乘陰，依附於陰也。《淮南子・天文訓》：『夏日至則陰乘陽，是以萬物就而死；冬日至則陽乘陰，是以萬物仰而生。』夏日本燥而陽，然是時却季節顛倒，濕而陰，暑日濕而陰，故增其炎熱，即俗所謂之濕熱。景，日光。《説文》：『景，光也。』望淵，猶言日近虞淵。《淮南子・天文訓》：『至于虞淵，是謂黄昏，至于蒙谷，是謂定昏。日入于虞淵之汜，曙于蒙谷之浦。』曖昧，幽暗不明貌。何晏《景福殿賦》：『翳薆曖昧，髣髴退概，若幽星之纚連也。』善注：『薆翳、曖昧、髣髴、退概，皆謂幽深不明也。幽，猶夜也。』此二句言因陰之暑而倍感炎熱，日入虞淵而幽暗不明。

④ 玩，猶遊戲。《玉篇》：『玩，戲也。』瓊宇，玉宇，此謂天地之間。《説文》：『瓊，赤玉也。』歆，興起，産生。《爾雅・釋詁》：『歆，興也。』鋭，猶敏捷。《廣韻》：『鋭，利也。』此二句言遊於天地而情感生也，觀其八方而思緒敏鋭。

⑤ 陋，狹隘，簡陋。與下句『鄙』，均爲意動詞，猶鄙視、輕視。《字彙》：『陋，阸狹也。』雨館，猶館舍也。《玉篇》：『館，客舍也。』雨館，或爲鄴都館舍名，疑不能明。鄙，淺陋。《玉篇》：『鄙，陋也。』鳴鵠，館園名。《初學記》卷二十四引司馬彪《續漢書》：『鄴有鳴鵠園。』蔽第，當作蔽芾，小貌。《詩·召南·甘棠》：『蔽芾甘棠，勿剪勿伐。』毛詩傳：『蔽芾，小貌。』此二句言鄙其館閣之平凡，輕其園林之狹隘。乃詩人仰觀宇宙，俯覽八方之所感，非實寫也。

⑥ 凌昞，上視也。凌，通陵。昞，看。並見上注。俛，同俯。《漢書·晁錯傳》：『在俛仰之間耳。』顔師古注：『俛即俯。』此二句言上仰視于天庭，旁俯觀於萬物。

⑦ 北溟，北海。《莊子·逍遥遊》：『北溟有魚，其名曰鯤。』《經典釋文》卷二十六：『北冥，本亦作溟，北海也。』此泛指也。浩，《玉篇》：『水盛也。』青林，猶樹林。江淹《惜晚春應劉祕書》：『心憂望碧葉，涵影顧青林。』焕，《玉篇》：『明也。』興蔚，草木茂盛也。《廣韻》：『興，盛也。』《玉篇》：『蔚，茺蔚。』即益母草。此泛指草木。此二句言海水浩蕩而揚波，樹林粲然其茂盛。乃詩人之近觀所見，承『俛旁觀乎萬類』也。

⑧ 扶桑，日出之木。《淮南子·天文訓》：『日出于暘谷，浴于咸池，拂于扶桑。』許慎注：『扶桑，日所出之木也。』毫末，獸毛之末，喻細微之物。潘岳《楊荆州誄》：『目睇毫末，心筭無垠。』翰注：『毫末，微也。』崑崙，山名，勢極高峻。《淮南子·原道訓》：『經紀山川，蹈騰崑崙。』許慎注：『崑崙，山名也。在西北，其高萬九千里，河之所出。』卑，《玉篇》：『下也。』覆簣，倒土一籠。《論語·子罕》：『譬如平地，雖覆一簣，進，吾往也。』何晏《集解》：『苞氏曰：簣，土籠也。馬融曰：平地者將進加功，雖始覆一簣，我不以其見功少而薄之也。』此喻其地勢低也。此二句言日出之木細于獸毛之末，崑崙之峻低於覆簣之土。乃詩人懸想之所見也，承『仰凌昞於天庭』也。

此段轉入寫時光與感慨。雖朱陽朗照，亦轉瞬西沉；仰觀宇宙，俯視八方，回視三臺，則狹隘平庸矣。猶若自登臺視之，海水浩蕩，樹林葱郁；若自天庭視之，則扶桑細微，崑崙低小矣。由人事而感悟莊子相對主義式的哲理，爲下文張本。

於是忽焉俛仰〔一〕，天地既必〔二〕①。宇宙同區，萬物爲一②。原千變之常鈞兮，齊億載於今日③。彼區中之側陋兮，非吾黨之一室④。本達觀於無形兮，今何求而有質⑤。

【校勘】

〔一〕『仰』，《文集》、叢書堂鈔本、《四部叢刊》本、周亮工校本、鄧邦述校本、陳仲魚校本作『仰面』，從句式及句意看，『面』乃衍字。《百三家集》本、《七十二家集》本、《歷代賦彙》卷一〇七、《全晉文》卷一百皆無『面』字。今據删。

〔二〕『必』，《百三家集》本、《七十二家集》本、《歷代賦彙》卷一〇七、《四部備要》本作『翕』，《全晉文》卷一〇三作『閟』。

【注釋】

① 忽焉，迅疾貌。《左傳·莊公十一年》：『桀紂罪人，其亡也忽焉。』杜預注：『忽，速貌。』焉，《玉篇》：『語已之詞也。』俛仰，謂俯仰天地之間。俛同俯，見上注。必，猶分也。《説文》：『必，分極也。』徐鍇

《繫傳》：『按孔子曰：毋固毋必。必，分别之極也。』此二句言俯仰宇宙，追尋天地初分。

②宇宙，《經典釋文》卷二十六：『《尸子》云：天地四方曰宇，往古來今曰宙。』區，區域。《玉篇》：『區，域也。』萬物爲一，謂萬物與我爲一。《莊子·齊物論》：『天地與我並生，而萬物與我爲一。』郭象注：『無小無大，無壽無夭。……故雖天地未足爲壽而與我並生，萬物未足爲異而與我同得，則天地之生又何不並，萬物之得又何不一哉？』此二句言宇宙與我同區，萬物與我爲一。

③原，推究本原。《易·繫辭下》：『易之爲書也，原始要終，以爲質也。』常均，猶常則、常規也。《正字通》：『陶人模下圓轉者爲均。』齊，等同。《廣韻》：『齊，等也。』此二句言推究萬物變化之常則，億載與今日等同也。上二句側重説明宇宙萬物無大無小，此二句側重説明宇宙萬物無壽無夭。

④區中，猶域中。張衡《思玄賦》：『區中之隘陋兮，將北度而宣遊。』良注：『謂中國隘陋，將北度偏遊域中。』此謂天地。側陋，偏僻簡陋之處。張衡《思玄賦》：『獨守此側陋兮，敢怠遑而舍勤。』翰注：『言抱此道居僻側之處。』此謂狹隘也。吾黨，猶吾輩也。《論語·子路》：『葉公語孔子曰：吾黨有直躬者。』此二句言非吾輩之室隘陋，彼天地亦且狹隘。與上段『陋雨館之常規兮，鄙鳴鵠之蔽第』意脉一貫。

⑤達觀，通達之見。《莊子·逍遥遊》郭象注：『達觀之士，宜要其會歸，而遺其所寄。』無形，指道家所言之道。《老子》第一章：『道可道，非常道；名可名，非常名。無名天地之始，有名萬物之母。』河上公注：『無名者謂道，道無形，故不可名也。』郭象注『有名萬物之母』曰：『有名謂天地，天地有形，位陰陽，有柔剛，是其有名也。萬物母者，天地含氣，生萬物長大成熟，如母之養子。』質，成。《詩·小雅·天保》：『民之質矣，日用飲食。』毛詩傳：『質，成也。』有質，猶有形。此二句言達觀之見本於無形之道，今何求於有形之象呢？

此段申述道家『齊物』之理。言俯仰宇宙，天地與我並生，萬物與我齊一；推究天地萬物之變，一壽夭，同大小，此種達觀之見本於無形之道，不可求之有形之象矣。

於是聊樂近遊，薄言儴佯〔一〕①。朝登金虎，夕步文昌②。綺疏列於東序，朱户立乎西廂③。經蘶暐以披藻兮，椒塗馥而遺芳④。感舊物之咸存兮，悲昔人之云亡⑤。憑虛檻而遠想兮，審歷〔二〕命於斯堂⑥。

【校勘】

〔一〕『儴佯』，《百三家集》本、《歷代賦彙》卷一〇七作『徜徉』，古二詞同。

〔二〕『歷』，《四部備要》本作『曆』，古二字通。

【注釋】

① 聊樂，且樂之也。《詩·鄭風·出其東門》：『縞衣綦巾，聊樂我員。』鄭玄箋：『言且留樂，我員此思。』薄言，猶我也。薄，語助詞；言，我。《詩·周南·芣苢》：『采采芣苢，薄言采之。』毛詩傳：『薄，辭也。』鄭玄箋：『薄言，我薄也。』儴佯，行遊貌。司馬相如《上林賦》：『招搖乎儴佯，降集乎北紘。』善注：『郭璞曰：襄羊，猶彷徉也。』良注：『招搖、儴佯，行遊貌。』此二句言我且樂於近遊，盤桓而行。

② 金虎，西方白虎三星。陸機《贈尚書郎顧彥先》：『望舒離金虎，屏翳吐重陰。』善注：『《漢書》曰：

西方，金也。《尚書考靈耀》曰：西方秋虎。《漢書》曰：參，白虎三星。又曰：觜觿爲虎首。孔安國《尚書傳》曰：昴，白虎中星。然西方七星畢昴之屬，俱白虎也。』良注：『畢星西方宿，故云金虎也。』文昌，天宮所在之星宿名。《楚辭·遠遊》：『後文昌使掌行兮，選署衆神以並轂。』王逸注：『天有三宮，謂紫宮、太微、文昌也。』洪興祖補注：『文昌六星如匡形……《晉·天文志》：文昌六星在北斗魁前，一曰上將，二曰次將，三曰貴相，四曰司録，五曰司命，六曰司寇。』此二句懸想其作仙人之游也。

③ 綺疏，鏤刻花紋之窗。孫綽《遊天臺山賦》：『彤雲斐亹以翼櫺，皦日炯晃於綺疏。』善注：『薛綜《西京賦》注曰：疏，刻穿之也。然刻爲綺文，謂之綺疏也。』向注：『綺疏，窻也。』朱户，朱門，亦指豪門。葛洪《抱朴子·内篇·暢玄》：『怡顔豐柯之下，而朱户變爲繩樞。』東序、西厢，正屋兩旁之耳房。王延壽《魯靈光殿賦》：『西厢踟蹰以閑宴，東序重深而奥祕。』張載注：『西厢，西序也。又曰：東序，東厢也。互言之文相避也。《爾雅》曰：東西厢謂之序。』此二句言綺窗排列於東序，朱門貯立於西厢。互文見意，謂其天之宫室華美也。

④ 經，南北向之道。張衡《東京賦》：『經途九軌，城隅九雉。』薛綜注：『南北爲經。途，道也。』蕤，《説文》：『草木華垂貌。』曄，色澤鮮明。《廣韻》：『曄，光也。』藻，草之綺美。《書·益稷》：『藻火粉米，黼黻絺繡。』孔安國傳：『藻，水草有文者。』椒，花椒，性芬芳。《詩·唐風·椒聊》：『椒聊之實，蕃衍盈升。』鄭玄箋：『椒之性芬香而少實。』馥，芬香濃郁。《玉篇》：『馥，香盛。』此二句言道路上花兒鮮明而披著紋理，椒味濃郁而散發芳香。

⑤ 咸，《説文》：『皆也。』云，語助詞。《詩·大雅·瞻卬》：『人之云亡，邦國殄瘁。』此二句言有感舊物皆存，而斯人已亡。由遐想仙境而回歸登臺，從而產生物是人非之感。

⑥ 憑，依也。《廣韻》：『憑，憑託。』虛檻，欄杆也。吳質《答東阿王書》：『伏虛檻於前殿，臨曲池而行觴。』銑注：『伏，憑也。櫺檻，鈎欄也。言憑鈎欄於前殿以遊也。』審，同宷，悉也。《説文》：『宷，悉也，知宷諦也。篆文宷，從番。』歷命，猶天數、天命。陸機《辨亡論上》：『曆命應化而微，王師躡運而發。』善注：『曆命，曆數天命也。』曆，通歷，五臣本作歷字。斯堂，指三臺。此二句言憑欄而遊，神思遠想，由此三臺之變化，而悉諦歷數天命矣。

此段抒寫由遊仙而回歸現實之感慨。登金虎，步文昌，優遊徜徉，神遊仙境，宫室華美，道路芬芳；回歸現實，舊物依然，斯人已逝，詩人不禁由此堂今昔之變而體悟天命歷數矣。

於是精疲遊倦，白日藏輝①。鄙春登之有情兮，惡荆臺之忘歸②。聊弭節而駕言兮，悵將逝而徘徊③。感崇替之靡常兮，瘖〔一〕廢興而永懷④。隆期啓而雲升，逝運靡其如頽⑤。

【校勘】

〔一〕『瘖』，《歷代賦彙》卷八、《百三家集》本、《四部叢刊》本、周亮工校本、鄧邦述校本、陳仲魚校本作『悟』，鄧邦述、陳仲魚校作『瘖』。古二字同。

【注釋】

① 精，神靈。杜甫《驄馬行》：『時俗造次那得致，雲霧晦冥方降精。』藏輝，謂日落。此二句言神靈疲

倦于遠遊，白日西沉。謂日光西沉，仿佛羲和駕日亦倦遊也。

②鄙，輕視，見上注。春登，春日登臺。《老子》第二十章：『衆人熙熙，如享太牢，如春登臺。』河上公注：『春陰陽交通，萬物感動，登臺觀之意志淫淫然。』因春日登臺，其情放逸，故鄙之也。荆臺，在荆州，楚人遊觀處。《孔子家語·辨政》：『楚王將遊荆臺，司馬子祺諫，王怒之。令尹子西賀於殿下，諫曰：今荆臺之觀不可失也。王喜，拊子西之背曰：與子共樂之矣。子西步馬十里，引轡而止曰：臣願言有道，王肯聽之乎？王曰：子其言之。子西曰：臣聞爲人臣而忠其君者，爵禄不足以賞也；諛其君者，刑罰不足以誅也。夫子祺者，忠臣也；而臣者，諛臣也。願王賞忠而誅諛焉。王曰：我今聽司馬之諫，是獨能禁我耳。若後世遊之何也？子西曰：禁後世易耳。大王萬歲之後，起山陵於荆臺之上，則子孫必不忍遊於父祖之墓以爲歡樂也。王曰：善。乃還。』因荆臺之游，倦於政事，故惡之也。此二句言鄙我登臺而情志放逸，惡其流連而忘歸。

③聊，且也。或謂願也。《詩·衛風·泉水》：『孌彼諸姬，聊與之謀。』毛詩傳：『聊，願也。』鄭玄箋：『聊，且略之辭。』弭節，按節徐行。《楚辭·離騷》：『吾令羲和節兮，望崦嵫而勿迫。』王逸注：『弭，按也，按節徐步也。』駕言，猶駕也。言，語助詞。《詩·衛風·泉水》：『駕言出遊，以寫我憂。』悵，惆悵。《説文》：『悵，望恨也。』逝，去。《説文》：『逝，往也。』此二句言且啓駕而按節徐行也，又惆悵而徘徊不前。

④崇替，猶興廢也，見上注。靡常，無常。《詩·大雅·文王》：『侯服于周，天命靡常。』毛詩傳：『則見天命之無常也。』此有感盛衰之無常，悟興廢之理而長懷於心。

⑤隆期，興盛時也。《説文》：『隆，豐大也。』啓，猶始也。《廣韻》：『啟，開也。俗作啓。』逝運，運祚衰落也。《韻會》：『運，運祚也。』靡，倒。《廣韻》：『靡，偃也。』頽，下墜。見上注。此二句言隆盛之始，如雲

之升，衰運之至，如物之墜。

此段抒寫歸去時之感慨。白日西沉，神靈倦遊，方責己登臺流連放逸情感之非，於是啓駕離去，然又徘徊盤桓，惆悵興感，悟人世盛如雲升，衰如物墜，興廢無常。本欲收束情志，又引出新的一段情思，一波而二折也。

長發惟〔一〕祥，天鑒在晉①。肅有命而龍飛兮，蹦重斯而肇建②。嘉有魏之欽若兮，鑒靈符而告禪③。清文昌之離宮兮，虛紫微而爲獻④。委普天之光宅兮，質率土之黎彥⑤。欽哉皇之承天兮〔二〕，集北顧於乃眷⑥。誕洪祚之遠期兮，則斯年於有萬⑦。

【校勘】

〔一〕『惟』，《韻補》卷四作『其』。

〔二〕『兮』，《四部叢刊》本、《諸家文集》本、《四部備要》本、周亮工校本、鄧邦述校本、陳仲魚校本脱。鄧邦述、陳仲魚校本校補『兮』。

【注釋】

① 長發，王者郊祭天，以祭祖配之。《詩·商頌·長發》序：『《長發》，大禘也。』鄭玄箋：『大禘，郊祭天也。《禮記》曰：王者禘其祖之所自出，是謂也。』惟祥，吉祥。上詩曰：『濬哲維商，長發其祥。』鄭玄箋：

『長，猶久也。久發見其禎祥矣。』《玉篇》：『惟，有也。』天鑒，猶天命。《詩·大雅·文王》：『天監在下，有命既集。』鄭玄箋：『天監視善惡於下，其命將有所依就。』監，同鑒。《廣韻》：『鑑，亦作監。』又『鑒，同鑑』。古三字並通。此二句言祭祀上天，明其所出，則知天命在晉。

② 肅有命，恭敬王命。陸機《赴洛詩》：『靖端肅有命，假檝越江潭。』濟注：『肅，敬也。有命，君命也。』咸熙二年（二六五）十二月魏元帝（奂）禪位於司馬炎，是爲晉武帝，改元泰始，故曰『肅有命』。龍飛，謂即帝位。陸機《吊魏武帝文》：『雖龍飛于文昌，非王心之所怡。』善注：『《周易》曰：飛龍在天，大人造也。』濟注：『言受王位于文昌殿，故云龍飛也。』跚，行也。《玉篇》：『跚，蹣跚。』又《篇海類編》：『跚，蹣跚，行貌。』重斯，指重于祭天敬祖。楊樹達《詞詮》卷六：『斯，是也。』肇建，謂始建晉朝也。《爾雅·釋詁》：『肇，始也。』此二句言恭敬王命，而即王位，祭天敬祖，始建有晉。

③ 嘉，《爾雅·釋詁》：『美也。』欽若，謂敬順天命。《孔子家語·冠頌》：『欽若昊命，六合是式。』王肅注：『欽，敬。若，順。』靈符，靈瑞之符徵。曹植《大魏篇》：『大魏膺靈符，天禄方兹始。』咸熙二年春，朐䏰獻靈龜，歸於文王（司馬師）府。靈符，蓋指此也。此二句言美魏王敬順天命，鑒於靈瑞之符徵而禪位。

④ 文昌，宫殿名，在鄴。《水經注》卷十：『魏武封於鄴，爲北宫，宫有文昌殿。』文帝禪漢建魏，定都洛陽，鄴爲五都之一。離宫，猶行宫也。班固《西都賦》：『繚以周墻四百餘里，離宫别館三十六。』濟注：『離宫别館，謂天子行處别署所至之處。』紫微，北辰第七星。後稱大帝宫殿爲紫微，此指魏宫也。見上注。此二句言清理文昌之行宫，虚其帝位以獻之。

⑤ 委，《玉篇》：『屬也。』質，《廣韻》：『主也。』普天、率土，猶言天下。《詩·小雅·北山》：『溥天之

下，莫非王土。率土之濱，莫非王臣。』毛詩傳：『溥，大。率，循。』鄭玄箋：『此言王之土地廣矣，王之臣又衆矣，何求而不得，何使而不行？』溥天，同普天，《左傳・昭公七年》《孟子・萬章上》均引作『普天』。光宅，喻德如日月之長存。《書・堯典》：『昔在帝堯，聰明文思，光宅天下。』孔安國傳：『言聖德之遠著。』宅，存。《書・康誥》：『宅心知訓。』孔穎達疏：『居之於心，則知訓民矣。』此喻晉武帝。黎彥，謂群賢。《廣韻》：『彥，美士。』此二句言武帝德昭日月，天下歸之，群賢畢至。

⑥ 欽哉，歎美之詞。司馬相如《封禪文》：『欽哉！符瑞臻茲，猶以爲德薄，不敢道封禪。』向注：『欽，美。』承天，承天之命。《禮記・禮運》：『夫禮，先王以承天之道，以治人之情。』集，《玉篇》：『合也。』北顧乃眷，意謂上天眷顧北方之晉王。《詩・大雅・皇矣》：『乃眷西顧，此維與宅。』毛詩傳：『顧，顧西土也。』鄭玄箋：『乃眷然運視，西顧見文王之德而與之居。言天意常在文王所。』此二句言美哉！上天眷顧北土，晉皇上合天意而承天命也。

⑦ 誕，《爾雅・釋詁》：『大也。』洪祚，洪福。沈約《齊故安陸昭王碑文》：『景皇烝哉，實啓洪祚。』向注：『洪，大。祚，福也。』斯年於有萬，祝福之詞，猶言萬壽無疆。《詩・大雅・下武》：『於萬斯年，受天之祜。』鄭玄箋：『天下樂仰武王之德，欲其壽考之言。』此二句言晉主洪福久遠，壽乃萬年。

此段言天命在晉，受禪即位，德昭日月，君臨群賢，上合天意，行承天命，而福壽無疆。乃諛頌之詞，與上文似連而實斷。

南征賦并序

【題解】

太安二年八月，河間王顒、成都王穎舉兵討長沙王乂。穎假機後將軍、河北大都督，率軍二十餘萬，以討奸臣羊玄之、皇甫商爲名，直逼京師。此乃機人生輝煌的巔峰，也是走向毀滅的開始。十月陸機兵敗，兄弟被殺。然在士龍看來，舉兵之日便是克敵之時，作《南征賦》既是『美義征之舉，壯師徒之盛』，『以揚匡霸之勳』，其深層也浸透着强烈的功名欲望。此賦先謳頌成都王司馬穎，然叙述起兵的原因與目的，其主體部分則是渲染描述軍威之雄壯。而寫軍威之雄壯，先由儀仗神威引出，從軍鼓、軍旗、軍樂、將士、戎車，總寫軍威之曠世無比；然後由神靈佑助引出，從臣僚、虎將、屯兵、出征，突出其用兵德合天人；再由税駕殷墟引出，從洽文習武、賞罰分明、軍令嚴明，描繪其軍威之森然肅殺；又從雄師之美名遠播、聲音宏壯，强調其師出有名；最後由熊羆虎嘯之比喻引出，從雄聲、逸氣、奔厲、成壯、烽火，回歸對軍威雄壯之整體渲染描述。可見，除去謳頌司馬穎部分外，賦以渲染軍威爲核心，分層描述，按照總——分——總的結構形式，主旨突出而結構整飭。而描繪軍威雄壯之時又插入『税駕』『講武』悠閒之筆，使緊張急促的節奏得到暫時的舒緩，形成張弛有致的結構特徵。與《三國演義》在赤壁鏖兵之時插出龐統讀書，所顯現的審美特質相同。賦之渲染描述也很有特色，如最後一段，以熊羆、虎嘯概喻之；然後雄聲、逸氣、奔厲、成壯寫其動，以寂漠、無形、遁陰、匿景寫其静；最後以扶桑華葉、皓天朝霞、燭龍絶景，喻其烽火之盛。其軍威之壯渲染得無與倫比也。

據賦序可知，此賦作於太安二年（三〇三）十月。機、雲兄弟旋即因兵敗而被殺。

太安二年秋〔一〕八月，姧〔二〕臣羊玄之、皇甫商，敢行稱亂，凌〔三〕逼乘輿，天子蒙塵于外①。自秋徂冬，大將軍敷〔四〕命群后，同恤社稷②。乃身統三軍，以謀國難③。自義聲所及，四海之内，朔漠之表，蒸徒羸粮〔五〕而請奮，胡馬欵〔六〕塞而思征④。四方之會，衆以百萬⑤。軍旅之盛，威靈之著，自古已〔七〕來，未之有也⑥。粤十月，軍次于朝歌，講武治〔八〕戎，以觀兵于殷墟⑦。於是美義征之舉，壯師徒之盛，乃作《南征賦》，以揚匡霸之勳云爾⑧。

【校勘】

〔一〕『秋』，《藝文類聚》卷五十九無此字。

〔二〕『姧』，周亮工本作『奸』，《四部叢刊》本作『姦』。姧、姦，古二字同，《玉篇》：『姧，同姦，俗。』《廣韻》：『姦，私也，詐也。亦作姧。』奸則不同姦。《廣韻》：『奸，以淫犯也。』後則通用。

〔三〕『凌』，《文集》、叢書堂鈔本、《四部叢刊》本、周亮工校本、鄧邦述校本、陳仲魚校本脱。此據《百三家集》本、《七十二家集》本、《六朝詩集》本、《西晉文紀》卷十六校補。

〔四〕『敷』，《歷代賦彙》卷六十五作『數』，形近而誤。

〔五〕『羸』，《文集》、叢書堂鈔本、《西晉文紀》卷十六、《七十二家集》本、《六朝詩集》本、《歷代賦彙》卷

六十五、周亮工校本作『贏』，《四部叢刊》本、鄧邦述校本、陳仲魚校本作『贏』，皆形近而誤。《荀子·議兵》：『贏三日之糧，日中而趨百里。』楊倞注：『贏，負擔也。』故逕改。又『粮』，《四部備要》本作『糧』，古二字同。

〔六〕『欵』，《文集》、叢書堂鈔本、《四部叢刊》本、周亮工校本、鄧邦述校本、陳仲魚校本作『擬』，《四部備要》本作『疑』，皆誤。《百三家集》本、《七十二家集》本、《歷代賦彙》卷六十五作『欵』，今據改。

〔七〕『已』，《西晉文紀》卷十六、《歷代賦彙》卷六十五作『以』，古二字通。

〔八〕『治』，《文集》、叢書堂鈔本、《四部叢刊》本、周亮工校本、鄧邦述校本、陳仲魚校本作『洽』，或形近而誤。《藝文類聚》卷五十九、《百三家集》本、《七十二家集》本、《西晉文紀》卷十六、《歷代賦彙》卷六十五作『治』，今據改。

【注釋】

① 姧，同姦。《玉篇》：『姦，俗作姧。』羊玄之，惠帝皇后之父。《晉書·外戚傳》：『羊玄之，惠皇后父，尚書右僕射瑾之子也。玄之初爲尚書郎，以后父，拜光禄大夫、特進散騎常侍，更封興晉侯。遷尚書右僕射，加侍中，進爵爲公。成都王穎之攻長沙王乂也，以討羊玄之爲名，遂憂懼而卒。』皇甫商，皇甫重從弟，先任齊王冏參軍，冏誅，又轉長沙王乂參軍，《晉書》無傳，事迹散見於《晉書·皇甫重傳》《司馬穎傳》《惠帝紀》。敢行稱亂，謂竟敢舉兵叛亂。《書·湯誓》：『非台小子，敢行稱亂，有夏多罪，天命殛之。』孔安國傳：『稱，舉也。』凌逼，欺凌逼迫。陸贄《奉天改元大赦制》：『曾莫愧畏，敢行凌逼，萬品失序，九廟震驚。』乘輿，

天子。班固《東都賦》：『歷騶虞覽，四騶嘉車，攻采吉日，禮官整儀，乘輿乃出。』銑注：『乘輿，天子也。』蒙塵，蒙被塵土。喻帝王流亡或失位。《左傳・僖公二十四年》：『天子蒙塵于外，敢不奔問官守。』

② 徂，猶至也。《爾雅・釋詁》：『徂，往也。』敷命，頒布命令。《書・大禹謨》：『文命敷于四海，祗承於帝。』孔安國傳：『言其外布文德，教命内則。』后，指諸侯、群臣。《書・舜典》：『乃日覲四嶽群牧，班瑞於群后。』孔安國傳：『后，君也。』恤，《説文》：『憂也。』社稷，土穀之神。《周禮・春官宗伯》：『以血祭，祭社稷、五祀、五嶽。』鄭玄注：『社稷，土穀之神，有德者配食焉。』歷代王朝必先立社稷壇墠，滅人之國亦必變置滅國之社稷，因以爲國家政權的標誌，故後代指國家。《孟子・盡心下》：『民爲貴，社稷次之，君爲輕。』

③ 謀，《字彙》：『咨難慮患曰謀。』太安二年秋七月，長沙王乂害中書令卞粹、侍中馮蓀、河南尹李含等。八月，河間王顒、成都王穎以討羊玄之爲名，以平原内史陸機爲前鋒都督、後將軍、假節，舉兵討長沙王乂。『身統三軍，以謀國難』，蓋指此也。見《晉書・惠帝紀》。

④ 義聲，道義之聲。桓玄《薦譙元彦表》：『遺黎偷薄，義聲不聞。』銑注：『今賊盗澆競，道義之聲無聞。』朔漠，北方沙漠。謝惠連《雪賦》：『於是河海生雲，朔漠飛沙。』向注：『朔漠，北方也。』此泛指邊遠地區。蒸徒，行人。左思《魏都賦》：『蒸徒斑白，不提行旅。』銑注：『蒸徒，人也。』嬴粮，擔負糧食。《漢書・刑法志》：『嬴三日之糧。』顔師古注：『嬴，謂擔負也。』《玉篇》：『粮，同糧。』請奮，猶從軍也。揚雄《趙充國頌》：『請奮其旅，於罕之羌。』向注：『請震其兵衆以擊之。奮，震。』欵塞，叩塞門而從之。《史記・太史公自序》：『海外殊俗，重譯款塞。』《集解》：『應劭曰：款，叩也。皆叩塞門來服從也。』欵，同款。《玉篇》：『款，款曲也。俗作欵。』

⑤ 會，盟。《禮記・檀弓下》：『周人作會而民始疑。』鄭玄注：『會，謂盟也。』

⑥ 著，顯也。《廣韻》：『著，明也。』已來，以來。《玉篇》：『㠯，今作以。』《正字通》：『已，與㠯古共一字，隸作㠯、以。』

⑦ 粵，語助詞。《廣韻》：『粵，辭也。』次，駐紮。《廣韻》：『亦三宿曰次。』朝歌，古殷都城，晉屬汲郡，故址在今河南淇縣。治戎，猶言治兵。《左傳·成公三年》：『二國治戎，臣不才，不勝其任。』《説文》：『戎，兵也。』殷墟，指殷之舊都朝歌。《左傳·定公四年》：『陶叔授民，命以康誥而封於殷虛。』杜預注：『殷虛，朝歌也。』虛，通墟。《玉篇》：『虛，大丘也。今作墟。』

⑧ 揚，《增韻》：『顯也。』匡霸，匡正王業。盧照鄰《對蜀父老問》：『或委輅而仕屬論都之會，或射鈎以相遇匡霸之機。』《説文》：『匡，一曰正也。』《玉篇》：『霸，王也。』

序叙述了南征之原因，民心之所向，軍旅之壯盛，最後引出作賦之緣起。

有皇晉之霸后，資濬〔一〕哲之叡聖①。崇文德於緝熙，濟武功而保定②。應天鑒之昭華，荷帝祐之休命③。步玉衡以觀八方，在旋璣〔二〕而齊七政④。芒芒神道，化洽崇深⑤。印〔三〕戾天飛，俯洞淵沉⑥。振南箕以鼓物，冒慶雲而崇蔭⑦。恢天維以籠〔四〕世，廓宇宙而宅心⑧。濟博施之厚德，鏗希聲之大音⑨。淵澤回而竝注〔五〕，豪彥萃而爲林⑩。九服惟〔六〕清，諸夏謐靜⑪。肅慎回首，沙漠引領⑫。天和時降，地靈夙挺〔七〕⑬。結芳林之奇幹，發珍禾〔八〕之神穎⑭。勵修德於億兆，端澄形於萬景⑮。

【校勘】

〔一〕『濬』，《諸家文集》本、鄧邦述校本、陳仲魚校本作『叡』。

〔二〕『旋璣』，《七十二家集》本、《歷代賦彙》卷六十五作『璇璣』，古二詞同。

〔三〕『卬』，《百三家集》本、《歷代賦彙》卷六十五、周亮工校本作『仰』，古二字同。

〔四〕『恢』，《文集》、叢書堂鈔本、周亮工校本、鄧邦述校本、陳仲魚校本脱。此據《歷代賦彙》卷六十五、《百三家集》本、《四部叢刊》本校補。又『籠』，《四部叢刊》本作『寵』，形近而誤。

〔五〕『竝』，《文集》、叢書堂鈔本、《四部叢刊》本、《四部備要》本、周亮工校本、鄧邦述校本、陳仲魚校本作『泣』，形近而誤。《百三家集》本、《七十二家集》本作『竝』。《四庫全書考證》卷九十五曰：『「刊本「竝」訛「泣」，據《賦彙》改。」今據改。又『注』，《文集》、叢書堂鈔本作『汪』，形近而誤。《百三家集》本、《四部叢刊》本、周亮工校本、鄧邦述校本、陳仲魚校本作『注』，今據改。

〔六〕『惟』，《六朝詩集》本作『維』，古二字通。

〔七〕『夙』，周亮工校本作『風』，形近而誤。又『挺』，叢書堂鈔本作『振』，韓應陛校曰：『振，作挺。』

〔八〕『發』，《文集》、叢書堂鈔本、周亮工校本、鄧邦述校本、陳仲魚校本脱。此據《歷代賦彙》卷六十五、《百三家集》本、《四部叢刊》本校補。又『禾』，《歷代賦彙》卷六十五作『木』，形近而誤。

【注釋】

① 皇晉，大晉。潘岳《藉田賦》：『逮我皇晉，實光斯道。』《説文》：『皇，大也。』霸后，猶霸主也。楊炯

《少室山少姨廟碑》：『童子三尺，羞談霸后之臣。』此謂成都王司馬穎。資，憑。《玉篇》：『資，取也，用也。』濬哲，深遠之智慧。《書·舜典》：『濬哲文明，温恭允塞。』孔安國傳：『濬，深。哲，智也。』叡聖，猶聖明。《國語·楚語上》：『及其没也，謂之叡聖武公。』韋昭注：『叡，明也。』此二句言大晉之霸主，憑深遠之知，聖明之德。

② 崇，推重。《爾雅·釋詁》：『崇，重也。』文德，謂教化。《左傳·昭公三十二年》：『昔成王合諸侯，城成周，以爲東都，崇文德焉。』緝熙，光明。《詩·大雅·文王》：『穆穆文王，於緝熙敬止。』毛詩傳：『緝熙，光明也。』濟，《爾雅·釋言》：『成也，益也。』保定，謂安定天下。《詩·小雅·天保》：『天保定爾，亦孔之固。』鄭玄箋：『保，安。』此二句言推重德化，益之武功，以安定天下。

③ 天鑒，猶天命。《詩·大雅·文王》：『天監在下，有命既集。』鄭玄箋：『天監視善惡於下，其命將有所依就。』監，同鑒，見上注。昭華，玉名。《淮南子·泰族訓》：『堯令四嶽揚側陋，四嶽舉舜而薦之堯，堯乃……贈以昭華之玉，而傳天下焉。』許慎注：『昭華，玉名。』按：詩人運用堯贈舜玉之典，内涵讚美司馬穎志在天下的深層意蘊，西晉之士無特操於此可見。帝祐，謂受帝之助也。《易·繫辭上》：『《易》曰：自天祐之，吉，無不利。子曰：祐者，助也。』休命，美命。《書·盤庚下》：『疇敢不祗，若王之休命。』孔安國注：『言王如此，誰敢不敬順王之美命而諫者乎？』此二句言順應天命之所賜，身負帝命之所助。謂其砥柱朝廷，乃應天受詔也。

④ 玉衡，北斗第五星。《古詩·明月皎夜光》：『玉衡指孟冬，衆星何歷歷。』善注：『《春秋運斗樞》曰：北斗七星，第五曰玉衡。』翰注：『玉衡，斗柄也。』旋璣，王者正天文之器。七政，日月五星。陸機《皇太子宴玄圃宣猷堂有令賦詩》：『自彼河汾，奄齊七政。』善注：『晉在河汾之陽。《毛詩》曰：自彼氐羌。《尚

書》曰：璿璣玉衡，以齊七政。孔安國曰：七政，日月五星，各異政也。』向注：『河汾，水名，晉所封境也。言從彼河汾，奄有天下，以齊七政也。』按：善引文意不明。孔安國《尚書・舜典》注：『璿，美玉；璣，衡，王者正天文之器可運轉者。七政，日月五星各異政。舜察天文，齊七政，以審己當天心與否。』齊七政，意謂綜合考察日月五星之變化，審己執政是否符合天意。此二句言觀玉衡之行而察八方，考旋璣之器而審執政。謂觀天文之變，而審視執政之當否。

⑤芒芒，渺遠貌。《左傳・襄公元年》：『芒芒禹迹，畫爲九州。』杜預注：『芒芒，遠貌。』神道，猶天道也。《易・觀》：『聖人以神道設教，而天下服矣。』化洽，教化而德澤民心。陸倕《石闕銘》：『教臻侍子化洽，期門區宇乂安。』善注：『皆蒙學教之化也。』洽，潤澤。《書・大禹謨》：『好生之德，洽于民心。』孔穎達疏：『洽于民心，言潤澤多也。』崇，充實。《釋名・釋道》：『崇，充也。道多所通，人充滿其上，如共期也。』此二句言上應渺遠之天道，教化民心而德澤深厚。謂應天化人也。

⑥卬，同仰。《説文》：『卬，望欲有所庶及也。《詩》曰：高山卬止。』今《詩・小雅・青蠅》作『高山仰止』。戾，《爾雅・釋詁》：『至也。』洞，通。《釋名・釋言語》：『通，洞也。無所不貫洞也。』此二句言仰視至於高天，俯覽可於深淵。謂識見深遠而貫通也。

⑦振，謂風起也。《爾雅・釋言》：『振，訊也。』郭璞注：『振者，奮迅。』南箕，星名。成公綏《嘯賦》：『南箕動於穹蒼，清飇振乎喬木。』善注：『《毛詩》曰：維南有箕。《春秋緯》曰：月失其行離於箕者，風。』向注：『南方箕星好風，故感嘯生風，則星動於上天，風振乎喬木。』鼓，舞動。《釋名・釋言語》：『鼓，舞也。』南箕動則生風，故曰『振南箕以鼓物』。冒，謂籠罩。《玉篇》：『冒，覆也。』慶雲，祥雲。《竹書紀年》卷上《卿雲歌》：『慶雲爛兮，禮（糺）縵縵兮。日月光華，旦復旦兮。』崇，茂盛。《爾雅・釋詁》：『崇，充也。』郭璞

注：『亦爲充盛。』此二句言如南風之起而鼓蕩萬物，慶雲之興而籠罩濃蔭。謂德澤萬物也。

⑧恢，大之。《廣韻》：『恢，大也。』天維，天之綱紀。張衡《西京賦》：『爾乃振天維，衍地絡。』薛綜注：『維，綱也。絡，網也。謂其大如天地矣。』籠世，猶蓋世。釋智静《檄魔文》：『神高須彌，猛氣籠世。』廓，猶恢。《爾雅·釋詁》：『廓，大也。』此意澄清也。宅心，存心。《書·康誥》：『宅心知訓。』孔穎達疏：『居之於心，則知訓民矣。』此二句言恢弘天綱而牢籠一世，澄清宇宙而心存教民。謂治國理民也。

⑨濟博施之，謂廣施恩惠，濟民於難。《論語·雍也》：『如能博施於民而能濟衆者，何如？可謂仁乎？』何晏《集解》：『孔安國曰：若能廣施恩惠，濟民於患難，堯舜至聖，猶病其難也。』鏗，鏗鏘，言聲之響。《玉篇》：『鏗，鏗鏘，金石聲也。』大音希聲，謂音洪亮而無聞。《老子》第四十一章：『大音希聲，大象無形。』河上公注：『大音，猶雷霆待時而動。』王弼注：『聽之不聞曰希。……凡此諸善，皆是道之所成也。』此二句言道德深厚，廣施恩惠，濟民於難，雖猶雷霆之響而無聲。謂澤潤萬民也。

⑩淵澤，深淵，喻深厚博大。《晏子春秋》卷四：『晏子使晉，晉平公問先君得衆若何，晏子對以如美淵澤。』回，《正韻》：『返也。』竝，同並。《玉篇》：『竝，同並。』又『合也，相從也』。注，《説文》：『灌也。』豪彦，猶俊才也。陸機《長安有狹邪行》：『余本倦遊客，豪彦多舊親。』《説文》：『彦，美士有文人所言也。』徐鍇《繫傳》：『《爾雅》：美士爲彦，人所唁詠。』萃，集。《方言》卷三：『萃，雜集也。』此二句言如淵澤回環而衆水歸之，俊傑雲集而蔚然成林。謂人材蕃蕃也。

⑪九服，天下。《周禮·夏官司馬下》：『乃辨九服之邦。國方千里曰王畿，其外方五百里曰侯服，又其外方五百里曰甸服，又其外方五百里曰男服，又其外方五百里曰采服，又其外方五百里曰衛服，又其外方五百里曰蠻服，又其外方五百里曰夷服，又其外方五百里曰鎮服，又其外方五百里曰藩服。』鄭玄注：『服，

服事天子也。詩云：侯服于周。』惟清，猶清明。《書・舜典》：『夙夜惟寅，直哉惟清。』孔安國傳：『早夜敬思其職，典禮施政教，使正直而清明。』惟，語助詞。《韻會》：『惟，又通爲語辭。』諸夏，中原。《左傳・閔公元年》：『諸夏親暱，不可棄也。』杜預注：『諸夏，中國也。』謐静，清静。沈約《齊故安陸昭王碑文》：『北狄懼威，關塞謐静。』濟注：『謐，清也。』此二句言天下清明，中原安寧。

⑫ 肅慎，北方少數民族。《書・周官》：『成王既伐東夷，肅慎來賀。』《經典釋文》卷四：『肅慎，馬本作息慎，云：北夷也。』回首，猶眷念。荀悦《後漢紀・孝靈皇帝紀》：『是以群雄回首，百姓企踵。』沙漠，代指北方小國。《釋名・釋州國》：『燕宛也，北方沙漠平廣，此地在涿鹿山南。』引領，延頸而望，形容欲歸之情殷切。《孟子・梁惠王上》：『天下之民，皆引領而望之矣。』趙岐注：『民皆延頸望欲歸之。』此二句言北夷懷德，小國思歸。

⑬ 和，《廣韻》：『諧也。』時降，謂四時風調雨順。《淮南子・時則訓》：『故燥濕寒暑以節至，甘雨膏露以時降。』靈，善。《詩・鄘風・定之方中》：『靈雨既零，命彼倌人。』鄭玄箋：『靈，善也。』夙挺，謂禾稼拔節早熟。《南齊書・高逸傳》：『英風夙挺，峻節早樹。』《爾雅・釋詁》：『夙，早也。』《説文》：『挺，拔也。』此二句言天之和諧，風調雨順，地之嘉美，禾稼早熟。

⑭ 穎，禾之芒也。《玉篇》：『穎，禾末也。』此二句言奇異之木集於芬芳之林，神異之穎生於珍禾。

⑮ 勵，《廣韻》：『勤勉也。』修德，修養道德。《易・蹇》：『君子以反身脩德。』脩，同修。億兆，指黎民百姓。《左傳・昭公二十年》：『雖其善祝，豈能勝億兆人之詛。』杜預注：『萬萬曰億，萬億曰兆。』端，《玉篇》：『正也。』澄形，刑法清正。江淹《謝開府辟召表》：『臣謬贊國機，職宜水鑒，未能澄刑熠藝，鷹品任宫。』《廣韻》：『澄，水清。』形，通刑。《南齊文》卷八引作『形』。萬景，猶衆生。景，人影。《詩・邶風・二子

乘舟》：『二子乘舟，汎汎其景。』《韻會》：『物之陰影也。本作景。』此二句勉勵百姓，修養道德，對於衆生，清正刑法。謂修德慎刑也。

此段謳頌成都王司馬穎也。言其聖哲明智，文治武功，應天受命，政通天人，德澤化民，識見高遠，福祉廣被，治國理民，潤物無聲，故俊才淵集，天下寧静，四國來服，天降甘露，地生靈穎，然後又勉民修德，清正刑法。

在中葉之不競〔一〕，遭皇家之毒亂①。悲國步之未夷，仰夙興而昧旦②。括無方而大誥，集率土而貞觀③。致天屬於王畿〔二〕，肅宵〔三〕征而省難④。

【校勘】

〔一〕『競』，《四部叢刊》本、周亮工校本、陳仲魚校本作『兢』，古二字通。陳仲魚校作『競』。

〔二〕『王』，叢書堂鈔本作『玉』，形近而誤。韓應陛校曰：『玉，作王。』

〔三〕『宵』，《文集》、叢書堂鈔本、《四部叢刊》本、周亮工校本、鄧邦述校本、陳仲魚校本作『有』。《百三家集》本、《七十二家集》本、《歷代賦彙》卷六十五作『宵』。從前後句式看，當作『宵』，故據改。

【注釋】

① 中葉，謂西晉之中朝。《詩·商頌·長發》：『昔在中葉，有震且業。』毛詩傳：『葉，世也。』不競，謂

王室衰弱。陸機《五等諸侯論》：『周之不競，有自來矣。』濟注：『競，彊也。』遭，《説文》：『遇也。』毒亂，謂大亂也。《左傳・定公四年》杜預注：『周公攝政，管叔蔡叔開道，紂子禄父以毒亂王室。』孔穎達疏：『道禄父作亂，將以害周，若毒螫然，故云毒亂王室也。』按：在惠帝即位、成都王穎聯合河間王顒起兵討長沙王乂之間，先後經歷賈皇后專權，廢殺太子；趙王倫廢后，篡逆被殺；齊王冏入京，擅權遭戮，至使西晉王朝搖摇欲墜，混亂不堪，故曰毒亂。此二句言在中朝，皇室遭遇動亂，故衰弱矣。

②國步，喻國家機器之運轉。《詩・大雅・桑柔》：『於乎有哀，國步斯頻。』毛詩傳：『步，行。』未夷，猶艱難。《爾雅・釋詁》：『夷，易也。』仰，《廣韻》：『卬，望也。』卬，同仰。見前注。夙興，早起。《詩・衛風・氓》：『夙興夜寐，靡有朝矣。』鄭玄箋：『早起。』昧旦，天將明未明之際。《詩・鄭風・女曰鷄鳴》：『女曰鷄鳴，士曰昧旦。』鄭玄箋：『此夫婦相警，覺以夙興。』朱熹《詩集傳》：『昧，晦。旦，明也。昧旦，天欲旦，晦明未辯（辨）之際也。』此僅取《詩》之字義，夙興、昧旦，謂勤勉也。此二句言悲國步之艱難，希望勤勉於王室。謂成都王司馬穎也。

③括，《廣韻》：『至也。』大誥，指誅叛者之檄文也。《書・大誥》：『周公相成王，將黜殷，作大誥。』孔安國：『將以誅叛者之義大誥天下。』率土，猶天下。《詩・小雅・北山》：『率土之濱，莫非王臣。』毛詩傳：『率，循。濱，涯也。』貞觀，謂天地之道，明乎保萬物而全其用。《易・繫辭下》：『天地之道，貞觀者也。』韓康伯注：『明夫天地萬物莫不保其貞，以全其用也。』後用指澄清宇宙，恢弘正道。班固《幽通賦》：『朝貞觀而夕化兮，猶諠己而遺形。』善注：『應劭曰：貞，正也。』又曰：『觀，視也。』此二句至其興國無方，故告示天下，集王臣之兵，澄清宇宙，恢弘正道矣。

④致，《玉篇》：『至也，送詣也。』天屬，天之所屬，此喻帝也。王儉《褚淵碑文》：『雖事緣義感，而情均

天屬。』《廣韻》：『屬，付也。』王畿，都城之地。商制，天下九州，王畿爲其一，居其中，方千里。參見《禮記舉要圖》。肅宵征，肅肅宵征之略。《詩·召南·小星》：『肅肅宵征，夙夜在公，寔命不同。』毛詩傳：『肅肅，疾貌。宵，夜。征，行。』省難，考察災難。此猶赴難。《左傳·閔公元年》：『冬，齊仲孫湫來省難……歸曰：不去慶父，魯難未已。』《爾雅·釋詁》：『省，察也。』此二句言爲使君主歸於王畿，故日夜疾行而赴國難。

此段敘述起兵之原因與目的。皇室混亂，中道衰落，國步維艱，興國無方，故傳檄天下，宵征赴難，以期清宇宙，弘正道，而恢復王室矣。

爾乃建黄鉞之靈威，樹〔一〕戎輅之高蓋①。伐隱天之雷鼓，振凌霄之電旆②。介夫〔二〕揮戈而夙興，武臣揔干而啓邁〔三〕③。振靈韶之嘈嘈，飛旟旐之藹藹④。虹旃泝風以委蛇〔四〕，霓旄蒙光而容裔⑤。公徒十萬，其會雲興⑥。悠悠華戎，時罔丕〔五〕承⑦。

【校勘】

〔一〕『樹』，《四部備要》本作『輕』。

〔二〕『介夫』，《文集》、叢書堂鈔本、《四部叢刊》本、鄧邦述校本、陳仲魚校本作『介天』，語意扞格。《百三家集》本、《七十二家集》本、《歷代賦彙》卷六十五作『介夫』，今據改。

〔三〕『武臣』，《文集》、叢書堂鈔本、《四部叢刊》本、周亮工校本、鄧邦述校本、陳仲魚校本作『輕武』。

《百三家集》本、《歷代賦彙》卷六十五作『武臣』，與『介夫』相對舉，故據改。又『揔』，《百三家集》本、《歷代賦彙》卷六十五、《六朝詩集》本、周亮工校本作『總』，古二字同。又『干』，鄧邦述校本、陳仲魚校本作『千』，形近而誤。又『邁』，《文集》、叢書堂鈔本、《四部叢刊》本、周亮工校本、鄧邦述校本、陳仲魚校本作『萬』，形近而誤。《百三家集》本、《歷代賦彙》卷六十五作『邁』，與『興』對舉，故據改。

〔四〕『委蛇』，鄧邦述校本、陳仲魚校本作『委虵』，古二詞同。

〔五〕『丕』，《文集》、叢書堂鈔本、《諸家文集》本、《百三家集》本、《歷代賦彙》卷六十五作『不』，鄧邦述校作『不』，古二字同。周亮工校本、鄧邦述校本、陳仲魚校本作『丕』。黄葵《陸雲集》曰：『按「不」古文與「丕」通。』今據改。

【注釋】

①建，《玉篇》：『豎立也。』黄鉞，金飾之斧，王者出征之儀仗。《書·牧誓》：『王左杖黄鉞，右秉白旄以麾。』孔安國傳：『以黄金飾斧。』戎輅，兵車。《左傳·僖公二十八年》：『賜之大路之服，戎輅之服。』杜預注：『大輅、金輅，戎輅，戎車。』此二句言於是立黄鉞而顯其神威，豎戰車之高聳車蓋。謂王車乘之威嚴也。

②伐，擊。《詩·小雅·采芑》：『方叔率止，鉦人伐鼓，陳師鞠旅。』毛詩傳：『伐，擊也。』隱天，猶震天也。楊炯《少室山少姨廟碑》：『隱天而動地，欲野而歕山。』隱，雷聲。《詩·召南·殷其靁》：『殷其靁，在南山之陽。』殷，同隱。《經典釋文》卷五：『殷音隱，下同殷，靁聲也，靁亦作雷。』振，振動。《廣韻》：『振，動也。』旆，將帥之旗。《釋名·釋兵》：『雜帛爲旆，以雜色綴其邊爲翅尾也。將帥所建，象物雜也。』此二句言

擊鼓之聲如雷聲隱隱，帥旗飛揚猶凌霄之電。

③ 介夫，甲冑之士。《禮記·檀弓下》：「陽門之介夫死。」鄭玄注：「陽門，宋國門名。介夫，甲衛士。」揔干，持盾。《禮記·樂記》：「夫樂者象成者也，揔干而山立。」鄭玄注：「揔干，持盾也。」啓邁，始行也。《玉篇》：「啓，開發也。」《說文》：「邁，遠行也。」此二句言將士早起，揮戈持盾，而啓程出發。

④ 靈韶，猶韶，傳說爲虞舜之樂。《論語·八佾》：「子謂《韶》盡美矣，又盡善也。」何晏《集解》：「孔安國曰：《韶》，舜樂也。」此指軍樂。嘈嘈，擬聲也。陸機《鼓吹賦》：「鼓砰砰以輕投，簫嘈嘈而微音。」旟旐，泛指軍旗。《詩·小雅·無羊》：「衆維魚矣，旐維旟矣。」《說文》：「旟，錯革畫鳥其上所以進士。旟，衆也。」徐鍇《繫傳》：「按《爾雅》：鳥隼曰旟。革鳥，隼之皮革也。錯，雜也。」《釋名·釋兵》：「龜蛇爲旐。旐，兆也。龜知氣，兆之吉凶，建之於後，察度事宜之形兆也。」藹藹，壯盛貌。曹植《應詔詩》：「玄駟藹藹，揚鑣漂沫。」銑注：「藹藹，壯盛貌。」此二句言軍樂震動，聲音嘈嘈，軍旗飛揚，威武壯盛。

⑤ 虹旃，彩旗。虹，通紅，同音相通。《廣韻》：「虹，又音紅。」旃，旗也。《爾雅·釋天》：「因章曰旃。」郭璞注：「以帛練爲旒，因其文章，不復畫之。《周禮》云：通帛爲旃。」泝風，逆風。《爾雅·釋水》：「逆流而上曰泝。」委虵，同逶迤，相連貌。王巾《頭陀寺碑文》：「飛閣逶迤，下臨無地。」善注：「《楚辭》曰：載雲旗兮逶移。王逸曰：逶移而長，移與迤音義同。」銑注：「逶迤，相連貌。」霓旄，繪龍之旗。《玉篇》：「霓，雲色似龍。」容裔，高低之貌。張衡《東京賦》：「建辰旒之太常，紛焱悠以容裔。」薛綜注：「容裔，高低之貌。」向注：「容裔，從風轉薄貌。」此二句言虹霓彩旗，披著陽光，迎風招展，宛曲相連，高低參差。

⑥ 公徒，軍士。《詩·魯頌·閟宮》：「公徒三萬，具冑朱綅，烝徒增增。」十萬，舉起概數，實乃二十餘萬。《晉書·陸機傳》：「太安初，穎與河間王顒起兵討長沙王乂，假機後將軍、河北大都督，督北中郎將王

粹、冠軍牽秀等諸軍二十余萬人。』此二句言十萬大軍，聚如風雲之起。

⑦ 悠悠，遠行也。《詩・鄘風・載馳》：『驅馬悠悠，言至于漕。』毛詩傳：『悠悠，遠貌。』華戎，華美之兵車。《廣韻》：『戎，兵也。』罔，《爾雅・釋言》：『無也。』丕承，大承。《書・太甲上》：『肆嗣王丕承基緒。』孔安國：『言先祖勤德致有天下，故子孫得大承基業，宜念祖修。』時罔丕承，謂曠時無與倫比也。此二句言華美兵車悠悠相連，曠時無與倫比。

此段渲染軍威之盛壯也。言儀仗神威，兵車高聳，軍鼓震天，軍旗飛馳，將士揮戈持盾而出征，軍樂嘈嘈，飛旌繁盛，隨風逶迤，光映參差，十萬大軍，如風雲之會，戎車悠悠，曠世無比也。

爾乃命屏翳以夕降，式飛廉以朝升①。塗蒙雨而復清，景帶天而光澄②。陪武臣於彫〔一〕軒，列名僚於後乘③。猛將起而虎嘯，商飇肅其來應④。士憑威而嚮〔二〕駭，馬歔天而景凌⑤。臨川屯於廣陸，武騎被乎中陵⑥。類禡比京，師徒經始⑦。桓桓先征，在河之涘。順彼長道，懸旌千里⑧。羡〔三〕王師之遵時，茂七德而發止⑨。

【校勘】

〔一〕『彫』，《百三家集》本、《歷代賦彙》卷六十五作『雕』，古二字同。

〔二〕『嚮』，《百三家集》本、《歷代賦彙》卷六十五作『響』，古二字通。

〔三〕『羡』，《藝文類聚》卷九十五作『美』。

【注釋】

①屏翳，雨師。曹植《洛神賦》：『屏翳收風，川后静波。』善注：『王逸《楚辭注》：屏翳，雨師名。』又曰風師、雷師。見上注。式，用。《書·仲虺之誥》：『帝用不臧，式商受命。』孔安國傳：『式，用。』飛廉，風伯。《楚辭·離騷》：『前望舒使先驅兮，後飛廉使奔屬。』王逸注：『飛廉，風伯也。』又曰是一種神禽、神獸，或曰天地使者。見上注。此二句言於是或命雨師黄昏降臨，或命風伯早晨起駕。

②塗，道路。《玉篇》：『塗，路也。』蒙，覆蓋。《爾雅·釋言》：『蒙，奄也。』郭璞注：『奄，奄覆也。』景，日影。《玉篇》：『景，光景也。』景同影。《韻會》：『影，本作景。』帶，《方言》卷十三：『行也。』此二句言雨水覆蓋道路，旋即雨止天清，日影行于天上，陽光更加澄澈。

③此二句言武臣陪乘于華車，僚屬排列于後乘。

④商飈，秋風。陸機《演連珠》：『商飈漂山，不興盈尺之雲。』良注：『商飈，秋風也。』按五行之説，音樂之商聲爲金，四季之秋亦爲金，故稱秋爲商。秋風即爲商風也。肅，猶肅穆。《書·太甲上》：『社稷宗廟，罔不祗肅。』孔安國注：『肅，嚴也。』此二句言猛將雲起如猛虎之咆哮，應和秋風之聲而莊嚴肅穆。

⑤嚮，回聲。嚮，同響。見上注。《玉篇》：『響，應聲也。』駭，《玉篇》：『驚起也。』歔天，猶仰天嘶鳴。《玉篇》：『歔，歔欷，歎也。』景凌，謂影凌亂也。景，同影。《經典釋文》卷八：『景，本或作影。』此二句言軍士恃威而喊聲驚起，戰馬嘶鳴而日影凌亂。

⑥屯，勒兵駐守。《漢書·趙充國傳》：『分屯要害處。』廣陸，大道。王粲《登樓賦》：『背墳衍之廣陸兮，臨皋隰之沃流。』善注：『杜預《左氏傳》注曰：陸，道也。』被，覆蓋，猶屯。《廣韻》：『被，覆也。』中陵，陵中。《詩·小雅·菁菁者莪》：『菁菁者莪，在彼中陵。』毛詩傳：『中陵，陵中也。』此二句言武騎屯兵山陵，

下臨河川，面對大道。謂兵居要衝也。

⑦ 類禡，師之祭祀也。《詩·大雅·皇矣》：『是類是禡，是致是附，四方以無侮。』毛詩傳：『不服者，殺而獻其左耳曰馘，於內曰類，於野曰禡。』鄭玄箋：『類也禡也，師祭也。』比京，謂其師祭之隆無可比擬。《左傳·莊公二十二年》：『八世之後，莫與之京。』杜預注：『京，大也。』師徒，師旅也。《左傳·成公二年》：『師敗矣，子不少須衆懼盡，子喪師徒，何以復命？』經始，謂始經營規度。《詩·大雅·靈臺》：『經始靈臺，經之營之。』毛詩傳：『經，度之也。』左思《魏都賦》：『經始之制，牢籠百王。』向注：『經始，謂經營之始也。』此二句言師祭隆重，堪比京師，於是士兵始出行征戰矣。

⑧ 桓桓，威武貌。《書·牧誓》：『勗哉！夫子尚桓桓。』孔安國傳：『桓桓，武貌。』在河之涘，在河之岸。《詩·王風·葛藟》：『緜緜葛藟，在河之涘。』毛詩傳：『涘，厓也。』厓，同崖。見上注。順彼長道，謂循彼遠道而行。《詩·魯頌·泮水》：『順彼長道，屈此群醜。』毛詩傳：『屈，收。醜，衆也。』鄭玄箋：『是時淮夷叛逆，既謀之於泮宮，則從彼遠道往伐之，治此群爲惡之人。』按：此二處引《詩》，言在此而意在彼。引《葛藟》意取《詩序》『《葛藟》，王族刺平王也。周室道衰，棄其九族焉』，謂出師南征，旨在振興王室。引《泮水》意取下句『屈此群醜』，謂師之進也，乃是討伐叛逆。此四句言威武之先鋒，行進于河岸；循著遠道，旌旗千里高懸。

⑨ 羡，猶充分。《玉篇》：『羡，饒也。』遵時，謂遵天時也。王徽《野鵞賦》：『遵時弄音，假日於飛。』茂，盛，厚。《説文》：『茂，草豐盛也。』七德，用兵之德。《左傳·宣公十年》：『夫武，禁暴、戢兵、保大、定功、安民、和衆、豐財者也。』杜預注：『此武七德也。』此二句言王師充分遵循天時，始終厚用兵之德而進止也。

此段進一步渲染軍威雄壯，氣勢壯闊也。雨師降雨而途清，風伯駕車而天澄，臣僚列于軒乘，猛將虎嘯生風，喊聲震天，戰馬嘶鳴，兵屯於要塞。始出征也，將士威武，旌旗高懸，遵循天時，用兵厚德以進止。

爾乃稅駕殷墟，我徒既閑①。順時講武，簿狩于原②。紛同方而類聚，煥副翼而明〔一〕分③。祇明刑〔二〕以誓衆，習軍政〔三〕於舊聞④。儼山立以崇薈，粲煙駭而興紛⑤。若冥〔四〕海之引回流，岱靈之吐行雲⑥。于時玄冬首時，陰風戒煞。山澤含哀，天地肅乂⑦。閑夜洌以澄清，中原曠而曖昧⑧。戎士肅而咸戒〔五〕，三軍紛〔六〕而雜遝⑨。長角哀叫〔七〕以命旅，金鼓隱訇而啓伐〔八〕⑩。景凌冥而四播，音乘雲而上逝⑪。火烈具舉，伐鼓淵淵⑫。朱光俛而丹野，炎暉印〔九〕而絳天⑬。曜靈翕赫以增熾，憤氣咈悅〔一〇〕而凌煙⑭。狂飇起而妄駭，行雲藹而千〔一一〕眠⑮。旌旆翩〔一二〕其猗靡，驚慓因而嬗娟⑯。

【校勘】

〔一〕『明』，《文集》、叢書堂鈔本作『朋』，鄧邦述校本、陳仲魚校本亦校作『朋』，語意扞格。《四部叢刊》本、周亮工校本、鄧邦述校本、陳仲魚校本作『明』，今據改。

〔二〕『刑』，《藝文類聚》卷五十九作『形』，古二字通。

〔三〕『軍政』，《藝文類聚》卷五十九作『運攻』。

〔四〕『冥』，《歷代賦彙》卷六十五作『溟』，古二字通。

〔五〕『咸戒』，《太平御覽》卷三百三十八作『啓行』。

〔六〕『紛』，《太平御覽》卷三百三十八作『分』。

〔七〕『叫』，《太平御覽》卷三百三十八作『吟』。

〔八〕『隱訇』，《太平御覽》卷三百三十八作『訇隱』，《太平御覽》卷三百三十八作『砰磕』。又『啓伐』，《文集》、叢書堂鈔本、《諸家文集》本作『啓代』，形近而誤。《四部叢刊》本、周亮工校本、鄧邦述校本、陳仲魚校本作『啓伐』，今據改。

〔九〕『卬』，《四部叢刊》本、周亮工校本、鄧邦述校本、陳仲魚校本作『仰』，鄧邦述校本、陳仲魚校本皆校作『卬』，古二字同。

〔一〇〕『憤』，《文集》、叢書堂鈔本、《諸家文集》本作『慣』，形近而誤。《四部叢刊》本、周亮工校本、鄧邦述校本、陳仲魚校本作『憤』，今據改。又『咈悦』，《百三家集》本作『怫悦』，《歷代賦彙》卷六十五作『怫鬱』，古三詞意同。

〔一一〕『千』，《百三家集》本、《七十二家集》本、《歷代賦彙》卷六十五、《四部備要》本作『芊』，古二字通。

〔一二〕『翩』，《四部叢刊》本、周亮工校本、鄧邦述校本、陳仲魚校本作『翻』，形近而誤。鄧邦述校本、陳仲魚校本皆校作『翩』。

【注釋】

① 税駕，停下車駕。《洛神賦》：『税駕乎蘅皋，秣駟乎芝田。』良注：『税，舍也。』殷墟，指殷都朝歌。

見上注。徒，士兵。《玉篇》：『徒，衆也。』閑，同閒，間隙。《説文》：『閒，隙也。』此指部隊休整。此二句言於是車馬停於朝歌，士兵稍作休整。

② 順時，順天時也。《淮南子·兵略訓》：『發必中詮，言必合數，動必順時。』古人狩獵以其時，故曰順時。簿狩，即薄狩，田獵也。張衡《東京賦》：『薄狩于敖，既瑣瑣焉。』濟注：『狩，獵也。』簿，通薄。《正韻》：『簿，音薄。』此二句言順乎天時，習武狩獵于原野。

③ 紛，盛也。《經典釋文》卷二：『紛，《廣雅》云：衆也，喜也。一云盛也。』同方，志行相同者。《禮記·儒行》：『儒有合志同方，營道同術。』鄭玄注：『同方、同術，等志行也。』類聚，謂因志行相同而聚合。《易·繫辭上》：『方以類聚，物以群分，吉凶生矣。』韓康伯注：『方有類，物有群，則有同有異，有聚有分也。』焕，明也，猶盛也。《論語·泰伯》：『焕乎其有文章。』何晏《集解》：『焕，明也。』副翼，分職輔佐之人。魏孝文帝《以僧顯爲沙門都統詔》：『行恭神暢，温聰謹正，業茂道優，用膺副翼，可都維那，以光賢徒。』明分，謂百官以明分其職也。《荀子·富國》：『救患除禍，則莫若明分使群矣。』楊倞注：『此已上皆明有分則能群，然後可以富國。』此二句言志同聚合之士衆多，分職輔翼之臣繁盛。

④ 祇，《玉篇》：『敬也。』明刑，原是古代一種刑法。《周禮·地官司徒下》：『凡民之有衺惡者，三讓而罰，三罰而士加明刑。』鄭玄注：『明刑者，去其冠飾而書其衺惡之狀，著之背也。』此謂明刑罰也。習，猶熟悉。《廣韻》：『習，學也。』《説文》：數飛也。』軍政，賞罰也。《左傳·襄公二十四年》：『夏楚子爲舟師以伐吴，不爲軍政，無功而還。』杜預注：『不設賞罰之差。』此二句言明刑法于誓師之時，習賞罰於舊典之中。前謂帥，後謂士也。

⑤ 儼，莊嚴。《經典釋文》卷六：『儼，矜莊貌。』崇，高。《説文》：『崇，嵬高也。』薈，盛也。《玉篇》：

『薈，草盛貌。』粲，鮮明。《廣韻》：『粲，明也。』此二句言軍士盛多，如山之高聳莊嚴；裝飾鮮明，如煙之紛起駭人。

⑥ 冥海，天池。《莊子·逍遥遊》：『窮髪之北，有冥海者天池也。』岱靈，泰山之神靈。《説文》：『岱，泰山也。』此二句言如天池注入回流，泰山吐出流雲。上四句喻軍威之壯。

⑦ 玄冬，猶冬也。揚雄《羽獵賦》：『於是玄冬季月，天地隆烈。』善注：『北方水色黑，故曰玄冬。』古之五行以東爲春，南爲夏，西爲秋，北爲冬，故北方水色黑而稱之玄冬。首時，季節之始。《公羊傳·隱公元年》：『春秋雖無事，首時過則書。』杜預注：『首，始也。時，四時也。』此指十月，爲冬季之始。陰風，指冬季之風。顔延之《北使洛》：『陰風振涼野，飛雲瞀窮天。』戒煞，謂至其肅殺也。煞，同殺。《廣韻》：『殺，殺命。《説文》：戮也。煞，殺俗(字)。』戒，至也。《詩·商頌·烈祖》：『亦有和羹，既戒既平。』毛詩傳：『戒，至。』肅乂，猶凛冽寂静。《正字通》：『寒氣凛冽曰肅。』乂，寧。張衡《東京賦》：『區宇乂寧，思和求中。』此四句言是時爲十月，冬季之風始至肅殺。山澤似含哀愁，天地凛冽寂静。

⑧ 閑夜，閒静之夜。嵇康《兄秀才公穆入軍贈詩》：『閑夜肅清，朗月照軒。』閑，通閒。《玉篇》：『冽，寒氣也。』曠，《玉篇》：『廣遠也。』曖昧，幽深不明。何晏《景福殿賦》：『其奥祕則，翳蔽曖昧，髣髴退概。』善注：『蔽翳、曖昧、髣髴、退概，皆謂幽深不明也。』此二句言閑夜凛冽而一片清澄，中原曠遠而昏暗不明。前句近觀，後句遠望。

⑨ 雜遝，衆多貌。潘岳《藉田賦》：『長幼雜遝以交集，士女頒斌而咸戾。』善注：『雜遝，衆多貌也。』此二句言軍士威嚴皆已警戒，三軍紛盛而衆多也。

⑩ 長角，軍號之一種。何承天《戰城南》：『驍雄斬高旗，搴長角，浮叫響，清天夷。』金鼓，軍鼓。《左

傳·僖公二十二年》：『金鼓以聲氣也。』《釋名·釋兵》：『金鼓，金，禁也，爲進退之禁也。』隱訇，擬鼓聲之詞。張衡《東京賦》：『撞洪鐘，伐靈鼓，旁震八鄙，軯磕隱訇。』薛綜注：『隱訇，鐘鼓之聲也。』此二句言軍號哀鳴以命將士，金鼓轟鳴而始征伐。

⑪ 淩冥，登陵太清。《楚辭·九歎·遠遊》：『升虛淩冥，沛濁浮清入帝宫兮。』王逸注：『淩清冥。』此二句言旌旗之影映天而傳布四方，號鼓之音淩雲而飄逝空中。

⑫ 火烈具舉，謂舉火而行，同心戮力。《詩·鄭風·大叔于田》：『叔在藪，火烈具舉。』毛詩傳：『烈，列。具，俱也。』鄭玄箋：『列人持火俱舉，言衆同心。』伐鼓淵淵，謂擊鼓聲聲，軍士前進也。《詩·小雅·采芑》：『顯允方叔，伐鼓淵淵，振旅闐闐。』毛詩傳：『淵淵，鼓聲也。』鄭玄箋：『伐鼓淵淵，謂戰時進士衆也。』此二句言舉火擊鼓，戎士同心戮力而前進。謂部隊宵征也。

⑬ 朱光，日光。張載《七哀詩》：『朱光馳北陸，浮景忽西沉。』翰注：『朱光，日也。』俛，同俯。《廣韻》：『俯，又作俛。』炎暉，夏日。王粲《公讌詩》：『凉風徹蒸暑，清雲却炎暉。』善注：『火性炎上，故謂夏日爲炎暉也。』絳，赤色。《説文》：『絳，大赤也。』此二句言日光下照而紅遍原野，炎輝上升而輝映天空。

⑭ 曜靈，日。《楚辭·天問》：『角宿未旦，曜靈安藏？』王逸注：『曜靈，日也。』翕赫，盛也。陸機《辨亡論上》：『飭法修師，則威德翕赫。』良注：『翕赫，盛貌也。』憤氣，悲感之氣。趙至《與嵇茂齊書》：『中原憤氣，雲踊哀物。』良注：『憤，感。』咈悦，一作佛悦，難出之貌。陸機《文賦》：『於是沈辭佛悦，若游魚銜鈎而出重淵之深。』善注：『佛悦，難出之貌。』此二句言日光炎炎而更增熾烈，悲氣難出而陵越雲煙。

⑮ 狂飈，狂風。《玉篇》：『飈，暴風也。』妄駭，猶大驚。《列子·仲尼》：『如斯而已，汝奚妄駭哉！』

《增韻》：『妄，猶誕也。』藹，盛，濃也。《玉篇》：『藹，晻藹，樹茂也。』千眠，光色繁盛。陸機《文賦》：『或藻思綺合，清麗千眠。』善注：『千眠，光色盛貌。』此二句言狂風吹起而使人驚駭，行雲聚集而光彩繽紛。

⑯ 旌旆，旌旗。旆，彩色之帥旗。《釋名·釋兵》：『雜帛爲旆，以雜色綴其邊，爲翅尾也，將帥所建象物雜也。』翩，《玉篇》：『聯翩也。』阮瑀《管書記之任故有優渥之言》：『金羈相馳逐，聯翩何窮已。』濟注：『馳逐、聯翩，皆馬奔走之貌。』猗靡，隨風飄轉貌。成公綏《嘯賦》：『藉皋蘭之猗靡，蔭脩竹之嬋娟。』善注：『猗靡，隨風之貌。』驚熛，謂光之閃爍。《玉篇》：『熛，火飛也。』嬗娟，疊韻連綿詞，同嬋娟，美也。《集韻》：『嬋，嬋娟，美容。亦作嬗。』此二句言旌旗飛動，隨風飄轉，光彩閃爍，嬋娟美妙。

此段先描寫南征將士之洽文習武，人才濟濟，賞罰分明，軍威雄壯；中間插入時令描寫，反襯軍威震懾天地；最後描寫部隊出征，號鼓震天，影蔽天，聲凌雲，日夜兼行，戮力王室，日光與旌旗輝映，風雲與士氣並生。以『儼山』寫其威，以『粲煙』寫其盛，以『冥海回流』『岱靈吐雲』寫其壯，以『陰風』『山澤』『天地肅乂』，襯托其肅殺，加之以對出征的正面描繪，威武之師，渲染足矣。

爾乃洪音雷潰〔一〕，清問〔二〕尅廣①。凌雲發揮，萬里振響②。聲馮虛而天回，烈駭空〔三〕而地蕩③。映皓〔四〕月而望舒闇，照重昏而大夜朗④。服縣炎揚而晃儵，飛烽戢煜而泱漭⑤。

【校勘】

〔一〕『潰』，《四部叢刊》本、周亮工校本作『漬』，或形近而誤。《百三家集》本、《七十二家集》本、《歷代賦彙》卷六十五作『動』。

〔二〕『清』，《文集》、叢書堂鈔本、《四部叢刊》本、周亮工校本、鄧邦述校本、陳仲魚校本脱。此據《百三家集》本、《歷代賦彙》卷六十五作校補。又『問』，《百三家集》本、《七十二家集》本、《歷代賦彙》卷六十五作『聞』，古二字通。

〔三〕『駭空』，《文集》、叢書堂鈔本、《四部叢刊》本、《四部備要》本、周亮工校本、鄧邦述校本、陳仲魚校本脱『空』。《百三家集》本、《七十二家集》本、《歷代賦彙》卷六十五作『駭空』。鄧邦述校本曰：『「駭」下宋本無「空」，應有。』據此校補。

〔四〕『皓』，《百三家集》本、七十二家集作『皎』。

【注釋】

① 雷潰，形容聲威之宏壯。應瑒《西狩賦》：『譫動鼓震，譟聲雷潰。』《經典釋文》卷五：『潰，怒也。』清問，清聞，美名也。《詩·大雅·卷阿》：『如圭如璋，令聞令望。』問，同聞。《經典釋文》卷七：『令聞，音問。本亦作問。』此謂清亮之聲。尅，必。《正字通》：『尅，同剋。』《廣韻》：『剋，又必也。』此二句言於是聲威淹没雷聲，美名傳於廣野。概言其出師聲名之美且壯也。

② 發揮，揚其光輝也。《經典釋文》卷二：『發揮，音輝，鄭云：揚也。王廙韓云：散也。』振響，回聲振蕩。《玉篇》：『響，應聲也。』此二句言火光凌雲，聲振萬里。

③ 馮虚，猶陵空。庾信《奉和永豐殿下言志》：『茫茫實宇宙，與善定馮虚。』《玉篇》：『馮，乘也，陵

也。』烈，夜行軍舉火，故曰烈也。此二句言聲音陵空而回聲振動，烈火駭天而地上震蕩。

④望舒，月御也。見上注。闇，幽暗。《玉篇》：『闇，幽也。』重昏，形容昏暗之深也。王巾《頭陀寺碑文》：『曜慧日於康衢，則重昏夜曉。』翰注：『重深昏暗之處。』大夜，猶長夜。沈約《齊竟陵王題佛光文》：『窮寂震響，大夜開冥。』此二句言火光映皓月而使之暗淡，照耀長夜而使之明也。

⑤服縣，猶天下。服，九服，猶天下，見上注。縣，王畿，亦指天下。《漢書·地理志》：『分天下爲郡。』顔師古注：『縣官謂天子也。王者官天下，故曰縣官也。』炎揚，火光飛揚。《説文》：『炎，火光上也。』晃儵，同恍惚，亦作怳忽，忽隱忽現。《老子》第二十一章：『道之爲物，唯怳唯忽。』王弼注：『道之於萬物，獨怳忽往來於其無所定也。』魏源《本義》：『怳忽，似有似無。』飛烽，謂傳烽火也。沈亞之《臨涇城碑》：『今王畿之傍，列爲邊郡，飛烽傳侯，昏曉之際，必奏於帝垣。』戢煜，謂息其光也。《廣韻》：『戢，止也。』《説文》：『煜，燿也。』泱漭，廣大無邊。張衡《西京賦》：『山谷原隰，泱漭無疆。』薛綜注：『泱漭，無限域之貌。』此二句言區宇火光飛揚，忽隱忽現，烽火或暗或明，一望無垠。

此段言出師聲名之美且壯也。師之美名如雷貫耳，聲傳四方。雄師之聲音，震蕩天地；夜行之火把，照徹天空，火光飛揚，忽隱忽現，或暗或明，一望無垠。

乃有熊羆之旅，虓闞之將，雄聲泉踴〔一〕，逸氣風亮①。超三軍以奔厲，賈餘勇而成壯②。兆洪音於寂漠〔二〕，先無形而高唱③。紛若屯雲，涣若積波④。遁陰匿〔三〕景，静言勿譁⑤。絶倡〔四〕寂其既收，萬夫翕而咸和⑥。嚴鼓隱而重戒，景燧曄而星羅⑦。烈蒙陰而印〔五〕假，曜憑陽而登遐⑧。若扶桑之振華葉，皓天〔六〕之散朝霞⑨。超燭龍之絶景，豈比〔七〕象於百華⑩。

【校勘】

〔一〕『踴』，《四部叢刊》本、周亮工校本、鄧邦述校本、陳仲魚校本作『涌』，叢書堂鈔本作『踊』。

〔二〕『寂漠』，《歷代賦彙》卷六十五作『寂寞』，古二詞同。

〔三〕『遁陰匿景』，《文集》、叢書堂鈔本、《四部叢刊》本、周亮工校本、鄧邦述校本、陳仲魚校本作『遁□陰景』，此據《百三家集》本、《七十二家集》本、《六朝詩集》本校補。

〔四〕『倡』，《歷代賦彙》卷六十五作『唱』，古二字同。

〔五〕『卬』，《文集》、叢書堂鈔本、《四部叢刊》本、周亮工校本、鄧邦述校本、陳仲魚校本作『卭』，當爲『卬』之誤。《百三家集》本、《七十二家集》本、《六朝詩集》本、《歷代賦彙》卷六十五作『仰』。仰、卬，古二字同，故據改。

〔六〕『天』，《歷代賦彙》卷六十五作『天人』。『人』當爲衍文。

〔七〕『比』，《文集》、叢書堂鈔本、《諸家文集》本作『此』，形近而誤。《歷代賦彙》卷六十五、《百三家集》本、《四部叢刊》本、鄧邦述校本、陳仲魚校本作『比』，今據改。

【注釋】

① 熊羆，猛獸，喻師之雄健。《書·牧誓》：『如虎如貔，如熊如羆。』虓闞，虎怒嘯，喻將之威猛。《詩·

大雅・常武》：『進厥虎臣，闞如虓虎。』朱熹《詩集傳》：『闞，奮怒之貌。虓，虎之自怒也。』逸氣，縱逸之氣。陸機《鼓吹賦》：『騁逸氣而憤壯，繞煩手乎曲折。』《廣韻》：『逸，奔也，縱也。』此四句言於是熊羆之師，虎嘯之將，雄壯之聲如泉之涌，縱逸之氣如風之響。

②賈餘勇，意謂勇氣倍增。《左傳・成公二年》：『欲勇者賈余餘勇。』杜預注：『賈，買（賣）也。言己勇有餘，欲賣之。』奔厲，疾風，喻奔走之疾也。《困學紀聞》卷九：『黃帝《風經》曰：折楊奔厲，天之怒風也。』《廣韻》：『厉，列也，猛也。』此二句言超越三軍而疾行如風，勇氣倍增而成其壯士。

③此二句言洪亮之音始於無聲，嘹亮之歌起於無形。

④紛，《經典釋文》卷二：『衆也，一云盛也。』涣，《玉篇》：『水盛貌。』此二句言師旅之衆盛，如屯聚之雲，如淵積之波。

⑤遁陰，猶匿景。《玉篇》：『陰，影也。』匿景，謂日落也。吴質《在元城與魏太子牋》：『曜靈匿景，繼以華燈。』翰注：『匿，藏也。』景，同影。見上注。言，語助詞。王引之《經傳釋詞》卷五：『言，云也；語詞也。』此二句言日落而夜，師旅静而無喧嘩。

⑥倡，猶唱，唱和也。《詩・鄭風・蘀兮》：『叔兮伯兮，倡予和女。』毛詩傳：『君唱臣和也。』倡，同唱。《廣韻》：『唱，發歌。亦作誯、倡。』收，《廣韻》：『斂也。』翕，《玉篇》：『合也。』咸和，猶皆協調也。《廣韻》：『和，諧也。』此二句言唱和聲息而止於寂静，萬人相同而協調一致。

⑦嚴鼓，疾擊鼓也。張衡《東京賦》：『總輕武於後陳，奏嚴鼓之嘈囋。』善注：『《漢書》曰：隤銅丸以撾鼓，聲中嚴鼓之節。晉灼曰：疾擊鼓。』隱，鼓聲也。見上注。景，《爾雅・釋詁》：『大也。』燧，烽火。《前漢紀・孝武皇帝紀》：『今有司請遠田輪臺，欲起亭燧。』嘩，《廣韻》：『光也。』此二句言疾擊之鼓聲隱隱，而

重加戒備，烽火之大而光明，如星排列。

⑧ 烈，《爾雅・釋詁》：『烈，光也。』陰，指月。《鹽鐵論・非鞅》：『猶陰陽之不並曜。』卬，同仰。《荀子・議兵》：『上足卬，則下可用也。』楊倞注：『卬，古仰字。』登遐，猶成仙，此指陵空。假，通遐。《禮記・曲禮下》：『告喪，曰天王登假。』鄭玄注：『假，已也。上已者若僊去云耳。』曜，光。《廣韻》：『曜，日光也。』此二句言燧光映月而遠照，光芒憑日則陵空。

⑨ 扶桑，日出之木。《淮南子・天文訓》：『日出于暘谷，浴于咸池，拂于扶桑。』許慎注：『扶桑，日所出之木也。』振，花葉發也。陸機《文賦》：『謝朝華於已披，啓夕秀於未振。』玄應《一切經音義》卷七：『振，發也。』皓天，猶蒼天。《荀子・賦篇》：『皓天不復憂無疆也。』楊倞注：『皓與昊同。昊天，元氣昊大也。』此二句言若東方神木之發花葉，浩茫蒼天之散朝霞。

⑩ 燭龍，北方神龍，司晝夜、冬夏。《淮南子・墬形訓》：『燭龍在雁門北，蔽於委羽之山，不見日。其神，人面龍身而無足。』許慎注：『一曰龍銜燭以照太陰，蓋長千里，視爲晝，瞑爲夜，吹爲冬，呼爲夏。』絶景，日影隱匿，指日落。張景陽《七命》：『絶景乎大荒之遐阻，吞響乎幽山之窮奥。』翰注：『絶，滅。景，影。』比象，猶擬其物象。《左傳・桓公二年》：『五色比象，昭其物也。』杜預注：『車服器械之有五色，皆以比象天地四方，以示器物不虚設。』百華，百花。《廣韻》：『華，《説文》作蕚，榮也。』此二句烽火之景超越燭龍之落日，百花豈可比擬其象？

此段進一步渲染軍威之壯。以熊羆、虎嘯概喻之；然後以雄聲、逸氣、奔厲、成壯寫其動，以寂漠、無形、遁陰、匿景寫其静；最後以扶桑華葉、皓天朝霞、燭龍絶景，喻其烽火之盛也。

【集評】

［明］周嬰《卮林》卷七：予又按：《晉書·帝紀》及八王、二陸傳，成都王穎爲大將軍，都督中外諸軍事，轉陸雲大將軍右司馬，前鋒將軍。穎恃功驕奢，百度廢弛，憚長沙王乂在内，與河間王顒表誅后父羊玄之，左將軍皇甫商，以平原内史陸機爲前鋒都督，與顒將張方伐京師。惠帝遣皇甫商距方于宜陽。九月癸巳，羊玄之奉帝旋于城東，穎次朝歌，機列軍自朝歌至于河橋，鼓聲聞數百里，漢魏以來出師之盛，未之有也。十月戊申，長沙王乂奉天子與機戰于鹿苑，機軍大敗，穎收斬之，并收雲，夷三族。据此蓋與雲《南征賦》序同，雲兄弟皆在穎軍也。委身非所，以臣伐君，天人不與。長沙忠于帝室，羊及皇甫帝所倚仗，而謂之稱亂，諂頌成都，以及孔懷，謂逆爲順，衹爲詞費，且臨事而懼，此正其時而游情文墨，以百萬之師爲謔，曾未浹日，身死族殲，于盧志何尤，于孟玖何恨乎！此賦蓋雲之絶筆也。

寒蟬賦并序

【題解】

此賦託物言志。序言蟬外有容儀，内有五德，君子法之，可以立身事君。然蟬緣木凄鳴，於僑居異鄉的詩人之心戚戚焉，故作賦言志。正文部分先言蟬之德，再言蟬之悲，次言蟬之用，後言由蟬所引發之感慨。寫蟬之德，首先總寫蟬之美，突出其『清』；再寫蟬德音之美而遠聞，突出其『廉』；次寫蟬音聲之美，突出其『文』；其次寫蟬操守之美，在兼述其文、清、廉的同時，突出其『信』；再寫志存高遠，鳳居其處，然惟求一枝，適性而已，突出其『儉』。寫蟬之悲，或寫其憂傷征人不歸，鰥寡無衣，或寫其歎息原憲之貧，孤竹之隱；或寫其巢於枯枝，而思瓊林遠條，其志不得，哀鳴於風雪。寫蟬之用，先言朝衣畫蟬以爲美，冠冕綴蟬以爲飾，取其華美而明德也；再寫由蟬所引發之感慨，則言由蟬之悲鳴，悟時光之逝，從而產生仕不得志、王業艱難之感歎，天光臨照、皇室清静之希冀。由上可見，此賦所採用的是綫形遞進式結構，以所取之象——蟬爲綫索，以蟬之『德』爲核心，展開描述與議論，不枝不蔓，結構較《南征賦》更爲謹嚴。文章寫蟬，實爲自況。其五德之美，推己及人之情懷，思瓊林而不得之哀鳴，正是詩人的自我寫照。而詩人在表達自我情感時，欲言又止，無意中又留下了審美空白點，如王侯公卿雖冠飾貂蟬，騰像宫廷，然對蟬之美德則視而不見，故詩人思以『翰藻』而『闡令問』，而後一層意思作者將其隱於言外，蟬與詩人二元一體的關係也留給讀者想像。這就使此賦有嫋嫋不盡的餘音。

賦所作時間無載，然士龍《與兄平原書》第十八書曰：『誨前二賦佳，視之行已復不如初。……作《蟬賦》二千餘言，《隱士賦》三千餘言。』士龍别無《隱士賦》，或爲《逸民賦》之初名。而《逸民賦》與《逸民箴》所作時間相去不遠。由《與兄平原書》第四書『前省皇甫士安《高士傳》，復作《逸民賦》，今復送之……間在郡紛紛，有所鈎定』句看，此二賦或作於雲清河太守任上，或作於此稍前。《晉書·陸雲傳》曰：『成都王穎表爲清河内史。穎將討齊王冏，以雲爲前鋒都督。會冏誅，轉大將軍右司馬。』又《歲暮賦》序曰：『永寧二年忝寵北郡，其夏又轉大將軍右司馬於鄴都。』故此賦亦必作於永寧二年（三〇二）夏之前。

昔人稱鷄有五德，而作者〔一〕賦焉①。至於寒蟬，才齊其〔二〕美，獨未之思〔三〕而莫斯述②。夫頭上有緌〔四〕，則其文也；含氣飲露，則其清也；黍稷不食〔五〕，則其廉也；處不巢居，則其儉也；應候守節〔六〕，則〔七〕其信也③。加冠冕〔八〕，取其容〔九〕；君子則其操〔一〇〕，可以事君，可以立身，豈非至德之蟲哉④？且攀木寒鳴，貧士所歎〔一一〕⑤。余昔僑處，切〔一二〕有感焉，興賦云爾⑥。

【校勘】

〔一〕『者』，《太平御覽》卷九百四十四、《文選補遺》卷三十二均無此字。

〔二〕『其』，《文選補遺》卷三十二作『甚』，或形近而誤。

〔三〕『獨未之思』，《初學記》卷三十無此句，《藝文類聚》卷九十七作『獨未思之』。

〔四〕『緌』，《藝文類聚》卷九十七、《文選補遺》卷三十二、《西晉文紀》卷十六作『蕤』。

〔五〕『食』，《初學記》卷三十、《藝文類聚》卷九十七、《太平御覽》卷九百四十四作『享』。

〔六〕『節』，《藝文類聚》卷九十七、《太平御覽》卷九百四十四作『常』；《西晉文紀》卷十六作『即』，形近而誤。

〔七〕『則』，《文集》、《六朝詩集》本、叢書堂鈔本、周亮工校本、鄧邦述校本、陳仲魚校本作『即』。《四部叢刊》本、《百三家集本》本、《歷代賦彙》卷一百三十八、《文選補遺》卷三十二作『則』。從上下文句式看，當作『則』，故據改。

〔八〕『加冠冕』，《藝文類聚》卷九十七、《太平御覽》卷九百四十四、《百三家集》本、《西晉文紀》卷十六、

《六朝詩集》本、《七十二家集》本、《歷代賦彙》卷一百三十八作『加以冠冕』。另《文選補遺》卷三十二作『頭有冠冕』。

〔九〕『取其容』，《藝文類聚》卷九十七作『取其容也』。《文選補遺》卷三十二、《西晉文紀》卷十六、《百三家集》本、《歷代賦彙》卷一百三十八作『則其容也』。按：序前言『鷄有五德』『寒蟬才齊其美』，寒蟬五美即文、清、廉、儉、信。自『加冠冕』後語意已轉折，故句式亦相應變化。

〔一〇〕『則其操』，《文選補遺》卷三十二、《西晉文紀》卷十六作『參之』。

〔一一〕『貧士』，《文集》、叢書堂鈔本、《四部叢刊》本、鄧邦述校本、陳仲魚校本作『貧才』。《太平御覽》卷九百四十四作『貧士』。考其文意，當作『貧士』，故據改。《文選補遺》卷三十二、《西晉文紀》卷十六、《歷代賦彙》卷一百三十八作『負材』，《百三家集》本、《七十二家集》本作『負才』，並可通。又，此句《六朝詩集》本、周亮工校本作『貧才所不空歎』。

〔一二〕『切』，《太平御覽》卷九百四十四、《百三家集》本、《歷代賦彙》卷一百三十八作『竊』，《文選補遺》卷三十二作『却』。

【注釋】

①鷄有五德，《韓詩外傳》卷二：『哀公曰：……獨不見夫鷄乎？首戴冠者，文也；足搏距者，武也；敵在前敢鬥者，勇也；得食相告，仁也；守夜不失時，信也。鷄有此五德。』嵇含亦有《鷄賦》，故曰『作者賦焉』。

②齊，《廣韻》：『等也。』此句言寒蟬才同鷄美，獨無人思之而述焉。

③緌，謂蟬之喙，如冠纓之結也。《禮記·檀弓下》：『蠶則績而蟹有匡，範則冠而蟬有緌，兄則死而子皋爲之衰。』鄭玄注：『蟬，蜩也。緌，爲蜩喙長在腹下。』此數句言蟬有文雅、清高、廉潔、節儉、誠信之五德。

④加冠冕，取其容，即後文所言『爾乃綴以玄冕，增成首飾』。《廣韻》：『容，容儀也。』則，效法。《玉篇》：『則，法也。』至德，中和之德。《周禮·地官司徒下》：『以三德教國子：一曰至德，以爲道本。』鄭玄注：『至德，中和之德。』蟲，《爾雅·釋蟲》郭璞注：『《月令》：鱗毛羽介皆謂之蟲。』

⑤貧士，謂失志守節之士。陶淵明《詠貧士》：『萬族各有託，孤雲獨無依。』善注：『孤雲，喻貧士也。』湯東澗注：『孤雲倦翮以興，舉世皆依乘風雲，而己獨無攀援飛翻之志，寧忍飢寒以守志節。』

⑥僑處，猶僑居。《晉書·裴楷傳》：『楷有知人之鑒，初在河南，樂廣僑居郡界，未知名，楷見而奇之。』旅寓曰僑。此指遊宦洛陽。切，切實。《後漢書·馮衍傳》：『明君不惡切慤之言。』李賢注：『慤，實也。』切與慤，意同。興賦，猶作賦。《玉篇》：『興，起也，託事也。』

序言作賦之緣由。昔人贊鷄有五德，蟬才其美，亦有五德：文、清、廉、儉、信。加之冠冕，亦有容儀。君子效法其德操，可以立身事君。且蟬緣木凄鳴，失志之士所悲；自己寓居異鄉，亦感以凄涼，故作賦。明託物而言志也。

伊寒蟬之感運，近〔一〕嘉時以遊征①。含二儀之和氣，稟乾元之清靈②。體貞精〔二〕之淑質，吐唫嚖〔三〕之哀聲③。希慶雲以優遊，遁太陰以自寧④。

【校勘】

〔一〕『近』，《藝文類聚》卷九十七、《初學記》卷三十、《四部備要》本作『迓』。

〔二〕『貞精』，《藝文類聚》卷九十七作『貞粹』，《百三家集》本、《七十二家集》本作『真精』。

〔三〕『𠳒𡃈』，《百三家集》本作『峥嶸』，或形近而誤。

【注釋】

①伊，發語詞。《爾雅·釋詁》：『伊，維也。』郭璞注：『發語辭。』感運，謂感時序之變化。謝靈運《佛影銘序》：『感運欽風，日月彌深。』近，猶乘。《説文》：『近，附也。』嘉，《爾雅·釋詁》：『美也。』嘉時，季節之美稱。《太平御覽》卷十九引梁元帝《纂要》曰：『時曰良時、嘉時。』陸機《瓜賦》：『感嘉時而促節，蒙惠沾而增鮮。』遊征，遠行。《玉篇》：『遊，遨遊也。』《爾雅·釋言語》：『征，行也。』此二句言寒蟬感時序之變化，乘嘉時而遠行。

②二儀，天地。左思《吴都賦》：『仰南斗以斟酌，兼二儀之優渥。』翰注：『二儀，天地也。』和氣，時和氣清。張翰《雜詩》：『暮春和氣應，白日照園林。』稟，《增韻》：『受也。』乾元，謂天元始之德，即宇宙始生萬物之充沛陽氣。《易·乾》：『大哉乾元，萬物資始。』清靈，清冥，謂清冷之雲霄。《楚辭·九歎·遠逝》：『遊清靈之颯戾兮，服雲衣之披披。』王逸注：『言積德不止，乃上遊清冥清涼之庭，被服雲氣而通神明也。』此二句言包含天地和順之氣，接受元始雲霄之清。

③貞精，貞正精誠。江淹《青苔賦》：『異人貴其貞精，道士悦其迴趣。』淑質，美質。孔融《薦禰衡

表》：『淑質貞亮，英才卓躒。』向注：『淑，善。言善質正美明才高絶於人。』⿰口争⿰口莹，疊韻連綿詞，聲音哀婉貌。此二句言體蘊貞正精誠之美質，口吐深遠之哀響。

④ 希，瞻望。《廣韻》：『希，望也。』慶雲，瑞雲。曹植《上責躬應詔詩表》：『是以不別荆棘者，慶雲之惠也。』善注：『《史記》曰：若煙非煙，若雲非雲，鬱鬱紛紛，蕭索輪囷，是謂慶雲。』良注：『慶雲，瑞雲也。』優遊，從容自得。班固《東都賦》：『莫不優遊而自得，玉潤而金聲。』太陰，月也。《説文》：『月，闕也，太陰之精。』此二句言望瑞雲而從容，循月光而自得。謂蟬之遠行也。

此段總写蟬之美也。言蟬應時而鳴，依季而飛，包天地之氣，得乾元之清，體貞淑美，聲自深遠，優遊於瑞雲，徜徉乎月光。

於是靈岳幽峻，長林參差①。爰〔一〕蟬集止，輕羽涉池〔二〕②。清澈微激，德音孔嘉〔三〕③。承南風以〔四〕軒景，附高松之二〔五〕華④。黍稷惟馨而匪享〔六〕，竦身希〔七〕陽乎靈和⑤。

【校勘】

〔一〕『爰』，《歷代賦彙》卷一百三十八作『有』。

〔二〕『涉池』，《文選補遺》卷三十二、《百三家集》本、《七十二家集》本、《歷代賦彙》卷一百三十八作『涉佗』。

〔三〕『清澈微激，德音孔嘉』，《文選補遺》卷三十二、《歷代賦彙》卷一百三十八均脱此二句。

〔四〕『以』，《文選補遺》卷三十二、《百三家集》本、《歷代賦彙》卷一百三十八作『而』。
〔五〕『二』，《文選補遺》卷三十二、《百三家集》本、《七十二家集》本、《歷代賦彙》卷一百三十八作『上』。
〔六〕『亨』，《諸家文集》本作『亨』。
〔七〕『希』，《百三家集》本作『晞』；《文選補遺》卷三十二、《七十二家集》本作『晞』。古三字通。

【注釋】

①　靈岳，神嶽，指山嶽。嵇康《兄秀才公穆入軍贈詩》：『長寄靈嶽，怡志養神。』《集韻》：『嶽，古作岳。』長林，深林。謝靈運《登石門最高頂》：『長林羅戶庭，積石擁基階。』此二句言於是山嶽幽深高峻，長林高低參差。

②　爰，《玉篇》：『於也。』集止，鳥止於上。《詩・小雅・正月》：『瞻烏爰止，于誰之屋。』毛詩傳：『富人之屋，烏所集也。』鄭玄箋：『視烏集於富人之屋。』涉，掠過。《說文》：『涉，徒行厲水也。』此二句言於是蟬之棲止山林，輕盈羽翼掠過池水。

③　德音，道德之聲。《詩・邶風・谷風》：『德音莫違，及爾同死。』此指蟬聲。孔嘉，甚善也。《詩・豳風・東山》：『其新孔嘉，其舊如之何？』鄭玄箋：『嘉，善也。』《爾雅・釋言》：『孔，甚也。』此二句言池水清澈，微波輕起，蟬之聲音，甚善甚美。

④　軒景，高飛之影。軒，猶舉。《楚辭・遠遊》：『雌蜺便娟巳增撓兮，鸞鳥軒翥而翔飛。』王逸注：『鶤鵬玄鶴奮翼舞也。』二華，西嶽太華、少華二山，此泛指山。張衡《西京賦》：『桃林之塞，綴以二華。』善注：

『《山海經》曰：太華之西，少華之山。』此二句言乘南風而高飛，止山嶽之高松。⑤黍稷惟馨，謂惟黍稷之馨香也。《書·君陳》：『至治馨香，感於神明，黍稷非馨，明德惟馨。』孔安國傳：『所謂芬芳非黍稷之氣，乃明德之馨。』匪享，謂非享其黍稷之馨，乃其明德之馨也。享，享用。《孝經·孝治》：『祭則鬼神享之。』希，同晞，望也。見上注。靈和，天地元氣。郭璞《江賦》：『保不虧而永固，禀元氣於靈和。』良注：『靈和，和之氣也。』此二句言明德之馨香遠聞，向陽而竦身，禀天地之元氣。

此段寫蟬德音美而遠聞也。言棲止山林，掠過清池，高飛於南風，息於高松，不享馨香之黍稷，禀受天地之元氣。

唳乎其音，翩乎其翔，容麗蜩螗，聲美宮商①。飄如飛焱之遭〔一〕驚風，眇如輕雲之麗太〔二〕陽②。華靈鳳之羽儀，睹〔三〕皇都乎上京③。跨天路於萬里，豈蒼蠅之尋常④。

【校勘】

〔一〕『飄如飛焱』，《七十二家集》本作『飄如飛所』。又『飄』，《文集》、叢書堂鈔本、《四部叢刊》本、《四部備要》本、周亮工校本、鄧邦述校本、陳仲魚校本作『飈』。《文選補遺》卷三十二、《百三家集》本、《歷代賦彙》卷一百三十八作『飄』，與下文『眇』對，今據改。又『飛焱』，《文選補遺》卷三十二、《百三家集》本、《歷代賦彙》卷一百三十八並作『飛鴻』。又『遭』，《六朝詩集》本、《七十二家集》本、《四部叢刊》本、《四部備要》本、周亮工校本、鄧邦述校本、陳仲魚校本作『遺』，形近而誤。鄧邦述、陳仲魚校本校作『遭』。

〔二〕『太』，《藝文類聚》卷九十七作『泰』。

〔三〕『睹』，《文集》、《六朝詩集》本、叢書堂鈔本、《四部叢刊》本、周亮工校本、鄧邦述校本、陳仲魚校本作『渚』，語意扞格。《文選補遺》卷三十二、《百三家集》本、《七十二家集》本作『睹』；《歷代賦彙》卷一百三十八作『覩』，古二字同，今據改。

【注釋】

① 唳，鳴。《廣韻》：『唳，鶴鳴曰唳。』翩，《説文》：『疾飛也。』《爾雅·釋蟲》：『螗蜩，《夏小正》傳曰：螗蜩者蝘，俗呼爲胡蟬，江南謂之螗蛦。』邢昺疏：『胡蟬，似蟬而小，鳴聲清亮者也。』宫商，五音之兩種，泛謂樂也。《説文》：『音，聲也。生於心，有節於外，謂之音。宫、商、角、徵、羽，聲；絲、竹、金、石、匏、土、革、木，音也。』此四句言音如鶴鳴，飛翔迅疾；容貌麗於蜩螗，聲音美於音樂。

② 飛焱，飛動之火焰。《説文》：『焱，火華也。』遭，《玉篇》：『遇也。』眇，通渺，遠也。《史記·司馬相如傳》：『紅杳渺以眩湣兮，猋風涌而雲浮。』《漢書·司馬相如傳》作『眇』。陸機《爲顧彦先贈婦》：『借問歎何爲？佳人眇天末。』《唐鈔文選集注彙存》：『陸善經曰：眇，遠。』此二句言聯翩翱翔，如飛焰之遇疾風，縹緲而飛，如輕雲之美太陽。

③ 華，花。《爾雅·釋草》：『華，荂也。』俗别爲花。此作動詞。靈鳳，猶鳳，瑞鳥。《爾雅·釋鳥》：『鳳，其雌皇，瑞應鳥。鷄頭、蛇頸、燕頷、龜背、魚尾，五彩色，其高六尺許。』羽儀，雙翅。左思《吴都賦》：『湛淡羽儀，隨波參差。』《爾雅·釋詁》：『儀，匹也。』皇都，同上京，此代指瑞鳥。班固《東都賦》：『啓靈篇

兮披瑞圖，獲白雉兮效素烏，嘉祥阜兮集皇都。』善注：『范曄《後漢書》曰：永平十年，白雉所在出焉。《東觀漢記》：章帝詔曰：乃者白烏神雀屢臻降自京師也。』上京，京師。班固《幽通賦》：『皇十紀而鴻漸兮，有羽儀於上京。』善注：『言先人至漢十世，始進仕有羽翼於京師也。』此二句言羽翼之美，堪比鳳鳥，翱翔京都，人可睹之。

④天路，登天之路。曹植《雜詩》：『高高上無極，天路安可窮。』善注：『仲長子《昌言》曰：蕩蕩乎若升天路，而不知其所登。子若升天路也。』此指天空。尋常，喻飛行之低。《經典釋文》卷二十八：『八尺曰尋，倍尋曰常。』此二句言飛越萬里雲霄，豈如蒼蠅飛於地上。

此段寫蟬之飛翔與聲音之美也。言蟬之聲如音樂，容美蜩螗，飛行如疾風之吹飛焰，輕雲之麗太陽，瑞鳥翔乎京都，直沖萬里之雲霄。

爾乃振修緌〔一〕以表首，舒輕翅以迅翰〔二〕①。挹朝華之墜露〔三〕，含煙煴以夕飡〔四〕②。望北林以鸞飛，集樛木以〔五〕龍蟠③。彰淵信於嚴時，稟清誠乎〔六〕自然④。

【校勘】

〔一〕『緌』，《藝文類聚》卷九十七作『蕊』，音近而誤。

〔二〕『舒輕翅以迅翰』，《文集》、叢書堂鈔本、《諸家文集》本、周亮工校本、鄧邦述校本、陳仲魚校本作『舒經翅以迅翶』，語意扞格。此據《藝文類聚》卷九十七、《文選補遺》卷三十二、《百三家集》本、《四部叢刊》

本校改。又『以』，《百三家集》本、《歷代賦彙》卷一百三十八、《文選補遺》卷三十二作『而』。

〔三〕『挹朝』，《文集》、叢書堂鈔本、《四部叢刊》本脱。《諸家文集》本傅增湘校：『有脱誤，宋本同。』今據《藝文類聚》卷九十七、《初學記》卷三十、《百三家集》本、《七十二家集》本校補。又『挹』，《歷代賦彙》卷一百三十八作『吸』。此句《文選補遺》卷三十二又作『吸僊華之墜露』。

〔四〕『飡』，《藝文類聚》卷九十七作『飧』，古二字同。

〔五〕『以』，《藝文類聚》卷九十七作『而』。

〔六〕『乎』，《文選補遺》卷三十二、《歷代賦彙》卷一百三十八作『於』。

【注釋】

① 表，猶文飾也。《説文》：『表，上衣也。』迅翰，疾飛。《易·中孚》：『翰青登於天，貞凶。』王弼注：『翰，高飛也。』此句言於是振動長喙而文飾其首，舒展輕翅而疾飛雲霄。

② 挹，酌也。《詩·小雅·大東》：『維北有斗，不可以挹酒漿。』《經典釋文》卷六：『挹，斞也。《廣雅》云：酌也。本又作斞。』朝華墜露，晨花之露。《楚辭·離騷》：『朝飲木蘭之墜露兮，夕餐秋菊之落英。』王逸注：『英，華也。言己旦飲香木之墜露，吸正陽之津液。暮食芳菊之落華，吞正陰之精蘂，動以香浄自潤澤也。』煙熅，天地之元氣。班固《東都賦》：『降煙熅，調元氣。』善注：『《周易》曰：天地絪緼，萬物化醇。』銑注：『煙熅，即元氣也。』飡，同餐。《玉篇》：『飡，同餐，食也。』此二句言早飲朝花之墜露，夕含元氣以爲餐。

③北林，林名，此指賢人隱居之處。《詩·秦風·晨風》：『鴥彼晨風，鬱彼北林。』毛詩傳：『北林，林名也。先君招賢，賢人往之。』樛木，彎曲之木，賢者歸往之處。《詩·小雅·南有嘉魚》：『南有樛木，甘瓠纍之。』毛詩傳：『木下曲曰樛。』鄭玄箋：『君子下其臣，故賢者歸往也。』鸞飛，雉飛。鸞，瑞鳥，鸞現則天下安寧。《廣韻》：『鸞，《春秋元命包》曰：離爲鸞。孫氏《瑞應圖》曰：鸞者，赤神之精，鳳皇之佐也。《山海經》曰：女牀山有鳥，狀如翟，而五采文，名曰鸞，見則天下太平安寧。』龍蟠，蟠龍，喻潛隱之賢才。左思《蜀都賦》：『潛龍蟠於沮澤，應鳴鼓而興雨。』善注：『《方言》曰：未升天龍謂之蟠。』此二句言翻飛於賢者歸隱之地，棲止于賢才畢至之處。

④彰，《廣韻》：『明也。』嚴時，凜冽之時節。沈亞之《西邊患對》：『雖以逸馬强弓，乘嚴時南馳其來。』《正字通》：『寒氣凜冽曰嚴。』稟，受。見上注。此二句言凜冽之時，明其深誠，清操之信，受乎自然。

此段乃寫蟬之文飾、清廉、誠信，謂其操守之美也。言蟬文飾其首，輕羽凌空，飲朝露，餐雲氣，嚴時彰其信，自然養其誠，有隱士之懷，又有用世之心。

翩眇微妙，綿蠻其形①。翔林附木，一枝不盈②。豈黄鳥之敢希，唯〔一〕鴻毛其猶輕③。憑緑葉之餘光，哀〔二〕秋華之方零④。思鳳居以翹竦，仰竚立而哀鳴⑤。

【校勘】

〔一〕『唯』，《文選補遺》卷三十二作『鳴』；《歷代賦彙》卷一百三十八作『惟』，古與『唯』通。

〔一一〕『哀』，《文選補遺》卷三十二、《百三家集》本、《歷代賦彙》卷一百三十八作『景』。

【注釋】

① 翩眇，飛之遠也。《廣韻》：『翩，飛貌。』眇，遠。見上注。微妙，精妙之至。《荀子·議兵》：『諸侯有能微妙之以節，則作而兼殆之耳。』楊倞注：『微妙，精盡也。』綿蠻，形容小鳥之美。《詩·小雅·緜蠻》：『緜蠻黄鳥，止于丘阿。』毛詩傳：『緜蠻，小鳥貌。』鄭玄箋：『小鳥知止於丘之曲阿静安之處而託息焉，喻小臣擇卿大夫有仁厚之德者而依屬焉。』緜，同綿。《玉篇》：『綿，與緜同。』形，猶顯現。《玉篇》：『形，形容也。』按：此句寓《緜蠻》之意，謂蟬如黄鳥歸之仁厚有德者。此二句言翩然遠飛，精妙之至，形如黄鳥，歸之仁德。

② 此二句言蟬飛于林中，依于樹木，止取一枝而已。謂其適性而已，故廉也。意取《莊子·逍遥遊》：『鷦鷯巢於深林，不過一枝。』郭象注：『性各有極，苟足其極，則餘天下之財也。』

③ 黄鳥，意取《詩·周南·葛覃》：『黄鳥于飛，集于灌木，其鳴喈喈。』毛詩傳：『黄鳥，摶黍也。灌木，叢木也。喈喈，和聲之遠聞也。』希，同睎，望也。見上注。鴻毛，喻輕微細小之物。司馬遷《報任少卿書》：『人固有一死，死有重於泰山，或輕於鴻毛，用之所趨異也。』此二句言黄鳥豈敢企望其聲聞、居處，惟視其聲名輕如鴻毛矣。謂黄鳥雖和聲遠聞，集於灌木，猶不及蟬超然聲名之外。

④ 此二句言依憑緑葉之餘光，哀傷秋花之方凋矣。喻其年華漸逝。

⑤ 鳳居，意取《詩·大雅·卷阿》：『鳳皇鳴矣，于彼高岡。梧桐生矣，于彼朝陽。』鄭玄箋：『鳳皇鳴于

山脊之上者，居高視下，觀可集止。喻賢者待禮乃行，翔而後集。……鳳皇之性，非梧桐不棲，非竹實不食。』謂擇主待禮而集止。翹竦，謂鳳尾之竦立。《說文》：『翹，長尾毛也。』又『竦，敬也』。徐鍇《繫傳》：『立自竦也。』竚立，久立。竚，同佇。《玉篇》：『竚，企也，久也。今作佇。』此二句言思得鳳居，舒展其尾，又佇立仰望，哀其難得也。

此段承上而寫蟬適性而廉，志存高遠也。言蟬眇然而飛，形如小鳥，然思得仁君，鳳居其處，惟求一枝，適性而廉，不慕聲名，然其年華漸逝，其志不得，故佇立仰望而哀鳴。

若夫歲聿〔一〕云暮，上天〔二〕其凉①。感運悲聲，貧士含傷②。或歌我行永久，或詠〔三〕之子無裳③。原思嘆於蓬室，孤竹吟於首陽④。

【校勘】

〔一〕『聿』，《文選補遺》卷三十二作『律』，古二字通。

〔二〕『上天』，《文選補遺》卷三十二作『天上』。

〔三〕『詠』，《藝文類聚》卷九十七作『哀』，《文選補遺》卷三十二作『云』。

【注釋】

① 歲聿云暮，謂歲之將盡也。《詩·唐風·蟋蟀》：『蟋蟀在堂，歲聿其莫。今我不樂，日月其除。』毛

詩傳：『聿，遂。』莫，同暮。《經典釋文》卷五：『莫音暮。』此二句言歲之將盡，天氣已涼。

② 感運，謂感時序之變也。見上注。此二句言感時序之變，貧士心懷憂傷。

③ 我行永久，謂行役時間之久。《詩・小雅・六月》：『來歸自鎬，我行永久。』意取毛詩傳：『《六月》，言周室微而復興，美宣王之北伐也。』之子無裳，謂鰥寡獨居無衣。《詩・衛風・有狐》：『心之憂矣，之子無裳。』毛詩傳：『之子，無室家者。在下曰裳，所以配衣也。』鄭玄箋：『之子，是子也。時婦人喪其妃耦，寡而憂是子無裳。』此二句言或歌征人久征不歸之詩，或詠鰥寡獨居無衣之曲。

④ 原思，孔子弟子子思。《論語・雍也》：『原思爲之宰，與之粟九百，辭。』何晏《集解》：『苞氏曰：弟子原憲也。思，字也。』嘆，《玉篇》：『太息也。與歎同。』蓬室，猶蓬户，指貧困之家。《經典釋文》卷十四：『蓬户，以蓬爲户也。』《韓詩外傳》卷一：『原憲居魯，環堵之室，茨以蒿萊，蓬户瓮牖，桷桑而無樞，上漏下濕，匡坐而絃歌。子貢乘肥馬，衣輕裘，中紺而表素，軒不容巷，而往見之。原憲楮冠黎杖而應門，正冠則纓絶，振襟則肘見，納履則踵決。』孤竹，古國名，此指商孤竹國君之二子伯夷、叔齊。《史記・周紀》：『伯夷、叔齊在孤竹。』二人讓國，先後逃到周國。周武王伐紂，二人叩馬諫阻。武王滅商後，耻食周粟，逃至首陽山，采薇而食，餓死山中。事見《孟子・萬章下》《史記・伯夷列傳》。此二句言或歎息原思居於蓬室之貧困，或低吟孤竹餓死于首陽之山中。上四句乃貧士含傷之内容。

此段寫蟬推己及人之美德，安貧樂道之情操。言年歲已暮，時序遷轉，貧士或憂傷征人不歸，鰥寡無衣，或歎息原憲之貧，孤竹之隱。

不銜草〔一〕以穢身，不勤身以營巢①。志高於鳲鳩〔二〕，節妙乎鵰鶚②。附枯枝以永處〔三〕，倚峻林之迥條〔四〕③。惟雨雪之霏霏，哀北風之飄颷〔五〕④。

【校勘】

〔一〕「草」，《文集》、叢書堂鈔本、《四部叢刊》本、周亮工校本、鄧邦述校本、陳仲魚校本作「子」，語意扞格。《藝文類聚》卷九十七、《初學記》卷三十、《四部備要》本作「草」，今據改。

〔二〕「鳲鳩」，《歷代賦彙》卷一百三十八、《百三家集》本、《四部叢刊》本、鄧邦述校本、陳仲魚校本作「鳴鳩」。

〔三〕「枯」，《藝文類聚》卷九十七作「枯」。《文選補遺》卷三十二脱「附枯枝以永處」以下四句。

〔四〕「倚峻林之迥條」，《文集》、《四部叢刊》本、《四部備要》本、周亮工校本、鄧邦述校本、陳仲魚校本作「何瓊林之迥脩」。《百三家集》本、《七十二家集》本、《歷代賦彙》卷一百三十八作「倚瓊林之迥條」；《藝文類聚》卷九十七、《淵鑒類函》卷四百四十五作「倚峻林之迥條」。從上下句文意看，「倚」與「附」、「峻林」與「枯枝」、「迥條」與「永處」詞性對偶，語意連貫，故據《藝文類聚》改。

〔五〕「飄颷」，《歷代辭賦》卷一百三十八、《百三家集》本、《四部叢刊》本作「飄飄」；《百三家集》本、《七十二家集》本作「飃飃」，古同「飄飄」。

【注釋】

① 銜草，獸之逐食。曹植《贈白馬王彪》：『孤獸走索群，銜草不遑食。』勤身，勞於己身。《孔叢子》卷二：『太公勤身苦志，八十而遇文王。』《説文》：『勤，勞也。』此二句言不銜草營巢而勞身穢己也。謂不爲己利而勞身損廉也。

② 鳲鳩，布穀鳥。《詩·周南·鵲巢》毛傳曰：『《鵲巢》，夫人之德也。國君積行累功，以致爵位，夫人起家而居有之，德如鳲鳩，乃可以配焉。』此爲有德之鳥，故喻之。《爾雅》：『鳲鳩，鴶鵴。』郭璞注：『今之布穀也。』鴟鴞，鸋鴂。《詩·豳風·鴟鴞》：『鴟鴞鴟鴞，既取我子，無毁我室。』毛詩傳：『鴟鴞，鸋鴂也。』謂志存高遠。此意取《序》：『《鴟鴞》，周公救亂也，成王未知周公之志，公乃爲詩以遺王，名之曰《鴟鴞》焉。』謂忠於王室。此二句言道德志守王業，節操忠於王室。

③ 峻，险峻。《玉篇》：『陖，險也，高也。亦作峻。』逈，同迥。《康熙字典》：『迥，俗作逈。』《爾雅·釋詁》：『迥，遠也。』此二句言依憑枯枝而爲久居，託身山林之遠枝。

④ 霏霏，濃密貌。《詩·小雅·采薇》：『今我來思，雨雪霏霏。』毛詩傳：『霏霏，甚也。』飄颸，《集韻》：『颸颸，風聲。』此二句言惟哀其霏霏雨雪、嗖嗖北風之苦。

此段讚美蟬之操守志向，而感歎蟬之現實窘境。言蟬之不營己利而損廉，志存高遠，操守忠貞，巢於枯枝，而思瓊林遠條，其志不得，哀鳴於風雪之中矣。

既乃彫以金采，圖我嘉容①。珍景曜爛〔一〕，暐曄〔二〕華豐②。奇侔黼黻，艷比袞龍③。清和明潔，群動希蹤〔三〕④。爾乃綴以玄冕〔四〕，增成首飾⑤。纓蕤〔五〕翩紛，九旒〔六〕容翼⑥。映華蟲於朱衮〔七〕，表馨香乎明德⑦。

【校勘】

〔一〕『爛』，《文集》作『欄』，形近而誤。《歷代賦彙》卷一百三十八、《百三家集》本、《四部叢刊》本、周亮工校本、鄧邦述校本、陳仲魚校本作『爛』，今據改。

〔二〕『暐曄』，《文選補遺》卷三十二作『暐暐』。

〔三〕『蹤』，《文選補遺》卷三十二作『跡』。

〔四〕『玄』，《四部叢刊》本、周亮工校本、鄧邦述校本、陳仲魚校本作『空』。鄧邦述校本、陳仲魚校本皆校作『玄』。

〔五〕『蕤』，《百三家集》本作『綏』；《歷代賦彙》卷一百三十八作『緌』。

〔六〕『九旒』，《文集》、《四部叢刊》本、周亮工校本、鄧邦述校本、陳仲魚校本作『九流』，音近而誤。《文選補遺》卷三十二、《百三家集》本、《歷代賦彙》卷一百三十八並作『九旒』，今據改。

〔七〕『衮』，《初學記》卷三十作『袞』。

【注釋】

①既乃，猶既而，不久。楊樹達《詞詮》卷四：『既乃，時間副詞，表旋嗣。』彫，猶飾。《説文》：『彫，琢

文也。』此二句言既而畫我美麗之容顔，飾之以金色彩繪。

② 珍景，美麗之光影。《玉篇》：『珍，美也。』《説文》：『景，光也。』曜爛，猶燦爛。《正韻》：『曜，日光也。』暐曄，光盛貌。左思《吴都賦》：『崇臨海之崔嵬，飾赤烏之暐曄。』翰注：『暐曄，光盛貌。』此二句言光影美麗燦爛，色彩華美繁盛。

③ 侔，《説文》：『齊等也。』黼黻，禮服上花紋。《書·益稷》：『藻火粉米，黼黻絺繡。』孔安國傳：『黼若斧形，黻爲兩己相背。』《周禮·冬官考工記》：『青與赤謂之文，赤與白謂之章，白與黑謂之黼，黑與青謂之黻，五采備謂之繡。』衮龍，天子、上公所著繡有龍形之朝服。班固《東都賦》：『盛三雍之上儀，修衮龍之法服。』善注：『鄭玄曰：衮，卷龍衣也。』銑注：『衮龍，朝服，畫龍於上也。』按：天子之服所繡之龍紋，龍首向上；上公之服所繡之龍紋，龍首向下，二者有别。《經典釋文》卷六：『天子畫升龍於衣，上公但畫降龍。』此二句言同黼黻之奇異，比朝服之艷麗。

④ 希蹤，望其蹤迹。孔稚珪《北山移文》：『希蹤三輔豪，馳聲九州牧。』翰注：『蹤，迹也。』希，同睎，望也。見上注。此二句言色彩清明而和諧，群臣望其蹤迹而動之。

⑤ 玄冕，公卿大夫之冠冕。《周禮·春官宗伯》：『卿大夫之服，自玄冕而下如孤之服。』鄭玄注：『自公之衮冕，至卿大夫之玄冕，皆其朝聘天子及助祭之服。諸侯非二王後，其餘皆玄冕而祭于己。』玄冕之上薄如蟬翼，故曰。增，《説文》：『益也。』此二句言於是玄冠之上綴以蟬翼，而成首上之文飾。

⑥ 纓蕤，如花垂之冠纓。《太平御覽》卷六百九十七：『杜氏《幽求》曰：褒衣博帶，高冠厚舄，佩以珠璣，結之纓蕤。』《説文》：『纓，冠系也。』又『蕤，草木華垂貌』。翩紛，舒展紛紜。《詩·大雅·桑柔》：『四牡騤騤，旟旐有翩。』孔穎達疏：『翩是旌旗行而舒展之貌。』《經典釋文》卷二：『紛，《廣雅》云：衆也，喜也，一

云盛也。』九旒，天子之旌。《禮記·樂記》：『龍旂九旒，天子之旌也。』《玉篇》：『旒，旌旗垂者。』容翼，猶容與，輕盈舒緩貌。王褒《洞簫賦》：『其仁聲則若飄風，紛披容與而施惠。』善注：『容與，寬裕之貌也。』向注：『紛披、容與，和緩貌。』此二句言如花之冠纓舒展紛盛，旌旗之流蘇輕盈舒緩。

⑦ 華蟲，山鷄。《書·益稷》：『日月星辰，山龍華蟲。』孔安國傳：『華蟲，雉也。畫三辰、山龍、華蟲於衣服旌旗。』朱衮，繡有龍形之紅色朝服。見上注。表，《玉篇》：『明也，標也。』馨香乎明德，謂德之芬芳馨氣動於神明也。見上注。此二句言山鷄映現於紅色朝服之上，德之芬芳馨氣動於神明。

此段言畫蟬之容，飾以金采，燦爛華美，奇同禮服，黼若朝衣，清明和諧，引領群臣；又冠冕綴以蟬翼，而成首飾，襯托翩紛之冠纓，舒緩之旌旗，與朝服之山鷄相映照，而明其道德之馨香。謂以蟬爲飾，取其華美而明德。以此而襯托蟬之華美明德也。

於是公侯常伯，乃〔一〕紆紫黻，執龍淵〔二〕，俯鳴珮玉，仰撫貂蟬①。飾〔三〕黄廬之多士，光帝皇之侍〔四〕人②。既騰儀像於雲闥〔五〕，望景曜乎〔六〕通天③。邁休聲之五德，豈〔七〕鳴鷄之獨珍④。聊振思於翰藻，闡令問〔八〕以長存⑤。

【校勘】

〔一〕『乃』，《太平御覽》卷九百四十四下有『身』字。

〔二〕『執』，《太平御覽》卷九百四十四作『手執』。《文選補遺》卷三十二無此句。

〔三〕『飾』,《文集》、叢書堂鈔本、《六朝詩集》本、鄧邦述校本、陳仲魚校本作『袿』。影鈔宋本翁同書校曰:『袿,疑旌。』《四部叢刊》本作『飾』,今據改。《太平御覽》卷九十四作『於』。

〔四〕『侍』,《文集》、叢書堂鈔本、《四部叢刊》本、周亮工校本、鄧邦述校本、陳仲魚校本作『待』,語意扞格。《太平御覽》卷九百四十四、《文選補遺》卷三十二、《百三家集》本、《六朝詩集》本、《七十二家集》本、《歷代賦彙》卷一百三十八作『侍』,今據改。

〔五〕『既』,《太平御覽》卷九百四十四無此字。又『闐』,《文選補遺》卷三十二作『闕』。

〔六〕『乎』,《太平御覽》卷九百四十四作『於』。

〔七〕『豈』,《太平御覽》卷九百四十四作『豈唯』。

〔八〕『問』,《文選補遺》卷三十二、《百三家集》本、《歷代賦彙》卷一百三十八並作『聞』,古二字通。

【注釋】

①常伯,謂三公六卿。《書・立政》:『王左右常伯常任,準人綴衣虎賁。』孔安國傳:『常所長事,常所委任,謂三公六卿。』紆,拖曳之曲折也。《玉篇》:『紆,曲也,詘也。』紫黻,紫色禮服,有黑與青相間之花紋。黻,見上注。龍淵,劍名。《越絶書》卷十一:『楚王召風胡子而問之曰:寡人聞吴有干將,越有歐冶子……寡人願齎邦之重寶,皆以奉子,因吴王請此二人作鐵劍,可乎?風胡子曰:善!於是乃令風胡子之吴見歐冶子、干將,使人作鐵劍。歐冶子、干將鑿茨山,泄其溪,取鐵英,作爲鐵劍三枚:一曰龍淵,二曰泰阿,三曰工布。』貂蟬,王公顯官冠上之飾物。《後漢書・輿服志下》:『武冠,一曰武弁大冠,諸武官冠之。侍中、中

常侍加黄金璫，附蟬爲文，貂尾爲飾，謂之趙惠文冠。』此四句言於是王侯公卿，乃拖曳禮服，手執寶劍，俯身珮玉和鳴，仰扶貂蟬之冠。

② 黄廬，猶官府也。黄，金印。丘遲《與陳伯之書》：『佩紫懷黄，讚帷幄之謀。』善注：『《史記》曰：蔡澤曰：懷金之印，結紫綬於腰。』廬，值宿之官舍。《漢書·金日磾傳》：『是時，上行幸林光宫，日磾小疾卧廬。』多士，衆官也。《書·多士》：『周公以王命誥作《多士》。』孔安國傳：『所告者即衆士，故以名篇。』帝皇，即皇帝。賈誼《新書·勢卑》：『陛下胡忍以帝皇之號，持居此賓。』光，使動詞。侍人，即寺人，内臣。《詩·秦風·車鄰》：『未見君子，寺人之令。』毛詩傳：『寺人，内小臣也。』又《經典釋文》卷五：『寺人，又音侍，本或作侍字。寺人，奄人，内小臣也。』此二句言貂蟬文飾官府之衆官，映照皇帝之内侍。

③ 騰，騰躍。《廣韻》：『騰，馳也，躍也。』儀像，儀表形貌。李淼《與道高法師書》：『儀像虚設，其能信乎？』雲闥，即脩雲闥，晉宫殿名。《太平御覽》卷一百八十四：『《晉宫閣》名曰：洛陽宫有崇陽闥、延明闥、通明闥、脩雲闥、通福闥、徵音闥、承休闥、玄明闥、玄暉闥、崇禮闥、白藏闥。』此泛指宫殿。景曜，光色耀日也。張衡《西京賦》：『飾華榱與璧璫，流景曜之韡曄。』善注：『景，光景也。』薛綜注：『曜，光也。』此喻照人之光彩。通天，達于雲天。《説文》：『通，達也。』此二句言儀表形貌既已騰躍於宫殿之中，照人之光彩仰望達乎天矣。

④ 邁，《説文》：『遠行也。』此二句言蟬之五德美名遠播，豈鳴鷄獨有其貴哉。

⑤ 聊，《玉篇》：『聊，願也，又且略之辭。』振思，謂思緒飛揚。《説文》：『振，一曰奮也。』《玉篇》：『奮，飛也。』翰藻，文采詞藻。《文選序》：『事出於沈思，義歸乎翰藻。』闡，顯現。《經典釋文》卷二：『闡，明也。』令問，猶美名。《詩·大雅·文王》：『亹亹文王，令聞不已。』鄭玄注：『其善聲聞日見稱歌，無止時也。』令

聞，同令問。《經典釋文》卷七：『令聞，音問。本亦作問。』此二句言願思緒飛揚于文采詞藻，顯現蟬之美名而長存於世。

此二段先言王侯公卿飾貂蟬之美，後言作文之目的。王侯公卿曳禮服、執寶劍，鳴之珮玉，飾之貂蟬，行之宫中，光彩照人，輝映雲天。詩人感慨，蟬五德之美遠播，豈讓於鳴鷄？故借翰藻以彰顯蟬之令名而使長存於世也。

於是貧居之士，喟爾〔一〕相與而俱嘆曰：寒蟬哀鳴，其聲也悲①。四時云暮，臨河徘徊②。感北門之憂殷〔二〕，歎〔三〕卒歲之無衣③。望泰清〔四〕之巍峩，思希光而無階④。簡嘉蹤於皇心，冠神景乎紫微⑤。詠清風以慷慨，發哀歌以慰懷⑥。

【校勘】

〔一〕『喟爾』，《文選補遺》卷三十二無此二字。

〔二〕『殷』，《文選補遺》卷三十二作『勤』，似誤。

〔三〕『歎』，《文選補遺》卷三十二作『念』。

〔四〕『泰清』，《文選補遺》卷三十二作『清泰』。

【注釋】

① 貧居之士，指安貧樂道之人。喟爾，猶喟然。《説文》：『喟，太息也。』嘆，同歎。見上注。

② 云，王引之《經傳釋詞》卷三：『猶是也。』臨河，面對黃河。《玉篇》：『臨，視也。』此意取《論語・子罕》：『子在川上曰：逝者如斯夫，不舍晝夜！』詩人面臨黃河之水日夜流逝，而四時將盡，感到時光匆匆，故徘徊盤桓也。

③ 北門之憂殷，謂不得志之殷憂。《詩・邶風・北門》：『出自北門，憂心殷殷。』毛詩傳：『北門，背明嚮陰。』鄭玄箋：『喻己仕於闇君，猶行而出此門，心爲之憂殷殷然。』此意取毛詩《序》：『《北門》，刺仕不得志也。』卒歲之無衣，謂王業之艱難。《詩・豳風・七月》：『無衣無褐，何以卒歲！』此意取毛詩《序》：『《七月》，陳王業也。周公遭變故，陳后稷先公風化之所由，致王業之艱難也。』此二句言既感傷仕之不得志，又歎息王業之艱難。

④ 泰清，指天。成公綏《嘯賦》：『飄遊雲於泰清，集長風乎萬里。』善注：『泰清，天也。』巍峩，高聳貌。《抱朴子・外篇・嘉遁》：『庇峻岫之巍峩，藉翠蘭之芳茵。』希光，指日月之光。謝朓《楚江賦》：『願希光兮秋月，庶永照於遺簪。』階，《玉篇》：『登堂道也，級也。』此二句言仰望高聳之天空，渴望天光而無路。承『北門之憂殷』句。

⑤ 簡，選擇。《吕氏春秋・簡選》：『簡選精良兵械銛利發之。』嘉蹤，美之行迹。《爾雅・釋詁》：『嘉，美也。』《玉篇》：『蹤，迹也。』冠，覆也。張衡《東京賦》：『結雲閣，冠南山。』薛綜注：『冠，覆也。』神景，神靈之光，此即日影也。曹植《七啓》：『耀神景於中沚，被輕縠之纖羅。』銑注：『神景，則遊女之光也。』紫微，天子宮殿。陸機《答賈長淵》：『往踐蕃朝，來步紫微。』向注：『紫微，天子宮也。』此二句言簡選美之行迹而慰

君主之心，願神靈之光覆蓋皇室。承『卒歲之無衣』句。

⑥ 清風，指清風之歌。《詩·大雅·烝民》：『吉甫作誦，穆如清風。』毛詩傳：『清微之風，化養萬物者也。』此意取毛詩《序》：『《烝民》，尹吉甫美宣王也，任賢使能，周室中興焉。』慷慨，壯士失志貌。張衡《歸田賦》：『感蔡子之慷慨，從唐生以決疑。』善注：『《說文》曰：慷慨，壯士不得志於心也。』發，猶抒。《廣韻》：『發，舒也。』此二句言歌詠任賢授能之歌，而慨歎壯志難酬，故抒發哀歌而慰己之情懷。

此段乃詩人由寒蟬哀鳴而生發的感慨。由蟬之悲鳴，悟時光之逝，從而産生仕不得志、王業艱難之感歎，天光臨照、皇室清静之希冀，故詠清風哀歌而慰其情懷。

卷二

詩

四言失題八章〔一〕

【題解】

此八首詩雖失題，但從内容上看，却是一個前後連貫的整體。其次序是：感慨四時之變化；由四時之變而觀物悟道；由觀物之變而知自然之運化；居陋室玩萬物而懷念先哲；披閱遺籍而追思古之隱者；由典籍而引發人類社會的思考；進而引發現實人生的思考，感慨世人與自我泥心塵世。可見，由自然而及天道，由天道而及先哲，由先哲而及社會，由社會而及人生，最後以感慨收束。詩之意脉貫通，邏輯連貫，故當爲同題之八章。由天道自然、古代賢哲、社會人生，詩人所悟之核心是衡門、考槃之樂。然詩人雖有識見之明而不能踐行，始終在出與處之間徘徊、矛盾、選擇。有超然之志，而泥身現實，華亭鶴唳，不可復聞，悲矣哉！

此詩所作時間雖不可考，但是從内容情感看：第一，不可能作於青年或屏居鄉里期間；第二，不可能作於入洛之後仕途處於上升時期。綜合兩方面考查，此詩所作時間當在永寧元年（三〇一）六月之後，任清河太守之前。是年四月，趙王倫因篡位而被誅，兄機因爲任趙王倫中書郎被疑參與擬九錫文及禪詔，被捕入獄，雲並坐，賴成都王穎、吴王晏並救理之，遇赦出獄，此時詩人欲進不能，欲退不忍，此詩或是這一特殊心境的折射。

其一

悠悠懸〔二〕象，昭回太素①。清濁迭興，升降啓度②。遺和既爽，季春告暮③。朱明來思，青陽受煦④。

【校勘】

〔一〕『四言失題（八章）』，《文集》、《四部叢刊》本、周亮工校本、鄧邦述校本、陳仲魚校本作『四言失題（前八章，後六章）』，將前後兩組四言失題詩並列爲一組。今依《古詩紀》卷三十七，分列兩組，以便省覽。沈德潛《古詩源》卷七選此組詩之一首，題曰《谷風》。

〔二〕『懸』，《百三家集》本、《四部叢刊》本、周亮工校本、鄧邦述校本、陳仲魚校本作『縣』，古二字通。

【注釋】

① 悠悠，悠遠也。《詩・王風・黍離》：『悠悠蒼天，此何人哉。』毛詩傳：『悠悠，遠意。』懸象，日月也。《易・繫辭上》：『是故法象莫大乎天地，變通莫大乎四時，縣象著明莫大乎日月。』縣，通懸。《廣韻》：『懸，縣俗（字），今通用。』昭回，謂日月之運轉。《詩・大雅・雲漢》：『倬彼雲漢，昭回於天。』毛詩傳：『回，轉也。』鄭玄箋：『昭，光也。』太素，此指天。《白虎通德論・天地》：『天者，何也？……始起先有太初，後有太始，形兆既成，名曰太素。』此二句言悠悠日月，運轉於天。

② 清濁迭興，謂天地更相運轉。《太玄經・文第》：『陰陽迭循，清濁相廢。』范望注：『迭，更也，更相休廢也。』按：古謂天地之初，混沌未開，清而浮之爲天，濁而沉之爲地。升降，上下交接也。《書・畢命》：『道有升降，政由俗革。』孔安國傳：『天道有上下交接之義。』啓度，始有其法度也。《玉篇》：『啓，開也，發也。』《說文》：『度，法制也。』此二句言天地運轉，四季交替而有序。

③ 遺和，猶遺珠。和，指和氏璧。劉向《新序》卷五：『荆人卞和得玉璞而獻之荆，厲王使玉尹相之曰：石也。王以和爲謾而斷其左足。厲王薨，武王即位，和復奉玉璞而獻之武王。武王使玉尹相之曰：石也。又以爲謾而斷其右足。武王薨，共王即位。和乃奉玉璞而哭於荆山中，三日三夜，泣盡而繼之以血。共王聞之，使人問之曰：天下刑之者衆矣，子獨何哭之悲也？對曰：寶玉而名之曰石，貞士而戮之以謾，此臣之所以悲也。共王曰：惜矣！吾先王之聽難剖石而易斬人之足。夫死者不可生，斷者不可屬，何聽之殊也。乃使人理其璞而得寶焉，故名之曰和氏之璧。』古人常以玉喻秋月。江淹《別賦》：『秋露如珠，秋月如珪。』爽，明也。《書・牧誓》：『時甲子昧爽。』孔安國傳：『爽，明。』此二句言秋月既明，而暮春又至。

④ 朱明，夏，此指夏日。青陽，春。《爾雅·釋天》：『春爲青陽，夏爲朱明，秋爲白藏，冬爲玄英。』來思，猶來。《詩·小雅·采薇》：『今我來思，雨雪霏霏。』思，語助詞。王引之《經傳釋詞》卷八：『思，語已詞也。』受，猶布也。《玉篇》：『受，相付也。』煦，和煦。《玉篇》：『煦，溫潤也。』此二句言夏陽方至，而春又和煦。上四句謂時序更替迅速。

此章謂日月之運轉，秋月春暮，夏陽春日，四時之交替變化，迅疾而有序矣。王夫之《古詩評選》卷二：『但紀時序，亦何關人懷抱，而自然有清暉在天，儀刑有作之意，一倍感人。足知文句之用，有形發未形，無形君有形也。』

其二

日征月盈，天道變通①。太[一]初陶物，造化爲功②。四月惟夏，南征觀方③。凱風有集，飄飄南牕[二]④。思樂萬物，觀異知同⑤。

【校勘】

[一]『太』，《諸家文集》本、《四部叢刊》本、《四部備要》本、周亮工校本、鄧邦述校本、陳仲魚校本作『大』。《古詩紀》卷三十七、《百三家集》本、《七十二家集》本作『太』，陸貽典亦校作『太』，今據改。

[二]『牕』，《四部叢刊》本、周亮工校本、鄧邦述校本、陳仲魚校本作『窓』，《四部備要》本作『窗』，古三字並同。《玉篇》：『牕，牖也。與窻同。』又『在墻曰牖，在屋曰窻』。又『窓，同窻，俗』。

【注釋】

①征，行。《詩・召南・小星》：『肅肅宵征，夙夜在公。』毛詩傳：『征，行。』變通，指四時之變化。《易・繫辭上》：『廣大配天地，變通配四時，陰陽之義。』此二句言日之運行，月盈月虧，四時變化，乃天之道。

②太初，天地之始。見上注。陶物，化育萬物。曹操《精列》：『厥初生，造化之陶物，莫不有終期。』陶，制瓦之器。《經典釋文》卷十一：『陶，陶人爲瓦器也。』造化，天地創造化育。《淮南子・原道訓》：『是故大丈夫恬然無思，澹然無慮，以天爲蓋，以地爲輿，四時爲馬，陰陽爲御，乘雲陵霄，與造化者俱。』許慎注：『造化，天地。一曰道也。』此二句言原始化育萬物，乃天地造化之功。

③南征，日行南也。按五行之説，南方爲火，季節爲夏，故夏日之行曰南征也。觀方，謂觀天地四方。《周易略例》卷十：『據會要以觀方，來則六合輻凑未足多也。』邢璹注：『六合雖廣，據之以要會……六合輻輳，不足稱其多。』此二句言四月之夏，日行于南，而觀天地四方。

④凱風，南風。《詩・邶風・凱風》：『凱風自南，吹彼棘心。』毛詩傳：『南風謂之凱風。』有集，猶集也。有，語助詞。《詩・小雅・車舝》：『依彼平林，有集維鷮。』飄飖，風吹動貌。班彪《北征賦》：『風猋發以飄飖兮，谷水灌以揚波。』良注：『飄飖，風馳貌。』牕，窗。《玉篇》：『牕、牖與窻同。』又『窓，同窻，俗（字）』。《廣韻》：『窻，《説文》作窗。』此二句言南風聚集，飄飄于南窗。

⑤此二句言南風之思樂萬物，我觀萬物之異則知同。意謂由觀物而悟天道矣。

此章謂四時之變，日月之行，乃是天地之始，造化萬物之功。時至初夏，日行于南，凱風飄飄，我倚之南窗，觀萬物而悟天道。王夫之《古詩評選》卷二：『晉初人説理乃有如許極至，後來却被支（遁）、許（詢）凋殘。」陳祚明《采菽堂古詩選》卷十一：「『凱風』二句，何其愉怡。觀物異同，冥焉有會。」

其三

有渰〔一〕萋萋，甘雨未播①。黍稷方華，中田多〔二〕稼②。庭槐振藻，園桃阿那〔三〕③。薄言觀物，在堂知化④。

【校勘】

〔一〕「有渰」，《文集》、《四部叢刊》本、周亮工校本、鄧邦述校本、陳仲魚校本作「有奄」。《百三家集》本、《古詩紀》卷三十七、《七十二家集》本、《四部備要》本作「有渰」。《詩·小雅·大田》有「有渰萋萋」之成句，故據改。

〔二〕「多」，《韻補》卷四作「爲」。

〔三〕「那」，《文集》、周亮工校本、陳仲魚校本脱。此據《古詩紀》卷三十七、《百三家集》本校補。又「阿那」，寄生草堂本、鄧邦述校本作「阿娜」，古二詞同。

【注釋】

① 有渰萋萋，謂雲興起而飄動。《詩·小雅·大田》：「有渰萋萋，興雨祁祁。」毛詩傳：「渰，雲興貌。萋萋，雲行貌。」甘雨，適時之雨。《詩·小雅·甫田》：「琴瑟擊鼓，以御田祖，以祈甘雨。」未播，未降，意謂

未降而將降也。《玉篇》：『播，揚也，種也。』此二句言雲興而行，甘雨將降。

② 華，茂盛，或曰開花。《廣韻》：『華，草盛也。《説文》作蕚，榮也。』中田，田中。《詩・小雅・信南山》：『中田有廬，疆場有瓜，是剥是菹。』鄭玄箋：『中田，田中也。』此二句言田野黍稷茂盛，莊稼繁多。

③ 振藻，猶揚花。令狐德棻《庾子山集序》：『雅尚斯文，楊（揚）葩振藻者如林。』阿那，輕柔貌。張衡《南都賦》：『阿那蓊茸，風靡雲披。』善注：『阿那，柔弱之貌。』翰注：『阿那，垂貌。』此二句庭院槐樹揚花，園中桃樹輕柔。

④ 薄言，猶我也。薄，語助詞。《詩・周南・芣苢》：『采采芣苢，薄言采之。』毛詩傳：『薄，辭也。』鄭玄箋：『薄言，我薄也。』知化，知事物之變化。《呂氏春秋・知化》：『凡智之貴也，貴知化也。』此二句言我之在堂，觀物而知自然之運化。

此章承上寫初夏之景，雲起而行，甘雨將至，萬物茂盛，觀萬物之變，而知自然之運化。 陳祚明《采菽堂古詩選》卷十一：『語超。』

其四

蓬户惟清〔一〕，玩物一室①。明發有懷，念昔先哲②。通夢幽人，彷彿遺烈③。清暉在天，孰與永日④。

【校勘】

〔一〕『清』，《古詩紀》卷三十七、《七十二家集》本作『情』。

【注釋】

① 蓬户，編蓬草以爲門。謂貧士所居也。《淮南子·原道訓》：『蓬户瓮牖，揉桑以爲樞。』許慎注：『編蓬爲户，以破瓮蔽牖。』玩物，賞玩萬物。《釋名序》：『《釋名》以天地山水爲先，則瀕乎玩物矣。』此二句言惟陋室清静，可賞玩萬物。

② 明發，從夕至明。有懷，有所思也。《詩·小雅·小宛》：『我心憂傷，念昔先人。明發不寐，有懷二人。』毛詩傳：『明發，發夕至明。』先哲，前代智者。《爾雅·釋言》：『哲，智也。』此二句言日夜思之，懷念前賢。

③ 通夢，夢見。李嶠《東飛伯勞歌》：『傳書青鳥迎簫鳳，巫嶺荆臺數通夢。』謂精神相通。幽人，隱者。應貞《晉武帝華林園》：『幽人肆嶮，遠國忘遐。』銑注：『言幽隱者習嶮而來。』彷彿，飄忽不清。鮑照《舞鶴賦》：『夢登山而迴眺兮，覿幽人之彷彿。』銑注：『彷彿，不分明貌。』遺烈，留下光輝業績者，此猶先烈。左思《詠史詩》：『四賢豈不偉，遺烈光篇籍。』向注：『言此上四賢，豈謂不奇偉而遺美業光於篇。』此二句言精神通於隱者，仿佛見乎先烈。

④ 清暉，日也。顔延年《皇太子釋奠會作》：『清暉在天，容光必照。』善注：『清暉，喻日。』孰，《爾雅·釋訓》：『誰也。』永日，謂日之長也。《詩·唐風·山有樞》：『且以喜樂，且以永日。』毛詩傳：『永，引也。』

此二句言日光在空，與誰喜樂終日。

此章寫詩人居清靜之陋室，賞玩萬物，而懷念先哲，神往幽隱，然前賢逝矣，誰可與我喜樂終日？其落寞之情而見於言外也。陳祚明《采菽堂古詩選》卷十一：『此章始吐本懷。』

其五

乃啓遺籍〔一〕，思予大觀①。幽居傲物，顧景怡顔②。況〔二〕惟解舞，衡門重關③。思〔三〕媚古人，有懷良盤④。沉曦含輝，芳烈如蘭⑤。

【校勘】

〔一〕『籍』，《文集》、《諸家文集》本作『藉』，形近而誤。《古詩紀》卷三十七、《百三家集》本、《四部叢刊》本、周亮工校本、鄧邦述校本、陳仲魚校本作『籍』，今據改。

〔二〕『況』，《文集》、《諸家文集》本『沉』，形近而誤。《古詩紀》卷三十七、《百三家集》本、《四部叢刊》本、周亮工校本、鄧邦述校本、陳仲魚校本作『況』，今據改。

〔三〕『思』，《百三家集》本作『恖』。

【注釋】

① 啓，打開。《玉篇》：『啓，《説文》：教也，又開發也。』思予，我思之也。《詩・陳風・墓門》：『訊予

不顧，顛倒思予。』鄭玄箋：『予，我也。』大觀，喻道德崇高。《易·觀》：『《象》曰：大觀在上。』《周易程氏傳》：『五居尊位，以剛陽中正之德爲下所觀，其德甚大，故曰大觀在上。』按：大觀喻指《觀》卦九五爻陽剛中正而居尊位。九五爻象釋卦名『觀』之義，謂道德崇高者足以讓天下觀仰。此二句言於是打開前代之典籍，思養崇高之道德。

②幽居，獨處。《禮記·儒行》：『篤行而不倦，幽居而不淫。』鄭玄注：『幽居，謂獨處時也。』傲物，輕視外物。《抱朴子·外篇·自叙》：『苟達側立勢門者，又共疾洪之異於己，而見疵毁，謂洪爲傲物輕俗。』顧景，回視日影。葛洪《抱朴子·内篇·辨問》：『顧影含歡，漱流忘味者，又難勝記也。』景，同影。怡顔，快樂之色。《爾雅·釋言》：『怡，樂也。』此二句言幽隱而超然，顧日影而樂之。

③解舞，析舞也，或謂《簡兮》。《詩·邶風·簡兮》：『簡兮簡兮，方將萬舞。……碩人俁俁，公庭萬舞。』此意取《序》『《簡兮》，刺不用賢也』之意，與後世所謂之解舞，如杜牧《悲吴王城》：『解舞細腰何處往，能歌姹女逐誰廻？』意迥異矣。衡門，横木爲門，隱者之居處。《詩·陳風·衡門》：『衡門之下，可以棲遲。』毛詩傳：『衡門，横木爲門，言淺陋也。』重關，猶緊閉。《説文》：『關，以木横持門户。』即今之門閂。此二句言況乃賞《簡兮》析舞之歌，或衡門而緊閉。

④思媚，思而愛之。《詩·大雅·思齊》：『思媚周姜，京室之婦。』毛詩傳：『媚，愛也。』盤，有二意：一指《考槃》，乃隱士之歌；二謂樂也。《詩·衛風·考槃》：『考槃在澗，碩人之寬。』毛詩傳：『考，成。槃，樂。』槃，同盤。《經典釋文》卷二十九：『考槃，本又作盤。』此二句言思愛古之賢人，追懷《考槃》之樂。

⑤沉曦，落日。《玉篇》：『曦，日色也。』喻古人也。此二句言古人雖如日西沉，然輝映後代，芬芳濃郁，其如幽蘭。

此章乃詩人閱遺籍而思古人也。披覽遺籍，思修大德，幽居超然，顧影心怡，追思古人衡門考槃之樂，熱愛先哲輝光與芬芳之美。陳祚明《采菽堂古詩選》卷十一：『此章言懷古遁思。盤，考盤也。』

其六

厥初生民，有物有類①。自古有稱，大寶以位②。烝徒〔一〕式好，駿奔〔二〕攸遂③。啓予有聞，誨爾達貴④。

【校勘】

〔一〕『烝徒』，《文集》、《四部叢刊》本、《古詩紀》卷三十七、周亮工校本、鄧邦述校本、陳仲魚校本作『征徒』。《百三家集》本作『烝徒』。《詩·大雅·棫樸》『烝徒楫之』之句，故據改。

〔二〕『駿奔』，《文集》、叢書堂鈔本、《四部叢刊》本、《古詩紀》卷三十七、周亮工校本、鄧邦述校本、陳仲魚校本作『俊奔』。《百三家集》本作『駿』。《詩·周頌·清廟》有『駿奔走在廟』之句，故據改。

【注釋】

① 厥初生民，謂天之始生人也。《詩·大雅·生民》：『厥初生民，時維姜嫄。』鄭玄箋：『厥，其。初，始。』有物有類，意取《易·乾》：『聖人作而萬物睹，本乎天者親上，本乎地者親下，則各從其類也。』此二句言上天創世，萬物生而各從其類。

位也。

②稱，名號。《白虎通德論·爵》：『天子者，稱爵也。』大寶以位，謂珍重其位也。《易·繫辭下》：『天地之大德曰生，聖人之大寶曰位。』韓康伯注：『夫無用則無所寶，有用則有所寶也。無用而常足者，莫妙乎道。有用而弘道者，莫大乎位，故曰聖人之大寶曰位。』孔穎達疏：『言聖人大可寶愛者在於位耳，位是有用之地，寶是有用之物。若以居盛位，能廣用無疆，故稱大寶也。』此二句言自古萬物皆有名號，聖人所珍者位也。

③烝徒，衆人也。《詩·大雅·棫樸》：『淠彼涇舟，烝徒楫之。』《序》：『《棫樸》，文王能官人也。』鄭玄箋：『烝，衆也。……興衆臣之賢者，行君政令。』式好，效法其美。虞集《皇太子受寶頌》：『皇儲有思，載思載瞻，于廬于旅，式好在原。』《說文》：『式，法也。』駿奔，謂汲汲奔走也。《詩·周頌·清廟》：『駿奔走在廟，不顯不承，無射於人斯。』毛詩傳：『駿，長也。』鄭玄箋：『駿，大也。諸侯與衆士，於周公祭文王，俱奔走而來，在廟中助祭，是不光明文王之德與？言其光明之也。是不承順文王志意與？言其承順之也。此文王之德，人無厭之。』攸遂，謂盡其職也。張華《女史箴》：『鑒於小星，戒彼攸遂。』善注：『《周易》曰：無攸遂。王弼曰：盡婦人之正義，無所必遂也。』此二句言衆人效法聖人之美，汲汲奔走而盡其職也。

④啓予，謂父子天倫也。《論語·泰伯》：『曾子有疾，召門弟子曰：啓予足，啓予手。』何晏《集解》：『鄭玄曰：啓，開也。曾子以爲受身體於父母，不敢毀傷之，故使弟子開衾而視之也。』有聞，有善聞，即有美名也。《說文》：『聞，知聞也。』誨爾，謂倫理秩序。《詩·大雅·桑柔》：『告爾憂恤，誨爾序爵。』鄭玄箋：『我語女以憂天下之憂，教女以次序賢能之爵。』此二句言遵循父子天倫而有善聞，謹守倫理秩序則顯貴。

此章乃社會人生之思考。天之生民，方以類聚，名號地位，聖人所珍，故衆人效法，各司其職，循天性而守倫理也。王夫之《古詩評選》卷二：『一開一引，如清溪赴江，流動紆緩。陶令四言一本於此。士龍自樹宗風，不一循三百篇也。』陳祚明《采菽堂古詩選》卷十一：『此章反言仕進，宕出本旨。』

其七

達貴伊何，天爵無榮①。渾淪〔一〕大昧，混其濁清②。毁方遁〔二〕象，遺頑履貞③。道實藏器，景以昭形④。

【校勘】

〔一〕『淪』，《文集》、叢書堂鈔本、周亮工校本、鄧邦述校本、陳仲魚校本脱。《古詩紀》卷三、《百三家集》本、《四部叢刊》本作『淪』，今據補。

〔二〕『遁』，《四部備要》本作『遯』，古二字同。

【注釋】

① 伊何，維何，猶何爲。《詩·小雅·頍弁》：『有頍者弁，實維伊何。』鄭玄箋：『言幽王服是皮弁之冠，是維何爲乎。』天爵，道德仁義。《孟子·告子上》：『孟子曰：有天爵者，有人爵者。仁義忠信，樂善不倦，此天爵也；公卿大夫，此人爵也。』趙岐注：『天爵以德，人爵以禄。』按：孟子主張性善，故認爲仁義道德出自人的天性，與荀子思想不同。此二句言顯貴者何爲，守道德而不求榮華。

② 渾淪，渾然一氣。《列子·天瑞》：『渾淪者，言萬物相渾淪而未相離也。』張湛注：『雖渾然一氣不

相離散，而三才之道實潛兆乎其中。淪，語之助也。」大昧，猶冥昧。《易·屯》：「天造草昧，宜建侯而不寧。」王弼：「屯者，天地造始之時也，造物之始，始於冥昧。」濁清，指天地。古人認爲：太極生兩儀，氣之清者上浮爲天，氣之濁者下凝爲地。此二句言混沌未開，天地渾然一體而冥昧。

③ 毀方，去其棱角。《孔子家語·儒行解》：「慕賢而容衆，毀方而瓦合。」王肅注：「去己之大圭角，下與衆人小合。」遁象，隱其形體。《廣韻》：「隱也，去也。」遺頑，謂操守德義。《左傳·僖公二十四年》：「心不則德義之經爲頑。」《説文》：「遺，亡也。」履貞，剛正决斷。《易·履》：「九五：夬履，貞厲。」王弼注：「得位處尊，以剛决正，故曰夬履貞厲也。」孔穎達疏：「所以夬履貞厲者，以其位正，當處在九五之位，不得不决斷其理，不得不有其貞厲，以位居此地故也。」此二句言去棱角而身隱，守德義而剛正。

④ 實，充實。《廣韻》：「實，滿也。」藏器，藏其利器，喻不顯露其治國之才也。《易·繫辭下》：「弓矢者，器也。……君子藏器於身，待時而動。」昭形，見其形也。韋應物《善福閣對雨寄李儋幼遐》：「聖朝無隱才，品物俱昭形。」《爾雅·釋詁》：「昭，見也。」此二句言道之充實者藏其才，而日影則可顯其形。意謂藏其才者，影實昭之，以不用爲用也。

此章言以德爲先、無用爲用的用世之道。顯貴者守德而不求榮華，養天地渾淪之元氣，身隱圓融，剛正持操，才藏其身，以影昭形，方可以不用爲用也。陳祚明《采菽堂古詩選》卷十一：「「遺頑」甚切。措語得煉意之法。」

其八

芒芒陋世，奚兢〔一〕奚錯①。牧〔二〕彼紛華，委之沖漠②。漂〔三〕志垂天，矯心馮閣③。通好莊聃，儀形〔四〕有作④。安得達人，顧予命薄⑤。

【校勘】

〔一〕『兢』，《百三家集》本、《古詩紀》卷三十七作『競』，古二字同。

〔二〕『牧』，《百三家集》本、《古詩紀》卷三十七作『收』，形近而誤。

〔三〕『漂』，《百三家集》本、《古詩紀》卷三十七作『標』，形近而誤。

〔四〕『形』，《古詩紀》卷三十七、《百三家集》本、《七十二家集》本作『刑』，古二字通。

【注釋】

① 芒芒，廣大貌。《詩·商頌·玄鳥》：『天命玄鳥，降而生商，宅殷土芒芒。』毛詩傳：『芒芒，大貌。』陋，丑陋。《廣韻》：『陋，疏惡也。』《説文》曰：『阸陜也。』奚，《廣韻》：『何也。』兢，敬也。《説文》：『兢，競也。一曰兢，敬。』徐鍇《繫傳》：『兢，强也。』錯，警慎。《易·離》：『履錯然敬之，無咎。』王弼注：『錯然者，警慎之貌也。』此二句言廣大醜陋之世，何敬何警？意承上章而來，謂人世茫茫，人心鄙陋，何人敬之先哲，以此理警之？

② 牧，養也。《易·謙》：『謙謙君子，卑以自牧也。』王弼注：『牧，養也。』紛華，喻道德之盛。皇甫湜《孟子荀子言性論》：『子夏出見紛華而悦，入聞仁義而樂之，謂中人矣。』沖漠，玄遠幽寂。張協《七命》：『沖漠公子，含華隱曜。』善注：『沖漠，沖虚恬漠也。』向注：『沖漠，幽寂也。』此二句言養彼紛華之德，歸之

玄遠幽寂之境。

③ 漂志，高遠之志。漂，猶飄飄，高飛貌。賈誼《弔屈原賦》：『鳳漂漂其高逝兮，固自引而遠去。』翰注：『漂漂，高飛貌。』漂，通作飄。《詩·鄭風·蘀兮》：『蘀兮蘀兮，風其漂女。』毛詩傳：『漂，猶吹也。』朱熹《詩集傳》：『漂，飄同。』矯心，心遠舉也。矯，通撟，舉也。《楚辭·九章·惜誦》：『矯茲媚以私處兮，願曾思而遠身。』王逸注：『矯，舉也。』洪興祖補注：『撟，本從手，舉手也。』馮，通憑。《經典釋文》卷七：『有馮，本又作憑。』《廣韻》：『憑，憑託。』閣，樓閣。《廣韻》：『閣，樓閣。亦舉閣。』閣檐飛舉，故以『憑閣』而喻遠志。此二句言有垂天高遠之志，飛舉向上之心。謂高標塵世之外耳。

④ 莊聃，指莊子、老聃。儀形，猶效法也。《詩·大雅·文王》：『儀刑文王，萬邦作孚。』毛詩傳：『刑，法。』形，通刑。朱駿聲《説文通訓定聲》：『形，假借爲刑。』有作，謂先哲已有其行也。《詩·商頌·那》：『自古在昔，先民有作。』毛詩傳：『先民有作，有所作也。』此二句會通老莊精神，效法先哲之行。

⑤ 達人，通達之人。《淮南子·俶真訓》：『達人之學也，欲以通性於遼廓，而覺於寂漠也。』顧，猶念也。《詩·周頌·那》：『顧予烝嘗，湯孫之將。』鄭玄箋：『顧，猶念也。』此二句言何有此通達之人，念我之命薄呢。意謂希冀達人助我抽身於世俗矣。

此章蓋歎世亦且歎己。茫茫陋世，不知敬先哲之道而警己，修養道德，效法老莊，委身玄遠寂寞，寄心塵世之外。自己又焉得莊老之達人，助我抽身世俗！王夫之《古詩評選》卷二：『好意好句，一隨思路蜿蜒而出，或留人所必行，或才一拂及即已颺去。意不復知有古今，然古今自不可無。此筆墨以施四言，尤爲雅稱，勢險體莊，固不可以詖淫益其險，拖遝貌其莊也。』陳祚明《采菽堂古詩選》卷十一：『棲逸之思，澹然觀化。據旨既超，選言有韻。』

四言失題六章

【題解】

此詩亦如前詩，或是同題之六章，乃懷人之作，而所懷之人實乃隱者。其次序是：寫隱居山林之樂，引出懷人之思；雖等待佳人時間之久，然矢志不渝；寫時光飄逝，佳人不在之落寞；由時光流逝而轉入對生死之思考；由明乎先哲典籍而安貧樂道；最後總束懷人念遠之情。六首按照懷人—等待—落寞—沉思—守道—總束之結構順序，由懷人而上升到對現實人生的思考，讚美歸隱山林，强調超越生死，安貧樂道，帶有鮮明的調和道儒的玄學思辨色彩。

此六章詩所作時間不可確考，但是從所表現的思想看，與上首失題詩，或與《逸民賦》創作時間接近，在永寧元年（三〇一）六月之後。

其一

思樂芳林，言采其菊①。衡薄遵塗，中原有菽②。登彼脩巒，在林寤宿③。彷彿佳人，清顏如玉④。

【注釋】

① 思樂，思其樂也。《詩・魯頌・泮水》：『思樂泮水，薄采其芹。』言采，我采。《詩・召南・草蟲》：『陟彼南山，言采其蕨。』鄭玄箋：『言，我也。』此二句思芳林之樂，我采菊于山中。

② 衡，杜衡。《山海經・西山經》：『有草焉，其狀如葵，其臭如蘼蕪，名曰杜衡。』郭璞注：『香草也。』薄，草木叢生。揚雄《甘泉賦》：『平原唐其壇漫兮，列新荑於林薄。』善注：『《廣雅》曰：草藂生曰薄也。』遵塗，循途。陸機《贈馮文羆遷斥丘令》：『遵塗遠蹈，騰軌高騁。』《說文》：『遵，循也。』《玉篇》：『塗，路也。』中原有菽，謂采菽原野，喻養德也。《詩・小雅・小宛》：『中原有菽，庶民采之。』毛詩傳：『中原，原中也。菽，藿也。』鄭玄箋：『藿生原中，非有王也，以喻王位無常家也，勤於德者則得之菽。』此二句言沿途香草叢生，采菽原野而養其德。

③ 寤宿，猶起居也。《詩・衛風・考槃》：『獨寐寤宿，永矢弗告。』《說文》：『寐覺而有言曰寤。』此二句言登上修長山巒，生活在山林之中。

④ 彷彿，不分明，縹緲貌。班固《幽通賦》：『夢登山而迥眺兮，覿幽人之髣髴。』銑注：『髣髴，不分明貌。』髣髴，同彷彿。清顏，清靚之容顏。陸機《日出東南隅行》：『高臺多妖麗，浚房出清顏。』濟注：『清顏，清絜之顏。』如玉，潔白潤澤，兼喻其德。《詩・召南・野有死麕》：『白茅純束，有女如玉。』毛詩傳：『德如玉也。』鄭玄箋：『如玉者，取其堅而潔白。』此二句言有縹緲之佳人，清靚容顏，如玉潔白潤澤。此指隱士。

此章寫其隱居山林之樂，引出懷人之情。采菊芳林，采菽原野，道路香草叢生；登上山巒，居於林中，彷彿見清靚如玉之佳人。王夫之《古詩評選》卷二：『條理翔折，總不由他蹊徑，以意密運，非關文也。抑戒《桑柔》之後，千年僅見。』陳祚明《采菽堂古詩選》卷十一：『託旨既遥，命詞必温雅不佻。』

其二

予美亡此〔一〕，誰爲適道①？容與俟之，玄髮方皓②。躑躅山阿，玩此芳草③。願飡其穎，庶以遺老④。

【校勘】

〔一〕『此』，周亮工校本、鄧邦述校本、陳仲魚校本作『比』，形近而誤。

【注釋】

①予美亡此，謂我不見其佳人也。《詩·唐風·葛生》：『予美亡此，誰與獨處。』鄭玄箋：『予，我。亡，無也。言我所美之人無於此，謂其君子也。吾誰與居乎？』適道，猶求道。《論語·子罕》：『子曰：可與共學，未可與適道。』何晏《集解》：『適，之也。雖學或得異端，未必能之道也。』此二句言不見佳人，與誰同心而求道？

②容與，優遊貌。《楚辭·九歌·湘夫人》：『時不可兮驟得，聊逍遥兮容與。』王逸注：『聊且遊戲以盡年壽也。』俟，等待。《玉篇》：『俟，又候也。』玄髮方皓，黑髮方成白也，誇張等待時間之久。此二句言優遊徘徊，等待佳人，黑髮亦白矣。

③躑躅，徘徊不前。《正韻》：『躑躅，獨行不進也。』玩，遊戲賞玩。《説文》：『玩，弄也。』《玉篇》：

『玩，戲也。』山阿，山曲隅處。《楚辭・九歎・逢紛》：『徐徘徊於山阿兮，飄風來之洶洶。』王逸注：『阿，曲隅也。』此二句言徘徊於山隅，遊戲賞玩乎芳草之間。

④ 飡，《玉篇》：『同餐。』穎，猶禾穎。《玉篇》：『穎，禾末也。』此指禾上之花。庶，希冀之詞，庶幾。《爾雅・釋言》：『庶，幸也。』郭璞注：『庶幾僥倖。』遺老，猶至老。傅毅《舞賦》：『娱神遺老，永年之術。』向注：『娱其神性，不知老之將至。』此二句言願食山中禾花，庶幾而至老也。

此章寫其等待佳人時間之久，然其矢志不渝。佳人不見，無人與我求道，我優遊等待，年華老去，然徘徊山間，玩其芳草，食其禾穎，願以此而終老。取境與《楚辭・九歌・山鬼》近似。

其三

亹亹嘉時，飄忽棄予〔一〕①。有瞻逝深，永〔二〕歎潛滸②。登願〔三〕扶桑，仰結飛晷③。伊人匪存，遺芳孰與④。

【校勘】

〔一〕『棄』，《文集》、叢書堂鈔本、《諸家文集》本作『弃』，《百三家集》本、《四部叢刊》本、周亮工校本、鄧邦述校本、陳仲魚校本作『棄』，古二字同。《説文》：『弃，古棄字。』今改爲通用字。又『予』，《石倉歷代詩選》卷三作『子』，或形近而誤。

〔二〕『永』，《毛詩古音考》卷二作『有』。

〔三〕『登願』，《韻補》卷三作『願登』。

【注釋】

① 亹亹，行進貌。張衡《思玄賦》：『時亹亹而代序兮，疇可與乎比伉。』良注：『亹亹，進貌。』飄忽，迅疾貌。陸機《歎逝賦》：『時飄忽其不再，老晼晚其將及。』良注：『飄忽，疾貌。』此二句言嘉時流逝，迅疾棄我而去。

② 有瞻，猶瞻。《説文》：『瞻，臨視也。』逝深，謂流水之深。潛滸，深岸。《爾雅·釋言》：『潛，深也。』《廣韻》：『滸，水岸。』此二句言瞻其流水之深，而長歎其變化爲高岸。意取《詩·小雅·十月之交》：『高岸爲谷，深谷爲陵。』謂其滄桑巨變也。

③ 登願，願登之。《玉篇》：『登，上也，進也。』扶桑，東方之木，日之所居。《淮南子·天文訓》：『日出于暘谷，浴于咸池，拂于扶桑。』又《山海經·海外東經》：『湯谷上有扶桑……九日居下枝，一日居上枝。』郭璞注：『扶桑，木也。』結，係也。《廣韻》：『結，締也。』晷，日影。《説文》：『晷，日景也。』此二句言欲登東方之扶桑，上係飛馳之日影。謂欲使時光不流也。

④ 伊人，猶是人，此指佳人。《詩·秦風·蒹葭》：『所謂伊人，在水一方。』毛詩傳：『伊，維也。』鄭玄箋：『伊，當作繄。繄，猶是也。』遺芳，遺留之芬芳。《楚辭·遠遊》：『誰可與玩斯遺芳兮，晨向風而舒情。』此二句言佳人不在，遺留之芬芳又贈誰呢？意謂嘉時已暮，芬芳謝矣，尚遺留之芬芳又不知遺誰，心境之落寞見於言外。

此章寫時光飄逝，佳人不在之落寞。嘉時棄我，陵谷爲岸，佳人不在，遺芳無寄，故欲登扶桑而係飛馳之日影也。王夫之《古詩評選》卷二：『陶煉入化，正自《曲江漫作》《感遇詩》何嘗叩此旌壘？』

其四

精氣爲物，或降或升①。徂落攸往，神奇有登②。死生爲徒，存亡曷勝③。謂予不信，遺籍〔一〕有徵④。

【校勘】

〔一〕『籍』，周亮工校本、鄧邦述校本、陳仲魚校本作『藉』，形近而誤。

【注釋】

① 精氣，煙熅之氣。指天地之元氣。《易·繫辭上》：『精氣爲物，遊魂爲變。』韓康伯注：『精氣煙熅，聚而成物。』此二句言萬物稟天地之元氣，有衰落，有繁盛。

② 徂落，謂死亡。《釋名·釋喪制》：『徂落，徂祚也，福祚殞落也。』攸往，所往。《爾雅·釋言》：『攸，所也。』神奇，神奇之境。《莊子·知北遊》：『萬物一也，是其所美者爲神奇，其所惡者爲臭腐。臭腐復化爲神奇，神奇復化爲臭腐，故曰通天下一氣耳。』此二句言死亡之所往，乃登神奇之境。謂死爲臭腐，亦登神奇，生死一也。

③ 死生爲徒，謂死生齊一。《莊子·知北遊》：『生也死之徒，死也生之始。孰其知紀？人之生氣之聚也。聚則爲生，散則爲死。若死生爲徒，吾又何患？』王先謙《集解》：『宣曰：死生爲一氣。』《廣韻》：『徒，黨也，隸也。』曷，何。《玉篇》：『曷，盍也。』勝，《玉篇》：『强也。』此二句言既然死生齊一，存亡何有差異？

④ 謂予不信，謂我言不信，乃假設之詞。《詩·王風·大車》：『謂予不信，有如皦日。』鄭玄箋：『謂我言不信，我言之信如白日也。』遺籍，指莊子之書。徵，《廣韻》：『證也。』此二句言若謂我言不信，有遺留之典籍爲證。

此章詩人由時光之飄逝而思考莊子生死之哲理。物稟天地之元氣，盛衰相續，人之死生齊一，死亡之至，亦是登神奇境界之時，先哲遺籍明乎此矣。

其五

閒〔一〕居外物，静言樂幽①。繩樞增結，瓮牖綢繆②。和神當春，清節爲秋③。天地則爾，户庭已悠④。

【校勘】

〔一〕『閒』，《文集》作『間』。《四部叢刊》本、《古詩紀》卷三十七、《石倉歷代詩選》卷三、《百三家集》本、周亮工校本、鄧邦述校本、陳仲魚校本作『閒』。間與閒，古二字同，後分蘖爲二字。今改爲通用字。

【注釋】

① 閒居，心静而獨處。《荀子·解蔽》："閑居静思則通。"楊倞注："言閑居静思，不接外物，故能通射之妙。"閑，通閒。《玉篇》："閒，隙也。又音閑。"外物，以物爲外，謂不以萬物爲懷。乃《莊子》之篇名。《經典釋文》卷二十八："王云：夫忘懷於我者，固無對於天下，然後外物無所用必焉。若乃有所執爲者，諒亦無時而妙矣。"此二句言心静獨處，澄澈其懷，静思而樂其幽寂。

② 繩樞，以繩繫户樞。瓮牖，以瓦片爲窗。賈誼《過秦論》："陳涉，瓮牖繩樞之子。"良注："樞，户樞也，謂以瓮爲牖，以繩繫户。"增結，多繩結也，言門户之破。《爾雅·釋言》："增，益也。"綢繆，纏繞。《詩·唐風·綢繆》："綢繆束薪，三星在天。"毛詩傳："綢繆，猶纏綿也。"孔穎達疏："毛以爲，綢繆猶纏綿，束薪之貌。言薪在田野之中，必纏綿束之。"此二句言以繩束户而多結也，以瓦爲窗而纏繞之。謂家貧也。

③ 和神，調和精神。王通《中説·周公》："謂昭德之舞，閑而泰，其和神定氣，綏天下乎。"清節，清正之節操。陳琳《檄吴將校部曲文》："砥礪清節，耽學好古。"此二句言以調和精神爲春，以砥礪操守爲秋。春和諧，秋肅殺，故喻之。

④ 則爾，常如此也。《爾雅·釋詁》："則，常也。"悠，悠遠，謂遠離塵世。《廣韻》："悠，遠也。"此二句言此爲天地之常則，户庭則閒静也。

此章寫其安貧樂道之情。幽隱而心不繫外物，雖繩樞瓮牖，然亦調和精神，砥礪操守，法天地之常則，如此則户庭閒静也。王夫之《古詩評選》卷二："至此則有心有目，無不飲其高致。陶公終年高坐，正復未能辨此何物。吴趣公子以遜志得之俄爾。"沈德潛《古詩源》卷七曰："「和神」二語，即莊子煖然似春，凄然似秋意。"張玉穀《古詩賞析》卷十一："此賦居貧可樂也。首二，從閒居樂幽領起。三四，實叙閒居貧況。

後四，申説樂幽之概，命意超，造句秀。』陳祚明《采菽堂古詩選》卷十一：『名言超越。』

其六

嗟我〔一〕懷人，悠悠其潛①。念昔先烈，有懷所欽②。駭情玩世〔二〕，堂〔三〕允南金③。瓊輝邈矣，誰適爲心④。明發興言，忼慨〔四〕芳林⑤。

【校勘】

〔一〕『我』，《百三家集》本、《七十二家集》本作『彼』，誤。此用《詩·周南·卷耳》成句。

〔二〕『世』，《百三家集》本作『俗』。

〔三〕『堂』，《百三家集》本作『寶』。

〔四〕『忼』，《古詩紀》卷三十七、《諸家文集》本、《四部備要》本、鄧邦述校本作『慷』，陸貽典校作『忼』。古二詞同。

【注釋】

① 嗟我懷人，嗟歎我所思念之人。《詩·周南·卷耳》：『嗟我懷人，置彼周行。』毛詩傳：『懷，思。』悠悠，遠貌。見上注。此二句言歎息我所思念之人，仿佛其潛藏悠遠也。

② 先烈，猶前賢。張九齡《奉和聖製次成皋先聖擒建德之所》：『尊祖頌先烈，賡歌安用攀。』所欽，所

敬之人，此指安貧樂道之人。陸機《贈從兄車騎》：「寤寐靡安豫，願言思所欽。」良注：「欽，敬也。」此二句言思念前代之賢哲，懷想安貧樂道之人。

③ 駭情，驚世駭俗之情。《玉篇》：「駭，驚起也。」玩世，超越世俗。張協《七命》：「嘉遁龍盤，翫世高蹈。」良注：「超越時俗，以習高迹。」翫，通玩。《管子・非十二子》：「好治怪説，玩琦辭。」楊倞注：「玩與翫同。」堂允，猶明信。《廣雅・釋詁》：「堂，明也。」《爾雅・釋詁》：「允，信也。」南金，泛指南方之寶。《詩・魯頌・泮水》：「元龜象齒，大賂南金。」毛詩傳：「南，謂荆揚也。」鄭玄箋：「荆揚之州，貢金三品。」按：由此可知，士龍所欽敬之人，乃吴人，地處荆揚，故以南金而喻之。此二句言駭情世人，超越塵俗，操守明信，乃南方之寶。

④ 瓊輝，玉輝。《説文》：「瓊，赤玉也。」邈，《説文》：「遠也。」誰適，誰往也。《詩・小雅・巷伯》：「彼譖人者，誰適與謀。」鄭玄箋：「往，適也。」爲心，猶言心繫之也。《孟子・盡心上》：「人能無以飢渴之害爲心。」此二句言佳人如玉輝之已遠逝，我往之將繫心於誰呢？

⑤ 明發，從夕至明。《詩・小雅・小宛》：「明發不寐，有懷二人。」毛詩傳：「明發，發夕至明。」興言，謂夜不能寐也。言，語助詞。《詩・小雅・小明》：「念彼共人，興言出宿。」鄭玄箋：「興，起也。夜卧起宿於外，憂不能宿於内也。」忼慨，同慷慨，失意而歎息。張衡《歸田賦》：「感蔡子之慷慨，從唐生以決疑。」善注：「《説文》曰：慷慨，壯士不得志於心也。」此二句言從夕至明，夜不成寐，而惆悵歎息于林中矣。

此章總束懷人念遠之情。悠然之佳人，所敬之先哲，使我懷思欽仰不已也，先哲駭俗玩世，佳人實乃南金，然皆玉輝杳渺，心無所繫，故慷慨歎息也。王夫之《古詩評選》卷二：「全從變雅來，規恢不如，而密静倍之，吟此則唐宋人不敢問四言之津，宜矣。」陳祚明《采菽堂古詩選》卷十一：「此《小宛》思親之意，情致悱惻，「和神」四語，不朽佳句。』

征東大將軍京陵王公會射堂皇太子見命作此詩六章〔一〕

【題解】

太子宴飲征東大將軍王渾，令士龍作詩，乃宴飲應制之作。其内容次序：天地之造化，物從其類，人從彝倫；晉源於周，受命於天，順天而安寧；晉賴股肱之臣，内崇教化，外治武功；西晉呈現升平和諧之景象；國家繁盛而人才濟濟；晉德如炎陽，教化如凱風，太平之基立也。此類應制詩在西晉有固定的結構模式，由天地而人倫，由歷史而現實，由頌君而誡賓，本不足爲訓。然此詩第三章言晉賴股肱之臣而文治武功，自然過渡到所頌之对象，不露結構之迹。第四章描繪西晉升平和諧之景象，也始終緊扣南方臣服，四海來朝，將所頌對象之功業巧妙鑲嵌其中。而後二章寫晉繁盛與升平，又始終不離人才濟濟，既頌晉，亦誡人，同樣顯得藝術之精巧。

此詩既是遵太子之命而作，必爲太子之屬官。據《晉書·陸機傳》：『至太康末，與弟雲俱入洛。』又《陸雲傳》：『吴平，入洛。……俄以公府掾爲太子舍人。』可知雲任太子舍人當在入洛不久。武帝于太康十一年正月改元永熙，四月崩，惠帝即位，八月立廣陵王遹爲皇太子，以潘岳爲太子舍人。楊駿輔政，引岳爲太傅主簿。雲任太子舍人必在潘岳之後。惠帝永平元年三月誅楊駿，改元元康。《陸機傳》：『會駿誅，累遷太子洗馬。』機遷太子洗馬當在元康元年三月後。陸侃如《中古文學繫年》曰：『其舍人疑於機爲洗馬同時。』而雲任太子舍人亦當在元康元年（二九一）三月之後。故此詩亦當作於是年三月後。

其一

芒芒太〔二〕極，玄化烟煴①。賴形成器，凌象垂文②。大鈞造物，庶類群分③。先識經始，實綜彝倫④。

【校勘】

〔一〕『東』，《諸家文集》本、寄生草堂本、《百三家集》本、《諸名家集》本、《四部叢刊》本、周亮工校本、鄧邦述校本、陳仲魚校本作『西』。黄葵《陸雲集》亦校改作『西』，誤。詳見備考。

〔二〕『太』，鄧邦述校本、陳仲魚校本作『大』。鄧邦述校本又校作『太』。

【注釋】

① 芒芒，廣大貌。見上注。太極，形成萬物之原始物質。《易·繫辭上》：『易有大極，是生兩儀。』韓康伯注：『夫有必始於無，故大極生兩儀也。大極者，無稱之稱，不可得而名，取其有之所極，況之大極者也。大音泰。』玄化，天之化育。曹植《七啓》：『玄化參神，與靈合契。』善注：『蔡邕《陳留太守頌》曰：玄化

洽矣，黔首用寧。《漢書》：伍被説淮南王曰：今陛下令雖未出，化馳如神。』烟熅，天地之元氣。班固《東都賦》：『降煙熅，調元氣。』善注：『《周易》曰：天地絪緼，萬物化醇。』銑注：『煙熅，即元氣也。』烟，《玉篇》：『烟，同煙。』此二句言芒芒原始天地，元氣化育萬物。

②頹，下墜。亦作隤。《集韻》：『隤，《説文》：下墜也。或作頹。』垂文，猶布其文采。嵇康《琴賦》：『華繪彫琢，布藻垂文。』成器、垂文，指天地也。此二句言元氣下墜而成形者爲之器，上升而成象者布其文。

③大鈞，原指製陶模下可以旋轉的底座，此喻天地之造化。賈誼《鵩鳥賦》：『雲蒸雨降兮糾錯相紛，大鈞播物兮坱圠無垠。』善注：『如淳曰：陶者作器於鈞上。此以造化爲大鈞。應劭曰：陰陽造化，如鈞之造器也。』良注：『鈞，輪也。言天地輪轉，萬物生死之理。』庶類，衆物類也。《國語·鄭語》：『夏禹能單平水土，以品處庶類者也。』韋昭注：『庶，衆也。』群分，因類而分。《易·繫辭上》：『方以類聚，物以群分。』此二句言天地造化萬物，萬物從其類而分別。

④先識，猶先哲。劉劭《人物志·八觀》：『先識未然，聖也。』經始，謂始經營規度。《詩·大雅·靈臺》：『經始靈臺，經之營之。』毛詩傳：『經，度之也。』實綜，條貫品物。綜，織絲。《説文》：『綜，機縷也。』喻如絲之條貫也。彝倫，倫理秩序。《書·洪範》：『我不知其彝倫攸叙。』《經典釋文》卷二十二：『彝，常，倫，理也。』此二句言先哲始經營規度，乃條貫萬物之倫理。

此章言天地之造化也。天地元氣，化育萬物，下沉者爲地，上浮者爲天，天地造物，物從其類，先哲經始，人從倫理。

其二

惟岳隆周，生甫及申①。天監在晉，祚之降神②。邈矣遐風，茂德有鄰③。永言配命，唯晉之鎮④。

【注釋】

① 惟岳，此岳，謂惟如此岳之高大。《詩·大雅·崧高》：『崧高維嶽，駿極于天。維嶽降神，生甫及申。』毛詩傳：『嶽，四嶽也。東嶽岱，南嶽衡，西嶽華，北嶽恒。堯之時，姜氏爲四伯，掌四嶽之祀，述諸侯之職。於周則有甫有申。……嶽降神靈，和氣以生，申甫之大功。』岳，《玉篇》：『岳，同嶽。』維，同惟。王引之《經傳釋詞》：『惟，獨也。或作唯、維。』隆周，形容周之盛也。《説文》：『隆，豐大也。』甫、申，即吉甫、申伯，皆周之卿士也。此二句言維嶽降神，周代隆盛，生下吉甫與申伯。晉以周爲遠祖，故追溯周之盛也。

② 天監，天視其德。《書·太甲上》：『天監厥德，用集大命，撫綏萬方。』孔安國傳：『監，視也。』祚，福祉。《正韻》：『祚，福也，位也。』此二句言天視其德在晉，故晉之福祉乃神降之。

③ 邈，悠遠。《説文》：『邈，遠也。』遐風，悠遠之風化。陸機《漢高祖功臣頌》：『悠悠遐風，千載是仰。』茂德有鄰，謂德盛而有衆也。《論語·里仁》：『子曰：德不孤，必有鄰。』何晏《集解》：『方以類聚，同志相求，故必有鄰也，是以不孤也。』《廣韻》：『《説文》：五家爲鄰。俗作隣。』此二句言晉有遠古西周遺風，

德厚而民盛。

④永言配命，謂應天命而行。《詩・大雅・文王》：『永言配命，自求多福。』毛詩傳：『永，長。言，我也。我長配天命而行爾庶國，亦當自求多福。』鄭玄箋：『長，猶常也。常言當配天命而行，則福禄自來。』鎮，安定。《廣雅・釋詁》：『鎮，安也。』此二句言我晉應天命而行，上天唯安定晉也。

此章追溯晉之輝煌歷史。言山嶽降神，生甫及申，使周隆盛。晉受天命，風化深遠，德盛衆多，又應天而行，故晉安寧也。

其三

厥鎮伊何，實幹心膂①。文教内輔，武功外禦②。淮方未靖，帝曰攸序③。公于出征，奄有南浦④。

【注釋】

①伊何，維何，猶如何。《詩・小雅・頍弁》：『有頍者弁，實維伊何。』幹，以之爲幹。《玉篇》：『幹，莖幹。又强也。』心膂，心腹之臣。《書・君牙》：『今命爾予翼，作股肱心膂。』孔安國傳：『今命汝爲我輔翼股肱心膂之臣，言委任。』此二句言如何安寧晉也，是使心膂之臣爲國之主幹。

②文教，文明教化。荀悦《申鑒・政體》：『宣文教以章其化，立武備以秉其威。』武功，武力征伐之事。《詩・大雅・文王有聲》：『文王受命，有此武功。』鄭玄箋：『武功，謂伐四國及崇之功也。』此二句言内輔之

文明教化，外禦敵于武力征伐。

③淮方，淮南郡。王渾所曾鎮壽陽，屬淮南，故稱之。未靖，未安寧。《廣雅》：『靖，安也。』攸序，謂整治秩序。王儉《褚淵碑文》：『乃作司空，山川攸序。』向注：『攸，所也。言其有所次序也。』此二句言淮南不寧，帝令治之。

④奄有，盡有也。《詩・大雅・皇矣》：『受禄無喪，奄有四方。』毛詩傳：『奄，大也。』南浦，此指江南之涯。《楚辭・九歌・河伯》：『子交手兮東行，送美人兮南浦。』王逸注：『願河伯送己南至江之涯，歸楚國也。』按：士龍吴人，王渾率兵而滅吴，本是詩人難言之創痛，但因是應制之作，又必贊其功績，故渾言南浦而指吴也。此二句公之出征，盡有南方之地。

此章先言晉賴股肱心腹之臣，内崇教化，外治武功，過渡到讚頌王渾安定淮方，征戰南國。

其四

南海既賓，爰戢干戈①。桃林釋駕，天馬婆娑②。象齒南金，來格皇家③。絶音協徽，宇宙告和④。

【注釋】

①賓，猶臣服。《爾雅・釋詁》：『賓，服也。』爰，於是。《詩・小雅・采芑》：『鴥彼飛隼，其飛戾天，亦集爰止。』鄭玄箋：『爰，於也。』戢，《廣韻》：『止也。』此二句言南方既已臣服，於是干戈息矣。

② 桃林，指牛馬自得放養之地。《書・武成》：『歸馬於華山之陽，放牛於桃林之野，示天下弗服。』孔安國傳：『桃林在華山東，皆非長養牛馬之地，欲使自生自死，示天下不復乘用。』天馬，泛指駿馬。荀悦《前漢紀・武皇帝紀》：『神馬當從西北來，後得烏孫好馬，名曰天馬；及得宛馬，馬汗血，言其先天馬子也，名曰天馬，更名烏孫馬。』婆娑，舞也。《詩・陳風・東門之枌》：『子仲之子，婆娑其下。』毛詩傳：『婆娑，舞也。』此二句言牛去車駕，自得放養，馬去鞍轡，婆娑而舞。

③ 象齒南金，泛指珍稀寶物。《詩・魯頌・泮水》：『元龜象齒，大賂南金。』毛詩傳：『南，謂荆揚也。』鄭玄箋：『荆揚之州，貢金三品。』來格，來至之。格，猶至。《淮南子・時則訓》：『暴風來格，秀草不實。』許慎注：『言暴風來至，使當秀之。』此二句言天下珍寶，皆獻至皇家。

④ 絶音，絶美之樂。馬總《意林》卷四：『伯喈識絶音之器於煙燼之餘。』協徽，謂協調琴節。《正字通》：『徽，琴節曰徽。徽十三，象十二月，其一象閏。』此二句言絶美之樂，音節協調，宇宙之間，亦告和諧矣。

此章描繪西晉升平和諧之景象。南方臣服，干戈化爲玉帛，四海珍寶，集於皇室，禮樂諧調，天人協和。

其五〔一〕

玄綱峻極，天罔〔二〕既紘①。文武方升，允玆兼弘②。峩峩高夏，有肅其凉③。公侯戾止，騄驥龍驤④。善問如林，在會鏘鏘⑤。

【校勘】

〔一〕「其五」，周亮工校本、鄧邦述校本、陳仲魚校本脱「其五」，逕作「其六」。周亮工校曰：「六應作五。」鄧邦述校本、陳仲魚校本校補「其五」。

〔二〕「罔」，《百三家集》本作「網」，古二字通。

【注釋】

①玄綱，指精妙之綱紀。《玉篇》：「玄，妙也。」峻極，猶崇高。《詩·大雅·崧高》：「崧高維嶽，駿極于天。」鄭玄箋：「駿，大。極，至也。」駿，通峻。《禮記·孔子閒居》引此詩作「峻極」。天罔，即天網。歐陽建《臨終詩》：「天網布紘綱，投足不獲安。」罔，古網字。《易·繫辭下》：「作結繩而爲罔罟。以佃以漁。」《廣韻》：「網，同网；罔，同網。」古三字並同。紘，通弘。《淮南子·精神》：「天地之道，至紘以大。」《正字通》：「紘，與弘、宏通。」此二句治國之綱紀偉大，治國之法網恢弘。

②方升，並登也。《説文》：「方，併船也。」《正字通》：「升，登也。」允兹，謂信能之也。《書·説命》：「王惟戒兹允兹，克明乃罔不休。」孔安國傳：「言王戒慎此四惟之事，信能明政，乃無不美。」兹，指綱紀法網也。兼弘，並弘大也。《説文》：「兼，並也。」《爾雅·釋詁》：「弘，大也。」此二句言文武登朝，信能弘大國之綱紀法網。

③峩峩，高聳繁盛。《詩·大雅·棫樸》：「奉璋峨峨，髦士攸宜。」毛詩傳：「峨峨，盛壯也。」《正字通》：「峩，同峨。」高夏，高廈。《楚辭·九章·哀郢》：「曾不知夏之爲丘兮，孰兩東門之可蕪。」王逸注：

『夏，大殿也。』喻晉也。有肅，猶肅也，謂威嚴。陸機《演連珠》：『是以威以齊物爲肅，德以普濟爲弘。』涼，信。《詩・大雅・桑柔》：『涼曰不可，覆背善詈。』鄭玄箋：『我諫止之以信，言女所行者不可，反背我而大詈。』此二句言偉大興盛之晉室，威嚴且又誠信。

④ 戾止，猶至也。《詩・魯頌・泮水》：『魯侯戾止，言觀其旂。』毛詩傳：『戾，來。止，至也。』騄驥龍驤，均指駿馬也。張衡《南都賦》：『騄驥齊鑣，黄閒機張。』善注：『騄驥，駿馬之名也。《穆天子傳》：八駿有赤驥騄耳。』又『車雷震而風厲，馬鹿超而龍驤』。善注：『《周禮》曰：凡馬八尺已上爲龍。』此二句言公侯來朝，如駿馬至矣。

⑤ 善問，猶令問也。《詩・大雅・卷阿》：『如圭如璋，令聞令望。』鄭玄箋：『令，善也。』聞，亦作問。《經典釋文》卷七：『令聞，音問，本亦作問。』在會，謂朝會也。《周禮・天官冢宰》：『大朝覲會。』鄭玄注：『時見曰會，殷見曰同，大會同或於春朝，或於秋覲。』鏘鏘，擬聲詞，此謂和鳴也。《左傳・莊公二十二年》：『鳳皇于飛，和鳴鏘鏘。』此二句言美名如林之盛，朝會如鳳鳴之和諧。

此章言國家繁盛而人才濟濟。國家綱紀法令，偉大恢弘，文武臨朝，弘此朝綱，巍峨晉朝，威嚴誠信，俊才雲集，和諧而令名盛也。

其六〔一〕

祝融銜節，火正緝熙①。凱風徘徊，萬物欣時②。秩秩初筵，薄言在茲③。嘉福介祐〔二〕，萬壽無期④。

【校勘】

〔一〕『其六』，周亮工校本脱。周亮工校曰：『漏「其六」一行。』

〔二〕『祐』，《古詩紀》卷三十六、《百三家集》本、《七十二家集》本作『祜』，應據改。

【注釋】

① 祝融，顓頊之子黎，高辛氏火正之官。《國語·鄭語》：『夫黎爲高辛氏火正，以淳耀惇大，天明地德，光昭四海，故命之曰祝融。』韋昭注：『高辛，帝嚳也，黎顓頊之後吴回也。顓頊生老童，老童生重黎及吴回，吴回生陸終，陸終産六子，其季曰季連，爲芈姓，楚之祖也。季連之後爲鬻熊，事周文王，其曾孫熊繹，當成王時封於荆蠻，爲楚，子黎當高辛氏爲火正。傳曰：吴回爲黎。黎，火正也。黎爲火正，能治其職，以大明厚大，天明地德，故命之爲祝融。祝，始也。融，明也。』銜節，謂御馬而行。《説文》：『銜，馬勒口中也。銜者，行馬者也。』火正，火旺。《淮南子·天文訓》：『夏至則火從之，故五月火正。』許慎：『火正，火王也。』王，通旺。《廣韻》：『王，盛也。』朱駿聲《説文通訓定聲》：『王，假借爲暀。』又《廣韻》：『暀，同旺。』緝熙，光明。《詩·大雅·文王》：『穆穆文王，於緝熙敬止。』毛詩傳：『緝熙，光明也。』此二句言祝融御馬而行，夏日炎炎，天地光明。

② 凱風，南風。《詩·邶風·凱風》：『凱風自南，吹彼棘心。』毛詩傳：『南風謂之凱風。』徘徊，猶輕飇回旋。《潛夫論·交際》：『鸞鳳翱翔黄歷之上，徘徊太清之中。』欣時，悦于時也。《説文》：『欣，笑喜也。』此二句言南風輕飇回旋，萬物喜悦而得其時。

③ 秩秩初筵，謂肅敬有禮而入宴席。《詩・小雅・賓之初筵》：『賓之初筵，左右秩秩。』毛詩傳：『秩秩然肅敬也。』鄭玄箋：『筵，席也。左右，謂折旋揖讓也。秩秩，知也。先王將祭，必射以擇士。大射之禮，賓初入門，登堂即席，其趨翔威儀甚審知，言不失禮也。』薄言，猶我也。薄，語助詞；言，我。《詩・周南・芣苢》：『采采芣苢，薄言采之。』毛詩傳：『薄，辭也。』鄭玄箋：『薄言，我薄也。』此二句言太子之設盛宴，衆官肅敬有禮，我亦在此也。

④ 介祐，猶神助也。《詩・小雅・小明》：『神之聽之，介爾景福。』鄭玄箋：『介，助也。神明聽之，則將助女以大福。』《易・繫辭上》：『祐者，助也。』萬壽無期，長壽無限。《詩・小雅・南山有臺》：『樂只君子，萬壽無期。』此句隱含《序》意：『《南山有臺》，樂得賢也。得賢則能爲邦家，立太平之基矣。』此二句言神助嘉福，亦萬壽無疆。乃祝福太子之語。

此章言晉之盛德，如炎陽高照，輝映天地，凱風輕颺，化育萬物；而人才濟濟，肅敬有禮，則太平之基立矣。

【備考】

此詩題中『征西大將軍』之『西』，又作『東』。《諸家文集》本、長沙寄生草堂刻汪士賢校本、《百三家集》本、《漢魏六朝諸名家集》本、《四部叢刊》本並作『西』；項元汴重裝之華亭縣學刊本、明長洲吴氏叢書堂鈔本、清影鈔宋本並作『東』；陳仲魚手録陸敕先校宋本、鄧邦述手校並跋汪士賢校本並作『西』，然均以朱筆校作『東』。黄葵校點《陸雲集》作『西』，並附校勘曰：『「西」，原作「東」，據叢刊本、汪本、葉本、張本改。《晉書・惠帝紀》：「(元康五年夏)征倫爲車騎將軍，以梁王肜爲征西大將軍。」《晉書》五十九《趙王倫傳》：「元康初，(倫)遷征西將軍。」征西大將軍即趙王司馬倫。」黄葵認爲『征西大將軍即趙王倫』，誤；將原文『東』校改爲『西』，尤誤。

第一，此詩乃皇太子于會射堂宴京陵王公，陸雲應制而作。皇太子指司馬遹。考《惠帝紀》，遹于太熙元年八月立爲太子，至元康九年十二月被廢。在此期間，征西大將軍之職變化如下：元康元年四月，梁王肜爲征西大將軍，九月，遷衛將軍。是年八月，趙王倫爲征東將軍，九月，遷征西大將軍。元康六年五月，趙王倫爲車騎將軍，梁王肜復爲征西大將軍(《晉書》卷四《惠帝紀》)。趙王倫與梁王肜均任過征西大將軍，何知此次宴請若爲『征西大將軍』一定是趙王倫而非梁王肜？第二，『征西將軍』與『征西大將軍』爵位大不相同，後者爵位高於前者。黄葵據《趙王倫傳》「元康初，遷征西將軍」，即斷定征西大將軍即趙王司馬倫，大謬。第三，梁王肜首任征西大將軍，都督關西諸軍事；趙王倫任征西大將軍，都督雍梁二州諸軍事；梁王肜再任征西大將軍時，亦都督雍梁二州諸軍事，鎮關中。所鎮守之地無論是關西或是關中，與詩歌所寫『淮方未靖，帝曰攸序。公于出征，奄有南浦』的内容，都不相吻合。第四，詩中有『惟岳隆周，生甫及申』之句，甫申，即吉甫、申伯，皆周之卿士，而梁王肜、趙王倫皆皇室宗親，位至藩王，詩人不可能以甫、申之典指代宗室藩王。第五，詩題尚有『京陵王公』四字，無論趙王倫或梁王肜，均無『京陵王公』之稱。故此詩所贈對象絶非趙王倫或梁王肜。所以此詩之『東』不可校改作『西』。

那麽，本詩所寫皇太子所宴者是誰呢？其實，征東大將軍、京陵王公是指王渾。王渾襲父爵爲京陵侯，因征吴之功，進爵爲公，轉征東大將軍，鎮壽陽。太熙初，遷司徒，惠帝即位，加侍中，元康七年卒(《晉書》卷四十二《王渾傳》)。稽考史料，雖然王渾官職不斷升遷，然其京陵侯、征東大將軍名號則一直没有改變。此間，亦未見諸他人封有此號，任有此職，所以詩題所言之征東大將軍、京陵王公必指王渾無疑。『淮方未靖』四句，所寫内容，與王渾率兵征吴、鎮守壽陽之事亦相合。故從版本、史料、詩歌内容看，都當作『東』。

大將軍宴會被命作此詩六章〔一〕

【題解】

大將軍司馬穎命士龍作詩，此詩亦應制之作。詩分六章，讚美晉之開基立業；晉君之功德教化；司馬穎匡復晉室之功；晉室之和諧安寧；賓客之盛；宴飲之歡以及詩人的祝福。從寫晉之開國，到今之晉君，再到司馬穎，最後寫飲宴之賓客與自己，描寫範圍層層縮小，凸顯祝福之諛詞。

據《文選》李善注可知，此詩所言之『在晉奸臣，稱亂紫微』乃指趙王司馬倫。據《晉書·惠帝紀》載，永康元年四月，粱王肜、趙王倫矯詔廢賈后爲庶人，司空張華、尚書僕射裴頠皆遇害。倫矯詔大赦，自爲相國、都督中外諸軍，如宣文輔魏故事。永寧元年正月，倫篡位，遷惠帝于金墉城。三月齊王冏、成都王穎、河間王顒、常山王乂等舉兵討倫，四月倫兵敗被殺，帝輿反正。詩言『在昔』證明此詩所作與趙王倫篡位相隔一段時間，既是大將軍命其作詩，則必爲大將軍之幕僚。另據《歲暮賦》序：『永寧二年春，忝寵北郡。其夏又轉大將軍右司馬於鄴都。』可知此詩當作於永寧二年（三〇二）夏之後。

其一

皇皇帝祜〔二〕，誕隆駿命①。四祖正家，天禄保〔三〕定②。叡〔四〕哲惟晉，世有明聖③。如彼日月，萬景攸正④。

【校勘】

〔一〕『此詩』，《文集》無此二字。《百三家集》本、《七十二家集》本均無『此』字。又『六章』，《文集》亦無。此據别本校補。

〔二〕『祜』，《文集》、叢書堂鈔本、《四部叢刊》本、周亮工校本、鄧邦述校本、陳仲魚校本作『祐』。《文選》卷二十、《百三家集》本、《古詩紀》卷三十六、《七十二家集》本作『祜』，今據改。

〔三〕『保』，六臣本《文選》卷二十作『安』，並注曰：『善本作保字。』《古詩紀》卷三十六注曰：『一作安。』

〔四〕『叡』，六臣本《文選》卷二十注曰：『善本作睿字。』古二字同。

【注釋】

① 善注：『《毛詩》曰：皇皇后帝。又曰：既受帝祉。又曰：受天之祜。薛君《韓詩章句》曰：誕，信也。《毛詩》曰：宜監于殷，駿命不易。毛萇曰：浚，大也。』向曰：『皇皇，美也。祜，福也。誕，大。隆，大

也。美帝之福能大盛天命也。」皇皇，光明貌。《詩·小雅·皇皇者華》：「皇皇者華，于彼原隰。」毛詩傳：「皇皇，猶煌煌。」《説文》：「煌，煇也。」駿命，偉大之天命。《詩·大雅·文王》毛詩傳：「駿，大也。」此二句言上帝福祉，光芒照臨，偉大隆盛，實乃天命。

② 善注：「四祖，宣、景、文、武也。《周易》曰：正家而天下定。《尚書》曰：天禄永終。《毛詩》曰：天保定爾。」濟曰：「言四祖能正其家，天之福禄長安定也。」保，安定。《詩·小雅·天保》鄭玄箋：「保，安。」此二句言四祖正家而定天下，天賜福禄而安晉室。

③ 善注：「《尚書》曰：明作哲，叡作聖。《毛詩》曰：世有哲王。」良注：「哲，智也。言晉代代有聖王。」叡，同睿。《玉篇》：「叡，明也，聖也，智也。與睿同。」此二句言惟晉有聖哲，代出明君。

④ 善注：「《尚書》曰：惟我文考，若日月之照臨。傳玄歌詩曰：日中萬影正（按：《四部叢刊》本作「千景下」），夕中萬景傾。義與此同。」翰注：「聖德如日月之明，則萬景之表正。」五臣意明。

此章讚美晉之開基立業。言晉禄受命於天，四祖開其基業，代有聖君，德如日月，照臨萬物而天下正。吴淇《六朝選詩定論》卷十：「首述晉家列祖功德。」

其二

巍巍明〔一〕聖，道隆自天①。則明分爽〔二〕，觀象洞玄②。凌風叶極〔三〕，絶輝照淵③。肅雍往播，福禄來臻④。

【校勘】

〔一〕「巍巍明」，叢書堂鈔本脱。

〔二〕「則明分爽」，《文集》、叢書堂鈔本作「則分明爽」；《四部叢刊》本、周亮工校本、鄧邦述校本、陳仲魚校本作「則分明喪」。《文選》卷二十、《百三家集》本、《古詩紀》卷三十六、《七十二家集》本、《四部備要》本作「則明分爽」，今據改。又「喪」，鄧邦述校本、陳仲魚校本校作「爽」。

〔三〕「淩」，《文選》卷二十、《古詩紀》卷三十六、《七十二家集》本作「陵」，六臣本《文選》卷二十注曰：「五臣作淩。」《古詩紀》又注曰：「五臣作淩。」古二字通。陳祚明《采菽堂古詩選》卷十一注曰：「五臣作淩。」或形近而誤。又「叶」，《文選》卷二十作「協」，古二字同。《玉篇》：「叶，古文協。」又「極」，《百三家集》本、《七十二家集》本作「紀」；《古詩紀》卷三十六、陳祚明《采菽堂古詩選》卷十一注曰：「一作紀。」

【注釋】

①善注：「《論語》：子曰：巍巍乎，惟天爲大，惟堯則之。《禮記》：子思曰：道隆則從而隆。《毛詩》曰：有命自天，命此文王。」銑注：「言明聖之道德天然也。」此二句言巍巍之聖君，道德隆盛，乃源自天。

②善注：「《孝經》曰：則天之明。孔安國《尚書傳》曰：爽，明也。《周易》曰：仰則觀象於天。又曰：天玄而地黄。」向注：「則，法也。象，玄象也。洞，通也。」明，日月星辰，天之明也。分爽，分辨日月星辰之天象也。此二句言德法自然之明，又分辨日月星辰之象，而洞明其玄遠之理。

③善注：「言風教上升，協於辰極，光炎絶遠，下照深淵。《廣雅》曰：陵，乘也。然乘亦升也。《孝經

鈎命决》曰：皇德協極。注曰：極，北辰也。《封禪書》曰：未光絶炎。《劇秦美新》曰：炎光飛響，盈塞天淵。』向注：『言法天之明，以分之觀象之玄，以通之風散上升，合於宸極，光曜絶遠，下照深淵。』五臣意明。

④善注：『《毛詩》曰：肅雍顯相。杜預《左氏傳注》曰：播，揚也。《毛詩》曰：福禄攸降。《爾雅》曰：臻，至也。』濟注：『言和睦之道，往布於人，故天地福禄來至。』肅雍，謂禮儀敬天和人。《詩・周頌・清廟》：『於穆清廟，肅雝顯相。』毛詩傳：『肅，敬。雝，和，相，助也。』鄭玄箋：『其禮儀敬且和。』雝，同雍，见善注。此二句言禮儀敬天和人，播揚天下，故福禄至矣。

此章讚美晉君之功德教化也。言晉君道德隆盛，法天辨象，見近知遠，故教化上協天意，下照深淵，禮儀敬天和人，而福禄至矣。吴淇《六朝選詩定論》卷十：『頌帝。』

其三

在晉奸〔一〕臣，稱亂紫微①。神風潛駭，有赫兹威②。靈旗樹旆，如電斯揮③。致天之届，于河之沂④。有命再集，皇輿凱歸⑤。

【校勘】

〔一〕『晉』，《文選》卷二十、《百三家集》本、《七十二家集》本、寄生草堂本作『昔』。六臣本《文選》卷二十注曰：『五臣作晉。』又『奸』，《文选》卷二十作『姦』，《四部叢刊》本、《百三家集》本、《古詩紀》卷三十六、周亮工校本作『奸』。奸、姦，古二字同，《玉篇》：『奸，同姦，俗。』《廣韻》：『姦，私也，詐也。亦作奸。』奸則不同姦。《廣韻》：『奸，以淫犯也。』後則三字通用。

【注釋】

①善注：『姦臣，謂趙王倫也。《法言》曰：上失其政，姦臣竊國命。《尚書》曰：敢行稱亂。紫微，諭帝位也。《春秋合誠圖》曰：北辰其星，七在紫微中。又曰：紫宮，大帝室也。』良注：『紫微，帝居也。』姦，同奸。《廣韻》：『姦，詐也。俗作奸。』稱亂，舉亂。《書·湯誓》孔安國傳：『稱，舉也。舉亂以諸侯伐天子。』此二句言晉之奸臣，舉兵而亂晉室。

②善注：『《毛詩》曰：皇矣上帝，臨下有赫。』翰注：『神風，神兵也。謂齊國河間王顒舉兵十萬，四面攻倫，迎惠帝反正，故言有赫此威。』有赫，猶赫，明也。《詩·大雅·皇矣》鄭玄箋：『天之視天下，赫然甚明。』此二句言神兵如風，聞之心驚，皇室之威，赫然光明。

③善注：『《甘泉賦》曰：樹靈旗。《楚辭》曰：靈旗兮電鶩。韓康伯《周易》注曰：揮者，散也。』銑注：『言旗斾如電之揮霍也。』靈旗，本謂以雲爲旗，此指高聳之旗。斾，同斾，旗也。《正字通》：『斾，俗斾字。』《說文》：『斾，繼旐之旗也，沛然而垂。』揮，《廣韻》：『振也，動也。』此二句言戰旗高聳，飄動迅疾如電。

④善注：『臧榮緒《晉書》曰：成都王穎遣趙驤爲前鋒，倫遣孫會等前驅，未及溫十餘里，大戰。孫會先退，諸軍相次奔潰。穎尋過河入於京師。《毛詩》曰：致天之屆。毛萇曰：屆，極也。文穎《漢書》注曰：沂，水上橋也。』向注：『致天子之極于河之沂。沂，岸也。』致天之屆，謂受天命而誅伐。《詩·魯頌·閟宮》：『致天之屆，于牧之野。』鄭玄箋：『屆，極。至受命致大平，天所以罰，極紂於商郊牧野。』極，通殛，誅

也。《集韻》：『殛，《説文》：殊也。或作極。』吴善述《説文廣義校訂》：『極，其訓爲誅者，殛之借。』于河之沂，此指溴水之黄橋。《晉書・惠帝紀》載：永寧元年正月，趙王倫篡帝位，三月齊王冏、成都王穎、河間王顒、常山王乂等起兵討倫，倫遣孫會等出黄橋以拒穎，戰于溴水（在今河南西北，源出濟源市，流入黄河），會等大敗。此二句言王受天命，出兵誅伐，戰于溴水之黄橋。

⑤ 善注：『趙王倫廢帝於金墉城。既敗倫於温，帝復還，故曰再集。《毛詩》曰：天監在下，有命既集。《楚辭》曰：恐皇輿之敗績。《周禮》曰：師有功則凱樂。』濟注：『言天子之命載集於惠帝。凱，謂凱樂而歸洛陽。』有命再集，謂天命再集于晉。《詩・大雅・大明》毛詩傳：『集，就也。』鄭玄箋：『天即視善惡於下，其命將有所依就。』皇輿凱歸，謂惠帝凱樂而歸。《晉書・惠帝紀》載：四月，擒倫黨羽，並斬之，逐倫歸第，乘輿反正。倫旋即被殺。此二句言天命重集于晉室，皇輿凱樂而歸洛陽。

此章讚頌司馬穎出兵誅亂。奸臣篡逆，神兵舉而皇威明，戰旗高聳，獵獵如電，王受天命，誅戮奸臣，而匡復晉室矣。吴淇《六朝選詩定論》卷十：『叙大將軍定亂之勛。』陳祚明《采菽堂古詩選》卷十一：『此章叙趙王倫之難，語流暢。』

其四

頽綱既振，品物咸秩。神道見素，遺華反質①。辰晷重光，協風應律②。函夏無塵，海外有謐③。

【注釋】

① 善注：『《説文》曰：振，舉也。《周易》曰：品物咸亨。又曰：聖人以神道設教。素，樸素也。莊子曰：同乎無欲，是謂素樸。鄭玄《禮記注》曰：凡物無飾曰素。華，謂采章；質，謂淳樸也。遺，棄也。』良注：『振，整也。言頽落綱紀既整，品物皆有次序，遺其浮華，體神道爲質素。』此四句言墜落綱紀復振，萬物皆有次序，上天之道復歸於本，遺其浮華返於淳樸。

② 善注：『《漢書》：倪寬云：宣重光。張晏曰：重光，謂日月也。《國語》曰：虞幕能聽協風，以成樂生物者也。韋昭曰：協，和也。應律，應律而至也。』翰注：『辰晷，喻天子也。重，猶載也。天子之道，載光和風，應於律吕。』辰晷，日影。《説文》：『晷，日景也。』此二句言日月重放光芒，風化和諧，禮樂相應。

③ 善注：『揚雄《河東賦》曰：函夏之大漢。《東觀漢記》曰：祭彤爲遼東太守，胡夷皆來内附，野無風塵。《毛詩》曰：海外有截。《爾雅》曰：謐，静也。』銑注：『函夏，華夏也。謐，静也。言内清外静。』此二句言華夏清静，四海安寧。

此章讚頌鋤暴去奸之後晉室之和諧安寧。重振朝綱，萬民有序，天道復歸於本，浮華亦返於質，日月重光，社會和諧而安寧也。吴淇《六朝選詩定論》卷十：『叙大將軍治化之隆，爲宴會張本。』

其五

芒芒宇宙，天地交泰。王在華堂，式宴嘉會①。玄暉峻朗〔一〕，翠華〔二〕崇藹。冕弁振纓，藻服〔三〕垂帶②。

【校勘】

〔一〕『暉』，《四部叢刊》本、周亮工校本、鄧邦述校本作『輝』，古二字同。又『朗』，叢書堂鈔本作『郎』，誤。

〔二〕『翠華』，《文選》卷二十、《藝文類聚》卷三十九、《古詩紀》卷三十六、《七十二家集》本、《百三家集》本作『翠雲』。

〔三〕『藻服』，《文選》卷二十作『服藻』；六臣本《文選》卷二十注曰：『五臣本作藻服。』又『服』，《古詩紀》卷三十六、《百三家集》本、《七十二家集》本注曰：『五臣作火。』

【注釋】

①善注：『《左氏傳》曰：芒芒禹迹。《淮南子》曰：虚廓生宇宙，宇宙生天地。《周易》曰：天地交泰。《毛詩》曰：王在靈囿。又曰：嘉賓式宴以敖。《周易》曰：嘉會足以合禮。』向注：『王，謂成都王也。言上下通泰，王於華堂用崇宴禮，以會賓客。』式宴，猶舉行宴會。《廣韻》：『式，用也。』此四句言天地邈遠，上下通泰，王於華堂，禮宴嘉賓。

②善注：『玄，天色也。《尚書》曰：藻火粉米。鄭玄《孝經注》曰：大夫服藻火。《毛詩》曰：彼都人士，垂帶而厲。』濟注：『玄，天。暉，日。峻，高。朗，明也。冕纓藻服，皆卿大夫法也。』翠華，車蓋，此代指

賓客之車。張衡《南都賦》：『望翠華之葳蕤，建太常兮裶裶。』良注：『翠華，蓋也。』崇藹，高竦之雲氣，喻車蓋之盛。陸機《挽歌》：『悲風徽行軌，傾雲結流靄。』善注：『《文字集略》曰：靄，雲雨狀也。藹與靄，古字同。』冕弁，大夫之冠。《説文》：『弁，冕也。』藻服，大夫之服。《禮記·玉藻》：『天子玉藻，十有二旒。』鄭玄注：『祭先王之服也。雜采曰藻。』此四句言天日高峻明朗，車馬翠華簇擁，如雲高竦。冠纓振動，彩服垂帶。謂賓客之盛。

此章描述宴飲賓客之盛。太平盛世，天地通泰，王宴華堂，天日峻朗，車蓋雲集，賓客冠服，振纓垂帶。吴淇《六朝選詩定論》卷十：『叙事。』

其六

祁祁臣僚，有來雍雍①。薄言載考，承顔下風②。俯覿嘉〔一〕客，仰瞻玉容③。施己唯約，于〔二〕禮斯豐。天錫難老，如岳之崇④。

【校勘】

〔一〕『俯』，周亮工校本、鄧邦述校本、陳仲魚校本脱，鄧邦述校本、陳仲魚校本皆校補『俯』。又『嘉』，《藝文類聚》卷三十九作『前』。

〔二〕『于』，《文集》、叢書堂鈔本、鄧邦述校本作『干』，形近而誤。《文選》卷二十、《古詩紀》卷三十六、《百三家集》本、周亮工校本、陳仲魚校本作『于』，鄧邦述校本亦校作『于』，今據改。

【注釋】

① 善注：『《毛詩》曰：采蘩祁祁。又曰：有來雍雍。』良注：『祁祁，衆貌。僚，官也。雍雍，和悦貌。言衆官有來者，皆和悦也。』

② 善注：『《毛詩》曰：薄言采之。《毛詩》曰：在宗載考。《漢書》：雋不疑曰：乃今承顔接辭。《孔叢子》曰：伋願在下風。』翰注：『薄言，云謙也。載，則；考，成也。謂薄德爲言，則成此詩，承王之顔色於下風也。』

③ 善注：『《毛詩》曰：我有嘉客，亦不夷懌。曹植《罷朝表》曰：覲玉容而慶薦，奉歡宴而慈潤。』銑注：『嘉客，賓客也。玉容，謂容如玉也。俯、仰，隨尊卑之理。』覿，《説文》：『見也。』此二句俯見賓客滿座，仰瞻君王容顔如玉。

④ 善注：『魏文帝《典論》曰：君子謹乎約己，弘乎接物。《淮南子》曰：禮豐不足以効愛。言賜之難老，合壽考也。《毛詩》曰：永錫難老。又曰：如南山之壽。』向注：『約，薄；豐，厚也。言我施用甚薄，遇禮且厚，是天賜我難老之惠，如山岳之崇高。』按：後二句乃祝福之語，意謂上天賜君王青春永存，壽如山岳之崇。五臣注之意誤。

此章謂臣僚衆盛和悦，自己德施甚薄，受此禮遇，故進退謙卑，作此詩而承王顔于下風，祝君王天賜青春，壽比山岳。吴淇《六朝選詩定論》卷十：『前四句自述，後四句頌美。』陳祚明《采菽堂古詩選》卷十一：『大雅得體。』

【集評】

［唐］丘光庭《兼明書》卷四：陸士龍《大將軍宴會被命作詩》其末章云：『施己惟約，于禮斯豐。天錫難老，如岳之崇。』臣向曰：『約，薄。豐，厚也。言我所施用甚薄，遇禮且厚，是天賜我難老之惠，如山岳之崇也。』『明曰』，觀士龍之意，是祝王之辭。言王於身儉約，於禮則豐厚，所以天賜王難老，如嶽之崇，非士龍自謂也。

［清］何焯《義門讀書記》卷四十六：陸士龍《大將軍宴會被命作詩》：『陵風協極』以上二句例之則『極』字當指八極，非北極也。『陵風』，特言其風教之崇高耳。

［清］吴淇《六朝選詩定論》卷十：詩才及格，不逮乃兄遠甚。乃是學理未充耳。非附平原，浚儀之名奚彰？

王在華堂，謂成都也。

［明］孫鑛《孫月峰先生評文選》：音調比士衡較響。

［明］錢陸燦評：《文心雕龍》云：『士衡才優而綴詞尤繁，士龍思劣而雅好清省。』兹篇簡潔明净，而思致復超超不窘。（吴氏刻《文選》六十卷）

［清］洪若皋《梁昭明文選越裁》：二陸才名，千古一詞，每苦手重不能運用，語滯不能靈動。然大陸入《選》凡五十餘首，儘堪詠玩者，《赴洛道中作》一首而已。小陸入《選》僅五首，斯篇雅馴清真，不減茂先，昔人謂清河之方平原，殆如陳思之匹白馬，其間似有低昂。

［清］佚名評：通篇典馴，無有懈句。（顧大猷輯《選詩》）

［清］方廷珪《昭明文選集成》：按精氣内涵，實光外溢，是真玉質金相，不愧高文典册。中間讚揚大將

軍，仍歸美朝廷，尤爲立言有體。

太尉王公以九錫命大將軍讓公將還京邑祖餞贈此詩六章〔一〕①

【題解】

因司馬潁誅趙王倫有功，詔遣太尉王粹加潁九錫殊禮。王公還京邑，潁爲之餞行，士龍作此詩以贈之。詩前二章讚頌司馬潁之功德，天子之恩寵；後四章描述餞行太尉離别場面之隆重，飲宴之歡樂，離别之傷感，懸想太尉歸途之情景，别後之思念。詩有叙事，有描寫，有想像。寫餞别，有殷殷舉觴之别情；寫别時，有揮袂沾襟之相思；寫别後，有舉踵相望之懸想。雖爲酬贈，情較真摯。特别是後四章打破時空界限，將現實的時空與想像的時空交織，忽此忽彼，騰挪起伏，其結構在士龍詩中乃别具一格矣。

綜考《晉書·惠帝紀》與《成都王潁傳》，趙王倫永寧元年正月篡帝位，四月被誅。六月，成都王潁還鄴都。至鄴後，惠帝詔遣兼太尉王粹加司馬潁九錫殊禮，進位大將軍、都督中外諸軍事、假節、加黄鉞、録尚書事，入朝不趨，劍履上殿。潁拜受徽號，讓殊禮九錫。再稽之詩『昔乃云來，春林方輝。歲亦暮止，之子言歸』，可知此詩作於永寧元年（三〇一）歲末。

其一

列〔二〕文辟公，時惟哲王②。闡縱〔三〕絶期，平〔四〕顯幽光③。内實慎徽，緝熙有臧〔五〕④。出糺方慝，間督〔六〕不揚⑤。高山峻極，天造芒芒⑥。

【校勘】

〔一〕《文集》卷二目録作《太尉王公以九錫命大將軍，將軍讓，公將還京邑，祖餞贈此詩》，正文標題無後一「將軍」二字。《諸家文集》本、徐日曦《晉二俊文集》本亦無此二字。《藝文類聚》卷二十九題作《餞太尉王公還京邑詩》。

〔二〕「列」，《百三家集》本、《古詩紀》卷三十六、《七十二家集》本、《四部備要》本作「烈」，古二字通。

〔三〕「縱」，陳仲魚校本作「縦」，古二字同。《集韻》：「從，與縱同。」

〔四〕「平」，《文集》作「乎」，形近而誤。《古詩紀》卷三十六、《百三家集》本、叢書堂鈔本、《四部叢刊》本、周亮工校本、鄧邦述校本、陳仲魚校本作「平」，今據改。

〔五〕「臧」，《百三家集》本作「藏」，誤。

〔六〕「督」，叢書堂鈔本作「淑」。

【注釋】

① 王公即王粹，王濬孫，太康十年，武帝詔尚潁川公主，仕至魏郡太守，後遷太尉。爲賈謐二十四友之一。事見《晉書·王濬傳》。

② 列文辟公，列文，光明文章，形容朝服之鮮盛；辟公，君王諸侯之統稱。《詩·周頌·烈文》：『烈文辟公，錫兹祉福。』毛詩傳：『烈，光也。』孔穎達疏：『成王於祭之末，呼諸侯而戒之曰：汝等有是光明文章者，君人之辟公，我先君文王賜汝以此祉福也。』《爾雅·釋詁》：『皇王后辟公侯，君也。』列，通烈。朱駿聲《説文通訓定聲》：『列，假借爲烈。』時惟，維是也。《詩·大雅·生民》：『厥初生民，時維姜嫄。』鄭玄箋：『時，是也。』維，通惟。王引之《經傳釋詞》卷三：『惟，獨也，或作唯、維。』此二句言光彩鮮盛之百官，惟此睿智之王公最爲顯明。

③ 闡縱，開發，謂重開天光也。班固《東都賦》：『握乾符，闡坤珍。』濟注：『闡，開也。』又《玉篇》：『縱，放也。』絶期，斷絶之時。《説文》：『絶，斷絲也。』趙王倫篡逆，故謂之絶期。平顯，猶重顯也。《爾雅·釋詁》：『平，成也。』幽光，幽隱之光。韓愈《答崔立之書》：『誅姦諛於既死，發潛德之幽光。』惠帝失位，故謂之幽光。此二句言重開天光於絶期，再顯晉君幽隱之光。司馬穎永寧元年三月舉兵誅趙王，四月復王位，故謂之。事見《晉書·惠帝紀》。

④ 慎徽，慎徽五典之略，謂謹守綱常倫理之美德。《書·舜典》：『玄德升聞，乃命以位。慎徽五典，五典克從。』孔安國傳：『徽，美也。五典，五常之教，父義、母慈、兄友、弟恭、子孝。』緝熙，光明。《詩·大雅·文王》：『穆穆文王，於緝熙敬止。』毛詩傳：『緝熙，光明也。』臧，善。《詩·小雅·頍弁》：『既見君子，庶幾有臧。』毛詩傳：『臧，善也。』此二句言内謹守綱常倫理之美，外弘揚晉君光明之善。

⑤ 糺，同糾，察也。《周禮・地官司徒》：『以鄉八刑糾萬民。』鄭玄注：『糾，猶割，察也。』《廣韻》：『糾，督也。俗作糺。』方慝，四方言語所惡也。《周禮・地官司徒下》：『掌道方慝，以詔辟忌，以知地俗。』鄭玄注：『方慝，四方言語所惡也。不辟其忌，則其方以爲苟於言語也。知地俗，博事也。』鄭司農云：『以詔辟忌，不違其俗也。《曲禮》曰：君子行禮不求變俗。』督，匡正。《爾雅・釋詁》：『督，正也。』郭璞注：『謂御正。』不揚，不顯揚君主之德。《尚書大傳・皋繇謨》：『天子有問無以對，責之疑；可志而不志，責之丞；可正而不正，責之輔；可揚而不揚，責之弼。』《增韻》：『揚，顯也。』此二句言出鎮考察民情之真僞，間則匡正不揚君德之謬舉。

⑥ 峻極，高大之至。《詩・大雅・崧高》：『崧高維嶽，駿極于天。』鄭玄箋：『駿，大；極，至也。』駿，通峻。見上注。天造，天造萬物。陸機《歎逝賦》：『然後弭節安懷，妙思天造。』濟注：『妙思天之造物。』芒芒，廣大貌。《詩・商頌・玄鳥》：『天命玄鳥，降而生商，宅殷土芒芒。』毛詩傳：『芒芒，大貌。』此二句言德如巍峨之高山，澤如天造萬物之廣大。

此章讚頌司馬穎之功德也。居於衆官，出類拔萃，匡扶晉室，重開天光，謹守君臣之倫理，弘揚天子之美善，出鎮則察民情，正皇威，德如高山，澤被萬物。陳祚明《采菽堂古詩選》卷十一：『此章語稍生澀。』

其二

天子念功，大典光備①。肅肅王命，宰臣莅事〔一〕②。穆矣淵讓，遺功遂志③。思我遠猷，徽音孰嗣④。

【校勘】

〔一〕『宰臣』，《文集》、叢書堂鈔本作『幸臣』，形近而誤。《古詩紀》卷三十六、《百三家集》本、四部丛刊本、周亮工校本、鄧邦述校本、陳仲魚校本作『宰臣』，今據改。又『莅』，《古詩紀》卷三十六、《百三家集》本作『涖』，古二字同。《集韻》：『莅，同涖。』

【注釋】

① 光備，大備。任昉《齊竟陵文宣王行狀》：『肇自弱齡，孝友光備。』銑注：『光，大也。』此二句言天子念其功德，大備盛典。永寧元年六月，成都王穎還鄴，至鄴，詔遣兼太尉王粹加九錫殊禮，進位大將軍、都督中外諸軍事、假節、加黄鉞、録尚書事，入朝不趨，劍履上殿。司馬穎拜受徽號，讓殊禮九錫。此二句蓋言此事也。事見《晉書·成都王穎傳》。

② 肅肅王命，謂王命嚴肅恭敬。《詩·大雅·烝民》：『肅肅王命，仲山甫將之。』鄭玄箋：『肅肅，敬也。言王之政教甚嚴敬也，仲山甫則能奉行之。』宰臣，大臣，此指司馬穎。莅事，親臨政事也。《書·周官》：『不學墻面，莅事惟煩。』孔安國傳：『臨政事必煩。』《玉篇》：『莅，臨也。』此二句言晉君嚴肅恭敬，命大臣莅臨政事。

③ 穆，猶穆穆，恭敬貌。《爾雅·釋訓》：『穆穆，敬也。』郭璞注：『皆容儀謹敬。』淵讓，喻堅辭也。《玉篇》：『淵，深也。』又『讓，謙讓』。指司馬穎拜受徽號，讓殊禮九錫之事。遺功，謂不居其功。司馬穎起兵誅倫之後，營於太學，及入朝，天子親勞，穎拜謝曰：『此大司馬臣冏之功也，臣無豫焉。』蓋言此事也。遂志，

猶成名。李康《運命論》：『將以遂志而成名也。』善注：『《史記》：司馬遷曰：詩書隱約者，欲遂其志也。班固《漢書贊》曰：雖其陷於刑辟，自與殺身成名者也。』《廣韻》：『遂，達也。』穎歸鄴，遺信與冏別，冏追送之七里澗，穎住車言別，不及時事，惟憂太妃之疾苦，百姓觀者莫不傾心。蓋謂此事也。此二句言恭敬王命，辭謙九錫，不居功而成其名。

④遠猷，謂德厚者遠去。陸機《贈馮文羆》：『夫子茂遠猷，款誠寄惠音。』善注：『《尚書》曰：遠爾猷。』翰注：『猷，德也。言夫子有美遠之德。』徽音孰嗣，謂無人可繼其美名也。《詩·大雅·思齊》：『大姒嗣徽音，則百斯男。』鄭玄箋：『徽，美也。』《爾雅·釋詁》：『嗣，繼也。』此二句言我思其德之深厚者，誰可繼其令名！謂其德厚之令名無與倫比也。

此章言天子舉行盛典，授政宰臣，而恭敬謙讓，不居功而令名彰，其德深厚，世人無可繼也。陳祚明《采菽堂古詩選》卷十一：『叙事明切。』

其三

后命既靈，王人反旆①。興言出祖，飲餞于邁②。旍旐泱泱，軺軒藹藹③。和風弭塵，清暉映蓋〔一〕④。

【校勘】

〔一〕『蓋』，叢書堂鈔本、周亮工校本作『盖』。《正字通》：『盖，俗蓋字。』

【注釋】

①后命，猶君命。《廣韻》：『后，君也。』靈，《廣韻》：『善也。』此謂詔賜司馬潁九錫之命。王人，君王之臣，指王公。《左傳·莊公六年》：『王正月，王人子突救衛。』杜預注：『王人，王之微官也，雖官卑而見授以大事，故稱人而又稱字。』反旆，謂返於朝也。《左傳·僖公二十八年》：『狐毛設二旆而退之。』杜預注：『旆，大旗也。』此二句言王公承天子善命，詔賜九錫，而今將起駕返回朝廷。

②興言，早起。《詩·小雅·小明》：『念彼共人，興言出宿。』鄭玄箋：『興，起也。』言，語助詞。出祖，謂出行而祭行道之神，後指餞行也。《詩·大雅·韓奕》：『韓侯出祖，出宿于屠。』鄭玄箋：『祖，將去而犯軷也。』軷，祭行道之神。《廣韻》：『軷，將出祭名。』于邁，謂往行也。《詩·魯頌·泮水》：『無小無大，從公于邁。』鄭玄箋：『于，往；邁，行也。』此二句言我王早起而設宴爲之餞行。

③旍旐，旌旗。《禮記·月令》：『命僕及七騶咸駕，載旌旐。』鄭玄注：『既駕之，又爲之載旌旗。』旌，同旍。《廣韻》：『旌，旌旗。旍，同旌。』泱泱，喻逶迤相連。《詩·小雅·瞻彼洛矣》：『瞻彼洛矣，維水泱泱。』毛詩傳：『泱泱，深廣貌。』軺軒，輕車。陸機《漢高祖功臣頌》：『紀信誑項，軺軒是乘。』翰注：『軺軒，輕車也。』藹藹，猶濟濟。《詩·大雅·卷阿》：『藹藹王多吉士，維君子使，媚于天子。』毛詩傳：『藹藹，猶濟濟也。』此二句言旌旗相連，車駕衆多。

④弭，《玉篇》：『息也，止也。』此二句言和舒之風止其飛塵，清麗陽光映其車蓋。謂得其天時也。上四句乃懸想其歸途之情景。

此章言設飲餞行並想像其途中之行也。太尉王公受詔而來，而今返朝，我王餞行之；王公行也，旌旗逶迤，車駕相連，微風和煦，豔陽高照。陳祚明《采菽堂古詩選》卷十一：『此章有風致。』

其四

思樂中陵，言觀其川①。公王戾止，有車轔轔②。伊誰云饗，我有嘉賓③。羽觴舉酬，酢爾征人④。

【注釋】

① 思樂，謂願思之。《詩·魯頌·泮水》：『思樂泮水，薄采其芹。』中陵，陵中。《詩·小雅·菁菁者莪》：『既見君子，我心則喜。菁菁者莪，在彼中陵。』毛詩傳：『中陵，陵中也。』言觀，我觀。《詩·大雅·采菽》：『君子來朝，言觀其旂。』此二句言其行於陵中，惟我思之，其渡過河川，我亦觀之。

② 公王，當爲王公，指太尉王粹。戾止，來至也。《詩·魯頌·泮水》：『魯侯戾止，言觀其旂。』毛詩傳：『戾，來；止，至也。』轔轔，車聲。《詩·秦風·車鄰》：『有車鄰鄰，有馬白顛。』毛詩傳：『鄰鄰，衆車聲也。』轔轔，同鄰鄰。《楚辭·九歌·大司命》王逸注引作『轔轔』，洪興祖補注：『今《詩》作鄰。』此二句言車行轔轔，王公至矣。上四句乃詩人懸想之詞，征人涉川循陵，我思而觀之，軒車轔轔，將至朝也。

③ 伊誰，猶是誰。《詩·小雅·正月》：『有皇上帝，伊誰云憎。』鄭玄箋：『伊，讀當爲繄。繄，猶是也。』饗，《玉篇》：『設盛禮以飯賓也。』我有嘉賓，引《詩》成句。《詩·小雅·鹿鳴》：『我有嘉賓，鼓瑟吹笙。』此二句言盛宴而待誰？乃我王之嘉賓。

④ 羽觴，猶觴，酒器。陸機《擬今日良宴會》：『四座咸同志，羽觴不可算。』濟注：『羽觴，置鳥羽於杯

以急飲也。』舉酬，勸客飲也。《詩・小雅・賓之初筵》：『鐘鼓既設，舉醻逸逸。』醻，同酬。《説文》：『獻醻，主人進客也。醻或從州。』酢，酬報也。《詩・小雅・瓠葉》：『君子有酒，酌言酢之。』毛詩傳：『酢，報也。』征人，行人，謂王公。《爾雅・釋言》：『征，行。』此二句言我王舉杯勸客，酬報其遠行之人。此四句乃寫成都王之餞行。

此章前四句懸想太尉離去之思念，後四句寫成都王之餞行。王公行矣，我將思而望之；王公將行，我王則盛禮以宴之。

其五

悠悠征人，四牡〔一〕騑騑①。發軫北京，振策紫微②。昔乃云來，春林方輝③。歲亦暮止，之子言歸④。道途〔二〕興戀，伏載稱徽〔三〕⑤。

【校勘】

〔一〕『牡』，《文集》、叢書堂鈔本作『壯』，形近而誤。《古詩紀》卷三十六、《百三家集》本、《四部叢刊》本、周亮工校本、鄧邦述校本、陳仲魚校本作『牡』，今據改。

〔二〕『途』，《古詩紀》卷三十六作『塗』，古二字通。《玉篇》：『涂，塗也。』《經典釋文》卷二十九：『塗，字又作途。』

〔三〕『徽』，《文集》、叢書堂鈔本、周亮工校本、鄧邦述校本、陳仲魚校本脱。此據《百三家集》本、《古詩紀》卷二十六、《七十二家集》本、《六朝詩集》本、《四部叢刊》本校補。

【注釋】

① 悠悠，遠行也。《詩·鄘風·載馳》：『驅馬悠悠，言至于漕。』毛詩傳：『悠悠，遠貌。』四牡騑騑，謂四馬而行也。《詩·小雅·四牡》：『四牡騑騑，周道倭遲。』毛詩傳：『騑騑，行不止之貌。』牡，雄馬。《説文》：『牡，畜之父也。』此二句言遠行者駕著四馬，悠悠遠行。

② 發軫，起駕。陸機《贈馮文羆》：『發軫清洛汭，驅馬大河陰。』翰注：『軫，車也。』北京，指鄴都。春秋齊桓公始築城，秦置縣，三國魏爲鄴都，時爲成都王穎之封藩。故址在今河北臨漳縣西，河南安陽市北。振策，举鞭，謂策馬而行。陸機《又赴洛道中》：『振策陟崇丘，安轡遵平莽。』銑注：『振，舉。策，鞭。』紫微，星宿名，代指帝宫。王延壽《魯靈光殿賦》：『乃立靈光之祕殿，配紫微而爲輔。』善注：『《春秋合誠圖》：北辰其星，七在紫微中也。』濟注：『紫微，帝宫也。』此二句言從鄴都起駕，驅馬而至帝京。

③ 此二句言昔之來時，林木方沐其春輝。按：太尉來鄴時也。太尉六月來鄴，春輝並非實寫。

④ 歲亦暮止，謂歲已晚也。《詩·小雅·采薇》：『曰歸曰歸，歲亦莫止。』鄭玄箋：『莫，晚也。』莫，同暮。《經典釋文》卷七：『莫，音暮。本亦作暮。』之子言歸，擬《詩》句式，謂是子歸去。《詩·周南·漢廣》：『之子于歸，言秣其馬。』鄭玄箋：『之子，是子也。』此二句言歲亦暮矣，是子歸朝。謂太尉歸朝時也。春來暮歸，説明盤桓鄴都之久，相交時間之長，爲下章『變彼同栖，悲爾異林』預設伏筆。

⑤ 伏載，倚所乘之車。《説文》：『載，乘也。』稱徽，稱其善也。《爾雅·釋詁》：『徽，善也。』此二句言

太尉王公途中眷戀將軍，倚車乘而頌其善也。司馬穎受徽號，殊讓九錫，故太尉將頌其善也。亦乃詩人懸想之詞。

此章由太尉起駕歸去而回想其相交時間之長，懸想其歸途之思。起駕鄴都，四馬悠悠而行至帝京。昔之來也，春輝滿林，今其歸也，歲已入暮，其歸途中必也眷戀大將軍，稱讚其美德也。陳祚明《采菽堂古詩選》卷十一：『「楊柳」「雨雪」之句，琢令輕俊。』

其六

聖澤既渥，嘉會愔愔①。庭旅鐘鼓，堂有瑟琴②。飛轡清暉，扶桑移蔭〔一〕③。視景祗〔二〕慕，揮袂沾襟④。變〔三〕彼同棲，悲爾異林⑤。我有旨酒，以歌以吟⑥。

【校勘】

〔一〕『蔭』，《藝文類聚》卷二十九、《百三家集》本並作『陰』，古二字通。

〔二〕『視』，《四部備要》本作『親』，形近而誤。又『祗』，《文集》作『祇』，語意扞格。《說文》：『祇，地祇，提出萬物者也。』《藝文類聚》卷二十九、《百三家集》本、叢書堂鈔本、周亮工校本、鄧邦述校本、陳仲魚校本作『祗』。《說文》：『祗，敬也。』故據改。又《古詩紀》卷三十六作『秪』，亦誤。

〔三〕『變』，《藝文類聚》卷二十九作『戀』。

【注釋】

①聖澤，指大將軍成都王司馬穎之恩澤。既渥，優厚。《詩·小雅·信南山》：『益之以霡霂，既優既渥。』《玉篇》：『渥，厚也，沾濡也。』愔愔，安祥和悦。束晳《補亡詩·由庚》：『愔愔我王，紹文之迹。』善注：『《左氏傳》：右尹革曰：祈招之愔愔。杜預曰：愔愔，安和貌。』此二句言成都王之恩澤優厚，嘉會之氣氛祥和。

②旅，陳也。《左傳·莊公二十二年》：『庭實旅百，奉之以玉帛。』杜預注：『旅，陳也。』此二句言宴會嘉賓，庭堂陳設鐘鼓瑟琴。謂餞行宴會之隆重。

③飛轡，日也。陸機《演連珠》：『臣聞飛轡西頓，則離朱與蒙瞍收察。』向注：『飛轡，謂日也。』扶桑，東方之木，日之所居。《淮南子·天文訓》：『日出于暘谷，浴于咸池，拂于扶桑。』此謂日也。此二句言日行而布輝，日影漸漸西移。謂飲宴時間之長也。

④視影，視日影之西移，謂不得不離别。祇慕，恭敬而思之。《左傳·僖公三十三年》：『父不慈，子不祇。』杜預注：『祇，敬也。』《玉篇》：『慕，思也。』袂，衣袖。《廣雅·釋器》：『袂，袖也。』此二句言視日影之西移而增思慕，不禁揮袂而拭沾襟之淚。謂離别之傷感也。

⑤孌，好貌。《詩·邶風·泉水》：『孌彼諸姬，聊與之謀。』毛詩傳：『孌，好貌。』此二句言與君同栖何其美好，分飛異林心亦悲矣。

⑥我有旨酒，我有美酒。《詩·小雅·鹿鳴》：『我有旨酒，以燕樂嘉賓之心。』《説文》：『旨，美也。』此二句言我之美酒歌吟，可以慰藉汝心矣。乃詩人勸慰之詞。

此章乃描述君王恩澤之優厚，飲宴場面之隆重，時間之久長，告别之傷感。我王聖澤優厚，嘉賓宴飲祥和歡樂，顧視日影而别去，念往日之同栖，悲今日之分飛，不禁涕淚沾襟矣。陳祚明《采菽堂古詩選》卷十一：『寫别緒，有生態。』

太安二年夏四月大將軍出祖王羊二公於城南堂皇被命作此詩六章〔一〕①

【題解】

太安元年十二月，河間王顒上表，謂齊王冏有無君之心，與成都王穎等舉兵洛陽。會長沙王乂攻冏，殺之（《晉書·惠帝紀》）。二年四月，穎將歸藩，在洛陽城南堂設宴餞别王粹、羊玄之，帝命士龍作詩。此詩讚美司馬穎功勳蓋世，恭敬王業；叙述其將啓程歸藩，宴飲高堂；最後寫宴罷歸藩，穎對朝廷之眷念以及王、羊二公歸臺省後對穎之遺思。應制酬贈，以諛詞爲尚，惟取雅頌典雅之風，並無特色可言。然此詩第五章宕開筆端寫飲宴之背景，隱喻穎德澤萬物，恩及衆人，雖内容亦爲頌，藝術却有特色。

據題可知，此詩作於太安二年四月。

其一

時文惟〔二〕晉，天祚〔三〕有祥②。聖宰作弼，受言既臧③。有赫斯庸，勳格昊蒼④。景物台暉，棟隆玉堂⑤。

【校勘】

〔一〕『太』，《文集》、《古詩紀》卷三十六、《百三家集》本、《四部叢刊》本、周亮工校本、鄧邦述校本、陳仲魚校本作『大』。寄生草堂本、徐日曦《晉二俊文集》本並作『太』。『太安』，惠帝年號，今據改。又《韻補》卷四引此詩題作《城南詩》。又『此詩』，《文集》卷二目録、《漢魏六朝二十名家集》本無此二字。

〔二〕『惟』，《古詩紀》卷三十六、《百三家集》本、周亮工校本、鄧邦述校本作『唯』。此二字始則不同，《説文》：『惟，凡思也。』《玉篇》：『唯，獨也。』後並通，《韻會》：『六經惟、維、唯三字，皆通作語辭。』

〔三〕『祚』，《古詩紀》卷三十六作『柞』，形近而誤。

【注釋】

① 王、羊二公，或是指王粹、羊玄之。王粹見上詩『題解』。羊玄之，惠皇后父，封興晉侯，官累遷尚書右僕射，加侍中，進爵爲公。事見《晉書·羊玄之傳》。出祖，出行祭祀路神，後指餞别。見上注。城南堂，在洛陽太學之北。《資治通鑒綱目》卷二十四引《洛陽記》：『太學在洛城南堂，前有石經四部。』

② 時文惟晉，謂惟有晉世以文教化天下。陸機《贈馮文羆遷斥丘令》：『於皇聖世，時文惟晉。』善注：『《周禮》栗氏量銘曰：時文思索。』銑注：『言美皇聖代，時有文德，以和天下者惟是晉道也。』《周禮·冬官考工記》鄭玄注：『時，是也。言是文德之君，思求可以爲民立法者。』天祚，天賜其福。劉琨《勸進表》：『天

祚大晉，必將有主。』良注：『祚，福也。』有祥，有祥瑞之應。《易・繫辭下》：『故變化云爲吉事，有祥象事。』韓康伯注：『夫變化云爲者行其吉事，則獲嘉祥之應。』此二句言有惟晉以文教化天下，天賜其福而有祥瑞之應。

③ 聖宰，聖明之宰臣，謂司馬穎。曹植《七啓》：『世有聖宰，翼帝霸世。』宰，冢宰。《經典釋文》卷八：『鄭云：宰，主也。干云：濟其清濁，和其剛柔，而納之中和，曰宰。』弼，輔臣。《爾雅・釋詁》：『弼，俌也。』郭璞注：『俌，猶輔也。』受言，受王策命。《詩・小雅・彤弓》：『彤弓弨兮，受言藏之。』鄭玄箋：『言者，謂王策命也。』既臧，猶美也。《詩・小雅・甫田》：『我田既臧，農夫之慶。』鄭玄箋：『臧，善也。』或釋爲：臧，通藏，謂受策命而藏之，亦通。此二句言聖宰爲輔弼重臣，乃受天子策命之美。

④ 有赫斯庸，謂明鑒其德而用之。《詩・大雅・皇矣》：『皇矣上帝，臨下有赫。』鄭玄箋：『天之視天下，赫然甚明。』《説文》：『庸，用也。』格，《爾雅・釋詁》：『至也。』昊蒼，天也。嵇康《琴賦》：『鬱紛紜以獨茂兮，飛英蕤於昊蒼。』善注：『昊蒼，天也。』此二句言天子明鑒其德而用斯人，其功勳至於蒼天。謂司馬穎功勳卓著。

⑤ 景物，猶照物。《説文》：『景，光也。』段玉裁注：『光所在處，物皆有陰。』台，三台星也，喻三公。《後漢書・孝安帝紀》：『推咎台衡。』李賢注：『台謂三台，三公象也。』《集韻》：『台，三台，星名。』司馬穎爲大將軍，録尚書事，位置三公，故言之。棟隆，棟樑隆起。在《易》中，『棟隆』與『棟橈』相對。《易・大過》：『棟橈，本末弱也。』又曰：『棟隆之吉，不橈乎下。』意思是棟樑曲折，凶險；棟樑隆起平復，吉祥。棟隆玉堂，比喻司馬穎如國之棟樑，使皇室興隆。此二句言台衡之輝普照萬物，棟樑之用復興王室。

此章讚美司馬穎之功勳。晉以文教化天下，天賜其福祉祥瑞，宰臣受命輔佐王室，功勳卓著，輝照萬物，爲興盛晉室之棟梁也。

其二

惟常思庸，大興光迪①。聖敬遠隮〔一〕，神道玄邈②。思媚三靈，誕膺天篤③。嘉命既辱，王人言告④。

【校勘】

〔一〕『隮』，《百三家集》本、《古詩紀》卷三十六、《七十二家集》本、《韻補》卷五作『躋』，古二字同。

【注釋】

①惟常，猶始終也。《玉篇》：『常，恒也。』庸，《玉篇》：『功也。』光迪，先王光大之道。光，光大。《廣韻》：『光，明也。』又《書·君奭》：『迪惟前人光，施於我沖子。』孔安國傳：『但欲蹈行先王光大之道，施政于我童子。童子，成王。』此二句言始終思其帝王之功業，大興先王光明之道。

②聖敬遠隮，謂聖明恭敬之德至遠也。《詩·商頌·長發》：『湯降不遲，聖敬日躋。』毛詩傳：『躋，升也。』鄭玄箋：『湯之下士尊賢甚疾，其聖敬之德日進。』孔穎達疏：『其聖明恭敬之德，日升而不退也。』躋，同隮。《經典釋文》卷二：『躋，本又作隮。』神道，謂教化之道也。《易·觀》：『聖人以神道設教，而天下服矣。』王弼注：『統説《觀》之爲道，不以刑制使物，而以《觀》感化物者也。神則無形者也……不見聖人使百

姓，而百姓自服也。』玄邈，謂遠古之風。桓温《薦譙元彦表》：『故有洗耳投淵，以振玄邈之風。』翰注：『邈，遠也。言此可以振玄遠之風也。』此二句言聖明恭敬之德遠播，教化而天下淳矣。

③思媚，思而敬愛之。《詩・大雅・思齊》：『思媚周姜，京室之婦。』毛詩傳：『媚，愛也。』三靈，指天地人。陸機《漢高祖功臣頌》：『九服徘徊，三靈改卜。』翰注：『三靈，天地人也。』誕膺天篤，謂受天之厚命。《書・武成》：『誕膺天命，以撫方夏。』孔安國傳：『大當天命，以撫綏四方中夏。』《廣韻》：『篤，厚也。』此二句言司馬穎受天之厚命，而敬天思人也。

④王人，王臣，指司馬穎。見上注。言告，猶告歸也。《詩・周南・葛覃》：『言告師氏，言告言歸。』毛詩傳：『言，我也。』此二句言既猥受天子之嘉命，則告歸還藩也。

此章言司馬穎恭敬于王業也。王之受命，常思帝王功業，弘揚天子之道，教化天下，使聖德遠播，既已猥受嘉命，則告歸藩矣。

其三

翼翼王〔一〕人，言告惟慕①。公輿駕言，乃眷斯顧②。華旂飛藻，鳴鸞振路③。騑騑駟牡，噓天載步④。

【校勘】

〔一〕『王』，《六朝詩集》本、《四部叢刊》本、《四部備要》本、周亮工校本、鄧邦述校本、陳仲魚校本作

『主』，形近而誤。鄧邦述校本校作『王』。

【注釋】

① 翼翼，恭敬謹慎貌。《詩·大雅·大明》：『維此文王，小心翼翼。』鄭玄箋：『小心翼翼，恭慎貌。』惟慕：惟心在皇室也。《玉篇》：『慕，思也。』此二句言王之恭敬謹慎，歸藩而思慕不已。

② 駕言，猶起駕。《詩·邶風·泉水》：『駕言出遊，以寫我憂。』鄭玄箋：『且欲乘車出遊，以除我憂。』言，語助詞。乃眷斯顧，乃眷顧此也。《詩·大雅·皇矣》：『乃眷西顧，此維與宅。』鄭玄箋：『乃眷然運視西顧，見文王之德而與之居。』《爾雅·釋詁》：『斯，此也。』此二句言王公起駕而行，却又眷顧王室。

③ 華旂，彩旗。司馬相如《上林賦》：『建華旗，鳴玉鑾。』旂，令旗，帥旗。《說文》：『有鈴曰旂，以令衆。』飛藻，謂色彩飛揚。趙至《與嵇茂齊書》：『布葉華崖，飛藻雲肆。』良注：『藻，文章也。』鳴鸞，鸞鈴和鳴。鸞，鈴之形狀。《大戴禮記·保傅》：『在衡爲鸞，在軾爲和，馬動而鸞鳴，鸞鳴而應和。』亦作鳴鑾。振，飛舉。《廣韻》：『振，奮也，舉也。』此二句言帥旗飛揚而繽紛，鸞鈴和鳴而滿路。

④ 騑騑駟牡，謂四馬而行也。《詩·小雅·四牡》：『四牡騑騑，周道倭遲。』毛詩傳：『騑騑，行不止之貌。』牡，雄馬。《說文》：『牡，畜之父也。』《玉篇》：『駟，四馬一乘也。』噓天，猶仰天而嘯。李德林《相逢狹路間》：『龍軒照人轉，驥馬噓天明。』《說文》：『噓，吹也。』載步，猶行也。張衡《冢賦》：『載輿載步，地勢是觀。』《玉篇》：『載，乘也。』此二句言四馬駕車，仰天長嘯而前行。上二句寫其行色之美，此二句寫其行色之壯。

此章言司馬穎歸藩也。恭謹王公，言歸其藩，車駕啓程，眷顧思之；帥旗飛揚，鸞鈴和鳴，驅馬長嘯而前行。

其四

我有高夏〔一〕，如雲斯薈①。彫〔二〕軒戾止，薄言嘉會②。問誰在宴，惟俊惟乂③。豐俎殷薦，獻酬交泰④。

【校勘】

〔一〕『夏』，《百三家集》本、《四部備要》本作『廈』，古二字同。《韻會》：『廈，通作夏。』

〔二〕『彫』，《七十二家集》本作『雕』，古二字通。《廣韻》：『彫，刻。又作雕。』

【注釋】

① 高夏，猶高堂。劉孝綽《三日侍華光殿曲水宴詩》：『豫游高夏諺，凱樂盛周居。』夏，大屋。《楚辭·招魂》：『冬有突夏，夏室寒些。』王逸注：『夏，大屋也。』薈，薈萃。《玉篇》：『薈，草盛貌。』此二句言我晉有高屋大殿，人才如雲之薈萃。

② 彫軒，華美之車。《玉篇》：『軒，車也。』戾止，來至也。《詩·魯頌·泮水》：『魯侯戾止，言觀其旂。』毛詩傳：『戾，來；止，至也。』薄言，猶我也。薄，語助詞；言，我。《詩·周南·芣苢》：『采采芣苢，薄

言采之。」毛詩傳：「薄，辭也。」鄭玄箋：「薄言，我薄也。」此二句言公侯至矣，我設宴會而酬嘉賓。

③ 俊乂，俊才。《書·皋陶謨》：「九德咸事，俊乂在官。」《經典釋文》卷三：「馬曰：千人曰俊，百人曰乂。」指王、羊二公。此二句言所宴者皆爲俊才也。

④ 豐俎，俎豆食物豐滿。《左傳·宣公十六年》：「王享有體薦，宴有折俎，公當享卿當宴王室之禮也。」杜預注：「享則半解其體而薦之，所以示其儉。體解節折，升之於俎物，皆可食，所以示慈惠也。」《集韻》：「俎，祭享之器。」殷薦，進獻豐厚。班固《典引》：「以崇嚴祖考，殷薦宗配帝。」向注：「殷，厚；薦，進。言所以崇敬祖考，厚進馨香，尊配享於上天也。」獻酬，謂舉杯勸客。《詩·小雅·楚茨》：「獻醻交錯，禮儀卒度。」鄭玄箋：「始主人酌賓爲獻，賓既酌主人，主人又自飲酌賓曰醻。」醻，同酬。《説文》：「獻醻，主人進客也。」醻或從州。」此二句言食物盛多，且進獻豐厚，主人進客，上下通泰。

此章言宴飲之盛。王侯至矣，如雲薈萃，設席高堂，宴飲俊才，品物豐盛，賓主杯籌交錯，和諧歡樂。

其五

攸攸昊天，南正興言①。朱明有曄，萬葉翠繁②。昌雲垂天，凱風熙顔③。王臣〔一〕在此，貽宴于懽④。

【校勘】

〔一〕「臣」，《文集》、叢書堂鈔本作「在」，形近而誤。《古詩紀》卷三十六、《百三家集》本、《四部叢刊》

本、周亮工校本、鄧邦述校本、陳仲魚校本作『臣』，今據改。

【注釋】

① 攸攸，同悠悠，邈遠也。《經典釋文》卷二：『逐逐，子夏傳作攸攸，荀作悠悠，劉作跾，云：遠也。』昊天，夏天。《釋名·釋天》：『夏曰昊天，其氣布散皓皓也。』按：《釋名·釋天》言：『春曰蒼天，夏曰昊天，秋曰旻天，冬曰上天，各有其名也。』南正，司陽之官。《國語·楚語》：『顓頊受之，乃命南正重司天，以屬神。』韋昭注：『南，陽位；正，長也。』興言，猶興，起也。《詩·小雅·小明》：『念彼共人，興言出宿。』鄭玄箋：『興，起也。』言，語助詞。王引之《經傳釋詞》卷五：『言，云也，語詞也。』此二句言夏日之天邈遠，司陽之官生矣。

② 朱明，夏，此指夏陽。《爾雅·釋天》：『春爲青陽，夏爲朱明，秋爲白藏，冬爲玄英。』曄，光華。《廣韻》：『曄，光也。』此二句言夏陽光照，萬物枝繁葉翠。

③ 昌雲，猶瑞雲。《釋名·釋道》：『昌，盛也。』凱風，南風。《詩·邶風·凱風》：『凱風自南，吹彼棘心。』毛詩傳：『南風謂之凱風。』熙顏，言容光和怡。《廣韻》：『熙，和也。』此二句言瑞雲垂降天上，南風吹之怡顏。

④ 貽宴，猶言設宴。應禎《晉武帝華林園集詩》：『貽宴好會，不常厥數。』向注：『貽，遺。』懽，喜。《廣韻》：『歡，喜也。同懽。』此二句言王臣設宴於此，貽其歡樂。

此章宕開筆端寫飲宴之背景。夏日晴空萬里，炎陽高照，萬物繁盛，瑞雲垂天，南風怡顏，王之盛宴，貽其歡樂。其深層乃讚美司馬穎德澤萬物，恩及衆人也。

其六

懸象西頽，虞淵納景①。嘉樂未晞，嚴〔一〕駕已整②。行矣征人，身乖路永③。飛驂顧懷，華蟬引領④。遺思北京，結轡臺省⑤。

【校勘】

〔一〕『嚴』，《文集》、叢書堂鈔本、周亮工校本、鄧邦述校本、陳仲魚校本脱。此據《古詩紀》卷三十六、《百三家集》本、《四部叢刊》本校補。

【注釋】

① 懸象，日月，此指日。何劭《贈張華》：『四時更代謝，懸象迭卷舒。』向注：『懸象，日月也。』頽，下墜。亦作隤。《集韻》：『隤，《説文》：下墜也。或作頽。』虞淵，日入之處。《淮南子·天文訓》：『至于虞淵，是謂黄昏，至于蒙谷，是謂定昏。日入于虞淵之汜，曙于蒙谷之浦。』景，日影。《説文》：『景，光也。』此二句言日光西墜，影入虞淵。

② 未晞，天色未明也。《經典釋文》卷五：『晞，明之始升。』嚴駕，整駕待發。顔延年《秋胡詩》：『嚴駕越風寒，解鞍犯霜露。』良注：『嚴駕，整駕也。』此二句言飲宴之樂持續深夜，然天色未明，已整駕待發。

③乖，猶離。《玉篇》：『乖，背也。』永，漫長。《爾雅·釋言》：『永，遠也，遐也。』此二句言征人行矣，離別而踏上漫漫長路。

④飛驂，猶言飛馬而去。《説文》：『驂，駕三馬也。』顧懷，回視而念之。《楚辭·九歌·東君》：『長太息兮將上，心低佪兮顧懷。』王逸注：『顧念其居也。』華蟬，華美之貂蟬。貂蟬，王公顯宦冠上之飾物。《後漢書·輿服志下》：『武冠，一曰武弁大冠，諸武官冠之。侍中、中常侍加黄金璫，附蟬爲文，貂尾爲飾，謂之趙惠文冠。』引領，延頸望之，形容留戀。《孟子·梁惠王上》：『天下之民皆引領而望之矣。』趙岐注：『民皆延頸望欲歸之。』此二句言飛馬而去，回視懷念，首著貂蟬，延頸望之。謂司馬潁歸藩，心繫朝廷。

⑤遺思，猶言餘思，留下思念。劉楨《公燕詩》：『遺思在玄夜，相與復翱翔。』翰注：『元盡日歡樂未央，餘思在夜，復與夜遊戲也。』北京，指鄴都。曹操爲魏公定都于此，曹丕稱帝，定都洛陽，仍以鄴爲五都之一。因鄴在洛陽之北，故稱北京。結轡，繫好馬轡，謂整裝待發。《漢書·張釋之傳》：『跪而結之。』顔師古注：『結，讀曰係。』《説文》：『轡，馬轡也。』臺省，漢尚書治事之地爲中臺，在禁省中，故稱。謝混《遊覽詩》：『薄言遵郊衢，揔轡出臺省。』此二句言二公之行，將至臺省，留戀鄴都。謂二公宴罷歸去。此四句乃分別言之也。

此章寫王、羊二公的離別之情。餞別之宴，夜以繼日，然天將明矣，行人整駕而發，飛馬于漫漫長路，猶引領回望，留戀不已。

贈顧驃騎二首〔一〕①

【題解】

顧驃騎，即顧榮，士龍姊夫，又與機、雲同時入洛，時號『三俊』。其情之篤，非他人所比。詩二首十六章，並以『引』爲核心而展開。《有皇》先由晉君效其舊典，量德而用的人材標準引出，總寫彦先之道德風範。然後分述彦先入晉之前，宦迹令名，歸隱守志；入晉之後位近至尊，乘時而起。最後抒寫與彦先分别之時的勸勉、祝福與感傷。除諛晉之詞外，基本按照『明照有吴，入顯乎晉』的時間順序，『秉文之士，駿發其聲』的内容主旨，而展開叙事與抒情，層次分明，結構井然。最後一章，描寫途中之景，引出『感物傷情』，既觸景生情，又融情入景，是全詩最爲出彩之處。《思文》先以彦先之道德深厚爲承上，以齊家治國爲轉接，以夫婦乃天作之合爲引領，引出對彦先之婦的描述。在描述其婦時，先總寫彦先之婦德貌雙美，再從嫁前嫻習婦道，嫁時婚禮之盛，嫁後禮義之隆分别描述，最後以婦德之隆，而神聽其德，賜福子孫爲祝福之詞。因彦先之婦即士龍之姊，故寫其婦，細緻且融有深厚情感。就全詩而言，最後一章概括彦先德厚家隆，將彦先其人其婦合寫，不惟是《思文》詩之收束，也是全詩之收束。

此詩所作時間無載，然詩曰：『濟濟元公，相惟天子。……以朕大賚，乃膺嘉祉。』説明士龍贈此詩時彦先方受知於元公。元公，即朝廷之首輔。《晉書·顧榮傳》：『吴平，與陸機兄弟同入洛……例拜爲郎中，歷尚書郎、太子中舍人、廷尉正。』並無受知元公之際遇。榮在廷尉正任上，因趙王倫篡逆被誅而受牽連，與機、雲同被收付廷尉。事平，『齊王冏召爲大司馬主簿』，故此詩所言之『元公』蓋指齊王冏。另據《惠帝紀》載，齊王冏因誅趙王倫而建首功，永寧元年六月『爲大司馬、都督中外諸軍事』，權傾朝野，而爲元公。太安元年十二月，諸王以冏有不臣之心，而舉兵討冏，旋即被殺。故此詩所作時間必在此期間。而詩中『遵汶涉泗，言告同征』或因彦先任後赴藩，士龍曾與同行。士龍永寧元年授清河内史，次年春到任。由洛赴齊或赴清河，均經汶水、泗水。而詩言『勁風宵烈，湛露朝零』，其季節必在秋冬，故此詩亦當作於永寧元年（三〇一）秋冬之際。

有皇八章　有引〔二〕

《有皇》，美祈陽〔三〕也②。祈陽秉文之士，駿發其聲，故能明照有昊，入顯乎晉。國人美之，故作是詩焉③。

【校勘】

〔一〕此詩《文集》、叢書堂鈔本、周亮工校本、鄧邦述校本、陳仲魚校本題作『贈顧驃騎後二首』，《百三家集》本、《古詩紀》卷三十六、《四部叢刊》本無『後』字。從詩體看，『後』當爲衍文，今據删。

〔二〕『有皇（八章）有引』，《文集》、叢書堂鈔本、周亮工校本、鄧邦述校本、陳仲魚校本脱，此據《古詩紀》卷二十六、《百三家集》本、《七十二家集》本、《四部叢刊》本校補。

〔三〕『祈陽』，《百三家集》本作『祁陽』，此詩《思文》篇亦作『祁陽』，下同。當據改。

【注釋】

① 顧驃騎，即顧榮，字彦先。此詩第三章曰：『吴未喪師，天秩有庸。淵哉若人，弱冠休風。俯翼黄門，以德來忠。端秀蕃后，正色儲宫。』稽考《晉書·顧榮傳》：『顧榮字彦先，吴國吴人也。爲南土著姓，祖雍吴丞相，父穆宜都太守。榮機神朗悟，弱冠仕吴爲黄門侍郎，太子輔義都尉。』二者内容相合，可知此言之顧驃騎，即顧榮也。又士龍《與兄平原書》：『滕永適去二十日書，彦先訪爲驃騎司馬。又云似未成，已訪難解耳。』或此後彦先得任驃騎司馬，史書失載，未可臆斷，待考。

② 有皇，有君子也。《詩·小雅·正月》：『有皇上帝，伊誰云憎。』毛詩傳：『皇，君也。』祈陽，當作祁陽，《思文》作『祁陽』，指顧彦先。按：祁陽，縣名，漢泉陵縣地，屬零陵郡。三國吴析而置縣，仍零陵郡。祁陽既非彦先之郡望，亦非其封爵。爲何以祁陽指稱彦先，不詳待考。從詩『思我懿範，萬民來服』句看，或彦先曾官祁陽，然史書失載，遽難判斷，待考。

③ 秉文之士，秉持文德之人。《詩·周頌·清廟》：『濟濟多士，秉文之德。』毛詩傳：『執文德之人也。』駿發，疾發。王融《三月三日曲水詩序》：『駿發開其遠祥，定爾固其洪業。』向注：『駿，疾也。言齊帝之德疾發聞於天下，故能開遠方之祥瑞也。』駿發其聲，謂其聲聞駿發也。

『引』叙述作詩之緣由。詩乃讚美顧彦先秉持文德，聲名遠聞，昭乎吴，顯於晉，國人美之，故作此詩。

其一

有皇大晉，時文憲章①。規天有光，矩地無疆②。神篤斯祜，本顯克昌③。載生之儁〔一〕，實惟祈陽④。哲問宣猷，考茂其相⑤。

【校勘】

〔一〕『儁』，《古詩紀》卷三十六、《百三家集》本、《四部叢刊》本、周亮工校本、鄧邦述校本、陳仲魚校本作『雋』，古二字通。

【注釋】

① 有皇，有君。《詩·小雅·正月》：『有皇上帝，伊誰云憎？』毛傳：『皇，君也。』時文，謂是以文教化天下。陸機《贈馮文羆遷斥丘令》：『於皇聖世，時文惟晉。』銑注：『言美皇聖代，時有文德，以和天下者惟是晉道也。』《廣韻》：『時，是也。』憲章，法其舊典。《禮記·中庸》：『仲尼祖述堯舜，憲章文武。』鄭玄注：『孔子祖述堯舜之道，而制春秋，而斷以文王武王之法。』此二句言偉大之晉君，法其舊典，以文教化天下。

② 規天，法天之圓。矩地，則地之方。張衡《東京賦》：『規天矩地，授時順鄉。』薛綜注：『謂宫室之飾，圓者象天，方者則地也。』《玉篇》：『規，正圜之器。』又『圓曰規，方曰器』。此二句言法天之象而光照天下，則地之廣而福禄無疆。

③神，《玉篇》：「神祇。《説文》：天神，引出萬物者也。」篤，《廣韻》：「厚也。」斯祜，此福也。《詩·商頌·烈祖》：「嗟嗟烈祖，有秩斯祜。」鄭玄箋：「祜，福也。」本顯，丕顯，大明。《書·太甲上》：「先王昧爽丕顯，坐以待旦。」孔安國傳：「爽、顯，皆明也。言先王昧明，思大明其德。」本，同丕。《左傳·襄公十年》：「生秦丕兹，事仲尼。」《經典釋文》卷十七：「秦丕兹，一本作秦不兹。」本顯，或釋爲始顯。《玉篇》：「本，始也。」亦可通。克昌，謂能昌盛其後代。《詩·周頌·雝》：「燕及皇天，克昌厥後。」此二句言神靈厚其福祉，德明而昌盛後代。

④載生，始生。《詩·大雅·生民》：「載生載育，時維后稷。」《廣韻》：「載，始也。」儁，通雋，俊才。常璩《華陽國志·劉先主志》：「有雋才，輕天下。」《玉篇》：「俊，才過千人也。儁，同俊。俗作雋。」此二句言始生之俊才，實乃顧生。

⑤哲問，謂聖智之人。陸機《贈馮文羆遷斥丘令》：「奕奕馮生，哲問允迪。」翰注：「哲，智。」問，通聞，聲譽。《隋書·高祖紀》：「芳猷茂績，問望彌遠。」宣猷，宣其謀也。考茂其相，謂考輔臣之盛德。《詩·大雅·桑柔》：「秉心宣猶，考慎其相。」毛詩傳：「相，質也。」鄭玄箋：「宣，遍。猶，謀。……執正心舉事，遍謀於衆，又考誠其輔相之行，然後用之。」朱熹《詩集傳》：「相，輔。」宣猶，同宣猷。《吕氏家塾讀詩記》卷二十七：「以其内能秉持其心，外則宣謀猷於衆。」此二句言是爲智者而遍謀於衆人，又考其盛德之質而用之。

此章言晉君效法舊典，教化天下，法其自然，福澤無邊，神厚祜福，德被後代，故生其俊才，聖哲遍謀於衆人，考其盛德而用之。陳祚明《采菽堂古詩選》卷十一：「晉人四言，首章意取闊大，體自如此。」

其二

於鑠〔一〕祈陽，誕鍾天篤①。清輝龍見，玄猷淵嘿②。沉機響駭，幽神〔二〕廣覿③。和以同人，歸物時育④。有大惡盈，謙以自牧⑤。思我懿範，萬民來服⑥。

【校勘】

〔一〕『於鑠』，叢書堂鈔本作『於樂』。

〔二〕『幽神』，叢書堂鈔本作『幽人』。

【注釋】

① 於鑠，歎美之辭。《詩·周頌·酌》：『於鑠王師，遵養時晦。』毛詩傳：『鑠，美。』於，音烏，嘆詞。《爾雅·釋詁》：『於乎，皆語之韻絶。』誕鍾，猶鍾，聚之也。常璩《華陽國志·李壽志》：『靈德洪洽，誕鍾陛下。』誕，語助詞。王引之《經傳釋詞》卷六：『誕，發語詞也。』一曰大也。《爾雅·釋詁》：『誕，大也。』鍾，《玉篇》：『聚也。』天篤，謂天厚其德。《詩·大雅·召旻》：『旻天疾威，天篤降喪。』《廣韻》：『篤，厚也。』此二句言美哉彥先，集上天之靈秀。

② 清輝，喻日光。顔延年《皇太子釋奠會作》：『清暉在天，容光必照。』善注：『清暉，喻日。』暉，同輝。《玉篇》：『暉，光也。亦作輝。』龍見，喻出隱而用世。《易·乾》：『見龍在田，利見大人。』王弼注：『出潛離

隱，故曰見。』玄猷，深謀。《爾雅·釋詁》：『猷，謀也。』淵嘿，沉静也。左思《魏都賦》：『逈時世而淵默，應期運而光赫。』向注：『淵默，謂沈静也。』淵默，同淵嘿。《玉篇》：『默，亦爲嘿。』此二句言出隱用世，而輝光朗照，謀略深遠，却深沉静默。

③ 沉機，深微之理。范曄《後漢書·光武紀贊》：『沈機生物，深略緯文。』善注：『《説文》曰：機，主發之機也。』銑注：『沈，深；機，微略法也。言謀策先於萬物。』沈，同沉。《玉篇》：『沈，没也。沉，同沈。』響駭，喻驚世而顯也。《玉篇》：『響，應聲也。』又『駭，驚起也』。幽神，幽深之道。釋彦琮《福田論》：『真佛已潛，聖僧又滅；仰信冥道，全涉幽神。』覿，《説文》：『見也。』此二句言使深微之理，驚顯世人，幽深之道，衆皆可見。謂其闡幽燭微，使世人悉明其理。

④ 和以同人，和同於人。意取《易·同人》：『同人于野，亨。利涉大川，利君子貞。』孔穎達疏：『同人，謂和同於人。……言和同於人，必須寬廣，無所不同。』歸物，物處其位。《國語·周語》：『夫天地成而聚於高，歸物於下。』時育，謂養萬物于其時。張衡《東京賦》：『於是陰陽交和，庶物時育。』薛綜注：『育，養也。』此二句言彦先心胸寬廣，與人和諧，於物使處其位而得養其時。謂治政則順乎自然。

⑤ 有，又。《詩·十月之交》：『朔日辛卯，日有食之。』《廣韻》：『有，又也。』惡盈，厭惡自滿。《易·謙》：『人道惡盈而好謙，謙尊而光，卑而不可踰，君子之終也。』《經典釋文》卷二：『謙，卑退爲義，屈己下物也。』自牧，自養其德。《易·謙》：『謙謙君子，卑以自牧也。』王弼注：『牧，養也。』此二句言循大道而惡其滿盈，故屈己謙卑而自養其德。

⑥ 懿範，美好之風範。王勃《滕王閣序》：『宇文新州之懿範，襜帷暫駐。』《爾雅·釋詁》：『懿，美也。』此二句言思我彦先之美好風範，故萬民歸順之。

此章乃讚美彦先之道德風範。其美也，得天之靈秀；其出也，如清輝之照人；其智也，深謀沉静，燭照幽微。且屈己謙卑，和諧物人，故民服其風範而歸順之。

其三

吴未喪師，天秩有庸①。淵哉若人，弱冠休風②。俯翼黄門，以德來忠③。端秀蕃后，正色儲宫④。徽〔一〕音鑠穎，邈矣遐蹤〔二〕⑤。

【校勘】

〔一〕『徽』，《六朝詩集》本、《四部備要》本、周亮工校本、鄧邦述校本、陳仲魚校本作『徵』，形近而誤。鄧邦述校本、陳仲魚校本並校爲『徽』。

〔二〕『蹤』，周亮工校本、鄧邦述校本、陳仲魚校本作『踪』，古二字同。

【注釋】

① 天秩有庸，謂天子之官秩爵禄以禮用之也。潘岳《夏侯常侍誄》：『宜享遐紀，長保天秩。』善注：『《尚書》曰：「天秩有禮，自我五禮有庸哉！」』良注：『天秩，天子禄秩也。』《書·皋陶謨》孔安國傳：『庸，常自用也。天次秩有禮，當用我公侯伯子男五等之禮以接之，使有常有庸。』此二句言吴未喪國之前，官秩爵禄，以禮用之。

②淵哉若人，謂君子之德深厚。潘岳《夏侯常侍誄》：『淵哉若人，縱心條暢。』若人，指君子。《論語・公冶長》：『君子哉，若人！魯無君子者，斯焉取斯。』何晏《集解》：『苞氏曰：若人，若此人也。』弱冠，年齡二十。《禮記・曲禮上》：『人生十年曰幼學，二十曰弱冠。』休風，美好風範。潘岳《楊仲武誄》：『惟祖惟曾，載揚休風。』良注：『休，美也。』此二句言君子之德何其深厚，弱冠出仕風範美矣。

③俯翼，指太子輔義都尉。黄門，即黄門侍郎。《晉書・顧榮傳》：『榮機神朗悟，弱冠仕吴，爲黄門侍郎、太子輔義都尉。』此二句言輔翼太子或任黄門，憑其厚德，忠誠王室。

④蕃后，謂藩王。陸機《贈顧交阯公真》：『發迹翼藩后，改授撫南裔。』藩，通蕃。《玉篇》：『蕃，藩屏也。』又『簭，同籓』。此謂吴王，此詩作於入晉之後，故稱吴爲藩。三國時黄門侍郎爲皇帝侍衛之官，出入禁中，故曰『端秀蕃后』。端秀，猶正色。正色，恭敬嚴肅之容。《書・畢命》：『弼亮四世，正色率下，罔不祗師言。』因顧榮曾任太子輔義都尉，故曰『正色儲宫』。此二句言肅敬黄門之職，恭謹輔佐太子。

⑤徽音，猶令名。《詩・大雅・思齊》：『大姒嗣徽音，則百斯男。』鄭玄箋：『徽，美也。』鑠穎，如挺拔秀美之禾穎。鑠，美。見上注。《玉篇》：『穎，禾末也。』邈，《玉篇》：『曠遠也。』遐蹤，遠迹。盧諶《贈劉琨並書》：『慷慨遐蹤，有愧高旨。』善注：『言心慷慨，慕古賢之遠蹤。』此二句言令名如禾穎挺拔之秀美，追慕古賢之遠迹。

此章追溯顧榮入晉之前道德與行狀。吴亡之前，官禄秩序井然，彦先弱冠風範深遠，忠誠厚德，恭謹政事，追慕前賢，故令名彰顯。陳祚明《采菽堂古詩選》卷十一：『「以德來忠」句，煉。』

其四

皇維南終[一]，舊邦匪歆①。委弁釋位，如龍之潛②。考槃穹[二]谷，假樂豐林③。子雖藏器，鐘鼓有音④。惠風往敬，慶問來尋⑤。

【校勘】

〔一〕『皇維南終』，《百三家集》本作『粵惟南紀』。又『維』，《七十二家集》本、《四部備要》本作『惟』，古二字通。

〔二〕『穹』，《百三家集》本、《古詩紀》卷三十六、《七十二家集》本作『窮』，古二字通。

【注釋】

① 皇維，皇綱。《楚辭·天問》：『斡維焉繫，天極焉加？』王逸注：『維，綱也。』南終，謂終於南土也。舊邦，指吴。匪歆，神靈不享祭祀。傅玄《晋天地郊明堂歌·夕牲歌》：『嘉牲匪歆，德馨惟饗。』《説文》：『歆，神食氣。』徐鍇《繫傳》：『《禮》：有飶其香，神靈先享其氣也。』乃吴亡之委婉表達。此二句言皇綱終矣，舊國已亡。

② 委弁，棄其官冕。《説文》：『弁，冕也。』釋位，失其官位。《左傳·昭公二十六年》：『諸侯釋位，以間王政。』杜預注：『去其位，與治王之政事。』龍潛，喻隱居不仕。《易·乾》：『潛龍勿用，陽在下也。』此二

句言棄其官冕，失去職位，故隱居不仕。

③ 考槃，猶言隱居。《詩·鄘風·考槃》：『考槃在澗，碩人之寬。』毛詩傳：『考，成；槃，樂。』此取《序》『賢者退而窮處』之意。穹谷，深谷。《説文》：『穹，窮也。』假樂，猶言嘉樂。《詩·大雅·假樂》：『假樂君子，顯顯令德。』毛詩傳：『假，嘉也。』又《爾雅·釋詁》：『假，大也。』亦可解。此二句言隱居於深谷之中，樂美於林深之處。

④ 藏器，隱藏治國之才德。《易·繫辭下》：『君子藏器於身，待時而動。』此二句言爾雖隱居藏其才能，然如鐘鼓有聲而傳於世。

⑤ 惠風，喻晉天子之恩澤。張衡《東京賦》：『惠風廣被，澤洎幽荒。』薛綜注：『惠，恩也。』向注：『惠風，仁惠之風化及也。』慶問，謂晉天子之使問候。曹植《求通親親表》：『諸國慶問，四節得展。』此二句言天子施恩，以禮敬之，使者問之，尋於丘野。

此章叙述彦先吴亡之後隱居不仕。皇綱毁頽而吴亡，棄官失位，歸隱丘林，然其德才名聞遐邇，故天子束帛而禮敬于山林。陳祚明《采菽堂古詩選》卷十一：『「鐘鼓有音」句，用聲固於外，意雅遠。』

其五

濟濟元公，相惟天子[①]。明明辟王，思隆多士[②]。帝曰欽哉，有命集止[③]。我咨四方，令問在爾[④]。以朕大賚，乃膺嘉祉[⑤]。聿來胥步，觀國之紀[⑥]。

【注釋】

① 濟濟，威儀之盛貌。《詩・周頌・清廟》：『濟濟多士，秉文之德。』毛詩傳：『濟濟，多威儀也。』元公，即大公，首輔，指齊王司馬冏。《晉書・顧榮傳》：『齊王冏召爲大司馬主簿。』《說文》：『元，始也。』徐鍇《繫傳》：『元，首也。故謂冠爲元服。』相惟，惟相也。相，輔佐。《禮記・檀弓上》：『天不遺耆老，莫相予位焉。』鄭玄注：『相，佐也。』此二句言威儀頗盛之公輔，惟輔佐晉之天子。

② 明明，光明盛大貌。《詩・小雅・小明》：『明明上天，照臨下土。』鄭玄箋：『明明上天，喻王者當光明如日之中也。』辟王，猶言君王，此指齊王司馬冏。《詩・大雅・棫樸》：『濟濟辟王，左右趣之。』鄭玄箋：『辟，君也。』隆，盛也。《說文》：『盛，豐大也。』此二句言光明偉大之君王，希望網羅衆多人才。

③ 欽哉，猶言敬職。《書・堯典》：『帝曰往欽哉。』孔安國傳：『勑鯀往治水命，使敬其事。』有命集止，謂天子有命而才俊薈萃也。陸機《贈馮文羆遷斥丘令》：『有命集止，翻飛自南。』善注：『《周易》曰：大君有命。《毛詩》曰：有命既集。』翰注：『天子有命，集止於帝京。』《詩・大雅・大明》：『天監在下，有命既集。』毛詩傳：『集，就也。』此二句言帝曰敬其王事，命才俊遵命而薈萃於晉。

④ 令問，猶言美名。《詩・大雅・文王》：『亹亹文王，令聞不已。』鄭玄箋：『其善聲聞，日見稱歌，無止時也。』聞，同問。《經典釋文》卷七：『令聞，音問，本亦作問。』《孔子家語》卷八亦引作『令問』。此二句言我諮詢四方之士，令名在於爾身。以下乃擬天子之語。

⑤ 大賚，謂賜之爵位。《書・湯誓》：『爾尚輔予一人，致天之罰，予其大賚汝。』孔安國傳：『賚，與也。……我大與汝爵。』《說文》：『賚，賜也。』乃膺，乃受之。《楚辭・天問》：『撰體協脅，鹿何膺之。』王逸注：『膺，受也。』嘉祉，善福。司馬相如《難蜀父老》：『咸獲嘉祉，靡有闕遺矣。』銑注：『嘉，善；祉，福。』此

二句言朕賜汝之爵位，使汝受其福祉。

⑥ 聿來胥步，謂自來行之而察也。《詩·大雅·緜》：『爰及姜女，聿來胥宇。』毛詩傳：『胥，相。』鄭玄箋：『聿，自也。』按：聿之訓詁頗有歧異，同一例證亦多不同，如謝瞻《張子房詩》：『伊人感代工，聿來扶興王。』善注：『《毛詩》曰：聿來胥宇。孔安國《尚書傳》曰：聿，遂也。』良注：『聿，疾也。』而王僧達《答顏延年》：『聿來歲序暄，輕雲出東岑。』善注：『《毛詩》曰：聿來胥宇。鄭玄曰：聿，自也。』銑注：『聿，遂也。』謹録以備考。觀國之紀，謂近至尊而得位，可觀國之綱紀。《易·觀》：『觀國之光，利用賓于王。』王弼注：『居觀之時，最近至尊，觀國之光者也；居近得位，明習國儀者也。』此二句言自來行之，可察之宮廷，觀國綱紀。

此章謂晉君之求賢也。雖有大公輔佐天子，然君主求賢，令薈萃于晉，又聞彥先令名，故賜其爵位，使受福祉，故其位近至尊，可察宫廷，可觀國紀也。

其六

惟皇建極，緝熙清曜①。我有畯〔一〕民，明德來照②。大觀在上，王〔二〕假有廟③。顯允顧生，金聲玉振④。之子于升，利見大人⑤。龍輝絶迹，有肅清塵⑥。

【校勘】

〔一〕『畯』，《百三家集》本、《七十二家集》本、《四部備要》本作『俊』，古二字通。

〔二〕『王』，《文集》、《六朝詩集》本、叢書堂鈔本、《四部叢刊》本、周亮工校本、鄧邦述校本、陳仲魚校本作『主』，語意扞格。《百三家集》本、《古詩紀》卷三十六、《七十二家集》本作『王』，今據改。

【注釋】

① 惟皇建極，謂惟晉君建大中之道。《書·洪範》：『皇建其有極，斂時五福，用敷錫厥庶民。』孔安國注：『大中之道，大立其有中，謂行九疇之義。』孔穎達疏：『皇，大也。極，中也。……大中者，人君爲民之主，當大自立其有中之道，以施教於民。』建極，後指即帝位也。庾信《爲晉陽公進玉律秤尺斗升表》：『伏惟皇帝應籙馭天，披圖受命，據太陽而懸像，履文昌而建極。』《晉書·惠帝紀》：永寧元年正月，倫篡位，遷惠帝于金墉城。三月齊王冏、成都王穎、河間王顒、常山王乂等舉兵討倫，四月倫兵敗被殺，帝輿反正。故曰『建極』。緝熙，光明。《詩·大雅·文王》：『穆穆文王，於緝熙敬止。』毛詩傳：『緝熙，光明也。』此二句言晉君即位，其清輝朗照萬民。

② 畯民，俊才。《史記·宋微子世家》：『畯民用章，家用平康。』裴駰《集解》：『賢臣顯用，國家平寧。』吳大澂《說文古籀補》：『古畯字從田，從允，與俊通。』明德，光明之德，謂德昭日月。《詩·大雅·皇矣》：『帝遷明德，串夷載路。』此二句言我有俊才，沐浴晉君德昭日月之光矣。

③ 大觀在上，謂道德崇高者足以讓天下觀仰。《易·觀》：『大觀在上，順而巽。』程頤《周易程氏傳》：『五居尊位，以剛陽中正之德爲下所觀，其德甚大，故曰大觀在上。』此指晉天子。王假有廟，謂君王以美德化至衆人以保其宗廟。《易·家人》：『王假有家，勿恤，吉。』王弼注：『假，至也。……居於尊位而明於家

道，則下莫不化矣。』此二句言天子之德爲民瞻仰，德化庶民而保其宗廟。

④ 顯允，明信之德。《詩・小雅・湛露》：『顯允君子，莫不令德。』孔穎達疏：『此庶姓明信之君子……莫不皆善其德。』金聲玉振，金玉之聲振揚，喻聲譽之隆也。《孟子・萬章下》：『孔子之謂集大成，集大成也者，金聲而玉振之也。』趙岐注：『振，揚也。故如金聲之有殺，振揚玉音，始終如一也。』此二句言顧生明信之德，如金玉之聲聞於遐邇。

⑤ 升，謂順時勢而上升。《易・升》：『升：元亨，用見大人，勿恤。』王弼注：『巽順可以升。』利見大人，謂出潛離隱而彰顯君子之德。《易》中『大人』有二義：第一，指地位不顯但有德有爲之人，如《易・乾》：『見龍在田，利見大人。』王弼注：『出潛離隱，故曰見龍。……德施周普，居中不偏，雖非君位，君之德也。』孔穎達疏：『利見大人，以人事托之，言龍見在田之時，猶似聖人久潛稍出，雖非君位而有君德。……有人君之德，故稱大人。』第二，指有德且居尊位之人，如《易・乾》：『飛龍在天，利見大人。』王弼注：『夫位以德興，德以位叙，以至德而處盛位，萬物之睹不亦宜乎！』孔穎達疏：『猶若聖人有龍德，飛騰而居天位，德備天下，爲萬物所瞻仰，故天下利見此居王位之大人。』因『之子』指彦先而非晉君，故稽之詩意，當取第一義。此二句言彦先乘時而起，彰顯其君子之厚德。

⑥ 龍輝絶迹，乃指潛龍之輝絶迹。有肅清塵，謂恭謹其行迹。肅，猶恭謹。《説文》：『肅，持事振敬也。』清塵，猶芳迹。《楚辭・遠遊》：『聞赤松之清塵兮，願承風乎遺則。』汪瑗《集解》：『聞其清塵，猶所謂踵其芳塵，步其後塵耳。塵猶迹也。』此二句言潛龍絶迹其幽隱之輝，入官恭謹其行迹。

此章言彦先之來晉也。晉君即位，光照天下，民瞻其德，宗廟是保；彦先俊才，沐浴晉主之光輝，使其明信之德，如金聲玉振，故出潛離隱，乘時而起，且恭謹其行迹也。

其七

清塵既彰，朝虛好爵①。敬子侯度，慎徽百辟②。予聞有命，德〔一〕禮不易③。嗟我懷人，瞻言永錫④。豐祐東注〔二〕，惟子之績⑤。

【校勘】

〔一〕『德』，《百三家集》本作『得』，音同而誤。

〔二〕『豐祐』，《百三家集》本作『豐水』。又『東注』，《四部叢刊》本、周亮工校本、鄧邦述校本、陳仲魚校本作『東法』，《古詩紀》卷三十六作『東法』，意皆費解，或形近而誤。鄧邦述、陳仲魚校本皆校作『東注』。

【注釋】

① 彰，顯明。《廣韻》：『彰，明也。』好爵，喻顯位。陶淵明《辛丑歲七月赴假還江陵夜行塗口作》：『投冠旋舊墟，不爲好爵縈。』善注：『《周易》曰：我有好爵，吾與爾縻之。』銑注：『投此冠冕，將歸舊居，不以好爵爲榮華也。』此二句言行迹既明其德，朝廷虛席而賜其顯位。

② 侯度，爲官之法度。《詩・大雅・抑》：『質爾人民，謹爾侯度，用戒不虞。』鄭玄箋：『侯，君也。……慎女爲君之法度。』慎徽，謹慎而美之。《書・舜典》：『慎徽五典，五典克從。』孔安國傳：『徽，美也。』百辟，百君諸侯，此指百官。《書・洛誥》：『汝其敬識百辟享。』孔安國傳：『言汝爲王，其當敬識百君

諸侯之奉上者。』此二句言汝恭行爲官之法度，謹慎待人而百官美之。

③ 予聞有命，謂我聞其成命。《詩·唐風·揚之水》：『我聞有命，不敢以告人。』德禮不易，謂德禮不可變易。《左傳·僖公七年》：『德禮不易，無人不懷。』《玉篇》：『易，變也。』此二句言汝敬聞君王之成命，以道德禮義爲準則。

④ 嗟我懷人，謂嗟歎懷思之君子也。《詩·周南·卷耳》：『嗟我懷人，寘彼周行。』毛詩傳：『懷，思。』《玉篇》：『嗟，歎也。』瞻言，慮遠，猶遥祝也。《詩·大雅·桑柔》：『維此聖人，瞻言百里。』毛詩傳：『瞻言百里，遠慮也。』永錫，謂長賜福祚也。《詩·大雅·既醉》：『君子萬年，永錫祚胤。』鄭玄箋：『永，長也。』《爾雅·釋詁》：『錫，賜也。』此二句言嗟歎我思之人，遥祝其福祚長享。

⑤ 豐祐，天佑之盛也。《廣韻》：『豐，多也，盛也。』《玉篇》：『祐，助也。』《易》曰：『自天祐之，吉，無不利。』或作佑。』東注，顧榮時任齊王冏大司馬主簿，齊地在洛陽之東，故此之所言，意謂天佑之盛如水之向東流也。此二句言上天眷顧東方，盛佑助之，此乃汝之功績。

此章乃詩人勸勉彦先，表達相思祝福之情。彦先忠謹，朝廷賜爵，爾當遵循法度，慎美百官，不易道德禮義；彦先行矣，嗟歎思之，遥祝其長享福祚，天惟眷顧子也。陳祚明《采菽堂古詩選》卷十一：『「豐祐東注」句，不可解，或豐水東注之譌。』

其八

遵汶〔一〕涉泗，言告同征①。勁風宵烈，湛露朝零②。雲垂藹下，泉洌清泠〔二〕③。哀哉〔三〕行人，感物傷情④。從子京邑，言觀厥成⑤。天保祚德，式穀以寧⑥。

【校勘】

〔一〕『汶』，《文集》、《六朝詩集》本、《四部叢刊》本、周亮工校本、鄧邦述校本、陳仲魚校本作『泫』，叢書堂鈔本作『沍』，陸貽典亦校作『沍』，並誤。《百三家集》本、《古詩紀》卷三十六作『汶』，今據改。

〔二〕『泠』，《文集》、《七十二家集》本、叢書堂鈔本、周亮工校本、陳仲魚校本作『冷』，或形近而誤。《古詩紀》卷三十六、《百三家集》本、《四部叢刊》本、鄧邦述校本作『泠』，今據改。

〔三〕『哉』，叢書堂鈔本作『我』。

【注釋】

①遵，《廣韻》：『行也。』汶，齊水名。桂馥《説文義證》：『泰山郡水皆名汶，有北汶、嬴汶、柴汶、牟汶，皆源别而流同。』汶水在山東中部，源出山東泗水縣東蒙山南麓，西流經泗水、曲阜、兖州，至濟寧南入運河。言告，猶告歸也。《詩·周南·葛覃》：『言告師氏，言告言歸。』毛詩傳：『言，我也。』征，《爾雅·釋言》：『行也。』因士龍任清河太守，初與彦先同行也。此二句言我告與之同行，渡過汶水、泗水。

②湛露，露濃也。《詩·小雅·湛露》：『湛湛露斯，匪陽不晞。』毛詩傳：『湛湛，露茂盛貌。』此二句言夜間疾風猛烈，早晨露珠濃厚。

③藹，同靄。陸機《挽歌詩》：『悲風徽行軌，傾雲結流藹。』善注：『《文字集略》曰：靄，雲雨狀也。藹

與靄，古字同。』清泠，清凉貌。王延壽《魯靈光殿賦》：『鴻爌熀以爣閬，颼蕭條而清泠。』此二句言雲靄下落，泉水清冽。

④此二句言人之行也，觸物而感傷。因歧路將別，故觸物生悲。

⑤言觀厥成，謂多其成功也。《詩・大雅・文王有聲》：『遹求厥寧，遹觀厥成。』鄭玄箋：『觀，多也。』《玉篇》：『厥，其也。』然此觀爲目睹之意，非取《詩》意。此二句言京城之中與子交遊，已目睹其成功。

⑥天保，天安之。《詩・小雅・天保》：『天保定爾，亦孔之固。』鄭玄箋：『保，安。……天之安定女，亦甚堅固。』祚，《廣韻》：『福也，禄也。』式穀，因其善德。《詩・小雅・小明》：『神之聽之，式穀以女。』鄭玄箋：『式，用；穀，善也。……神明若祐而聽之，其用善人，則必用女。』此二句言天安其德而賜福祚，用其善德而使之安寧。

此章抒寫征途之景，感傷之情，以及祝福之辭。與子同行，遠涉汶、泗，宵風晨露，雲垂泉清，睹物而傷情，願天保其德，賜其福祚而安寧之。陳祚明《采菽堂古詩選》卷十一：『宛轉自成雅音。』

思文八章 有引〔一〕①

《思文》，美祁陽也。祁陽能明其德，刑于寡妻，以至于家邦②。無思不服，亦賴賢妃貞女以成其内教，故作是詩焉③。

【校勘】

〔一〕『思文（八章）有引』，《文集》、叢書堂鈔本、《四部叢刊》本、周亮工校本、鄧邦述校本、陳仲魚校本脱。《古詩紀》卷三十六作『思文八章』，脱『有引』。此據《百三家集》本、《七十二家集》本校補。

【注釋】

① 思文，謂思其文德。《詩·周頌·思文》：『思文后稷，克配彼天。』鄭玄箋：『周公思先祖有文德者，后稷之功能配天。』

② 能明其德，德行昭彰。《詩·魯頌·泮水》：『明明魯侯，克明其德。』刑于寡妻，謂爲嫡妻效法之典範。至於家邦，謂延及于治理邦國。《詩·大雅·思齊》：『刑于寡妻，至于兄弟，以御于家邦。』毛詩傳：『刑，法也。寡妻，適妻也。』鄭玄箋：『寡妻，寡有之妻，言賢也。御，治也。文王以禮法接待其妻，至于宗族，以此又能爲政，治於家邦也。……刑，《韓詩》云：刑，正也。』此即儒家齊家治國之意。

③ 無思不服，謂無不受其感化。《詩·大雅·文王有聲》：『鎬京辟廱，自西自東，自南自北，無思不服。』鄭玄箋：『武王於鎬京行辟廱之禮，自四方來觀者，皆感化其德，心無不歸服者。』內教，閨闈之禮教。《禮記·昏義》鄭玄注：『昏義者，以其記娶妻之義，內教之所由成也。』

序言作詩之緣由。祁陽有俊德，由齊家而治天下，內教謹嚴，故作此篇頌美之。

其一

思文祁陽，祁陽克畯〔一〕①。天錫淳〔二〕嘏，宣茲義問②。德音既烈，海外有奮③。既奮斯音，祇敬厥德④。照〔三〕治其家，覃及邦國⑤。永肇儀刑，俾民惟則⑥。

【校勘】

〔一〕「畯」，《百三家集》本、《古詩紀》卷三十六、《七十二家集》本、《四部備要》本作「峻」，古二字通。

〔二〕「淳」，《百三家集》本、《古詩紀》卷三十六、《七十二家集》本作「純」，古二字通。

〔三〕「照」，《百三家集》本、《古詩紀》卷三十六、《七十二家集》本作「昭」，古二字同。《集韻》：「照，或省作昭。」

【注釋】

① 克畯，俊才。《書·立政》：「乃克立茲常事司牧人，以克俊有德。」孔安國傳：「文王惟其能居心遠惡，舉善司牧人，用能俊有德者。」畯，同俊。見上注。此二句言彥先是文德之士，且爲俊才。

② 天錫淳嘏，天賜之大福。《詩·小雅·賓之初筵》：「錫爾純嘏，子孫其湛。」毛詩傳：「嘏，大也。」鄭玄箋：「純，大也。嘏，謂尸與主人以福也。」《爾雅·釋詁》：「錫，賜也。」《左傳·襄公十一年》楊伯峻注：「淳，同純。」宣茲義問，謂明其善德而聞之天下。《詩·大雅·文王》：「宣昭義問，有虞殷自天。」毛詩傳：

『義，善。』鄭玄箋：『宣，遍。』孔穎達疏：『布明其善，聲聞於天下。』此二句言天賜其福，爾又昭明其善德，而名聞天下。

③ 海外有奮，謂四海之外聲名遠揚也。《詩·商頌·長發》：『相土烈烈，海外有截。』《廣韻》：『奮，揚也。鳥張毛羽奮奞也。』此二句言道德之名隆盛，且揚聲四海之外。

④ 祇敬，猶敬也。《書·皋陶謨》：『日嚴祇敬六德，亮采有邦。』《爾雅·釋詁》：『祇，敬也。』此二句言德音既揚，人皆敬其德。

⑤ 照，同昭。《説文》：『昭，日明也。』《集韻》：『照，或省作昭。』覃及，延及。陸機《五等諸侯論》：『覃及天下，晏然以治待亂。』善注：『《毛詩》曰：覃及鬼方。萇曰：覃，延也。』此句意取《詩·大雅·思齊》：『刑于寡妻，至于兄弟，以御家邦。』此二句言明德而治其家，又延伸於治其邦國。

⑥ 肇，《爾雅·釋詁》：『始也。』儀刑，以爲法度也。《詩·大雅·文王》：『儀刑文王，萬邦作孚。』毛詩傳：『刑，法。』鄭玄箋：『儀法文王之事。』《説文》：『儀，度也。』俾，《爾雅·釋詁》：『使也。』此二句言永遠以之爲典範，惟使民效法之。

此章頌美彥先之道德深厚。彥先俊德之士，天賜其福，昭其善聞，德音播之四海，人皆敬其盛德，其齊家而治國，爲民效法之典範也。

其二

文王在上，大〔一〕姒思齊①。魯侯克昌，亦賴令妻②。鑒神有顧，蘋蘩〔二〕在斯③。祁陽載天，作之伉儷④。

【校勘】

〔一〕『大』，《古詩紀》卷三十六、《百三家集》本、《七十二家集》本、周亮工校本作『太』。

〔二〕『蘋蘩』，《文集》、《四部叢刊》本、周亮工校本、陳仲魚校本作『蘋繁』，誤。《古詩紀》卷三十六、《百三家集》本、《七十二家集》本、叢書堂鈔本、鄧邦述校本作『蘋蘩』。《左傳・隱公三年》：『蘋蘩薀藻之菜。』《詩・召南》有《采蘋》《采蘩》篇，故據改。

【注釋】

①文王在上，《詩》之成句。《詩・大雅・文王》：『文王在上，於昭于天。』毛詩傳：『在上，在民上也。』大姒，文王之妃。《詩・大雅・思齊》：『大姒嗣徽音，則百斯男。』毛詩傳：『大姒，文王之妃也。』思齊，思與文王之德同也。《論語・里仁》：『見賢思齊焉。』何晏《集解》：『苞氏曰：思與賢者等也。』此二句言文王即位，其妃亦賢矣。

②魯侯，魯僖公。《詩・魯頌・駉》序：『僖公能遵伯禽之法，儉以足用，寬以愛民，務農重谷，牧於坰野，魯人尊之。』故言之克昌。令妻，德善之妻。《詩・魯頌・閟宮》：『魯侯燕喜，令妻壽母。』鄭玄箋：『令，善也。』此二句言魯侯昌盛，亦依賴其德善之妻。

③鑒神有顧，謂天視其德而眷顧之。《詩・大雅・烝民》：『天監有周，昭格於下。』鄭玄箋：『監，視。』

監，同鑒。《廣韻》：『鑑，昭也。亦作監。』又『鑒，同鑑』。古三字並同。有，語助詞。顧，眷顧。《詩・大雅・皇矣》：『上帝耆之，憎其式廓。乃眷西顧，此維與宅。』蘋蘩，喻賢德守禮之妻。蘋，指《采蘋》。《詩・周南・采蘋》：『于以采蘋，南澗之濱。』序曰：『《采蘋》，大夫妻能循法度也。能循法度，則可以承先祖共祭祀矣。』毛詩傳：『蘋，大萍也。』鄭玄箋：『古者婦人，先嫁三月。祖廟未毀，教于公宮；祖廟既毀，教於宗室。教以婦德、婦言、婦容、婦功。教成之，祭牲用魚芼，用蘋藻，所以成婦順也。此祭女所出祖也。』蘩，指《采蘩》。《詩・周南・采蘩》：『于以采蘩，于沼于沚。』毛詩傳：『蘩，皤蒿也。』序曰：『《采蘩》，夫人不失職也。夫人可以奉祭祀，則不失職矣。』鄭玄箋：『奉祭祀者，采蘩之事也。』此二句言天鑒其德而眷顧之，賢德守禮之妻在斯室矣。

④ 載天，猶言識天命也。《詩・大雅・大明》：『文王初載，天作之合。』毛詩傳：『載，識。合，配也。』伉儷，夫婦。《國語・周語》：『今陳侯不念胤續之常，棄其伉儷妃嬪。』韋昭注：『伉，對也。儷，偶也。』此二句言彥先識其天命，配成夫婦。謂夫妻乃天作之合也。

此章頌美彥先之婦乃天作之合。文王、魯侯，賴賢妻而昌盛，天鑒彥先之德，亦使其賢德守禮之妻在室，此乃天作之合。

其三

在虞之胄，實惟有姚①。穎艷玉秀，華茂桃夭②。居顯祇[一]明，在靈格幽③。清塵熠爍，淑心綢繆④。爰及祁陽，惟德之周⑤。

【校勘】

〔一〕『祗』，《文集》、《百三家集》本作『祇』，語意扞格。《説文》：『祇，地祇，提出萬物者也。』《古詩紀》卷三十六、叢書堂鈔本、《四部叢刊》本、周亮工校本、鄧邦述校本、陳仲魚校本作『祗』，今據改。

【注釋】

①胄，後代。《玉篇》：『胄，裔也。』姚，姓，舜之後代。《楚辭・離騷》：『及少康之未家兮，留有虞之二姚。』王逸注：『有虞，國名。姚，姓，舜後也。昔寒浞使澆殺夏后相少康，逃奔有虞，虞因妻以二女，而邑於綸，有田一成，有衆一旅，能布其德，以收夏衆，遂誅滅澆，復禹之舊績。』此二句言有虞之後裔，實賴二姚而昌盛。

②穎艷玉秀，喻婦人美如穎秀，德如玉潤。穎，禾穎。《玉篇》：『穎，禾末也。』秀，花。《爾雅・釋草》：『不榮而實者謂之秀。』華茂桃夭，喻婦人之盛年。《詩・周南・桃夭》：『桃之夭夭，灼灼其華。』毛詩傳：『桃有華之盛者。夭夭，其室壯也。灼灼，華之盛也。』鄭玄箋：『喻時婦人皆得以年盛時行也。』暗喻其子孫必衆多也。此二句言其婦人有穎秀之美，玉潤之德，正值盛年，子孫必蕃。

③居顯，位居顯貴。《玉篇》：『顯，榮也。』祗明，敬其明德。《玉篇》：『祗，敬也。』在靈，身在福中。《廣雅・釋言》：『靈，福也。』格幽，匡正其蔽也。《方言》卷三：『格，正也。』《説文》：『幽，隱也。』段玉裁注：『隱，蔽也。』此二句言位居顯貴則敬其明德，身在福中亦正其幽蔽。

④清塵，猶芳迹。見上注。此謂德行芬芳。熠爍，光彩盛也。葛洪《抱朴子・外篇・廣譬》：『不睹瓊

琨之熠爍，則不覺瓦礫之可賤。」熠，《玉篇》：「熠熠，盛光也。」爍，光也。《玉篇》：「爍，灼爍。」淑心，美善之心。《爾雅·釋詁》：「淑，善也。」綢繆，猶纏綿。《詩·唐風·綢繆》：「綢繆束薪，三星在天。」毛詩傳：「綢繆，猶纏綿也。」此二句言德行芬芳而光彩照人，其心淑美且其情纏綿。

⑤爰及，猶及至也。《詩·大雅·緜》：「爰及姜女，聿來胥宇。」鄭玄箋：「爰，於。及，與。」周，忠信。《論語·爲政》：「子曰：君子周而不比。」何晏《集解》：「孔安國曰：忠信爲周，阿黨爲比也。」此二句言及至彥先，其德忠信。

此章乃頌美彥先之婦德貌雙美也。婦如虞之二姚，重振家聲，貌秀玉德，子孫必蕃，居顯貴而敬明德，在福中猶正幽蔽，德行隆盛，善心深厚，而彥先德行忠信，與之相得益彰也。

其四

其德伊何，和貞虔告〔一〕①。師氏〔二〕履素，言謀慮度②。鐘鼓思樂，靖端夙劾〔三〕③。考休攸嬪，來嫁于顧④。

【校勘】

〔一〕「和貞虔告」，《百三家集》本作「和貞履素」。

〔二〕「師氏」，《文集》、《古詩紀》卷三十六、《六朝詩集》本、叢書堂鈔本、《四部備要》本、《四部叢刊》本、周亮工校本、鄧邦述校本、陳仲魚校本作「師民」，語意扞格。《七十二家集》本、《百三家集》本作「師氏」，取

《詩・周南・葛覃》『言告師氏』之語典，今據改。

〔三〕『効』，《百三家集》本作『賦』。

【注釋】

① 伊何，維何，如何。《詩・小雅・小弁》：『何辜於天，我罪伊何。』鄭玄箋：『言幽王服是皮弁之冠，是維何爲乎？』和貞，和順而正。《易・乾》：『保合大和，乃利貞。』孔穎達疏：『貞，正也。』虔告，謂虔誠請師氏告之。《玉篇》：『虔，敬也。』虔告師氏，謂出嫁之前謹受婦道。詳下注。此二句言婦人之德，和順貞正，出嫁之前，謹受婦道。

② 師氏，女師。《詩・周南・葛覃》：『言告師氏，言告言歸。』毛詩傳：『師，女師也。古者女師教以婦德、婦言、婦容、婦功。』鄭玄箋：『我告師氏者，我見教告於女師也，教告我以適人之道。』履素，謂師氏告之履行樸質純潔之德。《易・履》：『初九：素履往，無咎。』王弼注：『履道惡華故素，乃無咎。處履以素，何往不從，必獨行其願，物無犯也。』《焦氏易林》卷七：『履素行德，卒蒙祐福。』度，《玉篇》：『法度。』此二句言師氏教之以謹守婦德，遵循禮法。

③ 鐘鼓思樂，謂思作盛禮而和樂上下。《詩・周南・關雎》：『窈窕淑女，鐘鼓樂之。』毛詩傳：『德盛者宜有鐘鼓之樂。』鄭玄箋：『琴瑟在堂，鐘鼓在庭，言共荇菜之時，上下之樂，皆作盛其禮也。』靖端，猶恭正。陸機《赴洛詩》：『靖端肅有命，假楫越江潭。』濟注：『靖，清。端，正。』夙，《説文》：『早敬也。』効，同效。《玉篇》：『效，法效也。効，俗效字。』此二句言思作盛禮而和樂上下，日夜恭謹貞正而效法禮儀。

④考休，考其美德。班固《東都賦》：『帝勤時登，爰考休徵。』《爾雅・釋詁》：『休，美也。』攸嬪，謂爲婦之德。《爾雅・釋言》：『攸，所也。』《爾雅・釋親》：『嬪，婦也。』來嫁于顧，擬《詩》之句式。《詩・大雅・大明》：『摯仲氏任，自彼殷商，來嫁于周。』此二句言考其婦德之美，來嫁于顧生。

此章頌美彦先之婦嫁前嫻習婦道也。其德和順貞正，嫁前謹受婦道之教，又思效法禮教，以盛禮而和上下，婦德已美，而來嫁顧生。

其五

羔羊執贄，玉帛有輝①。百兩集止，之子于歸②。宗姻風從，娣姪雲回③。祁陽顧之，焕其盈闈④。

【注釋】

①羔羊，禮物也，取詳其禮義之意。杜甫《杜鵑》：『鴻雁及羔羊，有禮太古前。』王洙注：『《春秋繁露》曰：凡贄，卿用羔羔，有角而不用。如好仁者執之不鳴，殺之不謗，類死義者。羔飲其母必跪，類知禮者。故羊之爲言猶詳，故以爲贄。』執贄，賓主相見所執之禮物。張衡《東京賦》：『具惟帝臣，獻琛執贄。』薛綜注：『執，持也。贄，禮也。』善注：『《周禮》曰：以六禽作六贄。鄭玄曰：贄之言至也，所執以自致也。』玉帛，禮物也，取其乾坤諧合之意。《左傳・莊公二十二年》：『庭實旅百，奉之以玉帛，天地之美具焉。』杜預注：『乾爲金玉，坤爲布帛，諸侯朝王，陳摯幣之象。……摯，又作贄。』此二句言執象徵禮義之羔羊、諧合之

玉帛，以爲聘禮也。

②百兩，百乘也。《詩・周南・鵲巢》：『之子于歸，百兩御之。』毛詩傳：『百兩，百乘也。諸侯之子嫁於諸侯，送御皆百乘也。』之子于歸，女子出嫁。鄭玄箋：『之子，是子也。……是如鳲鳩之子，其往嫁也。家人送之，良人迎之，車皆百乘，象有百官之盛。』兩，輛之古字。《廣韻》：『兩，車數。』集止，聚集。《廣韻》：『集，聚也。』此二句言是子之出嫁，百乘之車送迎也。

③宗姻，宗人姻親。《爾雅・釋親》：『父之党爲宗族。』又『壻之父爲姻，婦之父爲婚』。娣姪，妹妹侄女。《爾雅・釋親》：『女子同出，謂先生爲姒，後生爲娣。』《說文》：『姪，兄之女也。』此二句言宗人姻親如風從之，姊妹侄女如雲縈繞。謂送親者衆也。

④顧，回望。《玉篇》：『顧，瞻也。回首曰顧。』焕，《玉篇》：『明盛，亦作奐。』盈闈，充滿閨中也。《說文》：『闈，宮中之門也。』此二句言彥先回望閨中，粲然光彩滿屋。

此章讚歎出嫁時婚禮之盛也。羔羊玉帛，聘禮豐也，百乘迎娶，婚嫁盛也，風從雲繞，送親衆也，入其洞房，光彩粲然。

其六

既曰〔一〕歸止，式揚好音①。言觀河洲，有集于林②。思樂葛藟〔二〕，薄采其蕈〔三〕③。疾彼〔四〕攸遂，乃孚惠心④。

【校勘】

〔一〕『曰』，《文集》、叢書堂鈔本、《四部叢刊》本、周亮工校本、鄧邦述校本、陳仲魚校本作『日』，形近而誤；《百三家集》本、《古詩紀》卷三十六作『曰』，今據改。

〔二〕『藟』，《文集》、叢書堂鈔本作『櫐』，《古詩紀》卷三十六、《百三家集》本、《四部叢刊》本、周亮工校本、鄧邦述校本、陳仲魚校本作『藟』。影鈔宋本校曰：『櫐，當作藟。』葛藟，乃取《詩·樛木》之典，故據改。

〔三〕『蕈』，影鈔宋本校曰：『蕈，當作覃。』翁同書案：『葛蕈，乃古書從草，非刊本之誤。』翁言極是，《經典釋文》卷五：『葛覃，本亦作蕈。』

〔四〕『疾彼』，《文集》、《六朝詩集》本、叢書堂鈔本、《四部叢刊》本、周亮工校本、鄧邦述校本、陳仲魚校本作『疾皮』，語意扞格。《古詩紀》卷三十六、《文選補遺》卷三十九、《百三家集》本、《七十二家集》本作『疾彼』，今據改。

【注釋】

① 歸止，出嫁。《玉篇》：『歸，《説文》：女嫁也。』止，語助詞。《詩·召南·草蟲》：『亦既見止，亦既覯止。』毛詩傳：『止，辭也。』式揚，弘揚。陸機《晉平西將軍孝侯周處碑》：『式揚廟略，克清天步。』式，語助詞。王引之《經傳釋詞》卷九：『式，語詞之用也。』《廣韻》：『揚，舉也，明也。』好音，喻美德之音。《詩·檜風·匪風》：『誰將西歸，懷之好音。』此二句既來嫁也，美德之音弘揚。

② 河洲，指《關雎》，喻夫婦和諧也。《詩·周南·關雎》：『關關雎鳩，在河之洲。』毛詩傳：『后妃説樂

君子之德，無不和諧。』鄭玄箋：『謂王雎之鳥，雄雌情意至然。』有集于林，喻賢女來配之也。《詩・小雅・車舝》：『依彼平林，有集維鷮。辰彼碩女，令德來教。』鄭玄箋：『平林之木茂，則耿介之鳥往集焉。喻王若有茂美之德，則其時賢女來配之。』此二句言觀河洲關雎之和諧，故止于此林而託身。

③ 葛藟，指《樛木》之詩，喻和諧衆妾。《詩・周南・樛木》：『南有樛木，葛藟纍之。』序曰：『《樛木》，后妃逮下也。言能逮下，而無嫉妒之心焉。』毛詩傳：『后妃能和諧衆妾，不嫉妒其容貌，桓以善言逮下而安之。』鄭玄箋：『喻后妃能以惠下逮衆妾，使得其次序，則衆妾上附事之，而禮義亦俱盛。』其蕈，指《葛覃》之詩，喻以婦道而化天下。《經典釋文》卷五：『葛覃，本亦作蕈。覃，延也。』《詩・周南・葛覃》序：『《葛覃》，后妃之本也。后妃在父母家，則志在於女功之事，躬儉節用，服澣濯之衣，尊敬師傅，則可以歸安父母，化天下以婦道也。』此二句言思和諧衆妾之樂，以婦道而化天下。

④ 疾彼，謂竭力於彼事。《韓非子・説疑》：『皆疾争强諫以胜其君。』《玉篇》：『疾，速也。』引申爲盡力。攸遂，事所必遂，謂盡婦人之道也。《易・家人》：『六二：無攸遂，在中饋，貞吉。』王弼注：『居内處中，履得其位，以陰應陽，盡婦人之正義，無所必遂，職乎中饋，巽順而已，是以貞吉也。』孔穎達疏：『居中履位，以陰盡陽，盡婦人之義也。婦人之道，巽順爲常，無所必遂。其所職主，在於家中饋食供祭而已，得婦人之正，吉。』《爾雅・釋言》：『攸，所也。』《廣韻》：『遂，達也。』乃孚惠心，乃信我德澤於人也。《易・益》：『九五：有孚惠心，勿問元吉。有孚，惠我德。』王弼注：『得位履尊，爲益之主者也。爲益之大，莫大於信；爲惠之大，莫大於心。因民所利而利之焉。惠而不費，惠心者也。信以惠心，盡物之願，故不待問而「元吉有孚惠我德」也。以誠惠物，物亦應之，故曰有孚惠我德也。』《説文》：『孚，一曰信也。』此二句言盡婦人之道，乃惠心澤被於人。

此章讚美出嫁後婦人禮義之隆也。既嫁之也，德音弘揚，夫婦和諧，托身於君，和諧内闈，盡其婦道，惠心澤被於人而化天下。

其七

惠心既乎，有恪中饋①。敦此螽斯〔一〕，永錫嗣類②。載〔二〕延窈窕，用和寤寐③。神之聽之，胤祚來爾〔三〕④。

【校勘】

〔一〕『螽斯』，《文集》、《古詩紀》卷三十六、《六朝詩集》本、《七十二家集》本、叢書堂鈔本、《四部叢刊》本、《四部備要》本、周亮工校本、鄧邦述校本、陳仲魚校本作『衆斯』。《百三家集》本、《六朝詩彙》作『螽斯』。《詩》有《螽斯》之篇，故據改。

〔二〕自『載』下及至其八，叢書堂鈔本皆脱。

〔三〕『胤』，《文集》作『徹』，缺筆。影鈔宋本校曰：『徹，别本作胤。』《四部叢刊》本、鄧邦述校本、陳仲魚校本作『胤』，今據改。又『爾』，《百三家集》本作『瑞』，與前句韻同，當據改。

【注釋】

① 恪，《玉篇》：『敬也，謹也。』中饋，家庭飲食等事，屬婦人之職。《易·家人》：『六二：無攸遂，在中

饋，貞吉。』王弼注：『居内處中，履得其位，以陰應陽，盡婦人之正義。無所必遂，職乎中饋，巽順而已，是以貞吉也。』此二句言既已德澤於人，又謹守婦人之職。

②敦，《廣韻》：『厚也。』螽斯，喻子孫衆多。《詩·周南·螽斯》：『螽斯羽，詵詵兮，宜爾子孫，振振兮。』序曰：『《螽斯》，后妃子孫衆多也。言若螽斯不妒忌，則子孫衆多也。』永錫嗣類，謂長賜子嗣之善。《詩·大雅·既醉》：『孝子不匱，永錫爾類。』毛詩傳：『類，善也。』鄭玄箋：『永，長也。孝子之行非有竭極之時，長以與女之族類，謂廣之以教道天下也。』此二句言厚育衆多子孫，長賜子孫之善。

③載延，延續。《正字通》：『載，承也。』窈窕，幽静賢淑。《詩·周南·關雎》：『窈窕淑女，君子好逑。』毛詩傳：『窈窕，幽閒也。淑，善；逑，匹也。言后妃有關雎之德，是幽閒貞專之善。』此指淑女。用和，因以諧和。《廣韻》：『用，以也。』寤寐，猶日夜也。《詩·周南·關雎》：『窈窕淑女，寤寐求之。』毛詩傳：『寤，覺；寐，寢也。』鄭玄箋：『言后妃覺寐則常求此賢女，欲與之共己職也。』此指相思。此二句言延續淑女之善德，以諧和丈夫之相思。謂女不嫉妒而求賢女以侍夫也。

④神之聽之，謂神明聽其德而祐之。《詩·小雅·小明》：『神之聽之，式穀以女。』鄭玄箋：『爲治神明若祐而聽之。』胤祚，賜福於子孫。《詩·大雅·既醉》：『君子萬年，永錫祚胤。』毛詩傳：『胤，嗣也。』鄭玄箋：『天又長予女福祚，至于子孫。』爾，指彦先。《玉篇》：『爾，汝也。』此二句言神明聽其德而祐之，賜福祚於子孫。

此章頌美彦先婦人之德隆也。德澤於人，恪守婦道，厚育子嗣，教之以善，又廣納賢女，共侍其夫，故神聽其德，賜福子孫矣。

其八

昔周之隆，有任有姒〔一〕①。內刑聖敬〔二〕，外崇多士②。今我淑人，實亮君子③。亹亹翼翼，亦繼斯祉④。宜爾子孫，福禄盈止⑤。

【校勘】

〔一〕『有任有姒』，《文集》、《六朝詩集》本、周亮工校本、《四部叢刊》本、鄧邦述校本、陳仲魚校本作『有姒如有』；《百三家集》本、《六朝詩彙》、《古詩紀》卷三十六、《七十二家集》本作『有任有姒』。此乃用《詩·思齊》之典，故據改。

〔二〕『敬』，《百三家集》本、《四部備要》本作『教』。

【注釋】

① 有任有姒，指文王之母與妃。《詩·大雅·思齊》：『思齊大任，文王之母。……大姒嗣徽音，則百斯男。』毛詩傳：『大姒，文王之妃也。』鄭玄箋：『大任也，乃爲文王之母。……其德行純備，故生聖子也。……（大姒）嗣大任之美。』此二句言西周隆盛之時，有大任之母，大姒之妃。謂其母妃皆賢淑，不嫉妒而求賢女以侍夫也。

② 內刑，謂德爲寡妻所法。見上注。聖敬，聖人敬賢之德。《詩·商頌·長發》：『湯降不遲，聖敬日

蹟。』鄭玄箋：『湯之下士尊賢甚疾，其聖敬之德日進。』多士，人才衆也。《詩・大雅・文王》：『濟濟多士，文王以寧。』此二句言文王之德内法寡妻，外敬賢才，故其人才濟濟。

③ 淑人，德美之人。《詩・曹風・鳲鳩》：『淑人君子，其儀一兮。』鄭玄箋：『淑，善。……善人君子，其執義當如一也。』亮，誠然。《爾雅・釋詁》：『亮，信也。』此二句言今我德善之人，實誠爲君子也。

④ 亹亹翼翼，勤勉恭謹之貌。《詩・大雅・文王》：『亹亹文王，令聞不已。……厥猶翼翼，思皇多士。』毛詩傳：『亹亹，勉也哉。』鄭玄箋：『翼翼，恭慎貌。』祉，《説文》：『福也。』此二句言彦先勤勉恭謹，故亦承此福。

⑤ 宜爾子孫，謂子孫和順。《詩・周南・螽斯》：『螽斯羽，詵詵兮，宜爾子孫，振振兮。』盈止，猶滿也。《説文》：『盈，滿器也。』止，語助詞。見上注。此二句言子孫和順仁厚，福禄盛多。

此章運用對比概括彦先德厚家隆也。昔文王興盛，母聖妃賢，齊家治國，人才濟濟；今彦先有君子之善德，勤勉恭謹，故承此福祉，必將子孫和順，福禄鼎盛。

從事中郎張彦明爲中護軍六章〔一〕

【題解】

張彦明原爲司馬潁之從事中郎，遷官入朝任中護軍，大將軍司馬潁設宴餞行，士龍作此詩以贈之。

詩以宴飲别情爲抒寫載體，以用才用世爲核心。前三章先言古代明君廣攬人才，再言今之君王崇德愛才，故百官用世而顯達。突出明主用才與百官用世之間的因果關係，隱含着詩人附鳳翼而顯達的期冀。後三章切入宴飲別情，先寫王公宴飲之快樂，再寫酒闌離别之傷感，後寫臨别殷殷之勸勉。以時間流逝爲結構綫索，以抒寫别情爲主要内容，飲宴之歡之久，反襯出别情之依依。而指離途之傷感，强化别情的濃度；臨别離之勸勉，升華了别情的高度。這也是此詩描寫抒情最爲成功之處。

從『我客戾止，飲酒公堂。自彼下僚，聿來有光』的詩句看，此詩作於士龍任司馬潁幕僚之時。據《歲暮賦》序：『永寧二年春，忝寵北郡。其夏又轉大將軍右司馬於鄴都。』則知此詩亦作於永寧二年（三〇二）夏之後。

其一

思文有聖，叡哲配天①。功濟生黎，道合上玄②。休命發揮，有集惟賢③。哲彼寤宿，澄此在淵④。

【校勘】

〔一〕此詩《百三家集》本、《古詩紀》卷三十六作『從事中郎張彦明爲中護軍（六章）』。《文集》、《六朝詩集》本、《諸家文集》本、叢書堂鈔本、影鈔宋本、《四部叢刊》本、《四部備要》本、周亮工校本、鄧邦述校本、陳仲魚校本作『從事中郎張彦明爲中護軍并序』（序或作叙）。稽考詩序與詩的内容，當以《古詩紀》《百三家集》諸本爲是，故從之。詳『備考』。

【注釋】

① 思文，思其文德之君。《詩·周頌·思文》：『思文后稷，克配彼天。』鄭玄箋：『周公思先祖有文德者。』。叡哲，猶聖明。張衡《東京賦》：『睿哲玄覽，都兹洛宫。』善注：『《尚書》曰：睿作聖，明作哲。』《集韻》：『叡，古作睿。』此二句言追思后稷，聖哲明德而配於天。

② 生黎，猶生民。《玉篇》：『黎，衆也。』上玄，上天。張衡《東京賦》：『祈福乎上玄，思所以爲虔。』薛綜注：『玄，天也。』此二句言功成而繁衍黎民，其道則合於上天。

③ 休命，猶美命。《易·大有》：『君子以遏惡揚善，順天休命。』王弼注：『故遏惡揚善，成物之美，順夫天德，休物之命。』發揮，發揚。《易·乾》：『六爻發揮，旁通情也。』《經典釋文》卷九：『發揮，鄭云：揚也，王廙韓云：散也。』有集，猶來止也。《詩·小雅·車舝》：『依彼平林，有集維鷮。』鄭玄箋：『平林之木茂，則耿介之鳥往集焉。』此二句言發揚休物之美命，惟使賢才而來集。

④ 哲，猶明哲。《爾雅·釋言》：『哲，智也。』寤宿，謂隱居。《詩·衛風·考槃》：『獨寐寤宿，永矢弗告。』序曰：『《考槃》，刺莊公也。不能繼先公之業，使賢者退而窮處。』《説文》：『寐覺而有言曰寤。』澄，清也。《玉篇》：『澂，清也。澄，同澂。』在淵，喻隱者在此淵而名著也。《詩·小雅·鶴鳴》：『魚潛在淵，或在于渚。』毛詩注：『身隱而名著也。良魚在淵，小魚在渚。』鄭玄箋：『喻賢者世亂則隱，治平則出，在時君也。』以澄淵喻在朝。此二句言明智之隱者，顯迹于清澄之淵。謂招隱而用之。

此章言古代明君廣攬人才也。追思古之聖哲，德配天地，道合於天，休養生息，薈萃人才，使其離潛出隱而用于世也。

其二

濟濟多士，實播令聞①。王曰欽哉，余嘉乃勳②。徽音〔一〕孔碩，惠爾風雲③。穆此芳烈，肇揚清芬④。

【校勘】

〔一〕『徽音』，《文集》作『徵音』，《諸家文集》本作『徵音』，鄧邦述、陳仲魚校本校作『徵音』，皆形近而誤。《百三家集》本、《四部叢刊》本、鄧邦述校本、陳仲魚校本作『徽音』，今據改。

【注釋】

① 濟濟多士，人才盛也。《詩·大雅·文王》：『濟濟多士，文王以寧。』朱熹《詩集傳》：『濟濟，多貌。』實，《廣韻》：『誠也。』播，廣布。《說文》：『播，種也。一曰布也。』令聞，猶令名。《詩·大雅·文王》：『亹亹文王，令聞不已。』鄭玄箋：『其善聲聞，日見稱歌，無止時也。』此二句言故其人才濟濟，實乃美名遠揚。

② 欽哉，猶言敬其職。《書·堯典》：『帝曰欽哉。』《說文》：『欽，一曰敬也。』余嘉乃勳，謂余嘉美其功勳。《左傳·僖公十二年》：『王曰：舅氏，余嘉乃勳，應乃懿德。』此二句王曰爾敬其職，吾嘉美其功。上四

句謂司馬穎也。

③徽音，聲名之美。《詩·大雅·思齊》：『大姒嗣徽音，則百斯男。』鄭玄箋：『徽，美也。』孔碩，甚大。《詩·秦風·駟鐵》：『奉時辰牡，辰牡孔碩。』鄭玄箋：『時牡甚肥大。』惠，《玉篇》：『賜也。』風雲，喻際遇時勢。荀悦《前漢紀·高祖皇帝紀》：『湯武之王，龍行虎變，率從風雲。』此二句言爾之美名甚彰，吾將賜爾際會風雲。

④穆，《廣韻》：『美也。』肇揚，始揚。陸機《弔魏武帝文》：『思居終而恤始，命臨没而肇揚。』良注：『肇，初也。』芳烈、清芬，皆喻英名。《華陽國志·廣漢士女》：『猗猗衆偉，芳烈名垂。』李白《送張秀才謁高中丞》：『英謀信奇絶，夫子揚清芬。』此二句言美其芳名，揚其德馨。上四句謂張彦明也。

此章讚美明君崇德愛才也。朝廷人才濟濟，君王亦令聞遠揚，王賞彦明令名，賜其際遇，令其敬職，嘉其功勳，使其美名遠播。

其三

肅肅庶僚，袨服寵暉①。肇彼〔一〕桃蟲，假翼翻飛②。出撫邦家，入〔二〕翔紫微③。有命既集，願言永違④。

【校勘】

〔一〕『彼』，《四部叢刊》本、周亮工校本、鄧邦述校本、陳仲魚校本作『被』，形近而誤。

〔二〕『入』，《四部叢刊》本作『人』，形近而誤。

【注釋】

① 肅肅，敬也。《詩・周南・兔罝》：『肅肅兔罝，椓之丁丁。』毛詩傳：『肅肅，敬也。』庶僚，百官。張衡《思玄賦》：『戒庶僚以夙會兮，僉供職而竝迓。』向注：『僚，官。』袨服，此指朝服。鄒陽《上書吴王》：『夫全趙之時，武力鼎士袨服叢臺之下者，一旦成市。』善注：『玄服，大盛玄黄服也。』玄，同袨。此二句言百官恭敬，身著朝服而沐其恩寵之輝。

② 肇彼桃蟲，假翼翻飛，謂彼始爲鷦鳥，假翼翻飛而爲大鳥也。《詩・周頌・小毖》：『肇允彼桃蟲，拚飛維鳥。』毛詩傳：『桃蟲，鷦也。鳥之始小終大者。』鄭玄箋：『肇，始。……如猶鷦之翻飛爲大鳥也。』假翼，借其羽翼。陸機《吴王郎中時從梁陳作》：『假翼鳴鳳條，濯足升龍淵。』《玉篇》：『假，借也。』或曰大其羽翼。《爾雅・釋詁》：『假，大也。』此二句借鷦鳥始小而終大，喻人才爲晉君之重，位漸顯也。

③ 邦家，封藩之地，此指司馬穎。《詩・小雅・南山有臺》：『樂只君子，邦家之基。』紫微，北辰七星，喻帝宫。王延壽《魯靈光殿賦》：『乃立靈光之祕殿，配紫微而爲輔。』善注：『《春秋合誠圖》：北辰其星，七在紫微中也。』濟注：『紫微，帝宫也。』此二句言出則安撫封藩之地，入則翱翔於帝宫之中。謂其由成都王之從事中郎而入朝爲中護軍也。

④ 有命既集，謂天命集于晉室。《詩・大雅・大明》：『天監在下，有命既集。』毛詩傳：『集，就也。』願言，謂我願思也。《詩・邶風・終風》：『寤言不寐，願言則嚏。』鄭玄箋：『言我願思也。』永違，謂長違其『考

槃』之幽隱生活也。

此章謂百官用世而位顯也。百官敬于王事，沐浴王寵，位漸顯達，出安藩地，入步帝宫，既遵天命而來集，我願長違幽隱之生活。陳祚明《采菽堂古詩選》卷十一：『「有命」二句，即含别緒。』

其四

思樂華堂，雲構崇基①。公王有酒，薄言饗之②。景曜徽芒，芳風詠時③。宴爾賓儐，具樂于兹④。

【注釋】

①雲構，高聳之大厦。陸機《招隱詩》：『輕條象雲構，密葉成翠幄。』銑注：『雲構，大夏也。』夏，同厦。《韻會》：『厦，通作夏。』崇基，高壇。潘岳《藉田賦》：『結崇基之靈址兮，啓四塗之廣阼。』善注：『崇基，謂壇也。於壇四面而爲階也。』此二句言高壇之上，大厦高聳，華堂之内，宴飲樂矣。

②薄言，猶我，指司馬穎。《詩·周南·芣莒》：『采采芣苢，薄言采之。』毛詩傳：『薄，辭也。』鄭玄箋：『薄言，我薄也。』饗，設宴待賓。《玉篇》：『饗，設盛禮以飯賓也。』此二句言王公有酒，盛設宴而待賓。

③景曜，指日光。揚雄《劇秦美新》：『甘露嘉醴，景曜浸潭之瑞潛。』善注：『景曜，景星有光曜也。』徽芒，謂日落。《爾雅·釋詁》：『徽，止也。』芳風，喻華美之文。潘尼《贈陸機出爲吴王郎中令》：『玩爾清藻，味爾芳風。』向注：『清藻、芳風，言機之文章也。』此二句言日影之輝漸漸落去，華美文章詠其嘉時。前句謂飲酒時間

之長，後句謂飲酒場面之雅。

④ 賓儐，猶言賓主。《玉篇》：『儐，出接賓曰儐。《說文》云：導也。』此二句言賓主俱樂於此宴也。

此章王公宴飲之樂也。王公于高壇華堂之上，設宴以饗賓客，華文詠其嘉時，直至日影西沉，宴飲之樂猶未央也。

其五

亹亹我王，豐恩允臧〔一〕①。我客戾止，飲酒公堂②。自彼下僚，聿來有光③。悲矣永言，指塗〔二〕逝將④。形違殿闥，景附華房⑤。

【校勘】

〔一〕『臧』，《四部叢刊》本、《四部備要》本、周亮工校本、鄧邦述校本、陳仲魚校本作『藏』，形近而誤。鄧邦述校本校作『臧』。

〔二〕『塗』，《百三家集》本、《古詩紀》卷三十六作『途』，古二字同。

【注釋】

① 亹亹，勤勉貌。《詩·大雅·文王》：『亹亹文王，令聞不已。』毛詩傳：『亹亹，勉也哉。』允臧，誠善。《詩·鄘風·定之方中》：『卜云其吉，終然允臧。』毛詩傳：『允，信；臧，善也。』此二句言我王勤勉勸客，恩

澤深厚而誠然善也。

②我客戾止，謂賓客至也。《詩·周頌·振鷺》：『我客戾止，亦有斯容。』鄭玄箋：『其至止也，亦有此容。言威儀之善。』我客，指張彥明。戾止，來至也。《詩·魯頌·泮水》：『魯侯戾止，言觀其旂。』毛詩傳：『戾，來。止，至也。』公堂，君王之堂。《詩·豳風·七月》：『躋彼公堂，稱彼兕觥，萬壽無疆。』朱熹《詩集傳》：『公堂，君之堂也。』此二句言我客至矣，飲酒于王公高堂。

③彼，指司馬潁。下僚，下官，士龍謙稱。左思《詠史》：『世胄躡高位，英俊沉下僚。』善注：『《爾雅》曰：僚，官也。』聿來，自來。《詩·大雅·緜》：『爰及姜女，聿來胥宇。』鄭玄箋：『聿，自也。』此二句言我因司馬潁之下官，亦參與宴飲而沐其光輝也。

④永言，我長有之。《詩·大雅·文王》：『永言配命，自求多福。』毛詩傳：『永，長。言，我也。』逝將，逝將去女之略，謂離別。《詩·齊風·碩鼠》：『逝將去女，適彼樂土。』鄭玄箋：『逝，往也。往矣，將去女，與之訣別之辭。』此二句言我久久悲傷不已，汝將往矣，指去途而與之別。

⑤殿闈，宮殿門。潘尼《贈陸機出爲吳王郎中令》：『婉孌二宮，徘徊殿闈。』《說文》：『闈，門也。』景，身影。《廣韻》：『景，像也。』後通作影。此二句言人雖離其宮門，而身影猶在華房。

此章述酒宴之後與彥明別也。王公殷勤，恩澤厚而信美，我輩下官，飲其酒而沐其光，酒闌而別，指離途而傷感，汝雖往矣，人雖去而形象猶存。陳祚明《采菽堂古詩選》卷十一：『流逸。』

其六

開國承家，勿用小人①。今我聖宰，實蕃斯仁②。凌淵龍躍，披林鳳振③。正直既好，嘉禮式〔一〕陳④。振我遠德，歸于時民⑤。

【校勘】

〔一〕『式』，《文集》、《四部叢刊》本、周亮工校本、陳仲魚校本脱。今據《百三家集》本、《古詩紀》卷二十六、《七十二家集》本、寄生草堂本、鄧邦述校本校補。

【注釋】

① 開國承家，勿用小人，乃《易》之成句。《易·師》：『上六：大君有命，開國承家，小人勿用。』王弼注：『大君之命，不失功也；開國承家，以寧邦也。小人勿用，非其道也。』孔穎達疏：『大君謂天子也，言天子爵命此上六，若其功大，使之開國爲諸侯；若其功小，使之承家爲卿大夫。小人勿用者，言開國承家，須用君子，勿用小人也。』此二句言其爲君子，可開國承家。含有勸勉建功立業之意。

② 聖宰，聖明宰臣，指司馬穎。曹植《七啓》：『世有聖宰，翼帝霸世。』宰，冢宰。《經典釋文》卷八：『鄭云：宰，主也。干云：濟其清濁，和其剛柔，而納之中和，曰宰。』蕃，盛也。《説文》：『蕃，草茂也。』斯仁，謂是仁之至也。《論語·述而》：『子曰：仁遠乎哉？我欲仁，斯仁至矣。』何晏《集解》：『苞氏曰：仁道不遠，行之則是至也。』此二句言今我之聖明宰臣，是亦盛其仁德。

③ 披，分。《廣韻》：『披，又作翍，開也，分也。』振，振翼。《説文》：『振，一曰奮也。』此二句言龍躍而陵越深淵，鳳翔而掠過樹林。喻彦明鴻圖大展也。

④ 正直既好，謂王道正直而施行也。《詩・小雅・小明》：『靖共爾位，好是正直。神之聽之，介爾景福。』毛詩傳：『正直爲正，能正人之曲曰直。』鄭玄箋：『好，猶興也。……謂遭是明君，道施行也。』嘉禮，親民之善禮。《周禮・春官宗伯》：『以嘉禮親萬民。』鄭玄注：『嘉，善也。所以因人心所善者，而爲之制。』式，《廣韻》：『用也。』此二句言既施王之直道，又陳親民之禮義。

⑤ 振，濟也。《易・蠱》：『君子以振民育德。』王弼注：『君子以濟民養德也。』歸于時民，使是民歸於德。《書・説名》：『非商求于下民，惟民歸于一德。』《廣韻》：『時，是也。』此二句言成我晉之遠德，使民歸於此也。

此章乃臨別勸勉之詞也。今我聖明宰臣，弘揚古代開國承家之道，故君可龍躍鳳飛，大展鴻圖，既與天子之直道，又陳親民之禮義，成我晉德，使萬民歸之。

【備考】

此詩《詩紀》卷三十六、《百三家集》本、陳祚明《采菽堂古詩選》卷十一、文津閣《四庫全書》本並作『從事中郎張彦明爲中護軍（六章）』，無序。華亭縣學刊本、《諸家文集》本、《六朝詩集》本、陳仲魚手録陸敕先（貽典）校宋本（臺灣『國家圖書館』藏）、鄧邦述手校並跋汪士賢校本（臺灣『國家圖書館』藏）、文淵閣《四庫全書》本、《四部叢刊》本並作『從事中郎張彦明爲中護軍（并序）』。明長洲吴氏叢書堂鈔本（臺灣『國家圖書館』藏），亦作『從事中郎張彦明爲中護軍（并序）』。逯欽立《先秦漢魏晉南北朝詩・晉詩》卷六、黄葵校點《陸雲集》此詩題作：『從事中郎張彦明爲中護軍，奚世都爲汲郡太守，各將之官，大將軍崇賢之德既遠，而厚下之恩又隆。悲此離析，有感聖皇，既蒙引見，又宴於後園，感鹿鳴之宴樂，詠魚藻之凱歌，而作是詩。』黄葵校勘曰：『原題作「從事中郎張彦明爲中護軍并序」，「奚世都」以下爲序文，其中「各將之官」之「各」作「客」，「悲此離析」之「悲」作「非」。今據逯欽立《先秦漢魏晋南北朝詩·晋詩》卷六改。』逯欽立案曰：『本集、《詩紀》俱誤。詩中言「出撫邦家，入翔紫微」，非僅贈張彦明一人甚明。若從《詩紀》，則題、詩衝突，可見「奚世都」以下不得移於他篇。「從事中郎張彦明爲護軍」與「奚世都」以下實相連爲一長題，校刻者不知之，誤割爲二，遂扞格而不通。』此詩華亭縣學刊本及別本作『并序』，誤；逯欽立《先秦漢魏晋南北朝詩》、黄葵校點《陸雲集》所題之詩題，亦誤；且逯欽立、黄葵將原本『客』徑改爲『各』，大謬。兹考之如下：

第一，原序明確説明此詩乃餞别奚世都（應爲『爰世都』之誤，詳下詩『備考』）應制而作，所贈對象惟奚（爰）世都一人，在内容上與《從事中郎張彦明爲中護軍》没有任何聯繫，不可能是此詩之序。故《古詩紀》等將原文集《從事中郎張彦明爲中護軍》之序，移作下篇《贈汲郡太守》序。惟此，則使序與詩内容吻合。《西晋文紀》卷十六録其序，亦作《贈汲郡太守詩序》。

第二，逯欽立的核心論據是：『詩中言「出撫邦家，入翔紫微」，非僅贈張彦明一人甚明。』這是一個誤解。在晋代，從事中郎是將帥的幕僚，而中護軍則是與領軍將軍或中領軍同掌中央軍職的選用。所引詩句『出撫邦家』，謂出則安其封藩——指出藩任司馬穎的幕僚；『入翔紫微』，謂入朝則翺翔帝宫——指入朝掌軍事的選用。與張彦明由從事中郎遷中護軍的身份十分吻合，並非逯所言『扞格而不通』。而《贈汲郡太守》『入贊崇華』『出宰邦家』之句，乃謂奚（爰）世都由太子屬官而出鎮藩地，與張彦明之『出撫邦家，入翔紫微』大相徑庭。而且，陸雲用這種句式描述一人官職的變遷乃是常格，如『入輔幃幄，出御千里』（《贈鄱陽府君張仲膺》），與『出撫邦家，入翔紫微』，句式完全相同。由此可證，兩首詩乃分贈張、奚（爰）二人，前詩贈張，後詩贈奚（爰）」，題旨甚明。若將『從事中郎張彦明爲中護軍』與『奚（爰）世都』以下連爲一題，與内容抵牾，才真正造成『題、詩衝突』。

第三，『客將之官』之『客』，逯欽立《先秦漢魏晉南北朝詩》校曰：『應作各。』黄葵校點《陸雲集》徑改爲『各』。二人校改均無版本依據，乃妄改。推其原因：若將『從事中郎張彦明爲中護軍』與序合併爲題，則是一詩分贈兩人，作『客』則不可解，故改爲『各』而勉强自圓其説。

從現存版本、詩之内容綜合考之，當以《古詩紀》《百三家集》本、文津閣《四庫全書》本，以及《西晉文紀》爲是。詩題無誤，不得妄改。

贈汲郡太守八章　并序〔一〕

【題解】

爰世都爲汲郡太守，大將軍司馬穎設宴爲之餞行，以示崇賢厚下之意，詩人作此詩而美之。詩先言晉君求賢，才得其所，籠罩詩之後四章；然後以二章頌美爰生之威儀、道德、識見、令名、際遇；再以二章寫自己對爰生的期待、勸勉、祝福，最後以晉行直道而用才，爰生以明德而受禄，將朝廷用才與人才用世合寫，闗合首章，轉入後二章别情之描寫。抒發與爰生交遊之樂，别時之歎，别後之思，以及對爰生沐浴聖恩而志逞意得的羡慕之情，臨觴餞行的種種複雜情緒，或淋漓或隱晦交織其中矣。與一般酬贈之詩有别，此詩深層搏動着强烈的功名願望以及對未來的期待，勃發着無言的重振家風的理想。

爰世都爲汲郡太守時間失載，然有三點值得注意：第一，士龍『既蒙引見』，又參與『宴樂』，並作詩應制，説明必在任大將軍司馬穎之幕僚上。第二，從『入贊崇華，遂登帷幄』之詩句看，爰世都是由朝官而還太守。第三，自元康九年正月，詔『成都王穎爲鎮北大將軍，鎮鄴』後，成都王穎除朝會以外，基本都居於鄴都，而餞行爰世都的地點則在京城。考成都王之行迹，太安元年十二月，河間王顒上表，謂齊王冏有無君之心，與成都王穎等舉兵洛陽。會長沙王乂攻冏，殺之。二年四月，穎即歸藩。綜考之，奚世都爲汲郡太守，時間當在太安二年（三〇三）四月前，詩亦作於是時。

爰〔二〕世都爲汲郡太守，客〔三〕將之官，大將軍崇賢之德既遠，而厚下之恩又隆①。悲〔四〕此離析，有感聖皇，既蒙引見，又宴于後園，感鹿鳴之宴樂，詠〔五〕魚藻之凱歌，而作是詩②。

【校勘】

〔一〕此序《文集》、《六朝詩集》本、影鈔宋本、《四部叢刊》本、《四部備要》本、周亮工校本、鄧邦述校本、陳仲魚校本皆附『從事中郎張彥明爲中護軍』後。今據《古詩紀》卷三十六、《百三家集》本，移至此詩之後。詳《從事中郎張彥明爲中護軍》之『備考』。

〔二〕『爰』，《文集》作『奚』，别本同。乃形近而誤，詳『備考』。下文『奚』逕改爲『爰』。

〔三〕『客』，逯欽立《先秦漢魏晉南北朝詩》校曰：『應作各。』黄葵《陸雲集》逕改爲『各』。所校皆誤。

〔四〕『悲』，《文集》、《古詩紀》卷三十六、《西晉文紀》卷十六、《百三家集》本、《四部叢刊》本、周亮工校本作『非』，意不可解。逯欽立《先秦漢魏晉南北朝詩》校作『悲』，今據改。

〔五〕『詠』，《四部叢刊》本作『誅』，形近而誤。

【注釋】

① 爰世都，名瑜字世都，濮陽人。祖邵，官殄虜護軍；父翰，官河東太守。爰世都歷任侍中、中書令、中書監、散騎侍郎等職，亦西晉清談名士。後通作『袁瑜』。之官，赴任。《玉篇》：『之，適也，往也。』大將軍，指司馬潁。

② 離析，分別。《說文》：『析，破木也。』引申爲分。鹿鳴之宴，朝廷宴請群臣嘉賓。《詩·小雅·鹿鳴》序：『《鹿鳴》，燕群臣嘉賓也。既飲食之，又實幣帛筐篚，以將其厚意，然後忠臣嘉賓得盡其心矣。』魚藻之凱歌，謂歌飲酒之樂。《詩·大雅·魚藻》：『王在在鎬，豈樂飲酒。魚在在藻，有莘其尾。』鄭玄箋：『藻，水草也。魚之依水草，猶人之依明王也。』豈，同凱。《經典釋文》卷六：『豈樂，本亦作愷樂也。』又《廣韻》：『凱，樂也。或作愷。』

序言作詩之緣由也。爰世都爲汲郡太守，大將軍司馬潁崇賢厚下，設宴爲之餞行，詩人躬逢盛宴，有感聖皇之恩，追思古代盛世群臣宴飲之樂，故作此詩。

其一

於穆皇晉，豪彥實蕃①。天罔〔一〕振維，有聖貞觀②。鳴鳥在林，良駿即閑③。萃彼〔二〕俊乂，時亮庶官④。

【校勘】

〔一〕『罔』，《古詩紀》卷三十六、《七十二家集》本、《河南通志》卷七十三作『綱』，古二字通。

〔二〕『彼』，《文集》、叢書堂鈔本、《四部叢刊》本、周亮工校本、鄧邦述校本、陳仲魚校本脱。今據《百三家集》本、《古詩紀》卷二十六、《七十二家集》本校補。又，《六朝詩彙》作『此』。

【注釋】

①於穆，歎美之辭。《詩・周頌・清廟》：『於穆清廟，肅雝顯相。』毛詩傳：『於，歎辭也。穆，美。』皇，偉大。《説文》：『皇，大也。』豪彦，俊美之士。陸機《長安有狹邪行》：『余本倦遊客，豪彦多舊親。』《爾雅・釋訓》：『美士爲彦。』蕃，盛也。《説文》：『蕃，草茂也。』此二句言偉大晉室何其美哉，俊美之士實乃盛也。

②天罔，天所網羅。《老子》第七十三章：『天網恢恢，疏而不失。』河上公注：『天所網羅。』罔，同網。《廣韻》：『罔，同網。』振維，舉其綱也。維，綱也，綱之大繩。《楚辭・天問》：『斡維焉繫，天極焉加？』王逸注：『維，綱也。』貞觀，謂明鑒萬物。《易・繫辭下》：『天地之道，貞觀者也；日月之道，貞明者也。』王弼注：『明夫天地萬物，莫不保其貞以全其用也。』《玉篇》：『貞，正也。』此二句言有聖皇如日月之明鑒，舉天網之綱而羅之。

③ 鳴鳥，鳳凰。《書·君奭》：『造德不降我，則鳴鳥不聞。』孔安國傳：『德不降意爲之我周，則鳴鳳不得聞。』《經典釋文》卷四：『馬云：鳴鳥謂鳳皇也。本或作鳴鳳者，非。』即閑，在馬厩也。《韻會》：『閑，馬闌也。』此二句言故鳳鳥在林，駿馬在厩。喻人才皆爲我朝所用。

④ 萃，聚集。《玉篇》：『萃，集也。』俊乂，猶俊傑。《書·皋陶謨》：『翕受敷施，九德咸事，俊乂在官。』孔安國傳：『俊德能治之士並在官。』《經典釋文》卷三：『馬云：千人曰俊，百人曰乂。』時亮，是信也。乃時亮天功之略，謂是誠可建立功業。《書·舜典》：『欽哉！惟時亮天功。』孔安國傳：『惟是乃能信立天下之功。』《廣韻》：『時，是也。』庶官，猶百官。《玉篇》：『庶，衆也。』此二句言俊傑之士薈萃，惟是百官誠可建立功業。

此章頌美晉君求賢而人才濟濟也。晉君聖明，舉天網而賅之，故人才如鳳鳥在林，良馬在厩，俊蒸雲集，皆爲我晉所用，百官誠可建功立業。

其二

抑抑爰生，天篤其淳①。芳穎蘭揮，瓊光玉振②。沉機照物，妙思考〔一〕神③。思我善問，觀德古人④。

【校勘】

〔一〕『考』，《四庫全書考證》卷九十二曰：『刊本缺「考」字，今據《陸清河集》補。』

【注釋】

① 抑抑，威儀之美。《詩・大雅・假樂》：『威儀抑抑，德音秩秩。』毛詩傳：『抑抑，美也。』鄭玄箋：『抑抑，密也。……成王立朝之威儀緻密，無所失。』天篤，謂天厚其德。《詩・大雅・召旻》：『旻天疾威，天篤降喪。』《廣韻》：『篤，厚也。』此二句言爰生威儀美矣，又上天厚其淳德。

② 芳穎，芳華。《説文》：『穎，禾之末也。』此指花。蘭揮，如蘭之幽香散發。《經典釋文》卷二：『揮，鄭云：揚也。王廙韓云：散也。』玉振，如玉之聲揚。《孟子・萬章下》：『集大成也者，金聲而玉振之也。』趙岐注：『振，揚也。』此二句言盛年芳華如蘭之馨香，道德光輝如玉聲之揚。

③ 沉機，深微之理。范曄《後漢書・光武紀贊》：『沈機生物，深略緯文。』善注：『《説文》曰：機，主發之機也。』銑注：『沈，深；機，微。略，法也。言謀策先於萬物。』《玉篇》：『沉，同沈。』考神，謂探詢神明之隱。《太玄經》卷九：『推陰陽之荒，考神明之隱。』《廣韻》：『考，問也。』此二句言洞察萬物深微之理，探究神明奇妙之思。

④ 善問，猶令聞，美名也。《廣韻》：『善，佳也。』問，同聞。《詩・大雅・卷阿》：『如圭如璋，令聞令望。』《經典釋文》卷七：『令聞，音問，本亦作問。』觀德古人，謂觀其先人而知其德也。《書・説命》：『嗚呼！七世之廟，可以觀德。』孔安國傳：『天子立七廟，有德之王則爲祖宗，其廟不毁，故可觀德。』此二句言思我令名之人，觀其先人而知其德。

此章讚頌爰生芳華德智之美。爰生威儀美也，天又厚其德，其芳華如蘭之馨香，其道德如玉之聲光，洞察神機之幽微，承襲先人之德馨。

其三

善問伊何，惠音孔韶〔一〕①。肇允衡門，翻飛宰朝②。肅雍芳林，芬響凌霄③。穆矣和風，育〔二〕爾清休④。

【校勘】

〔一〕『韶』，《百三家集》本作『昭』，形近而誤。

〔二〕『育』，《文集》、叢書堂鈔本作『扇』。《古詩紀》卷三十六、《百三家集》本、《四部叢刊》本、周亮工校本、鄧邦述校本、陳仲魚校本作『育』，今據改。

【注釋】

① 惠音，仁愛之音。陸機《贈馮文羆》：『夫子茂遠猷，款誠寄惠音。』孔韶，謂甚於《韶》樂。《玉篇》：『孔，甚也。』又『韶，虞帝樂名』。此二句言其令名如何？仁愛之音甚于韶樂。

② 肇，《爾雅·釋詁》：『始也。』允，《爾雅·釋詁》：『信也。』衡門，橫木爲門，隱士所居也。見上注。翻飛，猶飛也。《玉篇》：『翻，飛也。』宰朝，安寧之朝。《玉篇》：『宰，治也。』此二句言始則誠爲衡門之士，而今却飛翔于太平之晉朝。

③ 肅雍，聲音肅敬和諧。《詩·周頌·有瞽》：『肅雝和鳴，先祖是聽。』雝，同雍，《禮記·樂記》引此詩

作『雍』。《禮記·樂記》：『夫肅，肅敬也；雍，雍和也。』芬響，芬芳之聲。《説文》：『響，聲也。』此二句言肅敬和諧之音出自芳林，直入雲霄。

④穆，和。《詩·大雅·烝民》：『吉甫作誦，穆如清風。』毛詩傳：『清微之風，化養萬物者也。』鄭玄箋：『穆，和也。』清休，清澄之美。釋支遁《八關齋詩》：『存誠夾室裏，三界讚清休。』《爾雅·釋詁》：『休，美也。』此二句言又和如清風，養其清澄之美德。

此章讚頌爰生令聞之美。令名之聲甚于韶樂，始雖棲遲衡門，終則翱翔有晉，其肅敬和諧之音，出芳林，陵雲霄，如和風而育其清澄之美德矣。

其四

亦既有試，出宰邦家①。之子于行，民固謳歌②。風澄俗險〔一〕，化靜世波③。芒芒既庶，且樂于和④。

【校勘】

〔一〕『險』，《古詩紀》卷三十六、《百三家集》本、《四部叢刊》本、周亮工校本、鄧邦述校本、陳仲魚校本作『儉』，形近而誤。

【注釋】

① 有試，謂因其美譽而試以政事。《論語·衛靈公》：『吾之於人也，誰毀誰譽？如有可譽者，其有所試矣。』何晏《集解》：『苞氏曰：所譽輒試以事，不空譽而已矣。』宰，《玉篇》：『治也。』此二句言因聲譽而試以政事，使出治其一方之地。

② 之子于行，擬《詩》之成句。《詩·周南·桃夭》：『之子于歸，宜其室家。』毛詩傳：『之子，嫁子也。』之，代詞，猶是。此二句言是子行矣，民謳歌其美政也。

③ 俗險，世俗之險。《荀子·富國》：『誅賞而不類，則下疑俗儉，而百姓不一。』楊倞注：『儉，當爲險。險，謂徼倖免罪苟且求賞也。』此二句言教化使風俗清澄，使世道寧靜。

④ 芒芒，廣大貌。《經典釋文》卷七：『芒芒，大貌。』此二句言地域廣大，百姓既衆，皆將和諧樂業。

此章讚頌爰生之美政。爰生美譽既彰，則使出鎮一方，行其教化，風俗清澄，世道安寧，故百姓謳歌其美政，且和諧而安居樂業。實乃勸勉之詞也。

其五

我有好爵，既成爾服①。入贊崇華，遂登帷幄②。時文聖宰，天祚方穀③。朔風徽止，鴻漸雲嶽④。

【注釋】

① 我有好爵，喻朝有顯位。《易·中孚》：『我有好爵，吾與爾靡之。』王弼注：『不私權利，唯德是與，誠之至也，故曰：我有好爵，與物散之。』孔穎達疏：『若我有好爵，吾願與爾賢者分散而共之。』陶淵明《辛丑歲七月赴假還江陵夜行塗口作》：『投冠旋舊墟，不爲好爵縈。』銑注：『投此冠冕，將歸舊居，不以好爵爲榮華也。』既成爾服，喻已授其位。《詩·小雅·六月》：『維此六月，既成我服。』鄭玄箋：『王既成我戎服，將遣之。』此二句言朝有顯位，既已授之。

② 贊，輔佐。《玉篇》：『贊，佐也，助也。』崇華，洛陽宮殿名。《三國志·魏·明帝紀》：『（青龍三年）秋七月，洛陽崇華殿災。……命有司復崇華，改名九龍殿。』帷幄，營帳。劉向《新序·善謀》：『故謀得於帷幄，則功施於天下。』謂運籌帷幄之士，此指獨鎮一方爲汲郡太守也。此二句言始入朝廷而輔佐天子，終登帷幄獨鎮一方。

③ 時文，謂是以文教化天下。《廣韻》：『時，是也。』見上注。聖宰，聖明之宰臣。曹植《七啓》：『世有聖宰，翼帝霸世。』宰，冢宰。《經典釋文》卷八：『鄭云：宰，主也。干云：濟其清濁，和其剛柔，而納之中和，曰宰。』天祚，天賜其福。劉琨《勸進表》：『天祚大晉，必將有主。』良注：『祚，福也。』穀，善也。《詩·小雅·小明》：『神之聽之，式穀以女。』鄭玄箋：『穀，善也。』此二句言聖明宰臣以文教化天下，天方厚賜其福也。

④ 徽止，猶徽。《經典釋文》卷二：『徽，王云：美；馬云：善也。』止，語助詞。《詩·周南·草蟲》：『亦既見止，亦既覯止。』毛詩傳：『止，辭也。』汲郡在洛陽之東北，故曰『朔風』。鴻漸，猶言鴻飛。《易·漸》：『初六：鴻漸於干。』王弼注：『鴻，水鳥也。適，進之義，始於下而升者也。』此二句言爾如鴻飛雲嶽，施於教化，汲郡之風俗亦美也。

此章乃對爰生祝福之辭也。朝賜其顯位，由入爲輔弼，而獨鎮一方，揚聖朝之教化，必上得天賜之福，下成風俗之美，如鴻飛雲嶽，聲聞天下。

其六

悠悠斯民，三代直〔一〕道①。我求〔二〕明德，惟爰攸考②。緝熙暉章，天禄來保③。惠心無競〔三〕，豐化有造④。

【校勘】

〔一〕『直』，《古詩紀》卷三十六作『宜』，形近而誤。

〔二〕『求』，《石倉歷代詩選》卷三作『非』。

〔三〕『無競』，《文集》、叢書堂鈔本、《四部叢刊》本、周亮工校本、鄧邦述校本、陳仲魚校本作『無兢』；《石倉歷代詩選》卷三、《百三家集》本作『無競』，鄧邦述校本、陳仲魚校本亦校作『無競』，故據改。

【注釋】

① 悠悠，遥遠。《詩・鄘風・載馳》：『驅馬悠悠，言至于漕。』毛詩傳：『悠悠，遠貌。』斯民，古代之民。三代，夏殷周。直道，直道而行。《論語・衛靈公》：『斯民也，三代之所以直道而行也。』何晏《集解》：『馬融曰：三代夏殷周也。用民如此無所阿私，所以云直道而行也。』此二句言追憶遠古之三代，先民直道而行也。

②我求明德，謂我王求美德之士。《詩・周頌・時邁》：『我求懿德，肆于時夏。』鄭玄箋：『我武王求有美德之士而任用之。』攸考，所成也。陸機《漢高祖功臣頌》：『柔遠鎮邇，寔敬攸考。』善注：『《爾雅》曰：考，成也。』濟注：『實敬之所考定也。』此二句言王求美德之士，惟爰生之所能成。

③緝熙，光明。《詩・大雅・文王》：『穆穆文王，於緝熙敬止。』毛詩傳：『緝熙，光明也。』此指明德。暉章，猶昭彰。《玉篇》：『章，明也。』天禄，天賜之福禄。《書・大禹謨》：『四海困窮，天禄永終。』來保，天安之。《詩・小雅・天保》：『天保定爾，亦孔之固。』《玉篇》：『保，安也，養也。』此二句爰生之德行昭彰，天賜福禄，使安享之。

④無競，無疆。《左傳・宣公十二年》：『《武》曰：無競惟烈。』杜預注：『《武》詩，頌篇名。烈，業也。言武王兼弱取昧，故成無疆之業。』豐化，大化。《玉篇》：『豐，大也。』造，有所成也。《詩・大雅・思齊》：『肆成人有德，小子有造。』毛詩傳：『造，爲也。』此二句言若施無疆之惠心，大化天下則必有成。

此章言爰生因其德而得爵禄也。晉有遠古之風，直道而行，爰生明德昭彰，天賜福祉，君成爵禄，若其廣施惠心，則大化有成。

其七

樂只君子，茂德攸綏①。嗟我懷人，式是言歸②。聿言來集，如翼斯揮③。日〔一〕予不惠，照爾清暉④。

【校勘】

〔一〕「日」，《文集》、《百三家集》本作「曰」，或形近而誤。《古詩紀》卷三十六、叢書堂鈔本、《石倉歷代詩選》卷三、《四部叢刊》本、周亮工校本、鄧邦述校本、陳仲魚校本作「日」，今據改。

【注釋】

①樂只君子，樂此君子。《詩・小雅・南山有臺》：「樂只君子，德音不已。」鄭玄箋：「只之言是也。」攸綏，所安。《爾雅・釋詁》：「攸，所也。」又「綏，安也」。此二句樂此君子，盛德而天安之。

②嗟我懷人，謂嗟歎懷思之君子。《詩・周南・卷耳》：「嗟我懷人，寘彼周行。」毛詩傳：「懷，思。」《玉篇》：「嗟，歎也。」式是，於是。《詩・大雅・烝民》：「王命仲山甫，式是百辟。」言歸，猶歸。謂赴汲郡之任。《詩・周南・葛覃》：「言告師氏，言告言歸。」言，語助詞。王引之《經傳釋詞》卷五：「言，云也，語詞也。」此二句言嗟歎懷思之人，自此將行也。

③聿，自。《詩・大雅・緜》：「爰及姜女，聿來胥宇。」鄭玄箋：「聿，自也。」揮，《廣韻》：「振也，動也。」此二句言自來集止，如展翅揮動也。謂逞其志也。

④日，喻皇恩。予不惠，《書・君奭》：「公曰：君，予不惠，若茲多誥。」孔穎達疏：「公呼召公曰君，我不徒惟順如此之事，多誥而已。」然此處唯用字面義，意謂不惠於我。此二句言皇恩不惠顧於我，惟照爾也。

此章抒寫爰生將行時詩人複雜之情。爰生盛德而天安之，故樂此君子；爰生自此將別，故嗟歎懷思；羨爰生之志逞沐恩，歎聖輝之不惠顧我也。

其八

職思既殊，亦各有司①。念我同僚，悲爾異事②。之子之遠，悠悠我思③。雖無贈之，歌以言志④。

【注釋】

① 職思，謂思其所主之事。《詩·唐風·蟋蟀》：『無已太康，職思其居。』毛詩傳：『職，主也。』鄭玄箋：『又當主思於所居之事。』此二句言思其所主之事既别，亦爲各司其職也。

② 同僚，同官者。異事，职事之不同。《詩·大雅·板》：『我雖異事，及爾同僚。我即爾謀，聽我囂囂。』毛詩傳：『僚，官也。』鄭玄箋：『我雖與爾職事異者，乃與女同官俱爲卿士。』按：此處表層取前二句意，而深層則又包含後二句意，即鄭玄箋『我就女而謀，及忠告以善道』意也。士龍所取《詩》之典，多采用此法，讀者諸君當慎思之。此二句言我念昔日同僚，今則悲其職事異也。謂其因事異而别。

③ 悠悠我思，謂我思之深也。《詩·邶風·雄雉》：『瞻彼日月，悠悠我思。』鄭玄箋：『使我心悠悠然思之。』《爾雅·釋訓》：『悠悠，思也。』此二句言此子適往遠地，我之思念深遠。

④ 雖，同惟，發語詞。王引之《經傳釋詞》卷三：『惟，發語詞也。……亦作雖。』此二句言臨别無以贈之，作是詩以抒情志。

此章抒寫别後之思念也。爰生與我主事有别，各司其職，昔日之同僚，今日别矣，愈行愈遠，思之深矣，無以贈之，以詩言志。

【備考】

此序之『奚世都』，諸種陸雲集版本及文學總集皆無異文，後人引用亦無異議。稽考史籍，實乃積非成是，『奚世都』當爲『爰世都』之誤。兹考之如下：

《三國志·魏·鄧艾傳》：『初，艾當伐蜀，夢坐山上而有流水，以問殄虜護軍爰邵。邵曰……艾憮然不樂。』裴松之注引荀綽《冀州記》曰：『邵起自幹吏，位至衛尉。長子翰，河東太守。中子敞，大司農。少子倩，字君幼，寬厚有器局，勤於當世，歷位冀州刺史、太子右衛率。翰子俞，字世都，清貞貴素，辯於論議，采公孫龍之辭以談微理。少有能名，辟太尉府，稍歷顯位，至侍中、中書令，遷爲監。』又據梁陶弘景《真誥》卷十五《闡幽微》注曰：『爰愉，字世都，濮陽人。有才辨，多術藝，事晉武，辟司徒魏舒府，位至侍中、中書令、監。』二書一曰『爰俞』，一曰『爰愉』，從記載其行迹看，二書所言當是一人。『爰俞』，《晉書》作『爰瑜』。范子燁先生考之曰：『案爰俞，《晉書》卷八六《張軌傳》作「爰瑜」，傳云：「更以侍中爰瑜爲凉州刺史。」而上引裴松之注説：「至侍中、中書令。」則二書記載相合，爰瑜和爰俞必爲一人無疑。……爰俞之名，當作「瑜」，瑜爲美玉，與他的字「世都」的意義相吻合，故當從《晉書》。爰俞是從論辯語言和方法論的角度來吸收名家學派的營養，並融入到玄學辯論中去的。』（《中古文人生活研究》，山東教育出版社二〇〇一年版，第二六四頁）所論極是。《真誥》卷十五作『爰愉』，陶宗儀《説郛》卷五十七上《群輔録》作『爰楡』，或乃音近而誤。

爰瑜，又作袁瑜。陸士衡《謝平原内史表》：『臣之微誠，不負天地，倉卒之際，慮有逼迫，乃與弟雲及散騎侍郎袁瑜、中書侍郎馮熊、尚書右丞崔基、廷尉正顧榮、汝陰太守曹武，思所以獲免，陰蒙避回，岐嶇自列。』李善注：『王隱《晉書》曰：袁瑜，字世都。』《史記》卷一百一《袁盎傳》與《漢書》卷四十九《爰盎傳》，所記爲一人。可證『袁』與『爰』同爲一姓。考中國姓氏源流，袁氏一姓，可以寫作袁氏、轅氏、榬氏、溒氏、爰氏、援氏，至後代寫法漸趨一致，統一寫作『袁氏』，然而，後代文獻記載亦取舊姓寫法，故仍然寫作『爰』。

通過以上考證可以看出：第一，爰世都名俞，世都乃其字，濮陽人。祖邵，官殄虜護軍；父翰，官河東太守。爰世都歷任侍中、中書令、中書監、散騎侍郎等職，亦西晉清談名士。其清談不惟談玄，而且『采公孫龍之辭以談微理』，擴展了清談的內容。第二，《晉書·陸機傳》載：『齊王冏以機職在中書，九錫文及禪詔，疑機與焉，遂收機等九人付廷尉，賴成都王穎、吴王晏並救理之，得減死徙邊，遇赦而止。』是時，袁瑜任散騎侍郎，『自魏至晉，散騎常侍、侍郎與侍中、黃門侍郎共平尚書奏事，江左乃罷』（《晉書》卷二十四《職官志》）。因參與尚書奏事，而與二陸等一併捲入趙王倫篡逆之事，被齊王冏逮捕入獄。以理推之，成都王穎、吴王晏援救二陸時，袁瑜亦獲救，所以出獄後亦當與二陸同入成都王司馬穎幕府。經過這一次生死患難，又同在司馬穎幕府，與陸雲建立了深厚情感，所以在袁瑜出任汲郡太守時，陸雲既『有感聖皇』，又『悲此離析』，而作此詩。之所以諸本皆將『爰世都』誤爲『奚世都』，乃因『奚』『爰』形近而誤。

卷三

詩

答兄平原〔一〕

【題解】

此詩乃答兄機之贈詩，内容、結構、情感與士衡詩近似。詩共八章分四層：第一，追溯其輝煌家世，歌頌祖考之德化與武功；讚美三兄之道德與事業。第二，自責無能，不能重振先祖基業；表達面對先祖基業衰頽的慚愧之情，以及對兄士衡升嶽凌雲的殷切期望。第三，抒寫其離鄉後的故園之思與歸鄉途中的駿奔之情；叙述途中兄弟歡會之短暫以及由此而引發的人生感慨；抒寫歸家之後目睹家道衰落之感愴。第四，回歸酬答之旨，讚美兄詩之美以及自己答詩之目的。在追溯輝煌家世，描述家道衰落，自慚回天乏術中，充滿重振家風的渴望；在描述思鄉之殷，歸鄉之切，友于之樂後，反跌出堂構傾頽的滿目悽愴，又充滿覆國亡家之痛。而人生感慨中的深厚生命意識，與家國、鄉思、人生、親情等種種複雜情緒交錯纏繞，使此詩情感非常厚重。詩由溯家世，頌祖考，美兄長，到自責無能；由鄉思、歸鄉、歡會，到歸家之感愴，結構細針密綫；又由自責無能轉入抒寫鄉情與愴痛，意脉轉接自如。寫近鄉時「微物識儕，矧伊有情」的親切與歡悦；至家時「高門降衡，修庭樹蓬」悲涼與悽愴；「樂兹棠棣」「覲未浹辰」的歡快與失落，都是在反跌對比强化了情感的濃度。

此詩與機贈詩作於同時，有學者認爲是吴亡次年機扶二兄靈柩東歸時而作。此説與機、雲詩之内容有牴牾。吴鳳凰三年（二七四），父陸抗卒。雲與兄晏、景、機分領抗兵，機任牙門將，機贈詩所謂「墨經從戎」蓋指此。天紀四年（二八〇），晉軍伐吴。二月，兄晏、景並遇害。次年機扶二兄靈柩東去故里安葬。機詩「悼心告别，漸歷八載」，是指機任牙門將離鄉至扶柩歸鄉之時間，非指機、雲離吴適洛之時間。此詩作於元康六年（二九六）。是年冬，機由吴王郎中令遷尚書中兵郎，陸雲繼任是職，因吴王所鎮之淮南離東吴較近，機告假約弟同歸故里。機先行，跋山涉水，重走當年從荆州扶柩歸鄉的一段路程時，不禁回憶起那段不堪回首的歲月，而作詩贈雲，雲作此詩答之。

伊我世族，太極降精①。昔在上代〔一〕，軒虞篤生②。厥生伊何，流祚萬齡③。南嶽有神，乃降厥靈④。誕鍾祖考，胤〔二〕兹神明⑤。運步玉衡，仰和太清⑥。賓御四門，旁穆紫庭⑦。紫庭既穆，威聲爰振⑧。厥振伊何，播化殊鄰⑨。清風攸被，率土歸仁⑩。彤弧所彎，萬里無塵⑪。功昭王府，帝庸厥勳⑫。黄鉞授征，錫命頻繁⑬。闞如虓〔四〕虎，肅兹三軍⑭。光若辰跱〔五〕，亮彼公門⑮。仍世上司，芳流慶純〔六〕⑯。

【校勘】

〔一〕此詩《文集》前先迻録陸機贈詩，題曰《兄平原贈》（并序）；後爲陸雲答詩，題曰《答》。今將機贈詩移至『附録』之中。陸雲答詩或亦十章，然諸本皆未分章。另按：此詩從『誕鍾祖考』句開始，《諸家文集》本、《四部備要》本、鄧邦述校本、陳仲魚校本與《文集》、《四部叢刊》本、叢書堂鈔本、周亮工校本的内容次序頗有不同。前一類版本詩之次序：『誕鍾祖考，憂懷没齒。憂懷惟何，顧景惟塵。……恨其永懷，胤茲神明。運步玉衡，仰和太清。……仰愧靈丘，銜心孔艱。天地永久，命也難長……冀憑光蓋，編諸末録。』然細考之，前後銜接文氣不暢，而且語意不連。或乃錯簡。

〔二〕『代』，《文館詞林》卷一百五十二作『帝』。

〔三〕『胤』，《文集》、《古詩紀》卷三十六、《百三家集》本、《四部備要》本、周亮工校本作『徹』，闕筆；《四部叢刊》本、陳仲魚校本作『徹』，皆誤。《文館詞林》卷一百五十二、鄧邦述校本作『胤』。影鈔宋本翁同書校云：『闕筆避宋諱，非「徹」字也。』故據改。

〔四〕『虣』，《百三家集》本、《文館詞林》卷一百五十二作『虒』。

〔五〕『跱』，《文館詞林》卷一百五十二作『時』，《百三家集》本作『峙』。

〔六〕『慶純』，《文館詞林》卷一百五十二作『慶雲』。

【注釋】

①伊，猶維。王引之《經傳釋詞》卷三：『伊，維也。』太極，即大極，形成萬物的原始物質。《易·繫辭

上》：『易有大極，是生兩儀。』韓康伯注：『夫有必始於無，故大極生兩儀也。大極者，無稱之稱，不可得而名，取其有之所極，况之大極者也。』此指天地。降精，猶降神。釋法琳《辨正論・九箴篇》：『陰陽交合，二氣降精，精化爲神。』此二句言惟我之世族，乃天地神靈之所生。

②上代，遠古之時。劉知幾《史通・雜述》：『昔在三墳、五典、春秋、檮杌，即上代帝王之書。』軒虞，軒即黄帝，居軒轅之丘，故又稱軒轅。虞即舜帝，名重華，國號有虞，故亦稱虞，乃黄帝九世孫，顓頊六世孫。《大戴禮記・五帝德》：『孔子曰：黄帝，少典之子也，曰軒轅。……教熊羆貔豹虎，以與赤帝戰於版泉之野，三戰然後得行其志。』《尚書序》孔安國傳：『虞帝，舜也，姓姚氏，國號有虞，顓頊六世孫，瞽瞍之子，母曰握登，以土德王五帝之五也。』此二句言昔在遠古之時，即厚生軒轅虞舜。陸氏乃軒轅虞舜之苗裔，故謂之也。

③厥，代詞。《爾雅・釋言》：『厥，其也。』伊何，維何，猶如何。《詩・小雅・頍弁》：『有頍者弁，實維伊何。』鄭玄箋：『言幽王服是皮弁之冠，是維何爲乎。』祚，《廣韻》：『福也，禄也。』此二句言其先祖生之如何，而福祚流播萬年！

④南嶽，泛指南方之山。《爾雅・釋山》：『霍山爲南嶽。』郭璞注：『即天柱山，潛水所出。』按：陸機《贈弟士龍》則曰：『於穆予宗，稟精東嶽。』郝立權《陸士衡詩注》：『惟此係泛指吴山。機爲吴人，吴在東方，故云東嶽也。』此二句言南方山嶽之有神靈，乃降生我神靈之祖。

⑤誕，《玉篇》：『大也，天子生曰降誕。』鍾，聚集。《玉篇》：『鍾，聚也。』祖考，先祖，此指祖陸遜，父陸抗。《書・君牙》：『纘乃舊服，無忝祖考。』孔安國傳：『繼汝先祖故所服忠勤，無辱累祖考之道。』胤，嗣。《詩・大雅・既醉》：『君子萬年，永錫祚胤。』毛詩傳：『胤，嗣也。』神明，死者之尊稱。《禮記・檀弓上》：

『其曰明器，神明之也。』鄭玄注：『言神明，死者也。神明者，非人所知。』此二句言天之靈秀鍾於祖考，故誕生其神明之人。

⑥ 玉衡，正天文之器。《書·舜典》：『在璿璣玉衡，以齊七政。』孔安國傳：『璣衡，王者正天文之器，可運轉者。七政，日月五星各異政。舜察天文，齊七政，以審己當天心與否。』此指台衡，三公之位。祖陸遜位居宰相，父抗官大司馬，皆三公位，故曰『玉衡』。太清，天也。左思《吴都賦》：『魯陽揮戈而高麾，迴曜靈於太清。』劉淵林注：『太清，謂天也。』此二句言官居台衡之位，上協天人之和。

⑦ 賓御四門，謂賓迎四方之來朝者也。《書·舜典》：『賓於四門，四門穆穆。』孔安國傳：『四門，四方之門。舜流四凶族，四方諸侯來朝者，舜賓迎之，皆有美德，無凶人。』御，駕車馬。《説文》：『御，使馬也。』穆，和。《詩·大雅·烝民》：『吉甫作誦，穆如清風。』鄭玄箋：『穆，和也。』紫庭，帝王之居。王融《雜體報範通直》：『紫庭風日好，青槐枝葉新。』章樵注：『帝王之居象北極紫微宫，故曰紫庭。』此二句言外迎四方之賓，内使朝廷和諧。

⑧ 爰，於是。《詩·小雅·采芑》：『歋彼飛隼，其飛戾天，亦集爰止。』鄭玄箋：『爰，於也。』振，猶揚。《廣韻》：『振，奮也，舉也。』此二句言朝廷既已和諧，威名於是播揚。

⑨ 殊鄰，猶邊遠之國。揚雄《長楊賦》：『是以遐方疏俗，殊鄰絶黨之域。』《玉篇》：『殊，《蒼頡》云：殊，異也』。此二句言其威名傳之如何？名揚教化于邊遠之國。

⑩ 攸，《爾雅·釋言》：『所也。』率土，猶天下也。《詩·小雅·北山》：『溥天之下，莫非王土；率土之濱，莫非王臣。』毛詩傳：『率，循。』鄭玄箋：『此言王之土地廣矣，王之臣又衆矣。』此二句言仁化之風澤被天下，率土之民，來歸於仁。

⑪ 彤弧，彤弓。班固《典引》：『乘其命，賜彤弧，黄鉞之威。』善注：『言曰其命，賜以彤弓、黄鉞，乃始征伐也。』向注：『弧，弓也。』彤弧所彎，謂武力征討。無塵，無戰塵。庾信《周宗廟歌・獻高祖武皇帝》：『戎衣此一定，萬里更無塵。』此二句言彎其弓箭，則天下安寧矣。

⑫ 庸，《爾雅・釋詁》：『勞也。』此二句言功昭於王府，帝勞其勳績。

⑬ 黄鉞授征，鉞飾以金曰黄鉞，乃王之儀仗。授之以征，即攝行王事也。陸機《吴丞相陸遜銘》曰：『魏大司馬曹休侵我北鄙，乃假公黄鉞，統御六師及中軍禁衛，而攝行王事。主上執鞭，百司屈膝。』黄武七年（二二八），魏大司馬曹休舉衆入皖，孫權召陸遜假黄鉞，爲大都督，逆休。休大敗，還，疽發背死。所述乃此事也。錫，《爾雅・釋詁》：『賜也。』此二句言王以黄鉞授之，頻繁賜命出征。

⑭ 闞如虓虎，聲如猛虎之嘯，喻將士威猛也。《詩・大雅・常武》：『王奮厥武，如震如怒。進厥虎臣，闞如虓虎。』毛詩傳：『虎之自怒虓然。』鄭玄箋：『前其虎臣之將，闞然如虎之怒。』《玉篇》：『闞，聲也。』《六書正僞》：『虓，猛也。』此二句言軍如猛虎之嘯，三軍無不嚴整。

⑮ 辰跱，喻如北辰之高聳。辰，指北辰。《公羊傳・昭公十七年》：『北辰亦爲大辰。』何休注：『北辰，北極天之中也。』《字彙補》：『跱，立也。』公門，朝門，指朝廷。《穀梁傳・莊公元年》：『主王姬者，必自公門出。』范寧注：『公門，朝之外門。』此二句言光若高懸之北辰，輝映朝廷之門庭。

⑯ 仍世，猶乃世，累世也。《書・旅獒》：『允迪兹，生民保厥居，惟乃世王。』孔安國傳：『天子乃世世王天下。』《爾雅・釋詁》：『仍，乃也。』上司，在上主政，謂高官也。《後漢書・楊震傳》：『吾蒙恩，居上司。』《玉篇》：『司，主也。』慶純，謂美之絲帛。《爾雅・釋言》：『休，慶也。』《説文》：『純，絲也。』此二句言乃世世官居高位，流芳宣之竹帛。

此章追溯其輝煌家世，從德化與武功兩方面合頌其祖考遜、抗也。天地初始，降我世族，乃軒虞之苗裔，傳萬年之福祚；至我祖考，位至台衡，協和天人，謐静朝廷，聲名遠播，化育遠鄰；天子授黄鉞而征戰，三軍如虎嘯而整肅，乃使邊境無塵，功昭府朝，而流芳竹帛也。

雲和〔一〕所産，爰育二〔二〕昆①。誕豐岐嶷，夙邁令問〔三〕②。令問伊何？休音允臧③。先公克構，乃崇斯堂④。耀穎上京，發迹扶桑⑤。戎車出〔四〕征，時惟鷹揚⑥。鷹揚既昭，勳庸克邁⑦。天子命我，鎮弼于外⑧。在〔五〕作扞城，以表南裔⑨。降災匪躅，景命顛沛⑩。惟我賢昆，天姿秀生⑪。含奇播殊，明德惟馨⑫。太陽散氣，乃稟厥和⑬。山川垂度，爰則厥遐⑭。厥遐伊何？惟光惟大⑮。惟大伊何？如岱如渭⑯。恢此廣淵，廓彼洪懿⑰。弘道惇〔六〕德，淵哉爲器⑱。統我先基，弱冠慷慨⑲。將弘祖業，實崇奕世⑳。

【校勘】

〔一〕『雲和』，《文館詞林》卷一百五十二作『純和』。

〔二〕『二』，《文館詞林》卷一百五十二作『仁』。

〔三〕『夙邁令問』，《文館詞林》卷一百五十二作『實昭令聞』。又『問』，《百三家集》本、《古詩紀》卷二十六、《四部備要》本作『聞』。下句亦作『聞』，古二字通。

〔四〕『出』，《文集》、《百三家集》本、《七十二家集》本、《六朝詩集》本、叢書堂鈔本、《四部叢刊》本、周亮工校本、鄧邦述校本、陳仲魚校本作『山』，語意扞格；《文館詞林》卷一百五十二作『出』，今據改。

〔五〕『在』，《文館詞林》卷一百五十二作『代』，《四部備要》本作『任』。

〔六〕『弘』，《百三家集》本、《七十二家集》本作『洪』。又『惇』，《文集》、叢書堂鈔本、《四部叢刊》本、陳仲魚校本作『惇』，乃避宋諱。《古詩紀》卷三十六、《百三家集》本、《六朝詩集》本、《七十二家集》本、周亮工校本、鄧邦述校本作『惇』，今據改。

【注釋】

① 雲和，山名。此指士龍之故鄉。張衡《東京賦》：『爾乃孤竹之管，雲和之瑟。』善注：『雲和，山名也，出美木，用爲瑟，其聲清亮也。』爰，《玉篇》：『爲也。』二昆，指二兄晏、景。按：士龍有兄四人，晏、景、玄、機，玄早逝，陸機《吴貞獻處士陸君誄》，乃誄玄也。吴天紀四年，晉軍伐吴，二月，晏爲王濬別軍所殺，景亦遇害。士龍言二昆乃就逝者言也。此二句言昆山所生，是育二兄。

② 誕，降生。《廣韻》：『誕，育也。』岐嶷，謂幼而聰慧。《詩・大雅・生民》：『克岐克嶷，以就口食。』毛詩傳：『岐，知意也。嶷，識也。』夙邁，早行。陶淵明《命子》：『於赫湣侯，運當攀龍。撫劒夙邁，顯兹武功。』令問，猶言美名。《詩・大雅・文王》：『亹亹文王，令聞不已。』鄭玄箋：『其善聲聞，日見稱歌，無止時也。』聞，同問。《經典釋文》卷七：『令聞，音問，本亦作問。』《孔子家語》卷八亦引作『令問』。此二句言天降二昆，幼而異常聰慧，長而令名早揚。

③ 休音，德音之美。《爾雅・釋詁》：『休，美也。』允臧，誠然善也。《詩・鄘風・定之方中》：『卜云其

吉，終然允臧。』毛詩傳：『允，信；臧，善也。』此二句言其令名如何？德音誠然美善矣。

④ 先公，謂先父大司馬陸抗。克構，喻創立立基業。潘岳《楊荆州誄》：『纂戎洪緒，克構堂基。』善注：『《尚書》曰：若考作室，子弗肯堂，矧肯構。』崇，昌盛。《爾雅·釋詁》：『崇，充也。』郭璞注：『亦爲充盛。』此二句言先公創立基業，而二兄又使之昌盛也。

⑤ 耀穎，喻光耀脱穎之才。吴質《答東阿王書》：『雖恃平原養士之懿，愧無毛遂耀穎之才。』善注：『《史記》曰：秦之圍邯鄲，使平原君求救，合從于楚約。與食客門下有勇士文武備具者二十人，偕得十九人，餘無可取者。毛遂自贊于平原君。平原君曰：夫賢士之處俗，譬如錐之處囊中，其末立見。今在左右，未有所稱誦，是先生無所有也。毛遂曰：臣今日請處囊中耳，使遂蚤得處囊中，乃脱穎而出，非特其末見而已。』上京，京師。班固《幽通賦》：『皇十紀而鴻漸兮，有羽儀於上京。』此指吴都。發迹，喻事功之興也。陸機《贈顧交阯公真》：『發迹翼藩后，改授撫南裔。』扶桑，日所居之東方樹木，代指東方。《淮南子·天文訓》：『日出于暘谷，浴于咸池，拂于扶桑。』又《山海經·海外東經》：『湯谷上有扶桑……九日居下枝，一日居上枝。』士龍家居吴之華亭，在京城建業之東，故言發迹扶桑。此二句言事功興於東方，而脱穎而出于京師。

⑥ 戎車，兵車。《詩·小雅·采薇》：『戎車既駕，四牡業業。』《説文》：『戎，兵也。』時惟鷹揚，謂惟此勇武之將。《詩·大雅·大明》：『維師尚父，時維鷹揚，凉彼武王。』毛詩傳：『鷹揚，如鷹之飛揚也。』鄭玄箋：『鷹，鷙鳥也。』維，通惟。王引之《經傳釋詞》卷三：『惟，獨也，或作唯、維。』時，通是。《爾雅·釋詁》：『時，是也。』此二句言率兵車而出征，惟此之勇猛之將。按：陸抗卒，晏、景、機、雲，分領抗兵。晏爲裨將軍、夷道監；景拜偏將軍、中夏督，故曰時惟鷹揚也。

⑦ 勳庸，功勳。《後漢書・荀彧傳》：『雖勳庸崇著，猶秉忠貞之節。』《廣韻》：『庸，功也。』邁，《説文》：『遠行也。』此二句言勇武雄才既顯，則功勳英名遠揚。

⑧ 鎮弼，猶鎮守。《爾雅・釋詁》：『弼，俌也。』郭璞注：『俌，猶輔也。』此二句言天子命我先兄，鎮守外疆。

⑨ 扞城，喻勇武之將帥。《詩・周南・兔罝》：『赳赳武夫，公侯干城。』毛詩傳：『干，扞也。』鄭玄箋：『干也城也，皆以禦難也。此罝兔之人，賢者也。有武力可任爲將帥之德，諸侯可任以國守。扞城其民，折衝禦難於未然。』表，邊外之屏障。袁宏《後漢紀・光武皇帝紀》：『宜北取西河，東收關中；按秦舊迹，表裏河山。』南裔，南方邊境。指荆州前綫。此二句言出作國家之將帥，屏障南方之邊境。

⑩ 降災，謂天降其災禍。《書・伊訓》：『于其子孫弗率，皇天降災。』匪蠲，不潔，謂政事荒穢。《書・酒誥》：『惟我一人，弗恤弗蠲，乃事時同于殺。』孔安國傳：『惟我一人不憂汝乃不潔汝政事，是汝同于見殺之罪。』景命，天之大命。《詩・大雅・既醉》：『君子萬年，景命有僕。』顛沛，猶傾覆。陸機《謝平原内史表》：『遭國顛沛，無節可紀。』此二句言天降災禍，政事荒穢，故天之大命，其國傾覆也。謂吴國後期，國政荒亂，天命棄之，覆國亡家。

⑪ 賢昆，此指陸機。天姿，天然之姿容。陸機《皇太子宴玄圃宣猷堂有令賦詩》：『茂德淵沖，天姿玉裕。』銑注：『天然之姿容如玉矣。』秀生，謂拔萃於衆人。《玉篇》：『秀，出也，榮也。』此二句言惟我昆兄，天姿秀美於衆人也。

⑫ 播殊，謂名揚殊裔。《玉篇》：『播，揚也。』又『殊，《蒼頡》云：殊，異也』。明德惟馨，謂惟明德之芬芳遠聞。《書・君陳》：『至治，馨香感于神明，黍稷非馨，明德惟馨。』孔安國傳：『政治之至者，芬芳馨氣動

於神明。所謂芬芳，非黍稷之氣，乃明德之馨。』此二句言身懷奇才，名揚殊方，明德之芬芳遠聞矣。

⑬ 太陽，旺盛之陽氣。董仲舒《春秋繁露・官制象天》：『春者，少陽之選也；夏者，太陽之選也。』稟，《集韻》：『受也。』此二句旺盛之陽氣散，天地乃得其和。謂其稟性得天之和，不溫不火。

⑭ 垂度，垂示法度。《字彙》：『度，法也，則也。』爰，於是。王引之《經傳釋詞》卷二：『爰，即於時也。於時，即於是也。』遐，《爾雅・釋詁》：『遠也。』此二句言如山川垂示法度，於是遠人效法之。

⑮ 伊何，猶如何。見上注。惟光惟大，謂光著德厚。《周易》卷一：『坤厚載物，德合無疆，含弘光大，品物咸亨。』孔穎達疏：『包含弘厚，光著甚大。』惟，語助詞。此二句言遠人如何效法之？惟效法其光明寬厚之德。

⑯ 岱，《玉篇》：『泰山。』此二句言其光明寬厚如何？高如泰山，廣如渭水。

⑰ 恢，猶恢恢。《玉篇》：『恢恢，大也。』廣淵，廣大深遠。《書・微子之命》：『乃祖成湯，克齊聖廣淵。』孔安國傳：『言汝祖成湯能齊德聖達，廣大深遠，澤流後世。』廓，《玉篇》：『大也。』洪懿，喻美之深廣。《爾雅・釋詁》：『懿，美也。』此二句言胸襟廣大深遠，美德恢闊隆盛。

⑱ 弘道，光大其道。《論語・衛靈公》：『人能弘道，非道弘人也。』《爾雅・釋詁》：『弘，大也。』惇德，厚德。《書・舜典》：『柔遠能邇，惇德允元。』孔安國傳：『惇，厚也。』器，器量。《論語・八佾》：『管仲之器小哉。』何晏《集解》：『言其器量小也。』此二句言光大其道，深厚其德，其器量寬弘也。

⑲ 統，猶繼承。《釋名・釋典藝》：『統，緒也。』弱冠，《禮記・曲禮上》：『二十曰弱冠。』慷慨，壯士之悲歎。張衡《歸田賦》：『感蔡子之慷慨，從唐生以決疑。』善注：『《説文》曰：慷慨，壯士不得志於心也。』此二句言嗣我先人之基業，年二十而慷慨悲歎。陸機年二十而吳亡，故曰『弱冠慷慨』。

⑳奕世，猶前代。《國語・周語上》：『奕世載德，不忝前人。』韋昭注：『奕，亦前人也。』此二句言將弘大祖業，使先人之基業昌盛。

此章乃讚頌兄之道德事功也。爰自二昆，幼而聰慧，早揚令名。隆崇先人之基業，發迹於故鄉，脱穎于京師，既顯勇武雄才，遠揚功勳英名。受天子之命，鎮守邊疆，爲國干城，然遭季世，家國傾覆。惟我兄士衡，天姿穎秀，明德遠揚殊域，稟性純和，器量恢弘，可崇其祖業矣。士龍覆國亡家之愴痛，重振家風之願望，亦斑斑可見。

咨予頑矇〔一〕，蕞爾弱才①。沉耀玄渚，挹庇雲淇②。陶化靡移，固〔二〕陋于兹③。瞻仰洪範，實忝先基④。巍巍先基，重規累構〔三〕⑤。赫赫重光，遐風激鶩〔四〕⑥。昔我先公，爰造斯猷⑦。今我六蔽，匪崇克扶⑧。悠悠大道，載邈載遐⑨。洋洋淵源，如海如河⑩。昔我先公，斯綱斯紀〔五〕⑪。今我末〔六〕嗣，乃傾乃圮⑫。世業之穨，自予小子⑬。仰愧靈丘，銜憂没齒⑭。

【校勘】

〔一〕『矇』，《古詩紀》卷三十六、《百三家集》本、《四部備要》本作『蒙』，《四部叢刊》本、周亮工校本、鄧邦述校本作『朦』，音同而誤。

〔二〕『固』，《文館詞林》卷一百五十二作『罔』，當據改。

〔三〕『累構』，《文館詞林》卷一百五十二作『屢搆』。

〔四〕『鶩』，《文集》、叢書堂鈔本、《四部叢刊》本、周亮工校本、鄧邦述校本、陳仲魚校本作『鷺』；《百三家集》本、《古詩紀》卷三十六、《七十二家集》本作『鶩』，皆誤。《文館詞林》卷一百五十二、鄧邦述校本作『鶩』。顧炎武《答李子德書》考之曰：『陸雲《答兄平原詩》：巍巍先基，重規累構。赫赫重光，遐風激鶩。今本改「鶩」爲「鶩」，而不知古人讀構爲故，正與鶩爲韻也。』故據改。

〔五〕『紀』，《四部叢刊》本、周亮工校本、陳仲魚校本作『絶』，形近而誤。陳仲魚校本校作『紀』。

〔六〕『末』，《四部叢刊》本、周亮工校本、鄧邦述校本、陳仲魚校本作『未』，形近而誤。鄧邦述校本校作『末』。

【注釋】

① 咨，嗟歎。《詩·大雅·蕩》：『文王曰咨，咨汝殷商。』毛詩傳：『咨，嗟也。』頑矇，愚鈍無識。《玉篇》：『頑，鈍也。』《經典釋文》卷七：『矇，有眸子而無見。』亦作頑蒙。歐陽修《謝襄州燕龍圖肅惠詩啓》：『夫心平悸定，然後知於至和，在於頑蒙。』蕞爾，小貌。葛洪《抱朴子·内篇·道意》：『蕞爾之體，自貽兹患。』《經典釋文》卷十九：『蕞爾，小貌。』此二句乃歎其愚昧無才也。

② 沉耀，匿其光，喻無聞。《廣韻》：『耀，光耀。』玄渚，江中洲渚。陸機《赴洛詩》：『南望泣玄渚，北邁涉長林。』濟注：『玄渚，江中洲渚也。』《説文》：『玄，幽遠也。』吴在江南，故以玄渚代吴。挹，退也。《荀子·宥坐》：『此所謂挹而損之之道也。』楊倞注：『挹，亦退也。』庇，猶遮蔽。《玉篇》：『庇，覆蔭也。』淇，淇水，發源于河南境内，故代指洛陽。《説文》：『淇，水名，出河内共北，東入河。』此二句言無聞於東吴，雲蔽

於洛陽。

③陶化，自然之化育。《淮南子·本經訓》：『天地之合和，陰陽之陶化萬物。』靡，没有。《爾雅·釋言》：『靡，無也。』此二句言自然化育而不能變之，我性固淺陋于此也。

④洪範，天地之大法。《書·洪範》：『武王勝殷，殺受，立武庚，以箕子歸作洪範。』孔安國傳：『洪，大；範，法也。言天地之大法。』此指先祖之典範。忝，《説文》：『辱也。』此二句言瞻仰先祖典範，我實有辱祖先基業。

⑤重規累構，增其規模，盛構屋宇，喻基業繁盛也。規構，建筑。《新唐書·封倫傳》：『（楊）素營仁壽宫，表爲土工監，規構鴻侈。』此二句言先祖基業崇高而繁盛也。

⑥赫赫，盛也。《詩·大雅·常武》：『赫赫明明，王命卿士。』毛詩傳：『赫赫然，盛也。』重光，日月星辰之光輝。《書·顧命》：『昔君文王武王，宣重光。』《經典釋文》卷四：『重光，馬云：日月星也。太極上元，十一月朔旦，冬至日月如疊璧，五星如連珠，故曰重光。』或曰日月之光也。遐風，悠遠之風範。陸機《漢高祖功臣頌》：『悠悠遐風，千載是仰。』激鶩，謂風起之野鴨。激，猶吹。《廣韻》：『激，疾波。』此二句言如日月之光赫赫，悠遠風範如風起之鶩。謂光照天下，風範遠揚也。

⑦爰，語助詞。王引之《經傳釋詞》卷二：『《爾雅》曰：爰，聿也。』又『聿，惟也。皆以爲語助。』造，《玉篇》：『至也。』斯猷，此之善道。《書·君陳》：『斯謀斯猷，惟我后之德。』孔安國傳：『此善謀，此善道，惟我君之德善。』此二句言昔我先公，至此善道之美。

⑧六蔽，謂蔽於世事。《論語·陽貨》：『子曰：由也，汝聞六言六蔽矣乎。……好仁不好學，其蔽也愚；好知不好學，其蔽也蕩；好信不好學，其蔽也賊；好直不好學，其蔽也絞；好勇不好學，其蔽也亂；好

剛不好學，其蔽也狂。』扶，持而不使其傾。《廣韻》：『扶，持也。』此二句言今我闇於世事，不能崇其基業，正其傾覆。

⑨ 悠悠，遥遠。見上注。載，王引之《經傳釋詞》卷八：『猶則也。』此二句言大道悠悠，邈矣遠矣。按：句中的『悠悠』『邈』『遐』，均謂遠也。非爲語意重複，而是感慨先祖之大道邈不可及也。

⑩ 洋洋，廣大貌。《詩·陳風·衡門》：『泌之洋洋，可以樂飢。』毛詩傳：『洋洋，廣大也。』淵源，深遠之源頭。班固《典引》：『與之斟酌道德之淵源，肴覈仁誼之林藪。』蔡邕注：『水深曰淵，水本曰源。』此二句言先祖道之淵源深廣，如海如河。

⑪ 斯，王引之《經傳釋詞》卷八：『猶乃也。』此二句言昔我之先公，乃爲國之綱紀。

⑫ 末嗣，末世子孫。《孔叢子·連叢子下》：『蓋唯執行中庸，期於得道，非末嗣子孫所能及也。』乃，王引之《經傳釋詞》卷五：『猶且也。』圮，猶毁。《説文》：『圮，毁也。』《虞書》曰：方命圮族。』此二句言今我末世子孫，先祖基業且將傾毁也。

⑬ 此二句言先祖基業之毁，自我小子之始。

⑭ 靈丘，先祖之陵墓。曹植《感節賦》：『豈吾鄉之足顧？戀祖宗之靈丘。』銜，同銜，含也。《六書正僞》：『銜，俗銜字。』没齒，終年。謂至死不忘。左思《吴都賦》：『舜禹遊焉，没齒而忘歸。』良注：『齒，年。』此二句言仰愧先祖之陵墓，心懷憂愁，至死不忘。

此章自責自己無能不可重振先祖基業也。歎我愚昧無才，沉滯於世，有辱先祖；先祖基業輝煌，至於善道，邈遠深廣，而爲國之綱紀，我闇於世事，生遭季世，使世業傾毁，故仰愧祖廟，至死不忘。重振家風之渴望，較上章猶爲强烈。

憂懷惟何？顧景惟塵①。峩峩高蹤，眇眇貿〔一〕辰②。明德繼體，莫非哲人③。今我頑鄙，規範靡遵④。仍世載德，荒之予〔二〕身⑤。莫峻匪岳，有俊〔三〕斯登⑥。莫高匪雲，有翼〔四〕斯凌⑦。矧我成基〔五〕，匪克階升⑧。玄黃長坂，載寐載興⑨。豈敢憚行，哀此負乘⑩。芒芒高山，自予頹之⑪。濟濟德義，匪予〔六〕懷之⑫。終銜永負，于其愧而⑬。

【校勘】

〔一〕『貿』，《百三家集》本作『貞』。

〔二〕『予』，《古詩紀》卷三十六作『子』。

〔三〕『俊』，《百三家集》本、《古詩紀》卷三十六、《七十二家集》本、鄧邦述校本作『峻』。

〔四〕『翼』，《文集》、叢書堂鈔本、《四部叢刊》本、周亮工校本、鄧邦述校本、陳仲魚校本作『高』，語意扞格；《文館詞林》卷一百五十二作『翼』，今據改。

〔五〕『矧我成基』，《文館詞林》卷一百五十二作『矧予成搆』。

〔六〕『予』，《文館詞林》卷一百五十二作『我』。

【注釋】

① 惟塵：惟塵冥冥之略。《詩·小雅·無將大車》鄭玄箋：『冥冥者蔽人目明，令無所見也。』此取冥冥意。此二句言憂思傷懷如何？顧視日影已冥。謂年華逝去也。

②峩峩，高聳貌。《詩·大雅·棫樸》：『奉璋峨峨，髦士攸宜。』毛詩傳：『峨峨，盛壯也。』峨峨，同峩峩。《正字通》：『峩，同峨。』高蹤，高迹。傅咸《贈何劭王濟》：『豈不企高蹤，麟趾邈難追。』眇眇，微微。《書·顧命》：『眇眇予末小子。』孔安國傳：『言微微我淺末小子。』貿辰，蒙昧不明之星辰。貿，猶貿貿，《禮記·檀弓下》鄭玄注：『貿貿，目不明貌。』辰，星名。《爾雅·釋天》：『大火謂之大辰。』郭璞注：『大火，心也。在中最明，故時候主焉。』此二句言先祖之高迹，如微弱暗淡之星辰。謂愧不能繼承先祖之遺迹，而使其衰微。

③繼體，繼祖考之德。左思《吴都賦》：『岐嶷繼體，老成奕世。』銑注：『岐嶷，少而賢者，能繼祖考之德。』哲人，賢智者。《書·伊訓》：『敷求哲人，俾輔于爾後嗣。』孔安國傳：『布求賢智，使師輔於爾嗣王。』此二句言繼先祖之明德，非智者其莫屬。乃寄厚望于兄機也。

④頑鄙，愚昧淺陋。《廣韻》：『頑，愚也。』《廣韻補》：『鄙，鄙陋也。』規範，猶典範。元結《劉侍御月夜讌會序》：『欲變時俗之淫靡，爲後生之規範。』此二句言今我愚昧淺陋，不能遵循先祖之典範。

⑤仍，《爾雅·釋詁》：『乃也。』載德，所行之道德。陸機《吊魏武帝文》：『運神道以載德，乘靈風而扇威。』善注：『《國語》曰：祭公謀父，奕世載德。載，猶行也。』荒，荒廢。《書·大禹謨》：『無怠無荒，四夷來王。』孔安國傳：『言天子常戒慎，無怠惰荒廢。』此二句言乃世世所行之德，於我而荒廢之。

⑥莫，《廣韻》：『無也。』此二句言無岳不峻極，惟俊傑之士可登。

⑦此二句言非雲不高聳，有羽翼者則飛陵也。此四句言先祖之德如山峻極，如雲高聳，俊傑之士假其羽翼，方可升陵也。

⑧矧，《玉篇》：『况也。』此二句言况先祖已成基業，而我却不能拾階而上。謂自己既非俊傑，亦無羽

翼，如此現成之基業，則不能再使輝煌，其痛溢於言外矣。

⑨ 玄黃，馬病也。《詩·周南·卷耳》：『陟彼高崗，我馬玄黃。』毛詩傳：『玄馬病則黃。』阪，《玉篇》：『坡也。』載寐載興，且寐且起，謂起居不寧。《詩·秦風·小戎》：『言念君子，載寢載興。』鄭玄箋：『載寢載興，言思之深而起居不寧也。』載，語助詞。王引之《經傳釋詞》卷八：『《詩·載馳》傳曰：載，辭也。』此二句言我嗣先祖之業，如病馬登其長坡而不能，故日夜思之而起居不寧。

⑩ 憚，猶畏懼。《説文》：『憚，忌難也。』負乘，荷車駕者，謂馬也。《廣韻》：『乘，駕也。』按：此句深層意是言小人居事，君子失位也。《後漢書·崔琦傳》：『荷爵負乘，採食名都，詩人所刺，德用不憮。』顔師古注：『《易》曰：負且乘。負也者，小人之事也；乘也者，君子之器也。』士龍仕晉，故言之隱晦。此二句言我豈敢懼其難行，哀其馬病而不可行。喻時運偃蹇，欲重振祖業而不可得也。

⑪ 芒芒，廣大貌。見上注。頽，衰頽。《集韻》：『隤，《説文》：下墜也。或作頽。』又『頽，委廢貌』。先祖基業如高山之峻遠，自我而毁頽之。

⑫ 濟濟，多貌，謂隆盛也。《詩·周頌·清廟》：『濟濟多士，秉文之德。』朱熹《詩集傳》：『濟濟，多貌。』此二句言先祖德義隆盛，非我而誰懷念之。謂我雖追思先祖德義，而不可及也。

⑬ 愧而，慚愧。《宋書·張暢傳》：『忝爲城主，而損威延寇，其爲愧而，亦已深矣。』而，通恧。《説文》：『恧，慙也。从心而聲。』此二句言始終心懷長負先祖之感，每念於此心則慚愧耳。

此章復抒其不能重振先祖之業及其慚愧之情。日月逾邁，先祖基業邈然，而自己愚昧淺陋，無循先祖之典範，奕世之德，荒廢於我，隆盛之業，毁之於我，故每念於斯，而心懷慚愧矣。然而，俊傑可登峻嶽，大翼可陵雲霄，明哲者則可嗣先祖之德，隆已成之業。言辭之中浸透着對其兄士衡殷切希望矣。

昔予言曠，汜〔一〕舟東川①。銜憂告辭，揮淚海濱②。義陽趣駕，炎華電征③。自我不見，邈哉八齡④。悠思迥〔二〕望，寤言通靈⑤。昔我往矣，辰在東嵎〔三〕。今我于〔四〕茲，日薄桑榆⑥。銜艱遘愍，困瘁殷憂⑦。哀矣我世，匪蒙靈休⑧。開元迄茲，震興迭微〔五〕⑨。弱〔六〕風隱駭，海水群飛⑩。王旅南征，闡耀靈威⑪。

【校勘】

〔一〕『汜』，《文集》、《古詩紀》卷三十六、《百三家集》本、叢書堂鈔本、周亮工校、鄧邦述校本、陳仲魚校本作『汜』，乃翻刻之誤。《四部叢刊》本作『汜』，今據改。

〔二〕『迥』，《文館詞林》卷一百五十二、寄生草堂本作『迴』，形近而誤。

〔三〕『嵎』，《文館詞林》卷一百五十二作『隅』，古二字同。

〔四〕『于』，寄生草堂本並作『來』。當據改。

〔五〕『震興迭微』，《文館詞林》卷一百五十二作『天迭興微』。

〔六〕『弱』，《文館詞林》卷一百五十二作『震』。

【注釋】

① 言曠，曠遠。《廣雅·釋詁》：『曠，遠也。』言，語助詞。王引之《經傳釋詞》卷五：『言，云也，語詞也。』汜舟，猶泛舟。玄應《一切經音義》卷十二：『汜，古文泛。』此二句言昔日我行矣，泛舟向東。按：吴鳳

凰三年秋，陸抗父卒，晏、景、機、雲分領抗兵，此即陸機贈詩之所言『銜卹喪庭』『墨絰即戎』也。然是年雲年十三，弱齡不足守邊，分領抗兵者，惟庇陰爵位而已。故奔喪之後，雲即返鄉，因言『氾舟東川』也。

②此二句言銜父喪之憂，揮淚而辭別于江濱。

③羲陽，羲和駕日也。《楚辭·離騷》：『吾令羲和弭節兮，望崦嵫而勿迫。』王逸注：『羲和，日御也。』《山海經》：東南海外有羲和之國，有女子名曰羲和，是生十日，常浴日於甘淵。注云：羲和，天地始生主日月者也，故堯因是立羲和之官，以主四時。虞世南引《淮南子》云：爰止羲和，爰息六螭，是謂懸車。注云：日乘車駕以六龍，羲和御之。』趣駕，疾馳車駕。《玉篇》：『趣，進也，疾也。』此二句言羲和駕日而疾馳，炎陽如電而遠行。謂歲月流逝之速。

④此二句言自我不見昆兄，遥遠哉八年。八年謂其『邈哉』，謂其思念之深也。按：吴天天紀四年晉軍伐吴，二月，其兄晏、景並遇害。第二年士衡扶兄靈柩東去故鄉安葬，故曰『邈哉八齡』。士衡贈詩言『悼心告别，漸歷八載』亦謂此。

⑤逈，同迥，《爾雅·釋詁》：『遠也。』寤言，我寐也。《詩·邶風·終風》：『寤言不寐，願言則嚏。』鄭玄箋：『言，我。』通靈，通於神明，謂夢也。潘岳《寡婦賦》：『願假夢以通靈兮，目炯炯而不寢。』翰注：『通靈，通夫之神靈也。』此二句言悠然而思，遠望兄之所在，夜寐夢中亦相見也。

⑥昔我往矣，取《詩》之成句。《詩經·小雅·采薇》：『昔我往矣，楊柳依依。』辰，猶日。東嵎，指日出處。嵎，同隅。朱駿聲《説文通訓定聲》：『嵎，假借爲隅。』薄，迫。《書·益稷》：『外薄四海，咸建五長。』孔安國：『薄，迫也。』桑榆，指日落處，意謂落日在桑、榆之樹上。《後漢書·馮異傳》：『始雖垂翅回谿，終能奮翼澠池。可謂失之東隅，收之桑榆。』此以東隅喻年少，以桑榆喻年衰也。此四句言昔我

離別，青春如日之初出，今我在此，年已迫近于桑榆。

⑦ 銜艱，腹含艱辛。《正字通》：『凡口含物曰銜。』遘愍，遭遇憂患。班固《幽通賦》：『巨滔天而泯夏兮，考遘愍以行謡。』應劭注：『遘，遇也。愍，憂也。』困瘁，憔悴困苦。《廣韻》：『困，窮也，苦也。』又『瘁，病也。』殷憂。憂之深。《詩・邶風・北門》：『出自北門，憂心殷殷。』《爾雅・釋訓》：『殷殷，憂也。』此句所取亦暗含《序》『《北門》，刺仕不得志也，言衛之忠臣不得其志爾』之意。所憂者，乃仕不得志也。此二句言腹含艱辛而遭遇忧患，困苦憔悴憂深且不得志矣。

⑧ 靈休，神靈之美。杜光庭《李玄傚爲亡女修齋詞》：『叨深玄渥，夙荷靈休。』此謂神靈賜福祉也。此二句言哀哉我生之世，未蒙神靈賜其福祉。

⑨ 開元，開始。《爾雅・釋詁》：『元，始也。』此指開國也。迄，《玉篇》：『至也。』震興，興起。《廣韻》：『震，起也。』迭微，謂日月之漸微。《詩・邶風・柏舟》：『日居月諸，胡迭而微？』朱熹《詩集傳》：『迭，更；微，虧也。』此二句既開國而至此，由興盛而衰微。

⑩ 弱風，東南風。《黄帝素問靈樞經・九宫八風》：『風從東南方來，名曰弱風。』因詩人家吴，在晉洛陽之東南，故以東南風爲喻。隱，痛。《詩・邶風・柏舟》：『耿耿不寐，如有隱憂。』毛詩傳：『隱，痛也。』駭，《玉篇》：『驚起也。』此二句言痛東南風起，驚海水之亂飛。喻家國動亂也。

⑪ 王旅，指晉師。《廣韻》：『旅，師旅。』《説文》曰：軍五百人也。』闡，明也。《易・繫辭下》：『夫《易》彰往而察來，而微顯闡幽。』韓康伯注：『闡，明也。』此二句言晉師南征，神威如光輝之明也。

此章回憶先父逝世至吴亡之痛也。奔父喪後，含憂揮淚，別于江濱，時光飛逝，再見之時，已近八年，其間悠思遠望，託情於夢。昔我往時，風華正茂，今我在此，桑榆晚年。其間包含艱辛痛苦，哀歎生不逢時。

追思開國而至亡，由振興而衰微，晉師南征，世亂國亡矣。此章敘述將眼前與回憶交織，前十句追憶奔喪後歸鄉至晉亡次年陸機扶二兄靈柩東歸；中間八句則由眼前而生的感慨；後六句又追憶王師南征家國傾覆之痛。不可不細察也。

予昆乃播，爰集朔土①。載離永〔一〕久，其〔二〕毒太苦②。上帝休命，駕言其歸③。多我遘愍，振蕩朔垂④。羈縶〔三〕殊俗，初願用違⑤。嚴駕東征，肅邁林野⑥。夕秣乘馬，朝整僕旅⑦。矯矯乘馬，載驅載馳⑧。漫漫長路，或降或階⑨。晨風夙零，朝不皇〔四〕飢⑩。傾景儵墜，夕不存罷⑪。雖有豐草，匪釋奔駟⑫。雖有重陰，匪遑〔五〕假寐⑬。

【校勘】

〔一〕「永」，《文館詞林》卷一百五十二作「乖」。

〔二〕「其」，《文館詞林》卷一百五十二作「言」。

〔三〕「縶」，《文館詞林》卷一百五十二作「旅」。

〔四〕「皇」，《百三家集》本作「遑」，古二字通。

〔五〕「遑」，《文集》作「徨」，叢書堂鈔本、鄧邦述校本作「皇」。《古詩紀》卷三十六、《百三家集》本、《四部叢刊》本、周亮工校本、陳仲魚校本作「遑」，今據改。

【注釋】

①予昆，指陸機。朔土，北方，指洛陽。此二句言我兄播散，乃止集於北方。

②載離，猶離也。載，語助詞。見上注。其毒太苦，謂其痛苦深也。《詩·小雅·小明》：『二月初吉，載離寒暑。心之憂矣，其毒大苦。』鄭玄箋：『憂之甚，心中如有毒藥也。』大，同太。《經典釋文》卷六：『大，音泰。』此二句言其離鄉長久，痛苦日之甚深。按：《序》曰：『《小明》，大夫悔仕於亂世也。』此詩亦暗含此意。

③上帝，指晉天子。休命，美命。《書·説命上》：『疇敢不祇，若王之休命。』孔安國傳：『言王如此，誰敢不敬順王之美命而諫者乎？』駕言，猶駕。言，語助詞。見上注。此二句言承天子之美命，令我駕之歸去。

④遘愍，遭憂患。見上注。振蕩，動蕩不安。《鶡冠子·世兵》：『精神回薄，振蕩相轉。』朔垂，北陲。《贈馮文羆遷斥丘令》：『逝將去我，陟彼朔垂。』善注：『《爾雅》曰：朔，北方也。《説文》曰：垂，遠邊也。』濟注：『朔，北。陲，邊也。』垂，同陲。《韻會》：『陲，本作垂。』此二句言我多遭忧患，居北方而精神動蕩不安。

⑤羈縶，猶羈絆。《廣韻》：『羈，馬絆也，又馬絡也。』殊俗，謂異地風俗。詩人出生東吴，而身在北方，故言殊俗。《廣韻》：『殊，《蒼頡》云：殊，異也。』用，以。玄應《一切經音義》卷七：『《蒼頡篇》曰：用，以也。』初願，仕晉之願望。從詩前數章看，乃指重振家族之願也。此二句言羈絆於殊俗之北方，又違其入北之初願。

⑥嚴駕，整駕待發。顔延年《秋胡詩》：『嚴駕越風寒，解鞍犯霜露。』良注：『嚴駕，整駕也。』東征，東

行。《爾雅・釋言》：『征，行也。』謂回鄉。肅邁，猶慎行也。《廣韻》：『肅，戒也。』《説文》：『邁，遠行也。』此二句言整駕歸鄉，慎行于林野之中。

⑦秣，飼馬。《説文》：『秣，食馬穀也。』整，振。《書・大禹謨》：『班師振旅。』孔安國傳：『振旅，言整衆。』僕旅，僕從。《玉篇》：『旅，衆也。』此二句言夕飼駕車之馬，朝整僕旅而發。

⑧矯矯，雄武貌。《詩・魯頌・泮水》：『矯矯虎臣，在泮獻馘。』鄭玄箋：『矯矯，武貌。』載驅載馳，驅馬而行。《詩・鄘風・載馳》：『載馳載驅，歸唁衛侯。』毛詩傳：『載，辭也。』鄭玄箋：『載之言則也。』疊用驅馳，乃行之疾也。此二句言雄武之駿馬，疾馳而歸。

⑨階，升。《玉篇》：『階，上也，進也。』此二句言道路漫長，或下或上。謂道路漫長崎嶇也。

⑩夙零，早落，謂風飄落之早。曹植《王仲宣誄》：『吾與夫子，義貫丹青。……如何奄忽，棄我夙零。』濟注：『夙，早；零，落也。』皇飢，飢不遑食。皇，通遑，閒暇。朱駿聲《説文通訓定聲》：『皇，假借作遑。』此二句言晨風早早飄落，清晨飢不遑食。前句言行之早，後句言行之急。

⑪傾景，日影西傾。《玉篇》：『景，光景也。』景，同影。《經典釋文》卷八：『日景，本或作影。』儵，通倏。《楚辭・遠遊》：『神儵忽而不反兮。』王逸注：『儵，一作倏（倏）。』迅疾。《廣雅・釋詁》：『儵，疾也。』存罷，謂不止其行也。存，猶徂，往也。《爾雅・釋詁》：『徂，存也。』郭璞注：『以徂爲存，猶以亂爲治，以曩爲曏，以故爲今，此皆詁訓義有反覆旁通，美惡不嫌同名。』《廣韻》：『罷，倦也，亦止也。』此二句言日昃之影倏忽而落下，傍晚疲倦亦其行不止。

⑫釋，《説文》：『解也。』駟，四馬，泛指駕車之馬。《玉篇》：『駟，四馬一乘也。』此二句言雖有茂盛之草，也不解其奔馬而飼之。謂歸去心切。

⑬ 重陰，濃密之樹蔭，謂宜其休息處。曹植《應詔》：『爰有樛木，重陰匪息。』《釋名·釋車》：『陰，蔭也。』假寐，猶小憩也。《詩·小雅·小弁》：『惄焉如擣，假寐永嘆。』鄭玄箋：『不脱冠衣而寐曰假寐。』此二句言雖有濃密樹蔭，亦無遐小憩也。皆謂其歸去心切也。

此章抒寫其離鄉後的思鄉情感以及歸鄉時的駿奔之情。兄弟流播北土，多遭憂患，動蕩不安，今承天子美命，整駕東歸，行于林野，或上或下，朝飭僕旅，冒晨風而飢不遑食，夕秣乘馬，披暮色而不止驅馳，不解馬而食之，不小憩而奔行。其思鄉與歸鄉，互爲因果，回環激蕩，殷切之情濃郁矣。

煢煢僕夫，悠悠遄征①。經彼喬木，有鳥嚶鳴②。微〔一〕物識儕，矧伊有情③。樂兹棠棣，實歡友生④。既至既覯，滯思曠年⑤。曠年殊域〔二〕，覯未浹辰⑥。悵其永懷〔三〕，憂心孔艱⑦。天地永久，命也難長⑧。生民忽霍，曷云〔四〕其常⑨。我之既存，靡績〔五〕靡紀⑩。乾坤難並，寂焉其已⑪。生若電激，没若川征⑫。存愧松柏，逝慙生靈⑬。匪吝〔六〕性命，實悼徒生⑭。苟克析〔七〕薪，豈憚冥冥⑮。瞻企皇極，徼福上天⑯。冀我友生，要期永年⑰。

【校勘】

〔一〕『微』，《百三家集》本作『徵』，形近而誤。

〔二〕『域』，《文集》、叢書堂鈔本、周亮工校本、陳仲魚校本脱。寄生草堂本、鄧邦述校本作『永』，《六朝詩彙》作『既』，或非。《四部叢刊》本作『域』，意善，今據補。又『曠年殊域』，《文館詞林》卷一百五十二作『年在殊紀』。

〔三〕『悵』，《古詩紀》卷三十六、《百三家集》本、《四部叢刊》本、周亮工校本、鄧邦述校本、陳仲魚校本作『恨』。鄧邦述校本、陳仲魚校本並校作『悵』。又『懷』，鄧邦述校本、陳仲魚校本在『懷』後衍一『憂』字。或與宋本分頁處誤接後文。

〔四〕『云』，《古詩紀》卷三十六、《四部叢刊》本、寄生草堂本、周亮工校本、陳仲魚校本作『去』，形近而誤。陳仲魚校本校作『云』。

〔五〕『績』，《文館詞林》卷一百五十二作『積』，鄧邦述校本作『續』，並誤。鄧邦述校本校作『績』。

〔六〕『吝』，《文集》、叢書堂鈔本、《四部叢刊》本、周亮工校本、鄧邦述校本、陳仲魚校本作『悋』，別本作『吝』，古二字同。《廣韻》：『吝，俗作悋。』今改爲正字。

〔七〕『析』，《文集》、《六朝詩集》本、叢書堂鈔本、影鈔宋本、《四部叢刊》本、周亮工校本、鄧邦述校本、陳仲魚校本作『折』；《古詩紀》卷三十六、《百三家集》本、《七十二家集》本作『析』；影鈔宋本校曰：『折，疑當作析。』今據改。

【注釋】

① 煢煢，孤獨貌。《楚辭·九歎·憂苦》：『辭九年而不復兮，獨煢煢而南行。』王逸注：『煢煢，獨貌。』此乃言僕夫疾驅車駕突顯於前，非言其孤獨也。遄征，行之速也。《爾雅·釋詁》：『遄，疾也。』又『遄，速也』。郭璞注：『速，亦疾也。』此二句言僕夫驅車而突顯於前，故鄉悠遠而疾速行矣。以僕夫之行疾，言其

思鄉之殷，反襯詩人歸鄉情切。與《離騷》「僕夫悲余馬懷兮，蜷局顧而不行」，藝術手法相近。

②　喬木，高大樹木。《詩・周南・漢廣》：「南有喬木，不可休息。」毛詩傳：「南方之木美。喬，上竦也。」非止實寫，亦含讚美之情。有鳥嚶鳴，謂有鳥和諧而鳴。《詩・小雅・伐木》：「伐木丁丁，鳥鳴嚶嚶。」此二句言經彼高大樹木，林中有鳥和鳴。按：此句所取亦暗含此詩後二句「出自幽谷，遷於喬木」之意，羈絆於北土而歸於故鄉，有出幽遷喬之感。

③　微物，指鳥也。《廣韻》：「微，細也。」儕，猶吾輩。《廣韻》：「儕，等也，輩也。」矧，亦。王引之《經傳釋詞》卷九：「矧，猶亦也。」伊，猶是，此也。《詩・小雅・正月》：「有皇上帝，伊誰云憎？」鄭玄箋：「伊，讀當爲緊。緊，猶是也。」此二句言小鳥亦識我輩，和鳴亦含其情。

④　棠棣，指《棠棣》之詩。《詩・小雅・常棣》序：「《常棣》，燕兄弟也。」謂兄弟宴飲之樂。常，同棠。《春秋繁露》卷二引作「棠」。燕，通醼，亦作宴。《廣韻》：「醼，醼飲。《周禮》云：以饗燕之禮，視四方之賓客。《詩》云：《鹿鳴》，燕群臣嘉賓也。古無酉，今通用，亦作宴。」友生，朋友。《詩・小雅・常棣》：「雖有兄弟，不如友生。」後多亦指兄弟。曹植《王仲宣誄》：「好和琴瑟，分過友生。」謂與王粲之情如夫妻兄弟。此二句言此樂亦如《棠棣》之歌，實乃兄弟之歡。

⑤　既至既覯，既至而相見。《玉篇》：「既，已也。」《爾雅・釋詁》：「覯，見也。」滯思，沉滯之思。陸機《歎逝賦》：「幽情發而成緒，滯思叩而興端。」《説文》：「滯，凝也。」曠年，謂年之久。曹丕《與鍾大理書》：「求之曠年，不遇厥真。」《玉篇》：「曠，廣遠也。」此二句言既至而相見，可慰久年沉滯之思念。

⑥　覯未浹辰，喻相見短暫。《左傳・成公九年》：「浹辰之間，而楚克其三都。」杜預注：「浹辰，十二日也。」劉琨《勸進表》：「曠之浹辰，則萬機以亂。」濟注：「浹，及；辰，時也。自甲及癸爲一時。」所解有異。

此二句言年久而居於異地，相見又如此短暫。

⑦悵，《玉篇》：『惆悵失志也。』憂心孔艱，謂其憂心他人甚難知之也。《詩·小雅·采薇》：『憂心孔疚，我行不來。』毛詩傳：『疚，病。』又《詩·小雅·何人斯》：『彼何人斯，其心孔艱。』鄭玄箋：『孔，甚；艱，難。其持心甚難知，言其性堅固，似不妄也。』此二句言久久懷念，心憂怨之，其心憂非他人之可知。謂其憂別之情深厚，他人無法體會。

⑧此二句言天地永久，而生命難長。

⑨忽霍，迅疾。楊炯《盂蘭盆賦》：『鸞飛鳳翔，睒暘倏爍；雲舒霞布，翕赫忽霍。』又作曶霍。揚雄《甘泉賦》：『翕赫曶霍，霧集而蒙合兮。』善注：『曶霍，疾貌。』曷，何。《玉篇》：『曷，盍也。』常，持久。《玉篇》：『常，恒也。』此二句言人生迅疾而去，何謂其有永恒也。

⑩靡績，謂無功業也。《廣韻》：『績，功業也。』靡紀，謂無治政之功也。《廣韻》：『紀，理也。』此二句言雖我已存世，無業無功。謂功業未建，年華浪擲。

⑪並，合併。《玉篇》：『並，合也。』其，語助詞。王引之《經傳釋詞》卷五：『其，語助也。』此二句言乾坤難以合併，我惟靜默而已。謂求其功業，不啻天壤，惟默默無聞也。

⑫激，猶疾也。《廣韻》：『激，疾波。』此二句言生若雷電之迅疾，死若流水之逝去。

⑬慙，愧。《說文》：『慙，媿也。』通作慚。《集韻》：『慙，或書作慚。』松柏，喻性之貞正。《論語·子罕》：『歲寒，然後知松柏之後彫也。』何晏《集解》：『喻凡人處治世，亦能自修整，與君子同在；濁世，然後知君子之正不苟容也。』生靈，謂天降其神靈，謂先祖也。《玉篇》：『靈，也。』此二句言生愧無松柏之本性，死慚對天降之先祖。

⑭ 吝，吝惜。《廣韻》：『吝，惜也。』悼，《廣韻》：『傷也。』徒生，猶枉生。《廣韻》：『徒，空也。』此二句言非吝惜其性命，實傷我枉其一生。上不能崇盛先祖基業，下不能建功立業，故曰徒生。

⑮ 荷克析薪，意謂苟能承先公之業也。《左傳·昭公七年》：『古人有言曰：其父析薪，其子弗克負荷。』杜預注：『以微薄喻貴重。』陳琳《檄吴將校部曲文》：『然聞魏周榮虞仲翔，各紹堂構，能負析薪。』冥冥，昏暗，喻年已遲暮也。《荀子·解蔽》：『冥冥，蔽其明也。』楊倞注：『冥冥，暮夜也。』此二句言若可繼承先公之業，豈懼其年已遲暮！

⑯ 瞻企，跂足而瞻仰。賈餗《揚州華林寺大悲禪師碑銘》：『名稱高遠，天下瞻企。』《正韻》：『企，舉踵望也。』皇極，偉大中正之道。《書·洪範》：『五曰建用皇極。』孔安國傳：『皇，大；極，中也。凡立事當用大中之道。』君主建其道，故後亦代指君主。徼福，猶求福。《左傳·文公十二年》：『寡君願徼福于周公、魯公以事君。』杜預注：『徼，要也。』言願事君以並蒙先君之福。』此二句言瞻望偉大中正之道，祈求上天賜予福祉。

⑰ 冀，希望。徐灝《説文解字注箋》：『冀，從北。北，古背字，蓋從後有所仰望之意。』永年，言長壽也。《書·畢命》：『資富能訓，惟以永年。』孔安國傳：『以富資而能順義，則惟可以長年命矣。』此二句言希望我之兄弟，約長壽之會矣。

此章由兄弟歸鄉，途中歡會之短暫而引發之人生感慨。僕夫疾驅而歸鄉，樹木高大，鳥語有情，兄弟歡飲，樂比《棠棣》，分别曠年，相思鬱積，然又相見時短，故長懷憂怨，難與他人訴説也。詩人感慨天長地久，人生短暫，若雷電之逝，若川流之速，自己却功業未建，寂寞人生，不禁感愧傷懷。而後又以『非吝性命』轉進一層，祈求能嗣先公之業，得天人之福，與兄弟約長壽之期。情感層層遞進，與上章手法又有變化。

昔我先公，邦國攸興①。今我家道，綿綿莫承②。昔我昆弟，如鸞如龍。今我友生，凋俊隊雄③。家哲永徂，世業長終④。華堂傾構〔一〕，廣宅頹墉⑤。高門降衡，脩〔二〕庭樹蓬⑥。感物悲懷，愴矣其傷⑦。

【校勘】

〔一〕「構」，《藝文類聚》卷二十一、《文館詞林》卷一百五十二作「榱」。

〔二〕「脩」，《藝文類聚》卷二十一作「循」。

【注釋】

① 攸，《爾雅·釋言》：「所也。」此二句言昔我先公，乃邦國所興之本。

② 綿綿，不絕貌。《詩·大雅·緜》：「緜緜瓜瓞，民之初生。」毛詩傳：「緜緜，不絶貌。」緜緜，同綿綿。《廣韻》：「綿，同緜。」此二句言我綿延不絕之家道，今無人承之。

③ 鸞，鳳類，神鳥也。《正韻》：「鸞，神鳥也。赤神之精，鳳凰之佐，鷄身赤毛，色備五采，鳴中五音。」友生，指兄弟，見上注。隊，同墜，落也。《説文》：「隊，從高隊也。」段玉裁注：「隊、墜，正俗字。古書多作隊。」此四句言昔我兄弟，如鸞鳳如飛龍；今我兄弟，雄俊之才已凋落。謂晏、景之亡。

④ 徂，通殂，死亡。《六書故》：『徂，人死因謂之徂。生者來而死者往也。』朱駿聲《説文通訓定聲》：『徂，假借爲殂。』此二句言家族先哲早已去世，前世基業久已終結。

⑤ 華堂，華美之屋宇，喻先祖基業。《尚書》曰：『若考作室……子乃弗肯堂，矧肯構。』孔安國傳：『父已致法，子乃不肯爲堂基，况肯構立屋乎？』傾構，言堂構傾毁。頹墉，猶言殘壁。駱賓王《與博昌父老書》：『頹墉四望，棋木多於故人。』《玉篇》：『墉，墻也。』此二句言高大華美之堂業已傾毁，寬闊之宅惟有斷壁。

⑥ 高門降衡，謂昔之高門大族，今爲凡庶之家。沈約《奏彈王源》：『高門降衡，雖自己作，蔑祖辱親，於事爲甚。』向注：『衡，横木爲門，凡庶之家也。』修庭樹蓬，昔之修美庭院，今長滿樹木蓬草。《玉篇》：『庭，堂階前也。』此二句一言家道衰也，一言人丁稀也。

⑦ 此二句言睹物生悲，悽愴傷懷。

此章乃抒寫歸家之後目睹門庭衰落而感愴也。昔日先公是國家砥柱，兄弟爲龍鳳俊才，今日先哲長逝，世業長終，昆兄凋落，家道莫承，只見華堂傾毁，頹垣斷壁，門庭衰落，草木叢生，故感愴而傷懷矣。

惇仁氾愛〔一〕，錫予好音①。晞光懷寶〔二〕，煥若南金②。披華玩藻，曄〔三〕若翰林③。詠彼清聲，被之瑟琴④。味此殊響，慰之予心⑤。弘懿忘〔四〕鄙，命之〔五〕反覆⑥。敢投桃李，以報寶〔六〕玉⑦。冀憑光蓋〔七〕，編諸末録⑧。

【校勘】

〔一〕『惇』，《文集》、叢書堂鈔本、《四部叢刊》本、陳仲魚校本作『惇』，乃宋人避諱闕筆。《古詩紀》卷三十六、《百三家集》本、《六朝詩集》本、《七十二家集》本、周亮工校本、鄧邦述校本作『惇』，今據改。又『汜』，《文集》、《百三家集》本、《六朝詩集》本、《七十二家集》本、叢書堂鈔本、《四部叢刊》本、鄧邦述校本、陳仲魚校本作『汜』，翻刻之誤。今逕改。

〔二〕『晞光懷寶』，《文館詞林》卷一百五十二作『懷光羡寶』。

〔三〕『曄』，《文集》、叢書堂鈔本、《四部叢刊》本、周亮工校本、鄧邦述校本、陳仲魚校本作『華』，誤。《古詩紀》卷三十六、《百三家集》本、《七十二家集》本作『曄』，今據改。

〔四〕『忘』，《文館詞林》卷一百五十二作『亡』，古二字通。

〔五〕『之』，《文館詞林》卷一百五十二作『以』。

〔六〕『寶』，《百三家集》本、《七十二家集》本作『珠』，《古詩紀》卷三十六注曰：『一作珠。』

〔七〕『蓋』，《文館詞林》卷一百五十二作『益』。

【注釋】

①惇，厚也。《書·舜典》：『柔遠能邇，惇德允元。』孔安國傳：『惇，厚也。』汜愛。泛愛衆也。《論語·學而》：『汎愛衆而親仁，行有餘力則以學文。』古汎、汜、泛，三字並同。玄應《一切經音義》卷十二：『汜，古文泛。』又《玉篇》：『汎，《說文》：浮貌。今爲汎濫字。』錫，《爾雅·釋詁》：『賜也。』此二句

厚仁而泛愛人，故賜我好音。謂兄贈己之詩也。

②晞光，始明其光。謝脁《詠瀫鵜》：『得厠鴻鸞影，晞光弄羽翼。』晞，始明也。《詩·齊風·東方未明》：『東方未晞，顛倒裳衣。』毛詩傳：『晞，明之始升。』懷寶，喻懷才也。《論語·陽貨》：『懷其寶而迷其邦，可謂仁乎？』何晏《集解》：『馬融曰：言孔子不仕，是懷寶也。』焕，焕發光明。《玉篇》：『焕，明盛。亦作奐。』南金，泛指南方之寶。《詩·魯頌·泮水》：『元龜象齒，大賂南金。』毛詩傳：『南，謂荆揚也。』此二句言詩如人懷其寶而輝光，如南方之金而粲然。

③曄，光彩。《廣韻》：『曄，光也。』翰林，文翰之林，猶文苑。王勃《常州刺史平原郡開國公行狀》：『以六藝爲筌簧，軒翥翰林。』此二句言披閱華彩，玩味文辭，粲然若文翰之林。

④清聲，清新之音調。賈誼《新書·六術》：『六律和五聲之調，以發陰陽天地人之清聲。』被，猶施也。《爾雅·釋詁》：『被，加也。』此二句言既詠彼清新音調，又施之琴瑟彈之。謂聲韻之美也。

⑤此二句言玩味此特殊之音，可慰藉我相思之心。

⑥弘懿，大美。張衡《南都賦》：『且其君子弘懿明叡，允恭温良。』濟注：『弘，大也。懿，美也。』鄙，淺陋。《正韻》：『鄙，陋也。』此二句言音聲之美，使人忘其鄙陋，故命之反復彈奏也。

⑦敢投桃李，謂豈敢投之桃李。《詩·大雅·抑》：『投我以桃，報之以李。』以桃李喻己詩之淺陋。以報寶玉，以報答所贈之寶玉。《詩·衛風·木瓜》：『投我以木桃，報之以瓊瑶。』毛詩傳：『瓊瑶，美玉。』以寶玉喻機詩之美也。此二句言豈敢投之桃李，以報答所贈之寶玉？此句取詩之後兩句『匪報也，永以爲好也』之意。謂以淺陋之詩表達兄弟永好之情也。

⑧蓋，通闔，門也。《荀子·宥坐》：『還復瞻被，九蓋皆繼，被有説邪？匠過絶邪？』楊倞注：『蓋，音

盍，户扇也。』《廣韻》：『盍，俗闔。』此二句言希望憑藉你光輝之門庭，而將此詩編之於末篇也。乃自謙而揄揚兄機也。

此章讚美兄詩之美以及自己答詩之目的。兄長厚愛，贈我華章，如人懷其寶，南方之金，而光輝粲然。文華詞藻，輝映翰林，清新之音，可被琴瑟。其美也，可使人忘鄙陋而消憂。我以桃李之篇，而報瓊瑶之詩，乃望借其輝光，而編諸末篇矣。

【集評】

〔清〕顧炎武《亭林詩文集·答李子德書》：三代六經之音失其傳也久矣。其文之存於世者多，後人所不能通。以其不能通而輒以今世之音改之。……陸雲《答兄平原詩》：『巍巍先基，重規累構。赫赫重光，遐風激鶩。』今本改『鶩』爲『騖』，而不知古人讀構爲故，正與鶩爲韻也。

〔附〕兄平原贈并序〔一〕

余弱年夙孤〔二〕，與弟士龍銜卹喪庭。續會逼王命〔三〕，墨絰即〔四〕戎。時並縈髮，悼心告别。漸歷〔五〕八載，家邦顛覆。凡厥同生，彫落殆半。收迹之日，感物興哀。而士龍又先在西〔六〕，時迫當祖載〔七〕二昆，不容逍遥。銜痛東徂，遺情西慕〔八〕，故作是詩以寄其哀苦焉。

【校勘】

〔一〕此篇《陸士龍文集》作「兄平原贈（并序）」，置於士龍答詩之前。《陸士衡文集》及《文館詞林》卷一百五十二題作「贈弟士龍詩十首」。《藝文類聚》卷二十一題作「與弟雲詩」，《詩紀》卷三十六題作「贈弟士龍」。郝立權《陸機詩注》：「按《晉書》成都王穎表機爲平原内史，雲爲清河太守，事在永寧二年。而此詩之作，覽其序文，當在亡後一二年間，不應以平原、清河命題。」郝氏對詩題所論甚是，而所定詩作時間却非。此詩作於元康六年冬，詳見拙著《陸士衡文集校釋》。

〔二〕「弱年夙孤」，《陸士衡文集》作「弱冠夙孤」；《文館詞林》卷一百五十二作「夙年早孤」。

〔三〕「會逼王命」，《文館詞林》卷一百五十二作「忝末緒」。

〔四〕「即」，《陸士衡文集》作「從」。

〔五〕「歷」，《文館詞林》卷一百五十二作「蹈」。

〔六〕「士龍」，《文集》、《四部叢刊》本、周亮工校本、鄧邦述校本、陳仲魚校本脱「士」，今據《文館詞林》卷一百五十二校補。又「西」，《文集》、《百三家集》本、《四部叢刊》本、周亮工校本、鄧邦述校本、陳仲魚校本作「四」，意不可通，今據《文館詞林》卷一百五十二校改。

〔七〕「載」，《文館詞林》卷一百五十二作「送」。

〔八〕「慕」，《文集》、《百三家集》本、《四部叢刊》本、周亮工校本、鄧邦述校本、陳仲魚校本作「暮」，形近而誤。《古詩紀》卷三十五、《西晉文紀》卷十五、《百三家集》本、《七十二家集》本作「慕」，今據改。又「西慕」，《文館詞林》卷一百五十二作「慘愴」。

其一

於穆予宗，禀精東嶽。誕育祖考，造我南國。南國〔一〕克靖，實繇洪績。惟帝念功，載繁其錫。其錫〔二〕惟何，玄冕衮衣。金石假樂，旄鉞授威。匪威是信，稱平〔三〕遠德。奕世〔四〕台衡，扶帝紫極。

【校勘】

〔一〕「南國」，《文集》、《四部叢刊》本並脱，《諸家文集》本傅增湘校曰：「宋本脱二字。」此據《文館詞林》卷一百五十二、《百三家集》本、《四部叢刊》本、周亮工校本、鄧邦述校本、陳仲魚校本校補。

〔二〕「其錫」，《文集》脱。《諸家文集》本傅增湘校曰：「宋（本）脱二字。」此據《文館詞林》卷一百五十二、《百三家集》本《四部叢刊》本、周亮工校本、鄧邦述校本、陳仲魚校本校補。

〔三〕「平」，《文集》作「乎」；《文館詞林》卷一百五十二作「丕」。此據《百三家集》本、《四部叢刊》本、鄧邦述校本、陳仲魚校本校改。

〔四〕「世」，《文館詞林》卷一百五十二作「葉」。

其二

篤生二〔一〕昆，克明克俊。遵塗結軔，承風襲問。帝曰欽哉，纂戎烈〔二〕祚。雙組式帶，綬章棄予。

載路。即命荆楚，對揚休顧。肇敏厥績〔三〕，武功聿舉。煙熅芳素，綢繆江滸。昊天不吊，胡寧

【校勘】

〔一〕『篤』，《四部叢刊》本、鄧邦述校本、陳仲魚校本作『篤』，形近而誤。鄧邦述校本、陳仲魚校本並校作『篤』。又『二二』，《文集》、《四部叢刊》本、鄧邦述校本、陳仲魚校本作『三』。《文館詞林》卷一百五十二作『二二』，今據改。士衡有兄三人，晏、景、玄，玄早逝。二昆蓋指晏、景，陸雲答詩亦作『二昆』，可證。

〔二〕『烈』，《四部叢刊》本、周亮工校本、鄧邦述校本、陳仲魚校本作『裂』，《古詩紀》卷三十六作『列』，並誤。鄧邦述、陳仲魚校本皆校作『烈』。

〔三〕『肇敏厥績』，《文館詞林》卷一百五十二作『肇厥敏績』。

其三

嗟予人斯〔一〕，胡〔二〕德之微。闕彼遺軌〔三〕，則此頑違。王事靡盬〔四〕，旍旆屢振。委籍奮〔五〕戈，統厥征人。祈祈征人，載肅載閑。騤騤戎馬，有駰〔六〕有翰。昔予翼考，惟斯〔七〕伊撫。今予小子，繆尋末緒。

【校勘】

〔一〕「嗟予人斯」，《文館詞林》卷一百五十二作「伊予鄙人」。

〔二〕「胡」，《文館詞林》卷一百五十二作「允」。

〔三〕「軌」，《文館詞林》卷一百五十二作「懿」。

〔四〕「靡盬」，《四部叢刊》本、《四部備要》本、周亮工校本、鄧邦述校本、陳仲魚校本作「匪監」，形近而誤。鄧邦述校本校作「靡監」，亦誤。

〔五〕「奮」，《文集》、《百三家集》本、《四部叢刊》本、周亮工校本、鄧邦述校本作「舊」；《文館詞林》卷一百五十二作「奮」，今據改。

〔六〕「駰」，《文集》、《四部叢刊》本、《四部備要》本、周亮工校本、陳仲魚校本脱，今據《文館詞林》卷一百五十二校補。

〔七〕「斯」，《文館詞林》卷一百五十二作「新」。

其四

有命自天，崇替靡常。王師乘運，席江卷湘〔一〕。雖備官守〔二〕，位〔三〕從武臣。守局下列，譬彼飛塵。洪波雷〔四〕擊，與衆同泯〔五〕。巔跋〔六〕西夏，收迹舊京。俯慚堂構，仰懵〔七〕先靈。孰云忍媿，寄之我情。

【校勘】

〔一〕「席江卷湘」，《文館詞林》卷一百五十二、《藝文類聚》卷二十一並作「席捲江湘」。

〔二〕「雖備官守」，《文集》、《百三家集》本、《四部叢刊》本、周亮工校本、鄧邦述校本、陳仲魚校本脱「備官」，《四部備要》本脱「官守」。此據《文館詞林》卷一百五十二校補。

〔三〕「位」，《文集》、《古詩紀》卷三十五、《百三家集》本、周亮工校本、鄧邦述校本、陳仲魚校本作「守」，《文館詞林》卷一百五十二作「位」，今據改。

〔四〕「雷」，《文集》作「雹」。《古詩紀》卷三十五、《百三家集》本、周亮工校本、鄧邦述校本、陳仲魚校本作「雷」，今據改。

〔五〕「泯」，《文館詞林》卷一百五十二作「湮」。

〔六〕「巔跋」，《文館詞林》卷一百五十二作「顛踣」，應據改。

〔七〕「懵」，《古詩紀》卷三十五、《百三家集》本注曰：「《藝文類聚》作『惟』。」

其五

伊〔一〕我俊弟，咨〔二〕爾士龍。懷襲瑰瑋，播殖清風。非德莫勲，非道莫弘。垂翼東畿，耀穎名邦。綿綿洪統，非爾孰崇。依依同生，恩篤情結。義存並濟，胡樂之悦。願爾偕老，携手黄髮。

【校勘】

〔一〕『伊』，《文館詞林》卷一百五十二作『猗』。

〔二〕『咨』，《文館詞林》卷一百五十二作『嗟』。

其六

昔我西征，扼腕川湄〔一〕。掩涕即路，揮〔二〕袂長辭。六龍促節，逝不我待。自往迄兹，曠年八祀。悠悠我思，非爾〔三〕焉在。昔並垂髮，今也將老。銜哀〔四〕茹慼，契闊〔五〕充飽。嗟我人斯，胡邮之早。

【校勘】

〔一〕『湄』，《文館詞林》卷一百五十二作『涯』。

〔二〕『揮』，《諸家文集》本、寄生草堂本、《四部叢刊》本、《四部備要》本、周亮工校本、鄧邦述校本、陳仲魚校本作『耀』。鄧邦述校本、陳仲魚校本並校作『輝』。

〔三〕『爾』，《文館詞林》卷一百五十二作『予』。

〔四〕『銜哀』，《文館詞林》卷一百五十二作『含憂』。

〔五〕『契闊』，《四部叢刊》本作『勳闊』，誤。

其七

天步多艱，性命難誓〔一〕。常懼隕斃，孤魂殊裔。存不阜物，没不增壤。生若朝風，死猶〔二〕絶景。視彼浮遊〔三〕，方之僑客。眷此黄壚，譬之斃〔四〕宅。匪身是吝，亮會伊惜。其惜伊何，言紓〔五〕其思。其思伊何，悲彼曠載。

【校勘】

〔一〕『誓』，《文館詞林》卷一百五十二作『恃』，當據改。

〔二〕『猶』，《文集》、《百三家集》本作『由』；《文館詞林》卷一百五十二作『若』。

〔三〕『浮遊』，《文館詞林》卷一百五十二作『蜉蝣』，古二詞同聲並通。

〔四〕『斃』，《文館詞林》卷一百五十二作『敝』。

〔五〕『紓』，《古詩紀》卷三十五、《百三家集》本、周亮工校本、鄧邦述校本、陳仲魚校本作『紆』，或形近而誤。

其八

出車戒塗，言告言歸。辱食鶩〔一〕駕，夙興宵馳。濛雨之陰，炤月之輝。陸陵峻坂，川越洪漪。爰届爰止，步彼高堂。失爾羽邁，良願中荒。我心永懷，匪悦匪康。

【校勘】

〔一〕『驚』，《文館詞林》卷一百五十二作『警』。應據改。

其九

昔我斯逝，兄弟孔備〔一〕。今我〔二〕來思，或彫或疚〔三〕。昔我斯逝，族有餘榮。今我〔四〕來思，堂有哀聲。我行其道，鞠爲茂草。我履其房，物存人亡。拊膺涕泣，血淚彷徨〔五〕。

【校勘】

〔一〕『備』，《文集》、《四部叢刊》本、《四部備要》本、周亮工校本、鄧邦述校本、陳仲魚校本作『仁』；《文館詞林》卷一百五十二作『備』，與後文語氣相接，故據改。

〔二〕『我』，《文館詞林》卷一百五十二作『予』。

〔三〕『或彫或疚』，《文館詞林》卷一百五十二作『我彫我瘁』。

〔四〕『我』，《文館詞林》卷一百五十二作『予』。

〔五〕『拊膺涕泣，血淚彷徨』，《文館詞林》卷一百五十二、《藝文類聚》卷二十一並作『拊膺泣血，灑淚彷徨』。

其十

企佇朔〔一〕路，言送〔二〕爾歸。心存言宴，日想容輝。迫彼窀穸，載驅東路。繼其〔三〕桑梓，肆力丘墓。婉兮孌兮〔四〕，興〔五〕懷罔極。眷言顧之，使我心惻。

【校勘】

〔一〕『朔』，《文館詞林》卷一百五十二作『明』。

〔二〕『送』，《文集》、周亮工校本、陳仲魚校本脱。寄生草堂本、鄧邦述校本作『告』；《文館詞林》卷一百五十二作『歡』。《古詩紀》卷三十五、《百三家集》本、《四部叢刊》本作『送』，今據改。

〔三〕『繼其』，《文館詞林》卷一百五十二作『係情』。

〔四〕『婉兮孌兮』，《文館詞林》卷一百五十二作『棲遲中流』。

〔五〕『興』，《文館詞林》卷一百五十二作『心』。

贈鄭曼季往返八首①

【題解】

此組詩乃是與鄭曼季贈答之作。詩的基本内容是讚美曼季道德之馨，令名之隆，才器之美，隱居山林之樂，著重抒發詩人對鄭子的思念以及勸其出仕的殷殷之情。頌讚之中，隱含『招隱』之意。藝術上採用《詩經》重章疊句的手法，構成回環複遝的美學效果。然而，第一，語言清省，短語長情。如以『鸞棲高岡，耳想雲韶』寫其逍遥，『景秀濛汜，穎逸扶桑』寫其令名，『思樂重虛，歸於其極』寫其心志，

『虎質山嘯，龍輝淵蟠』寫其才器，都是要言不煩，而思致深遠。不惟有《詩經》之影響，亦受《古詩》之沾溉。第二，取象鮮明，富有質感。或寫景，如『流瑩鼓物，清塵拂林』；或取譬，如『德耀有穆，如瑶如瓊』；或寫景取譬融合，如『垂翼蘭沼，濯清芳池』，『和璧在山，荆林玉潤』，均是意象晶瑩剔透而質感鮮明，且寓之以情，構成藍田玉煙式的詩歌意境。第三，虚實結合，境界空靈。詩人寫景，將眼前之景與虚擬之景交錯並陳，如第一首，首章與三章寫眼前之景，次章與四章寫懸想之景；二、三首全寫懸想之景，第四首先寫懸想之景，後寫眼前之景，結構在虚實中顯出變化，詩境在推宕中亦顯空靈。此又是士龍詩摹擬《詩經》而又超越《詩經》的地方。但此詩措意反復，用語亦間有重複，亦此病也。

此詩所作時間無載，然鄭之《鴛鴦序》：『有賢者二人，雙飛東嶽，揚輝上京。其兄已顯登清朝，而弟中漸婆娑衡門。』可知作此詩時機、雲並已入洛，且機官居顯要，而雲仕途蹭蹬。據《晉書·陸雲傳》：『俄以公府掾爲太子舍人，出補浚儀令。……郡守害其能，屢譴責之，雲乃去官。……尋拜吴王晏郎中令。』雲出補浚儀令約在元康四年，在去官至拜吴王郎中令之間，陸雲當有短暫時間，棲遲故鄉。復考陸機《答賈謐詩》序：『余昔爲太子洗馬，魯公賈長淵以散騎常侍侍東宫積年。余出補吴王郎中令，元康六年入爲尚書郎。』機遷尚書中兵郎是在元康六年初，雲繼任吴王郎中令是在元康六年底，故鄭詩序曰『其兄已顯登清朝，而弟中漸婆娑衡門』又據郝經《續後漢書·鄭胄傳》：『鄭豐，字曼季。……有文學操行，與陸雲善。吴亡入晉，司空張華辟，未就，卒。』可知張華曾辟鄭豐，豐未就。復考《晉書·惠帝紀》，張華元康六年遷司空。綜此，此詩或爲『司空張華辟，未就』而作是詩，以勸勉其出仕也。因此詩當作於元康六年（二九六）陸機任尚書郎之後，陸雲尚未赴任郎中令之前。

谷風五章　并序〔一〕

《谷風》，懷思也②。君子在野，愛而不見，故作是詩，言其懷思之〔二〕也③。

【校勘】

〔一〕本詩《七十二家集》本題作『贈鄭曼季四首』。且每首詩前有小題『谷風五首有序』『鳴鶴四章有序』『南衡五章有序』，《文集》、《四部叢刊》本、周亮工校本、鄧邦述校本脱，此據《百三家集》本校補。《六朝詩彙》小標題爲『贈鄭曼季谷風篇』『贈鄭曼季鳴鶴篇』『贈鄭曼季南衡篇』。其『贈鄭曼季高岡篇』亦當有小序，然諸本皆脱，無從校補。

〔二〕『懷思之』，《文館詞林》卷一百五十六作『懷而思之』。

【注釋】

① 鄭曼季，鄭豐，字曼季。父鄭胄，沛國人，爲吴從事中郎。豐有文學操行，與陸雲善。吴亡入晉，司空張華辟，未就，卒。事見郝經《續後漢書·鄭胄傳》。

② 谷風，《詩·邶風》之篇。然其意則取《詩·大雅·隰桑》序。

③ 君子在野，謂君子未出仕也。《詩·大雅·隰桑序》：『《隰桑》，刺幽王也。小人在位，君子在野，思見君子，盡心以事之。』愛而不見，謂避世而不現。《詩·邶風·静女》：『愛而不見，搔首踟躕。』朱熹《詩集

傳》：「不見者，期而不至也。」愛，通薆，《廣雅・釋詁》：「翳，愛。」王念孫《疏證》：「愛與薆通。」

此序點明作詩之主旨乃在懷思，所思之對象是不仕于世棲遲衡門者也。

其一

習習谷風，扇此暮春①。玄澤墜潤，靈爽煙熅〔一〕②。高山熾景，喬木〔二〕興繁③。蘭波清踴〔三〕，芳滸增涼〔四〕④。感物興想，念我懷人⑤。

【校勘】

〔一〕「爽」，《文館詞林》卷一百五十二作「華」。又「煙」，《文集》、叢書堂鈔本作「烟」，鄧邦述校本亦校作「烟」，古二字同。《玉篇》：「煙，同烟。」

〔二〕「木」，《四部叢刊》本作「水」，形近而誤。

〔三〕「蘭」，《文館詞林》卷一百五十六作「潤」。又「踴」，《古詩紀》卷三十七作「躍」。

〔四〕「涼」，《文館詞林》卷一百五十六作「源」。

【注釋】

① 習習谷風，和舒之東風。《詩・邶風・谷風》：「習習谷風，以陰以雨。」毛詩傳：「習習，和舒貌。東

風謂之谷風。陰陽和而谷風至。」此二句言暮春之季，吹起和舒之東風。

②玄澤，天之恩澤，謂雨露。應禎《晉武帝華林園集詩》：「玄澤滂流，仁風潛扇。」銑注：「玄，天也。天澤滂沛而流仁惠之風。」靈爽，神之精靈。郭璞《江賦》：「奇相得道而宅神，乃協靈爽於湘娥。」良注：「得道於江，故居江爲神，乃合其精爽與湘娥，俱爲神也。」烟煴，天地之元氣。班固《東都賦》：「皇歡浹，群臣醉，降烟煴，調元氣。」銑注：「烟煴，即元氣也。」此謂山色烟靄。此二句言天降恩澤而成雨露，神之精靈是爲烟靄。

③熾景，光影盛也。《爾雅·釋言》：「熾，盛也。」《説文》：「景，光也。」喬木，高大樹木。見上注。此二句言高山披燦爛之日光，樹木興盛而繁茂。

④滸，岸上平地。《爾雅·釋丘》：「重厓，岸；岸上，滸。」邢昺疏：「岸上平地，去水稍遠者名滸。」踴，同踊。玄應《一切經音義》卷二：「踴，《説文》作踊。」又《説文》：「踊，跳也。」此二句言清波跳躍而有幽蘭馨香，水岸凉爽而溢花兒芬芳。

⑤懷人，所思者，謂鄭曼季。《詩·周南·卷耳》：「嗟我懷人，寘彼周行。」此二句言感物而生思，懷念我所思者。

此章寫其由暮春之景與感而生懷人之情。暮春風和，雨露山色，日出而高山流光，林木繁茂，波涌岸爽，芬芳沁人，良辰美景，臨此而生懷人之情也。寫景中透出時間之變化。王夫之《古詩評選》卷二曰：「有言必善，無韻不幽。十句如一句，四十字如一字也。」

其二

習習谷風，載穆其音①。流瑩〔一〕鼓物，清塵拂林②。霖雨嘉播，有渰〔二〕凄陰③。歸鴻逝矣，玄鳥來吟④。嗟我懷人，其居樂潛⑤。明發有想，如結予心⑥。

【校勘】

〔一〕『瑩』，《文館詞林》卷一百五十二作『芳』。

〔二〕『渰』，《文館詞林》卷一百五十六作『揜』。

【注釋】

① 載穆，猶穆，和也。任昉《齊竟陵文宣王行狀》：『神皋載穆，轂下以清。』翰注：『載，事也。穆，和也。』載，語助詞，或曰則也。《詩·鄘風·載馳》：『載馳載驅，歸唁衛侯。』毛詩傳：『載，辭也。』鄭玄箋：『載之言則也。』此二句言東風和舒，天籟之音和美。

② 流瑩，謂物色流動如玉也。《玉篇》：『瑩，玉色。』《詩》：『充耳琇瑩。』清塵，猶清風。此二句言清風吹拂林間，鼓動萬物，如玉色之流動。

③ 霖雨，三日雨。《書·咸有一德》：『若歲大旱，用汝作霖雨。』孔安國傳：『霖，三日雨。』（按：此二句十三經本在《説命上》篇中。）有渰凄陰，猶言有渰萋萋，謂雲興起而飄動。《詩·小雅·大田》：『有渰萋

萋，興雨祁祁。』毛詩傳：『渰，雲興貌。萋萋，雲行貌。』嘉播，謂以時而降也。《爾雅·釋詁》：『嘉，美也。』又《玉篇》：『播，揚也，種也。』此二句言天以時而降甘雨，雲興起而飄動。

④歸鴻，喻鄭曼季。《詩·小雅·鴻雁》毛詩傳：『大曰鴻，小曰雁。』鄭玄箋：『鴻雁知辟陰陽寒暑，喻民知去無道，就有道。』故以鴻喻之。玄鳥，燕子。《説文》：『燕，玄鳥也。』此二句言鄭子如鴻之逝矣，惟有飛燕來對我吟也。

⑤樂潛，取《鶴鳴》之意，謂樂其歸隱。《詩·小雅·鶴鳴》：『魚潛在淵，或在于渚。樂彼之園，爰有樹檀。』此二句言嗟歎我所思之人，其以隱居陵藪爲樂也。

⑥明發，從夕至明，謂夜不成寐。《詩·小雅·小宛》：『明發不寐，有懷二人。』毛詩傳：『明發，發夕至明。』如結予心，謂鬱積我心。《詩·曹風·鳲鳩》：『淑人君子，其儀一兮。其儀一兮，心如結兮。』《説文》：『結，締也。』此二句言日夜思之，鬱積我心。

此章寫其由林中之景興感而生懷人之情。春風和舒，春鳥和鳴，風拂山林，流光如玉，雲起飄動，時雨灑播，見歸燕而思歸鴻，隱者樂其陵藪，思者夜不成寐矣。

其三

習習谷風，以温以凉①。玄黄交泰，品物含章②。潛介淵躍，候〔一〕鳥雲翔③。嗟我懷人，在津之梁④。明發有思，凌彼〔二〕褰裳⑤。

【校勘】

〔一〕『候』，《文館詞林》卷一百五十六作『飛』。

〔二〕『彼』，《文館詞林》卷一百五十六、《七十二家集》本、《四部備要》本作『波』，形近而誤。

【注釋】

① 以温以凉，亦温亦凉。《玉篇》：『以，爲也。』

② 玄黄，天地。《易·坤》：『夫玄黄者，天地之雜也，天玄而地黄。』交泰，相通，謂天地和諧也。《易·乾》：『天地交，泰。』王弼注：『泰者，物大通之時也。』品物，猶言萬物。《易·乾》：『雲行雨施，品物流形。』《説文》：『品，衆庶也。』含章，含其美也。《易·坤》：『含章可貞，或從王事，無成有終。』王弼注：『含美而可正者也，故曰含章可貞也。』此二句言天地和諧，萬物皆美也。

③ 潛介，潛于水中之水族。《淮南子·墬形訓》：『介鱗者，夏食而冬蟄。』許慎注：『介，甲。龜鼈之屬也。鱗，魚龍之屬。』候鳥，鴻雁之類。此二句言潛于水中之魚龍躍出深淵，春來秋往之鴻雁翺翔雲天。

④ 津梁，河橋。《國語·晉語》：『君之東游津梁之上，無有難急也。』韋昭注：『津，水也。梁，橋也。』此二句言嗟歎我思之人，東游於河梁之上。

⑤ 凌彼，謂渡河。凌，猶渡。《博雅》：『凌，一曰歷也。』彼，指津。褰裳，舉其衣裳。《詩·鄭風·褰裳》：『子惠思我，褰裳涉溱。』鄭玄箋：『子若愛而思我……我則揭衣渡溱水。』此二句言日夜思之，舉衣渡河而見之。

此章寫其由天地之和興感而生懷人之情也。春風和舒，温凉宜人，天地和諧，鳥飛魚躍，睹此景而懷人，願褰衣而往見之。

其四

習習谷風，其集惟高〔一〕①。嗟我懷人，於焉逍遥②。鸞栖高岡，耳想雲韶③。拊翼墜夕，和鳴興朝④。我之思之，言懷其休⑤。

【校勘】

〔一〕『其集惟高』，《文館詞林》卷一百五十六作『有集惟乔』。

【注釋】

① 集，鳥止木上。《説文》：『集，群鳥在木上也，從雥從木。』以鳥喻人也。此二句言東風和舒，鄭子乘風而飛，惟止于喬木也。

② 於焉逍遥，悠閒自得於此。《詩·小雅·白駒》：『所謂伊人，於焉逍遥。』郑玄箋：『所謂是乘白駒而去之賢人，今於何遊息乎？思之甚也。』此二句言嗟歎我所思之人，於此而逍遥遊止也。

③ 高岡，鸞鳳所棲之處。《詩·大雅·卷阿》：『鳳皇鳴矣，于彼高岡。』雲韶，猶仙樂，喻林中天籟之音。駱賓王《上兖州崔長史啓》：『昆溪既琢，必見山川之精；樹羽已懸，行嗣雲韶之響。』又《書·益稷》：

『簫韶九成，鳳凰來儀。』孔安國傳：『《韶》，舜樂名。』此二句言如鸞鳳棲於高岡，耳聞心馳於天籟之音。

④ 拊翼，拍擊羽翼。阮德如《答嵇康詩》：『常願永遊集，拊翼同廻翔。』《玉篇》：『拊，拍也，擊也。』此二句言夕之至也，拍翼而落，晨之至也，和鳴而起。

⑤ 休，《爾雅·釋詁》：『美也。』此二句言我思之也，懷其林壑逍遥之美也。

此章由懷人而懸想其逍遥之人生也。鄭子如鸞鳳而棲于高岡，日落而息，日升而起，心馳耳聞於天籟，於此逍遥而自適，故我非止思人，亦嚮往林壑逍遥之美。王夫之《古詩評選》卷二曰：『興比正在有意無意之間，搯得毛詩神髓。』

其五

習習谷風，其音孔嘉①。所謂伊人，在谷之阿②。虎質山嘯，龍輝淵蟠③。維南有箕，匪休其和④。有捄斯〔一〕畢，戢爾滂沲〔二〕⑤。懿厥河漢，惟彼大〔三〕華⑥。明發有懷，我勞如何⑦。

【校勘】

〔一〕『捄』，《文集》、《文館詞林》卷一百五十六、《六朝詩集》本、叢書堂鈔本、《四部叢刊》本、周亮工校本、鄧邦述校本、陳仲魚校本作『球』，形近而誤。《古詩紀》卷三十七、《百三家集》本、《七十二家集》本作『捄』。《詩·小雅·大東》：『有捄天畢，載施之行。』今據改。又『斯』，《文館詞林》卷一百五十六作『天』。

〔二〕『戢』，《古詩紀》卷三十七、《百三家集》本作『俾』。又『滂沲』，《七十二家集》本、《四部備要》本並作『滂沱』，古二詞同。

〔三〕『惟』，《文館詞林》卷一百五十六作『耽』。又『大』，《古詩紀》卷三十七、《百三家集》本、《七十二家集》本、《四部備要》本作『太』，古二字同。

【注釋】

① 孔嘉，甚美。《詩·豳風·東山》：『其新孔嘉，其舊如之何。』鄭玄箋：『嘉，善也。』《玉篇》：『孔，甚也。』此二句言東風和舒，吹林之聲甚美也。

② 伊人，是人，指鄭曼季。《詩·秦風·蒹葭》：『所謂伊人，在水一方。』鄭玄箋：『伊，當作繄。繄，猶是也。』阿，山轉曲處。《詩·鄘風·考槃》：『考槃在阿，碩人之薖。』毛詩傳：『曲陵曰阿。』此二句言所思之人也，在山谷之隅。

③ 質，《爾雅·釋詁》：『成也。』蟠，《韻會》：『伏也。』此二句言虎怒吼而成山嘯，龍潛淵而映輝光。

④ 維南有箕，惟南方之有箕星。《詩·小雅·大東》：『維南有箕，不可以簸揚。維北有斗，不可以挹酒漿。』孔穎達疏：『言維此天上，其南則有箕星，不可以簸米粟（粟）；維此天上，其北則有斗星，不可以挹斞其酒漿。……何嘗而有可用乎？亦猶王之官司，虛列而無所用也。』朱熹《詩集傳》：『箕斗二星，以夏秋之間見於南方。』按：此乃隱括《詩》句，非止取字面義。意謂虛有其名而不爲王用之也。匪休其和，謂非美其和也。此二句言如南有箕星而不可用之，此非和之美也。

⑤ 有捄斯畢，有此長畢也。《詩·小雅·大東》：『有捄天畢，載施之行。』毛詩傳：『捄，畢貌。畢所以

掩兔也，何嘗見其可用乎？』鄭玄箋：『祭器有畢者，所以助載鼎實，今天畢則施於行列而已。』孔穎達疏：『又有捄然而長者，在天之畢也，徒則施之於二十八宿之行列而已，亦何曾見其掩兔載肉之用乎？是皆有名無實，亦興王之官司虛列，而無所成也。』按：毛傳謂是捕獸之長柄網；鄭箋謂是祭祀長柄叉；孔疏謂是天上星宿。畢之三意於此皆備。從詩義看，當以孔疏爲善。此亦隱括《詩》句，意謂虛有其名而不爲王用之也。戢，《廣韻》：『止也。』滂沲，形容淚縱横流也。《詩・小雅・漸漸之石》：『月離於畢，俾滂沱矣。』又《詩・陳風・澤陂》：『寤寐無爲，涕泗滂沱。』此字面上取《漸漸之石》，而意義上取《澤陂》，不可不審慎之。此二句言如有此長畢而不可用之，難止爾之淚流也。按：戢爾滂沲，乃勸慰之詞，其意乃在淚流不止。

⑥ 懿厥，猶言痛於此也。《詩・大雅・瞻卬》：『懿厥哲婦，爲梟爲鴟。』鄭玄箋：『懿，有所痛傷之聲也。厥，其也。』大華，首陽山，乃古之隱士伯夷、叔齊所隱之山。《焦氏易林》卷四：『太華，首陽之山也。』河漢，此指黄河、漢水，喻名與用猶河漢之不相及。此二句言痛此河漢之不相及，惟有隱居首陽。

⑦ 明發，從夕至明。見上注。勞，憂思成疾也。《爾雅・釋詁》：『勞，病也。』此二句言日夜思之，我憂之如何也。

此章乃嗟歎鄭生身懷才器不爲世用也。東風和舒，其音美矣，所思之人，在於山谷，如虎如龍，聲震山林，輝映深淵，然如天之有箕有畢，有其名而不用之，河漢相隔而不可求，惟隱居首陽，故我又傷其不遇而成疾也。王夫之《古詩評選》卷二曰：『玉相金質。』

此詩五章内容皆圍繞詩『序』懷人之情展開，先抒寫由暮春之景興感而生懷人之情；因所思乃山林隱者，故懸想其山林之美，目睹歸燕而思其歸來；再回歸眼前，由天地之和興感而思褰衣往見之；又由眼前推開，懸想山林隱者之逍遥自適，最後嗟歎鄭生身懷才器不爲世用，點明所思之對象。全詩將眼前之景與懸想之景交錯描寫，以感歎收束。主旨突出，表達情感層層遞進中又有變化。

[附]鄭曼季答詩〔一〕

鴛鴦六章　并序

《鴛鴦》，美賢也。有賢者二人，雙飛東岳，揚輝上京。其兄已顯登清〔二〕朝，而弟中漸，婆娑〔三〕衡門。然其勞謙接士，吐握待賢，雖姬公之下白屋，洙泗之養三千，無以過也。乃肯垂顧，惠我好音，思樂結永好之懽云爾〔四〕。

【校勘】

〔一〕《文集》作『鄭答』，無《鴛鴦》標題。《西晉文紀》卷十七引其序，作鄭曼季《答陸雲鴛鴦詩序》。

〔二〕『清』，《文集》、《古詩紀》卷三十六、《百三家集》本、叢書堂鈔本、《四部叢刊》本、《四部備要》本、周亮工校本、鄧邦述校本、陳仲魚校本作『得』，語意扞格；《文館詞林》卷一百五十六作『清』，今據改。

〔三〕『婆娑』，《文集》、影鈔宋本作『婆婆』。《古詩紀》卷三十六、叢書堂鈔本、周亮工校本、鄧邦述校本、陳仲魚校本作『婆娑』。影鈔宋本翁同書案：『婆字當作娑。』今據改。

〔四〕『思樂結永好之懽云爾』，《文館詞林》卷一百五十六作『思與其遊道德之樂，結永好之歡云爾』。

其一

鴛鴦于飛，在江之涘。和音反〔一〕暢，拊翼雙起。朝遊蘭池，夕宿蘭沚。清風翕習，扇彼蘭茝。凌雲高厲，載翔載止。

【校勘】

〔一〕『反』，《文館詞林》卷一百五十六作『交』。

其二

鴛鴦于飛，載飛載吟。有鬱浚藪，實惟桂林。芳條高茂，華繁垂陰。爰翺爰翔，爰憇〔一〕其南。有馥清〔二〕芬，協我好音。

【校勘】

〔一〕『憇』，《四部備要》本、周亮工校本、鄧邦述校本作『憩』，古二字同。

〔二〕『清』，《文館詞林》卷一百五十六作『其』。

其三

鴛鴦于飛，乘雲高翔。有嚶其友，戢翼未翔。澹淡〔一〕素波，容與趍〔二〕倡。雖曰戢止，和音遠揚。我有好爵，與子偕嘗〔三〕。

【校勘】

〔一〕『澹淡』，《古詩紀》卷三十六、《七十二家集》本作『澹澹』。

〔二〕『趍』，《古詩紀》卷三十六、《百三家集》本、叢書堂鈔本、《四部叢刊》本、周亮工校本、鄧邦述校本、陳仲魚校本作『趨』，鄧邦述校本校作『趍』，古二字同。《廣韻》：『趍，俗趨字。《詩·齊風》：巧趨蹌兮。《釋文》：趨，本亦作趍。』

〔三〕『嘗』，《諸家文集》本作『當』。

其四

鴛鴦于飛，徘徊翩翻。載頡載頏，命〔一〕侶鳴群。有鬱蘭皋，洌彼清源。駕言遊之，聊樂我云。思與佳人，齊櫂順川。

【校勘】

〔一〕『命』，《文館詞林》卷一百五十六作『顧』。

其五

鴛鴦于飛，或飛〔一〕或遊。習習谷風，扇彼清流〔二〕。春草揚翹，黿鼉〔三〕沉浮。感物興想，我心長憂。誰謂河廣，曾不容舟。企予望之，搔首踟躕。

【校勘】

〔一〕『飛』，《文館詞林》卷一百五十六作『矯』。

〔二〕『流』，《文集》作『㳅』。《古詩紀》卷三十七、《四部叢刊》本、周亮工校本、鄧邦述校本、陳仲魚校本作『流』，古二字同。《玉篇》：『㳅，古文流。』

〔三〕『鼉』；《文館詞林》卷一百五十六作『魚』。

其六

鴛鴦于飛，載和其鳴。懷爾好音，寡我中情。人亦有言，心得遺形。投〔一〕我木瓜，報爾瑤瓊。匪緊曰報，永好千齡。

【校勘】

〔一〕『投』，《古詩紀》卷三十七、周亮工校本、鄧邦述校本作『授』。鄧邦述校本校作『投』。

鳴鶴四章　并序〔一〕

《鳴鶴》〔二〕，美君子也①。太平之世，君子猶有退而窮居者，樂天知命，無憂無欲②。懷〔三〕碩人之考槃，傷有德之遺世，故作是詩也〔四〕③。

【校勘】

〔一〕《文集》作《陸贈》，亦無『有序』。《古詩紀》卷三十七作此題。《西晉文紀》卷十七引其序，作鄭曼季《答陸雲鳴鶴詩序》。

〔二〕『鶴』，《文集》、叢書堂鈔本、影鈔宋本、周亮工校本、鄧邦述校本、陳仲魚校本作『鶮』，古二字同。《史記·衛康叔世家》：『懿公即位好鶴。』《左傳》作『鶮』。《正字通》：『鶮，同鶴。』此據《四部叢刊》本校改。下同，不另出校。

〔三〕『懷』，《文集》、《古詩紀》卷三十七、《西晉文紀》卷十六、叢書堂鈔本、《四部叢刊》本、周亮工校本、鄧邦述校本、陳仲魚校本脱，《文館詞林》卷一百五十六作『收』，語意扞格。此據《百三家集》本校補。

〔四〕『也』，《文館詞林》卷一百五十六無此字。

【注釋】

① 鳴鶴，取《易》之詞，乃美君子之德，故取以爲名。《易・中孚》：『鳴鶴在陰，其子和之。我有好爵，吾與爾靡之。』王弼注：『處内而居重陰之下，而履不失中，不徇於外，任其真者也。立誠篤至，雖在闇昧，物亦應焉，故曰鳴鶴在陰，其子和之也。』

② 退而窮居，退于山林而終居之，謂隱居。《詩・鄘風・考槃》序：『《考槃》，刺莊公也不能繼先公之業，使賢者退而窮處。』毛詩傳：『窮，猶終也。』樂天知命，樂天之化，知己性命。《易・繫辭上》：『樂天知命，故不憂。』韓康伯注：『順天之化，故曰樂也。』孔穎達疏：『順天施化，是歡樂於天；識物始終，是自知性命。』無憂無欲，指不以己喜，不以物悲，謂超然物外也。

③ 碩人之考槃，謂樂於隱居而心胸寬闊之人。《詩・鄘風・考槃》：『考槃在澗，碩人之寬。』毛詩傳：『考，成；槃，樂也。』鄭玄箋：『碩，大也。有窮處成樂，在於此澗者，形貌大人，而寬然有虛之之色。』有德之遺世，碩人虛己待物，故有德；樂隱山林，故遺世。

序言作詩之目的及詩之主旨。太平盛世，君子退隱山林而終居之，樂自然之造化，知性命之本真，超然遺世，既美其德，亦傷其不遇也。

其一

鳴鶴在陰，戢其左翼①。肅雍和鳴，在川之側〔一〕②。假樂君子，祚〔二〕爾明德③。思樂重虛〔三〕，歸于其極④。嗟我懷人，惟馨黍稷⑤。

【校勘】

〔一〕『側』，《文館詞林》卷一百五十六作『域』。

〔二〕『祚』，《四部叢刊》本、周亮工校本作『詐』，形近而誤。《文館詞林》卷一百五十六作『祁』，亦可解。

〔三〕『重虛』，《百三家集》本作『唐虞』。

【注釋】

① 戢其左翼，謂收斂其翼而止息也。《詩·小雅·鴛鴦》：『鴛鴦在梁，戢其左翼。』毛詩傳：『言休息。』鄭玄箋：『戢，斂也。』此二句言鳴鶴在重蔭下，斂其羽翼而止息。

② 肅雍，儼然和鳴。《詩·召南·何彼襛矣》：『曷不肅雝，王姬之車。』毛詩傳：『肅，敬。雝，和。』又《詩·邶風·匏有苦葉》：『雝雝鳴雁，旭日始旦。』毛詩傳：『雝雝，雁聲和也。』雝，同雍。《禮記·樂記》引作『雍』。此二句言鶴在河側，儼然和鳴。

③ 假樂，嘉樂，讚美之辭。《詩·大雅·假樂》：『假樂君子，顯顯令德。宜民宜人，受禄於天。』毛詩傳：『假，嘉也。』鄭玄箋：『天嘉樂成王，有光光之善德，安民官人，皆得其宜，以受福禄於天。』祚爾，謂賜福於汝。陸機《漢高祖功臣頌》：『跨功踰德，祚爾輝章。』銑注：『祚，福；爾，汝也。』明德，德行昭彰。《書·君陳》：『黍稷非馨，明德惟馨。』此二句言天嘉美君子之明德，賜爾快樂與福祉。

④ 重虚，猶重霄。江淹《丹沙可學賦》：「故抱魄寂處，凝神空居，泯邈深晝，窈鬱重虚。」歸于其極，謂歸于中正之道。《詩・唐風・葛生》：「百歲之後，歸于其居。」《廣雅・釋言》：「極，中也。」此二句言君子超然塵世，思樂重霄，復歸於中正之道。

⑤ 惟馨，乃「黍稷非馨，明德惟馨」之意。謂神明非享黍稷之馨香，惟享明德之馨香。《書・君陳》：「至治，馨香感於神明，黍稷非馨，明德惟馨。」孔安國傳：「政治之至者，芬芳馨氣動於神明。所謂芬芳，非黍稷之氣，乃明德之馨。」此二句言嗟歎我所思之人，神明亦享其明德也。

此章頌美鄭子之美德也。其如鳴鶴，斂其羽翼，止於川側，其音和穆，其思超然，性歸中正，故天享其明德，賜爾福祉，嘉爾歡樂，我所思者，亦惟其德馨也。

其二

鳴鶴在陰，其鳴喈喈①。垂翼蘭沼，濯清芳池②。假樂君子，其茂猗猗③。底之瑰〔一〕寶，有粲〔二〕瓊瓌④。乃振裴裳，襲爾好衣。⑤嗟我懷人，啓襟以晞〔三〕⑥。

【校勘】

〔一〕「底」，《百三家集》本作「國」。又「瑰」，《百三家集》本作「瑋」，當據改。「瑰」與「瓌」異形同字，前後句用語重複。

〔二〕「粲」，《百三家集》本、《古詩紀》卷三十七、《七十二家集》本作「餐」，音近而誤。

〔三〕『晞』，《百三家集》本作『希』，古二字通。

【注釋】

① 其鳴喈喈，謂鶴聲和鳴而遠聞。《詩・周南・葛覃》：『黄鳥于飛，集于灌木，其鳴喈喈。』毛詩傳：『喈喈，和聲之遠聞也。』此二句言鳴鶴在重蔭下，其聲和鳴而遠聞。

② 垂翼，猶戢翼也。見上注。沼，池塘。《説文》：『沼，池也。』一曰：圓曰池，曲曰沼。』濯，洗滌。《玉篇》：『濯，澣濯也。』此二句言其止息于幽蘭之塘邊，濯翼于芬芳之池上。謂修其德也。

③ 假樂君子，謂天之樂嘉君子也。見上注。猗猗，美盛貌。《詩・鄘風・淇奥》：『瞻彼淇奥，緑竹猗猗。』毛詩傳：『猗猗，美盛貌。』此二句言天嘉其盛美之德，而賜之快樂也。

④ 底，同厎，致也。《爾雅・釋言》：『厎，致也。』又《經典釋文》卷三：『厎，致也。』轉相爲訓，二者通也。粲，《廣韻》：『明也。』瓊瓌，玉也。《詩・秦風・渭陽》：『何以贈之，瓊瓌玉佩。』毛詩傳：『瓊瑰，石次玉。』《廣韻》：『瓌，同瑰。』此二句言天賜之如玉之德，其德燦然明矣。

⑤ 褧裳，華美之衣裳。《詩・鄭風・丰》：『衣錦褧衣，裳錦褧裳。』毛詩傳：『衣錦褧裳，嫁者之服。』鄭玄箋：『褧，禪也，蓋以禪縠爲之中衣，裳用錦而上加禪縠焉，爲其文之大著也。』襲，猶今之夾衣也。此作動詞，穿衣也。《玉篇》：『襲，重衣也。』《詩・齊風・東方未明》毛詩傳：『上曰衣，下曰裳。』此二句言乃舉爾華裳，穿爾美衣。以穿上華美之嫁服，隱含其勸其出仕之意。

⑥ 啓襟，敞開衣襟，謂開懷也。《玉篇》：『啓，開也。』晞，通睎。《楚辭・九懷・危俊》：『晞白日兮皎

皎，彌遠路兮悠悠。」王逸注：「睎，一作晞。」洪興祖補注：「睎，望也。」此二句言嗟歎所思之人，遙望而開懷思之也。

此章頌美鄭生其德而勸其仕也。鶴鳴和諧，聲聞遠播，其德厚盛，天賜其樂，又厚其德，爾乃可著其華美之服，我敞開胸懷而望之也。

其三

鳴鶴在陰，其儀藹藹①。謂天蓋〔一〕高，和音于邁②。假樂君子，篤膺俊乂③。穆風潛烈，興雲戢薈④。德茂當年，時衍〔二〕嘉會⑤。安得鞶藻，改爾縞帶⑥。嗟我懷人，心焉忼慨⑦。

【校勘】

〔一〕「蓋」，叢書堂鈔本、周亮工校本作「盖」。《廣韻》：「蓋，又發語端也。俗作盖。」此句作「盖」則誤。

〔二〕「衍」，《文館詞林》卷一百五十六作「愆」。稽考句意，當據改。

【注釋】

① 藹藹，茂盛貌。束皙《補亡詩·由庚》：「瞻彼崇丘，其林藹藹。」銑注：「藹藹，茂盛貌。」此形容威儀之盛。此二句言鳴鶴在重蔭下，其威儀盛矣。

② 謂天蓋高，謂天何高也。《詩·小雅·正月》：「謂天蓋高，不敢不局。」王引之《經傳釋詞》卷四：

『《廣雅》曰：盇，何也。……字亦作蓋。』于邁，猶遠聞也。《詩・魯頌・泮水》：『無小無大，從公于邁。』鄭玄箋：『于，往；邁，行也。』此二句言天何高也，和音聲聞於天矣。

③ 假樂君子，謂天之嘉樂君子。見上注。篤，《廣韻》：『厚也。』膺，受。《楚辭・天問》：『撰體協脅，鹿何膺之。』王逸注：『膺，受也。』俊乂，俊才。《書・皋陶謨》：『九德咸事，俊乂在官。』《經典釋文》卷三：『馬曰：千人曰俊，百人曰乂。』此二句言天之嘉樂君子，並厚其俊才。

④ 穆風，猶和風。《詩・大雅・烝民》：『吉甫作誦，穆如清風。』鄭玄箋：『穆，和也。』潛烈，謂潛然而生也。《廣韻》：『潛，藏也。』又『烈，猛也』。戢薈，猶言聚集也。《爾雅・釋詁》：『戢，聚也。』段玉裁《説文解字注》：『薈，引伸爲凡物薈萃之義。』此二句言和風潛然而生，雲起而漸聚集矣。喻盛世而多際會風雲之機也。

⑤ 衍，當作愆。《玉篇》：『愆，過也，失也。』嘉會，謂風雲際會之機。袁宏《後漢紀・孝順皇帝紀》：『誠以陛下聖德應期，實當嘉會。』此二句言雖當年德之盛也，然失之風雲際會之機。

⑥ 鞶藻，彩飾之大帶，以不同之彩飾而別其等級。《左傳・桓公二年》：『帶、裳、幅、舄，衡、紞、紘、綖，昭其度也。藻、率、鞞、鞛，鞶、厲、遊、纓，昭其數也。』杜預注：『藻，率以韋爲之，所以藉玉也。王五采，公侯伯三采，子男二采。鞶，紳帶也，一名大帶。』楊伯峻《春秋左傳注》：『此帶是大帶，杜注以爲革帶，誤。大帶寬四寸，以絲爲之，用以束腰，垂其餘以爲紳。大帶之制：天子素帶，以大紅色爲裏，全帶兩側飾以繒彩。諸侯亦素帶，但無朱裏，亦以繒彩飾全帶之側。大夫素帶，唯下垂部分飾以繒彩。士練帶，密緝帶之兩邊，唯其末以繒彩。』縞帶，繒製之帶，未仕之所服。《禮記・玉藻》：『居士錦帶，弟子縞帶。』此二句言安能以官服之彩飾大帶，改汝處士之繒製素帶？謂鄭生由仕而隱也。

⑦ 忼慨，歎息。《晉書·段灼傳》：『見之者垂涕，聞之者歎息，此賈誼所以忼慨於漢文天下之事可爲痛哭者，良有以也。』後通作慷慨。此二句言嗟歎我所思之人，而慷慨歎息於心也。

此章寫其對鄭生錯失良機而隱居不仕之歎息也。鶴鳴于天，威儀盛也；天厚俊才，嘉其樂也；和風雲起，時機至也。然其雖明德顯世，而錯失良機，由仕而隱，使我慷慨歎息矣。

其四

鳴鶴在陰，載好其聲①。漸陸儀羽，遵渚回涇②。假樂君子，祚之篤生③。德耀有穆，如瑤如瓊④。安得風帆，深濯鼻滅〔一〕⑤。景遺雲雨，爾在北冥〔二〕⑥。嗟我懷人，惟用傷情⑦。

【校勘】

〔一〕『鼻滅』，影鈔宋本校曰：『鼻滅二字，疑有譌誤。』《百三家集》本、《四部備要》本作『爾纓』，應據改。

〔二〕『安得風帆，深濯鼻滅。景遺雲雨，爾在北冥』四句，《文館詞林》卷一百五十六作『視流濯發，滅景遺纓。安得風雲，雨在北冥』，語意流暢。又『冥』，《百三家集》本作『溟』，古二字通。

【注釋】

① 載，語助詞，或曰則。見上注。好，《玉篇》：『美也，愛也。』此二句言鳴鶴在重蔭下，其聲美矣。

②　漸陸儀羽，謂羽儀之美而漸進高位也。《易·漸》：『鴻漸于陸，其羽可用爲儀，吉。』王弼注：『陸，高之頂也。……進處高絜，不累於位，無物可以屈其心而亂其志。峨峨清遠，儀可貴也。故曰：其羽可用爲儀，吉。』遵渚，謂循洲渚而飛也。《詩·豳風·九罭》：『鴻飛遵渚，公歸無所，於女信處。』鄭玄箋：『鴻，大鳥也。不宜與鳧鷖之屬飛而循渚。』《釋名·釋水》：『小洲曰渚。』涇，水名。《書·禹貢》：『涇屬渭汭。』孔安國傳：『言治涇水入於渭。』孔穎達疏：『涇水出安定涇陽縣西岍頭山，東南至馮翊陽陵縣入渭。』此二句言如鴻之展翼本飛向高處，却又循洲渚而飛回涇水。謂其棄仕進而歸隱也。

③　假樂君子，謂天之嘉樂君子。見上注。祚，猶賜福。《廣韻》：『祚，福也，禄也。』篤，《廣韻》：『厚也。』此二句言天之嘉樂君子，厚賜福于鄭生。

④　穆，猶穆穆。《爾雅·釋詁》：『穆穆，美也。』此二句言其德之光輝，如玉之美。

⑤　深濯，喻隱于山林而自養其德。濯，洗滌去垢也。《玉篇》：『濯，澣濯也。』髴滅，謂仿佛消失也。髴，猶言仿佛。《説文》：『髴，髴若似也。』此二句言安能棄揚風起帆之前程，反而深隱養德而遺世？

⑥　景遺雲雨，謂離雲雨而發光也。《説文》：『景，光也。』又《廣雅·釋詁》：『遺，離也。』北冥，北方之海，乃鯤鵬所生之地。《莊子·逍遥遊》：『北冥有魚，其名爲鯤，鯤之大不知其幾千里也，化而爲鳥，其名爲鵬，鵬之背不知其幾千里也。』此喻遠大之前程。此二句遠離雲雨日方發光，入於北海方展鵬程。乃勸其離隱而出仕也。

⑦　用，因。王引之《經傳釋詞》卷一：『用，詞之以也。』此二句言嗟歎我所思之人，惟因其隱而傷情。

此章意承前二章乃責其歸隱、勸其出仕也。鶴鳴音美，明德如玉，天賜其福，且嘉樂之，本可展翅高翔，却遵渚飛回，豈可棄揚帆而潛影修德？日離雲雨，方有光也，爾之前程，在北冥也。若隱而不仕，則我嗟歎傷情矣。

此詩四章内容圍繞詩序『傷有德之遺世』而展開。先贊鄭子之美德，點明所思之原因；再由頌其聲聞厚德而轉入抒寫勸其出仕的殷殷之情，錯失良機而不仕之歎息，以及對其身蹈世外之隱隱責備。前詩重在懸想山林隱居之逍遥自適，此詩重在寫林中隱者之聲名厚德；前詩在叙，重在寫思念之情，此詩在諷，重在寫勸勉之意。而寫其勸勉，全用比興，其語明而其意隱也。

[附]鄭曼季答詩

蘭林五章　有序〔一〕

《蘭林》，懽至好也。有君子，世濟其美，英名光茂。遭時暫否，蓄〔二〕德衡門。顧我慇懃〔三〕，屢辱德音。思與結好，以永不刊。

【校勘】

〔一〕《文集》無題，作《鄭答》，亦無『有序』二字。《古詩紀》卷三十七作此題。《西晉文紀》卷十七引其序，作鄭曼季《答陸雲蘭林詩序》。

〔二〕『蓄』，《文集》、《百三家集》本、叢書堂鈔本、《四部叢刊》本、《四部備要》本、周亮工校本、鄧邦述校本、陳仲魚校本作『福』；《文館詞林》卷一百五十六作『蓄』，語意流暢，故據改。

〔三〕『慇懃』，《七十二家集》本作『殷勤』，古二詞同。

其一

瞻彼蘭林，有翹有秀。有斐君子，邦之碩茂。厥德伊何，固天攸授。如川之源，如山之富。回流清淵，啓襟開裕〔一〕。縉紳晞風，民用胥附。

【校勘】

〔一〕『裕』，《文館詞林》卷一百五十六作『袖』，形近而誤。

其二

猗猗碩人，如玉如金。浚〔一〕其明哲，尅廣德心。習習凱風，吹我棘林。飛鴞萃至〔二〕，允懷好音。悠悠征徒，輶德鮮任。嗟我猗人，和樂實忱〔三〕。

【校勘】

〔一〕『浚』，《文館詞林》卷一百五十六作『沃』。

〔二〕『至』，《文館詞林》卷一百五十六作『止』。

〔三〕『和樂實忱』，《文館詞林》卷一百五十六作『重味實忱』。又『忱』，《文集》作『悦』。影鈔宋本校曰：

『悅，當作怳。』

其三

在昔延州，鵠鳴江涯。今我陸子，曠世繼奇。身乖千載，德音並馳。漸鴻遵渚，宛其羽儀。安得高風，騰翮天池。

其四

飛龍蜿蜒，山谷升氣〔一〕。猛虎嘯吟，清風高厲。情同來感，數乖身逝。夷鮑齊懽，專名故〔二〕世。愷悌君子，民之攸慹〔三〕。咨予邁時，千載同愛。

【校勘】

〔一〕『升氣』，《文館詞林》卷一百五十六作『氣翳』。

〔二〕『故』，《文館詞林》卷一百五十六作『前』。

〔三〕『慹』，《七十二家集》本作『曁』，《四部備要》本作『愬』。愬，同慹。

其五

垂髫〔一〕之會，匪詩不宣。嗟我懷人，斯恩斯勤。德音來訊，有蔚其文。菽菽〔二〕儳兔，匪迹不存。誠在心德，愛結忘言。

【校勘】

〔一〕『壟』，《文館詞林》卷一百五十六作『隴』；影鈔宋本作『龔』，翁同書案：『龔，當作壟。』今據改。

〔二〕『菽菽』，《文館詞林》卷一百五十六作『趯趯』，《四部備要》本作『躍躍』。影鈔宋本翁同書案：『菽菽儳兔，即《詩·巧言》「躍躍毚兔」之異文。韓詩作「趯」。』

南衡五章　有序〔一〕

《南衡》，美君子也①。言君子遯世不悶，以德存身②。作者思其以德來仕，又願言就之宿③。感《白駒》之義，而作是詩焉④。

【校勘】

〔一〕《文集》作《陸贈》，亦無『有序』二字。

【注釋】

① 南衡，指南嶽衡山。《左傳·昭公四年》：『四衡三塗。』杜預注：『東嶽岱，西嶽華，南嶽衡，北嶽恒。』《太平御覽》卷三十八：『《白虎通》曰：南衡山者，上承景宿，銓德均物，故曰衡也。』

② 遯世不悶，謂君子樂其歸隱也。《易・大過》：『君子以獨立不懼，遯世無悶。』又《乾》：『子曰：龍德而隱者也，不易乎世，不成乎名，遯世無悶，不見是而無悶，樂則行之，憂則違之，確乎其不可拔，潛龍也。』悶，鬱悶。《説文》：『悶，懣也。』

③ 作者，士龍自謂。其，代鄭曼季也。願言，我思。《詩・邶風・終風》：『寤言不寐，願言則嚏。』鄭玄箋：『言，我；願，思也。』

④ 白駒之義，《詩・小雅・白駒》之詩義。白駒，指騎白駒而隱者。《白駒》：『皎皎白駒，食我場苗。』鄭玄箋：『宣王之末，不能用賢，賢者有乘白駒而去者。』此詩所美乃隱者『其人如玉』之道德，『於焉逍遥』之情態；所言者乃作者『賁然來思』之相思，『勉爾遁思』之勸誡。

序言作詩之緣由也。既頌美君子歸隱逍遥之樂，守身如玉之德，又表達詩人相思無已之情，以德出仕之勸。下五章詩亦圍繞此主旨展開。

其一

南衡惟岳，峻極昊蒼①。瞻彼江湘，惟水泱泱②。清和有合，俊乂以藏〔一〕③。天保定爾，茂以瓊〔二〕光④。景秀濛汜〔三〕，穎逸扶桑⑤。我之懷矣，休音俊〔四〕揚⑥。

【校勘】

〔一〕『乂』，《百三家集》本作『又』，形近而誤。又『藏』，《古詩紀》卷三十七、《七十二家集》本作『臧』，古二字通。

〔二〕『瓊』，《文館詞林》卷一百五十六作『瑰』。

〔三〕『汜』，《四部叢刊》本作『氾』，形近而誤。

〔四〕『俊』，《百三家集》本、《古詩紀》卷三十七、《七十二家集》本作『峻』，古二字通。

【注釋】

①南衡惟岳，惟南嶽之衡山也。峻極，謂至高峻也。《詩·大雅·崧高》：『崧高維嶽，駿極于天。』毛詩傳：『嶽，四嶽也。堯之時，姜氏爲四伯，掌四嶽之祀，述諸侯之職。駿，大。極，至也。』《玉篇》：『岳，同嶽。』駿極，一作峻極。《禮記·孔子閒居》引此詩作『峻極』。昊蒼，天。嵇康《琴賦》：『鬱紛紜以獨茂兮，飛英蕤於昊蒼。』濟注：『昊蒼，天也。』此二句言惟南嶽之衡山，高峻而入雲天。

②江湘，長江湘水，衡山夾二水中。《水經注》卷三十八：『衡山東南，二面臨映湘川，自長沙至此，江湘七百里中，有九向九背。』泱泱，深廣貌。《詩·小雅·瞻彼洛矣》：『瞻彼洛矣，維水泱泱。』毛詩傳：『泱泱，深廣貌。』此二句言瞻望衡山二面所臨之江湘，其水深且廣也。

③清和，謂陰陽和諧。劉劭《人物志·九徵》：『陰陽清和，則中叡外明。』有合，謂陰陽相配。《易·繫辭上》：『五位相得，而各有合。』俊乂，俊才。見上注。藏，通臧，美也。《爾雅·釋詁》：『臧，善也。』此二句

言陰陽相配和諧，而生此俊美之士。

④ 天保定爾，謂天安定汝也。《詩・小雅・天保》：『天保定爾，亦孔之固。』鄭玄箋：『保，安；爾，女也。』茂，美。《詩・齊風・還》：『子之茂兮，遭我乎，狃之道兮。』毛詩傳：『茂，美也。』或釋爲盛，亦通。此二句言天使汝之安定，且美其德，如瓊玉光輝。

⑤ 景秀，喻才如花影之美。《雲笈七籤》卷十六：『芳華景秀，玉質精練。』蒙汜，日所落之水涯，代指西方。《楚辭・天問》：『出自湯谷，次于蒙汜。』王逸注：『汜，水涯也。言日出東方湯谷之中，暮入西極蒙水之涯也。』洪興祖補注：『暘谷，即湯谷也。《爾雅》云：西至日所入爲太蒙，即蒙汜也。……《淮南》曰：日……薄于虞淵，是謂黄昏。淪于蒙谷，是謂定昏。日入于虞淵之汜，曙于蒙谷之浦，行九州七舍，有五億萬七千三百九里。』蒙汜，同濛汜。《水經注》卷三十七作『濛汜』。穎逸，喻才如脱穎之俊逸。《玉篇》：『穎，禾末也。』扶桑，日所居之東方樹木，代指東方。《淮南子・天文訓》：『日出于暘谷，浴于咸池，拂于扶桑。』又《山海經・海外東經》：『湯谷上有扶桑……九日居下枝，一日居上枝。』此二句言才能脱穎於東方，輝映於西土。

⑥ 我之懷矣，取《詩》之成句。《詩・邶風・雄雉》：『我之懷矣，自詒伊阻。』《説文》：『懷，念思也。』休音，猶令聞。《爾雅・釋詁》：『休，美也。』俊揚，遠揚也。俊，通峻。《經典釋文》卷二十九：『駿，本或作俊，又作峻。』此二句言我之所思者，美名遠揚也。

此章抒發詩人思念之情也。瞻望高峻之南嶽，泱泱之江湘，天生俊才，明德如玉，才名播於東土，脱穎西方，令我思之無已。

其二

穆穆休音，有來爾雍①。沉波涌奥，淵芳馥風②。傃虚養恬，照日遺蹤③。考槃遵渚，思樂潛龍④。我之懷矣，寘爾〔一〕華宫⑤。

【校勘】

〔一〕『寘』，《文集》、《六朝詩集》本、叢書堂鈔本、《四部叢刊》本、周亮工校本、陳仲魚校本作『冥』，或形近而誤。《文館詞林》卷一百五十六、《百三家集》本、《七十二家集》本、寄生草堂本、鄧邦述校本作『寘』，今據改。又『爾』，《文館詞林》卷一百五十六作『肅』。周亮工校曰：『汪本闕爾字。』

【注釋】

① 穆穆，美也。《詩·大雅·文王》：『穆穆文王，於緝熙敬。』毛詩傳：『穆穆，美也。』有來爾雍，謂有汝來之則雍和也。《詩·周頌·雝》：『有來雝雝，至止肅肅。』鄭玄箋：『雝雝，和也。……有是來時雝雝然，既至止而肅肅然者，乃助王禘祭百辟與諸侯也。』此乃隱含勸勉其出仕之意。雝，同雍。《集韻》：『雍，通作雝。』此二句言汝之令名和美，有汝之來則雍和矣。

② 奥，《廣韻》：『深也。』此二句言沉波涌起于深淵，芬芳散發而風馨香也。喻鄭子雖潛隱而德之馨香播世。

③ 傃，一向。《玉篇》：『傃，向也。孔子曰：傃隱行怪。』恬，恬静。《玉篇》：『恬，静也。』照日，猶昭日也。《廣韻》：『照，明也。』遺蹤，隱逸之蹤。潘岳《西征賦》：『眺華嶽之陰崖，覿高掌之遺蹤。』此二句言素養其虚静恬淡，隱逸之迹昭其日月。

④ 考槃遵渚，謂樂隱山林。《詩·鄘風·考槃》：『考槃在澗，碩人之寬。』毛詩傳：『考，成。槃，樂。』《序》：『《考槃》，刺莊公也。不能繼先公之業，使賢者退而窮處。』遵渚，謂循水藪而飛。見上注。潛龍，潛隱之龍。《易·乾》：『乾，元亨利貞。初九，潛龍勿用。』喻隱者也。此二句言隱逸山澤，留戀潛龍之樂。

⑤ 寘爾華宫，乃勸其走出山澤而出仕也。《説文》：『寘，置也。』此二句言我之所思者，可置之于華美之宫。

此章表達詩人勸仕之意也。其令名和美，可使百官雍和。雖潛隱深淵，而德馨播世；雖虚静恬淡，而日昭其迹。然其樂隱山澤，留戀潛隱，故我思而置之于華美宫室也。

其三

和璧〔一〕在山，荆林玉潤①。之子于潛，清輝遠振②。克稱輶德，作賓有晉③。和聲在林，羽儀未變④。我之懷矣，有〔二〕客來信⑤。

【校勘】

〔一〕『璧』，《文集》、影鈔宋本作『壁』，形近而誤。《古詩紀》卷三十七、叢書堂鈔本、《四部叢刊》本、周亮工校本、鄧邦述校本、陳仲魚校本作『璧』。影鈔宋本校曰：『壁，當作璧。』鄧邦述校本亦校作『璧』，今據改。

〔二〕『有』，周亮工校曰：『汪本闕有字。』

【注釋】

① 和璧，和氏之璧。《韓非子・和氏》：『楚人和氏，得玉璞楚山中，奉而獻之厲王。厲王使玉人相之，玉人曰：石也。王以和爲誑而刖其左足。及厲王薨，武王即位，和又奉其璞而獻之武王。武王使玉人相之，又曰：石也。王又以和爲誑而刖其右足。武王薨，文王即位，和乃抱其璞而哭於楚山之下，三日三夜，淚盡而繼之以血。王聞之，使人問其故。曰：天下之刖者多矣，子奚哭之悲也？和曰：吾非悲刖也，悲夫寶玉而題之以石，貞士而名之以誑。此吾所以悲也。王乃使玉人理其璞而得寶焉，遂命曰和氏之璧。』荆林，荆山。《韓非子》所言之楚山，即荆山。劉向《新序・雜事》：『共王即位，和乃奉玉璞而哭於荆山中。』玉潤，玉之光澤。《淮南子・俶真訓》：『九鼎重味，珠玉潤澤。』許慎注：『潤，澤有光也。』此二句言和氏之璧在山，荆山之林亦有玉之光澤。喻鄭子德映山林也。

② 振，猶揚也。《廣韻》：『振，奮也，舉也。』此二句言是子隱逸，如玉之清輝亦遠揚也。

③ 克稱，謂人稱美也。《爾雅・釋言》：『克，能也。』輶德，令德之美。王儉《褚淵碑文》：『德猷靡嗣，儀形長遞。』善注：『德猷，令德徽猷也。』銑注：『猷，風也。』按：《詩・大雅・烝民》：『人亦有言，德輶如毛。』鄭玄箋：『輶，輕。』而『猷德』之猷，《詩・小雅・角弓》：『君子有徽猷，小人與屬。』鄭玄箋：『猷，道。』

士龍乃將其二字混用而不加别也。此二句言聲名道德之徽猷，可作晉之寶。謂其可爲晉朝重臣也。

④羽儀，猶風範。何尚之《答宋文帝讚揚佛教事》：『蓋王濛、謝尚，人倫之羽儀。』此二句言如鳥在山林，聲音和諧，風範依舊。

⑤有客來信，謂冀隱居之客來宿也。《詩·周頌·有客》：『有客宿宿，有客信信。』毛詩傳：『一宿曰宿，再宿曰信。』此取《序》『《有客》，微子來見祖廟也』之意，亦勸勉其出仕之意也。此二句我所思者，亦冀其來見天子之宗廟。

此章乃讚美鄭子之德也，然其結句亦歸於勸勉其出仕之意。鄭子隱居，如玉輝映山林，潛於深淵，輝光亦遠揚，聲音和諧，風範依舊，令德徽猷，可爲晉寶，故我思之而冀其出仕也。

其四

風雲有作，應通山淵①。清琴啓彈，宫商乘絃②。類族知感，有命自天③。夷叔希〔一〕世，猶謂比肩④。矧我與子，姤會斯年⑤。我之懷居，其好纏綿〔二〕⑥。

【校勘】

〔一〕『希』，《文館詞林》卷一百五十六作『曠』。

〔二〕『我之懷居，其好纏綿』二句，《文集》、叢書堂鈔本、《四部叢刊》本、《四部備要》本、周亮工校本、鄧邦述校本、陳仲魚校本脱，此據《文館詞林》卷一百五十六校補。

【注釋】

① 作，《玉篇》：「起也。」此二句言風起於山，雲興於淵，二者感應相通也。

② 啓，開始。《玉篇》：「啓，開也。」乘，理，謂應絃。《玉篇》：「乘，理也，計也。今文乘。」此二句言清琴之始彈，宫商之音應絃而生。

③ 類族，猶同類。《國語·楚語上》：「教之訓典，使知族類，行比義焉。」有命自天，謂天視其同類而聚之。《詩·大雅·大明》：「天監在下，有命既集。」《説文》：「集，群鳥在木上也。從雥從木。」此二句言同類相通而感應，乃天視其同類而聚之。

④ 夷叔，伯夷、叔齊，乃商孤竹國君之二子。二人讓國，先後逃到周國。周武王伐紂，二人叩馬諫阻。武王滅商後，耻食周粟，逃至首陽山，采薇而食，餓死山中。事見《孟子·王章下》《史記·伯夷傳》。希世，世所罕見。《爾雅·釋詁》：「希，罕也。」比肩，猶言相連。《抱朴子·内篇·論仙》：「凡庸比肩接武，孰有能覺乎？」此二句言伯夷、叔齊，罕世而見，人猶謂之，比肩世俗。

⑤ 矧，《玉篇》：「况也。」姤，遇。《易·姤》：「《彖》曰：姤，遇也。」此二句言况我與汝，同遇此晉之盛世。

⑥ 居，語氣詞。王引之《經傳釋詞》卷五：「其，問詞之助也。或作期，或作居，義竝同也。」此二句言我所思者，其情纏綿。

此章曉之以事理而勸其出仕也。風起之於山，雲興之于淵，宫商應絃而生，萬物乃是上天視其同類而聚之；夷、叔希世而見，猶謂之比肩世俗，况我與子，生於斯世，其情纏綿，何必棄我而歸隱？

其五

古人有言，詩以宣心〔一〕①。我之懷矣，在彼北林②。北林何有，於焕斯文③。瓊瑰非寶，尺牘成珍④。豐華非妙，得意惟神⑤。河魴登俎，遺答〔二〕清川⑥。

【校勘】

〔一〕『古人有言，詩以宣心』二句，《文集》、叢書堂鈔本、《四部叢刊》本、《四部備要》本、周亮工校本、鄧邦述校本、陳仲魚校本脱，此據《文館詞林》卷一百五十六補。

〔二〕『遺答』，《文館詞林》卷一百五十六作『遭逢』。

【注釋】

① 宣心，宣泄心情。《廣韻》：『宣，散也。』此二句言古人有言，詩之功能宣泄心情。

② 北林，指隱士所居之山林。《詩·秦風·晨風》：『鴥彼晨風，鬱彼北林。未見君子，憂心欽欽。』毛詩傳：『北林，林名也。』《序》：『《晨風》，刺康公也。忘穆公之業，始棄其賢臣焉。』此句取後二句與《序》之意，既抒己之思，亦寫隱之賢。此二句言我所思者，乃在北林。

③ 於，歎美之詞。《詩·周頌·清廟》：『於穆清廟，肅雝顯相。』毛詩傳：『於，歎辭也。』焕，《玉篇》：『明也。』斯文，代指禮樂。《論語·子罕》：『天之將喪斯文也，後死者不得與於斯文也。』何晏《集解》：『孔

安國曰：言天將喪此文者，本不當使我知之，今使我知，未欲喪之。』後指傳承禮樂之人，亦即儒者。此二句言北林有何？道德焕然之儒者。按：儒家主張『天下有道則見，無道則隱』，在士龍看來，既奉儒家禮義，今逢盛世，則應離隱出仕也。故此句讚美中亦微含責備之意。

④尺牘，謂短書。謝瞻《王撫軍庾西陽集别作》：『誰謂情可書，盡言非尺牘。』善注：『《説文》曰：牘，書版也。』翰注：『言一尺之版，不可盡其情也。』此乃喻自己勸戒之詩。此二句言瓊瑰並非寶貝，短書彌足珍貴。比喻詩意鄙而情真也。

⑤豐華，喻其文辭繁縟華美也。得意，謂捨其象而得其本質。《周易略例·明象》：『是故存言者非得象者也，存象者非得意者也。象生於意而存象焉，則所存者乃非其象也。言生於象而存言焉，則所存者乃非其言也。然則忘象者乃得意者也，忘言者乃得象者也。得意在忘象，得象在忘言。』神，萬物之玄妙。《易·説卦》：『神也者，妙萬物而爲言者也。』此二句言文辭繁縟華美非爲妙章，而得意者惟在於萬物之玄理。此喻詩辭樸而理勝也。

⑥河魴，魚中之美者。《詩·陳風·衡門》：『豈其食魚，必河之魴。』《太平御覽》卷九百三十七引陸璣《毛詩疏義》曰：『魴，鱮，今伊洛濟潁魴魚也。廣而薄脆，甜而少肉，細鱗魚之美者也。』登俎，謂祭祀也。陸機《演連珠》：『是以王鮪登俎，不假吞波之魚。』俎，祭祀之器。《玉篇》：『俎，斷木四足也。』《廣韻》：『俎，俎豆。』此二句言河魴登祭祀之器之時，必贈答於河川也。乃以河魴喻鄭子，清川喻己。意謂汝之若登廟堂之高，則必贈答我也。乃期待之語。

此章言其作詩贈鄭之目的，表達勉其出仕之意。我之所思，乃在於山林隱者；我之所言，乃貴於瓊瑰之玉；詩雖質樸簡約，却得萬物之妙理，汝登廟堂，則必贈答我矣。

由序可知此詩乃是前二首詩旨之融合。抒發詩人相思無已之情，讚頌鄭子雍和百官之才，德猷令名之美，以及詩人勸其出仕之意。在寫法上，前詩多用比興，此詩多用賦體。同是勸其出仕，前詩在抒情中説理，此詩以議論説理，亦微别也。

[附]鄭曼季答詩

南山五章　有序

《南山》，酬至德也。有退仕衡門〔一〕，修道以〔二〕養和，棄物以存神。民思其治，士懷其德，或思置之列位，或思從之信宿。詩人嘉與此賢，當〔三〕年相遇，又屢獲德音，情懽心至，故作是詩焉。

【校勘】

〔一〕『有退仕衡門』，《文館詞林》卷一百五十六作『君子在衡門』。

〔二〕『以』，周亮工校曰：『汪本闕以字。』

〔三〕『當』，《四部備要》本、鄧邦述校本作『常』。

其一

陟彼南山，言采其蕭。樂只〔一〕君子，邦家之翹。克茂厥猶，輶德〔二〕是收。聊道以儉，廣愛以周。嗟我懷人，永好千秋。

【校勘】

〔一〕『只』，周亮工校曰：『汪本闕只字。』

〔二〕『輶德』，《文館詞林》卷一百五十六作『至道』。

其二

瞻〔一〕彼江潭，言釣其鱮。有美碩人，自公退處。羔裘逍遥，輶德是舉。白駒遯時，世事孰與。思我猗人，寘之晉序。有客信信〔二〕，獨寐寤語。

【校勘】

〔一〕『瞻』，《文館詞林》卷一百五十六作『適』。

〔二〕『信信』，《文館詞林》卷一百五十六作『信宿』，當據改。

其三

天高地卑，玄黃煙熅。人道交泰，自昔先民。耽文合好，輔德與仁。管叔罕儔，曠世難鄰。修組施結，玄弁生塵。咨我與子，遘會當身。琴瑟在御，永愛纏綿。

其四

瞻彼江澳[一]，言詠其潭。所謂伊人，在水之陰。養和以泰，樂道之潛。錦衣尚絅，至樂是耽。興言永思，繫懷所欽。愛而不見，獨寐寤吟。

【校勘】

〔一〕『瞻彼江澳』，《文館詞林》卷一百五十六作『盘彼江深』。

其五

詩以言志，先民是經。乃惠嘉訊，德音惟馨。欽詠繁藻，永結中情。華文傷實，世士所營。達人神化，反之混冥。交棄其數，言取其誠。思與哲人，獨寶其貞。

高崗四章〔一〕

其一

瞻彼高崗，有猗其桐①。允也君子，實寶南江②。員規啓俗〔二〕，沉矩履方③。泳此明流〔三〕，清瀾川通④。陟彼衡林，味其回芳⑤。

【校勘】

〔一〕《文集》無題，作《陸贈》。又按：考前詩體例，此篇亦當有序，諸本並脱，無從校補。

〔二〕『俗』，《文館詞林》卷一百五十六作『裕』，與『方』對舉，應據改。

〔三〕『泳』，《文館詞林》卷一百五十六作『詠』。又『流』，《文集》、叢書堂鈔本作『㳅』。《古詩紀》卷三十七、《四部叢刊》本、周亮工校本、鄧邦述校本、陳仲魚校本作『流』，古二字同。《玉篇》：『㳅，古文流。』

【注釋】

① 高崗，此指梧桐所生之山崗。桐，指梧桐，鳳棲之木。《詩·大雅·卷阿》：『鳳皇鳴矣，于彼高岡。梧桐生矣，于彼朝陽。』毛詩傳：『梧桐，柔木也。』鄭玄箋：『鳳皇鳴于山脊之上者，居高視下，觀可集止。喻賢者待禮，乃行翔而後集。梧桐生者，猶明君出也。生於朝陽者，被温仁之氣，亦君德也。鳳皇之性，非梧

桐不棲，非竹實不食。』有，語助詞。王引之《經傳釋詞》卷五：『有，語助也。一字不成詞，則加有字以配之。』猗，猶猗猗，美盛貌。《詩·鄘風·淇奥》：『瞻彼淇奥，緑竹猗猗。』毛詩傳：『猗猗，美盛貌。』此二句言瞻望高高山崗，梧桐何其茂美。

②允，誠也。《爾雅·釋詁》：『允，信也。』南江，石城至吴國段之江水。《水經注》卷二十九：『《地理志》曰：江水自石城東出，逕吴國南，爲南江。』此泛指南方。此二句言誠然君子，實是南方之寶。

③規、矩，木者取法之器，圓曰規，方曰矩。《玉篇》：『規，正圜之器。《世本》：倕作規矩準繩。』又『矩，法也。員曰規，方曰矩』。泛指倫理法度也。此二句言其倫理開啓世俗之風，其法度使人踐行大道。

④泳，游。《説文》：『泳，潛行水中也。』此二句言優游於清流之上，其波瀾通於大川。喻其操守之清，胸襟之闊也。

⑤陟，登。《爾雅·釋詁》：『陟、登，陞也。』衡林，長滿杜衡之林。《楚辭·離騷》：『畦留夷與揭車兮，雜杜衡與芳芷。』王逸注：『杜衡、芳芷，皆香草也。』洪興祖補注：『《爾雅》杜上鹵注云：杜衡也，似葵而香。《山海經》：天帝山有草，狀似葵，其臭如蘼蕪，名曰杜衡。』此二句言登上那長滿杜衡之山林，可聞味其回蕩之芬芳。喻其修德而德行馨香也。

此章頌美鄭子之美德。隱於山壑，如鳳棲梧桐，節如清流，而波通大川，登其衡林，可味其芬芳，故其可開啓世風，使人踐行大道，誠矣君子，乃南江之寶也。陳祚明《采菽堂古詩選》卷十一：『搴溯之情，載言遠企。』

其二

馥馥〔一〕回芳，綢繆中原①。祁祁庶類，薄采其芬②。栖遲泌丘，容與衡門③。聲播東汜〔二〕，響溢南雲④。

【校勘】

〔一〕「馥馥」，《文館詞林》卷一百五十六作「馥矣」。

〔二〕「汜」，《四部叢刊》本作「氾」，形近而誤。

【注釋】

① 馥馥，香氣濃郁。陸機《文賦》：「播芳蕤之馥馥，發青條之森森。」《玉篇》：「馥，香盛。」綢繆，緊密纏繞。《詩・豳風・鴟鴞》：「迨天之未陰雨，徹彼桑土，綢繆牖户。」鄭玄箋：「綢繆，猶纏綿也。」孔穎達疏：「鄭以爲鴟鴞及天之未陰雨之時，剥彼桑根，以纏綿其牖户，乃得有此室巢。」此二句言回蕩之濃郁香氣，縈繞于中原。喻鄭子德馨遠播也。

② 祁祁，衆多。《詩・豳風・七月》：「春日遲遲，采蘩祁祁。」鄭玄箋：「祁祁，衆多也。」庶類，猶衆人。嵇康《太師箴》：「悠悠庶類，我控我告。」薄采，猶采也。《詩・周南・芣苢》：「采采芣苢，薄言采之。」毛詩傳：「薄，辭也。」此二句言衆多之人，亦采其芬芳。喻鄭子影響深廣也。

③ 栖遲，遊息。泌丘，泛指林澤。衡門，橫木爲門，隱士所居也。《詩・陳風・衡門》：『衡門之下，可以棲遲。泌之洋洋，可以樂飢。』毛詩傳：『衡門，橫木爲門，言淺陋也。棲遲，遊息也。泌，泉水也。』鄭玄箋：『賢者不以衡門之淺陋，則不遊息於其下。』栖，同棲。《廣韻》：『棲，鳥棲。《説文》曰：或從木西。』容與，徘徊不前也。《楚辭・離騷》：『吾行此流沙兮，遵赤水而容與。』王逸注：『容與，遊戲貌。』此二句言遊息於林澤，徘徊於衡門。

④ 東汜，謂暘谷，此指東方。沈約《和謝宣城》：『牽拙謬東汜，浮惰及西崏。』善注：『東汜，謂暘谷，日之所出也。』翰注：『東汜，日初出處，比少壯也。』此二句言聲名傳播東方，反響充滿南天。

此章讚揚鄭子德馨之遠播也。鄭子遊息林澤，徘徊衡門，德馨縈繞中原，聲名傳播東南，衆庶采其芬芳，而風俗易矣。

其三

穆穆閶闔，南端啓籥〔一〕①。庶明以庸，帝聽式闕②。有鳳于潛，在林栖翮③。非予之祚〔二〕，孰與好爵④。

【校勘】

〔一〕『籥』，叢書堂鈔本作『鑰』，古二字通。

〔二〕『祚』，《古詩紀》卷三十七作『怍』，《百三家集》本作『作』，或形近而誤。

【注釋】

① 穆穆，美也。《書·舜典》：『賓於四門，四門穆穆。』孔安國傳：『穆穆，美也。』閶闔，宫門名，吴王闔閭所建。陸機《吴趨行》：『吴趨自有始，請從閶門起。閶門何峨峨，飛閣跨通波。』善注：『《吴越春秋》曰：大城立昌門者，象天通閶闔風，亦名破楚門也。《吴地記》曰：昌門者，吴王闔閭所作也。名爲閶闔門，高樓閣道。』啓籥，開啓門户。《書·金縢》：『啓籥見書，乃並是吉。』又鮑照《升天行》：『五圖發金記，九籥隱丹經。』善注：『鄭玄《易緯注》曰：齊魯之間名門户及藏器之管曰籥。』此二句言閶闔何其美也，開南方之門户。乃謂吴王闔閭建立吴國基業也。

② 庶明，衆庶皆明其教。《書·皋陶謨》：『惇叙九族，庶明勵翼。』孔安國傳：『言慎修其身，厚次叙九族，則衆庶皆明其教而自勉勵，翼戴上命。』庸，《玉篇》：『用也。』式闕，猶闕，宫觀也。《正韻》：『宫門雙闕也。』此指宫殿。式，發語詞。《詩·邶風·式微》：『式微式微，胡不歸？』鄭玄箋：『式，發聲也。』此二句言衆庶明其教化，君主聽政于宫殿。

③ 于潛，猶潛也。于，猶曰，語助詞。《詩·小雅·六月》：『王于出征，以匡王國。』鄭玄箋：『于，曰。』翮，大羽毛。《玉篇》：『翮，羽本也，羽莖也。』此二句言有鳳鳥潛隱，在林中棲遲飛翔。

④ 祚，祝福。《廣韻》：『祚，福也，禄也。』好爵，謂與賢者共用其樂也。《易·中孚》：『鳴鶴在陰，其子和之。我有好爵，吾與爾靡之。』王弼注：『不私權利，唯德是與，誠之至也。故曰：我有好爵，與物散之。』孔穎達疏：『若我有好爵，吾願與爾賢者分散而共之。』《説文》：『爵，禮器也。象爵之形，中有鬯酒，又持之也。所以飲器象爵者，取其鳴節，節足足也。』又《論語·雍也》何晏《集解》：『馬融曰：觚，禮器也。一升曰爵，二升曰觚也。』此二句言若非我之祝福，誰與你共用歡樂？謂隱居山林寂寞無友，隱含勸其出仕之意。

此章追溯吴國輝煌歷史，隱含勸其出仕之意。吴王闔閭開啓吴國基業，聽政宫殿，教化庶民。而汝如鳳隱山林，非我爲之祈福，誰可與你共用歡樂？此章有兩點值得注意：第一，追溯吴國輝煌之歷史，與今日覆國亡家形成隱性對比；第二，由追溯吴國輝煌之歷史而轉入勸其出仕，隱含重振家國之願望。身事於晉，難言之意寄於語言之外。

其四

幽居玩物，顧景自頤①。發憤潛帷〔一〕，俩佛〔二〕有思②。予美忘〔三〕此，終然胥〔四〕來③。企予與〔五〕言，惟用作詩④。

【校勘】

〔一〕『帷』，《文集》、叢書堂鈔本、《四部叢刊》本、《四部備要》本、周亮工校本、鄧邦述校本、陳仲魚校本作『惟』，形近而誤；《文館詞林》卷一百五十六、《百三家集》本作『帷』，今據改。

〔二〕『俩佛』，《百三家集》本、《古詩紀》卷三十七作『俩佛』，古二詞同。今通作『彷佛』或『仿佛』。

〔三〕『忘』，《文館詞林》卷一百五十六作『亡』，古二字通。

〔四〕『胥』，《文館詞林》卷一百五十六作『肯』。

〔五〕『與』，《文館詞林》卷一百五十六作『興』。

【注釋】

①幽居，獨處。《禮記·儒行》：『幽居而不淫，上通而不困。』鄭玄注：『幽居，謂獨處時也。』玩物，賞玩物也。《書·旅獒》：『玩人喪德，玩物喪志。』頤，保養。《爾雅·釋詁》：『頤，養也。』此二句言獨處之時，玩賞萬物，顧自影而養性。

②發憤，猶抒情。《楚辭·哀時命》：『獨便悁而煩毒兮，焉發憤而抒情。』王逸注：『言己懷忠直之志，獨悁悒煩毒，無所發我憤懣。』潛帷，謂深屋之帷幕。《廣韻》：『潛，藏也。』又『帷，《説文》曰：在旁曰帷。《釋名》曰：帷，圍也，以自障圍也』。俩佛，依稀貌，此謂形貌之依稀。《楚辭·九章·悲回風》：『存髣髴而不見兮，心踊躍其若湯。』王逸注：『謂形貌也。一云不得見。』《別雅》卷五：『仿佛、俩佛、昉咈、彷佛、昉昲、㧍拂，髣髴也。』此二句言不可得見而生思念，故抒情於帷幕之下。

③予美忘此，謂我所美之人不在此也。《詩·唐風·葛生》：『予美亡此，誰與獨處？』鄭玄箋：『予，我；亡，無也。言我所美之人無於此，謂其君子也。吾誰與居乎？獨處家耳。』《廣韻》：『忘，又音亡。』同音相通。胥來，猶來。朱駿聲《説文通訓定聲》：『胥，助語之詞。』此二句言我所美之人不在此也，其最終亦將來。謂冀其最終離隱而出仕也。

④企予，我踮起足跟，謂思之切也。《詩·鄘風·河廣》：『誰謂宋遠，跂予望之。』鄭玄箋：『予，我也。誰謂宋國遠與？我跂足則可以望見之，亦喻近也。』企，同跂。陸機《歎逝賦》善注引此詩作『企予望之』。《説文》：『企，舉踵也。』用，因。王引之《經傳釋詞》卷一：『用，詞之以也。以、用一聲之轉。』此二句言我踮起足跟而冀與之言，惟此而作是詩。

此章抒其思念之情，亦隱含勸其出仕之意。獨處賞物，顧影養性，然不見所美之人，頓生思念，故作此詩以抒情，並冀其終然來也。陳祚明《采菽堂古詩選》卷十一：「是招隱之作，予美忘此，不同宦遊，期以胥來也。「幽居」四句，有蘊旨。通篇琢句，生處有態。」

此詩序失，四章亦是讚美鄭子之馨德令名，勸其出仕之意。然此詩以簡略之筆追溯吴國輝煌歷史，使其勸仕之意中隱含重振家國之願望。前二首重在寫勸勉，此詩則重在寫期待，意義相近而角度有別。

[附]鄭曼季答詩

中陵四章

其一

瞻彼中陵，蘭黄猗猗。允矣[一]君子，樂且有儀[二]。沉仁育物，玄聰鏡機。德充闈庭，名逸南畿[三]。祁祁俊乂[四]，言酌言依。

【校勘】

〔一〕「允矣」，《文館詞林》卷一百五十六作「顯允」。

〔二〕「儀」，《文館詞林》卷一百五十六作「宜」。

〔三〕「畿」，《文集》、《古詩紀》卷三十七、叢書堂鈔本、影鈔宋本作「機」，音近而誤。《古詩紀》卷三十

七、周亮工校本、鄧邦述校本、陳仲魚校本作『畿』，影鈔宋本校曰：『機，當作畿。』今據改。

〔四〕『乂』，《文集》、《百三家集》本、叢書堂鈔本、《四部叢刊》本、《四部備要》本、周亮工校本、鄧邦述校本、陳仲魚校本作『友』。《文館詞林》卷一百五十六作『乂』，今據改。

其二

鼓鐘于宮，百里震聲。亹亹令問，歸我偉貞。厥震伊何，駿奔以驚。厥問伊何，民胥以寧。有鶴在陰，非子誰鳴。我有好爵，非子孰盈。

其三

潛龍遁初，有鳳戢翬。王猶未泰，彝倫錯違。皋門重管〔一〕，係爾啓扉〔二〕。庶績適〔三〕斁，非爾焉綏。翼翼京宇，俟爾攸晞〔四〕。民之胥望，如渴如饑。

【校勘】

〔一〕『管』，《文集》、叢書堂鈔本、《四部叢刊》本、周亮工校本、陳仲魚校本脱，此據《文館詞林》卷一百五十六校補。又，此句《七十二家集》本作『皋門重闢』；鄧邦述校本作『皋門重重』。

〔二〕『係』，《文集》、叢書堂鈔本、《四部叢刊》本、周亮工校本、陳仲魚校本脱，此據《文館詞林》卷一百五十六校補。又，此句《七十二家集》本作『資爾啓扉』；《四部備要》本、鄧邦述校本作『欵爾啓扉』。

〔三〕『適』，《文館詞林》卷一百五十六作『逌』。

〔四〕『俟爾攸晞』，《文館詞林》卷一百五十六作『爾瞻爾晞』。

其四

德音來惠，覆玩三周。沉潤淵洞，逸藻雲浮。結心所親，曷變曷渝。路隔津梁，一葦限殊。終朝之思，三秋是踰〔一〕。愛而不見，興言踟躕。

【校勘】

〔一〕『踰』，《文館詞林》卷一百五十六作『喻』。

【集評】

〔清〕王夫之《古詩評選》卷二：四言之制，實維詩始，廣引充志以穆耳者，《雅》之徒也；微動含情以送意者，《風》之徒也。《頌》爲樂府之宗，既不主於四言而與詩別類，其以歆鬼豫人，流懽寄思，將資于絲竹以成聲，非全恃其言而已。是知匪《風》匪《雅》，託無託焉。自漢以降，凡諸作者，神韻易窮，以辭補之，故引之而五，伸之而七，藏者不足，顯者有餘，亦勢之自然，非有變也。顧韋、孟而下，間有撰著，抑往往以《風》《雅》爲資。漢晉五代多捃於《雅》，自唐而宋，或仿於《風》。資於《風》者，意本有盡非能留也，而故作若留之色，既疏强而不親；資於《雅》者，理無日新，不中衍也，而盛爲相衍之容，愈凝滯而不化。且古人有心至言隨，雖炳若日星，而寄情自遠；雖沉然昭質，而吹蕩自生。後人内得，蔑資假理爲範，不知德之何明，而但言明德；不知天胡以配，而遽言配天。若斯之流，有同學語，又烏知在帝左右及爾出王？古人于此，亦似聆黄鳥而攜傾筐，耳誠聞之，手誠攜之，聊以揄其不昧者哉！况夫《東山》唱於聖者，不廢低回；《采薇》歌自興王，弗妨淒怨。既非大《易》贊幽之書，《春秋》明刑之典，何事必爾以色莊爲論篤也乎？若夫《芣苢》之複連，《采葛》之疏冷，《盧令》之險短，《相鼠》之絞切，彼自喜怒適然。因之利用，無其必爾之情。而妄效其節，是誠捧心之餘誚矣！

西晉文人，四言繁有，束、傅、夏侯，殆爲三百篇之王莽。入隱拾秀，神腴而韻遠者，清河而已。既不貌取列風，亦不偏資二雅。以風入雅，雅乃不疲；以雅得風，風亦不佻；字裏之合有方，而言外之思尤遠。故欲求紹續于删餘，惟斯爲庶幾焉。作者固無追琢之痕，述者必有緣飾之事，徑情浮聲，以枯燥險促爲古體，學之浹晨而遽合，自非狂人之尤，亦孰敢自信爲洵然哉！

贈顧尚書

【題解】

從『實惟我兄』『根分來在』詩句看，顧尚書即顧彦先。因彦先乃士龍姊夫，故謂之兄，喻之根。詩人與彦先歡會，旋即别離，故有感而作是詩。詩先寫其人，後寫别情。寫其人，先從行、才、體道、大德四方面，總寫彦先乃是天降英才。然後分寫其妙識玄理，厚養道德；踐行聖道，操行昭彰；聲名遠播，達於天聽；處世行事，謙遜屈己。寫别情，既有依依别情，亦有殷殷祝福。層次清晰，意脉條貫。因詩人與彥先血濃於水，故其讚美非一般諛詞可比，而是充滿深情與期待。尤其寫離別，『哀以紹欣』之情感驟變，『追曠同塗』之細節描述，『吝其延娛』之深情渴望，『言發涕流』之離別傷感，使情愈轉而愈深。

從詩題看，此贈詩作於彥先尚書任上。《晉書·顧榮傳》載：『吴平，與陸機兄弟同入洛，時人號爲三俊。例拜爲郎中，歷尚書郎。』又《唐鈔文選集注彙存》曰：『機從洗馬爲吴王郎中令，從郎中又爲尚書郎。彥先亦爲尚書郎，同在楚省別院。榮復是機姊夫，于時遇雨，不得相見，相憶作此詩。』説明榮任尚書郎與陸機任尚書中兵郎時間差近。據陸機《答賈謐》序可知，機于元康六年冬由吴王郎中令遷尚書中兵郎。故此詩當作於元康七年（二九七），或稍後。

五嶽降神，四瀆炳靈①。兩儀鈞陶，參和大成②。兆光人倫，誕育至英③。於顯尚書，實惟我兄④。行成世則，才爲時生⑤。體道既弘，大德允明⑥。

【注釋】

①五嶽，指泰、衡、華、恒、嵩五大山嶽，此泛指山嶽。降神，謂降其神明也。《詩·大雅·崧高》：『維嶽降神，生甫及申。』毛詩傳：『嶽，四嶽也。東嶽岱，南嶽衡，西嶽華，北嶽恒。堯之時，姜氏爲四伯，掌四嶽之祀，述諸侯之職。』四瀆，指江、河、淮、濟四大水系。《釋名·釋水》：『天下大水四，謂之四瀆，江、河、淮、濟是也。』此泛指河川。炳靈，顯其神靈。左思《蜀都賦》：『近則江漢炳靈，世載其英蔚。』向注：『炳，明也。』此二句言山嶽降其神明，河川顯其神靈。

② 兩儀，天地。《易·繫辭上》：『易有大極，是生兩儀。』又《吕氏春秋·大樂》：『太一出兩儀，兩儀出陰陽。』高誘注：『兩儀，天地出生。』鈞陶，謂造化萬物。張華《答何劭》：『洪鈞陶萬類，大塊稟群生。』善注：『洪鈞，大鈞，謂天也。大塊，謂地也。言天地陶化萬類，而群生稟受其形也。』翰注：『洪鈞，造化也。陶，猶作也。言萬物皆造化所作，群生稟自然而成。』參和，謂天地人三者和諧。《玉篇》：『參，三也。』《説文》：『三，天地人之道也。』此二句言天地造化萬物，天地人極爲和諧。

③ 兆，占卜所顯之預兆。《玉篇》：『兆，事先見也。』誕育，猶言誕生。潘勗《册魏公九錫文》：『乃誘天衷，誕育丞相。』善注：『《詩傳》：誕，大也。鄭玄曰：大矣，后稷之生。』向注：『誕，謂生也。』此二句言吉兆人倫之事，誕生此傑出英才。謂彦先之生乃天地神靈而顯現於人倫也。

④ 於顯，猶顯也。王引之《經傳釋詞》卷一：『於，發聲也。』或釋爲歎美之詞，見上注，亦可通。尚書，謂顧彦先。時彦先官尚書郎。惟，猶乃。王引之《經傳釋詞》卷三：『惟，猶乃也。』我兄，彦先乃士龍姊夫，故稱。《唐鈔文選集注彙存》陸機《贈尚書郎顧彦先》注：『榮復是機姊夫，于時遇雨，不得相見，相憶作此詩。』此二句言顯赫之尚書郎，實乃我之兄也。

⑤ 此二句言其行爲是世人之法則，才能爲應時之所生。

⑥ 體道，虚静而含道。《荀子·解蔽》：『知道察，知道行，體道者也。』楊倞注：『知道察，謂思道者静則察也；知道行，謂須道者虚則將也；體，謂不離道也。』弘，光大。《玉篇》：『弘，大也。《語》：人能弘道。』大德，以道砥礪而成之德。《詩·小雅·谷風》：『忘我大德，思我小怨。』鄭玄箋：『大德，切磋以道相成之謂也。』允明，確乎光明。《焦氏易林》卷七：『昭德允明，不失其所。』《爾雅·釋詁》：『允，信也。』此二句言虚静含道，且已光大之，砥礪道德，確乎光明矣。

此節讚美彦先乃是鍾天地靈秀而生之英才也。山川降其神靈，天地和諧於人，自然造化，顯於人倫，而生此英才，行是世人準則，才爲應世所生，含道而弘揚之，砥礪而成大德，此顯赫之尚書郎，實乃我兄，輝光我家族矣。

厥弘伊〔一〕何？靡曠不遵①。厥明伊何？靡妙不研〔二〕②。無索炤〔三〕灼，有求〔四〕幽玄③。細微不錯，毫〔五〕芒以陳④。積簣爲山，納流成淵⑤。扶翮布華，養物作春⑥。所肅以禮，所潤以仁⑦。

【校勘】

〔一〕『伊』，《古詩紀》卷三十六作『依』，音同而誤。

〔二〕『研』，《文集》、叢書堂鈔本作『妍』，語意扞格。《古詩紀》卷三十六、《百三家集》本、《四部叢刊》本、周亮工校本、鄧邦述校本、陈仲鱼校本作『研』，今據改。

〔三〕『炤』，《百三家集》本作『昭』，古二字同。《玉篇》：『炤，同照。』《集韻》：『照，或省作昭。』

〔四〕『求』，《文集》、《六朝詩集》本、叢書堂鈔本、《四部叢刊》本、周亮工校本、鄧邦述校本、陈仲鱼校本作『冰』，語意扞格。《古詩紀》卷三十六、《百三家集》本、《七十二家集》本作『求』，今據改。

〔五〕『毫』，《文集》、叢書堂鈔本作『豪』，形近而誤。《古詩紀》卷三十六、《百三家集》本、《四部叢刊》本、周亮工校本、鄧邦述校本、陳仲魚校本作『毫』，今據改。

【注釋】

①　厥，代詞。《爾雅·釋言》：『厥，其也。』伊，猶是。王引之《經傳釋詞》卷三：『伊，是也。』靡，猶非。《爾雅·釋言》：『靡，無也。』曠，謂光明之大道。《説文》：『曠，明也。』遵，《説文》：『循也。』此二句言其弘揚者是何？非大道而不遵循也。

②　研，研磨也。《廣韻》：『研，磨也。』此二句言其明察者是何？非精妙之道而不研磨也。

③　炤灼，光明。王融《三月三日曲水詩序》：『昭灼甄部，驅駿函列。』良注：『昭灼，光明也。』昭，同炤。《集韻》：『昭，《説文》：日明也。董仲舒曰：食祝。（或）從火。』此喻物理之顯明也。幽玄，幽深玄遠之理。《抱朴子·外篇·行品》：『成則思洞幽玄，才兼能事。』《玉篇》：『玄，幽遠也，妙也。』此二句言不求索昭昭之理，而探賾幽深玄遠。

④　不錯，謂排列有序。《禮記·祭義》：『行，肩而不併，不錯則隨，見老者則車徒辟。』鄭玄注：『錯，雁行也。』孔穎達疏：『錯，參差，假雁行爲行。』毫芒，喻細微之理。陸機《文賦》：『考殿最於錙銖，定去留於毫芒。』善注：『《音義》曰：芒，稻芒。毫，兔毛。』濟注：『毫，細毛也。皆至微小者也。』此二句言剖析細微之理，有序而清晰也。

⑤　積簣，謂累積一籠之土。《論語·子罕》：『譬如平地，雖覆一簣，進，吾往也。』何晏《集解》：『苞氏曰：簣，土籠也。馬融曰：平地者將進加功，雖始覆一簣，我不以其見功少而薄之也。』納流，容納細流。杜甫《風疾舟中伏枕書懷三十六韻》：『納流迷浩汗，峻址得嶔崟。』蘇養直注：『孔融：子不見東海納萬流，浩汗不溢不驚。君子之量，當亦如此。』此二句言累積籠土而成山，容納細流而成淵。喻其不棄小善而厚養其德也。

⑥　扶翹，謂托起花萼。《玉篇》：『扶，扶持也。』陸機《歎逝賦》：『步寒林以悽惻，翫春翹而有思。』濟

注：『翹，英也。』布華，揚花。《廣韻》：『播，揚也，布也。』又《爾雅·釋草》：『華，榮也。木謂之華，草謂之榮，不榮而實者謂之秀，榮而不實者謂之英。』此二句言托花萼而揚春花，養萬物而成春光。謂其澤被萬物也。

⑦ 肅，恭敬。《廣韻》：『肅，敬也。』潤，滋潤。《玉篇》：『潤，滋也。』此二句言以禮義而恭敬之，以仁德而滋潤之。謂其恭敬而仁愛也。

此節讚美彥先深明玄妙之物理，厚養道德而澤被於人也。其所遵循者天下之大道，所明察者萬物之妙理，探幽索隱，纖毫畢顯；積小善而成大德，恭敬仁愛，澤被萬物。

宣質拔行，曜文入采①。堅不可鑽，清如凝水〔一〕②。方迹迎朖，蹈齊闕里③。晞聖而惟〔二〕，亦顧之子④。彼棄芝英，玩此蘭茝⑤。異世同芳，其馥不已⑥。

【校勘】

〔一〕『水』，《四部備要》本、鄧邦述校本作『冰』。

〔二〕『晞聖而惟』，《百三家集》本作『希聖而微』。

【注釋】

① 宣質，品質光明。《廣韻》：『宣，明也。』拔行，行爲超卓。《廣韻》：『拔，迥拔。』曜文入采，謂文采盛

也。《釋名・釋天》：「曜，耀也，光明照耀也。」此二句言品質光明，行爲超卓，且文采照人。

②堅不可鑽，形容意志堅毅。《論語・子罕》：「顔淵喟然歎曰：仰之彌高，鑽之彌堅。」何晏《集解》：「言不可窮盡也。」《玉篇》：「鑽，所以穿也。」清如凝水，喻如冰之清。凝水，冰也。《淮南子・詮言訓》：「或熱焦沙，或寒凝水。」此二句言其意志堅不可摧，節操如冰之清。

③方迹，履道之迹。《廣雅・釋詁》：「方，義也。」《廣韻》：「方，道也。」迎朖，合于光明。《廣韻》：「朗，明也。朖、誏，並同朗。」蹈齊，道之正也。《説文》：「蹈，踐也。」《釋名・釋道》：「道一達曰道路。道，蹈也。」闕里，猶朝野。應璩《與廣川長岑文瑜書》：「土龍矯首於玄寺，泥人鶴立於闕里。」濟注：「闕，天子闕也。里，閭里也。」此二句言迹履道而合于光明，其道正於朝野也。

④晞聖，望聖人之道。李康《運命論》：「及其孫子思，希聖備體而未之至。」銑注：「言子思望先聖之道，欲先聖之體，然而未至聖道。」晞，通睎，望也。見上注。惟，思量。《玉篇》：「惟，謀也。」此二句言亦惟顧子思量追蹤聖人之道也。

⑤芝英，仙草之花。朱昭之《難顧道士夷夏論》：「道法則採餌芝英，餐霞服丹，呼吸太一，吐故納新，大則靈飛羽化，小則輕强無疾。」蘭茝，香草。《楚辭・九歎・遠遊》：「懷蘭茝之芬芳兮，妬被離而折之。」此二句言彼棄仙境靈芝之花，而玩味其現實之芳草。謂彦先棄仙道而厚養德也。

⑥異世同芳，屈原以香草而喻己修德養能，顧子亦如此，故曰異世同芳。此二句與屈原雖時代不同而芬芳相同，其馨香不止。謂與屈原同流播後世也。

此節讚頌彦先踐行聖人之道而操行昭彰也。其德行超卓，文采照人，意志堅毅，節操清廉，明於履道，正之朝野，追蹤聖人之迹，棄仙道而修德養性，必同屈原而流芳於世矣。

我蘭既馥，我風載清①。能芬南岳，運〔一〕芳北征②。子有其德，人求其馨③。逝此陋巷，薰彼紫庭④。厥音不已，鼓鐘有聲⑤。聞天之聰，譬之鵠鳴⑥。

【校勘】

〔一〕『運』，《百三家集》本作『遂』，當據改。

【注釋】

①馥，《玉篇》：『香也。』載清，猶清也。《詩·小雅·四月》：『相彼泉水，載清載濁。』載，語助詞，一曰則。見上注。此二句言我之彥先如蘭之馨，如風之清。以『既』言德已厚也，以『我』言情之親也。

②南岳，代指東吳。北征，謂仕於晉。岳，同嶽。此二句言其芬芳播於南嶽，因北行而揚於北土。

③馨，喻德也。《玉篇》：『馨，香遠聞也。』此二句言子有其德行，人求其德馨。謂晉君求賢而來之。

④逝，去。《説文》：『逝，往也。』陋巷，淺陋小巷，賢士所居。《論語·雍也》：『賢哉，回也。一簞食，一瓢飲，在陋巷，人不堪其憂，回也不改其樂。』紫庭，帝王之居。王融《雜體報范通直》：『紫庭風日好，青槐枝葉新。』章樵注：『帝王之居象北極紫微宮，故曰紫庭。』薰，香氣逼人。《廣韻》：『薰，薰香。』逝此陋巷，言離吴也。薰彼紫庭，言來晉也。此二句言離去淺陋之居，而德之馨香播于帝居。

⑤鼓鐘有聲，謂如鼓鐘之聲聞於外。《詩·小雅·白華》：『鼓鐘于宮，聲聞于外。』此二句言其聲聞流播不已，如鼓鐘之聲而傳於外也。

⑥ 聞天之聰，謂聲聞之天聽也。聰，聽。《易·夬》：『聞言不信，聰不明也。』《廣韻》：『聰，明也，聽也。』此二句言聲聞于天子之聽，譬喻如鴻鵠之鳴。

此節讚頌彦先聲名遠播而仕晉。其德如蘭馨，節如風清，其聲聞也，猶如鼓鐘，揚之南嶽，播之北土，達之天聽，喻之鴻鵠，晉主求其賢，而來天子之庭也。

天聰既昭〔一〕，我實惟彰①。乘風之鳳，眷言朝陽②。披雲藻繡〔二〕，來此舊鄉③。謙光自抑，厥輝愈揚④。麗容魋〔三〕翕，孔好已張⑤。

【校勘】

〔一〕『昭』，《四部叢刊》本、周亮工校本、陈仲鱼校本作『招』，或翻刻之誤。陈仲鱼校本校作『昭』。

〔二〕『繡』，《諸家文集》本作『綉』，陸貽典校作『繡』。綉與繡，本爲二字。《説文》：『繡，五彩備也。』《集韻》：『綉，吴俗謂綿一片。』《康熙字典》：『原繡俗作綉，非。』後二字同。

〔三〕『魋』，《百三家集》本作『既』。

【注釋】

① 實，通寔，是也。《爾雅·釋詁》：『寔，是也。』王引之《經傳釋詞》卷九：『《大學》是作寔，經傳作實者，借字耳。』此二句言天聽明察，惟昭彰我彦先之德行。

②眷言，猶言我眷顧之也。《詩・小雅・大東》：『睠言顧之，潸焉出涕。』毛詩傳：『睠，反顧也。』鄭玄箋：『言，我也。』睠，同眷。謝靈運《廬陵王墓下作》善注引此詩作『眷言』。朝陽，謂朝陽而生之梧桐。《詩・大雅・卷阿》：『鳳皇鳴矣，于彼高岡。梧桐生矣，于彼朝陽。』毛詩傳：『山東曰朝陽。梧桐不生山岡，大平而後生朝陽。』鄭玄箋：『喻賢者待禮乃行翔，而後集梧桐。生者，猶明君出也，生於朝陽者，被溫仁之氣，亦君德也。鳳皇之性，非梧桐不棲，非竹實不食。』此二句言其來晉也，如乘風之鳳，而眷顧其向陽之梧桐高枝。

③藻繡，謂朝服也。《書・益稷》：『藻、火、粉、米、黼、黻、絺、繡。以五采彰施於五色，作服，汝明。』孔安國傳：『藻，水草有文者。……五色備曰繡。天子服日月而下，諸侯自龍衮而下至黼黻，士服藻火，大夫加粉米。上得兼下，下不得僭上。以五采明施於五色，作尊卑之服，汝明制之。』舊鄉，舊地，指故都洛陽。《詩・小雅・采芑》：『薄言采芑，于彼新田，于此中鄉。』毛詩傳：『鄉，所也。』陳奂《毛詩箋疏》：『所，猶處也。』此二句言披如雲之朝服，而來此故都洛阳。

④謙光，謂謙遜而養晦。《易・謙》：『人道惡盈而好謙，謙尊而光，卑而不可踰，君子之終也。』自抑，謂屈己事人。鮑照《遊思賦》：『悵收情而抆淚，遣繁悲而自抑。』《玉篇》：『抑，損也，按也。』此二句言謙遜養晦，屈己事人，而其光輝愈顯揚也。

⑤魋，高大，魁偉。《説文》：『魋，神獸也。』因以爲喻。翕，斂。《廣韻》：『翕，又斂也，合也。』孔，甚。《詩・小雅・蓼蕭》：『既見君子，孔燕豈弟。』鄭玄箋：『孔，甚。』好，《説文》：『美也。』張，《廣雅・釋詁》：『大也。』此二句言容貌偉岸而性格收斂，而其威儀之美愈盛也。

此節讚美彥先入晉之後謙遜屈己之處世風格。天子明察，彰其德行，其來晉也，朝服雲蔚，如鳳止梧桐，然其屈己養晦，斂容待人，反使之光輝愈顯，威儀愈盛也。

既照平林，且〔一〕我華英①。華英已曜，餘光難延②。會淺別速，哀以紹欣③。追曠同塗，暫和笑言④。殊音合奏，曲異響連⑤。絶我懽條，統我思因〔二〕⑥。

【校勘】

〔一〕「且」，《百三家集》本作「其」，《七十二家集》本作「具」。

〔二〕「因」，《百三家集》本作「根」。

【注釋】

① 平林，平原之林。《詩・小雅・車舝》：「依彼平林，有集維鷮。」毛詩傳：「平林，林木之在平地者也。」且，猶言此人。王引之《經傳釋詞》卷八：「且，猶此也。」華英，皆謂花也。見上注。此喻彥先之風彩。此二句言我兄之風彩，如繁花映照平林。

② 延，《爾雅・釋詁》：「長也。」此二句言風彩既已耀我，然離去則餘光難久長。乃引出下句，謂相見短暫，離別速也。

③ 紹，《爾雅・釋詁》：「繼也。」此二句言相見短暫，旋即分別，歡會之樂，繼之別愁也。

④ 曠，《玉篇》：「廣遠也。」塗，道路。《玉篇》：「塗，路也，經也。」此二句言追送於廣遠之途，以得暫時之言笑

應和也。

⑤ 響，《玉篇》：『應聲也。』此二句言音聲不同，而同奏也，曲調有異，回聲相連。謂志趣相合。

⑥ 懽，同歡。《廣韻》：『歡，喜也。懽，同歡。』統，《玉篇》：『總也。』此二句言彥先離去我之歡樂絶矣，作此詩以總括我思念之因也。

此節抒寫依依之别情和臨别之憂傷。彥先俊才，光彩輝映，人之將去，餘光難久，相見何短，分别何速，歡會之欣喜尚在，離别之哀愁繼之，雖追送於途，言笑應和，然其别也，我樂絶矣，故作此詩而總括我之所思也。

根分來在〔一〕，愛〔二〕感往思①。我非形景，有處有遊②。載離載會〔三〕，且懽且憂③。感彼遠曠〔四〕，吝此〔五〕延娱④。樂奏聲哀，言發涕流⑤。唯願我子，德與福俱⑥。亦天之祜〔六〕，亦我之私〔七〕⑦。

【校勘】

〔一〕『根分來在』，《百三家集》本、周亮工校本、鄧邦述校本作『因根分來』。又『在』，寄生草堂本作『問』。

〔二〕『愛』，當是『爰』之形近而誤。

〔三〕『會』，《古今通韻》卷二作『合』。

〔四〕『曠』，《古今通韻》卷二作『道』。

〔五〕『吝』，《文集》、叢書堂鈔本、《四部叢刊》本、鄧邦述校本、陳仲魚校本作『悋』，古二字同。《廣韻》：『吝，俗作悋。』今改爲正字。又『此』，《古今通韻》卷二作『茲』。

〔六〕『亦』，《古今通韻》卷二作『雖』。又『祐』，《七十二家集》本、叢書堂鈔本作『祐』，《諸家文集》本、《古今通韻》卷二作『佑』。

〔七〕『私』，《文集》、叢書堂鈔本、《四部叢刊》本、周亮工校本、鄧邦述校本、陳仲魚校本脱；此據《古詩紀》卷二十六、《百三家集》本、《七十二家集》本、《六朝詩集》本、《六朝詩彙》校補。

【注釋】

① 根分，因彦先爲士龍姊夫，故視與之同根，以根分而喻分别也。在，存問。《左傳·襄公二十六年》：『二三子皆使寡人朝夕聞衛國之言，吾子獨不在寡人。』杜預注：『在，存問之。』爰，意不可解，當作爰，語助詞。王引之《經傳釋詞》卷二：『《爾雅》曰：爰，聿也。』又『聿，惟也。皆以爲語助』。此二句彦先將别而來存問之，我感其將别而思之。

② 景，同影。《集韻》：『景，物之陰影也。葛洪始作影。』處遊，猶遊處，交遊止息。曹丕《與吴質書》：『昔日遊處，行則連輿，止則接席。』《廣韻》：『處，留也，息也。』此二句言我與彦先雖非形影相隨，亦時有交遊止息也。

③ 載，語助詞，或曰則。《詩·鄘風·載馳》：『載馳載驅，歸唁衛侯。』毛詩傳：『載，辭也。』鄭玄箋：『載之言則也。』且，表連接。王引之《經傳釋詞》卷八：『且，猶又也。』此二句言既有相會之歡，又有離别之憂也。

④ 吝，猶珍惜。《廣韻》：『吝，惜也。』延，猶延長。《玉篇》：『延，長也。』因二人本已分別，然詩人追送途中，故曰延娛。此二句言有感彼將往曠遠之地，故吝惜其延長之歡娛也。

⑤ 此二句言離別之樂聲亦哀傷，離別之人欲語淚流。

⑥ 我子，即吾子，相親之辭。《儀禮·士冠禮》：『願吾子之教之也。』鄭玄注：『吾子，相親之辭。吾，我也。子，男子之美稱。』俱，《廣韻》：『皆也，具也。』此二句言惟願我親愛之人，德與福皆具也。

⑦ 亦天之祜，謂亦是天賜之福。《詩·小雅·桑扈》：『君子樂胥，受天之祜。』鄭玄箋：『祜，福也。』私，猶愛。《釋名·釋言語》：『私，恤也，所恤念也。』此二句言此爲天賜之福，亦是我之私愛。謂我之祝福也。

此節抒發臨別之感傷與祝願。彦先將別，百感交集，追憶昔日，樂聚憂別，今之遠去，感樂而哀傷，話別而流淚，惟願吾子天賜之德厚而福崇也。

贈顧彦先五章

【題解】

詩人在行役途中與彦先不期而遇，道逢知己，欣喜望外而作此詩以贈之。詩先從對方落筆，讚美彦先德行純真，文武全才；應運出仕，沐暑櫛寒；跋山涉水，負險入晉。然後抒發邂逅相遇之樂，故國漸遠之歎，歸鄉無期之悲，合寫雙方。三四章描述旅途的孤獨與艱辛，實際上顯寫對方，而隱寫自己，含蓄地表達了彼此之間身適異鄉而道无知己的蒼涼心境；四章所寫的道逢知己的瑣碎叮嚀之語，則在殷切的囑託中浸透着深厚的情感與殷切厚望，也交織對自己未來的隱隱期盼，以及複雜的重振家國之願望。語言省净，情感遥深。

此詩所作時間無考。詩有『非禹孰舉』句，陳祚明《采菽堂古詩選》卷十一認爲：『似是八年於外之意。』若從太康末入洛算起，則此詩當作於元康七年（二九七）。然大禹治水，《史記·河渠書》又謂爲水爲十三年，若然則此詩作於永寧二年。從『王事多難』句看，似當作於永寧二年（三〇二），八王之亂白熱化時期。或與《贈顧驃騎》詩作於同時。

其一

玄黄挺秀，誕授〔一〕至真①。行該其高〔二〕，德備其新②。光瑩〔三〕之偉，隋卞〔四〕同珍③。騰都之駿〔五〕，龍鳳合塵④。

【校勘】

〔一〕『授』，《古詩紀》卷三十六、《百三家集》本、《古今詩删》卷七作『受』，古二字同。

〔二〕『高』，《石倉歷代詩選》卷三作『尚』。

〔三〕『光瑩』，周亮工校本作『先瑩』，並校曰：『汪本先瑩，作光瑩。』

〔四〕『下』，《四部叢刊》本、鄧邦述校本、陳仲魚校本作『下』，形近而誤。又周亮工校本校曰：『此缺字四：之偉、隋下。』按：『下』乃卞之誤。

〔四〕『駿』，《文集》、叢書堂鈔本、周亮工校本、陳仲魚校本脱。《四部叢刊》本、鄧邦述校本作『足』，或誤。《百三家集》本、《古詩紀》卷二十六、《七十二家集》本、《六朝詩彙》、《古今詩删》卷七、《石倉歷代詩選》卷三作『駿』，今據改。

【注釋】

① 玄黃，天地。《易・坤》：『夫玄黃者，天地之雜也，天玄而地黃。』挺秀，謂出類拔萃。《説文》：『挺，拔也。』又《廣雅・釋詁》：『秀，出也。』誕授，大授之也。劉琨《勸進表》：『誕授欽明，服膺聰哲。』翰注：『誕，大也。言大授敬明之德。』至真，至性純真之人。賈誼《鵩鳥賦》：『真人恬漠兮，獨與道息。釋智遺形兮，超然自喪。』銑注：『至真之人，其性静漠，絶去人事，與道遊息，離智慮，遺形體，超然如喪，忘其形體耳。』此二句言天地挺拔其俊才，禀受至性之純真。

② 該，兼備。《廣韻》：『該，備也。』此二句言其德行兼備山嶽之高，日月之新。

③ 光瑩，如玉之光。《廣韻》：『瑩，《説文》曰：玉色。一曰石之次玉者。』偉，人才瑰偉。《説文》：『偉，奇也。』徐鍇《繫傳》曰：『人材傀偉也。』隋卞，指隋侯之珠、和氏之璧。《淮南子・覽冥訓》：『如隋侯之珠、和氏之璧，得之者富，失之者貧。』許慎注：『隋佚，漢東之國王姓，諸侯也。隋侯見大蛇傷斷，以藥傅之。後蛇于江中，啣大珠以報之，因曰隋侯之珠，蓋明月珠也。楚人卞和，得美玉璞於荆山之下，以獻武王。王

以示玉人，玉人以爲石，刖其左足。文王即位，復獻之，以爲石，刖其右足。抱璞不釋而泣血。及成王即位，又獻之。成王曰：先君輕，則而重，剖石。遂剖，視之，果得美王，以爲璧，蓋純白夜光。』此二句言人才魁偉如玉之光，與隋珠卞玉同珍也。

④ 騰都，奔躍天子之都。《神宗實録・歐陽脩本傳》：『騰都下宦者，人人切齒。』《玉篇》：『騰，躍也，奔也。』龍鳳，喻文章華美也。韋曜《博弈論》：『儒雅之徒，則處龍鳳之署。』善注：『龍鳳五彩，故以喻文。……蘇武《答李陵書》曰：其於學人，皆如鳳如龍。』向注：『龍鳳，喻文章也。』合塵，猶合迹。《說文》：『塵，《說文》：鹿行揚土也。』引申爲行迹。此二句言其武如奔騰都城之駿馬，文如龍姿鳳章之璧合。

此章讚美彥先之德行文武也。其乃天地俊才，稟性純真，行如山嶽之高，德若日月之新，魁偉如玉生光，與隋珠卞玉同珍，武如駿馬之奔騰，文如龍鳳之璧合。

其二

皇皇明哲，應期繼聲①。華映殊域，實鎮天庭②。入輔出耀〔一〕，乾乾靡寧③。夏發涼臺，我雨我暑④。冬違邦族，風霜是處⑤。嗟彼獨宿，誰與晤語⑥。飄颻〔二〕艱辛，非禹孰舉⑦。言念君子，悵惟心楚⑧。

【校勘】

〔一〕『出耀』，《百三家集》本、《古詩紀》卷三十六、《七十二家集》本、《六朝詩集》本、《諸家文集》本、《石倉歷代詩選》卷三、《四部叢刊》本、《四部備要》本、周亮工校本、鄧邦述校本、陳仲魚校本作『出輔』。鄧邦述校本、陳仲魚校本校作『耀』。

〔二〕『飄颻』,《石倉歷代詩選》卷三作『飄飄』。

【注釋】

① 皇皇,美盛貌。《詩·小雅·皇皇者華》:『皇皇者華,于彼原隰。』毛詩傳:『皇皇,猶煌煌也。』《爾雅·釋詁》:『皇皇,美也。』郭璞注:『皆美盛之貌。』明哲,明智之人。《書·咸有一德》:『知之曰明哲,明哲實作則。』孔安國傳:『知事則爲明智,明智則能制作法則。』(按:此二句十三經本在《說命上》篇中。)應期,應天之歷數。應禎《晉武帝華林園集詩》:『上帝乃顧惟眷,光我先祚,應期納禪。』良注:『言上天眷我晉德,故應期運而納于魏禪。』此二句言美盛明智之人,應天運而繼家聲。謂由吳仕晉也。

② 殊域,異邦,謂晉也。《廣韻》:『域,邦也。』鎮,安定。《廣雅·釋詁》:『鎮,安也。』天庭,天宮,喻晉室也。揚雄《劇秦美新》:『誕彌八圻,上陳天庭。』此二句言風華輝映于晉,實乃安定晉室之大臣。

③ 入輔出耀,謂入輔皇室,出耀皇威。乾乾,謂恭敬政事。崔寔《大赦賦》:『陛下以苞天之大,承前聖之迹,朝乾乾於萬幾,夕處敬而厲惕。』章樵注:『言勤政也。《易》曰:君子終日乾乾,夕惕若厲。』靡寧,不安居也。《爾雅·釋言》:『靡,無也。』此二句言入輔皇室,出耀皇威,恭敬王事,不遑遐居。

④ 發,是指出發而至。涼臺,清涼臺,在洛陽南宮。此泛指洛陽宮殿。牟融《理惑論》:『又於南宮清涼臺及開陽城門上作佛像。』我雨我暑,即我子雨我子暑,雨、暑,皆動詞。此二句言沐風雨冒暑熱,而夏日

至其洛陽也。

⑤違，猶離。《玉篇》：「違，背也。」邦族，指鄉親。陸機《門有車馬客行》：「借問邦族間，惻愴論存亡。」翰注：「邦族，謂鄉親也。」此二句言冬日離開故鄉，履霜雪居風雨。謂離鄉而適洛。

⑥晤語，猶言對語也。《詩・陳風・東門之池》：「彼美淑姬，可與晤語。」毛詩傳：「晤，遇也。」鄭玄箋：「晤，猶對也。」此二句言嗟歎你獨宿野外，無人可以對話。

⑦飄飄，猶漂泊。郭璞《遊仙詩》：「升降隨長煙，飄飄戲九垓。」非禹孰舉，謂非禹而誰成其事？《廣韻》：「舉，立也。」大禹治水，勤事於外，八年之中，三過其家門而不得入。事見《孟子・滕文公上》趙岐注。《史記・河渠書》作「十三年」。此二句言漂泊在外，如此艱辛，若非大禹，誰可成其事？

⑧言，我也。見上注。悵，惆悵。《玉篇》：「悵，惆悵失志也。」此二句言人之思念君子，我之惆悵而内心悽楚也。

此章追述彦先入洛途中之艱辛，抒發惆悵而悽楚之情。彦先明哲，應運出仕，入輔皇室，出耀皇威，爲安寧晉室之重臣，風華獨映於異邦。然其離鄉别宗，沐暑櫛寒，寂寞無偶，漂泊艱辛，故我歎息思之，惆悵痛楚也。「繼聲」「異域」，隱含詩人重振家聲之願望，身事異邦之苦痛。陳祚明《采菽堂古詩選》卷十一：「『非禹』句似是八年於外之意。總言其憂勞天下，而語意新警。」

其三

悠悠山川，驍驍〔一〕征遐①。陟升嶣嶢，降涉洪波②。吉〔二〕無不利，乘嶮而嘉③。人懷思慮，我保其和④。

【校勘】

〔一〕『驍驍』，《文集》、叢書堂鈔本作『駪駪』，或形近而誤。《古詩紀》卷三十六、《石倉山詩選》卷三、《百三家集》本、《四部叢刊》本、周亮工校本、鄧邦述校本、陳仲魚校本作『驍驍』，今據改。

〔二〕『吉』，《古詩紀》卷三十六、《百三家集》本、《四部叢刊》本、《四部備要》本、周亮工校本、鄧邦述校本、陳仲魚校本作『言』，形近而誤。鄧邦述校本、陳仲魚校本皆校作『吉』。

【注釋】

①悠悠，遥遠貌。《詩·王風·黍離》：『悠悠蒼天，此何人哉。』毛詩傳：『悠悠，遠意。』驍驍，馬肥壯也。《詩·魯頌·駉》：『駉駉牡馬，在坰之野。』毛詩傳：『駉駉，良馬腹幹肥張也。』孔穎達疏：『腹謂馬肚，幹謂馬脅。』駉駉，同驍驍。錢大昕《潛研堂文集·答問》：『陸德明謂駉駉，《説文》作驍驍。……毛本亦是驍驍也。驍、駉聲相近，魏晉以後譌驍爲駉，改駉爲坰。』此乃以駿馬喻人之威儀。征遐，遠行。《爾雅·釋言》：『征，行也。』《説文》：『遐，遠也。』此二句言彥先威儀壯盛，遠征悠悠之山川。

②陟升，猶登上也。《説文》：『陟，登也。』嶣嶤，山高峻貌。陶淵明《擬挽歌辭》：『四面無人居，高墳正嶣嶤。』《玉篇》：『嶕，嶕嶢，山高也。嶣，同嶕。』又『嶢，高峻貌』。亦同嶤。此二句言上登高峻山崗，下涉洶涌河川。

③ 吉無不利，皆利之也。《易·屯》：「乘馬班如，求婚媾往，吉，無不利。」乘嶮，負險而行。《易·中孚》：「利涉大川，利貞。《彖》曰……利涉大川，乘木舟虛也。」王弼注：「乘木於用舟之虛，則終已無溺也。」《漢上易傳》曰：「夫乘木之利，乘桴不如乘舟，重載而乘險者，不如虛舟之爲安。」嶮，同險。《集韻》：「險，《說文》：阻難也。或從山。」《易》之意爲涉大川虛舟則吉，乘險則危。此二句反其意而用之，言吉無不利，負險而行亦吉也。

④ 我保其和，我安其和也。《易·乾》：「保合大和，乃利，貞。首出庶物，萬國咸寧。」朱熹《本義》：「保合大和，言萬物静定而無爲，正所以養育其性命也。」此兼取《彖》後二句意，惟其「首出庶物，萬國咸寧」，故必保其和也。此二句人懷憂慮，而我則安其和也。

此章描述彥先跋山涉水之艱辛，表達詩人之祝願。其乘駿馬遠征，上登高山，下涉大川，出則安民爲國，故雖負險而必吉，人之憂之，我則祝之。

其四

邂逅相遇，良願乃從①。不逢知己，誰濟予躬②。莫攀莫附，媿我高風③。時過年邁，晻冉桑榆④。晞光〔一〕賴潤，亦在斯須⑤。假我夷塗，頓不忘驅⑥。氾予〔二〕津川，桴不失浮〔三〕⑦。無愛餘輝，遂暗東嵎⑧。

【校勘】

〔一〕『光』，《四部叢刊》本、周亮工校本作『先』，形近而誤。

〔二〕『汜』，《文集》、叢書堂鈔本、《百三家集》本、鄧邦述校本、陳仲魚校本作『汜』，形近而誤。《四部叢刊》本作『汜』，今據改。又『予』，《石倉歷代詩選》卷三作『子』，當據改。

〔三〕『桴不失浮』，《百三家集》本作『浮不失桴』。

【注釋】

① 邂逅相遇，不期而會。《詩·鄭風·野有蔓草》：『有美一人，清揚婉兮。邂逅相遇，適我願兮。』毛詩傳：『邂逅，不期而會。』良願，美好願望。《説文》：『良，善也。』此二句言與之不期而遇，乃從我願。

② 濟，猶助也。《字彙》：『濟，賙救也。』予躬，猶我也。《史通·忤時》：『凡經三載，或有譖予躬爲史臣不書國事，而取樂丘園。』《爾雅·釋詁》：『躬，身也。』郭璞注：『今人亦自呼爲身。』此二句言不逢知己者，誰可助我而解憂？

③ 媿，同愧。《玉篇》：『媿，慙也。亦作愧。』高風，高卓之風範。夏侯湛《東方朔畫贊》：『睹先生之縣邑，想先生之高風。』此二句言非爲攀附，亦愧我無汝之高卓風範。

④ 晻，暗。《漢書·元帝紀》：『三光晻昧。』顏師古注：『晻與暗同。』《集韻》：『暗，或從奄。』冉，猶冉冉，漸漸也。《玉篇》：『冉，冉冉也，侵也。』桑榆，日在西方桑榆之間，喻老也。左思《魏都賦》：『彼桑榆之末光，踰長庚之初暉。』善注：『《東觀漢記》：光武曰：失之東隅，收之桑榆。』向注：『桑榆末光，謂日將西

謝也。』此二句言四時過而年逝，日在桑榆而漸暗也。

⑤ 晞光，光暗淡也。晞，黎明初起。《詩・齊風・東方未明》：『東方未晞，顛倒裳衣。』毛詩傳：『晞，明之始升。』此喻老也。潤，潤澤。《玉篇》：『潤，水閏下也，滋也。』斯須，猶須臾，謂時間短暫。《禮記・祭義》：『君子曰：禮樂不可斯須去身。』鄭玄注：『斯須，猶須臾也。』此二句言年至桑榆，亦賴知己之情，須臾而潤澤之。上四句非實言其老，乃强調時光易逝也。

⑥ 假，《玉篇》：『借也。』頓，用力牽引馬也。桓寬《鹽鐵論・詔聖》：『今之治民者，若拙御馬，行則頓之，止則擊之。』此二句言若假我平坦之途，我則引馬而前驅也。

⑦ 汜，同泛，浮也。玄應《一切經音義》卷十二：『汜，古文泛。』津川，猶河川。《説文》：『津，渡也。』桴，木筏。《論語・公冶長》：『道不行，乘桴浮於海。』何晏《集解》：『馬融曰：桴，編竹木也。大者曰筏，小者曰桴。』此指舟船。此二句言若假我河川，我則泛舟而不止也。上四句謂渴望仕進而立功業也。

⑧ 東嵎，指東方，實乃指東吴。《廣韻》：『嵎，山名，在吴。』餘輝，因彦先仕吴，此入晉乃是餘光重照而已，非指日落也。此二句言無吝惜汝之餘輝，而遂使東吴暗淡也。意在勸勉彦先莫惜餘輝而奮進，重振家國之風也。

此章寫其邂逅相遇之樂，表達對彦先所寄予之厚望。邂逅相遇，適我心願，若無知己，誰慰我心；愧我無爾之風範，亦非攀龍附鳳，乃因歲月流逝，知己之情不可須臾離之。若假我坦途，我則引馬前驅；假我舟筏，我則浮舟而進。汝亦不吝餘輝而耀于東吴也。若瑣碎叮嚀之語，坦陳心迹之言，而知己之情感與寄託之厚望則殷切也。是期待對方，也表達了自己對未來的期待。陳祚明《采菽堂古詩選》卷十一：『岐望接引，而命語不俗。』

其五

幽幽東嵎，戀彼西歸①。瞻儀情感，聆音心悲②。之子于邁，夙夜京畿③。王事多難，仲〔一〕焉徘徊④。

【校勘】

〔一〕『仲』，《百三家集》本作『此』。

【注釋】

① 幽幽，深遠。《詩・小雅・斯干》：『秩秩斯干，幽幽南山。』毛詩傳：『幽幽，深遠也。』西歸，謂從西而歸。此二句言那遥遠之東方，懷戀你從西方歸去。

② 瞻儀，望其儀容。《廣韻》：『儀，儀容。』此二句言瞻望爾之身影而情生，聆聽你之聲音而憂傷。

③ 之子，是子。《詩・周南・桃夭》：『之子于歸，宜其室家。』《玉篇》：『之，是也。』于邁，往行。《詩・大雅・棫樸》：『周王于邁，六師及之。』鄭玄箋：『于，往；邁，行也。』夙夜，猶日夜。《書・舜典》：『夙夜惟寅，直哉惟清。』孔安國傳：『夙，早也。言早夜敬思其職。』京畿，猶京都。《詩・商頌・玄鳥》：『邦畿千里，維民所止。』毛詩傳：『畿，疆也。』鄭玄箋：『王畿千里之内，其民居安。』邦畿、王畿，皆同京畿。此二句言是子將往也，發軔京畿，日夜而行。

④　王事多難，引《詩》成句。《詩·小雅·出車》：『王事多難，維其棘矣。』鄭玄箋：『王之事多難，其召我必急，欲疾趨之。』仲，中，謂中心也。《説文》：『仲，中也。』段玉裁注：『古中、仲二字互通。』徘徊，猶彷徨。謝莊《月賦》：『徘徊房露，惆悵陽阿。』翰注：『徘徊，反側貌。』此二句言王事多難，子之去也，我心中彷徨無依。

此章乃抒發彦先東歸之時憂傷心情，並隱含勸戒其勤于王事之難意也。故鄉遥遠，戀其歸也，然我遇之，觸景生悲，子之出於京畿，日夜而行，而王室多難，又何徘徊而不進也？詩人含蓄地勸彦先之積極進取，其殷切的功名之心亦可見也。陳祚明《采菽堂古詩選》卷十一：『音節清婉，中有纏綿之情。』

【集評】

［清］陳祚明《采菽堂古詩選》卷十一：一詩中美賢行，叙於役，望援引，末又愴於時事，種種懷抱並盡，所謂纏綿也。

答顧秀才①

【題解】

顧秀才，即顧衆，顧榮族弟（見《姑蘇志》卷四十五），與詩人同鄉。詩先總寫秀才之生乃鍾天地人倫之美，然後從篤行踐履與效法前賢兩個方面讚美其道德修養，再抒寫與顧生深厚之情，最後總贊其君子品質以及自己對顧生所寄予的殷切希望。用語雖也清省，然所顯現的家族自豪感，所表達的重振邦家的願望依然十分濃烈。組詩總—分—總的布局，層次分明而結構井然。此詩寫其生，著眼於族誕明德；寫其名，回歸到宣之邦家，這種『圓點式』的結構，加之意義上『頂針式』的轉接，代表了士龍詩的普遍特點。

此詩所作時間難以確考。據《晉書·顧衆傳》，衆事伯母以孝聞而聲名鵲起，詩言『慎終於遠，俾民歸厚』，蓋指此也。故先爲州辟爲主簿，後舉秀才。此亦可證衆被舉秀才，年齡至少在弱冠之後。而衆卒於永和二年（三四六），年七十三，逆推之則生於太始十年（二七四），小於士龍十三歲。也就是説，雲作此詩至少在三十三歲以後。元康四年（二九四）雲三十三，而此詩則必作於是年後矣。

其一

芒芒上玄，有物有則②。厥初造命，立我藝則③。爰茲族類，有覺先識④。斯文未喪，誕育明德⑤。

【注釋】

① 當指顧衆。《晉書·顧衆傳》：『顧衆字長始，吴郡吴人。……父祕，交州刺史。有文武才幹。衆出後，伯父早終，事伯母以孝聞，光禄朱誕器之。州辟主簿，舉秀才，除餘杭、秣陵令，並不行。』

②芒芒，廣大貌。《詩・商頌・玄鳥》：『天命玄鳥，降而生商，宅殷土芒芒。』毛詩傳：『芒芒，大貌。』上玄，天也。張衡《東京賦》：『祈福乎上玄，思所以爲虔。』薛綜注：『玄，天也。』善注：『《周易》曰：天玄而地黃。』有物有則，謂其性有物，情有所法。《詩・大雅・烝民》：『天生烝民，有物有則。民之秉彝，好是懿德。』毛詩傳：『物，事。則，法。』鄭玄箋：『天之生衆民，其性有物，象謂五行，仁義禮知信也。其情有所法，謂喜怒哀樂好惡也。然而民所執持有常道，莫不好有美德之人。』此二句茫茫上天之造人，使之性循其理，情有其法。

③厥初造命，謂生命始生之時。《詩・大雅・生民》：『厥初生民，時維姜嫄。』鄭玄箋：『厥，其。初，始。』藝，道藝。《周禮・天官冢宰》：『會其什伍而教之道藝。』鄭玄注：『鄭司農云：道，謂先王所以教道民者；藝，謂禮、樂、射、御、書、數。』則，法度。《玉篇》：『則，法也。』此二句言其初生民之時，即立有道藝法則。

④爰，語助詞。王引之《經傳釋詞》卷二：『《爾雅》曰：爰，于也。又曰：爰，於也。于與於同義。』族類，謂九族也。《國語・楚語上》：『教之訓典，使知族類，行比義焉。』韋昭注：『族類，謂若惇叙九族。』有覺先識，猶先知先覺。《孟子・萬章上》：『天之生此民也，使先知覺後知，使先覺覺後覺也。』趙岐注：『覺，悟也。天欲使先知之人悟後知之人。』又《詩・大雅・抑》：『有覺德行，四國順之。』毛詩傳：『覺，直也。』鄭玄箋：『有大德行，則天下順從。其政言在上，所以倡道行下。』此二句言於此家族，亦有其先知先覺者也。

⑤斯文未喪，謂禮樂制度未喪之。《論語・子罕》：『天之將喪斯文也，後死者不得與於斯文也。』何晏《集解》：『言天將喪此文者，本不當使我知之，今使我知，未欲喪之。』誕育，猶誕生。潘勗《册魏公九錫文》：『乃誘天衷，誕育丞相。』向注：『誕，謂生也。』明德，德行昭彰。《書・君陳》：『黍稷非馨，明德惟馨。』

此二句言天之未喪斯文，誕生其明德之人。

此章讚美顧生之降生乃鍾天地人倫之美也。上天造人之始，即立道藝準則，使性循倫理，情遵其法，天未喪斯文，使其家族誕生其大德明哲之人。

其二

允矣顧生，載靈之和①。沉根芳沼，濯秀蘭波②。淵翹戢穎，景茂凌華③。惟是德心，是用閑邪④。

【注釋】

①允矣，歎美之詞。《爾雅·釋詁》：『允，信也。』載，語助詞，或言則。《詩·鄘風·載馳》：『載馳載驅，歸唁衛侯。』毛詩傳：『載，辭也。』鄭玄箋：『載之言則也。』此二句言信矣顧生，得其神靈之和。

②芳沼，芬芳之池塘。《説文》：『沼，池也。一曰圓曰池，曲曰沼。』秀，華。《爾雅·釋草》：『華，榮也。木謂之華，草謂之榮，不榮而實者謂之秀，榮而不實者謂之英。』此二句言根扎于芬芳池塘，花滌于蘭香之波。喻其修德養性也。

③翹，喻其光華也。《説文》：『翹，尾長毛也。』徐鍇《繫傳》：『班固《西都賦》曰：發皓羽兮奮翹英。尾毛光華也。』戢，斂。《詩·小雅·鴛鴦》：『鴛鴦在梁，戢其左翼。』毛詩傳：『言休息。』鄭玄箋：『戢，斂也。』穎，喻其鋒芒也。《玉篇》：『穎，禾末也。』景茂，光華盛也。《説文》：『景，光也。』凌華，花高聳也。凌，

同陵。《史記・秦始皇本紀》：『匡飭異俗，陵水經地。』《正義》：『陵作淩。』《廣韻》：『《釋名》曰：陵，崇也，體崇高也。』此二句言沉其光華，斂其鋒芒，然其光華更爲崇盛。喻其謙恭處世而德馨愈彰。

④閑邪，防邪惡也。《易・乾》：『庸言之信，庸行之謹，閑邪存其誠，善世而不伐，德博而化。』左思《魏都賦》向注：『閑邪，防惡也。』此二句言惟此德行操守，是因持其貞正而養之也。

此章讚美顧生修養道德之善也。顧生得神靈之和，修德養性，謙恭處世，而德馨愈彰，故此德行操守，乃因其貞正也。

其三

德心伊何，行歸于周①。晞〔一〕高仰峻，企遠懷悠②。匪願在明，靡倦斯幽③。凡我同朋，瞻言清休④。

【校勘】

〔一〕『晞』，《百三家集》本、《古詩紀》卷三十六、《七十二家集》本、《石倉歷代詩選》卷三作『希』，古二字通。

【注釋】

①伊何，維何，猶如何。《詩・小雅・頍弁》：『有頍者弁，實維伊何。』鄭玄箋：『言幽王服是皮弁之

冠，是維何爲乎。」行歸于周，行歸於忠信。《詩・小雅・都人士》：「行歸于周，萬民所望。」毛詩傳：「周，忠信也。」鄭玄箋：「于，於也。都人之士所行要歸於忠信，其餘萬民寡識者，咸瞻望而法傚之。」此二句言其德性如何，所行歸於忠信也。

②晞，通睎，望也。《楚辭・九懷・危俊》：「晞白日兮皎皎，彌遠路兮悠悠。」王逸注：「晞，一作睎。」洪興祖補注：「睎，望也。」企遠，跂足遠望。《説文》：「企，舉踵也。」此二句言仰望高山，遥瞻悠遠。謂其瞻仰前賢，追懷古人也。

③匪，《説文》：「一曰非也。」在明，不見細微也。《左傳・成公十六年》：「《夏書》曰：怨豈在明，不見是圖。」杜預注：「不見細微也。」靡，《爾雅・釋言》：「無也。」倦，懈怠。《廣韻》：「倦，懈也。」斯幽，斯干幽幽之略，以澗水流之深遠，而喻德也。《詩・小雅・斯干》：「秩秩斯干，幽幽南山。」毛詩傳：「干，間也。幽幽，深遠也。」鄭玄箋：「喻宣王之德如澗水之源，秩秩流出無極已也。」此二句言留意于細微之处，不懈于深遠之德。謂其不棄小善而養厚德也。

④同朋，同類之人，猶友。《廣韻》：「朋，朋黨也。」瞻言，謂瞻仰而讚美之。《詩・大雅・桑柔》：「維此聖人，瞻言百里。」鄭玄箋：「聖人所視而言者百里。」清休，清澄之美。釋支遁《八關齋詩》：「存誠夾室裏，三界讚清休。」《爾雅・釋言》：「休，美也。」此二句言我之友朋，皆瞻仰而讚其德行清澄之美。

此章順承上章進一步讚美顧生之德也。德行操守，歸於忠信，效法前賢，厚養其德，故德音之美，人皆讚之。

其四

慎終于遠〔一〕，俾民歸厚①。言若有行，及予攜〔二〕手②。何以恤我，其仁孔有③。心之云愛，隆敬其久④。

【校勘】

〔一〕『慎終于遠』，《石倉歷代詩選》卷三、《百三家集》本作『慎終追遠』。

〔二〕『攜』，《文集》、叢書堂鈔本、周亮工校本、鄧邦述校本、陳仲魚校本作『携』。《百三家集》本作『攜』。《字彙》：『携，俗攜字。』今改爲正字。

【注釋】

① 慎終于遠，即慎終追遠，謂居喪盡其禮節，祭祀盡其虔誠。終，父母之喪。遠，祖先。俾民歸厚，謂使民歸於厚養其德。《論語·學而》：『慎終追遠，民德歸厚矣。』何晏《集解》：『孔安國曰：慎終者，喪盡其哀也；追遠者，祭盡其敬也。人君行此二者，民化其德而皆歸於厚也。』

② 有行，有道。《詩·鄘風·載馳》：『女子善懷，亦各有行。』毛詩傳：『行，道也。』鄭玄箋：『女子之多思者有道。』攜手，謂攜手同行。《詩·邶風·北風》：『惠而好我，攜手同行。』毛詩傳：『行，道也。』鄭玄箋：『性仁愛而又好我者，與我相攜持同道而去。』按：所引二詩之『行』，毛詩傳均釋爲『道』。然前一『道』，

乃理也；後一『道』，謂路也。士龍此詩兼有二者之意，言爾之言有道，與我同行也。

③何以恤我，何以私愛我也。《左傳·襄公二十七》引逸詩：『何以恤我，我其收之。』恤，私。《釋名·釋言語》：『私，恤也，所恤念也。』又私，愛也。《吕氏春秋·去私》：『子，人之所私也。』高誘注：『私，愛也。』孔，甚。《詩·小雅·蓼蕭》：『既見君子，孔燕豈弟。』此二句言以何愛我，乃其大仁之心也。

④云，猶是，此也。王引之《經傳釋詞》卷三：『云，猶是也。』隆，猶崇。《說文》：『隆，豐大也。』此二句言心之愛也，崇敬久也。

此章抒寫與顧生深厚之情。顧生虔誠盡禮，移易風俗，故我冀與之攜手同行，爾以仁愛我，我亦崇敬久矣。

其五

既邁斯仁，亦迪兹文①。藻不雕樸，華不變淳②。有斐[一]君子，如珪如璠③。仰欽德類，俯[二]懷惠詮④。式揚好問，邦家于宣⑤。

【校勘】

[一]『斐』，《韻補》卷一作『匪』，古二字通。

[二]『俯』，《古詩紀》卷三十六、《百三家集》本、《四部叢刊》本、周亮工校本、鄧邦述校本、陳仲魚校本

作「依」。鄧邦述校本校作「俯」。

【注釋】

①邁，行。《詩・大雅・棫樸》：「周王于邁，六師及之。」鄭玄箋：「邁，行也。」迪，蹈。《書・皋陶謨》：「允迪厥德，謨明弼諧。」孔安國傳：「迪，蹈。」此二句言既踐行仁愛之途，亦足蹈此彬彬文質。

②此二句言藻彩不雕飾質樸，華美不改變清淳。其意取《論語・雍也》：「質勝文則野，文勝質則史，文質彬彬，然後君子。」何晏《集解》：「苞氏曰：彬彬，文質相半之貌也。」

③有斐君子，謂君子有文采也。《詩・衛風・淇奥》：「有匪君子，如金如錫，如圭如璧。」毛詩傳：「匪，文章貌。」匪，同斐。《經典釋文》卷十四作「斐」並曰：「有斐，一音匪，文章貌。」如珪如璠，謂如玉之美也。《玉篇》：「璠，美玉。」珪，同圭。《荀子・正名》引上詩作「珪」。《玉篇》：「圭，亦端玉也。珪，古文圭。」此二句謂君子之文采如玉之美也。

④仰欽，仰敬之。《説文》：「欽，一曰敬也。」德類，猶善德。《爾雅・釋詁》：「類，善也。」依懷，依歸。《國語・周語上》：「民神怨痛，無所依懷。」韋昭注：「懷，歸也。」惠詮，仁愛之理。《説文》：「惠，仁也。」《玉篇》：「詮，治亂之體也。」引申爲理也。此二句言仰敬其善德，俯歸其仁愛。

⑤式揚，猶揚，傳播。王引之《經傳釋詞》卷十：「式，發聲也。」《説文》：「揚，飛舉也。」好問，猶令聞，即美名也。《説文》：「好，美也。」問，通聞。朱駿聲《説文通訓定聲》：「問，假借爲聞。」于宣，猶言宣揚。《詩・大雅・崧高》：「四國于蕃，四方于宣。」鄭玄箋：「恩澤不至，則往宣揚之。」此二句言傳播爾之美名，

亦宣揚邦家之聲譽。

此章讚美顧生文質彬彬之君子品質。篤行其仁，踐行其文，朴質華美並存，文質如玉之美，故我仰敬其德，歸其仁愛，冀其令聞遠播，以宣邦家之聲也。

答大將軍祭酒顧令文五章

【題解】

據雲《與張光禄書》可知，顧令文，當爲顧彦先之兄或從兄，事迹失載，曾任宜春令、大將軍祭酒。與機、雲多有詩歌贈答，惜其詩不存。從『企予朔都，非子孰念』詩句看，當是令文去洛，贈詩陸雲，雲答此詩。詩美令文之德才政事，爲邦國之本；效法先賢，明察物理而聲名昭彰；明德好古，民心歸之而我亦歌之；托身大人，際會風雲而聲名顯赫。最後叙述作詩之目的，抒發令文遠去之相思。結構風格與《答顧秀才》近似。

詩言『遵彼玉堂，受言遘之』，證雲之此詩亦作於任大將軍司馬穎幕僚之時，據《歲暮賦》序：『永寧二年春，忝寵北郡。其夏又轉大將軍右司馬於鄴都。』則可知此詩作於永寧二年（三〇二）夏之後。

其一

惟林有鸞，惟淵有螭①。顯允明德，實邦之基②。先后陟恪〔一〕，子配于兹③。遵彼玉堂，受言遘之④。

【校勘】

〔一〕「恪」，《古詩紀》卷三十六作「降」，《四部備要》本作「格」。

【注釋】

① 鸞，鳳類，神鳥也。《正韻》：「鸞，神鳥也。赤神之精，鳳凰之佐，鷄身赤毛，色備五采，鳴中五音。」螭，無角之龍。《説文》：「螭，若龍而黄，北方謂之地螻。……或云：無角曰螭。」此二句以林中之鳳、淵中之龍，喻令文才德超群。

② 顯允，顯明誠信。《詩·小雅·湛露》：「顯允君子，莫不令德。」孔穎達疏：「此庶姓明信之君子……莫不皆善其德。」此二句言顯明誠信而有德者，實乃邦國之根本也。

③ 先後，偏義復詞，先也。陟恪，謂登其位而敬王事也。《左傳·昭公七年》：「叔父陟恪，在我先王之左右，以佐事上帝。」杜預注：「陟，登也。恪，敬也。」配，猶適合。《玉篇》：「配，媲也，合也。」此二句言先登此位而敬王事，子之適合於此職也。

④ 遵，循行也。《説文》：「遵，循也。」玉堂，堂之美稱，指大將軍府也。受，得到。《玉篇》：「受，得也。」言，代詞。《爾雅·釋詁》：「言，我也。」遘，相見。《爾雅·釋詁》：「遘，遇也。」又「遘，見也」。此二句言我行于將軍府中，遇之而得以相見也。

此章讚美令文才德而宜其祭酒之職也。令文是人中之龍鳳，明信有德，爲邦國之本，敬于王事，克盡職守，我登玉堂而與之同僚。

其二

中原有軌，世鮮克蹈①。先民有懷，子探其妙②。心猶水鑒，函景内照③。名若振炎，攄光外燿〔一〕④。

【注釋】

① 中原有軌，擬《詩》之句式，謂原中有車轍之迹。《詩·小雅·小宛》：『中原有菽，庶民采之。』毛詩傳：『中原，原中也。』軌，車轍迹。《説文》：『軌，車轍也。』鮮，《玉篇》：『少也。』蹈，踐履。《説文》：『蹈，踐也。』此二句言原中有車轍之迹，世人很少能够循行之也。喻世人不循先人之陳法。

② 先民有懷，節略《詩》之句意，謂先人追懷文王、武王之道。《詩·小雅·小宛》：『我心憂傷，念昔先人。明發不寐，有懷二人。』毛詩傳：『先人，文、武也。』探，探求。《增韻》：『探，索也。』此二句言先人追懷文王、武王之道，惟子可探求其精妙也。

③ 水鑒，如鑒水之明也。《書·酒誥》：『古人有言曰：人無於水監，當於民監。』孔安國傳：『視水見己形，視民行事見吉凶。』監，同鑒。《廣韻》：『鑑，鏡也，昭也。亦作監。』又『監，同鑒』，古三字並通轉。此反其意而用之。江淹《謝開府辟召表》：『臣謬贊國機，職宜水鑒。』即取此也。函，容納。《集韻》：『函，容

也。」景，同影。《集韻》：「景，物之陰影也。葛洪始作影。」内，猶納也。《説文》：「内，入也，自外而入也。」桂馥《義證》：「凡自外入爲内，所入之處亦爲内，今人分去、入二聲，而入聲之内以納爲之。」此二句言其心如水鑒形，容納所照之影也。既謂其心之明察，又謂胸襟開闊而能容物。

④振炎，如火揚也。《正韻》：「炎，熾也。」《廣韻》：「振，奮也，舉也。」攄光，舒展光輝。《廣雅·釋詁》：「攄，舒也。」《玉篇》：「燿，光也。與曜同。」又《釋名·釋天》：「曜，耀也，光明照耀也。」曜、耀、燿，古三字並同。此二句言其名如火之揚起，舒展其光而照於外也。

此章讚美顧生法先賢，明于物而聲名彰也。先民有則，世鮮行之，惟子可探求其中精妙，心如水鑒，照納萬物，故聲名如火光揚起而傳播於世。

其三

相彼〔一〕水鑒，民胥攸臨①。矧曰明德，人誰弗欽②。寫我朵頤，即爾澄心③。義隆自古，好邈在今④。

【校勘】

〔一〕「彼」，《四部叢刊》本、鄧邦述校本、陳仲魚校本作「被」，形近而誤。鄧邦述校本、陳仲魚校本校作「彼」。

【注釋】

① 相，察。《説文》：「相，省視也。」民胥，民皆然也。《詩·小雅·角弓》：「爾之遠矣，民胥然矣。」鄭玄箋：「胥，皆也。」攸臨，猶言所向。《爾雅·釋言》：「攸，所也。」又《釋詁》：「臨，視也。」此二句言人察其心如水鑒，而民心皆所向之也。

② 矧曰，猶矧，《尚書》之常用句式。《爾雅·釋言》：「矧，况也。」郭璞注：「譬况。」欽，《説文》：「一曰敬也。」此二句言况爾之明德，誰人不欽敬？

③ 寫，猶述也。《玉篇》：「寫，書也。」朵頤，鼓腮而嚼也。《易·頤》：「舍爾靈龜，觀我朵頤，凶。」王弼注：「朵頤者，嚼也。」孔穎達疏：「朵是動義，如手之捉物，謂之朵也。今動其頤，故知嚼也。」此引申鼓腮而歌也。澄心，澄澈之心。陸機《演連珠》：「澄心徇物，形逸神勞。」此二句言述我鼓腮之所歌，以就爾澄澈之心。謂我鼓腮而歌，述爾澄澈之心也。

④ 隆，猶盛也。《説文》：「隆，豐大也。」好邈，猶好其遠古也。《説文》：「邈，遠也。」此二句言自古仁義之盛，而好古者則在今日矣。謂其追慕前賢，有古仁人之風。

此章謂令文明德好古而民歸之，我作詩而寫其心也。民察其心，敬其德，故皆歸之；我抒其情，寫爾心，歌頌其崇古之仁義也。

其四

大人有祚〔一〕，興雲自天①。之子于升，亦躍于淵②。景曳清霄，響發鳴〔二〕弦③。義問弘集，淑風載鮮④。

【校勘】

〔一〕『祚』，《百三家集》本、《古詩紀》卷二十六、《七十二家集》本、《四部備要》本作『作』。

〔二〕『鳴』，《文集》、叢書堂鈔本作『嗚』，形近而誤。《古詩紀》卷三十六、《百三家集》本、《四部叢刊》本、周亮工校本、鄧邦述校本、陳仲魚校本作『鳴』，今據改。

【注釋】

① 大人，指有德且居尊位之人。《易·乾》：『飛龍在天，利見大人。』王弼注：『夫位以德興，德以位叙，以至德而處盛位，萬物之睹不亦宜乎！』孔穎達疏：『猶若聖人有龍德，飛騰而居天位，德備天下，爲萬物所瞻仰，故天下利見此居王位之大人。』此指成都王司馬穎。祚，福。《廣韻》：『祚，福也，禄也。』此二句言大人之有福祚，如雲起於天。謂可際會其風雲而起也。

② 之子，是子。《詩·周南·桃夭》：『之子于歸，宜其室家。』《玉篇》：『之，是也。』升，謂順應時勢而上升。《易·升》：『《升》，元亨，用見大人，勿恤。』王弼注：『巽順可以升。』此二句言是子應時而起，如魚龍之躍出深淵也。

③ 景，《説文》：『景，光也。』曳，引，此謂懸掛。顔延年《應詔觀北湖田收》：『陽陸團精氣，陰谷曳寒煙。』《玉篇》：『曳，引也。』此二句言其光也懸掛於雲霄，其響也發出於鳴弦。

④ 義問，猶令聞，美名也。《詩・大雅・文王》：『宣昭義問，有虞殷自天。』問，同聞。毛詩傳：『義，善。』孔穎達疏：『布明其善，聲聞於天下。』弘，廣大。《爾雅・釋詁》：『弘，大也。』淑，清湛。《玉篇》：『淑，《說文》：清湛也。』載，《廣韻》：『則也。』鮮，美。《爾雅・釋詁》：『鮮，善也。』此二句言美名廣集於身，清泠之風範美矣。

此章讚美令文地位隆盛聲名顯赫也。天賜大將軍之福，是子緣大人而身居顯位，聲名響亮而弘集，風範清美而遠播。

其五

企予朔都，非子孰念①。豈無弱翰，才不克贍〔一〕②。惠音聿來，瓊華玉艷③。無德不報，念辭惟忝④。

【校勘】

〔一〕『贍』，《四部叢刊》本、周亮工校本、陳仲魚校本作『膽』；《古詩紀》卷三十六、《百三家集》本作『瞻』，皆形近而誤。

【注釋】

① 企予，我踮起足跟，謂思之切也。《詩・鄘風・河廣》：『誰謂宋遠，跂予望之。』鄭玄箋：『予，我

也。誰謂宋國遠與?我跂足則可以望見之,亦喻近也。』企,同跂。陸機《歎逝賦》善注引此詩作『企予望之』。《説文》:『企,舉踵也。』朔都,指鄴都,時士龍在鄴,而鄴在洛陽之北,故謂之。此二句言我於北都舉踵而望之,非懷吾子而念誰耶?

②弱翰,謂筆也。傅玄《水龜銘》:『潤彼玄墨,染此弱翰;申情寫意,經緯群言。』克贍,猶繁富。《文心雕龍・風骨》:『若豐藻克贍,風骨不飛,則振采失鮮,負聲無力。』此二句言豈無筆翰,我才之不繁富也。謂才弱而不足申述其情也。

③聿,語助詞。王引之《經傳釋詞》卷二:『聿,惟也。皆以爲語助。』此二句言爾之所寄惠音,華美豔麗如瓊玉也。

④忝,自謙之詞。《説文》:『忝,辱也。』此二句言無以報其德也,惟忝作其懷念之辭也。

此章言其作詩之目的也。我在北都,舉踵望之,惜我才弱,難申其情,然爾賜我瓊玉之音,我無以爲報,惟忝作此詩,以示懷念之情也。

答吴王上將軍顧處微九章〔一〕

【題解】

顧處微事迹不詳,或乃吴人,與士龍同在吴王司馬晏麾下,顧贈詩予雲,雲作此詩以答之。詩首章言天地造化,物人各從其聚,物曲而人直。看似游離詩旨,實則隱示二人相交之原因,乃趨止相同,直道而行，與第五章呼應。然後用三章分别述處微之輝煌家世、德行才思、文治武功，第五章抒寫詩人崇尚處微直道而行之年德，闕合上文。六、七章以交友以道，承上潛轉，讚美處微贈詩情深辭美；面對處微贈詩對自己的讚美，抒寫了自己不才無德之愧，高揖歸隱之意。最後兩章抒發時光流逝、相見日短之悲；表達對處微老臻輝煌的祝福。亦如它作，士龍詩善於結構，潛轉自如。然此詩之不同在於：處微年長，故措語謙恭，高山仰止之情，春暉春花之喻，皆一般贈答詩所無。

從『陟彼玉階，黄髮來升』句，雲與處微均在吴王府中任職。再從『匪唯形交，殷薦其心』，『心以殷薦，分以道成』，『詩亦有悲，無幾相見』，『臨篇焉愧，德輶辭輯』詩句看，士龍與處微相交有年，而相見甚短即别。可能有三種情況：第一，雲任吴王郎中令不久，顧處微即離任吴王上將軍；第二，顧處微赴任吴王上將軍之職時，不久雲即離任吴王郎中令；第三，雲赴任不久，處微因赴職任而離别。再稽考詩之『王謂御事，誰撫上軍。於時翻飛，虎嘯江濆』句，則可知處微乃因赴江濆履行職責而與之别。因吴王晏所鎮淮南，所食三郡丹楊、吴興、吴郡，皆與淮南路程有日，故處微赴江濆則必與雲别。雲元康六年冬赴任郎中令，八年離任，此時作於是二年的可能性不大，或當作於元康七年（二九七）。

其一

邈矣大昧，造化明明①。物以曲全，人以直生②。類聚百族，群分萬形③。員淵挺隨〔二〕，方川吐瓊④。

【校勘】

〔一〕《文集》卷三目録題爲『答吴王上將軍顧處微』，正文題以及叢書堂鈔本作『答吴王上將顧處微』；《漢魏六朝二十名家集》本題爲『答吴王顧處微』。鄧邦述校本『上將』二字爲墨釘。周亮工校曰：『汪本闕上將二字。』鄧邦述校本校補『上將』。

〔二〕『隨』，《七十二家集》本作『隋』，古二字通。

【注釋】

①邈，遥遠。《説文》：『邈，遠也。』大昧，天造萬物，始於冥昧，故稱大昧。《易·屯》：『天造草昧，宜建侯而不寧。』王弼注：『屯者，天地造始之時也，造物之始，始於冥昧，故曰草昧也。』明明，猶明察。《詩·小雅·小明》：『明明上天，照臨下土。』此二句言上天造物始於冥昧，然其明察下土而化育萬物。

②此二句言物以曲折而全生，人須直道而存世。

③類聚百族，謂百物以類而聚合之。群分萬形，謂物形不同而群分之。《易·繫辭上》：『方以類聚，物以群分，吉凶生矣。』韓康伯注：『方有類，物有群，則有同有異，有聚有分也。』

④員，同圓。《孟子·離婁下》：『規矩，方員之至也。』挺，挺拔而出。《廣韻》：『挺，挺出。』《説文》：『拔也。』隨，指隨侯之珠。隨，一作隋，見《贈顧彦先》詩注。此二句言圓形旋渦濺出珠玉，方形池塘吐出瓊花。

此章言天地造化使物以類聚、人以群分也。天之造物，明察其類，百物類聚，萬形群分，物曲人直，直道者如河川出玉。

其二

藹藹洪族，天禄攸蕃①。神綏厥本，道裕其源②。條有豐葉，波無輟瀾③。烈風時播，芳響世繁④。

【注釋】

① 藹藹，昌盛貌。《楚辭·九歎·逢紛》：『讒夫藹藹而漫著兮，曷其不舒予情。』王逸注：『藹藹，盛多貌。』洪族，世家大族。顔延之《陶徵士誄》：『韜此洪族，蔑彼名級。』攸，《爾雅·釋言》：『所也。』蕃，謂子孫繁盛。《玉篇》：『蕃，息也，滋也。』此二句言昌盛之世族，天賜福禄，子孫繁盛。謂顧處微之顯赫家世也。

② 綏，安。《説文》：『綏，車中把也。』徐鍇《繫傳》：『《禮》：升車必正立執綏，所以安也。當從爪從安省。《説文》無妥字。』裕，使充裕。《説文》：『裕，衣物饒也。』此二句言神靈安其基業，天道裕其本源。謂先祖基業昌盛也。

③ 此二句以枝繁葉茂，川流不息，喻其家族子孫衆多，支族繁盛，代代相傳而不息也。

④ 烈風，功業家聲。《爾雅·釋詁》：『烈，業也。』郭璞注：『謂功業也。』又《廣雅·釋言》：『風，聲也。』芳響，芳名聲聞。《玉篇》：『響，應聲也。』此二句言功業家聲播於當代，芬芳聲名盛於後世。

此章讚美顧處微輝煌之家世也。昌盛世族，受天之禄，神靈安其基業，繁其子孫，功業家聲流播於時，芬芳聲名繁盛於世。

其三

曰繁曰熙〔一〕，載德于茲①。克文克敏，乃惠乃慈②。遵彼洪流，薄言詠之③。好是神契，聊與之期④。

【校勘】

〔一〕『熙』，《百三家集》本作『賾』，《古詩紀》卷三十六、《七十二家集》本、《六朝詩集》本作『頤』。

【注釋】

① 熙，興盛。《爾雅·釋詁》：『熙，興也。』載德，猶成德也。《國語·周語上》：『奕世載德，不忝前人。』韋昭注：『載，成也。』此二句言家族繁茂興盛，處微於此世又成其德業。

② 克文克敏，有文采且敏捷也。《論語·公冶長》：『敏而好學，不恥下問，是以謂之文也。』何晏《集解》：『孔安國曰：敏者，識之疾也。』《爾雅·釋言》：『克，能也。』乃惠乃慈，既仁且愛。《説文》：『惠，仁也。』又『慈，愛也』。此二句言處微才思敏捷，爲人仁愛。

③ 遵彼洪流，擬《詩》句式，謂循彼洪流也。《詩·周南·汝墳》：『遵彼汝墳，伐其條枚。』毛詩傳：『遵，循也。』薄言，猶我，此代處微也。《詩·周南·芣苢》：『采采芣苢，薄言采之。』毛詩傳：『薄，辭也。』鄭

玄箋：『薄言，我薄也。』詠之，謂游之也。《詩・周南・漢廣》：『漢之廣矣，不可泳思。』毛詩傳：『潛行爲泳。』《爾雅・釋言》：『泳，游也。』郭璞注：『潛行游水底。』泳，同詠。《經典釋文》卷五：『泳，音詠。』此二句言汝循彼洪流而游之。喻處微沐浴于吴王之恩澤也。

④ 好是，乃好是正直之略，謂興此正直之道也。《詩・小雅・小明》：『靖共爾位，好是正直。』鄭玄箋：『好，猶興也。……謂遭是明君，道施行也。』神契，謂與神契合。陸機《漢高祖功臣頌》：『策出無方，思入神契。』善注：『孔安國《尚書傳》曰：神妙無方。蔡邕《李咸碑》曰：明略兼洞，與神合契。』向注：『謀策所出無極，思與神合也。契，合也。』聊，且。《玉篇》：『聊，願也。又且略之辭。』期，《説文》：『會也。』此二句言勃興此正直之道，追求與神契合，且與神融會貫通也。

此章讚美處微德行才思可與先祖之德業也。處微有文且敏，仁愛待人，又得吴王之大澤，與此直道，與神契合，故可與盛德業於此世也。

其四

仁勇同宅，文武相紛①。王謂御事，誰撫上軍②。於時翻飛，虎嘯江濆③。式遏不虞，俾也無塵④。

【注釋】

① 同宅，同處一體。《爾雅・釋言》：『宅，居也。』相紛，互相交錯。《廣雅・釋詁》：『紛，亂也。』此二

句言仁與勇同處一體，文與武互相交織。謂處微既仁且勇，能文能武。

②御事，治事。《書·泰誓上》：『王曰：嗟我友邦冢君，越我御事庶士，明聽誓。』孔安國傳：『下及我治事衆士，大小無不皆明聽誓。』撫，安撫。《玉篇》：『撫，安也。』此二句言王謂誰可鎮守上軍，爲我治其政事。

③翻飛，猶飛。《玉篇》：『翻，飛也。』虎嘯，喻處微之勇武。此隱用《詩·大雅·常武》『進厥虎臣，闞如虓虎』之意。江濆，江岸。《説文》：『濆，水厓也。』按：吴王晏，太康十年受封，食丹楊、吴興並吴三郡，皆爲東吴之舊郡，地處江南，故謂江濆。此二句言於時飛翔于吴地，虎嘯於江岸。

④式遏，用以制止。《詩·大雅·民勞》：『式遏寇虐，憯不畏明。』鄭玄箋：『式，用；遏，止也。……用此止爲寇虐。』不虞，意外之事。《詩·大雅·抑》：『謹爾侯度，用戒不虞。』毛詩傳：『不虞，非度也。』鄭玄箋：『慎女爲君之法度，用備不億度而至之事。』俾，《爾雅·釋詁》：『使也。』無塵，無戰塵也。庾信《周宗廟歌·獻高祖武皇帝》：『戎衣此一定，萬里更無塵。』此二句言用以制止意外之事，使邊境安寧。

此章讚美處微之文治武功也。處微既仁且勇，身兼文武，爲王治軍，飛翔吴地，虎嘯江岸，遏止意外之事，使邊境安寧。

其五

三代既遠，直道垂音①。非齒焉尚，非德孰〔一〕欽②。鑽仰自古，鮮曰在今③。匪唯形交〔二〕，殷薦其心④。

【校勘】

〔一〕『孰』，《百三家集》本、《七十二家集》本作『焉』。

〔二〕『唯』，《古詩紀》卷三十六作『惟』，古二字同。又『交』，《六朝詩集》本、周亮工校本作『文』，形近而誤。

【注釋】

① 三代，夏殷周。直道，直道而行。《論語·衛靈公》：『斯民也，三代之所以直道而行也。』何晏《集解》：『馬融曰：三代夏殷周也。用民如此無所阿私，所以云直道而行也。』此二句言夏殷周三代雖已遥遠，然其直道而行則聲名垂于後代。

② 非齒焉尚，謂惟尊長幼之序。尚齒，尊長幼之序。《禮記·祭義》：『昔者有虞氏貴德而尚齒，夏后氏貴爵而尚齒，殷人貴富而尚齒，周人貴親而尚齒。』鄭玄注：『尚，謂有事尊之於其黨也。……舜時多仁聖有德，後德則在小官。』《釋名·釋形體》：『齒，始也，少長之别始乎此也。以齒食多者長也，食少者幼也。』焉，何也。欽，《説文》：『一曰敬也。』此二句言惟尊長幼之序，惟敬有德之人。

③ 鑽仰，謂意志堅毅，德行崇高。《論語·子罕》：『仰之彌高，鑽之彌堅。』後意謂仰慕。陳琳《答東阿王牋》：『此乃天然異稟，非鑽仰者所庶幾也。』銑注：『言植之文堅而且高，鑽仰者終不可近而致之。』此二句言仰慕年德，自古而然，非止言在今也。

④ 殷薦，謂厚獻之。陸機《漢高祖功臣頌》：『我圖四方，殷薦其勳。』向注：『殷，多。薦，進。』此二句

言人之相交非在形體，而厚獻其心而交之。謂交友以心也。

此章抒寫詩人崇尚處微之年德也。三代直道而行，崇敬年德，自古如此，非止在今也，故我與汝之交，非惟在形，而在尚在崇德敬老之心也。

其六

心以殷薦，分以道成①。祇〔一〕服惠顧，疇此深清②。亦有芳訊，薄載其誠③。豈無春暉，兹焉可榮④。

【校勘】

〔一〕『祇』，《文集》、《百三家集》本作『祗』，語意扞格。《説文》：『祇，地祇，提出萬物者也。』《古詩紀》卷三十六、叢書堂鈔本、《四部叢刊》本、周亮工校本、鄧邦述校本、陳仲魚校本作『祗』，今據改。

【注釋】

① 分，猶情也。曹植《贈白馬王彪》：『恩愛苟不虧，在遠分日親。』善注：『分，猶志也。』此二句言人之相交在於剖心瀝膽，人之情分則以道而成。謂交友以道也。

② 祇服，謂恭敬事之。《書·康誥》：『子弗祇服厥父事，大傷厥考心。』孔安國傳：『爲人子不能敬身服行父道。』此指恭敬而答詩。惠顧，仁愛眷顧。《左傳·成公十三年》：『君若惠顧諸侯，矜哀寡人而賜之

盟，則寡人之願也。』此指處微之贈詩。 疇，通酬。 朱駿聲《説文通訓定聲》：『疇，假借爲酬。』《玉篇》：『酬，報也。』此二句言我乃作詩敬答其惠顧，酬報其深情。

③ 芳訊，猶芳音，音訊之美稱。 何承天《答顔光禄》：『敬覽芳訊，研復淵旨。』此指處微之詩。 薄，語助詞。 王引之《經傳釋詞》卷十：『薄，發聲也。』此二句言汝有芳音，亦載其誠心也。

④ 榮，動詞，開花。《爾雅・釋草》：『華，榮也。 木謂之華，草謂之榮。』此二句言若無春暉，此焉能開花？喻其芳音爲春暉也，己之答詩如春花。

此章讚頌處微贈詩之情深辭美也。 交友以心，情因道成，我之詩也，酬答爾之眷顧深情，爾之芳音猶如春暉，使我春花綻放也。

其七

大道易閫，崇軌難襲①。 孰云匪愆〔一〕，咎吝〔二〕尤集②。 敢謝不佞，栖山自戢③。 臨篇焉愧，德輶辭輯④。

【校勘】

〔一〕『愆』，《文集》、叢書堂鈔本、《四部叢刊》本、周亮工校本、陳仲魚校本作『衍』。《百三家集》本、《四部備要》本、鄧邦述校本作『愆』。 影鈔宋本校曰：『衍，當作愆。』今據改。

〔二〕『吝』，《文集》、叢書堂鈔本、《四部叢刊》本、周亮工校本、鄧邦述校本、陳仲魚校本作『丟』，别本作

『吝』，古二字同。《廣韻》：『吝，俗作㕕。』今改爲正字。

【注釋】

① 崇軌，崇高之典範。張華《晉四廂樂歌·正旦大會行禮詩》：『式固崇軌，光紹前蹤。』《正韻》：『軌，法也，則也。』襲，因襲。《小爾雅》：『襲，因也。』此二句言雖聞之古代大道，却不能因大道而行之。乃士龍自謙之辭。

② 匪愆，無過。《詩·衛風·氓》：『匪我愆期，子無良媒。』毛詩傳：『愆，過也。』咎吝，過錯小疵也。《廣韻》：『咎，愆也，過也。』《廣韻》：『吝，悔吝。』李鼎祚《周易集解》：『虞翻曰：吝，疵也。』此二句言誰説無過，過錯悔吝尤多也。因處微贈詩讚美士龍，故士龍作此言也。

③ 敢，謙辭，有冒昧意。謝，辭。《説文》：『謝，辭去也。』不佞，猶不才。《左傳·成公十三年》：『君若不施大惠，寡人不佞，其不能以諸侯退矣。』戢，斂。《詩·小雅·鴛鴦》：『鴛鴦在梁，戢其左翼。』鄭玄箋：『戢，斂也。』此二句言敢以不才而辭去也，棲隱山丘而斂翼矣。

④ 焉，何。王引之《經傳釋詞》卷二：『焉，猶何也。』輶德，令德風範之美。王儉《褚淵碑文》：『德猷靡嗣，儀形長遞。』善注：『德猷，令德徽猷也。』銑注：『猷，風也。』按：《詩·大雅·烝民》：『人亦有言，德輶如毛。』郑玄箋：『輶，輕。』而『猷德』之猷，《詩·小雅·角弓》：『君子有徽猷，小人與屬。』郑玄箋：『猷，道。』士龍乃將其二字混用而不加別也。輯，通揖，古代一種禮節。《國語·晉語》：『君輯大夫就車，君鼓而進之。』此二句言臨篇何愧？愧對爾之令德風範，故揖而辭之歸隱矣。

此章言自己慚愧無德不才而生歸隱之意。大道易聞之，而崇高典範難因，誰謂我之無過，悔吝過錯尤多，面對爾之令德風範，自慚吾之不才無德，故臨篇慚愧，高揖歸隱。

其八

翩彼日月，逝猶駭電①。朝華未厭，夕風已扇②。詩亦有悲，無幾相見③。懷德歎心，于焉東眷④。

【注釋】

①翩，飛。《廣韻》：『翩，飛貌。』此二句言彼日月之飛逝，猶如驚人之電光。謂日月轉瞬即逝。

②厭，美也。《詩·周頌·載芟》：『驛驛其達，有厭其傑。』毛詩傳：『有厭其傑，言傑苗厭然特美也。』厭，通懕。朱駿聲《説文通訓定聲》：『厭，假借爲懕。』《説文》：『懕，好也，一曰和静也。』《詩》乃以美女爲喻。此二句言朝花未綻其美，夕風已經吹起。謂時光流逝迅疾也。

③詩，指《詩·小雅·頍弁》。無幾相見，相見幾何，謂相見日短也。《詩·小雅·頍弁》：『死喪無日，無幾相見。樂酒今夕，君子維宴。』鄭玄箋：『死亡無有日數，能復幾何與王相見也。』此二句言古詩即有悲也，叹息相見日短。謂人生歡樂短暫。

④于焉，於是，於此。王引之《經傳釋詞》卷二：『焉，猶是也。』東眷，謂眷顧東方。《説文》：『眷，顧也。』按：吴王鎮淮南，顧處微爲吴王上將軍，所治之地乃吴王所食之三郡，皆在東吴，故曰東眷。此二句言

心懷其德而嗟歎之，子之往矣，我於此而眷顧東方也。隱寫其鄉思也。

此章抒發時光流逝、相見日短之悲也。日月飛逝，猶如駭電，朝花未綻，夕風已起，相見無日，故詩含悲情，吾懷其德且心喜之，故於此東望也。

其九

平津晚貴〔一〕，貢公後徵①。陟彼玉階，黄髮來升②。靈卉三秀，芳草秋興③。唯頤清神，福禄是膺④。

【校勘】

〔一〕『貴』，《文集》、叢書堂鈔本、《古詩紀》卷三十六、《四部叢刊》本、周亮工校本、鄧邦述校本、陳仲魚校本作『貢』，語意扞格，乃連下『貢』字而誤。《百三家集》本作『貴』，今據改。

【注釋】

①平津，指漢平津侯公孫弘。弘年七十五，代薛澤爲丞相，詔『以高成之平津鄉、户六百五十，封丞相爲平津侯』，年八十而卒。事見《漢書・公孫弘傳》。因弘年老而封爵，故曰『晚貴』。貢公，即貢禹。禹初以明經潔行而著聞，徵爲博士、涼州刺史，因病去官。漢元帝即位，徵禹爲諫大夫，後遷爲光禄大夫。事見《漢書・貢禹傳》。因禹被徵爲諫大夫時，已年近八十，故曰『後徵』。此二句以漢代公孫弘與貢禹之典，喻處微

年老而地位顯赫。其中也寄寓時光易逝、功業難成之感慨。

②陟，《玉篇》：『登也，升也。』黃髮，指長壽者。《詩·魯頌·閟宮》：『黃髮台背，壽胥與試。』鄭玄箋：『黃髮、台背，皆壽徵也。』升，謂升堂也。此二句言雖已年事已高，却來登其玉階，升堂入室也。謂遷任吴王之上將軍。

③靈卉，神花。李德裕《瑞橘賦》：『靈卉必植，而嘉橘在焉。』三秀，靈芝，服之可輕身延壽。傳説其一歲三次開花，故稱。《楚辭·九歌·山鬼》：『歲既晏兮孰華予，采三秀兮於山間。』王逸注：『三秀，謂芝草也。』洪興祖補：『《爾雅》茵芝注云：一歲三華，瑞草也。』此二句言神花靈芝，如芳草之秋興。喻處微老而彌盛也。

④頤，保養。《爾雅·釋詁》：『頤，養也。』膺，受。《楚辭·天問》：『撰體協脅，鹿何膺之。』王逸注：『膺，受也。』此二句言惟養其清爽之精神，受其天賜之福禄。乃祝福之辭。

此章讚美處微老而功業輝煌也。如漢之平津禹公，雖已黃髮，却登玉階，升堂室；如神靈之仙芝，遇晚秋而彌盛，惟願爾頤養清神，受其福禄。

贈鄱陽府君張仲膺 五章

【題解】

仲膺事迹已不可考，府君乃太守之尊稱，故知乃因仲膺赴任鄱陽太守，士龍作此詩贈之。詩首先讚美其才能出類拔萃，可以入爲輔弼，出爲藩臣；然後述其受命而治南國，必能德威並施，使故國生新；再頌美其弘揚仁義而砥礪道德，冀其恭敬王事，謙以接物；又懸想其衣錦還鄉，光耀門庭；最後抒寫離別之憂傷。從詩看，仲膺必爲吴人無疑。詩人所送者爲故人，故人所去者爲故國，剎那間真是百感交集。所以此詩比前幾首贈詩的情感更爲複雜，如寫吴之故郡鄱陽，只以『荒藪』帶過，昔日之繁華與今日荒藪所包含的滄桑變化隱於言外，故國之愛，覆國之痛，皆浸潤其中。第三首冀其窮達一德，德化新交，盛愛其故，既言交友，亦寓治政，對故園的殷切關懷之情則溢於言表也。而在對仲膺衣錦還鄉的懸想，語言之内表達對仲膺羡慕之情，語言之外又浸透着光耀門庭，重振家風之願望。而且也包含着身居異域，壯志難酬之痛也。如此複雜情感，却以如此簡潔的語言表達出來，乃晉詩之上乘。

此詩所作時間不可考，從内容看，作於入洛之後，仕途蹭蹬之時，則無疑也。雲元康六年出爲吴王郎中令，元康八年入補尚書郎，此後雖有短暫的坐趙王倫篡逆而入獄，然基本處於上升時期，而作此詩，詩人尚在洛陽任職，故當作於入洛之初，即元康六年（二九六）之前。

其一

神林何有，奇華妙實①。皇朝如何，窮文極質②。斌斌君子，升堂入室③。太上有曜，子誕其輝④。知機曰〔一〕難，子達其微⑤。入輔幃幄〔二〕，出御千里⑥。滔滔江漢，南國之紀⑦。

【校勘】

〔一〕『機』，寄生草堂本、《四部備要》本作『幾』，古二字通。又『曰』，叢書堂鈔本、《四部叢刊》本、周亮工校本、鄧邦述校本、陳仲魚校本作『日』，形近而誤。鄧邦述、陳仲魚校本校作『曰』。

〔二〕『幃幄』，《百三家集》本、《七十二家集》本、《江西通志》卷一百四十七作『帷幄』，古二詞同。

【注釋】

① 神林，神異之林。梁竦《悼騷賦》：『臨衆瀆之神林兮，東敕職於蓬碣。』此二句言神靈之林有何，奇妙之花與果也。喻晉室之人才濟濟，奇異紛呈。

② 文質，指禮樂之繁簡。簡約曰質，繁密曰文。干寶《晉紀總論》：『爰及上代，雖文質異時，功業不同，及其安民立政者，其揆一也。』善注：『《春秋元命苞》曰：王者一質一文，據天地之道也。天質而地文。』銑注：『言周上代有文有質，雖其不同，安人爲政，度之一致也。』此二句言皇朝如何，禮樂之繁簡有極至之美也。

③ 斌斌君子，謂君子之文質相宜也。《論語·雍也》：『質勝文則野，文勝質則史，文質彬彬，然後君子。』何晏《集解》：『苞氏曰：彬彬，文質相半之貌也。』彬彬，同斌斌。《廣韻》：『彬，文質雜半。《説文》云：古文份也。斌，同彬。』升堂入室，古代宫室，前爲堂後爲室，升堂喻初入其門，入室喻進入更高境界。《論語·先進》：『門人不敬子路。子曰：由也升堂矣，未入於室也。』然這裏僅取其字面意，謂君子之來晉也。此二句言文質彬彬之君子，登晉堂而入晉室矣。謂爲晉之所用。

④太上，代指晉帝。《禮記・曲禮上》：『是故聖人作，爲禮以教人，使人以有禮，知自別於禽獸，大上貴德。』鄭玄注：『大上，帝皇之世。』大，同太。《廣韻》：『太，大也。』曜，日光。《玉篇》：『燿，光也。與曜同。』誕，弘大。《爾雅・釋詁》：『誕，大也。』此二句言皇上光照天下，子弘大其光輝也。

⑤知機，察象而知微，謂洞察深微之理。《説文》：『機，主發謂之機。』徐鍇《繫傳》曰：『《易》曰：知機其神乎。機事之先見也，理之微也。』曰，爲。王引之《經傳釋詞》卷二：『曰，猶爲也。』達，透徹。《釋名・釋言語》：『達，徹也。』此二句言察象而知微爲難，而子則洞察事物深微之理矣。

⑥幃幄，軍中營帳。《史記・太史公自序》：『運籌帷幄之中，制勝於無形，子房計謀其事。』泛指謀士議政之所。幃，同帷。《後漢書・仲長統傳》：『垂露成幃，張霄成幄。』李賢注：『在旁曰幃，在上曰幄。』御，治理。《玉篇》：『御，治也。』此二句言入則輔上於謀帳，出則治理其千里。

⑦滔滔江漢，南國之紀，乃《詩》之成句。《詩・小雅・四月》：『滔滔江漢，南國之紀。』毛詩傳：『滔滔，大水貌。其神足以綱紀一方。』鄭玄箋：『江也漢也，南國之大水，紀理衆川，使不壅滯。喻吴楚之君，能長理旁側小國，使得其所。』又《書・禹貢》：『荆及衡陽，惟荆州江漢朝宗於海。』孔安國傳：『二水經此州而入海。』張仲膺任鄱陽府君，鄱陽郡乃孫權建安十五年置，地處江、漢，故詩人引《詩》成句而言。此二句言江漢之地乃南國之要地。語言之外隱含對仲膺綱紀南國之殷切厚望也。

此章讚美晉室之人才濟濟，而仲膺尤爲出類拔萃也。晉如神林，奇才紛呈，彬彬君子，爲晉所用，而仲膺察微知著，入朝謀於王室，出守治理千里，可以弘揚君主之光輝，成爲南國之綱紀也。

其二

謁帝東堂，剖符南征①。天子命我，車服以榮②。何以潤之，德被蒼生③。何以濟之，威振群城④。卻愚以化，崇賢以仁⑤。鳳舒其翮，龍濯其鱗⑥。憶彼荒藪，莫敢不賓⑦。雖云舊邦，其命惟〔一〕新⑧。

【校勘】

〔一〕『惟』，《百三家集》本、《古詩紀》卷三十六、《七十二家集》本、《古今詩删》卷七作『維』，古二字通。

【注釋】

① 謁，求見。《釋名·釋書契》：『謁，詣也。詣，告也。書其姓名於上，以告所至詣者也。』東堂，天子早朝之宫。《大戴禮記·四代》：『是以天子盛服朝日于東堂，以教敬示威於天下也。』剖符，猶任命。曹植《責躬詩》：『光光大使，我榮我華，剖符授玉，王爵是加。』符爲古代朝廷封爵、置官、命使和調兵遣將的憑證。符有銅虎符、竹使符之二種，與郡守爲符者，謂各分其半，右留京師，左與郡守。國家當發兵，遣使至郡合符，符合乃聽受之。見《漢書·文帝紀》顔師古注。此二句言拜謁皇上於東堂，皇上命其南行。謂出守鄱陽也。

② 天子命我，乃《詩》之成句。《詩·小雅·出車》：『天子命我，城彼朔方。』我，此指仲膺。車服，猶車馬。

曹植《責躬詩》：『車服有輝，旗章有叙。』善注：『《尚書》曰：車服以庸。《國語》曰：爲車服旗章以旌之。』古以車駕以别等差。服，駕車之馬。《吕氏春秋·愛士》高誘注：『四馬車，兩馬在中爲服。』此二句言天子命其南征，盛以車馬而榮耀之。

③潤，喻施恩澤。《玉篇》：『潤，水潤下也，滋也。』被，覆。《廣韻》：『被，被服也，覆也。』此二句言何以施其恩澤，使蒼生廣受德化也。

④濟，猶輔之。《爾雅·釋言》：『濟，益也。』此二句言何以輔之，以威猛而震動全郡也。上四句强調施之以德，濟之以威。謂恩威並施也。

⑤卻，猶去。《廣韻》：『卻，退也。』《唐韻正》：『卻，同却。』此二句言以教化而去其愚，以仁德而崇其智。

⑥翮，大羽毛。《玉篇》：『翮，羽本也，羽莖也。』濯，猶光大也。《爾雅·釋詁》：『濯，大也。』此二句言使鳳鳥舒展其翅，使潛龍光大其鱗。喻使仕者盡其才，隱者顯其身。

⑦憶，念也。揣度之詞。《正韻》：『憶，念也，思也。』荒藪，荒林丘澤。《玉篇》：『藪，大澤曰藪。』不賓，猶言不服也。《國語·楚語上》：『蠻夷戎翟其不賓也，久矣。』韋昭注：『賓，服也。』此二句言念其彼荒林丘澤之人，亦無人不服也。

⑧雖云舊邦，其命惟新，謂雖云故國，其得天命，惟是新也。《詩·大雅·文王》：『周雖舊邦，其命維新。』毛詩傳：『乃新在文王也。』鄭玄箋：『大王聿來胥宇而國於周，王迹起矣，而未有天命。至文王而受命。言新者，美之也。』此二句言仲膺所治之鄱陽，雖爲吴之故郡，其受晉命則必新也。

此章謂仲膺受命而治南國，必使故國氣象生新也。天子聽政東堂，令其南征，並盛以車馬而榮耀之，何以弘大天子之光輝？須施之以德，濟之以威，教化而去愚，敦仁以崇賢，仕者盡其才，隱者顯於世，如此荒土之民，莫不服矣，雖爲故郡亦惟新也。鄱陽爲吴故郡，原爲繁華之地，今成荒藪之區，詩人殷殷囑託之中，隱含覆國之痛，故國之愛。

其三

卞和南金，終始一色①。顯允君子，窮達一德②。弘〔一〕仁厲道，物究其極③。古賢受爵，循墻虔恭〔二〕④。今哲居貴，履盈如沖⑤。接新以化，愛舊以豐⑥。隆此嚶鳴，惇〔三〕彼谷風⑦。

【校勘】

〔一〕『弘』，《古今詩删》卷七作『宏』，古二字通。乃清人避諱而改。

〔二〕『虔恭』，《文集》、叢書堂鈔本、《四部叢刊》本、周亮工校本、鄧邦述校本、陳仲魚校本作『虎恭』，語意扞格。《古詩紀》卷三十六、《百三家集》本、《七十二家集》本、《古今詩删》卷七作『虔恭』，今據改。

〔三〕『惇』，《文集》、叢書堂鈔本、陳仲魚校本作『悙』，乃避宋諱。《古詩紀》卷三十六、《古今詩删》卷七、《百三家集》本、周亮工校本、鄧邦述校本作『惇』，今據改。

【注釋】

① 卞和，楚和氏璧。見《贈顧彦先》詩注。南金，南方之貢金。《詩·魯頌·泮水》：『元龜象齒，大賂

南金。』毛詩傳：『南，謂荆揚也。』鄭玄箋：『荆揚之州，貢金三品。』此二句言南方之金與和氏之璧，始終一種本色。

②顯允，顯明誠信。《詩·小雅·湛露》：『顯允君子，莫不令德。』孔穎達疏：『此庶姓明信之君子……莫不皆善其德。』窮達一德，謂窮則獨善其身，達則兼濟天下，皆以道爲德，故爲一德。《吕氏春秋·慎人》：『古之得道者窮亦樂，達亦樂，所樂非窮達也。道得於此，則窮達一也。』高誘注：『樂其道也；樂兼善天下也。……言得道之人不爲窮極，不爲達顯，故一之也。』又《易·繫辭下》：『恒以一德，損以遠害。』韓康伯注：『以一爲德也。』一，即道也。此二句言明信君子，無窮無達，皆以道爲德也。

③厲，猶砥礪。《玉篇》：『厲，磨石也。』又《廣韻》：『礪，砥石。』極，極至之理。《爾雅·釋詁》：『極，至也。』此二句言光大仁義，砥礪於道，探究事物極至之理。

④循墻，謂不敢安行。《左傳·昭公七年》：『一命而僂，再命而傴，三命而俯，循墻而走。』杜預注：『言不敢安行。』虔恭，即虔共，恭敬也。《詩·大雅·韓奕》：『夙夜匪解，虔共爾位。』鄭玄箋：『古之恭字或作共。』《經典釋文》卷七：『虔共，鄭音恭，云古恭字。』此二句言古之賢人受其爵位，行不敢安，恭敬王事。

⑤履盈如沖，謂居高位而心沖虚。《老子》第四十六章：『大盈若沖，其用不窮。』河上公注：『謂道德大盈滿之君也，如沖者，貴不敢驕，富不敢奢也。』《説文》：『盈，滿器也。』《玉篇》：『沖，沖虚也。』此二句言今之哲人雖貴，居高位而心沖虚。謂雖榮貴而謙抑恬淡。

⑥接新，猶交新，謂交接新友。《説文》：『接，交也。』《廣韻》：『接，會也。』愛舊，愛其故友。此中亦隱含愛其舊邦之意。士龍吴人，鄱陽吴地，皆其舊也，其意難以明説，則以愛舊渾言之也。此二句言交新友而以德化之，愛故人則豐盛其情。

⑦ 隆，《玉篇》：『盛也。』嚶鳴，謂鳥鳴而求其友也。《詩・小雅・伐木》：『嚶其鳴矣，求其友聲。』毛詩傳：『君子雖遷於高位，不可以忘其朋友。』鄭玄箋：『嚶其鳴矣，遷處高木者。求其友聲，求其尚在深谷者，其相得則復鳴嚶嚶然。』惇，《爾雅・釋詁》：『厚也。』谷風，喻友愛也。《詩・小雅・谷風》：『習習谷風，維風及雨。』毛詩傳：『風雨相感，朋友相須。』鄭玄箋：『風而有雨則潤澤行，喻朋友同志則恩愛成。』此二句言盛其求友之道，厚其友愛之情。謂求友之道則同聲相求，友愛之情如風雨相感。上四句既言交友之道，亦以喻治民之理也。

此章在對仲膺道德操守之讚美中寓含深切之勸勉。明信君子，如南方之寶，不以窮達而易其色，推原物之至理，則弘揚仁義而砥礪道德，故古今賢哲，恭敬王事，謙卑沖虛，德化新交，盛愛其故，同聲相求，同氣相應。既寫其情，亦寓其理；既言交友，亦寓治政，用心良苦，情則殷切也。

其四

忠至寵加，孝至榮集①。內崇南芬，外清名邑②。煒煒棠棣，夐增其華③。猗猗桑梓，厥耀孔多④。被繡晝行，昔人攸羨〔一〕⑤。階雲飛藻，孰與同粲⑥。

【校勘】

〔一〕『羨』，《百三家集》本、《江西通志》卷一百四十七作『美』。

【注釋】

① 集，猶至。《説文》：『集，群鳥在木上也。』《廣韻》：『集，聚也。』此二句言忠至則恩寵加，孝至則榮名聚。

② 芬，《廣雅·釋詁》：『和也。』名邑，指鄱陽郡。此二句言内重南國之和，外使鄱陽郡清。前句指治政之方針，後句指治政之結果。非互文也。

③ 煒煒棠棣，謂燦然明麗之棠棣，喻其榮被兄弟也。《詩·小雅·常棣》：『常棣之華，鄂不韡韡。』毛詩傳：『常棣，棣也。韡韡，光明也。』鄭玄箋：『鄂足得華之光明，則韡韡然盛。興者，喻弟以敬事兄，兄以榮覆弟恩義之顯，亦韡韡然。』常棣，同棠棣。《齊民要術》引《棠棣》詩：『棠棣之華，蕚不韡韡。』煒煒，同韡韡。《群書治要》卷三《常棣》：『常棣之華，蕚不煒煒。』夐，《説文》：『營求也。』此二句言燦然明麗之棠棣，亦求增其花也。喻其榮耀被於兄弟，亦增其榮光也。

④ 猗猗，美盛貌。《詩·鄘風·淇奥》：『瞻彼淇奥，緑竹猗猗。』毛詩傳：『猗猗，美盛貌。』桑梓，樹木名。《詩·小雅·小弁》：『維桑與梓，必恭敬止。』毛詩傳：『父之所樹，己尚不敢不恭敬。』後以代指故鄉。陸機《思親賦》：『悲桑梓之悠曠，愧蒸嘗之弗營。』厥，《爾雅·釋言》：『其也。』孔，《玉篇》：『甚也。』此二句言美盛之故園，其光輝甚也。喻其榮光顯赫，耀於桑梓也。

⑤ 被繡晝行，謂著錦繡之服而晝行。《史記·項羽本紀》：『富貴不歸故鄉，如衣繡夜行，誰知之者！』此反其意而用之，言其衣錦還鄉也。攸，《爾雅·釋言》：『所也。』此二句言衣錦繡而晝還鄉，昔人亦爲之羨慕也。

⑥ 藻，藻繡也。《書·益稷》孔安國傳：『藻，水草有文者。』粲，鮮明。《玉篇》：『粲，鮮好貌。』此二句

言堂前之階，藻繡雲飛，誰有你之輝光！

此章懸想仲膺衣錦還鄉而光耀門庭也。子之忠孝至也，故恩寵加之，榮耀集之，衣錦還鄉，如棠棣之花，榮被兄弟，光耀美盛之桑梓，藻繡雲飛於階前，其榮光無人之可匹，實爲他人之所羡。語言之中表達對仲膺羡慕之情，語言之外又浸透光耀門庭、重振家風之懸想也。

其五

人道伊何，難合易離①。會如升峻，別如順淇②。嗟我懷人，曷云其來③。貢言執手，涕既隕之④。

【注釋】

① 伊何，猶如何。《詩・小雅・頍弁》：『有頍者弁，實維伊何。』鄭玄箋：『言幽王服是皮弁之冠，是維何爲乎。』此二句言人事之理如何？別易而聚難也。

② 此二句言聚會如登高峻之山，離別如順流淇水而下也。

③ 嗟我懷人，嗟歎我所思者，謂仲膺。《詩・周南・卷耳》：『嗟我懷人，寘彼周行。』曷云其來，謂何時其來歸也。《詩・邶風・雄雉》：『道之云遠，曷云其來。』鄭玄箋：『曷，何也。何時能來望之也。』此二句言嗟歎我所思者，何時來歸！

④ 貢言，恭敬言之，自謙其所作之詩。《廣雅・釋詁》：『貢，上也。』隕，墜落。《爾雅・釋詁》：『隕，墜

也。』此二句言敬上此詩，執手而淚落之也。

此章抒寫離别之憂傷也。由别易聚難的人道之理，而歸之眼前離别之現實，謂我心懷之，而又相見無日，故獻上此詩，以表情愫，執手告别，不禁别淚沾襟也。仲膺所去，乃詩人故鄉；仲膺所歸，乃衣繡還鄉。反觀自己，身居異域，壯志難酬，故此之淚，非惟離别，實乃百感交集矣。

答孫顯世十章〔一〕①

【題解】

陸雲由吴王郎中令遷尚書郎，孫顯世贈雲詩，雲作此詩答之。詩分十章，二章一組。首先追述顯世輝煌家世，晉室光德重開。其次闡明興廢繫乎時世，盛世亦生波瀾之理。再次敘述謬承天子恩澤，忝任侍臣，然進不能救亂，退不能歸隱之慚愧。又次讚美顯世既有超然歸隱之志，又有信厚守禮之德的操守與風範；出守大都，厚德和人之惠政。最後抒寫棄官歸隱，逍遥守志之懷思；交友之道，臨篇思人之情感。從情感看，因時世之亂離，宦海之風波，而生歸隱丘園之思，是此詩的主旋律，不惟誡己，亦且勸人。然而，縱觀陸雲之作品，始終貫穿着出與隱的矛盾。對友人，仕者勸其隱，隱者勉其仕；對自己，重振家風的功名欲望，又始終交織歸隱丘園的超然之志。在此詩中，這種矛盾的心態顯得尤爲突出。追述顯世之家世，既有『風連雲接』的殷切期待，又有『敢忘丘園』的隱隱勸勉；顯世之出守，既希望其『德配麟止』而『厚德時邁，協風允諧』，又勸勉其『志擬潛龍』，而『引服朗節，克明峻軌』。抒寫自己，既有『發彼承華』『託景靈雲』，對晉室恩寵殊榮的感激之情；又有『響非我音』『塗弗克尋』，對現實失落而產生『乃眷丘林』的高蹈之思。而第四章特別集中地表現了這種矛盾的心態。詩人雖萌生退隱之心，却又謀之東朝，首鼠兩端，終至殞身，悲夫！從結構上看，此詩與其他詩歌有別。士龍組詩一般都採用綫型結構，利用意義或語言的轆轤（頂針）式的方式，完成承接與轉換。而此詩則是複合交錯式結構。第一，由敘述到説理的複合交錯。第三章言福禄興廢之理繫乎時世，承首章而來；而第四章言昌風改物也易生波瀾，則由二章生發開來。第二，敘述次序的複合交錯。按士龍詩一般結構，在追述顯世家世、晉室基業之後，直接進入敘述對方，而此詩則轉入對自我的敘述；然後再轉入敘述對方。而敘述自己，與抒寫晉室承接；敘述對方，則與追述家世承接。最後二章，寫歸隱之志，交友之道，懷人之情，則又闋合雙方，收束全詩，在複合交錯中也顯現士龍結構細針密綫的一貫特色。此外，此詩也包括顯世的贈詩，對於研究士龍之行迹、心態，有重要意義。

綜考雲詩『發彼承華，頓此增城』，以及顯世贈詩『翩翩二宫，令問不已。乃遷華閣，皇典斯紀』，『邁彼江川，邈此北流』：第一，雲由太子屬官而拜吴王郎中令，並由郎中令而入遷華閣；第二，顯世贈詩乃作於雲至洛之後，雲之答詩必然在至洛後；第三，顯世與雲作詩贈答之時，皇太子遹尚在世。復考《晉書·惠帝紀》皇太子遹于元康九年十二月被廢，永康元年三月被殺。詩曰『焕矣金虎，襲我皇猷』，或指太子被廢之事。故此詩必作於元康九年十二月之前。又《陸雲傳》載：『尋拜吴王郎中令……入爲尚書郎。』可知，雲入華閣即任尚書郎。尚書官署稱尚書台，掌圖書奏章，出納王命，敷奏萬機，郎官主起草文書，故贈詩言『乃遷華閣，皇典斯紀』。雲于元康八年秋冬之際入補尚書郎，此詩當作於元康九年（二九九）十二月至永康元年（三〇〇）三月之間。

其一

邈矣上祖，垂休萬葉②。廣問弘被，崇軌峻躡③。高山克荒，大川利涉④。繁藹惟祜〔二〕，風連雲接⑤。

【校勘】

〔一〕《文館詞林》卷一百五十六作『答孫承（一首）』。按：《文集》將《孫顯世贈》置於士龍詩前，今移至附録。

〔二〕『祜』，《文集》、叢書堂鈔本作『祐』。《古詩紀》卷三十七、《百三家集》本、周亮工校本、影鈔宋本、鄧邦述校本、陳仲魚校本作『祜』，影鈔宋本校曰：『祐，别本作祜。』今據改。又『藹』，《文館詞林》卷一百五十六作『茲』。

【注釋】

① 孫顯世，即孫拯，與機、雲兄弟相知甚深。《晉書·孫拯傳》：『孙拯者，字顯世，吴郡富春人也。能屬文，仕吴爲黄門郎。孫皓世，侍臣多得罪，惟拯與顧榮以智全。吴平後，爲涿令，有稱績。機既爲孟玖等

所誣，收拯考掠，兩踝骨見，終不變辭。門生費慈、宰意二人詣獄明拯，拯譬遣之曰：吾義不可誣枉知故，卿何宜復爾？二人曰：僕亦安得負君！拯遂死獄中，而慈、意亦死。』

②邈，遥遠。《説文》：『邈，遠也。』上祖，猶遠祖。《釋名·釋親屬》：『曾祖從下推上，祖位轉增益也。』垂休，流傳美德。《爾雅·釋詁》：『休，美也。』萬葉，萬世。《詩·商頌·長發》：『昔在中葉，有震且業。』毛詩傳：『葉，世也。』此二句言其遥遠之先祖，美德流傳萬年。

③廣問，謂令聞廣也。問，通聞。《經典釋文》卷七：『令聞，音問，本亦作問。』被，覆也。《釋名·釋衣服》：『被，被也，被覆人也。』崇軌，崇高之典範。張華《晉四厢樂歌·正旦大會行禮詩》：『式固崇軌，光紹前蹤。』《正韻》：『軌，法也，則也。』此二句言令聞弘揚，廣被天下，典範崇高，如蹈高山。謂其崇高之典範難以企及也。

④高山克荒，謂澤被萬物也。《詩·周頌·天作》：『天作高山，大王荒之。』毛詩傳：『荒，大也。天生萬物於高山，大王行道，能安天之所作也。』鄭玄箋：『高山，謂岐山也。……天生此高山，使興雲雨，以利萬物。』大川利涉，謂建立功業也。《易·需》：『利涉大川，往有功也。』

⑤繁藹，猶繁盛。《玉篇》：『藹，樹茂也。』祜，《説文》：『福也。』惟，王引之《經傳釋詞》卷三：『猶乃也。』接，《廣韻》：『合也，會也。』此二句言其福也如樹之繁茂，如風連而雲合也。前句喻其盛，後句喻其長。

此章追溯孫顯世先祖輝煌之歷史。其遥遠先祖，德垂青史，令名遠揚，風範高峻，澤被萬物，功業輝煌，其福祚也如樹之繁茂，如風雲之綿長。

其二

大人有作，二后利見①。九功敷奏，七德殷薦②。鼎實重飪〔一〕，芳〔二〕烈再扇③。奕世〔三〕弘道，天禄來宴④。

【校勘】

〔一〕『飪』，《文集》、叢書堂鈔本、《四部叢刊》本、周亮工校本、鄧邦述校本、陳仲魚校本作『芀』，《文館詞林》卷一百五十六作『飪』。當以『飪』爲是。《易·鼎》：『象曰：鼎，象也。以木巽火亨飪也。』王弼注：『亨飪，鼎之用也。』故今據改。

〔二〕『芳』，《四部叢刊》本、《四部備要》本、周亮工校本、鄧邦述校本、陳仲魚校本作『勞』。鄧邦述、陳仲魚校本並校作『芳』。

〔三〕『世』，《文館詞林》卷一百五十六作『葉』。

【注釋】

① 大人有作，天子有所作爲，謂惠帝承皇位也。張協《七命》：『金華啓徵，大人有作。』良注：『大人，天子也。』又《詩·商頌·那》：『自古在昔，先民有作。』毛詩傳：『有作，有所作也。』二后，原指文王、武王。《詩·周頌·昊天有成命》：『昊天有成命，二后受之。』毛詩傳：『二后，文、武也。』此指惠帝、愍懷太子。利

見，謂二后出而功業建。《易·蹇》：『利見大人，往有功也。』此二句言帝承皇位，二后出而功業建。

②九功，猶九職也。《書·大禹謨》：『九功惟叙，九叙惟歌。』孔安國傳：『言六府三事之功有次叙，皆可歌樂，乃德政之致。』泛指百官。敷奏，奏陳治理之言。《書·舜典》：『敷奏以言，明試以功。』孔安國傳：『敷，陳；奏，進也。諸侯四朝，各使陳進治理之言，明試其言，以要其功。』七德，有二義：其一，用兵之德。《左傳·宣公十年》：『夫武，禁暴、戢兵、保大、定功、安民、和衆、豐財者也。』杜預注：『此武七德也。』其二，倫理道德。《國語·周語中》：『若七德離判，民乃攜貳。』韋昭注：『七德，謂尊貴至親舊。』此處兼有二義，與《南征賦》『七德』之義有别。殷薦，謂厚進之也。班固《典引》：『以崇嚴祖考，殷薦宗配帝。』善注：『《周易》曰：先王作樂，崇德殷薦於上帝，以配祖考。』向注：『殷，厚；薦，進。……言所以崇敬祖考，厚進馨香，尊配享於上天也。』此二句言百官奏陳其言，文武之德殷厚。

③鼎實重飪，鼎乃重其烹飪。《易·鼎》：『彖曰：鼎，象也。以木巽火亨飪也。』王弼注：『亨飪，鼎之用也。』喻帝業重新鼎盛也。芳烈，有二義：一是祭祀馨香濃郁；沈約《梁南郊登歌》：『王既升，樂已闋。降蒼昊，垂芳烈。』二是指流芳後世之功業。此兼二義。班固《典引》：『扇遺風，播芳烈。』良注：『扇，動；烈，業也。』此二句言晉之帝業重新鼎盛，先皇芳烈又興矣。

④奕世，猶前代。《國語·周語上》：『奕世載德，不忝前人。』韋昭注：『奕，亦前人也。』此猶世世也。天禄，天賜之禄。《書·大禹謨》：『願四海困窮，天禄永終。』孔安國傳：『天之禄籍，長終汝身。』宴，安寧。《説文》：『宴，安也。』此二句言晉室世世弘揚天道，故天賜福禄而安寧之也。

此章讚美晉室帝業輝煌、光德重開也。帝承皇位，二后出而功業建，於是百官獻言，文武之德殷厚，帝業重盛，先帝遺業又興，乃世世弘道，天禄永安。王夫之《古詩評選》卷二：『亦用經語、駢語，自然非讚非銘，此有墨氣。」

其三

道弘振古，祚末〔一〕替今①。如彼在川，亦有浮沉②。大韶既素〔二〕，響非〔三〕我音③。豈曰荒止，塗弗克〔四〕尋④。

【校勘】

〔一〕『末』，《文館詞林》卷一百五十六作『來』，形近而誤。

〔二〕『素』，《文集》、叢書堂鈔本、《文館詞林》卷一百五十六作『系』，或形近而誤。《古詩紀》卷三十七、《百三家集》本、《四部叢刊》本、周亮工校本、鄧邦述校本、陳仲魚校本作『素』，今據改。

〔三〕『非』，《文館詞林》卷一百五十六作『比』。

〔四〕『克』，《文館詞林》卷一百五十六作『剋』，古二字通。

【注釋】

① 振古，自古。《詩·周頌·載芟》：『匪且有且，匪今斯今，振古如兹。』毛詩傳：『振，自也。』鄭玄箋：『振，亦古也。』祚，福。《廣韻》：『祚，福也，禄也。』替今，不廢於今日。《爾雅·釋言》：『替，廢也。』此二句言弘揚天道，自古而然，天賜之福，未廢於今。

② 此二句言然彼福禄亦如在川，有浮有沉。謂天賜福禄亦有盛衰也。

③ 大韶，舜樂。《竹書紀年·帝舜有虞氏》：「元年己未，帝即位，居冀。作大韶之樂。」元結《補樂歌·大韶序》：「大韶，有虞氏之樂歌也。其義蓋稱帝舜能紹先聖之德。」素，猶質樸。《釋名·釋綵帛》：「素，樸素也。已織，則供用不復加巧飾也。又物不加飾，皆自謂之素，此色然也。」響，猶聲。《玉篇》：「響，應聲也。」此二句言《韶》樂質樸，其聲亦非我今之音也。

④ 荒，荒廢。《説文》：「荒，蕪也。一曰草掩地也。」止，語助詞。《詩·召南·草蟲》：「亦既見止，亦既覯止。」毛詩傳：「止，辭也。」克，《爾雅·釋言》：「能也。」塗，道路。《玉篇》：「塗，路也，經也。」此二句言豈是此樂荒廢，其道不可尋求也。

此章言福禄興廢之理乃在時世之變化也。自古弘揚天道，天禄不廢於今，然如河川浮沉，亦有盛衰，古之《韶》樂，非今之音，乃其道不可求，時世使然也。王夫之《古詩評選》卷二：「前二章猶以平遠，不生欹警，自此章以下，如入九十九峰，林岫芊蘙，雲煙繚繞，易盡人間耳目矣。」陳祚明《采菽堂古詩選》卷十一：「此言今逢衰然，會逢其然，豈不克尋前修！」

其四

昌風改物，豐水易瀾①。百川總〔一〕紀，四海合源②。在彼焉取，聿來莫觀③。曾是褊〔二〕心，敢忘丘園④。

【校勘】

〔一〕『總』，《文集》作『揔』，《古詩紀》卷三十七、《百三家集》本、《四部叢刊》本、周亮工校本、鄧邦述校本作『總』，古二字同。今改正字。

〔二〕『褊』，《文集》、叢書堂鈔本、《四部叢刊》本、周亮工校本、鄧邦述校本、陳仲魚校本作『徧』。《文館詞林》卷一百五十六、《百三家集》本、《古詩紀》卷三十七、《七十二家集》本、《四部備要》本並作『褊』。影鈔宋本校曰：『徧，當作褊。』今據改。

【注釋】

① 昌風，化育之風。鮑照《還都口號》：『維舟歇金景，結棹俟昌風。』昌，猶生命之物。《莊子·在宥》：『今夫百昌皆生於土，而反於土。』《經典釋文》卷二十七：『百昌，司馬云：猶百物也。』豐水，猶洪水。《詩·大雅·文王有聲》：『王后烝哉！豐水東注。』此二句言化育之風可以改變萬物，氾濫之水容易産生波瀾。前句謂晉如昌風而改物，後句喻宦海風波之難測也。

② 總紀，謂合而理之。《廣韻》：『總，合也，皆也。』又『紀，理也』。四海，謂東、南、西、北海也。《釋名·釋州國》：『北海，海在其北也。西海，海在其西也。南海，在海南也。……東海，海在其東也。』泛指天下。此二句言百川合而納之于海，四海又同歸一源。謂晉之一統也。

③ 焉，何。王引之《經傳釋詞》卷二：『焉，猶何也。』聿，語助詞。王引之《經傳釋詞》卷二：『聿，惟也。皆以爲語助。』此二句言河海之大，彼之所取者何，而莫觀其他？意謂弱水三千，我只取其一瓢耳。

④曾是，曾是不意之略。《詩·小雅·正月》：『終踰絶險，曾是不意。』意謂未曾思之。褊心，見識狹隘。《玉篇》：『褊，狹也。』此亦隱含『終踰絶險』之意。丘園，隱士所居之地。張衡《東京賦》：『聘丘園之耿絜，旅束帛之戔戔。』薛綜注：『言丘園中有隱士貞潔清白之人，聘而用之。《周易》曰：六五：賁於丘園，束帛戔戔。』此二句言吾輩思慮偏狹，豈能忘記隱居之地。謂雖已出仕，亦未忘其隱也。

此章言雖晉如昌風，可以改物，然亦如洪水，易生波瀾；雖百川歸海，四海一源，然所取者何，而莫觀其他？吾輩思慮，有所偏狹，豈可忘隱士之丘園？語意前後轉折，可意會而不可言明也。其宦海風波之感慨，歸隱丘園之勸誡，亦藴含其中。王夫之《古詩評選》卷二：『回互妙然。當吴晉之間則可其他？革命用之則名節掃地矣。況夫居舞蹈求生之地，而敢伸李陵、抑豫讓，如鄧州一狂徒者哉！』陳祚明《采菽堂古詩選》卷十一：『言祚已歸晉，何取餘族。觀光莫睹，諒宜長往，以起下章。』

其五

員〔一〕暉偏照，玄澤謬〔二〕盈①。發彼承華，頓此增城②。託〔三〕景靈雲，倦遊紫〔四〕庭③。匪曰能之〔五〕，寔忝長嬰〔六〕④。

【校勘】

〔一〕『員』，《文館詞林》卷一百五十六作『貞』。

〔二〕『謬』，《文館詞林》卷一百五十六作『繆』，古二字通。

〔三〕『託』，《四部叢刊》本、周亮工校本、鄧邦述校本、陳仲魚校本作『記』，《百三家集》本作『絶』，《古詩紀》卷三十七、《七十二家集》本作『紀』，皆形近而誤。

〔四〕『紫』，《文館詞林》卷一百五十六作『户』。

〔五〕『曰』，《文館詞林》卷一百五十六作『日』，形近而誤。又『之』，《古詩紀》卷三十七、《百三家集》本、《四部叢刊》本、周亮工校本、鄧邦述校本、陳仲魚校本作『知』，音同而誤。鄧邦述校本、陳仲魚校本校作『之』。

〔六〕『寔』，《文館詞林》卷一百五十六作『實』，古二字通。又『嬰』，《文館詞林》卷一百五十六、《百三家集》本、《古詩紀》卷三十七、《七十二家集》本作『纓』，古二字通。

【注釋】

①員暉，明月之光。駱賓王《秋露》：『變霜疑曉液，承月委圓輝。』員，同圓。《孟子・離婁下》：『規矩，方員之至也。』玄澤，聖恩也。應禎《晉武帝華林園集詩》：『玄澤滂流，仁風潛扇。』善注：『玄澤，聖恩也。』銑注：『玄，天也。』謬盈，誤滿，謂謬承天恩也。《玉篇》：『謬，誤也。』此二句言明月之光遍照大地，我亦謬承天子之厚澤。

②承華，太子門也。陸機《皇太子宴玄圃宣猷堂有令賦詩》：『弛厥負檐，振纓承華。』善注：《洛陽記》曰：太子宫在大宫東，中有承華門。』良注：『承華，太子門也。』士龍曾任太子洗馬，故曰『發彼承華』。頓，猶止，駐也。《韻會》：『頓，《增韻》：次也。』增城，猶高城。《楚辭・天問》：『增城九重，其高幾里？』洪興祖補注：『增，重也。』士龍時任吴王郎中令，增城蓋指吴王府。此二句言我起駕于太子之

門，止駕于吴王府中。

③ 託景，猶託身。《雲笈七籤・許邁真人傳》：『師友之結，得失所宗，託景希真，在於此舉也。』紫庭，帝王之居。王融《雜體報范通直》：『紫庭風日好，青槐枝葉新。』章樵注：『帝王之居象北極紫微宫，故曰紫庭。』靈雲，瑞雲。《雲笈七籤・茅山玄静李先生》：『靈雲降室，芝草叢生。』此指吴王之光輝。此二句言倦游于帝宫，託身瑞雲。謂離帝宫而來吴王府也。

④ 匪，同非。《説文》：『匪，一曰非也。』能之，才能勝任。之，動詞，達到。寔，《廣韻》：『實也，是也。』忝，自謙之詞。《説文》：『忝，辱也。』長嬰，侍臣之服。江淹《雜體詩・陸平原羇宦》：『朱黻咸髦士，長纓皆俊人。』銑注：『朱黻、長纓，皆侍臣之服。』嬰，同纓。《經典釋文》卷十二：『衿嬰，嬰又作纓。』此二句言非爲才智勝任，實乃有辱於侍臣之職。

此章言自己謬承天子恩澤，忝任侍臣。圓光普照，我亦謬承恩澤，先居太子之門，長游帝宫，後止吴王府中，託身瑞雲，非爲才智，實忝此職也。此章順承『敢忘丘園』，説明自己爲官之行迹。陳祚明《采菽堂古詩選》卷十一：『味偏字知，承上章云爾，此言已獨仕。』

其六

焕矣金虎〔一〕，襲我皇猷①。孰云匪吝〔二〕，仰媿蒼〔三〕流②。往蹇來〔四〕反，弭迹一丘③。孌〔五〕彼東朝，言即爾謀④。

【校勘】

〔一〕『焕矣金虎』，《文館詞林》卷一百五十六作『横矣金獸』。

〔二〕『吝』，《文集》、叢書堂鈔本、《四部叢刊》本、鄧邦述校本、陳仲魚校本作『恡』。《百三家集》本作『吝』，古二字同。《廣韻》：『吝，俗作恡。』今改作正字。

〔三〕『蒼』，《文館詞林》卷一百五十六作『倉』。

〔四〕『來』，《文館詞林》卷一百五十六作『未』。

〔五〕『變』，《文集》、叢書堂鈔本、《百三家集》本、《四部叢刊》本、《四部備要》本、周亮工校本、鄧邦述校本、陳仲魚校本作『變』，形近而誤。《文館詞林》卷一百五十六、《古詩紀》卷三十七作『變』，今據改。

【注釋】

①焕，《玉篇》：『明也。』金虎，星宿名。陸機《答賈謐》：『大辰匿暉，金虎習質。』善注：『《石氏星經》曰：昴者，西方白虎之宿也。太白者，金之精。太白入昴，金虎相薄，主有兵亂。』《唐鈔文選集注彙存》：『金虎，太白星也。明，即天下兵之事。』古人認爲，金虎星明，則主兵亂。襲，襲擊。《玉篇》：『襲，掩其不備也。』皇猷，皇帝所乘之輕車。蕭慤《發白馬》：『大蕃連帝室，驂駕奉皇猷。』猷，當通輶。《玉篇》：『輶，輕車。』代指皇室也。此二句言金虎星明亮，内亂襲我皇室。此或指元康九年賈后廢皇太子事。

②匪吝，謂不惜生命也。駱賓王《上兗州崔長史啓》：『指軀匪悋，碎首無辭。』悋，同吝。《廣韻》：『吝，惜也。』又『悋，鄙悋，本亦作吝』。古三字並同。媿，同愧。《玉篇》：『媿，慙也。亦作愧。』蒼流，猶流

水。蕭慤《發白馬》：『鐘聲颺別島，旗影照蒼流。』此取《易》卦象之意。《易·蹇》：『象曰：山上有水，蹇。君子以反身脩德。』王弼注：『山上有水，蹇難之象。除難莫若反身脩德。』水在山上，故曰『仰』；皇室有難而不能退隱脩德，故曰『媿』。此二句言誰云不惜生命？仰瞻流水而心慚。意謂進不能捨身而救難，退不能辭官而歸隱，故慚愧也。

③往蹇來反，謂進則入其險，反則居其所。《易·蹇》：『九三：往蹇，來反。象曰：往蹇，來反，內喜之也。』王弼注：『進則入險，來則得位，故曰往蹇來反。』弭迹，消弭足迹，謂隱居也。《玉篇》：『弭，息也，止也，滅也。』此二句言進則入其險途，故反居其所，隱居丘林也。

④孌，美也。《詩·邶風·泉水》：『孌彼諸姬，聊與之謀。』毛詩傳：『孌，好貌。』鄭玄箋：『我且欲略與之謀。』東朝，太子宮。陸機《答賈謐》：『東朝既建，淑問峩峩。』善注：『謂愍懷太子也。』《唐鈔文選集注彙存》：『東朝，即謂太子宮。』《玉篇》：『即，就也。』此二句言至美之太子宮中，就爾謀之也。孫顯世或曾任太子屬官，故言之也。

此章抒發自己在皇室內亂之時，進不能救亂，退不能歸隱的慚愧之情。詩人雖萌退隱之心，却又謀之東朝，首鼠兩端，終至殞身，悲夫！王夫之《古詩評選》卷二：『句句序事，乃令人不知其序事。杜陵如此，亦何至爲白樂天作俑？若然，則謂唐無詩人亦非苛也。』陳祚明《采菽堂古詩選》卷十一：『屬復不寧，愾思長往，孫既避引，故即之謀。』

其七

振振〔一〕孫子，洪族之紀〔二〕①。志擬龍潛，德配麟趾〔三〕②。引服朗節〔四〕，克明峻軌③。遵彼中皋，於穆不已④。

【校勘】

〔一〕『振振』，《文館詞林》卷一百五十六作『卓卓』。

〔二〕『紀』，《文館詞林》卷一百五十六作『絶』，形近而誤。

〔三〕『麟趾』，《文館詞林》卷一百五十六作『鄜止』。

〔四〕『引服朗節』，《文館詞林》卷一百五十六作『弘義服節』。

【注釋】

① 振振，仁厚。《詩·周南·螽斯》：『宜爾子孫，振振兮。』毛詩傳：『振振，仁厚也。』洪族，世家大族。顔延之《陶徵士誄》：『韜此洪族，蔑彼名級。』紀，緒，猶嗣也。《方言》卷十一：『紀，緒也。……楚轉語也。』此二句言仁厚之孫子，乃世族之後嗣。

② 龍潛，喻隱也。《易·乾》：『潛龍勿用。』孔穎達疏：『潛者隱伏之名，龍者變化之物。』配，《玉篇》：『匹也，合也。』麟趾，謂信厚守禮。《詩·周南·麟之趾》序：『《麟之趾》，《關雎》之應也。《關雎》之化行，則天下無犯非禮，雖衰世之公子，皆信厚如麟趾之時也。』此二句言其志比之潛龍，德合之麟趾。

③ 引服，持久踐行。《爾雅·釋詁》：『引，長也。』《廣韻》：『服，行也，習也，用也。』朗節，高潔之操守。《玉篇》：『朗，明也。』峻軌，崇高之風範。《正韻》：『軌，法也，則也。』此二句言持久踐行高潔之操守，能够

光大崇高之風範。

④ 遵，《説文》：『循也。』中皋，謂中門。《詩・大雅・緜》：『迺立皋門，皋門有伉。』毛詩傳：『王之郭門曰皋門。』鄭玄箋：『諸侯之宮，外門曰皋門，朝門曰應門。』於穆，嗟歎其美也。《詩・周頌・清廟》：『於穆清廟，肅雝顯相。』毛詩傳：『於，歎辭也。穆，美。』此二句言行循中門，令人歎美不止也。謂孫子得其中正之道。

此章讚美孫顯世之家世、德行也。出身世族之家，仁愛寬厚，有超然歸隱之志，信厚守禮之德，踐行高潔之操守，光大崇高之風範，其行中正，令人歎美。

其八

於穆不已，大都是階①。之子于命，民應如隤〔一〕②。厚德時邁，協風允諧③。惠此海湄，俾也可懷④。

【校勘】

〔一〕『應』，《七十二家集》本作『膺』。又『隤』，《文館詞林》卷一百五十六作『頹』，古二字同。

【注釋】

① 大都，郡守之都城。《周禮・地官司徒》：『以大都之田任畺地。』鄭玄注：『司馬法曰：王國百里

爲郊，二百里爲州，三百里爲野，四百里爲縣，五百里爲都。』是階，是因。曹植《應詔詩》：『遵彼河滸，黄阪是階。』善注：『《爾雅》曰：階，因也。』此二句言歎美不止，是乃託身於郡守之城。按：從此詩看，孫拯當官至地方郡守，稽之孫拯贈詩『邁彼江川，邈此北流』句，可知其乃在江南爲官也。然史料無徵，或指出任涿令，未詳待考。

②之子于命，擬《詩》成句，謂是子之往踐君命也。《詩·周南·桃夭》：『之子于歸，宜其室家。』毛詩傳：『于，往也。』隤，安。《太玄經》卷十：『地隤而静，故其生不遲。』范望注：『隤，猶安也。』此二句言是子之往踐君命也，民應之而安也。

③時邁，謂以時行也。《詩·周頌·時邁》：『時邁其邦，昊天其子之。』毛詩傳：『邁，行。』協風，和風。《國語·鄭語》：『虞幕能聽協風，以成樂物生者也。』韋昭注：『協，和也。』允諧，猶言確實和諧。《書·益稷》：『百獸率舞，庶尹允諧。』孔安國傳：『衆正官之長，信皆和諧。』此二句言仁厚之德如四時行也，猶和風使萬物和諧。

④海湄，海畔。嵇康《琴賦》：『邪睨崐崘，俯闞海湄。』向注：『海湄，海畔也。』此乃指江畔，即孫拯贈詩『邁彼江川』也。俾，《爾雅·釋詁》：『使也。』此二句言惠愛播其江畔，使人可懷。

此章讚美孫子出守地方所施之惠政也。出守大都，民應之而安，厚德如四時之行，猶和風而和諧萬物，其惠愛播之江畔，使人懷之不已。陳祚明《采菽堂古詩選》卷十一：『孫入晉爲涿令。』

其九

乃眷丘林〔一〕，樂哉〔二〕河曲①。解紱披褐，投印懷玉〔三〕②。遺情春臺，託蔭寒木③。言念伊人，温其在谷。

【校勘】

〔一〕『丘林』，《文館詞林》卷一百五十六作『林澤』。

〔二〕『哉』，《文館詞林》卷一百五十六作『我』。

〔三〕『解紱披褐，投印懷玉』，《文館詞林》卷一百五十六作『解紱投簪，披褐懷玉』。又『印』，《六朝詩集》本、《四部叢刊》本、周亮工校本、鄧邦述校本、陳仲魚校本作『即』，形近而誤。鄧邦述校本、陳仲魚校本校作『印』。

【注釋】

① 河曲，黄河曲折之處。曹丕《與朝歌令吴質書》：『時駕而遊，北遵河曲。』此泛指山林之河曲處。此二句言我乃眷念其丘林，逍遥于山林之河曲。

② 紱，繫官印之綬帶。《玉篇》：『紱，綬也。』褐，粗布，乃平民所服。《説文》：『褐，一曰粗衣。』懷玉，心懷玉質。《老子》第七十章：『是以聖人被褐懷玉。』河上公注：『被褐者薄外，懷玉者厚内，匿寶藏懷，不以示人也。』此二句言解下綬帶，投去官印，著粗衣而懷玉質。

③ 春臺，泛指逍遥春遊之處。《老子》第二十章：『衆人熙熙，如享太牢，如春登臺。』河上公注：『春陰陽交通，萬物感動，登臺觀之，意志淫淫然。』寒木，松柏。陸機《演連珠》：『勁陰殺節，不凋寒木之心。』劉孝

標注：『夫冒霜雪而松柏不凋，此由是堅實之性也。』此二句言登春臺而遺情，託松柏以爲蔭。謂其逍遥其情，堅貞其性也。

④言念，我念之也。《詩·秦風·小戎》：『言念君子，温其如玉。』鄭玄箋：『言，我也。念君子之性，温然如玉。』伊人，此人，謂隱者。《詩·秦風·蒹葭》：『所謂伊人，在水一方。』鄭玄箋：『伊，當作繄。繄，猶是也。』温，指温潤如玉之人。此二句言我懷其隱者，其在丘林，温潤如玉。

此章乃頌其棄官歸隱者。其隱者解綬帶，棄官印，著粗衣，懷玉質，登春臺而遺情，託松柏以爲蔭，眷念山林，逍遥河曲，我懷其人，温潤如玉。此章乃詩人遐想之辭也。陳祚明《采菽堂古詩選》卷十一：『逸韻。』

其十

道俟人行，辭以義輯①。和容過表，余未云執②。惠音弘〔一〕播，清風駿集③。懷德形憮〔二〕，臨篇景立④。

【校勘】

〔一〕『弘』，《文館詞林》卷一百五十六作『高』。

〔二〕『憮』，《文館詞林》卷一百五十六作『撫』。

【注釋】

① 俟，等待。《廣韻》：『俟，待也。亦作竢。』輯，聚集。《玉篇》：『輯，和也，集也。』此二句言道待人而踐行之，辭以義而聚集之。意謂方以類聚，人以群分。

② 和容，有二義：其一，和其音樂。《周禮·地官司徒》：『一曰和，二曰容，三曰主皮，四曰和容，五曰興舞。』鄭玄注：『杜子春讀和容爲和頌，謂能爲樂也。』其二，和其容儀。《論語·八佾》：『子曰：射不主皮。』何晏《集解》：『馬融曰：射有五善焉，一曰和志，體和也；二曰和容，有容儀也；三曰主皮，能中質也；四曰和頌，合雅頌也；五曰興儛，與舞同也。』稽之詩句，當取第二義。執，志同道合之友。《禮記·曲禮上》：『見父之執，不謂之進，不敢進。』鄭玄注：『敬父同志，如事父。』此二句言外表過其容儀之和，余未以之爲志同道合。乃反迭出下文也。意謂同氣相求，同聲相應。

③ 惠音，仁愛之音，指孫子之贈詩。陸機《贈馮文羆》：『夫子茂遠猷，款誠寄惠音。』《說文》：『惠，仁也。』弘播，猶遠播。《爾雅·釋詁》：『弘，大也。』清風，喻化養萬物之風。《詩·大雅·烝民》：『吉甫作誦，穆如清風。』毛詩傳：『清微之風化養萬物者也。』喻其詩澤潤心靈也。駿集，驟然而集。《爾雅·釋詁》：『駿，速也。』此二句言仁惠之音聲遠播，潤澤之清風驟集。按：惠音、清風，明言其詩而暗喻其令名風範也。詩無達詁，蓋言此也。

④ 形，形之于容。《玉篇》：『形，形容也。』憮，悵然失落。《玉篇》：『憮，憮然，失意貌。』景，謂兀然而立。《廣韻》：『景，像也。』此二句言懷念其德，形容悵然，面臨其詩，兀然影立。謂讀其詩篇而懷其人也。

此章言其交友之道與臨篇思人之情。人以道而分，辭以義而集，友以氣相求，爾之遠播惠音，清風澤被，故我臨篇懷德，形容悵然，兀然影立，而失落傷情。王夫之《古詩評選》卷二：『序事委蛇，隨處即生姿態，而言情已極，正以平善爲變化。蘇子由不知此，乃以脱離超忽求大雅，驅後人入鬼鄉不少。』陳祚明《采菽堂古詩選》卷十一：『音節温和。「和容」二句，拙。』

[附]孫顯世贈詩〔一〕

其一

五龍戢號，雲鳥纂紀。淳化既離，義風肅〔二〕始。軒冕垂容，文教乃理。奕奕英〔三〕族，盛德豐祀。

【校勘】

〔一〕此篇《詩紀》卷二十七、《七十二家集》本題作『孫拯贈陸士龍（十章）』，《文館詞林》卷一百五十六作『贈陸士龍（一首）』。叢書堂鈔本、周亮工校本、鄧邦述校本、陳仲魚校本作『孫顯世贈』。

〔二〕『肅』，《文館詞林》卷一百五十六作『載』，當據改。

〔三〕『奕奕』，《文集》、叢書堂鈔本作『弈弈』，翻刻之誤。《四部叢刊》本、周亮工校本、鄧邦述校本、陳仲魚校本作『奕奕』，今據改。『英』，《文館詞林》卷一百五十六作『洪』，當據改。

其二

於赫皇吴，應天統元〔一〕。蒸文烈公，光讚懿勳〔二〕。九命重輝〔三〕，恭〔四〕德彌勤。華黻襲〔五〕藻，金石載振。

【校勘】

〔一〕『元』，《文館詞林》卷一百五十六作『文』。

〔二〕『蒸文烈公，光讚懿勳』，《文館詞林》卷一百五十六作『丞相文烈，公光讚勳』。

〔三〕『重輝』，《文館詞林》卷一百五十六作『皇耀』。

〔四〕『恭』，《文館詞林》卷一百五十六作『茂』，當據改。

〔五〕『襲』，《文館詞林》卷一百五十六作『龍』，當據改。

其三

淵哉陸生，本〔一〕顯洪胄。亦崇懿〔二〕風，邈此〔三〕弘裕。無兢惟〔四〕德，豐光伊茂。交〔五〕以義好，施以仁富。

【校勘】

〔一〕「本」，《文館詞林》卷一百五十六作「丕」，當據改。

〔二〕「懿」，《文館詞林》卷一百五十六作「懿」。

〔三〕「此」，《古詩紀》卷三十七、《四部叢刊》本、周亮工校本、鄧邦述校本作「比」。鄧邦述校本校作「此」。

〔四〕「惟」，《文館詞林》卷一百五十六作「厥」。

〔五〕「交」，《文集》、叢書堂鈔本、《四部叢刊》本、《四部備要》本、周亮工校本、鄧邦述校本、陳仲魚校本作「文」，形近而誤。《文館詞林》卷一百五十六作「交」，今據改。

其四

山積惟峻，道隆名遐。潛景在淵〔一〕，龍躍〔二〕承華。既升〔三〕爾儀，誰不允嘉。有灌重深〔四〕，載清其波。

【校勘】

〔一〕「淵」，《文館詞林》卷一百五十六作「泉」，蓋唐人避諱也。

〔二〕「躍」，《文館詞林》卷一百五十六作「耀」。

〔三〕「升」，《文館詞林》卷一百五十六作「淑」。

〔四〕『深』，《文館詞林》卷一百五十六作『泉』。

其五

濟濟皇朝，峨峨髦士。序爵以賢，惟俊萃止。翩翩二宮〔一〕，令問〔二〕不已。乃遷華閣，皇典〔三〕斯紀。

【校勘】

〔一〕『宮』，《四部叢刊》本、《四部備要》本、周亮工校本、鄧邦述校本、陳仲魚校本作『官』。影鈔宋本校曰：『別本作「官」。』

〔二〕『令問』，《七十二家集》本、《百三家集》本作『令聞』，古二詞同。

〔三〕『典』，《文館詞林》卷一百五十六作『豐』。

其六

思文大謨，恢我王猷。清風肆穆，雅憲允休。邁彼江川，邈此北〔一〕流。微言蘭馥，玉藻雲浮。

【校勘】

〔一〕「北」，鄧邦述校本、陳仲魚校本作「比」，形近而誤。

其七

遭時之險，虐〔一〕宰滔天。憑德羡〔二〕重，繫此俊賢〔三〕。休否既亨，名以德淵〔四〕。清徽〔五〕伊鑠，鑽之彌堅。

【校勘】

〔一〕「虐」，《文集》、叢書堂鈔本、《六朝詩集》本、《四部叢刊》本、《四部備要》本、周亮工校本、鄧邦述校本、陳仲魚校本作「虎」，語意扞格。《文館詞林》卷一百五十六作「虐」，今據改。

〔二〕「羡」，《文館詞林》卷一百五十六作「美」。

〔三〕「俊賢」，《文館詞林》卷一百五十六作「儁人」。

〔四〕「淵」，《文館詞林》卷一百五十六作「宣」。或唐人避諱。

〔五〕「徽」，《文集》、叢書堂鈔本、《六朝詩集》本、《四部叢刊》本、《四部備要》本、周亮工校本、鄧邦述校本、陳仲魚校本作「微」，形近而誤。《文館詞林》卷一百五十六、《七十二家集》本作「徽」，今據改。

其八

明明大象，玄鑒照微。顯允君子，求福不回。善挹引〔一〕慶，險以德祈。澄濁以静〔二〕，罔久〔三〕不暉。

【校勘】

〔一〕「引」，《文館詞林》卷一百五十六作「餘」。

〔二〕「静」，《文館詞林》卷一百五十六作「清」。

〔三〕「罔」，《六朝詩集》本、《四部叢刊》本、《四部備要》本、周亮工校本、鄧邦述校本、陳仲魚校本作「岡」，形近而誤。又「久」，《文館詞林》卷一百五十六作「有」。

其九

釋彼遊〔一〕寄，樂此窈貞〔二〕。形以神和，思以道〔三〕新。青雲方〔四〕乘，芳餌可捐。達觀在一，萬物自賓。

【校勘】

〔一〕「遊」，《文館詞林》卷一百五十六作「短」。

〔二〕「貞」，《文集》、《諸家文集》本、叢書堂鈔本作「真」，《文館詞林》卷一百五十六作「冥」，並誤。《古詩紀》卷三十七、《四部叢刊》本、周亮工校本、鄧邦述校本、陳仲魚校本作「貞」，今據改。

〔三〕「道」，《文館詞林》卷一百五十六作「情」。

〔四〕『青』,《文集》、叢書堂鈔本、《四部叢刊》本、周亮工校本、鄧邦述校本作『清』,《詩紀》卷三十七、《諸家文集》本作『青』,今據改。又『方』,《文館詞林》卷一百五十六作『可』。

其十

制動以静〔一〕,祕景在陰〔二〕。靈〔三〕根可棲,樂此隈岑。寂寂重門〔四〕,誰和子音。瞻彼晨風,思託茂林。

【校勘】

〔一〕『制動以静……樂此隈岑』四句,《文集》、叢書堂鈔本、《諸家文集》本、《四部叢刊》本、《四部備要》本、周亮工校本、鄧邦述校本、陳仲魚校本脱,此據《文館詞林》卷一百五十六校補。《韻補》卷一誤作陸雲詩,題爲『贈孫顯世詩』。逯欽立《先秦漢魏晉南北朝詩》未詳考,亦誤題陸雲。

〔二〕『陰』,《韻補》卷一作『隆』。

〔三〕『靈』,《韻補》卷一作『雲』。

〔四〕『寂寂』,《文集》、《諸家文集》本、《四部叢刊》本、周亮工校本、陳仲魚校本脱。周亮工校曰:『汪本闕「寂寂」二字。』此據《百三家集》本、《詩紀》卷二十七校補。又『寂寂』,寄生草堂本、《四部備要》本、鄧邦述校本作『寂寞』。鄧邦述校本校曰:『寂寞二字,校墨釘。』又『寂寂重門』,《文館詞林》卷一百五十六作『關楗重閉』。

失題二首

【題解】

此二首詩實是士龍贈婦往返之作，或原本無題，後人遂以『失題』題之。第一首乃擬婦之贈詩。抒寫婦人自述其美，渴望相見之殷切，不得相見之傷情，以及作詩以寫相思之目的。而思婦自述其美，從德、思、行、品依次寫來，猶然動人；寫二人神交，先寫對方情之真摯，再寫二人同氣相求，後寫自己相見之迫切，分合有致；寫不見之憂，相見無由之傷痛，形往神留之眷念，寄詩達情之意願，情感深摯。尤其最後兩句，殷殷的期待，更襯托其相思之濃郁，意在言外，餘音嫋嫋。第二首乃是答婦之贈詩。抒寫對美人之夢想，描寫夢中之相見，夢醒之苦痛，最後點明夢生之緣由。此詩寫夢想、夢境、夢後，按照時間次序，結構井然。最後點明夢境產生之緣由，由果而因，意脉清晰。在藝術上，寫夢境，有相見場面之欣喜，所見美人之德容，自慚淺陋之慨歎，欣受美言之規諫，歷歷在目，乃化虛爲實，虛實相生。全詩在抒發相思之情，插入慈父見背、家園毁頽的描寫，既揭示與美人相知的生命意義，亦藴涵深刻的家國傾覆之痛，拓展了詩歌意藴，使相思之情中增加了歷史的厚重感。二詩用語典雅而不滯，抒情直露而不浮，藉夢境寫情思，既使詩之境界化質實爲空靈，也使詩之情感濃郁而不佻達。

此詩所作時間不可考，從『我悴西鄰，子沉東土』看，必作於入洛之後。或與《爲顧彦先贈婦往返四首》所作時間差近。

其一

美哉良友，稟德坤靈①。明照遠鑒，幽微研精②。超迹皇英，質如瑶瓊③。贈我翰墨〔一〕，示我丹誠④。道同契合，體異心并⑤。自頃西徂，合于五樓⑥。遲想歡嫵〔二〕，覩〔三〕我良疇⑦。亦既至止，願言莫由⑧。室邇人鬲〔四〕，中情則憂⑨。抱恨東〔五〕遊，神往形留⑩。何以合志〔六〕，寄之此詩⑪。何以寫思，託〔七〕之斯辭⑫。我心愛矣，歌以贈之⑬。無祕爾音，不我是貽⑭。

【校勘】

〔一〕『墨』，《古詩紀》卷三十七、《百三家集》本、《七十二家集》本、《四部叢刊》本、《四部備要》本、周亮工校本、鄧邦述校本、陳仲魚校本作『林』。陸貽典校作『墨』。

〔二〕『嫵』，《四部叢刊》本、周亮工校本、鄧邦述校本、陳仲魚校本作『嫌』，《百三家集》本、《古詩紀》卷三十七、《七十二家集》本作『憮』，《四部備要》本、鄧邦述校本作『娱』，並誤。鄧邦述校本、陳仲魚校本校作『嫵』。

〔三〕『覩』，《古詩紀》卷三十七、《百三家集》本、《四部叢刊》本、周亮工校本、鄧邦述校本、陳仲魚校本作『觀』。鄧邦述校本、陳仲魚校本校作『覩』。

〔四〕『人』，《文集》、《六朝詩集》本、叢書堂鈔本、《四部叢刊》本、周亮工校本、鄧邦述校本、陳仲魚校本作『入』，形近而誤。《百三家集》本、《古詩紀》卷三十七作『人』，今據改。又『鬲』，《百三家集》本作『隔』，古二字通。

〔五〕『東』，《百三家集》本作『來』。

〔六〕『志』，《四部叢刊》本、周亮工校本、鄧邦述校本、陳仲魚校本作『忍』，《諸家文集》本作『忞』，鄧邦述校本、陳仲魚校本亦校作『忞』。

〔七〕『託』，《四部叢刊》本、周亮工校本、鄧邦述校本、陳仲魚校本作『記』，形近而誤。鄧邦述校本、陳仲魚校本校作『託』。

【注釋】

① 良友，婦人之自擬也。禀德，天賜其德。《廣雅・釋詁》：『禀，予也。』坤靈，地之神靈。曹植《卞太后誄》：『我王之生，坤靈是輔。』按：古以乾爲天爲男，坤爲地爲女。此二句言良友美啊，乃地之神靈所賜之德。

② 幽微，幽遠深微之事。江淹《雜體詩・阮步兵詠懷》：『精衛銜木石，誰能測幽微。』濟注：『言此幽微之事難知。』此二句言明照幽遠深微之事，遠鑒精研覃思之理。

③ 皇英，娥皇、女英，堯之女，舜之妃，乃古代女子德純而行篤之典範。劉向《列女傳・有虞二妃》載：『有虞二妃者，帝堯之二女也。長娥皇，次女英。堯妻舜以二女，以觀厥內。二女承事舜於畎畝之中，不以天子之女故而驕盈怠嫚，猶謙謙恭儉，思盡婦道。舜既嗣位，升爲天子，娥皇爲后，女英爲妃。天下稱二妃聰明貞仁，舜陟方死於蒼梧，號曰重華，二妃死于江湘之間，俗謂之湘君。君子曰：二妃德純而行

篤。』瑤瓊，美玉。《詩・衛風・木瓜》：『投我以木桃，報之以瓊瑤。』毛詩傳：『瓊瑤，美玉。』此二句言其行爲超越娥皇女英，其品質猶美玉瑤瓊。上六句乃女子自述也。

④ 翰墨，筆墨，謂文章。張衡《歸田賦》：『揮翰墨以奮藻，陳三皇之軌模。』良注：『翰，筆也。』丹誠，誠心。任昉《百辟勸進今上牋》：『近以朝命蘊策，冒奏丹誠。』銑注：『丹誠，赤心也。』此二句言贈我以文章，示我以摯情。

⑤ 此二句言與我契合於道，雖不同體而心同也。

⑥ 頃，以前，當時。《後漢書・光武帝紀》：『頃者師旅未解，用度不足，故行什一之稅。』徂，《爾雅・釋詁》：『往也。』合，猶配。《詩・大雅・大明》：『文王初載，天作之合。』毛詩傳：『合，配也。』五樓，謂仙境。司馬光《海仙歌》：『遥觀五樓十二城，群仙劍佩朝玉京。』此二句言自當時西行之後，冀歡會于五樓之仙境。謂女子渴望與之歡會，故喻爲仙境。

⑦ 遲想，久思之也。《廣韻》：『遲，久也。』歡嬿，猶歡會佳人也。嬿，猶嬿婉。《廣韻》：『嬿，嬿婉。』張衡《西京賦》：『捐衰色，從嬿婉。』薛綜注：『嬿婉，美好之貌。』睹。《玉篇》：『見也。』良疇，猶良匹，佳偶。疇，匹也。阮籍《詠懷詩》：『羈旅無疇匹，俛仰懷哀傷。』此二句言久思歡會佳人，欣賞我之佳偶。上四句乃女子懸想之辭，非實寫也。

⑧ 至止，猶言來之。《詩・秦風・終南》：『君子至止，錦衣狐裘。』鄭玄箋：『至止者，受命服於天子而來也。』願言，猶我思之。《詩・邶風・終風》：『寤言不寐，願言則嚏。』鄭玄箋：『言我願思也。』此二句言既已來也，思之而無由相見。

⑨ 室邇人离，謂室近而人阻隔也。《詩・鄭風・東門之墠》：『其室則邇，其人甚遠。』鄭玄箋：『其室

語，猶言對語也。《詩・陳風・東門之池》：『彼美淑姬，可與晤語。』毛詩傳：『晤，遇也。』鄭玄箋：『晤，猶對也。』此二句言離別艱難辛苦，不知可與誰對語呢！此亦就雙方言之，別後皆無知音，寂寥無人可語也。

⑬ 滯，猶滯留，久留也。《玉篇》：『滯，凝也，淹也。』此二句言身滯西土，而情往東也，影處此地，神逝於彼。

⑭ 發夢，謂夢中出發而至之。江淹《蕭驃騎讓封第二表》：『非所以發夢渭濱，儲精河藪。』延佇，謂長立而望之。《楚辭・離騷》：『悔相道之不察兮，延佇乎吾將反。』王逸注：『延，長也。佇，立貌。』《詩》曰：『佇立以泣。』此二句言夜寐而夢中見之，以慰藉佇立而望之惆悵也。

此詩乃己贈婦也。亦分四層：第一，表達對美人之夢想。有美一人，眉目含情，令名芬芳，故我嗟歎欽慕，而夢想其粲然容光。第二，描寫夢中之相見。既已至矣，皆欣喜也，其德馨香，猶如秋蘭，其容盛美，有過春蘿，如初嫁之少女，然我愧之淺陋，如朽木之無文，惟欣受其規諫之美言，而作歌贈之也。第三，抒寫夢醒之苦痛。少失慈父，庭訓莫睹，所遭哀苦，難以言說，惟有知音，却又天隔東西，死生契闊，故我與子，同爲沉淪憔悴，寂寥孤獨也。第四，點明夢生之緣由。我身滯留而情往，影居此而神逝，故夜生夢而至之，以慰藉我久立悵望之愁思也。詩中之佳人，不惟是愛人，亦是人生知音。若從兩性關係上説，則是非常文明的婚姻觀。這也是魏晉生命覺醒的標誌之一。

江南文脉

jiangnan wenmai

陸士龍文集校釋

（晉）陸雲 著

劉運好 校釋

鳳凰出版社

卷四

詩

答兄平原〔一〕

【題解】

兄弟于歸鄉途中分别，機贈詩，雲答之。詩寫兄弟離别，以悠悠之道有極，而别後相會無期，形成對比，凸顯别時之難堪，别後重聚之渴望。著一『怨』字，振領全篇。接二句寫離别場景，以『銜思』『與言』，合寫離别雙方，乃兄將行而我心思之，臨觴對酒而兄言傷别。然後再以四句寫别後之懸想，我回故鄉南水可渡，兄去洛陽北河難行，每念於此，則我身雖留而神已伴兄行也，天隔南北，人如參商，不禁悲從中來。南北阻隔，一悲也；北去道險，二悲也；參商不見，三悲也。而形留神往，在悲情中又包含無限眷念的友于之情。最後二句寫感慨，衡軌同車，何以今各殊迹，騑服同駕，何以反成牽牛？以『衡軌』『非服』寫兄弟之親密無間，惟其親密，今各殊迹，反成牽牛，令人倍加傷感。語盡而情遥，蓋謂此類也。

此詩所作時間，《唐鈔文選集注彙存》曰：『初，吴破入洛，士龍在家，將與之别，贈至承明，又作前詩。此篇當合居前也。』李善曰：『士衡前爲太子洗馬時，贈别士龍，今答之。』五臣曰：『機自吴王郎中寄詩與雲，故有此答。』三説不同，五臣説差近之。據《晉書・陸機傳》載，機于太康末與弟雲同入洛，不當有離别之詩。而機任爲太子洗馬時，雲亦在洛爲官，也不當有『别促怨會長』之歎。綜考機《思歸賦》、雲《歲暮賦》，可知，機離任吴王郎中令，而士龍繼任此職，二人借此機會同歸故里。因局勢混亂，機又職典中兵，於歸途中被詔返洛。途中兄弟相見，餞别贈詩。此二詩與機《於承明作與士龍》，時間相近。一作於别後，一作於途中。具體時間當在元康六年（二九六）冬。

悠悠〔二〕塗可極，别促怨會長①。銜思〔三〕戀行邁，興言在臨觴②。南津有絶濟，北渚無河梁〔四〕③。神往同逝感，形留悲參商④。衡軌若〔五〕殊迹，牽牛非服箱〔六〕⑤。

【校勘】

〔一〕此詩《文集》、叢書堂鈔本、《四部叢刊》本、周亮工校本、鄧邦述校本、陈仲鱼校本作《答兄平原二首》，誤。所謂『二首』，蓋一贈一答。此首爲答，『附録』爲贈，詳『備考』。

〔二〕『悠悠』，《藝文類聚》卷二十九、《文選》卷二十五、《初學記》卷十七、《四部備要》本作『悠遠』。

〔三〕『銜』，《四庫全書考證》卷五十七曰：『刊本「銜」訛「御」，據《陸清河集》改。』又『思』，《四部備要》

本作『恩』；六臣本《文選》卷二十五、《古詩紀》卷三十七、《百三家集》本、《七十二家集》本、陳祚明《采菽堂古詩選》卷十一皆注曰：『善作恩。』

〔四〕『無河梁』，《藝文類聚》卷二十九、《初學記》卷十七作『河無梁』。

〔五〕『若』，《太平御覽》卷七百七十五作『各』，形近而誤。

〔六〕『衡軌若殊迹，牽牛非服箱』，《藝文類聚》卷二十九作脱。又『牽』，《文集》、叢書堂鈔本、《四部備要》本、周亮工校本作『牢』，形近而誤。《文選》卷二十五、《百三家集》本、《四部叢刊》本、鄧邦述校本、陳仲魚校本作『牽』，今據改。

【注釋】

① 善注：『機贈詩曰：行矣怨路長，惄焉傷別促。鄭玄《禮記注》曰：極，盡也。曹子建《送應氏詩》曰：別促會日長。』良注：『悠，行。極，至也。言行遠塗，路可至，別則在近，所會時則長也。』悠悠，遠貌。《詩·王風·黍離》：『悠悠蒼天，此何人哉。』毛詩傳：『悠悠，遠意。』塗，《玉篇》：『路也，經也。』此二句言悠遠之路尚有其盡頭，而倉促分別相會無期，故心生愁怨。

② 善注：『機詩曰：指塗悲有餘，臨觴歡不足。《毛詩》曰：念彼恭人，興言出宿。』翰注：『邁，行也。興此思戀之言在臨觴也。』銜思，含思。陸機《又赴洛道中》：『夕息抱影寐，朝徂銜思往。』興言，謂夜起也。《詩·小雅·小明》：『念彼共人，興言出宿。』鄭玄箋：『興，起也。夜卧起宿於外，憂不能宿於内也。』此處『言』取字面義，説也。而『興言』則取上下句意，謂所敬之人將出也，懷念而起言之。故興言，猶話別也。士

龍詩用語典，意頗轉折，不可不深察之。觴，酒器。《韻會》：『觴，酒卮總名。』此二句言戀其將行而心之懷思，面對酒宴而始言別也。前句言己，後句言兄。

③善注：『言己心有絶濟而可旋，機行無河梁而可涉也。韋昭《漢書》注曰：直渡爲絶。《爾雅》曰：濟，渡也。機詩曰：我若西流水，子爲東跱嶽。故雲南北以報之。《楚辭》曰：江河廣而無梁。』銑注：『南津北渚，謂當時送別處。絶濟無梁，皆無橋也。』津，猶水。梁，橋也。《國語・晉語》：『君之東游津梁之上，無有難急也。』韋昭注：『津，水也。梁，橋也。』渚，猶河水。《爾雅・釋水》：『小洲曰渚。』此代指。此二句言南方之河尚可渡也，北方之水却無橋樑。前句言己，後句言兄。五臣似誤。

④善注：『言己形雖留而神實往，故曰神往同逝，言之感形留，悲參商之隔。《左氏傳》：子産曰：高辛氏有二子，伯曰閼伯，季曰實沉，不相能。后帝不臧，遷閼伯于商丘，主辰，商人是因，故辰爲商星。遷實沉于大夏，主參，唐人是因，其季世曰唐叔虞，故參爲晉星。《法言》曰：吾不睹參辰之相比也。』向注：『魂神隨兄往而形留此，如參辰之不相見也。商、辰，星也。』此二句言我身雖留而悲其别，心感之而神與兄同往也。

⑤善注：『機詩曰：安得同攜手，契闊成騑服。故答云衡軌若殊，其迹則類牽牛，不以服箱也。《毛詩》曰：睆彼牽牛，不以服箱。』濟注：『衡，軌也。軌，車後木也。牽牛，星也。箱，亦車也。兄弟相依，當如衡軌，而今殊迹。牽牛有名，不堪服車，亦猶有兄弟之名，而不得同聚。』若，《太平御覽》引作『各』，是。非服，即騑服。《唐鈔文選集注彙存》：『服，夾轅馬也。騑，右邊馬也。喻兄弟同在一處也。』四馬駕車，中間兩匹稱服，兩邊稱騑，亦稱驂。此二句言衡軌本是同車，反不同迹，非服本是同駕，反成牽牛。

【集評】

[清]王夫之《古詩評選》卷四：詩固不可以律度拘，或可以條理求，至此則音尾無端，合成一片，但吟詠之下，不昧初終耳。沉響細韻，密思曲致，較平原爲益秀矣。謝客淵源，全在小陸一瓣香，似未向平原傾倒地。

[清]吴淇《六朝選詩定論》：答贈之詩不過究其大意，而此詩則逐句逐字答去，洵弟兄附和之式準也。『悠遠』二句答原詩『行矣怨路長，惄焉傷別促』。『銜思』二句答原詩『指塗悲有餘，臨觴歡不足』。『南津』二句，變原詩『東』『西』二字爲『南』『北』。『南津有絶濟』者，言送兄過江，還時一濟南津，以後永不再濟，兄既北濟不還，恰似河梁已斷。『神往』二句答『慷慨逝言感，徘徊居情育』，言兄之北去，出於不得已，有亡家破國之感，而我神隨兄往，亦同此感。但形留於此，却有參商之悲也。『衡軌』二句答『安得攜手俱，契闊成騑服』。在士衡原詩亦無拖士龍仕晉之意，然其文辭之間，不甚分明，故以此二句解之。若曰騑服，非馬不成，牛乃耕畜，况牽牛星名，絶無實乎！此明己之不願仕晉也。然其自爲可謂高矣。將何以爲兄之地乎！看他全用『衡軌』『殊途』，寫得兩不相妨，真是妙手。蓋車有三事：曰厢、曰軌、曰衡。厢所以載物，比世之仕者；衡在前，比士衡；軌在下，自比。言兄弟一衡一軌，本是一車之物，今一南一北，雖殊其塗，而弟非服厢，兄亦非服厢，蓋不得已也。

[明]孫鑛《孫月峰先生評文選》：句句是答，意雖勁快不及乃兄，而細沉可玩。

[清]方廷珪《昭明文選集成》：苦心鏤刻，無復建安醇厚，殆亦風會使然耶。

[清]陳祚明《采菽堂古詩選》卷十一：情亦不切，而校（較）深於士衡。

〔附〕陸機・贈弟士龍

行矣怨路長，惄焉傷别促。指途〔一〕悲有餘，臨觴歡不足。我若西流水，子如東峙〔二〕嶽。慷慨逝言感，徘徊居情育。安得〔三〕攜手俱，契闊成騑服。

【校勘】

〔一〕「途」，清影宋鈔本作「迷」。

〔二〕「峙」，《文選》卷二十四作「跱」；六臣注曰：「五臣作峙。」

〔三〕「安得」，《文集》、叢書堂鈔本、周亮工校本、鄧邦述校本、陳仲魚校本作「安行」。《藝文類聚》卷二十九、《文選》卷二十四、《古詩紀》卷三十五、《百三家集》本作「安得」，今據改。

【備考】

此詩《文集》、《四部叢刊》本、周亮工校本並作《答兄平原二首》，誤也。第二首爲陸機《贈弟士龍》，見《陸士衡文集》卷五、《文選》卷二十五、《初學記》卷十七、《太平御覽》卷七百七十五、《漢魏六朝百三家集》、《古詩紀》卷三十七等諸本。《藝文類聚》卷二十九收録此詩，題作《贈兄詩》第二首置前。胡刻本《文選》卷二十四、六臣本《文選》卷二十四、《唐鈔文選集注彙存》卷四十八、《初學記》卷十七、《太平御覽》卷七百七十五、張燮《七十二家集》本、《古詩紀》卷三十七、《百三家集》本均作「陸機」。《淵鑒類函》卷二百四十九作陸機，另收陸雲《答兄機詩》（『悠遠塗何極』）。文淵閣四庫本《陸士龍文集》將『行矣怨路長』一詩附《答兄平原》後，題作《兄贈》。《四庫全書總目》卷一百四十八《陸士龍集十卷》條下曰：『蓋宋以前相傳舊集，久已亡佚。此特裒合散亡，重加編緝，故叙次頗爲叢雜。如《答兄平原詩》二首，「其行矣怨路長」一首，乃機贈雲之作，故馮惟訥《詩紀》收入機詩内，而此本誤作雲答機詩。』故後詩當爲陸機贈詩，前詩爲陸雲答詩。

爲顧彦先贈婦往返四首〔一〕

【題解】

彦先即顧榮，是士龍姊夫，與士龍兄弟交往甚密，士衡亦有《爲顧彦先贈婦詩》二首。此詩一、三首擬彦先贈婦，二、四首擬彦先婦贈夫。第一首言夫婦空間阻隔之遥遠，遊子思婦之情深。第二首言君别以後之孤獨，年衰色弛之憂慮，承君眷顧之喜悦。第三首言漂泊異鄉之苦澀，昔日恩愛之深厚，固如金石之堅貞。第四首言及時歡愛之渴望，美人誘惑之隱憂，秋扇見捐之悲歎。四首雖爲贈答，内容蟬聯而下，情感層層深入。其贈詩，在愛情的表白中融入身世之感、故國情懷，其堅貞之性，非止愛情亦包括操守之稟持，别有一份歷史的厚重感。其答詩，在思婦的懸想中間接描繪了京城貴族生活之奢靡，同樣拓展了詩歌表現内容。較士衡同題詩，無論内容與藝術都自有勝出一籌之處。

此詩作年史無明載，當與陸機同題詩作於同時。陸侃如《中古文學繫年》定機詩作於元康元年（二九一），並曰：『榮爲郎中當與陸機祭酒爲同時，其遷尚書郎可能在機遷洗馬時，故繫於此。』是年機、雲入洛僅兩年有奇，與機詩『遊宦久不歸』似有不合。且總覽全詩不乏有調侃、遊戲的成分。而士龍兄弟本是出身江東世族，伏膺儒學，爲人儼然。若以東吴文化推之，此詩似不應出自郎舅之手。然士龍兄弟入洛後，必然受洛下文人灑脱不羈之影響。從此詩看，此時洛下文化已沁入兄弟二人之骨髓，以理推之，當是入洛有年。而且二人之詩所作地點均在洛陽，當在機任吴王郎中令、雲任浚儀令之前，即元康四年（二九四）之稍前。

其一

我在三川陽，子居五湖陰①。山海一何曠，譬彼飛與沉②。目想清慧〔一〕姿，耳存淑媚音③。獨寐多遠念，寤言撫空衿④。彼美同懷子，非爾誰爲心⑤。

【校勘】

〔一〕『往返』二字，《文集》、叢書堂鈔本、《四部叢刊》本、《四部備要》本、周亮工校本、鄧邦述校本、陳仲魚校本脱。《玉臺新詠》卷三作『爲顧彦先贈婦往反四首』，《古詩紀》卷十七、《古今詩删》卷七、《古詩鏡》卷九、《三家集》本、吴兆宜《玉臺新詠箋注》作『爲顧彦先贈婦往返四首』，反同返。吴兆宜案曰：『《文選》無「往返」二字。』又曰：『《文選》注：本集亦云「爲彦先」，然此二篇並是婦答，而云「贈婦」，誤也。考《文選》只取二首，故曰。』《文選》卷二十五選『悠悠君行邁』『浮海難爲水』二首，並注曰：『向曰：《集》云《爲顧彦先贈婦》，二首爲婦，答亦二首，此是婦答，而云贈婦，集者誤也。』黄葵點校《陸雲集》曰：『按第一首第三首爲代顧彦先贈婦爲往，第二第四首爲代顧彦先婦答夫爲返。若無「往返」字，皆作代顧彦先贈婦，則於第二第四首不合。』黄説是，今據補。

〔二〕『慧』，《玉臺新詠》卷三作『惠』，古二字通。

【注釋】

①吴兆宜注：『《周誥》：西周三川皆震。韋昭曰：三川，涇、渭、汭，出於岐山也。《戰國策》：張儀曰：今三川，周室之朝市。韋昭曰：有河、洛、伊，故曰三川。《藝文類聚》：《説文》曰：湖，大陂也。揚州浸有五湖。張勃《吴録》：五湖者，太湖之别名，以其周行五百里，故以五湖名。』三川，指三江。五湖，太湖，古稱震澤。《書·禹貢》：『三江既入，震澤底定。』孔安國傳：『震澤，吴南大湖名。言三江已入，致定爲震澤。三江，韋昭云：謂吴松江、錢塘江、浦陽江也。《吴地記》云：松江東北行七十里得三江口，東北入海爲婁江，東南入海爲東江，並松江爲三江。震澤，吴都大湖。』吴兆宜所注之三川，甚誤。陽，水北。陰，水南。《江南通志》卷三十一：『顧榮宅在吴江縣南荒浦村，陸龜蒙詩注云：陸雲爲榮《贈婦詩》「我在三川陽，子居五湖陰」是也。』此二句言我居三江之北，子居太湖之南。按：彦先乃士龍姊夫，其乃摹擬彦先贈婦。彦先北去，其婦居家，故以其故鄉所在之地言之，非彦先現實所在之地。另，此種句式幾爲情詩之定格，如張華《情詩》：『君居北海陽，妾在江南陰。』李之儀《卜算子》：『我住長江頭，君住長江尾。』

②吴兆宜注：『荀爽《與季膺書》：任其飛沉，與時抑揚。』曠，《玉篇》：『廣遠也。』飛沉，猶天壤之别。

此二句言山河阻隔何其遥遠，譬如鳥飛與魚沉也。

③ 吴兆宜注：『夏侯湛《玄鳥賦》：吐清惠之泠音。』清慧，神清聰慧。劉禹錫《海陽湖别浩初師並引》：『瀟湘間無土山，無濁水，民乘是氣，往往清慧。』《説文》：『慧，儇也。』徐鍇《繫傳》：『儇，敏也。』淑媚，賢淑而美。《爾雅·釋詁》：『淑，善也。』《廣雅·釋詁》：『媚，好也。』此二句言想像神清聰慧之姿，猶在眼前；心存賢淑而美之，音尚縈於耳。

④ 獨寐：寤言，形容相思之殷。《詩·衛風·考槃》：『獨寐寤言，永誓弗諼。』鄭玄箋：『寤，覺。在澗獨寐，覺而獨言，長自誓而不忘君之志。』此二句言孤獨而寐，常念遠思人，晨起而言，亦撫衣而惆悵。

⑤ 同懷子，同懷相思之情者。陸機《爲顧彦先贈婦往反》：『感念同懷子，隆思亂心曲。』向注：『同懷，謂同懷抱之子，即其婦也。』此二句言彼同懷相思之美人，我心思之，非爾其誰。

此首乃擬彦先而贈婦也。我居三江，子居五湖，山河阻隔，如鳥飛魚沉，言其分居兩地，相距何其遥遠。想其姿容，如在目前，耳之所存，其音縈繞，寫其相思於懷，須臾不忘。獨寐念遠，醒拊衣帶，寫其相思至極而百無聊賴。最後點明題旨，皆爲與我同懷之美人也。不言目前二人所在之地，而舉婚前二人所居之地，不惟能勾起對方之温馨回憶，亦且包含『我』之鄉情，使相思中帶有故國情懷。以彼『飛』我『沉』爲喻，既述其天地懸隔之空間距離，亦暗寓沉淪不偶的現實境遇。而所想姿容之清晰，所存音聲之嫵媚，可見相思何等刻骨銘心。以『獨』『空』寫其孤獨落寞，以『撫』寫其百無聊賴，反襯相思之深。而最後又以『同懷』由此及彼，翻進一層，增殖了詩的情感内容。而融入故國情懷，身世之感，又拓展了詩歌表達之内容。王夫之《古詩評選》卷四：『但「獨寐多遠念」二句，俗筆當之，百言不了，然抑不似「環滁皆山也」作剔骨擢筋之色。』

其二

悠悠君行邁，煢煢妾獨止①。山河安可踰，永路隔〔一〕萬里②。京室多妖冶，粲粲都人子③。雅步擢〔二〕纖腰，巧笑發皓齒④。佳麗良可美〔三〕，衰賤〔四〕焉足紀⑤。遠蒙眷顧言，銜恩非望始⑥。

【校勘】

〔一〕『永』，《古詩鏡》卷九作『水』。又『路隔』，《玉臺新詠》卷三作『隔路』，《玉臺新詠考異》卷三注曰：『路隔，宋刻作「隔路」。』

〔二〕『擢』，《玉臺新詠》卷三作『嫋』，吳兆宜注曰：『一作擢。』

〔三〕『美』，《玉臺新詠考異》卷三作『羑』，並注曰：『《義門讀書記》「羑」作「美」，蓋刊本之誤。』吳兆宜案：《文選》作『美』。當以『羑』爲善。

〔四〕『賤』，《玉臺新詠箋注》卷三吳兆宜注曰：『一作顔。』

【注釋】

① 善注：『《毛詩》曰：悠悠南行。又曰：行邁靡靡。又曰：獨行煢煢。』濟注：『煢煢，孤也。』善引《大雅·黍苗》，然《黍苗》詩之『悠悠』，乃悠然之意。此詩之『悠悠』，則是悠遠貌。《詩·鄘風·載馳》：『驅馬悠悠，言至于漕。』毛詩傳：『悠悠，遠貌。』善引《王風·黍離》，毛詩傳：『邁，行也。』善引《唐風·杕杜》作

依也。

『罝罝』，毛詩傳：『罝罝，無所依也。』罝罝，同煢煢。《經典釋文》卷五：『罝罝，本亦作煢，無所依也。』止，語助詞。《詩・召南・草蟲》：『亦既見止，亦既覯止。』毛詩傳：『止，辭也。』此二句言君行之悠遠，我孤獨無依也。

② 吴兆宜注：『《左傳》：子犯曰：表裏山河，必無害也。』踰，《説文》：『越也。』此二句言山河阻隔，豈可踰越，道路漫長，相距萬里。

③ 善注：『《上林賦》曰：妖冶閒都。《毛詩》曰：西人之子，粲粲衣服。又曰：彼都人士。鄭玄《儀禮注》曰：女子。子者，女子也，别於男也。』濟注：『妖冶，美貌。粲粲，衣服鮮明貌。都，亦美也。人子，士女也。』此二句言京城士女，多美貌豔冶，衣服粲然鮮豔。

④ 善注：『雅，閒雅，謂妖麗也。許慎《淮南子》注曰：擢，引也。《毛詩》曰：巧笑倩兮。《楚辭》曰：美人皓齒嫮以姱。』吴兆宜注：『陸機《百年歌》：高談雅步何盈盈。《墨子》：楚靈王好細腰，國多餓死人。張衡《舞賦》：搦纖腰而互折。』此二句言步履妖冶，牽引細腰，嫵媚善笑，皓齒呈露。

⑤ 善注：『《戰國策》：司馬喜曰：趙佳麗之所出。高誘曰：佳，大也。麗，美也。賈逵《國語》注曰：紀，猶録也。』良注：『京室纖麗良可美也，衰賤何足紀録？妻自謂也。』此二句言京城佳麗，確實美也，我之色弛卑賤，何足道哉。

⑥ 善注：『《毛詩》曰：眷言顧之。《鄭玄》曰：顧，念也。《左氏傳》：鄭伯曰：非所敢望。魏文帝《哀己賦》曰：蒙君子之博愛，垂過望之渥恩。』翰注：『遠眷顧，言謂夫先寄詩也。銜恩，謂銜此恩德，不敢冀望如此者也。』此二句言承蒙眷顧，寄詩慰之，心銜恩德，實非所敢望也。

此首乃擬彦先婦答詩也。君之遠行，妾也孤獨，山河遥隔，長路萬里，既寫出空間之遥隔，亦寫其心靈之隔膜也。心之隔膜，非爲婦之情疏遠，而是京城士女美貌妖冶，衣服鮮麗，步履閒雅，纖腰皓齒，恐君難以自持，况我色衰卑賤，何足道哉！然承蒙君不棄微賤，寄詩慰之，故心銜恩德，喜出望外也。此首答詩與贈詩藝術不同，前詩重叙述，情在叙事之中；此詩重描寫，情在描寫之外。而描寫京城美女，既有『妖冶』之概括，亦有『粲粲』『雅步』『纖腰』『巧笑』『皓齒』之細膩。其細膩描寫，主要抓住衣著、步履、體態、笑容等特徵，突出其嫵媚動人，别有藝術魅力。在結構上，前十句寫空間之阻隔，美女之誘人，本來可能是『新花枝勝舊花枝，從此無心念别離』，然而，却反跌出『遠蒙眷顧言，銜恩非望始』，其情之貞，情之深，則不言而諭矣。王夫之《古詩評選》卷四：『含蓄微甚，方可許之曰雅。』陳祚明《采菽堂古詩選》卷十一：『善于立言。』

其三

翩翩飛蓬征〔一〕，郁郁寒水縈〔二〕①。遊止固殊性，浮沉豈一情②。隆愛結在昔，信誓貫三靈③。秉心金石固，豈從時俗傾④。美目〔三〕逝不顧，纖腰徒盈盈⑤。何用結中欵，仰指北辰星⑥。

【校勘】

〔一〕『征』，《文集》、叢書堂鈔本、《六朝詩集》本、《四部叢刊》本、周亮工校本、鄧邦述校本、陳仲魚校本作『止』。《玉臺新詠》卷三、《古詩紀》卷三十七、《百三家集》本、《七十二家集》本、《古今詩删》卷七作『征』，今據改。

〔二〕『水縈』，《玉臺新詠》卷三作『木榮』，形近而誤。

〔三〕『目』，《四部叢刊》本、周亮工校本、鄧邦述校本作『日』，形近而誤。

【注釋】

① 吴兆宜注：『陸機《演連珠》：勁陰殺節，不凋寒木之心。案：《淮南子》：見飛篷轉而知爲車。《詩經》注：篷華如柳絮，聚而飛如亂髮。』翩翩，往來飛翔。《詩·小雅·四牡》：『翩翩者鵻，載飛載下，集於苞栩。』《經典釋文》卷六：『翩翩，往來貌。』郁郁，盛也。《古詩·青青河畔草》：『青青河畔草，郁郁園中柳。』善注：『郁郁，茂盛也。』此二句言飛轉之篷草，來回飄動，盛大之寒水，回波縈繞。喻自己滯留異域，如飛篷之流轉，如寒水之漂流也。

② 吴兆宜注：『宋謝靈運《武帝誄》：頗預遊止。蓋本此。案：《關尹子》：故能制一情者，可以成德。』遊、浮，謂篷也。止、沉，謂水也。此二句言篷行水止，固異于我之本性，篷飛水沉，豈與我情一也。謂我本非願如飛篷流轉，流水之浮沉，乃不得已也。

③ 吴兆宜注：『《春秋元命苞》：造起天地，鑄演人君，通三靈之脱。』隆愛，深摯之愛。張華《情詩》：『承歡注隆愛，結分投所欽。』《説文》：『隆，豐大也。』信誓，謂誓言之誠。《詩·衛風·氓》：『信誓旦旦，不思其反。』鄭玄箋：『我其以信相誓旦旦耳，言其懇惻款誠。』三靈，天地人。陸機《漢高祖功臣頌》：『九服徘徊，三靈改卜。』翰注：『三靈，天地人也。』此二句言昔日結其深摯之愛，誓言之誠可貫於天地。

④ 吴兆宜注：『《楚辭》：世從俗而變化，隨風靡而成行。』秉心，秉持此心。《詩·小雅·小弁》：『君

子秉心，維其忍之。』鄭玄箋：『秉，執也。』傾，傾斜。《玉篇》：『傾，側也。』此二句言秉持誓言，如金石之堅固，豈可順從時俗而改變！

⑤ 逝，去。《説文》：『逝，往也。』盈盈，輕盈貌。陸機《百年歌》：『高談雅步何盈盈，清酒漿炙奈樂何。』此二句言見京城美人之目，我去而不視，其輕盈之細腰亦徒然也。謂愛情堅定，不爲女色所動。

⑥ 吴兆宜注：『繁欽《定情詩》：中情既款款。』中欵，心中之愛。李白《與賈少公書》：『以足下深知，具申中欵，惠子知我。』《廣韻》：『款，誠也，愛也。俗欵。』仰指北辰星，謂仰指北辰爲誓也。北辰星，常作情感不變之象徵。《子夜歌》：『儂作北辰星，千年無轉移。』下首詩『棄置北辰星』，善亦注：『北辰，言不移也。』此二句言何以表達我中心之愛，仰指北辰星可爲誓也。

此首乃擬彦先贈婦也。詩言我如飛篷流轉，寒水漂流，遊止浮沉，非我所願，向對方説明不得歸去之原因。然後直接表達心迹，昔日深摯之愛，情動天地，今日我心依然，固如磐石，不因時俗而變，不因美人而動，此心可鑒，猶如北辰。此詩在藝術上有三點值得注意：第一，身世之感與誠摯之愛有機交融。詩前四句既是説明不得歸去之原因，也直接地揭示遊宦異鄉的漂泊處境、慘澹的心情和一份難以言説的無奈。第二，今昔之情互相推衍振蕩，强化情感濃度。寫今日情感之堅貞，却從昔日『隆愛』説起，昔日之愛是今日堅貞的基石，今日堅貞又是昔日之愛的印證，反復推衍，每一次回環都是一次情感的升華。第三，化無形爲有形，以意象而傳情。以顧盼美目，盈盈之纖腰，有嫵媚之神情，有美妙之姿容，寫美人之動人，而『逝不顧』之决絶，『徒』之不屑，則更顯其情感堅貞；以『北辰星』爲喻，不惟有『千年無轉移』之意藴，而且尺幅千里，一瞥千年。王夫之《古詩評選》卷四：『用興如許廣大，入豔詩中抑不迂腐。此自天巧。』陳祚明《采菽堂古詩選》卷十一：『結調並高。』

其四

浮海難爲水，游林難爲觀①。容色貴及時，朝華忌〔一〕日晏②。皎皎彼姝子，灼灼懷春粲③。西城善雅舞，總章饒清彈④。鳴簧發丹唇，朱絃繞素腕⑤。輕裾猶電揮，雙袂如霧〔二〕散⑥。華容溢藻幄，哀音〔三〕入雲漢⑦。知音世所希〔四〕，非君誰能讚⑧。棄置北辰星，問〔五〕此玄龍煥⑨。時暮復何言〔六〕，華落理必賤⑩。

【校勘】

〔一〕「忌」，《四部叢刊》本、周亮工校本、鄧邦述校本、陳仲魚校本作「忘」，形近而誤。按：《晉二俊文集》四卷本作「忌」，傅增湘校作「忘」。傅校意在恢復宋本原貌，所據或爲别一宋本。陳仲魚校本校作「忌」。

〔二〕「霧」，《玉臺新詠》卷三作「霞」；《玉臺新詠考異》卷三注：「霞，《文選》作霧，誤。」當據改。

〔三〕「音」，《玉臺新詠》卷三、《文選》卷二十五、《古詩紀》卷三十七、《百三家集》本、《七十二家集》本、《古詩鏡》卷九作「響」。當據改。

〔四〕「希」，《玉臺新詠考異》卷三作「稀」，古二字通。

〔五〕「問」，鄧邦述校本作「間」，形近而誤。

〔六〕「復何言」，《玉臺新詠》卷三作「勿復言」。

【注釋】

① 善注：『林、海，以喻上京也。言遊上京難爲容色也。《孟子》曰：觀海者難爲水。』銑注：『言夫在京所見既廣，難爲容態也。』難爲水，謂難以視小水也。善引《孟子·盡心上》趙岐注：『所覽大者意大，觀小者志小也。』此二句言浮於海上，不視小水，游于林中，不視小景。謂夫遊上京所閲美人多矣，我之姿容不足視也。

② 善注：『《説文》曰：木槿朝華暮落。』向注：『忌，畏。晏，晚也。言容色貴及其時。朝華，木槿也。木槿花暮落，故云畏日晚也。』及時，趁其時也。《廣雅·釋詁》：『及，至也。』此二句言容顔貴惜時珍之，如木槿之花畏晚而凋零。

③ 善注：『《古詩》曰：盈盈樓上女，皎皎當牕牖。《毛詩》曰：彼姝者子。又曰：有女懷春。毛萇曰：懷，思也。《毛詩》曰：今夕何夕，見此粲者。《國語》曰：女三爲粲。賈逵曰：粲，亦美貌。』向注：『皎皎，明净貌。彼姝，謂彼都美人也。灼灼，盛貌。懷春，如春華之美。』皎皎，潔白。《詩·小雅·白駒》：『皎皎白駒，食我場苗。』鄭玄箋：『皎皎，潔白也。』灼灼，喻光華照人。《詩·周南·桃夭》：『桃之夭夭，灼灼其華。』毛詩傳：『灼灼，華之盛也。』此二句言彼潔白之美人，光華照人，如春華之美。

④ 善注：『陸機《洛陽記》曰：金墉城在宫之西北角，魏故宫人皆在中。崔豹《古今注》曰：魏文帝宫人尚衣，能歌舞，一時冠絶。孫盛《晉陽秋傳》：隆議曰：其總章伎，即古之女樂。』濟注：『西城、總章，皆出伎樂。』雅舞，謂舞應雅樂也。陸機《日出東南隅行》：『悲歌吐清響，雅舞播幽蘭。』善注：『《列子》曰：薛君曰：言其舞則應雅樂也。』總章，觀名，魏明帝青龍三年造。《三國志·魏·明帝紀》：『（青龍三年）是時，大治洛陽宫，起昭陽、太極殿，築總章觀。』饒，多，猶尤善也。《玉篇》：『饒，豐也。』此二句言如西城宫人，善舞

雅樂；總章女伎，尤善清彈。

⑤ 善注：『《毛詩》曰：吹笙鼓簧。《神女賦》曰：朱脣的其若丹。《禮記》曰：清廟之瑟，朱絃而疏越。《洛神賦》曰：攘皓腕。』良注：『簧，笙也。朱絃，謂箏琴也。素腕在上彈，故云繞也。』吴兆宜注：『晉張駿《薤露》：義士扼素腕。案：《漢武内傳》：許飛瓊鼓震靈之簧。又邢疏：簧者，笙中金薄葉也。笙必有簧，故或謂笙爲簧。《樂記》鄭注：朱絃，練朱絃也。不練則體勁而聲清，練則絲熟而聲濁。』此二句言鳴簧之聲，發于朱紅之唇，箏琴之絃，繞于潔白之腕。

⑥ 善注：『張衡《舞賦》曰：裾若飛燕，袖如廻雪；徘徊相佯，瞥若電伏。韓康伯《周易》注曰：揮，散也。《封禪書》曰：雲布霧散。』向注：『輕裾雙袂，運轉微速，猶電霧矣。』吴兆宜注：『傅毅《舞賦》：霆駭電滅。《漢（書）·匈奴傳》：瓦解雲散。』裾，後衣襟。《方言》卷四：『袿謂之裾。』郭璞注：『衣後裾也。或作袪，《廣雅》云：衣袖。』袂，衣袖。《玉篇》：『袂，袖也。』此二句言輕盈後襟，如電之飄散，兩隻衣袖，如霧之摇曳。謂舞姿之迅疾輕盈。

⑦ 善注：『《洛神賦》曰：華容阿那。杜預《左氏傳注》曰：幄，帳也。《列子》曰：薛談學謳於秦青，辭歸。青餞於郊衢，撫節悲歌，聲震林木，響遏行雲。張湛曰：二人，薛、秦之善歌者。』向注：『藻幄，謂飾之以文也。入雲漢，言哀響之遠也。』吴兆宜注：『按：《漢書儀》：祭天有紺幄帳。《釋名》：幄，屋也。以帛依板施之，形如屋也。』此二句言如花之容，映滿藻飾之帷帳，哀怨之音，響入雲漢。

⑧ 善注：『《古詩》曰：不惜歌者苦，但傷知音稀。孔安國《論語注》曰：稀，少也。希與稀通。《釋名》曰：稱人之美曰讚也。』知音，精通音樂者。《吕氏春秋·本味》：『伯牙鼓琴，鍾子期聽之。方鼓琴而志在太山，鍾子期曰：善哉乎鼓琴，巍巍乎若太山少選之間。而志在流水，鍾子期又曰：善哉乎鼓琴，湯湯乎若

流水。鍾子期死，伯牙破琴絶絃，終身不復鼓琴，以爲世無足復爲鼓琴者。』後人以此爲知音，又引申爲知己。此二句言知音世之所少，非君誰以我爲美哉！

⑨ 善注：『北辰，言不移也。玄龍，喻美女也。言棄彼北辰之心，而問此玄龍之色，譏好色而不好德。陸雲《代彦先贈婦詩》曰：何用結中欵，仰指北辰星。《石氏星讚》曰：軒轅龍體主后姬。然此唯取衆姬，即指西城、總章宫人，不論於后也。龍色多玄，故取以喻。』向注：『北辰星不移動，喻己也。玄龍，喻美色。言棄不移之心，而問美豔之色。』吴兆宜注：『《河圖》：玄金千歲生玄龍，餘亦然。張衡賦：玄龍迎夏，則陵雲而奮鱗，樂時也。』按：北辰星，乃指上詩所言『仰指北辰星』之誓言，非彦先自喻。五臣誤。龍焕，指婦人之面飾。《丹鉛餘録·總録》卷七：『《博雅》云：龍須謂之黔，婦人面飾亦曰龍黔，蓋以龍女況之。又曰星的。』善注誤。問，猶聘。《爾雅·釋言》：『聘，問也。』此二句言君棄置北辰星之誓言，而聘問其宫女佳人也。

⑩ 善注：『《毛詩序》曰：華落色衰，復相棄背。』濟注：『時暮，謂老也。復何言，自歎也。言容華衰落，於理當見賤也。』此二句言年衰色弛，亦何言哉，年華凋零，於理必賤。

此首乃擬彦先婦答詩。詩分三層：第一，表達容顔不爲知己所悦之憂。君曾經滄海必棄小溪，曾經林壑不睹小丘，況我青春空擲，一旦朝花夕凋，何爲悦己者容？第二，描繪京城宫女佳人之美。京城之中，美女皎潔，風采照人，春情蕩漾，丹唇素腕，笙歌朱絃，歌舞翩翩，衣袂輕颺，花容滿帷，哀音嫋繞，君處此境，何能自持？第三，容顔凋零秋扇見捐之歎。知音難覓，非君誰能悦己之容，然君棄北辰誓言，聘問美豔之色，滯留異鄉，使我容顔遲暮，秋扇見捐亦常理也，我又何可言哉！三層之間情感層層遞進，由己之容顔不爲知己所悦之憂，推想其原因，乃因京城美女妖冶，輕歌曼舞，夫君醉入花叢，我之容顔，置之京城花叢之中，則必是黯然失色，故夫君忘其北辰之誓言，而心移宫女伎人，日居月諸，我之年華遲暮，必爲之所賤也。由愛而生疑，由疑而生思，由思而生悲，情愈轉而愈深，情愈深而愈悲。與第二首詩相比，此詩所描繪的想像中美女更加細膩動人。寫其容，筆觸伸展到美女情感世界——懷春；寫其歌，亦融入美色的描繪——丹唇、素腕；寫其舞，又連帶摹寫其衣——輕裾、雙袂，特别突出倏忽、飄然、朦朧之美，白居易《長恨歌》：『風吹衣袂飄飄舉，猶似霓裳羽衣舞』，與此審美品質近矣。而此節最後以『華容溢藻幄，哀音入雲漢』，總寫色、音、情，作爲收束，然使其情却如哀音嫋繞。陳祚明《采菽堂古詩選》卷十一：『此詩太怨矣，不若二章之和，然固警快。』

【集評】

［元］劉履《風雅翼》卷四：《爲顧彦先贈婦》，《文選》本有二篇，皆婦答之詞。舊注並謂贈婦、婦答各爲二首，此云贈婦，誤也。愚按：士衡亦爲彦先贈答各一篇，而總題之曰贈婦。意者士龍名題當不異此。但昭明止録其答詞，而題則因其舊耳。

（第二首）賦也。京室，京都宫室也。粲粲，鮮明貌。都人子，即京室妖冶，以明富貴家女也。雅者，閒習從容之意。擢者，聳直微動之貌。紀，記録也。銜，謂承受之如口含物也。其言君行邁而妾獨止，山河萬里，安可踰越者，蓋有欲往從而不得之意。且謂京室之妖冶誠可愛美，而己之衰賤何足紀録。雖蒙遠有贈言，終非敢望於昔日之恩好也。此篇詞若謙恭，而其怨嗟之意自有不容掩者。豈亦有爲而言歟？

［明］王立道《具茨集·爲王允寧贈婦四首》序：僕惟晉二陸《爲彦先贈婦詞》並清麗可玩誦，而後之擬

作者絶焉無聞，豈不以嬿婉之恩，遠於大雅然哉！昨偶披晉輯，聊復爲王子作之。雖才謝機、雲，庶幾古人發乎情，止乎禮義云爾。不識覽者以爲然否？

［清］王夫之《古詩評選》卷四：遺意遺章之妙，要以一言曰貴。曹子桓云：『三世長者知被服襲金貂於作客之躬，貂與俱賤而已。』此殆骨相所宜，不堪學取。

［清］陳維崧《陳迦陵文集·黄雲孫詩古文函青集序》：徐淑多情，扇柔嘉於匹婦。陸雲有作，表孊嫚於新婚。銀筐以紅桂爲鈎，瓊窗以翠椒爲室。不乏緣情之什，豈無累德之篇？自非太上之流，忘情之輩，庶幾茱萸作曲，代彼胡香；芍藥爲篇，蠲兹靈藥者乎？

［清］何焯《義門讀書記》卷四十六：陸士龍《爲顧彦先贈婦》：『佳麗良可美』二句，奈何先薄待其夫耶！此等最乖詩教，因其夫之思己，而以此明其感恩，則固無害於詩教矣。若爲怨望之詞，即不可也。本集謂《顧彦先贈婦往返四首》，此但録其答詩故耳。

［清］沈德潛《古詩源》卷七：『亦上章贈婦，下章婦答。』（按：《古詩源》卷七選此詩前二首。）

［清］吴淇《六朝選詩定論》：晉室南渡，北方士流離莫依，多賴顧彦先接引之力，南士多怨之，故王車騎初領驍騎將軍不樂，謂人曰：我還東掘顧彦先家，此蓋後事。士衡爲彦先贈婦詩，尚在晉家未南渡，蓋此時顧已接納北人矣。士衡詩二首，一贈一答；士龍俱是答詩（按：吴淇論乃《文選》所選士龍詩，非指全詩），前首謂北人不可交，後首謂彦先不得交北人。然士衡尚有含蓄，而士龍太露矣。

此首（按：指第二首）言晉人之不可交。曰『京室』，北方之地；曰『都人子』，北方之人。『雅步』二句，極寫其妖冶之態，易於作緣，正於（與）士衡天末之佳人相反，與顧非有弦筈之誼，饑渴之情也。其起句君行之悠悠，非形妾止之煢煢，謂去家之遠，久曠不嚴擇也。夫彦先，亡國之餘，萬里入洛，滿目盡是晉朝舊宿，不惜論交，明哲保身，自應爾爾。然俱與北人日親，必與南人日疏。『遠蒙』云云，譏其已疏矣。此首（按：指第四首）譏彦先不當交北人。看他『知音』二句，如子爲碌碌者，即或濫交，無足爲輕重耳。子固爲南士之領袖，一言之獎，足以升人九天。苟或不慎，將來必妨我輩塗轍。『北極星』指南士，『玄龍焕』喻北人。然子之棄此取彼者，得毋及時者貴，華落者賤？當今晉室方盛，而及時乘權者，皆北方登龍之彦。江南名士，值家破國亡之餘，垂首喪氣，而故有所炎凉於其問乎！

［清］于光華《評注昭明文選》：孫曰：氣骨蒼然，頗近十九首。上但言『彼姝之粲』，至此陡出『棄置』字，以『必賤』結，筆力煞是險勁。魏霽亭曰：『二章詩只將上京美女極力形容，見己榮華之不如，夫得新忘故，自於言外躍然。後來宮怨閨怨皆祖此。○責人不如自責，恕己不如恕人，究之自責即所以責人，恕人之所以恕己，古來情恨佳篇，盡此秘妙。』

［附］陸機・爲顧彦先贈婦二首〔一〕

其一

辭家遠行遊，悠悠三千里。京洛多風塵，素衣化爲緇。修〔二〕身悼憂苦，感念同懷子。隆思亂〔三〕心曲，沉歡滯不起。歡沉難克興，心亂誰爲理。願假歸鴻翼，翻飛游江汜〔四〕。

【校勘】

〔一〕此詩作者或作『陸雲』，誤。

〔二〕『修』，《玉台新詠》卷三作『循』。

〔三〕『亂』，《文選》卷二十四作『辭』。

〔四〕『游』，胡克家《文選考異》曰：『袁本、茶陵本有校語云：游，善作浙。今案：各本所見皆非也。詳善但引「江有汜」爲注，而不注浙江，是江汜連文，非浙江連文，蓋亦作游，與五臣無異，傳寫誤也。』胡説是。《唐鈔文選集注彙存》卷四十八、《七十二家集》本並作『游』。今據改。

其二

東南〔一〕有思婦，長歎充幽闥〔二〕。借問歎何爲？佳人眇天末。遊宦久不歸，山川修且闊。形影參商乖，音息〔三〕曠不達。離合非有〔四〕常，譬彼弦與筈〔五〕。願保金石軀〔六〕，慰妾長饑渴。

【校勘】

〔一〕『南』，《草堂詩箋》卷十一作『海』。

〔二〕『充』，《草堂詩箋》卷十一作『脱』。又『闥』，《草堂詩箋》卷十一作『闕』。

〔三〕『息』，《初學記》卷十八作『信』。

〔四〕『非有』，《初學記》卷十八作『豈非』。

〔五〕『筈』，《文選》卷二十四作『括』。《唐鈔文選集注彙存》卷四十八作『栝』。《經典釋文》卷九：『栝，音户。《尚書》作栝，音同。』又卷三：『栝，古活反。馬云：白栝也。』可知古二字相通。

〔六〕『軀』，《玉臺新詠》卷三作『志』。

答張士然一首①

【題解】

此首乃詩人自叙其行役之苦。前四句描述其旅途之艱辛悲凉。越長川而遠行，漂泊輾轉，風塵僕僕，眼前洪波衝擊河洲，耳邊悲風吹過丘林。心情悲凉，亦於此可見。中間六句描述所去之地殊異的風俗。道路漫漫，村野相連，然其風俗殊異于吴，千室亦無我親鄰，不見故人，風土亦感生疏。《登樓賦》曰『雖信美而非吾故土』，况所見並非美景，更勾起故鄉之情，故後四句直接抒發思鄉之情感。此景此境，使詩人懷念故園，然而不見故舊，日夜兼程，反與故鄉愈行愈遠，故眷念之情無已，而心懷苦辛也。詩寫行役，特别突出故鄉之思。百城異俗，本是風景殊異；村野相連，亦是人煙繁盛，然而詩人既無新奇，亦無欣喜，反而感到從未有過的陌生、孤獨，因而故鄉的風俗人情、温馨親切，時刻泛起心頭，故行役苦辛中又羼雜着對故鄉的眷念，二者互爲因果，深化了情感底藴。寫行役所見，始終以故鄉爲參照，形成鮮明對比，這也强化了情感的濃度。

《文選》五臣注曰：『張士然平吴後入洛，有贈雲，雲故答之。』可知此詩作於入洛之後。而詩中所寫皆初至洛陽途中所見，故當作於入洛之初。據《晉書·陸機傳》，機、雲太康末入洛，時間或在太康十年（二八九），此詩約作於是年，或稍後。

行邁越長川，飄颻〔一〕冒風塵②。通波激江渚〔二〕，悲風薄丘榛③。脩路無窮迹，井邑自相循④。百城各異俗，千室非良隣⑤。歡舊難假合，風土豈虚親⑥。感念桑梓域〔三〕，髣髴眼中人⑦。靡靡日夜遠，眷眷懷苦辛⑧。

【校勘】

〔一〕『飄颻』，《晉二俊文集》四卷本、《諸家文集》本、《六朝詩集》本、周亮工校本、鄧邦述校本、陳仲魚校本作『飄飄』。傅增湘校作『飄颻』。

〔二〕『江渚』，《文選》卷二十五、《風雅翼》卷四、《古詩紀》卷三十七、《百三家集》本、《七十二家集》本、《古詩鏡》卷九、《義門讀書記》卷四十六作『枉渚』。《義門讀書記》卷四十六又曰：『陳浩然杜詩注曰：「此詩『枉渚』以斜曲爲義，非武陵湘潭之枉渚。」蓋用士龍此詩中「枉渚」二字。善注非，李周翰謂曲渚者得之。』黄葵《陸雲集》校曰：『按《楚辭·九章·涉江》：「朝發枉陼兮，夕宿辰陽。」注云：「枉陼，地名。陼，一作渚。」作「枉」亦可通。』

〔三〕『域』，六臣本《文選》卷二十五注：『善作城。』

【注釋】

① 張士然，名悛，字士然。據張悛《爲吴令謝詢求爲諸孫置守冢人表》、陸機《答張士然》李善注，張悛吴國人也。少以文章與士衡友善。元康中，官太子庶子。

② 善注：『《新序》：孔子張曰：臣犯霜露，冒塵埃。曹植《出行》曰：蒙霧犯風塵。鄭玄《考工記》注曰：冒，蒙也。』行邁，猶行也。《説文》：『邁，遠行也。』飄飖，猶漂泊。郭璞《遊仙詩》：『升降隨長煙，飄飖戲九垓。』此二句言遠行而越過長河，漂泊蒙受風塵之苦。

③ 善注：『西都賓曰：與海通波。《楚辭》曰：朝發枉渚。又曰：哀江介之悲風。高誘《淮南子》注曰：叢木曰榛。』翰注：『激，急也。枉渚，曲渚也。丘，墓。榛，棘也。』此二句言通海之波衝擊河中小洲，悲涼之風迫近丘林之叢木。

④ 善注：『《周禮》曰：九夫爲井，四井爲邑。《廣雅》曰：循，從也。』銑注：『脩，長。窮，極。循，順也。』此二句言道路漫長，似無盡頭，所見村野，各自相連。

⑤ 善注：『謝承《後漢書》曰：黄琬拜豫州刺史，威邁百城。《禮記》曰：廣谷大川異制，民生其間異俗。《論語》：子曰：千室之邑，百乘之家。《晏子春秋》曰：願有良鄰，則見君子也。』向注：『百城，郡也。言風俗各異，無親善之隣。謂吴漢之異。』隣，同鄰。《廣韻》：『鄰，近也。《説文》曰：五家爲鄰。俗作隣。』此二句言每一郡邑風俗各異，千家萬户亦無親鄰。謂與吴地風俗不同，亦無吴地親善之鄰也。

⑥ 濟注：『歡舊既殊，風土又異，不可假合虚親也。』歡舊，猶故人。張説《岳州送李十從軍歸桂州》：『風波萬里闊，歡舊十年來。』假合，猶聚合也。李白《與元丹丘方城寺談玄作》：『騰轉風火來，假合作容貌。』《廣韻》：『假，且也。』此二句言故人難以聚合，風土亦感生疏。謂其人地生疏。

⑦ 善注：『《毛詩》曰：惟桑與梓，必恭敬止。《楚辭》曰：時髣髴以遥見。魏文帝詩曰：迴頭四向望，眼中無故人。』濟注：『感此憶桑梓而思見親識也。眼中人，謂親識也。』髣髴，形貌依稀也。《楚辭・九章・悲回風》：『存髣髴而不見兮，心踊躍其若湯。』王逸注：『髣髴，謂形貌也。一云不得見。』洪興祖補注：『髣髴，形似也。』此二句言感此而懷念故鄉，亦依稀若見故人之形貌也。

⑧ 善注：『《毛詩》曰：行邁靡靡。毛萇曰：靡靡，行貌也。《韓詩》曰：眷眷懷顧。《古詩》曰：轗軻長辛苦。』良注：『眷眷，顧之將深也。』此二句言日夜行之，漸行漸遠，眷念故鄉，心懷愁苦。

【集評】

[宋]釋居簡《北磵集》卷六《答疏寮高處州論激字》：疏寮論選詩用『激』字。江淹『曲欞激鮮飈，石室有幽響』，待下句然後精神已襲。魏文帝『流飈激欞軒』，未若陸雲『通波激枉渚』一句中『激』字，便警策。盧諶『中原厲迅飈』，『厲』字有感寓之思。曹植『清池激長流』，殆不若劉楨『曲池揚素波』，則『揚』字有風致。潘岳『白水過庭激』，又在青山外矣。余取陸雲『激』字，盧諶『厲』字，劉楨『揚』字。

[元]劉履《風雅翼》卷四：賦也。通，直。枉，曲也。九夫爲井，四井爲邑。循，沿也。桑梓域，謂父母之邦。《詩》云：維桑與梓，必恭敬止。眼中人，指士然而言。靡靡，行貌。眷眷，顧戀之意。此蓋士龍入洛時答士然所贈，故歷叙川塗風俗之異，感念故鄉親舊之違，是以行愈遠而情愈苦也。

[明]陸時雍《古詩鏡》卷九：士龍苦無材思，名以兄傳，惟《答張士然》庶爲可詠。

[清]王夫之《古詩評選》卷四：清河五言，傳者極少，如此兩篇已爲極頂，獨立於古今風會中，前之不知

有建安，後不許齊梁步影；靜思密理，惟許康樂問津，法曹踵武，顔延、謝莊已隔一水，又無問唐以下矣。雲間自賞，向水大笑，風神孤往，何知張華一傖父哉？

只寫一意，即此而起，稱此而止，高貴如許，曹植、潘岳不堪爲役也。

〔清〕吴淇《六朝選詩定論》：此應孫氏亡，張先入洛，後聞陸將至，故作詩贈陸，而陸作此詩以答之也。『風塵』二字，乃行路尋常物色，然出士龍之目，便有無限妙意，全在劈首『越長川』三字。蓋長川即大江，大江以南風塵絶少，一越大江，便落風塵之中矣。『通波』句是風，『悲風』句是塵，此江南人曾先經之物色。『脩路』二句，言土不同；『百城』二句，言風不同。風土既已不同，而强作歡親之狀，中心不安，故日夜只是思念桑梓。張雖在洛，實是我桑梓人物。思念之極，眼中髣髴見之。髣髴之中，只是見人，不曾見洛也。洛者，我之所不願見，而張又我所亟欲見者。洛不欲見，故遲遲吾行；而人我所亟欲見，故靡靡日夜，猶覺吾人之遠也。末結以『眷眷懷苦辛』者，謂此塗中懷土懷人不能兼，遂真辛苦異常耳。

〔清〕陳祚明《采菽堂古詩選》卷十一：『通波』二句，晉人常調，自悲。

〔清〕方廷珪《昭明文選集成》：寫盡征途之遠，作客之難，無句不真。

芙蕖〔一〕

【題解】

此爲狀物小詩，從蓮蓬、果實、莖葉幾個方面，描繪芙蕖之美。此類狀物之詩，『體物爲妙，功在密附』(《文心雕龍·物色》)。注重摹寫物態,纖毫畢顯,而不注重比興寄意,託物言志。東晉以後『以玄對山水』,表現詩人對山水景物一種道的體悟,寫景狀物,間有寄託,狀物之詩亦隨田園山水而興也。此詩雖無寄託,底蘊單薄,然其藝術亦有特色,用『含』『懸』『照』,化静爲動;以『白瓔』喻其荷花,寫出花之質感;以『煒燁』摹其神采,總括荷之風韻。此外,『緑房』『金條』『白瓔』,色彩對比層次感强;而『緑』與『清』又寫出色彩細微差別;『煒燁』與『清流』,則諸色渾然,互相映襯,則光影繽紛矣。

所作時間不可考。

緑房含青實,金條懸白瓔①。俯仰隨風傾,煒燁照清流②。

【校勘】

〔一〕本篇又見《藝文類聚》卷八二,但誤作晉陸筠《芙蕖詩》。《文集》、《古詩紀》卷三十七、《百三家集》本、《七十二家集》本、《六朝詩集》本、周亮工校本、鄧邦述校本、陳仲魚校本題作陸雲。《古詩紀》卷三十七作《失題》。

【注釋】

①緑房,謂蓮蓬。王延壽《魯靈光殿賦》:『菡萏披敷,緑房紫的。』張載注:『《爾雅》曰:荷,芙蕖,種之於圓淵方井之中,以爲光耀。又曰:緑房,芙蕖之房,刻繒爲之緑色紫菂。』善注:『《爾雅》曰:荷其華菡

菡。』銑注：『緑房，蓮子也。』青實，謂蓮子。金條，喻荷花下莖。白璆，白玉。《爾雅·釋器》：『璆，玉也。』郭璞注：『璆，美玉名。』亦同球。《經典釋文》卷二十九：『璆，或作球。』此二句言金色之莖上，如玉之花高懸，緑色之蓮蓬，内含青色果實。

②煒燁，煒燁，光彩盛也。張協《七命》：『斯人神之所歆羨，觀聽之所煒燁也。』善注：『《方言》曰：煒燁，盛貌也。郭璞曰：煒燁，盛貌。』此二句言荷葉隨風俯仰，光彩之盛映照清清流水。

嘯〔一〕

【題解】

此爲殘篇，意已難明。然就僅存之二句言，則當是詩人本因閒適出遊，至水岸之南，或見流水逝去，而感逝者如斯，或因望南雲而生思鄉，故長嘯悲歌以泄其情。

逍遥近南畔，長嘯作悲歎①。

【校勘】

〔一〕此二句又見《藝文類聚》卷十九。全詩已佚，僅存殘句。《古詩紀》卷二十七題作《失題》；《六朝詩集》本亦題作『嘯』。《四庫全書簡明目録》卷十五：『士龍集十卷，晉陸雲撰。原本散佚，宋徐民瞻所刻，亦散佚。此本盖明人所重輯，編次頗爲叢雜。《答兄平原詩》中，誤收陸機一首。失題諸句載於《藝文類聚·芙蕖部》《嘯部》者，直題曰「芙蕖」曰「嘯」，尤爲庸妄。以世無别本，姑以存雲著作之概云爾。』

【注釋】

①逍遥，悠閒自得也。《詩·鄭風·清人》：『二矛重喬，河上乎逍遥。』《經典釋文》卷二十六：『逍遥遊，義取閒放不拘，怡適自得。』南畔，南岸。《説文》：『畔，田界也。』水涯之界亦爲畔。長嘯，猶長呼也。《楚辭·九歎·思古》：『臨深水而長嘯兮，且倘佯而氾觀。』嘯，撮口而呼。《詩·召南·江有汜》：『不我過，其嘯也歌。』毛詩傳：『嘯，蹙口而出聲，嫡有所思而爲之。』此二句言悠閒自得而行近南岸，對川長嘯而作悲歌。

卷五

誄

吴故丞相陸公誄

【題解】

本文名爲誄而實爲頌，追溯其輝煌家世，概述其行迹人格，然後描述其生極顯赫、死備哀榮的輝煌人生過程。全文以頌美陸公顯赫之功業爲核心，分别從際會風雲、走向輝煌、功業鼎盛三個方面展開叙述。叙述武功以破荆州，敗劉備，滅曹休爲核心；叙述文治以登宰輔，興禮樂，厚教化爲核心，刈去繁蕪，突出中心，顯現出作者剪裁的匠心。而在歌頌陸公文治武功時，又穿插描寫勳爵之高、威儀之盛、恩寵之隆、澤被之廣，既是叙述歌頌，又是側面渲染，二者相輔相成。而文章通過描寫陸公德行高卓、氣量弘遠、識見幽微、爲人謙抑等方面，立體地勾勒一位豐滿的人物形象。由於人物經歷的特殊性，在形象背後，也映現出豐富的歷史畫卷。

陸遜卒于赤烏八年（二四五），時機、雲尚未出世，故此誄當是士龍成人之後的追述之作。誄之內容未涉及東吴之亡，當作於吴亡之前。具體時間已不可考，以理推之，或與士衡《吴大司馬陸公誄》所作時間差近。父抗，吴鳳凰三年（二七四）卒。機年十四，雲十三。或是年機作誄悼其父，而雲作誄悼其祖；或作於吴亡之後，追憶祖考以自慰。未詳待考。

惟赤烏八年二月，粵乙卯，吴故使持節、荆州牧、右都護〔一〕、丞相、江陵侯陸公薨①。嗚呼哀哉！皇朝迭紹，成命昊天。聖王作矣，世有哲臣；觀監在吴，乃降斯神〔二〕③。思皇我后，應運對揚④。穎秀崇〔三〕華，景逸扶桑⑤。龍輝紫〔四〕極，鳳鳴玉堂⑥。舉旗清阻，奮鉞夷荒⑦。悠結沉維，峻極公綱⑧。將撫遠績，括地九圍⑨。皇淳爽泰，昊旻疾威⑩。生民如何，哲人其頹⑪。登靈在天，遺音播徽⑫。敢揚元勳，表之素旍⑬。乃作誄曰：

【校勘】

〔一〕《文集》及别本原文皆爲「郢州牧、左都護」，誤。按：「郢州牧」，當爲荆州牧之誤；「左都護」，當爲右都護之誤。考《三國志·吴·陸遜傳》，黄武元年，陸遜大破劉備，是爲夷陵之戰，「加輔國將軍，領荆州牧，即改封江陵侯」。黄武七年，大敗曹休，「拜上大將軍、右都護」，「赤烏七年，代顧雍爲丞相」。江陵郡侯之「郡」，亦爲衍字。今據《三國志》逕改。

〔二〕「斯神」，《文選補遺》卷三十九作「其人」。

〔三〕『祟』，《百三家集》本、《西晉文紀》卷十六、《七十二家集》本作『若』。

〔四〕『紫』，《文集》、叢書堂鈔本、《四部叢刊》本、陳仲魚校本作『襲』，誤。《百三家集》本、《西晉文紀》卷十六、《百三家集》本、《七十二家集》本、《四部備要》本、鄧邦述校本作『紫』，今據改。

【注釋】

① 赤烏，吴孫權年號（二三八—二五一）。赤烏八年二月，陸遜因諫太子之廢，『權累遣使責讓遜，遜憤恚致卒，時年六十三』。粤，《廣韻》：『辭也，于也。』

② 迭紹，交替承繼正朔。陸機《皇太子宴玄圃宣猷堂有令賦詩》：『三正迭紹，洪聖啓運。』良注：『三正，夏殷周也，正朔不同，故云迭紹。』《玉篇》：『迭，代也，更迭也。』《爾雅・釋詁》：『紹，繼也。』成命昊天，謂上天已有之命。《詩・周頌・昊天有成命》：『昊天有成命，二后受之。』鄭玄箋：『昊天，天大號也。有成命者，言周自后稷之生而已有王命也。』此二句言皇朝正朔相續，皆上天之成命。謂王朝更迭，膺之於天。

③ 聖王作，明主興。《孟子・滕文公下》：『聖王不作，諸侯放恣。』《玉篇》：『作，起也，造也。』哲臣，猶智臣也。《爾雅・釋言》：『哲，智也。』觀監，謂天監之也。《詩・大雅・大明》：『天監在下，有命既集。』鄭玄箋：『天監視善惡於下，其命將有所依就，則豫福助之。』監，同鑒。《廣韻》：『鑑，亦作監。鑒，同鑑。』鑑、鑒、監，古三字並通。《玉篇》：『監，視也。』降斯神，降其神靈，謂誕生陸公。《詩・大雅・維嶽》：『維嶽降神，生甫及申。』此四句言世興明主而有智臣，天鑒在吴，降其神靈。

④ 思皇，願我皇也，此猶我皇。《詩・大雅・文王》：『思皇多士，生此王國。』鄭玄箋：『思，願也。』我

后，謂陸公。后，此指諸侯，遜封荆州牧，位猶諸侯，故謂之。《書・舜典》：『肆覲東后。』孔穎達疏：『遂見東方之國君。』應運，順應天之歷數。陸機《吴趨行》：『邦彦應運興，粲若春林葩。』善注：『《春秋命歷序》曰：五德之運徵，符合應録，次相代也。』對揚，謂報答弘揚君之美德。《詩・大雅・江漢》：『虎拜稽首，對揚王休。』毛詩傳：『對，遂。』鄭玄箋：『對，答。休，美。』此二句言我皇應天承運，哲臣報答弘揚其美德。

⑤ 穎秀，如花之挺秀，喻才能出類拔萃。《玉篇》：『穎，禾末也。』《爾雅・釋草》：『不榮而實者謂之秀。』崇華，高聳之華，喻宫殿。景逸，如日光之奔逸，謂輝光廣被。陸機《漢高祖功臣頌》：『雲騖靈丘，景逸上蘭。』《説文》：『景，光也。』扶桑，日所居之東方樹木，代指東方。《淮南子・天文訓》：『日出于暘谷，浴于咸池，拂于扶桑。』又《山海經・海外東經》：『湯谷上有扶桑……九日居下枝，一日居上枝。』此二句言才能挺出於朝廷，輝光照耀於東方。

⑥ 紫極，北辰之紫微星，代指帝居。潘岳《西征賦》：『厭紫極之閑敞，甘微行以遊盤。』善注：『曹植上表曰：情注于皇居，心在乎紫極。』玉堂，指宫殿。荀悦《前漢紀・孝成皇帝紀》：『玉堂、金門，至尊之居。』此二句言如龍之輝映帝居，如鳳之鳴於宫廷。

⑦ 清阻，清除險難。《説文》：『阻，險也。』此二句言揮戰旗而清除險難，舉斧鉞而征戰蠻荒。

⑧ 沉維，沉落之綱紀。維，大繩。《玉篇》：『維，紘也。』喻綱紀。《管子・牧民》：『國有四維……一曰禮，二曰義，三曰廉，四曰耻。』峻極，高峻，此喻法之嚴厲。《詩・大雅・崧高》：『崧高維嶽，駿極于天。』駿極，同峻極。《禮記・孔子閒居》引此詩作『峻極』。公綱，國之大法。綱，提綱總繩。《説文》：『綱，維紘繩也。』喻大法。《詩・大雅・棫樸》：『勉勉我王，綱紀四方。』鄭玄箋：『以罔罟喻爲政，張之爲綱，理之爲紀。』此二句言遠結沉落之綱紀，嚴厲國家之大法。

⑨　遠績，邊功，此猶邊地也。陸機《贈顧交趾公真》：『遠績不辭小，立德不在大。』善注：『《左氏傳》：劉子謂趙孟曰：子盍亦遠績禹功而大庇民焉。』濟注：『績，功也。』九圍，九州。《詩・商頌・長發》：『帝命式於九圍。』毛詩傳：『九圍，九州也。』此二句言將安撫邊遠之地，且囊括九州之内。

⑩　皇淳，皇室清也。《玉篇》：『淳，清也。』爽泰，光明安寧。《説文》：『爽，明也。』《韻會》：『泰，安也。』昊旻，猶天也。王逸《楚辭・天問序》：『嗟號昊旻，仰天歎息。』《爾雅・釋天》：『夏爲昊天。』《説文》：『旻，秋天。』此喻君主也。此二句言皇室清明安泰，君主威勢迅猛。

⑪　哲人其頹，謂智者殞落也。《禮記・檀弓上》：『孔子蚤作……歌曰：泰山其頹乎！梁木其壞乎！哲人其萎乎！』鄭玄注：『哲人，亦衆人所仰放也。』頹，同隤。《集韻》：『隤，《説文》：下墜也。或作頹。』此二句言天生之人如何？其智者也殞落。

⑫　播徽，傳播其善德。《爾雅・釋詁》：『徽，善也。』此二句言其靈魂升於上天，其德音遺世傳播。

⑬　敢揚，猶揚也。曹植《武帝誄》：『敢揚聖德，表之素旗。』敢，歎詞。《廣韻》：『敢，犯也。』揚，猶顯。《廣韻》：『揚，明也。』表之素旂，銘記於素旗之上。《禮記・檀弓下》：『銘，明旌也。以死者爲不可别已，故以其旗識之。愛之，斯録之矣；敬之，斯盡其道焉耳。』古之禮儀，士之出殯，前有幡旗，上題死者之姓名，在前引路啓殯。此二句言爲顯其大功，銘記於素旗之上。此乃誄之習語，非實題之於幡旗上也。

序言有小引，介紹其祖陸遜官爵，去世時間，抒發其哀痛之情，此乃誄之常式。主體分爲四層：先言哲人之誕生。皇朝承天成命，君主聖明，天鑒在吴，降其哲臣。再言哲人之才德。天子應天承命，我后弘揚其美，才秀朝廷，光照東方，如飛龍顯輝於宫廷，鸞鳳音鳴於帝宫。次言哲人之功勳。遠征荒夷，安寧國境，鎮撫邊地，囊括九州，整肅綱紀，使皇室清明安泰，君主威勢日增。後言哲人之逝世，説明作誄之緣由。哲人升天，遺留之徽音遠播，故顯其功勳，銘記幡旗也。

濬哲我祖，時文畯〔一〕德①。玄粹納真，清休〔二〕載式②。本承慶輝，駿惠罔極③。中錫多祜，本支〔三〕千億④。芳條遠蔭，靈根茂植⑤。根條伊何〔四〕，苗黄裔舜⑥。長發有祥，貽我祚胤〔五〕⑦。神明之緒，實蕃瑰儁〔六〕⑧。和音嗣世，不替碩彦⑨。明鑒〔七〕在下，降命上玄⑩。

【校勘】

〔一〕『畯』，《文選補遺》卷三十九作『俊』，《西晋文紀》卷十六、《百三家集》本、《七十二家集》本、《四部備要》本作『峻』。古三字並可通。

〔二〕『休』，《四部叢刊》本作『體』。『體』，俗字作『体』，形近而誤。

〔三〕『支』，《文選補遺》卷三十九作『枝』，古二字通。

〔四〕『根條伊何』以下四句，又見《陸士衡文集》卷九，題爲《吴丞相江陵侯陸公誄》，或爲後人割裂引用，誤題機也。

〔五〕『胤』，《文集》、叢書堂鈔本、《四部叢刊》本、《四部備要》本、鄧邦述校本、陳仲魚校本作『晉』，誤。《陸士衡文集》卷九、《文選補遺》卷三十九作『胤』，今據改。

〔六〕『儁』，《百三家集》本、《四部叢刊》本、鄧邦述校本、陳仲魚校本作『雋』，古二字通。

〔七〕『鑒』，《文選補遺》卷三十九作『監』，古二字通。

【注釋】

①濬哲，深遠之智慧。《書·舜典》：『濬哲文明，温恭允塞。』孔安國傳：『濬，深；哲，智也。』時文，是文德也。《周禮·冬官考工記》：『時文思索，允臻其極。』鄭玄注：『時，是也。』畯德，才俊之德。孫逖《伯樂川記》：『國之宗盟，朝之畯德。』畯，通俊。吴大澂《説文古籀補》：『古畯字從田從允，與俊通。』此二句言我祖智慧深遠，乃是文德才俊。

②玄粹，深遠純粹。元結《系謨》：『夫王者，其道德在清純、玄粹、惠和。』納真，采其元氣。《雲笈七籤·解胎十二結法》：『六胃瓊秀，九府納真。』清休，清澄之美。釋支遁《八關齋詩》：『存誠夾室裏，三界讚清休。』《爾雅·釋詁》：『休，美也。』載，則。王引之《經傳釋詞》：『載，猶則也。』式，《韻會》：『取法也。』此二句言厚德深遠、純粹、天真、清美，而爲人效法。

③駿惠，大順。《詩·周頌·維天之命》：『駿惠我文王，曾孫篤之。』朱熹《詩集傳》：『駿，大；惠，順也。……以大順文王之道，後王又當篤厚之而不忘也。』罔極，猶無盡。《詩·小雅·蓼莪》：『欲報之德，昊天罔極。』鄭玄箋：『罔，無也。』《玉篇》：『極，至也，盡也。』此二句言本承先祖瑞光，弘揚先祖之道而無盡也。

④申錫多祜，謂重賜之多福。《詩·商頌·烈祖》：『嗟嗟烈祖，有秩斯祜。申錫無疆，及爾斯所。』鄭玄箋：『祜，福也。』朱熹《詩集傳》：『申，重也。』《爾雅·釋詁》：『錫，賜也。』此二句言天重賜之多福，使宗族枝條繁盛也。

⑤此二句言芬芳支族遠庇後代，神靈之根茂盛深札也。

⑥根條，喻家世源流。苗黄裔舜，謂陸氏蓋黄帝、虞舜之苗裔。

⑦長發有祥，謂久見其禎祥。《詩·商頌·長發》：『濬哲維商，長發其祥。』鄭玄箋：『長，猶久也。深知乎維商之德也，久發見其禎祥矣。』此又取意於《序》：『《長發》，大禘也。』鄭玄箋：『大禘，郊祭天也。《禮記》曰：王者禘其祖之所自出，以其祖配之，是謂也。』歷代祭祀其祖，謂子孫綿延也。貽，留。《玉篇》：『貽，亦作詒，遺也。』胤，後代。《玉篇》：『胤，嗣也。』此二句言子孫綿延禎祥，亦遺福後代。

⑧緒，猶始也。《玉篇》：『緒，絲端。』蕃，繁盛。《説文》：『蕃，草茂也。』瑰雋，猶俊才。《正字通》：『雋，與俊通。』此二句言神明始生先祖，是使其俊才繁盛。

⑨嗣世，繼承前代。庾信《周上柱國宿國公河州都督普屯威神道碑銘》：『公之嗣世，實秉英靈。』《玉篇》：『嗣，繼也。』碩彦，猶大才。《爾雅·釋詁》：『碩，大也。』又《釋訓》：『美士爲彦。』此二句言和諧之音繼於前世，代不廢其大才。謂人才輩出也。

⑩明鑒，天之明視。《詩·大雅·烝民》：『天監有周，昭格於下。』鄭玄箋：『監，視。』監，同鑒。見上注。上玄，上天。張衡《東京賦》：『祈福乎上玄，思所以爲虔。』薛綜注：『玄，天也。』此二句言上天明鑒其下而降天命矣。

此段追溯輝煌繁盛之家世。先言我祖智哲，乃爲文德才俊。厚德純粹天真，清美爲人效法，承先人之瑞光，循無極之大道；上天賜其多福，支族繁盛，遠庇子孫。再言我之家世，乃黄帝、虞舜之苗裔，自生民以來，子孫綿延，福祉禎祥，瑰瑋之才實蕃，和音繼世不絶，實乃天鑒其下，降命我族矣。

我公初載，天嘏之純①。重光納照，旋璣〔一〕授銓②。仰儀喬嶽，俯濯洪川③。清輝秀穎，雲翹映晨〔二〕④。肇彼岐嶷，允迪天真⑤。先心則智，率意斯仁⑥。秉夷〔三〕清昧，體靈協神⑦。神休載鑠，九德兼和⑧。挹揮〔四〕茂朴，豐淳鎮華⑨。景峻凌高，玄〔五〕源踴波⑩。造辰竦隆，彌海廓遐⑪。光備〔六〕既淳，逸軌爰超⑫。閎罔苞荒〔七〕，景靈渥耀⑬。山林嶽秀，天光乃照⑭。窮化機〔八〕神，探賾〔九〕衆妙⑮。駭塵氛埃，澄響清霄〔一〇〕⑯。恢淵博量，騰嶮峻〔一一〕邵⑰。振綱宇〔一二〕表，登軌絶蹈⑱。

【校勘】

〔一〕『旋璣』，《百三家集》本作『璿璣』，古二詞同。

〔二〕『晨』，《文選補遺》卷三十九作『辰』，古二字通。

〔三〕『夷』，《百三家集》本、《七十二家集》本、《文選補遺》卷三十九作『彝』，古二字通。

〔四〕『揮』，《百三家集》本作『暉』。

〔五〕『玄』，《文選補遺》卷三十九作『立』，形近而誤。

〔六〕『備』，《韻補》卷四作『被』。

〔七〕『罔』，《西晉文紀》卷十六作『岡』，形近而誤。《百三家集》本、《七十二家集》本、《文選補遺》卷三十九作『網』，古同罔。又『苞』，《百三家集》本、《韻補》卷四、《文選補遺》卷三十九作『包』，古二字通。

〔八〕『機』，《韻補》卷四作『幾』，古二字通。

〔九〕『賾』，叢書堂鈔本、《四部叢刊》本作『頤』，形近而誤。

〔一〇〕『響』，《文集》、叢書堂鈔本、《諸家文集》本、《四部備要》本並作『嚮』；陸貽典、傅增湘並校作『響』，今據改。又『霄』，《文集》、叢書堂鈔本、《四部叢刊》本、鄧邦述校本、陳仲魚校本作『肖』；《韻補》卷四作『霄』，並注曰：『霄，近天氣也。』考其文意當作『霄』，今據改。

〔一一〕『峻』，《文選補遺》卷三十九作『陵』。

〔一二〕『宇』，《四部叢刊》本作『字』，形近而誤。

【注釋】

① 初載，初年。《詩·大雅·大明》：『文王初載，天作之合。』朱熹《詩集傳》：『載，年。』天嘏之純，謂受天賜之大福。《詩·小雅·賓之初筵》：『錫爾純嘏，子孫其湛。』毛詩傳：『嘏，大也。』鄭玄箋：『純，大也。嘏，謂尸與主人以福也。』此二句言我公之初年，受天賜之大福。

② 重光，喻君主。《書·顧命》：『昔君文王、武王，宣重光。』孔安國傳：『言昔先君文武，布其重光累聖之德。』《經典釋文》卷四：『重光，馬云：日月星也。』納照，受其光輝。陸機《演連珠》：『臣聞靈輝朝覯，稱物納照。』旋璣，亦作璇璣，察天文之器。蔡邕《九疑山碑》：『受終文祖，璇璣是承，太階以平。』章樵注：『璇璣、玉衡，察天文之器。一云北斗星也。』此喻國柄。授銓，委授銓衡，謂授權裁量執政。《太平御覽》卷二百一十四《先賢行狀》：『崔琰委授銓衡，揔齊清議。』此二句言受吴主之光輝，委授國柄而裁量執政。

③ 仰儀，仰慕心儀。釋道恒《釋駁論》：『德行卓然，爲時宗仰儀。』喬嶽，指泰山。《詩·周頌·時邁》：『懷柔百神，及河喬嶽。』毛詩傳：『喬，高也。高嶽，岱宗也。』此二句言仰慕泰山之高聳，俯滌河川之

清波。謂其高卓清廉也。

④秀穎，喻才能出衆。《爾雅·釋草》：『華，榮也。……不榮而實者謂之秀。』《玉篇》：『穎，禾末也。』雲翹，彩雲。翹，花。陸機《歎逝賦》：『步寒林以淒惻，玩春翹而有思。』濟注：『翹，英也。』此二句言如清輝照於穎秀，如彩雲映於朝晨。

⑤肇，《廣韻》：『始也。』岐嶷，謂幼而聰慧。《詩·大雅·生民》：『克岐克嶷，以就口食。』毛詩傳：『岐，知意也。嶷，識也。』允迪，謂誠信踐行。《書·皋陶謨》：『允迪厥德，謨明弼諧。』孔安國傳：『迪，蹈。言人君當信蹈行古人之德。』《爾雅·釋詁》：『允，信也。』天真，不染塵俗之自然本性。《莊子·漁父》：『自然不可易也，故聖人法天貴真，不拘於俗。』此二句言其幼而聰慧，長而誠信，行循自然之本性也。謂其聰穎過人，不染塵俗。

⑥先心，天生之心。猶天性。班固《幽通賦》：『神先心以定命兮，命隨行以消息。』率意，猶任意。《廣韻》：『率，循也。』斯仁，是仁。《論語·述而》：『仁遠乎哉！我欲仁，斯仁至矣。』何晏《集解》：『苞氏曰：仁道不遠，行之則是至也。』此二句言天生之心聰穎，任意而行即仁。謂其本性即智哲仁惠。

⑦秉夷，秉持常道。《詩·大雅·烝民》：『民之秉彝，好是懿德。』毛詩傳：『彝，常。』鄭玄箋：『秉，執也。……民所執持有常道，莫不好有美德之人。』秉彝，同秉夷。《孟子·告子上》引此詩作『秉夷』。清昧，猶清明。《説文》：『昧，昧爽，旦明也。』體，顯現。《易·繫辭下》：『陰陽合德，而剛柔有體，以體天地之撰。』協，和諧。《説文》：『協，衆之同和也。』此二句言秉持常道而清明，顯現神靈而和諧。謂其遵循倫理，協和天人。

⑧神休，謂神賜休美之祥。揚雄《甘泉賦》：『惟漢十世，將郊上玄，定泰畤，擁神休，尊明號。』善注：

晉灼曰：休，美也。言見祐護以休美之祥也。』載鑠，猶美。《爾雅・釋詁》：『鑠，美也。』九德，九種德行。蔡邕《陳太丘碑文》：『兼資九德，揔脩百行。』善注：『《尚書》：皋陶曰：都亦行有九德。禹曰：何？皋陶曰：寬而栗，柔而立，願而恭，亂而敬，擾而毅，直而温，簡而廉，剛而塞，彊而義。』此二句言神賜其祥而休美，人兼九德而和諧。

⑨ 挹揮，抑其輝光。挹，通抑。朱駿聲《説文通訓定聲》：『挹，假借爲抑。』揮，通輝。王粲《從軍詩》：『禽獸憚爲犧，良苗實已揮。』善注：『揮，當爲輝。』此二句言抑其輝光而盛其質樸，隆其清淳而抑其浮華。

⑩ 景，光明之境。《釋名・釋天》：『景，境也，明所照處有境限也。』玄源，幽遠之源。《玉篇》：『玄，幽遠也，妙也。』此二句言峻潔之境如登高山，幽遠之懷如波躍水。謂其境界高遠，襟懷深大。

⑪ 造辰，猶言至其北辰也。《説文》：『造，就也。』《玉篇》：『辰，房星也。』竦隆，猶高聳。《釋名・釋山》：『嵩，竦也，亦高稱也。』彌，猶周遍。《玉篇》：『彌，遍也。』此二句言境界高聳，至於北辰，胸襟闊遠，彌漫大海。

⑫ 光備，輝光滿照。備，滿。《國語・楚語上》：『四封不備一同。』韋昭注：『備，滿也。』逸軌，超逸之迹。李康《運命論》：『以奇蹤襲於逸軌，睿心因於令圖。』向注：『言孫權以奇異英雄之蹤，繼父兄超逸之迹。軌，迹。』爰，《玉篇》：『爲也。』此二句言輝光滿照亦已淳清，縱逸之迹是爲超卓。

⑬ 閎，《集韻》：『大也。』罔，同网。《玉篇》：『网，羅罟揔名。罔同网，今作網。』渥，猶豐厚。《玉篇》：『渥，厚也，沾濡也。』此二句言宏網囊括荒遠之地，日光厚其光明之德。

⑭ 天光，日光。《左傳・莊公二十二年》：『有山之材，而照之以天光，於是乎居土上。』此二句言如天光普照于山林秀嶽也。

⑮ 機神，深微玄妙之理。《易・繫辭上》：『唯幾也，故能成天下之務；唯神也，故不疾而速，不行而至。』韓康伯注：『適動微之會則曰幾。』又《易・繫辭上》：『陰陽不測之謂神。』韓康伯注：『神也者，變化之極，妙萬物而爲言，不可以形詰者也。』《玉篇》：『幾，動之微也，吉凶之先見也。』幾，同機。朱駿聲《説文通訓定聲》：『機，假借爲幾。』探賾，探求幽微之理。《易・繫辭上》：『聖人探賾索隱，鈎深致遠，以定天下之吉凶。』《玉篇》：『賾，幽深難見也。』《易》：聖人有以見天地之賾。』此二句言窮造化玄奥之理，求衆物幽微之妙。

⑯ 駭塵，驚人之塵。《玉篇》：『駭，驚起也。』氛埃，妖氣之埃。《楚辭・遠遊》：『絶氛埃而淑尤兮，終不反其故都。』洪興祖補注：『氛，妖氣。』駭塵氛埃，喻戰塵也。此二句言澄喧囂之戰塵，清雲霄之妖氣。

⑰ 恢淵博量，謂胸襟恢弘而氣量博大。《説文》：『恢，大也。』騰嶮，超越險峻。《説文》：『嶮，阻難也。』峻邵，如高山之美。邵，乃卲之訛。《廣雅・釋詁》：『卲，高也。』王念孫《疏證》：『卲，各本訛作邵。』《小爾雅》：『卲，美也。』此二句言胸襟恢弘，氣量博大，德超險峻，美如山嶽。

⑱ 振綱，振起綱紀。《説文》：『振，舉也。』宇表，四海之外。《玉篇》：『宇，四方上下。』又『表，衣外也』。登軌，進獻法則。《玉篇》：『登，進也。』又『軌，法也』。絶蹈，謂人迹所不能至。《説文》：『蹈，踐也。』喻非他人思慮所能至也，即出人意表。此二句言振綱紀於四海之表，進軌則於意表之外。

此段概括敘述陸公之行履，分别讚美其本性與德行、胸襟與境界、卓識與功勳。先概言公得之天人而身居要職。我祖受天賜之福，納吴主之光，委授國柄，裁量執政，高卓清廉，穎秀當世。再言公本性、德行之美。少而穎慧，行循自然，本性智哲仁惠，且遵循倫理，協和天人，神賜其美，九德和諧，清淳質樸。次言公胸襟、境界之高卓。境界高遠，至於北辰，襟懷深大，彌漫大海；輝光淳清，行迹超逸；日光增其輝，而遠苞荒蠻，如山林之秀欒，納其天光。後言公卓識、功勳之曠世。窮盡造化之玄奥，探求衆物之幽微；安寧邊境，澄清天宇，振起綱紀，整頓軌則，氣度恢弘，德美山嶽矣。

厥初藏器，棲蟠海嶽①。披藻崑崙，濯秀暘〔一〕谷②。沉〔二〕輝熙茂，清塵熠鑠③。含章在淵，發揮龍躍④。時復〔三〕陽九，承乾之衰⑤。有皇于升〔四〕，玉〔五〕軒徘徊⑥。爰茲赫奕，需期雲飛⑦。天步皇輿，載見太微〔六〕⑧。華堂誕基，委虵〔七〕自階⑨。

【校勘】

〔一〕「暘」，《文選補遺》卷三十九作「陽」，古二字通。

〔二〕「沉」，《四部叢刊》本作「冗」。

〔三〕「復」，《文選補遺》卷三十九作「服」，《百三家集》本、《七十二家集》本作「伏」。

〔四〕「皇」，《西晉文紀》卷十六作「璽」； 又「升」，《諸家文集》本、《四部叢刊》本、《四部備要》本、鄧邦述校本、陳仲魚校本作「井」，形近而誤。陸貽典校作「升」。

〔五〕「玉」，《四部叢刊》本作「王」。

〔六〕「太微」，《文選補遺》卷三十九作「紫微」。

〔七〕「委虵」，《文選補遺》卷三十九作「委蛇」，古二詞同。

【注釋】

①厥初，其初。《爾雅·釋言》：『厥，其也。』藏器，身藏治國之才能。《易·繫辭下》：『君子藏器於身，待時而動。』《禮記·王制》鄭玄注：『器，能也。』棲蟠，猶棲隱。劉克莊《居厚弟示和詩復課十道》：『家事從今勿更關，山深林密且棲蟠。』《廣韻》：『蟠，龍蟠也。』又《方言》卷十二：『未陞天龍，謂之蟠龍。』海嶽，海上仙山。陸倕《石闕銘》：『海嶽黄金，河庭紫貝。』濟注：『海嶽，蓬萊山也。』此二句言起初，公懷治國才能，而棲隱山林。

②披藻，披文藻。《書·益稷》孔安國傳：『藻，水草有文者。』崑崙，山名，傳説神仙聚居之地。何晏《景福殿賦》：『雖崑崙之靈宫，將何以乎侈旃。』善注：『《穆天子傳》曰：天升於昆崙之丘，觀黄帝之宫。』向注：『雖昆崙山天帝之居，何以美之。』濯秀，洗滌花也，謂水中之花開。華，花。《爾雅·釋草》：『華，榮也。……不榮而實者謂之秀。』暘谷，日出之所。《淮南子·天文訓》：『日出于暘谷，浴于咸池，拂于扶桑。』此二句言披文藻於崑崙之上，開鮮花於暘谷之中。謂養德儲輝也。

③沉輝，隱其輝光。《玉篇》：『沈，没也。俗沉。』熙茂，光之盛也。《爾雅·釋詁》：『熙，光也。』熠鑠，光之美也。《説文》：『熠，盛光也。』《爾雅·釋詁》：『鑠，美也。』此二句言輝光隱而愈盛，清塵起而光美。

④含章，蘊含光華。《易·乾》：『象曰：含章可貞，以時發也。』發揮，猶升揚。《易·乾》：『六爻發揮，旁通情也。』《經典釋文》卷二：『發揮，鄭云：揚也。韓云：散也。』此二句言如潛龍在淵，蘊含光華，一旦龍躍，則升揚其光也。

⑤陽九，術數家以四千六百一十七歲爲一元，初入元一百零六歲，内有旱災九年，謂之『陽九』，後泛謂災荒或厄運。曹植《漢二祖優劣論》：『值陽九無妄之世，遭災光厄會之運。』袁宏《三國名臣序贊》：『百六

道喪，干戈迭用。」濟注：「四千六百一十七歲爲一元，一百六歲曰陽九之厄。」按：《雲笈七籤·劫運》：「《靈寶天地運度經》云：靈寶自然運度，有大陽九，大百六也；小陽九，小百六也；三千三百年爲小陽九，小百六也；九千九百年爲大陽九，大百六也。夫天厄謂之陽九也，地虧謂之百六也。」説法與五臣不同，未知孰是。承乾，承天之歷數。徐陵《徐州刺史侯安都德政碑》：「承乾合德之君。則天體元之後。」《易》以乾爲天爲陽，以坤爲地爲陰。此二句言時復陽九之厄運，承天之歷數而衰微。謂時世混亂也。

⑥有皇，有君。《詩·小雅·正月》：「有皇上帝，伊誰云憎。」毛詩傳：「皇，君也。」升，謂順勢而起。《易·升》：「《升》，元亨，用見大人，勿恤。」王弼注：「巽順可以升。」徘徊，猶言行進也。張衡《西都賦》：「大輅鳴鑾，容與徘徊。」濟注：「容與、徘徊，順動貌。」此二句言有君主乘時而起，王車行進于原野。

⑦爰兹，於是。陸機《答賈謐》：「爰兹有魏，即宫天邑。」向注：「爰，於。」赫奕，光明盛也。陸機《吊魏武帝文》：「伊君王之赫奕，寔終古之所難。」向注：「赫奕，盛貌。」需，《易》卦名，謂待時而動。《易·需》：「需，須也。」王弼注：「居需之時，最遠於難，能抑其進以遠險待時，雖不應幾，可以保常也。」雲飛，喻乘勢而起。劉邦《大風歌》：「大風起兮雲飛揚，威加海内兮歸故鄉。」此二句言於是赫奕之君待時而動，龍興雲飛。上四句謂吴王乘時而起，逐鹿中原也。

⑧天步，謂行之於天。《詩·小雅·白華》：「天步艱難，之子不猶。」毛詩傳：「步，行。」謂應天而動也。皇輿，君主之車。《楚辭·離騷》：「豈余身之憚殃兮，恐皇輿之敗績。」王逸注：「皇，君也。輿，君之所乘。」載見，始見。《詩·周頌·載見》：「載見辟王，曰求厥章。」毛詩傳：「載，始也。」太微，星名，喻指帝宫。張衡《思玄賦》：「出紫宫之肅肅兮，集太微之閬閬。」善注：「紫宫、太微，二星名也。《春秋合誠圖》曰：紫宫，帝大宫也。又曰太微，其星十二。」此二句言君主之車應天而行，始見其帝王之宫也。謂吴帝業初建也。

⑨ 逶蛇，委曲行進貌。揚雄《甘泉賦》：『梁弱水之濎濙兮，躡不周之逶迆。』向注：『逶迆，長曲貌。』逶迆，同逶蛇。此二句我祖曲折而行於太微之階，始奠家族輝煌之基業。

此段叙述其祖由隱而興，家業初隆也。公之初藏才器，棲隱山嶽，養德儲輝，故輝光隱而愈盛，清塵起而光美，如潛龍蘊光於淵，一旦出潛，則其光升揚。恰逢季世，漢室衰微，吴主乘勢而起，待時雲飛，皇輿天行，太微重見。先公行於太微之階，而始奠定輝煌基業。

鼎輝既隮〔一〕，嘉命乃集①。和羹未飪〔二〕，宰物下邑②。康年屢〔三〕登，惠風時協③。在斷無頗，于教斯輯④。金虎覿精，戎車孔肆⑤。神寶〔四〕播越，天人釋位⑥。有命在兹，帝思元帥⑦。委弁揔干〔五〕，振翼虎噬〔六〕⑧。威靈既授，六軍有序〔七〕⑨。乃誓我衆，乃整我旅⑩。神干〔八〕山立，雄旗電舉⑪。懸旌氾陽〔九〕，即戎江滸⑫。我后日敬，上帝臨予〔一〇〕⑬。靖端〔一一〕夙夜，匪寧匪處⑭。經始綿綿，滂沲〔一二〕惟海⑮。

【校勘】

〔一〕『隮』，《文選補遺》卷三十九作『濟』。

〔二〕『羹』，《文集》、叢書堂鈔本、《四部叢刊》本、鄧邦述校本、陳仲魚校本作『美』。《西晉文紀》卷十六、《文選補遺》卷三十九作『羹』，今據改。又『飪』，《文集》、叢書堂鈔本、陳仲魚校本脱。寄生草堂本、《四部備要》本、鄧邦述校本作『揚』，誤。《四部叢刊》本作『飪』，據此校補。

〔三〕「屢」，《文集》、叢書堂鈔本、《四部叢刊》本、鄧邦述校本、陳仲魚校本作「委」，誤。《百三家集》本、《七十二家集》本、《文選補遺》卷三十九作「屢」，今據改。

〔四〕「寶」，《七十二家集》本作「器」。

〔五〕「揔」，《七十二家集》本、《文選補遺》卷三十九、《四部備要》本、鄧邦述校本作「總」，古二字通。又「干」，鄧邦述校本作「千」，形近而誤。

〔六〕「振翼虎噬」，《文選補遺》卷三十九作「鷹揚振翼，虎噬桓桓」。

〔七〕「序」，《西晉文紀》卷十六作「叙」，古二字通。

〔八〕「干」，《西晉文紀》卷十六作「千」，形近而誤。

〔九〕「汜陽」，《文集》、《百三家集》本、叢書堂鈔本、《四部備要》本、鄧邦述校本、陳仲魚校本作「汜陽」，《文選補遺》卷三十九作「肥陽」，並誤。《西晉文紀》卷十六、《四部叢刊》本作「汜陽」，今據改。

〔一〇〕「予」，《文選補遺》卷三十九作「余」。

〔一一〕「端」，《韻補》卷三、《文選補遺》卷三十九作「共」。

〔一二〕「滂沲」，《諸家文集》本作「滂浥」，誤。《四部叢刊》本、鄧邦述校本、陳仲魚校本作「滂沱」。陳仲魚校本校作「滂沲」，古二詞同。

【注釋】

① 鼎輝，天子之輝。《鼎》爲《易》卦之一。作爲烹飪之器，鼎可養人；作爲法器，鼎爲權力之象徵。李

鼎祚《周易集解》：『鼎者，三足一體，猶三公承天子也。』隮，《玉篇》：『登也，升也。』嘉命，天子之美命。《爾雅·釋詁》：『嘉，美也。』集，止。《説文》：『集，群鳥在木上也。從雥從木。』又『集，雧，或省』。此二句言吴主輝光已升，美命止於我公。謂任用之也。

② 和羹，調和五味。《詩·商頌·烈祖》：『亦有和羹，既戒既平。』鄭玄箋：『和羹者，五味調腥孰得節食之於人，性安和，喻諸侯有和順之德也。』未飪，猶失飪。《論語·鄉黨》：『失飪不食。』何晏《集解》：『孔安國曰：失飪，失生熟之節也。』是時吴未立國，百官未和，故曰和羹未飪。宰物，治理萬物，引申爲治政理民。《玉篇》：『宰，治也，制也。』陸遜年二十一，始仕孫權幕府，出海昌屯田都尉，並領縣事，故曰宰物下邑。此二句言是時百官未和，而公僅治政於小邑。

③ 康年，熟稔之年，猶豐年。《詩·周頌·臣工》：『明昭上帝，迄用康年。』毛詩傳：『康，樂也。』登，五穀熟也。《增韻》：『登，熟也。』此二句言連年五穀豐登，仁風合於四時。

④ 在斷，謂斷案决疑。《玉篇》：『斷，截也，决也。』于教，謂施行教化。《説文》：『教，上所施下所効也。』徐鍇《繫傳》：『支所執以教道人也。』斯輯，是和諧也。《玉篇》：『輯，和也。』此二句言斷案决疑，没有偏頗，施行教化，百姓和諧。

⑤ 金虎覯精，謂視金虎星明耀也，指兵亂。陸機《答賈謐》：『大辰匿暉，金虎習質。』善注：『《石氏星經》曰：昴者，西方白虎之宿也。太白者，金之精。太白入昴，金虎相薄，主有兵亂。』濟注：『火辰，心星也。明則天下和平，闇則天下喪亂，故火辰藏暉，金虎曜質，謂漢亂也。』《唐鈔文選集注彙存》：『心有三星，故曰參。天下太平，則中星明；天下亂，則中星暗。金虎，太白星也。明，即天下兵之事。金虎在西方。』金虎，參、昴諸星。古人認爲，心星明則天下和平，暗則天下大亂；金虎迫近，則主兵亂。孔肆，甚勤苦也。張衡

《東京賦》：『瞻仰二祖，厥庸孔肆。』薛綜注：『孔，甚也。肆，勤也。』此二句言金虎明耀而戰事興，兵車啓駕而將士勤苦。

⑥ 神寶，喻天子之位。吴少微《爲并州長史張仁亶進九鼎銘表》：『周德休明，神寶不墜。』《易・繫辭下》：『天地之大德曰生，聖人之大寶曰位。』播越，流離失所，猶失位。《國語・晉語》：『隱悼播越，託在草莽，未有所依。』韋昭注：『播，散也。越，遠也。』釋位，離其職位而謀王室。陸機《贈賈謐》：『釋位揮戈，言謀王室。』《唐鈔文選集注彙存》：『釋，廢也。《公羊傳》云：天子有難，釋位以謀王室。《左傳》曰：諸侯釋位以聞王政。杜預曰：聞，猶與也。失其位與治王之政事也。』此二句言天子流離失所，天人皆離其位而謀於王室。

⑦ 元帥，中軍之帥。《左傳・僖公二十七年》：『作三軍，謀元帥。』杜預注：『中軍帥。』此二句言帝謀立三軍之首領，故公受君命而任之也。

⑧ 委弁，棄其官冕，謂著武服也。《廣韻》：『委，棄也。』《説文》：『弁，冕也。』揔干，持盾。《禮記・樂記》：『揔干而山立，武王之事也。』鄭玄注：『揔干，持盾也。』虎噬，謂如虎之噬物也。陸機《漢高祖功臣頌》：『奮臂雲興，騰迹虎噬。』銑注：『言其心勇疾如雲起，猛烈若虎之噬。噬，齧也。』此二句棄文職之官冕而持盾赴征，如鳥振翼而起，如虎噬物之猛。

⑨ 威靈，神威。揚雄《長楊賦》：『今樂遠出，以露威靈。』此二句言君主既授其神威，公帥六軍而有序。

⑩ 此二句言於是整頓我之師旅，誓師而出征也。

⑪ 神干山立，持其神盾如山而立。《禮記・樂記》鄭玄注：『山立，猶正立也。象武王持盾正立，待諸侯也。』謂行伍整肅也。此二句言持其神盾如山而立，雄武之旗如電飛揚。謂威武雄壯，迅疾神速也。

⑫ 氾陽，氾水之北。《水經注》卷二十八：「汎水又東逕巴西，歷巴渠北新城上庸，東逕汎陽縣。」汎，同氾。《玉篇》：「氾，氾濫也。亦作泛。」又《廣韻》：「泛，同汎。」古三字並同。江滸，地名，江之右岸。《水經注》卷三十五：「江滸曰文方口，江之右岸。有鳳鳴口，江浦也。」此二句言旌旗高懸於氾水，部隊行進於江岸。謂南征北戰也。

⑬ 我后，指陸公。《廣韻》：「后，君也。」上帝臨予，謂天視而佑護之。《詩·大雅·大明》：「上帝臨女，無貳爾心。」鄭玄箋：「臨，視也。天護視女，伐紂必克，无有疑心。」此二句言我公日敬於王事，上帝視而佑護之。謂上天明鑒而佑之。

⑭ 靖端，猶言恭謹謀之也。陸機《赴洛詩》：「靖端肅有命，假檝越江潭。」濟注：「靖，清。端，正。」《詩·小雅·小明》毛詩傳：「靖，謀也。」匪寧匪處，謂不遑安寧而居。張衡《南都賦》：「近則考侯思故，匪居匪寧。」《說文》：「匪，一曰非也。」《玉篇》：「處，居也。」此二句言日夜恭謹謀於王事，不遑安寧而居。

⑮ 經始，始而思度之。《詩·大雅·靈臺》：「經始靈臺，經之營之。」毛詩傳：「經，度之也。」綿綿，久長不絕。《詩·王風·葛藟》：「緜緜葛藟，在河之滸。」毛詩傳：「緜緜，長不絕之貌。」《廣韻》：「綿，同緜。」滂沱，水盛貌。《詩·大雅·漸漸之石》：「月離于畢，俾滂沱矣。」此二句言自始思度王事而不絕，其功如海水之盛也。

此段叙述陸公地方政績與軍功。先言其治理地方之政績。吴主輝光既顯，任命我公，是時官秩未立，故治政小邑，然五穀連年豐稔，仁風協於四時，斷案公正，教化和諧。再言際會風雲而起。是時天下戰塵紛起，天子播越，諸侯失位，吴主命其統帥三軍。後概言其軍功。吴主授其神威，於是整頓師旅，誓師出征，持盾山立，如虎噬物，旌旗高懸，如鳥振翼，南北征戰，恭謹王事，不遑安居，自始至終，亦復如此，天亦可鑒，故其功如海水盛也。

乃幹中軍，入作内輔①。公侯陟降，在帝左右②。闟羽滔天，作霾〔一〕西土③。帝曰將軍，整〔二〕爾熊虎④。赫赫明明，皇輿出祖⑤。龍舟照淵，旟旐映野⑥。鋪敦江濆，仍執醜虜⑦。荆南既集，方嶮未夷⑧。天子命我，撫之西垂⑨。公侯戾止，威神緝熙⑩。虔劉作虐，思輯子來⑪。妖旍北靡，搴爾雄旗⑫。獷彼群蠻，祁祁遺黎⑬。柔遠能和，薄言綏之⑭。

【校勘】

〔一〕「霾」，《文集》、叢書堂鈔本、《四部叢刊》本、鄧邦述校本、陳仲魚校本作「雲」，《西晉文紀》卷十六作「虐」，皆誤。《百三家集》本、《七十二家集》本作「霾」，今據改。

〔二〕「整」，《文選補遺》卷三十九作「敕」。

【注釋】

① 幹，猶幹蠱，主事也。《顔氏家訓·治家》：「國不可使預政，家不可使幹蠱。」《易·蠱》：「初六：幹父之蠱，有子，考无咎，厲，終吉。」王弼注：「蠱者，有事而待能之時也，故君子以濟民養德也。」此二句言乃以中軍之主帥，入作宮廷之輔臣。

② 公侯，謂陸公也。陟降，升接天，下接人。在帝左右，謂合于天意。《詩·大雅·文王》：「文王陟

降，在帝左右。』毛詩傳：『言文王升接天，下接人也。』鄭玄箋：『文王能觀知天意，順其所爲，從而行之。』此二句言我祖位至公侯，上承天意，下合人心。

③ 關羽滔天，喻關羽罪大惡極。作霾，猶言作亂。《玉篇》：『霾，風而雨也。』此二句言關羽罪惡滔天，作亂於西方邊境。

④ 熊虎，軍旗之飾，象徵將士如熊虎之猛也。《釋名·釋兵》：『熊虎爲旗，軍將所建，象其猛如虎與衆期其下也。』此二句言吴主命令將軍，整飭爾之威武之師。

⑤ 赫赫明明，形容顯赫隆盛。《詩·大雅·常武》：『赫赫明明，王命卿士。』毛詩傳：『赫赫然盛也，明明然察也。』出祖，出行而祭祀於道也。《詩·大雅·烝民》：『仲山甫出祖，四牡業業。』鄭玄箋：『祖者，將行犯軷之祭也。』後謂之出行而祖餞於道。此二句言吴主車馬顯赫隆盛，親自餞行於道。

⑥ 旟旐，泛指軍旗也。旟，畫飛鳥之旗。《説文》：『錯革畫鳥其上，所以進士。旟，衆也。』徐鍇《繫傳》：『按《爾雅》：鳥隼曰旟。革，鳥隼之皮革也。錯，雜也。《詩》曰：衆惟魚矣，旐惟旟矣，室家臻臻。』旐，畫龜蛇之旗。《釋名·釋兵》：『龜蛇爲旐。旐，兆也。龜知氣兆之吉凶，建之於後，察度事宜之形兆也。』此二句言龍舟映于水中，軍旗照其原野。

⑦ 鋪敦江濆，仍執醜虜，謂鋪陳兵馬於江岸，臨陣執其衆而降服之。《詩·大雅·常武》：『鋪敦淮濆，仍執醜虜。』毛詩傳：『濆，厓。仍，就。虜，服也。』鄭玄箋：『敦，當作屯。醜，衆也。……陳屯其兵於淮水大防之上，以臨敵，就執其衆之降服者。』《三國志·吴·吴主傳》載：建安二十四年閏月，權征羽。陸遜與吕蒙等擒關羽，定荆州。

⑧ 既集，猶言成功。《詩·小雅·黍苗》：『我行既集，蓋云歸哉。』鄭玄箋：『集，猶成也。蓋，猶皆

也。』此取下句意，謂皆歸順也。方，道。《易·恒》：『君子以立不易方。』嶮，艱難。《説文》：『嶮，阻難也。』此二句言荆南既已歸順，然其道路阻難，尚未平也。

⑨垂，猶陲，邊境。《左傳·成公十三年》：『芟夷我農功，虔劉我邊垂。』《玉篇》：『垂，遠邊也。』此二句言天子命我陸公，鎮守西方之邊境。《三國志·吴·陸遜傳》：建安二十四年，陸遜以破荆州、擒關羽之功，遷右護軍、鎮西將軍，進封婁侯，鎮守荆州。即言此事也。

⑩戾止，來至之也。《詩·魯頌·泮水》：『魯侯戾止，言觀其旂。』毛詩傳：『戾，來；止，至也。』緝熙，光明。《詩·大雅·文王》：『穆穆文王，於緝熙敬止。』毛詩傳：『緝熙，光明也。』此二句言我公來至之，熙光照人而有神威。

⑪虔劉，指可殺之人，上引《左傳·成公十三年》杜預注：『虔劉，皆殺也。』孔穎達疏：『《正義》曰：劉，殺。《方言》云：虔，殺也。重言殺者亦圓文也。』思輯，思而和之。《詩·大雅·公劉》：『于橐于囊，思輯用光。』毛詩傳：『思輯用光，言民相與和睦以顯於時也。』此二句言虔劉暴虐，吴主思子來而安寧之。按：下段有『劉王負嶮，寇我西鄰』之句，故知其虔劉非指劉備。由下句『妖旍北靡』亦可知北征魏也。

⑫妖旍，妖旗，代指蜀軍。《廣韻》：『旍，同旌。』靡，倒下。《説文》：『靡，披靡也。』《廣韻》：『靡，偃也。』搴，拔取。《玉篇》：『搴，取也。』此二句言拔取其旌旗，魏軍北向披靡矣。

⑬獷，如犬之凶惡也。《玉篇》：『獷，犬不可附也。』祁祁，衆多。《詩·商頌·玄鳥》：『四海來假，來假祁祁。』鄭玄箋：『祁祁，衆多也。』此二句言彼凶猛野蠻之人，留下衆多之黎民。謂掠地虜民之多也。

⑭柔遠，安其遠人。《書·舜典》：『柔遠能邇，惇德允元。』孔安國傳：『柔，安。……言當安遠，乃能安近。』薄言，猶我。《詩·周南·芣苢》：『采采芣苢，薄言采之。』毛詩傳：『薄，辭也。』鄭玄箋：『薄言，我

薄也。』綏之，安之。《詩・周南・樛木》：『樂只君子，福履綏之。』毛詩傳：『綏，安也。』此二句言我公安其遠人，使之和諧。謂安撫掠地之民也。

此段以擒關羽、北征魏爲例，具體描述陸公靖邊安國之功。公出主中軍，入爲輔弼，在帝左右，和諧天人。關羽寇我西境，帝授其威，受命出征，水陸並進，陳兵江岸，執元凶，服士衆，平荆南，守西陲，其至朝也，神威顯赫。北魏作虐之時，帝思子而安之，於是公拔其帥旗，魏軍北向披靡，公又安其群蠻，和其遺民。

方堣〔一〕肅清，烈文儁〔二〕武①。舍爵明堂，册勳天府②。天子曰咨，我啚〔三〕乃功。錫爾青土，建侯于東③。開國名墟，光宅海邦④。分圭作寶，軒輅〔四〕以庸⑤。既受帝祐，公用如〔五〕大⑥。駟鐵〔六〕孔阜，元戎杳〔七〕藹⑦。淑旂飛藻，綏章承〔八〕蓋⑧。振我輝靈，四方于邁⑨。

【校勘】

〔一〕『堣』，《百三家集》本、《七十二家集》本、《四部備要》本作『隅』，古二字同。《文選補遺》卷三十九作『言』，誤。

〔二〕『儁』，《西晉文紀》卷十六、《百三家集》本、《四部叢刊》本、陳仲魚校本作『雋』，古二字同。

〔三〕『啚』，《文選補遺》卷三十九、《西晉文紀》卷十六、《百三家集》本、周亮工校本、鄧邦述校本、陳仲魚校本作『圖』，古二字同。玄應《一切經音義》卷八：『詔定古文官書，圖、啚二形同。』

〔四〕『輅』，《文選補遺》卷三十九作『路』。音近而誤。

〔五〕『如』，《百三家集》本、《七十二家集》本、《文選補遺》卷三十九、《四部備要》本作『加』。形近而誤。

〔六〕『駟鐵』，《文集》、叢書堂鈔本、《四部叢刊》本、《四部備要》本、鄧邦述校本、陳仲魚校本作『四鐵』；《百三家集》本、《七十二家集》本、《文選補遺》卷三十九作『駟鐵』。《詩·秦風·駟鐵》：『駟鐵孔阜，六轡在手。』今據改。

〔七〕『杳』，《文選補遺》卷三十九作『遝』。

〔八〕『承』，《文集》、叢書堂鈔本、《四部叢刊》本、鄧邦述校本、陳仲魚校本作『丞』；《西晉文紀》卷十六、《文選補遺》卷三十九、《百三家集》本作『承』，影鈔宋本校曰：『丞，當作承。』今據改。

【注釋】

① 方堣，猶四夷，指邊境。應禎《晉武帝華林園集詩》：『區內宅心，方隅回面。』向注：『方隅，東夷狄之國也。』《玉篇》：『堣，夷地名，自（日）所出，《書》作嵎。』可知堣、嵎、隅，古三字並通。烈文，文德光大。《詩·周頌·烈文》：『烈文辟公，錫茲祉福。』毛詩傳：『烈，光也。』馬瑞辰《毛詩傳箋通釋》：『烈文二字並列，烈言其功，文言其德。』儁武，武功傑出。《玉篇》：『俊，《說文》云：才過于人也。儁，同俊。』《康熙字典》：『儁，與儁通。』此二句言邊境整肅清靜，文治武功並舉。

② 舍爵，謂設宴飲酒。册勳，同策勳，謂策録其功。《左傳·桓公二年》：『凡公行，告于宗廟，反行，飲至、舍爵、策勳焉，禮也。』杜預注：『爵，飲酒器也。既飲置爵，則書勳勞於策，言速紀有功也。』明堂，原爲祭祀上帝之所，後指天子布政之宮。《孝經·聖治》：『宗祀文王於明堂，以配上帝。』李隆基注：『明堂，天子

布政之宮也。周公因祀五方上帝於明堂，乃尊文王以配之也。』天府，掌管祖廟之寶藏者。《尚書大傳》卷三：『掌祖廟之藏者，謂之天府也。』此二句言天子設宴于明堂，天府之官策録其功勳。

③ 天子曰咨，謂天子歎美之。《詩・大雅・蕩》：『文王曰咨，咨汝殷商。』毛詩傳：『咨，嗟也。』啚，同圖，念之。《詩・大雅・崧高》：『我圖爾居，莫如南土。』鄭玄箋：『我謀女之所處，無如南土之最。』錫，賜予。《爾雅・釋詁》：『錫，賜也。』青土，東方之土。《淮南子・時則訓》：『東至日出之次，扶榑木之地，青土樹木之野。』此四句言天子歎美，曰我念爾之功，賜爾東方之土而封侯也。陸遜因定荆州、擒關羽，封華亭侯，在吴都京陵之東方，故謂之。

④ 名墟，猶舊城。《竹書紀年・黄帝軒轅氏》：『握登見大虹，意感而生舜於姚墟。』華亭在吴郡，乃吴王之故都，故言之。光宅，喻德如日月長存。《書・堯典》：『昔在帝堯，聰明文思，光宅天下。』孔安國傳：『言聖德之遠著。』《廣韻》：『宅，居也。』海邦，指江南之藩邦。此二句言所封之地乃開國之名城，德輝長存于江濱之邦。

⑤ 分圭，賜圭爲笏，猶賜爵也。鮑照《放歌行》：『一言分珪爵，片善辭草萊。』善注：『《解嘲》曰：析人之珪，擔人之爵。』翰注：『珪，公侯所執者。』珪，同圭。《玉篇》：『珪，古圭字。』劉向《説苑・君道》：『成王與唐叔虞燕居，剪梧桐葉以爲珪，而授唐叔。虞曰：余以此封汝。唐叔虞喜，以告周公。周公以請曰：天子封虞耶？成王曰：余一與虞戲也。周公對曰：臣聞之，天子無戲言。言則史書之，工誦之，士稱之。於是遂封唐叔虞於晉。』此乃分圭之典。寶，瑞信。《廣韻》：『寶，瑞也。』軒輅，猶車服。《玉篇》：『輅，大車也。』庸，《説文》：『用也。』此二句言賜其圭爲笏以爲瑞信，賜其車服以爲用。謂賜其爵位與車駕也。

⑥ 祐，同祜。《玉篇指南》：『祐、祜，福也。』公用，謂威儀也。《易・大有》：『公用亨于天子。』王弼

注：『處大有之時，居下體之極，乘剛健之上，而履得其位，與五同功，威權之盛莫此過焉。公用斯位，乃得通乎天子之道也。』此二句言既受天子之賜福，威儀因此而盛。

⑦ 駟鐵孔阜，猶駟馬甚肥碩也。《詩・秦風・駟鐵》：『駟鐵孔阜，六轡在手。』毛詩傳：『鐵，驪；阜，大也。』元戎，前鋒之車。《詩・小雅・六月》：『元戎十乘，以先啓行。』毛詩傳：『元，大也。』《釋名・釋車》：『元戎，車在軍前，啓突敵陣，周所制也。』杳藹，猶繁盛。江淹《齊太祖高皇帝誄》：『辭金陵之匪義，降雲陽之杳藹。』此二句言駟馬甚爲肥碩，前鋒之車繁盛矣。

⑧ 淑旂，美麗之令旗。綏章，彩繪之引旗。《詩・大雅・韓奕》：『王錫韓侯，淑旂綏章。』毛詩傳：『淑，善也。交龍爲旂。綏，大綏也。』鄭玄箋：『善旂，旂之善色者也。綏，所引以登車，有采章也。』此二句言美麗令旗飛動文藻，引旗彩繪托起車蓋。

⑨ 于邁，往行也。《詩・大雅・棫樸》：『周王于邁，六師及之。』鄭玄箋：『于，往；邁，行也。』此二句言征于四方，揚我神威之光輝。

此段敘述陸公勳爵、威儀之盛也。先言天子策勳賜爵。公文治武功，使四境清寧，天子念其功勳，分圭爲瑞信，車服以爲用，賜土封侯於名城，使之光居江濱之邦。再言威儀之盛。受天子之賜福，威儀因此而盛，車馬繁盛，旌旗承車，征于四方，揚我神威。

劉王負嶮〔一〕，寇我西隣①。公侯赫怒，干戈啓陳②。金鉞鏡日，雲旗絳天〔二〕③。凌岡〔三〕褰嶽，沉維括淵④。元王隕難〔四〕，鯨鯢墜鱗⑤。戎漠〔五〕時殪，方域清塵⑥。曹休東踰，我疆斯〔六〕

越⑦。帝簡厥佐，將命其傑⑧。乃俾我公，啓行警伐⑨。江漢之滸，恪恭授鉞〔七〕⑩。揖帝整旅，隱爾霆發⑪。桓桓神誅，震驚魏方⑫。我公矯矯，虎視元戎⑬。截〔八〕彼醜旅，效此武功⑭。

【校勘】

〔一〕『劉王負嶮』以下六句，又見《陸士衡文集》卷九，題爲《吴丞相江陵侯陸公誄》，或後人割裂引用，誤題機也。

〔二〕『天』，《陸士衡文集》卷九作『文』。

〔三〕『岡』，《文選補遺》卷三十九作『網』，誤。

〔四〕『元王隕難』以下四句，又見《陸士衡文集》卷九，題爲《吴丞相江陵侯陸公誄》。乃後人割裂引用，誤題陸機。

〔五〕『戎漠』，《文集》、《西晉文紀》卷十六、《百三家集》本、叢書堂鈔本、《四部叢刊》本、鄧邦述校本、陳仲魚校本作『戎漢』，或形近而誤。《百三家集》本、《七十二家集》本、《陸士衡文集》卷九作『漠』，『漠』與『域』對舉，故據改。

〔六〕『斯』，《文選補遺》卷三十九作『西』。

〔七〕『恪恭授鉞』，《西晉文紀》卷十六作『恭授斧鉞』；《百三家集》本、《七十二家集》本、《文選補遺》卷三十九作『天子授鉞』。又『恪』，《文集》、叢書堂鈔本、《四部叢刊》本、陳仲魚校本脱，此據寄生草堂本、鄧邦述校本校補。又『恭』，《文集》、叢書堂鈔本作『忝』，形近而誤。

〔八〕『截』,《文選補遺》卷三十九作『殲』。

【注釋】

①劉王,指劉備。劉備建安二十三年進位漢中王。負嶮,猶依險。嶮,同險。《集韻》:『險,《説文》:阻難也。或從山。』寇,侵暴。《玉篇》:『寇,暴也,寇盜也。』《三國志》載:關羽守荆州,孫權襲破之,取荆州,虜關羽。劉備怨之,于蜀黄武元年舉兵伐吴,即夷陵之戰。蜀軍分據險地,前後五十余營。見《蜀·先主傳》《吴·吴主傳》。此二句言劉備依險結營,侵凌我西方邊境。

②公侯,指陸遜。夷陵之戰後,遜因軍功,加拜遜輔國將軍,領荆州牧,改封江陵侯。事見《三國志·吴·陸遜傳》。赫怒,盛怒。《詩·大雅·皇矣》:『王赫斯怒,爰整其旅。』鄭玄箋:『赫,怒意。』陳,陳兵。《玉篇》:『陳,列也,布也。』此二句言陸侯盛怒,動干戈而陳兵。

③金鉞,黄鉞,儀仗之用。《説文》:『鉞,大斧也。』鏡,照。《玉篇》:『鏡,鑒也。』絳天,謂映紅天空。《説文》:『絳,大赤也。』此二句言斧鉞照耀日光,雲旗映紅天空。

④凌,通陵,越也。《史記·秦始皇本紀》:『匡飭異俗,陵水經地。』《正義》:『陵作凌,猶歷也。』襄嶽,猶襄陵,登上山嶽。《書·堯典》:『蕩蕩懷山襄陵,浩浩滔天。』孔安國傳:『襄,上也。』沉維,猶沉網。《集韻》:『維,網也。』括淵,猶籠罩深淵。《廣韻》:『括,結也,至也。』此二句言越山岡,登山嶽,如沉網而籠罩深淵。謂軍威壯盛,所向披靡。

⑤元王隕難,指劉備戰敗,病死永安宫。事見《三國志·蜀·先主傳》。隕,通殞,死也。朱駿聲《説

文通訓定聲》：『隕，亦作殞。』鯨鯢，喻不義之將。《左傳・宣公十二年》：『古者明王伐不敬，取其鯨鯢而封之，以爲大戮，於是乎有京觀，以懲淫慝。』杜預注：『鯨鯢，大魚名，以喻不義之人吞食小國。』此二句言元首死于難中，不義之將鎧甲墜落。

⑥ 戎漠，謂謀臣。張九齡《爲魏元忠作祭石嶺没士女文》：『言念北阜，抗憤戎漠。傷心按部，泣吊郊童。』《玉篇》：『漠，謀也。』時殪，猶是亡。《廣韻》：『時，是也。』《爾雅・釋詁》：『殪，死也。』此二句言蜀之謀臣是亡，而吴之國無戰塵矣。

⑦ 曹休東踰，黄武七年，魏曹休舉兵入皖，八月孫權至皖口，陸遜假黄鉞，爲大都督，逆休，大敗之，休退而病死。即指此也。事見《三國志・吴・吴主傳》《陸遜傳》。踰，同逾。《説文》：『踰，越也。』《正韻》：『逾，或作踰。』此二句言曹休向東，越過我之疆界。

⑧ 簡，通柬，選擇。朱駿聲《説文通訓定聲》：『簡，假借爲柬。』《爾雅・釋詁》：『柬，擇也。』帝簡厥佐，因孫權親征，陸遜爲佐將，故謂之。事見《三國志・吴・吴主傳》《陸遜傳》。此二句言帝選擇才傑，將命公爲佐帥。

⑨ 俾，《爾雅・釋詁》：『使也。』啓行，開道前行，猶前鋒。《詩・小雅・六月》：『元戎十乘，以先啓行。』警伐，猶警戒前進。《説文》：『警，戒也。』《廣韻》：『伐，征也。』此二句言乃使我陸公，爲前鋒而警戒前進。

⑩ 江漢之滸，長江漢水之岸，代指魏也。恪恭，恭敬。《爾雅・釋詁》：『恪，敬也。』授鉞，繳其斧鉞，謂降服也。此二句言魏之恭敬降服也。

⑪ 揖帝，拜謁天子。《玉篇》：『手著胸曰揖。』隱，猶隱隱，雷聲。《法言・問道》：『非雷非霆，隱隱耾

耾。』霆，雷聲。《説文》：『霆，雷餘聲也。』此二句言拜謁天子，整頓師旅，勢如雷霆之發。

⑫ 桓桓，威武貌。《書·牧誓》：『勗哉夫子！尚桓桓。』孔安國傳：『桓桓，武貌。』此二句言部隊威武，如神靈懲罰之，故而使魏軍震驚。

⑬ 矯矯，雄勇貌。《詩·魯頌·泮水》：『矯矯虎臣，在泮獻馘。』鄭玄箋：『矯矯，武貌。』元戎，前鋒。見上注。此二句言我公雄壯勇武，在前鋒如虎視之。

⑭ 截彼，謂治彼之罪。《詩·大雅·常武》：『截彼淮浦，王師之所。』毛詩傳：『截，治也。』鄭玄箋：『治淮之旁國有罪者，就王師而斷之。』醜旅，可惡之師。《説文》：『醜，可惡也。』效，呈見，獻。《儀禮·聘禮》：『效馬效羊者，左牽之。』此二句言治彼可惡之師罪過，而向天子獻其武功也。

此段叙述陸公敗劉備、滅曹休之軍功也。先言敗劉備。劉王負險而侵凌，公侯盛怒而陳兵，斧鉞照日，旌旗映天，陵山嶽，籠深淵，蜀軍元首命喪，武將崩潰，於是國境清静。再言滅曹休。曹休東向，帝選輔帥，我公拜揖天子，整頓師旅，爲王前驅，威武雄勇，如雷霆之發，使魏軍震竦，恭敬降服，公斬截魏師，而獻其武功。

武功既彰，天威薄曜①。靈武震華，邊垂〔一〕清暴②。振旅凱入，王假有廟③。假廟伊何，本庸〔二〕寵祚④。土田陪敦，四牡載路⑤。出餞于郊，此惟予顧⑥。禮嘉嵩高，樂和湛露⑦。改容肅至，傾蓋寵步⑧。磬帶翩紛，珍裘阿那⑨。

【校勘】

〔一〕『垂』，《文選補遺》卷三十九作『陲』，古二字通。

〔二〕『庸』，《百三家集》本、《七十二家集》本、《四部備要》本作『膺』，形近而誤。

【注釋】

① 彰，《廣韻》：『明也。』天威，天子之威。潘岳《西征賦》：『案乘輿之尊轡，肅天威之臨顏。』薄曜，謂光輝照臨。薄，迫近。《楚辭·九章·涉江》：『腥臊並御，芳不得薄兮。』王逸注：『薄，附也。』洪興祖補注：『薄，迫也。』此二句言武功既已彰顯，天威之光照臨。

② 靈武，神威。陸機《漢高祖功臣頌》：『灼灼淮陰，靈武冠世。』此二句言神威震動華夏，邊陲清靜安寧。

③ 振旅，整軍而還。《詩·小雅·采芑》：『伐鼓淵淵，振旅闐闐。』鄭玄箋：『振，猶止也。旅，衆也。《春秋傳》曰：出曰治兵，入曰振旅，其禮一也。』王假有廟，王至宗廟而祭祀。《易·萃》：『王假有廟，利見大人。』王弼注：『假，至也。王以聚至有廟也。』此二句言整軍而凱旋，王至宗廟而祭祀先祖。言至宗廟祭祀而告其成功。

④ 伊何，爲何，如之何。《詩·小雅·小弁》：『我罪伊何？心之憂矣，云如之何。』本，《玉篇》：『始也。』庸，當作膺，猶受也。《字彙補》：『膺，當也。』寵祚，恩寵爵位。《玉篇》：『祚，禄也，保也。』此二句言王至宗廟維何，公始受恩寵爵位。

⑤ 土田陪敦，謂增其封地。《左傳·定公四年》：『以昭周公之明德，分之土田陪敦。』杜預：『陪，增也。敦，厚也。』建安二十四年十一月，陸遜與呂蒙襲荆州，擒關羽，領宜都太守，拜撫邊將軍，封華亭侯；其後又破詹晏，擒陳鳳，敗鄧輔、郭睦、鄧凱，降文布，遷右護軍、鎮西將軍，進封婁侯；夷陵之戰，大敗劉備，又加拜輔國將軍，領荆州牧，改封江陵侯；破魏將曹休後，拜上大將軍、右都護。其封地屢增，官爵屢遷，故謂之。事見《三國志·吴·陸遜傳》。四牡載路，言其車服盛也。四牡，駟馬。《詩·大雅·烝民》：『仲山甫出祖，四牡業業。』《説文》：『牡，畜父也。』載路，滿路。《詩·大雅·皇矣》：『帝遷明德，串夷載路。』朱熹《詩集傳》：『載路，謂滿路而去。』此二句言天子增其封地，盛其車服也。

⑥ 餞，餞行。《廣韻》：『餞，酒食送人。』郊，城外。《玉篇》：『邑外曰郊。』此二句言天子出城外而餞行之，此惟有眷顧我公。謂恩寵有加。

⑦ 嵩高，謂禮儀之盛。《詩·大雅·崧高》序：『《崧高》，尹吉甫美宣王也。天下復平，能建國，親諸侯，褒賞申伯焉。』毛詩傳：『崧，高貌。山大而高曰崧。』崧，同嵩。《經典釋文》卷二十一：『崧高，本亦作嵩。』湛露，謂飲宴之樂。《詩·小雅·湛露》序：『《湛露》，天子燕諸侯也。』毛詩傳：『燕，謂與之燕飲酒也。諸侯朝覲會同，天子與之燕，所以示慈惠。湛湛，露茂盛貌。』此二句言禮儀之美猶《崧高》之褒賞申伯，禮樂之和如《湛露》之宴飲諸侯。

⑧ 改容，猶正容。肅至，謂恭敬而至。《玉篇》：『肅，敬也，嚴也。』傾蓋，車蓋相連。《韓詩外傳》第二：『孔子遭齊程本子於剡之間，傾蓋而語，終日有間。』寵步，謂受君主恩寵而緊隨其後也。此二句言陸公改容，至恭至敬，受君恩寵，傾蓋而行。謂緊承天子之後。

⑨ 鞶帶，佩玉之革帶。朱駿聲《説文通訓定聲》：『帶有二，大帶以束衣，用素若絲；革帶以佩玉，用

韋。字從革，當以革帶爲正。』翩紛，舒展紛紜。《詩・大雅・桑柔》：『四牡騤騤，旟旐有翩。』孔穎達疏：『翩是旐旗行而舒展之貌。』《經典釋文》卷二：『紛，《廣雅》云：衆也，喜也，一云盛也。』阿那，猶婀娜。張衡《南都賦》：『阿那蓊茸，風靡雲披。』善注：『阿那，柔弱之貌。』翰注：『阿那，垂貌。』此二句言官帶舒展紛紜，衣裘婀娜多姿。

此段叙述陸公凱旋所受天子之恩寵。公之威震華夏，自此邊陲安寧，班師凱旋，天子告成功于宗廟，增其封地，盛其車服，禮儀之美猶如《崧高》，音樂之和過於《湛露》，公儼然恭敬，追隨天子之後，官帶翩翩，衣裘婀娜，何其美也。

區宇惟寧，繁遏帝祉①。於穆疇咨，敷奏多士②。將庸元輔，相惟〔一〕天子③。僉曰公侯，宜有爰止④。繡裳縟藻，衮帶重紫⑤。遂虛上司，命公登宰⑥。帝曰丞相，朕嘉君德。以茲軒冕，往踐乃職⑦。宣爾叡心，維皇〔二〕協極⑧。邦國若否，四方爾式⑨。公拜稽首，欽翼明聖⑩。乃御璣衡〔三〕，仰徽七政⑪。祗恪丕〔四〕顯，無易惟命⑫。巍巍天邑，惟清四門⑬。公侯作弼，煥炳皇〔五〕文⑭。重輝熾景，協風〔六〕熛煴⑮。百神秩祀，兆獻思淳⑯。克諧庶尹，遂成帝勳⑰。時雍既濟，王途克廣⑱。儀形〔七〕我度，軌物垂象⑲。後遐施歸，崇膺惠仰⑳。茂德棲音，廣問沉響㉑。

【校勘】

〔一〕『惟』，《百三家集》本、《七十二家集》本作『維』，古二字通。

〔二〕『皇』，《文集》、《七十二家集》本、叢書堂鈔本、《四部叢刊》本、鄧邦述校本、陳仲魚校本作『黄』。《西晉文紀》卷十六、《百三家集》本、《文選補遺》卷三十九作『皇』，今據改。

〔三〕『璣衡』，《文集》、叢書堂鈔本、《四部叢刊》本、鄧邦述校本、陳仲魚校本作『機衡』。《百三家集》本、《七十二家集》本、《文選補遺》卷三十九作『璣衡』，今據改。

〔四〕『丕』，《文集》、《四部叢刊》本、鄧邦述校本、陳仲魚校本作『本』。《百三家集》本、《西晉文紀》卷十六、《七十二家集》本作『丕』，今據改。

〔五〕『皇』，《百三家集》本作『星』，形近而誤。

〔六〕『風』，《西晉文紀》卷十六作『氣』。

〔七〕『形』，《七十二家集》本作『刑』，古二字通。

【注釋】

① 繁遏，周頌之樂，即《執競》，乃頌武王功業之歌。《詩・周頌・時邁》朱熹《詩集傳》：『《外傳》又曰：金奏肆夏、繁遏、渠，天子以饗元侯也。韋昭注云：肆夏一名樊，韶夏一名遏，納夏一名渠，即《周禮》九夏之三也。呂叔玉云：肆夏，《時邁》也；繁遏，《執競》也；渠，《思文》也。』帝祉，猶帝業。《説文》：『祉，福也。』此二句言天下安寧，惟頌武王功業之歌。謂帝業昌盛也。

② 於穆，歎美之詞。《詩・周頌・清廟》：『於穆清廟，肅雝顯相。』毛詩傳：『於，歎辭也。穆，美。』疇咨，猶言謀議。陸機《辨亡論上》：『疇咨俊茂，好謀善斷。』善注：『《尚書》：帝曰：疇咨，若時登庸。』濟

注：『疇咨，謀議也。』敷奏，奏陳。《書・舜典》：『敷奏以言，明試以功，車服以庸。』孔安國傳：『敷，陳；奏，進也。』此二句言濟濟多士，紛紛奏陳美之謀略。

③ 庸，《說文》：『用也。』相惟，即惟相。《廣韻》：『相，助也，扶也。』此二句言將選用朝之首輔，惟乃輔佐天子。

④ 僉，《廣韻》：『皆也。』爰止，謂止於其身。《詩・小雅・采芑》：『鴥彼飛隼，其飛戾天，亦集爰止。』鄭玄箋：『爰，於也。亦集於其所止，喻士卒須命乃行也。』此二句言朝臣皆曰：惟公侯宜居相位。吴赤烏七年，陸遜代顧雍爲丞相，即指此事。事見《三國志・吴・陸遜傳》。

⑤ 繡裳，五色之朝服。《詩・秦風・終南》：『君子至止，黻衣繡裳。』毛詩傳：『五色備謂之繡。』縟藻，色彩繁多。《說文》：『縟，繁采色也。』衮，上公之禮服。《詩・豳風・九罭》：『我覯之子，衮衣繡裳。』毛詩傳：『衮衣，卷龍也。』鄭玄箋：『王迎周公，當以上公之服往見之。』《經典釋文》卷六：『天子畫升龍於衣，上公但畫降龍。』重紫，公侯衣帶之色。揚雄《解嘲》：『紆青拖紫，朱丹其轂（轂）。』善注：『《東觀漢記》曰：印綬，漢制：公侯紫綬，九卿青綬。』此二句言身著繁縟藻繡之龍衣，佩上公之紫綬。

⑥ 虚，虚位以待。上司，典司衆臣之首輔，謂丞相。《禮記・曲禮》：『子之五官曰司徒、司馬、司空、司士、司寇，典司五衆。』鄭玄注：『衆，謂群臣也。』此二句言遂虚丞相之職，命公位登宰輔。

⑦ 此四句言帝曰丞相，朕嘉美君之德行，賜以此之車服，君往履行其職。

⑧ 叡心，明達之心。《說文》：『睿，深明也，通也。』睿，同叡。《集韻》：『叡，古作睿。』維皇，惟大也。庾信《喜晴應詔》：『御辯誠膺録，維皇稱有建。』吴兆宜注：『《尚書》：維皇上帝，降衷於下民。』協，和諧。《說文》：『協，衆之同和也。』極，中正之道。《書・洪範》：『皇極，皇建其有極。』孔安國傳：『大中之道，大

立其有中，謂行九疇之義。』此二句言宣爾明達之心，協和中正之大道。

⑨ 邦國若否，邦國之善惡。《詩·大雅·烝民》：『邦國若否，仲山甫明之。』鄭玄箋：『若，順也。順否，猶臧否，謂善惡也。』爾式，猶式爾，效法爾也。《説文》：『式，法也。』此二句言邦國之善惡，四方皆效法爾也。謂惟四方皆效法爾，故爾須揚邦國之善而去惡也。上四句亦擬天子之言。

⑩ 稽首，禮拜而首至地。《書·舜典》：『禹拜稽首，讓于稷契暨臯陶。』孔安國傳：『稽首，首至地。』欽翼，恭敬輔之。陸機《皇太子宴玄圃宣猷堂有令賦詩》：『欽翼昊天，對揚成命。』濟注：『輔，翼。』《説文》：『欽，一曰敬也。』此二句言公稽首拜受之，恭敬輔佐聖明之君。

⑪ 御，猶掌管。《玉篇》：『御，治也。』璣衡，正天文之器，猶國柄。徽，美善。《爾雅·釋詁》：『徽，善也。』七政，日月五星也，謂治政合乎天之曆數。《書·舜典》：『在璿璣玉衡，以齊七政，肆類於上帝。』孔安國傳：『在，察也。璿，美玉。璣、衡，王者正天文之器，可運轉者。七政，日月五星各異政。舜察天文，齊七政，以審己當天心與否。』此二句言於是掌管國柄，仰觀天文而行善政。

⑫ 祇恪，恭敬。《爾雅·釋詁》：『祇，敬也。』又『恪，敬也』。丕顯，謂大明其德。《書·太甲上》：『先王昧爽丕顯，坐以待旦。』孔安國傳：『爽，顯，皆明也。言先王昧明思大明其德，坐以待旦而行之。』無易，猶不易。《禮記·問傳》：『無易之道也。』鄭玄箋：『無易，猶不易也。』惟命，惟視天命。《書·康誥》：『惟命不于常。』孔安國傳：『故當念天命之不于常，汝行善則得之，行惡則失之。』此二句言恭敬而明其德，惟從天命而不易其道。

⑬ 天邑，大邑，謂吴也。《書·多士》：『予敢求爾于天邑商。』孔安國傳：『我敢求汝於大邑商，將任用之。』四門，猶四方。《書·舜典》：『賓於四門，四門穆穆。』孔安國傳：『四門，四方之門。舜流四凶族，四方

諸侯來朝者，舜賓迎之，皆有美德，無凶人。」此二句言巍巍之大吴，惟清四方之凶族。謂使吴安寧也。

⑭弼，輔臣。《爾雅・釋詁》：「弼，俌也。」郭璞注：「俌，猶輔也。」焕炳，鮮明貌。潘岳《西征賦》：「較面朝之焕炳，次後庭之猗靡。」向注：「焕炳，明貌。」皇，《説文》：「大也。」文，禮樂制度。《論語・子罕》：「文王既没，文不在兹乎！」朱熹《四書章句》：「道之顯者謂之文，蓋禮樂制度之謂。」此二句言公作輔弼大臣，光大禮樂制度。

⑮重輝，猶重光，日月也。《經典釋文》卷四：「重光，馬云：日月星也。太極上元十一月朔旦冬至，日月如疊璧，五星如連珠，故曰重光。」熾景，光影盛也。《爾雅・釋言》：「熾，盛也。」《説文》：「景，光也。」協風，和風。《國語・鄭語》：「虞幕能聽協風，以成樂物生者也。」韋昭注：「協，和也。」煙熅，天地之元氣。班固《東都賦》：「降煙熅，調元氣。」善注：「《周易》曰：天地絪緼，萬物化醇。」銑注：「煙熅，即元氣也。」此二句言使日月盛顯光明，和風協於元氣。

⑯百神秩祀，按其次序而祭祀衆神。《廣韻》：「秩，序也。」兆獻，猶黎獻，指黎民也。《書・益稷》：「萬邦黎獻，共惟帝臣。」此二句言衆神依次而祭之，使黎民思其淳樸。

⑰克，《玉篇》：「能也。」庶尹，百官。陸機《辨亡論上》：「庶尹盡規於上，四民展業於下。」善注：「《尚書》曰：庶尹允諧。孔安國傳曰：尹，正也。」濟注：「庶尹，百官也。」此二句言能和諧百官，而使吴終成帝業。

⑱時雍，風俗和也。《書・堯典》：「百姓昭明，協和萬邦，黎民於變時雍。」孔安國傳：「雍，和也。」濟，成功。《爾雅・釋言》：「濟，成也。」此二句言民風和諧已成，王之道路愈廣。

⑲儀形，謂以爲法則。《詩・大雅・文王》：「儀刑文王，萬邦作孚。」毛詩傳：「刑，法。」鄭玄箋：

『儀法文王之事，則天下咸信而順之也。』形，通刑。《逸周書・武紀》：『其刑慎而殺。』朱右曾校釋：『形、刑古通。』軌物，謂取法萬物。《左傳・隱公五年》：『君將納民於軌物者也。』垂象，謂天所垂示日月星辰之形象。《易・繫辭上》：『天垂象，見吉凶，聖人象之。』此二句言我之法度，儀形天垂之象，取法萬物之化。

⑳ 後遐施歸，謂棄其疏遠而施恩於歸附者。《說文》：『後，遲也。』引爲疏遠。《集韻》：『施，惠也。』崇廕惠仰，謂厚其德蔭而仁愛於仰慕者。《集韻》：『廕，庇也。』《說文》：『惠，仁也。』此二句謂其德澤廣被也。

㉑ 茂德，盛德。潘岳《楊荊州誄》：『篤生戴侯，茂德繼期。』向注：『言厚生茂盛之德，繼百年之期。』棲音，止其音，謂不鳴也。《玉篇》：『棲，鳥棲也。』引作止。廣問，謂令聞廣也。問，通聞。《經典釋文》卷七：『令聞，音問，本亦作問。』沉響，沉默其聲，謂不言也。《說文》：『響，聲也。』此二句言雖有盛德而不言之，雖廣令名而沉默之。謂其謙抑克己，不事張揚。

此段讚美陸公身登宰輔，其文治之功也。先言衆望之所歸。天下安寧，帝業昌盛，帝咨朝臣，將用元輔，皆謂公侯，宜當其任；於是身著龍衣，繡裳紫帶，而登宰輔。再言天子之期待。帝曰朕嘉美其德，賜此車服，使履丞相之職，汝須示以睿智，協和中正大道，去惡從善，垂範四方。次言文治之功業。公拜受其職，敬輔聖明，上察天心而施行美政，敬德而不違天命；下崇皇朝而清寧四方，光大其禮樂制度。於是日月光明，和風協時，百神歆享，萬民淳樸，百官和諧，帝業輝煌。後言謙抑之風範。風俗雍和，王道廣矣，然公儀形天象，取法萬物，廣被恩澤，謙抑克己。

洪範遠迪，玄猷洞深①。靈澤崇藪，天嶮〔一〕垂陰②。翰飛樂嶮，淵〔二〕蟠泳沉③。澤〔三〕豐泉丘，潤博雲林④。遭世大過，彝〔四〕倫靡肅⑤。亹亹公侯，思維〔五〕雅俗⑥。發憤戎衣〔六〕，永言禮樂⑦。被介〔七〕敦化，荷戈思學⑧。體仁長物，御禮〔八〕熙國⑨。叡鑒擢微，玄輝鏡璞⑩。戒危膏粱〔九〕，收俊〔一〇〕白屋⑪。五品時訓，民神攸鑠⑫。

【校勘】

〔一〕「嶮」，《百三家集》本、《七十二家集》本、《四部備要》本作「險」，古二字同。

〔二〕「淵」，《西晉文紀》卷十六作「深」。

〔三〕「澤」，《文選補遺》卷三十九作「思」。

〔四〕「彝」，《文集》、叢書堂鈔本、《文選補遺》卷三十九作「夷」。《西晉文紀》卷十六、《百三家集》本、《四部叢刊》本、鄧邦述校本、陳仲魚校本作「彝」，今據改。

〔五〕「維」，《西晉文紀》卷十六、《四部備要》本、鄧邦述校本作「惟」，古二字通。

〔六〕「發憤戎衣」，《文選補遺》卷三十九作「發慎我衣」，二字形近而誤。

〔七〕「介」，《文集》、叢書堂鈔本、《西晉文紀》卷十六、《百三家集》本、《四部叢刊》本、鄧邦述校本、陳仲魚校本作「分」，語意扞格。《文選補遺》卷三十九作「介」，今據改。

〔八〕「禮」，《文集》、《西晉文紀》卷十六、《百三家集》本、叢書堂鈔本、《四部叢刊》本、《四部備要》本、鄧邦述校本、陳仲魚校本作「風」，語意扞格。《七十二家集》本作「禮」，今據改。

〔九〕「粱」，《七十二家集》本作「梁」。

〔一〇〕「俊」，《文集》、叢書堂鈔本、《四部叢刊》本、鄧邦述校本、陳仲魚校本作「後」，形近而誤；《百三家集》本、《西晉文紀》卷十六作「俊」，今據改。

【注釋】

① 洪範，天地大法。《書·洪範》：「以箕子歸作洪範。」孔安國傳：「洪，大；範，法也。言天地之大法。」遠迪，猶言至遠也。《爾雅·釋詁》：「迪，進也。」玄猷，深遠之道。《郊廟歌辭·享太廟樂章·嚴和》：「肅肅清廟，赫赫玄猷。」《廣韻》：「猷，圖也，道也。」此二句言天地之法至其悠遠，深遠之道洞察幽深。

② 靈澤，天之膏潤，謂雨露。《楚辭·九思·憫上》：「思靈澤兮一膏沐。」王逸注：「靈澤，天之膏潤也。」崇藪，猶深澤也。《國語·周語下》：「不墮山，不崇藪。」韋昭注：「崇，高也。澤無水曰藪。」嶮，同險。見上注。此二句言如雨露潤於深澤，垂陰庇於天險。

③ 翰飛，高飛。《詩·小雅·小宛》：「宛彼鳴鳩，翰飛戾天。」毛詩傳：「翰，高。」淵蟠，龍潛深淵。《韻會》：「蟠，伏也。」此二句言高鳥樂飛於天險，潛龍浮游於深淵。謂衆物出潛離隱也。

④ 此二句言潤澤盛其山泉，廣被雲林也。

⑤ 大過，猶言大亂。荀悦《前漢紀·高后紀》：「諸吕大過，漸至縱横。」彝倫，猶倫理。《書·洪範》：「我不知其彝倫攸叙。」孔安國傳：「言我不知天所以定民之常道理次序，問何由。」《經典釋文》卷二十二：「彝倫，彝，常；倫，理也。」靡肅，無整肅，謂失序。《爾雅·釋言》：「靡，無也。」《玉篇》：「肅，敬也，嚴也。」

此二句言世遭大亂，倫理失序。

⑥ 亹亹，勤勉不倦貌。《詩·大雅·文王》：「亹亹文王，令聞不已。」毛詩傳：「亹亹，勉也哉。」鄭玄箋：「勉勉乎不倦，文王之勤用明德也。」思維，惟思也。王引之《經傳釋詞》卷三：「惟，獨也，常語也。或作唯、維。」雅俗，謂化俗爲雅也。呂和叔《上族叔齊河南書》：「使學通天人，文正雅俗。」此二句言公侯勤勉不倦，惟思化俗爲雅也。謂易其風俗也。

⑦ 發憤，猶勤奮。《論語·述而》：「其爲人也發憤忘食，樂以忘憂。」戎衣，甲胄之服。《書·武成》：「一戎衣，天下大定。」孔安國傳：「衣，服也。一著戎服而滅紂。」此二句身著戎衣，勤奮好學，長言禮樂。

⑧ 被，《韻會》：「荷衣曰被。通作披。」介，鎧甲。《廣雅·釋器》：「介，鎧也。」敦化，厚教化也。《禮記·中庸》：「小德川流，大德敦化。」《廣韻》：「敦，亦厚也。」此二句言披鎧甲而厚其教化，負戈矛而思學禮義。

⑨ 體仁，猶言以仁爲體。長物，猶言利物之長。《易·乾》：「君子體仁足以長人，嘉會足以合禮，利物足以和義，貞固足以幹事。」朱熹《周易本義》：「以仁爲體，則無一物不在所愛之中，故足以長人。」御禮，治禮義也。《玉篇》：「御，治也。」熙國，興國。《爾雅·釋詁》：「熙，興也。」此二句言以仁爲本，長養萬物，治理禮義，使國興盛。

⑩ 叡鑒，猶明鑒。《説文》：「睿，深明也，通也。」又《集韻》：「叡，古作睿。」擢微，顯其幽微。《廣韻》：「擢，出也。」玄輝，天輝。《釋名·釋天》：「天，又謂之玄。」鏡，猶照。《玉篇》：「鏡，鑑也。」此二句言明鑒顯其幽微，天輝照其璞玉。謂識見深微也。

⑪ 戒危，警示使懼也。《説文》：「戒，警也。」又「危，在高而懼也」。膏粱，代指世家子弟。《國語・晉語》：「夫膏粱之性難正也。」韋昭注：「膏，肉之肥者。粱，食之精者。」白屋，代指貧賤之士。《孔子家語・賢君》：「周公居冢宰之尊，制天下之政，而猶下白屋之士。」王肅注：「草屋也。」此二句言警誡世家子弟，舉賢貧賤之士。

⑫ 五品，五常，謂仁義禮智信。《書・舜典》：「契，百姓不親，五品不遜。」孔安國傳：「五品，謂五常。遜，順也。」時訓，猶言是順也。《爾雅・釋詁》：「時，是也。」訓，通遜。《廣雅・釋詁》：「訓，順也。」與遜轉相詁訓。攸鑠，所美也。《爾雅・釋言》：「攸，所也。」《爾雅・釋詁》：「鑠，美也。」此二句言順五常之倫理，是人神之所美。

此段頌美陸公澤被天下而廣施教化也。先言澤被天下。其法天地而化遠方，道深遠而察幽深，如天之膏澤而潤澤藪，庇天險，豐山泉，被雲林，故使高鳥戾天，潛龍出淵。再言整頓禮樂。世遭大亂，倫理不存，公侯勤勉，匡正時俗；雖著戎衣、披鎧甲，亦興禮樂，厚教化，而思學文。後言禮樂興國。本於仁而養物，治於禮而興國，識見深微，舉賢戒危，順其五常，人神美之。

我有奂〔一〕文，如曜如辰①。何以崇之，匪闈伊人②。我有烈武，如霆如震〔二〕③。何以將之，保大豐年④。思弘景業，熙世登民⑤。克壯碩老，秉鉞河津⑥。祉祚勿引，早〔三〕世幽神⑦。仰慕遺輝，痛辟憂殷⑧。嗚呼哀哉！永惟我公，克明德心⑨。紛〔四〕藹芳和，被之惠林⑩。公侯没〔五〕矣，孰嗣徽音⑪？名存體逝，德茂〔六〕形潛⑫。民之秉思，好是謳〔七〕吟⑬。嗚呼哀哉！惟帝念功，寵命光大⑭。考謚典謨，崇榮協泰⑮。安宫〔八〕載考，我公于邁⑯。轜〔九〕軒啓塗，先驅鶩旆〔一〇〕⑰。哀風結輿，遺思馮蓋⑱。舍此休明，即彼重藹〔一一〕⑲。攀慕靡及，永戀光愛〔一二〕⑳。嗚呼哀哉！

【校勘】

〔一〕『奐』，《百三家集》本、《七十二家集》本、《文選補遺》卷三十九作『煥』，古二字同。《四部備要》本作『涣』，誤。

〔二〕『如霆如震』，《西晉文紀》卷十六、《百三家集》本、《四部叢刊》本、鄧邦述校本、陳仲魚校本作『如震如霆』。《文選補遺》卷三十九作『如雷如霆』。陸貽典、傅增湘並校作『如震如霆』。

〔三〕『早』，《西晉文紀》卷十六作『蚤』，古二字通。

〔四〕『紛』，《文選補遺》卷三十九作『窈』。

〔五〕『没』，《文選補遺》卷三十九作『殁』，古二字通。

〔六〕『茂』，《百三家集》本、《七十二家集》本作『懋』，古二字通。

〔七〕『謳』，《文集》、《西晉文紀》卷十六、叢書堂鈔本、《四部叢刊》本、鄧邦述校本、陳仲魚校本作『嘔』，形近而誤。《百三家集》本、《七十二家集》本、《文選補遺》卷三十九作『謳』，今據改。

〔八〕『宫』，鄧邦述校本作『官』，形近而誤。

〔九〕『轜』，《文選補遺》卷三十九、《西晉文紀》卷十六、鄧邦述校本、陳仲魚校本作『輀』，古二字同。

《玉篇》：『輴，同輲。』

〔一〇〕『驚旆』，《四部備要》本、鄧邦述校本作『警旅』。

〔一一〕『即彼重藹』，《文選補遺》卷三十九作『即此重昧』。

〔一二〕『愛』，《文選補遺》卷三十九作『大』。

【注釋】

① 奂文，謂顯明之禮儀。《論語・泰伯》：『巍巍乎其有成功也，焕乎其有文章。』何晏《集解》：『焕，明也。其立文垂制，復著明也。』焕，同奂。《玉篇》：『焕，明盛。亦作奂。』此二句言我有顯明之禮儀，粲如日光星辰。

② 崇，使盛也。《爾雅・釋詁》：『崇，充也。』郭璞注：『亦爲充盛。』匪，同非。《説文》：『匪，一曰非也。』闡，猶明。《玉篇》：『闡，明也，開也。』伊人，是人。《詩・秦風・蒹葭》：『所謂伊人，在水一方。』毛詩傳：『伊，維也。』鄭玄箋：『伊，當作緊。緊，猶是也。』此二句言何以盛其禮儀，非此人不可明也。

③ 烈武，輝煌之武功。《書・洛誥》：『公稱丕顯德，以予小子，揚文武烈。』《爾雅・釋詁》：『烈，光也。』如霆如震，如雷霆之振物。《詩・大雅・常武》：『如雷如霆，徐方震驚。王奮厥武，如震如怒。』《説文》：『震，劈歷振物者。』又『霆，雷餘聲也』。此二句言我有輝煌之武功，如雷霆而振萬物。

④ 將之，行之。《詩・大雅・烝民》：『肅肅王命，仲山甫將之。』毛詩傳：『將，行也。』保大豐年，謂保國而豐其財。《左傳・宣公十二年》：『夫武，禁暴、戢兵、保大、定功、安民、和衆、豐財者也。』楊伯峻

《春秋左傳注》：『肆于時夏，允王保之，保大也。……屢豐年，豐財也。』按：『肆于時夏，允王保之』乃出《詩·周頌·時邁》。鄭玄箋：『肆，陳也。我武王求有美德之士而任用之，故陳其功於是夏而歌之樂。歌大者稱夏。允，信也。信哉，武王之德能長保此時夏之美。』此二句言何以成其武功，非此人不可保國豐財也。

⑤ 弘，弘揚。《爾雅·釋詁》：『弘，大也。』景業，大業。《爾雅·釋詁》：『景，大也。』熙世，和諧世風。《廣韻》：『熙，和也。』登民，謂繁衍其民也。《周禮·秋官司寇》：『司民掌登萬民之數。』鄭玄注：『登，上也。』此二句言思弘揚其大業，使世之和諧而民之衆也。

⑥ 克壯，克壯其猶之略，謂能大其謀也。《詩·小雅·采芑》：『方叔元老，克壯其猶。』毛詩傳：『壯，大。』鄭玄箋：『猶，謀也。謀，兵謀也。』碩老，猶元老。揚雄《劇秦美新》：『是以耆儒碩老，抱其書而遠遜。』良注：『碩，大也。大老，謂老儒也。』克壯碩老，乃碩老克壯之倒語。河津，河邊渡口。庾信《春賦》：『三日曲水向河津，日晚河邊多解神。』此指要塞。此二句元老能廣其用兵之謀，而持斧鉞於要塞。

⑦ 勿引，猶言不可留之。《管子·內業》：『勿引勿推，福將自歸。』房玄齡注：『去而勿引……福則自歸也。』祉祚，福禄。《説文》：『祉，福也。』《正韻》：『祚，福也，禄也。』幽神，幽冥之神，謂死也。《淮南子·精神訓》：『生不足以掛志，死不足以幽神。』此二句言其福禄不可留之，早世而殞也。

⑧ 寤辟，醒而拍胸。《詩·邶風·柏舟》：『静言思之，寤擗有摽。』毛詩傳：『擗，拊心也。』擗，同辟。《經典釋文》卷五：『寤辟，本又作擘，拊心也。』憂殷，憂愁之盛。《詩·邶風·北門》：『出自北門，憂心殷殷。』鄭玄箋：『心爲之憂殷殷然。』此二句言仰慕留下之光輝，醒而拊胸，憂愁深重。

⑨ 克明德心，謂能明德心也。《詩·魯頌·泮水》：『明明魯侯，克明其德。』此二句言惟有我公能長明

其德心也。

⑩ 紛藹，繁多。陸機《文賦》：『雖紛藹於此世，嗟不盈於予掬。』翰注：『紛藹，謂繁多也。』此二句言德心繁盛芬芳，仁惠被之山林。

⑪ 没，同歿，死亡。《韻會》：『歿，《説文》：終也。通作没。《孝經序》：夫子没而微言絶。』嗣，繼也。徽音，謂美善之德音。《詩·大雅·思齊》：『大姒嗣徽音，則百斯男。』鄭玄箋：『徽，美也。嗣大任之美音，謂續行其善教令。』《玉篇》：『嗣，續也。』此二句言公侯逝世，誰可繼承其美善之德音！

⑫ 此二句言身逝形隱，而英名長存，德行盛矣。

⑬ 民之秉思，民執其思。《詩·大雅·烝民》：『民之秉彝，好是懿德。』鄭玄箋：『秉，執也。』好，《説文》：『美也。』此二句言民衆心存思念，而謳歌美之也。

⑭ 此二句言惟天子念其功德，寵命有加而光大其名。

⑮ 謚，謚號，稽之死者生平而追贈其名號。《經典釋文》卷七：『謚，悉也，生存之行終始悉録之，以爲謚也。』謚，同諡。典謨，《書》之篇目。《經典釋文》：『典凡十五篇，正典二，攝十三，十一篇亡。謨凡三篇，正二攝一。』此泛指典籍。協泰，協於天地通泰。泰爲《易》六十四卦之一。由上乾下坤所組合，名之爲《泰》，象徵通泰。此二句言稽考典籍而定謚號，尊崇榮顯而協和天地。《三國志·吴·陸遜傳》：孫休時，追謚遜曰昭侯。蓋言此也。

⑯ 安宫，謂墓室。《説文》：『宫，室也。』載考，謂則已成也。《詩·小雅·湛露》：『厭厭夜飲，在宗載考。』鄭玄箋：『載之言則也。考，成也。』于邁，往行也，謂出殯。《詩·大雅·棫樸》：『周王于邁，六師及之。』鄭玄箋：『于，往；邁，行也。』此二句墓室已成，我公則往行之。

⑰ 轜軒，靈車。潘岳《寡婦賦》：『龍轜儼其星駕兮，飛旐翩以啓路。』善注：『轜，《説文》：喪車也。』啓塗，出發道中。《玉篇》：『啓，開發也。』驚斾，指靈幡。《説文》：『斾，繼旐之旗也。』斾，同旆。《正字通》：『斾，俗旆字。』此二句言靈車啓行道中，靈幡爲之先驅。

⑱ 結，猶鬱積。陸機《挽歌》：『悲風徽行軌，傾雲結流靄。』善注：『結，猶積也。』馮，猶彌漫。《集韻》：『馮，盛也。』此二句哀傷之風鬱積靈車，遺留之思彌漫車蓋。

⑲ 休明，美善光明，謂光明美好之人世。《左傳・宣公三年》：『德之休明雖小，重也。』重藹，樹木掩映，此引申爲幽暗。釋支遁《詠八日詩》：『八維披重藹，九霄落芳津。』《玉篇》：『藹，樹繁茂。』此二句言舍其休明之人世，而就彼幽暗之冥路。

⑳ 攀慕，猶追慕。褚遂良《唐太宗文武皇帝哀册文》：『嗟厚德之長違，仰高天而攀慕。』靡及，猶不及。《詩・小雅・皇皇者華》：『駪駪征夫，每懷靡及。』攀慕靡及，謂追思無已也。光愛，猶言惠愛。光，恩惠。《漢書・禮樂志》：『下民之樂，子孫保光。』顔師古注：『言永保其光寵也。』此二句言我追思不已，長戀其惠愛也。

此章總述陸公生前之功德，死後之哀榮。先言其曠世之功業。公崇尚教化，彰明禮樂，武功顯赫，保國安民；思欲弘揚偉業，和世生民，博取元老之謀，鎮守要津，然其業未弘，早世殞落，故令人憂傷仰慕也。再言萬民之追悼。公明德馨香，廣被山林，身逝形隱，英名盛德長存，公其逝也，無人可繼，故萬民思之而頌其德業。後言死後之哀榮。帝思其功，寵命優渥，崇顯榮耀，協和天人，故依舊典而追贈謚號；公之出殯，就此冥途，靈幡駭心，吹風哀傷，人之追思無已，長懷惠愛。

晉故散騎常侍陸府君誄

【題解】

此文與上文相似，追溯輝煌家世，概述行迹人格，描述其生極顯赫、死備哀榮的輝煌人生。然上文以頌美顯赫之功業爲核心，而此文由於所誄對象有由吴仕晉的特殊經歷，故雖也泛言其文治武功的業績，却重在表現其道德垂世、胸襟寬弘、才識過人，有古聖賢之風，故寫其亡也，以仲尼喪魯、子産殞鄭喻之。圍繞這一核心，選擇齊家治政、匡扶暗主、吴亡歸隱、仕晉齊聖幾個方面加以叙述。而生前受人景仰，死後所備哀榮，既與其德行、人品存在因果聯繫，也是對陸公之德行、人品側面的渲染，故全文頗見一番剪裁的功夫。此外，文章述其行迹，以入晉之前爲主體，既與所誄對象仕晉時間較短有關，也與作者的當時屏居鄉里的心態有關。而叙公之不得已而仕晉，『愷樂承明，桑梓猶哀』，雖備極榮耀而思歸故園，也與作者的這一心態有關，故傷悼之情中别有情感寄託。

據序文可知，此誄當作於太康五年（二八四）四月，或稍後。

惟太康五年夏四月丙申，晉故散騎常侍吴郡陸君卒①。嗚呼哀哉！天降純嘏，誕育俊乂〔一〕②。才雄〔二〕九奥，德鍾三懿③。應運繼期，顯微闡昧④。特〔三〕恢大猷，雍化熙世⑤。昊天不吊，奄忽零墜⑥。嗚呼哀哉！朝隕棠幹，邦喪國輝⑦。帝欽遺烈，士詠清機⑧。思經皇心，痛浹民懷⑨。揮淚充邑，惜慟〔四〕盈畿⑩。敢述洪迹〔五〕，于兹素旂⑪。其辭曰：

【校勘】

〔一〕「又」，《文集》、叢書堂鈔本、《四部叢刊》本、《四部備要》本、《西晉文紀》卷十六作「又」，皆形近而誤。寄生草堂本、《百三家集》本、《七十二家集》本、鄧邦述校本、陳仲魚校本作「又」，今據改。

〔二〕「雄」，《文集》、叢書堂鈔本、陳仲魚校本脱。寄生草堂本作「毓」。《西晉文紀》卷十六、《百三家集》本、鄧邦述校本作「雄」，今據改。

〔三〕「特」，《文章辨體彙選》卷七百三十七作「峙」。

〔四〕「慟」，《西晉文紀》卷十六作「痛」。

〔五〕「迹」，《文章辨體彙選》卷七百三十七作「業」。

【注釋】

①惟，王引之《經傳釋詞》卷三：「發語詞也。」陸君，陸喜，字文種，或恭仲。乃遜弟瑁之子，士龍從叔。太康四年入晉爲散騎常侍，五年夏四月卒。《晉書·陸喜傳》：「太康中，下詔曰：僞尚書陸喜等十五人，南士歸稱，並以貞潔不容皓朝，或忠而獲罪，或退身修志，放在草野。主者可皆隨本位就下拜除，敕所在以禮發遣，須到隨才授用。乃以喜爲散騎常侍，尋卒。子育，爲尚書郎、弋陽太守。」

②純嘏，猶言大福。《詩·小雅·賓之初筵》：「錫爾純嘏，子孫其湛。」毛詩傳：「嘏，大也。」鄭玄箋：

『純，大也。嘏，謂尸與主人以福也。』誕育，猶誕生。潘勗《册魏公九錫文》：『乃誘天衷，誕育丞相。』善注：『《詩傳》：誕，大也。』向注：『誕，謂生也。』俊乂，俊才。《書・皋陶謨》：『九德咸事，俊乂在官。』《經典釋文》卷三：『馬曰：千人曰俊，百人曰乂。』此二句言天賜大福，誕生如此俊才。

③ 九奧，猶九州。《書・禹貢》：『九州攸同，四隩既宅。』孔安國傳：『四方之宅，已可居隩。』隩，同奧。《經典釋文》卷十三：『奧，字又作隩。』三懿，猶三德。懿，美德。《爾雅・釋詁》：『懿，美也。』然古稱三德，其義歧異。《書・洪範》：『三德：一曰正直，二曰剛克，三曰柔克。』杜預《左傳集解》注同《書》。《周禮・地官司徒下》：『以三德教國子：一曰至德，以爲道本；二曰敏德，以爲行本；三曰孝德，以知逆惡。』《大戴禮記・四代》：『有天德，有地德，有人德，此謂三德。』此乃泛指德行之美。此二句言才能稱雄于九州，德行聚集其三美。

④ 應運，應天之歷數。陸機《吴趨行》：『邦彦應運興，粲若春林葩。』善注：『《春秋命歷序》曰：五德之運徵，符合應録，次相代也。』繼期，承天之運數。潘岳《楊荆州誄》：『篤生戴侯，茂德繼期。』闡，猶明。《玉篇》：『闡，明也，開也。』此二句言應天承運，顯其幽微而明其暗昧。謂其仕于晉也。

⑤ 特，猶惟。《廣雅・釋詁》：『特，獨也。』恢，弘揚。《廣韻》：『恢，大也。』大猷，大道。《詩・小雅・巧言》：『秩秩大猷，聖人莫之。』鄭玄箋：『猷，道也。』雍化，協和教化。《玉篇》：『雍，和也。』熙世，和諧世風。《廣韻》：『熙，和也。』此二句惟弘揚天地之大道，協其教化，和諧世風。

⑥ 昊天不吊，上天不善，乃呼天搶地之語。《春秋穀梁傳序》：『昊天不吊，大山其頽。』奄忽，猶遽然。《古詩・今日良宴會》：『人生寄一世，奄忽若飇塵。』善注：『《方言》曰：奄，遽也。』銑注：『奄忽，疾也。』零墜，凋零墜落，喻死也。《焦氏易林》卷二：『雪梅零墜，心思憒憒。』此二句言天何不善，而使遽然而逝。

⑦ 隕，通殞，死也。朱駿聲《説文通訓定聲》：「隕，亦作殞。」棠幹，甘棠之幹，喻德化廣被之重臣。《詩・召南・甘棠》序：「《甘棠》，美召伯也。召伯之教，明於南國。」鄭玄箋：「召伯聽男女之訟，不重煩勞，百姓止舍小棠之下而聽斷焉。國人被其德，説其化，思其人，敬其樹。」故以爲喻也。此二句言朝殞此重臣，邦喪其輝光。

⑧ 欽，《説文》：「一曰敬也。」遺烈，遺業。《爾雅・釋詁》：「烈，業也。」清機，思清而悟幽微之理。曹攄《思友人詩》：「精義測神奥，清機發妙理。」善注：「機，樞機也。」銑注：「文思清機，變動入妙理也。」此二句言天子敬其遺業，士人頌其妙思。

⑨ 經，猶纏繞。《玉篇》：「經，經緯以成繒帛也。」浹，猶沁入。《爾雅・釋言》：「浹，徹也。」此二句言思念纏繞天子之心，傷悼沁入衆人之懷。

⑩ 此二句言灑淚遍於城邑，慟悼彌於皇畿。

⑪ 敢述，猶述也。敢，歉詞。《廣韻》：「敢，犯也。」表之素旂，銘記於素旗上也。見《吴故丞相陸公誄》注。此二句言叙述其偉大之行迹，於此素旗之上。

序言有小引，介紹從父之官爵，去世時間，以及自己的哀痛之情。正文先言其德才與宦迹。天降斯人，才德拔萃，應天承運，出幽暗而仕於晉，惟弘揚大道教化，而和諧世風。再言其皇庶痛悼之情。公之殞也，朝喪重臣，邦失輝光，帝敬其遺業而思之，士頌其妙思而痛之，揮淚遍於城邑，慟悼彌於皇畿。故我述其洪迹，銘於素旗也。

於穆皇源，時惟誕弘①。權輿〔一〕有嫣，爰帝暨王②。徽音接響，丕祚克昌③。乾鑒南眷，誕降我祖④。顯考尚書，納言帝宇⑤。正〔二〕命惟允，銓衡攸序⑥。篤生常侍，固天所隆⑦。祚以靈粹，陶以惠風⑧。道協體稟，德與性鍾⑨。叡心遠暢，淵思遐通⑩。瞻言潛覽，克哲克聰〔三〕⑪。躭精遐奥，肆志篇章⑫。仰咨遺訓，思齊曩蹤⑬。摛光啓〔四〕晦，微言是綱⑭。錯綜群藝，精徹毫〔五〕芒⑮。顯允閑〔六〕姿，既明且偉〔七〕⑯。敦叙氾〔八〕愛，經德紀義⑰。契闊邦族，是綜是緯⑱。博約以禮，陳錫載施⑲。雍雍閨闈，克諧由仁⑳。率禮崇化，色養寧親㉑。九族和睦，德被宗姻㉒。猗猗髦俊，祁祁縉紳㉓。鑽仰明範，挹道希塵㉔。凱悌〔九〕弘裕，惠化是振㉕。潛機密暢，靡幽不甄㉖。濯以清波，權以明鈴㉗。旍〔一〇〕善板築，刊穢紫辰〔一一〕㉘。邦無媮幸，靈不牟真〔一二〕㉙。沐浴玄源，風移俗純㉚。儀德鄒甸，比〔一三〕化泗濱㉛。

【校勘】

〔一〕『輿』，《四部叢刊》本、陳仲魚校本作『與』，形近而誤。

〔二〕『正』，《晉二俊文集》四卷本作『王』。

〔三〕『聰』，《晉二俊文集》四卷本脱，傅增湘校補之。

〔四〕『摛』，《諸家文集》本、《晉二俊文集》四卷本、《四部叢刊》本、鄧邦述校本、陳仲魚校本作『擒』，形近而誤。陸貽典、傅增湘並校作『摛』。又『啓』，《文集》、叢書堂鈔本、《四部叢刊》本、鄧邦述校本作『丞』，誤。《西晉文紀》卷十六、《百三家集》本、《文章辨體彙選》卷七百三十七、《七十二家集》本作『啓』，今據改。

〔五〕『毫』，《文集》、叢書堂鈔本、《四部叢刊》本、陳仲魚校本作『豪』，形近而誤。《西晉文紀》卷十六、《百三家集》本、《文章辨體彙選》卷七百三十七、《七十二家集》本、鄧邦述校本作『毫』，今據改。

〔六〕『閑』，《文集》、叢書堂鈔本作『閦』。《西晉文紀》卷十六、《百三家集》本、《文章辨體彙選》卷七百三十七、《四部叢刊》本、鄧邦述校本、陳仲魚校本作『閑』，今據改。

〔七〕『偉』，《文集》、叢書堂鈔本、《四部叢刊》本、鄧邦述校本、陳仲魚校本作『緯』，形近而誤。《百三家集》本、《文章辨體彙選》卷七百三十七作『偉』，今據改。

〔八〕『氾』，《文集》、叢書堂鈔本、陳仲魚校本作『汜』，形近而誤。《四部叢刊》作『氾』，《文章辨體彙選》卷七百三十七作『汎』，古二字同。今改作『氾』。

〔九〕『凱悌』，《四部叢刊》本、鄧邦述校本、陳仲魚校本作『愷悌』，古二詞同。

〔一〇〕『旍』，《西晉文紀》卷十六、《百三家集》本、《四部叢刊》本、鄧邦述校本、陳仲魚校本作『旌』。陳仲魚校本校作『旍』，古二字同。影鈔宋本翁同書案：『旍，通旌。』

〔一一〕『辰』，《七十二家集》本作『綱』。

〔一二〕『真』，鄧邦述校本作『員』。

〔一三〕『比』，叢書堂鈔本、《四部叢刊》本、鄧邦述校本、陳仲魚校本作『北』，形近而誤。

【注釋】

① 於穆，歎美之詞。《詩·周頌·清廟》：『於穆清廟，肅雝顯相。』毛詩傳：『於，歎辭也。穆，美。』皇

源，猶源頭。徐陵《孝義寺碑》：『至如嬀汭，有禮皇源。』《説文》：『皇，大也。』時惟，猶言惟是也。《廣韻》：『時，是也。』誕弘，猶弘遠。《玉篇》：『弘，大也。』此二句言歎美我族之源頭，乃是大矣哉。

② 權輿，始也。《詩・秦風・權輿》：『於嗟乎，不承權輿。』毛詩傳：『權輿，始也。』嬀，姓。《説文》：『虞舜居嬀汭，因以爲氏。』《吴故丞相陸公誄》：『根條伊何，苗黄裔舜。』士龍謂陸氏乃黄帝、虞舜之苗裔，故以舜爲家族之源頭也。爰，《玉篇》：『爲也。』暨，《爾雅・釋詁》：『與也。』帝，指虞舜。王，指陳王胡公。《史記・陳杞世家》：『陳胡公者，虞帝舜之後也。昔舜爲庶人時，堯妻之二女，居於嬀汭，其後因爲氏姓，姓嬀氏。舜已崩，傳禹天下，而舜子商爲封國。夏后之時，或失或續。至於周武王克殷紂，乃復求舜後，得嬀滿，封之于陳，以奉帝舜祀，是爲胡公。』此二句言以嬀姓爲其始，爲虞舜之帝，直至陳王胡公。

③ 徽音，謂美善之德音。《詩・大雅・思齊》：『大姒嗣徽音，則百斯男。』鄭玄箋：『徽，美也。嗣大任之美音，謂續行其善教令。』接響，回聲相連。《玉篇》：『響，應聲也。』丕祚，大福。《爾雅・釋詁》：『丕，大也。』《正韻》：『祚，福也，禄也。』克，猶勝任。《説文》：『克，肩也。』徐鍇《繫傳》：『肩者，任也。……能勝此物謂之克。』此二句言德音前後以相續，福祚相承而昌盛。謂陸氏家族德音相續且昌盛也。

④ 乾鑒，天視之也。《經典釋文》卷二：『《説卦》云：乾，健也。此八純卦，象天。』南眷，眷顧南方。句式取《詩・大雅・皇矣》：『上帝耆之，憎其式廓。乃眷西顧，此維與宅。』誕降，猶誕育，誕生也。見上注。此二句言上天視其德而眷顧南方，乃誕生我先祖也。

⑤ 顯考，明德之父。《書・康誥》：『惟乃丕顯考文王，克明德慎罰。』孔安國傳：『惟汝大明父文王，能顯用俊德，慎去刑罰，以爲教首。』《爾雅・釋親》：『父爲考，母爲妣。』尚書，指陸瑁。《晉書・陸喜傳》：『喜字恭仲。父瑁，吴吏部尚書。』納言，喉舌之官。《書・舜典》：『命汝作納言，夙夜出納朕命，惟允。』孔安國

傳：『納言，喉舌之官。聽下言納於上，受上言宣於下，必以信。』因尚書掌文書及群臣章奏，故稱。此二句言其父明德，位至尚書，爲朝廷喉舌之官。

⑥ 正命，猶言本性。王充《論衡・命義》：『正命，謂本禀之自得吉也。性然骨善，故不假操行以求福，而吉自至，故曰正命。』惟允，必以信。見上注。銓衡，猶權衡，喻簡選官吏也。任昉《爲齊明皇帝作相讓宣城郡公第一表》：『夫銓衡之重，關諸隆替。』銑注：『銓衡，所以平輕重。』攸序，謂依其秩序。謂王儉《褚淵碑文》：『乃作司空，山川攸序。』向注：『攸，所也。言其有所次序也。』此二句言其本性誠信，故選官而有秩序也。此二句亦言陸瑁。

⑦ 篤生，厚生。《詩・大雅・大明》：『篤生武王，保右命爾。』毛詩傳：『篤，厚。』常侍，指散騎常侍，喜入晉所任之職。此二句言天之厚生常侍，而使家邦隆盛。

⑧ 靈粹，猶言神靈之美。杜牧《唐故尚書吏部侍郎贈吏部尚書沈公行狀》：『公出得靈粹，沛然而仁。』陶，猶化育。《廣韻》：『陶，化也。』惠風，喻晉天子之恩澤。張衡《東京賦》：『惠風廣被，澤洎幽荒。』薛綜注：『惠，恩也。』向注：『惠風，仁惠之風化及也。』此二句言神靈之美賜其福，任惠之風化育之。謂受天之恩澤。

⑨ 禀，《集韻》：『受也。』鍾，《玉篇》：『聚也。』此二句言體受天命，協和於道，德與性亦集天道於一體。

⑩ 叡心，明達之心。《説文》：『睿，深明也，通也。』睿，同叡。《集韻》：『叡，古作睿。』此二句言明達之心通於幽遠，深遠之思達于遐方。

⑪ 瞻言，乃瞻言百里之略，謂遠慮。《詩・大雅・桑柔》：『維此聖人，瞻言百里。』毛詩傳：『瞻言百里，遠慮也。』鄭玄箋：『聖人所視而言者百里，言見事遠。』克哲克聰，既智且明。何晏《景福殿賦》：『克明

克哲，克聰克敏。』善注：『蔡邕《橋玄碑》曰：克明克哲，實叡實聰。』銑注：『克，能。哲，智。言能明能智，能聰能達。』此二句言所見者遠，所慮者深，既智且明。

⑫躭精，專嗜之也。玄應《一切經音義》卷二：『耽，嗜之也。』耽、躭，古二字同。《玉篇》：『躭，俗耽也。』《廣韻》：『精，細也，專一也。』遐奥，幽遠，喻幽微之理。梁肅《遊雲門序》：『脱人世之羈鞅，窮林泉之遐奥。』肆志，放其情志。《淮南子・主術訓》：『窮不易操，通不肆志。』許慎注：『肆，放。』此二句言嗜愛於幽微之理，抒情於文章之中。

⑬遺訓，先王之教。《國語・周語上》：『賦事行刑，必問於遺訓。』韋昭注：『遺訓，先王之教。』思齊，謂以爲典範。《論語・里仁》：『子曰：見賢思齊焉。』何晏《集解》：『苞氏曰：思與賢者等也。』曩蹤，前賢之迹也。《玉篇》：『曩，久也。』此二句言仰稽征先王之教，思追蹤前賢之迹。

⑭摛光，猶舒展光輝。《説文》：『摛，舒也。』微言，謂寄託微言而闡大義也。唐玄宗《孝經序》：『夫子没而微言絶，異端起而大義乖。』此二句言舒展光輝以開啓晦暗，寄託微言而總物之要。

⑮錯綜，交錯綜合。郭璞《江賦》：『經紀天地，錯綜人術。』善注：『言以織爲喻也。《周易》曰：錯綜群數。王肅曰：錯，交也。綜，理事也。』群藝，泛指各種典籍。徐幹《中論・藝紀》：『通乎群藝之情，實者可與論道。』精徹，謂理解透徹。楊炎《唐贈范陽大都督忠烈公李公神道碑銘》：『心和體剛，慮遠精徹。』毫芒，喻細微之義。陸機《文賦》：『考殿最於錙銖，定去留於毫芒。』善注：『《音義》曰：芒，稻芒。毫，兔毫。』此二句言交錯綜合衆典籍之理，透徹理解其細微之義。

⑯顯允，明信之德。《詩・小雅・湛露》：『顯允君子，莫不令德。』孔穎達疏：『此庶姓明信之君子……莫不皆善其德。』閑姿，神態嚴正。《廣雅・釋詁》：『閑，正也。』明，尊也。《禮記・禮運》：『故君者

所明也。」鄭玄注：「明，猶尊也。」偉，瑰瑋。《説文》：「偉，奇也。」徐鍇《繫傳》：「人材傀偉也。」此二句言德行明信，神態嚴正，既尊貴又瑰瑋也。

⑰ 敦叙，厚其次序，謂崇其人倫。《書・臯陶謨》：「惇叙九族，庶明勵翼。」孔安國傳：「言慎修其身，厚次叙九族。」惇，通敦。《禮記・内則》：「皆有惇史。」鄭玄箋：「惇史，史惇厚者也。」陸德明《音義》：「惇，音敦。敦，厚也。」經，織之主綫。《正字通》：「凡織，縱曰經，横曰緯。」引申爲法則。《玉篇》：「經，義也。」紀，絲頭。《説文》：「紀，絲别也。」王筠《句讀》：「紀者，端緒之謂也。」引申爲要領。《廣韻》：「紀，會也。」此二句言崇其人倫，泛愛於人，以德爲法，以義爲綱。

⑱ 契闊，或指分别，或指聚合。《詩・邶風・擊鼓》：「死生契闊，與子成説。」此指邦族聚會、死生、嫁娶之事。是，猶寔，實也。王引之《經傳釋詞》卷九：「是，猶寔也。」綜，經緯交織。《玉篇》：「綜，持絲交。」引申綜理。緯，織之横綫。見上注。引申爲組織。此二句言邦族聚散之事，實乃公組織主持也。

⑲ 博約，謂事廣博而理簡約。蕭眕素《答釋法雲〈與王公朝貴書〉》：「孔文之博約善誘，曷以喻斯。」《玉篇》：「博，廣也。」又「約，少也」。陳錫載施，謂布施仁惠，始賜恩澤。《詩・大雅・文王》：「陳錫哉周，侯文王孫子。文王孫子，本支百世。」毛詩傳：「哉，載。」鄭玄箋：「哉，始。……乃由能敷恩惠之施以受命，造始周國，故天下君之。」孔穎達疏：「文王能布陳大利，以賜子孫，於是又載行周道，致有天下。」此二句言事博而理約，以禮貫之，布施仁惠，始賜恩澤。

⑳ 雍雍，和也。《詩・大雅・思齊》：「雝雝在宫，肅肅在廟。」毛詩傳：「雝雝，和也。」雝雝，同雍雍。揚雄《長楊賦》善注引此詩作「雍雍」。閨闈，婦女居室。庾信《周安昌公夫人鄭氏墓誌銘》：「親戚惟禮，閨闈以睦。」《説文》：「闈，宫中小門也。」由，《韻會》：「因也。」此二句言閨閣和雍，諧以仁義也。

㉑ 率禮，遵從禮義。《玉篇》：『率，遵也。』崇化，推重教化。《爾雅・釋詁》：『崇，重也。』色養，奉父母之顔而贍養之。《論語・爲政》：『子夏問孝，子曰：色難。』何晏《集解》：『色難，謂承望父母顔色乃爲難也。』後泛指贍養至孝。《世説新語・德行》：『王長豫爲人謹順，事親盡色養之孝。』此二句言遵禮義而重教化，贍養至孝而使雙親安也。

㉒ 九族，泛指家族。《書・堯典》：『克明俊德，以親九族。』孔安國傳：『九族，上自高祖下至玄孫，凡九族。』此二句言家族和睦，德被同宗與姻親也。

㉓ 猗猗，美盛貌。《詩・衛風・淇奥》：『瞻彼淇奥，緑竹猗猗。』毛詩傳：『猗猗，美盛貌。』髦俊，猶俊傑。《爾雅・釋言》：『髦，俊也。』郭璞注：『士中之俊，如毛中之髦。』祁祁，衆多貌。《詩・豳風・七月》：『春日遲遲，采蘩祁祁。』毛詩傳：『祁祁，衆多也。』縉紳，插笏於帶，謂官宦。《荀子・禮論》：『設褻衣襲三，稱縉紳。』楊倞注：『縉與搢同，扱也。紳，大帶也。縉紳謂扱笏於帶。』此二句言盛美之俊傑，衆多之官宦。

㉔ 鑽仰，謂意志堅毅，德行崇高。《論語・子罕》：『仰之彌高，鑽之彌堅。』何晏《集解》：『言不可窮盡也。』後意謂仰慕。陳琳《答東阿王牋》：『此乃天然異稟，非鑽仰者所庶幾也。』銑注：『言植之文堅而且高，鑽仰者終不可近而致之。』明範，顯著之典範。《文心雕龍・議對》：『凡此五家，並前代之明範也。』挹道，拜揖於道，謂崇尚之也。釋慧琳《武丘法綱法師誄》：『餐風靈岫，挹道玄津。』《正字通》：『挹，與揖同。』拱手拜之曰揖。希塵，猶無塵。《老子》第四十章：『大音希聲，大象無形。』王弼注：『聽之不聞曰希。不可得而聞之音也。』希猶無也。此謂塵俗之外。此二句言皆仰慕其顯著之典範，崇尚其超然於塵俗。

㉕ 凱悌，亦作愷悌，和樂簡易。《左傳・僖公十二年》：『詩曰：愷悌君子，神所勞矣。』杜預注：『愷，樂也。悌，易也。』《詩・大雅・旱麓》作『豈弟』。《經典説文》卷十四：『凱，本亦作愷，又作豈。』『弟，又作

悌。』弘裕，猶寬弘。《玉篇》：『裕，寬也。』振，猶敦厚。《玉篇》：『振，厚也。』此二句言和樂簡易，胸襟寬弘，敦厚仁惠之教化。

㉖潛機，深微之理。佚名《故殿中侍御史柳公墓表》：『權略密勿，潛機埋照。』《玉篇》：『機，樞機。』密暢，深明之也。《雲笈七籤·清靈真人裴君傳》：『每事決在心誠，密暢求真。』《玉篇》：『密，深也。』《廣韻》：『暢，達也。』甄，明察。《廣韻》：『甄，察也。』此二句言洞察深微之理，幽隱無不明察。

㉗權，持。《廣韻》：『權，秉也。』明鈴，代指鮮明之旗。《左傳·桓公二年》：『錫鸞和鈴，昭其聲也。』杜預注：『鈴在旂。』《爾雅·釋天》：『有鈴曰旂。』郭璞注：『縣鈴於竿頭，畫蛟龍於旒。』代指旗也。此二句言始濯於清波，終持其旌旗。謂易之以清廉之風，齊之以統一政令。

㉘旍善，表彰善德。《左傳·僖公二十四年》：『以志吾過，且旌善人。』杜預注：『旌，表也。』《玉篇》：『旍，同旌。』板築，築墻用具。鮑照《蕪城賦》：『是以板築雉堞之殷，井幹烽櫓之勤。』善注：『郭璞曰：《三蒼解詁》曰：板，築墻上下板。築，杵頭鐵遝也。』此指築墻之板。刊穢，削除邪惡。《廣雅·釋詁》：『刊，削也。』《廣韻》：『穢，惡也。』紫辰，猶紫微，帝宮也。陸機《浮雲賦》：『貫元虛於太素，薄紫微而竦戾。』善注：『紫微，諭帝位也。《春秋合誠圖》曰：北辰其星，七在紫微中。』此二句言表彰善德於築墻之板，清除邪惡在宮廷之內。

㉙媮幸，苟且僥倖。《管子·明法》：『行私惠而賞無功，則是使民偷幸而望於上也。』媮，同偷。朱駿聲《説文通訓定聲》：『媮，字亦作偷。』牟真，失其正也。《玉篇》：『牟，奪也。』《正韻》：『真，正也。』此二句言使邦無苟且僥倖之人，神明不失其正。

㉚玄源，幽遠之源。《玉篇》：『玄，幽遠也，妙也。』此喻遠古之德化。此二句言使人沐浴於遠古之德

化，風俗移易而純樸。

㉛ 鄒，通陬，偏遠之地。《玉篇》：『鄒，魯縣。』《經典釋文》卷十八作『陬縣』。可知古二字相通。《玉篇》：『陬，隅也。』甸，郭外稱郊，郊外稱甸。《周禮・天官大宰》：『三曰邦甸之賦。』賈公彥疏：『郊外曰甸，百里之外，二百里之內。』泗濱。泗水岸也。《釋名・釋形體》：『濱，崖也。』此二句言德垂範於僻遠之地，同教化於泗水之邊。謂德化于四方偏遠之地也。

此段首先總述其家世、顯位與宦迹。虞舜爲始，陳王繼之，歷代相續，福德昌盛。上天眷顧，誕生我先祖；公之父位居尚書，下達天聽，本性誠信，選官有序。其次言其德行、識見與文章。天生陸公，使隆盛之，得天地之造化，受神靈之降福，德性協道，明心覃思，達於幽遠，深謀義理，寄志辭章。其文章上徵古訓，追蹤前賢，咀嚼群藝，析理細微，故輝照幽暗，微言體要。再次言其德澤、仁愛與齊家。公明德瑰瑋，厚人倫，泛愛人，崇德義，綜理邦族之事，貫之以禮，施之以仁，故閨闈和諧，親戚安寧，宗族和睦，而德被姻親。最後言其風範、才器與教化。其爲人也，胸襟平和寬弘，敦厚惠化；其爲事也，洞察深微，明達幽隱；其爲官也，旌善除惡，純樸世風，僻遠之地儀其德，泗水之濱同其化，故俊傑縉紳，皆仰慕其風範，推崇其超然矣。

耀晷初〔二〕輝，既升末融①。爰莅揚邑，作尹名邦②。密邇帝畿，大東小東③。宣敷五教，敞化以崇④。徵無墜命，興無廢功⑤。帝欽良政，民懷穆風⑥。粤稽舊章，率由典刑⑦。考績三載，絀幽陟明⑧。超踐皇闈，紆組垂纓⑨。奕世納言，帝衡以平⑩。本宗曩烈，堂構克榮⑪。征鼙屢振，干戈未戢⑫。乃秉雄戟，征戎東邑⑬。四牡徂征，威德以立⑭。爰守會稽，青紱既襲⑮。帝曰欽哉，疇咨群后⑯。改授顯服，屯騎是撫⑰。雍容皇甸，綜文經武⑱。時值大過，士爽其德⑲。虔惟常侍，高明柔直⑳。履冰察霜，淪心遠測㉑。春存三季，形志于色㉒。頻顣厄運，載離咎慝㉓。靖享〔二〕思順，曹氏匪革㉔。投弁釋紱，皓思〔三〕東嶽㉕。遁世無悶，清源是濯㉖。馥風彌馨，明徽載鑠㉗。

【校勘】

〔一〕『晷』，《諸家文集》本、《晉二俊文集》四卷本、《四部叢刊》本、《四部備要》本、鄧邦述校本、陳仲魚校本作『畧』，形近而誤。陸貽典、傅增湘亦校作『晷』。又『初』，《文集》、《四部叢刊》本、《四部備要》本、鄧邦述校本、陳仲魚校本作『切』，形近而誤。《百三家集》本作『初』，今據改。

〔二〕『享』，叢書堂鈔本、《四部叢刊》本、鄧邦述校本、陳仲魚校本作『亨』。

〔三〕『皓思』，《諸家文集》本作『結思』，《四部叢刊》本、《四部備要》本、鄧邦述校本、陳仲魚校本作『皓恩』。陳仲魚校本校作『皓思』。

【注釋】

① 耀晷，日光也。《廣韻》：『晷，日影也。』融，光明。《廣韻》：『融，朗也。』此二句言日光之初顯，雖已升起而未明也。謂吴之初建也。

② 爰，《玉篇》：『於也。』莅，《韻會》：『臨也。』揚邑，顯明之都。《字彙》：『揚，顯也，明也。』《正韻》：

『邑，都邑也。』此指揚州。名邦，指吴。於是莅臨顯都，作尹於名邦。按：據此文，喜當出守揚州。史不見載，可補其闕遺也。

③ 密邇，猶近也。《書·畢命》：『密邇王室，式化厥訓。』孔安國疏：『密近王室，用化其教。』《增韻》：『密，疏之對也。』帝畿，王畿，都城。《周禮·夏官司馬下》：『方千里曰王畿。』大東小東，《詩·小雅·大東》之成句，原意是賦斂之繁重，杼柚皆空。此止取其字面，大東、小東乃對稱也。大東指京邑，小東指揚邑。此二句作尹之揚州，地近帝畿，乃爲小都也。

④ 宣敷，布陳，猶言宣揚明示也。《廣韻》：『宣，布也。』五教，五常之教，謂仁義禮智信。任昉《齊竟陵文宣王行狀》：『爕和台曜，五教克宣。』良注：『五教，五常之教也。』敞化，明教化也。《玉篇》：『敞，明也，開也。』此二句言明揚五常之教，推崇教化之明。

⑤ 徵，猶徵召，《爾雅·釋言》：『徵，召也。』墜命，謂不遵王命。《書·君奭》：『乃其墜命，弗克經歷。』孔安國傳：『乃其墜失王命，不能經久歷遠。』興，猶言舉事。《廣韻》：『興，舉也。』廢功，謂荒廢功業。《國語·晉語》：『信於令則，時無廢功。』韋昭注：『不奪其時，則有成功。』此二句言天子徵召之，無不遵王命，陸公施行之，無荒廢功業。謂遵王命而興功業也。

⑥ 欽，《説文》：『一曰敬也。』穆風，猶和風。《詩·大雅·烝民》：『吉甫作誦，穆如清風。』鄭玄箋：『穆，和也。』此二句言帝敬其善政，民懷其仁惠。

⑦ 粤，語助詞。徐鍇《説文繫傳》：『凡言粤，皆在事端句首，未便言之，駐其言以審思之也。』舊章，舊典憲章。《書·蔡仲之命》：『無作聰明，亂舊章。』孔安國傳：『亂舊典文章。』率，遵循。《書·微子之命》：『率由典常，以蕃王室。』《廣韻》：『率，循也。』典刑，常法。《書·泰誓下》：『屏棄典刑，囚奴正士。』孔安國

傳：『屏棄常法而不顧。』此二句言稽考舊典，遵循常法。

⑧ 考績三載，絀幽陟明，謂考其功業，罷黜功業不顯者，升遷功業顯明者。《書・舜典》：『三載考績。三考，黜陟幽明。』孔安國傳：『三年有成，故以考功。九歲則能否，幽明有別，黜退其幽者，陞進其明者。』絀，同黜。《經典釋文》卷七：『絀，又作黜，同。』

⑨ 超踐，猶言行於前也。《玉篇》：『超，出前也。』又『踐，行也』。皇闈，猶言皇宮。《説文》：『闈，門也。』紆組，佩戴綬帶。謝朓《敬亭山》：『我行雖紆組，兼得尋幽蹊。』善注：『揚子雲《解嘲》曰：紆青拖紫。《説文》曰：紆，屈也。一曰縈也。又曰：組，綬也。』綬，繫官印之帶。垂纓，垂其官纓。揚雄《解嘲》：『戴縰垂纓而談者，皆擬於阿衡。』銑注：『纓，衣領也。』《説文》：『纓，冠系也。』此二句言出入皇宮，行衆官之前，身佩綬帶，冠纓垂也。

⑩ 奕世，猶世世。《國語・周語上》：『奕世載德，不忝前人。』韋昭注：『奕，亦前人也。』納言，天子喉舌之官。見上注。衡平，謂權衡公正而授職。《説苑・談叢》：『衡平無私，輕重自得。』此二句言世代官居重位，天子權衡平正而授以職也。

⑪ 本崇，即丕崇，謂使弘大隆崇。顔真卿《東莞臧氏糺宗碑銘》：『並禀訓義方，丕崇閥閲。』《説文》：『丕，大也。』本，同丕。《左傳・襄公十年》：『生秦丕兹，事仲尼。』《經典釋文》卷十七：『秦丕兹，一本作秦不兹。』按：《四部叢刊》本秦作『泰』，乃形近而誤，今據《左傳》注引改。又，金文丕不從一，不、丕原爲一字，後分化。曩烈，前人之業。《洛陽伽藍記》卷四：『宜比德均封，追芳曩烈。』《爾雅・釋言》：『曩，曏也。』堂構，所構之高堂。《尚書》曰：『若考作室……子乃弗肯堂，矧肯構。』孔安國傳：『父已致法，子乃不肯爲堂基，况肯構立屋乎？』此二句言隆崇先人之功業，榮耀家族之門庭。

⑫ 征鼙，戰鼓。《説文》：『鼙，騎鼓也。』振，《廣韻》：『動也。』戢，猶止息。《説文》：『戢，藏兵也。』此二句言戰鼓屢起，干戈未息。

⑬ 秉，《玉篇》：『持也。』雄戟，泛指兵器。史岑《出師頌》：『乃命上將，授以雄戟。』善注：『雄戟，兵器也。』征戎，行進兵車，謂進軍。《史記・三王世家》：『非教士不得從征。』此二句言乃持兵器，進軍東方之城邑。

⑭ 四牡，猶駟馬，指駟馬之車。牡，雄馬。《説文》：『牡，畜父也。』徂征，猶出征。《爾雅・釋詁》：『徂，往也。』此二句言軍車出征，威德立矣。

⑮ 青紱，青色綬帶，二千石以上官員所服。曹植《求通親親表》：『解朱組，佩青紱。』善注：『《蒼頡篇》曰：紱，綬也。《漢書》曰：凡二千石以上，銀印青綬。』向注：『佩將軍青綬也。』襲，猶服，動詞。《玉篇》：『襲，重衣也。』此二句言於是出任會稽太守，佩二千石之綬帶也。

⑯ 帝曰欽哉，謂帝歎美功業。《書・堯典》：『帝曰欽哉。』孔安國傳：『歎舜能修己行敬以安人，則其所能者大矣。』疇咨，猶言謀議。陸機《辨亡論上》：『疇咨俊茂，好謀善斷。』善注：『《尚書》：帝曰：疇咨，若時登庸。』濟注：『疇咨，謀議也。』群后，三公及諸侯。《禮記・王制》：『王大子、王子，群后之大子……皆造焉。』鄭玄注：『群后，公及諸侯。』泛指重臣。此二句言天子歎美其功業，謀議於重臣。

⑰ 顯服，車服顯盛，猶顯官也。《詩・秦風・終南》：『《終南》，戒襄公也。能取周地，始爲諸侯，受顯服，大夫美之。』屯騎，屯騎校尉。東漢置，爲五營校尉之一，比二千石，掌禁軍。三國時定制四品官。是撫，猶言掌管。《廣韻》：『撫，持也。』是，語助詞。此二句言改授顯官，職掌屯騎校尉。

⑱ 雍容，儀態從容。王褒《聖主得賢臣頌》：『雍容垂拱，永永萬年。』濟注：『雍容，閑和貌，静思乃閑

和。』皇甸，猶皇畿。《説文》：『甸，天子五百里地。』綜，經緯交織，引申綜理。經，織之主綫，引申治理。見上注。此二句言儀態從容，行於皇畿，文治武功，綜合治之。

⑲大過，猶言大亂。荀悦《前漢紀·高后紀》：『諸吕大過，漸至縱横。』爽，猶失也。《方言》卷十三：『爽，過也。』郭璞注：『謂過差也。』此二句言時值大亂，士人失其德。謂吴末朝綱大亂，而士喪其德也。

⑳虔，猶恭敬。《玉篇》：『虔，敬也。』常侍，指陸公。高明柔直，謂懷剛正之德，以柔持正。《書·洪範》：『沈潜剛克，高明柔克。』孔安國傳：『高明，謂天。言天爲剛德，亦有柔克，不干四時。喻臣當執剛以正君，君亦當執柔以納臣。』此二句言惟公恭敬王事，内懷剛正而以柔持正。

㉑履冰察霜，猶履霜察冰，謂至柔而動，以至於顯也。《易·坤》：『初六：履霜，堅冰至。』王弼注：『始於履霜，至於堅冰，所謂至柔而動也剛，陰之爲道，本於卑弱，而後積著者也。故取履霜以明其始，陽之爲物非基於始，以至於著者也。故以出處明之，則以初爲潜。』按：履冰之意，非取《詩·小雅·小旻》『如臨深淵，如履薄冰』。淪心，沉心，潜心。陸機《贈顧令文爲宜春令》：『淪心渾無，遊精大樸。』《説文》：『淪，没也。』此二句言以柔而顯其操，潜心而慮其遠。

㉒春，猶生。春者出生萬物，故以設喻。三季，三代末世。《國語·晉語》：『雖當三季之王，不亦可乎。』韋昭注：『季，末也。三季王，桀、紂、幽王也。』此指吴季世三主：孫亮、休、皓也。此二句言使三代末世得以生存，其志形於色也。謂正色而匡正君主之失。

㉓頻顣，皺眉蹙額，憂愁貌。《孟子·滕文公下》：『己頻顣曰：惡用是鶂鶂者爲哉！』《廣韻》：『顣，顣頞，鼻頭促貌。』載離，猶遭遇也。《詩·小雅·小明》：『二月初吉，載離寒暑。』《廣韻》：『載，則也，始也。』《玉篇》：『離，遇也。』咎慝，猶災難邪惡。《廣韻》：『咎，災也。』《玉篇》：『慝，惡也。』此二句言既憂愁

國家之厄運，又遭遇災難邪惡。謂吳季世邪惡小人當道。

㉔ 靖，猶欲也。《廣韻》：『靖，思也。』享，享祀也。《經典釋文》卷二：『亨，通也。京云：獻也。干云：享宴也。姚云：享祀也。』《玉篇》：『亯，當也，獻也。』『享，同亯，俗作享。』思順，意謂得天助而尚賢。《易・繫辭上》：『天之所助者，順也；人之所助者，信也。履信思乎順，又以尚賢也。』曹氏，謂吳主，乃以曹氏諱言之。匪革，意謂非改作而述先祖之業也。《禮記・禮器》：『詩云：匪革其猶，聿追來孝。』鄭玄注：『革，急也。猶，道也。言文王改作者，非必欲急行己之道，乃追述先祖之業。』按：此詩已佚。此二句言欲使吳主享祀上天，受天助而尚賢，然吳主不能改其行而述先祖之業。

㉕ 投弁釋紱，謂棄官。弁，官冕。《説文》：『弁，冕也。』紱，綬帶。見上注。皓思，思終老也。皓，《韻會》：『潔白也。』後代指白髮老翁。李白《覽鏡書懷》：『桃李竟何言，終成南山皓。』此二句言投官冕棄綬帶，思終老于東嶽也。

㉖ 遁世無悶，謂遁隱於世而悦之。《易・乾》：『不成乎名，遯世無悶。』《集韻》：『遯，遁本字。』《説文》：『悶，懣也。』清源是濯，洗滌于清水，謂守其節也。《孟子・離婁上》：『有孺子歌曰：滄浪之水清兮，可以濯我纓。滄浪之水濁兮，可以濯我足。』趙岐注：『清濯所用，尊卑若此，自取之，喻人善惡見尊賤，乃如此。』此二句言悦於遁隱，守其節操。

㉗ 馥風，芬芳之風。《玉篇》：『馥，香也。』馨，《玉篇》：『香之遠聞也。』明徽，明德之音。《玉篇》：『徽，美也。』鑠，《爾雅・釋詁》：『美也。』此二句言其芬芳之風範彌香，明德之徽音則美。

此段頌美陸公爲官之文治武功，以及居季世而固守節操的風範。先言其文治。吳之初立基業，公臨揚邑，作尹名都，其地近帝畿，爲東方小都，公崇揚教化，遵循帝命，建立功業，帝美其善政，民懷其和美，加之奕世顯宦，帝權衡公正，考之典章，稽之政績，而升遷朝官，公身著朝服，位列重臣，而隆崇祖業，光耀門庭。再言其武功。是時干戈四起，公乃出征東邑，建立威德，帝賜其青綾，出守會稽，旋又歎美其政，謀之王侯，授其顯位，使職掌屯騎，儀邁皇畿，而文武綜理。後言公遭末世，欲挽頹世不得而歸隱。時遭季世，士失其德，惟公肅敬，内懷剛直，外以柔正，以柔顯其操，潛心慮遠，而志存三代之季世。然國罹厄運，邪惡當道，欲祀天尚賢，紹述祖業而不得，於是棄官歸隱，思老東山，超然守節，而風範德馨愈美也。

皇途既闢，天罔〔一〕誕張①。運在九五，違〔二〕嶮即康②。猗歟高懿，避風遠臧③。帝降大命，丘園是揚④。裸〔三〕將天邑，舒藻舊京⑤。僉曰休哉，昭德塞違⑥。乃升常伯，補闕拾遺⑦。振纓紫極，攄光太微⑧。奕奕玄冕，熠熠貂璫⑨。仰耀皇維，俯映明堂⑩。輿振鳴鸞，體佩琮璜⑪。居德彌沖，雖休匪康⑫。既跚君宿，未跱鼎辰⑬。將陟太〔四〕階，弘載育民⑭。皇靈靡顧，大命奄臻⑮。厲凶彌留，倏忽頹湮⑯。嗚呼哀哉！

【校勘】

〔一〕「罔」，《西晉文紀》卷十六作「網」，古二字同。

〔二〕「違」，《七十二家集》本作「宸」。

〔三〕「裸」，《西晉文紀》卷十六、《百三家集》本作「禫」；《文章辨體彙選》卷七百三十七作「祼」，或形近而誤。

〔四〕『太』，《文章辨體彙選》卷七百三十七作『泰』，古二字通。

【注釋】

①闢，《説文》：『開也。』天罔，即天網。歐陽建《臨終詩》：『天網布紘綱，投足不獲安。』罔，古網字。《易·繫辭下》：『作結繩而爲罔罟。以佃以漁。』誕，《爾雅·釋詁》：『大也。』此二句言天道既已開闢，天網也已大開。謂晉之立國也。

②運，猶天數。《正韻》：『天造曰運。』九五，《易》卦九五爻，以陽剛中正爲一卦最尊貴之爻，故以『九五之尊』喻天子之位。違嶮，離其險途。王充《論衡·自紀》：『不違險以趨平，不鬻智以干禄。』險，同嶮。《説文》：『嶮，阻難也。』即，就，走向。《玉篇》：『即，就也。』此二句言天數在於晉主，公避險而就安。

③猗歟，同猗與，歎美之辭。《詩·周頌·潛》：『猗與漆沮，潛有多魚。』鄭玄箋：『猗與，歎美之言也。』高懿，謂高風亮節。《玉篇》：『懿，美也。』避風，喻避世。《廣韻》：『風，佚也。』遠臧，猶遠遁，指歸隱。臧，通藏。《漢書·食貨志上》：『春耕夏耘，秋獲冬臧。』此二句言高風亮節何其美也，避世俗而歸隱也。

④丘園，隱士之所居，代指隱士。《易·賁》：『賁于丘園，束帛戔戔。』揚，《廣韻》：『舉也。』此二句言晉君降詔，命舉薦隱居丘園之隱士。

⑤裸將，將行祭祀之禮。《詩·大雅·文王》：『殷士膚敏，裸將于京。』毛詩傳：『裸，灌鬯也。』裸，祭名，酌酒灌地之禮。《説文》：『裸，灌祭也。』天邑，帝都，指洛陽。張衡《西京賦》：『宜其可定，以爲天邑。』銑注：『天邑，帝都也。』此二句使隱士助祭於帝都，舒展藻思於舊京。謂仕晉也。

⑥ 僉曰休哉，皆謂其美善也。《禮記·祭統》：『夙夜不解，民咸曰休哉。』《廣韻》：『僉，皆也，咸也。』《爾雅·釋詁》：『休，美也。』昭德塞違，彰顯美德，堵塞邪逆。謂天子鑒其美德而授職也。《左傳·桓公二年》：『君人者，將昭德塞違，以臨照百官。』孔穎達疏：『君人，謂與人爲君也。昭德，謂昭明善德，使德益章聞也。塞違，謂閉塞違邪，使違命止息也。』此二句言人皆謂其德之美善，天子鑒之而授職。

⑦ 常伯，謂近臣也。《書·立政》：『王左右常伯、常任、準人、綴衣、虎賁。』孔安國傳：『常所長事、常所委任，謂三公六卿。……皆左右近臣，宜得其人。』補闕拾遺，喻糾正過失，補其疏漏。《左傳·襄公元年》：『以繼好結信，謀事補闕。』杜預注：『闕，猶過也。』又楊炯《後周青州刺史齊貞公宇文公神道碑》：『今則侍中切問近對，拾遺補闕。』此二句言乃升公爲近臣，爲天子補闕拾遺也。

⑧ 振纓，整其官纓，喻做官。陸機《皇太子宴玄圃宣猷堂有令賦詩》：『弛厥負檐，振纓承華。』纓，帽帶，此指官冕。見上注。紫極，即紫微。《晉書·天文志上》：『紫宮垣十五星，其西番七，東番八，在北斗北。一曰紫微，大帝之坐也，天子之常居也。』代指皇宮。潘岳《西征賦》：『厭紫極之閑敞，甘微行以遊盤。』攄光，舒展光輝。《廣雅·釋詁》：『攄，舒也。』太微，即紫微，北辰第七星，喻帝宮。見上注。此二句言其爲晉之朝官。

⑨ 奕奕，高大貌。《詩·小雅·巧言》：『奕奕寢廟，君子作之。』毛詩傳：『奕奕，大貌。』玄冕，上衣無文，下裳刺黻，謂之玄冕。天子祭祀林澤墳衍四方百物之屬，服玄冕，大夫助祭亦著玄冕。《周禮·春官宗伯》：『祭群小祀，則玄冕。』鄭玄注：『玄者衣無文，裳刺黻而已，是以謂玄焉。凡冕服，皆玄衣纁裳。』漢制，冕皆廣七寸，長尺二寸，前圓後方，朱緑裹，玄上，前垂四寸，後垂三寸，係白玉珠爲十二旒，以其綬采色爲組纓。見《後漢書·輿服志下》。據此，玄冕則爲官冕。熠熠，鮮明。《詩·豳風·東山》：『倉庚于飛，熠熠其

羽。』鄭玄箋：『熠熠其羽，羽鮮明也。』貂璫，官冕之飾。荀悦《後漢紀・孝桓皇帝紀》：『假貂璫之飾，任常伯之職。』《後漢書・輿服志》：『侍中、中常侍加黄金璫，附蟬爲文，貂尾爲飾，謂之趙惠文冠。』此二句言官冕高大，冕飾鮮明。

⑩ 皇維，猶皇輿。江淹《齊太祖高皇帝誄》：『瑩彼皇維，煒兹國體。』《説文》：『維，車蓋維也。』明堂，天子聽政之殿。《周禮・冬官考工記下》：『周人明堂。』鄭玄注：『明堂者，明政教之堂。』此二句言公之光采，仰映皇輿，俯照明堂。

⑪ 鳴鑾，鑾鈴和鳴。《大戴禮記・保傅》：『在衡爲鑾，在軾爲和，馬動而鑾鳴，鑾鳴而應和。』琮璜，玉飾也。《玉篇》：『琮玉八角象地。《説文》：瑞玉八寸，似車缸。』又『璜，半璧也』。此二句言其車鑾鈴振鳴，其身佩帶玉飾。謂其車服之盛。

⑫ 居，《玉篇》：『處也，安也。』彌沖，猶深遠。潘尼《贈陸機出爲吴王郎中令》：『泳之彌廣，挹之彌沖。』銑注：『沖，深也。』休，《廣韻》：『美也，善也。』匪康，不安於所積之德也。《詩・大雅・公劉》：『篤公劉，匪居匪康。』鄭玄箋：『不以所居爲居，不以所安爲安。』此二句言積德深厚，雖已美而日養之。

⑬ 跚，猶行也。《玉篇》：『蹣，蹣跚，旋行貌。』又『跚，蹣跚』。君宿，帝王之星宿。《廣韻》：『宿，星宿。』此喻帝都。跱，猶至也。《玉篇》：『跱，行止也。』鼎辰，星宿。赵必象《和朱水鄉韻》：『詩國尊齊晉，仙溪隔鼎辰。』此亦喻顯位。此二句言其出入於晉室，而未登顯位。轉下文，謂其壯志未酬也。

⑭ 陟，《説文》：『登也。』太階，星宿名，喻顯位。揚雄《長楊賦》：『是以玉衡正而太階平也。』善注：『泰階者，天之三階也。上階，上星爲天子，下星爲女主。中階，上星爲諸侯三公，下星爲卿大夫。下階，上星爲元士，下星爲庶人。』翰注：『太階，三階星也。』弘載，猶言寬弘載物。《爾雅・釋詁》：『弘，大也。』邢昺

疏：『弘者，含容之大也。』此二句言將登顯位，寬弘載物而化育萬民。

⑮ 皇靈，猶神靈。曹植《怨歌行》：『皇靈大動變，震雷風且寒。』靡顧，不眷顧之。大命，猶言大限。《詩・大雅・雲漢》：『大命近止，靡瞻靡顧。』毛詩傳：『大命近止，民近死亡也。』鄭玄箋：『言我無所庇陰而處，衆民之命近將死亡，天曾無所視，無所顧於此國中而哀閔之。』奄臻，忽至。《廣韻》：『奄，忽也，遽也。』《説文》：『臻，至也。』此二句言神靈不眷顧之，大限忽而至之。

⑯ 厲凶，凶險，謂病之沉重。《廣雅・釋詁》：『厲，危也。』彌留，猶滯留，謂不久人世。《書・顧命》：『病日臻，既彌留。』孔安國傳：『病日至，言困甚；已久留，言無瘳。』儵忽，迅疾貌。《楚辭・招魂》：『往來儵忽吞人，以益其心些。』王逸注：『儵忽，疾急貌也。』頹湮，謂去世。《集韻》：『隤，《説文》：下墜也。或作頹。』《説文》：『湮，没也。』此二句言凶疾滯留於身，奄忽而去世矣。

此段敘述陸公在吴亡之後的經歷以及壯志未酬之歎息。先言吴亡而歸隱。天之歷命在晉，皇綱既開，天網大張，公違險就安，避世遠隱，而保節操之美。再言仕晉之履歷。天子詔舉隱士，使仕晉而展其才，人皆言公之美，帝授其職，使位居近臣，爲君主補闕拾遺，車服之盛，輝映晉室，積德深厚，益頤養之。後言壯志未酬而殞亡。出入晉廷，將登顯位，寬弘載物，化育萬民，然神靈不顧，大限忽至，沉疾染身，一朝崩徂矣。

黄河難澄，梁木易荒①。聖賢絶景，希世齊光②。豈曰徒生，實維天綱③。於鑠常侍，本德昭仁④。俯鏗瑶響，仰綴玉振〔一〕⑤。其在克壯，自蹇乘屯⑥。鳳翳靈條，龍竄祕泉⑦。收逋匿耀，洪略陶緼⑧。雖跚〔二〕嘉運，託景風雲⑨。瑰光既耀，靈寶未闡⑩。弗慮皇圖，銜恨徂遷⑪。

嗚呼哀哉！

【校勘】

〔一〕『振』，《文章辨體彙選》卷七百三十七作『辰』。

〔二〕『蹦』，《西晉文紀》卷十六、《百三家集》本、《文章辨體彙選》卷七百三十七、《七十二家集》本、《四部備要》本作『躡』。

【注釋】

① 黃河難澄，喻聖人之難出。李康《運命論》：『夫黃河清而聖人生，里社鳴而聖人出。』善注：『《易乾鑿度》曰：聖人受命，瑞應先見於河。河水先清，清變白，白變赤，赤變黑，黑變黃，各三日，聖人出。』翰注：『黃河千年一清，清則聖人生於時也。』《廣韻》：『澄，清也。』梁木易荒，喻聖人之易亡。《禮記・檀弓上》：『孔子蚤作，負手曳杖，消摇於門，歌曰：泰山其頹乎？梁木其壞乎？哲人其萎乎？……夫明王不興，而天下其孰能宗予？予殆將死也。』《太玄經》卷九：『鬼神耗荒想之無方。』范望注：『荒，亡也。』此二句謂聖人難出而易逝也。

② 絶景，喻去世。《説文》：『景，光也。』齊光，同光輝也。《楚辭・九歌・雲中君》：『蹇將憺兮壽宮，與日月兮齊光。』王逸注：『齊，同也。光，明也。』此二句言聖賢逝矣，世罕有同其光輝者。

③ 徒生，枉生於世。《中説・魏相》：『惜哉！夫子不仕，喆人徒生矣。』《廣韻》：『徒，空也。』天綱，天

地之綱紀。干寶《晉紀總論》：『名實反錯，天綱解紐。』濟注：『爲惡者，反獲善名，是名實反錯也。綱，維也。』此二句言豈曰聖人枉生於世，實乃維繫天地之綱紀。

④於鑠，歎美之詞。《詩·周頌·酌》：『於鑠王師，遵養時晦。』毛詩傳：『鑠，美。』本，同丕。《左傳·襄公十年》：『生秦丕兹，事仲尼。』《經典釋文》卷十七：『秦丕兹，一本作秦不兹。』《説文》：『丕，大也。』按：楊樹達《詞詮》卷二：『古不、丕通用。丕爲無義之助詞甚多，故不亦有爲語助詞。』其説同中有異，録以備考。此二句言常侍之美，其德厚，其仁顯。

⑤鏗，擬聲。《玉篇》：『鏗，鏗鏘，金石聲也。』此二句言俯仰之間，佩玉振動鏗鏘。以玉喻其美質。

⑥克壯，克壯其猶之略，謂能弘揚其道。《詩·小雅·采芑》：『方叔元老，克壯其猶。』毛詩傳：『壯，大；猶，道也。』蹇，卦名，謂其難也。《易·蹇》：『彖曰：蹇，難也，險在前也。見險而能止，知矣哉。』屯，卦名，謂其始泰也。《易·屯》：『屯，元亨，利貞。』王弼注：『剛柔始交，是以屯也。不交則否，故屯，乃大亨也。大亨則無險，故利貞。』自蹇，謂見險而止，言其隱遁也。乘屯，謂乘時而起，言其仕晉也。此二句言其行之所在，弘揚其道，故世險則隱，世泰則仕也。意近《論語·泰伯》：『天下有道則見，無道則隱。』

⑦翳，猶庇蔭。《玉篇》：『翳，屏愛也，障也。』竄，猶藏匿。《爾雅·釋詁》：『竄，微也。』郭璞注：『微，謂逃藏也。《左傳》曰其徒微之是也。』此二句言鳳鳥蔭於神靈之枝，飛龍藏匿於深淵之中。緊承上句喻出仕和隱逸也。

⑧收逋，猶網羅也。《説文》：『收，捕也。』又『逋，亡也』。匿耀，藏匿其光，喻隱逸者。《廣韻》：『匿，藏也。』陶緼，化被潛隱。陶，《廣韻》：『正也，化也。』緼，通藴，深藏也。朱駿聲《説文通訓定聲》：『緼，假借爲藴。』此二句言天子謀略深遠，網羅丘園，化被潛隱。

⑨ 跚，猶行也。見上注。託景，寄託人生。《雲笈七籤・許邁真人傳》：『師友之結，得失所宗，託景希真，在於此舉也。』此二句言雖逢嘉運，託身于風雲際會。

⑩ 闡，顯明。《韻補》：『闡，明也。』此二句言如玉之光雖已閃耀，然其神靈之寶尚未顯明也。

⑪ 皇圖，帝室之業。王勃《乾元殿頌》：『東鄰委馭，扇虐政於叢祠；北拱隳尊，紊皇圖於寶極。』徂遷，遷逝，即死亡。梁武帝《遊鍾山大愛敬寺》：『生仕無停相，刹那即徂遷。』此二句言不能謀劃帝王之業，含恨而逝也。

此段頌美陸公有聖人之風範。先言聖人難出而易逝，世人難以企及，聖人之出，實乃天地之綱紀。常侍陸公，仁德之美，深厚昭彰，其質也如玉之美，其行也弘揚其道，故世險則隱，世泰則仕；先如龍鳳之潛隱，後應王命而出仕，雖逢嘉運，託身風雲，顯其輝光，然其奇才未顯，帝業未謀，含恨而逝也。

江河慕海，丘陵樂山①。於惟君德，齊聖廣淵②。群彥景附，漸化濯真③。蓋以崇嚴，函〔一〕以裕淵④。西徂華源，負澤慕塵⑤。幽萌潛暢，滯思賴振⑥。六言六行，匪君不肅⑦。五有三無，匪君不極⑧。衡準失平，匪君不直⑨。方榮遐邈，匪君不式⑩。君其永没，民其焉則⑪。結思遺愛，惟哀允惻⑫。嗚呼哀哉！

【校勘】

〔一〕『函』，《文集》、叢書堂鈔本、《四部叢刊》本、陳仲魚校本作『凾』，别本皆作『函』，古二字同。《字彙》:『函,俗函字。』今改爲正字。

【注釋】

① 此二句言如江河之慕海,如丘陵之樂山。喻士人對陸公景仰也。

② 於惟,猶惟。乃魏晉後習見之用語。曹植《平原懿公主誄》:『於惟懿主,瑛瑶其質。』楊樹達《詞詮》卷九:『於,語首助詞。』此二句言惟君之德,與聖人同樣深廣也。

③ 群彦,群才。《玉篇》:『彦,美士。』景附,如影隨形。景,同影。《集韻》:『景,物之陰影也。葛洪始作影。』此二句言群才如影隨形,漸受教化,滌除塵俗而守其本真。

④ 崇嚴,猶崇敬禮儀。班固《典引》:『以崇嚴祖考,殷薦宗配帝。』向注:『嚴,敬。』函,《説文》:『容也。』裕淵,寬厚。《玉篇》:『裕,寬也。』此二句言蓋因其崇敬禮儀,涵容深厚。

⑤ 徂,《爾雅·釋詁》:『往也。』華源,謂繁盛之地,喻京城也。張説《延州豆盧使君萬泉縣主薛氏神道碑》:『夫以龍圖帝賨,祈步摇之華源;虎戟侯門,襲京燕之雄胃(冑)。』慕塵,慕其後塵。江淹《宋故銀青光禄大夫孫夐墓誌文》:『貴交慕塵,素遊企軌。』胡之驥注:『言貴交慕其後塵,素遊企其軌迹也。』此二句言西行京城,使隱者背離山澤而追慕其後。

⑥ 幽萌潛暢,謂幽深之理漸顯而暢達。《説文》:『萌,草芽也。』《廣韻》:『暢,通暢,又達也。』滯思,沉滯之思。陸機《歎逝賦》:『幽情發而成緒,滯思叩而興端。』《説文》:『滯,凝也。』振,猶揚也。《廣韻》:『振,奮也,舉也。』此二句言其闡幽發微,振揚沉滯之思。

⑦ 六言，立身之六字。《論語・陽貨》：『子曰：由也，汝聞六言六蔽矣乎？……好仁不好學，其蔽也愚；好知不好學，其蔽也蕩；好信不好學，其蔽也賊；好直不好學，其蔽也絞；好勇不好學，其蔽也亂；好剛不好學，其蔽也狂。』何晏《集解》：『六言六蔽者，謂下六事：仁、智、信、直、勇、剛也。』六行，行爲六條。行爲之六條。《周禮・地官司徒》：『二曰六行：孝、友、睦、婣、任、恤。』鄭玄注：『善於父母爲孝，善於兄弟爲友，睦親於九族，婣親於外親，任信於友道，恤振憂貧者。』此二句言立身行爲之準則，君無不恭敬行之。

⑧ 五有，有二義。第一，行爲之五有。《韓詩外傳》卷二：『孔子曰：士有五有，執尊貴者有家，富厚者有資，勇悍者有心，智惠者有貌，美好者有執。』第二，教化之五法。《孟子・盡心上》：『君子之所以教者五：有如時雨化之者，有成德者，有達財者，有答問者，有私淑艾者，此五者君子之所以教也。』趙岐注：『私，獨。淑，善。艾，治也。』按：聯繫上文，似應以《孟子》爲是。三無，五至三無也。《禮記・孔子閑居》：『孔子曰：夫民之父母乎，必達於禮樂之原，以致五至而行三無。……何謂五至？孔子曰：志之所至詩亦至焉，詩之所至禮亦至焉，禮之所至樂亦至焉，樂之所至哀亦至焉。……何謂三無？孔子曰：無聲之樂，無體之禮，無服之喪，此之謂三無。』此二句言禮樂教化之準則，君無不至其極也。

⑨ 衡準，稱重、取正之器，即稱與準繩。《漢書・律曆志上》：『衡，平也；權，重也。衡所以任權而均衡平輕重也。……準者，所以揆平取正也。』此二句言權衡準繩失其公平，君無不正之。

⑩ 方榮，謂正直與美譽。張九齡《和王司馬折梅寄京邑昆弟》：『離別念同嬉，方榮欲共持。』遐邈，《玉篇》：『遠也。』式，取法。《説文》：『式，法也。』此二句言遐遠之正直美譽，君無不效法之。謂效法前賢也。

⑪ 没，通歿，死也。朱駿聲《説文通訓定聲》：『没，假借爲歿。』則，《玉篇》：『法也。』此二句言君其逝

也，民將以何爲準則？

⑫ 結思，鬱結之思，謂思之深厚。劉鑠《擬明月何皎皎》：『結思想伊人，沈憂懷明發。』遺愛，古仁愛之風。《左傳・昭公二十一年》：『及子産卒，仲尼聞之，出涕曰：古之遺愛也。』杜預注：『子産見愛，有古人之遺風。』允惻，誠然悲愴。《爾雅・釋詁》：『允，信也。』《廣韻》：『惻，愴也。』此二句言人之追思鬱結，誠然哀傷悲愴。

此段讚美陸公德行純正而垂范世人。先言人之景仰。人仰陸公，如江河慕海，丘陵樂山。惟因君德齊聖，深厚弘博，崇敬禮儀，涵容深厚，故群才影附，隱者追隨，漸受教化，滌垢而守真。再言君之德識。闡幽抉微，振揚沉滯，立身行爲，恭遵準則；禮樂教化，至之極境，且公平正直，取法前賢。後言民之思念。君其逝矣，民無歸依，惟沉思其遺愛，而憂傷悲愴。

仲尼喪魯，孺慕失聲①。國僑殞鄭，邦無竽笙②。實惟常侍，徽懿克明③。恩懷士心，信結民情④。聞者巷泣，赴者風征⑤。八音輟響，獻酢弗營⑥。羽檝翳川，輕駕盈庭⑦。揮袂雲藹，殞涙雨零⑧。嗚呼哀哉！伊惟平生，襲寵荷輝⑨。愷樂承明，桑梓猶哀⑩。聿懷震丘，言告言歸⑪。明德遠燭，慮凶以吉〔一〕⑫。雖則榮泰，存亡是卹⑬。爰築新邑，經始匪日⑭。眷懷不虞，寧槻〔二〕斯室⑮。王事靡盬，皇畿是旋⑯。嗚〔三〕和吉往，曾未浹辰⑰。震旆凶歸，輝景長泯⑱。痛感皇祇，哀普四民⑲。嗚呼哀哉！

【校勘】

〔一〕『吉』，《四部叢刊》本、鄧邦述校本、陳仲魚校本作『音』，形近而誤。陸貽典校作『吉』。

〔二〕『槻』，《四部叢刊》本、鄧邦述校本、陳仲魚校本作『襯』，形近而誤。

〔三〕『嗚』，鄧邦述校本、陳仲魚校本作『嗚』，形近而誤。陳仲魚校本校作『嗚』。

【注釋】

① 孺慕，謂如孺子思悼之。《説文》：『孺，乳子也。』失聲，痛哭不能成聲。《孟子·滕文公上》：『昔者孔子没，三年之外，門人治任將歸，入揖於子貢，相嚮而哭，皆失聲，然後歸。』趙岐注：『失聲，悲不能成聲。』此二句言孔子喪于魯國，門人悼之，皆如孺子痛哭失聲。

② 國僑，指子産，名僑，謚成子。産爲鄭穆公之孫，子國之子。因公子之孫稱公孫，故名公孫僑。以父字爲氏，故曰國僑。自鄭簡公時始執國政，歷定、獻、聲公三朝。事見《左傳·襄公三十一年》《史記·鄭世家》。此二句言子産卒于鄭，國中無音樂之聲。

③ 徽懿，徽音懿德，謂令聞美德。權德輿《賈公墓誌銘》：『今皇帝憫公徽懿，追命太傅。』《玉篇》：『徽，瑟張絃也。』又『懿，美也』。此二句言惟我常侍，徽音懿德昭彰也。

④ 此二句言其士人心懷其恩惠，百姓情繫其誠信。

⑤ 此二句言陸公之卒，聞者居小巷而哭泣，奔喪者如風疾而趨行。

⑥ 八音，泛指樂器。《書·舜典》：『帝乃殂落，百姓如喪考妣，三載，四海遏密八音。』孔安國傳：『八

音：金、石、絲、竹、匏、土、革、木。』輟，《集韻》：『止也。』獻酢，謂飲宴應酬。《詩・大雅・行葦》：『或獻或酢，洗爵奠斝。』鄭玄箋：『進酒於客曰獻，客答之曰酢。』營，《小爾雅》：『治也。』此二句言樂器止其聲，飲宴不舉辦。謂止其音樂、飲宴以悼念之。上四句謂悲傷之情濃也。

⑦羽檝，言漿之輕疾也。陸機《辨亡論上》：『羽檝萬計，龍躍順流。』善注：『羽檝，言疾也。』此代指輕舟。翳，猶遮蔽。《玉篇》：『翳，屏愛也。』此二句言輕舟遮蔽河川，輕車充滿庭院。

⑧藹，盛也。《玉篇》：『藹藹，樹茂也。』此二句揮袂如雲之盛，落淚如雨零落。上四句皆謂奔喪者衆多也。

⑨伊，是人。王引之《經傳釋詞》卷三：『伊，是也。』襲寵，受寵。孟浩然《送韓使君除洪府都督》：『述職撫荆衡，分符襲寵榮。』《左傳・昭公二十八年》：『故襲天禄，子孫賴之。』杜預注：『襲，受也。』此二句惟是人之平生，受天子恩寵，沐君主之輝。

⑩愷樂，猶樂也。《詩・小雅・魚藻》：『王在在鎬，豈樂飲酒。』鄭玄箋：『豈，亦樂也。』豈，同愷。《經典釋文》卷六：『豈樂，本亦作愷，樂也。』承明，宫殿名。左思《蜀都賦》：『營新宫於爽塏，擬承明而起廬。』善注：『張晏曰：承明廬在石渠門外。』濟注：『新宫，宫名，漢有承明廬。』桑梓，庭前所植之樹，代指故鄉。《詩・小雅・小弁》：『維桑與梓，必恭敬止。』毛詩傳：『父之所樹，已尚不敢不恭敬。』此二句言曾愷樂于晉廷，今尚懷戀其故鄉也。

⑪聿懷，述思。《詩・大雅・大明》：『昭事上帝，聿懷多福。』鄭玄箋：『聿，述；懷，思也。』言告言歸，謂我欲告歸也。《詩・周南・葛覃》：『言告師氏，言告言歸。』毛詩傳：『言，我也。』此二句言我思戀故鄉之丘林，欲告歸之。此虚拟亡者之辭。

⑫ 燭，《玉篇》：『照也。』此二句言明德遠照，慮化凶以爲吉。謂雖病染沉疴，亦冀天鑒其德而逢凶化吉。

⑬ 卹，《玉篇》：『賉，分賑。』又『恤，救也』。古三字並同。存亡，乃偏義複詞。存亡是卹，謂卹亡者。此二句言雖生前榮華通達，而今却唯有賑濟亡者。故下文引入經營墓陵。

⑭ 爰，《玉篇》：『爲也。』新邑，代指墓陵。經始，謂經營規劃。《詩・大雅・靈臺》：『經始靈臺，經之營之。』鄭玄箋：『度始靈臺之基止。』此二句言爲築墓室，經營規劃，非止一日也。

⑮ 不虞，意料之外。《詩・大雅・抑》：『謹爾侯度，用戒不虞。』毛詩傳：『不虞，非度也。』此指突然死亡。櫬，靈柩。《説文》：『櫬，棺也。《春秋傳》曰：士輿櫬。』此二句不意而亡，令人眷念，惟以此墓室而安其靈柩。

⑯ 王事靡盬，王事無休止。《詩・唐風・鴇羽》：『王事靡盬，不能蓺稷黍。』此謂受王命而日夜兼程。王畿，指洛陽。此二句言受王之命，由洛返吴，日夜兼程。謂歸葬于東吴。

⑰ 吉往，謂往晉而吉也。取《易》濟厄而復其中正之意。《易・解》：『無所往，其來復吉。有攸往，夙吉。』王弼注：『解之爲義，解難而濟厄者也。無難可往，以解來復，則不失中。有難而往，則以速爲吉也。無難則能復其中，有難則能濟其厄也。』浹辰，喻短暫。《左傳・成公九年》：『浹辰之間，而楚克其三都。』杜預注：『浹辰，十二日也。』劉琨《勸進表》：『曠之浹辰，則萬機以亂。』濟注：『浹，及；辰，時也。自甲及癸爲一時。』二説不同，乃杜預述史，五臣釋義。鳴和，鸞鈴鳴也。陸機《前緩聲歌》：『羽旗棲瓊鑾，玉衡吐鳴和。』善注：『《楚辭》曰：鳴玉鸞之啾啾。王逸曰：衡，車衡也。鄭玄《周禮注》曰：鑾和，皆以金爲鈴也。應劭《漢書注》曰：鑾在軾，和在衡。』所解有異。此二句言昔鸞鈴鳴也而往晉，然何其短暫也。

⑱ 震旆，指靈幡。《爾雅·釋詁》：『震，懼也。』《説文》：『旆，繼旐之旗也。』《正字通》：『旆，俗旆字。』凶歸，謂卒而歸也。曹植《王仲宣誄》：『吉往凶歸，嗚呼哀哉。』銑注：『吉往凶歸，謂粲從操伐吴，路病而卒也。』此二句言靈幡引路而亡歸，其輝光長泯滅也。

⑲ 皇祇，天地神靈。顔延年《三月三日曲水詩序》：『皇祇發生之始，后王布和之辰。』善注：『皇，天神也。祇，地神也。』此二句言傷悼痛徹神靈，悲傷彌漫四民。

此段抒發陸公之亡天人同悲之情。先言晉人之悲。公德音昭彰，恩信士民，故其亡也，如仲尼喪魯，子産殞鄭，聞者失聲，邦無宴飲，赴喪如風之至，舟楫蔽河，輕車滿庭，揮袂成雲，淚落如雨。再言生雖榮華而思歸。公平生受恩荷寵，愷樂晉室，明德遠照，澤施衆人，雖榮達而懷歸故里。後言死備哀榮而歸吴。公遭不虞，邦人懷之，築此墓室，安其靈柩。受王之命，由洛返吴，昔日仕晉吉往，而今凶旋歸吴，故神人同悲也。

穆穆天子，昭明有融①。乃命王〔一〕人，禮憲是崇②。賜以歸賻，榮以贈終③。冠蓋東〔二〕徂，映族輝邦④。日薄南陸，辰次天漢⑤。龜筮協貞，靈域載判⑥。明器既庀，神道已羡⑦。縣象未登，明星有爛⑧。軒車微動，執紼同贊⑨。永棄高厦，黄廬是館⑩。寧彼昏昧，荒此輝粲⑪。幽房長鍵，脩夜靡旦⑫。翼翼輕蓋，翩翩丹旐⑬。龍章舒藻，旟旐有輝⑭。轜輪轇結，玄駟徘徊⑮。人誰弗思，靡思匪哀⑯。援札〔三〕心楚，投翰餘悲⑰。嗚呼哀哉！

【校勘】

〔一〕『王』，《文集》、叢書堂鈔本、《四部叢刊》本、《四部備要》本、鄧邦述校本、陳仲魚校本作『三』，語意扞格。《西晉文紀》卷十六、《百三家集》本、《七十二家集》本作『王』，今據改。

〔二〕『東』，《西晉文紀》卷十六、《四部叢刊》本、《百三家集》本、鄧邦述校本、陳仲魚校本作『南』。

〔三〕『札』，《文集》、叢書堂鈔本、《四部叢刊》本、鄧邦述校本、陳仲魚校本作『扎』，形近而誤。《西晉文紀》卷十六作『札』，今據改。

【注釋】

①穆穆，美也。《書·舜典》：『賓於四門，四門穆穆。』孔安國傳：『穆穆，美也。』昭明有融，謂天助其長有高明之譽也。《詩·大雅·既醉》：『昭明有融，高朗令終。』毛詩傳：『融，長。』鄭玄箋：『天既助女以光明之道，又使之長有高明之譽，而以善名終，是其長也。』此二句言美哉天子，長有高明之譽。

②王人，王臣。《書·説命》：『王人求多聞，時惟建事。』禮憲，禮儀法度。《荀子·勸學》：『不道禮憲，以詩書爲之。』此二句言晉君乃命其臣，是乃崇尚禮法。謂使葬禮隆也。

③賻，喪葬之資。《玉篇》：『賻，以財助喪也。』贈終，送終。曹植《王仲宣誄》：『何以贈終，哀以送之。』此二句賜以喪葬之資，榮顯以送終。

④徂，《爾雅·釋詁》：『往也。』此二句言靈車東行，輝光映照邦族。謂喪葬隊伍盛也。

⑤薄，《韻會》：『迫也。』南陸，南方日行之道。潘岳《在懷縣作》：『南陸迎脩景，朱明送末垂。』善注：

《續漢書》曰：日行南陸謂之夏。』良注：『南陸，日道也，日行南道。』天漢，銀河。陸機《擬明月皎夜光》：『招摇西北指，天漢東南傾。』向注：『天漢，天河也。』此二句言如日之迫近南陸，北辰之行于銀河。

⑥ 龜筴，占卜之物。《吕氏春秋·孟冬紀》：『命太卜禱祠，龜策占兆。』策，同筴。《集韻》：『策，或作筴。』靈域，猶兆域，謂墓地。《周禮·春官宗伯》：『冢人掌公墓之地，辨其兆域，而爲之圖先王之葬。』此以龜筴占卜，協和貞正，而选明墓地。

⑦ 明器，祭奠之器。《儀禮·既夕禮》：『陳明器於乘車之西。』鄭玄注：『明器，藏器也。』《檀弓》曰：其曰明器，神明之也。言神明者，異於生。』庇，猶相符。《國語·周語下》：『口以庇信，耳以聽名者也。』韋昭注：『庇，覆也，言行相覆爲信。』此謂完備。神道，墓前祭神之道。羨，通延。《史記·衛康叔世家》：『以襲攻共伯于墓上，共伯入釐侯羨自殺。』司馬貞《索引》：『羨，音延。延，墓道。』延，通埏。《韻會》：『埏，墓道也。或作羨。』此二句言祭奠之器既完備，亦已陳列於墓道之上。

⑧ 縣象，日月也。《易·繫辭上》：『是故法象莫大乎天地，變通莫大乎四時，縣象著明莫大乎日月。』縣，通懸。《廣韻》：『懸，縣俗(字)，今通用。』登，《廣韻》：『成也，升也。』明星有爛，明星尚明。《詩·鄭風·女曰鷄鳴》：『子興視夜，明星有爛。』鄭玄箋：『明星尚爛爛然，蚤於別色時。』此二句言日之未升，明星亦燦爛。謂祭典之早之盛。

⑨ 執紼，執導引靈車之索。《禮記·曲禮上》：『助葬必執紼。』鄭玄注：『紼，引車索。』贊，《玉篇》：『佐也，助也。』此二句言靈車輕輕前行，執引之索齊助之。

⑩ 黄廬，猶黄泉，謂墓室。《淮南子·覽冥訓》：『考其功烈，上際九天，下契黄壚。』高誘注：『黄壚，黄泉下有壚土也。』壚，通廬。《經典釋文》卷八：『壚，音盧。』同音相通。《玉篇》：『廬，屋舍也。』此二句言永

棄人間高屋，惟以墓室爲館舍。

⑪ 荒，奄，覆也。《詩・周南・樛木》：『南有樛木，葛藟荒之。』毛詩傳：『荒，奄。』此二句言安寧于昏暗之地，而長掩其人生之光輝也。

⑫ 幽房，猶墓室。潘岳《哀永逝文》：『撫靈櫬兮訣幽房，棺冥冥兮埏窈窈。』銑注：『幽房，墓中便房也。』鍵，門閂。《方言》卷五：『户鑰，自關之東，陳楚之間，謂之鍵。』此二句言墓室之門長關，自此長夜而無明也。

⑬ 翼翼，衆多貌。《詩・小雅・楚茨》：『我黍與與，我稷翼翼。』鄭玄箋：『翼翼，蕃蕪貌。』翩翩，輕飄貌。《詩・小雅・四牡》：『翩翩者鵻，載飛載下。』《經典釋文》卷六：『翩翩，往來貌。』此二句言輕車盛多，旗幟輕颺。

⑭ 龍章，畫龍形之旗。《禮記・郊特牲》：『旂十有二旒，龍章而設，日月以象天也。』旟旐，畫龜蛇、鳥隼之旗。《詩・小雅・出車》：『彼旟旐斯，胡不旆旆。』毛詩傳：『龜蛇曰旐，鳥隼曰旟。』此二句言龍章之旌舒展藻文，蛇鳥之旗光明。

⑮ 轜，喪車。《説文》：『輀，喪車也。』《正字通》：『轜，同輀。』轇結，猶糾結難行。畢沅《經典文字辨正書》卷二：『膠，正；轇，别。出司馬相如賦。《史記》作轇，《漢書》作膠。』此二句言靈車之輪糾結難行，黑色之駟馬徘徊不前。

⑯ 靡思匪哀，即靡匪思哀。《玉篇》：『靡，無也。』又『匪，非也』。此二句謂人無不思之無不哀之也。

⑰ 援札，謂舉筆爲文。《説文》：『札，牒也。』徐鍇《繫傳》：『牒，亦木牘也。』翰，筆。劉楨《公讌詩》：『投翰長歎息，綺麗不可忘。』善注：『翰，筆毫也。』此二句言舉筆爲文心之悲楚，投筆而止亦有餘哀。

此段叙述其出殯之盛，抒發思念傷悼之情。先言其死備榮耀。天子澤被，爲崇其禮法，乃命賜以葬資，贈以榮顯。再言其出殯之盛。靈柩南行，輝映邦族，如日近南陸，辰行銀河。占卜而選墓室，祭器備，墓道成，祭典之盛，如明星燦爛，於是執引導之索，靈車緩行，車蓋盛多，旗幟輕颺，龍章、龜蛇、鳥隼，藻文輝映，而詩人感慨：自此永棄華堂，舍于墓室，安寧晦暗，掩其輝光，幽房長關，而無有旦也。最後抒發悲情。思之傷之，爲文悼之，然其投筆而餘哀不絕也。

晉故豫章内史夏府君誄

【題解】

夏府君，名靖字少明，曾任武昌太守、豫章太守，故稱府君。少明與機、雲交往甚密，多有詩賦唱和，故雲過少明墓時作文誄之。此文在結構上與上兩篇誄文近似，以小序爲引，概括少明節操功勳，抒發自己痛悼之情。正文追溯少明輝煌之家世，超世之政績，逝世之哀傷，出殯之慘惻，以及作者不盡之思念。全文以叙述其政績爲核心，而叙述政績又以出守武昌、湘東、豫章爲重點，突出其仁政教化的治政方針，其中亦透出士龍的政治理想。全文叙事以時間爲經，以事迹爲緯，雖未脱一般誄文之套路，但思路清晰，與前兩篇錯雜哽咽亦有别也。因爲士龍仕晉而誄吴人，故涉及吴事吴人則措語隱晦，如稱吴主爲『元首』，以『南嶽頹鎮』而言吴亡，而少明在覆國亡家之際，憂其所處，勸其『投纓瀾猗』，更是隱晦曲折，此恰恰形成了本文用語之特色。

從『昔我經年，逝彼川路。進闕趨奔，退違陵墓』句看，此誄當作於少明逝世周年之際。而序言夏靖卒於永寧元年五月二十五日，則此誄則作於永寧二年(三〇二)五月前後。

惟永寧元年五月二十五日，晉故豫章内史夏府君卒①。嗚呼哀哉！乾鑒育俊，崇茲大猷②。景靈垂祐，黄精協符③。濯蹤浩素，闡志玄流④。熙光聖代，邁勳九區⑤。哀彼造物，殂命不均⑥。既褒斯美，吝〔一〕茲遐年⑦。祁祁搢紳〔二〕，泣涕流連⑧。故作斯誄，著之不泯⑨。其辭曰：

【校勘】

〔一〕『吝』，《文集》、叢書堂鈔本、四部叢刊、鄧邦述校本、陳仲魚校本作『𠫤』，《七十二家集》本作『吝』，古二字同。《廣韻》：『吝，俗作𠫤。』今改爲正字。

〔二〕『搢紳』，《西晉文紀》卷十六、叢書堂鈔本作『縉紳』，古二詞同。

【注釋】

① 惟，發聲詞。永寧，晉惠帝年號。夏少明，名靖，會稽人。曾任武昌太守、豫章太守。《隋書·經籍志》載《夏靖集》二卷，録一卷。今存詩一首。府君，魏晉時太守自辟僚屬如公府，因尊稱太守爲府君。

② 乾鑒，天視之。《經典釋文》卷二：『《説卦》云：乾，健也。此八純卦，象天。』大猷，大道。《書·周

官》：『若昔大猷，制治于未亂。』孔安國傳：『言當順古大道，制治安國必于未亂。』此二句言天鑒其德，生其俊才，而崇尚古之大道。

③祐，神助。《玉篇》：『祐，助也。』《易》曰：自天祐之，吉，無不利。或作佑。』黄精，三陽之氣，即初春之氣。周甄鸞《笑道論・五穀命鑿》：『《五府經》云：黄精者，三陽之氣。』此二句言神靈賜其福祐，三陽協其符瑞。

④浩素，猶太素，天也。《白虎通德論・天地》：『天者，何也？……始起先有太初，後有太始，形兆既成，名曰太素。』後亦謂之素樸。玄流，玄理流被。釋僧順《釋三破論》：『振無爲之高風，激玄流於未悟。』此二句言濯蹤迹于素樸之中，明其志于玄理之流。

⑤熙光，光明。《玉篇》：『熙，光也。』邁勳，謂功勳遠被。《説文》：『勳，遠行也。』九區，猶天下。顔延年《赭白馬賦》：『曁明命之初基，罄九區而率順。』善注：『九區，九服也。』良注：『九區，九州也。』此二句言輝映聖朝，功勳蓋世。

⑥造物，猶天道。顔延年《三月三日曲水詩序》：『高祖以聖武定鼎，規同造物。』善注：『孔子曰：夫造物者爲人。司馬彪曰：造物者爲道。』殂，《説文》：『往死也。』此二句言哀此天道不平，使之早逝也。

⑦褒，顯揚其美。《玉篇》：『褒，揚美也。』吝，吝惜。《玉篇》：『吝，惜也。』遐年，猶長壽。《説文》：『遐，遠也。』此二句言既顯揚其美，何吝惜賜其長壽。

⑧祁祁，衆多。《詩・豳風・七月》：『春日遲遲，采蘩祁祁。』毛詩傳：『祁祁，衆多也。』搢紳，插笏於帶，謂官宦。《荀子・禮論》：『設褻衣襲三，稱縉紳。』楊倞注：『縉與搢同，扱也。紳，大帶也。縉紳謂扱笏於帶。』流連，淚流貌。曹植《怨歌行》：『待罪居東國，泫涕常流連。』此二句言衆多之官宦，涕泣流淚也。

⑨泯，《玉篇》：『滅也。』此二句言作此誄文，顯其美而使不泯滅也。

此序讚美少明之節操功勳，抒發對少明英年早逝痛悼之情。天崇大道，育此俊才，其性素樸，其志玄遠，光昭聖朝，勳蓋天下；惟天道不公，使其早殞；百官傷悼，故作誄以彰之。

於穆府君，遠祖彌光①。功濟黎獻，澤洽八荒②。披啚〔一〕承禪，襲化軒唐③。洪風既振，遐曜休煌④。越殷自周，紹膺遺祉⑤。亮節三恪，侯服千祀〔二〕⑥。悠悠訖兹，徽烈不已⑦。奕世本弘，厥美是紀⑧。惟神隆慶，篤生府君⑨。玄祐秀朗，暉〔三〕景烟熅⑩。誕載豐美，俊穎夙繁⑪。性與體和，孝友穆融⑫。虔兹君親，婣族睦崇⑬。情廣褒誘，品物虛躬⑭。安仁履素，接舊以沖⑮。澄鑒博映，哲思惟文⑯。淪心衆妙，洞志靈源⑰。探幽判疑，沉欲焱分⑱。甄滯群祕，義猶一〔四〕貫⑲。崇規邈世，體道而盤⑳。瞻言先機，蔚藻騰翰㉑。處約由厚，交順于顔㉒。文武未墜，君惟克修㉓。百行殊揆，君望斯周㉔。棲義〔五〕初九，戢翼洪條㉕。瓊輝四灼，景問綢繆㉖。

【校勘】

〔一〕『啚』，《西晉文紀》卷十五、《百三家集》本、《四部叢刊》本、鄧邦述校本、陳仲魚校本作『圖』，古二字同。玄應《一切經音義》卷八：『詔定古文官書，圖啚二形同。』

〔二〕『千祀』，《文集》、叢書堂鈔本、《四部叢刊》本作『于杞』，形近而誤。《西晉文紀》卷十六、《百三家集》本、《七十二家集》本、鄧邦述校本、陳仲魚校本作『千祀』，今據改。

〔三〕『暉』，《文集》、叢書堂鈔本、《四部叢刊》本、鄧邦述校本、陳仲魚校本作『揮』，音同而誤。《西晉文紀》卷十六、《百三家集》本、《七十二家集》本作『暉』，今據改。

〔四〕『一』，《文集》、叢書堂鈔本、《諸家文集》本、《四部備要》本、鄧邦述校本作『壹』。音同而誤。古壹、一，始爲二字。《説文》：『壹，專壹也。從壺，吉聲。』又：『一，惟初太始，造分天地，化成萬物。弌，古文。』『一貫』乃『一以貫之』之略，不作壹貫。《西晉文紀》卷十六、《百三家集》本、陳仲魚校本作『一』，今據改。

〔五〕『棲義』，《文集》、叢書堂鈔本、《諸家文集》本作『棲儀』，陳仲魚校本亦校作『棲儀』，語意扞格。《西晉文紀》卷十六、《百三家集》本、鄧邦述校本、陳仲魚校本作『棲義』，今據改。

【注釋】

①於穆，歎美之詞。《詩·周頌·清廟》：『於穆清廟，肅雝顯相。』毛詩傳：『於，歎辭也。穆，美。』此二句言嗟歎府君之美，其遠祖更是光照後世。

②濟，救助，拯救。《字彙》：『濟，賙救也。』黎獻，指黎民。《書·益稷》：『萬邦黎獻，共惟帝臣。』洽，霑溉。《玉篇》：『洽，霑也。』八荒，猶天下。賈誼《過秦論》：『囊括四海之意，併吞八荒之心。』此二句言功在賑救百姓，德澤霑溉天下。

③披啚，披閱河圖。《穆天子傳》卷一：『乃披圖視典，用觀天子之珤器。』郭璞注：『省河所視禮圖。』《廣韻》：『披，開也。』啚，同圖。承禪，夏姓乃夏禹之苗裔，夏禹禪舜而得天下，故曰承禪。軒，軒轅氏，即黄

帝；唐，陶唐氏，即帝堯。陶淵明《感士不遇賦》：『望軒唐而永歎，甘貧賤以辭榮。』此二句言披閱河圖而受禪位，因襲軒唐之教化。乃追溯夏氏遠祖之淵源也。

④洪風，洪族之風範。《玉篇》：『洪，大也。』遐，《玉篇》：『遠也。』休，《廣韻》：『美也，善也。』此二句言洪族之風既揚，遠照之光美盛。

⑤紹膺，猶言繼承也。紹，《玉篇》：『繼也。』膺，《正韻》：『當也，受也。』陸贄《均節賦稅恤百姓》：『幸遇陛下紹膺寶運，憂濟生靈。』遺祉，前代遺留之福，猶福蔭。《説文》：『祉，福也。』此二句言經殷而自周以來，皆繼承前代之福蔭。

⑥三恪，猶三代。《左傳·襄公二十五年》：『封諸陳以備三恪。』杜預注：『周得天下，封夏、殷二王後，又封舜後，謂之恪。並二王後爲三國，其禮轉降，示敬而已，故曰三恪。』《爾雅·釋詁》：『恪，敬也。』侯服，謂諸侯之臣。《詩·大雅·文王》：『上帝既命，侯于周服。侯服于周，天命靡常。』鄭玄箋：『至天已命文王之後，乃爲君於周之九服之中。』千祀，猶千世。祀，世。柳宗元《爲裴中丞上裴相破東平狀》：『光垂後祀，輝映前王。』此二句言高風亮節于三代，諸侯之臣于千世。謂子孫綿延繁盛。

⑦悠悠，悠遠。《詩·王風·黍離》：『悠悠蒼天，此何人哉。』毛詩傳：『悠悠，遠意。』訖，《説文》：『止也。』徽烈，美之功業。任昉《爲範始興作求立太宰碑表》：『存樹風猷，没著徽烈。』向注：『徽，美。烈，業。』此二句言千古悠遠而止於此世，美好功業不止也。

⑧奕世，猶世世。《國語·周語上》：『奕世載德，不忝前人。』韋昭注：『奕，亦前人也。』本弘，猶弘大。本，同丕。楊樹達《詞詮》卷二：『古不、丕通用。』紀，世。《幽通賦》：『皇十紀而鴻漸兮，有羽儀於上京。』善注：『應劭曰：紀，世也。』此二句言世代弘大先祖遺業，此世亦其美也。

⑨ 篤生，稟淳厚之德而生。《詩·大雅·大明》：「長子維行，篤生武王。」毛詩傳：「莘國之長女大姒，則配文王，維德之行，篤生武王。」此二句言惟神降其瑞慶，厚生其府君。

⑩ 玄祐，天助。《册府元龜》卷五十四《尚黄老》：「朕刻意真經，虔誠至道，既憑玄祐，永錫黔黎。」玄，天。《易·坤》：「夫玄黄者，天地之雜也。天玄而地黄。」《玉篇》：「祐，助也。」烟熅，天地之元氣。班固《東都賦》：「降烟熅，調元氣。」善注：「《周易》曰：天地絪縕，萬物化醇。」銑注：「烟熅，即元氣也。」《説文》：「烟，本作煙。」此二句言上天賜其秀朗，元氣孕其輝光。

⑪ 誕載，猶誕生。嵇康《琴賦》：「披重壤以誕載兮，參辰極而高驤。」善注：「毛萇《詩傳》曰：誕，大也。載，生也。」俊穎，猶俊彦，才俊出衆。《玉篇》：「穎，禾末也。」夙繁，早盛也。《廣韻》：「夙，早也。」此二句言天地誕生大美之人，其俊才早盛也。

⑫ 穆融，和美。《廣韻》：「融，和也。」此二句言本性與形體和諧，孝悌仁愛而和美。

⑬ 虔，恭敬。《玉篇》：「虔，敬也。」姻族，姻親與宗族，泛指親戚。《國語·晉語》：「其非官守，則皆王之父兄甥舅也。君定王室，而殘其姻族，民將焉放？」《釋名·釋親屬》：「婿之父曰姻。姻，因也，女往因媒也。」《玉篇》：「族，宗族。」睦崇，猶和睦。《爾雅·釋詁》：「崇，重也。」此二句言恭敬君主六親，和睦姻親宗族。

⑭ 褒誘，謂讚揚誘進。《爾雅·釋詁》：「誘，進也。」品物，猶衆物。《易·乾》：「雲行雨施，品物流行。」虚躬，虚己。《説文》：「躳，或從弓，身也。」此二句言泛愛衆而誘進之，待衆物而虚己也。謂虚己待物，誘掖後進也。

⑮ 安仁，謂性耽仁愛。《論語·里仁》：「仁者安仁。」何晏《集解》：「苞氏曰：唯性仁者，自然體之，故

謂安仁也。』履素，踐行樸質之道。《易·履》：『初九：素履往，無咎。』王弼注：『履道惡華故素，乃無咎。處履以素，何往不從，必獨行其願，物無犯也。』《焦氏易林》卷七：『履素行德，卒蒙祐福。』舊，指舊邦。接，相交。《廣韻》：『接，交也。』沖，《玉篇》：『虛也。』此二句言性耽仁愛，踐行素樸，虛己以待舊邦之民。

⑯映，謂明察。《說文》：『映，明也。』文，禮樂制度。《論語·子罕》：『文王既没，文不在兹乎！』朱熹《章句》：『道之顯者謂之文，蓋禮樂制度之謂。』此二句言其識鑒透徹，明察萬物，智思惟在禮樂制度。

⑰淪心，沉心，潛心。陸機《贈顧令文爲宜春令》：『淪心渾無，遊精大樸。』洞志，透徹之識。《廣韻》：『志，意慕也。』此二句言潛心探究衆物之妙理，透徹領悟神明之本源。

⑱焱分，分辨明確。《說文》：『焱，火華也。』此二句言探索幽微，明判疑義，沉其心志，分辨明確。

⑲甄滯，考察沉滯。《廣韻》：『甄，察也。』猶，道也。《詩·小雅·采芑》：『方叔元老，克壯其猶。』毛詩傳：『猶，道也。』一貫，一以貫之。《論語·里仁》：『參乎吾道，一以貫之哉！』此二句言考察群書祕笈，以道義一以貫之。

⑳體道，躬行道也。《莊子·知北遊》：『夫體道者，天下之君子所繫焉。』盤，猶承也。《說文》：『盤，承盤也。』此二句言崇尚遠古之法，躬行其道而承之。

㉑瞻言，瞻言百里之略，謂遠慮也。《詩·大雅·桑柔》：『維此聖人，瞻言百里。』毛詩傳：『瞻言百里，遠慮也。』鄭玄箋：『聖人所視而言者百里，言見事遠而王不用。』先機，謂肇顯幽微之關鍵。《廣韻》：『機，萬機也。』徐灝《說文解字注箋》：『機，引申爲機要之稱。』蔚藻，文藻盛也。《易·革》：『君子豹變，其文蔚也。』《韻會》：『蔚，文深密貌。』騰翰，舉筆也。劉楨《公讌詩》：『投翰長歎息，綺麗不可忘。』善注：『翰，筆毫也。』此二句言視其幽微，闡明其理，舉筆爲文，辭藻盛也。

㉒ 處約，居其簡也。《論語・里仁》：『子曰：不仁者不可以久處約。』引申爲簡約。交順，交集其理。《廣韻》：『交，共也，合也。』《説文》：『順，理也。』顔，顯著。《太玄經》卷五：『魁而顔而，玉帛班而。』范望注：『顔，見也。』司馬光《集注》：『顔者，言其顯著也。』此二句言義藴深厚而文辭簡約，交集其理而使之顯著。

㉓ 此二句言文治武業未墜落也，惟君能修治之。

㉔ 百行，謂行道之多。嵇康《與山巨源絶交書》：『故君子百行，殊塗而同致。』向注：『百行，言多也。君子之行，所趣各殊而同歸。』殊揆，謂不同之準則。《爾雅・釋言》：『揆，度也。』周，周遍。《廣韻》：『周，備也。』此二句言行道之多，且準則不同，君視之周遍也。謂慮事周密也。

㉕ 棲義，義之所止。《説文》：『棲，鳥棲也。』初九，《易》六十四卦三百八四爻中，以數字『九』代表陽爻，故凡陽爻居卦下第一位者，均稱初九。孔穎達疏：『居第一之位，故稱初；以其陽爻，故稱九。』因以指事物之始，義理之要者。戢翼，歛翼而止。《詩・小雅・鴛鴦》：『鴛鴦在梁，戢其左翼。』鄭玄箋：『戢，歛也。』此二句言義止於事物之始，翼息於洪大枝條。謂把握樞機也。

㉖ 瓊輝，如玉之輝。《説文》：『瓊，赤玉也。』灼，《玉篇》：『明也。』景問，猶大名。《爾雅・釋詁》：『景，大也。』問，同聞。《經典釋文》卷七：『令聞，音問，本亦作問。』綢繆，猶深遠也。《經典釋文》卷二十八：『綢繆，猶纏緜也。』又云：深奥也。』此二句言輝光照之四方，大名揚于遐遠。

此段追溯少明之家世與德才也。先述其輝煌家世。府君爲夏禹苗裔，遠祖功濟百姓，德澤天下，受禪於舜，承襲黄唐教化，越殷至周，庇蔭先祖福祉，三代受封，千世侯臣，悠悠至今，徽音遺烈，奕世弘揚，此美亦顯于當代也。再言其德性才識之美。天生府君，秀朗輝光，少而穎慧，長而性和，孝悌愛友，敬君親，睦姻族，仁愛質樸，虛己待物。澄思博覽，洞悉妙理，探幽決疑，索滯明義，崇古而體道，故其文章闡明幽微，藻盛辭飛，文約意豐，義理顯明。後概述其影響之深遠。府君修文武之業，慮事周密，把握樞機，故輝光四照，令名遠揚。

在昔我國，元首載哲①。假寐俟旦，思庸俊逸②。旃檢高麾，體亦秩秩③。儀刑柳惠，庶績惟穆④。既穆其績，英風彌邵⑤。天子有命，曾是在朝⑥。頻繁幃幄〔一〕，祗〔二〕承皇曜⑦。神以測幽，明以遠照⑧。目〔三〕難識夷，觀嶮改蹈⑨。譬彼清鑒，莫塵其操⑩。五紀迭御，載隆載傾⑪。南嶽頽鎮，蔭輝素靈⑫。瑾瑜遷寶，投迹上京⑬。兆萌未緝，皇聖攸嗟⑭。聿〔四〕臨猗氏，接彼〔五〕郇瑕⑮。道之以禮，育之以和⑯。齊俗拯弊，民靡不嘉⑰。振我翰音，洋鑠諸華⑱。明明皇儲，叡哲時招⑲。奮厥河滸，矯足雲霄⑳。俄軒玄闕〔六〕，徽英揚飈㉑。光灼東朝，髦士攸希㉒。媚兹一人，亦〔七〕既翰飛㉓。委蛇華閣，陟降太微㉔。納言贊事，淵裕徘徊㉕。

【校勘】

〔一〕『幃幄』，《韻補》卷四作『帷幄』，古二詞同。陸雲集多用作幃幄。

〔二〕『祗』，《西晉文紀》卷十六、《四部叢刊》本作『祇』，形近而誤。

〔三〕『目』，《西晉文紀》卷十六作『自』。

〔四〕『聿』，《西晉文紀》卷十六、《百三家集》本、鄧邦述校本、陳仲魚校本作『韋』，形近而誤。陳仲魚校本校作『聿』。

〔五〕『彼』，《西晉文紀》卷十六、《百三家集》本、鄧邦述校本、陳仲魚校本作『被』，形近而誤。陳仲魚校本校作『彼』。

〔六〕『闕』，《文集》、叢書堂鈔本、《四部叢刊》本、鄧邦述校本、陳仲魚校本作『闢』，語意扞格。《西晉文紀》卷十六、《百三家集》本脱。《七十二家集》本作『闕』，今據改。

〔七〕『亦』，《四部叢刊》本、鄧邦述校本、陳仲魚校本作『示』，形近而誤。陳仲魚校本校作『亦』。

【注釋】

① 元首，國君。《書·益稷》：『股肱喜哉，元首起哉，百工熙哉。』孔安國傳：『元首，君也。』載，王引之《經傳釋詞》卷八：『猶則也。』哲，《爾雅·釋言》：『智也。』此二句言昔我吴國，君主智慧。

② 假寐，猶小憩。《詩·小雅·小弁》：『假寐永嘆，維憂用老。』鄭玄箋：『不脱冠衣而寐曰假寐。』俟，等待。《玉篇》：『竢，待也。亦作俟。』思庸，思念常道。《書·太甲上》：『三年復歸于亳，思庸。』孔安國傳：『念常道。』俊逸，才俊超逸。劉劭《人物志序》：『躬南面，則援俊逸輔相之材。』此二句言夜不遑寐，著衣待旦，而思遵常道，網羅俊逸之才。

③ 旃，無飾曲柄之旗。《爾雅·釋天》：『因章曰旃。』郭璞注：『以帛練爲旒，因其文章，不復畫之。《周禮》云：通帛爲旃。』檢，約法。《字彙》：『檢，檢束也。』高麾，以旗指麾也。左思《吴都賦》：『魯陽揮戈而高麾，迴曜靈於太清。』秩秩，智思深長。《詩·秦風·小戎》：『厭厭良人，秩秩德音。』《爾雅·釋訓》：

『秩秩，智也。』郭璞注：『皆智思深長。』此二句言令旗高麾以爲約法，其人也亦智思深長。

④ 儀刑，以爲典範。《詩・大雅・文王》：『儀刑文王，萬邦作孚。』毛詩傳：『刑，法。』鄭玄箋：『儀法文王之事。』《説文》：『儀，度也。』柳惠，柳下惠，因直道而被三黜。嵇康《幽憤詩》：『昔慙柳惠，今愧孫登。』善注：『《論語》曰：柳下惠爲士師，三黜。人曰：子未可以去乎？曰：直道而事人，焉往而不三黜？』庶績，百官之功績。《書・堯典》：『允釐百工，庶績咸熙。』孔安國傳：『績，功。』穆，《廣韻》：『美也。』此二句言以柳惠爲典範，升黜百官，惟美其功績。

⑤ 英風，英武之氣概。徐庾《武皇帝作相時與北齊廣陵城主書》：『籍甚英風，常懷眷屬。』邵，《玉篇》：『高也。』此二句言其功績既美，英武之氣概彌高。上謂吴主，此謂少明。

⑥ 曾是，王引之《經傳釋詞》卷八：『曾是，乃是也，則是也。』此二言天子命其乃在朝爲官也。

⑦ 幃幄，原指軍中營帳。《史記・太史公自序》：『運籌帷幄之中，制勝於無形，子房計謀其事。』泛指謀士議政之所。幃，同帷。《後漢書・仲長統傳》：『垂露成幃，張霄成幄。』李賢注：『在旁曰幃，在上曰幄。』祇承，恭敬受之。《書・大禹謨》：『文命敷于四海，祇承於帝。』孔安國傳：『敬承堯舜文命。』此二句言頻繁出入帷幄而議政，敬受君主之輝光。

⑧ 神，謂神思也。《易・繫辭下》：『子曰：知幾其神乎！』韓康伯注：『唯神也，不疾而速，感而遂通。』測幽，探測幽微。《玉篇》：『度深曰測。』此二句言神思可測幽微之理，明鑒可照悠遠之處。

⑨ 夷，謂國之亡也。《廣雅・釋詁》：『夷，滅也。』此二句言然其目難以洞識國之亡也，唯見險途而改轍也。按：前句乃隱晦謂吴之亡，後句乃謂見亂世而歸隱也。

⑩ 清鑒，謂風骨清舉明朗。《世説新語・賞譽》：『殷中軍道：右軍清鑒貴要。』劉孝標注：『《晉安帝

紀》曰：『義之風骨清舉也。』此二句言譬如清浄明朗之鏡，無人可污染其操守也。

⑪ 五紀，六十年。孫權黄武元年稱帝，至吴天紀四年滅亡，歷五十九年。取整數稱之則五紀。古以十二年爲一紀。《書・畢命》：『既歷三紀，世變風移。』孔安國傳：『十二年曰紀。』迭御，更迭其治御者，謂吴亡也。載隆載傾，由隆盛而覆亡。載，則，又。《詩・衛風・氓》：『載笑載言。』鄭玄箋：『則笑則言。』此二句言歷五紀而吴亡，國由隆盛而傾頹也。

⑫ 南嶽，代指吴國。頽鎮，謂山之傾頽。鎮，古稱一方之主山爲鎮。《書・舜典》：『封十有二山濬川。』孔安國傳：『每州之名山殊大者，以爲其州之鎮。』輝，日影之光。蔭，日景。《左傳・昭公元年》：『趙孟視蔭。』杜預注：『蔭，日景也。』素靈，謂晉也。陸機《皇太子宴玄圃宣猷堂有令賦詩》：『黄暉既渝，素靈承祜。』善注：『晉爲金行，曰素。……程猗《説石圖》曰：金者，晉之行也。建安五年。初，桓帝時，有黄星見於楚宋之分野，遼東殷馗，善天文，言後五十歲，當有真人起於譙沛之間，其鋒不可當。至此凡五十年，而公破紹，天下莫敵矣。晉世祖武皇帝，姓司馬，名炎，字安世。受魏陳留王禪，以金德王，都洛陽。金于西方爲白，故曰素靈。』向注：『魏，土德，故云黄暉。晉，金德，故云素靈。』此二句南嶽大山崩頽，素靈之輝顯現。謂晉滅吴也。

⑬ 瑾瑜，玉名。《説文》：『瑾瑜，美玉也。』投迹，猶投身。鍾會《檄蜀文》：『投迹微子之蹤，措身陳平之軌。』上京，京都，此指洛陽。班固《幽通賦》：『皇十紀而鴻漸兮，有羽儀於上京。』此二句言如瑾瑜之寶遷徙，而由吴入仕洛陽也。

⑭ 兆萌，衆生民也。萌，民也。《吕氏春秋・高義》：『比於賓萌，未敢求仕。』高誘注：『萌，民也。』未緝，未和，未理。王儉《褚淵碑文》：『元戎啓行，衣冠未緝。』善注：『《爾雅》曰：輯，和也。緝與輯同。』濟

注：『緝，理也。』此二句言此時萬姓未和，聖皇所歎也。

⑮聿，《正韻》：『聿，惟也。』猗氏，縣名。郇瑕，古國名。《左傳·成公六年》：『晉人謀去故絳，諸大夫皆曰：必居郇瑕氏之地，沃饒而近盬。』杜預注：『郇瑕，古國名。河東解縣，西北有郇城。盬，鹽也。猗氏縣，鹽池是。』此二句言面臨猗氏，毗連郇瑕。謂僻遠之地。

⑯道，通導，治也。《論語·學而》：『子曰：導千乘之國。』何晏《集解》：『馬融曰：導謂爲之政教也。』導，通道。《經典釋文》卷二十四：『道，音導，本或作導。包云：治也。』此二句言以禮義治之，以和諧育之。謂以禮義教化僻遠之民而不示之武力也。

⑰齊俗，使風俗一也。《玉篇》：『齊，整也。』嘉，《爾雅·釋詁》：『美也。』此二句言齊一風俗而救其弊政，民無不嘉美之也。

⑱翰音，鷄也。《禮記·曲禮下》：『凡祭宗廟之禮，牛曰一元大武，豕曰剛鬣，豚曰腯肥，羊曰柔毛，鷄曰翰音。』鄭玄注：『翰，猶長也。』此代指禮儀。洋鑠，謂弘大其美也。《爾雅·釋詁》：『洋，多也。』又『鑠，美也』。諸華，中原。《左傳·襄公四年》：『楚伐陳必弗能救，是棄陳也，諸華必叛。』杜預注：『諸華，中國。』此二句言振揚我禮儀制度，弘大中原教化之美。

⑲明明，如日之明。《詩·小雅·小明》：『明明上天，照臨下土。』鄭玄箋：『明明上天，喻王者當光明如日之中也。』皇儲，指愍懷太子。《玉篇》：『儲，副也。』叡哲，聖明。張衡《東京賦》：『睿哲玄覽，都兹洛宫。』善注：『《尚書》曰：睿作聖，明作哲。』《集韻》：『叡，古作睿。』時，《廣韻》：『是也。』招，《廣韻》：『求也。』此二句言如日光明之太子，是求此聖哲之人。

⑳奮，振翅而飛。《玉篇》：『奮，飛也，奮奞也。』河滸，此指江濱。曹植《應詔詩》：『遵彼河滸，黄阪是

階。』善注：『《毛詩》曰：在河之滸。毛萇曰：水崖曰滸。』蹻足，舉足。《類篇》：『蹻，舉也。』此二句言奮飛其江濱，舉足于雲霄。謂由吳而入侍晉之皇儲也。

㉑ 俄軒，高大之車。揚雄《羽獵賦》：『於茲乎鴻生鉅儒，俄軒冕，雜衣裳。』善注：『韋昭曰：俄，卬也。車有轓曰軒也。』玄闕，玄武闕。吳質《答東阿王書》：『至乃歷玄闕，排金門。』善注：『《三輔舊事》曰：未央宮北有玄武闕。』此代指宮闕。徽英，猶英徽，英俊之美。褚淵《太廟登歌》：『妙感崇深，英徽彌亮。』飈，同飆。《正字通》：『飆，俗省作飈。』古三字並同。此二句言高車出入宮闕，俊美如風之揚起。

㉒ 東朝，太子宮。陸機《答賈謐》：『東朝既建，淑問峩峩。』《唐鈔文選集注彙存》：『東朝，即謂太子宮，召賈謐爲常侍，輔太子。』髦士，俊傑之士。《詩・大雅・棫樸》：『奉璋峨峨，髦士攸宜。』毛詩傳：『髦，俊也。』此二句言輝光閃耀於太子之宮，俊傑之士所罕見也。

㉓ 媚兹一人，謂愛此太子也。《詩・大雅・下武》：『媚兹一人，應侯順德。』毛詩傳：『一人，天子也。』鄭玄箋：『媚，愛；兹，此也。』翰飛，高飛。《詩・小雅・小宛》：『宛彼鳴鳩，翰飛戾天。』毛詩傳：『翰，高。』此二句言愛此太子，而高飛至天也。謂得志也。

㉔ 委蛇，委曲自得貌。《詩・召南・羔羊》：『退食自公，委蛇委蛇。』毛詩傳：『委蛇，行可從迹也。』鄭玄箋：『委蛇，委曲自得之貌。』華閣，指太子宮。太微，喻帝宮。張衡《思玄賦》：『出紫宮之肅肅兮，集太微之閬閬。』張衡注：『《天文志》曰：中宮太極星其一明者，泰一常居也。旁三星，三公。後句曲四星，一星正妃，餘三星，後宮之屬也。環衛十二星，藩臣也。皆曰紫宮。』善注：『紫宮、太微，二星名也。《春秋合誠圖》曰：紫宮，帝大宮也。又曰太微其星十二。』此二句言行于太子之宮，出入帝室之内。

㉕ 納言，喉舌之官。《書・舜典》：『命汝作納言，夙夜出納朕命，惟允。』孔安國傳：『納言，喉舌之官。

聽下言納於上，受上言宣於下。』贊事，輔佐王事。《國語・晉語》：『比德以贊事，比也。』韋昭注：『贊，佐也。』淵裕，寬厚。《説文》：『裕，衣物饒也。』引申寬裕。徘徊，猶徜徉，盤桓自得貌。《玉篇》：『徜徉，猶徘徊也。』此二句言爲太子之喉舌，輔佐王事，胸襟寬厚，徜徉自得。

此段述少明由吳入晉之宦迹。先言在吳。昔吳王明哲，勤於政事，思招俊才，執法整肅，升黜惟功。而少明功績既美，英風彌嘉，故出入吳王帷幄。雖其神思可發幽照遠，亦難料國之亡，故遠離險境而守其節，吳亦旋即亡也。後言入晉。先爲朝官，和其萬姓，教化僻遠，齊之禮儀，救弊時俗，弘揚中原文明；後輔東宮，敬愛太子，下達上宣，輔佐政事，舉足雲霄，高軒宮闕，逶迤自得，輝光飛揚，爲俊才之先。述少明之行迹，却渲染吳主之英明，其覆國之痛，故園之思，亦隱隱表達了出來。

習習和風，惟穆惟宣①。亦曰武昌，厥俗允新②。我后〔一〕有命，爰授俊臣③。君子云顧，義在安親④。秉文共武，言撫舊京⑤。仰肅慈顔，俯熙典刑⑥。移彼滯汙〔二〕，泮宮時營〔三〕⑦。衆否斯濟，飛鴞革聲⑧。春翹晞景，振鷺在庭⑨。高墉未奮，遭茲閔凶⑩。頻顣泣血，三載以終⑪。哀響未欲〔四〕，臺命朝隆⑫。厥命伊何，俾守南裔⑬。匪曰〔五〕是屯，託身虛槩〔六〕⑭。巾車既指，駕言將逝⑮。彝倫惟清，路逼其序⑯。君之于遠，乃恢斯緒⑰。思彼衆逸，言尋厥楚⑱。暮瞻豐林，晨看淵水⑲。濯奇以翹，披途導軌⑳。彼湘之東，地嶮俗危㉑。明德審罰，替幽崇儀㉒。嚴不式刑，仁扶物施㉓。威和咸振，澤被遐畿㉔。

【校勘】

〔一〕『后』，《諸家文集》本、鄧邦述校本、陳仲魚校本作『後』，誤。陸貽典校作『后』。

〔二〕『汙』，《四部叢刊》本作『汗』，形近而誤。

〔三〕『營』，《百三家集》本作『縈』，形近而誤。

〔四〕『欲』，《文集》作『歇』，《四部叢刊》本、鄧邦述校本、陳仲魚校本作『欲』，今據改。

〔五〕『曰』，《諸家文集》本、叢書堂鈔本，作『日』，陳仲魚校本亦校作『日』，誤。

〔六〕『託身虛槩』，《文集》、叢書堂鈔本、《四部叢刊》本、影鈔宋本、鄧邦述校本、陳仲魚校本作『某託身虛槩』。影鈔宋本校曰：『某字疑衍。』《西晉文紀》卷十六、《百三家集》本、《七十二家集》本亦無『某』，故據删。

【注釋】

① 習習，和舒。《詩·邶風·谷風》：『習習谷風，以陰以雨。』毛詩傳：『習習，和舒貌。』惟，有。王引之《經傳釋詞》卷三：『薛綜《東京賦》曰：惟，有也。』有，即又。此二句言和風習習，和美通泰。喻天子之治國如和風也。

② 允，表測度語氣。《爾雅·釋詁》：『允，信也。』曰，判斷詞。王引之《經傳釋詞》卷二：『曰，猶爲也。』此二句言亦是此武昌，其俗必維新。

③ 我后，我君。《書·太甲中》：『徯我后，后來無罰。』孔安國傳：『待我君來，言忻戴君來無罰。』爰，

乃，于是。《廣韻》：『爰，於也。』此二句言我君有命，於是授職俊臣。

④君子，指少明。云顧，猶是顧也。王引之《經傳釋詞》卷三：『云，猶是也。』此二句言君子眷顧之，義在安其親也。按：少明會稽人，距武昌較遠，因武昌是吴舊都，故以故鄉視之，因言之。

⑤秉文，執文治也。《詩・周頌・清廟》：『濟濟多士，秉文之德。』毛詩傳：『執文德之人也。』舊京，武昌曾爲吴之都城，故曰舊京。此二句言文武兼治，安撫吴之舊都。

⑥慈顔，謂父母。潘岳《閑居賦》：『壽觴舉，慈顔和。』向注：『慈顔，謂母之顔色。』典刑，常法。《書・泰誓下》：『屏棄典刑，囚奴正士。』孔安國傳：『屏棄常法。』此二句言上恭敬父母，下明其常法。

⑦滯汙，謂卑陋之積習。《説文》：『汙，濁水不流也。』泮宫，謂諸侯所辦之學校。《詩・魯頌・泮水》序：『《泮水》，頌僖公能修泮宫也。』毛詩傳：『泮宫，諸侯之學也。』時，《廣韻》：『是也。』營，《廣韻》：『造也。』此二句言爲改變其陋俗，惟興學而教化之。

⑧否，《易》六四卦之一，爲閉塞不通之象。引申困窮、困頓之意。飛鴞革聲，謂使飛鴞改其惡聲。《詩・魯頌・泮水》：『翩彼飛鴞，集于泮林。』毛詩傳：『鴞，惡聲之鳥也。』鄭玄箋：『故改其鳴，歸就我以善音，喻人感於恩則化也。』此二句言拯救百姓之困苦，改飛鴞之惡聲。謂教化而使棄惡從善也。

⑨春翹，春花。陸機《歎逝賦》：『步寒林以悽惻，翫春翹而有思。』濟注：『翹，英也。』晞景，早晨日光。《抱朴子・外篇・嘉遁》：『風飛雲浮，晞景九陽。』《經典釋文》卷五：『晞，明之始升。』振鷺，白鷺之飛。《詩・周頌・振鷺》：『振鷺于飛，于彼西雝。』毛詩傳：『振振，群飛貌。鷺，白鳥也。』鄭玄箋：『白鳥集於西雝之澤，言所集得其處也。』又序：『《振鷺》，二王之後來助祭也。』振鷺在庭，謂使吴王之後來助其禮儀也。此二句言使百姓如春花沐其朝陽，使吴之後嗣如白鷺來於庭中。

⑩ 高墉，高墻。《爾雅·釋宫》：『墻謂之墉。』然此取《易》之意。《易·解》：『上六：公用射隼於高墉之上，獲之無不利。』王弼注：『墉非隼之所處，高非三之所履。上六居動之上，爲解之極，將解荒悖而除穢亂者也。』高墉未奮，高墻之鳥未飛，謂尚未解荒悖而除穢亂也。閔凶，凶訊，謂家父之亡。《左傳·宣公十二年》：『寡君少遭閔凶，不能文。』杜預注：『閔，憂也。』此二句言高墻之鳥未飛，而遭此凶訊。謂少明在武昌治政不久即遭父喪也。

⑪ 頻顣，皺眉蹙額，憂愁貌。《孟子·滕文公下》：『已頻顣曰：惡用是鶂鶂者爲哉！』《廣韻》：『顣，顣頞，鼻頤促貌。』通作蹙。此二句言憂傷泣血，守孝三載而終。

⑫ 未欲，此謂守孝之意未盡。《禮記·祭義》：『孝子之祭……其薦之也，敬以欲。』鄭玄注：『欲，婉順貌。』臺命，公命。古稱三公爲三臺，故曰。隆，此指顯識。《廣韻》：『隆，盛也，大也。』此二句言守孝之哀音未止，公命至而朝廷授予顯識。

⑬ 厥，《玉篇》：『其也。』伊何，如何，爲之何。《詩·小雅·小弁》：『何辜于天，我罪伊何。』俾，《爾雅·釋詁》：『使也。』南裔，所舉具體地點不詳，下文謂在湘水之東。時湘水之東有二郡：湘東郡、長沙郡。下段叙述少明任豫章太守時，有『修翮徊翔』之句，可知豫章應在少明時任之郡之北，若然，此則是任湘東郡太守矣。此二句言其命是何，使出守南方湘東。

⑭ 匪，《廣韻》：『非也。』屯，《廣韻》：『厚也。』槩，量穀物刮平斗斛之器具。《禮記·月令》：『同度量，鈞衡石，角斗甬，正權概。』鄭玄注：『概，平斗斛者。』《説文》：『槩，杚斗斛，從木既聲。』《集韻》：『槩，亦書作概。』虚概，缺乏公平也。此二句言非是此地民風淳厚，而是使你託身此不公平之地。謂冀你行教化而使之公平也。

⑮巾車，主車也。《左傳·襄公三十一年》：「賓從有代，巾車脂轄。」杜預注：「巾車，主車之官。」脂，此謂以脂膏塗車軸也。《玉篇》：「脂，脂膏也。」駕言，猶駕。《詩·小雅·車攻》：「四牡龐龐，駕言徂東。」此二句言車駕既已備好，將駕之而往也。

⑯彝倫，猶倫理。《書·洪範》：「我不知其彝倫攸叙。」《經典釋文》卷二十二：「彝，常，倫，理也。」惟清，惟清正也。《書·舜典》：「夙夜惟寅，直哉惟清。」孔安國傳：「言早夜敬思其職，典禮施政教，使正直而清明。」路，《説文》：「道也。」借爲天道之道。序，長幼之序。《玉篇》：「序，長幼也。」此二句言倫理惟其清正，其道近其秩序分明。

⑰緒，猶端緒。《爾雅·釋詁》：「叙，緒也。」此二句言君之于遠地，乃恢復其倫理之端緒。謂厚教化也。

⑱逸，過失。《廣韻》：「逸，失也，過也。」楚，撲責生徒之小杖。《禮記·學記》：「夏楚二物，收其威也。」鄭玄注：「楚，荆也。」此二句言思彼衆之過失，則尋其小杖而責之。謂薄刑罰也。

⑲此二句言暮看茂林，晨看泉水。謂百姓生活悠閒而安其居也。

⑳翹，花。見上注。披，《廣韻》：「開也。」軌，《説文》：「車轍也。」此二句言滁奇花于山泉，開道路而引車。

㉑嶮，《韻會》：「險，危也。亦作嶮。」危，《廣韻》：「不正也。」此二句言彼湘水之東，地勢險要而風俗不正。

㉒審，慎重。《吕氏春秋·音律》：「修别喪紀，審民所終。」高誘注：「審，慎。」替，《爾雅·釋言》：「廢也。」此二句言明其德行而慎用刑罰，推重禮儀而廢其幽暗之俗。

㉓嚴，儼然而威。《釋名·釋言語》：「嚴，儼也。儼然人憚之也。」式，《説文》：「法也。」扶，《説文》：「佐也。」此二句言嚴威却不以刑爲法，佐之以仁而德施於物。

㉔畿，《正字通》：「古者王國千里曰王畿，自是以往每五百里爲一畿，通天下爲九畿，故因之約方千里爲一畿。」此二句言嚴威與和諧共舉，恩澤被邊遠之地。

此段述少明入晉後出守武昌、湘東之政績。先言任武昌太守。晉君爲宣和教化，移易風俗，令其出守武昌，少明至之，修文治武，上安雙親，下明典法，廣施教化，移易陋俗，百姓安寧，遺民得輿。再言服喪守孝。正欲展鴻圖，而遭服喪，守孝三年，朝廷重之。後言任湘東太守。湘東邊裔，命君守之。地處湘水之東，地險俗陋，少明公車至之，輕刑罰，行教化，整飭倫理，推崇禮儀，仁澤博施，恩威並重，使民安寧悠閒也。

皇道御世，與民靡偏①。敷〔一〕彼惠政，濟此未均②。思一黔首，濯溉義淵③。揖望皇命，脩翩徊翔④。循彼江濆，乃眷豫章⑤。覿風樹政，德音允張⑥。洪化既攄，禮樂克昌⑦。閑非秋厲，惠淑春〔二〕陽⑧。廣命俊乂，惟弓與旃⑨。丘園靡滯，鸞驥憑軒⑩。豈方伊類，捉髮躬勤⑪。震我聲教，邁嚮〔三〕惟殷⑫。君化大揚，自北而南⑬。君澤本沃，河漢載咸⑭。慶輝雲蔭，逕潤川漸⑮。將配皇宿，登景具瞻⑯。昊天不吊，乃降茲厲⑰。高禄未〔四〕融，凶災中燧⑱。寢疾彌留，大命隕墜⑲。邦家不紀，沉哀結世⑳。嗚呼哀哉！

【校勘】

〔一〕『敷』，《文集》、叢書堂鈔本、《四部叢刊》本、鄧邦述校本、陳仲魚校本作『改』，語意扞格。《百三家集》本、《七十二家集》本作『敷』，今據改。

〔二〕『春』，《文集》、叢書堂鈔本作『眷』，形近而誤。《西晉文紀》卷十六、《百三家集》本、《四部叢刊》本、鄧邦述校本、陳仲魚校本作『春』，今據改。

〔三〕『邁嚮』，《韻補》卷一作『遇響』。

〔四〕『未』，《文集》、叢書堂鈔本、《四部叢刊》本、鄧邦述校本、陳仲魚校本作『朱』，形近而誤。《西晉文紀》卷十六、《百三家集》本作『未』，今據改。

【注釋】

① 皇道，猶大道。班固《西都賦》：『博我以皇道，弘我以漢京。』翰注：『皇道，皇王之道也。』《玉篇》：『皇，大也。』此二句言御世之大道，乃在施予民而無偏頗。

② 敷，《廣韻》：『施也。』濟，賙救。《易·繫辭上》：『周乎萬物，道濟天下。』未均，謂治政之不公平。《論語·季氏》：『丘也聞有國有家者，不患寡而患不均。』何晏《集解》：『孔安國曰：不患土地人民之寡少，患政治之不均平。』此二句言施彼之仁政，以救治政之不均也。

③ 黔首，秦稱民爲黔首。《經典釋文》卷十三：『黔首，黑也。黑首，謂民也，秦謂民爲黔首。』濯溉，滌之使清也。《詩·大雅·泂酌》：『挹彼注兹，可以濯溉。』毛詩傳：『溉，清也。』此二句言思以仁義之淵滌清

陋俗，而使民風俗一也。

④ 揖望，恭敬而望也。《説文》：「揖，攘也。一曰手著胸曰揖。」皇命，天子之命。修翮，整飭羽毛。《玉篇》：「翮，羽本也，羽莖也。」徊，同回。宋玉《神女賦》：「徊腸傷氣，顛倒失據。」此二句言恭敬而望君主之命，整飭羽毛而回飛。謂望君命其由南裔而北回也。

⑤ 江濆，江岸。《説文》：「濆，水厓也。」此二句言循江岸而飛翔，乃眷念豫章之地也。

⑥ 允張，信大之也。《廣韻》：「張，大也。」此二句言觀風俗而立治政，德音誠已弘大矣。

⑦ 攄，猶展開。《廣韻》：「攄，舒也。」克，完成。《左傳·宣公八年》：「雨，不克葬。」杜預注：「克，成也。」此二句言大化既已展開，禮樂亦已昌盛。

⑧ 閑，刑法。《廣韻》：「閑，禦也，法也。」淑，美善。《爾雅·釋詁》：「淑，善也。」此二句言刑法非如秋之嚴厲，仁惠猶春日之和善。

⑨ 俊乂，俊才。《書·臯陶謨》：「九德咸事，俊乂在官。」《經典釋文》卷三：「馬曰：千人曰俊，百人曰乂。」旃，無飾曲柄之旗。見上注。此二句言廣泛任用俊傑賢才，惟授予弓與旃旗。謂授予官職也。

⑩ 丘園，隱士之所居，代指隱士。《易·賁》：「賁于丘園，束帛戔戔。」滯，沉滯不售者，猶沉淪。《周禮·地官司徒下》：「凡珍異之有滯者，斂而入於膳府。」鄭玄：「故書滯或作廛。鄭司農云：謂滯貨不售者，官爲居之。」鸞驥，瑞鳥駿馬，喻人才。《玉篇》：「鸞，似雉，見則天下安。」憑軒，依車。李白《秋日於太原南柵餞陽曲王贊公賈少公石艾尹少公應舉赴上都序》：「然後抗目遠覽，憑軒高吟。」此二句言丘園無沉淪之才，鸞鳥騏驥之俊傑車服盛也。

⑪ 豈方，比擬。《説文》：「豈，一曰欲也。」伊類，是善也。王引之《經傳釋詞》卷三：「伊，是也。」又《爾

雅・釋詁》：『類，善也。』捉髮，猶握髮。謂前賢之禮賢下士也。或指周公。《史記・魯世家》：『周公戒伯禽曰：我文王之子，武王之弟，成王之叔父。我於天下亦不賤矣，然我一沐三握髮，一飯三吐哺，起以待士。』或指禹。《太平御覽》卷八十二：『《帝王世紀》曰：伯禹……納禮賢士，一沐三握髮，一食三吐飡，堯美其績。』躬，《說文》：『身也。』此二句言比擬此人之善，則如周公禮賢下士，身勤於政。

⑫ 震，謂始行之。《廣韻》：『震，起也。』聲教，禮樂教化。《書・禹貢》：『東漸于海，西被于流沙，朔南暨聲教。』邁嚮，猶嚮往也。《正韻》：『邁，往也。』嚮，同響。《玉篇》：『響，應聲也。』惟殷，謂惟念先哲聖王之德。《書・康誥》：『我時其惟殷先哲王德，用康乂民，作求。』孔穎達疏：『我其惟念殷先智聖王之德，用安治民，爲求而等之。』此二句言施以禮樂教化，嚮往先哲聖王之德。

⑬ 揚，《增韻》：『顯也。』此二句言自北而南，君之教化顯也。

⑭ 本沃，乃沃其本也，謂沾溉其本。《廣韻》：『沃，灌也。』本，指教化。河漢，喻南北。載咸，猶咸。載，語助詞。咸，《玉篇》：『皆也。』此二句言君行教化，施其恩澤，南北人咸受其澤也。

⑮ 涅，同泥。《集韻》：『涅，塗也，通作泥。』漸，濕潤。《廣雅・釋詁》：『漸，濕也。』此二句言如瑞光照耀雲蔭，如大川滋潤大地。

⑯ 配，匹配。《玉篇》：『配，匹也，合也。』皇宿，猶高位。《說文》：『皇，大也。』《釋名・釋天》：『宿，宿也。星各止宿其處也。』古以星宿而象其位，如三臺，原爲天之三星宿也。具瞻，謂民俱瞻仰也，指三公之位。《詩・小雅・節南山》：『赫赫師尹，民具爾瞻。』毛詩傳：『師，大師，周之三公也。具，俱。瞻，視。』王儉《褚淵碑文》：『具瞻之範既著，台衡之望斯集。』善注：『《春秋漢含孳》曰：三公在天，法三能。』向注：『具瞻，臺衡並宰相之位也。』此二句言將匹之以高位，身登於臺衡。

⑰ 昊天不吊，上天不善，乃呼天搶地之語。《春秋穀梁傳序》：「昊天不吊，大山其頹。」乃降兹厲，乃降此大災禍。《詩·大雅·瞻卬》：「孔填不寧，降此大厲。」毛詩傳：「厲，惡也。」厲，通癘。《玉篇》：「癘，惡病也。」此二句言上天不善，乃降此惡疾。

⑱ 未融，未顯。《左傳·昭公五年》：「明夷之謙，明而未融。」杜預注：「融，朗也。」凶焱，凶光。《説文》：「焱，火華也。」燧，猶燃也。《玉篇》：「燧，以取火於日。亦作鐩。」此二句言高位未顯，而凶光起也。

⑲ 寢疾，卧病。《禮記·檀弓上》：「曾子寢疾，病。」彌留，久留，謂病沉重。《書·顧命》：「病日臻，既彌留。」孔安國傳：「病日至，言困甚；已久留，言無瘳。」隕墜，猶墜，喻死亡。《爾雅·釋詁》：「隕，墜也。」此二句言久患疾病，其命殞落。

⑳ 邦家，此指封藩之地。《詩·小雅·南山有臺》：「樂只君子，邦家之基。」此二句言封藩之地無人治理，沉痛之哀鬱結世人。

此段叙述少明之政績與逝世。先承上言其以大道而治世，施行仁政，治正公平，以深厚之義而滌除陋俗，使民風淳一。然其望君命其北回，而心在豫章。次言在豫章之政績。其觀豫章風俗，以德治之，廣施教化，復興禮樂，薄刑法，重仁政；勤於政事，禮賢下士，廣用俊才，野無遺賢，因此教化大行，人心嚮往前賢，自北而南，廣受君之恩澤。後言天降此災，中遭凶險，其命殞墜，使之未登高位，壯志未酬也。

式翫〔一〕遺美，君實克明①。懷光暢幽，晞髮結清②。體德秉真，審行居〔二〕貞③。屈曳蹈機，與世靡矜④。天命棐諶，唯仁則延⑤。任道委分，亮曰斯然⑥。孰云府君，不聞其言⑦。永懷載念，憂心孔艱⑧。曰兄曰弟，篤愛纏綿⑨。晞光繼軌，參翮〔三〕鴻振⑩。今君何之，背世遐湮⑪。同生拊膺，號哀瘁身⑫。眇眇孤微，過庭曷遵⑬。天何忍斯，于何之臻⑭。自君初邁，既夷且榮⑮。今君反矣，素旗〔四〕垂銘⑯。雖光百辟，託晷玄靈⑰。民慟于顯，神孤〔五〕于冥⑱。物從人感，轅馬失征⑲。飄風悼響，潛魚仰驚⑳。豐霄蹴蔭，衆羽徊鳴㉑。嗚呼哀哉！

【校勘】

〔一〕『翫』，《西晉文紀》卷十六、《百三家集》本、《四部叢刊》本、鄧邦述校本、陳仲魚校本作『玩』，陳仲魚校本校作『翫』，古二字通。

〔二〕『居』，《諸家文集》本作『既』。

〔三〕『參翮』，《西晉文紀》卷十六、《百三家集》本、《四部叢刊》本、鄧邦述校本、陳仲魚校本作『三融』，形近而誤。陳仲魚校本校作『三翮』。參，同三。

〔四〕『旗』，《百三家集》本作『旂』，古二字通。

〔五〕『孤』，《百三家集》本作『旅』，形近而誤。

【注釋】

① 式翫，玩味而效法之。《韻會》：『式，取法也。』翫，欣賞、玩味。陸機《歎逝賦》：『步寒林以悽惻，翫春翹而有思。』克明，克明俊德之略。《書·堯典》：『克明俊德，以親九族。』孔安國傳：『能明俊德之士任用

之，以明高祖玄孫之親。』此二句言欣賞而效法其遺世美德，君誠爲能明俊德之士。

② 晞髮，洗濯頭髮而曬之也。《楚辭・九歌・少司命》：『與女沐兮咸池，晞女髮兮陽之阿。』王逸注：『晞，乾也。』《通雅》卷十八：『晞髮，瀝之而晞也。』此二句言内懷輝光，情達幽微，濯髮而晞，髮連清波。

③ 體德，猶含德。《淮南子・本經訓》：『静而體德，動而理通。』秉真，守誠。《莊子・漁父》：『真者，精誠之至也。』審行，審慎而行。《禮記・曲禮下》：『謹脩其法而審行之。』孔穎達疏：『謹脩本法，審慎以行。』居貞，静居而守正。夏侯湛《東方朔畫贊》：『矯矯先生，肥遁居貞。』善注：『《周易》曰：居貞之吉，順以從上也。』向注：『貞，正也。言其樂隱於俗，而居其正道。』此二句言含德守誠，行爲審慎，静居守正。

④ 屈曳，猶言屈伸進退。《玉篇》：『曳，申也，引也。』蹈機，謂處於事物迹象與表徵顯露之時。《抱朴子・外篇・嘉遁》：『夫蹈機不覺，何前識之至難而利欲之彌篤邪？』靡矜，無驕矜之色。《魏書・高允傳》：『靡矜于高，莫耻於下。』《玉篇》：『矜，自賢也。』此二句言處世變已萌之際，屈伸進退，與世無争。

⑤ 棐諶，謂輔佐其誠。班固《幽通賦》：『覿天網之紘覆兮，實棐諶而相訓。』善注：『曹大家曰：棐，輔也。忱，誠也。《尚書》曰：天威棐忱。諶與忱，古字通也。訓或爲順。』《廣韻》：『延，進也。』此二句言天命輔佐真誠之人，惟有仁愛者而使進之。

⑥ 任道，謂可負重任之賢者。《楚辭・九章・橘頌》：『精色内白，類任道兮。』王逸注：『言賢者亦然，外有精明之貌，内有潔白之志，故可任以道而事用之也。』委分，謂聽任天命。陶淵明《自祭文》：『樂天委分，以至百年。』亮曰，猶信也。左思《魏都賦》：『亮曰日不雙麗，世無兩帝。』濟注：『亮，信也。』此二句言賢者任道，聽憑天命，信哉斯言。

⑦ 此二句言孰謂府君，未聞此言也。意謂不惟聞其言，且躬其行也。

⑧憂心孔艱，謂內心憂傷而甚難堪。《詩・小雅・何人斯》：『彼何人斯，其心孔艱。』毛詩傳：『孔，甚。艱，難。』又《小雅・采薇》：『憂心孔疚，我行不來。』此二句言長懷思而念之，內心憂傷而甚難堪矣。

⑨曰，王引之《經傳釋詞》卷二：『猶爲也。』纏綿，情深意厚。干寶《晉紀總論》：『故其積基樹本，經緯禮俗，節理人情，恤隱民事，如此之纏綿也。』此二句君與我爲兄爲弟，厚愛而情深也。

⑩晞光，謂望其光輝。謝朓《詠鸂鶒》：『得厠鴻鸞影，晞光弄羽翼。』晞，通睎。《楚辭・九懷・危俊》：『晞白日兮皎皎，彌遠路兮悠悠。』王逸注：『晞，一作睎。』洪興祖補注：『睎，望也。』參翮，即三翮。《尚書故實》記載：漢時，王次仲擅長八分書，詔徵聘於車中，化爲大鳥飛去，墜三翮於地，今有大翮山，在常山郡界。《玉篇》：『翮，羽本也，羽莖也。』此指鳥翼。亦含有『墜三翮於地』之意。此二句言吾仰望其光而繼承其法，如鴻振翼却墜翮於地。

⑪遐湮，遠没，謂死亡。《説文》：『湮，没也。』此二句言今君何往，棄世而亡。

⑫同生，謂兄弟。曹植《釋思賦》：『彼翔友之離別，猶求思乎白駒；況同生之義，絶重背親而爲疎！』此二句言兄弟捶胸而慟，哀號而身病也。

⑬眇眇孤微，細弱之幼子。《書・顧命》：『眇眇予末小子，其能而亂四方。』孔安國傳：『言微微我淺末小子，其能如父祖治四方。』過庭，謂父訓。《論語・季氏》：『鯉趨而過庭，曰：學詩乎？對曰：未也。曰：不學詩無以言也。鯉退而學詩。』曷，《玉篇》：『何也。』此二句言孤小細弱之子，何能遵循父訓？謂父亡而無人教訓之。少明卒時，子尚幼小，故謂之。

⑭于何，猶如何。《詩・小雅・正月》：『哀我人斯，于何從禄。』鄭玄箋：『于，於也。』王引之《經傳釋詞》卷一：『於，猶如也。』臻，至也。見上注。此二句言天怎忍心如此，爲何使之至此也。謂昊天不善，而使

之亡也。

⑮ 初邁，初往晉也。《説文》：『邁，遠行也。』夷，平安。《説文》：『夷，平也。』此二句言自君初入晉也，既身體平安且年盛也。

⑯ 素旗垂銘，銘記於素旗之上。《禮記·檀弓下》：『銘，明旌也。以死者爲不可别已，故以其旗識之。愛之斯録之矣，敬之斯盡其道焉耳。』古之禮儀，士之出殯，前有幡旗，上題死者之姓名，在前引路啓殯。此二句言今君返回時，則幡旗垂其銘矣。

⑰ 百辟，猶百官。《詩·小雅·桑扈》：『之屏之翰，百辟爲憲。』鄭玄箋：『辟，君也。』晷，《廣韻》：『日影也。』玄靈，神靈。班固《封燕然山銘》：『將上以攄高文之宿憤，光祖宗之玄靈。』此二句言雖曾光被百官，今却託影神靈。

⑱ 顯，光明之處。《韻會》：『顯，明也。』神，謂魂靈。此二句言民悲慟於陽間，魂靈孤獨於冥間。

⑲ 失征，不能行也。《爾雅·釋言》：『征，行也。』此二句言物隨人而感傷，駕轅之馬亦哀不能行也。

⑳ 此二句言飄動之風聲響悲悼，深潜之魚仰而驚懼。

㉑ 豐霄，闊大之雲霄。揚雄《方言》卷一：『凡物之大貌曰豐。』蹙蔭，謂陰雲密集。《廣韻》：『蹙，迫也，促也。』蹙，同蹴。《類篇》：『蹙，亦書作蹴。』此二句言闊大之雲霄陰雲密集，衆鳥徘徊哀鳴。

此段抒發少明逝世後的哀傷之情。先言少明德行之美。道德之輝光傳世，襟懷磊落，暢達幽微，守節持真，慎行居正，處世變已萌之際，優遊進退，與世無爭；天輔其誠，進其仁愛，降大任於賢才，斯言信然，然斯人已逝而不可聞也。次言人之傷悼之情。我之懷念，憂傷難堪，情如兄弟，深厚纏綿，本冀望其光而效法之，同其輝而振飛之，然君棄世而去，我亦不知何之。兄弟痛悼，孤子無依，蒼天何忍，而殞其人！後言靈柩歸來之悲。離吴之時，平安年盛，歸吴之時，素旐題名，雖曾光映百官，而今託影神靈，生人悲慟，死者孤獨，物隨人哀，馬不能行，風聲傷悼，潛魚驚懼，烏雲密布，衆鳥哀鳴，天地亦同悲矣。

瞻彼日月，歲聿云夕①。寒暑穹化，四辰交〔一〕錯②。日考三從，案轡長薄③。藹矣輜軒，脱駕窀穸④。背榮孤世，寧神大漠〔二〕⑤。丘陵竦廕，閟〔三〕闥寥寥⑥。寤摽惟哀，心摧涕潵⑦。嗚呼哀哉！

【校勘】

〔一〕『交』，《文集》、叢書堂鈔本、《四部叢刊》本、陳仲魚校本作『文』，形近而誤。《西晉文紀》卷十六、《百三家集》本、《七十二家集》本、寄生草堂本、鄧邦述校本作『交』，今據改。

〔二〕『漠』，《文集》、叢書堂鈔本、影鈔宋本、《四部叢刊》本、陳仲魚校本作『漢』，形近而誤。《西晉文紀》卷十六、《百三家集》本、《七十二家集》本、鄧邦述校本作『漠』，影鈔宋本校曰：『漢，當作漠。』今據改。

〔三〕『閟』，《百三家集》本、《四部備要》本作『閤』。

【注釋】

① 瞻彼日月，視日月之運行。《詩·邶風·雄雉》：『瞻彼日月，悠悠我思。』毛詩傳：『瞻，視也。』鄭玄箋：『視日月之行，迭往迭來。』歲聿云夕，年歲已暮。《詩·小雅·小明》：『曷云其還，歲聿云莫。』毛詩

傳：『聿，遂。』此二句言日月流逝。

② 此二句言寒暑盡而變化，四時交織而錯雜。

③ 三從，謂旦、中、夕也，本是古代占星之術。《太玄經》卷八：『贊羸入表……一從二從三從是謂大休，一從二從三違始中休終咎，一從二違三違始休中終咎。』范望注：『一五七則爲一表，三四八爲一表，二六九爲一表。旦中夕各有所用，故贊滿而入三表。表者，見其休咎也。』長薄，漫長之荒途。陸機《挽歌》：『按轡遵長薄，送子長夜台。』善注：『《漢書》曰：天子按轡徐行。』翰注：『草木叢生曰薄。』按，止，控制。《詩·大雅·皇矣》：『爰整其旅，以按徂旅。』毛詩傳：『按，止也。』轡，馬韁。《玉篇》：『轡，馬轡也。』《釋名·釋車》：『轡，咈也。牽引咈戾，以制馬也。』此二句言察白日時間之變化，徐行於漫長荒途之中。謂占卜出殯之時，靈柩徐行于荒野。

④ 藹，盛也。《玉篇》：『藹藹，樹茂也。』轜，喪車。《説文》：『輀，喪車也。』《正字通》：『轜，同輀。』窀穸，指墓穴。長埋謂之窀，長夜謂之穸。《左傳·襄公十三年》：『唯是春秋窀穸之事。』杜預注：『窀，厚也。穸，夜也。厚夜，猶長夜。春秋謂祭祀，長夜謂葬埋。』此二句言靈車裝飾盛矣，税駕於墓穴之旁。

⑤ 大漠，即太漠，謂玄冥。《雲笈七籤·釋三十九章經》：『太漠者，太清之外也。』此二句言背棄榮華，離世而孤，安其神靈于玄冥之中。

⑥ 竦廕，高聳覆蓋。《廣韻》：『廕，庇廕。』閤闥，猶門窗。《廣韻》：『閤，門上小窗。』《玉篇》：『闥，門内也。』寥寥，同寥寥，空曠貌。潘岳《登虎牢山賦》：『崇嶺驫以崔崒，幽谷豁以寥寥。』此二句言墓陵高聳，濃蔭覆蓋，墓門窗前，一片空曠。

⑦ 摽，撫膺傷痛。《經典釋文》卷五：『摽，拊心貌。』潵，眼淚飛濺。《集韻》：『潵，水散也。』此二句言

令人醒來拊心哀痛，心摧傷而淚濺。

此段言其出殯之傷痛。日月遷逝，寒暑易季，占卜出殯時間，靈柩緩行荒野，至墓穴而葬矣，從此棄人生之榮華，棲息于玄冥，惟有墓陵濃蔭，墓門寥闊。每念於此，則拊心錐痛，淚水飛濺。

咨予與君，恩親之微①。蒙恤于昔，投纓瀾猗②。思周弱志，永庇惠輝③。如何府君，昭景長違④。願言詠〔一〕眷，載傷載悲⑤。昔我經年，逝彼川路⑥。進闕趨〔二〕奔，退違陵墓⑦。仰瞻靈丘，俯增永慕⑧。惻〔三〕剥肝懷，哀其曷厝⑨。嗚呼哀哉！

【校勘】

〔一〕『詠』，《百三家集》本、《七十二家集》本作『永』。

〔二〕『趨』，《文集》、叢書堂鈔本、《四部叢刊》本、《四部備要》本、鄧邦述校本、陳仲魚校本作『初』，音近而誤。《百三家集》本、《七十二家集》本作『趨』，今據改。

〔三〕『惻』，《文集》、《四部叢刊》本作『側』，形近而誤。《西晉文紀》卷十六、《百三家集》本、鄧邦述校本、陳仲魚校本作『惻』，今據改。

【注釋】

① 恩親，謂父恩也。桓範《政要論·爲君難》：『且父子以恩親，君臣以義固。』微，少。《玉篇》：『微，

細也，不明也。』此二句言嗟歎我與君，恩親少也。謂我與君皆遭父之早喪。

②恤，謂憂之也。《爾雅·釋詁》：『恤，憂也。』投纓，謂棄官纓也。《説文》：『纓，冠系也。』瀾猗，水波。猗，同漪。《經典釋文》卷五：『漣猗，本亦作漪。』此二句言昔日蒙君爲我憂慮，勸我棄官纓於清波。謂其吴亡之後，少明憂其所處，勸其歸隱。士龍身仕晉朝，措語隱晦。

③思周，謂慮事周密。夏侯湛《東方朔畫贊》：『先生瓌瑋博達，思周變通。』弱志，謂和柔謙讓。《老子》第三章：『虚其心，實其腹，弱其志，强其骨。』河上公注：『和柔謙讓，不處權也。』此二句言君慮事周密，和柔謙讓，我長受其仁惠之庇蔭。

④昭景，猶光輝。《説文》：『景，光也。』此二句言如何府君之光輝永逝也。

⑤願言，我思之也。《詩·邶風·終風》：『寤言不寐，願言則嚏。』鄭玄箋：『言，我。願，思也。』詠眷，謂詠歌而眷顧之。《説文》：『詠，歌也。』此二句言我心思之，故詠歌眷顧，悲傷不已。

⑥此二句言一年之前，我從水路而往。

⑦此二句言疾速奔走，進謁朝闕，離去君之墓陵。

⑧此二句言仰瞻墓陵，俯增久久之思念。

⑨惻，痛苦。《説文》：『惻，痛也。』剥，裂開。《説文》：『剥，裂也。』曷厝，無措。《集韻》：『厝，同措。』此二句言痛裂心肝，哀傷無措。

此段憶其交往，寫其哀痛。我與君夙遭父喪，却承君憂我，勸我歸隱，君慮事周密，和柔謙讓，我受其庇蔭，爲何棄我而去，輝光永逝！我思而詠之，内心傷悲，憶我去年，趨奔入朝，離君墓陵，仰瞻望之，心肝俱裂，哀傷無措也。

卷六

頌　讚　嘲

登遐頌有序

【題解】

此篇中『王子喬頌』『孔子頌』當爲陸機之作，而誤收陸雲集中，詳『備考』。除去此二篇，稽之内容並非如『序』所言，全爲頌仙之作，既有頌仙，頌隱，頌方士，頌巫醫，也有傷美女之芳齡早逝，其間透出兩個基本信息：一是西晉之登遐成仙的概念相當模糊；二是陸雲之思想也相當複雜。由序可知陸雲此作乃借遊戲之作而寄意。所寄之意雜糅道家、神仙、方士等之思想意識。既頌身遭季世而全身，如郊間、梅福、鬼谷子等，也頌雖登遐而令當世君主心嚮往之，如李少君、大勝山上女、鮮卑務塵等；既頌識見超卓者，如玄俗、張招，也頌法術仙道之精粹者，如左慈、黄敬、費長房等。其實在所頌对象的背後，折射出作者失去精神皈依之後心態的矛盾與迷亂。

據雲《與兄平原書》第一三書：『去省《登遐傳》，因作《登遐頌》，須臾便成。』又第一四書：『誨頌，兄乃以爲佳，甚以自慰。文章當貴經緯，如謂後頌，語如漂漂，故謂如小勝耳。《九愍》如兄所誨，亦殊過望。』可知，《登遐頌》所作時間與《九愍》差近，《九愍》作於張華被殺，即永康元年（三〇〇）四月之後，永寧二年（三〇二）六月之前。此頌又早於《九愍》，或作於張華被殺不久。張華被殺，不惟失去了誘掖作者之知己，而大量名士同時遇難，政治的血腥也使之惶恐不安，頌文所透出的複雜心態正是這一特殊時期的産物。

夫死生存亡，二理之已然者也①。而世有神仙登遐之言，千歲不死之壽，其詳固難得而精矣②。列仙之道，作者既集，而登遐未有焉③。莊周有言，我試妄言之，子試妄聽之④。彼之有無，蓋難以理求⑤。我之妄聽，顧可以言寄之，遂爲頌云爾⑥。

【注釋】

① 已然，已如此，猶明之也。《玉篇》：『然，如是也。』

② 登遐，諱稱死亡，此指登仙遠去。《墨子·節葬》：『秦之西有儀秉之國者，其親戚死，聚柴薪而焚之，燻上，謂之登遐。』謂死者升天而去。《詩·大雅·下武》：『三后在天，王配于京。』鄭玄箋曰：『此三后既没登遐，精氣在天矣。』後成仙亦謂登遐。葛洪《抱朴子·内篇·論仙》：『仙人居高處遠，清濁異流，登遐遂往。』精，猶詳也。《廣韻》：『精，熟也。』

③ 集，衆多。《廣韻》：『集，衆也。』此句言論列仙之道術者衆多，而言成仙之人則未有焉。

④ 莊周有言，指莊子登遐之言。《莊子·德充符》：『而況官天地，府萬物，直寓六骸。象耳目，一知之所知，而心未嘗死者乎。彼且擇日而登假，人則從是也。』登假，同登遐。《經典釋文》卷七：『登假，音遐。本或作遐。』

⑤ 彼，指登遐成仙。此句言登遐成仙之事有無，難以因理而求之也。

⑥ 我，當爲子之誤。此句子之妄聽之，我固可因言而寄其意也。

序言死生之理世已明，惟成仙長壽之道難詳，而莊周登遐之言，妄言妄聽而已，不可以理而求之。由序可知陸雲此作乃借遊戲之作而寄意。

郊間人〔一〕①

淵哉郊間，懷寶採薪②。媚兹伯陽，常道是賓③。俯翼遂〔二〕周，攜手入秦④。遺物執一，妙世頤〔三〕神⑤。思我玄流，浩若無津〔四〕⑥。

【校勘】

〔一〕按：《文集》、《西晉文紀》卷十六、《七十二家集》本、叢書堂鈔本、《四部叢刊》本、鄧邦述校本、陳仲魚校本均將所有所頌之人名並列於序文之後，頌文之前。《文章辨體彙選》卷四百六十一依據文章內容，分別將置於每章之前，頗便省覽，故依之。

〔二〕『遂』，《百三家集》本、《文章辨體彙選》卷七百三十七、《七十二家集》本、寄生草堂本、鄧邦述校本作『遊』，或形而誤。

〔三〕『頣』，《文章辨體彙選》卷七百三十七作『熙』，形近而誤。

〔四〕『浩若無津』，鄧邦述校本將此句誤植下首。《四部叢刊》本、陳仲魚校本將下篇《王子喬》與此篇合爲一篇，亦誤。陳仲魚校本以『另起』勘校之。

【注釋】

①郊間人，周時隱士。葛洪《神仙傳》卷六：『郊間人者，周宣王時郊間採薪之人也。採薪而行歌曰：巾金巾，入天門；呼長精，噏玄泉；鳴天鼓，養泥丸。時人莫能知。唯柱下史曰：此是活國中人，其語祕矣。其人乃古之漁父也。何以知之？八百歲人目瞳正方，千歲人目理縱。採薪者，乃千歲之人也。』

②懷寶，謂懷抱治世之才而不用於世。《論語·陽貨》：『懷其寶而迷其邦，可謂仁乎？曰：不可。』何晏《集解》：『馬融曰：言孔子不仕，是懷寶也；知國不治而不爲政，是迷邦也。』此二句言郊間人心胸淵深，懷抱治世之才而采薪郊間。

③媚兹，謂愛此人。《詩·大雅·下武》：『媚兹一人，應侯順德。』鄭玄箋：『媚，愛；兹，此也。』伯陽，指老子。《經典釋文》卷一：『老子者姓李名耳，字伯陽，陳國苦縣厲鄉人也。』常道，自然無爲之道。《老子》第一章：『道可道，非常道。』河上公注：『非自然長生之道也。常道當以無爲養神，無事安民，含光藏暉，滅迹匿端，不可稱道。』夤，恭而行之。《説文》：『夤，恭也。』此二句言熱愛老子，恭行自然無爲之道。

④ 俯翼，猶斂翼，謂隱居。潘岳《哀永逝文》：「烏俛翼兮忘林，魚仰沫兮失瀨。」翰注：「俛，低也。」俛，同俯。《説文》：「頫，低頭也。」徐鉉《繫傳》曰：「頫首者，逃亡之貌，故從逃省。今俗作俯，非。」又《玉篇》：「俛，亦作頫。」可知古三字並通。遂，任其志也。《廣韻》：「遂，從志也。」此二句言縱情適志，隱于周代，攜手老子而入秦。

⑤ 執一，猶老子所言之抱一，守其道也。王弼《周易略例》：「故自統而尋之，物雖衆，則知可以執一御也。」邢璹注：「無爲之一者，道也。」妙世，體悟世道精微之理。《正字通》：「妙，精微也。」此二句言遺其外物而守其道，體悟精微世理以頤養精神。

⑥ 玄流，謂玄理流被。釋僧順《釋三破論》：「振無爲之高風，激玄流於未悟。」津，渡口。此指岸。《説文》：「津，渡也。」此二句言思其玄理流被，浩瀚若無其涯也。

此章讚頌郊間心懷深广，雖采薪而懷器，敬愛老子，恭行自然之道，從周入秦，遺物守道，妙悟世理，頤養精神，思妙入玄，廣博無涯。題爲頌仙，實爲頌隱也。

王子喬①

王喬淵嘿〔一〕，遂志〔二〕潛輝②。遺形靈嶽，顧景亡歸③。變彼有傳，與爾翻飛④。承雲倏忽，飄飄紫微⑤。

【校勘】

〔一〕『淵嘿』，《文章辨體彙選》卷七百三十七作『淵默』。傅增湘校曰：『淵若無淵，乃頌郊間之末句，不應加入王喬下，「孔子贊」誤與此同。』所校或爲《郊間人》末句之異文，録以備考。

〔二〕『志』，《晉二俊文集》四卷本、《諸家文集》本、《四部叢刊》本、鄧邦述校本、陳仲魚校本作『忘』，形近而誤。陸貽典、傅增湘並校作『志』。

【注釋】

① 王子喬，古仙人。劉向《列仙傳》曰：『王子喬者，周靈王太子也，好吹笙作鳳凰鳴，游伊洛之間，道士浮丘公接以上嵩山，三十餘年，後求之於山，見桓良曰：告我家，七月七日待我於猴氏山頭。果乘白鶴駐山嶺，望之不到，舉首謝時人，數日而去。後立祠於緱氏及嵩山。』蔡邕《王子喬碑》云：後漢永和元年冬王子喬曾現形『王氏墓』前，乃造靈廟，『於是好道之鑄，自遠來集』，延熹八年，皇帝遣使者奉犧牲祭祀。又葛洪《神仙傳》卷六：『王喬者，河東人也。顯宗世爲葉令。喬有神術，每月朔望常自縣詣臺朝，帝怪其來數而不見車騎，密令太史伺望之。言其臨至，輒有雙鳧從東南飛來。於是候鳧至，舉羅張之，但得一隻舄焉。……或云此即古仙人王子喬也。』按：王喬、王子喬實爲二人，從《神仙傳》看，晉人已將二人混淆，士龍亦誤。此篇所頌實王喬，非王子喬也。

② 淵嘿，沉静。《莊子·在宥》：『尸居而龍見，淵默而雷聲。』郭象注：『出處語默，常無其心而付之自然。』淵默，同淵嘿。《玉篇》：『默，亦爲嘿。』此二句言王喬沉静自然，適其志而潛隱。

③遺形，忘其自我。賈誼《鵩鳥賦》：『真人恬漠兮，獨與道息；釋智遺形兮，超然自喪。』銑曰：『至真之人，其性靜漠，絶去人事，與道遊息，離智慮，遺形體，超然如喪，忘其形體耳。』景，同影。《玉篇》：『景，光也。』亡，《玉篇》：『無也。』此二句言棲身靈嶽，超然自喪，顧視日影，不見其歸去也。因此其日下無影，故不可見其歸去之影。

④變彼，彼之美也。《詩・邶風・泉水》：『變彼諸姬，聊與之謀。』毛詩傳：『變，好貌。』此二句言彼之傳說，何其美也，與雙鳧來回飛翔。

⑤儵忽，高眇不可及。《楚辭・悲回風》：『據青冥而攄虹兮，遂儵忽而捫天。』王逸注：『所至高眇不可逮也。』《經典釋文》：『儵，李云：喻有象也；忽，李云：喻無形也。』紫微，北辰第七星，喻大帝宮也。《晉書・天文志上》：『紫宫垣十五星，其西番七，東番八，在北斗北。一曰紫微，大帝之坐也，天子之常居也。』此二句言乘雲霞而高眇倏忽，飄飄于帝宮之上。

此篇贊王子喬沉靜自然，任情適志，棲身靈嶽，往來乘雙鳧而飛，託雲霞而升帝宮也。

玄俗〔一〕①

玄俗妙識，饑餌神穎②。在陰儵逝，即陽無景③。逍遥北嶽，凌霄引領④。揮霧昊天，含神自靖〔二〕⑤。

【校勘】

〔一〕『玄俗』，《文集》、《晉二俊文集》四卷本、《諸家文集》本、叢書堂鈔本、《四部叢刊》本、鄧邦述校本、陳仲魚校本作『玄洛』，形近而誤。《列仙傳》卷下、《廣博物志》卷四十一、《太平廣記》卷六十、《雲笈七籤》卷一百八所載之仙人作『玄俗』；《佩文韻府》卷十一之二引此篇作『玄俗』；此篇又誤録《曹植集》卷七中，亦作玄俗，故據改。下同，不另出校。詳『備考』。

〔二〕『含』，《西晉文紀》卷十六、《四部叢刊》本、鄧邦述校本、陳仲魚校本作『合』，或形近而誤。又『靖』，《曹植集》卷七、《藝文類聚》卷七十八作『静』。

【注釋】

① 玄俗，漢代巫醫。劉向《列仙傳》卷下：『玄俗者，自言河間人也。餌巴豆，賣藥都市，七丸一錢，治百病。河間王病瘕，買藥服之，下蛇十餘頭。問藥意，俗云：王瘕乃六世餘殃下墮，即非王所招也。王常放乳鹿，憐母也。仁心感天，故當遭俗耳。王家老舍人自言父世見俗。俗形無影，王乃呼俗，日中看，實無影。王欲以女配之，俗夜亡去，後人見於常山下。』

② 餌，餐。《玉篇》：『餌，食也。』穎，禾芒也。《玉篇》：『穎，禾末也。』此指禾之嫩芽或花也。此二句言玄俗妙識精微，饑餐神異之禾穎。

③ 儵逝，倏然而逝。儵，同倏，忽也。《楚辭・九歌・少司命》：『儵而來兮忽而逝。』王逸注：『儵，一作倏（倐）。』即，接近。《爾雅・釋詁》：『即，尼也。』郭璞注：『尼者，近也。』景，同影。《集韻》：『景，物之陰

影也。』此二句言在陰影下倏然而逝，近于陽光則無影也。

④逍遥，怡然自得貌。《經典釋文》卷二十六：『逍遥，義取閒放不拘，怡適自得。』北嶽，常山。劉向《説苑·辨物》：『常山，北嶽也。』常山，即衡山，乃漢人避諱而謂常山。引領，延頸。《孟子·梁惠王上》：『則天下之民，皆引領而望之矣。』此謂身體舒展也。此二句言怡適自得，遊於北嶽，身體舒展，升于雲霄。

⑤揮，猶揮霍，謂翺翔也。《廣韻》：『揮，揮霍，亦奮也。』昊天，猶蒼天。《書·堯典》：『乃命羲和，欽若昊天。』孔安國傳：『昊天，言元氣廣大。』靖，《廣韻》：『和也。』此二句言飛翔於蒼天雲霧之中，合自然之道而心和神静。

此篇言玄俗超凡脱俗，往來倏忽無影，遊北嶽，登雲霄，翺翔雲霧之間，妙合自然而神静心和。

孔仲尼〔一〕①

孔丘大〔二〕聖，配天弘道②。風扇玄流，思探神寶③。明發懷周，興言謨老④。靈魄有行，言觀蒼昊⑤。清歌先試〔三〕，丹書有造〔四〕⑥。

【校勘】

〔一〕此篇《陸士衡文集》卷九亦收録，題曰『孔子贊』，應爲陸機所作。詳『備考』。

〔二〕『大』，《陸士衡文集》卷九作『叡』。

〔三〕『試』，《陸士衡文集》卷九作『誠』。

〔四〕『丹書有造』，鄧邦述校本將此句誤植下首。《四部叢刊》本、陳仲魚校本將下篇《九疑僊人》與此篇合爲一篇，亦誤。陳仲魚校本以『另起』勘校之。

【注釋】

① 孔仲尼，孔子名丘（前五五一——前四七九），字仲尼。春秋魯國陬邑（今山東曲阜）人。先世爲商後宋國貴族。曾任相禮、委吏、乘田一類小官，魯定公時任中都宰、司寇。長期聚衆講學，删《詩》《書》，定《禮》《樂》，贊《周易》，著《春秋》。其學説以『仁』爲核心，以『禮』爲規範，『祖述堯舜，憲章文武』，是儒家學派創始者，是中國偉大的思想家和教育家。其言行主要見於《論語》，事迹見《史記·孔子世家》。俞士玲《陸雲登遐頌考釋》認爲，《莊子》曾對孔子作道家式的改造，如《德充符》《大宗師》《天道》《天運》等篇皆借孔子説法。兩漢時，孔子又經讖緯家的改造。王充《論衡·實知篇》曰，讖載『孔子將死，遺讖書』，預言秦始皇將死于沙丘、劉季當立、董仲舒將亂《春秋》等事。後又有關於孔子出身的神話。《太平廣記》卷一百三十七引王子年《拾遺記·仲尼》篇云：『周靈王二十一年，孔子生魯襄之代，夜有二神女，擎香露，沐浴徵在，天帝下奏鈞天樂，空中有言曰：天感生聖子，故降以和樂。有五老，列徵在之庭中。（五老者，蓋五星精也。）夫子未生之前，麟吐玉書於闕里人家，文云：水精子，繼衰周爲素王。魏晉人愛談三玄，希求隱逸，故强調孔子演易與隱逸的方面。如阮籍《孔子誄》云孔子『潜神演思』，『考混元於無形，本造化于太初』。又如孔子對榮啓期的看法，《淮南子·主術訓》：『夫榮啓期一彈，而孔子三日樂，感於和。』强調榮啓期音樂感發人心的力量。《列子·天瑞篇》中孔子感歎榮啓期善於自寬，而陸雲《榮啓期贊》：『孔子聽其音，爲之三日悲』，孔子反省

自己的生活方式，羡慕榮啓期。神仙家可能亦有自己的孔子。此點墨子故事可供參照。《太平廣記》卷五引《神仙傳·墨子》：『墨子年八十有二，乃歎曰：世事已可知，榮位非常保，將委流俗，以從赤松子遊耳。乃入周狄山，精思道法，想像神仙。於是數聞左右山間，有誦書聲者，墨子臥後，又有人來，以衣覆足。墨子乃伺之，忽見一人，乃起問之曰：君豈非山嶽之靈氣乎，將度世之神仙乎？願且少留，誨以道要。神人曰：知子有志好道，故來相候。子欲何求？墨子曰：願得長生，與天地相畢耳。於是神人授以素書，朱英丸方，道靈教戒，五行變化，凡二十五篇。告墨子曰：子有仙骨，又聰明，得此便成，不復須師。墨子拜受合作，遂得其驗，乃撰集其要，以爲《五行記》，乃得地仙，隱居以避戰國。至漢武帝時，遣使者楊違，束帛加璧，以聘墨子，墨子不出。視其顔色，常如五十許人，周遊五嶽，不止一處。』由陸雲此頌，知孔子亦成爲神仙登遐者，入《登遐傳》中。録以備考。

② 配天，猶德合天地。《禮記·經解》：『故德配天地，兼利萬物，與日月並明。』《玉篇》：『配，合也。』弘道，弘揚道義。《論語·衛靈公》：『子曰：人能弘道，非道弘人也。』此二句言孔子乃世之大聖，德配天地，弘揚道義。

③ 風扇，猶言仁風扇動。沈約《齊故安陸昭王碑文》：『惠露沾吴，仁風扇越。』良注：『恩惠仁德，如露之沾潤，風之扇動也。』玄流，玄理流被。釋僧順《釋三破論》：『振無爲之高風，激玄流於未悟。』此指名教。神寶，喻教化。《管子·禁藏》：『民之承教，重於神寶。』房玄齡注：『不爲重寶犯禁，故教重。夫寶有靈，故曰神寶。』此二句言仁義之教如風扇動，深奥之理如水流被，思致深刻，探其教化之靈。

④ 明發，從夕至明。《詩·小雅·小宛》：『明發不寐，有懷二人。』毛詩傳：『明發，發夕至明。』懷周，追慕周公之道。《論語·述而》：『子曰：甚矣，吾衰也！久矣吾不復夢見周公。』何晏《集解》：『孔安國

曰：孔子衰老，不復夢見周公也。明盛時夢見周公，欲行其道也。』與，《爾雅・釋言》：『起也。』謨，謂謀其道。《詩・大雅・抑》：『訏謨定命，遠猶辰告。』毛詩傳：『謨，謀。猶，道。』此二句言日夕追懷周公之禮，晨起又思圖老子之道。

⑤靈魄，猶神靈也。謝莊《宋孝武宣貴妃誄》：『銷神躬於壤末，散靈魄於天潯。』向注：『神躬靈魄，謂貴妃神靈也。』有行，謂行合禮義。《禮記・射義》：『以成禮節，以正君臣，以親父子，以和長幼，此衆人之所難而君子行之，故謂之有行。』觀，察也。《易・賁》：『觀乎天文，以察時變，觀乎人文，以化成天下。』王弼注：『解天之文，則時變可知也，解人之文，則化成可爲也。』蒼昊，天。王延壽《魯靈光殿賦》：『據坤靈之寶勢，承蒼昊之純殷。』張載注：『蒼昊，皆天之稱也。春爲蒼天，夏爲昊天。』此言孔子之行合乎禮義，其言觀乎天象，上察時變，下化天下，故謂之神靈也。

⑥清歌先試，謂孔子逝世之前而歌也。《禮記・檀弓上》：『孔子蚤作，負手曳杖，消摇於門，歌曰：泰山其頽乎！梁木其壞乎！哲人其萎乎！……蓋寢疾七日而没。』《玉篇》：『試，用也。』丹書，受天命而作之書，如《河圖》《洛書》之類，因以丹筆所書，故曰。《大戴禮記・武王踐阼》：『召師尚父而問焉，曰：黄帝顓頊之道存乎？意亦忽不可得見與？師尚父曰：在丹書。』此指孔子所垂之文。造，猶作。《玉篇》：『造，爲也。』此二句言逝世而清歌，惟作丹書而垂世。

此篇言孔子乃世之偉大聖人，德配天地，弘揚仁道，隆崇禮教，光被四表，恢復周禮，傳播老子，上察時變，下化天下，清歌而逝，丹書傳世。

九疑僊人①

茫茫九疑，登暉太素②。有漢登聞，神具爾顧③。發彼靈丘，聿來載步④。貽我則歌，永揚遐祚⑤。

【注釋】

① 九疑仙人，漢武帝時仙人。劉向《神仙傳》卷十：『昔漢武帝元封二年，上嵩山，登大愚石室，起道宮，使董奉君、東方朔等齋潔思神。至夜，忽見仙人，長二丈餘，耳下垂至肩，武帝禮而問之。仙人曰：吾九疑仙人也。聞中嶽有石上菖蒲，一寸九節，服之可以長生，故來採之。言訖忽然不見。武帝顧謂侍臣曰：彼非欲學道服食者，必是中嶽之神，以此教朕耳。』又葛洪《神仙傳》卷一：『沈文泰者，九疑人也。得江衆神丹、土符、還年之道，服之有效，欲於崑崙安息二千餘年以傳李文淵，曰：土符不法，服藥行道無益也。文淵遂授其祕要，後亦昇天。』

② 太素，混沌初開，物質初形成之時。《列子・天瑞》：『故曰有太易、有太初、有太始、有太素……太素者質之始也。』張湛注：『質，性也。既爲物矣，則方員、剛柔、靜躁、沉浮，各有其性。』此指氤氳之氣。此二句言茫茫九疑山仙人，升于天庭之雲霞。

③ 有漢，指漢武帝。有，助詞。王引之《經傳釋詞》卷三：『有，語助也。一字不成詞，則加有字以配之。』登聞，乃聞登之倒裝。神具，精神皆然也。《詩・小雅・楚茨》：『神具醉止，皇尸載起。』鄭玄箋：『具，

皆也。」爾顧，言眷顧爾也。《玉篇》：「顧，瞻也。」此二句言漢武帝聞其登遐，精神皆眷顧之也。

④ 靈丘，神山。嵇康《兄秀才公穆入軍贈詩》：「乘風高遊，遠登靈丘。」聿來，自來也。《詩・大雅・緜》：「爰及姜女，聿來胥宇。」鄭玄箋：「聿，自也。」載步，猶行也。張衡《冢賦》：「載輿載步，地勢是觀。」《玉篇》：「載，乘也。」此二句言九疑仙人從九疑神山出發，自來之也。

⑤ 貽，贈。《説文》：「貽，贈遺也。」則歌，謂仙人之歌。《玉篇》：「則，法也。」遐祚，遠福，謂子孫之福祚。《詩・大雅・既醉》：「君子萬年，永錫祚胤。」鄭玄箋：「成王女有萬年之壽，天又長予女福祚，至於子孫。」此二句言贈武帝之歌，祝其福祚永傳，至於子孫。

此篇謂九疑仙人身登雲霞，武帝聞而神往，仙人自神山而來漢，贈歌祝其福祚永傳。

大勝山上女①

大勝之娥，厥猶翼翼②。降宮有和，納符帝側③。揮杖指辰，絶音頽息④。苕苕玄右，在彼峻極⑤。

【注釋】

① 大勝山上女，或指戴勝女，乃西王母與天女魅也。俞士玲《陸雲登遐頌考釋》認爲，乃合西王母與魅而成。在《山海經》中，西王母與天女魅是獨立的。西王母戴勝、執杖。「大勝」或「戴勝」之誤。頌題「山上」二字疑衍。《山海經・西山經》：「西王母其狀如人……蓬髪戴勝。」《大荒西經》：「有人，戴勝……名曰西

王母。』《海内北經》：『西王母梯几而戴勝，杖。』魃則助黄帝打敗蚩尤。《大荒西經》：『有人衣青衣，名曰黄帝女魃。蚩尤作戰，伐黄帝，黄帝乃令應龍攻之冀州之野。應龍畜水，蚩尤請風伯雨師，從大風雨。黄帝乃下天女曰：魃，雨止，遂殺蚩尤。』之後，西王母在神話傳説中的地位越來越高，所謂『位配西方，母養群品，天上天下，三界十方，女子之登仙者得道者，咸所隸焉』。女魃亦開始隸屬於西王母，其形象本身亦受到西王母的影響。《太平廣記》卷五十六引《集仙録・西王母》：『所居宫闕，在龜山春山西那之都，崑崙之圃，閬風之苑，有城千里，玉樓十二，瓊華之闕，光碧之堂，九層玄室，紫翠丹房，左帶瑶池，右環翠水。其山之下，弱水九重，洪濤萬丈。……戴華勝，佩虎章，左侍仙女，右侍羽童。……又云：母蓬髮，戴華勝。虎齒善嘯者，此乃王母之使，金方白虎之神，非王母之真形也。……黄帝討蚩尤之暴，威所未禁，而蚩尤幻變多方，徵風召雨，吹煙噴霧，師衆大迷。帝歸息太山之阿，昏然憂寢。王母遣使者，被玄狐之裘，以符授帝曰：太一在前，天一在後，得之者勝，戰則克矣。符廣三寸，長一尺，青瑩如玉，丹血爲文。佩符既畢，王母乃命一婦人，人首鳥身，謂帝曰：「我九天玄女也。」授帝以三宫五意陰陽之略，太一遁甲六壬步鬥之術，陰符之機，靈寶五符，五勝之文。遂克蚩尤。』此時魃已爲西王母使者，亦云蓬髮、戴華勝者即王母使者之形。頌云『大勝之娥，厥猶翼翼』，『翼翼』狀戴華勝之貌，『大勝』或『戴勝』之誤。『降宫有和』四句，云玄女自西王母宫而降，納符于黄帝，破解蚩尤的法術。『苕苕』二句狀崑崙山。此仙或所載散佚，録以待考。

② 娥，女之美也。《方言》卷一：『娥、嬴，好也。秦曰娥，宋魏之間謂之嬴。』翼翼，恭敬貌。《詩・大雅・文王》：『世之不顯，厥猶翼翼。』毛詩傳：『翼翼，恭敬。』鄭玄箋：『猶，謀。其爲君之謀事，忠敬翼翼然。』《爾雅・釋言》：『厥，其也。』此二句言大勝山之美女，其爲王之謀恭敬也。

③ 降宫，指降臨皇宫。有和，猶和，謂和羹之臣。有，語助詞。見上注。此二句言降臨皇宫而爲和羹

之臣，納符瑞於帝王之側。

④ 辰，大辰，北辰星。《春秋公羊傳・昭公十七年》：『北辰亦爲大辰。』絶音，絶美之樂。《意林》卷四：『伯喈識絶音之器於煙燼之餘。』頹息，歎息。呂温《地志圖序》：『舉地成圖，聞天無路，此志士儒林所以爲之頹息也。』此二句言揮其杖而指北辰，其樂絶美，使聞之歎息。所言事不詳。

⑤ 苕苕，同迢迢，遥遠貌。謝靈運《述祖德詩》：『苕苕歷千載，遥遥播清塵。』良注：『苕苕、遥遥，皆遠也。』玄右，同玄祐，謂天道祐助。《册府元龜》卷五十四《尚黄老》：『朕刻意真經，虔誠至道，既憑玄祐，永錫黔黎。』玄，天。《易・坤》：『夫玄黄者天地之雜也。天玄而地黄。』《玉篇》：『祐，助也。』駿極，同峻極，山高聳。《詩・大雅・崧高》：『崧高維嶽，駿極于天。』毛詩傳：『駿，大。極，至也。』此指高山。駿極，《經典釋文》卷十三作『峻極』。此二句言爾高山之上，茫茫天道佑助之。

此篇頌大勝山之神女，降臨皇宫，恭敬王事，謹納符瑞，揮杖而指北辰，其音絶美，其神渺遠。

李少君①

少君善祠，怡爾豐顔②。俯覲劉漢，仰接姜桓③。式〔一〕宴安期，巨棗爲飡〔二〕④。神光攸往，後〔三〕來其嘆⑤。

【校勘】

〔一〕『式』，《文集》、叢書堂鈔本、鄧邦述校本作『武』。陳仲魚校本亦校作『武』，形近而誤。別本皆作

『式』，今據改。

〔二〕『飡』，《西晉文紀》卷十六、《百三家集》本、《七十二家集》本、鄧邦述校本作『餐』，古二字同。

〔三〕『後』，《晉二俊文集》四卷本作『后』，誤。

【注釋】

① 李少君，武帝時仙人。葛洪《神仙傳》卷六：『李少君字雲翼，齊國臨淄人也。少好道，入泰山採藥，修絶穀、遁世全身之術。道未成，而疾困於山林中。遇安期先生經過，見少君。少君叩頭求乞活，安期愍其有至心而被病當死，乃以神樓散一匕與服之，即起。少君於是求隨安期，奉給奴役，使任師事之。安期……因授神丹、鑪火、飛雪之方，誓約、口訣畢。……乃以方上武帝。……武帝有故銅器，少君望而識之曰：昔齊桓公嘗陳此器於柏寢，帝按其刻，果齊桓公器。乃知少君數百歲人也。然視之，常時年五十許人，面色甚好，肌膚悦澤，尤有光華，眉目口齒似十五童子。……少君臨病困，武帝自往視，並使左右人受其方書，未竟而少君絶。……既斂之，忽失其所在，中表衣帶不解，如蟬蜕也，於是爲殯其衣物。百餘日，行人有見少君在河東蒲阪市者，乘青騾。帝聞之，使發其棺，棺中無所復有，釘亦不脱，唯餘履在耳。』

② 祠，求福謝神。《周禮・天官冢宰下》：『凡内禱祠之事，掌以時招梗檜禳之事，以除疾殃。』怡，和悦貌。《説文》：『怡，和也。』《玉篇》：『怡，悦樂也。』豐顔，謂年盛。《爾雅・釋詁》：『茂，豐也。』此二句言少君善於求神得福，容顔和悦，年盛不衰。

③ 覯，《爾雅・釋詁》：『見也。』接，謂神交也。《玉篇》：『接，交也。』姜桓，謂齊桓公。《焦氏易林》卷

十五：『《春秋》桓公九年春，紀季姜歸於京。師注：季姜，桓王后也。季，字姜；紀，姓。』此二句言下視漢王之物，上神交於桓公。謂少君識桓公之銅器，與桓公神交也。

④式宴，因之安樂。張衡《東京賦》：『上下通情，式宴且盤。』薛綜注：『式，用也。』又《説文》：『宴，安也。』安期，神仙名。見上注。式宴安期，謂少君追隨安期奉給奴役，而師事安期之事。飡，餐之俗字。《廣韻》：『飡，同餐，俗作飡。』古三字並同。此二句言奉事安期，以巨棗爲餐。

⑤攸，《爾雅·釋言》：『所也。』其，將。王引之《經傳釋詞》卷五：『其，猶將也。』此二句言神光所往之處，將令後來者歎息也。

此篇頌少君善於求神得福，容顏和悦，年盛不衰，識桓王之器，奉事安期，以巨棗爲餐，其神光令後人感歎也。

梅福①

在漢之衰，頹火炎精②。梅公指景，有皇遺形③。逝彼文辭，胥此洞庭④。神輝絶景，豈外北冥[一]⑤。

【校勘】

[一]『冥』，《文章辨體彙選》卷七百三十七作『溟』，古二字通。

【注釋】

① 梅福，王莽時隱士。《漢書·梅福傳》：『梅福字子真，九江壽春人也。少學長安，明《尚書》《穀梁春秋》。爲郡文學，補南昌尉。後去官，歸壽春。……至元始中，王莽顓政，福一朝棄妻子，去九江至今，傳以爲仙。其後人有見福於會稽者，變名姓，爲吴市門卒云。』後傳梅福爲門卒之門，乃吴間問城南蛇門（說見題陸廣微著《吴地記》）。又傳梅福在建州梅君山升仙。樂廣《太平寰宇記》卷一百一：『代有人於玉筒山中遇見。』但雲頌『梅公指景，有皇遺形。……神輝絶景，豈外北冥』，頗不可解，想必陸雲時梅福傳說甚豐富，現已不存。

② 在漢之衰，王莽篡漢自立，故曰漢衰也。炎精，指漢。按五行之說，漢爲火德，故云炎精。王逸《魯靈光殿》：『殷五代之純熙，紹伊唐之炎精。』善注：『言漢盛於五代純熙之道，而紹帝堯火德之運。《東觀漢記序》曰：漢以炎精布耀，或幽而光。』翰注：『（漢）繼惟堯之炎精。劉，堯後，故云紹唐。漢火德，故云炎精也。』此二句言漢室衰微之際，炎劉之火德隳頽。

③ 梅公，梅福。指景，謂指日而誓以明其志。潘岳《寡婦賦》：『獨指景而心誓兮，雖形存而志殞。』善注：『《韓詩》曰：謂余不信，有如皦日。』濟注：『指日心誓，歎以自明也。』有皇，謂向上帝告其所憎也。《詩·小雅·正月》：『有皇上帝，伊誰云憎。』毛詩傳：『皇，君也。』鄭玄箋：『有君，上帝者，以情告天也。』遺形，謂超然忘我。見上注。此二句言梅福指日而明志，告上帝其所憎，超然塵世而忘我。謂王莽篡政而福棄世遁隱也。

④ 逝彼文辭，謂去其文飾，返樸歸真。《玉篇》：『逝，去也，往也。』文辭，猶文飾。《韓非子·外儲說左上》：『今世之談也，皆道辯說文辭之言，人主覽其文而忘有用。』胥，察也。《爾雅·釋詁》：『胥，相也。』洞

庭，指會稽。因會稽在洞庭湖之邊，故曰。此二句言去文飾而返樸歸真，察洞庭而隱居。

⑤ 豈，《説文》：『一曰欲也，登也。』北冥，北海。《經典釋文》卷二十六：『冥，本亦作溟，北海也。嵇康云：取其溟漠無涯也。梁簡文帝云：窅冥無極，故謂之冥。東方朔《十洲記》云：水黑色謂之冥海，無風洪波百丈。』此二句言其隱其神光，以北冥爲鄰。

此篇頌梅福在漢室衰微之際，誓天言憎，超然遺形，反樸歸真，察洞庭而隱，以北海爲鄰。

張招①

張招澄精，妙思玄芒②。則是神物，錯綜徽章③。乃幽乃顯，若存若亡③。因形則變，倏忽〔一〕無方④。

【校勘】

〔一〕『倏忽』，《文集》、叢書堂鈔本、《諸家文集》本、陳仲魚校本作『悠忽』。《西晉文紀》卷十六、《百三家集》本、《四部叢刊》本、鄧邦述校本作『倏忽』，今據改。

【注釋】

① 張招，俞士玲《陸雲登遐頌考釋》認爲，張招當爲張貂，『招』『貂』形近而誤。張華《博物志》卷五列舉魏王所集十六方士名，其中有張貂，並云：『魏文帝、東阿王、仲長統所説，十六方士皆能斷穀不食，分形隱

没，出入不由門户。』范曄《後漢書·方術列傳》云：『解奴辜、張貂者……皆能隱淪，出入不由門户。』故陸雲頌有『乃幽乃顯，若存若亡。因行則變，倏忽無方』句。

② 澄精，精神澄澈。《抱朴子·外篇·廣譬》：『澄精神於玄一者，則形器可忘。』玄芒，深遠渺茫之處。陸機《王侯挽歌辭》：『操心玄芒内，注血貽鬼區。』此謂道之玄遠。此二句言張招精神澄澈，妙思道之玄遠。

③ 神物，謂占卜之物。《易·繫辭上》：『定天下之吉凶，成天下之亹亹者，莫大乎蓍龜，是故天生神物，聖人則之。』錯綜，交錯綜合。郭璞《江賦》：『經紀天地，錯綜人術。』善注：『言以織爲喻也。《周易》曰：錯綜群數。王肅曰：錯，交也。綜，理事也。』徽章，喻所占之卦象。王儉《褚淵碑文》：『物有其容，徽章斯允。』善注：『《禮記》曰：殊徽號。鄭玄曰：徽，旌旗之名也。……章，幟也。』濟注：『徽，美。章，明也。』此二句言交錯綜理占卜之卦象，以此神物爲法也。

④ 乃，若。王引之《經傳釋詞》卷六：『乃，猶若也。』此二句言若微若顯，若有若無也。

⑤ 倐忽，同儵忽。《經典釋文》卷二十六：『儵，李云：喻有象也。忽，李云：喻無形也。』無方，謂無規律可循也。《經典釋文》卷二十六：『李云：方，道也。』倐，乃倏之俗字。《説文》：『倏，犬走疾也。從犬，攸聲。』《韻會》：『倏，同作儵。從犬從攸，俗作倐，非。』此二句言因其形而變化，或有象或無形，且變化不定。

此篇頌張招心境澄澈，妙達玄理，稽考錯綜之卦象，以神物爲法則。其形也，若微若顯，若有若無，因形而變，或有象或無形，變化不定。

左元放①

生在清純，放情玄昧②。在物淵沉，泝〔一〕虚攸遂③。清酒一壺，百朋具醉④。有命集止，乘龍來萃⑤。載見君子，言觀其蔚〔二〕⑥。

【校勘】

〔一〕『泝』，《西晉文紀》卷十六、《百三家集》本、《四部叢刊》本、鄧邦述校本作『沂』，形近而誤。

〔二〕『言觀其蔚』，鄧邦述校本將此句誤植下首。《四部叢刊》本、陳仲魚校本將下篇『劉根』與此篇合爲一篇，亦誤。陳仲魚校本以『另起』勘校之。

【注釋】

①左元放，即左慈，漢末方士。葛洪《神仙傳》卷六：『左慈者字元放，廬江人也。少明五經，兼通星緯，見漢祚將盡，天下亂起，乃嘆曰：值此衰運，官高者危，財多者死，當世榮華不足貪也。乃學道術，尤明六甲，能役使鬼神，坐致行厨精思。於天柱山中得石室内《九丹金液經》，能變化萬端，不可勝紀。曹公聞而召之，閉一室中，使人守視，斷其穀食，日與二升水，碁年乃出之，顔色如故。……慈見吴先主孫權，權素知慈有道，頗禮重之。權侍臣謝送知曹公、劉表皆忌慈惑衆，復譖於權，欲使殺之。後出遊，請慈俱行，令慈行於馬前，欲自後刺殺之。慈著木屐，持青竹杖，徐徐緩步行，常在馬前百步，著鞭策馬，操兵器逐之，終不能及。送知其有道，乃止。慈告葛仙公言，當入霍山中，合九轉丹。丹成，遂仙去矣。』

②生，同性，本性也。徐灝《説文解字注箋》：『生，古性字。書傳往往互用。』清純，高潔純樸。袁宏《後漢紀·孝桓皇帝紀下》：『率由舊章，博選天下清純之士。』放情，猶縱情。郭璞《遊仙詩》：『放情凌霄

外，嚼蘂挹飛泉。』善注：『《楚辭》曰：放遊志乎雲中。』玄眛，猶玄冥，名無而非無，謂道也。《雲笈七籤・混元皇帝聖紀》：『光燭玄昧，洞鑒無形；仰觀太極，俯察幽冥。』此二句言左慈本性高潔純樸，縱情玄遠之道。

③ 在物，物之所在。《莊子・徐無鬼》：『無名無實，在物之虛。』郭象注：『物之所在，其實至虛。』淵沉，潛處。謝靈運《登池上樓》：『薄霄愧雲浮，棲川怍淵沈。』濟注：『以潛處而自保。』泝虛，追逐玄虛。《玉篇》：『泝，逆流而上也。或作遡。』攸遂，所至也。《玉篇》：『攸，所也。』《廣韻》：『遂，達也。』此二句言虛其外物，潛隱自保，所至虛無之境也。

④ 清酒，新釀之酒。《詩・小雅・信南山》：『祭以清酒，從以騂牡，享于祖考。』鄭玄箋：『清，謂玄酒也。』又《士冠禮》鄭玄注：『玄酒，新水也。』此泛指酒。百朋，喻人多。《詩・小雅・菁菁者莪》：『既見君子，錫我百朋。』鄭玄箋：『古者貨貝，五貝爲朋。』百朋具醉，葛洪《神仙傳》卷六：『(慈)乃徐去詣表說：有薄禮，願以餉軍。表曰：道人單僑，吾軍人衆，非道人所能餉也。慈重道之表，使人取之，有酒一器、脯一束，而十餘人共舁之，不起。慈乃自取之。以一刀削脯投地，請百人運酒及脯，以賜兵士。人各酒三杯，脯一片。食之如常酒脯味。凡萬餘人皆周足，而器中酒如故，脯亦不減。座中又有賓客數十人，皆得大醉。』蓋言此事也。此二句言有酒一壺，而令衆人醉也。

⑤ 有命集止，謂君王命其至也。陸機《贈馮文羆遷斥丘令》：『有命集止，翻飛自南。』翰注：『天子有命，集止於帝京。』《詩・大雅・大明》：『天監在下，有命既集。』毛詩傳：『集，就也。』萃，猶集止。《玉篇》：『萃，集也。』此二句言君王令其來，則乘龍而至也。按：乘龍事不見諸典籍。

⑥ 載見，始見之。《詩・周頌・雝》：『載見辟王，曰求厥章。』毛詩傳：『載，始也。』言觀其蔚，謂我觀法術盛多也。《詩・魯頌・泮水》：『魯侯戾止，言觀其旂。』鄭玄箋：『我則觀其旂。』蔚，盛也。《廣雅・釋

詁》：『蔚，數也。』此二句言既見君子，則觀其法術之盛也。

此篇頌左慈本性高潔純樸，縱情玄遠之道，虛其外物，潛隱自保；一壺清酒，可醉衆人，君王有命，乘龍而至，則又見其法術盛多也。

劉根①

劉根登嵩，遺世盤桓②。形委服容，口猒〔一〕瓊蘭③。挹彼呼翕，爲爾朝飡〔二〕④。景絶巖穴，光茂雲端⑤。

【校勘】

〔一〕『猒』，《文集》、《百三家集》本、《七十二家集》本作『厭』，古二字同。

〔二〕『飡』，《西晉文紀》卷十六、《百三家集》本、《七十二家集》本並作『餐』，古二字同。

【注釋】

① 劉根，漢成帝時仙人。葛洪《神仙傳》卷八：『劉根字君安，長安人也。少時明五經，以漢孝成皇帝綏和二年舉孝廉，除郎中。後棄世道，遁入高（嵩）山石室中，崢嶸峻絶，高五千丈，自崖北而入。冬夏無衣，毛長一二尺，其顔如十四五許。人深目多鬚賓（鬢），皆黄，長三四寸。每與坐，或時忽然變，著高冠玄衣，人不覺換之。時衡府君在潁川，自説其先祖有與根同歲者。王莽數使使請根，根不肯往。……後入鷄頭山中

仙去矣。」《後漢書·方術傳》：「劉根者，潁川人也。隱居嵩山中。」《博物記》卷七：「劉根，不覺饑渴，或謂能忍盈虛。」

②登嵩，謂隱於嵩山。遺世，超越塵世。曹植《七啓》：「有才人妙妓，遺世越俗。」善注：「《廣雅》曰：遺，離也。」盤桓，徘徊不進。班固《幽通賦》：「承靈訓其虛徐兮，佇盤桓而且俟。」善注：「盤桓，不進也。」此二句言劉根棄世歸隱，盤桓於嵩山。

③形委，猶形安也。《儀禮·士冠禮》：「委貌，周道也。章甫，殷道也。」鄭玄注：「委，猶安也。言以安正容貌也。」容，宜。班固《答賓戲》：「因勢合變，遇時之容。」善注：「項岱曰：容，宜也。」此謂其服飾與隱士身份相應，即《神仙傳》所言之「高冠玄衣」。猒，飽足。《說文》：「猒，飽也。」此二句言餐瓊蘭，服高冠玄衣，而形體安適。

④挹，舀。《廣韻》：「挹，酌也。」呼翕，呼吸。陸機《列僊賦》：「爾乃呼翕九陽，抱一含元。」翕，同吸。《詩·小雅·大東》：「維南有箕，載翕其舌。」毛詩傳：「翕，合也。」馬瑞辰《通釋》：「翕、吸同音通用。」飡，同餐。見上注。此二句言酌其呼吸之元氣，以爲爾之朝餐也。

⑤景絶，絶影，謂絶影於塵世也。陸機《豫章行》：「行矣保嘉福，景絶繼以音。」善注：「景，影也。言形影若絶。」此二句言絶影塵世，隱於巖穴，光彩盛照雲霄。

此篇頌劉根盤桓嵩山，遺世獨立，衣隱服，餐元氣，食瓊蘭，體安神静，雖處巖穴，而光照雲霄也。

黃伯嚴①

伯嚴志道，翻飛自南②。北食中嶽，練形嵩岑③。奔星凌顔，朱光垂陰④。雲精九服〔一〕，握耀盈襟⑤。

【校勘】

〔一〕『服』，《文集》、《百三家集》本、《西晉文紀》卷十六、《百三家集》本、陳仲魚校本脱。此據《四部叢刊》本、鄧邦述校本校補。又叢書堂鈔本、影鈔宋本作『陔』，《文章辨體彙選》卷七百三十七作『極』，亦可通。

【注釋】

① 黄伯嚴，名敬，漢末仙人。葛洪《神仙傳》卷十：『黄敬字伯嚴，武陵人也。少讀誦經書，仕州爲部從事。後棄世學道於霍山八十餘年，復入中嶽，專行服氣、斷穀爲吞吐之事。胎息内視，召六甲玉女吞陰陽符。又思赤星在洞房前，轉大如火周身。至二百歲，轉還少壯。道士王紫陽，數往見，從求要言。敬告紫陽曰：吾不修服藥之道，但守自然，蓋地仙耳。何足詰問？聞新野陰君神丹昇天之法，此真大道之極也。子可從之人，能除遺嗜慾如我者，不可以學我所爲也。』陸雲此頌正吟其胎息内視、練形之術。

② 翻飛，飛翔。陸機《贈馮文羆遷斥丘令》：『有命集止，翻飛自南。』翻，鳥飛。《説文》：『翻，飛也。』自南，伯嚴武陵人，來霍山學道，霍山在武陵之北，故曰翻飛自南。此二句言伯嚴志于仙道，自南飛翔而來。

③ 食，此指服氣、斷穀爲吞吐之事。中嶽，嵩山。《説苑·辨物》：『嵩山，中嶽也。』練形，道家一種修煉方式。段成式《酉陽雜俎·圖籍有符圖》：『主者太乙，守尸三魂，營骨七魄，衛肉胎靈録氣，所謂太陰練形也。』岑，泛指山。《玉篇》：『岑，山小而高。』此二句言服氣、斷穀於中嶽，太陰練形於嵩山。

④ 奔星凌顔，朱光垂陰，乃《神仙傳》所言之『又思赤星在洞房前，轉大如火周身』。此二句言赤星來之而映其容顔，火光照之而垂陰。

⑤ 雲精，猶元氣。《雲笈七籤·符圖》：『妙化因空，感專思，通至靈，上食九天氣，導引五雲精。』九服，猶天下。《周禮·夏官司馬下》：『乃辨九服之邦國：方千里曰王畿，其外方五百里曰侯服，又其外方五百里曰甸服，又其外方五百里曰男服，又其外方五百里曰采服，又其外方五百里曰衛服，又其外方五百里曰蠻服，又其外方五百里曰夷服，又其外方五百里曰鎮服，又其外方五百里曰藩服。』鄭玄注：『服，服事天子也。』握耀，謂身懷珠玉之光。黄滔《祭崔補闕》：『識通龜策，握耀蛇珠。』《廣韻》：『耀，光耀。』此二句言納天地之元氣，懷珠玉之光耀。

此篇頌黄伯嚴志于仙道，自武陵至中嶽，服氣斷穀，練太陰之形，赤星映其容顔，火光而垂陰影，納天地之元氣，懷珠玉之光耀。

費長房〔一〕①

長房有懷，承師問道②。蒙險洪海，晞〔二〕心玄浩③。將登蓬萊，祚爾難老④。嘉命既錫，如何勿考⑤。

【校勘】

〔一〕《諸家文集》本傅增湘校曰：『宋本以下缺。』陸貽典亦校曰：『已上宋板二葉下脱。』陳仲魚校本校曰：『此行起至卷十第九葉六行，宋本脱。』

〔二二〕『晞』，《文章辨體彙選》卷七百三十七作『希』，古二字通。

【注釋】

① 費長房，漢末仙人。《後漢書·費長房傳》：『費長房者，汝南人也。曾爲市掾。市中有老翁賣藥，懸一壺於肆頭。及市罷，輒跳入壺中。市人莫之見，唯長房於樓上睹之，異焉。因往再拜，奉酒脯。翁知長房之意其神也。謂之曰：子明日可更來。長房旦日復詣翁，翁乃與俱入壺中。唯見玉堂嚴麗，旨酒甘肴，盈衍其中。共飲畢而出，翁約不聽，與人言之。……長房遂欲求道，而顧家人爲憂。翁乃斷一青竹，度與長房身齊，使懸之舍。後家人見之，即長房形也。以爲縊死，大小驚號，遂殯葬之。長房立其傍，而莫之見也。於是遂隨從入深山，踐荆棘於群虎之中。留使獨處，長房不恐。又卧於空室，以朽索懸萬斤石於心上，衆蛇競來，齧索且斷，長房亦不移。翁還撫之曰：子可教也。復使食糞，糞中有三蟲，臭穢特甚，長房意惡之。翁曰：子幾得道，恨於此不成，如何？長房辭歸，翁與一竹杖，曰：騎此，任所之，則自至矣。既至，可以杖投葛陂中也。又爲作一符曰：以此主地上鬼神。長房乘杖，須臾來歸。自謂去家適經旬日，而已十餘年矣。即以杖投陂，顧視則龍也。家人謂其久死，不信之。長房曰：往日所葬，但竹杖耳。乃發冢剖棺，杖猶存焉。遂能醫療衆病，鞭笞百鬼，及驅使社公。』

② 此二句言長房心懷仙道，承其師而問之道。

③ 洪海，比喻如大海之流轉輪回。王該《日燭》：『洪海環流，大變輪迴。乘彼遠漂，濟來曷階。』《後漢

書・費長房傳》所載：『於是遂隨從入深山，踐荆棘於群虎之中，留使獨處，長房不恐。又卧於空室，以朽索懸萬斤石於心上，衆蛇競來，齧索且斷，長房亦不移。』此乃謂此事也。晞心，心慕之也。傅咸《皇太子釋奠頌》：『亹亹皇儲，希心闕里。』章樵注：『闕里，夫子闡教之地，所以成德達材，故心慕之。』晞，通睎。《楚辭・九懷・危俊》：『晞白日兮皎皎，彌遠路兮悠悠。』王逸注：『晞，一作睎。』洪興祖補注：『睎，望也。』玄，道也。《文心雕龍・時序》：『自中朝貴玄，江左稱盛，因談餘氣，流成文體。』浩，浩瀚。《玉篇》：『浩，大也。』此二句言雖蒙險而轉夷，心慕浩瀚之仙道。

④ 蓬萊，海上仙山。《山海經・海内北經》：『蓬萊山在海中。』郭璞注：『上有仙人，宫室皆以金玉爲鳥獸，盡白，望之如雲在渤海中也。』祚爾，賜福於汝。陸機《漢高祖功臣頌》：『跨功逾德，祚爾輝章。』銑注：『祚，福。爾，汝也。』難老，此謂長生。《詩・魯頌・泮水》：『既飲旨酒，永錫難老。』鄭玄注：『難使老者最壽考也。』此二句言將升於仙山之上，神仙賜汝之福，使汝長生也。

⑤ 嘉命，神仙之美命。《爾雅・釋詁》：『嘉，美也。』錫，同賜。《爾雅・釋詁》：『錫，賜也。』考，長壽。《玉篇》：『考，壽考，延年也。』此二句言神仙既賜汝美命，汝如何不能長壽呢。

此篇頌費長房心慕道學，承師問之，雖蒙險而爲夷，登蓬萊而成仙，得神仙長生之術也。

何女子①

逝矣何女，芳靈既彫②。安寢曾丘，逝魂清宵③。喪魄載營，大墓崇朝④。玉趾再〔一〕步，於焉逍遥⑤。

【校勘】

〔一〕『再』，文淵閣四庫本作『載』，應據改。

【注釋】

① 何女子，事迹不詳。《説郛》卷七十七上：『劉曠，豫章海昏人。因晝眠聞語何女郎通使，便覺。颯然已至，自説東海何氏，八歲而夭，於今十歲，應爲君妻，故來修好。何女郎曰：昔日樓上之擊節，我也。衆以君見棄，是以相笑。智瓊、杜蘭香，咸我曹也。婢名採薇，奴名邊羅。』俞士玲《陸雲登遐頌考釋》認爲，味陸雲頌意，何女子乃死而復生者。干寶《搜神記》卷十五：『晉武帝世，河間郡有男女私悦，許相配適。尋而男從軍，積年不歸。女家更欲適之。女不願行，父母逼之，不得已而去，尋病死。其男戍還，問女所在。其家具説之，乃至家，欲哭之，盡哀而不勝其情。遂發冢開棺，女即蘇活，因負還家。將養數日，平復如初。後夫聞，乃往求之。其人不還，曰：卿婦已死，天下豈聞死人可復活耶？此天賜我，非卿婦也。於是相訟，郡縣不能決，以讞廷尉。祕書郎王導奏：以精誠之至，感於天地，故死而更生。此非常事，不得以常禮斷之。請還開冢者。朝廷從其議。』何女子亦此之類。似與文内容不相應，存疑待考。

② 芳靈，喻年華初盛也。《玉篇》：『靈，神靈也。』彫，通凋，凋零。《韻會》：『凋，通作彫。』此二句言何氏之女逝矣，年華初盛而凋零。

③ 安寢，猶安息。嵇康《難自然好學論》：『飽則安寢，饑則求食。』曾丘，山丘重疊。陶淵明《遊斜川》：『迥澤散遊目，緬然睇曾丘。』清宵，清静之夜。杜甫《恨别》：『思家步月清宵立，憶弟看雲白日眠。』此

二句言身體安息於深丘，魂靈飄蕩於清宵。

④ 喪魄載營，喪其魂魄，謂人死也。《老子》第十章：『載營魄，抱一能無離。』河上公注：『營魄，魂魄也。人載魂魄之上得以生。』崇朝，終朝。《詩·鄘風·蝃蝀》：『朝隮于西，崇朝其雨。』毛詩傳：『崇，終也。從旦至食時爲終朝。』此意謂終日。此二句言身喪其魂魄，終日寢於墓穴。

⑤ 玉趾，女足之美稱。再步，當作載步，猶行也。見上注。於焉逍遥，謂遊息於何處。《詩·小雅·白駒》：『所謂伊人，於焉逍遥。』鄭玄箋：『所謂是乘白駒而去之賢人，今於何遊息乎？』《廣韻》：『焉，何也。』此二句言魂靈舉足而行，未知遊止於何處也。

此篇頌何女子芳年而逝，安息暮丘，魂逝清宵，未知遊止於何處也。此頌實乃悼何女子之芳年早逝，非頌仙也。

焦生①

焦生卜居，在河之東②。皓襟解帶，嘉卉結容③。頤神太〔一〕素，淑思玄沖④。在彼黃堂，明道固窮⑤。

【校勘】

〔一〕『太』，《四部叢刊》本、鄧邦述校本、陳仲魚校本作『大』，古二字通。

【注釋】

① 焦生，魏時仙人。張華《博物志》卷五：『近魏明帝時，河東有焦生者，裸而不衣，處火不燋，入水不凍。杜恕爲太守，親所聞見，皆有實事。』周日用曰：『焦孝然，邇河居一庵。大雪庵倒，人以爲死，而視之，蒸氣於雪，略無變色。時或析薪，惠人而已。故《魏書》云：自羲皇以來一人而已。』又《太平御覽》卷八百〇三：『王朗《雜事》曰：焦生乞恩辭生，未有婦，從烏桓贖李娥爲妻。與耳中金璫一雙，珠四枚，璫二雙，珠三十雙，合中真珠一升。』俞士玲《陸雲登遐頌考釋》認爲，《太平廣記》卷九《神仙傳・焦先》，當即《博物志》中焦生。『焦先者字孝然，河東人也，年一百七十歲。常食白石，以分與人，熟煮如芋食之。日日入山伐薪以施人……連年如此。及魏受禪，居河之湄，結草爲庵，獨止其中。不設牀席，以草蓐襯坐，其身垢汙，濁如泥潦。或數日一食，行不由徑，不與女人交遊。衣弊，則賣薪以買故衣著之，冬夏單衣。太守董經因往視之，又不肯語，經益以爲賢。彼遭野火燒其庵，人往視之，見先危坐庵下不動，火過庵燼，先方徐徐而起，衣物悉不焦灼。又更作庵，天忽大雪，人屋多壞，先庵倒。人往不見所在，恐已凍死，乃共拆庵求之，見先熟卧於雪下，顔色赫然，氣息休休，如盛暑醉卧之狀。人知其異，多欲從學道，先曰：我無道也。或忽老忽少，如此二百餘歲，後與人別去，不知所適。』葛洪《神仙傳》卷六《焦先》與上引《太平廣記》焦先，名字、籍貫同，然年八十九即終。

② 卜居，占卜而擇其宜居之處。《楚辭・卜居》翰注：『原往太卜之家，卜己宜何所居，因述其辭。』此二句言焦生卜居於黄河之東。

③ 皓襟解帶，此指裸而不衣。《集韻》：『皓，潔白也。』嘉卉，美善之花草。《詩・小雅・四月》：『山有嘉卉，侯粟侯梅。』鄭玄箋：『嘉，善。山有美善之草。』此二句言解衣帶而裸體，結嘉卉而爲衣。

④頤神，頤養精神。顔真卿《皇帝即位賀上皇表》：『伏願陛下垂拱頤神，以睹廓清之慶。』《爾雅・釋詁》：『頤，養也。』太素，混沌初開，物質初形成之時。《列子・天瑞》：『故曰有太易、有太初、有太始、有太素，……太素者質之始也。』張湛注：『質，性也。既爲物矣，則方員、剛柔、静躁、沉浮，各有其性。』此指道之本原。淑思，清澄之思。《説文》：『淑，清湛也。』玄沖，玄遠沖澹。陸機《失題詩》：『玄沖纂懿文，虚無承先師。』此二句言頤養精神于道之本原，清澄之思而玄遠沖澹。

⑤黄堂，修煉成仙之所。《雲笈七籤・返靈砂論》：『其玉座，則俗流志士，積功修鍊，服之致仙……受得六千年陽靈之清精，則化爲金座黄堂。』固窮，甘處貧困而守其道。《論語・衛靈公》：『子曰：君子固窮，小人窮斯濫矣。』何晏《集解》：『君子固亦有窮時。』此二句言居於修煉之所，甘處貧困而明道。

此篇頌焦生卜居河東，解衣裸體，以嘉卉爲衣，頤神於道，澄思玄遠沖澹，修煉黄堂之上，甘守貧困而明道。

鮮卑務塵①

北狄務塵，在彼沙漠②。含神自頤，静居有恪③。自彼王庭，聿來伊洛④。天子命之，載見紫閣⑤。

【注釋】

①鮮卑務塵，北狄之將。《十六國春秋》卷十一：『永嘉六年……冬十二月，廣平遊綸張豺擁衆數萬，

受冀州刺史王浚假署，保據苑鄉。勒使夔安、支雄等七將攻之，破其外壘。浚遣督護王昌、中山太守阮豹，率遼西公鮮卑務塵、世子假疾陸眷與眷弟匹磾、文鴦從弟末杯，部衆五萬餘，攻勒於襄國。』《元和郡縣志》卷二十一：『飛龍山，縣西北三十里。《前趙録》曰：河瑞元年，王浚使將祈弘擊鮮卑務塵部十餘萬，東討石勒，戰於飛龍山，勒師大敗。』然此成仙事不詳，或爲别一人，存疑待考。俞士玲《陸雲登遐頌考釋》認爲，據《晉書》之《王浚傳》《惠帝紀》，王浚爲甯朔將軍、持節、都督幽州諸軍事時，賈后殺太子、趙王倫殺賈后，朝政十分混亂，王浚爲自安之計，結好夷狄，以一女嫁鮮卑務勿塵，後王浚常用務勿塵鮮卑兵作戰，務勿塵亦在晉封公。因王浚在幽州，成都王穎在冀，二人常協同作戰，故陸雲對務勿塵應相當熟悉。《晉書》上二傳及《石勒傳》，務塵或稱段勿塵，或稱務勿塵，爲鮮卑名不同譯音，實爲一人。陸雲此頌云：『北狄務塵，在彼沙漠。含神自頤，静居有格。自彼王庭，幸來伊洛。天子命之，載見紫閣。』與史書合。

② 此二句言北狄務塵居北方沙漠之地。

③ 含神，涵納元氣。《雲笈七籤・總叙道德》：『含神太混，毓粹幽原。』頤，養。見上注。有恪，恭敬。《詩・商頌・那》：『温恭朝夕，執事有恪。』毛詩傳：『恪，敬也。』此二句言涵納元氣，頤養精神，恬静獨處而恭敬王事。

④ 聿來，自來之也。見上注。伊洛，水名。《書・禹貢》：『伊洛瀍澗，既入于河。』孔安國傳：『伊出陸渾山，洛出上洛山，澗出沔池山，瀍出河南北山。四水合流而入河。』此指洛陽。此二句言自彼王廷而自來洛陽也。

⑤ 載見，始見之也。《詩・大雅・載見》：『載見辟王，曰求厥章。』毛詩傳：『載，始也。』紫閣，猶天庭也。《焦氏易林》卷二：『紫閣九重，尊嚴在中。』此指帝王所居也。此二句言受天子之命，始見之於朝廷也。

此篇頌北狄務塵雖居沙漠荒僻之地，而涵納元氣，頤養精神，恬靜獨處，恭敬王事，且自北而來洛陽，朝見天子也。

韓衆、夷門子〔一〕①

衛矣終化，靈毛〔二〕揚葩②。愼爾貞心，神祉來荷③。靡靡夷門，體道含真④。湌〔三〕茹靈卉，凌雲頤神⑤。

【校勘】

〔一〕《文集》、《西晉文紀》卷十六、叢書堂鈔本、《四部叢刊》本、鄧邦述校本、陳仲魚校本以及今人黃葵《陸雲集》均將韓衆與夷門子、林陽子與任作子各並作一題，今依其例。又《文章辨體彙選》卷七百三十七未列『韓衆』條，將『衛矣終化……凌雲頤神』八句並題爲『夷門子』，誤。

〔二〕『毛』，《文章辨體彙選》卷七百三十七作『茅』。

〔三〕『湌』，《西晉文紀》卷十六作『餐』，古二字同。

【注釋】

① 韓衆，王莽時仙人。葛洪《神仙傳》卷八：『（劉）根昔入山精思，無處不到。後入華陰山，見一人乘白鹿，從千餘人，玉女左右。四人執彩旄之節，年皆十五六。余再拜頓首，求乞一言。神人乃住告余曰：汝

聞昔有韓衆否乎？答曰：嘗聞有之。神人曰：即我是也。』又《太平御覽》卷六百六十九：『《仙經》曰：韓衆服菖蒲十三年，身生毛，日視書，萬言皆誦之。冬極(袒)不寒。』又《楚辭・遠遊》有『羨韓衆之得一』，王逸《章句》：『韓衆，仙人也。天道，長生之道。』夷門子，或《抱朴子》所言之『移門子』，『服五味子十六年，色如玉女，人水不沾，人火不灼也』。俞士玲《陸雲登遐頌考釋》認爲，陸雲《登遐頌》最後三篇爲合頌，亦以時間爲序。其中前二篇，當即上引陸雲《與兄平原書》所云之『後八人了無事，會合之才得』之『二篇』。此八人爲誰，事迹如何，亦可考。葛洪《抱朴子・仙藥》：『昔仙人八公，各服一物，以得陸仙，各數百年，乃合神丹金液，而升太清耳。……韓終服菖蒲十三年……趙他子服桂二十年……移門子服五味子十六年……楚文子服地黄八年……林子明服明术十一年……杜子微服天門冬……任子季服茯苓十八年……陵陽子仲服遠志二十年。』此八公皆服食一物而成仙，魏晉時，已將此八公事連舉。陸雲此二篇即頌此八人也，前一首贊韓衆(終)、夷門(移門)，後一首詠餘數人。

② 衛，形體。《雲笈七籤・元氣論》：『修鍊元氣，至無出入息。是落籍逃丁之士，不爲太陰所管，三官不録，萬靈潛衛矣。』衛，四肢。《吕氏春秋・審時》高誘注：『四衛，四枝也。』化，改變。《玉篇》：『化，易也。』靈毛，此謂身生神靈之毛。揚葩，揚花。《玉篇》：『葩，草木華也。』此謂食揚花之菖蒲。此二句言形體終已變化，身生神毛，口食揚花之菖蒲。

③ 慎爾，謂汝之心誠。《詩・小雅・白駒》：『慎爾優遊，勉爾遁思。』毛詩傳：『慎，誠也。』貞心，正直而明察之心。《汲冢周書・謚法解》：『貞心大度曰匡。』孔晁注：『心正而明察也。』神祉，神仙所賜之福。《詩・小雅・六月》：『吉甫燕喜，既多受祉。』毛詩傳：『祉，福也。』荷，猶受。《漢書・灌夫傳》：『身荷戟，馳不測之吴軍。』顔師古注：『荷，負也。』此二句言汝心誠正直明察，故受神仙所賜之福也。

④ 靡靡，謂隨順於道。《雲笈七籤・説十戒》：『因心立福田，靡靡法輪昇。』體道，猶含道。《荀子・解蔽》：『知道察，知道行，體道者也。』楊倞注：『體，謂不離道也。』含真，守其本性。蕭子良《與南郡太守劉景蕤書》：『欽想此子，含真抱璞，比調雲霞。』此二句言夷門子隨順自然，含道而守其本性。

⑤ 飡，同餐。見上注。茹，猶食。《爾雅・釋言》：『啜，茹也。』郭璞注：『啜者，拾食。』頤，養。見上注。此二句言餐食神靈之花卉，凌雲氣而養神。

此篇合頌韓衆與夷門子。謂韓衆口食菖蒲，身生神毛，心誠貞正，故受神仙所賜之福；夷門子順應自然，含道守真，餐食仙境花卉，凌雲氣而養神。

陵陽子、任作子〔一〕①

陵陽餌車，明視聰耳②。壯子既飡〔二〕，步晞〔三〕千里③。任化凱入，輕雲揮止④。移形善變，載坐載起⑤。

【校勘】

〔一〕《文章辨體彙選》卷七百三十七未列『任作子』條，將『陵陽餌車……載坐載起』八句並題爲『陵陽子』，誤。又『陵陽』，《文集》、叢書堂鈔本、《四部叢刊》本、鄧邦述校本、陳仲魚校本作『林陽』，誤。《文章辨體彙選》卷七百三十七作『陵陽』。考《列仙傳》卷下、《宋書》卷三十五、《兩漢博聞》卷五引應劭語及《雲笈七籤》卷一百八，言仙人均作『陵陽』，未有作『林陽』，故今據《文章辨體彙選》卷七百三十七校改。詳『備考』。

〔一一〕「湌」，《西晉文紀》卷十六作「餐」，古二字同。

〔一二〕「晞」，《文章辨體彙選》卷七百三十七作「虛」。

【注釋】

① 陵陽子，漢末仙人。劉向《列仙傳》卷下：「陵陽子明者，銍鄉人也。好釣魚於旋溪，釣得白龍，子明懼，解釣，拜而放之。後得白魚腹中有書，教子明服食之法。子明遂上黄山，採五石脂，沸水而服之。三年，龍來迎去，止陵陽山上百餘年。山去地千餘丈，大呼下人，令上山半，告言谿中子安當來，問子明釣車在否？後二十餘年，子安死，人取葬石山下，有黄鶴來棲其冢邊樹上，鳴呼子安云。」任作子，事迹不詳。或「作」爲衍字，任子即任子季。《抱朴子・内篇・仙藥》：「任子季服茯苓十八年，仙人玉女往從之。能隱能彰，不復食穀，灸瘢皆滅，面體玉光。陵陽子仲服遠志二十年，有子三十七人，開書所視不忘，坐在立亡。」然俞士玲《陸雲登遐頌考釋》認爲，此頌林子明、陵陽子、杜子徽、趙他子、任子季。並言：陸雲此頌涉及神仙甚多，由於神仙名字多作縮減，又諸神仙事迹不顯，故此首在傳寫過程中誤漏甚多。兹對照上引《抱朴子・仙藥》考釋如下：「林陽餌車，明視聰耳」，當逗爲「林、陽餌朮」，林指「林子明」，陽指「陵陽子仲」。《抱朴子・仙藥》：「林子明服朮十一年，耳長五寸，身輕如飛，能超逾淵谷二丈許。」又「陵陽子仲服遠志二十年，有子三十七人，開書所視不忘，坐在立亡」。「朮」爲草，根莖可人藥。「遠志」，張華《博物志》卷四《藥物》：「遠志苗曰小草，根曰遠志」。故以「朮」統「遠志」。林子明「耳長五寸」，陵陽子「所視不忘」，皆可稱爲「明視聰耳」，故以類相從。則「車」當爲「朮」形近而誤，「林」指「林子明」，「陽」指「陵陽子仲」。「壯子既餐，步晞千

里』，『壯』爲『杜』之誤，『壯』『子』亦當逗開。《抱朴子・仙藥》：『杜子微服天門冬，御八十妾，有子百三十人，日行三百里。』『壯』當爲『杜』，形近而誤。同篇又云：『趙他子服桂二十年，足下生毛，日行五百里，力舉千斤。』二人皆善行者，故誇其『步晞千里』，『既餐』指二人服餌。與上二句『林、陽』相對，或者此句亦當『杜、子』分逗，『杜』指『杜子微』，『子』指『趙他子』麽？陸雲此四句正與『任子季』事迹合。故疑『任化』當爲『任子』，因隨運任化之習語而誤。《抱朴子・仙藥》：『任子季服茯苓十八年，仙人玉女往從之，能隱能彰，不復食穀，灸瘢皆滅，面體玉光。』『輕雲』，宋玉《高唐賦》神女云己『旦爲朝雲，暮爲行雨』，故以『輕雲』代仙人玉女。陸雲此四句正與『任子季』事迹合。故疑『任化』當爲『任子』，因隨運任化之習語而誤。又《抱朴子・仙藥》：『楚文子服地黄八年，夜視有光，手上車弩也。』雲頌中未提及也。綜上所述，陸雲頌『序』列舉登遐者有錯漏。其標題原當爲『林子明、陵陽子、杜子微、任子季、趙他（誤爲『作』，形近而誤）子』，後人因不詳八仙之説，因頌中有『林、陽』『杜、子』而合爲『林陽子』，『任子季』『趙他子』漸訛減爲『任作子』了。録以待考。

② 餌車，垂釣之車。即《列仙傳》所言之『子明釣車』也。此二句言陵陽子釣車垂餌，其視明耳聰也。

③ 既飡，即《列仙傳》所言『採五石脂，沸水而服之』也。飡，同餐。見上注。晞，通稀，消失。朱駿聲《説文通訓定聲》：『晞，假借爲稀。』此二句言壯盛之子既餐五石脂，行可消失於千里之遥。

④ 任化，謂任子之自然造化也。《雲笈七籤・古龍虎歌》：『窮微以任化，陽動則陰消。』凱入，謂凱樂而入。陸機《答賈長淵》：『民勞師興，國玩凱入。』銑注：『爲凱樂之歌而入於國。』此謂樂入仙境也。揮止，猶動静。《廣韻》：『揮，振也，動也。』此二句言任得之自然造化而登仙境，隨輕雲而動止也。

⑤ 移形，變化形體。《廣韻》：『移，易也。』載坐載起，謂起坐不定。嵇康《兄秀才公穆入軍贈詩》：『仰

彼凱風，載坐載起。』王引之《經傳釋詞》卷八：『載，猶則也。有句中疊用之者。』此二句言形體善於變化，若坐若起。

此篇合頌陵陽子、任作子。陵陽耳聰目明，釣車垂餌，餐五石脂而壯盛，一行千里而逍遥；任子得自然之造化而登仙境，隨浮雲而静止，形體善變，若坐若起。

鬼谷子①

悠悠鬼谷，永言潛止②。要終有集，資生無始③。綢繆方平，在彼二子④。芬響蘭揮，有來盈耳⑤。

【注釋】

①鬼谷子，先秦縱横家。《太平廣記》卷四：『鬼谷先生，晉平公時人。隱居鬼谷，因爲其號。先生姓王名栩，亦居清溪山中。蘇秦、張儀從之，學縱横之術。二子欲馳騖諸侯之國，以智詐相傾奪，不可化以至道。夫至道玄微，非下才得造次而傳。先生痛其道廢絶數，對蘇、張涕泣，然終不能寤。蘇、張學成別去，先生與一隻履，化爲犬，北引二子，即日到秦矣。先生凝神守一，樸而不露，在人間數百歲後，不知所之。秦皇時，大宛中多枉死者横道，有鳥御（啣）草以覆死人面，遂活。有司上聞，始皇遣使賫草以問先生。先生曰：巨海之中有十洲，曰祖洲、稼洲、玄洲、炎洲、長洲、元洲、流洲、光生洲、鳳麟洲、聚窟洲，此草是祖洲不死草也。生在瓊田中，亦名養神芝。其葉似菰，不叢生，一株可活千人耳。』雲頌前二句言鬼谷先生之隱，後二句

就其活枉死者言。俞士玲《陸雲登遐頌考釋》認爲，此頌尚及王方平，『綢繆方平』正與『悠悠鬼谷』相對。《太平廣記》卷七收《神仙傳·王遠》：『王遠字方平，東海人也。……後棄官，入山修道，道成。……遠無子孫，鄉里人累世相傳供養之。同郡太尉陳耽，爲遠營道室，旦夕朝拜之，但乞福，未言學道也。遠在陳家四十餘年，陳家曾無疾病死喪，奴婢皆然。六畜繁息，田桑倍獲。遠忽語陳耽曰：吾期運當去，不得久停，明日日中當發。至時遠死，耽知其仙去，不敢下著地，悲啼歎息曰：先生舍我，我將何怙。具棺器燒香，就牀衣裝之。至三日夜，忽失其尸，衣冠不解，如蛇蜕耳。遠卒後百餘日，耽亦卒。或謂耽得遠之道化去，或曰知耽將終，故委之而去也。初，遠欲東入括蒼山，過吴，住青門蔡經家。蔡經者，小民耳，而骨相當仙。遠知之，故住其家……告以要言，乃委經而去。經後忽身體發熱如火，欲得冷水灌之。舉家汲水灌之，如沃焦石。如此三日，銷耗骨立，乃入室，以被自覆，忽然失之。視其被内，唯有皮，頭足具如蟬脱也。去十餘年，忽還家，容色少壯，鬢髮鬒黑，語家人曰：七月七日，王君當來，其日可多作飲食，以供從官。至其日……王君果來。未至，先聞金鼓簫管人馬之聲，比近皆驚，莫知所在。及至經舍，舉家皆見遠。冠遠遊冠，朱衣，虎頭鞶囊，五色綬，帶劍。黄色少髭，長短中形人也。乘羽車，駕五龍，龍各異色，前後麾節，幡旗導從，威儀奕奕，如大將軍也。有十二伍伯，皆以蠟封其口，鼓吹皆乘龍，從天而下，懸集於庭。從官皆長丈餘，不從道衢。既至，從官皆隱，不知所在，唯獨見遠坐耳。須臾，引見經父母兄弟，因遣人召麻姑……麻姑至，蔡經亦舉家見之。是好女子，年可十八九許，於頂上作髻，餘髮散垂至腰。衣有文采，又非錦綺，光彩耀目，不可名狀，皆世之所無也。八拜遠，遠爲之起立。坐定，各進行厨，皆金盤玉杯無限也，肴膳多是諸花，而香氣達於内外。擘脯而食之，云麟脯。麻姑自説云：接侍以來，已見東海三爲桑田。向到蓬萊，又水淺于往日會時略半耳，豈將復爲陵陸乎。遠歎曰：聖人皆言海中行復揚塵也。……遠謂經家人曰：吾欲賜汝輩美酒，此酒方出天厨，其味醇醲，非俗人所宜飲，飲之或能爛腸，今當以水和之，汝輩勿怪也。』陸雲頌云『在彼二子』，『二子』指陳耽、蔡經。『芬響蘭揮，有來盈耳』則指王方平等宴于蔡經家。則此頌標題當補入『王方平』。録以待考。

② 悠悠，悠遠。《詩·王風·黍離》：『悠悠蒼天，此何人哉。』毛詩傳：『悠悠，遠意。』永言，我之久長也。《詩·大雅·文王》：『永言配命，自求多福。』毛詩傳：『永，長。言，我也。』潛止，猶潛隱。《廣韻》：『潛，藏也。』此二句言遠古之鬼谷，久隱于山林。

③ 要終，原始要終之略，謂推原事始，察其事終。《易·繫辭下》：『原始要終以爲質也。』韓康伯注：『卦兼終始之義也。』孔穎達疏：『原窮其事之初始，又會其事之終末。』有集，猶集也。《詩·小雅·車舝》：『依彼平林，有集維鷮。』有，語助詞。見上注。資生，因之而生。《易·坤》：『彖曰：至哉坤元！萬物資生，乃順承天，坤厚載物，德合無疆。』孔穎達疏：『言萬物資地而生。』《廣雅·釋詁》：『資，用也。』無始，指元氣。《淮南子·道應訓》：『太清又問於無始。』許慎注：『無始，未始有之氣也。』此二句言原萬物之始而察其終，因天地元氣而養生。

④ 綢繆，情意殷勤。《三國志·蜀·先主傳》：『先主至京見權，綢繆恩紀。』此謂汲汲於道術也。方平，意謂道術之正。方，道。《易·恒》：『君子以立不易方。』平，《廣韻》：『正也。』二子，指張儀、蘇秦。此二句言彼之二弟子，汲汲道術之正。

⑤ 芬響，芬芳之聲。《説文》：『響，聲也。』蘭揮，如蘭之幽香散發。《經典釋文》卷二：『揮，鄭云：揚也。王廙韓云：散也。』有來，是時也。《詩·周頌·雝》：『有來雝雝，至止肅肅。』鄭玄箋：『有，是。來，時。』此二句言芬芳名聲如蘭香散發，是時而盈人之耳。

此篇乃頌鬼谷子久隱山林，推原萬物之始終，因天地元氣而養生，則其弟子也，汲汲道術之正，故其名如幽蘭之芬芳，是時而盈人之耳。

【備考】

一、《王子喬頌》考辨

《王子喬頌》，又見《陸士衡文集》卷九，作《王子喬贊》：『遺形靈岳，顧景忘歸。乘雲倏忽，飄颻紫微。』與士龍此詩較，闕『王喬淵默，遂志潛輝』，『變彼有傳，與爾翻飛』四句，另有兩處異文，其餘内容皆同，故二文實爲一篇。

關於此文之作者，《藝文類聚》卷七十八、《西晉文紀》卷十五、《漢魏六朝百三家集》卷四十八、《淵鑑類函》卷三百十八作陸機，題作《王子喬贊》。《西晉文紀》卷十六、《漢魏六朝百三家集》卷五十、《文章辨體彙選》卷四百六十一作陸雲，題作《王子喬頌》；《河南通志》卷七十七亦作陸雲，題作《王子喬贊》。考之當爲陸機所作。

從文獻看，當以《藝文類聚》所題之陸機爲是。《西晉文紀》、《漢魏六朝百三家集》重出之，蓋鈔其二陸別集之故。《河南通志》可能鈔自士衡集，而誤題陸雲。除陸雲別集以及《文章辨體彙選》之外，均題爲『贊』，故文題亦當爲《王子喬贊》而非『頌』也。而宋本《陸雲集》所存爲完篇，《陸機集》所存爲殘篇，蓋因《藝文類聚》撮録陸機之作，後世傳鈔以《類聚》爲摹本，而誤以爲全篇。故内容當取《陸雲集》爲是。

二、《玄俗頌》考辨

《玄俗頌》，又見於《曹植集》卷七。其文曰：『玄俗妙識，飢餌神穎。在陰倏遊，即陽無景。逍遥北嶽，凌霄引領。揮霧昊天，含神自静。』與陸雲之作雖有多處異文，但其内容基本相同。此文類書、總集並有收録。《藝文類聚》卷七十八、《淵鑑類函》卷三百十八並作曹植，《西晉文紀》卷十六、《文章辨體彙選》卷四百六十一作陸雲。《漢魏六朝百三家集》卷二十六作曹植《玄俗頌》，卷五十作陸雲《玄洛頌》。考之，當爲陸雲所作。

第一，從版本異文看，《淵鑑類函》、《漢魏六朝百三家集》卷二十六以及《曹植集》卷七文字基本與《藝文類聚》相同，比勘之，惟『遊』作『逝』，其他文字均同。『遊』與『逝』，乃形近而訛也。可知，此篇嫁名曹植，《藝文類聚》乃是始作俑者。《漢魏六朝百三家集》乃分别抄自二人之宋本别集，故重出，乃未詳考之故。

第二，今所見《曹植集》最早之版本乃明嘉靖六年翻刻宋寧宗時舊本，此本非《曹植集》之善本，集中多攛入他人之作品。《四庫全書》提要曰：『《曹子建集》十卷，魏曹植撰。案：《魏志》植本傳：景初中，撰録植所著賦頌詩銘雜論凡百餘篇，副藏内外。……陳振孫《書録解題》亦作二十卷。然振孫謂其間頗有採取《御覽》《書鈔》《類聚》中所有者，則捃摭而成，已非唐時二十卷之舊。《文獻通考》作十卷，又並非陳氏著録之舊。此編原本題有嘉定六年癸酉字，猶從宋寧宗時本翻雕，蓋即《通考》所載也。凡賦四十四篇，詩七十四篇，雜文九十二篇，合計之得二百十篇。較《魏志》所録百餘篇者，其數轉溢然，殘篇斷句，錯出其間。如《鷂雀》《蝙蝠》二賦，均採自《藝文類聚》中。《藝文類聚》之例，皆標某人某文曰云云。編是集者遂以曰字爲正文，連於賦之首句，殊爲失考。又《七哀詩》，晉人採以入樂，增減其詞，以就音律，見《宋書·樂志》中，此不載其本詞，而載其入樂之本，亦爲舛謬。《棄婦篇》見《玉臺新詠》，亦見《太平御覽》，「鏡銘」八字反覆顛倒，皆叶韻成文，寔爲回文之祖見，《藝文類聚》皆棄不載。而《善哉行》一篇，諸本皆作古詞，乃悮（誤）爲植作。不知其下所載「當來日大難」，即當此篇也。使此爲植作，將自作之而自擬之乎？至於王宋妻詩，《藝文類聚》作魏文帝詩，邢凱《坦齋通編》據舊本《新詠》作植詩，今本《玉臺新詠》又作王宋自賦之詩，即衆説異同，亦宜附載，以備參考，乃竟遺漏，亦爲疏略，不得謂之善本。然唐以前舊本既佚，後來刻植集者率以是編爲祖本，别無更古於斯者，録而存之，亦不得已而思其次也。』今本植集錯訛嚴重，於此可見一斑。故據植集而定爲曹植之作，不足爲憑。

第三，考士龍此作爲《登遐頌》組詩之一首，不僅内容統一，而且與其他詩風格亦一致。而《曹植集》卷七有頌九篇，其順序是：《皇子生頌》《玄俗頌》《母儀頌》《明賢頌》《孔子廟頌》《學官頌》《社頌》《宜男花頌》《冬至獻襪頌》。《玄俗頌》在頌皇子之後，頌皇后之前，頗爲不類，而且九篇頌中，惟此頌贊仙人，取材與其他幾篇不同，風格亦異。故從内容、取材、風格看，亦當爲陸雲所作。

俞士玲《陸雲登遐頌考釋》曰：『玄洛，當爲玄俗，洛、俗形近而誤。《文選》左思《魏都賦》有「玄俗無影」句，張載注引《列仙傳》云：「玄俗者，自言河間人也，餌巴豆雲英。賣藥於市，七丸一錢……王家老舍人，自言父甘見俗，俗形無影，王呼俗著日中，實無影。」《全晉文》一百三十九郭元祖《列仙傳贊》有玄俗，亦詠其無影、賣藥等事。《太平廣記》卷六十引《女仙傳·玄俗妻》云：「後數年，玄俗與女俱入常山。」常山即北嶽恒山，避諱改，故陸雲此頌有「逍遥北嶽」語。《藝文類聚》卷七十八引曹植《玄俗頌》，與陸雲此頌全同，陸雲創作《登遐頌》過程甚明晰，此組《登遐頌》結構較完整，玄俗確爲神仙登遐者，故疑當爲陸雲文而誤入曹植集中。』俞説甚是。

三、《孔子頌》應爲《孔子贊》考辨

《孔子頌》，一作陸機，一作陸雲。黄葵校點《陸雲集》收之，未出校。考之當爲陸機所作。

《陸士衡文集》卷九題作《孔子贊》：『孔丘大聖，配天弘道。風扇玄流，思探神寳。明發懷周，興言謨老。靈魄有行，言觀蒼昊。清歌先試，丹書有造。』惟有兩處異文，其餘内容皆同，故二文實爲一篇。

關於此文之作者，《藝文類聚》卷二十、《西晉文紀》卷十五、《漢魏六朝百三家集》卷四十八、《山東通志》卷三十五、《古儷府》卷八、《駢字類編》卷八、《佩文韻府》卷二十六及卷八十三作陸機，《西晉文紀》卷十六、《文章辨體彙選》卷四百六十一、《漢魏六朝百三家集》卷五十作陸雲。凡作陸雲皆題爲『頌』，作陸機則題爲『贊』。考之當爲陸機所作。

第一，考士龍《登遐頌》之全文，所頌者或爲仙人，或爲隱士，或爲方士，中間插入頌孔子之作，内容頗爲不類。第二，考現存典籍，除士龍別集以外，多題爲陸機，宋本《晉二俊文集》《西晉文紀》《漢魏六朝百三家集》重出，或題陸雲，或題陸機，乃是分別鈔自二陸別集，未詳考之故。第三，晉人摯虞、湛方生均有同題之作《孔子贊》，而作《孔子頌》惟見於《陸雲集》。魏晉人好逞才，同題之作比比皆是。陸雲若頌孔子，或亦以『贊』爲題。

故無論從内容、文獻，抑或魏晉文人創作之風氣看，均應爲陸機所作。或因宋前之類書有誤題陸雲者，宋人未加詳察，而誤輯士龍集中。

盛德頌有序

【題解】

『序』言高祖興起之原因，帝業之輝煌，以及作者对盛世嚮往之情，最后交代作頌之目的。『頌』言高祖于秦末際會風雲乘勢而起，起兵伐楚而誅羽，即位之後施政寬仁，制定禮樂，分封天下，而盛世興矣。從主體内容上看，『序』和『頌』構成對應關係，都是按照追溯淵源——際會風雲——誅滅項楚——建立帝業爲基本綫索。然而，『序』有比較濃郁的抒情意味，强調天意民心，帶有深厚的以史爲鑒的意味；凸顯高祖際會風雲，隱含自己生不逢時的感歎；撫膺追慕漢劉盛世，又表達自己不能身事聖主、建功立業的悵惘無極之情。『頌』則以賦體而褒述功德之美，雖筆調優遊，辭采華盛，多側面鋪述，然而剪裁史料，突出中心，叙事態度儘量冷静客觀。簡言之，『序』以情勝，『頌』以辭勝；『序』筆縱逸，『頌』筆典雅；『序』客觀寓於主觀之中，意在慎思，故情思涌動；『頌』主觀隱含客觀之中，意在追遠，故志深筆長。

此頌作於太子舍人任上。據《晉書·陸機傳》：『至太康末，與弟雲俱入洛。』又《陸雲傳》：『吴平，入洛。……俄以公府掾爲太子舍人。』可知雲任太子舍人當在入洛不久。武帝于太康十一年正月改元永熙，四月崩。惠帝即位，八月立廣陵王遹爲皇太子，以潘岳爲太子舍人，楊駿輔政，引爲岳太傅主簿。雲任太子舍人必在潘岳之後。惠帝永平元年三月誅楊駿，改元元康。《陸機傳》：『會駿誅，累遷太子洗馬。』機遷太子洗馬當在元康元年三月後。而陸侃如《中古文學繫年》曰：『其舍人疑於機爲洗馬同時。』而雲任太子舍人亦當在元康元年（二九一）三月之後。故此文亦當作於是年三月後。

余行經泗水，高帝昔爲亭長於此①。瞻望山川，意有慨〔一〕然，遂奏章以通情焉，并爲之頌云爾②。

【校勘】

〔一〕「慨」，《文集》、叢書堂鈔本、《四部叢刊》本、鄧邦述校本、陳仲魚校本作「恨」。《百三家集》本、《七十二家集》本作「慨」，今據改。

【注釋】

① 泗水，郡名，秦置泗水郡，漢高祖曾爲泗水亭長，後更名沛郡。參見《漢書·地理志上》。

② 慨，慨歎。《詩·王風·中谷有蓷》：「有女仳離，嘅其嘆矣。」王粲《贈士孫文始》善注引《毛詩》曰：「慨其歎矣。」《廣韻》：「嘅，嘅嘆。」古二詞同。通情，表達情感。張衡《東京賦》：「上下通情，式宴且盤。」薛綜注：「言君情通於下，臣情達於上。」

小序言作頌之緣起。行經泗水，目睹高帝發迹之山川，而感慨歎息，故作頌而達情。小序文字當是後來補充叙述事情原委，非呈惠帝所覽也。

晉太子舍人糞土臣雲稽首再拜上書皇帝陛下：臣雲頓首死罪①。伏惟陛下紹軒轅之叡〔一〕哲，越三代之高蹤②；膺有聖之玄景，藴〔二〕生民之上略③。秦政肆虐，漸釁生民④。在昔上帝，乃眷多方⑤。肅雍寶命，鑒民顧天⑥。思文叡聖，以宅神器⑦。六合焱駕，八荒星〔三〕錯⑧。是企皇居於阿房，掎〔四〕逸鹿於九野⑨。謀猷回遹，天人匪祚⑩。乃藹斯國，授漢于西京〔五〕⑪。是以先詔〔六〕五緯，□章太素〔七〕⑫。神母哀號，底命丹野⑬。九垓闢授命之符，鈞天清建皇之鑒⑭。

陛下螭蟠泗水，龍躍下亭⑮。慶雲徘徊，紫塵熠爍⑯。皇威肇於斷蛇，神武基於豐沛⑰。掩四緱〔八〕以蓋天，廓玄謨以闢宇⑱。華宮山藏，玉堂海納〔九〕⑲。雲蓋景陰，金門林蔚⑳。拔足崇長揖之賓，吐飡納獻規之客〔一〇〕㉑。玄猷上通，德輝下濟㉒。仰翰雲禽，俯躍魚鲂㉓。

【校勘】

〔一〕『叡』，《四部叢刊》本作『獻』，誤。

〔二〕『蘊』，《文集》、叢書堂鈔本、《四部叢刊》本、鄧邦述校本、陳仲魚校本作『詠』，或音近而誤。《西晉文紀》卷十六、《百三家集》本、《七十二家集》本作『蘊』，今據改。

〔三〕『星』，《文集》、叢書堂鈔本、鄧邦述校本、陳仲魚校本脱。此據《西晉文紀》卷十六、《百三家集》本、《四部叢刊》本校補。

〔四〕『掎』，《百三家集》本作『犄』，形近而誤。

〔五〕『西京』，《文集》、叢書堂鈔本、《四部叢刊》本、鄧邦述校本、陳仲魚校本作『夜京』，語意扞格。影鈔宋本、《百三家集》本、《七十二家集》本作『西京』，今據改。又《西晉文紀》卷十六作『秦京』，亦可通。

〔六〕『詔』，《百三家集》本作『紹』。

〔七〕按：依照前後句式，『章』前當脱一字，諸本皆脱，無從校補。

〔八〕『緱』，《西晉文紀》卷十六作『紘』。

〔九〕『納』，《諸家文集》本、《四部叢刊》本、鄧邦述校本、陳仲魚校本作『紬』。

〔一〇〕『飡』，《西晉文紀》卷十六作『餐』，古二字同。又『客』，《諸家文集》本、《四部叢刊》本、鄧邦述校本、陳仲魚校本作『容』，形近而誤。陸貽典亦校作『客』。

【注釋】

①糞土，喻其卑賤。《左傳·僖公二十八年》：『死而利國，猶或爲之，况瓊玉乎？是糞土也。』稽首，以首至地。頓首，拜頭叩地。均爲行大禮。《周禮·春官宗伯下》：『一曰稽首，二曰頓首，三曰空首。』鄭玄注：『稽首，拜頭至地也。頓首，拜頭叩地也。』

②紹，繼承。《爾雅·釋詁》：『紹，繼也。』軒轅，古籍記載互有抵牾，《竹書紀年》卷上載『黄帝軒轅氏』。荀悦《前漢紀·高祖皇帝紀》：『漢興，繼堯之胄。』堯號陶唐氏，承高辛氏帝嚳，帝嚳承高陽氏顓頊，顓頊承金天氏少昊，少昊承軒轅氏黄帝。因晉禪魏，魏禪漢，故曰『紹軒轅』。叡哲，猶聖明。張衡《東京賦》：『睿哲玄覽，都兹洛宫。』善注：『《尚書》曰：睿作聖，明作哲。』《集韻》：『叡，古作睿。』三代，夏殷周。《論語·衛靈公》：『斯民也，三代之所以直道而行也。』何晏《集解》：『馬融曰：三代夏殷周也。』高蹤，高迹。傅咸《贈何劭王濟》：『豈不企高蹤，麟趾邈難追。』

③膺，受，當。《正韻》：『膺，當也。』玄景，遠影，謂受其庇蔭也。《玉篇》：『玄，幽遠也。』景，同影。傅玄《雜詩》：『玄景隨形運，流響歸空房。』向注：『景，影也。』藴，聚集。《玉篇》：『藴，積也，聚也。』上略，猶言天下大治。《博雅》：『略，治也。』上四句諛頌晉惠帝。

④肆虐，縱恣殘虐。《書·泰誓中》：『淫酗肆虐，臣下化之。』孔安國傳：『過酗縱虐。』《玉篇》：『肆，

放也，恣也。』畳，同疊，罪也。《廣韻》：『疊，罪也。畳，俗（字）。』此二句言秦施暴虐之政，漸網羅百姓之罪過。

⑤ 在昔上帝，昔日之上天。《書·君奭》：『在昔上帝，割申勸寧王之德，其集大命於厥躬。』乃眷多方，謂乃眷顧天下。《詩·大雅·皇矣》：『乃眷西顧，此維與宅。』《說文》：『眷，顧也。』

⑥ 肅雍，謂禮儀敬天和人也。《詩·周頌·清廟》：『於穆清廟，肅雝顯相。』毛詩傳：『肅，敬。雝，和。』鄭玄箋：『其禮儀敬且和。』雝，同雍。《禮記·樂記》引《詩》作『雍』。寶命，天命。顏延年《宋郊祀歌》：『夤威寶命，嚴恭帝祖。』善注：『《尚書》曰：周公曰：王無墜天之降寶命。』濟注：『寶命，天命。』鑒民顧天，謂察民情顧天意。《玉篇》：『鑒，察也。』

⑦ 思文，追思文德。《詩·周頌·思文》：『思文后稷，克配彼天。』鄭玄箋：『周公思先祖有文德者。』叡聖，猶叡哲，聖明也。見上注。宅，安居。《爾雅·釋言》：『宅，居也。』神器，喻天子之位。陸機《五等諸侯論》：『皇統幽而不輟，神器否而必存者。』濟注：『神器，天子位也。』『在昔』以下六句插入叙述昔之上天賜王位之準則：禮和天人，恭敬天命，以文德治天下，方可安居帝位。

⑧ 六合，天下。《呂氏春秋·審分》：『神通乎六合，德耀乎海外。』高誘注：『六合，四方上下也。』焱駕，喻王駕之盛也。《說文》：『焱，火華也。』八荒，八方。賈誼《過秦論上》：『囊括四海之意，併吞八荒之心。』良注：『八荒，八方也。』星錯，喻諸侯之衆也。楊炯《少室山少姨廟碑》：『紫柱星錯，丹梁霞焕。』

⑨ 企，開啓。《釋名·釋姿容》：『企，啓也；啓，開也。』此謂始造也。阿房，秦始皇所造之宮殿。掎，謂縛其足也。《廣韻》：『掎，牽一脚。《說文》云：偏引也。』逸鹿，猶失鹿，失其帝位。班固《漢書·敘傳》：『昔秦失其鹿，劉季逐而掎之。』鹿與禄諧音而借用之，此指秦始皇。九野，古以星宿而作地之分野，九野即

天下。《吕氏春秋·有始》:『天有九野……何謂九野:中央曰鈞天,其星角、亢、氐;東方曰蒼天,其星房、心、尾;東北曰變天,其星箕、斗、牽牛;北方曰玄天,其星婺女、虚、危、營室;西北曰幽天,其星東壁、奎、婁;西方曰顥天,其星胃、昴、畢;西南曰朱天,其星觜嶲、參、東井;南方曰炎天,其星輿鬼、柳、七星;東南曰陽天,其星張、翼、軫。』

⑩ 謀猷回遹,謂王謀邪辟。《詩·小雅·小旻》:『謀猶回遹,何日斯沮。』毛詩傳:『回,邪。遹,辟。』鄭玄箋:『猶,道。今王謀爲政之道,回辟不循旻天之德已甚矣。』朱熹《詩集傳》:『詩言旻天之疾,威布於下土,使王之謀猶邪辟,無日而止。』猶,同猷。《玉篇》:『猷,圖也。與猶同。』天人匪祚,謂天人不賜其福。《廣韻》:『祚,福也,禄也。』

⑪ 薾,困極貌。謝靈運《過始寧墅》:『緇磷謝清曠,疲薾慙貞堅。』善注:『莊子曰:薾然,疲而不知所歸。司馬彪曰:薾,極貌也。』向注:『疲薾,困極之貌。』西京,指漢之京城。陸機《漢高祖功臣頌》:『五侯並軌,西京有陵夷之運。』上八句謂秦吞諸侯而得天下,然其王謀邪辟,天怨人怒,故失國於漢也。

⑫ 詔,猶示也。《玉篇》:『詔,告也。』五緯,五星。陸機《漢高祖功臣頌》:『俯思舊恩,仰察五緯。』善注:『《漢書》:漢王之入關,五星聚東井,先至必王。』向注:『耳與陳余戰,敗走。曰五緯,五星也。高祖入關,五星聚東井。東井,秦分野。』《淮南子·天文訓》:『五星八風二十八宿。』高誘注:『五星:歲星、熒惑、鎮星、太白、辰星也。』章,猶顯。《玉篇》:『章,明也。』又作彰。《韻會》:『彰,明也。通作章。』太素,原指構成宇宙的本初物質形態。《白虎通德論·天地》:『始起之天,始起先有太素,後有太始,形兆既成,名曰太素。……故《乾鑿度》曰:太初者,氣之始也;太始者,形兆之始也;太素者,質之始也。』此指天也。此二句謂天顯其瑞象也。

⑬神母哀號，神母哀哭。《史記·高祖本紀》：『高祖被酒，夜徑澤中，令一人行前。行前者還報曰：前者大蛇當徑，願還。高祖……乃前，拔劍擊斬蛇。……後人來至蛇所，有一老嫗夜哭。……曰：吾子，白帝子也，化爲蛇，當道。今爲赤帝子斬之，故哭。』即指此事。底命，止命，謂斬蛇也。《玉篇》：『底，止也。』丹野，謂血染原野。《抱朴子·外篇·詰鮑》：『僵尸則動以萬計，流血則漂櫓丹野。』

⑭九垓，九天之外，猶天下也。《淮南子·道應訓》：『吾與汗漫期於九垓之外。』許慎注：『九垓，九天之外。』闢，開闢。《説文》：『闢，開也。』授命之符，授之符節也。《釋名·釋書契》：『符，付也。書所勑命於上付使轉行之也。』鈞天，天之中央，猶天也。見上注。建皇，謂立中正之大道。《書·洪範》謂治理政事之大道有九，稱九疇。其五爲『建用皇極』。孔安國傳：『皇，大也。極，中也。凡立事當用大中之道。』鑒，猶鏡。《詩·邶風·柏舟》：『我心匪鑒，不可以茹。』毛詩傳：『鑒，所以察形也。』此二句言上天使所立之中正大道清明，天子始授天下之符節。

⑮陛下，指漢高祖。螭蟠，猶龍盤也。《説文》：『若龍而黄，北方謂之地螻。或云無角曰螭。』《方言》卷十二：『未陞天龍謂之蟠龍。』下亭，謂高祖始任泗水亭長。

⑯慶雲，瑞雲。曹植《上責躬應詔詩表》：『是以不别荆棘者，慶雲之惠也。』善注：『《史記》曰：若煙非煙，若雲非雲，鬱鬱紛紛，蕭索輪囷，是謂慶雲。』良注：『慶雲，瑞雲也。』紫塵，猶紫氣，瑞應之雲氣。熠爍，光彩盛也。葛洪《抱朴子·外篇·廣譬》：『不睹瓊琨之熠爍，則不覺瓦礫之可賤。』《玉篇》：『熠熠，盛光也。』又『爍，灼爍』。又《史記·高祖本紀》：『秦始皇常常曰：東南有天子氣。……高祖即自疑，亡匿，隱於芒、碭山澤岩石之間。呂后與俱求，常得之。高祖怪問之。呂后曰：季所居上常有雲氣，故從往，常得季。』此二句蓋言此也。

⑰肇，開始。《廣韻》：『肇，始也。』斷蛇，即斬蛇。見上注。豐沛，即沛縣，秦置，爲泗水郡治，乃高祖之故里。漢改泗水郡爲沛郡，移郡治於相，故址在今安徽省濉溪縣西北。

⑱掩，同也。《方言》卷三：『掩，同也。』四緜，猶言四方之姓。《通志·氏族略三》：『緜氏，周卿士食采之邑也。』玄謨，深遠之謀略。《三國志·魏·陳思王傳》：『誠道合志同，玄謨神通。』《説文》：『謨，議謀也。』此二句言掩有四方之姓而功高蓋天，廓開深遠謀略而開闢宇宙。

⑲此二句言華美宫殿、金玉高堂，隱於山林而傍於河海。

⑳金門，即金馬門，漢宫殿名。此二句言金馬門林木茂盛，宫殿雲掩而高堂林蔭。

㉑拔足崇長揖之賓，吐飡納獻規之客，謂高祖停止洗足而禮敬長揖之酈生，輟食吐哺採納張良之獻諫。班彪《王命論》：『當食吐哺，納子房之策；拔足揮洗，揖酈生之説。』善注：『《漢書》：酈食其欲立六國後，漢王以問張良，良發八難，漢王輟食吐哺，曰：豎儒幾敗乃公事！酈食其求見，沛公方踞牀，使兩女子洗足。酈生不拜，長曰：足下必欲誅無道秦，不宜踞見長者。沛公起，攝衣謝之，延上坐。食其説沛公襲陳留。』銑注：『高祖乃輟洗，起謝之，納其説也。拔足揮洗，謂止洗足也。揖，敬從也。』

㉒玄猷，猶玄謨。見上注。此二句言深遠之謀上通於天，德行之治下濟其民。

㉓翰，高飛。《玉篇》：『翰，飛也。』魚魴，泛指魚類。《説文》：『魴，赤尾魚。』此二句以禽鳥上飛雲間，魚類下躍水淵，謂萬物樂其盛世也。

此段言秦失其政而高祖龍興也。首先謂惠帝遠紹軒轅，功越三代，腹有謀略，有遠古聖人之風，爲頌高祖張本。其次謂天賜皇位，須禮和天人，恭敬天命，德治天下；而後言秦雖併吞天下，隆興帝業，然王謀邪辟，暴政酷虐，天怨人怒，故失國於漢。與天意悖離，反襯而揭示秦亡之原因。最後述高祖受命于天，建立中正之大道，故龍興泗水，神武豐沛，奄有天下，開闢宇宙，謀合天意，德濟萬民，從善敬賢，故帝業輝煌，盛世再現也。

是以四海之內，莫不企景嶽以接群，望廣川而鱗集①。乘山涉水，視險若夷②。奔波闕廷，思効死節③。乃鳴鸞在衡，奔驥服輅④。良、平〔一〕鳳栖，信、布虎據⑤。豪雄凌暴於外，奇謨補闕乎內⑥。威謀兼陳，智勇畢効⑦。乃凌河海，河海無梁；乃仆高山，嶽華不重⑧。三秦席卷，項籍灰分；逋虜霧散，遺寇雲徹⑨。泛時雨以清天，灑狂塵以肅地⑩。攬脩轡於川輿〔二〕，竦峻蓋於蒼昊⑪。功濟宇宙，德被群生，天人允嘉，民神協愛⑫。歷〔三〕數在身，有命將集⑬。而陛下猶復允執高讓，成功靡有，普天歸德，群后固請⑭。然後謁天皇於圓丘〔四〕，巡萬乘於帝室⑮。率土離暴秦之亂，臣妾蒙有道之惠⑯。戎羌蠻夷之墟〔五〕，雕趾肅慎之國，莫非帝臣⑰。巍巍蕩蕩，蓋天臨地⑱。自啓闢以來，有皇之美，未有若聖功之著盛者也⑲。

【校勘】

〔一〕『平』，《文集》作『乎』，形近而誤。《西晉文紀》卷十六、《百三家集》本、叢書堂鈔本、《四部叢刊》本、鄧邦述校本、陳仲魚校本作『平』，今據改。

〔二〕『攬脩』，《文集》及諸本皆脫。影鈔宋本校曰：『「轡於」句有脫誤。』此據文津閣四庫本校補。又『川輿』，《西晉文紀》卷十五、鄧邦述校本、陳仲魚校本作『川與』，形近而誤。《百三家集》本、《七十二家集》

本作『舟輿』，則語意扞格。考其内容，以作『川輿』爲善。《周禮·冬官考工記》：『凡天下之地勢，兩山之間必有川焉。』

〔三〕『歷』，《七十二家集》本、《諸家文集》本、《四部備要》本、鄧邦述校本作『曆』。陸貽典校作『歷』，古二字通。

〔四〕『圓丘』，《百三家集》本作『圜丘』。

〔五〕『蠻』，《諸家文集》本作『匕』，陸貽典校作『蠻』。又『墟』，《文集》、叢書堂鈔本、《四部叢刊》本、鄧邦述校本、陳仲魚校本作『虞』，《西晉文紀》卷十六、《百三家集》本作『墟』。『墟』與下句之『國』對舉，故據改。

【注釋】

① 企，舉踵而望，謂仰慕也。《説文》：『企，舉踵望也。』景嶽，高山。《爾雅·釋詁》：『景，大也。』接群，謂群聚而至。《廣韻》：『接，合也，會也。』此三句言天下賢才莫不如仰高山而群至，如望大川而魚集也。

② 乘山，登山。《廣韻》：『乘，登也。』夷，猶平地。《廣韻》：『夷，猶等也，易也。』《説文》：『平也。』

③ 闕廷，猶朝廷。《爾雅·釋宫》：『觀謂之闕。』郭璞注：『宫門雙闕。』死節，守節而死。《管子·幼官》：『明名章實，則士死節。』

④ 鳴鸞，鸞鈴和鳴。鸞，鈴之形狀。《大戴禮記·保傅》：『在衡爲鸞，在軾爲和，馬動而鸞鳴，鸞鳴而應和。』亦作鳴鑾。衡，車轅前端之横木。《玉篇》：『衡，横也。』驥，駿馬。《説文》：『驥，千里馬也。』服軫，

駕車。張衡《思玄賦》：『琱輿而樹葩兮，擾應龍以服輅。』善注：『輅，車也。』

⑤ 良、平，張良、陳平，高祖之謀臣。《史記》有傳。信、布，韓信、黥布，高祖之武將。《史記》有傳。據，依止。《廣韻》：『據，依也。』此二句言良、平如鳳棲止，信、布如虎而依。謂人材衆多也。

⑥ 補闕，猶補過。《左傳·襄公元年》：『以繼好結信，謀事補闕，禮之大者也。』杜預注：『闕，猶過也。』此二句言雄傑之將禦强暴於外，奇謀之士補過失於帷幄。

⑦ 陳，《玉篇》：『列也，布也。』此二句言威武與謀略兼備，智慧與勇武畢顯。

⑧ 嶽華，指東嶽華山，泛指山嶽。《爾雅·釋山》：『東嶽華山。』重，猶難。《戰國策·燕策》：『臣之所重處，重留卵也。』鮑彪注：『重，猶難也。』此四句言乃渡河海，無梁而可濟；乃踏高山，山嶽亦無險。謂所向披靡也。

⑨ 三秦，地名，故地在今陝西一帶。項羽破秦入關，三分秦關中之地，以秦降將章邯爲雍王，領咸陽以西之地；司馬欣爲塞王，領咸陽以東至黄河之地；董翳爲翟王，領上郡之地，合稱三秦。見《史記·項羽本紀》。席卷，如席卷之，謂全部佔有。賈誼《過秦論》：『有席捲天下，包舉宇内，囊括四海之意。』卷，同捲。《玉篇》：『卷，又作捲，曲也。』項籍灰分，謂項羽如灰分散飛揚也。逋虜，猶言亡寇。傅玄《晉鼓吹曲·惟庸蜀》：『逋虜畏天誅，面縛造壘門。』《説文》：『逋，亡也。』遺寇，殘餘之寇。班固《封燕然山銘》：『蕭條萬里，野無遺寇。』濟注：『言寇賊無餘也。』徹，去。《左傳·宣公十二年》：『諸侯相見，軍衛不徹，警也。』杜預注：『徹，去也。』

⑩ 泛，猶灑落。《玉篇》：『泛，流貌。』時雨，雨降以時，猶甘霖。曹植《上責躬應詔詩表》：『施暢春風，澤如時雨。』此二句言天降時雨，灑落狂風之塵，使天清而地寧也。

⑪ 攬，以手引之。《釋名・釋姿容》：『攬，斂也，斂置手中也。』鞗轡，長轡。《玉篇》：『轡，馬轡也。』川，山川。《周禮・冬官考工記》：『凡天下之地勢，兩山之間必有川焉。』輿，車馬。《玉篇》：『輿，車乘也。』川輿，即行進於山川間之車馬。蒼昊，天。王延壽《魯靈光殿賦》：『據坤靈之寶勢，承蒼昊之純殷。』張載注：『蒼昊，皆天之稱也。春爲蒼天，夏爲昊天。』

⑫ 濟，猶齊。《風俗通義・山澤》：『濟者齊，齊其度量也。』允嘉，誠美之也。《爾雅・釋詁》：『允，信也。』又『嘉，美也』。協愛，同愛之也。《説文》：『協，衆之同和也。』此四句言功業齊天，德潤蒼生，天人美之，人神愛之。

⑬ 歷數，猶天道。《書・大禹謨》：『天之曆數在汝躬，汝終陟元后。』孔安國傳：『曆數，謂天道。』曆，通歷。《經典釋文》卷十五作『歷數』。有命將集，謂天命將集止其身也。《詩・大雅・大明》：『天監在下，有命既集。』毛詩傳：『集，就也。』

⑭ 允執，謂信持中正之道。《書・大禹謨》：『惟精惟一，允執厥中。』孔安國傳：『故戒以精一，信執其中。』高讓，謂堅辭帝位。釋真觀《因緣無性論》：『太伯高讓而流芳千禮，仲尼窮厄而傳名萬代。』靡有，無有。《詩・鄘風・氓》：『夙興夜寐，靡有朝矣。』鄭玄箋：『無有朝者，常早起夜卧非一朝然。』此謂無與倫比也。群后，猶群臣。《書・舜典》：『覲四嶽群牧，班瑞於群后。』孔安國傳：『后，君也。』此四句言高祖有古天子高讓遠退之風。《史記・高祖本紀》：『(漢五年)正月，諸侯及將相相與共請尊漢王爲皇帝。漢王曰：吾聞帝賢者有也，空言虚語，非所守也，吾不敢當帝位。』蓋言此也。

⑮ 謁，拜告。《爾雅・釋詁》：『謁，告也。』天皇，天帝。張衡《思玄賦》：『叫帝閽使辟扉兮，覿天皇于瓊宫。』濟注：『天皇，天帝也。』圓丘，古祭天之所。《孔子家語・郊問》：『孔子曰：兆正於南，所以就陽位

也於郊，故謂之郊焉。』王肅注：『兆丘於南，謂之圓丘，兆之於南郊也。然則郊之名有三焉，築爲圓丘，以象天自然，故謂之圓丘。圓丘之人所造，故謂之泰壇。於南郊在南。』亦作圜丘。此二句言於圓丘拜告天帝，於皇室巡視萬乘。

⑯ 率土，猶天下。《詩・小雅・北山》：『率土之濱，莫非王臣。』離，《廣韻》：『去也。』臣妾，猶奴僕。《書・費誓》：『馬牛其風，臣妾逋逃，勿敢越逐。』孔安國傳：『役人賤者，男曰臣，女曰妾。』

⑰ 戎羌、蠻夷、雕趾、肅慎，皆四方邊夷少數民族。謂邊夷民族之國，無不是帝王之臣。

⑱ 巍巍，高大貌。蕩蕩，廣遠貌。《論語・泰伯》：『子曰：巍巍乎，舜禹之有天下也。……蕩蕩乎，民無能名焉。』何晏《集解》：『巍巍者，高大之稱也。苞氏曰：蕩蕩，廣遠之稱也。』蓋天臨地，謂彌漫天地也。

⑲ 啓闢，謂開天闢地。《說文》：『闢，開也。』有皇，有君。《詩・小雅・正月》：『有皇上帝，伊誰云憎。』毛詩傳：『皇，君也。』

此段言高祖帝業之輝煌也。首先謂其深得民心，人才濟濟。天下仰慕雲集，効死守節，良、平、信、布之才奔輳輻至，豪傑禦其强暴，謀士補乎疏失，文武兼備，智勇畢陳。其次謂其席捲天下、功高齊天也。凌山涉水，如履平地，定三秦，滅項羽，如甘霖清天弭塵，牽繩渡川，冠蓋入雲，功高齊天，德被蒼生，故人神美之愛之。最後謂登皇位而隆帝業也。天命有集，然其高讓遠退，群臣固請，方祭祀上天，巡幸帝室，安寧天下，惠及臣民，蠻夷來歸，帝業隆崇，超越前代也。

臣雲頓首頓首、死罪死罪。臣以鄙倍，文武無施，忝寵本朝，承乏下位①。而臣遘愍，自西徂東②。行邁攸止，路經泗水，伏見史臣班固撰〔一〕録聖功，竊承陛下扶桑始照，天暉未融之日，嘗臨御此川③。於是即命舟人，弭檝水沚，瞻仰山川，舊物不替，永惟聖輝，罔識所憑，遠眺邇企〔二〕，感物興哀，終懷靡及，拊〔三〕心遐慕④。臣命違千載之運，身生四百之外⑤。恨不得役力聖明之鑒，寓目風塵之會⑥。揮戈前隊，待罪下軍⑦。抽鋒咸陽之關，提鉞項籍之領⑧。痛心自悼，不知所裁⑨。行役之臣，牽制朝憲⑩。雖懷彷徨，王事靡盬〔四〕⑪。肅將言邁，實銜罔極⑫。臣聞遊魂變化，神道無方⑬。雖聖靈登遐，降陟在天⑭。連光五精，流輝太一⑮。或冀神輿降觀，薄狩〔五〕五服⑯。時邁玉輅，言巡兹邑⑰。是以下臣仰瞻紫宫，俯要恍惚，愚情振蕩，靡審所如，不勝延頸紫微，結心閶闔之情⑱。謹住水濱，拜章陳愚，臣雲誠惶誠恐，頓首頓首，死罪死罪。臣〔六〕稽首以聞⑲。

【校勘】

〔一〕『撰』，《西晉文紀》卷十六作『操』。

〔二〕『企』，《諸家文集》本、《四部叢刊》本、鄧邦述校本、陳仲魚校本作『全』《百三家集》本、《七十二家集》本、《西晉文紀》卷十六、《四部備要》本作『念』，皆誤。

〔三〕『拊』，《文集》、叢書堂鈔本、《西晉文紀》卷十六、《四部叢刊》本、鄧邦述校本作『俯』，形近而誤。《百三家集》本、《七十二家集》本作『拊』，今據改。

〔四〕『盬』，《四部叢刊》本作『監』，形近而誤。

〔五〕『狩』，《文集》、叢書堂鈔本、《四部叢刊》本、鄧邦述校本、陳仲魚校本作『猗』，形近而誤。《西晉文紀》卷十六、《百三家集》本、《七十二家集》本、影鈔宋本作『狩』，今據改。

〔六〕『臣』，《西晉文紀》卷十六、《百三家集》本、《七十二家集》本無此字。

【注釋】

① 鄙倍，爲人所輕視，謂淺陋之至。《論語・泰伯》：『君子所貴乎道者三：動容貌，斯遠暴慢矣；正顏色，斯信矣；出辭氣，斯遠鄙倍矣。』無施，無所用也。《增韻》：『施，用也。』忝，猶辱没。《説文》：『忝，辱也。』承乏，謙詞，謂受官空缺之位。《左傳・成公二年》：『敢告不敏，攝官承乏。』杜預注：『言欲以己不敏，攝承空乏，從君俱還。』承，猶奉命。《説文》：『承，奉也。』

② 遘愍，遭憂。班固《幽通賦》：『巨滔天而泯夏兮，考遘愍以行謡。』應劭注：『遘，遇也。愍，憂也。』此乃指吴滅而家亡。徂，《爾雅・釋詁》：『往也。』

③ 行邁，遠行。《詩・王風・黍離》：『行邁靡靡，中心摇摇。』毛詩傳：『邁，行也。』攸，《爾雅・釋言》：『所也。』扶桑，東方日出之木。《淮南子・道應訓》：『扶桑受謝，日炤宇宙。』許慎注：『扶桑，日所出之木也。』後以之代指日。扶桑始照，謂初登帝位。天暉未融，謂天子之光輝尚未朗明。《詩・大雅・既醉》：『昭明有融，高朗令終。』毛詩傳：『融，長朗明也。』臨御，猶莅臨也。《廣韻》：『御，進也。』

④ 弭檝，止楫，謂船行止也。《玉篇》：『弭，止也。』《廣韻》：『檝，同楫。』水沚，水中小洲。《爾雅・釋水》：『小渚曰沚。』不替，不變。《孔子家語・致思》：『百乘之家，有争臣三人，則禄位不替。』《玉篇》：『替，

廢也。』永惟聖輝，謂聖主之輝長存。王引之《經傳釋詞》卷三：『薛綜注《東京賦》曰：惟，有也。』《說文》：『永，水長也。』罔，猶無，不也。《爾雅・釋言》：『罔，無也。』所憑，所依託。《廣韻》：『憑，憑託。』邇企，企邇，瞻望近處。《說文》：『邇，近也。』又『企，舉踵望也』。終懷靡及，終懷之而不可及也。《詩・小雅・皇皇者華》：『駪駪征夫，每懷靡及。』鄭玄箋：『懷，和也。』拊心，捶胸。《爾雅・釋訓》：『擗，拊心也。』郭璞注：『謂椎胸也。』遐慕，遠慕。《說文》：『遐，遠也。』

⑤ 違千載之運，謂未及千年難逢之機運。《正韻》：『違，去之也。』身生四百之外，謂身生於四百年之後也。漢於公元前二〇六年立國，至陸雲作此頌已四百八十餘年，故曰『四百之外』。

⑥ 役力，謂效力征戰。《說文》：『役，戍邊也。』聖明之鑒，謂明鑒之聖君。杜光庭《賀雅川進白鵲表》：『輒陳歌頌之詞，上浼聖明之鑒。』寓目，猶目睹。《左傳・僖公二十八年》：『君馮軾而觀之，得臣與寓目焉。』杜預注：『寓，寄也。』風塵，喻征戰。荀悅《後漢紀・孝獻皇帝紀》：『寇奔北，未嘗接風塵，交旗鼓也。』風塵之會，猶言風雲際會。

⑦ 待罪，乃任職之卑稱。荀悅《前漢紀・孝文皇帝紀》：『陛下不知臣駑下，使臣待罪宰相。』此二句言舉戈而爲王前驅，任職於下軍之中。

⑧ 鋒，兵刃。《釋名・釋兵》：『刀，到也。其末曰鋒，言若鋒刺之毒利也。』鉞，斧也。《廣韻》：『鉞，同戉。《說文》曰：大斧也。』抽鋒、提鉞，皆謂手持兵器。領，代指首級。《說文》：『領，項也。』此二句言舉刃向咸陽函谷之關，提斧取項羽之首。

⑨ 自悼，自傷。《廣韻》：『悼，傷也。』不知所裁，謂不知所之也。陸機《謝平原内史表》：『拜受祇竦，莫知所裁。』善注：『陳蕃上疏曰：臣誠悼心，不知所裁。』翰注：『裁，制也。』此二句言痛心傷悼，不知所之。

謂未及高祖時代風雲之會，不能建立功業，故傷悼而惘然也。

⑩ 朝憲，朝廷法令。《玉篇》：『憲，法也，制也。』

⑪ 彷徨，徘徊不忍離去。《玉篇》：『彷徨，不忍去。』王事匪盬，王事沒有止息。《詩·唐風·鴇羽》：『王事靡盬，不能蓺稷黍，父母何怙。』謂徘徊不忍離去，然身負王事，不得不離去。

⑫ 肅將，將敬之。《書·泰誓上》：『肅將天威，大勳未集。』《廣韻》：『肅，敬也。』言邁，我行也。《詩·邶風·泉水》：『載脂載舝，還車言邁。』毛詩傳：『脂舝其車以還，我行也。』《爾雅·釋詁》：『言，我也。』銜，同銜。《六書正譌》：『銜，俗銜字。』銜，含也。《正字通》：『凡口含物曰銜。』罔極，猶言無盡。《詩·小雅·蓼莪》：『欲報之德，昊天罔極。』《爾雅·釋言》：『罔，無也。』《廣韻》：『極，窮也。』

⑬ 神道無方，謂神靈之道變化無有常則。唐太宗《捨舊宅造興聖寺詔》：『庶神道無方，微仲凱風之思。』

⑭ 登遐，謂死亡之諱稱，後死亡或成仙亦謂登遐。見上注。降陟在天，謂神靈升降於天。《説文》：『陟，登也。』

⑮ 五精，五星之神。張衡《東京賦》：『辨方位而正則，五精帥而來摧。』薛綜注：『五精，五方星也。』太一，居於太微之神。《淮南子·天文訓》：『太微者，太一之庭也。』許慎注：『太一，天神也。』

⑯ 薄狩，狩獵。張衡《東京賦》：『薄狩于敖，既璅璅焉。』濟注：『蒐、狩，皆獵也。』薄，語助詞。《詩·周南·芣苢》：『采采芣苢，薄言采之。』鄭玄箋：『薄，辭也。』《爾雅·釋天》：『春獵爲蒐，夏獵爲苗，秋獵爲獮，冬獵爲狩。』此引申爲出巡。五服，猶天下也。《書·益稷》：『弼成五服，至於五千州十有二師。』孔安國傳：『五服，侯甸綏要荒服也。服，五百里，四方相距爲方五千里。』

⑰ 時邁，以時巡行。《詩・周頌・時邁》：『時邁其邦，昊天其子之實。』毛詩傳：『邁，行。』鄭玄箋：『武王既定天下，時出行其邦國，謂巡守也。』玉輅，天子之車。《釋名・釋車》：『天子所乘曰玉輅，以玉飾車也。輅，亦車也。』

⑱ 紫宮，天神所居也。《淮南子・天文訓》：『紫宮者，太一之居也。』俯要，俯而會之。《博雅》：『要，約也。』恍惚，不明貌。王巾《頭陀寺碑文》：『惟怳惟惚，不皦不昧，莫繫於去來，復歸於無物。』善注：『王弼曰：怳惚，無形不繫之貌也。』向注：『怳惚，不明貌。』怳惚，一作恍惚。振蕩，情感激蕩。曹植《洛神賦》：『余情悦其淑美兮，心振蕩而不怡。』翰注：『悦其美恐不見眷，故心振動不樂。』靡審所如，不知所往也。《玉篇》：『靡，無也。』《説文》：『審，悉也。』延頸，形容盼望之殷切。《荀子・榮辱》：『小人莫不延頸舉踵而願曰：知慮材性，固有以賢人矣。』紫微，北辰第七星。後稱大帝宮殿爲紫微，亦可指天子宮殿。陸機《答賈謐》：『往踐蕃朝，來步紫微。』向注：『紫微，天子宮也。』閶闔，天門。《楚辭・離騷》：『吾令帝閽開關兮，倚閶闔而望予。』王逸注：『閶闔，天門也。』此六句言因此下臣瞻望天神之所居，俯會恍惚之神靈，愚昧之情激蕩，不知所往，不堪仰慕紫宮、繫心天門之情也。謂對盛漢之景慕嚮往。

⑲ 稽首，首至地，臣事君之禮。此六句言停留泗水之濱，拜呈奏章，陳述愚昧之情，心存惶恐，冒死恭敬拜聞皇上也。

此段言其對高祖盛世嚮往之情。首先述其臨泗水之原因。臣鄙陋之極，承下位而負王事，經泗水而追思聖功，慮皇上即位，聖輝未朗，而浮想聯翩。其次叙其物是人非，瞻仰罔極之情。停舟感物，不知所之，而撫膺追慕，感慨生未逢時，不能效力聖主，際會風雲，而建立功業，故痛心傷感，然王事在身，不得不離去而思之無極。最後抒發渴望重見盛主神靈之仰慕。聖靈在天，輝光朗照，冀神輿降臨，巡視天下，然只能仰望紫宫，繫心天門，恍惚而不知所之。追思高祖，企望盛朝，既有盛世之渴望，亦含有建功立業之理想。亦蘊含惠帝即位之初政治局勢的隱憂。

臣雲言：臣聞歌詠所以宣成功之烈，詩頌所以美盛德之容①。是以聞其聲，則重華之道彌新；存其操，則文王之容可睹②。永惟陛下聖德豐化，比隆前代；元勳茂功，超蹤在昔③。故詩歌之所依詠，金石之所揄揚者也④。臣謹上《盛德頌》一篇，雖不足以仰度天高，伏測地厚，貴獻狂夫區區之情⑤。臣雲云云。晉太子舍人臣陸雲上。

【注釋】

① 宣，猶顯明。《廣韻》：『宣，布也，明也。』烈，功業。《爾雅·釋詁》：『烈，業也。』此二句言歌詠用來宣揚成功之業，詩頌用來讚美盛德之容。

② 重華，古舜帝。《書·舜典》：『古帝舜曰重華，協於帝。』孔安國傳：『華，謂文德。言其光又重合於堯，俱聖明。』舜，乃黃帝之後裔。《大戴禮記·帝繫》：『黃帝産昌意，昌意産高陽，是爲帝顓頊，顓頊産窮蟬，窮蟬産敬康，敬康産句芒，句芒産蟜牛，蟜牛産瞽叟，瞽叟産重華，是爲帝舜。』操，猶曲也。《後漢書·曹褒傳》：『歌詩曲操，以俟君子。』李賢注：『操，猶曲也。劉向《別録》曰：君子因雅琴之適，故從容以致思焉。其道閉塞悲愁而作者，名其曲曰操，言遇災害不失其操也。』文王，姓姬名昌，其父季歷乃公劉十三世之子孫。原爲殷時諸侯，居岐山之下，爲西方諸侯之長，稱西伯。遷都于豐，其子武王起兵伐紂，滅殷而建立

周朝。事見《竹書紀年》卷下、《史記・周紀》。睹，同覩。《玉篇》：『睹，古文覩。』《説文》：『覩，見也。』以上謂歌詩音樂之功能。

③陛下，指晉惠帝。豐化，猶大化。《玉篇》：『豐，大也。』大化，謂造化萬物也。《荀子・天論》：『陰陽大化，風雨博施。』楊倞注：『大化，謂寒暑變化萬物也。』比隆前代，比肩前代盛世。劉向《新序・善謀下》：『陛下都雒陽，豈欲與周室比隆哉。』《玉篇》：『隆，盛也。』元勳茂功，謂帝業之盛也。《説文》：『勳，能成王功也。』超蹤在昔，謂超越前代。《玉篇》：『蹤，迹也。』

④揄揚，猶宣揚。班固《兩都賦序》：『雍容揄揚，著於後嗣，亦雅頌之亞也。』善注：『《説文》：揄，引也。孔安國《尚書傳》曰：揚，舉也。』

⑤不足以仰度天高，伏測地厚，謂高祖功業上比天高，不可度之，下比地厚，難以測之。狂夫，淺陋愚鈍之人。《詩・齊風・東方未明》：『折柳樊圃，狂夫瞿瞿。』區區，細小貌。《公羊傳・宣公十四年》：『以區區之宋，猶有不欺人之臣，可以楚而無乎？』何休注：『區區，小貌。』

此段言其作頌之目的。一是借詩頌宣揚成功之帝業，讚美盛德之形容；二是揄揚晉君之聖德，帝業之隆盛。以上是隨頌所上之奏表。

於皇漢祖，纂胄有唐[1]。平章在昔，文思百王[2]。丹輝栖列，火精幽光[3]。爰茲聖緒，頹維弛綱[4]。靈曜熠爍，隮景扶桑[5]。則天未墜，重規旻蒼[6]。其規伊何，横乾作峻[7]。厥德不回，矩地能順[8]。憑河拓景，襄岳殷韻[9]。龍章景〔一〕偉，虎質碩變[10]。有秦不競，罔極黔首[11]。震驚予師，思虔神主⑫。上帝曰咨，天鑒有赫⑬。乃眷〔二〕伊漢，此惟予宅⑭。明明聖皇，既受帝祉⑮。雲騰下邑，風駭泗水⑯。仰鏡天文，五緯同晷⑰；俯察雲符，神母爰止⑱。思文聖王，克廣克遐⑲。威淩群桀，德潤諸華⑳。爰祀天人，天人攸嘉㉑。爰輯蒸徒，蒸徒所和〔三〕㉒。既和既順，乃矢德音㉓。

【校勘】

〔一〕『景』，《百三家集》本、《七十二家集》本、《四部備要》本作『炯』。

〔二〕『眷』，《西晉文紀》卷十六作『鑒』。

〔三〕『爰輯蒸徒，蒸徒所和』，脱衍情況比較複雜。《文集》、叢書堂鈔本、《四部叢刊》本、鄧邦述校本、陳仲魚校本作『爰輯蒸徒，所和既和』，語意扞格。《西晉文紀》卷十六、《百三家集》本、《七十二家集》本作『爰輯蒸徒，蒸徒所和』。考其文意，《文集》在『所和』之前乃脱『蒸徒』。而『既和』二字，又是因後文而衍。故斟酌句意，兼顧版本校改。

【注釋】

①於皇，歎美之詞。《詩·周頌·武》：『於皇武王，無競維烈。』鄭玄箋：『皇，君也。於乎，君哉。』纂胄，後裔繼嗣之。庾信《周兗州刺史廣饒公宇文公神道碑》：『公侯復始，鐘鼎逾繁，承基纂胄，建國開藩。』有唐，堯也。荀悦《前漢紀·高祖皇帝紀》：『漢興，繼堯之胄。』見上注。此二句言美乎君哉，漢之高祖，乃

唐堯後裔。

②平章在昔，謂昔之唐堯辨別彰明百官。文思百王，文治聖德遠著百王。《書·堯典》：『昔在帝堯，聰明文思，光宅天下。……九族既睦，平章百姓。』孔安國傳：『言聖德之遠著。……百姓，百官。言化九族而平和章明。』孔穎達疏：『昔，古也。』

③丹輝，指日月星辰。棲列，猶置陳。堯置衆官以司日月星辰，故曰丹輝棲列。《書·堯典》：『乃命羲和，欽若昊天，歷象日月星辰，敬授人時。分命羲仲，宅嵎夷，曰暘谷，寅賓出日，平秩東作。日中，星鳥，以殷仲春。厥民析，鳥獸孳尾。申命羲叔，宅南交。平秩南訛，敬致。日永，星火，以正仲夏。厥民因，鳥獸希革。分命和仲，宅西，曰昧谷。寅餞納日，平秩西成。宵中，星虚，以殷仲秋。厥民夷，鳥獸毛毨。申命和叔，宅朔方，曰幽都。平在朔易。日短，星昴，以正仲冬。厥民隩，鳥獸氄毛。』火精，謂日也。《晉書·天文志上》：『夫日，火之精也。』火精幽光，謂日照幽暗而使光輝也。

④爰兹，於此。陸機《答賈長淵》：『爰兹有魏，即宫天邑。』向注：『爰，於。言於此有魏，就居於天中之邑都也。』聖緒，聖人之遺業。《爾雅·釋詁》：『業，緒也。』頹維弛綱，謂綱紀墜落鬆弛。頹，同隤。《集韻》：『隤，《説文》：下墜也。或作頹。』此二句謂秦不能繼承先聖遺業，維綱頹弛也。

⑤靈曜，天光也。蔡邕《陳太丘碑文》：『稟嶽瀆之精，苞靈曜之純。』善注：『靈曜，謂天也。』翰注：『靈曜，謂天地也。』熠爍，光芒盛也。見上注。隮景，謂日之升也。《玉篇》：『隮，登也，升也。』《説文》：『景，光也。』扶桑，東方日出之木。《淮南子·道應訓》：『扶桑受謝，日炤宇宙。』許慎注：『扶桑，日所出之木也。』後代指東方。陸機《日出東南隅行》：『扶桑升朝暉，照此高臺端。』此二句以日升扶桑，天光熠爍，喻高祖也。

⑥則天，謂法天之道。《爾雅・釋詁》：『則，常也。』重規，猶重圓，指日月俱圓。成公綏《天地賦》：『星辰焕列，日月重規。』旻蒼，天。楊炎《鳳翔出師紀聖功頌》：『旻蒼降鑒，錫命於予。』《爾雅・釋天》：『春爲蒼天，秋爲旻天。』此二句言法天之道未墜，天之日月重圓。

⑦伊何，惟何，猶如何。《詩・小雅・巧言》：『既微且尰，爾勇伊何。』鄭玄箋：『伊何，何所能也。』横，通衡。賈誼《過秦論》：『外連衡而鬥諸侯。』善注：『文穎曰：關西爲横，衡音横。』衡，猶準則。《荀子・王制》：『公平者，職之衡也。』此二句言高祖法天如何？以乾爲則，所作高峻偉岸。

⑧厥德不回，謂其德不違於天也。《詩・大雅・大明》：『厥德不回，以受方國。』毛詩傳：『回，違也。』矩地能順，謂法地而順其勢。張衡《東京賦》：『規天矩地，授時順鄉。』薛綜注：『謂宫室之飾圓者，象天；方者，則地也。』善注：『《大戴禮》曰：明堂者上圓下方。范子曰：天者陽也，規也；地者陰也，矩也。《三輔黄圖》曰：明堂方象地，圓象天。又曰：明堂順四時行令也。』《玉篇》：『圓曰規，方曰矩。』此二句言德不違於天，以地爲則，順其勢也。

⑨拓景，猶言廣大。《廣雅》：『拓，開也。』《説文》：『景，大也。』襄岳，猶襄陵，登上山岳。《書・堯典》：『蕩蕩懷山襄陵，浩浩滔天。』孔安國傳：『襄，上也。』殷韻，猶言中和。《爾雅・釋言》：『殷，中也。』《説文》：『韻，和也。』此二句言依黄河而廣大，陵山岳而中和。

⑩龍章，喻色彩繁盛。《世説新語・賞譽》：『顧彦先，八音之琴瑟，五色之龍章。』虎質，喻氣勢雄偉。《爾雅・釋詁》：『質，成也。』碩，《爾雅・釋詁》：『大也。』此二句言色彩繁盛而寬廣偉岸，氣勢雄偉而富有變化。以上八句言西京宫殿之雄偉壯觀。

⑪不競，猶衰微。《左傳・襄公十八年》：『又歌南風，南風不競，多死聲，楚必無功。』杜預注：『南風

音微，故曰不競也。』罔極，不得中正之道。《詩·大雅·民勞》：『無縱詭隨，以謹罔極。式遏寇虐，無俾作慝。』鄭玄箋：『罔，無。極，中也。無中所行，不得中正。』黔首，百姓。《經典釋文》卷十三：『黔，黑也。黑首，謂民也。秦謂民爲黔首。』此二句言秦皇衰微，百姓不得中正之道。謂受其酷虐也。

⑫ 思虔，思敬之。庾信《周祀圓丘歌·皇夏》：『思虔肅肅，致敬繩繩。』神主，天地神祇之主。《書·咸有一德》：『眷求一德，俾作神主。』孔安國傳：『天求一德，使代桀爲天地神祇之主。』此二句高祖思敬天地神祇之主，起兵威震，驚怖于秦。

⑬ 上帝曰咨，謂上帝咨嗟歎美之。《書·堯典》：『帝曰咨。』孔安國傳：『咨，嗟。』天鑒，天視之。《書·太甲上》：『天監厥德，用集大命，撫綏萬方。』孔安國傳：『監，視也。』監，通鑒。有赫，赫然甚明。《詩·大雅·皇矣》：『皇矣上帝，臨下有赫。監觀四方，求民之莫。』鄭玄箋：『天之視天下，赫然甚明。』此二句言上天視其德赫然甚明，咨嗟歎美之。

⑭ 乃眷伊漢，此惟予宅，謂上天乃眷顧是漢，惟以此天下爲其居也。《詩·大雅·皇矣》：『乃眷西顧，此維與宅。』毛詩傳：『眷，顧。宅，居也。』鄭玄箋：『乃眷然運視西顧，見文王之德而與之居，言天意常在文王。』此二句言上天眷顧是漢也。

⑮ 明明，光明如日。《詩·小雅·小明》：『明明上天，照臨下土。』鄭玄箋：『明明上天，喻王者當光明如日之中也，照臨下土。』帝祉，天賜之福。《詩·大雅·皇矣》：『既受帝祉，施于孫子。』毛詩傳：『帝，天也。祉，福也。』此二句言聖皇之德如日照臨，既受上天所賜之福祉。

⑯ 邑，《説文》：『國也。』此二句言如雲飛騰于下國，風驚起于泗水。

⑰ 鏡，《玉篇》：『鑒也。』五緯，五星。張衡《西京賦》：『自我高祖之始入也，五緯相汁，以旅于東井。』

薛綜注：『五緯，五星也。』善注：『《漢書》曰：漢元年十月，五星聚于東井，沛公至灞上。』晷，《説文》：『日景也。』引申爲光明。此二句言上鑒於天文，則五星同聚而光明也。

⑱ 雲符，祥雲符瑞。見上注。神母，乃因高祖斬蛇而哭之老嫗。見上注。爰止，於是至之。《詩·小雅·采芑》：『鴥彼飛隼，其飛戾天，亦集爰止。』鄭玄箋：『爰，於也。』此二句言下察而有祥雲瑞符，老嫗亦至之而哭也。

⑲ 思文，追思文德。見上注。克，《爾雅·釋言》：『能也。』此二句言追思聖王之文德，其德能廣被遐邇。

⑳ 淩，通陵，超越。朱駿聲《説文通訓定聲》：『夌，經傳多以陵、以淩、以凌爲之。』諸華，中原。《左傳·襄公四年》：『而楚伐陳，必弗能救是棄陳也，諸華必叛。』杜預注：『諸華，中國。』此二句言嚴威超越群桀，文德潤澤中原。

㉑ 攸嘉，所美之也。《玉篇》：『攸，所也。』又『嘉，美也』。此二句言於是祭祀天人，則天人所美之。

㉒ 輯，安定，和睦。《正韻》：『輯，睦也。』蒸徒，衆人。左思《魏都賦》：『習習冠蓋，莘莘蒸徒。』銑注：『蒸徒，人也。』此二句言於是衆人安定且和睦也。

㉓ 既和，既和諧也。《詩·商頌·那》：『既和且平，依我磬聲。』既順，既順其事。《詩·大雅·公劉》：『既順迺宣，而無永嘆。』鄭玄箋：『既順其事矣。』矢，猶言宣揚。《爾雅·釋詁》：『矢，陳也。』德音，道德聲聞。《詩·鄭風·有女同車》：『彼美孟姜，德音不忘。』此二句言衆人和諧，凡事順暢，乃宣揚高祖之道德聲聞也。

此段乃頌高祖于秦末際會風雲乘勢而起也。首先追溯漢高祖之淵源，乃唐堯後裔，堯辨彰百官，德著百王，設置衆官，以司日月，故光照天下，其次叙述秦末聖業墜落，綱紀弛懈，高祖如日初升，使天道未墜，日月重輝。其宫殿也，不違天命，則天圓而高峻，法地方而順勢，憑黄河而闊大，陵山嶽而中和，輝煌宏偉，氣象萬千；其起兵也，乘秦衰微百姓水火之際，受天命，敬神祇，風雲泗水，上感於天，五星輝光，下顯瑞符，斬蛇而起；其德音也，追思聖王文德，威震群桀，德澤天下，故天人美之，衆生和順，而宣揚其道德聲聞也。

豐沛之旅，其會如林①。朱旗虹超，彤旆電尋②。推師蕭曹，撫劒高唫〔一〕③。元戎薄伐，時罔不龕④。凌波川潰，肆野陸沉⑤。咸陽克殄，既係秦后⑥。峩峩阿房，乃清帝宇⑦。穆穆聖皇，天保攸定⑧。有項畔换〔二〕，不式王命⑨。王命〔三〕既愆，黜我西土，於鑠王師，遵時匪怒⑩。爰赫乘疊，席卷三夏⑪。嘽嘽戎軒，矯矯乘馬⑫。燮〔四〕伐强楚，至于垓下⑬。天誅薄曜，暴籍授首⑭。

【校勘】

〔一〕『唫』，《西晉文紀》卷十六、《百三家集》本、《四部叢刊》本、鄧邦述校本、陳仲魚校本作『吟』，古二字同。《玉篇》：『唫，亦古吟字。』

〔二〕『畔换』，《西晉文紀》卷十六、《經濟類編》卷三作『畔涣』，古二詞同。

〔三〕『王命』，《文集》、影鈔宋本、《四部叢刊》本、鄧邦述校本、陳仲魚校本脱。影鈔宋本校曰：『「既愆」句有脱句，或即重上「王命」二字。』此據《西晉文紀》卷十六、《百三家集》本校補。

〔四〕『燮』，《西晉文紀》卷十六作『爕』，古二字同。《字彙》：『爕，俗燮字。』

【注釋】

①豐沛之旅，其會如林，謂起兵於豐沛，兵合如林之衆也。《詩·大雅·大明》：『殷商之旅，其會如林。』毛詩傳：『旅，衆也。』鄭玄箋：『殷盛合其兵衆，陳於商郊之牧野。』

②斾，同旆，旗也。《正字通》：『斾，俗旆字。』《廣韻》：『旆，旗也。』此二句言紅旗豔超虹霓，飄如閃電。按：傳高祖乃赤帝子，尚赤，故旗皆赤。《史記·高祖本紀》：『乃立季爲沛公，祠黄帝，祭蚩尤於沛庭，而釁鼓，旗幟皆赤。由所殺蛇白帝子，殺者赤帝子，故上赤。』

③推師，奉爲師。《增韻》：『推，奉也。』蕭，曹，指蕭何、曹參，高祖重要謀士，《史記》有傳。撫劍高吟，擊劍高歌。按：《史記·高祖本紀》：漢十二年十月，『高祖還歸，過沛，留。置酒沛宫，悉召故人父老子弟縱酒，發沛中兒得百二十人，教之歌。酒酣，高祖擊筑，自爲歌詩曰：大風起兮雲飛揚，威加海内兮歸故鄉，安得猛士兮守四方！』然此事非討伐楚王，蓋士龍誤記。此二句言奉蕭、曹爲師，擊劍而高歌。

④元戎，兵車。《詩·小雅·六月》：『元戎十乘，以先啓行。』毛詩傳：『元，大也。』孔穎達疏：『戎車十乘，以在軍先，欲以啓敵陳之前行。』薄伐，猶伐也。《詩·小雅·出車》：『赫赫南仲，薄伐西戎。』王引之《經傳釋詞》卷十：『薄，發聲也。』罔，《爾雅·釋言》：『無也。』龕，通戡，平定。《廣雅·釋詁》：『龕，取也。』朱駿聲《説文通訓定聲》：『龕，假借爲戡。』此二句言兵車伐之，無時不克。

⑤肆，猶伐也。《詩·大雅·皇矣》：『是伐是肆，是絶是忽。』鄭玄箋：『肆，犯突也。』陸沉，無水而沉没。《莊子·徐無鬼》：『方且與世違，而心不屑與之俱，是陸沉者也。』郭象注：『人中隱者，譬無水而沉也。』此二句言陵於波而河川潰散，伐於野而陸野沉没。謂無堅不摧。

⑥殄，盡滅。《説文》：『殄，盡也，一曰絶也。』係，縛。《説文》：『係，繫束也。』《集韻》：『係，縛也。』

后，君。見上注。《高祖本紀》：『漢元年十月，沛公兵遂先諸侯至霸上。秦王子嬰素車白馬，係頸以組，封皇帝璽符節，降軹道旁。』蓋言此事也。此二句言既縛秦君，咸陽盡滅。

⑦ 峩峩，高聳貌。《列子·湯問》：『伯牙鼓琴，志在登高山。鍾子期曰：善哉！峩峩兮若泰山。』阿房，秦宮殿名。杜牧有《阿房宮賦》。此二句言乃清其帝宇，惟有高聳之阿房。謂宮殿存而秦滅。

⑧ 穆穆，美也。《詩·大雅·文王》：『穆穆文王，於緝熙敬止。』毛詩傳：『穆穆，美也。』天保攸定，天所安定。《詩·小雅·天保》：『天保定爾，亦孔之固。』鄭玄箋：『保，安。』《爾雅·釋言》：『攸，所也。』此二句言美哉聖君，天之所安定也。

⑨ 畔換，猶言跋扈。《漢書·叙傳》：『項氏畔換，黜我巴漢。』師古曰：『畔換，强恣之貌，猶言跋扈也。』《詩·大雅·皇矣》篇曰：無然畔換。』又《文選·述高帝紀》善注：『韋昭曰：畔換，跋扈也。』銑注：『畔換，反易也。』後作畔渙。李白《明堂賦》：『於是橫八荒，漂九陽，掃畔渙，開混茫。』蕭士贇注：『畔渙，强恣之貌。』不式王命，謂不聽王之教令。孫楚《爲石仲容與孫皓書》：『若悔慢不式王命，然後謀力雲合，指麾風從。』濟注：『式，用也。命，教令也。』此二句言項羽專横暴戾，不遵王命。

⑩ 既愆，既已過錯，此謂不遵王命。《詩·大雅·蕩》：『既愆爾止，靡明靡晦。』鄭玄箋：『愆，過也。』黜，猶縱虐。《玉篇》：『黜，放也。』於鑠，歎美之詞。《詩·周頌·酌》：『於鑠王師，遵養時晦。』毛詩傳：『鑠，美。遵，率。』鄭玄箋：『於美乎，文王之用師，率殷之叛國以事紂，養是暗昧之君。』遵時，謂遵天時。王徽《野鶩賦》：『遵時弄音，假日於飛。』此四句言項羽不遵王命，縱虐西土，美哉王師之征，乃遵天時而非王怒也。

⑪ 爰赫，謂於是盛舉兵也。《詩·大雅·皇矣》：『王赫斯怒，爰整其旅。』《玉篇》：『赫，盛也。』乘疊，

謂趁將士憤怨項羽之罪而舉兵。班固《述高紀》：『戰士憤怨，乘舋而運，席捲三秦。』濟注：『言高祖乘戰士之怨隙，舉兵自蜀漢而來，破三秦如席捲也。』舋，同釁。五臣作釁。《玉篇》：『釁，罪也。』卷，同捲。見上注。《字彙》：『乘，趁也。又因也。』按：席捲三夏，當爲席捲三秦。三夏則意不可解。此二句言於是趁項羽之罪過而大舉兵馬，席捲三秦之地。

⑫嘽嘽戎軒，謂兵車盛也。《詩・小雅・采芑》：『戎車嘽嘽，嘽嘽焞焞，如霆如雷。』毛詩傳：『嘽嘽，衆也。』矯矯，威武貌。《詩・魯頌・泮水》：『矯矯虎臣，在泮獻馘。』鄭玄箋：『矯矯，武貌。』此二句言戎車盛多，戰馬威武。

⑬燮伐，謂協調諸侯而伐之。《詩・大雅・大明》：『篤生武王，保右命爾，燮伐大商。』毛詩傳：『燮，和也。』鄭玄箋：『天降氣於大姒，厚生聖子武王，安而助之，又遂命之爾使協和伐殷之事。』此二句言協調諸侯，討伐强暴之楚王，兵至垓下。

⑭誅，討伐。《説文》：『誅，討也。』薄曜，謂光輝照臨。《楚辭・九章・涉江》：『腥臊並御，芳不得薄兮。』王逸注：『薄，附也。』洪興祖補注：『薄，迫也。』此二句言天輝照臨而討伐之，暴虐項羽授其首矣。

此段讚頌高祖起兵伐楚而誅羽也。先言滅楚。沛公師旅如林，旗如虹電，以蕭、曹爲師，擊劍高歌而進，兵車所至，無所不克，滅咸陽，縛秦君，於是帝宇肅清也。後言取勝原因。天所安定聖皇，而項羽暴戾，不遵王命，肆虐西土，於是王舉師旅，協和諸侯，循時而動，兵車盛多，戰馬威武，士卒同怨，席捲三秦，而誅楚王也。

區夏既混，宇宙蒙乂①。肅肅帝居，巍巍神器②。有皇于登，是臨天位③。繡〔一〕文于裳，組華于黻④。明明天子，有穆其容⑤。至止鏘鏘〔二〕，相惟辟公⑥。宣聲路寢，發號紫宮⑦。頒此愷悌，以畜萬邦⑧。思樂皇慶，協于時雍⑨。琴瑟在御，大予舞功⑩。越裳〔三〕委贄，肅慎來王⑪。明明聖皇，闓國乘〔四〕制⑫。分圭胙〔五〕勞，河山命誓⑬。禮律克彰，典文垂藝⑭。有漢恢恢，疏罔不替⑮。聖功克明，九方孔安⑯。良宰内幹，武臣外閑⑰。漸澤冀域，沾彼〔六〕戎蠻⑱。連光太素，萬載不刊⑲。

【校勘】

〔一〕『繡』，《四部叢刊》本作『綉』。綉乃繡之訛，《正字通》：『繡，俗作綉，非。』

〔二〕『鏘鏘』，陸貽典校作『鏘鏗』。作『鏘鏘』，乃引《詩》之語典，似不誤。

〔三〕『裳』，《文集》、叢書堂鈔本作『嘗』，形近而誤。《西晉文紀》卷十六、《百三家集》本、《四部叢刊》本、鄧邦述校本、陳仲魚校本作『裳』，今據改。

〔四〕『闓』，《百三家集》本、《七十二家集》本、《經濟類編》卷三作『開』，古二字通。又『乘』，當作『垂』，或形近而誤。

〔五〕『胙』，《四部叢刊》本、鄧邦述校本、陳仲魚校本作『昨』，形近而誤。《百三家集》本、《七十二家集》本作『祚』，亦可通。

〔六〕『彼』，《西晉文紀》卷十六、《百三家集》本、《四部叢刊》本、鄧邦述校本、陳仲魚校本作『被』。

【注釋】

① 區夏，猶言華夏。班固《東京賦》：『且高既受命建家，造我區夏矣。』薛綜注：『區，區域也。夏，華夏也。言高祖受上天之命，建立國家，制造區夏，始爲政於我區域諸夏。』乂，安寧，大治。《爾雅·釋詁》：『乂，治也。』此二句言華夏既已融合，宇宙亦已安寧。

② 肅肅，嚴整貌。陸機《漢高祖功臣頌》：『肅肅荊王，董我三軍。』翰注：『肅肅，嚴整貌。』巍巍，高大貌。見上注。神器，天子玉璽，代指天子之位。張衡《東京賦》：『竊弄神器，歷載三六，偷安天位於時，烝民罔敢或貳，其取威也重矣。』薛綜：『神器，帝位也。』善注：『天下神器不可爲也，爲者敗之。韋昭《漢書注》曰：神器，天子璽也。』此二句言帝宮嚴整，帝位崇高。

③ 天位，天子之位。《書·太甲下》：『惟天無親，克敬惟親；民罔常懷，懷於有仁；鬼神無常享，享於克誠，天位艱哉。』孔安國傳：『言居天子之位難，以此三者。』此二句言皇帝即位，是臨天下也。

④ 繡文于裳，謂文繡於下裙也。《周禮·冬官考工記》：『青與赤謂之文，赤與白謂之章，白與黑謂之黼，黑與青謂之黻，五采備謂之繡。』鄭玄注：『此言刺繡采所用，繡以爲裳。』裳，下衣。《説文》：『常，下帬也。從巾，裳，或從衣。』組華于黻，謂畫文繡於黻黼也。組，冕纓。《説文》：『組，綬屬其小者以爲冕纓。』華，畫也。《禮記·檀弓上》：『華而睆大夫之簀與？』鄭玄注：『華，畫也。』此二句謂天子之朝服華美也。

⑤ 明明，光明如日。見上注。穆，猶穆穆，美也。見上注。此二句言天子光明如日月，其容止威儀亦美也。

⑥ 至止，來，謂大臣來朝也。《詩·秦風·終南》：『君子至止，錦衣狐裘。』鄭玄箋：『至止者，受命服於天子而來也。』鏘鏘，鸞鈴和鳴之聲。《詩·大雅·烝民》：『四牡彭彭，八鸞鏘鏘。』鄭玄箋：『鏘鏘，鳴聲。

言其盛也。』相惟辟公，謂輔佐王者惟百官公卿也。《詩・周頌・雝》：『相維辟公，天子穆穆。』毛詩傳：『相，助。』鄭玄箋：『乃助王禘祭，百辟與諸侯也。』《廣韻》：『辟，君也。』此二句謂百官公卿威儀亦盛，來朝輔佐高祖。

⑦ 路寢，正寢，此指宗廟。《詩・魯頌・閟宮》：『松桷有舄，路寢孔碩。新廟奕奕，奚斯所作。』毛詩傳：『路寢，正寢也。』鄭玄箋：『僖公承衰廢之政，修周公伯禽之教，故治正寢，上新姜嫄之廟。』紫宮，天神所居，此指天子所居。見上注。此二句言宣聲教於宗廟，發號令於皇宮。

⑧ 愷悌，猶和樂。《左傳・閔公十二年》：『詩曰：愷悌君子，神所勞矣。』杜預注：『《詩・大雅》：愷，樂也。悌，易也。言樂易君子爲神所勞來，故世祀也。』此《旱麓》之篇，亦作『豈弟』。後指政令寬仁。陸機《謝平原內史表》：『重蒙陛下愷悌之宥，迴霜收電，使不隕越。』善注：『《毛詩》曰：愷悌君子。杜預《左傳注》曰：宥，赦也。』以畜萬邦，謂以畜養邦國也。《詩・小雅・節南山》：『式訛爾心，以畜萬邦。』鄭玄箋：『畜，養也。』此二句言頒布寬仁之政，而畜養邦國。

⑨ 思樂，猶樂也。《詩・魯頌・泮水》：『思樂泮水，薄采其芹。』王引之《經傳釋詞》卷八：『思，發語詞也。』皇慶，猶言大善。《詩・大雅・皇矣》：『則篤其慶，載錫之光。』毛詩傳：『慶，善。』《説文》：『皇，大也。』協于時雍，謂協合是和。《書・堯典》：『百姓昭明，協和萬邦黎民，於變時雍。』孔安國傳：『協，合。時，是。雍，和也。言天下衆民皆變化化上，是以風俗大和。』此二句言民樂其善政，而協合於此和諧之世。

⑩ 琴瑟在御，謂治其樂器也。《詩・鄭風・女曰鷄鳴》：『琴瑟在御，莫不静好。』《玉篇》：『御，治也。』大予，或指樂官名，或指樂曲名。顔延年《三月三日曲水詩序》：『大予協樂，上庠肆教。』善注：『《東觀漢記》：孝明詔曰：正大樂官曰大予樂官。』良注：『大予，樂名。』此二句言樂官治其樂器，而歌舞頌其功德。

謂大興禮樂也。

⑪ 越裳，南方小國。《尚書大傳·大誥》：「交阯之南有越裳國。」委贄，獻其玉帛。《白虎通德論·文質》：「庶人之贄疋，童子委贄而退。」《玉篇》：「贄，執玉帛。」此謂進其貢品。肅慎，北夷小國。《書·周官》：「成王既伐，東夷肅慎來賀。」王，動詞，稱漢王，謂其臣服也。此二句言南方小國納貢，北方邊夷稱臣。

⑫ 闓國，開國。《説文》：「闓，開也。」《方言》卷六：「東齊開户謂之閻苫，楚謂之闓。」乘制，當作垂制，謂垂示法制。陸機《漢高祖功臣頌》：「體國垂制，上穆下親。」翰注：「能體國家輕重，以約法三章，使君臣上下和穆而相親也。垂，下也。制，法也。」此二句言聖皇如日月之明，開國體，垂憲制。

⑬ 分圭，賜圭爲笏，猶賜爵也。鮑照《放歌行》：「一言分珪爵，片善辭草萊。」善注：「《解嘲》曰：析人之珪，擔人之爵。」翰注：「珪，公侯所執者。」珪，同圭。《玉篇》：「珪，古圭字。」劉向《説苑·君道》：「成王與唐叔虞燕居，剪梧桐葉以爲珪，而授唐叔。虞曰：余以此封汝。唐叔虞喜，以告周公。周公以請曰：天子封虞耶？成王曰：余一與虞戲也。周公對曰：臣聞之，天子無戲言。言則史書之，工誦之，士稱之。於是遂封唐叔虞於晉。」此乃分圭之典。胙勞，謂以功封賞。《左傳·隱公八年》：「胙之土而命之氏。」杜預注：「報之以土而命氏曰陳。」此二句言賜爵封賞，命群臣對河山而誓之。

⑭ 禮律，禮樂。《廣韻》：「律，律吕也。」典文，典章制度。范曄《後漢書·儒林傳序》：「昔王莽、更始之際，天下散亂，禮樂分崩，典文殘落。」藝，文。《書·舜典》：「歸格于藝，祖用特。」孔安國傳：「藝，文也。」此二句言彰明禮樂之制，垂文典章制度。

⑮ 恢恢，甚大也。疏罔，法網雖疏而不失也。《老子》第十三章：「天網恢恢，疏而不失。」河上公注：「天所網羅，恢恢甚大，雖疏遠，司察人善惡，無有所失。」《廣韻》：「罔，同網。」替，廢棄，猶失也。《爾雅·釋

言》：「替，廢也。」此二句言漢之法網甚爲廣大，疏而不漏。

⑯ 九方，九隅，即九州也。《雲笈七籤・膽部章》：「九隅，九方也。」《楚辭・九懷・匡機》：「彌覽兮九隅，彷徨兮蘭宮。」王逸注：「歷觀九州，求英俊也。」孔安，甚安。《詩・商頌・殷武》：「旅楹有閑，寢成孔安。」《玉篇》：「孔，甚也。」此二句言聖主功業輝煌，天下甚安寧也。

⑰ 内幹，主事於内。《類篇》：「幹，能事也。」外閑，防禦於外。《廣韻》：「閑，防也，禦也。」此二句言良臣主持朝政，武將抵禦外侮。

⑱ 冀域，冀州之地，泛指九州。《廣韻》：「冀，九州名。」《爾雅》曰：「兩河間曰冀州。」戎蠻，泛指邊夷民族。《禮記・王制》：「西方曰戎。」《説文》：「蠻，南方夷也。」此二句言恩澤漸被於九州，而沾潤於戎夷。

⑲ 太素，原指構成宇宙的本初物質形態，此指天也。見上注。不刊，謂不可更改也。曹植《怨歌行》：「周公佐成王，金縢功不刊。」《廣雅・釋詁》：「刊，定也。」此二句言光輝齊天，萬載長存。

此段言高祖即位之後施政寬仁，制定禮樂，分封天下，而盛世興也。首先叙其一統天下。華夏統一，宇宙安寧，即帝位，臨天下，威儀美矣，百官備矣。其次述其治政之美。宣聲教，頒政令，興禮樂，定國體，邦國樂其瑞慶而協合和諧，戎夷思其寬仁而納貢稱臣，於是開國立體，分封賜爵。最後頌其盛世之興。彰明典制，制定法律，文臣主政，武將禦暴，故聖功輝煌，德澤廣被，而天下安寧，光輝齊天，垂範萬載也。

【集評】

[清]李兆洛輯《駢體文鈔》引譚復堂評曰：亦堅韌，亦嫖姚，直使孟堅變色。

足使仲宣變色，陳思却步。

祖考頌有序〔一〕

【題解】

此文乃頌祖遜、考抗之所作，結構與《盛德頌》近似。從主體内容上看，『序』和『頌』構成對應關係，都是按照追溯輝煌之家世——分述郡侯與武侯之才德、功業及其聲名爲基本綫索。然而細究之，用筆重點不同，結構亦有細微區别。『序』讚美二公由合而分，『頌』讚美二公則由分而合，結構不同。『序』讚美郡侯突出其際會風雲、文治武功，頌武侯則突出氣度、道德與風範，用筆重點不同。『頌』讚美郡侯在叙述其文治武功之前，先言其道德智慧；讚美武侯則重點叙述其繼承先祖之業而建立勳業；而將二公合頌時，又與歷史上之伊尹、韋平進行比較，不僅突出了其禄爵之高、功績之大與聲名之隆，而且也在更廣闊的歷史背景上，對二公進行了歷史定位，從而使『序』與『頌』又形成内容上的互補關係。頌郡侯重在突出在家世中衰之時重振家風，頌武侯則重在突出在家世鼎盛之時繼承基業，其著眼點亦有細微區别。

據《與兄平原書》第三〇書：『一日視伯喈《祖德頌》，亦以述作宜褒揚祖考爲先，聊復作此頌。今送之，願兄爲損益之。』此言『復作此頌』即爲《祖考頌》。又第一五書：『誨《歲暮》，如兄所誨，雲意亦如前啓。……《祖德頌》無大諫語耳，然靡靡清工，用辭緯澤，亦未易。恐兄未熟視之耳。』綜考之，陸雲作

《祖考頌》乃擬蔡邕之《祖德頌》，故送《祖考頌》予兄時，亦將《祖德頌》附送之，以供兄參閲對照。而送《祖德頌》予兄與送《歲暮賦》同時，由此可以推知《祖考頌》所作時間與《歲暮賦》差近。又據《歲暮賦》序可知，此賦作於永寧二年（三〇二）夏之後，則《祖考頌》亦當作於是年。

雲之世族，承黄虞之苗緒，裔靈根之遺芳①。用能枝播千條，穎振萬葉②。繁衍固於三代，饗祀存乎百世③。豈非皇慶之積祐，神明之殷祥者哉④！在周之衰，有嬀之後，將育于姜，而貞龜發鳴鳳之兆，周史表觀國〔二〕之繇⑤。故能光宇營丘，奄有東海⑥。支庶蕃廡，而胤祚昌大矣⑦。

【校勘】

〔一〕『有序』，《文集》、《四部叢刊》本及别本皆脱，今據《西晉文紀》卷十六校補。

〔二〕『觀國』，《諸家文集》本作『規國』，陸貽典校作『觀國』。

【注釋】

① 黄虞，黄帝、虞舜。苗緒，猶苗裔。此二句言陸氏世族承黄帝、舜之苗緒，繼神靈本根之遺芳。按：陸氏出自有嬀，有嬀乃陳胡公之後，陳胡公爲舜後，舜又出自黄帝，故言『承黄虞之苗緒』也。《史記·陳杞世家》：『陳胡公滿者，虞帝舜之後也。昔舜爲庶人時，堯妻之二女，居於嬀汭，其後因爲氏姓，姓嬀

氏。舜已崩，傳禹天下，而舜子商均爲封國。夏后之時，或失或續。至於周武王克殷紂，乃復求舜後，得嬀滿，封之于陳，以奉帝舜祀，是爲胡公。」又凌迪知《萬姓統譜》卷一百一十一：「陸，嬀姓，齊宣王封少子通字季達于平原般郡陸鄉，即陸終故地，因以氏焉。又望出吴郡。」

② 萬葉，萬世，喻子孫衆盛。《詩·頌·長發》：「昔在中葉，有震且業。」毛詩傳：「葉，世也。」此二句言因能枝揚千條，穎繁萬葉。喻支族繁茂，子孫衆盛。

③ 三代，夏殷周。《論語·衛靈公》：「斯民也，三代之所以直道而行也。」何晏《集解》：「馬融曰：三代夏殷周也。」饗祀，猶祭祀。張衡《東京賦》：「咸用紀宗存主，饗祀不輟。」薛綜注：「今廟不遷毁其主，各四時祭祀，無止絶時。」

④ 皇慶，猶言大善。《詩·大雅·皇矣》：「則篤其慶，載錫之光。」毛詩傳：「慶，善。」《説文》：「皇，大也。」積祐，謂積善而神助之。《廣韻》：「祐，神助。」殷祥，謂吉祥盛大。《廣韻》：「殷，大也。《説文》：作樂之盛稱殷。」

⑤ 在周之衰，《史記·陳杞世家》載：陳胡公卒後，雖代有嗣國者，然至陳桓公「病而亂作，國人分散」，故曰「在周之衰」。有嬀之後，將育于姜，謂陳姓之後將于齊姓。貞龜，占卜也。發鳴鳳之兆，謂卜辭顯示「鳳皇于飛，和鳴鏘鏘」之徵兆。觀國之繇，謂觀卦象而兆陳國之將盛也。《書·禹貢》：「厥草惟繇，厥木惟條。」孔安國傳：「繇，茂。」《左傳·莊公二十二年》：「初，懿氏卜妻敬仲，其妻占之曰：吉。是謂鳳皇于飛，和鳴鏘鏘。有嬀之後，將育于姜。五世其昌，並於正卿，八世之後，莫之與京。陳厲公，蔡出也，故蔡人殺五父而立之。生敬仲，其少也。周史有以《周易》見陳侯者，陳侯使筮之，遇觀䷓之否䷋曰：是謂觀國之光，利用賓于王，此其代陳有國乎？不在此，其在異國；非此其身，在其子孫，光遠而自他有耀者也。」杜預注：

『嫣，陳姓；姜，齊姓。』『有嫣之後』之後數句蓋言此也。此五句言周時陳國衰落，有嫣之後，至敬仲之妻姜氏，始見『鳴鳳』之徵兆，周代史官亦由此而言陳國必興也。

⑥光宇，光照宇内。《玉篇》：『宇，四方上下。』營丘，齊也，太公之封地。《禮記・檀弓上》：『太公封於營丘，比及五世，皆反葬於周。』鄭玄注：『齊太公受封留，爲大師，死葬於周，子孫生焉，不忍離也，五世之後乃葬於齊。齊曰營丘。』奄有東海，謂盡有東海之地。營丘在今淄博市，臨東海，故曰。按：《史記・陳杞世家》：舜之後，周武王封之陳，至楚惠王滅之；禹之後，周武王封之杞，楚惠王滅之；契之後爲殷，殷破，周封其後于宋，齊湣王滅之；后稷之後爲周，秦昭王滅之；皋陶之後，或封英、六，楚穆王滅之，無譜。伯夷之後，至周武王復封于齊，曰太公望。故太公望亦陸氏之先祖也，故言之。

⑦蕃廡，猶繁盛。張衡《東京賦》：『草木繁廡，鳥獸阜滋。』薛綜注：『蕃，滋也。廡，盛也。』胤祚，子孫之福祚。《廣韻》：『胤，繼也，嗣也。』《正韻》：『祚，福也。』此二句言宗庶之支條繁茂，而子孫福祚昌盛。

此段追溯輝煌之家世。出身世族，乃黄虞苗裔，枝葉繁盛，繁衍於三代，祭祀於百世，乃因神助積善之族，賜其祥盛。雖遭周代之衰，然自敬仲而興之。太公封于營丘，至此而後，支條繁茂，子孫昌盛也。

遭世多難，子孫蕩析，逐于南土①。烈祖丞相郡侯〔一〕、顯考大司馬武侯，明德叡哲，沉〔二〕雄特秀②。固上天所以繼迹前期，惠成〔三〕顧者也③。是以有吴雲興，而郡侯龍見④。遂風騰海堣，電斷荆楚⑤。運籌制勝，底定經略⑥。文德光宣，武功四克⑦。乃作台衡，以御于王政⑧。天綱〔四〕與先代比隆，義問〔五〕與前脩接響⑨。固所謂汪汪〔六〕浩浩，不世出者哉⑩！

【校勘】

〔一〕郡侯，《文集》及别本作『邵侯』，當爲郡侯之誤。考《三國志·吴·陸遜傳》，遜始封華亭侯，後進婁侯，曾破荆州，擒殺關羽，夷陵之戰，大敗劉備，拜遜輔國將軍，領荆州牧，改封江陵侯。吴赤烏七年（二四五），丞相顧雍卒，遜爲丞相。未見封邵侯之記載。稽之《吴故丞相陸公誄》：『吴故使持節、荆州牧、右都護、丞相、江陵郡侯陸公薨。』則可知『邵侯』或爲『郡侯』之誤，故逕改。下同，不出校。

〔二〕『沉』，《文集》、叢書堂鈔本、陳仲魚校本脱。《西晉文紀》卷十六、《百三家集》本、《四部叢刊》本作『沉』，今據改。又鄧邦述校本作『才』，亦可通。

〔三〕『惠成』，《四部備要》本作『惠成□』。

〔四〕『綱』，《文集》、叢書堂鈔本、《四部叢刊》本、鄧邦述校本、陳仲魚校本作『罔』，誤。《西晉文紀》卷十六、《百三家集》本、《七十二家集》本作『綱』，今據改。

〔五〕『問』，《四部叢刊》本作『間』，形近而誤。

〔六〕『汪汪』，《百三家集》本、《七十二家集》本、《諸家文集》本、《四部備要》本、鄧邦述校本作『汪洋』。

【注釋】

① 蕩析，流蕩分離。《書·盤庚下》：『我民用蕩析離居，罔有定極。』孔安國傳：『蕩析離居，無安定之極。』逐于南土，指流徙南方。凌迪知《萬姓統譜》卷一百一十一：『陸烈，字伯元，高帝時爲吴令，遷豫章太守，卒。吴人思之，迎葬於胥屏亭，子孫遂爲吴人。』此爲史料可稽之士龍先祖。

② 烈祖，謂有功業之先祖。《書·伊訓》：「伊尹乃明言烈祖之成德，以訓于王。」孔安國傳：「湯有功烈之祖，故稱焉。」郡侯，指陸遜，或爲江陵郡侯之脱誤。詳「校勘」。顯考，明德之亡父。《書·康誥》：「惟乃丕顯考文王，克明德慎罰。」孔安國傳：「惟汝大明父文王，能顯用俊德，慎去刑罰以爲教。」《釋名·釋喪制》：「父死曰考。考，成也。」上龍父抗，年二十拜建武校尉，後遷大司馬、荆州牧。吴鳳凰三年（二七四）卒。《三國志》有傳。叡哲，猶聖明。張衡《東京賦》：「睿哲玄覽，都兹洛宫。」善注：「《尚書》曰：睿作聖，明作哲。」《集韻》：「叡，古作睿。」沉雄，沉著雄健。庾信《賀平鄴都表》：「沉雄内斷，不勞謀於力。」特秀，才俊突出。《詩·秦風·黄鳥》：「維此奄息，百夫之特。」鄭玄箋：「百夫之中最雄俊也。」

③ 繼迹，繼承遺迹。曹植《承露盤銘》：「賢聖繼迹，奕世明德。」前期，前約也。陳子昂《同參軍宋之問夢趙六贈盧二子之作》：「前期許幽報，迨此尚茫茫。」此謂上天期望其繼承遺迹，而惠顧之也。

④ 龍見，猶見龍，謂龍出潛而顯也。《易·乾》：「見龍在田，利見大人。」此二句言因此吴之風雲而起，郡侯亦如龍現於世也。

⑤ 海堣，海邊。堣，通隅。朱駿聲《説文通訓定聲》：「堣，假借爲隅。」荆楚，荆州之地。《詩·商頌·殷武》序：「《殷武》，祀高宗也。撻彼殷武，奮伐荆楚，罙入其阻，裒荆之旅。」毛詩傳：「荆楚，荆州之楚國也。」此二句言如風騰於海邊，如電掠過荆州。喻其用兵勇武神速也。

⑥ 厎定，一作底定，謂致其安定。陸機《辨亡論上》：「誅叛柔服，而江外厎定。」銑注：「厎，致也。言安之而江外致定也。」《韻會》：「厎，通作底。」經略，謂經營治理天下。《左傳·昭公七年》：「天子經略，諸侯正封。」杜預注：「經營天下，略有四海，故曰經略。」

⑦ 光宣，播其光輝。《玉篇》：「宣，布也，通也。」四克，征伐四方而無不克也。干寶《晉紀總論》：「神

略獨斷，征伐四克。』銑注：『四克，謂克於四方。』

⑧ 台衡，三公之位。 王儉《褚淵碑文》：『具瞻之範既著，台衡之望斯集。』善注：『《春秋漢含孳》曰：三公在天，法三能，台與能同。《毛詩》曰：實惟阿衡，左右商王。』向注：『具瞻台衡，並宰相之位也。』御于王政，治理朝廷政事。《玉篇》：『御，治也。』

⑨ 天綱，天下綱紀。 木華《海賦》：『昔在帝嬀，巨唐之世，天綱浡潏，爲凋爲瘵。』隆，盛。《說文》：『隆，豐大也。』義問，美善之令名。《詩・大雅・文王》：『宣昭義問，有虞殷自天。』毛詩傳：『義，善。』前脩，前賢。《楚辭・離騷》：『謇吾法夫前脩兮，非世俗之所服。』王逸注：『乃上法前世遠賢。』《正字通》：『脩、修，通。』接響，回聲相連。《玉篇》：『響，應聲也。』

⑩ 汪汪，廣大貌。 袁宏《三國名臣序贊》：『恂恂德心，汪汪軌度。』銑注：『汪汪，大也。』浩浩，盛大貌。《書・堯典》：『蕩蕩懷山襄陵，浩浩滔天。』孔安國傳：『浩浩，盛大若漫天。』不世，猶曠世。 曹植《求自試表》：『陛下出不世之詔，效臣錐刀之用。』濟注：『不世之詔，謂非當代所測度之詔。』

此段首先以概述吴氏遷徙南土之原因爲轉折，然後敘述郡侯之才德、功業。 而敘述郡侯，又先合頌二公明德叡智，沉雄才秀，固上天期許其踵武前賢而眷顧之； 後專頌郡侯之際會風雲、文治武功。 自吴風雲而起，郡侯亦龍現於世，其用兵神武迅疾，治政天下安定，文治武功昭明，故爲三公，其綱紀比靈斯先代，聲聞接響前賢，功業盛大，曠世所無。

武侯以光遠之度，襲重規之範，秉[一]宣朗之明，照曾暉之景①。 故寅亮樞極，則萬物淳曜②；緝熙有邦，而宇内恪居③。及至中葉，亂自〔二〕虎臣，綏〔三〕援既集，而大難時弭④。德濟封域之内，威揚函夏之表⑤。遂仍世作宰，焜曜祖業⑥。車實襲軌，裘不改帶⑦。元勳昺於光國，洪烈著於隆家⑧。考德計功，比之前代，未有茂於此者也⑨。是以小子敢慕徽猷，欽述芳烈⑩。雖不足以當朱弦〔四〕之一唱，發清廟之三歎，蓋爾臣子之遺恩罔極之所處也⑪。乃作頌曰：

【校勘】

〔一〕『秉』，《文集》、《百三家集》本、叢書堂鈔本、《四部叢刊》本、鄧邦述校本、陳仲魚校本脱。今據《西晉文紀》卷十六校補。

〔二〕『自』，《文集》、叢書堂鈔本、《四部叢刊》本、《四部備要》本、鄧邦述校本、陳仲魚校本作『曰』；《西晉文紀》卷十六作『自』，今據改。影鈔宋本翁同書校曰：『曰，當作由。』亦可通。

〔三〕『綏』，《文集》、叢書堂鈔本、《四部叢刊》本、鄧邦述校本、陳仲魚校本作『緩』，形近而誤。影鈔宋本、《西晉文紀》卷十六、《百三家集》本、《七十二家集》本作『綏』，今據改。

〔四〕『弦』，《四部備要》本作『絃』，古二字通。

【注釋】

① 光遠，廣闊久遠。《國語・楚語下》：『其知能上下比義，其聖能光遠宣朗。』重規，指日月俱圓。成公綏《天地賦》：『星辰焕列，日月重規。』後喻奕世功德相繼。《晉書・樂志上》：『今我聖皇，焜耀前暉，奕

世重規，明照九畿。』宣朗，播其明也。《國語·楚語下》韋昭注：『朗，明也。』《玉篇》：『宣，布也，通也。』曾暉，猶重輝，日光也。顔延年《始安郡還都與張湘州登巴陵城樓作》：『清雰霽岳陽，曾暉薄瀾澳。』向注：『曾暉，日光也。』

② 寅亮，猶敬信。《書·周官》：『貳公弘化，寅亮天地，弼予一人。』孔安國傳：『副貳三公，弘大道化，敬信天地之教，以輔我一人之治。』樞極，即紫微星，天神太一之所居也。劉歆《遂初賦》：『備列宿於鈎陳兮，擁大常之樞極。』《爾雅·釋地》邢昺疏：『斗，北斗也。極者，中宫天極星，其一明者，泰一之常居也。以其居天之中，故謂之極。極，中也。』淳曜，謂明之盛也。《國語·鄭語》：『夫黎爲高辛氏火正，以淳燿惇大天明地德，光昭四海。』韋昭注：『淳，大也。燿，明也。』《玉篇》：『燿，同曜。』

③ 緝熙，光明。《詩·大雅·文王》：『穆穆文王，於緝熙敬止。』毛詩傳：『緝熙，光明也。』鄭玄箋：『於美乎又能敬其光明之德。』此作動詞，猶光輝照耀。恪居，猶恭謹其職。陸機《演連珠》：『是以百官恪居，以赴八音之離。』《玉篇》：『恪，敬也，謹也。』《廣韻》：『居，處也。』

④ 虎臣，此喻步闡。《三國志·吴·陸抗傳》：『鳳凰元年，西陵督步闡據城以叛，遣使降晉。』亂自虎臣，蓋言此事。綏援，謂平叛之援軍。《爾雅·釋詁》：『綏，安也。』弭，消弭。《玉篇》：『弭，止也，安也，滅也。』《三國志·吴·陸抗傳》載：步闡據城以叛，遣使降晉，晉車騎將軍羊祜出兵援闡。陸抗率兵赴西陵，退晉兵，誅步闡。此四句蓋言此事。

⑤ 封域，謂東吴。是時，吴未立國，乃漢室所封，故曰封域。函夏，華夏。顔延之《赭白馬賦》：『聞王會之阜昌，知函夏之充牣。』善注：『揚雄《河東賦》曰：函夏之大服。虔曰：函諸夏也。』表，外。《玉篇》：『表，衣外也。』

⑥ 仍世，猶乃世，累世也。《書·旅獒》：『允迪茲生，民保厥居，惟乃世王。』孔安國傳：『乃世世王天下。』《爾雅·釋詁》：『仍，乃也。』《爾雅·釋親》郭璞注：『仍，亦重也。』抗父遜，官至三公，抗亦三公，故曰仍世。宰，冢宰，大臣。此指三公之位。焜曜，光曜。《玉篇》：『焜，光也。』

⑦ 襲軌，謂繼承前代遺迹。《後漢書·蔡邕傳》：『前車已覆，襲軌而鶩。』此二句言抗承前代官爵也。

⑧ 元勳，大功。《說文》：『勳，能成王功也。』昺，猶照也。《玉篇》：『昺，明也。亦作昞。』洪烈，大業。《爾雅·釋詁》：『烈，業也。』著，猶顯也。《博雅》：『著，明也。』

⑨ 考德計功，即考核功德。《春秋繁露·考功名》：『三考而黜陟，命之曰計。』《廣韻》：『考，校也。』茂，盛。《說文》：『茂，草木盛也。』

⑩ 小子，士龍自謂。徽猷，謂道之美也。《詩·小雅·角弓》：『君子有徽猷，小人與屬。』毛詩傳：『徽，美也。』鄭玄箋：『猷，道也。君子有美道以得聲譽。』

⑪ 朱弦，琴瑟。《淮南子·泰族訓》：『朱絃漏越，一唱而三歎，可聽而不可快也。』絃，《韻會》：『弦，弓弦。《五經文字》曰：其琴瑟亦用此字。作絃者，非。《說文》作弦。』清廟，指頌詩。《詩·周頌·清廟》序：『《清廟》，祀文王也。』毛詩傳：『《清廟》者，祭有清明之德者宮也。』爾臣，猶言近臣。《篇海類編》：『爾，近也。又同邇。』罔極，猶無盡。《詩·小雅·蓼莪》：『欲報之德，昊天罔極。』《爾雅·釋言》：『罔，無也。』《廣韻》：『極，窮也。』處，猶安。《禮記·檀弓下》：『何以處我？』鄭玄注：『處，猶安也。』

此段先言武侯之氣度、道德與風範。其氣度恢闊，繼承先祖風範，明德輝映，敬天安邦。再言其曠世之功業。平定中葉虎臣之亂，威德揚于華夏，故位至宰輔，輝曜祖業，元勳洪業，超越前代。後言作頌之目的。乃因追慕道德之美，敬述芬芳之業，以使臣心安於無盡之遺恩也。

悠悠聖緒，上帝是臨①。世篤其猷，于〔一〕顯徽音②。神風往播，福禄來尋③。靈根既茂，萬葉垂林④。繁盛海堣〔二〕，穎寧漢陰⑤。既曰寧止，芳祐允淑⑥。乃步斯淳，降神有陸⑦。赫矣二公，應期載育⑧。

【校勘】

〔一〕『于』，《文集》、《諸家文集》本、叢書堂鈔本作『乎』，誤。《百三家集》本、《四部叢刊》本、鄧邦述校本、陳仲魚校本作『于』，今據改。又《西晉文紀》卷十六作『於』，音同通轉。

〔二〕『堣』，《文集》作『隅』，古二字同。

【注釋】

① 悠悠，遥遠貌。《詩·王風·黍離》：『悠悠蒼天，此何人哉。』毛詩傳：『悠悠，遠意。』聖緒，聖人之遺業。來鵠《聖政紀頌》：『朕纘承聖緒，恭惟恪思。』《爾雅·釋詁》：『業，緒也。』上帝是臨，謂上帝視之也。《詩·大雅·大明》：『上帝臨女，無貳爾心。』鄭玄箋：『臨，視也。』此二句言遥遠之聖業，乃上帝視其德而賜之也。

② 篤，猶厚之。《廣韻》：『篤，厚也。』于，同於，發聲詞。王引之《經傳釋詞》卷一：『《廣雅》曰：于，於也。發聲也。』徽音，謂聲名之美。《詩·大雅·思齊》：『大姒嗣徽音，則百斯男。』鄭玄箋：『徽，美也。嗣大任之美音，謂續行其善教令。』此二句言世厚其道，聲名之美顯矣。

③ 神風，精神風範。往播，遠揚。播，《玉篇》：『揚也。』尋，用，因也。《左傳・僖公五年》：『將尋師焉。』杜預注：『尋，用也。』此二句言神風既遠揚之，福禄則因來之。

④ 靈根，神根，謂宗族也。張衡《南都賦》：『固靈根於夏葉，終三代而始蕃。』善注：『言劉氏植根於夏葉，終三代而始蕃昌也。』此二句言宗族既已茂盛，子孫繁多亦如林葉。

⑤ 海堣，海邊。堣，通隅。見上注。繁盛海堣，即序所言『光宇營丘，奄有東海』之意。漢陰，漢水之南，此代指楚。陸機《辨亡論上》：『浮鄧塞之舟，下漢陰之衆。』善注：『漢陰，漢水之南也。莊子曰：子貢南遊於楚，過漢陰也。』銑注：『水南曰陰。』潁寧漢陰，指其先祖陸賈潁秀而出於楚，從漢高祖而定天下。《漢書・陸賈傳》：『陸賈，楚人也。以客從高祖定天下。』此二句言太公興隆于海隅，陸賈潁秀于漢南。

⑥ 既曰寧止，謂既已安寧。《詩・齊風・南山》：『既曰歸止，曷又懷止。』又《詩・頌・良耜》：『百室盈止，婦子寧止。』《廣韻》：『曰，於也，之也。』止，猶已也。芳祐，謂神享其祭祀之芬芳而助之也。《易・繫辭上》：『祐者，助也。』允淑，誠然善也。張衡《東京賦》：『卜征考祥，終然允淑。』薛綜注：『允，信也。淑，善也。』此二句言宗族既已安寧，神享其祭而助之，其德行誠然善也。

⑦ 淳，善。《玉篇》：『淳，淑也。』此二句言奕世行其善德，神乃降生陸公。

⑧ 赫，顯赫。《小爾雅》：『赫，顯也。』應期，應天運也。應禎《晉武帝華林園集詩》：『上帝乃顧惟眷，光我先祚，應期納禪。』良注：『言上天眷我晉德，故應期運而納于魏禪。』載育，始生也。《詩・大雅・生民》：『載生載育，時維后稷。』鄭玄箋：『育，長也。』朱熹《詩集傳》：『育，養也。』此二句言二公應天而生，顯赫於世。

此段追溯陸氏之輝煌家世。上帝眷顧其德，遠祖建立聖業，世厚其道，而顯其美名，沐浴神風，享其福禄，宗族繁盛，太公盛于海隅，陸賈穎秀漢南，世代承其善德，神祐助之，而生其顯赫之二公也。

明明郡侯，允哲允謀①。叡心昭德，淑〔一〕問宣猷②。如日之升，如川之至③。炎精既頹，黄暉〔二〕昺焕④。光宅海邦，大造江漢⑤。王于出征，二公斯難⑥。長驅致届，九有有判⑦。咸黜凶醜，區域寧晏⑧。天禄未終，大命有集⑨。卜食東夏，元龜既襲⑩。聿來故〔三〕宫，作蕃舊邑⑪。公徒斯振，帝旅凱入⑫。於變時雍，神道經始⑬。肅肅九命，永言徽止⑭。公拜稽首，對敭天子⑮。猗歟盛歟，郡〔四〕侯有作⑯。

【校勘】

〔一〕『淑』。《四部叢刊》本、影鈔宋本、鄧邦述校本、陳仲魚校本作『叔』。翁同書案：『叔，當作淑。』古二字通。馬王堆漢墓帛書《五行》：『叔人君子，其宜一氏（兮）。』《集韻》：『俶，《説文》：善也。引《詩》：「令終有俶」……或作叔。』杜甫《漢州王大録事宅作》詩：『憶爾才名叔，含悽意有餘。』叔、淑、俶，古三字通。

〔二〕『暉』，《諸家文集》本、《四部叢刊》本、《四部備要》本、鄧邦述校本、陳仲魚校本作『揮』，形近而誤。又《百三家集》本作『輝』，與暉同。

〔三〕『故』，《文集》、叢書堂鈔本作『即』，《諸家文集》本、《四部叢刊》本、鄧邦述校本、陳仲魚校本作『耶』，影鈔宋本作『啓』，陸貽典亦校作『啓』，皆非。《西晉文紀》卷十六、《百三家集》本、《七十二家集》本作『故』，今據改。

〔四〕『郡』，《文集》、《七十二家集》本、叢書堂鈔本作『邵』，陸貽典亦校作『邵』；《諸家文集》本、《四部叢刊》本、鄧邦述校本作『郤』，皆誤。詳上校。

【注釋】

① 明明，光明盛大貌。《詩·小雅·小明》：『明明上天，照臨下土。』鄭玄箋：『明明上天，喻王者當光明如日之中也。』郡侯，指陸遜，或爲江陵郡侯之脱誤。見上文校勘。允，信。見上注。哲，智慧。《爾雅·釋言》：『哲，智也。』此二句言郡侯明如天日，智謀深遠。

② 叡心，明達之心。《説文》：『睿，深明也，通也。』睿，同叡。《集韻》：『叡，古作睿。』叔問，猶令聞，美名也。陸機《答賈謐》：『東朝既建，淑問峩峩。』良注：『淑，美。問，聞也。』淑，通叔。見校勘。宣猷，宣其謀也。《詩·大雅·桑柔》：『秉心宣猶，考慎其相。』毛詩傳：『相，質也。』鄭玄箋：『宣，徧。猶，謀。……執正心舉事，徧謀於衆，又考誠其輔相之行，然後用之。』猶，同猷。《吕氏家塾讀詩記》卷二十七：『以其内能秉持其心，外則宣謀猷於衆。』此二句言其心明達，其德昭彰，遍謀衆人，聲名美也。

③ 此二句喻其德行如初日之光輝，如川波之浩蕩也。

④ 炎精，謂漢也。見上注。炎精既頽，謂漢之衰微也。陸機《皇太子宴玄圃宣猷堂有令賦詩》：『黄暉既渝，素靈承祜。』善注：『魏爲土德，曰黄。干寶《搜神記》曰：魏推五德之運，以土承漢。建安五年。初，桓帝時，有黄星見於楚宋之分野，遼東殷馗，善天文，言後五十歲，當有真人起於譙沛之間，其鋒不可當。至此凡五十年，而公破紹，天下莫敵矣。』昺焕，潔白鮮明貌。張衡《東京賦》：『瑰異譎詭，粲爛炳焕。』薛綜：

『炳焕，絜白鮮明之貌。』炳，同昺。《玉篇》：『炳，亦作昺。』此二句言漢之衰微，魏之興盛。

⑤光宅，喻德如日月之長存。左思《吴都賦》：『古先帝世，曾覽八紘之洪緒，一六合而光宅。』良注：『光，亦大也。宅，居也。』海邦，指東吴。大造，謂有大功。《左傳·成公十三年》：『秦師克還無害，則是我有大造於西也。』杜預注：『造，成也。言晉有成功於秦。』江漢，代指吴。此二句言二公光存東吴，建功江漢。

⑥王于出征，謂王令其出征。《詩·小雅·六月》：『王于出征，以匡王國。』鄭玄箋：『于，曰。王曰今女出征玁狁，以正王國之封畿。』二公，指陸遜，或爲爾公之誤。難，謂執兵退敵。《周禮·春官宗伯下》：『遂令始難歐疫。』鄭玄注：『難，謂執兵以有難却也。』此二句言王令出征，陸公則執兵退敵。

⑦致届，及至。潘勗《册魏公九錫文》：『奮其武怒，運諸神策，致届官渡，大殲醜類。』善注：『《毛詩》：致天之罰，届於牧野。』良注：『致，及。届，至也。』九有，九州。《詩·商頌·玄鳥》：『方命厥后，奄有九有。』毛詩傳：『九有，九州也。』九有有判，謂天下分也。《説文》：『判，分也。』此二句言及至大軍長驅直入，則三分天下也。

⑧咸黜，盡退之。《説文》：『咸，皆也。』《玉篇》：『黜，退也。』凶醜，凶惡之師。《爾雅·釋詁》：『醜，衆也。』晏，喻安寧。《説文》：『晏，天清也。』此二句言盡退凶惡之師，而區宇安寧。

⑨天禄未終，當爲天禄永終之誤，謂天賜禄爵長終汝身。《書·大禹謨》：『願四海困窮，天禄永終。』孔安國傳：『天之禄籍，長終汝身。』大命有集，謂王命集於其身。《書·太甲上》：『天監厥德，用集大命，撫綏萬方。』孔安國傳：『天視湯德，集王命於其身，撫安天下。』此二句言天賜終身之禄爵，王命撫安天下。

⑩卜食，代稱擇地建都。《隋書·高祖紀上》：『龍首山川原秀麗，卉物滋阜，卜食相土，宜建都邑。』東

夏，東方華夏之國。《書・微子之命》：『庸建爾於上公，尹茲東夏。』孔安國傳：『用是封立汝於上公之位，正此東方華夏之國。』此謂東土。元龜，謂以前代之事爲鑒。劉琨《勸進表》：『前事之不忘，後代之元龜也。』善注：『《吴志》：魏文帝策命孫權曰：前代之懿事，後王之元龜。』向注：『元，大也。大龜可卜知吉凶，但能不忘前晉侯之事，亦可爲今之大龜。』此二句言擇地建都於東土，以前代懿事之爲鑒。謂東吴之建國也。

⑪ 聿來，聿來胥宇之略，謂自來察其建都之地。《詩・大雅・緜》：『爰及姜女，聿來胥宇。』毛詩傳：『胥，相。』鄭玄箋：『聿，自也。』故宫，指建業。作蕃，爲國之屏藩。棗據《雜詩》：『天子命上宰，作蕃於漢陽。』善注：『《毛詩》曰：價人惟藩。毛萇曰：藩，屏也。』藩，通蕃。《玉篇》：『蕃，藩屏也。』又『籓，同藩』。舊邑，指武昌。《三國志・吴・吴主傳》：『（黄龍元年）秋九月，權遷都建業，因故府不改館，征上大將軍陸遜輔太子登，掌武昌留事。』故言之。此二句言吴主自來察其故宫而建都，以舊邑武昌爲國之屏藩。

⑫ 公徒，諸侯之兵，此指吴兵。《詩・魯頌・閟宫》：『公徒三萬，具胄朱綅。』高亨《詩經今注》：『徒，步兵。』斯振，此之盛也。《詩・周南・螽斯》：『宜爾子孫，振振兮。』朱熹《詩集傳》：『振振，盛貌。』凱入，猶凱旋。陸機《答賈謐》：『民勞師興，國玩凱入。』銑注：『爲凱樂之歌而入於國，謂但尚戰勝也。』此二句言吴師衆盛，帝旅凱旋。

⑬ 於變時雍，風俗變和也。《書・堯典》：『百姓昭明，協和萬邦，黎民於變時雍。』孔安國傳：『雍，和也。』於，發聲詞。見上注。經始，謂經營規度。《詩・大雅・靈臺》：『經始靈臺，經之營之。』毛詩傳：『經，度之也。』左思《魏都賦》：『經始之制，牢籠百王。』向注：『經始，謂經營之始也。』神道，猶天道。《易・觀》：『聖人以神道設教，而天下服矣。』王弼注：『神則無形者也，不見天之使四時而四時不忒，不見聖人使

百姓，而百姓自服也。』此二句言易風俗而雍和萬民，應天道而治理天下。

⑭ 肅肅，嚴肅恭敬。《詩・大雅・烝民》：『肅肅王命，仲山甫將之。』鄭玄箋：『肅肅，敬也。』九命，指天子之命。任昉《齊竟陵文宣王行狀》：『詔給温明祕器，斂以衮章，備九命之禮。』向注：『九命，謂一命受職，再命受服，三命受位，四命受器，五命受則，六命錫官，七命賜國，八命作牧，九命作伯。』永言，謂我公長有之。《詩・大雅・文王》：『永言配命，自求多福。』毛詩傳：『永，長。言，我也。』徽止，猶德音之美。王粲《思親爲潘文則作》：『穆穆顯妣，德音徽止。』止，語助詞。王引之《經傳釋詞》卷九：『毛傳曰：止，辭也。』此二句言嚴肅恭敬之王命，謂我公長有德音之美。

⑮ 稽首，首至地而拜。《書・舜典》：『禹拜稽首，讓於稷契暨皋陶。』孔安國傳：『稽首，首至地。』對敭，謂報答弘揚君之美德。《詩・大雅・江漢》：『虎拜稽首，對揚王休。』毛詩傳：『對，遂。』鄭玄箋：『對，答。休，美也。』《説文》：『揚，飛舉也。敭，古字。』此二句言我公稽首而拜，報答弘揚君之美德。

⑯ 猗歟，歎美之辭。《詩・周頌・潛》：『猗與漆沮，潛有多魚。』鄭玄箋：『猗與，歎美之言也。』與，同歟。《廣韻》：『歟，語末之辭。亦作與。』有作，猶功也。《詩・商頌・那》：『自古在昔，先民有作。』毛詩傳：『有作，有所作也。』此二句言美哉盛哉，郡侯之功也。

此段讚美陸遜之道德智慧與文治武功。先言其道德智慧。陸侯明達智慧，令德昭彰，有初日之光輝，有川流之浩蕩。再言其武功。在漢衰魏興之際，光照東吴，建功江漢，遵王命而征戰，黜退凶類，三分天下，區宇安寧。後言文治。長享天禄，受命而安撫天下，吴擇都東國，繼承前朝之美，而陸公屏藩舊都，變易風俗，順天道而治國，王命美之，公則稽首而闡揚天子之德，從而建立鼎盛之功業。

我考纂戎，爰究爰度①。遠除尋軌，崇基式廓②。昭明有家，祖廟奕奕③。中葉虎臣，稱亂西秦④。靈斾電揮，伐鼓霆震⑤。會朝哀舉，征不浹辰⑥。遐風遠掃，萬里無塵⑦。有族斯祐，念功在兹⑧。衮衣之宜，遂作上司⑨。台光增朗，方險載夷⑩。穆矣暉章，有吴之旗⑪。

【注釋】

① 我考，謂亡父陸抗。纂戎，繼承大位。陸機《答賈謐》：『誕育洪胄，纂戎於魯。』《唐鈔文選集注彙存》：『纂，繼。戎，我也。又云：戎，大也。即謂能繼大位也。』爰究爰度，謂謀劃政事。《詩・大雅・皇矣》：『維彼四國，爰究爰度。』毛詩傳：『究，謀。度，居也。』鄭玄箋：『度，亦謀也。』朱熹《詩集傳》：『究，尋也。』王引之《經傳釋詞》卷二：『《爾雅》曰：爰，于也。』此二句言我父繼承先人大位，爲國謀劃政事。

② 遠除尋軌，謂追尋先人之軌範。《玉篇》：『除，開也，殿階也。』又『軌，法也，車轍也』。崇基，謂崇先人基業。潘岳《齊故安陸昭王碑文》：『崇基巖巖，長瀾瀰瀰。』銑注：『言其祖宗德高而祚長也。』式廓，謂弘大先人之規模。《詩・大雅・皇矣》：『上帝耆之，憎其式廓。』毛詩傳：『廓，大也。』朱熹《詩集傳》：『式廓，猶言規模也。此謂岐周之地也。』此二句言追尋先人軌範，崇其基業，廓其規模。謂追尋先人風範，輝煌家族基業也。

③ 昭明，猶光明。《詩・大雅・既醉》：『君子萬年，介爾昭明。』鄭玄箋：『昭，光也。』奕奕，大貌。《詩・小雅・巧言》：『奕奕寢廟，君子作之。』毛詩傳：『奕奕，大貌。』此二句言家族光明輝煌，祖廟恢弘闊大。

④ 虎臣，指步闡。見上注。西秦，此指西陵。見上注。此二句言中葉而步闡舉兵叛亂於西陵也。

⑤靈旆，神靈之旗，猶旗也。旆，同旆。《正字通》：『旆，俗旆字。』《廣韻》：『旆，旗也，繫旐曰旆。』霆，雷聲。《玉篇》：『霆，霹靂也。』此二句言旌旗如電之揮，鼓聲如雷之震。喻進軍神速，軍威雄壯。上四句言誅步闡。

⑥會朝，諸侯朝會盟主或天子。《左傳·襄公二十一年》：『會朝，禮之經也。』孔穎達疏：『會以訓上下之則，朝以正班爵之義，是會朝爲禮之常法也。』此指兩國交兵。哀舉，謂劉備之卒。《三國志·吴·陸遜傳》載：吴黄武元年，劉備爲報關羽之仇，舉兵攻吴，即著名的夷陵之戰，陸遜以火攻之，大敗劉備，備退守白帝城，慚恚而卒。浹辰，喻時間短暫。《左傳·成公九年》：『浹辰之間，而楚克其三都。』杜預注：『浹辰，十二日也。』劉琨《勸進表》：『曠之浹辰，則萬機以亂。』濟注：『浹，及；辰，時也。自甲及癸爲一時。』所解有異。此二句言大軍一至，兩國交兵不久而劉備卒矣。

⑦遐風，長風。《玉篇》：『遐，遠也。』此二句言如長風横掃遠域，使天下無戰塵也。上四句言征劉備。

⑧祐，保佑。《玉篇》：『祐，助也。或作佑。』念功在兹，謂天子念其功德。《書·大禹謨》：『名言兹在兹，允出兹在兹，惟帝念功。』孔安國傳：『名言此事必在此義，信出此心亦在此義，言皋陶之德以義爲主，所宜念之。』此二句言我之家族賴公祐之，天子亦念其功德也。

⑨衮衣，畫降龍之衣，乃上公之服。《詩·豳風·九罭》：『我覯之子，衮衣繡裳。』毛詩傳：『衮衣，卷龍也。』鄭玄箋：『王迎周公，當以上公之服往見之。』《經典釋文》卷六：『六冕之第二者也。畫爲九章，天子畫升龍於衣，上公但畫降龍。』上司，在上主政，謂位居高官。《後漢書·楊震傳》：『吾蒙恩，居上司。』《玉篇》：『司，主也。』此二句言帝謂宜衣降龍之服，遂至主政之官。

⑩台，指台衡，三公之位。見上注。陸抗官大司馬，乃三公位，故曰。方險，猶言外患。方，旁國諸侯。

《詩·大雅·皇矣》：『詢爾仇方，同爾兄弟。』鄭玄箋：『怨耦曰仇。仇方，謂旁國。』載，王引之《經典釋詞》卷八：『猶則也。』夷，《玉篇》：『平也。』此二句言三公之位增其光，國有外患則平定之。

⑪穆，《廣韻》：『美也。』暉章，猶昭彰。《玉篇》：『章，明也。』後作彰。此二句言吴之旌旗，明麗而美也。喻吴光照天下。

此段頌其父抗繼承先祖之業而建立勳業。先言其繼承高位而謀劃國政，遠追先人之風範，近耀家族之宗廟。再言平定虎臣之叛亂，掃清西蜀之戰塵。後言天子念其功德，使衣衮服，居上司，從而使台衡朗明，國家安寧，東吴旌旗重新明麗而美也。

我祖我考，受言藏之①。曄曄藻裳，再命同服②。騑騑四牡〔一〕，二世方轂③。分珪比瑞，天秩底禄④。公堂峻〔二〕趾，華構〔三〕重屋⑤。昔在二伊，于殷有聲⑥。在漢之興，亦曰韋平⑦。惟祖惟考，履貞大亨⑧。邈彼披陽，追蹤阿衡⑨。駿惠雨施，景潤雲行⑩。洋洋玄化，功濟其民⑪。風馳海表，光被嶽濱⑫。二后重規，世有哲人⑬。肅雍碩響，萬載是振⑭。

【校勘】

〔一〕『牡』，《文集》作『壯』，形近而誤。《西晉文紀》卷十六、《百三家集》本、叢書堂鈔本、《四部叢刊》本、鄧邦述校本作『牡』，今據改。

〔二〕『峻』，《四部叢刊》本、鄧邦述校本、陳仲魚校本作『畯』，形近而誤。

〔三〕『構』，《諸家文集》本作『搆』，乃避宋諱。

【注釋】

①受言藏之，謂受天子之策命也。《詩·小雅·彤弓》：『彤弓弨兮，受言藏之。』毛詩傳：『彤弓，朱弓也，以講德習射。言，我也。』鄭玄箋：『言者謂王策命也。王賜朱弓，必策其功以命之，受出藏之，乃反入也。』此二句言我祖我父，皆受吴主之策命。

②曄曄，喻色彩鮮明。班固《西都賦》：『蘭茝發色，曄曄猗猗。』善注：『《説文》曰：曄，草木白華貌。』向注：『曄曄，花色貌。』藻裳，泛指朝服。服，車服。《韻會》：『《説文》：服，用也。一曰車右騑。徐曰：車左右驂。左曰騑，右曰服。』此二句言文繡之衣光彩盛矣，天子兩命父子同三公之車服。

③騑騑四牡，謂四馬而行也。《詩·小雅·四牡》：『四牡騑騑，周道倭遲。』毛詩傳：『騑騑，行不止之貌。』牡，雄馬。《説文》：『牡，畜之父也。』《儀禮》卷三十九賈公彦疏：『《小雅》云：駟牡騑騑，大夫所乘。』方轂，指車服相同。《説文》：『方，併船也。』又『轂，輻所凑也』。戴侗《六書故》：『輪之正中爲轂，空其中軸所貫也，輻凑其外。』此二句言二世同駕駟馬，並世而馳。

④分珪，賜圭爲笏，猶賜爵也。見上注。瑞，諸侯所持之信節。《玉篇》：『瑞，信節，諸侯之珪。』天秩，天之秩序。《書·皋陶謨》：『天秩有禮，自我五禮，有庸哉。』孔安國傳：『天次秩有禮，當用我公侯伯子男五等之禮以接之，使有常。』底禄，致其禄爵。《左傳·昭公元年》：『叔向曰：底禄以德。』杜預注：『底，致也。』此二句言二公同持諸侯之瑞節，依天之秩序而授其禄爵。

⑤ 公堂，君王之廳堂。《詩·豳風·七月》：『躋彼公堂，稱彼兕觥，萬壽無疆。』朱熹《詩集傳》：『公堂，君之堂也。』峻趾，堂基高竦。張説《祭崔侍郎文》：『長戟高門，層堂峻趾。』華構，華屋。《玉篇》：『構，架屋也。』重屋，王宫正堂。《周禮·冬官考工記下》：『殷人重屋，堂脩七尋，堂崇三尺，四阿重屋。』鄭玄注：『重屋者，王宫正堂若大寢也。』此二句言君王廳堂高竦，宫殿華美。謂二公使吴之興盛也。

⑥ 伊，指伊尹，名摯，商湯重臣。二伊並稱，未知何據，或爲伊尹生於伊川，故謂二伊。《説文》：『伊，殷聖人阿衡，尹治天下者。』林義光《文源》：『伊尹生於伊川空桑，本以伊水爲姓。』此二句言昔日之伊尹，在殷而有令名。

⑦ 韋，指韋賢、韋玄成；平，指平當、平晏，均爲漢興之父子宰相。《漢書·韋賢傳》：韋賢字長儒，魯國鄒人。本始三年，代蔡義爲丞相，封扶陽侯，時賢七十餘，爲相五年，年八十二薨，謚曰節侯。少子成，復以明經歷位至丞相。又《漢書·平當傳》：平當字子思，其祖父自下邑遷平陵。哀帝即位，徵當爲光禄大夫、諸吏、散騎，復爲光禄勳，御史大夫，至丞相。以冬月，賜爵關内侯，明年春卒。子晏以明經歷位大司徒，封防鄉侯。『漢興，唯韋、平父子至宰相。』此二句言漢之興也，亦有韋、平父子爲相。上四句言遜、抗父子位比二伊與韋平也。

⑧ 履貞，剛正決斷。《易·履》：『九五：夬履，貞厲。』王弼注：『得位處尊，以剛決正，故曰夬履貞厲也。』孔穎達疏：『所以夬履貞厲者，以其位正，當處在九五之位，不得不決斷其理，不得不有其貞厲，以位居此地故也。』大亨，猶元亨，謂剛柔相濟而至爲亨通。《易·屯》：『屯：元亨，利貞。……彖曰：《屯》，剛柔始交而難生。動乎險中，大亨貞。』王弼注：『剛柔始交，是以屯也。不交則否，故屯乃大亨也。』此二句言惟我之祖考，剛正決斷，至爲亨通。

⑨ 披陽，猶披揚，水波縱横貌。枚乘《七發》：『披揚流灑，横暴之極。』賈昌朝《群經音辨》卷六：『分謂之披，揚謂之播。』陽，通揚。《周禮·冬官考工記下》：『陽聲則遠根。』孫貽讓《正義》：『陽皆揚之假字。』阿衡，宰相。《書·太甲上》：『惟嗣王不惠于阿衡。』孔安國傳：『阿，倚。衡，平。言不順伊尹之訓。』此二句言溯其源流，則可追蹤遠古之阿衡。

⑩ 駿惠，大順。《詩·周頌·維天之命》：『駿惠我文王，曾孫篤之。』朱熹《詩集傳》：『駿，大；惠，順也。……以大順文王之道，後王又當篤厚之而不忘也。』此二句言順天子之道，如雲雨、光影而澤被天下。

⑪ 洋洋，盛大貌。《詩·衛風·碩人》：『河水洋洋，北流活活。』毛詩傳：『洋洋，盛大也。』玄化，天之化育。曹植《七啓》：『玄化參神，與靈合契。』玄，天。《易·坤》：『天玄而地黃。』此二句言如天道之化育萬物，而功濟萬民。

⑫ 海表，海外。表，外。《玉篇》：『表，衣外也。』嶽濱，山嶽邊際。濱，山崖。《釋名·釋形體》：『濱，崖也。』此二句言風範馳於海外，輝光被於山嶽。

⑬ 二后，二君主也。指孫權、孫亮。重規，猶重圓，指日月俱圓。成公綏《天地賦》：『星辰焕列，日月重規。』《廣韻》：『規，圓也。』此二句言因世有明哲之人，而使二君如日月之圓。

⑭ 肅雍，謂禮儀敬天和人。《詩·周頌·清廟》：『於穆清廟，肅雝顯相。』毛詩傳：『肅，敬。雝，和，相助也。』鄭玄箋：『其禮儀敬且和。』雝，同雍。《禮記·樂記》引《詩》作『雍』。碩響，碩大之聲名。《玉篇》：『響，應聲也。』此二句言二公敬天和人，萬世傳播其偉大之聲名。

頌此段合贊遜、抗禄爵、功績與聲名。先言受吴主策命，二公位置三公，車服同盛，使吴君宫殿華美，國家昌盛。次言二公遠追二伊，近同韋、平，剛正決斷，官爵亨通，順天之道，而德澤天下。後言因二公之明哲，而使吴主如日月重圓，故風範輝光馳被天下，偉大之聲名播之後世。

張二侯頌① 有序〔一〕

【題解】

張二侯，乃指東吴張昭、張承父子，位皆封侯，故稱之。士龍之『頌』結構平直，且諸篇缺少變化。此文亦如前頌，『序』與『頌』追述輝煌之家世，分述二侯之勳業才德，内容亦構成對應關係。然而『序』是概述，落筆在於點明作『頌』之緣由；『頌』爲詳寫，著眼於二侯一生主要行迹而頌美之，其構思重點有所不同。結構都由合而分，再由分而合，有籠罩，有收束，也能顯示其細針密綫的藝術匠心。此頌寫其父以勳業爲重點，突出『創業』；寫其子以德行爲重點，突出『守成』，在平直中亦有些許變化。概括地説，士龍之『頌』善於剪材，結構完整而縝密，是其長也；缺少變化，以單綫結構爲主，是其短也。

據雲《與兄平原書》第一一書：『雲頃又爲輔吴、奮威作頌，欲愈前頌，然意並不以快。遣信當送《九愍》三賦，脱然謂可舉意。』可知此頌與《九愍》所作時間差近。《九愍》所作在永康元年四月與永寧二年六月之間，詳《九愍》『題解』。此頌亦當作於是時。

張氏之先，蓋少昊氏之苗裔也②。其在春秋，晉德方休，而張老延譽③。爰暨有漢，文成佐命於〔二〕初基，司空揚聲於末葉④。流長祚遠，世不〔三〕乏侯⑤。輔吴將軍文侯，遭季末雲擾，遂避難于東⑥。有吴之興，寔爲謀主⑦。桓王〔四〕即世，援建太祖⑧；知命審於將萌，先識鏡於未兆⑨；遂作上將，輔成王業⑩。立朝無不易之方，正色有犯顔之亮⑪。固所謂謇謇王臣，古之遺直者也⑫。奮威將軍定侯，明德光遠，軌量弘濟⑬；文敏足以華國，威略足以振衆⑭；重規繼體，而大業暉崇⑮。故休祚頻繁，寵靈仍世⑯。天秩之體彌彰，而毁盈之心兹沖⑰。用能保寵固世，考終碩〔五〕問⑱。蓋竹帛之所光宣，詠歌之所〔六〕揄揚也⑲。乃作頌曰：

【校勘】

〔一〕『有序』，《文集》、叢書堂鈔本、《四部叢刊》本、鄧邦述校本、陳仲魚校本脱。此據《西晉文紀》卷十六、《百三家集》本校補。

〔二〕『於』，《文集》、《西晉文紀》卷十六、叢書堂鈔本、《四部叢刊》本、鄧邦述校本脱，此據《百三家集》本、《七十二家集》本校補。

〔三〕『不』，《文集》、叢書堂鈔本、《四部叢刊》本、陳仲魚校本脱，《百三家集》本、《七十二家集》本、影鈔宋本、寄生草堂本、鄧邦述校本有『不』，今據補。

〔四〕『桓王』，《文集》、叢書堂鈔本、影鈔宋本、《四部叢刊》本、鄧邦述校本、陳仲魚校本脱『王』。《西晉文紀》卷十六、《百三家集》本、《七十二家集》本作『桓王』，影鈔宋本亦校曰：『桓下當脱一王字。』今校補。

〔五〕『碩』，《諸家文集》本作『顧』，陸貽典校作『碩』。

〔六〕『所』，《文集》、叢書堂鈔本、《四部叢刊》本、鄧邦述校本、陳仲魚校本脱。此據《西晉文紀》卷十

六、《百三家集》本校補。

【注釋】

① 二侯，張昭、張承。《全晉文》卷一百四案曰：『二侯，張昭、張承。』《三國志·吴·張昭傳》：張昭字子布，彭城人。漢末大亂，昭渡江投孫策，任爲長史、撫軍中郎將。策亡輔孫權，拜綏遠將軍，封由拳侯，後改封婁侯。嘉禾五年（二三六）卒，謚曰文侯。張承字仲嗣，孫權時曾爲濡須都督、奮威將軍，封都鄉侯。赤烏七年（二四四）卒，謚曰定侯。

② 少昊，傳説五帝之一。亦作少皞，名摯，字青陽，黄帝子，已姓。以别於太昊，故稱少昊；以金德王，故也稱金天氏。邑窮桑，都曲阜，號窮桑帝。參見皇甫謐《帝王世紀》、《竹書紀年》卷上、王嘉《拾遺記·少昊》。苗裔，後代。《楚辭·離騷》：『帝高陽之苗裔兮，朕皇考曰伯庸。』王逸注：『苗，胤也。裔，末也。』凌迪知《萬姓統譜》卷三十七：『張，清河商音，黄帝第五子青陽生揮，爲弓正，觀弧星始制弓矢，主祀弧，爲張氏。』故曰張爲少昊氏苗裔也。

③ 春秋，東周前期。晉德方休，晉王之德甚美。《玉篇》：『休，美也。』此謂晉國鼎盛。晉文公爲春秋五霸之一，故曰。張老，春秋晉侯之卿士。凌迪知《萬姓統譜》卷三十七：『張老，晉人悼公時爲侯奄，代魏絳爲司馬，又立爲卿，以讓魏絳。獻文子成室。張老曰：美哉，輪焉！美哉，奂焉！君子謂之善頌善禱。』延譽，謂延長晉德也。《玉篇》：『延，進也，長也。』

④ 爰暨，猶言及至。《玉篇》：『暨，至也。』文成，漢文成侯張良。凌迪知《萬姓統譜》卷三十七：『張

良，字子房，其先韓人，家世相韓。秦滅韓，良爲之報仇，不果。乃佐高帝滅秦。天下既定，封留侯。尋棄人間事，從赤松子遊。卒謚文侯。』司空，指漢司空張敏。凌迪知《萬姓統譜》卷三十七：『張敏，河間鄚人。建初時，舉孝廉。四遷尚書，多所建明。和帝時遷汝南太守，清約不煩，用刑平正，有能理名。再遷潁川太守，徵拜司空。』初基，謂漢之初立。《玉篇》：『基，始也。』末葉，謂漢之末世。

⑤祚，福祉。《廣韻》：『祚，福也，禄也。』此二句言昭家世福祚流長，代有封侯。

⑥輔吴將軍，昭晚年所任之職。《三國志・吴・張昭傳》：『權稱尊號，昭以老病，上還官位及所統領，更拜輔吴將軍，班亞三司，改封婁侯，食邑萬户。』文侯，張昭謚號。避難于東，指張昭渡江南下入吴。

⑦此句言孫策創業于江東，以昭爲謀士之主。

⑧桓王，指孫策。《三國志・吴・孫破虜討逆傳》：『權稱尊號，追謚策曰長沙桓王，封子紹爲吴侯。』太祖，指孫權。《三國志・吴・三嗣主傳》引《吴曆》：『（太平元年）正月，爲權立廟，稱太祖廟。』又引孫盛評曰：『吴桓王基之以武，太祖成之以德，聰明睿達，懿度深遠矣。』

⑨知命，指知天命。《易・繫辭上》：『樂天知命，故不憂。』審，洞悉。《説文》：『審，悉也。』鏡，猶鑒。《玉篇》：『鏡，鑑也。』又『鑑，同鑒』。古三字並通。

⑩此二句言昭爲桓王、太祖之上將，終輔吴主而成王業。

⑪不易之方，謂擇乎中庸之道。林栗《周易經傳集解》卷十六：『其所謂不易者，擇乎中庸而已矣。……是以法雷風之象而立不易之方也。』無不易之方，則謂正直而不中庸。犯顔之亮，謂觸犯君主而忠諫也。《廣韻》：『犯，干也，侵也。』《爾雅・釋詁》：『亮，信也。』邢昺疏：『皆謂誠實不欺也。』《三國志・吴・張昭傳》：權每田獵，昭變色而前曰：『將軍何有當爾？夫爲人君者，謂能駕御英雄，驅使群賢，豈謂馳

逐於原野，校勇於猛獸乎？』權于武昌，飲酒大醉。昭正色不言，出外車中坐。對曰：『昔紂爲糟丘酒池長夜之飲，當時亦以爲樂，不以爲惡也。』權黯然，有慚色，遂罷酒。所言蓋指此也。

⑫ 謇謇，忠貞貌。《楚辭·離騷》：『余固知謇謇之爲患兮，忍而不能舍也。』王逸注：『謇謇，忠貞貌也。』古之遺直，謂有古人正直之遺風。《左傳·昭公十四年》：『仲尼曰：叔向古之遺直也。』杜預注：『言叔向之直，有古人遺風。』

⑬ 奮威將軍定侯，指張承，昭長子。軌量，指法度。張衡《東京賦》：『同衡律而一軌量。』薛綜注：『軌，法也。』濟注：『軌，車迹也。量，斗斛也。使天下衡律軌量皆同爲一。』弘濟，謂大濟國難。潘勗《册魏公九錫文》：『保乂我皇家，弘濟於艱難。』翰注：『言曹公安理我國家，大濟艱難。』

⑭ 文敏，文辭敏捷。《文心雕龍·雜文》：『唯士衡運思，理新文敏。』華國，謂使國繁華。《國語·魯語上》：『妾不衣帛，馬不食粟，人其以子爲愛，且不華國乎？』注：『華，榮華也。』

⑮ 重規，猶重圓，指日月俱圓。成公綏《天地賦》：『星辰焕列，日月重規。』繼體，繼祖考之德。左思《吴都賦》：『岐嶷繼體，老成奕世。』銑注：『岐嶷，少而賢者，能繼祖考之德。』暉崇，光輝隆盛。《説文》：『暉，光也。』又『崇，嵬高也』。

⑯ 休祚，美善之福祚。荀勗《正會公王上壽酒歌》：『本枝奮百世，休祚鍾聖躬。』《廣韻》：『休，美也，善也。』又『祚，福也，禄也』。寵靈，謂施恩而授其位也。《左傳·昭公七年》：『今君若步玉趾，辱見寡君，寵靈楚國。』孔穎達疏：『言開其恩惠，賜以威靈，以及楚國。』仍世，猶乃世，累世也。《書·旅獒》：『允迪兹生，民保厥居，惟乃世王。』孔安國傳：『乃世世王天下。』

⑰ 天秩之體，謂上天秩序之制。《書·皋陶謨》：『天秩有禮，自我五禮，有庸哉。』孔安國傳：『天次秩

有禮，當用我公侯伯子男五等之禮以接之，使有常有庸。』彰，猶顯。《廣韻》：『彰，明也。』毁盈之心，謂盈滿而損天道之心。《左傳·哀公十一年》：『盈必毁天之道也。』沖，猶遠。《廣韻》：『沖，深也。』

⑱ 考終，謂壽終正寢。《書·洪範》：『五曰考終命。』孔安國傳：『各成其短長之命以自終，不橫夭。』碩問，謂聲名大也。問，通聞。《經典釋文》卷七：『令聞，音問。本亦作問。』

⑲ 光宣，播其光輝。《玉篇》：『宣，布也，通也。』揄揚，猶宣揚。班固《兩都賦序》：『雍容揄揚，著於後嗣，亦雅頌之亞也。』善注：『《說文》：揄，引也。孔安國《尚書傳》曰：揚，舉也。』

序追溯張侯之輝煌家世。然後分述文侯際會風雲，渡江輔佐兩代吳主，知天命，審時勢，爲謀士之主，而以成東吳王霸之業。讚美文侯以中庸之道立朝，且犯顏直諫而忠貞，有古王臣之遺風。定侯德行昭彰，一法度，濟國難，文武兼備，暉崇東吳大業；吳主彰顯天道，而定侯謙遜遠盈，故能承前世而固寵，壽終名聞，宣之竹帛，播之歌詠也。

烈文遠祖，肇自上皇①。金天淳曜，遂濟窮桑②。真人有作，飛龍在天③。留侯載見，階雲自淵④。即謀神造，啓運妙玄⑤。有漢再命，度邑于東⑥。其在中葉，誕育司空⑦。邈矣唐陵，有恭斯庸⑧。寧行[一]盈止，世篤天禄⑨。神之聽思，俾我戩穀⑩。繁過芳祐，底之洪族⑪。

【校勘】

[一]『行』，《文集》、叢書堂鈔本作『衍』。《西晉文紀》卷十六、《百三家集》本、《四部叢刊》本、鄧邦述校

本、陳仲魚校本作『行』，今據改。

【注釋】

①烈文，武功文德。《詩·周頌·烈文》：『烈文辟公，錫兹祉福。』毛詩傳：『烈，光也。』馬瑞辰《詩經通釋》：『烈文二字並列，烈言其功，文言其德。』肇，開始。《廣韻》：『肇，始也。』上皇，指少昊氏。見上注。此二句言其遠祖武功文德，始自上皇少昊。

②金天，金天氏少昊也。見上注。淳曜，謂光明盛大。《國語·鄭語》：『夫黎爲高辛氏火正，以淳燿惇大天明地德，光昭四海。』韋昭注：『淳，大也。燿，明也。』《玉篇》：『燿，同曜。』窮桑，少昊氏之所居也。見上注。此二句言金天氏光明之盛，終成之于窮桑之邑。上四句追溯張氏遠祖少昊。

③真人，天子。《史記·秦始皇本紀》：『始皇曰：吾慕真人，自謂真人，不稱朕。』飛龍在天，喻帝王在位。《易·乾》：『九五：飛龍在天，利見大人。』王弼注：『龍德在天，則大人之路亨也，夫位以德興，德以位叙，以至德而處盛位，萬物之睹不亦宜乎！』此二句言天子之生也，如飛龍之在天。此二句謂漢高祖。

④留侯，張良。良輔漢高祖而得天下，始封留侯。見上注。載，王引之《經典釋詞》卷八：『猶則也。』階雲，謂以雲爲階。嵇康《明膽論》：『况有睹夷塗而無敢投足，階雲路而疑於迄泰清者乎！』此二句言留侯見於高祖，自水淵而飛升也。

⑤神造，此謂神靈所爲。陸機《漏刻賦》：『是故來象神造，去猶鬼幻。』妙玄，微妙玄通。《老子》第十五章：『古之善爲士者，微妙玄通。』河上公注：『玄，天也。言其志節玄妙精與天通也。』此二句言其就其謀

也如神靈莫測，啓其思也則妙通精微。

⑥ 度邑，卜居擇邑。 王融《三月三日曲水詩序》：『度邑静鹿丘之歎，遷鼎息大坰之慙。』濟注：『度邑，謂卜度邑都也。』此二句言良受漢高祖之命，而率兵東向。《漢書・張良傳》：漢元年，『漢王之國，良送至褒中，遣良歸韓。……良歸至韓，聞項羽以良從漢王故，不遣韓王成之國，與俱東，至彭城殺之。』

⑦ 誕育，猶誕生。 潘勗《册魏公九錫文》：『乃誘天衷，誕育丞相。』向注：『誕，謂生也。』司空，指漢司空張敏。 見上注。 此二句言在漢之中葉，誕生司空張敏。

⑧ 唐陵，漢高祖祖廟。 劉克莊《戲題山菴》：『客過唐陵悲石馬，盗穿秦冢得金凫。』《漢書・高帝紀》：『漢帝本系出自唐帝。 降及于周，在秦作劉。 涉魏而東，遂爲豐公。 豐公，蓋太上皇父。 其遷日淺，墳墓在豐鮮焉。 及高祖即位，置祠祀官。』此代指高祖陵寢。 有恭，有恭敬之德。《書・酒誥》：『惟御事，厥棐有恭，不敢自暇自逸。』孔安國傳：『惟殷御治事之臣，其輔佐畏相之君，有恭敬之德，不敢自寬暇自逸。』庸，《説文》：『用也。』此二句言高祖逝之遠矣，然其仍有恭敬之德。

⑨ 寧行盈止，謂豐盈而安寧。《詩・周頌・良耜》：『百室盈止，婦子寧止。』朱熹《詩集傳》：『盈，滿。寧，安也。』此二句言其家室豐盈安寧，世代厚其天賜之禄爵也。

⑩ 神之聽思，謂神聽其德。《詩・小雅・小明》：『神之聽之，式穀以女。』鄭玄箋：『穀，善也。 神明若祐而聽之，其用善人則必用女。』俾我戬穀，謂使爾受之福禄。《詩・小雅・天保》：『天保定爾，俾爾戬穀。』毛詩傳：『戬，福。 穀，禄。』鄭玄箋：『天使女所福禄之人，謂群臣也。』此二句言神聽其德，而賜爾之福禄。

⑪ 芳祐，謂神享其祭祀之芬芳而助之也。《易・繫辭上》：『祐者，助也。』底，同厎。《韻會》：『厎，通作底。』《玉篇》：『厎，致也，至也。』此二句言其盛過於神助，遂致之於大族。

此段追溯二侯之輝煌家世。武功文德，始自上皇，輝映于世，卜邑窮桑；高祖龍興，張良雲起，運籌帷幄，受命向東；其至中葉，司空張敏，恭敬漢室，使家室豐盈安寧，世厚其爵，神鑒其德，賜之福禄，其家盛矣，終成之洪族也。

洪族既昌，再惠音徽①。於穆二侯，仍世雙飛②。堂堂輔吴，抑抑奮威③。如龍之躍，如鳳之揮〔一〕④。薄言戾止，在彼紫微⑤。金卯紛若，四海畔換〔二〕⑥。文侯乃顧，妙〔三〕世達觀⑦。逝彼塗方，度兹江漢⑧。鳴飛遵海，聿來有亂⑨。遭家不造，殲我明聖⑩。桓后肇揚，侯承末命⑪。皇大烝哉，天保未〔四〕定⑫。匪侯郵度，宗緒孰正⑬？帝整我旅，外薄〔五〕四荒⑭。命作惟師〔六〕，時惟鷹揚〔七〕⑮。遂登上將，亮彼大皇⑯。底邑胙土，命珪有璋⑰。蹇蹇我侯，明發宿夜⑱。襲彼遺直，興言有謩⑲。聿懷來忠，王室之故⑳。

【校勘】

〔一〕「揮」，《四部備要》本作「輝」。

〔二〕「畔換」：《西晉文紀》卷十六作「畔渙」，古二詞同。

〔三〕「妙」，《西晉文紀》卷十六作「玅」，古二字同。《廣韻》：「玅，同妙。」

〔四〕「未」，《文集》、《西晉文紀》卷十六、《百三家集》本、叢書堂鈔本、《四部叢刊》本、鄧邦述校本、陳仲魚校本作「末」，形近而誤。文淵閣四庫本作「未」，今據改。

〔五〕『薄』，《四部叢刊》本、鄧邦述校本、陳仲魚校本作『簙』，形近而誤。

〔六〕『師』，文津閣四庫本作『帥』，當據改。

〔七〕『鷹揚』，《文集》作『鷹楊』，形近而誤。《古詩紀》卷十六、《百三家集》本、叢書堂鈔本、《四部叢刊》本、鄧邦述校本、陳仲魚校本作『鷹揚』，今據改。

【注釋】

① 惠，通繪，飾也。《山海經·中山經》：『五彩惠之。』郭璞注：『惠，猶飾也。』音徽，謂聲名美也。陸機《演連珠》：『乘風載響，則音徽自遠。』銑注：『徽，美。』此二句言洪族既已昌盛，又飾之以聲名之美。

② 於穆，歎美之詞。《詩·周頌·清廟》：『於穆清廟，肅雝顯相。』毛詩傳：『於，歎辭也。穆，美。』仍世，猶乃世，累世也。見上注。此二句言二侯美矣，奕世而雙飛。

③ 堂堂，威儀盛也。《論語·子張》：『堂堂乎張也，難與並爲仁矣。』何晏《集解》：『鄭玄曰：言子張容儀威而于仁道薄也。』輔吴，指輔吴將軍張昭。抑抑，恭謹嚴肅。《詩·小雅·賓之初筵》：『其未醉止，威儀抑抑。』毛詩傳：『抑抑，慎密也。』奮威，指奮威將軍張承。

④ 撝，通翬，飛翔。潘岳《西征賦》：『不尤眚以掩德，終奮翼而高撝。』善注：『薛綜曰：翬，飛也。撝與翬，古字通。』此二句言二侯如龍之躍，如鳳之飛。謂仕途得意也。

⑤ 薄言，猶我。《詩·周南·芣苢》：『采采芣苢，薄言采之。』毛詩傳：『薄，辭也。』鄭玄箋：『薄言，我薄也。』戾止，猶至之也。《詩·魯頌·泮水》：『魯侯戾止，言觀其旂。』毛詩傳：『戾，來；止，至也。』紫微，

星名，喻指帝宮。王延壽《魯靈光殿賦》：『乃立靈光之祕殿，配紫微而爲輔。』濟注：『紫微，帝宮也。』此二句言我公侯至之，而在帝宮也。

⑥金卯，劉姓之隱語。王嘉《拾遺記·前漢下》：『劉向於成帝之末，校書天禄閣，專精覃思，夜有老人，著黄衣，植藜杖杖，登閣而進……云：我是太一之精，天帝聞金卯之姓有博學者，下而觀焉。』劉者，拆字則爲卯金刀，故以隱劉姓也。紛若，猶言混亂。《玉篇》：『紛，亂也。』畔换，猶言跋扈，後亦作畔渙。見《盛德頌》注。此二句言漢末混亂，四海軍閥飛揚跋扈。

⑦妙世，體悟世道精微之理。《正字通》：『妙，精微也。』達觀，通達之見。《莊子·逍遥遊》郭象注：『達觀之士，宜要其會歸，而遺其所寄。』此二句言文侯鑒於亂世，體悟世道，洞悉精微。

⑧逝，猶逃離。《正韻》：『逝，亡也。』塗方，猶大道。《爾雅·釋詁》：『塗，路也。』《廣韻》：『方，道也。』度，通渡。《史記·晉世家》：『晉軍敗，走河，争度。』江漢，偏義複詞，猶言江。此二句言從彼地之途逃離，渡江而來吳。

⑨遵，《玉篇》：『循也，行也。』聿，自。《詩·大雅·緜》：『爰及姜女，聿來胥宇。』鄭玄箋：『聿，自也。』此二句言因世亂而自來之，如鳴鳥循江而飛也。

⑩遭家不造，謂遭遇家道不幸。《詩·周頌·閔予小子》：『閔予小子，遭家不造。』鄭玄箋：『造，猶成也。可悼傷乎我小子耳。遭武王崩，家道未成。』殲，《玉篇》：『死也。』明聖，睿智之君。賈誼《治安策》：『高皇帝以明聖威武，即天子之位。』此二句言其來也，遭遇我家道不幸，睿智之君身亡也。指孫堅之亡也。

⑪桓后，指桓王孫策。肇揚，始揚。陸機《弔魏武帝文》：『思居終而恤始，命臨没而肇揚。』良注：

『肇，初也。』末命，臨終之命。《書・顧命》：『道揚末命，命汝嗣訓。』此二句言桓王初登權位，文侯受臨終之命。

⑫ 皇大，猶偉大。《說文》：『皇，大也。』烝哉，君也，感歎得人君之道也。《詩・大雅・文王有聲》：『文王烝哉，築城伊淢。』毛詩傳：『烝，君也。』鄭玄箋：『君哉者，言其誠得人君之道。』《韓詩》云：『美也。』天保，謂天安定之。《詩・小雅・天保》：『天保定爾，亦孔之固。』鄭玄箋：『保，安。爾，女也。女，王也。天之安定女亦甚堅固。』未定，謂未定於尊禮。《書・洛誥》：『四方迪亂，未定于宗禮。』孔安國傳：『言四方雖道治，猶未定於尊禮。』此指桓王未即王位也。此二句言偉大之桓王，雖未即王位而天安定之。

⑬ 郵度，憂慮法度。《玉篇》：『郵，憂也。亦作恤。』宗緒，宗業。《楚辭・天問》：『何卒官湯，尊食宗緒？』王逸注：『緒，業也。』此二句言若非文侯憂其法度，孰可匡正吴之宗業？

⑭ 外薄，外迫之，謂征伐。《書・益稷》：『外薄四海，咸建五長。』孔安國傳：『薄，迫也。』四荒，四方之邊裔。《呂氏春秋・精通》：『聖人形德乎己，而四荒咸飭乎仁。』高誘注：『四表荒裔之民。』此二句言帝整我師旅，征討四方之邊裔。

⑮ 命作惟師，惟命作師之倒裝，謂天子命其爲帥。時惟鷹揚，謂惟是之武臣也。《詩・大雅・大明》：『維師尚父，時維鷹揚，涼彼武王。』毛詩傳：『師，大師也。鷹揚，如鷹之飛揚也。』鄭玄箋：『鷹，鷙鳥也。佐武王者爲之上將。』

⑯ 亮，同凉。《呂氏家塾讀詩記》卷二十五《詩・大雅・大明》作『亮彼武王』，並注曰：『亮，助也。』大皇，孫權。陸機《吴趨行》：『大皇自富春，矯首頓世羅。』善注：『《吴志》曰：孫權字仲謀，吴富春人也。薨，謚曰大皇帝。』此二句言遂登上將之位，輔佐大皇帝。

⑰ 厎邑，致其邑，謂賜其食邑。厎，致。見上注。胙土，賜土封爵。見上注。珪璋，美玉也，王賜以爲笏。《經典釋文》卷二十七：『珪璋，李云：皆器名也。鋭上方下曰珪，半珪曰璋。』此二句言王賜邑封土，授之官爵。

⑱ 蹇蹇，忠貞正直貌。《易・蹇》：『王臣蹇蹇，匪躬之故。』明發，從夕至明。《詩・小雅・小宛》：『明發不寐，有懷二人。』毛詩傳：『明發，發夕至明。』此二句言我侯忠貞正直，夜以繼日而勤於王事。

⑲ 襲，繼承，因襲。《尹文子・大道上》：『始終相襲，無窮盡也。』遺直，謂正直有古人遺風。見上注。興言，猶起也。《詩・小雅・小明》：『念彼共人，興言出宿。』鄭玄箋：『興，起也。夜臥起宿於外，憂不能宿於内也。』謩，謀也。《玉篇》：『謨，議謀也。』又『謩，同謨』。此二句言因襲古人正直之遺風，日夜謀于王事。

⑳ 聿，《正韻》：『惟也。』此二句言自來東吴，忠貞於王室也。

此段頌文侯輔佐吴主，忠貞勤勉。先以合頌二侯爲轉折。家族昌盛，令名遠播，二侯如龍躍鳳飛，奕世來其吴宫，威儀並盛。然後言文侯功在兩代，賜爵封侯。在漢末動亂之際，洞悉時勢，渡江而東，恰遭孫堅身亡，於是臨終顧命，輔佐桓王，而匡正東吴帝業。孫策死後，又率師出征，位登上將，輔佐孫權。故賜邑封土，授爵除官。最後言其忠貞正直，有古人風範；日夜謀於國事，勤勉王室。

猗歟定侯，祗服清曜①。奕奕〔一〕瓊範，玉潤淑貌②。淵謂〔二〕往藏，朗思來照③。曾是徽章，再世被荷④。庸勳開國，明道隆家⑤。苾苾其芬，淑問揚〔三〕和⑥。有蔚其文，如林之華⑦。皇矣帝祚，受言既崇⑧。女子有行，作合儲宫〔四〕⑨。條延紫極〔五〕，穎衍皇寧〔六〕⑩。亹亹定侯，在盈思沖⑪。祗寵戒溢，永懷慎終⑫。重光並曜，播我芳風⑬。

【校勘】

〔一〕『奕奕』，叢書堂鈔本作『弈弈』，形近而誤。

〔二〕『謂』，《西晉文紀》卷十六作『識』，當據改。《七十二家集》本作『⿰月胃』，同胃，音同而誤。

〔三〕『揚』，影鈔宋本、《四部叢刊》本作『楊』。影鈔宋本校曰：『楊，當作揚。』

〔四〕『女子有行，作合儲宮』，《四部備要》本作『女子行作，合儲條宮』，誤。『女子』，《文集》、《西晉文紀》卷十六、《七十二家集》本、《百三家集》本、叢書堂鈔本、《四部叢刊》本、《四部備要》本、鄧邦述校本、陳仲魚校本脱『子』。影鈔宋本校曰：『女下當脱一子字。』考其文意，此説甚是，故據補。又『作合』，《百三家集》本作『作會』，誤。

〔五〕『條延紫極』，《七十二家集》本、《四部叢刊》本、《四部備要》本、鄧邦述校本、陳仲魚校本均作『條延延紫極』，影鈔宋本作『條修延紫極』，皆誤。影鈔宋本校曰：『條修延紫極，衍一延字。』亦誤。

〔六〕『寧』，《西晉文紀》卷十六作『穹』。

【注釋】

① 猗歟，歎美之辭。《詩・周頌・潛》：『猗與漆沮，潛有多魚。』鄭玄箋：『猗與，歎美之言也。』與，同歟。祗服，謂敬行父道。《書・康誥》：『子弗祗服厥父事，大傷厥考心。』孔安國傳：『爲人子不能敬身服行

父道，而怠忽其業，大傷其父心，是不孝。』此二句言美哉定侯，敬行父道而光明朗照。

② 奕奕，高大貌。《詩・小雅・巧言》：『奕奕寢廟，君子作之。』毛詩傳：『奕奕，大貌。』瓊範，謂風範如玉之純也。《説文》：『瓊，赤玉也。』淑貌，形容貌美。陸機《君子有所思行》：『淑貌色斯升，哀音承顔作。』良注：『淑，美也。』此二句言道德崇高，如玉之純，容顔美麗，如玉圓潤。

③ 淵謂，當作淵識，與朗思對舉，猶言潛思。朗思，猶言洞察。袁宏《三國名臣序贊》：『公達潛朗，思同蓍蔡。』良注：『朗，明也。言思慮潛明，有如卜筮預見其事也。』此二句言潛思如深藏之，洞察又明照之。謂其深思而洞明也。

④ 曾，猶如。王引之《經傳釋詞》卷八：『曾，乃也。』徽章，喻聲名美而顯也。王儉《褚淵碑文》：『物有其容，徽章斯允。』善注：『《禮記》曰：殊徽號。鄭玄曰：徽，旌旗之名也。……章，幟也。』濟注：『徽，美。章，明也。』此二句言如此顯著之令名，歷二世而被之。

⑤ 庸勳，猶功勳。《玉篇》：『庸，功也。』此二句言有開國之功勳，明道而家世隆盛也。

⑥ 苾苾其芬，香氣濃郁。《詩・小雅・信南山》：『是烝是享，苾苾芬芬。』《吕氏家塾讀詩記》卷二十二：『董氏曰：苾苾芬芬，香氣上達也。』淑問，猶令聞，美名也。陸機《答賈謐》：『東朝既建，淑問峩峩。』良注：『淑，美。問，聞也。』揚和，猶言輕揚。《增韻》：『揚，發也。』此二句言其令名馨香而輕揚也。

⑦ 蔚，茂盛。《韻會》：『蔚，草木盛貌。』此二句言文采美盛也，如林中之花。

⑧ 皇，《説文》：『大也。』祚，《正韻》：『福也，禄也。』受言，謂我受之也。《詩・小雅・彤弓》：『彤弓弨兮，受言藏之。』毛詩傳：『言，我也。』此二句言帝賜之福禄大矣，我侯受之而隆盛。

⑨ 女子有行，謂女子有出嫁之道。《詩・邶風・泉水》：『女子有行，遠父母兄弟。』鄭玄箋：『行，道

也。婦人有出嫁之道。』作合，天作之合。《詩・大雅・大明》：『文王初載，天作之合。』毛詩傳：『合，配也。』儲宮，太子。潘尼《贈陸機出爲吴王郎中令》：『乃漸上京，羽儀儲宮。』善注：『羽儀儲宮，謂機爲東宮洗馬，爲太子羽儀也。』《三國志・吴・張昭傳》：『初，承喪妻，昭欲爲索諸葛瑾女，承以相與有好，難之。權聞而勸焉，遂爲婿。生女，權爲子和納之。權數令和修敬於承，執子婿之禮。』此二句言此事也。謂定侯之女有婦人之道，與太子乃天作之合也。

⑩ 紫極，即紫微。《晉書・天文志上》：『紫宮垣十五星，其西番七，東番八，在北斗北。一曰紫微，大帝之坐也，天子之常居也。』代指皇宮。潘岳《西征賦》：『厭紫極之閑敞，甘微行以遊盤。』此二句言枝條延至於皇室，禾穎繁衍於宮中。喻其女入宮生子也。

⑪ 亹亹，謂勤勉修德。《詩・大雅・文王》：『亹亹文王，令聞不已。』毛詩傳：『亹亹，勉也哉。』鄭玄箋：『勉勉乎不倦，文王之勤用明德也。』在盈思沖，謂道德盈滿而不驕奢。《老子》第四十五章：『大盈若沖，其用不窮。』河上公注：『謂道德大盈滿之君也。如沖者，貴不敢驕也，富不敢奢也。』此二句言定侯勤勉修德，謙和沖淡。

⑫ 祇寵，受寵敬也。《爾雅・釋詁》：『祇，敬也。』慎終，乃慎終於始，謂思前慮後。《書・太甲下》：『慎終于始。』孔安國傳：『於始慮終，於終思始。』此二句言雖受寵敬而戒自滿也，長懷終始之道。

⑬ 重光，喻昭、承父子之顯赫也。此二句言父子顯赫而輝映，我侯之馨德風範，流播於世也。

此段頌定侯隆崇家世，使之鼎盛也。先言其敬行父道，道德容止如玉之美，潛思而明察，兩代皆負聲名之美。再言功勳開國，明道隆家，芬芳令名播揚，文采之美如花，故帝賜福祚盛也。加之女配王儲，族衍皇宮，寵貴極矣。然其勤勉修德，謙和沖淡，慮始慎終，雖受寵敬而戒盈溢。故與前代互相輝映，而馨德風範，流播於世也。

榮啓期讚并序〔一〕

【題解】

榮啓期生值周末王道衰頹之時，歸隱丘林，求道守真，云作此文而讚之。從表達藝術上看，『序』勝於『贊』。序雖取材於史籍與傳説，以皇甫謐《高士傳》記載最爲完整。然而，士龍抽换了人物生存背景，突出其『衰世之季末，王道頹凌』的現實環境；强化了人物超然物外『隱居窮處』，突出其以道爲友的本然之性；虚構了孔子聽其『三樂』之言後的憂傷，『被裘帶索』特立獨行之感悟，棄世歸隱之行爲，反襯了榮啓期人格魅力，顯然浸潤着作者强烈的主體意識。其别具匠心的靈動叙述，使小序充滿藝術情調。然『序』重在叙事，『贊』重在抒情，表現手法有别；『序』突出其人生三樂，『贊』突出其歸隱之快，表現内容亦不相同。二者内容互補，形成一個完美的藝術整體。

此文所作時間不可考。從表層看，内容與《逸民賦》接近，然賦在頌隱的背後，有勃鬱憤激，有牢騷不平，而此文則恬静而超然，必不與賦作於同時。從所表達的思想傾向看，或作於吴亡屏居鄉里十年之间。

榮啓期者，周時人也。值衰世之季末，當王道頹凌，遂隱居窮處，遺物求己〔二〕①。泝懷玄妙之門，求意希微之域②。天子不得〔三〕而臣，諸侯不得而友③。行年九十，被裘鼓琴而歌。孔子過〔四〕之，問曰：『先生何樂？』④答曰：『吾樂甚多。天生萬物，唯人爲貴。吾得爲人矣，是一樂也；以男爲貴，吾又得爲男，是二樂也；或皆不免於繦褓〔五〕，而吾行年九十，是三樂也。夫貧者士之常也，死固命之終也，居常待終，當何憂乎？』⑤孔子聽其音，爲之三日悲。常被裘帶索，行吟於路，曰：『吾著裘者何求？帶索者何索？』⑥遂放志一丘，滅景榛藪⑦。居真思樂之林，利涉忘憂之沼，以卒其天年⑧。榮華溢世，不足以盈其心；萬物兼陳，不足以易其樂⑨。絶景雲霄之表，濯志〔六〕北溟之津⑩。豈非天真至素，體正含和者哉⑪？友人有圖其象者，命爲之讚。其辭曰：

【校勘】

〔一〕『并序』，《文集》、《四部叢刊》本、鄧邦述校本、陳仲魚校本脱。今據《西晉文紀》卷十六、《百三家集》本校補。按：此序内容與劉向《説苑》卷十七、《列子·天瑞》、皇甫謐《高士傳》皆有不同。其中《高士傳》記載最爲完備。其文曰：『榮啓期者，不知何許人也。鹿裘帶索，鼓琴而歌，孔子遊于泰山，見而問之曰：先生何樂也？對曰：吾樂甚多。天生萬物，唯人爲貴，吾得爲人矣，是一樂也。男女之别，男尊女卑，故以男爲貴，吾既得爲男矣，是二樂也。人生有不見日月，不免繦褓者，吾既已行年九十矣，是三樂也。貧者士之常也，死者民之終也，居常以待終，何不樂也？』與此序内容略有不同，録以對照。

〔二〕『已』，《文集》、《百三家集》本、叢書堂鈔本、《四部叢刊》本、鄧邦述校本、陳仲魚校本作『巳』，形近而誤。

〔三〕『得』，《文集》、叢書堂鈔本作『德』，音同而誤。《西晉文紀》卷十六、《百三家集》本、《四部叢刊》本、鄧邦述校本、陳仲魚校本作『得』，今據改。

〔四〕過，《文集》作『遇』，《西晉文紀》卷十六、《百三家集》本、《四部叢刊》本、鄧邦述校本、陳仲魚校本作『過』。文意更爲生動，故據改。

〔五〕『繦褓』，《四部叢刊》本、鄧邦述校本、陳仲魚校本作『襁褓』，古二詞同。

〔六〕『濯志』，《文集》、叢書堂鈔本、《四部叢刊》本、《四部備要》本、鄧邦述校本、陳仲魚校本作『志濯』。《西晉文紀》卷十六、《百三家集》本、《文章辨體彙選》卷四百六十三作『濯志』。從上下文對偶看，當以『濯志』爲是，故據改。

【注釋】

①頹凌，猶衰頹也。凌，通陵。朱駿聲《說文通訓定聲》：『夌，經傳多以陵、以凌、以淩爲之。』窮處，謂終居於山林。《詩·鄘風·考槃》：『《考槃》，刺莊公也。不能繼先公之業，使賢者退而窮處。』毛詩傳：『窮，猶終也。』遺物，遺忘外物。《莊子·田子方》：『先生形體掘若槁木，似遺物離人而立於獨也。』郭象注：『無其心身而後外物去也。』遺物求己，謂遺其外物而求諸本真也。

②泝懷，猶求意。泝，逆。《玉篇》：『泝，逆流而上。』又『逆，迎也』。玄妙之門，乃老子之學說，謂忘己守和，除情去欲之道。《老子》第一章：『玄之又玄，衆妙之門。』河上公注：『能知天中復有天，禀氣有厚薄，

除情去欲，守中和，是謂知道要之門户也。』希微之域，乃老子之學説，謂以無之爲道也。《老子》第十四章：『聽之不聞名曰希，搏之不得名曰微。』河上公注：『無聲曰希，言一無音聲不可得聽而聞之；無形曰微，言一無形體不可摶持而得之。』

③ 此二句言不稱臣于天子，不同道于諸侯。此乃隱士之習見之語。《吕氏春秋・士節》：『士之爲人，當理不避其難，臨患亡利遺生，行義視死如歸。有如此者，國君不得而友，天子不得而臣。大者定天下，其次定一國，必由如此人者也。』又劉向《新序》卷七：『原憲居環堵之室，茨以生蒿，蓬户甕牖，揉桑以爲樞，上漏下濕，匡坐而弦歌。……聲滿天地，如出金石。天子不得而臣也，諸侯不得而友也。故養志者忘身，身且不愛，孰能思之？』

④ 過，猶拜訪。《禮記・檀弓上》：『過之者，俯而就之。』

⑤ 繈褓，代指嬰兒。《尚書大傳・大誥》：『成王幼在繈褓。』孔安國傳：『繈褓，小兒被也。』繈，通襁。朱駿聲《説文通訓定聲》：『繈，假借爲襁。』不免於襁褓，謂早夭。

⑥ 被裘，身著皮衣。《玉篇》：『裘，皮衣也。』帶索，以繩索爲衣帶。《韓詩外傳》卷十：『楚丘先生披蓑帶索，往見孟嘗君。』吾著裘者何求，帶索者何索，取其諧音，謂吾之入世而求索甚無意義。裘，亦通求，意同索。《詩・小雅・大東》：『舟人之子，熊羆是裘。』鄭玄箋：『舟，當作周。裘，當作求。聲相近故。』

⑦ 放志，縱情適意。曹植《公宴詩》：『飄颻放志意，千秋長若斯。』滅景，猶息影。《廣韻》：『滅，絶也。』景，同影。滅影，謂息影於世而棲息山林。榛藪，猶山澤。曹植《七啓》：『於是磎填谷塞，榛藪平夷。』濟注：『大叢曰榛，澤無水曰藪。』

⑧ 此三句言居於山林藪沼，忘憂思樂，守其本真，終其天年。

⑨ 此四句言盈世之榮華，不可動其心；倍陳之外物，不可改其樂。

⑩ 表，外。《玉篇》：「表，衣外也。」北溟，北海。《莊子・逍遥遊》：「北溟有魚，其名曰鯤。」《經典釋文》卷二十六：「北冥，本亦作溟，北海也。」

⑪ 天真，超越世俗之自然本性。《莊子・漁父》：「真者，所以受於天也，自然不可易也，故聖人法天貴真。」至素，至純。《禮記・雜記下》：「純爲素，紃爲五彩。」

序讚美榮啓期值周末王道衰頽之時，棄世事，隱丘林，求至道，守天真，窮處而樂。孔子過之，聽其「三樂」而悔其入世之心，遂亦棄世間榮華，輕身外之物，息影山林，超然塵世。

芒芒至道，天啓德心①。自昔逸民，遁志山林②。邈矣先生，如龍之潛③。夷明收察，滅迹在陰④。傲世求己〔一〕，遺物自欽⑤。景遯瓊煇，響和絶音⑥。戀彼丘園，研道之微⑦。思樂寒泉，薄採春蕤〔二〕⑧。鳴弦〔三〕清汎，撫節高徽⑨。有聖戾止，永言傷悲⑩。天造草昧，負道實嘉⑪。於鑠先生，既體斯和⑫。熊羆作祥，黄髮皤皤⑬。耽此三樂，遺彼世華⑭。翼翼彼路，行吟以遊⑮。的的皦冕，陋我輕裘⑯。永脱亂世，受言一丘⑰。媚兹常道，聊以忘憂⑱。

【校勘】

〔一〕「己」，《文集》、叢書堂鈔本、《四部叢刊》本、鄧邦述校本、陳仲魚校本作「已」，形近而誤。

〔二〕「蕤」，《諸家文集》本作「甤」，陸貽典校作「蕤」。《正字通》：「甤，俗作蕤。」

〔三〕『弦』,《四部備要》本作『絃』,古二字通。

【注釋】

① 芒芒,廣大貌。《詩・商頌・玄鳥》:『天命玄鳥,降而生商,宅殷土芒芒。』毛詩傳:『芒芒,大貌。』啓,開。《玉篇》:『啓,開發也。』德心,向善之心。《詩・魯頌・泮水》:『濟濟多士,克廣德心。』朱熹《詩集傳》:『德心,善意也。』此二句言至道廣遠,天啓其向善之心。

② 逸民,指操守德行超越塵世者。《論語・微子》:『逸民:伯夷、叔齊、虞仲、夷逸、朱張、柳下惠、少連。』何晏《集解》:『逸民者,節行超逸者。包氏曰:此七人皆逸民之賢者也。』

③ 先生,指榮啓期。此二句言遠古之榮啓期,如龍潛隱深淵。

④ 夷明,猶明夷,爲《易》六十四卦之一,象徵光明殞傷之意。夷,謂傷也。喻昏君在上,賢者不得志也。袁宏《後漢紀・孝安皇帝紀》:『夷明隱困而不耻,箕子之心也。』收察,失察。陸機《演連珠》:『飛轡西頓,則離朱與矇瞍收察。』在陰,謂隱居山林而守其本真。《易・中孚》:『鳴鶴在陰,其子和之。』王弼注:『處内而居重陰之下,而履不失中,不徇於外,任其真者也。』此二句言生遭黯世,賢愚失察,賢者息影,歸隱守真。

⑤ 欽,《説文》:『一曰敬也。』此二句言傲世歸隱,反求於己,遺忘外物,敬其本真。

⑥ 景遯,猶息影,謂棄世而隱。《玉篇》:『遁,隱也。』又『遯,同遁』。瓊煇,如玉之光輝。《説文》:『瓊,赤玉也。』又『煇,光也』。絶音,絶美之樂。《意林》卷四:『伯喈識絶音之器於煙燼之餘。』此二句遁影

山林，如玉色生輝，回聲應和，如絶美之樂。

⑦ 此二句言眷念丘園，揣摩微妙之道。

⑧ 寒泉，猶清泉。《易・井》：『寒泉之食，中正也。』薄採，猶采也。《詩・周南・芣苢》：『采采芣苢，薄言采之。』毛詩傳：『薄，辭也。』采，同採。《正韻》：『採，摘也。同采。』春蕤，春花。《説文》：『蕤，草木華垂貌。』

⑨ 清泛，猶清波。《説文》：『泛，一曰流也。』高徽，指琴音響亮。《正字通》：『琴節曰徽。』此二句言彈琴如水波之清，擊節而琴音響亮。

⑩ 有聖，指孔子。戾止，謂至之也。《詩・魯頌・泮水》：『魯侯戾止，言觀其旂。』毛詩傳：『戾，來；止，至也。』永言傷悲，謂我聖長傷悲也。《詩・大雅・文王》：『永言配命，自求多福。』毛詩傳：『永，長。言，我也。』

⑪ 天造草昧，謂天地初開，混沌冥昧。《易・屯》：『天造草昧，宜建侯而不寧。』王弼注：『屯者，天地造始之時也。造物之始，始於冥昧。』負道，謂受其道也。《廣韻》：『負，荷也。』此二句言天地初開，實混沌冥昧，惟負其道者而有是美也。

⑫ 於鑠，歎美之辭。《詩・周頌・酌》：『於鑠王師，遵養時晦。』毛詩傳：『鑠，美。』體，猶本性。《韻會》：『體，質也。』此二句言美哉先生，性含道之和也。

⑬ 黄髮，長壽之徵。《詩・魯頌・閟宫》：『黄髮台背，壽胥與試。』鄭玄箋：『黄髮台背，皆壽徵也。』皤皤，髮之白也。《玉篇》：『皤，老人白也。』此二句言雖能羆猛獸亦成祥瑞，隱者長壽而髮白。

⑭ 耽，猶享受。《玉篇》：『耽，樂也。』此二句言人生享其三樂，可遺彼世間之榮華也。

⑮ 翼翼，悠閒貌。《詩·小雅·采薇》：『四牡翼翼，象弭魚服。』毛詩傳：『翼翼，閑也。』按：閒與閑，本二字。《正字通》曰：『閒暇閒冗，音閑義别。』潘岳《閒居賦》「清穆敞閑」本作閒，吴棫《韻補》引賦改作閑，《字彙》引入閑，注譌誤。』後將閒、閑二字不别而混用之。此二句言悠閒而遊，行吟途中。

⑯ 的的，猶明明也。《淮南子·説林訓》：『的的者獲，提提者射。』許慎注：『的的，明爲衆所見。』《説文》：『的，明也。』黻冕，泛指官服。《左傳·宣公十六年》：『以黻冕命士會將中軍，且爲大傅。』杜預注：『黻冕，命卿之服。』輕裘，輕暖皮衣。《玉篇》：『裘，皮衣也。』此二句言雖官服鮮明，比之輕裘亦爲陋也。

⑰ 言，語助詞。《玉篇》：『言，辭也。』此二句言我永離亂世，而受用此之一丘也。

⑱ 媚，悦。《説文》：『媚，説也。』《玉篇》：『説，懌也。』常道，永恒不變之道。《玉篇》：『常，恒也。』聊，且，願。《玉篇》：『聊，願也。又且略之辭。』此二句言悦其永恒之道，且以此而忘憂也。

贊乃頌美榮啓期歸隱之樂也。古之逸民，在生遭黯世，賢愚失察之時，傲世遺物，潛隱山林，守天啓之至道，求一己之本真，樂清泉，采春花，鳴清琴，揣摩妙道，留戀丘園，性和壽永，享其三樂，遺塵世之榮華，陋鮮明之官服，受此一丘，永脱亂世，故聖人見之，亦悵然傷悲也。

【附録】

［晉］孫楚《榮啓期贊》：榮公温雅，既怡既懌。濁以徐清，寂然澹泊。援琴自娱，詠此三樂。眉壽無疆，惟德之宅。

嘲褚常侍〔一〕

【題解】

此文由褚氏官職卑微、才能出衆引起，論述唯賢是與的用人之道，國家治亂之所由。從具體人物境遇而抽象出普遍之理，深化了文章題旨。文章呈現士龍之文别樣風格，以遊戲的筆墨，調侃的語調，勾畫了一位懷才不遇而又安貧樂道的褚常侍形象。通過褚常侍才美與位卑對比；有吕望、甯戚官人之才，而無吕望、甯戚之際遇對比；棲身槁木、安貧樂道，與爵豐而求厚、位隆而欲廣者對比，深刻揭示褚常侍不遇于時、不得其君的窘迫人生遭遇。用筆似貶，而實是褒之；詼諧幽默，而歸之於正，頗有漢人東方朔文章之遺風。文中『君子』或爲僞，或爲正，僞者求全責備，正者正面褒揚，意義有别，不可不細察之。而文章以褚常侍爲切入點，深入論述舉賢興國之理，世道治亂之所由，並且以史爲鑒，不僅説理透闢，也使短文呈現出汪洋恣肆的風格。

文章開頭所言之『六年』，乃元康六年。士龍與兄太康末入洛，太安二年被誅。惟元康有九年，故其六年必爲元康六年（二九六），此文必作於是年。

六年正月，前臨川府丞褚老常侍〔二〕，君子謂吴如〔三〕是乎能官人①。官人，國之所廢興也。古之興王，唯賢是與②。吕〔四〕望漁釣，而周王枉駕③。甯戚叩〔五〕角，而齊王忘寐④。委斯徒而縻〔六〕好爵，釋短褐而服龍章⑤。姬姜之族，非無人也；親昵之愛，非無懷也⑥。取彼庸賤之徒，登之佐臣之列。故九賢翼世，而有命既集；五子佐時，匡霸以濟⑦。夫唯能官人之所由也。

【校勘】

〔一〕『褚』，《文集》、叢書堂鈔本、《四部叢刊》本、《百三家集》本、鄧邦述校本、陳仲魚校本作『諸』，乃『褚』之訛字，下同。逕改，不出校。

〔二〕『前臨川府丞褚老常侍』，《西晉文紀》卷十六、鄧邦述校本作『前臨川府丞褚爲常侍』；《百三家集》本、《七十二家集》本作『以臨川府丞褚爲常侍』。

〔三〕『如』，《西晉文紀》卷十六、《百三家集》本、《七十二家集》本作『於』。

〔四〕『吕』，《文集》、叢書堂鈔本作『召』，形近而誤。《西晉文紀》卷十六、《百三家集》本、《四部叢刊》本、鄧邦述校本、陳仲魚校本作『吕』，今據改。

〔五〕『叩』，《百三家集》本作『扣』，古二字通。

〔六〕『縻』，《四部叢刊》本、鄧邦述校本、陳仲魚校本作『靡』，古二字同。《經典釋文》卷二：『靡，本又作縻，同。』

【注釋】

① 六年，元康六年。士龍與兄太康末入洛陽，太安二年被誅。六年必爲元康之六年。褚常侍，事迹不

可考。常侍，官名。晉王之國置左、右常侍各一人，小國僅置一人，掌贊相獻替。如是，如此人也。官人，治民，猶爲官。《書・皋陶謨》：『知人則哲，能官人安民則惠。』

② 興王，盛世之君。《廣韻》：『興，盛也。』唯賢是與，唯授賢者。《三國志・魏・三少帝紀》：『古者以天下爲公，唯賢是與。』

③ 吕望，周初人。姜姓，吕氏，名尚。相傳釣于渭濱，周文王出獵相遇，與語大悦，同載而歸，曰：『吾太公望子久矣！』因號爲太公望，立爲師。武王即位，尊爲師、尚父。輔佐武王滅殷，周朝既建，封于齊，爲齊國始祖。事見《史記・齊太公世家》。枉駕，屈駕。《玉篇》：『枉，衺曲。』

④ 甯戚，春秋時衛人。以家貧爲人挽車。至齊，喂牛于車下，扣牛角而歌。桓公以爲非常人，召見，拜爲上卿。事見《吕氏春秋・舉難》《晏子春秋・問下》《説苑・尊賢》等典籍。齊王，齊桓公，春秋五霸之一。

⑤ 委，《廣韻》：『任也。』斯徒，此類人。《玉篇》：『徒，衆也。』縻好爵，謂賜之爵禄。《易・中孚》：『鳴鶴在陰，其子和之。我有好爵，吾與爾靡之。』王弼注：『不私權利，唯德是與，誠之至也。故曰：我有好爵，與物散之。』《經典釋文》卷二：『靡，本又作縻，同。散也。《韓詩》云：共也。』短褐，粗布短衣。《經典釋文》卷六：『褐，以毛爲布也。』龍章，猶朝服也。《禮記・明堂位》：『有虞氏服韍，夏后氏山，殷火，周龍章。』鄭玄注：『韍，冕服之韠也。舜始作之，以尊祭服，禹湯至周，增以畫文，後王彌飾也。山取其仁可仰也，火取其明也，龍取其變化也，天子備焉。』

⑥ 姬姜，春秋時，周王室姓姬，乃黄帝之後裔。齊國姓姜，乃神農之後裔。《説文》：『姜，神農居姜水以爲姓』。又『姬，黄帝居姬水以爲姓』。此四句言姬、姜之族，非無人才，非無可懷念之親近之人。

⑦ 九賢，指堯、舜、禹、文王、皋陶、禹、契、史皇、羿。《淮南子・脩務訓》：『夫堯眉八彩，九竅通洞，而

公正無私，一言而萬民齊；舜二瞳子，是謂重明，作事成法，出言成章；禹耳參漏，是謂大通，興利除害，疏河決江；文王四乳，是謂大仁，天下所歸，百姓所親；皋陶馬喙，是謂至信，決獄明白，察於人情；禹生於石，契生於卵，史皇產而能書，羿左臂脩而善射。若此九賢者，千歲而一出，猶繼踵而生。』翼世，猶輔世。《廣韻》：『翼，助也。』有命既集，謂天命歸之。《詩·大雅·大明》：『天監在下，有命既集。』毛詩傳：『集，就也。』五子，指范皋夷、梁嬰父、知文子、韓簡子、魏襄子。《左傳·定公十二年》：『故五子謀，將逐荀寅而以梁嬰父伐之，逐范吉射而以范皋夷代之。』杜預注：『五子：范皋夷、梁嬰父、知文子、韓簡子、魏襄子。』匡霸，匡正王業。盧照鄰《對蜀父老問》：『或委輅而仕屬論都之會，或射鉤以相遇匡霸之機。』《説文》：『匡，一曰正也。』《玉篇》：『霸，王也。』

此段由君子謂褚老常侍是官人之材而引起，論述唯賢是與的用人之道。國之興廢，在於擇官，盛世之君，唯舉賢才，呂望漁釣而得舉，甯戚叩角而爲用，非其邦族無才無親，乃唯才是舉，故九賢命世，天命歸之，五子佐時，以成霸業。褚老常侍有官人之材而不用，故此論與下文構成反跌。

褚氏，大夫之常佐，遠邦之賤司①。才則邵矣，官實陋矣②。而拔出群萃，超昇階闥③。雖文王登師，桓公取佐，亦何以加之④？詩曰：『濟濟多士，文王以寧。』言官人得才也⑤。褚常侍聞之喜曰：『君子之言，豈虛也哉？吾得此足矣。』君子謂褚常侍於是乎不謙⑥。謙也者，致敬以存其位者也。謙之不存，德無柄矣。

【注釋】

①常佐，普通佐官。《正韻》：「佐，輔也。」遠邦，此指吴。由上文可知，褚常侍乃吴人。賤司，卑微之職。文與可《謝成都端明》：「兹服嚴命，已臨賤司。」

②邵，《小爾雅》：「美也。」陋，低賤。《玉篇》：「陋，隱小也。」

③拔出群萃，謂才能出衆。《孟子·公孫丑上》：「出於其類，拔乎其萃。」階闥，猶朝廷。陸機《五等諸侯論》：「豈若二漢階闥蹔擾，而四海已沸。」善注：「階闥蹔擾，謂王莽也。」向注：「階闥，宫城内也。」

④文王登師，指周文王拜姜尚爲師。見上注。《玉篇》：「登，進也。」桓公取佐，指齊桓公取甯戚爲卿。見上注。

⑤濟濟多士，文王以寧，乃《詩·大雅·文王》之成句。毛詩傳：「濟濟，多威儀也。」謂賢才盛多，而文王安之也。

⑥謙，謙遜。《玉篇》：「謙，遜讓也。」

此段言褚氏官職卑微，而才能出衆，雖姜尚、甯戚亦不可出其上。寫其位卑，用淡筆；寫其才能，用濃墨，反襯對比，其懷才不遇則見矣。寫褚常侍聞之而喜，君子譏之不遜，既揭示褚常侍之安貧樂道，又隱示其位卑不進之原因。所謂君子者，實乃青蠅之讒人也。

世之治也，君子自以爲不足，故撙節以求役于禮，敬讓以求安于仁①。世之亂也，在位者自以爲有餘，故爵豐而求更厚，位隆而欲復廣②。世之治亂〔一〕，恒由此作③。今褚侯蟬蛻槁木〔二〕，鵲鳴玉堂，不庶幾夙夜允集衆譽，而意充於一善，心盈於自足④。足則無求，盈則無戒⑤。不求則善遠之，無戒則惡來之，亦何以爲君子哉？詩云：『戰戰兢兢〔三〕，如臨深淵。』慎之至也⑥。褚常侍聞是言也懼，謂之昌言也而拜之⑦。君子曰：『褚侯其幾矣。聞善而喜，過又應之懼。嘉服義之賢，而拜讜言之辱。規同禹迹，義均罪己〔四〕。君子哉！吴無君子，斯焉取斯！』⑧

【校勘】

〔一〕『治亂』，《文集》、叢書堂鈔本、《四部叢刊》本、鄧邦述校本、陳仲魚校本作『治教』，語意扞格。《西晉文紀》卷十六、《百三家集》本作『治亂』，今據改。

〔二〕『槁』，《文集》、叢書堂鈔本、《四部叢刊》本、《四部備要》本、鄧邦述校本、陳仲魚校本作『利』。《西晉文紀》卷十六作『秋』。《百三家集》本作『槁』，考其文意，以『槁』爲善，今據改。

〔三〕『兢兢』，《四部叢刊》本、鄧邦述校本、陳仲魚校本作『競競』。

〔四〕『己』，《文集》、叢書堂鈔本、鄧邦述校本、陳仲魚校本作『已』，形近而誤。

【注釋】

① 撙節，趨於法度。《禮記・曲禮上》：『是以君子恭敬、撙節、退讓以明禮。』鄭玄注：『撙，猶趍也。』《廣韻》：『趍，俗趨字。』敬讓，恭敬謙遜。《禮記・表記》：『子曰：恭近禮，儉近仁，信近情，敬讓以行。』此

四句言治世，君子自以爲德不足，故遵循法度而求規範於禮，恭敬謙遜而求安於仁。

② 隆，猶尊也。《玉篇》：『隆，盛也。』此四句言亂世，在位者以爲德有餘，故禄豐而求更厚，位尊而欲增廣之。

③ 恒，《玉篇》：『常也。』此二句言治亂之由在於：治世循禮安仁，亂世貪婪榮貴。

④ 蟬蛻，蟬之脱殼，喻棲身也。《説文》：『蛻，蛇蟬所解皮也。』鵠鳴，鴻鵠之鳴，指翱翔也。《玉篇》：『鵠，黄鵠，仙人所乘。』庶幾，希冀之詞。《爾雅·釋言》：『庶幾，尚也。』夙夜，猶日夜。《詩·召南·采蘩》：『被之僮僮，夙夜在公。』毛詩傳：『夙，早也。』允集，猶聚集。陸機《漢高祖功臣頌》：『三王從風，五侯允集。』濟注：『允，信。集，至也。』充，滿足。《玉篇》：『充，滿也。』一善，猶一美。《廣韻》：『善，佳也。』此五句言諸侯棲身槁木，翱翔華堂，不尚衆譽，安於現狀，足於修身。

⑤ 盈，猶足也。《玉篇》：『盈，滿也。』戒，《説文》：『警也。』此二句言自足則無所求，則任性自適。

⑥ 戰戰兢兢，如臨深淵，乃《詩·小雅·小旻》之句。毛詩傳：『戰戰，恐也。兢兢，戒也。』

⑦ 昌言，猶有益之言。《書·大禹謨》：『禹拜昌言，曰：俞。班師振旅。』孔安國傳：『昌，當也。以益言爲當，故拜受而然之。』

⑧ 幾，猶庶幾，近之也。《説文》：『幾，殆也。』服義，謂遵從仁義。《楚辭·招魂》：『朕幼清以廉潔兮，身服義而未沬。』王逸注：『身服仁義，未曾有懈己之時也。』讜言，正直之言。陸機《弔魏武帝文》：『善乎達人之讜言矣！』善注：『《聲類》曰：讜，善言也。』濟注：『讜，正也。』禹迹，大禹之遺迹。喻先賢之遺風。《左傳·襄公元年》：『芒芒禹迹，畫爲九州。』罪己，猶責己。《左傳·莊公十一年》：『禹湯罪己，其興也悖焉。』斯焉取斯，意謂此人焉取此品質。《論語·公冶長》：『子謂子賤：君子哉若人！魯無君子者，斯焉取

斯。』何晏《集解》：『苞氏曰：若人，若此人也。如魯無君子，子賤安得此行而學行之。』

此段先論治亂之所由。治世，君子循禮法而安于仁義；亂世，在位求厚禄而欲位尊。然後引出褚侯棲身槁木，翱翔華堂，不尚衆譽，安貧樂道，似抑而實揚。最後借君子之口正面讚揚褚侯聞善則喜，聞過而懼，循仁義而規前賢，乃有真正君子之風。

牛責季友文〔一〕

【題解】

此篇乃勸季友離隱仕進之文。先言季友之異于常人，戴天履地，道法自然，鍾天地靈秀，得自然之和，才思敏捷，文辭辯麗，故勸其離隱出潛，輝耀天人。再責其車服依舊，沉淪落魄，而蹉跎歲月，勸其珥貂蟬，乘軺軒，奔走朝廷，何必棲身荒野，乘病牛而含悲？後言日月流逝，應及時建功立業，使流芳後世。從『何子崇道與德，而遺貴與富之甚哉』句看，文章名爲責難而實爲褒揚。季友之才秀而處境之落魄形成鮮明對比，個中原因，留餘言外。兩處『何不』之責難，實質上隱含對現實的不滿與批判，其中也融入作者理想之失落。從結構上看，文章雖短，却反復渲染，有揚有抑，結尾之調侃，更留有不盡之餘味。

此文所作時間不可考，從内容看當作於入洛之後。

天造草昧，萬物化淳①。類族殊品，莫尚〔二〕乎人②。今〔三〕子履方象以矩地，戴員〔四〕規以儀天③。該芳靈之凝〔五〕素，挺協氣於皓玄④。故神窮來契〔六〕，思洞無閒〔七〕⑤。踊翰則憤凌洪波〔八〕，吐辭〔九〕則辨解連環⑥。子何不絕淵而躍，照日之光〔一〇〕，使穎秀暘谷，景溢扶桑⑦。俯經見龍之輝，仰集天人之堂⑧。維〔一一〕子之服，既玄〔一二〕而素⑨。今〔一三〕子之滯，年時云暮⑩，而冕不易物，車不改度⑪。子何不使玄貂左珥〔一四〕，華蟬右顧⑫；令牛朝服青軒，夕駕軺輅⑬；望紫微而風行〔一五〕，踐蘭塗而安步⑭？而崎嶇隴坂，息駕郊牧；玉容含楚，孤牛在疚⑮？何子崇道與德，而遺貴與富之甚哉⑯！日月逝矣，歲聿其暮⑰。嗟呼季友，盛時可惜⑱。迨良期於風柔，競悲飆於葉落⑲。陳讜言於洪範，圖遺〔一六〕形於霄閣⑳。使景絕而音流芬，身荐而榮赫奕㉑。子如不能建功以及時，予請迹於桃林之薄㉒。

【校勘】

〔一〕『牛責季友文』，《文集》、《西晉文紀》卷十六、叢書堂鈔本、《四部叢刊》本、《四部備要》本、鄧邦述校本、陳仲魚校本作『牛責季友』，當有脱文，今據《百三家集》本校補。

〔二〕『尚』，影鈔宋本、寄生草堂本、《四部叢刊》本、鄧邦述校本、陳仲魚校本作『向』，《西晉文紀》卷十六、《百三家集》本、《七十二家集》本、《四部備要》本作『同』，皆形近而誤。

〔三〕『今』，影鈔宋本、《四部叢刊》本、《四部備要》本、鄧邦述校本作『令』。影鈔宋本校曰：『令，當作今。』

〔四〕『員』，《西晉文紀》卷十六、《百三家集》本、《四部叢刊》本、鄧邦述校本、陳仲魚校本作『圓』，古二字通。

〔五〕『凝』，《諸家文集》本、《四部叢刊》本、鄧邦述校本、陳仲魚校本作『疑』，《七十二家集》本作『欵』，《百三家集》本、《四部備要》本作『款』，皆誤。陸貽典校作『凝』，是。

〔六〕『契』，《文集》、叢書堂鈔本、《四部叢刊》本、陳仲魚校本脱。寄生草堂本、鄧邦述校本作『契』；《西晉文紀》卷十六、《百三家集》本、《七十二家集》本、《四部備要》本作『哲』。考其文意，當作『契』，故據改。

〔七〕『閒』，《七十二家集》本、叢書堂鈔本作『間』，古二字同。

〔八〕『洪波』，《百三家集》本、《七十二家集》本作『風波』。

〔九〕『吐辭』，《文集》、叢書堂鈔本作『吐事辭』，《四部叢刊》本、陳仲魚校本作『吐□辭』。《西晉文紀》卷十六、《百三家集》本、《諸家文集》本、影鈔宋本、寄生草堂本、鄧邦述校本作『吐辭』。『事』當爲衍文，今據删。傅增湘校曰：『吐下有事字。』乃據宋本補校，不可採信。

〔一〇〕『光』，《四部叢刊》本作『先』，形近而誤。

〔一一〕『維』，《文集》、叢書堂鈔本、《四部叢刊》本、《四部備要》本、鄧邦述校本、陳仲魚校本作『雖』。《百三家集》本、《七十二家集》本作『維』，其行書與『雖』形近，故常混用。今據改。

〔一二〕『玄』，《文集》、叢書堂鈔本、《四部叢刊》本、鄧邦述校本、陳仲魚校本作『未』，《西晉文紀》卷十六作『朱』，《百三家集》本作『玄』。考其文意，以『玄』善，今據改。

〔一三〕『令』，《文集》、叢書堂鈔本作『令』。《西晉文紀》卷十六、《百三家集》本、《四部叢刊》本、鄧邦述校本、陳仲魚校本作『令』，今據改。

〔一四〕『珥』,《文集》、《七十二家集》本、叢書堂鈔本、《四部叢刊》本、《四部備要》本、鄧邦述校本、陳仲魚校本作『弭』,《西晉文紀》卷十六作『彌』,《百三家集》本作『餌』,皆誤。文淵閣四庫本作『珥』,考其文意,『珥』意爲善,故據改。

〔一五〕『風行』,《文集》、叢書堂鈔本作『夙行』。《西晉文紀》卷十六、《百三家集》本、《四部叢刊》本、鄧邦述校本、陳仲魚校本作『風行』。『風行』與『安步』對舉成文,故據改。

〔一六〕『遺』,《文集》、叢書堂鈔本、《四部叢刊》本、鄧邦述校本、陳仲魚校本脱。今據《西晉文紀》卷十六、《百三家集》本、《七十二家集》本校補。

【注釋】

① 天造草昧,謂天地造物之始。見上注。萬物化淳,謂萬物化育而質樸。王符《潛夫論·本訓》:『陰陽有體,實生兩儀;天地壹鬱,萬物化淳。』

② 類族,猶類聚,謂因同類而族聚。《易·同人》:『君子以類族辨物。』孔穎達疏:『族,聚也。言君子此法同人,以類而聚也。』殊品,不同種類。左思《吴都賦》:『原隰殊品,窊隆異等。』向注:『品,類也。』尚,猶超過。《玉篇》:『尚,高也,加也。』上四句言天造萬物,以人爲尚。

③ 履方,足踐地也。戴圓,頭頂天也。《淮南子·本經訓》:『戴圓履方,抱表懷繩。内能治身,外能得人。』許慎注:『圓,天也。方,地也。』象,猶法。《書·舜典》:『象以典刑。』孔安國傳:『象,法也。』矩、規,猶法也。《玉篇》:『矩,法也。員曰規,方曰矩。』儀天,效法天象。陸機《演連珠》:『是以儀天步晷,而修短

可量。』善注：『儀，猶法象也。』此二句言今子足踐于地以方爲法，頭戴於天以圓爲法。謂其行爲效法天地也。《老子》第二十五章：『人法地，地法天，天法道，道法自然。』此乃隱括其意也。

④該，兼備。《廣韻》：『該，備也，兼也。』《韻會》：『《增韻》亦作賅，誤。』芳靈，芳華靈秀。《玉篇》：『靈，神靈也。』凝素，猶言天地。素，指太素，天地混沌初開。《白虎通德論·天地》：『先有太初，後有太始，形兆既成，名曰太素。』挺，猶生出。《説文》：『挺，拔也。』協氣，和諧之氣。《三國志·魏·陳思王傳》：『天地協氣而萬物生。』皓玄，猶天。玄，天。《易·坤》：『夫玄黄者天地之雜也，天玄而地黄。』此二句言兼取天地之芳華靈秀，生長於天地和諧之氣。

⑤契，開。《詩·大雅·緜》：『爰始爰謀，爰契我龜。』毛詩傳：『契，開也。』思洞，猶洞悉。葛洪《抱朴子·外篇·行品》：『思洞幽玄，才兼能事。』此二句言盡得神思而豁然開之，洞悉幽微且細密無間。

⑥踊翰，猶言疾書。《説文》：『踊，跳也。』憤，憤懣，泛指情也。《玉篇》：『憤，懣也。』辨解連環，辨疑釋難如連環相連續也。《淮南子·俶真訓》：『智終天地，明照日月，辯解連環，澤潤玉石，猶無益於治天下也。』此二句言疾書則情過洪波，吐辭則妙語連珠。

⑦絶淵而躍，謂離淵而躍，喻及時進德修業也。《易·乾》：『或躍在淵，無咎。何謂也？子曰：上下無常，非爲邪也；進退無恒，非離群也。君子進德脩業，欲及時也，故無咎。』暘谷，日出之所，此指朝陽。陸機《歎逝賦》：『望湯谷以企予，惜此景之屢戢。』善注：『《山海經》曰：湯谷上於扶桑，一日方至，一日方出。』向注：『暘谷，日所出也。』扶桑，東方日出之木。《淮南子·道應訓》：『扶桑受謝，日炤宇宙。』許慎注：『扶桑，日所出之木也。』此數句乃勸其離隱入仕也。

⑧經，猶成也。《玉篇》：『經，經緯以成繒帛也。』見龍，喻出仕。《易·乾》：『見龍在田，利見大人。』

王弼注：『出潛離隱，故曰見龍。』集，止。《説文》：『雧鳥在木上也。』天人，謂法天道循人事。堂，此指宮殿。《説文》：『堂，殿也。正寢曰堂。』此二句謂下見仕途之光輝，上止於和諧天人之朝堂。

⑨ 維子，惟獨汝也。《詩・唐風・羔裘》：『豈無他人，維子之故。』王引之《經傳釋詞》卷三：『惟，獨也，常語也。或作唯、維。』玄素，黑白之衣。曹植《車渠椀賦》：『豐玄素之暐曄，帶朱榮之葳蕤。』此指隱士之服。

⑩ 云暮，猶暮，晚也。《詩・小雅・小明》：『曷云其還，歲聿云莫。』鄭玄箋：『何言其還，乃至歲晚。』莫，同暮。《經典釋文》卷十七：『云莫，音暮，本亦作暮。』此二句言其沉滯不售，而歲月蹉跎。

⑪ 冕，冠。《玉篇》：『冕，冠冕也。』度，指尺寸之度量也。《漢書・律曆志上》：『度者，分、寸、尺、丈、引也。』此二句言不易其冕，不改其駕。謂其車服依舊，即未仕進也。

⑫ 玄貂，華蟬，王公顯官冠上之飾物。孫楚《會王侍中座上詩》：『顯允君子，時惟英邵。玄貂左移，華蟬增曜。』《後漢書・輿服志下》：『武冠，一曰武弁大冠，諸武官冠之。侍中、中常侍加黄金璫，附蟬爲文，貂尾爲飾，謂之趙惠文冠。』珥，謂耳邊佩帶。《玉篇》：『珥，珠在耳。』此二句言佩官冕也。

⑬ 青軒，華美之車。江淹《建平王太妃周氏行狀》：『青軒華轂，用光國煇。』軺輅，輕車。《玉篇》：『輅，大車也。』此二句言服官駕也。

⑭ 紫微，北辰第七星，喻天子宫殿。陸機《答賈謐》：『往踐蕃朝，來步紫微。』向注：『紫微，天子宫也。』蘭塗，芬芳之道路，喻仕途。此二句行官道也。

⑮ 隴坂，山丘小道。《晉書・慕容德載記》：『飲馬長江，懸旌隴坂。』郊牧，城外放牧之地。《國語・周語中》：『國有郊牧，畺有寓望。』韋昭注：『國外曰郊。牧，放牧之地。』含楚，含其痛苦。陸機《於承明作與

弟士龍》：『俯仰悲林薄，慷慨含辛楚。』善注：『楚，猶痛也。』此四句言其奔走崎嶇隴阪，息駕于郊外荒野，其容悲苦，孤牛有疾。謂落魄也。

⑯此二句言子之崇尚道德，遺忘富貴如此之甚。

⑰日月逝矣，時光流逝迅疾。《論語・陽貨》：『日月逝矣，歲不我與。』此句亦包含《論語》下句意。歲聿其暮，謂歲至晚也。《詩・唐風・蟋蟀》：『蟋蟀在堂，歲聿其莫。今我不樂，日月其除。』毛詩傳：『聿，遂。』莫，同暮。見上注。此二句言人生貴及時也。

⑱盛時可惜，謂當珍惜盛年。《增韻》：『惜，愛也。』乃勸其及時出仕也。

⑲迨，猶趁。《爾雅・釋訓》：『迨，及也。』良期，猶良辰。楊方《合歡詩》：『移植無良期，歎息將如何。』競，競逐也。《玉篇》：『競，争也。』悲飆，悲風。《玉篇》：『飆，暴風也。』風柔，柔風，即春風。《太平御覽》卷十九引梁元帝《纂要》：『春亦曰發生……風曰：陽風、暄風、柔風、惠風。』此二句言趁著春日之良辰，競逐於悲風落葉之前。謂人生貴及時也。

⑳讜言，正直之言。陸機《吊魏武帝文》：『善乎達人之讜言矣！』善注：『《聲類》曰：讜，善言也。』濟注：『讜，正也。』洪範，國家大法。《書・洪範》：『以箕子歸作洪範。』孔安國傳：『洪，大。範，法也。言天地之大法。』霄閣，指漢凌雲閣，畫賢臣像於其上。《太平御覽》卷一百八十四引《漢宫殿疏》：『天禄閣、騏驎閣，蕭何造，以藏祕書。畫賢臣凌雲閣，秦二世造。』此二句勸其建功立業也。

㉑景絶，死亡。獨孤及《祭吏部元郎中文》：『唯人琴兩亡，影絶響滅。』景，同影。身薦，死亡。《藝文類聚》卷十八引劉向《列女傳》：『妾之夫不幸先犬馬填溝壑，妾宜以身薦其棺槨，守養幼孤不得專意。』赫奕，猶顯赫。陸機《吊魏武帝文》：『伊君王之赫奕，實終古之所難。』向注：『赫奕，盛貌。』此二句勸其青史

留名也。

㉒ 桃林，指荒僻之地。《書・武成》：『歸馬於華山之陽，放牛於桃林之野。』孔安國傳：『桃林在華山東，皆非長養牛馬之地，欲使自生自死。』薄，草木叢生之處。《説文》：『薄，林薄也。』此二句以反激之語激其及時建功立業也。

卷七

騷

九愍九章

【題解】

《九愍》乃摹擬屈原《九章》且又融合《楚辭》其他作品之所作，除首篇『希千載以遥想，袘遠思而自怡』之句，或可理解爲表達詩人追慕之情外，其行文口吻，抒寫内容，表達情感，乃至於題材選取，一如屈原所作。其《與兄平原書》第一七書曰：『又見作「九」者，多不祖宗原意，而自作一家説。』足見這種代古人立言的作法，與雲『祖宗原意』的美學觀念是一致的。組詩從追求修身進德，涉江所歷所感，痛悼楚廟傾毁，决心殉節明志，故國之情紆結，終焉守志不渝，感慨世道衰微，上下求索不已，見招不得而自沉等幾個方面，分别描述了屈原放逐後的生存窘境、深厚情感和人生追求，折射了賢愚顛倒、政治黑暗的社會現實。全詩以叙事爲綫，抒情爲質。以屈原放逐爲綫索，以勵志始，以守志終，又以故國之情貫穿始終，從而形成一綫兩點的叙事抒情結構，不僅顯現了結構上的細針密綫，也顯現了詩人『此是情文』的創作美學追求。

據陸雲《與兄平原書》第八書『張公在者必罷，必復以此見調。不知《九愍》不多，不當小減』句看，此詩必作於張公去世之後。據《晉書·惠帝紀》載，張華被誅于永康元年（三〇〇）四月，則可知《九愍》必作是年四月後。又第十一書：『遣信當送《九愍》、三賦，脱然謂可舉意。』第十四書：『《九愍》如兄所誨，亦殊過望。雲意自謂當不如三賦。』二書所言之三賦蓋指《愁霖賦》《雨霽賦》《登臺賦》。據《登臺賦》《愁霖賦》序可知，此三賦皆作於永寧二年（三〇二）六月前後，而從《與兄平原書》的叙述語氣與次序看，《九愍》所作似早於三賦。故當在永康元年四月之後與永寧二年六月之前。

昔屈原放逐〔一〕，而《離騷》之辭興①。自今及古，文雅之士，莫不以其情而玩其辭，而表意焉②。遂厠作者之末而述《九愍》③。

【注釋】

〔一〕『逐』，明鈔本作『遂』，形近而誤。

【注釋】

①《離騷》，屈原自叙生平的長篇抒情叙事詩。關於《離騷》創作年代，諸家説法不同。司馬遷《史記·

屈原賈生列傳》：『屈平疾王聽之不聰也，讒諂之蔽明也，邪曲之害公也，方正之不容也，故憂愁幽思而作《離騷》。』又《報任安書》：『屈原放逐，乃賦《離騷》。』此泛指屈原之作。《九愍》主要摹擬屈原之《九章》。

②玩，玩味，欣賞。《玉篇》：『玩，弄也。』

③厠，次身其間。《廣韻》：『厠，《釋名》曰：厠，雜也。言人雜厠其上也。又閒也，次也。』

序交代作《九愍》之緣由，乃因披情而賞其辭，憫屈原之放逐之情也。

脩身〔一〕①

斎皇聖之豐祐〔二〕，膺萬乘〔三〕之多福②。貞龍暉以厎〔四〕載，啓元辰而誕育③。考度中以錫命，端嘉令而自肅④。蘭情馥以芬香，瓊懷皎其如玉⑤。希千載以遥想，袛遠思而自怡⑥。範方地而式矩，儀穹天而承規⑦。結丹欵於璇璣，協朱誠於四時⑧。咨中心之信脩，佩日月以爲旗⑨。悲年歲之晚暮，殉脩名而競心⑩。仰勳華之耿暉，詠三辟之遐音⑪。握遺芳而自玩，挹浩露於蘭林⑫。陰雲紛以興靄，飈風起而回波⑬。黨朋〔五〕淫以惡美，疾傾宮之揚〔六〕娥⑭。樹椒蘭於瑶圃，掩夜光於瓊華⑮。遘貞心以誰忒，毁玉質而蒙瑕⑯。甘莠言而棄予，忽遐放其若遺⑰。瞻前軌而我先，顧後乘而駕遲⑱。遵荒塗而伏軾，撫鳴鸞而稱悲⑲。感瞻烏之有集，嗟離瘼〔七〕之焉歸⑳。静沉思以自瘁，願凌雲而天〔八〕飛㉑。

【校勘】

〔一〕《全晉文》卷一〇四曰：『《九愍》疑九章，其當篇小題皆在篇末。宋刊本集誤認在篇首，而末篇遂失題。』按：《文集》小題之編排亦仿《楚辭》之體例，置於篇後，爲便省覽，本書乃移置篇前。此章乃擬《惜頌》。

〔二〕『祐』，《百三家集》本作『祜』，當據改。

〔三〕『萬乘』，《文集》、《諸家文集》本、叢書堂鈔本、明鈔本作『萬葉』。《百三家集》本、《四部叢刊》本、鄧邦述校本、陳仲魚校本作『萬乘』。考其文意，『萬乘』與『皇聖』對舉，故據改。

〔四〕『貞』，《百三家集》本、《四部叢刊》本、鄧邦述校本、陳仲魚校本作『真』，古二字同。又『厎』，《百三家集》本、叢書堂鈔本、《四部叢刊》本、鄧邦述校本作『底』，古二字同。

〔五〕『朋』，《文集》、《諸家文集》本、叢書堂鈔本、明鈔本、《四部叢刊》本、陳仲魚校本作『明』，形近而誤。《百三家集》本、《七十二家集》本、鄧邦述校本、影鈔宋本作『朋』，今據改。

〔六〕『揚』，《文集》、叢書堂鈔本、《四部叢刊》本、鄧邦述校本、陳仲魚校本作『楊』，形近而誤。《百三家集》本、《七十二家集》本作『揚』，今據改。

〔七〕『瘼』，《百三家集》本作『雁』。

〔八〕『天』，《百三家集》本、《七十二家集》本作『高』。

【注釋】

①脩身，《九愍》乃雜擬屈原《九章》，然亦有不同者。《九章》首篇《惜誦》，王逸注曰：『此章言己以忠

信事君，可質於明神，而爲讒邪所蔽，進退不可，惟博采衆善以自處而已。』詩人覆國亡家，身事敵國，唯恐因言招禍，故去其批判之鋒芒，惟言自謹修身而已。與王逸《九思·守志》，意有近也。

②裔，猶承。《廣韻》：『裔，苗裔也。』皇聖，帝皇。顔延年《和謝監靈運》：『皇聖昭天德，豐澤振沈泥。』善注：『皇聖，謂文帝也。』此指顓頊。《楚辭·離騷》：『帝高陽之苗裔兮，朕皇考曰伯庸。』王逸注：『高陽，顓頊有天下之號也。』豐祐，謂神靈厚助之。《説文》：『祐，助也。』膺，猶受。《爾雅·釋言》：『膺，身親也。』萬乘，謂天子。《孟子·梁惠王上》：『萬乘之國，弑其君者必千乘之家。』趙岐注：『萬乘，兵車萬乘，謂天子也。』此指楚王。此二句言承聖皇之祐助，受天子之多福。

③貞龍，喻陽正而合陰，以育萬物。《太玄經》卷十：『内雖有應，外觝亢貞，龍幹于天，長類無疆。』范望注：『太陽之時，陰伏其内而應乎外，以合陰陽，舉正外物。……龍以諭陽，陽爲幹，故言龍幹於天也。陽氣幹舉，萬物觸類而長。』貞，真正。《玉篇》：『貞，正也。』厎載，猶待育也。《韻會》：『厎，通作底。』《爾雅·釋詁》：『厎，待也。』《小爾雅》：『載，成也。』元辰，猶良辰。張衡《思玄賦》：『占既吉而無悔兮，簡元辰而俶裝。』翰注：『元，善。辰，時也。』誕育，猶言誕生。潘勗《册魏公九錫文》：『乃誘天衷，誕育丞相。』善注：『《詩傳》：誕，大也。鄭玄曰：大矣，后稷之生。』向注：『誕，謂生也。言曹公祖父，憂深于國，乃進至忠之心於上天，遂生丞相。』此二句言貞龍生輝而待育，選擇良辰而誕生。

④考，稽考。《小爾雅》：『稽，考也。』度中，謂所生之時。錫命，猶賜名。《廣韻》：『錫，賜也。』《廣雅·釋詁》：『命，名也。』王念孫《疏證》：『命即名也。名、命古同聲同義。』《楚辭·離騷》：『皇覽揆余初度兮，肇錫余以嘉名。』即言此也。端，端詳。《韻會》：『端，審也。』嘉令，猶美名。《玉篇》：『令，命也。』自肅，猶自謹。《説文》：『肅，持事振敬也。』此二句言皇考稽考所生之時而賜名，屈原審其美名而自謹。

⑤ 馥，香氣芬芳。《廣韻》：『馥，香氣芬馥。』皎，潔白。《説文》：『皎，月之白也。』此二句言如幽蘭之情芬芳，如瓊玉之懷純潔。《離騷》以香草美人而自喻，故曰。以上乃擬屈原之自述也。

⑥ 希，猶瞻望。《廣韻》：『希，望也。』衵，暢想。《玉篇》：『衵，通也。』此二句言瞻望千載而遥想，思接遠古而自樂。

⑦ 範，取法。《爾雅・釋詁》：『範，法也。』方地，即地。古人認爲天圓地方，故言。式，取法。《説文》：『式，法也。』矩、規，《玉篇》：『矩，法也。員曰規，方曰矩。』儀穹天，效法天象。陸機《演連珠》：『是以儀天步晷，而修短可量。』善注：『儀，猶法象也。』此二句言取法於地而以矩爲准，取法於天以規爲則。前二句言追思前聖也，此二句言取法天地也。

⑧ 丹欵，猶丹心。庾亮《讓中書令表》：『是以悾悾屢陳丹欵，而微誠淺薄，未垂察諒。』善注：『曹大家《蟬賦》曰：復丹欵之未足，留滯恨乎天際也。』《博雅》：『欵，誠也。』同款。《廣韻》：『款，款曲也。』俗作欵。』璇璣，喻君主。《史記・天官書》：『三能、三衡者，天廷也。』張守節《正義》曰：『《晉書・天文志》云：三衡者，北斗魁四星爲璿璣，杓三星爲玉衡，人君之象，號令主也。』璿，璇。《集韻》：『璿，或作璇。』協，協和。《説文》：『協，衆之同和也。』此二句言丹心繫于君主，赤誠協和四時。

⑨ 咨，嗟歎。《玉篇》：『咨，嗟也。』信脩，謂明善惡修忠正。《楚辭・離騷》：『曰兩美其必合兮，孰信脩而慕之。』王逸注：『楚國誰能信明善惡，脩行忠直，欲相慕及者乎？』脩，同修。佩日月以爲旗，謂心如日月之皎潔。《左傳・閔公二年》：『衣，身之章也；佩，衷之旗也。』杜預注：『旗，表也。所以表明其中心。』此二句言嗟歎我内心明善惡忠正，而如日月之皎潔。

⑩ 競心，争勝之心。《世説新語・品藻》：『桓公少與殷侯齊名，常有競心。』《玉篇》：『競，争也。』此二

句言悲傷年歲已經遲暮，殉身修名之心日甚。

⑪ 勳華，堯舜。劉孝標《辨命論》：『於臾種德，不逮勛華之高。』善注：『勛，堯也。華，舜也。』勛，同勳。《廣韻》：『勛，古文勳。』耿暉，耿介之光輝。《廣韻》：『耿，耿介也。』三辟，夏商周三代之法。《左傳·昭公六年》：『夏有亂政而作《禹刑》，商有亂政而作《湯刑》，周有亂政而作《九刑》，三辟之興，皆叔世也。』此指三代。此二句言瞻仰堯舜耿介之光輝，歌詠三代盛世之遠音。

⑫ 遺芳，喻前代之德馨。《楚辭·遠遊》：『誰可與玩斯遺芳兮，晨向風而舒情。』挹，《廣韻》：『酌也。』浩露，形容露濃也。《玉篇》：『浩，水盛也。』此二句言持前代之德馨而自賞，酌蘭林盛露而飲之。

⑬ 靄，雲聚集。《韻會》：『靄，雲集貌。』飈，同飆。《正字通》：『飈，飆字之譌。』《玉篇》：『飆，暴風也。』此二句言濃雲盛而密集，狂風起而波涌。喻形勢危急也。

⑭ 黨朋，結黨營私者。孟郊《寄張籍》：『君子忌黨朋，傾敗生所競。』淫，猶盛多。《玉篇》：『久雨曰淫。』疾，嫉妒。《篇海類編》：『疾，妒也。』揚娥，美女揚起娥眉的嬌態。後代指美女。鍾嶸《詩品序》：『有揚娥入寵，再盼傾國。』此二句言朝廷朋黨盛多，且厭惡美德，嫉妒宮中所有美人。

⑮ 瑶圃，指仙境。《楚辭·九章·涉江》：『駕青虬兮驂白螭，吾與重華遊兮瑶之圃。』王逸注：『瑶，玉也。圃，園也。』夜光，玉璧名。《戰國策·楚策》：『獻鷄駭之犀、夜光之璧於秦王。』瓊華，玉樹之花蕊。《楚辭·九歎·憂苦》：『折芳枝與瓊華兮，樹枳棘與薪柴。』此二句言我於仙園種植椒蘭，朋黨遮蔽我玉蕊夜光之輝。

⑯ 遘，通構，猶構成。徐鍇《說文繫傳》：『遘，猶結構也。』貞心，正直明察之心。《汲冢周書·謚法解》：『貞心大度曰匡。』孔晁注：『心正而明察也。』忒，猶差錯。《爾雅·釋言》：『爽，差也；爽，忒也。』郭璞注：『皆謂用心差錯不專一。』瑕，玉玷。《爾雅·釋詁》：『瑕，過也，玉病也。』此二句言我修成正直明察

之心而無過，朋黨毀我玉質使我蒙垢。

⑰ 莠言，猶惡言。《詩·小雅·正月》：「好言自口，莠言自口。」毛詩傳：「莠，醜也。」鄭玄箋：「惡言亦從女口出。」此二句言君王信讒言而棄我，忽而遠放而棄之若遺也。

⑱ 此二句言瞻望前車，我之先行，回視後車，車駕遲緩。此寫流放途中。

⑲ 遵，沿著。《説文》：「遵，循也。」伏軾，伏于車前横木。盧諶《覽古詩》：「奉辭馳出境，伏軾徑入關。」翰注：「軾，車上横木。」鳴鑾，車衡之鑾鈴鳴也。《大戴禮記·保傅》：「在衡爲鑾，在軾爲和，馬動而鑾鳴，鑾鳴而和應。」此二句言循行于荒途，伏于車上，拊擊鑾鈴而訴説悲傷。

⑳ 瞻烏之有集，謂視烏之集止於朝廷也。《詩·小雅·正月》：「瞻烏爰止，于誰之屋。」毛詩傳：「富人之屋，烏所集也。」鄭玄箋：「視烏集於富人之屋，以言今民亦當求明君而歸之。」離瘼之焉歸，謂國亂憂病而無所歸也。《詩·小雅·四月》：「亂離瘼矣，爰其適歸。」毛詩傳：「離，憂。瘼，病。」鄭玄箋：「今政亂國將有憂病者矣，曰此禍其所之歸乎。言憂病之禍，必自之歸。」此二句言感慨小人如烏集於朝廷，嗟歎自己憂國而無歸所。

㉑ 自瘁，己病也。《廣韻》：「瘁，病也。」此二句言静静沉思而成病，願凌雲而翱翔於天。

此章擬《惜頌》，言其修身進德也。言自己循規矩、效忠誠、持操守、重修能，反遭讒遇毀，放逐荒途也。首先追懷屈原嗣皇聖之福，膺天而生，既賜嘉名，又重修能。然後言緬懷先賢，法規矩，效忠誠，修持操守名節，追慕遠古聖世。最後言朋黨嫉妒娥眉，遮蔽夜光之輝，毀我玉質貞心，而君王不察，棄我若遺，使我悲循荒途，公歸無所，冀凌雲之不得而爲病。在九章中，惟有此篇以「希千載以遥想，祉遠思而自怡」可以理解爲表達詩人追慕之情，其他皆仿照屈原之口氣而作也。

涉江①

逢天怒而離紛，遘時咎於惟塵②。端周誠以恪居，祇後命而自寅③。悲讒口之罔極，高〔一〕離情於參辰④。豈三錫之又睎，乃裔予於遐賓⑤。運羽櫂以涉江，浮鄂渚而駕言⑥。背夏首以窅逝兮，泝行川而永歎⑦。結風回而薄水兮，源波榮而重瀾⑧。情懷眷以疊結，舟淹流而中盤⑨。衵愁心以自邁，肅榜人而曾驅〔二〕⑩。詔河馮以清川，命湘娥而安流⑪。濟南詔以佇望，野蕭條而振疇⑫。獸悲號以命侶〔三〕，鳥狂顧而鳴仇⑬。悲我行之悠悠，怨同懷之莫求⑭。發辰陽而往彼，緣湘沅而來假⑮。亦芳樹於縣車，秫粱〔四〕苗於樊馬⑯。山嵩高以藏景，雲晻〔五〕靄而荒野⑰。鳥拊翼於甍巔，水回波於宇下⑱。指明星以脉路，景即陰而無旅⑲。隨長川以問津，響脩聲而和予⑳。聽歸音以自聞，踐無迹以窮處㉑。雖遺愍之既多，亦顛沛其何侮㉒。仰衆芳之遺情，睎〔六〕絶風之延佇㉓。

亂曰〔七〕：有鳥〔八〕翩飛，集江湘兮。彼美一人，莫予將兮㉔。念兹涉江，懷故鄉兮。生日何短，感〔九〕日長兮。顧我愁景，惟永傷兮㉕。

【校勘】

〔一〕「高」，《百三家集》本、《七十二家集》本作「隔」。

〔二〕「驅」，《韻補》卷二作「駈」，並注曰：「駈，亦作驅。」《百三家集》本、《七十二家集》本作「謳」，形近而誤。

〔三〕「侶」，《文集》、叢書堂鈔本、《四部叢刊》本、《四部備要》本、鄧邦述校本、陳仲魚校本作「旅」，音近而誤。《百三家集》本、《七十二家集》本作「侶」，今據改。

〔四〕「粱」，《文集》、叢書堂鈔本、《四部叢刊》本、《四部備要》本、鄧邦述校本、陳仲魚校本作「梁」，形近而誤。《百三家集》本作「粱」，今據改。

〔五〕「晻」，《百三家集》本、《七十二家集》本作「掩」。

〔六〕「晞」，《百三家集》本、《四部叢刊》本、鄧邦述校本、陳仲魚校本作「希」，古二字通。

〔七〕「亂曰」一段，《文集》、《諸家文集》本、叢書堂鈔本、《四部叢刊》本、鄧邦述校本、陳仲魚校本均在《悲郢》篇前，《百三家集》本、《七十二家集》本在本篇後。影鈔宋本校曰：「以上當接前篇末。」故據改。

〔八〕「烏」，《四部叢刊》本、鄧邦述校本、陳仲魚校本作「烏」，形近而誤。

〔九〕「慼」，《百三家集》本作「蹙」。

【注釋】

① 此篇當擬屈原《涉江》。王逸《涉江》注曰：「此章言己佩服殊異，抗志高遠，國無人知之者，徘徊江之上，歎小人在位，而君子遇害也。」

② 天怒，天子之怒。《詩·大雅·桑柔》：「我生不辰，逢天僤怒。」天，《詩》指上天，此指天子。離紛，

遭難。《漢書·揚雄傳上》：『惟天軌之不辟兮，何純絜而離紛。』顔師古注：『離，遭也。紛，難也。』遘，遭遇。《説文》：『遘，遇也。』時咎，時人罪之也。《廣韻》：『咎，衍也，過也。』惟塵，謂小人蔽己之德。《詩·小雅·無將大車》：『無將大車，維塵冥冥。』鄭玄箋：『冥冥者，蔽人目明，令無所見也。猶進舉小人，蔽傷己之功德。』維，同惟。此二句言逢天子之怒而遭受災難，遇時人之讒而蔽己之德。

③ 周誠，猶至誠。《廣韻》：『周，至也。』恪居，謂敬處其職。陸機《演連珠》：『是以百官恪居，以赴八音之離。』《玉篇》：『恪，敬也，謹也。』祗，《廣韻》：『敬也。』後命，猶天子近命。《國語·齊語》：『余一人之命，有事于文武，使孔致胙，且有後命。』自寅，猶自强。《廣韻》：『寅，敬也，强也。』此二句言正其至誠之心而敬處其職，恭天子之近命而自强不息。

④ 罔極，猶無盡。《詩·小雅·蓼莪》：『欲報之德，昊天罔極。』《爾雅·釋言》：『罔，無也。』《廣韻》：『極，窮也。』高，深厚，動詞。《玉篇》：『高，崇也。』參辰，二星名，分别在東、西方，出没各不相見。後喻雙方隔絶。《楚辭·九思·遭厄》：『雲霓紛兮晻翳，參辰回兮顛倒。』王逸注：『參辰，皆宿名。』此二句言悲哀無盡之讒言，别情甚於參辰。

⑤ 三錫，指君王之命。《易·師貞》：『在師中吉，承天寵也；王三錫命，懷萬邦也。』晞，通晞，《楚辭·九懷·危俊》：『晞白日兮皎皎。』王逸注：『晞，一作睎。』洪興祖補注：『睎，望也。』裔，使居邊地。《玉篇》：『裔，邊地也。』遐賓，遠客，客居異鄉。《説文》：『遐，遠也。』此二句言豈君王之命可望也，乃使我投身邊荒而成遠賓。

⑥ 羽櫂，喻船槳之輕。《釋名·釋船》：『在旁撥水曰櫂。且言使舟櫂進也。』鄂渚，地名。《楚辭·九章·惜誦》：『乘鄂渚而反顧兮，欸秋冬之緒風。』王逸注：『鄂渚，地名。』洪興祖補注：『楚子熊渠封中子紅

於鄂，鄂州武昌縣地是也，隋以鄂渚爲名。』駕言，猶駕也。言，語助詞。《詩·衛風·泉水》：『駕言出遊，以寫我憂。』此二句言運轉輕槳而渡江，舟浮至鄂渚而改爲車駕。

⑦夏首，夏水口。《楚辭·九章·哀郢》：『過夏首而西浮兮，顧龍門而不見。』王逸注：『夏首，夏水口也。』《水經注》卷二十三：『江津豫章口東，有中夏口。』窘逝，謂處境困窘而難行。《詩·小雅·正月》：『終其永懷，又窘陰雨。』毛詩傳：『窘，困也。』泝，逆流而上。《玉篇》：『遡，逆流而上。與泝同。』此二句言背離夏水之口而難行，逆行川上而長歎。

⑧結風，回風，急風。《楚辭·招魂》：『竽瑟狂會搷鳴鼓些，宮庭震驚發激楚些。』洪興祖補注：『《舞賦》云：激楚結風，陽阿之舞。結風，回風，亦急風也。』薄水，水波集也。司馬相如《上林賦》：『與波搖蕩，掩薄水渚。』善注：『郭璞曰：薄，猶集也。』榮，花，此喻濺起之浪花。《爾雅·釋草》：『華荂，榮也。木謂之華，草謂之榮。』此二句言激風迴旋而水波涌起，水波濺起浪花而波瀾層疊。

⑨疊結，猶鬱結。《玉篇》：『疊，重也，累也。』盤，盤桓不進。此二句言心懷眷顧之情而鬱結，舟行激流之中而盤桓。

⑩昶，猶久。《玉篇》：『昶，明久也。』邁，《説文》：『遠行也。』肅，《廣韻》：『戒也。』戒，今通作誡。榜人，船工。司馬相如《子虛賦》：『榜人歌，聲流喝。』善注：『《月令》曰：命榜人。榜人，船長也。』良注：『榜人，船人也。』曾驅，猶乃驅，急行之也。《韻會》：『曾，乃也，則也。』此二句言久懷愁心而自遠行，戒之船工乃急行之。

⑪河馮，即河伯馮夷。湘娥，湘水之神。張衡《西京賦》：『感河馮，懷湘娥。』善注：『《莊子》曰：馮夷得道，以潛大川。《楚辭》曰：帝子降兮北渚。王逸曰：言堯二女娥皇、女英，隨舜不及，墮湘水中，因爲湘

夫人。』《淮南子・齊俗訓》：『昔者馮夷得道，以潛大川。』許慎注：『馮夷，河伯也。』此二句言令馮夷而使水清，命湘娥而安波流。

⑫ 南詔，南方邊夷之地，即今雲南之大理。見《文獻通考・輿地九》。振疇，謂田野風吹而動。《廣韻》：『振，動也。』又『疇，田疇也。《説文》作耕治之田』。此二句言渡過南詔而佇立望之，田野蕭條而田疇摇蕩。

⑬ 仇，猶配偶。《正韻》：『仇，求匹也。同逑。』此二句言野獸悲號而呼其伴侶，飛鳥狂鳴而回視配偶。

⑭ 悠悠，遠行也。《詩・鄘風・載馳》：『驅馬悠悠，言至于漕。』毛詩傳：『悠悠，遠貌。』同懷，即同懷子，情懷之同者。陸機《爲顧彦先贈婦往反》：『感念同懷子，隆思亂心曲。』向注：『同懷，謂同懷抱之子。』此二句言悲我行之遥遠，怨恨同懷者無可求之。

⑮ 辰陽，地名。《楚辭・九章・涉江》：『朝發枉陼兮，夕宿辰陽。』王逸注：『辰陽，亦地名也。』洪興祖補注：『《前漢》：武陵郡有辰陽。注云：三山谷，辰水所出，南入沅七百五十里。《水經》云：沅水東逕辰陽縣，東南合辰水。舊治在辰水之陽，故取名焉。』湘沅，湘水、沅水，在今湖南境内。《楚辭・七諫・沉江》：『赴湘沅之流澌兮，恐逐波而復東。』來假，來至。《詩・商頌・烈祖》：『來假來享，降福無疆。』《經典釋文》卷七：『假，音格。王云：至也。』此二句言從辰陽出發而往彼地，循著湘、沅之水至此。

⑯ 亦，通奕。《爾雅・釋詁》：『奕，大也。』郝懿行《義疏》：『奕，通作亦。』縣車，黄昏之日也。黄昏之前，日行舒緩，如車懸掛於天。《淮南子・天文訓》：『日出于暘谷，浴于咸池，拂于扶桑，是謂晨明……至于悲泉，爰止其女，爰息其馬，是謂縣車。』古代神話謂羲和駕日，以六龍爲御，故曰縣車。縣，同懸。《玉篇》：『縣，繫也。今俗作懸。』秣，飼馬。《説文》：『秣，食馬穀也。』樊馬，帶纓帶之馬。賈昌期《群經音辨》卷一：

『樊，馬帶也。』此二句言夕陽懸于芬芳大樹之上，以粱苗飼駕車之馬。

⑰嵩高，高聳。《詩·大雅·崧高》：『崧高維嶽，駿極於天。』毛詩傳：『崧，高貌。』崧，同嵩。《經典釋文》卷二十一：『崧，本亦作嵩。』晻靄，雲靄濃厚。班固《終南山賦》：『曖嚉晻靄，若鬼若神。』章樵注：『雲霧吐吞，障蔽天日，變化殊形。』《說文》：『晻，不明也。』此二句言山嶽高聳掩蔽了日影，雲靄濃厚罩著荒野。寫日落。

⑱拊，《玉篇》：『拍也，又擊也。』甍，猶屋。《說文》：『甍，屋棟也。』此二句言鳥于房上拍著翅膀，水在屋下波回浪轉。寫歸鳥。

⑲脉路，形容道路之細暗也。景，此指月影。此二句言指明星而辨如脉絡之路，月影入陰而无行者。寫夜行。

⑳隨，《廣韻》：『順也。』津，《說文》：『渡口也。』此二句言循著長河而詢問渡口，惟長長之回聲而應和我。謂山川空曠無人。

㉑此二句言仿佛聞其歸去之音，却踐行於荒無人迹之地而窮居也。謂途中心生之幻覺。

㉒遘愍，遭遇憂患。班固《幽通賦》：『巨滔天而泯夏兮，考遘愍以行謠。』應劭注：『遘，遇也。愍，憂也。』侮，謂輕賤。《方言》卷三：『秦晉之間罵奴婢曰侮。』郭璞注：『言爲人所輕弄。』此二句言既已遭遇如此多之憂患，然顛沛流離其何有輕賤也。謂雖遘患而自重。

㉓晞，同希，《廣韻》：『希，望也。』又《韻會》：『晞，同作希。』古三字並通轉。絶風，失絶之風範。揚雄《劇秦美新》：『胤殷周之失業，紹唐虞之絶風。』良注：『言禮樂法制有所失絶者皆繼之。』延佇，猶言長存。《楚辭·離騷》：『悔相道之不察兮，延佇乎吾將反。』王逸注：『延，長也。佇，立貌。』此二句言

瞻仰衆賢遺留之馨德，佇立遥望失絶之風範。

㉔ 亂，音樂之卒章曰亂。《韻會》：『亂，顔師古曰：理也，總理一賦之中。』將，猶助。《玉篇》：『將，助也。扶侍爲將。』此四句言有鳥之飛翔，而止于江、湘；有彼一美人，而無人助之。

㉕ 此六句言念此涉江，而心懷故鄉；生命何其短暫，而憂戚何其漫長。回視我憂愁之身影，惟有長久之悲傷也。

此章擬《涉江》，乃言其流放涉江所歷、所見、所感也。言自己遭讒而流放、涉江遐裔之悲苦，然仍然瞻仰前賢，遠追絶風。首先言遭流放之原因。自己雖心懷至誠而恪守其職，恭敬王命而自强，然讒言罔極，天子怒之，流放遐裔，離别故鄉而如參辰。然後言涉江遠去之艱辛，心情之愁苦。既叙述了流放之路綫：浮鄂渚，背夏首，濟南詔，發辰陽，緣湘沅；又描寫其途中之艱辛：泝行川，淹中流，指明星而辨路，踐無迹而荒途；特别抒發心境之悲苦：眷懷故鄉，憂歎鬱結，悲我遠行，怨無友朋，然仍追蹤前賢遺風而無悔。其『亂曰』，申述故鄉之思，壯志未酬而産生人生短暫之歎息。其述行也，渲染途中之艱險；其抒情，以凄凉之景襯之，使述行、抒情、寫景有機交融。

悲郢①

【厲操修於夙志】〔一〕，積沉毒於苦心②。魂憑虚以飄蕩，形息景於重陰③。虎鳴飇以拂谷，螭回雲而結林④。操土音以懷郢，涕頻代而盈襟⑤。辭終古之舊墟，託兹邦而遥集⑥。望龍門而屢顧，攀惟桑而祇〔二〕泣⑦。悲愁心〔三〕之難狀，振枯形而獨立⑧。撫彫容之日頽，怊〔四〕炯思而弗及⑨。聞先黎之達教，固積善於遺慶⑩。晞明休而受言，想介福之保定⑪。靡心貞以祇服，泝〔五〕大順而委命⑫。君在初之嘉惠，每成言而永日⑬。怨谷風之攸歎，彌九齡而未徹⑭。願自獻於承間，悲黨人之造膝⑮。舒幽情其曷訴，卷永懷而淹恤⑯。嗟哲士之足歎，傷邦國〔六〕之殄瘁⑰。痛靈脩之匪懷，頽九成於一簣〔七〕⑱。忘大寶之匆假，輕挈瓶之守器⑲。仰剪翮於凌霄，俯歸飛於增罻⑳。毁方城於秦川，投江漢於泥渭㉑。悲彼黍之在郢，悼宗楚之莫饋㉒。撫傷心以告哀，將斯情之孰慰㉓？

【校勘】

〔一〕『厲操修於夙志』，《文集》、《諸家文集》本、叢書堂鈔本、《百三家集》本、影鈔宋本、《四部叢刊》本、《四部備要》本、鄧邦述校本、陳仲魚校本皆脱。影鈔宋本校曰：『「積沉」』上脱六字。此據文淵閣四庫本校補。

〔二〕『祇』，《百三家集》本、《七十二家集》本作『抵』，形近而誤。按：祇，本應作祇。《説文》：『祇，敬也，從示，氏聲。』又《説文》：『祇，地祇，提出萬物者也，從示，氏聲』。祇、祇本爲二字，音義皆不同，後人書之多誤，遂相通。《正字通》：『祇，與祇通。』

〔三〕『愁心』，《文集》、叢書堂鈔本脱『心』，《四部叢刊》本、陳仲魚校本作『惠□』。寄生草堂本、《四部備要》本、鄧邦述校本作『惠風』，《百三家集》本作『愁心』，影鈔宋本作『惠心』。考其文意，以『愁心』爲善，故據此校補。

〔四〕「怊」，《文集》、叢書堂鈔本、《諸家文集》本作「招」，形近而誤。《百三家集》本、《四部叢刊》本、鄧邦述校本、陳仲魚校本作「怊」，今據改。

〔五〕「泝」，鄧邦述校本作「洴」。

〔六〕「邦國」，《四部叢刊》本、鄧邦述校本、陳仲魚校本作「邦家」。

〔七〕「簣」，《文集》、叢書堂鈔本、《四部叢刊》本、鄧邦述校本、陳仲魚校本作「匱」，音同而誤。《百三家集》本、《四部備要》本作「簣」，今據改。

【注釋】

① 此篇當擬屈原《哀郢》。王逸《哀郢》注：「此章言己雖被放，心在楚國，徘徊而不忍去，蔽於讒諂，思見君而不得，故太史公讀《哀郢》而悲其志也。」

② 厲操，砥礪操守。《玉篇》：「厲，磨刀石也。」通礪，《説文》：「礪，本作厲，早石也。」夙志，早年志向。《説文》：「夙，早敬也。」沉毒，鬱結之痛苦。《廣韻》：「毒，痛也，苦也。」此二句言砥礪操守，修持夙志，然内心愁苦而鬱結。

③ 憑虛，託之虛無。張衡《西京賦》：「有憑虛公子者，心侈體忲，雅好博古。」薛綜注：「憑，依託也。虛，無也。」此二句言魂靈託之虛無而飄蕩，形體息影於濃陰。喻其精神飄忽也。

④ 鳴飈，鳴風。《篇海》：「飈，狂風。」飈，同飆。《正字通》：「飆，俗省作飈。」拂谷，激蕩山谷。《説文》：「拂，過擊也。」徐鍇《繫傳》：「擊而過之也。」螭，泛指龍。《玉篇》：「螭，無角如龍而黃。」此二句言虎

嘯生風，激蕩山谷，龍回雲起，鬱結林中。

⑤ 操土音，謂彈奏楚音。《左傳·成公九年》：『鄭人所獻楚囚也，使稅之。召而吊之，再拜稽首。問其族，對曰：泠人也。公曰：能樂乎？對曰：先人之職官也，敢有二事？使與之琴，操南音。……文子曰：楚囚，君子也。言稱先職，不背本也；樂操土風，不忘舊也。……不背本，仁也；不忘舊，信也。……君盍歸之，使合晉楚之成。公從之，重爲之禮，使歸求成。』杜預注：『南音，楚聲。』頻代，頻頻更新，形容淚流不止。《正韻》：『代，更也，替也。』此二句言樂操楚音而懷郢都，淚流不止而沾滿衣襟。

⑥ 舊墟，指郢都。據《史記·楚世家》，周成王時，封楚熊繹於丹陽，及楚文王自丹陽徙都江陵，謂之郢。後九世，平王城之。故曰『終古之舊墟』。集，猶止。見上注。此二句言辭別遠古之舊京，託身此邦而遠止也。

⑦ 龍門，郢都城門名。《楚辭·九章·哀郢》：『過夏首而西浮兮，顧龍門而不見。』王逸注：『龍門，楚東門也。言己從西浮而東行，過夏水之口，望楚東門，蔽而不見，自傷日以遠也。』洪興祖補注：『《水經》云：龍門，即郢城之東門。』惟桑，故鄉。潘尼《贈陸機出爲吴王郎中令》：『祁祁大邦，惟桑惟梓。』良注：『大邦則吴矣，謂是機之桑梓。』衹，通祇，見校勘，猶大也。《玉篇》：『衹，《易》曰：無衹悔。注云：大也。』此二句言遥望龍門而屢屢回視，攀高遥望故鄉而涕泣不止。

⑧ 振，舉身而立。《廣韻》：『振，奮也，舉也。』此二句言歎憂愁之心難以名狀，舉枯瘠之體而獨自站立。

⑨ 彫容，凋零之容顏。《正韻》：『彫，殘也，零落也。』頽，猶衰。《集韻》：『頽，委廢貌。』怊，《説文》：『悲也。』炯思，耿耿思之，形容鄉思縈繞。炯，通耿。《楚辭·遠遊》：『夜耿耿而不寐兮，魂煢煢而至曙。』王

逸注：『耿耿，猶儆儆，不寐貌也。詩云：耿耿不寐。耿，一作炯。』洪興祖補注：『耿，炯，正古茗切。一云：耿耿，不安也。』此二句言撫摸凋零之容顏，日漸衰頹，鄉愁縈繞，而故鄉難及也。

⑩ 先黎，先人。《玉篇》：『黎，衆也。』達教，明達教誨。《玉篇》：『達，通也。』積善，積累善德。《易·坤》：『積善之家，必有餘慶。』此二句言聞先人之明達教誨，積累善德，必有餘慶。

⑪ 晞，通睎。《廣韻》：『睎，視也，望也。』受言，受王之策命。《詩·小雅·彤弓》：『彤弓弨兮，受言藏之。』毛詩傳：『言，我也。』鄭玄箋：『言者，謂王策命也。』介福，大福。《易·晉》：『受茲介福，以中正也。』《玉篇》：『介，大也。』保定，謂天安定之。《詩·小雅·天保》：『天保定爾，亦孔之固。』鄭玄箋：『保安爾女也。』此二句言望修明德之美而受王策命，懸想天安定之而賜大福也。

⑫ 靡，順從。《韻會》：『靡，順也。』心貞，同貞心，心正直而明察。劉孝標《辨命論》：『璡則志烈秋霜，心貞崑玉。』又《汲冢周書·謚法解》：『貞心大度曰匡。』孔晁注：『心正而明察也。』祇服，謂恭敬行之。《書·康誥》：『子弗祇服厥父事，大傷厥考心。』孔安國傳：『爲人子，不能敬身服行父道。』泝，同溯猶向。《説文》：『逆流而上曰㴑洄。㴑，向也。』㴑洄，《詩·秦風·蒹葭》作遡洄。《正韻》：『泝，與㴑溯同。』大順，生死之常理。《禮記·禮運》：『大順者，所以養生送死，事鬼神之常也。』此二句言從持正明察之心而敬事君命，順生死之常理而委命也。

⑬ 嘉惠，猶恩惠也。《左傳·昭公七年》：『君之嘉惠，是寡君既受貺矣。』成言，謂誠信不渝之議。《楚辭·離騷》：『初既與余成言兮，後悔遁而有他。』王逸注：『成，平也。言，猶議也。』洪興祖補注：『成言，謂誠信之言，一成而不易也。《九章》作誠言。』永日，猶整日。《詩·唐風·山有樞》：『且以喜樂，且以永日。』毛詩傳：『永，引也。』此二句言當初君之惠顧我也，每議之整日而誠信不渝。

⑭谷風，《詩》名，乃歎王道失而風俗薄之詩。《詩・小雅・谷風》：『《谷風》，刺幽王也。天下俗薄，朋友道絶焉。』毛詩傳：『東風，謂之谷風。』攸，《爾雅・釋言》：『所也。』九齡，九國，泛指邊裔。《禮記・文王世子》：『文王謂武王曰：女何夢矣？武王對曰：夢帝與我九齡。文王曰：女以爲何也？武王曰：西方有九國焉，君王其終撫諸。』徹，猶盡。《廣韻》：『徹，達也。』此二句言怨恨谷風之所歎，天下薄俗，彌漫邊裔而未盡也。

⑮承間，謂擇時而白之。《大戴禮記・曾子立事》：『問必以其序，問而不決，承間觀色而復之。』間，同閒。《説文》：『閒，隙也。』造膝，猶言繞于膝邊，喻其多也。《説文》：『造，就也。』此二句言我願擇時而自陳述于君王，然朋黨小人充斥君王身邊。

⑯舒，抒發。《爾雅・釋詁》：『舒，叙也。』曷訴，謂赴訴無門。《説文》：『曷，何也。』卷，卷曲不展。《廣韻》：『弮，曲也。又書弮，今作卷。』永懷，長懷之也。《詩・周南・卷耳》：『我姑酌彼金罍，維以不永懷。』毛詩傳：『永，長也。』淹恤，猶淹滯。《左傳・襄公二十六年》：『君淹恤在外十二年矣。』杜預注：『淹，久也。』《增韻》：『恤，災危相憂也。』此二句言抒發幽怨之情其何訴也？卷曲懷之而淹滯流放。

⑰哲士，猶智士。《汲冢周書・史記解》：『信不行，義不立，則哲士凌君政。』《玉篇》：『哲，智也，明哲也。』邦國殄瘁，謂邦國盡衰病也。《詩・大雅・瞻卬》：『人之云亡，邦國殄瘁。』毛詩傳：『殄，盡。瘁，病也。』鄭玄箋：『言奔亡則天下邦國將盡困病。』此二句言嗟歎智士之深歎，哀傷邦國之衰病也。

⑱靈脩，喻君主。《楚辭・離騷》：『指九天以爲正兮，夫唯靈脩之故也。』王逸注：『靈，神也。脩，遠也。能神明遠見者，君德也，故以諭君。』匪，非。《説文》：『匪，一曰非也。』頹，墜。《集韻》：『隤，《説文》曰：下墜也。或作頹。』九成，九重之臺。《呂氏春秋・季夏紀》：『有娀氏有二佚女，爲之九成之臺。』高誘

注：『成，猶重。』一簣，一籠土。《論語・子罕》：『譬如爲山，未成一簣，止，吾止也。』何晏《集解》：『苞氏曰：簣，土籠也。此勸人進於道德也。爲山者，其功雖已多，未成一籠而中道止者，我不以其前功多而善之，見其志不遂，故不與也。』此二句言痛惜君王不以國爲懷，使九重之台毁於一籠之土。謂國之治也，功虧一簣。

⑲大寶，喻君令。《管子・法法》：『故人主不可以不慎其令。令者，人主之大寶也。』挈瓶守器，謂雖爲小器，亦須守之。《左傳・昭公七年》：『雖有挈缾之知，守不假器，禮也。』杜預注：『挈缾汲者，喻小知。爲人守器，猶知不以借人。』《五經文字》：『缾，與瓶同。』假，《玉篇》：『借也。』此二句言忘人主之令而不假於人，輕挈瓶小器亦須守之之理也。謂須杜絶政出多門也。

⑳翮，鳥翅之大羽。《説文》：『翮，羽徑也。』矰，矢之繳也，此指矢。《廣韻》：『矰，弋射矢也。』罻，網。《説文》：『捕鳥罔也。』《廣韻》：『網，同网。』又『罔，同網』。古二字並同。此二句言仰飛淩霄而鳥羽剪去，俯飛於下而遭弓繳羅網。屈原《惜誦》：『矰弋機而在上兮，罻羅張而在下。』此二句即取意于此。

㉑方城，楚國山名。江漢，指漢水，楚國水名。《左傳・僖公四年》：『楚國方城以爲城，漢水以爲池。』杜預注：『方城，山在南陽葉縣南，以言竟土之遠。漢水出武都至江夏，南入江，言其險固以當城池。』秦川，秦國地名。自大散關以北達於岐雍，夾渭川南北岸，以秦之故國而名之秦川。泥渭，乃渭水之蔑稱，秦河川名。源出甘肅渭源鳥鼠山，流經陝西與涇河、北洛河合，至潼關入黄河。此二句言方城毁於秦川，江漢投於泥渭。謂秦滅楚也。

㉒彼黍，喻指宗廟宮室之傾覆。《詩・王風・黍離》：『彼黍離離，彼稷之苗。』毛詩傳：『彼，彼宗廟宮室。』鄭玄箋：『宗廟宮室毁壞，而其地盡爲禾黍。』《詩序》：『《黍離》，閔宗周也。周大夫行役至於宗周，過

故宗廟宮室，盡爲禾黍，閔周室之顛覆，彷徨不忍去，而作是詩也。』饙，此指享祭也。《玉篇》：『饙，饋餉也。』此二句言悲歎郢之宮室傾覆，傷悼楚之宗廟無祭也。按：據《史記·秦世家》，秦昭王二十七、八年間，連續三次攻楚，拔黔中，取鄢鄧，二十九年（楚頃襄王二十一年），又攻楚，遂取郢。上數句蓋言此也。

㉓ 此二句言拊膺傷心而發之哀痛，又將誰慰我之此情也。

此章擬《哀郢》，乃言楚廟傾毀之痛。首先言其流放之悲苦。雖遭流放，愁苦深重，仍厲志修德，見飆風積雲，而生思鄉之痛，集止此邦，回視故國而不可及，故愁心難狀，形容枯槁。然後自我寬慰。積善必有餘慶，明德而受策命，天必安之而賜福祉，何不守正心而敬君命，循人生規律而委命？最後傷歎黨人盈朝，君王改轍，導致國家傾毀。初受信于君王，然世俗澆薄，遭讒遠放，冀表白心迹，黨人阻道而赴訴無門，君王不行王道，政出多門，功虧一簣，而邦國衰頹，終至爲秦所滅，宗廟傾毀，自己也欲飛不能，欲歸無路，只有拊膺傷痛而無誰可哀告也。與上章不同，此章主要抒情，然所擬詩人之精神恍惚，步步回顧，泣涕沾襟的故國之思却猶然動人。中間之自寬自慰，構成反跌，情愈轉愈深，而痛愈轉愈濃矣。

行吟①

登高山以遐望，悲〔一〕悠處之淹流②。豈大川之難濟，悲利涉之莫由③。申脩誠以底〔二〕節，反内鑒而自求④。考余心其焉可，往稽度於神謀⑤。訪斯言以卜居，想貞龜以告猷⑥。將矯翼而塗險，思振清而世濁⑦。羌釋筴而評予〔三〕，諒不疑其何卜⑧。朝彈冠以晞髮，夕振裳而濯足⑨。有懷沙以赴淵，無抱素而蒙辱⑩。愁纏綿以宅心，長歎息而飲淚⑪。步江潭以彷徉，頻行吟而含瘁〔四〕⑫。遇漁父之戾止，興讜言而來憇⑬。雖懷芳而握瑜，懼惟〔五〕塵之我穢⑭。顧虛景而端形，矧同波於其〔六〕醉⑮。追伊人之逍遥，聊仰葉於林側⑯。懷達心以遠寤，怡哀顔而表色⑰。仰班荆之遺情，想嘉訊而良食⑱。若有言而未吐，忽棄予而淩波⑲。揮龍榜以鼓汰，遺芬響而清歌⑳。俟滄浪之濯纓，悲余壽之幾何㉑。愧褊心之歎渝，恨爾謁之莫和㉒。捐江魚之言志，營玄寢於汨羅㉓。苟懷忠而死節，豈有生之足嘉㉔。

【校勘】

〔一〕『悲』，《百三家集》本、《七十二家集》本、影鈔宋本校作『念』。

〔二〕『厎』，《百三家集》本、《七十二家集》本作『砥』，與底通。《韻會》：『厎，通作底。』又通砥。《説文》：『厎，柔石也，從厂氐聲。』徐鍇曰：『可以爲礪。』

〔三〕『予』，《四部叢刊》本、鄧邦述校本、陳仲魚校本作『子』。

〔四〕『瘁』，《百三家集》本、《七十二家集》本作『悴』，古二字通。

〔五〕『惟』，《百三家集》本、《七十二家集》本作『輕』。

〔六〕『其』，《四部備要》本作『共』，《百三家集》本、《七十二家集》本作『俱』。

【注釋】

① 此篇當擬屈原《懷沙》，王逸《懷沙》注：『此章言己雖放逐，不以窮困易其行。小人蔽賢，群起而攻

之，舉世之人無知我者，思古人而不得見，伏節死義而已。太史公曰：乃作《懷沙》之賦，遂自投汨羅以死。原所以死，見於此賦，故太史公獨載之。』

② 悠處，遠居。《爾雅·釋詁》：『悠，遐也。』郭璞注：『遐，亦遠也。』淹流，同淹留。鮑照《贈故人馬子喬》：『淹流徒攀桂，延佇空結蘭。』《爾雅·釋詁》：『淹留，久也。』此二句言登高山而遠望，悲遠居而滯留。

③ 利涉，涉川有功也。《易·需》：『利涉大川，往有功也。』此二句言豈是大川難渡，悲涉川而無有功之由也。

④ 底，通砥。《漢書·爰盎晁錯傳》：『和輯士卒，底厲其節。』顔師古注：『底與砥同。』古並通轉。此二句言重之修養誠信而砥礪名節，反觀内省而求之本性。

⑤ 稽度，猶稽考。張衡《西京賦》：『取殊裁於八都，豈稽度於往舊。』濟注：『言豈考於往故舊制。』此二句言考之我心將安可也，往稽考於神靈之謀。 謂心不知所之，而求諸神靈。

⑥ 訪，猶諮詢。《説文》：『訪，汎謀曰訪。』徐鍇《繫傳》：『此言汎謀謂廣問於人也。』卜居，占卜以決其所居。《楚辭·卜居》王逸注：『屈原……執忠直而身放棄，心迷意惑。不知所爲。乃往至太卜之家，稽問神明，決之蓍龜，卜己居世，何所宜行，冀聞異策，以定嫌疑，故曰卜居也。』貞龜，占卜之物。《説文》：『貞，卜問也。』猷，猶可。《爾雅·釋言》：『猷，可也。』郭璞注：『《詩》曰：猷來無棄。』此二句言諮詢此言而占卜擇居，希以貞龜而告其可也。

⑦ 矯翼，猶振翅。矯，舉。《楚辭·九章·惜頌》：『矯茲媚以私處兮，願曾思而遠身。』王逸注：『矯，舉也。』此二句言將振翅飛翔而道路艱險，思揚清時世而世道渾濁。 此乃占卜之結果。

⑧ 羌，楚方言，發語辭。《玉篇》：『羌，楚語，辭也。』釋筴，舍其龜筴。《禮記·曲禮上》：『龜爲卜，筴

爲筮。」《廣韻》：「筴，卜筮筴也。」評予，言於我也。《玉篇》：「評，言也。」諒，猶信。《方言》卷一：「衆信曰諒，《周南》《召南》《衛》之語也。」此二句言占卜者舍龜筴而言於我，信而不疑其卜何也？謂將信將疑也。

⑨晞，曬乾。《説文》：「晞，乾也。」彈冠、振裳，謂去其塵土。《楚辭·漁父》：「屈原曰：吾聞之，新沐者必彈冠，新浴者必振衣。」王逸注：「拂塵坌也，祛（袪）土穢也。」《韻會》：「鼓爪曰彈。」《釋名·釋衣服》：「凡服，上曰衣，下曰裳。」此二句言朝彈冠而曬髮，夕舉裳而濯足。謂守節不渝也。

⑩懷沙，謂伏節死義。《楚辭·九章·懷沙》王逸注：「此章言己雖放逐，不以窮困易其行。小人蔽賢，群起而攻之，舉世之人無知我者，思古人而不得見，伏節死義而已。太史公曰：乃作《懷沙》之賦，遂自投汨羅以死。」抱素，謂守其本性。《淮南子·齊俗訓》：「遺形去智，抱素反真。」此二句言必以伏節死義而赴淵，無使守其本性而蒙辱。按：《懷沙》之篇，賈誼《吊屈原賦》：「側聞先生兮，自沉汨羅。」東方朔《沉江》：「懷沙礫以自沉。」司馬遷《史記·屈原列傳》：「屈原作《懷沙》之賦，抱石自投汨羅以死。」據此則懷沙者，懷沙礫而自沉也。然汪瑗《楚辭集解》：「懷者，感也。沙，指長沙。題《懷沙》云者，猶《哀郢》之類也。」

⑪宅心，居心。《書·康誥》：「宅心知訓。」孔安國傳：「常以居心則知訓民。」此二句言憂愁纏綿而居於心中，久久歎息而吞聲飲淚。

⑫江潭，江邊渡口。《楚辭·漁父》：「屈原既放，游於江潭，行吟澤畔，顔色憔悴，形容枯槁。」彷徉，猶徘徊。《楚辭·招魂》：「彷徉無所倚，廣大無所極些。」王逸注：「彷徉，求所依止不可得也。」洪興祖補注：「《廣雅》云：彷徉，徙倚也。」頻，《玉篇》：「急也。」此二句言行于江潭而欲行欲止，急促低吟而憂傷成疾。

⑬戾止，猶至之也。《詩·魯頌·泮水》：「魯侯戾止，言觀其旂。」毛詩傳：「戾，來；止，至也。」興，《正韻》：「悦也。」讜言，正直之言。陸機《弔魏武帝文》：「善乎達人之讜言矣！」善注：「《聲類》曰：讜，善

言也。」濟注：『讜，正也。』憩，猶息。《玉篇》：『憩，安息也。』此二句言遇漁父之至也，悦其直言而來安息之。

⑭ 瑜，美玉。《説文》：『瑾瑜，美玉也。』惟塵，謂蔽己之德。見上注。此二句言汝雖德行芬芳而懷抱美玉，然憂懼小人而讒言汙之也。

⑮ 矧，《玉篇》：『況也。』同波，猶同流也。《莊子·刻意》：『静而與陰同德，動而與陽同波。』此二句言顧視日影而正其形體，況可同流而俱沉醉？謂隨俗浮沉也。上四句爲漁父之言也。

⑯ 迨，《爾雅·釋訓》：『及也。』伊人，此人，指漁父。《詩·秦風·蒹葭》：『所謂伊人，在水一方。』毛詩傳：『伊，維也。』鄭玄箋：『伊，當作緊。緊，猶是也。』逍遥，悠然自得貌。《莊子·逍遥遊》郭象注：『逍遥遊者，義取閒放不拘，怡適自得。』此二句言及此人之悠然自得，且于林邊仰視遠方林葉。

⑰ 此二句言内心通達而明察遠也，哀樂之情形於外表。上四句插入描寫漁父也。

⑱ 班荆，布荆而坐。《左傳·襄公二十六年》：『初，楚伍參與蔡太師子朝友，其子伍舉與聲子相善也。伍舉娶於王子牟，王子牟爲申公而亡。楚人曰：伍舉實送之。伍舉奔鄭，將遂奔晉，聲子將如晉，遇之於鄭郊，班荆相與食，而言復故。』杜預注：『班，布也。布荆坐地，共議歸楚事，朋友世親。』後常謂友情深摯，此指歸楚也。嘉訊，指歸楚之議。良食，善食，謂食欲振也。《國語·楚語上》：『湫舉奔鄭將遂奔晉，蔡聲子將如晉，遇之於鄭郊，饗之以璧侑。曰：子尚良食。』韋昭注：『良，善也。』此二句言仰慕班荆叙舊之遺情，遥想歸楚嘉訊而善食。

⑲ 此二句言漁父若有話未言，忽而棄我凌波而去。

⑳ 龍榜，雕龍之槳。鼓汏，擊水。《楚辭·九章·涉江》：『乘舲船余上沅兮，齊吴榜以擊汏。』王逸

注：『吴榜，船櫂也。汰，水波也。』此二句言揮動龍槳而拍擊水波，唱著清歌而飄芳聲回。上四句亦描寫漁父也。

㉑ 俟，同竢。《玉篇》：『竢，待也。亦作俟。』滄浪，即漢水。《書·禹貢》：『嶓冢導漾，東流爲漢，又東爲滄浪之水。』濯纓，洗滌冠纓。《孟子·離婁上》：『孺子歌曰：滄浪之水清兮，可以濯我纓。滄浪之水濁兮，可以濯我足。』《説文》：『纓，冠系也。』此二句言等待滄浪水清而濯纓，然余之年壽又有幾何？謂等待時世清明而不及也。

㉒ 褊心，君心褊狹急躁。《詩·魏風·葛屨》：『維是褊心，是以爲刺。』鄭玄箋：『魏俗所以然者，是君心褊急，無德教使之耳。』渝，《爾雅·釋言》：『變也。』爾謁，猶謁爾，謂我告爾也。《釋名·釋書契》：『謁，詣也。詣，告也。』此二句言慚愧君心褊狹而歎其多變，遺恨我之告白而無人應和。

㉓ 捐江魚之言志，謂身捐江魚而明志。《楚辭·漁父》：『寧赴湘流，葬於江魚之腹中，安能以皓皓之白，而蒙世俗之塵埃乎！』玄寢，指陵墓。《正字通》：『寢，又陵寢。』此二句言身捐江魚而明志，營構陵墓於汨羅。

㉔ 此二句言但懷忠誠爲節而死，豈可樂其有生之年？

此章乃擬《懷沙》，間又插入《漁父》之意，乃明其殉節之志。先言求占卜而決疑。自己雖修誠砥節，自求本性，然登山思鄉，涉水悲離，功業無由，將舉翼而道路艱險，思清揚而世道渾濁，不知所之，故求之貞龜，稽之神謀。占卜者釋筮而言我曰：可彈冠濯足，守節自沉，無使蒙辱也。再言遇漁父而止息。愁心纏綿，長歎飲淚，行吟江潭，遇于漁父，直言告之：汝雖心懷高潔，然懼讒言汙之；與其顧影正形，何不隨俗浮沉？是人也，逍遥林側，達心察遠，表裏如一，我仰慕班荆之情，歸楚之音，然其欲言又止，棄我而去，惟留下芬芳清歌之回音。最後抒發懷忠死節之志。人生有限，滄浪難清，王心褊狹而多變，我之赴告而無應，惟有自沉汨羅而明志。此章虛構占卜之言而明其志，漁父之言而襯其志，一正一反，使抒情亦有曲折波瀾也。

紆思〔一〕①

悲怨思之多感，情惆悵而遠慕②。世玄黃而既渝，心居貞而抱素③。冀斯氣之一清，要佳人於天路④。考年載以遲之，悲歲聿〔二〕之已暮⑤。攬豐草於朝日，思先晞於湛露⑥。規法圓而天象，矩則方於地形⑦。祇信順以自範，邀式穀於神聽⑧。悲登魂之無抗，訊貞夢而遻〔三〕靈⑨。悔相〔四〕道而懷顧，悲實蕃之已盈⑩。頏〔五〕椒丘而息駕，振初服而翱翔⑪。結瓊蕤之芳襟，襲凌華之藻裳⑫。懷瑶林之珍秀，握蘭野之芳香⑬。命巫咸以啓期，訪百神而考祥⑭。靖永言以聽命，欽靈辭而肅邁⑮。振華冕之玉藻，樹象軒之高蓋⑯。鸞〔六〕假翼以鳴和，霓揮景而縈旆⑰。芳塵穆以煙熅，彤雲起而深藹⑱。遊八極以大觀，解飛轡以長想⑲。將結軌而世狹，願援楫而川廣⑳。雖我服之方壯，思振策其安往㉑？舒遠懷〔七〕以弭節，褰世羅於天網㉒。

亂曰〔八〕：猗猗芳草，殖山阿兮。朝日來照，發豐華兮㉓。秋風蕭瑟，凝霜加兮。傾葉懷春，猶俟河兮㉔。

【校勘】

〔一〕《全晉文》卷一〇一校曰：『本集先《行吟》，後《紆思》。』審觀《紆思》擬《抽思》，《行吟》擬《懷沙》，宋人重編誤倒耳，今以《九章》移正。

〔二〕『聿』，《百三家集》本、《七十二家集》本作『律』，古二字通。

〔三〕『遌』，《百三家集》本、《七十二家集》本作『通』。

〔四〕『相』，《百三家集》本作『抱』。

〔五〕『頑』，《四部叢刊》本作『頑』，《百三家集》本、《七十二家集》本作『頓』。影鈔宋本校曰：『頑，當作頓。』

〔六〕『鸞』，《文集》、叢書堂鈔本、《四部叢刊》本、《四部備要》本、鄧邦述校本、陳仲魚校本作『率』，《百三家集》本、《七十二家集》本作『鸞』。考其文意，當以『鸞』，故據改。

〔七〕『懷』，鄧邦述校本脱。

〔八〕『亂曰』一段，《文集》、叢書堂鈔本、《四部叢刊》本、鄧邦述校本、陳仲魚校本置於《考志》開篇，誤。此據《百三家集》本、《七十二家集》本校改。

【注釋】

①《紆思》擬屈原《抽思》。王逸《抽思》注：『此章言己所以多憂者，以君信諛而自聖，眩於名實，昧於施報。己雖忠直，無所赴愬，故反復其詞，以泄憂思也。』

②遠慕，謂思慕遠方之故國也。此二句言悲怨傷感而多思，情感惆悵而思故國。

③玄黃，天地之色。《易・坤》：『夫玄黃者天地之雜也，天玄而地黃。』此雜用墨子蒼黃之典，喻世事之反復。《墨子・所染》：『子墨子言見染絲者而歎曰：染於蒼則蒼，染於黃則黃，所入者變，其色亦變。』渝，《玉篇》：『變也。』居貞，猶守正。夏侯湛《東方朔畫贊》：『矯矯先生，肥遁居貞。』善注：『《周易》曰：居貞之吉，順以從上也。』向注：『貞，正也。言其樂隱於俗，而居其正道。』抱素，謂守其本性。見上注。此二句言世之既變，乾坤顛倒，惟我心守正而懷抱本性。

④一清，謂天清。《世説新語・言語》：『臣聞天得一以清，地得一以寧，侯王得一以爲天下貞。』要，邀。《廣韻》：『要，約也。』佳人，指君王也。此二句言希冀天地元氣之清，邀約佳人于天路之中。

⑤年載，猶言年復一年。顔延年《秋胡詩》：『離居殊年載，一别阻河關。』遅，《玉篇》：『晚也。』歲聿已暮，歲暮也。《詩・唐風・蟋蟀》：『蟋蟀在堂，歲聿其莫。』毛詩傳：『聿，遂。』莫，同暮。《經典釋文》卷五：『莫音暮。』此二句言察之歲月而已晚，悲傷一年又已暮矣。

⑥攬，同擥，猶摘取。《玉篇》：『擥，手擥取也。攬，同擥。』豐草，草茂盛也。晞，乾也。湛露，形容露濃。《詩・小雅・湛露》：『湛湛露斯，匪陽不晞。……湛湛露斯，在彼豐草。』毛詩傳：『湛湛，露茂盛貌。晞，乾也。豐，茂也。』此二句言摘取豐草於朝陽之下，希望在露濃曬乾之前。謂及時修德也。

⑦矩、規，《玉篇》：『矩，法也。員曰規，方曰矩。』則，《玉篇》：『法也。』古人認爲天圓地方，故儀天曰圓，距地曰方。此二句言取法於天以規爲則，取法於地而以矩爲準。

⑧祇，《廣韻》：『敬也。』信順，謂誠信不欺，順應物理。《易・繫辭上》：『天之所助者，順也；人之所助者，信也。履信思乎順，又以尚賢也。』自範，猶自律。《廣韻》：『範，法也，式也。』邀，同徼。《集韻》：

『邀，求也。通作徼。』式穀，用善。神聽，神明聽而祐之。《詩・小雅・小明》：『神之聽之，式穀以女。』鄭玄箋：『式，用。穀，善也。有明君謀具女之爵位，其志在於與正直之人爲治，神明若祐而聽之，其用善人則必用女，是使聽天任命，不汲汲求仕之辭。』此二句言敬行信順之道而自律，追求善道而神祐之。

⑨登魂之無抗，謂魂夢登天而不得。抗，乃杭之誤。《楚辭・九章・惜誦》：『昔余夢登天兮，魂中道而無杭。』王逸注：『杭，度也。杭，一作航。』洪興祖補注：『杭與航同。』訊，《爾雅・釋詁》：『告也。』貞，猶占卜。《説文》：『貞，卜問也。』遻，同迕。《玉篇》：『迕，遇也。遻，同迕。』此二句言占卜告之夢遇神靈，然悲其夢登天而不得也。謂不遇於君，占卜之辭亦不信也。

⑩悔相道，謂悔恨不審事君之道。《楚辭・離騷》：『悔相道之不察兮，延佇乎吾將反。』王逸注：『悔，恨也。相，視也。』洪興祖補注：『言己自悔恨相視事君之道不明審。』蕃，猶盛。《説文》：『蕃，草茂也。』此二句言悔恨不審事君之道而又眷戀，悲哀盛多而充盈内心。

⑪頏，下止之也。《玉篇》：『詩傳云：飛而下曰頏。』椒丘，有椒之丘。《楚辭・離騷》：『步余馬於蘭皋兮，馳椒丘且焉止息。』王逸注：『土高四墮曰椒丘。』濟注：『椒丘，丘土有椒也。行息依蘭椒，不忘芳香以自潔也。言我行蘭澤，馳上椒丘，且止息以待君命。』初服，初始清潔之服。《楚辭・離騷》：『進不入以離尤兮，退將復脩吾初服。』王逸注：『將復去脩吾初始清潔之服也。』此二句言宿於椒丘而止息車駕，整其初服而翱翔也。

⑫結，猶繫。《説文》：『結，締也。』瓊蕤，玉花。陸機《擬東城一何高》：『京洛多妖麗，玉顔侔瓊蕤。』銑注：『瓊蕤，玉花也。』襲，猶披衣。《玉篇》：『襲，重衣也。』凌華，花高聳也。凌，同陵。《經典釋文》卷六：『凌陰，音陵。』又《廣韻》：『《釋名》曰：陵，崇也，體崇高也。』此二句言繫玉花于芬芳衣襟，穿大花之繡衣。

⑬ 瑶林，猶玉林。《世説新語·賞譽》：『太尉神姿高徹，如瑶林瓊樹，自然是風塵外物。』珍秀，奇異之花。《玉篇》：『珍，寶也，美也。』此二句言懷抱玉林之美秀，手握野蘭之芳香。

⑭ 巫咸，神巫。《楚辭·離騷》：『巫咸將夕降兮，懷椒糈而要之。』王逸注：『巫咸，古神巫也。當殷中宗之世降下也。』洪興祖補注：『《書序》云：伊陟替于巫咸。《前漢·郊祀志》云：巫咸之興，自此始。説者曰：巫咸，殷賢臣，一云名咸，殷之巫也。《説文》曰：巫，祝也。古者巫咸，初作巫。《山海經》曰：巫咸國在女丑北。又曰：大荒之中有靈山，巫咸、巫即、巫盼、巫彭、巫姑、巫真、巫孔、巫抵、巫謝、巫羅，卜巫從此升降。《淮南子》曰：軒轅丘在西方，巫咸在其北。注云：巫咸知天道，明吉凶，據此則巫咸之與（興）尚矣。商時又有巫咸也。《莊子》曰：鄭有神巫曰季咸，又有巫咸祒，皆取此名。言夕降者，神降多以夜陳寶之類是也。』訪，猶謀。《説文》：『汎謀曰訪。』考祥，問其吉祥。張衡《東京賦》：『卜征考祥，終然允淑。』薛綜注：『考，問也。祥，吉也。』善注：『《周易》曰：視履考祥。』此二句言命神巫啓駕之期，謀之百神而問其吉祥。

⑮ 靖，恭謹。《管子·大匡》：『士處靖，敬老與貴。』房玄齡注：『靖，卑敬貌。』永言，謂常我也。《詩·大雅·文王》：『永言配命，自求多福。』毛詩傳：『永，長。言，我也。』鄭玄箋：『長，猶常也。王既述脩祖德，常言當配天命而行，則福禄自來。』靈辞，神靈之告。《隸釋·范式碑》：『超管鮑之遐蹤，信靈辞乎炳焕。』《爾雅·釋詁》：『辞，告也。』肅邁，猶慎行也。《廣韻》：『肅，戒也。』《説文》：『邁，遠行也。』此二句言我永遠敬聽天命，恭行神靈之告。

⑯ 華冕，華美之冠。《説文》：『冕，大夫以上冠也。』玉藻，雜采之玉旒。《禮記·玉藻》：『天子玉藻十有二旒。』鄭玄注：『雜采曰藻，天子以五采藻爲旒。』此喻車蓋也。此二句言揚起華美冠蓋之玉旒，樹立象

牙軒車之高蓋。

⑰假，憑借。《玉篇》：「假，借也。」鳴和，鸞鈴鳴也。陸機《前緩聲歌》：「羽旗棲瓊鑾，玉衡吐鳴和。」善注：「《楚辭》曰：鳴玉鸞之啾啾。王逸曰：衡，車衡也。鄭玄《周禮注》曰：鑾和，皆以金爲鈴也。應劭《漢書注》曰：鑾在軾，和在衡。」旆，同旆。《廣韻》：「旆，旗也。」《正字通》：「旆，俗旆字。」此二句言鸞鳥假翼而鈴鳴，雲霓揮影而而繞旗。

⑱穆，《廣韻》：「清也。」煙熅，天地之元氣。班固《東都賦》：「降煙熅，調元氣。」善注：「《周易》曰：天地絪縕，萬物化醇。」銑注：「煙熅，即元氣也。」深藹，霧靄濃也。《玉篇》：「藹，晻藹，樹茂也。」《韻會》：「靄，音藹。」二字同音相通。此二句言芳塵清而雲氣縈繞，彩雲起而霧靄濃也。

⑲八極，猶天下。《淮南子·原道訓》：「廓四方，柝八極。」許慎注：「八極，八方之極也。言其遠。」大觀，此謂周覽天下。《易·觀》：「大觀在上，順而巽，中正以觀天下。」飛轡，猶言飛馳也。陸機《擬青青陵上柏》：「方駕振飛轡，遠遊入長安。」轡，馬韁。《玉篇》：「轡，馬轡也。」此二句言遊覽八極而觀天下，解開馬轡飛馳長想。

⑳結軌，猶回車。司馬相如《難蜀父老》：「結軌還轅，東鄉將報。」善注：「《楚辭》曰：結余軫於西山。王逸曰：結，旋也。」濟注：「軌，車也。」援楫，舉槳。《説文》：「援，引也。」此二句言將回車而世道狹窄，欲舉槳而河川寬廣。謂世道狹窄而車難行，河川雖廣而難舉槳。

㉑服，猶馬。《唐鈔文選集注彙存》：「服，夾轅馬也。」四馬駕車，中間兩匹稱服，兩邊稱騑，亦稱驂。此二句言雖我馬之方壯，思舉鞭又焉往？謂不知何之也。

㉒弭節，按節徐行。《楚辭·離騷》：「吾令羲和弭節兮，望崦嵫而勿迫。」王逸注：「弭，按也。按節徐

步也。』褰，猶揭也。《玉篇》：『褰，褰衣也。』此二句言舒展遠思而按節徐行，揭開世間之羅網也。

㉓ 猗猗，美盛。《詩·鄘風·淇奧》：『瞻彼淇奧，緑竹猗猗。』毛詩傳：『猗猗，美盛貌。』殖，《廣韻》：『生也。』山阿，山彎曲處。《楚辭·九歌·山鬼》：『若有人兮山之阿，被薜荔兮帶女羅。』王逸注：『阿，曲隅也。』豐華，花盛也。《廣韻》：『豐，多也。』此四句言美盛之芳草，生長于山曲，朝陽來照之，抽出茂盛之花。

㉔ 蕭瑟，擬秋風之聲。曹丕《燕歌行》：『秋風蕭瑟天氣凉，草木摇落露爲霜。』俟河，謂待河清也。《左傳·襄公八年》：『《周詩》有之曰：俟河之清，人壽幾何。』此四句言秋風瑟瑟，罹遭嚴霜，葉凋而懷春，猶待黄河之清。

此章擬《抽思》，乃抒發其故國之情紆結。全章以愁思紆結、思慕故國引起，然後分兩層叙述抒情：先言進己修德。世道既變，仍守正持真，歲月遲暮，而修德律己，以順天聽；然不遇於君，既悔己之不明，却眷顧懷君，悲傷盈心，但詩人仍息椒丘、振初服、結瓊蕤、襲凌華、懷瑶林、握蘭野，以修美質。再言求索進取。求神考祥，敬天命而遠行，揚冠蓋之旒，樹象牙之軒，鸞鈴和鳴，雲霓縈旗，煙塵清，彩雲起，飛轡而馳，周遊天下，然世道狹窄，不知何之，惟思舒展故國之思，褰起天之羅網。其『亂』用比，言雖遭秋風嚴霜，仍懷思春天，而冀河清。雖歷遭磨難，仍不改故國之情，不忘修己進德，不失清平之想，其情志專也。雖紆思愁結，抒情反復凌亂，結構跳躍開闔，然其意脉清晰，承接有序，藝術亦有匠心。

考志①

偏周流而無過，悲窮思之永久②。聽幽荒而罔詔，眷寥廓而無友③。流沉液〔一〕於繩樞，逝回飈於瓮牖④。呼寂寞〔二〕而靡應，攬虛無其何有⑤？神悠悠而永念，憂綢繆而盈室⑥。哀惻心而響起，時棄予而景逸⑦。招逝運其難徵，儀遺範而無律⑧。雖芳林之將焚，豈蘭響之可謐⑨？睎馥風於曠野，思同芬而靡質⑩。命險太其靡常，道離隆而匪易⑪。紆〔三〕幽情而思古，援在昔而立辟⑫。俟重華以同遊，悲瑶圃之難適⑬。舟登陸其焉濟，輪涉淵而無迹〔四〕⑭。悲荒塗之既舛，臨遵渚而投策⑮。欲隨波以周流，恨匪石之難頽⑯。將從風而卷舒，悲直〔五〕矢之辭懷⑰。貞朗〔六〕志而玉折，厲勁心而蘭摧⑱。喟我懷以寤歎，闡前鑒而自融⑲。忠與邪其莫可，豈余命之所窮⑳。俯投迹而世洿，仰睎志而道隆㉑。耻蒙垢於同塵，思振袂〔七〕於別風㉒。明爽心以畢志，考吾道以自終㉓。

【校勘】

〔一〕『流沉液』，《四部叢刊》本、鄧邦述校本、陳仲魚校本作『沉流液』。

〔二〕『寂寞』，叢書堂鈔本作『寂寥』。

〔三〕『紆』，《四部叢刊》本、《四部備要》本、鄧邦述校本、陳仲魚校本作『紆』，或形近而誤。

〔四〕『輪涉淵而無迹』，叢書堂鈔本作『輪涉而迹』，韓應陛校補爲『輪涉淵而無迹』。

〔五〕『直』，《文集》、叢書堂鈔本、《四部叢刊》本、鄧邦述校本、陳仲魚校本作『宜』，形近而誤。《百三家集》本、《七十二家集》本、影鈔宋本作『直』，今據改。

〔六〕『朗』，影鈔宋本、《四部叢刊》本、鄧邦述校本、陳仲魚校本作『郎』。影鈔宋本校曰：『郎，疑當作朗。』

〔七〕『袂』，叢書堂鈔本、《四部叢刊》本、《四部備要》本、鄧邦述校本、陳仲魚校本作『揮』。

【注釋】

①此篇擬屈原《思美人》。王逸《思美人》注：『此章言己思念其君，不能自達，然反觀初志，不可變易，益自修飭，死而後已也。』

②偏，遍。《廣韻》：『周，偏也，俗作遍。』周流，周遊。《楚辭·離騷》：『覽相觀於四極兮，周流乎天余乃下。』《説文》：『流，水行也。』無過，謂無處可去。《玉篇》：『過，度也，越也。』窮思，思之極也。《玉篇》：『窮，極也。』此二句言遍遊天下而無處可去，悲歎愁思而鬱積長久。

③幽荒，僻遠之地。張衡《東京賦》：『惠風廣被，澤洎幽荒。』薛綜注：『幽荒，九州之外。』罔詔，不見詔也。《爾雅·釋言》：『罔，無也。』寥廓，廣遠之處。《楚辭·遠遊》：『下峥嶸而無地兮，上寥廓而無天。』洪興祖補注：『師古云：寥廓，廣遠也。』此二句言聆聽於僻遠之地却無詔，眷顧寥廓廣遠之處而無友。

④沉液，雨水。張協《雜詩》：『沈液漱陳根，緑葉腐秋莖。』銑注：『沈液，雨水也。』沈，同沉。《玉篇》：『沉，同沈。』回飈，回風。《篇海類編》：『飈，狂風。』繩樞，以繩繫户樞。甕牖，以瓦甕爲窗。賈誼《過秦論》：『陳涉，甕牖繩樞之子，甿隷之人。』喻其困窘也。此二句言雨水流於繩繫之户樞，回風飄逝於瓦甕之窗牖。

⑤寂寞，無人聲也。虚無，空杳冥也。《楚辭·九歎·憂苦》：『巡陸夷之曲衍兮，幽空虚以寂寞。』王逸注：『空虚，杳冥。寂寞，無人聲也。』靡，《爾雅·釋言》：『無也。』此二句言呼于無人之地而無應答，攬其

虛空杳冥而無所有。

⑥ 悠悠，思之也。《詩·邶風·雄雉》：『瞻彼日月，悠悠我思。』鄭玄箋：『我心悠悠然思之女。』《爾雅·釋訓》：『悠悠，思也。』綢繆，猶纏綿。《詩·唐風·綢繆》：『綢繆束薪，三星在天。』毛詩傳：『綢繆，猶纏綿也。』此二句言心神悠悠思之而長念，憂愁纏綿而滿室也。

⑦ 惻心，悽愴之心。《廣韻》：『惻，愴也。』景逸，日光奔逸。陸機《漢高祖功臣頌》：『雲騖靈丘，景逸上蘭。』《說文》：『景，光也。』此二句言風回聲響而悽愴增哀，日影奔逸而時光棄我。

⑧ 徵，猶求。《說文》：『徵，召也。』儀，取法也。《說文》：『儀，度也。』遺範，前賢之範式。張說《唐處士張府君墓誌》：『德音遺範，詳諸家諜。』《廣韻》：『範，式也，法也。』律，《爾雅·釋詁》：『法也。』此二句言尋求逝去之時光而難求，取法前賢之範式而無法。謂身居蠻荒之地，故無法效法前賢也。

⑨ 雖，假使。《廣韻》：『雖，設兩辭也。』蘭響，謂芬芳之遺馨。《玉篇》：『響，應聲也。』謐，猶安。《爾雅·釋詁》：『謐，靜也。』此二句言假使芳林即將焚毀，芬芳之遺馨豈可安也？

⑩ 晞，通睎，望也。《楚辭·九懷·危俊》：『睎白日兮皎皎，彌遠路兮悠悠。』王逸注：『晞，一作睎。』洪興祖補注：『睎，望也。』馥，濃香。《玉篇》：『馥，香盛。』靡質，不見。班固《幽通賦》：『黄神邈而靡質兮，儀遺讖以臆對。』濟注：『質，猶見也。言邈遠無見。』此二句言遠望曠野馨香之風，思有同其芬芳者而不見也。

⑪ 太，同泰。《廣韻》：『泰，大也，通也。古作太。』離，猶失。《廣雅·釋詁》：『離，去也。』匪易，不變。《說文》：『匪，一曰非也。』《廣韻》：『易，變易，又改也。』此二句言命運險與泰其無常，道之失與崇則不易也。

⑫ 紓，同舒，抒也。《玉篇》：『紓，解也。或作舒。』在昔，指先王。《詩·商頌·那》：『自古在昔，先民有作。』毛詩傳：『先王稱之曰在古。古曰在昔，昔曰先民。』立辟，立法。《詩·大雅·板》：『民之多辟，無自立辟。』毛詩傳：『辟，法也。』此二句言抒發思古之幽情，援引先王之立法。

⑬ 俟，同竢。《爾雅·釋詁》：『竢，待也。』《玉篇》：『竢，亦作俟。』重華，古舜帝。《書·舜典》：『帝舜曰重華，協于帝。』孔安國傳：『華，謂文德。言其光又重合於堯，俱聖明。』瑶圃，指仙境。《楚辭·九章·涉江》：『駕青虬兮驂白螭，吾與重華遊兮瑶之圃。』王逸注：『瑶，玉也。圃，園也。言己想侍虞舜遊玉園，猶言遇聖帝，升清朝也。』此二句言待虞舜而同遊，悲瑶圃而難至之。謂希遇聖帝，升清朝而不得也。

⑭ 此二句言舟本行水上而登陸，豈可渡耶？車本行陸上而渡淵，自無車迹。謂命途多舛也。

⑮ 舛，錯。《韻會》：『舛，錯亂也。』遵渚，循洲渚而飛。《詩·豳風·九罭》：『鴻飛遵渚，公歸無所。』毛詩傳：『鴻不宜循渚也。』《爾雅·釋水》：『小洲曰渚。』此乃取後句『公歸無所』之意。策，馬鞭。《廣韻》：『策，馬箠也。』此二句言悲荒野之途舛錯，又投鞭而循洲渚。謂棄車船而循洲渚，又歸之無所。

⑯ 周流，周轉流行。《易·繫辭下》：『變動不居，周流六虚。』匪石，喻心志堅定。《詩·邶風·柏舟》：『我心匪石，不可轉也。』毛詩傳：『石雖堅，尚可轉；席雖平，尚可卷。』鄭玄箋：『言已心志堅平，過於石席。』頹，猶順。《禮記·檀弓下》：『拜而後稽顙，頹乎其順也。』鄭玄注：『頹，順也。』此二句言欲隨波而逐流，遺憾我心志堅定而難順也。謂不欲同於流俗也。

⑰ 直矢，謂正直如矢。此二句言將隨風舒卷，又悲如矢之正直離我之懷也。謂欲守其正直也。

⑱ 貞，正。見上注。朗志，高潔之志。《玉篇》：『朗，明也。』厲，砥礪。見上注。勁心，剛正之心。《廣韻》：『勁，健也。』此二句言正其高潔志向而如玉之折，砥礪剛正之心則如蘭之摧。

⑲ 寤歎，謂寤寐歎息。《詩・曹風・下泉》：『愾我寤嘆，念彼周京。』鄭玄箋：『寤，覺也。』《玉篇》：『嘆，太息也。與歎同。』闡，《玉篇》：『明也。』自融，謂自明也。《廣韻》：『融，和也，朗也。』此二句言寤寐喟歎我之襟懷，然明於前事之鑒而自明其志。

⑳ 此二句言忠與邪其莫辨，豈我命之所困？

㉑ 投迹，猶投身。鍾會《檄蜀文》：『誠能深鑒成敗，邈然高蹈，投迹微子之蹤，措身陳平之軌。』銑注：『措，投。軌，迹也。』洿，猶污濁。《説文》：『洿，水濁不流也。』晞，猶明。《詩・齊風・東方未明》：『東方未晞，顛倒裳衣。』毛詩傳：『晞，明之始升。』此二句言俯投身於世而世間污濁，故仰慕明其志而道崇高也。

㉒ 同塵，與衆庶同塵垢。《老子》卷四：『和其光，同其塵。』河上公注：『常與衆庶同垢塵，不當自別殊。』袂，衣袖。《玉篇》：『袂，袖也。』此二句言與衆人同塵蒙垢而爲耻，思於別樣風中揚其衣袖。謂追求特立獨行也。

㉓ 爽心，猶烈心。《廣韻》：『爽，烈也。』考，猶終也。《楚辭・九歎・怨思》：『身憔悴而考旦兮，日黄昏而長悲。』王逸注：『考，猶終也。』此二句言明其烈心而畢其志，終焉吾道而終其身。

此章乃擬《思美人》，以明其志也。先言其追慕前賢而守道。周流天下無所適，而愁思深長，身居荒僻，不見詔而無友，窮居虛寂，惟有憂思盈室，聞風響而哀惻，見影馳而心驚，時光難在，前賢難法，芳林將焚，蘭香不存，如人之命運險泰無常，惟道之不變，故發思古之幽情，引先民之立法也。再言超越塵俗而守志。待與重華同遊，而仙境難適，荒途舛錯，歸之無所，然仍是守匪石之志，懷直矢之道，而不隨波逐流，從風舒卷，寧可玉折蘭摧，也要砥礪朗志烈心，故面對忠邪莫辯之濁世，不願和光同塵，而是明以前鑒，崇道明志，畢其終身矣。全章以『考志』——終焉守志爲核心，以生存環境之惡劣，世道人心之不古，理想求索之失落，反襯其守志之堅决，主旨突出，亦有結構之波瀾也。

感逝①

天機偏其挺蓋，玉衡運而回襄②。景彌脩而日短，時愈促而夜長③。和音變而改律，乘風革而爲商④。感秋林之夙暮，悲芳草之中霜⑤。存倏忽而風過〔一〕，逝揮霍而雲散⑥。方輕焱而炯〔二〕遲，比收電而景晏〔三〕⑦。將愉樂以夙興，迨〔四〕良日於昧旦⑧。痛予生之不辰，逢此世之多難⑨。將藹藹而未颺，世渾渾其難澄⑩。風頹山以離谷，波平淵而爲陵⑪。道曠世而朴散，化固滯而物凝⑫。恨輶德以莫舉，悲民鮮之孰勝⑬。景照明以妙見，音振響而攄聞⑭。金淬堅以示斷，芑靡質而效芬⑮。罄貞規以殉節，反蒙謫於朋群〔五〕⑯。咨小心以惴惴，悲江草之芸芸⑰。

亂曰〔六〕：浮〔七〕雲晻藹，天明息兮⑱。矰羅重設，鳳矯翼兮⑲。梧桐逝矣，樹榛棘兮⑳。思我芳林，喟歎息兮㉑。

【校勘】

〔一〕『倏忽』，《文集》、叢書堂鈔本、《四部叢刊》本、鄧邦述校本、陳仲魚校本作『攸忽』，《百三家集》本、《七十二家集》本作『倏忽』。『倏忽』與下句『揮霍』相對，今據改。又『過』，《百三家集》本、《七十二家集》本、《四部備要》本作『邁』，影鈔宋本亦校作『邁』。

〔二〕『炯』，叢書堂鈔本、影鈔宋本、《四部備要》本、鄧邦述校本、陳仲魚校本作『烱』。影鈔宋本校曰：

『焖，無此字，當作烱。』所校是。

〔三〕『晏』，《百三家集》本、《四部叢刊》本、鄧邦述校本、陳仲魚校本作『宴』，音同而誤。

〔四〕『追』，《百三家集》本、《四部叢刊》本、鄧邦述校本、陳仲魚校本作『迢』。

〔五〕『朋』，《文集》、叢書堂鈔本、《四部叢刊》本、鄧邦述校本、陳仲魚校本作『明』，形近而誤。《百三家集》本、《七十二家集》本作『朋』，今據改。又『群』，影鈔宋本校曰：『群，疑當作君。』

〔六〕『亂曰』一段，《文集》、叢書堂鈔本、《四部叢刊》本、鄧邦述校本在《感逝》題之後，此據《百三家集》本、《七十二家集》本校改。

〔八〕『浮』，《文集》、叢書堂鈔本、《四部叢刊》本、鄧邦述校本、陳仲魚校本作『乳』，誤。《百三家集》本作『浮』，今據改。

【注釋】

① 此篇擬《惜往日》。王逸《惜往日》注：『此章言己初見信任，楚國幾於治矣。而懷王不知君子小人之情狀，以忠爲邪，以僭爲信，卒見放逐，無以自明也。』

② 天機，南斗六星，亦名天機。左思《吴都賦》：『仰南斗以斟酌，兼二儀之優渥。』劉淵林注：『《天官星占》曰：南斗主爵禄，其宿六星。《春秋説題辭》曰：南斗爲吴。』《太平御覽》卷六引《天文録》：『南斗六星，去牽牛二十六度四分之一，爲天廟，丞相、太宰之位，主薦賢良，授爵禄，又主兵機。魁南二星爲天梁，中央二星爲天相，北二星杓曰天厨庭，亦爲壽命之期，將有天子之事占其斗星，盛明則王道和，平爵禄，行若不

然，反是也。』挺蓋，此謂南斗六星挺出而遮蓋太微。《玉篇》：『蓋，掩也，覆也。』玉衡，北斗杓之三星。《太平御覽》卷六引《天文録》：『北斗七星近紫微宫，南在太微，北是爲帝車，以主號令，運乎中央，而臨制四方，建四時，均五行，移節度，定諸紀，皆繫於北斗其魁，四星爲璿璣，其杓三星爲玉衡。故《書》云：在璿璣玉衡，以齊七政。又其魁第一星爲樞，亦曰正星，主陽德，天子之象。二曰璿，亦曰法星，主陰刑女主之位。三曰璣，亦曰令星，主禍。四曰權，亦曰伐星，主天理，伐無道。五曰衡，亦曰殺星，主中央，助四旁，殺有罪。六曰開陽，亦曰應星。又一主天，二主地，三主火，四主水，五主土，六主木，七主金。』回襄，此謂玉衡反而在天子之星上也。《書·堯典》：『蕩蕩懷山襄陵。』孔穎達疏：『《釋言》以襄爲駕，駕乘牛馬，皆車在其上，故襄爲上也。』此二句言天機偏離而遮蔽了太微，玉衡運轉而反在魁星之上。謂天子失政，宰臣專權。

③ 景彌脩，謂日影偏斜。《説文》：『景，日光也。』《廣韻》：『彌，益也。』《正字通》：『今修、脩通。』此二句言日影偏斜而白日短暫，時光愈促却黑夜漫長。

④ 和音，和諧之音，此喻陰陽。夏侯玄《辯樂論》：『阮生云：律吕協則陰陽和音。』乘，《字彙》：『因也。』商，秋也。《禮記·月令》：『季秋之月……其音商。』鄭玄注：『三分徵益一以生商，商數七十二。屬金者，以其濁，次宫臣之象也。秋氣和，則商聲。』按五行之説，音樂以商爲金，四季以秋爲金，故以樂之商音代指秋。此和音之變而改變音律，因風之變而爲秋也。以音樂而喻天地四時。

⑤ 此二句言感傷秋林之早衰，悲哀芳草之遭霜。

⑥ 倏忽，喻短暫。《楚辭·天問》：『雄虺九首，儵忽焉在？』王逸注：『儵忽，電光也。』洪興祖補注：『儵忽，疾急貌。王逸以爲電，非也。』又《集韻》：『儵，倏本字。』揮霍，迅疾貌。陸機《文賦》：『紛紜揮霍，形難爲狀。』善注：『揮霍，疾貌。』此二句言存者短暫而如風過，時光疾逝又如雲散。

⑦ 輕焱，指小火花。《説文》：『焱，火華也。』炯遲，謂光産生之緩。《説文》：『炯，光也。』《玉篇》：『遲，舒行貌。』收，聚。《詩·周頌·維天之命》：『我其收之，駿惠我文王。』毛詩傳：『收，聚也。』晏，猶逝也。《玉篇》：『晏，晚也。』此二句言方之火花而光生遲緩，比之聚電而光影逝去也。謂物生之緩而去之速。

⑧ 將，欲，希望。《廣雅·釋詁》：『將，欲也。』夙興，早起。《詩·衛風·氓》：『夙興夜寐，靡有朝矣。』迨，《玉篇》：『及也。』昧旦，天將明未明之際。《詩·鄭風·女曰鷄鳴》：『女曰鷄鳴，士曰昧旦。』鄭玄箋：『此夫婦相警，覺以夙興。』朱熹《詩集傳》：『昧，晦。旦，明也。昧旦，天欲旦晦明未辯之際也。』此二句言期待愉樂而早起，盼望良日於昧旦。

⑨ 不辰，謂生不逢時。《詩·大雅·桑柔》：『我生不辰，逢天僤怒。』鄭玄箋：『辰，時也。』此二句言痛悼我生不逢時，遇此多難之世。

⑩ 將，行列。《詩·小雅·楚茨》：『爾殽既將，莫怨具慶。』毛詩傳：『將，行也。』藹藹，猶濟濟。《詩·大雅·卷阿》：『藹藹王多吉士，維君子使，媚于天子。』毛詩傳：『藹藹，猶濟濟也。』颺，猶飛。《説文》：『颺，風所飛揚也。』此二句言吉士濟濟而未展其才，世道渾濁而難以清澄。

⑪ 頹，墜。《集韻》：『隤，《説文》曰：下墜也。或作頹。』離，遇，猶成也。《廣韻》：『離，遇也。』此二句言風墜山陵而成谷，波浪平淵而爲陵。謂上下顛倒，變化迅疾。

⑫ 曠世，歷時久遠。《廣雅》：『曠，遠也。』朴散，質樸分崩也。《廣韻》：『朴，同樸。』化，教化。《説文》：『化，化教行也。』固滯，凝固不通。《説文》：『滯，凝也。』此二句言曠世無道而質樸散也，教化不行而萬物凝滯。

⑬ 輶德，令德風範之美。王儉《褚淵碑文》：『德猷靡嗣，儀形長遞。』善注：『德猷，令德徽猷也。』銑

注：『猷，風也。』按：《詩・大雅・烝民》：『人亦有言，德輶如毛。』鄭玄箋：『輶，輕。』而『猷德』之猷，《詩・小雅・角弓》：『君子有徽猷，小人與屬。』鄭玄箋：『猷，道。』或士龍不別二字而混用之。舉，《廣韻》：『擎也，立也。』孰勝，誰可忍受。《正韻》：『勝，堪也。』此二句言怨舉世不立令德風範，歎世人孰可立身修德耶？

⑭ 攄，猶舒展。《正韻》：『攄，舒也。』此二句言道如照物之光亮而可見微妙，音如揚起之回聲而舒展其聽。謂己以道觀物而聲名揚也。

⑮ 淬，淬劍。《說文》：『淬，滅火器也。』徐鍇《繫傳》：『淬，劍燒而入水也。』芑，白粱粟也。《爾雅・釋草》：『芑，白苗。』郭璞注：『今之白粱粟，皆好穀。』此二句言淬劍而堅固示其必斷物也，白芑無花之質而效其芬芳。

⑯ 罄，猶盡。《說文》：『罄，器中空也。』貞規，守正循法。司空圖《成均諷》：『撤書竦志，慕高允之貞規。』讁，咎，此謂讒言。《玉篇》：『讁，咎也，罪也。』此二句言我盡心守正循法而殉身於節，反而遭受朋黨之讒言。

⑰ 惴惴，憂懼貌。《詩・秦風・黃鳥》：『臨其穴，惴惴其慄。』毛詩傳：『惴惴，懼也。』芸芸，華葉盛多。《老子》第十六章：『夫物芸芸，各復歸其根。』河上公注：『芸芸者，華葉盛。』此二句言嗟歎我憂懼小心，悲傷如江草之茂盛。謂盛年而殉節也。

⑱ 晻藹，形容雲之濃暗。《楚辭・離騷》：『揚雲霓之晻藹兮，鳴玉鸞之啾啾。』王逸注：『晻藹，猶蓊鬱，蔭貌也。一作靄。』洪興祖補注：『晻藹，暗也，冥也。』息，生也。《周禮・地官》：『以保息六養萬民。』鄭玄注：『保息謂安之使蕃息也。』此二句言浮雲濃暗，天明而生。

⑲ 矰，矢之繳也，此指矢。見上注。矯翼，振翅而飛。見上注。此二句言鳳凰振翅，網羅弓繳設矣。

⑳ 梧桐。鳳凰棲息之木。梧桐不生山岡，太平而後生朝陽。《詩·大雅·卷阿》：『鳳皇鳴矣，于彼高岡。梧桐生矣，于彼朝陽。』毛詩傳：『梧桐，柔木。』鄭玄箋：『梧桐生者，猶明君出也。生於朝陽者，被溫仁之氣，亦君德也。鳳皇之性，非梧桐不棲，非竹實不食。』此二句言梧桐逝焉，惟有榛荆。

㉑ 此二句言我思芬芳之林，喟然歎息。

此章擬《惜往日》，乃感其世道之衰微。先言其天子失政，宰臣專權，而後感慨時光易逝，時已秋矣。再由草木罹霜而零落，引出萬物生存之短暫，消逝之何速，再由物及人，感歎自己生不逢時，雖朝有善士，然政治渾濁而不能用，上下顛倒，道去樸散，教化不行，民不修德。惟有自己以道觀物，令聞名世，意志堅定，質效芬芳，然而雖守正殉節，却反遭讒言，雖小心惴惴，亦如江草茂盛而罹霜。故其『亂』感歎，浮雲濃暗，羅弓已設，棘榛遍野，欲飛不能，欲棲無所，故思芳林而歎息也。與前幾章比，此章結構意脉最爲清晰，情感也較平實。

□征〔一〕①

哀時命之險薄，懷斯類以結憂②。手拊膺而永歎，形顧景而長愁③。生遺年而有盡，居靜言其何須④。將輕舉以遠覽，眇天路而高遊⑤。結垂雲之翠虬，駕琬琰之玉輿⑥。揮采旄以煙指，靡華旌而電舒⑦。命日月以清天，吾將遊乎九閡⑧。命屏翳以夕降，式飛廉以朝興⑨。塗蒙雨而後清，景貞暉而先登⑩。陪湘妃於彫輅，列漢女以後乘⑪。瓊娥起而清嘯，神風穆其來應⑫。騑憑雲而轡駭，驂噓天而景凌⑬。望紫微以振策，躡〔二〕太階而遂升⑭。飛芝蓋之翼翼，回雲車之轔轔⑮。朝總轡於扶桑，夕飲馬於天津⑯。伐河鼓以解徵〔三〕，迄昆崙而凱振⑰。軌凌虚而遺迹，塵蒙颸而絶輪⑱。豈遠遊之無樂，懷故都而傷情⑲。靡龍首以還顧，轉瑶衡而回縈⑳。泝凱風以流眄，悲舊邦之穢傾㉑。眷南雲以興悲，蒙東雨〔四〕而涕零㉒。凌百川而絶蹈，仰濯髮於峥嶸㉓。豈沉瘁之足弭，將蟬蜕於長生㉔。

【校勘】

〔一〕「□征」，《文集》、叢書堂鈔本、《四部叢刊》本、鄧邦述校本、陳仲魚校本作「征」，當脱一字，今據《全晉文》卷一〇一校補。從内容看，疑脱一「遠」字。

〔二〕「躡」，《文集》、叢書堂鈔本作「跚」；《諸家文集》本、《四部叢刊》本、鄧邦述校本、陳仲魚校本作「珊」，陸貽典校作「跚」。《百三家集》本、《七十二家集》本作「躡」。考其文意，當以「躡」爲善，今據改。

〔三〕「徵」，《文集》、叢書堂鈔本、《四部叢刊》本、《四部備要》本、鄧邦述校本、陳仲魚校本作「微」，形近而誤。《百三家集》本、《七十二家集》本作「徵」，今據改。

〔四〕「東雨」，《四部備要》本、鄧邦述校本作「東南」。

【注釋】

① 依《九章》次序看，此篇擬《橘頌》。王逸《橘頌》注：「美橘之有是德，故曰頌。」《管子》篇名有《國

頌》。説者云：頌，容也，陳爲國之形容。』可知，本文内容與《橘頌》幾無關聯，乃雜擬它文，取《離騷》求索之意而敷衍之。似與《遠遊》相類也。

② 時命，謂世道人心。《楚辭・七諫・哀時命》：『哀時命之不合兮，傷楚國之多憂。』王逸注：『言己自哀生時禄命，好行公正，不與君合，憐傷楚國無有忠臣，國家多憂也。』險薄，險惡輕薄。元結《時化》：『道德爲嗜慾，化爲險薄；仁義爲貪暴，化爲凶亂。』斯類，此類，指時命險薄也。此二句言哀世道人心艱險輕薄，每念於此而愁懷鬱結。

③ 拊，《玉篇》：『拍也，擊也。』此二句言舉手拍胸而長歎，顧視形影而永憂。

④ 遺年，猶餘年。《集韻》：『遺，餘也。』静言，謂我静而思之。《詩・邶風・柏舟》：『静言思之，寤擗有摽。』毛詩傳：『静，安也。』鄭玄箋：『言，我也。』何須，猶何待。《爾雅・釋詁》：『須，待也。』此二句言人生餘年有時而盡，我静而思之居世何待也。

⑤ 輕舉，輕揚，謂高翔。《楚辭・遠遊》：『悲時俗之迫阨兮，願輕舉而遠遊。』王逸注：『高翔避世，求道真也。』眇，高遠。《廣雅・釋言》：『眇，莫也。』王念生《疏證》：『《衆經音義》卷二十一引此而釋之曰：言遠視眇莫不知邊際也。』此二句言轻飈飛翔而遠覽，天路杳眇而高遊。

⑥ 結，聚集。《説文》：『結，締也。』虬，同虯。《玉篇》：『虯，無角龍。』《説文》：『虯，龍子有角者。』《篇海類編》：『虬，與虯同。』琬琰，玉名。《楚辭・遠遊》：『吸飛泉之微液兮，懷琬琰之華英。』洪興祖補注：『琬琰，皆玉名。』此二句言垂雲簇擁著彩龍，駕著琬琰之玉車。

⑦ 采旄，彩旗。《楚辭・遠遊》：『建雄虹之采旄兮，五色雜而炫燿。』靡，散亂。《説文》：『靡，披靡也。』舒，《集韻》：『散也。』此二句言揮雲霓彩旗而指途，雲霓披靡如電之散。

⑧ 九閡，九重，指九重天。《漢書·禮樂志》：『專精厲意逝九閡，紛雲六幕浮大海。』顔師古注：『如淳曰：閡，亦作陔。』《玉篇》：『陔，階也。』此二句言命日月而使天清，吾將遊於九重天上。

⑨ 屏翳，雨師。又曰風師、雷師。曹植《洛神賦》：『屏翳收風，川后静波。』善注：『王逸《楚辭注》曰：屏翳，雨師名。虞喜《志林》曰：韋昭云：屏翳，雷師。喜云：雨師。然説屏翳者雖多，並無明據。曹植《誥洛文》曰：河伯典澤，屏翳司風。植既皆爲風師，不可引他説以非之。』向注：『屏翳，風師也。』式，用。《書·仲虺之誥》：『帝用不臧，式商受命。』孔安國傳：『式，用。』飛廉，風伯。又曰是一種神禽、神獸，或曰天地使者。《楚辭·離騷》：『前望舒使先驅兮，後飛廉使奔屬。』王逸注：『飛廉，風伯也。』洪興祖補注：『《吕氏春秋》曰：風師曰飛廉。應劭曰：飛廉，神禽，能致風氣。晉灼曰：飛廉，鹿身，頭如雀有角，而蛇尾豹文。《河圖》曰：風者，天地之使，乃告號令。』此二句言吾令雨師而夕降，用風伯而朝起。

⑩ 蒙，《廣韻》：『覆也。』貞，正。見上注。此二句言道路覆蓋小雨而塵土清揚，日光正明而率先飛升。

⑪ 湘妃，湘水之神。舜有二妃娥皇、女英，乃堯之女。傳説二女死後變成湘水之神。劉向《列女傳》曰：『有虞二妃者，帝堯之二女也。長娥皇，次女英。……舜既嗣位，升爲天子，娥皇爲后，女英爲妃。……天下稱二妃聰明貞仁。舜陟方，死於蒼梧，曰重華。二妃死於江湘之間，俗謂之湘君。』漢女，漢水之神。劉向《列仙傳》：『江妃二女，不知何許人也。出遊于江漢之湄，逢鄭交甫，見而悦之，不知其神也。謂其僕曰：我欲下其佩。曰……請子之佩。二女……遂手解其佩與交甫，交甫悦受而懷之中當心，趨去數十步，視佩，空懷無佩。顧二女，忽然不見。』此二句言使湘妃陪乘於彫車，使漢女排列於後乘。謂使仙人陪乘。

⑫ 瓊娥，猶言玉女。《説文》：『瓊，赤玉也。』穆，《廣韻》：『和也。』此二句言玉女立而發清歌，神風和而回聲應和。

⑬ 騑，駕在車轅兩旁之馬，又稱服。《廣韻》：『騑，驂，旁馬也。』驂，獨轅車所駕之馬。《説文》：『驂，駕三馬也。』又謂服之加一馬謂驂。此皆泛指馬。此二句言凌雲之馬憑雲向天，飛躍日影仰天長鳴。

⑭ 紫微，北辰第七星，後代指天帝所居。王延壽《魯靈光殿賦》：『乃立靈光之祕殿，配紫微而爲輔。』善注：『紫微，《春秋合誠圖》：北辰其星，七在紫微中。』濟注：『紫微，帝宫也。』太階，星宿名，喻顯位。揚雄《長楊賦》：『是以玉衡正而太階平也。』善注：『泰階者，天之三階也。上階，上星爲天子，下星爲女主。中階，上星爲諸侯三公，下星爲卿大夫。下階，上星爲元士，下星爲庶人。』翰注：『太階，三階星也。』此二句言望紫微而揚鞭飛去，登天階而遂升紫微。

⑮ 芝蓋，以靈芝爲車蓋。張衡《西京賦》：『驪駕四鹿，芝蓋九葩。』薛綜注：『以芝爲蓋。』翼翼，悠閑貌。《詩·小雅·采薇》：『四牡翼翼，象弭魚服。』毛詩傳：『翼翼，閑也。』雲車，以雲霓爲車。《淮南子·原道訓》：『乘雲車，入雲蜺，遊微霧。』許慎注：『以雲蜺爲其馬也。』轔轔，擬車聲。《楚辭·九歌·大司命》：『乘龍兮轔轔，高駝兮沖天。』王逸注：『轔轔，車聲。』此二句言芝蓋雲車或飛或回，車聲轔轔悠閑自得。

⑯ 總轡，繫結馬韁。《楚辭·離騷》：『飲余馬於咸池兮，揔余轡乎扶桑。』王逸注：『揔，結也。扶桑，日所拂木也。《淮南子》曰：日出湯谷，浴乎咸池，拂于扶桑，是謂晨明。登于扶桑，爰始將行，是謂朏明。言我乃往至東極之野，飲馬於咸池，與日俱浴以潔己身，結我車轡於扶桑，以留日行，幸得不老延年壽也。』洪興祖補注：『《山海經》云：黑齒之北曰湯谷，有扶木，九日居下枝，一日居上枝，皆戴烏。郭璞云：扶木，扶桑也。天有十日，迭出運照。東方朔《十洲記》云：扶桑在碧海中，乘似桑樹，長數千丈，大二千圍，兩兩同根，更相依倚，是名扶桑。』揔，同總。《集韻》：『總，《説文》：聚束也。或從手。』天津，天河。《楚辭·離騷》：『朝發軔於天津兮，夕余至乎西極。』王逸注：『天津東極，箕斗之間，漢津也。』洪興祖補注：『《爾

雅》：析木謂之津。箕斗之間，漢津也。注云：箕龍尾斗南斗，天漢之津梁。疏云：天河在箕斗二星之間。』此二句言朝繫馬於扶桑，夕飲馬于天河。

⑰伐，擊。張衡《東京賦》：『撞洪鐘，伐靈鼓。』薛綜注：『伐，擊也。』河鼓，牽牛星。《楚辭·九思·遭厄》：『越雲漢兮南濟，秣余馬兮河鼓。』王逸注：『河鼓，牽牛別名。』洪興祖補注：『《爾雅》：河鼓謂之牽牛。《晉志》曰：河鼓三星，在牽牛北。』解徵，謂音樂紛起。解，音樂之分章。徵，五音之一。《玉篇》：『徵，宫徵也。』迄，《説文》：『至也。』昆崙，仙山名。《楚辭·離騷》：『邅吾道夫崑崙兮，路脩遠以周流。』王逸注：『《河圖括地象》言：崑崙在西北，其高萬一千里，上有瓊玉之樹也。』此二句言伐河鼓而解音，至昆崙而凱旋。按：伐河鼓以解徵，取字面伐鼓而解音，乃詼諧之表達。意謂行至牽牛星而解鞍。

⑱飇，《篇海》：『狂風。』此二句言車軌凌空雖留下輒迹，狂風吹塵却不見車輪。

⑲此二句言遠遊雖有歡樂，然懷念故都而傷情。

⑳靡，《爾雅·釋言》：『無也。』此有無不之意。瑶衡，玉飾之車衡。衡，駕轅之横木。《釋名·釋車》：『衡，横也。横馬頸上也。』縈，《玉篇》：『旋也。』此二句言龍馬之首無不還顧，車轉衡而旋回，謂龍馬回望故都而不行也。《楚辭·離騷》：『僕夫悲余馬懷兮，蜷曲顧而不行。』此即取此意。

㉑泝，猶向。《説文》：『逆流而上曰㴑洄。㴑，向也。』㴑，與溯、泝並同。見上注。凱風，南風。《詩·邶風·凱風》：『凱風自南，吹彼棘心。』毛詩傳：『南風謂之凱風。』流盻，目光流轉。《西京賦》：『眳藐流盻，一顧傾城。』薛綜注：『流盻，轉眼貌也。』舊邦，指郢都。穢傾，傾覆荒蕪。《説文》：『穢，蕪也。』此二句言向南風而目光流轉，悲郢都之傾覆荒蕪。

㉒此二句言眷顧南方之雲而生悲，冒著東方之雨而流淚。郢都在南，詩人流放在東，故謂之。

㉓ 絶蹈，謂人迹罕至。《説文》：『蹈，踐也。』峥嶸，深遠貌。《楚辭・遠遊》：『下峥嶸而無地兮，上寥廓而無天。』洪興祖補注：『顔師古云：峥嶸，深遠貌也。』此二句言涉百川而人迹罕至，仰洗髮于深遠之處。

㉔ 沉瘁，憂思成疾而沉重。《廣韻》：『瘁，病也。』弭，猶去。《玉篇》：『弭，止也，滅也。』蟬蜕，喻成仙。《淮南子・精神訓》：『抱素守精，蟬蜕蛇解，遊於太清。』此二句言沉重之疾豈可去之，將成仙而求長生。

此章依《九章》順序當擬《橘頌》，然其内容仍是上下求索，思念故都。先言上天而求索。哀世道險薄，拊膺長歎，顧景長愁，生命有限，故結翠虬，駕玉車，揮彩旗而疾馳天路；日月天清，蒙雨無塵，諸神陪乘，而遊乎九天，天上玉女清歌，神風應和，驂馬憑雲，凌景嘶鳴，舉鞭而登紫微，躡太階。再言息駕而思鄉。芝蓋雲車，轔轔悠閒，朝發扶桑，夕至天河，行於牽牛，止於昆崙，凌虚有轍，蒙風無塵，雖遠遊之有樂，懷故都而傷情，龍馬回顧故都而不行，行人遥望南方而涕泣，放逐荒僻之地，憂思成疾，故渴望蟬蜕而長生也。寫求索傷情，不僅内容與《離騷》相似，手法亦差近之。

失題〔一〕①

痛世路之隘狹，詠遂〔二〕古而長悲②。鏡端形於三接，照直影於太微③。祇中懷以眷慕，豈鑒寐而忘歸④。悼天朝之遂晦，構貝錦於繁文⑤。侈南箕以鼓物，藹清陽〔三〕而播芬⑥。迹同塵而壤〔四〕絶，景和光而天分⑦。俯隕息於縈波，仰頽歎而崩雲⑧。折若華以翳日，時靡靡而難停⑨。飡秋菊以却老，年冉冉其既盈⑩。欲假翼以天飛，怨曾飈之我經⑪。思戢鱗以遁沼，悲沉綱之在淵⑫。有河清而志得，挫千載之長年⑬。擠哀響於頽風，寓悲音於絶弦⑭。嗟有生之必死，固逸我以自休⑮。彼達人之遺物，甘褰裳而赴流⑯。矧余情之沉毒，資有生以速憂⑰。悼居世其何慼〔五〕，固形存其爲尤⑱。想百年之促期，悲樂少而難多⑲。倐與短其足吝〔六〕，曷久沉於汨羅⑳。投瀾漪而負石，涉清湘以懷沙㉑。臨恒流而自墜，蒙濬壑之隆波㉒。接申胥於南江，【侶彭咸於水沱】〔七〕㉓。鼓層〔八〕雲以攜手，仰接景而登遐㉔。

【校勘】

〔一〕影鈔宋本校曰：『本篇脱標題。』《全晉文》卷一〇一校曰：『此篇擬《悲回風》，宋刊本集誤認題在篇首，因删去末一行，今無從校補。』

〔二〕『遂』，《四部備要》本作『邃』，古二字通。

〔三〕『清陽』，《四部備要》本、鄧邦述校本作『青陽』，當據改。

〔四〕『壞』，《四部叢刊》本作『壞』，叢書堂鈔本、《四部備要》本、鄧邦述校本作『攘』。

〔五〕『慼』，《百三家集》本作『蹙』。

〔六〕『吝』，《文集》、叢書堂鈔本、《四部叢刊》本、鄧邦述校本、陳仲魚校本作『恡』，別本作『吝』，古二字同。《廣韻》：『吝，俗作恡。』今改爲正字。

〔七〕『侶彭咸於水沱』，《文集》、《百三家集》本、叢書堂鈔本、《四部叢刊》本、《四部備要》本、鄧邦述校本、陳仲魚校本脱，此據文淵閣四庫本校補。

〔八〕『層』，《文集》、叢書堂鈔本、《四部叢刊》本、鄧邦述校本、陳仲魚校本作『曓』，形近而誤。《百三家集》本作『層』，今據改。影鈔宋本作『曾』，古二字通。

【注釋】

① 依《九章》順序，此篇擬《悲回風》。王逸《悲回風》注：『此章言小人之盛，君子所憂，故託遊天地之間，以泄憤懣，終沈汨羅，從子胥申徒以畢其志也。』

② 遂古，往古。《楚辭·天問》：『遂古之初，誰傳道之？』王逸注：『遂，往也。』此二句言痛恨世路狹隘，歌詠遠古而長悲傷。謂嚮往古之賢君。

③ 三接，謂數獲尊長之接見。《易·晉》：『是以康侯用錫馬蕃庶，晝日三接也。』王弼注：『以訟受服，則終朝三褫，柔進受寵，則一晝三接也。』太微，喻帝宮也。張衡《思玄賦》：『出紫宮之肅肅兮，集太微之閬閬。』善注：『紫宮、太微，二星名也。《春秋合誠圖》曰：……太微其星十二。』此二句言以鏡正行而冀獲君之召見，使耿直之影映于帝宮。謂渴望回朝受君恩也。

④ 祇，何。張相《詩詞曲語辭匯釋》卷一：『祇，猶底，何也。』鑒寐，假寐。江淹《蕭太尉子姪爲領軍江州兖州豫州淮南黃門謝啓》：『永言戚慮，鑒寐殷心。』《通雅》卷四：『監寐，假寐也，或作鑒寐。』《詩·小雅·小弁》鄭玄注：『不脱衣冠而寐，曰假寐。』此二句言何中心懷之而眷念，豈假寐而可忘歸？謂歸國之思須臾不離其懷也。

⑤ 天朝，中央王朝。袁宏《後漢紀·桓帝紀下》：『天朝政事，一經其手，權傾海内。』屈原楚人，以楚爲宗主國，故稱。貝錦，錦文，喻羅織罪過。《詩·小雅·巷伯》：『萋兮斐兮，成是貝錦。彼譖人者，亦已大

甚。』毛詩傳：『貝錦，錦文也。』鄭玄箋：『喻讒人集作己過以成於罪，猶女工之集采色以成錦文。』繁文，謂細文周納也。此二句言傷悼楚之朝廷晦暗，讒人細文周納羅織罪名。

⑥ 侈，猶大。南箕，箕星，喻讒人之口。《詩·小雅·巷伯》：『哆兮侈兮，成是南箕。彼譖人者，誰適與謀。』毛詩傳：『南，箕星也。』鄭玄箋：『箕星哆然踵狹而舌廣，今讒人之因寺人之近嫌而成言，其罪猶因箕星之哆而侈大之。』鼓物，南箕動則生風，故曰鼓物。成公綏《嘯賦》：『南箕動於穹蒼，清飆振乎喬木。』向注：『南方箕星好風，故感嘯生風，則星動於上天，風振乎喬木。』《釋名·釋言語》：『鼓，舞也。』藹，猶濃郁。《玉篇》：『藹，晻藹，樹茂也。』清陽，代指美人。曹攄《思友人詩》：『褰裳不足難，清陽未可俟。』善注：『《詩》曰：有美一人，清陽婉兮。毛萇曰：清陽，眉目之間也。』此二句言雖讒言之盛，成風鼓物，然我如美人，播揚濃郁芬芳。

⑦ 同塵，與衆庶同垢。和光，明昧同光。《老子》第四章：『和其光，同其塵。』河上公注：『言雖有獨見之明，當知闇昧，不當以擢亂人也。常與衆庶同垢塵，不當自別殊。』壤絶，謂僻遠之地。陸游《上辛給事書》：『學者雖鄉殊壤絶，百世之下，猶將想望而師尊焉。』此二句言迹與衆庶同塵而及僻壤，影與明昧同光而天分之。前句謂天下隨俗浮沉，後句謂天分其明昧也。

⑧ 隕息，謂隕絶悲歎。《爾雅·釋詁》：『隕，墜也。』頹歎，謂悲歎隕絶。陸機《吊魏武帝文》：『撫四子以深念，循膚體而頹歎。』銑注：『頹歎，謂悲思隕絶也。』此二句言俯視迴旋之波隕絶悲歎，仰觀山之崩雲頹然悲慨。

⑨ 若華，若木，西方之神木。《楚辭·天問》：『羲和之未揚，若華何光？』王逸注：『言日未出之時，若木何能有明赤之光華乎。』又《離騷》洪興祖補注：『《山海經》：南海之内，黑水之間，有木名曰若木，若水出

焉。又曰：灰野之山有樹青葉赤華，名曰若木，日所入處。生崑崙西，附西極也。然則若木有二，而此乃灰野之若木歟？《淮南子》曰：若木在建木西，末有十日，其華照下地。』翳，《廣韻》：『蔽也。』靡靡，猶遲遲。《詩·王風·黍離》：『行邁靡靡，中心摇摇。』毛詩傳：『靡靡，猶遲遲也。』遲遲，言久也，一曰行貌。此二句言折若木而遮日，時遲遲而不停。謂冀留住日光而不得也。

⑩湌，餐之俗字。《廣韻》：『湌，同餐，俗作湌。』《楚辭·離騷》：『朝飲木蘭之墜露兮，夕餐秋菊之落英。』冉冉，漸行貌。《楚辭·離騷》：『老冉冉其將至兮，恐脩名之不立。』王逸注：『冉冉，行貌。』此二句言餐秋菊以保持青春，却又歲冉冉其將盡。謂冀留住盛年而不能也。

⑪曾飈，重飈，狂風疊起。《篇海》：『飈，狂風。』我經，經我。謂狂風吹我也。《釋名》：『經，徑也。引申爲歷。』此二句言欲借翼而飛於天，怨狂風而吹過我也。謂欲飛升而不得也。

⑫戢鱗，猶言斂其鱗也。《説文》：『戢，藏兵也。』此二句言希望收斂其鱗而遁于沼池，悲傷沉網又在深淵。謂欲歸隱亦不能也。

⑬河清，謂盛世。王粲《登樓賦》：『惟日月之逾邁兮，俟河清其未極。』銑曰：『黃河清，則聖人出。』挫，取。《楚辭·招魂》：『挫糟凍飲，酎清涼些。』王逸注：『挫，捉也。』此二句言冀河清而得志，却又須等待千載之長年。謂待盛世亦不可得也。

⑭擠，《説文》：『排也。』頹風，旋風。《詩·小雅·谷風》：『習習谷風，維風及頹。』孔穎達疏：『頹，使之旋轉而升，是風簿相扶而上也。』頹，墜。《集韻》：『隤，《説文》曰：下墜也。或作頹。』絶弦，斷弦。陳元《乞立左傳博士疏》：『夫至音不合衆聽，故伯牙絶弦。』此二句言旋風陣陣充滿哀音，斷絶之弦寓有悲聲。

⑮ 逸我，縱我情志。《廣韻》：『逸，縱也。』自休，謂死。《淮南子·俶真訓》：『逸我以老，休我以死。』此二嗟歎有生亦必有死，固放縱我情志而至死不渝。

⑯ 達人，通達之人。賈誼《鵩鳥賦》：『達人大觀兮，物無不可。』翰注：『通達之人，以理觀之，萬物不殊於已，故云物無不可。』遺物，遺忘外物。《莊子·田子方》：『先生形體掘若槁木，似遺物離人而立於獨也。』郭象注：『無其心身而後外物去也。』褰裳，提衣。《詩·鄭風·褰裳》：『子惠思我，褰裳涉溱。』鄭玄箋：『揭衣渡溱水。』此二句言彼通達之人，遺忘萬物，甘願舉身而赴水流。擬屈原之語，乃《離騷》『願依彭咸之遺則』之意。

⑰ 矧，《玉篇》：『況也。』沉毒，鬱結之痛苦。《廣韻》：『毒，痛也，苦也。』資，通咨。《字彙》：『資，與咨同，嗟歎聲。』此二句言況吾痛苦之情鬱結，嗟歎有生之憂疾也。

⑱ 慼，憂戚。《説文》：『慽，憂也。』或作慼，通作戚。尤，《廣韻》：『怨也。』此二句言傷悼居世而何其憂戚，形體之存世尤爲憂怨。

⑲ 此二句言懷想人生百年之短促，悲傷歡樂少而苦難多。

⑳ 吝，吝惜。《説文》：『吝，恨惜也。』此二句言人生之長與短何足吝惜，何不久沉於汨羅？

㉑ 瀾漪，猶水波。《爾雅·釋水》：『大波爲瀾。』《廣韻》：『漪，水文也。』懷沙，懷沙礫也。東方朔《沉江》：『懷沙礫以自沉。』司馬遷《史記·屈原列傳》：『屈原作《懷沙》之賦，抱石自投汨羅以死。』涉，《玉篇》：『渡水也。』此二句言涉湘水而懷沙負石，投身於清澈水波之中。

㉒ 恒流，常流，謂流水。《説文》：『恒，常也。』蒙，猶言淹没。《廣韻》：『蒙，覆也，奄也。』濬壑，深壑。謝莊《月賦》：『臨濬壑而怨遥，登崇岫而傷遠。』翰注：『濬，深。』此喻波之大如深壑。此二句言下臨流水而

自沉，淹没於如深壑之大波。

㉓ 接，猶交遊。《説文》：『接，交也。』申胥，伍子胥。《國語・吴語》韋昭注：『申胥，楚大夫伍奢之子子胥也，名員。魯昭二十年奢誅于楚，員奔吴，吴子與之申地，故曰申胥。』又《史記・伍子胥列傳》載：吴王信太宰嚭之讒言，賜劍令子胥自殺。胥臨終告其舍人曰：『抉吾眼懸吴東門之上，以觀越寇之入滅吴也。』乃自刎而死。吴王聞之大怒，乃取子胥尸，盛以鴟夷革，浮之江中。彭咸，殷賢大夫。《楚辭・離騷》：『雖不周於今之人兮，願依彭咸之遺則。』王逸注：『彭咸，殷賢大夫，諫其君不聽，自投水而死。』水沱，江水。《爾雅・釋水》：『水自江出爲沱，漢爲潛。』此二句言與子胥交遊于南江，與彭咸結侣與長江。

㉔ 鼓，拍擊。《玉篇》：『鼓，擊也。』接景，接日影也。任昉《出郡傳舍哭范僕射》：『攜手遁衰孽，接景事休明。』善注：『《抱朴子》曰：攜手而遊，接景而處。』登遐，成仙。見《登遐頌》。此二句言拍擊高聳之雲而攜手，仰接日影而成仙。謂與申胥、彭咸同登遐也。

此章擬《悲回風》。首先歎息楚國之黑暗，希望見招而不得也。恨世道狹隘，朝廷晦暗，讒言紛盛，自己渴望見招，回顧楚國而不得，徒懷眷思，故見縈波崩雲而頽歎。然後抒發時光易逝、壯志難伸之悲。時日難留，盛年漸衰，欲展翅飛翔而遇狂風，斂鱗遠遁而遇沉網，盛世難在，故見風而悲，臨音而哀。最後表達效法前賢，自沉以明志。嗟歎人既必死，何不縱情而死。達人忘物而赴流，況我情哀絶，居世憂戚，生存亦怨，樂少難多，何須吝惜生命之短長，而不自沉汨羅，效法前賢呢！詩人寫現實之黑暗，生命之沉重，反襯死亡之輕鬆，似乎淡化了沉江的悲劇色彩，尤其詩之結尾寫死後凌雲登遐，使死亡反而塗上了一層詩意。然而在這淡化與詩意的背後，恰恰反襯了對現實的絶望，强化了生命的悲劇，這正是藝術的辯證法。

【集評】

［宋］高端叔《文忠集·變離騷序》：《詩》國風及秦不及楚，已而屈原《離騷》出焉。衍風雅於《詩》亡之後，發乎情，主乎忠，直殆先王之遺澤也。謂之文章之祖，宜矣。厥後宋玉之《九辯》、王褒之《九懷》、劉向之《九歎》、王逸之《九思》、曹植之《九愁》《九詠》，陸雲之《九愍》，皆《九章》《九歌》之苗裔。自揚雄至劉勰，則或反或廣，或爲之辯，祖述摹倣不可勝數。

［宋］晁無咎《鷄肋集·變離騷序上》：賦卑弱自植始，然植文於魏諸子中特出，而植好古自漢而上遺文，皆一一規模之，《九愁》《九詠》倣楚詞者也，然已繁促。嗚呼，《離騷》自此益變矣。謂王粲詩有古風，《登樓》之作去《楚詞》遠，又不及漢，然猶過潘岳、陸機《閑居》《懷舊》衆作。晉之文上不逮漢，而下愧唐。陸雲與兄機自吴入晉，張華一見大賞之。然華文亦謝漢唐，未足稱於後來也。陸雲《九愍》之作，蓋倣《九辨（辯）》而下，思而不貳，差近《楚詞》，非若機之《歎逝》止愛生而悲死，《文賦》止翰墨事而已。舍曰體弱，則其義亦可取也。

卷八

書

與兄平原書三十九首[一]

【題解】

《與兄平原書》是研究陸雲生平行迹、作品繫年以及史學觀念、社會價值觀等的第一手可靠資料。尤其可貴的是書信系統地表達了陸雲的美學思想。具體分析有以下幾個方面：第一，在文學功用上，陸雲認爲，文章『一分生於愁思』（第四書），因此文學具有『解愁忘憂』『以言哀思』的泄導人情的功能（第一二、一三、一八、二九書），這就從文學發生學的角度論述了文學的獨特功用。第二，在文體結構上，陸雲首先注意到不同文體間的聯繫與區别，首次提出詩頌同體的文體美學理論（第二八書），並且闡釋了頌與賦的文體聯繫，强調頌『通大悦愉』的審美特點（第三〇書）；其次反對『體都自不似事』（第一八書），主張文體與描摹對象的統一；提出文章表意須結構嚴謹（第三六書），因此必貴『經緯』，即注重條理次序，結構安排（第一四書）。而陸雲强調文章「發頭」須重（第二三、一五書），振動全篇；注意「轉句」與「結」，起承闔合（第九書）；須有「出語」「出言」（第五、一九書），總領上文，突出主旨；文句之間必須「流澤」，即文氣流暢（第八書）；必須「無間」，即文氣不隔（第一一書），杜絶「言語流行斷絶」（第四書）等等，正是對文貴經緯的具體要求。第三，在意義主旨上，陸雲注重立意之美（第一五書），首先提出「爲致其義，深自謂佳」之主張，强調文章之「出意」即意義顯豁的表意追求（第一七書），反對「意謂微多」、文意反復、蕪雜繁縟、意不稱意（第六、八、一〇書），認爲文之長短隨意而了（第一三書）；其次强調「庶可以爲《關雎》之見微」，即以小文而見深意，顯其教化（第七書）；最後對摹擬之作「多不祖宗原意」也提出了批評（第一七書）。第四，在情感抒發上，陸雲把「情」放在文學的核心地位，明確提出「後辭而先情」的理論主張（第八書），避免不必要的議論（第五書）。爲此他批評兄《答少明詩》「無惻然傷心言」，强調情感的濃度（第五書）；讚美《述思賦》「深情至言」（第二三書），强調情感的厚度；反對屈原《九章》「頗能作氾説」（第一七書），缺乏明確的情感指向，所以他讚賞「無遺情而不自盡」的抒情方式。但是陸雲同時强調「情省無煩長」，力避冗長繁縟，與其「清省」的美學觀念是一致的。第五，在文學語言上，陸雲首先强調用語規範問題（第二一書），在批評張義元《答員淵之》時，提出辭必合「體」的理論主張（第二〇、二三書）；其次强調語言的簡約、和諧、工穩問題，以「語省」「尚絜」，一過上口（第五、八書），以「常言爲佳」（第二八書），用詞忌「煩」而必「偉」（第九書），「靡靡清工」（第十五書），作爲用語的基本要求；再次雲雖提倡出語可「漂漂」（第一四書），有輕颺之美的美學要求，却又明確反對「綺語」（第三〇書）。第六，在韻律對偶上，陸雲常因「思不得韻」而向兄請教，對兄《七羡》「結上兩句爲孤」

提出了疑義（第九書）；反對文章盡爲『音楚』（第一二書）；在討論《九愍》用韻時，特別注重字音選擇（第一七書），並强調語辭『清利』（第二四書）；他自己也對用韻反復推敲（第一四、三六書）。其實上面所言『靡靡』也是就音韻而言。與《文賦》所言『暨音聲之迭代』相同，都成爲永明體的先聲。第七，在美學風格上，陸雲追求『新奇』（第一三書），反對平庸（第一八書），特別强調文章之『盡美』『甚美』（第二四書），有『深情遠旨，可耽味』（第三九書）；提出文必避其『怯處』（第一一書），文風必『雄』而『精拔』（第二三書），推崇『高偉』『高遠絶典』『藻偉』的壯美風格（第六、八書）；同時推崇『悦澤』（第四書）『管管流澤』『悦奕』（第八書）『用辭緯澤』（第一五書）『文多瑰鑠』（第一八書）等，由語言所描摹物像的色澤之美。而『清』則是陸雲提出的核心美學觀念。所謂清，與濁相對，有清省、清美、清妙、清新、清麗、清利、清朗、清絶、清約等多重理論外延。説明文章忌繁、忌拙、忌舊、忌綺、忌澀、忌晦、忌冗。其中清省、自然是其理論基石。清省乃兼論意與辭，風格與體制。《四庫全書總目》卷一百六十：『根柢不必其深厚而修潔有餘，波瀾不必其壯闊而尺寸不失，士龍清省庶乎近之。』反對微多，提倡小省，强調尚絜，乃就清省引申言之。自然乃就文辭、表達、風格兼而言之。辭與情、尚絜與悦澤、委婉與流暢統一，亦謂自然也。清省與自然，既有審美本質上的差異，也有理論内涵上的關聯，清美、流澤，既自然亦清省也。特別可貴的是，雲並非一味强調『省』，認爲，如『無可如省』則可『多』（第三十書），這就明確了『省』與『多』的藝術辯證關係。

由此可見，陸雲的美學思想看似零金碎玉，組合成整體則是七寶樓臺。體系完整，思致深刻，與《文賦》足可媲美。特別重要的是其『清省』『自然』之理論，融有玄學的思辨色彩，對東晉詩歌發展影響深遠。

一日案行〔二〕，并視曹公器物，牀薦、席具、寒夏被七枚〔三〕，介幘如吴幘〔四〕，平天冠、遠遊冠具在①。嚴器方七八寸，高四寸餘〔五〕，中無鬲，如吴小人嚴具狀〔六〕，刷膩處尚可識②。梳枇〔七〕、剔齒纖綎〔八〕皆在③。拭〔九〕目黄絮二在，垢黑〔一〇〕，目淚所沾汚〔一一〕④。手衣、卧籠、挽蒲、棋局、書箱亦在，奏案大小五枚⑤。書車又作歧案〔一二〕，以卧視書⑥。扇如吴扇〔一三〕，要扇亦在⑦。書箱，想兄識彦高書箱，甚似之⑧。筆亦如吴筆，硯亦爾⑨。書刀五枚，琉璃筆一枚〔一四〕，所希聞⑩。景初三年七月，劉婕妤折之〔一五〕，見此期復使人悵然有感處⑪。器物皆素，今送鄴宮大尺間數⑫。前已白：其繐帳及望墓田處，是清河時⑬。臺上諸奇變無方，常欲問〔一六〕曹公：『使賊〔一七〕得上臺，而公但以變譎因旋避之。若焚臺，當云何？』此公似亦不能止⑭。文昌殿北〔一八〕有閣道，去殿丈〔一九〕，内中在東，殿東便屬陳留王，内不可得見也⑮。

【校勘】

〔一〕《諸家文集》本傅增湘校曰：『宋本第一頁起。』按：傅增湘所校之宋本，其行款、頁碼與《文集》相同，可知二者乃同一底本。今存録之，以示宋本之原貌。『兄』，《文集》、叢書堂鈔本、《四部叢刊》本、《四部備要》本、鄧邦述校本脱，今據《百三家集》本、《西晉文紀》卷十七校補。按：此書分篇諸本多有不同，《西晉文紀》卷十七分作三十八首，並注曰：「三十八首中多訛脱。」本書依《文集》、叢書堂鈔本爲底本，並參考前賢之考證，兹分爲三十九首。至於錯簡内容可參閲《前言》。

〔二〕「日」，《文集》、《諸家文集》本、叢書堂鈔本作「曰」，形近而誤。《百三家集》本、《四部叢刊》本、鄧邦述校本、陳仲魚校本作「日」，今據改。

〔三〕「枚」，《西晉文紀》卷十七注曰：「枚，一作牀。」

〔四〕「吴幘」，《西晉文紀》卷十七作「吴憒」，形近而誤。

〔五〕「嚴器方七八寸，高四寸餘」，《太平御覽》卷七百十七作「嚴器方六七寸，高四寸」。

〔六〕「狀」，《西晉文紀》卷十七作「牀」。

〔七〕「梳枇」，《文集》、《西晉文紀》卷十七、叢書堂鈔本、《百三家集》本作「疏枇」。《諸家文集》本、《四部叢刊》本、鄧邦述校本、陳仲魚校本作「疏批」，皆形近而誤。《全晉文》卷一〇二作「梳枇」，今據改。

〔八〕「綖」，《太平御覽》卷七百十四無「綖」字。《四庫全書考證》卷九十五《與兄平原書》其四：「近日復案行，曹公器物取其剔齒纖一個，今以送兄。」亦無「綖」字。

〔九〕「拭」，《文集》作「栻」，形近而誤。《西晉文紀》卷十七、《百三家集》本、叢書堂鈔本、《四部叢刊》本、鄧邦述校本、陳仲魚校本作「拭」，今據改。

〔一〇〕「垢黑」，《西晉文紀》卷十七、《百三家集》本、《諸家文集》本、《四部叢刊》本、《四部備要》本、鄧邦述校本、陳仲魚校本衍一「垢」字。傅增湘校曰：「不重垢字。」《太平御覽》卷八一九作「有垢黑」。

〔一一〕「洿」，《全晉文》卷一百〇二作「汙」，古二字同。

〔一二〕「歧案」，《太平御覽》卷七百一十、《全晉文》卷一百〇二作「攲枕」。《西晉文紀》卷十七注曰：

『歧，一作欹。』以作欹爲是。

〔一三〕『扇如吴扇』，叢書堂鈔本脱前『扇』，韓應陛校補。

〔一四〕『枚』，《全晉文》卷一百〇二作『枝』。

〔一五〕『折』，《文集》、叢書堂鈔本、《四部叢刊》本、陳仲魚校本作『析』，誤。《西晉文紀》卷十七、《百三家集》本、《七十二家集》本、鄧邦述校本作『折』，今據改。又『婕妤』，《西晉文紀》卷十七注曰：『案：魏武帝於漢爲相，不得有婕妤。又景初是魏明帝年，如此則文帝物也，與曹公器玩同處，故致舛雜矣。』《卮林》卷七：『洗之曰：予覽《荆楚歲時記》曰：陸士衡云：「魏武帝劉婕妤以七月七日折琉璃筆。」蓋即《風土記》中語。案：雲書但謂魏武物，至景初時爲宫人所折耳。二記並誤。又云是士衡書，亦舛然。謂魏武不得有婕妤，尤非也。魏武《遺令》曰：「吾婕妤伎人著銅雀臺，于臺堂上施六尺牀，張繐帳，朝晡上脯糒之屬。月朝十五輒向帳作伎。」據此，則曹公當時頗奪漢宫嬪御，不覺於遺令露之耳。』按：曹封魏王，置宫妃，非奪漢宫嬪御。《卮林》誤。

〔一六〕『問』，鄧邦述校本作『間』，或形近而誤。

〔一七〕『賊』，《四部叢刊》本作『賦』，形近而誤。

〔一八〕『北』，《文集》、叢書堂鈔本、明鈔本作『比』，形近而誤。此據《百三家集》本、《四部叢刊》本、鄧邦述校本校改。

〔一九〕『丈』，《百三家集》本、《四部叢刊》本、《四部備要》本、明鈔本、鄧邦述校本、陳仲魚校本作『文』，形近而誤。

【注釋】

①案行，巡視。《漢書·蓋寬饒傳》：『躬案行士卒廬室，視其飲食居處。』薦，草席。《廣韻》：『薦，薦席。』介幘，冠巾。《説文》：『髮有巾曰幘。』徐鍇《繫傳》：『蔡邕《獨斷》曰：漢元帝額有壯髮，不欲人見，故加幘以布包之也。至王莽，内加巾，故時人云王莽禿幘。』後爲三公之巾。如吴幘，謂曹公冠巾亦如吴地之冠巾。平天冠，即通天冠，天子之冠。《太平御覽》卷六百八十五：『蔡邕《獨斷》曰：天子冠通天，漢制之，秦禮無文，祀天地明堂平冕。鄙人不識，謂之平天冠。徐廣《輿服雜注》曰：天子通天冠，高九寸，黑介幘，金博山。』遠遊冠，似通天冠，前有竹片。《太平御覽》卷六百八十五：『《三禮圖》曰：遠遊冠，諸王所服。徐廣《輿服雜注》曰：天子雜服遠遊冠，太子及諸王遠遊冠制，似通天也。天子五梁，太子三梁。董巴《漢輿服志》曰：遠遊冠制如通天，有展筩横之於前。無山。』

②嚴具，即妝具。古作莊具，因避漢明帝（劉莊）諱而改稱。《太平御覽》卷七百一十七：『魏武《内嚴器誡令》曰：孤不好鮮飾嚴具，用新皮葦笥以黄葦緣中，遇亂世無葦笥，乃更作方竹嚴具，以皂韋衣之麁布裹此，孤平常之用者也。』鬲，同隔。《漢書·郊祀志》：『鬲閉門户。』顔師古注：『鬲與隔同。』如吴小人嚴具狀，如同吴地小家之人所用妝具之形狀。小家，普通人家。刷，梳理頭髮之器具。《太平御覽》卷七百一十四：『《通俗文》曰：所以理髮謂之刷。』膩，油膩。《廣韻》：『膩，肥膩。』此句謂理髮刷子上的油膩猶存。

③枇，今作篦。《廣韻》：『枇，細櫛。』《説文》：『櫛，梳枇總名也。』剔齒纖，刺齒，猶今之牙籤。《通雅》卷三十四：『剔齒纖，刺齒也。《酉陽雜俎》曰：仙人鄭思遠常騎彪。故人許隱齒痛，鄭拔彪鬚與之，插齒間即愈。今人曰剔牙杖。』綎，冕之旒也。《玉篇》：『綎，冕前後垂。』此或爲剔齒纖之裝飾性墜旒。

④沾洿，沾汙。《釋名·釋言語》：『汙，洿也，如洿泥也。』此三句言用來擦眼的黄絮（棉布）存有二种，

充滿黑色污垢，當爲眼淚所沾污。

⑤ 手衣，護手之衣，猶今之手套。卧籠，竹卧車，猶今之躺椅。《廣韻》：「籠，筐籠竹車。」挽蒲，不詳，或爲草席。《廣韻》：「蒲，草名，似藺，可以爲席。」棋局，猶棋盤。楊炯《渾天賦》：「地則方如棊局，天則圓如彈丸。」棊，同棋。《正韻》：「棊，通作棋。」奏案，放奏章的几案。案，古時長桌。

⑥ 書車，出行裝載書籍之車。歧案，當作攲案，即攲牀，古代一種卧具。胡侍《真珠船・卧視書》：「《三國志》：曹操作攲案，卧視書。曹智人想便甚，但攲案之制不傳。」此二句言又以書車當作攲案，以便躺下看書。

⑦ 要扇，即腰扇。《資治通鑑・齊紀・太祖高皇帝》：「褚淵爲司徒。淵入朝，以腰扇障日。」《廣韻》：「要，《説文》曰：身中也，象人要貌由之形。今作腰。」此二句言所用之扇亦如吴地之扇，另有腰扇。

⑧ 彦高，人名，事迹不詳。此三句言留下的書箱，推想兄見過彦高的書箱，二者非常相似。

⑨ 此二句言所留下的筆硯，亦如吴地的筆硯。

⑩ 書刀，刮簡策之刀。《釋名・釋兵》：「書刀，給書簡札有所刊削之刀也。」琉璃筆，以有光寶石爲杆所製之筆。《漢書・西域傳》顔師古注引孟康曰：「流離青色如玉。」又引《魏略》：「秦國出赤、白、黑、黄、青、緑、縹、紺、紅、紫十種流璃。」希聞，猶言罕見。

⑪ 景初，魏明帝年號（二三七—二三九）。婕妤，魏宫中嬪妃封號。魏國初建，太祖曹操始命皇后以下五等，有夫人、昭儀、婕妤、容華、美人。婕妤視中二千石。按：劉婕妤，或爲魏武帝嬪妃。《三國志補注》：「《荆楚歲時記》曰：魏武帝劉婕妤以七月七日折琉璃筆。」若然，此言「景初」，或誤。七月七日乃牛郎織女相見之日，劉婕妤折琉璃筆，暗喻斷而不可合也。故陸雲見折斷之琉璃筆，内心悵然有感。

⑫ 素，本色生絹。《孔雀東南飛》：『十三能織素，十四能裁衣。』間數，猶言數枚。此二句言這些器物皆裹以生絹，今送兄鄴宮中的大尺數枚。

⑬ 繐帳，靈帳。望墓田處，指銅雀台。陸機《吊魏武帝文》：魏武曰：『吾婕妤妓人，皆著銅雀台。于台堂上施八尺牀、繐帳，朝晡上脯糒之屬。月朝十五日，輒向帳作妓。』善注：『鄭玄《禮記注》曰：凡布細而疏者謂之繐。』向注：『繐，細布而疏者，以爲靈帳之裙。』此三句言以前我在清河時已經告訴兄有關銅雀台的繐帳以及望墓田的有關情況。

⑭ 無方，没有定式。常，通嘗，曾也。《荀子・天論》：『是無世而不常有之。』王先謙《集解》：『《群書治要》常作嘗，是也。』變譎，詐變。《玉篇》：『譎，詐也。』此數句言臺上奇幻變化無窮，曾有人問曹公曰：假使盜賊能够登臺上，而公僅僅依賴詐變周旋迴避，若盜賊焚毀高臺，又當如何？曹公似乎也不能制止。

⑮ 文昌殿，鄴宮殿名。《水經注》：『魏武封於鄴，爲北宮，宮有文昌殿。』陳留王，指曹奂。見《三國志・陳留王傳》。

此封書信詳盡介紹曹操遺物，由此可窺曹操生活之一斑。

書乃巡視曹操生活之鄴都之所作，與《登臺賦》當作於同時。《登臺賦》序：『永寧二年（三〇二）參大府之佐於鄴都，以時事巡行鄴宫三台。』又《歲暮賦》序曰：『永寧二年春，忝寵北郡。其夏又轉大將軍右司馬于鄴都。』另據《晉書・惠帝紀》：永寧二年十二月改元太安，《登臺賦》亦當作於是年夏之後，是年十二月改元之前，此書必作於是時也。

二

一日上三臺〔一〕，曹公藏石墨數十萬片〔二〕，云燒此消復可用然煙，中人〔三〕不知①。兄頗見之不？今送二螺〔四〕②。

【校勘】

〔一〕『一日上三臺』，《文集》、叢書堂鈔本、《四部叢刊》本、《四部備要》本、明鈔本、鄧邦述校本、陳仲魚校本作『一曰三上臺』。《初學記》卷二十一、《太平御覽》卷六〇五、《百三家集》本、《西晉文紀》卷十七、《七十二家集》本、《全晉文》卷一百〇二作『一日上三臺』，今據改。

〔二〕『片』，《文集》、叢書堂鈔本、明鈔本、《四部叢刊》本、《四部備要》本、鄧邦述校本、陳仲魚校本作『斤』；《西晉文紀》卷十七、《百三家集》本、《七十二家集》本作『片』，今據改。

〔三〕『煙中人』，《初學記》卷二十一、《太平御覽》卷六〇五無此三字。

〔四〕《西晉文紀》卷十七篇末注曰：『唐假公《路北户録》。』可知乃輯佚之文。

【注釋】

① 三臺，指銅雀臺、金雀臺、冰井臺。石墨，又名石炭。《駢字類編》卷四十二：『《水經》：濁漳水又東出山過鄴縣，西注城西，北有三臺，中曰銅雀臺，南則金雀臺，北曰冰井臺。上有冰室，室有數井，井深十五

丈，藏冰及石墨焉。石墨可書，又然之難盡，亦謂之石炭。』按：左思《魏都賦》：『飛陛方輦而徑西，三臺列峙而崢嶸。』劉淵林注：『銅爵園西有三臺，中央有銅爵臺，南有金鳳臺，北則冰井臺。……建安十五年作銅雀臺。』説法微有不同。云燒此消復可用然煙，意謂燒石墨火消後可以用然（同燃）煙作墨也。中人，常人，一般人。賈誼《過秦論》：『才能不及中人，非有仲尼、墨翟之賢。』

② 不，同否，王引之《經傳釋詞》：『《玉篇》：「不，詞也。」經傳所用，或作丕，或作否，其實一也。』二螺，墨之計量單位。《記纂淵海》卷八十二：『南朝以墨爲螺、爲量、爲丸、爲枚。陸雲《與兄書》：送墨二螺。梁科律御墨一量十二丸，漢官儀令僕丞郎賜墨一枚。』

此封書信叙述石墨之得來，書寫石墨的産生。此書所作時間與上書近，亦當作於永寧二年（三〇二）夏之後，十二月之前。

三〔一〕

省曹公遺事，天下多意，長才乃當爾①。作弊〔二〕屋向百年，于〔三〕今正平夷塘，乃不可得壞，便以斧斫之耳②。爾定以知吏稱其職，民安其業也③。

【校勘】

〔一〕此書《文集》、叢書堂鈔本、明鈔本、《西晉文紀》卷十七、《全晉文》卷一百〇二、《四部叢刊》本、鄧邦述校本、陳仲魚校本皆與上書合爲一首，然《百三家集》本注曰：『此書舊誤接前「二螺」下，作一篇，今正之。』《諸家文集》本傳增湘校：『省字，宋本第二頁起。』今據此分篇。

〔二〕『弊』，《全晉文》卷一百〇二作『斃』，應據改。

〔三〕『于』，明鈔本作『子』，形近而誤。

【注釋】

① 省，《説文》：『視也。』天下多意，謂多思之天下。郭慶藩《莊子集釋·胠篋》：『意，度也。』長才，猶才俊也。《抱朴子·内篇·釋滯》：『但患志之不立，信之不篤，何憂於人理之廢乎！長才者兼而修之，何難之有？』乃當爾，乃堪其任爾。《玉篇》：『當，任也。』此三句言閲讀曹公遺事，公之所慮多在天下，故唯用俊才方能治天下也。

② 弊屋，《全晉文》卷一百〇二作斃屋，指墓陵。向，同嚮。《玉篇》：『嚮，不久也，少時也。』此意近乎。曹操建安二十五年（二二〇）去世，至陸雲永寧二年（三〇二）寫作此書，已八十二年，故曰向百年。夷塘，連接正屋之小屋。《説文》：『誃，離別也。從言多聲。』徐鍇《繫傳》：『鍇按：誃臺，陸雲《與兄書曰》：曹公所爲屋，拆其謻塘不可坏，直以斧斫之而已。……臣鍇以爲，陸雲所言，即謂屋木相連接處也。此盖小屋連接大屋，觀其来則連於大屋體，其實則別自爲一區處也。』謻塘，同夷塘。吴景旭《歷代詩話》卷十四：『按：謻塘，又作誃塘，又作夷塘。』此四句言所作墓陵已近百年，于今將剷平墓陵邊小屋，仍不能毀壞之，只得以斧斫之。

③ 爾，猶如此。王引之《經傳釋詞》：『爾，猶如此也。』此二句言以此可見曹公之時必是吏稱其職，民

安其業。

此封書信是説省察曹公遺事，知其屬意天下，善用才俊，使吏稱其職，民安其業，故所造之墓陵亦復堅固如此。此書所作時间與上書近，亦當作於永寧二年（三〇二）夏之後，十二月之前。

四

雲再拜：前省皇甫士安《高士傳》，復作《逸民賦》，今復送之，如欲報稱①。久不作文，多不悦澤，兄爲小潤色之，可成佳物，願必留意〔一〕②。四言、五言非所長，頗能作賦③。爲欲作十篇許，小者以爲一分生於愁思，遂復文④。誨欲得雲論，間在郡紛紛，有所鈎定，言語流行斷絶，欲更定之，而了不可以思慮，今自好醜不可視⑤。想冬下體中佳，能定之耳⑥。兄文章已自行天下，多少無所在⑦。且用思困人，亦不事復及，以此自勞役⑧。閒居〔二〕恐復不能不願，當自〔三〕消息⑨。謹啓。

【校勘】

〔一〕『意』，《文集》、叢書堂鈔本、《四部叢刊》本、《四部備要》本、鄧邦述校本、陳仲魚校本作『思』。《百三家集》本作『意』。考其文意，以『意』爲善，今據改。

〔二〕『閒居』，《文集》、叢書堂鈔本、《七十二家集》本、《百三家集》本、明鈔本、《四部叢刊》本、《四部備要》本、鄧邦述校本、陳仲魚校本作『間居』，《西晉文紀》卷十七作『閒居』，今據改。

〔三〕『自』，《全晉文》卷一百〇二作『日』，《百三家集》本、鄧邦述校本作『目』。

【注釋】

① 皇甫士安，即皇甫謐，字士安。終身不仕，太康三年（二八二）卒。《晉書》有傳。報稱，猶回答，回報。《漢書·孔光傳》：『誠恐一旦顛僕，無以報稱。』此四句言因閲讀《高士傳》而又作《逸民賦》，送予兄，兄若復書，祈請論之。

② 悦澤，悦目潤澤。《韓詩外傳》卷九：『大澤中雉乎五步一噣，終日乃飽，羽毛悦澤，光照於日。』佳物，猶言美事，文壇之美事也。《玉篇》：『物，事也。』爲，猶言創作。《玉篇》：『爲，《爾雅》曰：造作，爲也。』此五句言很久未作文章，故所作文章多不悦目潤澤，請兄稍加潤澤，使之成爲佳作，望兄務必留心。

③ 能，猶熟悉。《正字通》：『能，順習也。』引申爲擅長。

④ 此三句言因此打算創作十餘篇辭賦，因爲小賦緣於愁思，故遂作賦以抒情。

⑤ 閒，同閑，空隙。《説文》：『閒，隙也。』紛紛，忙亂貌。《孟子·滕文公上》：『何爲紛紛然與百工交易，何許子之不憚煩？』趙岐注：『其宫宅中而用之，何爲反與百工交易紛紛爲煩也。』鈎定，謂修定文章。鈎，同鉤。《正字通》：『鉤，鉤索義理，猶言窮理也。』言語流行斷絶，謂語言文氣不流暢也。好醜，偏義複詞，猶醜，謂文之粗疏。《説文》：『醜，可惡也。』此數句言兄欲得雲文章，因爲在郡守任上，即便閒暇，亦公務冗雜，雖也對文章有所删定，然文氣不暢，想再删定之，却又思維完全遲鈍，而今仍然粗疏而不可讀之。

⑥ 此二句言希望在冬季身體好時，再删定之。

⑦ 此二句言兄的文章已經風行天下，再創作多少，已不必在意。

⑧ 用思，精思，深思。王充《論衡·實知篇》：『張良觀宣室之畫也，陰見默識，用思深祕。』不事復及，不復及事之倒裝。及事，猶成功做成某事。《公羊傳·僖公元年》：『救不言次，此其言次何？不及事也；不及事者何？邢已亡矣。』此三句言況且深思使人身心困頓，又未必能至於成功，不必如此勞神費力創作文章。

⑨ 不能不願，謂爲文不可不謹慎。願，同愿。《説文》：『愿，謹也。』徐鍇《繫傳》曰：『《尚書》：愿而和。』消息，謂與時消長，順乎自然。《易·剥》：『君子尚消息，盈虚天行也。』王弼注：『坤順而艮止也，所以順而止之，不敢以剛止者，以觀其形象也。强亢激拂，觸忤以隕身，身既傾焉，功又不就，非君子之所尚也。』孟喜《卦氣圖》：『乾盈爲息，坤虚爲消。』陸機性剛烈，故雲謂之。此二句言然而閒居之時，恐怕又不能不盡心文章，但當順乎自然，調養將息。

從此封書信看，陸雲向以『能作賦』自許，其文學思想是：第一，文須悦澤。第二，文生於愁思。第三，注重語言文氣之流暢。第四，爲文態度須謹慎。

由『閒在郡紛紛』句看，此書當作於雲任清河太守任上。《晉書·陸雲傳》：『成都王穎表爲清河内史。穎將討齊王冏，以雲爲前鋒都督。會冏誅，轉大將軍右司馬。』又《歲暮賦》序曰：『永寧二年春，忝寵北郡。其夏又轉大將軍右司馬于鄴都。』故此書必作於永寧二年（三〇二）夏之前。

五

雲再拜：《祠堂頌》已得省，兄文不復稍論常佳，然了不見出語，意謂非兄文之休者①。前後〔一〕讀兄文，一再過便上口，語省②。此文雖未大精，然了無所識③。然此文甚自難，事同又相似，益不古，皆新綺，用此已自爲洋洋耳④。《答少明詩》亦未爲妙，省之如不悲苦，無惻然傷心言，今重復精之⑤。一日見正叔，與兄讀古五言詩〔二〕，此生歎息欲得之⑥。謹啓。

【校勘】

〔一〕按：從後文看，『後』字或是衍文。

〔二〕按：『與兄讀古五言詩』，當作『與讀兄古五言詩』。

【注釋】

① 祠堂頌，陸機之佚文。稍論，猶盡論。《廣雅·釋詁》：『稍，盡也。』謂文章抒情，不可盡議論也。出語，猶出言，與發頭相對，蓋意群結束之時概括之語。休，《爾雅·釋詁》：『美也。』此四句言《祠堂頌》已拜讀，兄文章不復議論即爲佳作，然而此頌完全没有概括性的收束之語，我意不是兄文之佳作。

② 過，猶遍。《素問·玉版論要》：『逆行一過，不復可數論要畢矣。』王冰注：『過，謂遍也。』此三句言以前閱讀兄文章，讀一二遍即上口，因爲語言省净。

③ 精，謂反復熟讀。《韻會》：『精，熟也。』了無所識，謂辭義乃新創之。《玉篇》：『了，訖也。』《説文》：『識，知也。』此二句言此文雖非精粹，然反復閲讀，辭義迭見創新。

④ 益，更加。《玉篇》：『益，加也。』新綺，清新華美。《説文》曰：『綺，文繒也。從糸，奇聲。』段玉裁注：『謂繒之有文者也。』《六書故・工事六》：『織采爲文曰錦，織素爲文曰綺。』洋洋，美盛貌。《論語・泰伯》：『《關雎》之亂，洋洋乎盈耳哉！』何晏《集解》：『鄭玄曰：《關雎》之聲而首理其亂，洋洋乎盈耳哉，聽而美也。』此五句謂此文創作甚難，述事與前人相同，抒情與前人相似，然不蹈襲前人，清新華美，因此而形成洋洋盈耳之美。

⑤《答少明詩》，陸機之佚詩。惻然，痛苦狀。《説文》：『惻，痛也。』精之，謂潤色使之精粹。此四句言《答少明詩》也不算精妙，讀之不能引發悲苦之情，乃因語言缺少痛苦傷心之情，故今重複潤色，使之精粹。

⑥ 正叔，潘尼字，與士龍兄弟交往甚密，《晉書》有傳。此三句言一日見到潘尼，與之閲讀兄之五言古詩，尼歎息良久，希望再得到兄之詩也。

此封書信乃討論陸機《祠堂頌》《答少明詩》作品之得失。陸雲提出：第一，文章之美乃在於避免以議論爲主。第二，行文結構必有『出語』爲佳，概括上文，使主旨突出。第三，文貴語言省净，語貴上口。第四，推崇清新華美之文。第五，强調抒情詩情感的濃度。

此書所作時間難以確考，然書所言《答少明詩》今雖不存，但從陸機《贈武昌太守夏少明詩》推之，必是與少明之往返贈答。此詩所作具體時間無考，然據夏少明之答詩：『據仁爲本，仗義爲輿。經緯三墳，錯綜衆書。斟酌聖奥，與道卷舒。』可知《贈武昌太守夏少明詩》作於陸機任著作郎之後，據機《吊魏武帝文》序曰：『元康八年，機始以台郎，出補著作。』故《答少明詩》必在贈詩之後。另據陸雲《晉故豫章内史夏府君誄》序可知，少明卒于永寧元年五月，可知此書當作於元康八年至永寧元年（二九八—三〇一）五月之間。

六

雲再拜：《二祖頌》〔一〕甚爲高偉①。雲作雖時有一佳語，見兄作，又欲成貧儉家，無緣當致兄此謙辭②。又雲亦復不以苟自退耳③。然意故復謂之微多，『民不輟歎』一句，謂可省④。武烈未得有吴，説桓王〔二〕之事，而云『建其孤』，恐太祖不得爲桓王之孫⑤。雲前作此頌及信以白兄，作〔三〕引甚單，常欲更之未得〔四〕。兄所作引甚好，雲方欲更作引⑥。《述思賦》『黨〔五〕自竭厲』，然雲意皆已盡，不知本復何言⑦。方當積思，思有利鈍⑧。如兄所賦，恐不可須，願兄且以示〔六〕伯聲兄弟⑨。

【校勘】

〔一〕『二祖頌』，明鈔本作『一祖頌』，誤。

〔二〕『桓王』，《西晉文紀》卷十七作『桓帝』，誤。桓王指孫策，孫權稱尊號，追謚策爲長沙桓王。

〔三〕按：《四部叢刊》本、鄧邦述校本、陳仲魚校本等皆在『作』後接『《遊仙詩》甚自能。《劉氏頌》極佳……想終能自果耳』。此依照《文集》之次序。詳『備考』。

〔四〕『更之』，《四部叢刊》本、《四部備要》本、鄧邦述校本、陳仲魚校本作『引之』。又『未得』，叢書堂鈔本脱『得』字，韓應陛校補。

〔五〕『黨』，《西晉文紀》卷十七、《百三家集》本、《四部備要》本作『儻』。

〔六〕『示』，《文集》、叢書堂鈔本、《四部叢刊》本、鄧邦述校本、陳仲魚校本脱。今據《七十二家集》本、《百三家集》本、《西晉文紀》卷十七校補。

【注釋】

① 《二祖頌》，今陸機集惟存《吊吴大帝誄》，或爲機之佚文。高偉，謂風格壯美。

② 貧儉，窘困無物。《世説新語・德行》：『陳太丘詣荀朗陵，貧儉無僕役。』謙辭，恭敬之詞。《説文》：『謙，敬也。』無緣，没有來由，此意謂不必如此。此四句言雲之創作雖有時也有一二句佳句，見兄文章，我又將成爲貧乏之人，這並非是我對兄所説的謙遜之辭。

③ 此句意謂雲雖語言貧乏，亦不復因此自退之而不進也。

④ 此句言我之意兄文亦有繁複之處，如『民不輟歎』一句，認爲可省。

⑤ 武烈，指孫堅。《三國志・吴・孫策傳》：『權既稱尊號，謚堅曰武烈皇帝。』桓王，指孫策。《三國志・吴・孫策傳》：『孫權稱尊號，追謚策曰長沙桓王。』太祖，當是指孫權，然史無載其號也。此四句乃是糾正陸機《二祖頌》史實之誤。孫堅未有吴地，不可謂吴；太祖不是孫策之孫，而不可言立其孤。

⑥ 引，文體名，此即序文之意。此二句言《二祖頌》之引語意甚爲單薄，吾欲更易之而不可得也。

⑦ 此三句言《述思賦》吾認爲意皆已盡，不知復又何言『黨自竭厲』一語。按：『黨自竭厲』，今本陸機集無此句。

⑧ 利鈍，偏義復詞，謂鈍也。此二句言吾欲深入思考，然而思維遲鈍。

⑨ 須，求。《廣韻》：『須，意所欲也。』伯聲，事迹不詳。此三句言對於兄之賦，吾亦不可潤色，兄可示之伯聲兄弟。意謂可聽一聽伯聲兄弟的意見。

此封書信討論陸機之《二祖頌》之得失。其文學思想是：第一，推崇『高偉』的壯美風格。第二，反對『意謂微多』的冗辭冗意。此外，陸雲還强調史料與表述的準確性。

從書的内容看，此書所作時間與《述思賦》接近，而據第二三書可知，《述思賦》與《詠德頌》幾作於同時，《詠德頌》即《詠德賦》，乃是張華被殺之後，機作文以頌張華之德。《晉書·張華傳》：『華誅後，（機）作誄，又爲《詠德賦》以悼之。』復考《晉書·惠帝紀》，張華被誅于永康元年（三〇〇）四月，故此書必作於是年四月後。

【備考】

《西晉文紀》卷十七、《七十二家集》本、《百三家集》本、汪士賢《漢魏六朝二十名家集》刻本、翁少麓《漢魏六朝諸名家集》刻本、文淵閣四庫本、寄生草堂本、《四部叢刊》本、影鈔宋本、《四部備要》本後接『《遊仙詩》故自能。《劉氏頌》極佳，但無出言耳。二頌不減復過所望，如此已欲解此公之半。《歲暮賦》甚欲成之，而不可自，用得此百數十字，今送。不知於諸賦者不罷少不？想少佳。成，當送到洛。陳琳《大荒》甚極，自雲作必過之，想終能自果耳。謹啓。』

《漢魏六朝二十名家集》本、《漢魏六朝諸名家集》本、徐日曦《晉二俊文集》刻本均與誨欲定《吴書》爲一書，上接『可並思諸應作傳及作引甚單……』

黄葵聲《陸雲集》校曰：『此信宋刻本有錯簡：「遊仙詩故自能」至「諸應作傳及作」，誤置「歌亦平平」後、「彼見人讚叙」前；而「引甚單常欲更之」至「歌亦平平」誤置「信以白兄作」後、「遊仙詩故自能」前。今據影宋本、叢刊本、汪本、張本等訂正。』

然考其文意，當以宋本爲善。汪士賢《漢魏六朝諸家文集》刻本傳增湘校曰：『宋本至「作」字止爲第二頁，「遊」字以下爲第八頁，中隔三、四、五、六、七共五頁。文氣不接，乃書號碼誤刻，當以汪本爲合。』又曰：『徵觀文義，照宋版似亦無不可。故以目宋本爲號碼，誤者因之，中有二頌，字意其指《二祖頌》及《劉氏頌》也。晉人尺牘難通，校不可確定，□□宋本頁碼標出，順其次可見宋本之真面。』又校曰：『「引」字爲宋本第三頁起，汪刻誤接。當從宋本接此本第十三頁第九行「彼見」云云，以甲乙等字識之。』傅增湘校汪本，特標出宋本頁碼，意在恢復『宋本之真面目』。考之，其行款、頁碼與《文集》同，可知二者乃同一底本。故可見傅亦以宋本爲善也。故今以宋本之《文集》爲據。

七〔一〕

前日觀習，先欲作《講武賦》，因欲遠言大體，欲獻之大將軍①。才不便作大文，得少許家語②。不知此可出不？故鈔以白兄③。若兄意謂此可成者，欲試成之④。大文難作，庶可以爲《關雎》之見微⑤。謹啓〔二〕。

【校勘】

〔一〕叢書堂鈔本、明鈔本、《諸名家集》本、《全晉文》卷一百〇二、《四部叢刊》本、鄧邦述校本、陳仲魚校本將此書與『雲再拜：誨欲定《吴書》……及作引甚單……且以示伯聲兄弟』合爲一篇。《西晉文紀》卷十七注曰：『此與前《集》作一篇。』《七十二家集》本、《百三家集》本注曰：『舊與前書合爲一篇，語意不貫，今析爲二。』按：此書在諸本中均接上一書『伯聲兄弟』之後，《文集》作一書，今依文意，並參閲别本之次序，析爲二書。

〔二〕《西晉文紀》卷十七注曰：『雲《集》無《講武賦》。』

【注釋】

① 觀習，觀部隊講武演習。《南征賦》序：『粤十月，軍次於朝歌，講武治戎，以觀兵於殷墟。』乃指此事。大體，謂大賦也。大將軍，指成都王司馬穎。《晉書》有傳。

② 此二句言自己才能不習于作大文章，只得有少許平常語。

③ 此二句言不知此賦可否寫成完整篇幅（即有無創作意義），所以抄録以徵詢兄之意見。

④ 此二句言如若兄認爲可以成篇，吾將嘗試完成創作。

⑤ 《關雎》，此取頌王者之風意也。《詩・周南・關雎》：『然則《關雎》《麟趾》之化王者之風，故繫之周公。』見微，謂見微知著。《詩・小雅・采菽》：『《采菽》，刺幽王也。侮慢諸侯，諸侯來朝，不能錫命以禮數，徵會之而無信義，君子見微而思古焉。』此二句言大文難作，然小文亦庶幾可見《關雎》之微言大義。

此封書信乃與兄討論《講武賦》而作。陸雲提出的文學思想是『庶可以爲《關雎》之見微』，即以小文而見深意，顯其教化。

《講武賦》今不存，然據《南征賦》序：『太安二年秋八月，姦臣羊玄之、皇甫商，敢行稱亂，凌逼乘輿，天子蒙塵于外。自秋徂冬，大將軍敷命群后，同恤社稷。乃身統三軍，以謀國難。……粤十月，軍次於朝歌，講武治戎，以觀兵於殷墟。』可知，《講武賦》乃爲此所作，具體時間是太安二年（三〇三）十月，此書亦必作於是時。

八

雲再拜：往日論文，先辭而後情，尚絜〔一〕而不取悅澤①。嘗憶兄道張公父子〔二〕論文，實自欲得，今日便欲宗其言②。兄文章之高遠絶異，不可復稱言③。然猶皆欲微多，但清新相接，不以此爲病耳④。若復令小省，恐其妙欲不見，可復稱極，不審兄由〔三〕以爲爾不⑤？《茂曹碑》皆自是蔡氏碑之上者，比視蔡氏數十碑，殊多不及，言亦自清美，愚以無疑不存⑥。《三祖贊》不可聞，《武帝贊》如欲管管流澤，有以常相稱美，如不史，願更視之⑦。小跛幾而悅奕爲盡理⑧。雲今意視文，乃好清省，欲無以尚意之至此，乃出自然⑨。張公在者必罷，必復以此見調⑩。不知《九愍》不多，不當小減⑪。《九悲》《九愁》，連日鈔除，所去甚多，才本不精，正自極此⑫。願兄小爲之定一字、兩字，出之便欲得，遲望不言⑬。謹啓〔四〕。

【校勘】

〔一〕『絜』，《七十二家集》本、《百三家集》本作『潔』，古二字同。

〔二〕『嘗』，《文集》、叢書堂鈔本作『常』。《西晉文紀》卷十七、《百三家集》本、《四部叢刊》本、鄧邦述校本作『嘗』，今據改。又『父子』，《文集》、叢書堂鈔本、《四部叢刊》本、《四部備要》本、鄧邦述校本、陳仲魚校本作『文子』，形近而誤。別本均作『父子』。《西晉文紀》卷十七注曰：『父子，一作文子，誤。』今據改。

〔三〕『由』，《七十二家集》本作『猶』，應據改。

〔四〕《西晉文紀》卷十七注曰：『機天才秀逸，辭藻宏麗。張華嘗謂之曰：「人之爲文常恨才少，子患其多。」按：雲此書欲令小省。又書云：「兄文章已顯一世，亦不足復多，自困苦。」其微旨頗合篇中論文。往往稱張公者，華也。』

【注釋】

① 絜，清簡。《玉篇》：『絜，清也。』悦澤，悦目潤澤。見上注。此三句言以前論文章優劣，是重辭藻而輕情感，尚簡潔而不重悦目潤澤。

② 此三句言我嘗憶及張華父子論文章得失，實是得之我心，故今日以張公父子之言爲宗。

③ 高遠絶異，謂高遠塵世，絶異常人。稱言，猶言説。任昉《奉答敕示七夕詩啓》：『性與天道，事絶稱言。』銑注：『言帝之性合於天道，不可得稱也。』此二句讚歎兄之文章高絶常人之作，簡直難以言説。

④ 微多，辭意微繁。此三句言機文雖辭意微繁，然清新連貫，故不以此爲詬病。

⑤ 小省，謂小有省浄。妙欲不見，有其妙而不見其妙，即《詩筏》言『盛唐人有血痕而無墨痕』之意。極，至美。《玉篇》：『極，至也，高也。』審，猶知。《玉篇》：『審，詳也，諦也。』此四句言若再使之小有省浄，不見斧鑿之痕，則可稱之爲極致，不知兄尚且認爲如此否？

⑥ 茂曹碑，或爲蔡邕之佚文。蔡氏，指蔡邕，漢末文學家，尤善碑文。《後漢書》有傳。清美，清簡而華美。此五句言是蔡邕碑文的上乘之作，比照閱讀蔡氏數十篇碑文，殊不及此篇，而且文辭清省優美，我以爲無疑可以傳之後世。

⑦《三祖贊》，文不存，作者不詳。《武帝贊》，曹植作品。流澤，流水。《淮南子·氾論訓》：『赤地三年而不絶流澤，及百里而潤草木者，唯江河也。』管管，無所憑依貌。《詩·大雅·板》：『靡聖管管，不實於亶。』毛傳：『管管，無所依繫。』不史，文質相宜。《論語·雍也》：『子曰：質勝文則野，文勝質則史，文質彬彬，然後君子。』何晏《集解》：『苞氏曰：野，如野人言鄙略也。史者，文多而質少也。』皎然《四言講古文聯句》：『士衡、安仁，不史不野。』此五句言《三祖贊》没有見到，《武帝贊》猶如自由流淌之水，因此人常常稱讚其文質相稱，請兄再審視之。

⑧ 跛，猶偏。《廣韻》：『跛，偏任。』幾，委婉。《論語·里仁》：『子曰：事父母，幾諫。』何晏《集解》：『苞氏曰：幾，微也。當微諫納善言於父母也。』悦奕，流暢輕麗。悦，舒暢。《方言》卷十：『悦，舒蘇也。楚通語也。』郭璞注：『謂蘇息也。』奕，輕麗之美。《方言》卷二：『奕，偞容也。自關而西凡美容謂之奕，或謂之偞。』郭璞注：『奕、偞，皆輕麗之貌。』此句言略偏於委婉且流暢輕麗，尤合情理。

⑨ 清省，辭義清麗省浄。《四庫全書總目》卷一百六十七：『近體出以雅潔，古體出以清省。』可爲解清省之義。此四句言今日審視文章，乃追求清麗省浄，認爲不必如此崇尚文意，是乃强調文情出於自然。

⑩必罷，謂不復論之。《玉篇》：『罷，休也，止也。』見調，謂贊成我之見解。《玉篇》：『調，和合也。』此二句言即便張華在世也不會再論，必然讚成我的見解。

⑪九愍不多，謂《九愍》文意省净。不當小減，無須稍加删削。

⑫九悲、九愁，不見陸雲集，乃佚文。鈔除，鈔寫並删削。不精，猶疏略。《玉篇》：『精，精細不粗也。』極此，盡於此。《玉篇》：『極，盡也。』此五句言連日抄寫《九悲》《九愁》，删削甚多，吾之才能粗疏，已達到自我的極致。

⑬遲望，久望。《廣韻》：『遲，久也。』此三句言望兄稍加删定一二字，文意明了便遂吾願，殷切期待，難以言表。

此封書信先檢討自己過去文學觀念之失，然後指出兄文章之得失，再評價前人碑銘之優劣，又正面提出自己的文學思想，最後自評文章，希望兄斧正之。其表達的文學思想是：第一，論文應後辭而先情，尚絜兼取悦澤。第二，反對文意繁複，强調清新流暢。第三，贊成『清美』『流澤』，亦即清簡華美，文氣流暢。第四，主張委婉、輕麗。第五，强調『清省』『自然』。其中清省、自然是其核心理論。清省乃兼論意與辭，風格與體制。《四庫全書總目》卷一百六十：『根柢不必其深厚而修潔有餘，波瀾不必其壯闊而尺寸不失，士龍清省庶乎近之。』反對微多，提倡小省，强調尚絜，乃就清省引申言之。自然乃就文辭、表達、風格兼而言之。辭與情、尚絜與悦澤、委婉與流暢統一，亦謂自然也。清省與自然，既有審美本質上的差異，也有理論内涵上的關聯，清美、流澤，既自然亦清省也。

從『張公在者必罷，必復以此見調』句看，此書信必作於張公去世之後，據《晉書·惠帝紀》載，張華被誅于永康元年（三〇〇）四月，而信中又及《九愍》，則可知《九愍》亦作是信之稍前。第十四書曰：『《九愍》如兄所誨，亦殊過望。雲意自謂當不如三賦。』所言之三賦蓋指《愁霖賦》《雨霽賦》《登臺賦》，而據《登臺賦》可知，此三賦皆作於永寧二年（三〇二）六月前後，而從《與兄平原書》的叙述語氣與次序看，《九愍》所作似早於三賦。故當在永康元年四月與永寧二年六月之間。

九

雲再拜：仲宣文，如兄言，實得張公力，如子桓〔一〕書，亦自不乃重之①。兄詩多勝其《思親》耳②。《登樓賦》無乃煩〔二〕《感丘》，其〔三〕《吊夷齊》，辭不爲偉，兄二吊自美之③。但其『呵二子』小工，正當以此言爲高文耳④。文中有『於是』『爾乃』，於轉句誠佳，然得不用之益快，有故不如無⑤。又於文句中自可不用之，便少亦常⑥。云四言轉句，以四句爲佳⑦。往曾以兄《七羨》『回煩手而沉哀』，結〔四〕上兩句爲孤，今更視定，自有不應用時，期當爾⑧。復以爲不快，故前多有所去⑨。《喜霽》『俯順習坎，仰熾重離』〔五〕，此下重得如此語爲佳，思不得其韻，願兄爲益之⑩。謹啓。

【校勘】

〔一〕『桓』，《諸家文集》本傅增湘校曰：『此桓字不缺筆。』可見或非宋本也。

〔二〕『煩』，影鈔宋本翁同書案：『煩，疑作類字之誤。士衡有《感丘賦》。』

〔三〕『其』，《諸家文集》本傅增湘校曰：『其字，宋本四頁起。』

〔四〕『結』，《全晉文》卷一百〇二無此字。

〔五〕『俯順習坎，仰熾重離』，《文集》、《七十二家集》本、《西晉文紀》卷十七、《百三家集》本、叢書堂鈔本、《四部叢刊》本、《四部備要》本、鄧邦述校本、陳仲魚校本作『俯煩習均，吊誠重離』。影鈔宋本校曰：『諸書多有不可句讀者，檢之它本皆然，無從校正。或爲係脱文所致。然如此書之「煩習均吊，誠重俯離」八字，按乃「俯順習坎，仰熾重離」之誤，記謬若此，不盡由殘闕也。』此據《喜霽賦》及《全晉文》卷一百〇二校改。

【注釋】

① 仲宣，王粲字仲宣。《三國志》有傳。張公，張華。子桓，魏文帝曹丕，字子桓。《三國志》有紀。書，指《又與吴質書》，曰：『仲宣獨自善於辭賦，惜其體弱，不足起其文。』故曰子桓書亦自不乃重之。此五句意謂仲宣文章並非拔萃，如兄所説，乃張公讚美之，故爲世人所稱道；曹丕書信評價仲宣文並無推重之意。

② 思親，指王粲《思親爲潘文則作》。

③ 登樓賦，乃王粲離長安避難荆州之所作。煩，繁。《釋名·釋言語》：『煩，繁也。物繁則相雜撓也。』無乃，表測度，意恐怕。裴學海《古書虚詞集釋》：『無乃，得無。』《吊夷齊》，即王粲《吊夷齊文》。辭不爲偉，文辭不高偉也。《廣韻》：『偉，大也。』二吊，指《吊魏武帝文》《吊蔡邕文》。此四句言王粲《登樓賦》繁縟於兄之《感丘賦》，其《吊夷齊文》，語辭不高偉，兄之兩篇吊文辭美於仲宣。

④ 『呵二子』三句，謂但是其文中『呵二子』之句，小有工穩，文章正是以此類語言爲高文。

⑤ 轉句，用於文意轉折之句。快，指文氣流暢。此三句言文中用『於是』『爾乃』作爲轉句聯結詞誠然

很好，然而能够不用使文意更爲流暢，故有反而不如删去。按：『呵二子』『於是』『爾乃』，今無論王粲《吊夷齊文》抑或陸機《吊魏武帝文》《吊蔡邕文》均無之。

⑥ 此二句言在文章中自然可以不用，即便少用亦是常態。

⑦ 此二句言四言體式的文章，在轉接句中，應以四句承接之，方爲佳構。

⑧ 七羨，陸機之佚文。回煩手而沉哀，今本《南征賦》有『繞煩手乎曲折，舒飄颻以遐洞』之句。期當爾，必當如此。《玉篇》：『期，會也，當也。』此五句言以前曾認爲兄《七羨》以『回煩手而沉哀』收束上面兩句，則成爲孤調，今再加審定，當然也有不用雙句承接，乃視文理必當如此方可。

⑨ 此二句言又以爲不暢，故前多有删削也。

⑩ 此四句言《喜霽賦》之二句，必得此語爲佳，然思不得其韻，希望兄潤色之。

此封書信乃評論前人、兄與自己作品之得失。所表明的文學思想是：第一，用詞忌『煩』而必『偉』。第二，文章結構既必須注意轉句，又注意簡潔，簡潔即爲『快』。第三，用句注意對偶與韻律。永明體之産生，從陸雲所論，實有自也。

此信所作時間與《喜霽賦》同時，而《喜霽賦》作於《愁霖賦》之後不久，而據《愁霖賦》序可知，是賦乃作於永寧二年（三〇二）夏六月，故此信當在是年六月之後。

一〇

雲再拜：嘗聞[一]湯仲歎《九歌》，昔讀《楚辭》[二]，意不大愛之①。頃日視之，實自清絶滔滔②。故自是識者，古今來爲如此種文，屯〔三〕爲宗矣③。視《九章》，時有善語，大類是穢文，不難舉意④。視《九歌》，便自歸謝絶思⑤。兄常欲其作詩文，獨未作此曹語⑥。若消息小佳〔四〕，願兄可試作之⑦。兄復不作者，恐此文獨單行千載間。常謂此曹語不好，視《九歌》，正自可歎息⑧。王褒作《九懷》亦極佳，恐猶自繼⑨。真玄盛稱《九辯》，意甚不愛⑩。

【校勘】

〔一〕『閒』，《諸名家集》本、《四部叢刊》本、鄧邦述校本、陳仲魚校本作『間』，形近而誤。

〔二〕『楚辭』，《文集》、叢書堂鈔本、《諸名家集》本作『楚詞』，《西晉文紀》卷十七、《百三家集》本、《四部叢刊》本、鄧邦述校本、陳仲魚校本作『楚辭』。古二詞同，今改爲通稱。

〔三〕『屯』，《西晉文紀》卷十七、《百三家集》本作『此』。

〔四〕『佳』，《文集》、叢書堂鈔本、《四部叢刊》本、鄧邦述校本、陳仲魚校本作『往』，形近而誤。《七十二家集》本、《百三家集》本、《西晉文紀》卷十七作『佳』，今據改。

【注釋】

① 湯仲，或爲陽仲之誤。陽仲，即潘滔，潘尼從子。惠帝時爲太子洗馬。事見《晉書·王接傳》。意不大愛之，陸雲以『清省』爲基本審美標準，昔日讀《九歌》以爲辭意繁褥，故不愛之。

② 頃日，猶近日。清絶，清雅絶倫。杜甫《奉同郭給事湯東靈湫作》：『浩歌綠水曲，清絶聽者愁。』趙

師川注：『言給事歌詩清雅絶倫，聽者愁莫能及也。』滔滔，流暢貌。《詩・齊風・載驅》：『汶水滔滔，行人儦儦。』毛詩傳：『滔滔，流貌。』

③自，《玉篇》：『由也。』屯，《玉篇》：『難也。』此三句言所以由此看來，古今以來，能作如此文章，也難爲辭賦之宗。按：文章是否爲尊崇對象乃取決於讀者的認知，陸雲由自己對《楚辭》認知的變化，説明對文章認知之難。

④《九章》，屈原之所作，計九篇。善語，謂文辭美也。《廣韻》：『善，佳也。』穢文，蕪雜之文。《説文》：『穢，蕪也。』不難，同否難，謂不通而難也。《詩・小雅・何人斯》：『還而不入，否難知也。』鄭玄箋：『否，不通也。』舉意，猶稱意。《爾雅・釋言》：『偁，舉也。』《説文》：『偁，揚也。』王筠《句讀》：『今皆借稱爲之。』此四句言閲讀《九章》，雖時時有文辭優美之處，但整體上則辭章蕪雜，文不流暢而難以準確達意。

⑤《九歌》，屈原之所作，計十一篇。歸謝，歸去辭客。《玉篇》：『謝，辭也，去也。』絶思，盡心而思。曹植《釋愁文》：『醫和絶思而無措，先生豈能爲我著龜乎。』此二句言閲讀《九歌》，便歸家謝客，盡心思之。謂文章動人也。

⑥此曹，此輩。《玉篇》：『曹，輩也。』此二句言兄常常創作詩文，獨獨没有創作此類作品。

⑦消息，謂身體之休養生息。班固《幽通賦》：『神先心以定命兮，命隨行以消息。』善注：『雖然亦在人消息而行之。』翰注：『人隨事消息而行也。』此二句言若身體調養良好，希望兄嘗試創造之。

⑧此三句言人們常常批評這類文章不美，若閲讀《九歌》，則正自歎息其美也。

⑨王褒，字子淵，别号桐柏真人，蜀郡資中人。西漢時期著名辭賦家，與揚雄並称『淵雲』。自繼，己可繼之。《説文》：『繼，續也。』此二句言王褒《九懷》雖極美，恐怕自己猶可續之。意謂《九歌》則不可模擬。

⑩ 真玄，事迹不詳。九辨，宋玉之所作。此二句言真玄盛讚宋玉之《九辨》，吾却不甚喜愛。此封書信乃與兄討論《楚辭》之作。所表達的文學思想是：第一，讚美清雅絶倫，流暢不滯。第二，反對蕪雜繁縟，意不稱意。從鑒賞角度看，士龍重視『歸謝絶思』而有『識』，方可見其真美也。討論並品評《楚辭·九歌》與《九章》，説明此書所作在時間上與《九愍》差近，亦在張華被殺即永康元年（三〇〇）之後，永寧二年（三〇二）夏之前。

一一

雲再拜：頃得張公《封禪事》，平平耳，不及李氏，其文無比，恐非其所作①。欲見此公《劉氏頌》〔一〕，有信願付②。雲頃又爲輔吴、奮威作頌，欲愈前頌，然意並不以快③。遣信當送《九愍》、三賦，脱然謂可舉意④。假彼頌便有怯處，想無又間〔二〕便可耳⑤。大類不便作四言、五言⑥。謹啓。

【校勘】

〔一〕『劉氏頌』，《百三家集》本、叢書堂鈔本、《四部叢刊》本、鄧邦述校本、陳仲魚校本作『劉氏世頌』。

按：考其文意，『欲見此公』後或有脱文。

〔二〕『間』，《西晉文紀》卷十七、《全晉文》卷一百〇二作『閒』。

【注釋】

①封禪事，即張華《封禪議》。李氏，當指李充。《後漢書·李充傳》：『李充字大遜，陳留人也。……和帝公車徵，不行。延平中，詔公卿中二千石各舉隱士大儒，務取高行以勸後進。特徵充爲博士。』《東漢文紀》卷七載博士李充等上《封禪議》。其文無比，謂張華文唯存孤本，無法比照。恐非其所作，是猜測此議並非張華所作。

②劉世頌，或爲《盛德頌》之初名。劉指高祖劉邦。願，同愿。《説文》：『愿，謹也。』此二句言因欲顯見此公之文之平平，而吾創作《劉氏頌》，若有去信當隨信付上。

③輔吴、奮威，指張昭、張承父子。《三國志·吴·張昭傳》：張昭字子布，彭城人。漢末大亂，昭渡江投孫策，任爲長史、撫軍中郎將。策亡輔孫權，拜綏遠將軍，封由拳侯，後改封婁侯。嘉禾五年卒，謚曰文侯。張承字仲嗣，孫權時曾爲濡須都督、奮威將軍，封都鄉侯。赤烏七年卒，謚曰定侯。見《張二侯頌》。此三句言雲不久前又創作了輔吴、奮威之頌，希望超越前頌，却感覺文章並不流暢。

④脱然，氣舒也。《淮南子·精神訓》：『當此之時，得茠越下，則脱然而喜矣。』許慎注：『脱，舒也。言繇人之得小休息，則氣得舒，故喜也。』舉意，猶稱意。《爾雅·釋言》：『偁，舉也。』見上注。此二句言遣人所送《九愍》、三賦，幸喜言辭文意能够相稱。

⑤怯處，貧弱之處。《集韻》：『怯，弱也。』間，猶間隔。《廣韻》：『間，隔也。』此二句言假如上述所作之頌雖有貧弱之處，我想文氣流暢便可。

⑥大類，猶大抵。《玉篇》：『類，種類也。』不便，猶言不擅長。《字彙》：『便，宜也，利也。』謂自己不善作四言、五言詩也。

此封書信論張華以及作者自己的文章。明確説自己作《張二侯頌》欲與前賢争高下也。魏晉詩賦同題之作，乃文人逞才恃能使然也。此信所表達的文學思想是：文必避其『怯處』——貧弱，且須『無間』——文氣不隔。

此信所作時間與《張二侯頌》《九愍》差近，而《九愍》作於張華被殺，即永康元年之後。此信謂《九愍》初成，故知作於永康元年至永寧二年（三〇〇——三〇二）夏之間。

一二

雲再拜：誨二賦佳。久不復作文，又不復視文章，都自無〔一〕次第①。文章既自可羨，且解愁忘憂，但作之不工，煩勞而棄力，故久絶意耳②。在此悲思，視書不能解③。前作二篇，後爲復欲有所作以慰，小思慮便大頓極，不知何以乃爾④。前登城門，意有懷，作《登臺賦》，極未能成，而崔君苗作之⑤。聊復成前意，不能令〔二〕佳⑥。而羸〔三〕瘁累日，猶云愈前二賦，不審兄平之云何⑦？願小有損益一字兩字，不敢望多，音楚，願兄使定之⑧。兄昔〔四〕與獻彦之屬，皆願仲宣，須賦，獻與服繁⑨。張公語雲云：兄文故自楚，須作文爲思昔所識文⑩。乃視兄作誄，又令結使説音〔五〕耳⑪。兄所撰，願且可付之⑫。此有書者，更校，善書，送〔六〕信還，望之⑬。謹啓。

【校勘】

〔一〕『無』，《諸家文集》本傅增湘校曰：『無字，宋本第五頁起。』

〔二〕『令』，《文集》、叢書堂鈔本、《四部叢刊》本、鄧邦述校本、陳仲魚校本作『今』，形近而誤。《西晉文紀》卷十七、《七十二家集》本作『令』，今據改。

〔三〕『𣎆』，《文集》、叢書堂鈔本、影鈔宋本、《四部叢刊》本、鄧邦述校本、陳仲魚校本作『𣎆』，形近而誤。《西晉文紀》卷十七、《百三家集》本作『𣎆』。影鈔宋本校曰：『𣎆，當作𣎆。』今據改。

〔四〕『昔』，《文集》、《百三家集》本、叢書堂鈔本、《四部叢刊》本、鄧邦述校本、陳仲魚校本作『音』，形近而誤。《西晉文紀》卷十七作『昔』，今據改。

〔五〕『音』，《西晉文紀》卷十七作『昔』，形近而誤。

〔六〕『送』，《全晉文》卷一百〇二作『迭』，形近而誤。

【注釋】

①二賦，不詳何賦。從時間看，或爲《逸民賦》《歲暮賦》。次第，次序。葛洪《抱朴子序》：『内篇凡二十卷，與外篇各起次第也。』無次第，此指邏輯不够清晰。

②既自，猶既已。《左傳・昭公四年》：『叔孫曰：何爲曰不見，既自見矣。』羨，欣羨。《詩・小雅・十月之交》：『四方有羨，我独居忧。』此五句言創作文章既能令人欣羨，又能使自己解愁忘憂，但是作之却不工整，勞神煩心且浪費精力，故就絶意于文章創作也。

③解，謂解悲思。《博雅》：『解，散也。』此二句言身在此處，内心常生煩憂，讀書亦不能去憂忘愁。

④頓極，遲鈍之至。頓，通鈍。《篇海類編》：『頓，同鈍。』乃爾，猶如此。《世説新語・德行》：『名

教中自有樂地，何爲乃爾也。』此四句言之前創作兩篇，後來又想再有所作而慰藉愁思，然而却小有思考即思維遲鈍，亦不知爲何如此。

⑤ 有懷，謂有至思也。《詩・邶風・泉水》：『有懷于衛，靡日不思。』鄭玄箋：『懷，至。言我有所至念於衛，無一日不思也。』極，通亟，猶倉促。朱珔《説文假借義證》：『極，爲亟之假借。』崔君苗，西晉文學家，事迹不詳。此五句言此前登上銅雀臺城門，心有感觸，作《登臺賦》，倉促未能完成，而崔君苗先我而作之。

⑥ 聊，姑且。《玉篇》：『《詩》云：聊與之謀。聊，願也。又且略之辭。』此二句謂姑且寫成《登臺賦》，又不能成爲佳作。

⑦ 羸瘁，瘦病也。《説文》：『羸，瘦也。』《廣韻》：『瘁，病也。』猶，可。《玉篇》：『猶，尚也，可也。』審，猶知，明了。《玉篇》：『審，詳也，諦也。』平，辨也。《廣韻》：『平，《書傳》云：平平辨治也。』云何，猶言如何。《詩・唐風・揚之水》：『既見君子，云何不樂。』此三句言因累日作賦而瘦病，私以爲能超越此前之二賦，不知兄評之如何。

⑧ 音楚，謂用楚音也。願，同愿，猶慕也。《廣韻》：『愿，思也。』此四句言希望兄小有增删，不敢奢望潤色之多，凡使用楚音處，請兄就便删定之。

⑨ 獻彦之，事迹不詳。仲宣，王粲字仲宣。建安七子之一，《三國志》有傳。服，《廣韻》：『行也，習也，用也。』此四句言昔日兄與獻言之輩，皆慕仲宣之賦，認爲須作賦與之較高下，賦成，獻與兄二人皆有楚音之繁縟。

⑩ 張公，張華。自楚，謂其文多爲楚音。此三句意謂張公語我曰：兄文多楚音，辭情繁縟，源自《楚辭》，作文須思我昔日所讀之文也。謂陸機入洛，文風變爲音調華靡，情辭繁縟，而不見昔日之風。

⑪ 結，結尾。《廣韻》：『結，終也。』說，語言。《玉篇》：『說，言也。』此二句言視兄所作之誄文，又使其結尾而語用楚音耳。

⑫ 此二句言兄所撰之誄文，謹將付之。

⑬ 書者，書寫者。善書，繕寫。朱駿聲《說文通訓定聲》：『善，假借爲繕。』此五句言此處有繕寫者，重加校定，謄寫後，隨信送上，望回信。

此封書信乃討論兄與自己文章而作。陸雲認爲，第一，文章可以『解愁忘憂』，揭示了文學泄導人情的功能。第二，文章盡爲楚音，承《楚辭》之辭情繁縟，故請兄審定之。其中亦透出二陸由習于楚音而向中原文風的轉變。從此信之『復成前意，不能令佳。而羸瘁累日』句，可見士龍創作態度之嚴謹。

從『前登城門，意有懷，作《登臺賦》，極未能成』數句看，此信作於《登臺賦》稍前。又《登臺賦》序：『永寧二年參大府之佐於鄴都，以時事巡行鄴宮三臺。』據《晉書·惠帝紀》：永寧二年十二月改元太安，《登臺賦》亦當作於改元之前，即是年十二月前也。

一三

雲再拜：疏成高作未得，去省《登遐傳》，因作《登遐頌》，須臾便成①。視之復謂可行，今並送之，尚未定刊〔一〕，及此〔二〕信，今更有何所損益②？後八人了無事，合會之才得二篇耳③。索度是淫鬼，無緣在此中，故不可作頌④。愁邑忽欲復作文，欲定前，於用功夫，大小文隨了⑤。爲以解愁作文，臨時輒自云佳，小久報不能視，爲此故息意爾〔三〕⑥。今視所作，不謂乃極，更不自信⑦。恐年時間復捐棄之，徒自困苦爾⑧。兄小加潤色，便欲可出極不？苦作文，但無新奇，而體力甚困瘁耳⑩。謹索幼安在此，令之草，今住一弘，不呼作工⑪。謹啓。

【校勘】

〔一〕『刊』，《文集》、叢書堂鈔本、明鈔本、《諸名家集》本、《四部叢刊》本、《四部備要》本、鄧邦述校本、陳仲魚校本作『利』，形近而誤。《七十二家集》本、《百三家集》本、《西晉文紀》卷十七作『刊』，今據改。

〔二〕『此』，《七十二家集》本、《西晉文紀》卷十七、《百三家集》本、《四部備要》本、鄧邦述校本、陳仲魚校本作『比』，形近而誤。影鈔宋本校曰：『此，一作比。』

〔三〕『愁邑忽欲復作文，欲定前，於用功夫，大小文隨了。爲以解愁作文，臨時輒自云佳，小久報不能視，爲此故息意爾』，《七十二家集》本、《百三家集》本、《西晉文紀》卷十七、鄧邦述校本作：『愁邑忽欲復作文，臨時輒自云佳，小久報不能視，爲此故息意。文欲定前，於用功夫，大小文隨了，爲以解愁作爾。』與《文集》及叢書堂鈔本、《四部叢刊》本、陳仲魚校本次序不同，且有異文。

【注釋】

① 疏成高，事迹不詳，所作何文，亦不詳。登遐傳，今不存，或爲劉向《神仙傳》之別名。未詳待考。須臾，形容時間短暫。《玉篇》：『須臾，俄頃也。』

② 刊，删削。《廣韻》：『刊，削也。』此五句言審視《登遐頌》感覺尚可，今一併送上，此頌尚未刊定，借

送此信之機，詢問兄有何增删。

③ 八人，當爲四人。《登遐頌》惟韓衆與夷門子、陵陽子與任作子四人合頌，分爲二篇。了無事，意謂事迹不够豐富。了，全然。《抱朴子・外篇・審舉》：『假令不能必盡得賢能，要必愈於了不試也。』

④ 索度，或爲吴孫權子，死後而成神。《浙江通志》卷二百十九：『索度王廟：《正德崇德志》，即青鎮土地神鎮人。飲食必祭，水旱疫癘必禱，咸若有答。』按：『《吴書》：吴王之子七人，本傳所稱乃吴王第三子。……據今父老所傳，或言王與古山廟神棣萼也；或言王即索靖王。』淫鬼之事無載。

⑤ 愁邑，憂愁。邑，通悒。《釋名・釋州國》：『邑，猶悒也。』《玉篇》：『悒，憂悒也。』定前，指刊定前文。隨了，隨其文意而結束。《廣韻》：『了，迄也。』歐陽玄《元故徵士假公禮廷墓碑銘》：『平生讀書，一見隨了。』此六句言因爲憂愁而欲再作文章，於是用功删定前文，文無論長短，意盡而了。蘇軾《與謝民師推官書》：『常行於所當行，常止於不可不止。』即取此意。

⑥ 小久，猶不久。《齊民要術・羹臛法》：『小久則變，大可增之。』報，返回。《韻會》：『報，復也。』此四句言因爲解愁而作文章，當時自己認爲是佳作，不久再返視之則不可卒讀，因此息意而不再作文。

⑦ 極，至美。《玉篇》：『極，至也，高也。』此三句言今審視以前所作文章，不用説達到至美，即是一般佳作也不能達到，再也没有自信。

⑧ 年時，猶歲月。《爾雅・釋天》：『夏曰歲，商曰祀，周曰年，唐虞曰載。』郭璞注：『取歲星行一次。』《説文》：『時，四時也。』間，暗中，私下。《史記・魏公子傳》：『因問侯生，乃屏人間語。』此二句言恐隨歲月流逝，又不滿舊作而私下棄之，徒自苦如此。謂而今作文亦徒費精力耳。

⑨ 不，通否。《正字通》：『不，與可否之否通。』此二句言兄稍加潤色，就能達到至美的境界否？

⑩ 困瘁，困病。《廣韻》：「瘁，病也。」此三句言冥思苦想地作文，却無新奇之處，却讓人身心困頓如此。

⑪ 索幼安，索靖，字幼安。《晉書・索靖傳》：「索靖字幼安，敦煌人也。……太安末，河間王顒舉兵向洛陽，拜靖使持節，監洛城諸軍事，游擊將軍，領雍秦凉義兵，與賊戰，大破之，靖亦被傷而卒，追贈太常，時年六十五。」靖爲著名書法家。今住一弘，意不可解。

此封書信討論《登遐頌》之作。重複了前信作文以「解愁」的功能，提出文章之「新奇」，長短隨意而了的美學主張。「索度是淫鬼，無緣在此中」，也説明自己作文取材亦重「教化」的特點。

從下封書信看，《登遐頌》與《張二侯頌》，所作時間與《九愍》差近，上已言《九愍》作於張華被殺，即永康元年（三〇〇）四月之後，永寧二年（三〇二）六月之前。此信亦當作於是時。

一四

雲再拜：誨頌，兄乃以爲佳，甚以自慰①。文章當貴經緯〔一〕，如謂後頌，語如漂漂，故謂如小勝耳②。《九愍》如兄所誨，亦〔二〕殊過望。雲意自謂當不如三賦，情難非體中所長③。「欲徧周流」，雲意亦謂爲佳耳，然不云其愈於與《漁父》④。吾今多少有所定，及所欲去留粗爾⑤。今送本往，不審能勝故不？意亦殊未以爲了⑥。南去轉遠，洛中匆匆〔三〕少暇，願兄勑所遣留爲當爾⑦。可須來不佳，思慮益處，未能補所欲去⑧。「徹」與「察」皆不與「日」韻，思惟不能得，願賜此一字⑨。雲作文，如兄所論，已過所望，況乃敢當〔四〕⑩？今兄有張蔡之懷，得此乃懷怖也⑪。謹啓。

【校勘】

〔一〕『緯』，《文集》、叢書堂鈔本、明鈔本、《四部叢刊》本、鄧邦述校本、陳仲魚校本作『綺』。《百三家集》本、《七十二家集》本、《西晉文紀》卷十七、《全晉文》卷一百〇二作『緯』；影鈔宋本『綺』亦校作『緯』，故據改。

〔二〕『亦』，《諸名家集》本傳增湘校曰：『亦字，宋本六頁起。』

〔三〕『匆匆』，《四部叢刊》本、鄧邦述校本、陳仲魚校本作『勿勿』，形近而誤。

〔四〕『敢當』，《文集》、《諸名家集》本、叢書堂鈔本、《四部叢刊》本、鄧邦述校本、陳仲魚校本作『當敢』。《百三家集》本、《西晉文紀》卷十七作『敢當』，今據改。

【注釋】

① 誨，猶教也。《玉篇》：『誨，教示也。』頌，所指不詳。或指《張二侯頌》《登遐頌》。因信中所言《九愍》，與前二頌創作時間差近。

② 經緯，織物之縱綫和橫綫，後喻條理秩序。《左傳·昭公二十五年》：『禮，上下之紀，天地之經緯也。』杜預注：『經緯，錯居以相成者。』漂漂，輕颺也。賈誼《弔屈原文》：『鳳漂漂其高逝兮，固自引而遠去。』翰注：『漂漂，高飛貌。』《釋名·釋地》：『土白曰漂漂，輕飛散也。』勝，猶出色。《爾雅·釋詁》：『勝，克也。』此四句言文章應貴於條理結構，如兄所説後一頌，語言輕颺，故只能説是小小的出色處。

③ 三賦，從下封書看，當是指《愁霖賦》《雨霽賦》《登臺賦》。此三賦與《九愍》所作時間差近。此四句

言《九愍》若如兄所論，亦已大大超出我的期待。雲認爲此文應不及三賦，乃因『九體』不長於抒情。

④欲偏周流，或爲逸句，或爲士龍原文，後删改，疑不能定。《漁父》，王逸認爲乃屈原之所作。其解題曰：『《漁父》者，屈原之所作也。屈原放逐在江湘之間，憂愁嘆吟，儀容變易，而漁父避世隱身，釣魚江濱，欣然自樂，時遇屈原川澤之域，怪而問之，遂相應答。』此三句言『欲偏周流』一句，雲亦認爲是佳句，但並不能説它超過了《漁父》。

⑤去留，指删削與保留。粗爾，猶大概。《玉篇》：『粗，大也，略也，疏也。』此二句言今吾對文章長短以及去粗存精，已有大概的删定。

⑥此三句言今送去的修改文本，不知能勝過舊作否？我意亦殊未明了。

⑦勑，告誡。《玉篇》：『敕，誡也。今作勑。』遺留，偏義複詞，猶遺也，謂遣使。此三句言今吾南去，與兄轉遠，在洛陽又匆忙而無閒暇，很少與兄相見，望兄告誡我所遣使留下的文本是否恰當。

⑧須來，自來之也。張相《詩詞曲語詞匯釋》卷一：『須，猶自也。』處，停止。《廣雅·釋詁》：『處，止也。』此三句言自來洛而身體不佳，思慮遲鈍，未能補其所删之文也。

⑨此三句言《九愍·悲郢》之文，今本有『君在初之嘉惠，每成言而永日。怨谷風之攸歎，彌九齡而未徹』之句，察爲韻則未見，或以删改。

⑩况，王引之《經傳釋詞》卷四：『况，猶與也，如也。』乃，此。王引之《經傳釋詞》卷六：『乃，猶於是也。』此三句言兄所論吾文，已過我望，如此豈可敢當？

⑪張蔡之懷，張衡、蔡邕之懷。沈約《宋書·謝靈運傳論》：『張蔡曹王，曾無先覺；潘陸顔謝，去之彌遠。』濟注：『張衡、蔡邕、曹植、王粲、潘岳、陸機、顔延年、謝靈運，言此數人曾不先覺天成之妙而去之遠

也。』此二句言今兄腹有張、蔡之才，兄有此之才乃讓雲敬畏也。

此封書信主要與兄論文。其文學思想是：第一，文章必貴『經緯』，即注重條理次序，結構安排。第二，語言亦可『漂漂』，有輕颺之美。第三，注意詩賦之韻律。

此封書信與上封書信所作差近，或在上封信之後，即永康元年（三〇〇）之後。或與《愁霖賦》《雨霽賦》《登臺賦》三賦所作時間差近，即永寧二年（三〇二）十二月之前。『南去轉遠』或指雲任清河太守，清河在洛陽南，故曰『南去』。

一五

雲再拜：誨《歲暮》，如兄所誨〔一〕，雲意亦如前啓①。情言深至，《述思》〔二〕自難希②。每憶常侍自論文，爲當復自力耳③。雲意『呼』發頭，但當小不如『復』耳。兄乃不好者，試當更思之④。所誨雲文，所比《愁霖》《喜霽》之徒，實有可爾者⑤。《登樓》名高，恐未可越爾。楊四公《黄胡頌》，恐此不得見比⑥。聞兄此誨，若有喜懼交集。《祖德頌》無大諫〔三〕語耳，然靡靡清工，用辭緯澤，亦未易，恐兄未熟視之耳⑦。兄文方當日多，但文實無貴於爲多，多而如兄文者，人不饜〔四〕其多也⑧。屢視諸故時文，皆有恨，文體成爾，然新聲，故自難復過⑨。《九悲》多好語，可耽詠，但小不韻耳⑩。皆已行天下，天下人歸高如此，亦可不復更耳⑪。兄作大賦，必好意精時〔五〕，故願兄作數大文⑫。近日視子安賦，亦對之歎息絶工矣。兄誨又爾，故自是高手⑬。謹啓。

【校勘】

〔一〕『誨《歲暮》，如兄所誨』，此句異文情況複雜。第一，前句，考其後文用字，當衍一『誨』字，然《文集》及別本皆如此，無從校刪。第二，後句，《文集》、叢書堂鈔本、《四部叢刊》本、鄧邦述校本、陳仲魚校本作『如兄如所誨』，《七十二家集》本、《百三家集》本、《西晉文紀》卷十七作『如兄所誨』，今校刪。

〔二〕『思』，《文集》、《諸名家集》本、叢書堂鈔本、《四部叢刊》本、《四部備要》本、鄧邦述校本、陳仲魚校本作『恩』，形近而誤。《七十二家集》本、《百三家集》本作『思』，《陸士衡文集》有《述思賦》，故據改。

〔三〕『諫』，《西晉文紀》卷十七作『鍊』。

〔四〕『饜』，《西晉文紀》卷十七、《七十二家集》本、《百三家集》本、《四部備要》本作『厭』，古二字通。

〔五〕『時』，《西晉文紀》卷十七作『詞』。

【注釋】

①《歲暮》，指士龍之《歲暮賦》。前啓，前書所言，即『如兄所論，已過所望，況乃敢當』。

②《述思》，指士衡之《述思賦》。希，《廣韻》：『望也。』此二句言《歲暮賦》雖情深言至，而難以期望與兄《述思賦》之相匹也。

③常侍，官名，或指張華之子張禕。《晉書·張華傳》：『禕字彦仲，好學謙敬，有父風。歷位散騎常侍。』《與兄平原書》中所謂『張公父子』論文，蓋指華禕父子二人。此二句言每每想起常侍論文，就應再努力於作文。

④發頭，引發其端，謂開頭振領下文或全篇。《廣韻》：『發，起也。』此四句言以『呼』字引起全文，應是稍不如用『復』字爲妙。兄不喜此字，試可再思之。按：今存《述思賦》無『呼』或『復』字，或士衡删削之，或今存爲殘篇。

⑤此三句言以兄之所誨，《歲暮賦》比之《愁霖》《喜霽》之類，實可也。意謂三篇辭意之美差近。

⑥登樓，指王粲之《登樓賦》。越，《玉篇》：『逾也。』楊四公，當指楊彪。蘇軾《孔北海贊》：『天若胙漢公使備，備誅操無難也，予觀公所作《楊四公贊》。』注：『楊震子秉，孫賜，曾孫彪，自震至彪，四世爲太尉，故謂之四公。』黄胡頌，乃楊彪之佚文。見比，猶爲比。楊樹達《詞詮》：『見，助動詞。按「先生又見客」（《司馬相如傳》），謂先生又來爲客也。』此四句言《登樓賦》名聲大振，恐怕難以超越。至於《黄胡頌》，恐怕不可與《歲暮賦》相比。

⑦《祖德頌》，乃漢末文學家蔡邕所作。按：從『无大諫語』看，或爲《盛德頌》之誤。諫語，諫諍直言之語。《廣韻》：『諫，諫諍直言以悟人也。』靡靡，謂音調和諧柔美。嵇康《琴賦》：『紛文斐尾，慊縿離纚，微風餘音，靡靡猗猗。』緯澤，謂色澤如絲。《説文》：『緯，織横絲也。』此五句言《祖德頌》雖用語婉曲，然音調柔美而清工，用辭亦有色澤之美，亦未可易之，恐怕兄未有反復審視之。

⑧多，指文辭繁縟。饜，同厭，嫌棄。《後漢書·劉盆子傳》：『赤眉衆雖數戰勝，而疲敝厭兵。』

⑨恨，猶遺憾。《説文》：『恨，怨也。一曰怨之極也。』新聲，謂新曲，指不用舊時楚音，取中原之音。此五句言吾屢次審視舊時文章，皆有遺憾，乃文體使然，然而運用中原新聲，自有難以超越之處。

⑩《九悲》，陸雲之佚文。好語，謂語言之美。《爾雅·釋言》：『稱，好也。』郭璞：『物稱人意亦爲好。』耽詠，玩味涵詠。《玉篇》：『耽，樂也。』小不韻，謂稍有不合韻律。

⑪ 此三句言文已傳於天下，天下人推崇如此，亦可不再更改也。

⑫ 時，猶美也。《廣雅·釋詁》：「時，善也。」此三句言兄所作大賦，必是辭義精美。

⑬ 子安，成公綏字子安，西晉著名賦家。《晉書·成公綏傳》：「成公綏，字子安。……少有俊才，詞賦甚麗。閑默自守，不求聞達。」此四句言今日閲讀子安賦，辭義絶美，對之歎息不已，兄言亦是如此，故此人自是辭賦高手。

此封書信乃陸雲與兄論文之作。表達了如下文學思想：第一，賦以「情言深至」爲美。第二，注重賦之發端下字須重。第三，賦之語言須清工，而音調柔美和諧，辭采色澤圓潤，如此則「好語，可耽詠」。第四，强調以中原「新聲」爲美的文學進化觀。第五，注重「好意精時」立意之美。

此封書信所作時間與《歲暮賦》差近。《歲暮賦》曰：「永寧二年春，忝寵北郡。其夏又轉大將軍右司馬於鄴都。」據此，則作於永寧二年（三〇二）夏之後也。

一六

雲再拜：蔡氏所長，唯銘頌耳。銘之善者，亦復數篇，其餘〔一〕平平耳①。兄詩賦自與絶域，不當稍與比校②。張公昔亦云：兄新聲多之不同也，典當，故爲未及。彦藏亦云爾③。又古今兄文所未得與校者，亦惟兄所道數「都」賦耳。其餘雖有小勝負，大都自皆爲雄〔二〕耳④。張公父子亦語雲：兄文過子安。子安諸賦〔三〕，復〔四〕不皆過。其便可，可不與供論⑤。雲謂兄作《二京》，必傳〔五〕無疑，久勸兄〔六〕爲耳。又思《三都》，世人已作是語，觸〔七〕類長之，能事可見⑥。《幽通》《賓戲》之徒自難作，《賓戲》《客難》〔八〕可爲耳⑦。答之甚未易，東方氏〔九〕所不得全其高名，頗有答極⑧。謹啓。

【校勘】

〔一〕『餘』，《諸家文集》本傅增湘校曰：『餘字，宋本七頁起。』

〔二〕『雄』，《文集》、《四部叢刊》本、鄧邦述校本、陳仲魚校本作『雌』，文意扞格。《百三家集》本、《西晉文紀》卷十七作『雄』，今據改。

〔三〕『子安諸賦』，《文集》、叢書堂鈔本、《四部叢刊》本、《四部備要》本、鄧邦述校本、陳仲魚校本作『子安諸兄賦』。《百三家集》本、《西晉文紀》卷十七、《全晉文》卷一〇二皆無『兄』字，故據删。

〔四〕『復』，《百三家集》本、《西晉文紀》卷十七、《全晉文》卷一〇二作『兄復』，或當據改。

〔五〕『傳』，《文集》、叢書堂鈔本、《四部叢刊》本、《四部備要》本、鄧邦述校本、陳仲魚校本作『得』，形近而誤。《百三家集》本、《西晉文紀》卷十七作『傳』，今據改。

〔六〕『兄』，《文集》、叢書堂鈔本、《四部叢刊》本、《四部備要》本、鄧邦述校本、陳仲魚校本作『兄兄』，當衍一『兄』字。《西晉文紀》卷十七、《百三家集》本、《全晉文》卷一百〇二作『兄』，今據删。

〔七〕『觸』，《文集》、《諸名家集》本、叢書堂鈔本、《四部叢刊》本、鄧邦述校本、陳仲魚校本作『緺』；《百三家集》本、《西晉文紀》卷十七作『觸』。觸類長之，乃《周易·繫辭》之成語，故據改。

〔八〕『客難』，《文集》、《諸名家集》本、叢書堂鈔本、《四部叢刊》本、《四部備要》本、鄧邦述校本、陳仲魚校本作『客語』。東方朔有《答客難》，故據改。

〔九〕『氏』，《四部叢刊》本、鄧邦述校本、陳仲魚校本作『士』，音近而誤。

【注釋】

① 蔡氏，蔡邕，字伯喈。陳留郡圉縣人。東漢時期名臣，文學家、書法家，才女蔡文姬之父。在陸雲看來，蔡邕的文學成就主要在於銘頌，唯有少數佳作，餘皆平庸。

② 與，猶至。《增韻》：『與，及也。』絶域，謂絶佳之境。《集韻》：『域，區處也。』稍，《廣韻》：『小也。』比校，猶考較。《國語·齊語》：『合群叟，比校民之有道者。』韋昭注：『比，方也。校，考合也。謂考其德行道藝而興賢者。』此二句言兄之詩賦自至臻境，蔡邕不可與之比較。

③ 張公，指張華。當，猶等。《玉篇》：『當，值也。』彦藏，人名，事迹不詳。此五句言從前張華曾云：兄運用中原新聲多與衆不同，因爲典雅允當，故爲他人所不及。彦藏也説過類似之語。

④ 數『都』賦，當指班固《兩都賦》、張衡《兩京賦》、左思《三都賦》之類。此四句言古今賦可與兄考較者，惟有兄所言數『都』賦，其餘雖互相小有勝負，大都皆以兄賦爲雄。

⑤ 子安，成公綏。見上注。供論，猶言相提並論。供，通共。段玉裁《説文解字注》：『《周禮》《尚書》供給、供奉字，皆借共爲之。』此言子安諸賦，兄雖又不是全部過之，然其稱意之作，亦不可與兄賦相提並論。

⑥ 《三都》，指左思《三都賦》。觸類長之，謂較其同類而作之。杜預《春秋左氏傳序》：『推此五體以尋經傳，觸類而長之。』向注：『逢事如此類者，生其義矣。觸，逢也。長，生也。』能事，能爲之事。《易·繫辭

上》：『觸類而長之，天下之能事畢矣。』引申爲擅長之事。此三句言《三都賦》世人雖已作，兄較其同類而作之，則可見其擅長也。

⑦《幽通》《賓戲》，指班固《幽通賦》《答賓戲》。《客難》，指東方朔《答客難》。按：從前後文語意看，後句之《賓戲》當有誤也。

⑧此三句言『答難』之體非常不易，然兄若作之，東方朔不能獨得完美之高名，而頗有『答難』之體至美也。

此封書信評價前賢時人之作，高度讚美兄之詩賦自至臻境，雄視一代。贊成張華對陸機之評價，透露出作者推崇洛下新聲，典雅允當的美學風格。

由『張公昔亦云』句看，此書作於張華死後，考《晉書·惠帝紀》《張華傳》，張華被誅于永康元年（三〇〇），據此，則書必作於是年之後，或《祖考頌》所作時間差近。

一七

雲再拜：誨《九愍》如所勑，此自未定①。然雲意自謂故當是近所作上②。近者意又謂其『與漁父相見』以下盡篇爲佳，謂兄必許此條③。而『淵』『弦』意呼作『脱』可行耳④。至兄唯以此爲快，不知雲論文，何以當與兄意作如此異⑤？此是情文，但本少情，而頗能作氾説耳⑥。又見作『九』者，多不祖宗原意，而自作一家説⑦。唯兄説與『漁父相見』又不大委曲盡其意。雲以原流放，唯見此一人，當爲致其義，深自謂佳⑧。願兄可試更視與『漁父相見』時語，亦無他異，附情而言，恐此故勝『淵』『弦』⑨。兄意所謂不善，願疏勑其處緒，亦欲成之，令出意⑩。莫更惑〔一〕如惡所在，以兄文，雲猶時有所能得言，雲前後所作⑪。謹啓。

【校勘】

〔一〕『惑』，《西晉文紀》卷十七、《百三家集》本、《四部叢刊》本、鄧邦述校本、陳仲魚校本作『感』。

【注釋】

① 勑，告誡。《玉篇》：『敕，誡也。今作勑。』此二句言兄評《九愍》之教誨，誡如所言，此文乃未定稿也。

② 此句言然而雲自以爲此是近所作之上乘者。

③ 許，贊許。《廣韻》：『許，快也。』此二句言最近有人認爲此文『與漁父相見』以下通篇爲佳，吾認爲兄必讚成此條評價。

④ 此句言至於『淵』『弦』，吾意亦可讀爲『脱』，于文中亦通。此乃論《九愍》之用韻。

⑤ 此三句言至於兄惟以爲以『脱』爲暢快，不知雲之論文，何以與兄有如此不同！

⑥ 氾説，泛泛而言。《文心雕龍·奏啓》：『夫王臣匪躬，必吐謇諤，事舉人存，故無待泛説也。』泛，同氾。玄應《一切經音義》卷十二：『氾，古文泛。』此三句言《九章》本是深情之文，然模仿者抒情不足，只頗能作泛泛之言。

⑦ 此三句言後代摹擬《九章》而作『九體』者，多不以屈原原意爲宗，而自作一家之説。

⑧ 此四句言雲以爲屈原流放，唯見漁父一人，漁父必當致其深意，我故深以爲佳。此乃解釋自己《九愍》寫屈原與漁父相見一段的原因與目的。

⑨ 此四句言希望兄可嘗試再審視與『漁父相見』之語，此亦别無不同，僅僅是因情而言，在抒情上恐怕勝過『淵』『弦』兩句。

⑩ 疏紉，析而告之。《玉篇》：『疏，分也。』處緒，猶端由也。《廣韻》：『緒，由緒。』《説文》曰：絲耑也。』此四句言若兄認爲吾所表達不妥，請兄分析並告訴我端由，吾欲成功潤色此文，使其命意顯豁。

⑪ 此三句言莫使我又不明白兄之厭惡之處，以兄之高文，雲猶時時所能得評之，如雲前後所作之書。意謂請兄亦如吾之所論兄文，坦率言之可也。

此封書信乃陸雲與兄討論《九愍》之得失。所涉及文學觀點是：第一，形式上，强調字音選擇與音節瀏暢。第二，批評後世摹擬屈原之作『頗能作氾説』，且『多不祖宗原意』之缺陷。第三，解釋自己寫屈原與漁父一段原因時，强調『當爲致其義，深自謂佳』之主張。第四，提出文章之『出意』即意義顯豁的創作追求。由此書還可見機、雲兄論文觀點之差異，論文態度之坦誠。

由所論内容可知，此書所作時間在《九愍》之後，即永康元年（三〇〇）之後。而《九愍》又與《愁霖賦》《雨霽賦》《登臺賦》三賦所作時間差近，即永寧二年（三〇二）十二月之前。

一八

雲再拜：誨前二賦佳，視之行已復不如初①。昔文自無可成，藏之甚密，而爲復漏顯世，欲爲益者，豈有謂之不〔一〕善而不爲懷②？此不成意，想兄已得懷之耳③。有作文唯尚多，而家多猪羊之徒④。作《蟬賦》二千餘言，《隱士賦》三千餘言，既無藻偉，體都自不似事⑤。文章實自不當多，古今之能爲新聲絶曲者，無又過兄⑥。兄往日文雖多瓌鑠，至於文體實不如今日⑦。間在洛有所視，已當報〔二〕而比更隆⑧。以今意觀文，見此真更〔三〕以爲不盡善⑨。文羆〔四〕云：故日向人歎兄文，人終來〔五〕同，殆以此爲病⑩。張公文無他異，正自情省〔六〕無煩長，作文正爾，自復佳⑪。兄文章已顯一世，亦不足復多，自困苦⑫。適欲白兄，可因今清静，盡定昔日文，但當鈎除差易爲功力⑬。誨已定《敬長誄》，意當闇與兄合⑭。雲久絶意〔七〕於文章，由前日見敦〔八〕之後，而作文解愁，聊復作數篇，爲復欲有所爲以忘憂⑮。貧家佳物便欲盡，但有錢穀，復羞出之⑯。而體中殊不可，以思慮，腹立滿，背便熱，亦誠〔九〕可悲⑰。間視《大荒傳》，欲作《大荒賦》，既自難工，又是大賦，恐交自困，絶意〔一〇〕⑱。往經比干墓，悵然欲吊之，無又即意，又事業。⑲〔一一〕

【校勘】

〔一〕明鈔本在『豈有謂之』後接『駿馬嘘天而景凌』。以下内容脱，下接第二三書。又《諸家文集》本傳增湘校曰：『不字，宋本八頁起。』足見錯簡乃産生於宋本分頁處。

〔二〕『報』，《文集》、叢書堂鈔本、《四部叢刊》本、鄧邦述校本、陳仲魚校本作『赦』，形近而誤。《百三家集》本、《西晉文紀》卷十七作『報』，今據改。

〔三〕『更』，《文集》、叢書堂鈔本、《四部叢刊》本、鄧邦述校本、陳仲魚校本作『叟』，形近而誤。《西晉文紀》卷十七、《百三家集》本作『更』，今據改。

〔四〕『文羆』，《文集》、叢書堂鈔本、《四部叢刊》本、《全晉文》卷一百〇二、《四部備要》本、鄧邦述校本、陳仲魚校本作『文罷』，皆形近而誤。《百三家集》本、《七十二家集》本作『文羆』。文羆即馮文羆，名熊，故據改。

〔五〕『來』，當作『未』，或形近而誤。諸本如此，無從校改。

〔六〕『情省』，《西晉文紀》卷十七、《百三家集》本、《四部備要》本作『清省』。

〔七〕『意』，《文集》、叢書堂鈔本、《四部叢刊》本、鄧邦述校本、陳仲魚校本作『音』。《百三家集》本、《西晉文紀》卷十七作『意』，今據改。

〔八〕『見敦』，《西晉文紀》卷十七、《全晉文》卷一百〇二、《四部備要》本、鄧邦述校本作『見教』。

〔九〕『誠』，《文集》、《西晉文紀》卷十七、叢書堂鈔本、《四部叢刊》本、《四部備要》本、鄧邦述校本、陳仲魚校本作『試』，形近而誤。《百三家集》本、《全晉文》卷一百〇二作『誠』，今據改。

〔一〇〕『意』，《西晉文紀》卷十七、《百三家集》本、《四部叢刊》本、鄧邦述校本、陳仲魚校本作『異』。

〔一一〕『又事業』，《百三家集》本、《七十二家集》本注曰：『闕。』影鈔宋本校曰：『以上譌缺。』

【注釋】

① 二賦，指《蟬賦》《隱士賦》。行，次序。《廣韻》：『行，次第也。』此二句言兄雖告訴我二賦佳美，而我

視之已不復有初創作時感覺之美。

②成，猶善。《禮記·檀弓上》：『竹不成用，瓦不成味。』鄭玄注：『成，猶善也。』藏之甚密，謂密藏之而不示人。漏顯，謂不經意中泄而示人。《爾雅·釋詁》：『顯，見也。』益，增，謂擬作。《廣韻》：『益，增也，進也。』爲懷，猶介意。此五句言昔日文章自無成就，故秘不示人，却又偶有泄露而傳布於世，欲再爲之增删而不可得，文之不善而世人擬之，豈有不介意耶？

③此二句言此文意不完整，想兄已心有其意也。意謂請兄斧正之。

④此二句言有時作文惟追求篇幅之長，猶如家中豬羊之類。謂雖長篇而平庸蕪雜。

⑤蟬賦，即《寒蟬賦》，存本不足千言而非二千餘言，由此可見其删削之多。隱士賦，今不見載，有《逸民賦》，逸民即隱士，或初名《隱士賦》而後更《逸民賦》。藻偉，辭藻壯偉華美。《説文》：『偉，奇也。』《增韻》：『偉，大也。』體，文章體制。不似事，謂不與描摹對象相稱。此言二文雖長，辭藻文體皆有不足也。

⑥此三句言文章實際上並不在長，然而古往今來能够創作長篇新聲絶調者，無人超過吾兄。

⑦瑰鑠，如珠玉之美。《説文》：『瑰，玫瑰也。一曰圓好珠也。』《爾雅·釋詁》：『鑠，美也。』此二句言兄往日文章雖有珠玉之美，但就文體而言實不及現在文章。

⑧間，同閒，空隙。《説文》：『閒，隙也。』報，回答，指復信。《集韻》：『報，酬也，答也。』隆，盛。《説文》：『隆，豐大也。』此三句言在洛之間，我視兄文，已接連復信而論之，所言更有比此論甚者。此書今佚。

⑨此二句言以文章體制的角度考察兄之賦，却又真以爲兄文章並不盡善也。

⑩文羆，即馮文羆。前文已注。來，當作未，形近而誤。此四句言文羆亦云，昔日文羆向他人感歎兄文，他人終不讚同之，恐怕亦是以此（文章體制）爲病。

⑪ 此四句言張華文章無其他過人處，正在於情感省净而不冗長繁縟，作文如此，復謂之佳。

⑫ 此三句言兄之文章已經顯赫於世，亦無須再追求創作數量，使自己身心困頓。

⑬ 差易，較容易，謂平易。《齊民要術序》：『於文雖煩，尋覽差易。』《韻會》：『差，較也。』此四句言雲正欲告兄，可趁此清静之時，全部刊定昔日文章，特别應致力於鈎定删除平易之語。

⑭ 敬長誄，乃陸機之佚文。闇，同暗。《廣韻》：『闇，冥也。』此二句言兄告誡我已經刊定《敬長誄》，料想吾意當與兄暗合。謂雲潤色兄之文章，其意與兄同也。

⑮ 見敦，謂勉勵我也。《爾雅·釋詁》：『敦，勉也。』郭璞注：『《方言》云：周鄭之間，相勸勉爲勔。』此五句言吾本來已經絶意於文章，在兄日前的勉勵之下，也爲了作文解愁，又姑且創作數篇，既是欲有所爲，又是欲解憂愁。

⑯ 此三句言喻吾所作文，已如貧家之美物已經用盡，惟有世俗之錢穀，故又羞於示人。謂才力盡也。

⑰ 此五句言身體殊爲不適，因過度思慮，腹脹背熱，此亦確實可悲。謂作文之時疾病交集也。

⑱ 《大荒傳》，疑即《山海经·大荒北经》。絶意，指絶意於文章。此六句言閒暇時閲讀《大荒傳》，欲創作《大荒賦》，此文既是難工，又是長篇大賦，唯恐自己身心交困而絶意不作。

⑲ 比干，殷末紂王叔伯父，一説庶兄。紂淫亂，比干犯顔直諫，紂怒，剖其心而死。與箕子、微子並稱殷之三仁。參見《史記·宋世家》《書·泰誓》。即意，至意，謂意之至也。《玉篇》：『即，就也，便也。』事業，猶事務。下殘缺。此四句言前經過比干墓，内心悵然失落，欲作文追思之，却又無必作之决心，加之事務繁瑣，（故擱置之）。

此封書信由《寒蟬賦》《隱士賦》引出而與兄論文。其文學思想是：第一，文不尚多，而忌其平庸。第二，辭尚藻偉，文貴瑰鑠，而文體須與物事相稱。第三，情須省净，而無須冗長繁縟。

此書所作時間無載，然由第四書『前省皇甫士安《高士傳》，復作《逸民賦》，今復送之……間在郡紛紛，有所鈎定』句看，此書當作於雲任清河太守任上。《晉書·陸雲傳》曰：『成都王穎表爲清河内史。穎將討齊王冏，以雲爲前鋒都督。會冏誅，轉大將軍右司馬。』又《歲暮賦》序曰：『永寧二年忝寵北郡，其夏又轉大將軍右司馬於鄴都。』故此書必作於永寧二年（三〇二）夏之前。

一九

雲再拜：張公箴〔一〕誄，自過五言詩耳①。但雲自不便五言詩，由己而言耳②。《玄泰誄》自不及《士祚誄》③。兄《丞相箴》小多，不如《女史》清約耳④。恐兄無緣思於此，意猶云何⑤？而兄乃有高論〔二〕，更復無意⑥。雲故曰〔三〕不作文，而常少張公文⑦。今所作，兄輒〔四〕復云過之，得作此公輩〔五〕，便可斐然〔六〕有所謝，故自爲不及，諸碑箴〔七〕輩甚極，不足與校，歌亦平平〔八〕⑧。《遊仙詩》故自能⑨。《劉氏頌》極佳，但無出言耳⑩。二頌不減，復過所望，如此已欲解此公之半⑪。《歲暮賦》甚欲成之，而不可自，用得此百數十字，今送⑫。不知於諸賦者不罷少不？想少佳⑬。成，當送到洛⑭。陳琳《大荒》甚極，自雲作必過之，想終能自果耳⑮。謹啓〔九〕。

【校勘】

〔一〕『箴』，《文集》、《諸名家集》本、叢書堂鈔本、《四部叢刊》本、鄧邦述校本、陳仲魚校本作『藏』，形近而誤。《西晉文紀》卷十七、《七十二家集》本、《百三家集》本作『箴』，今據改。

〔二〕『論』，《文集》、《諸名家集》本、叢書堂鈔本、《四部叢刊》本、鄧邦述校本、陳仲魚校本作『倫』，形近而誤。《百三家集》本、《七十二家集》本、《西晉文紀》卷十七作『論』，今據改。

〔三〕『日』，《四部叢刊》本、鄧邦述校本、陳仲魚校本作『曰』，形近而誤。

〔四〕『輒』，影鈔宋本、《四部叢刊》本、鄧邦述校本、陳仲魚校本作『轍』。影鈔宋本校曰：『轍，當作輒。』

〔五〕『輩』，《西晉文紀》卷十七作『葦』，或形近而誤。

〔六〕『斐』，《四部叢刊》本、影鈔宋本、陳仲魚校本作『裴』，形近而誤。影鈔宋本校曰：『裴，當作斐。』

〔七〕『箴』，《文集》、叢書堂鈔本、《四部叢刊》本、鄧邦述校本作『藏』，形近而誤。《百三家集》本、《七十二家集》本、《西晉文紀》卷十七作『箴』，今據改。

〔八〕按：《百三家集》本、《七十二家集》本、《西晉文紀》卷十七、《諸名家集》本、鄧邦述校本、在『歌亦平平』後接『彼見人讚叙者，當與令伯論吴百官次第、公卿名伯，略盡識少，交當具。頃作頌，及吴事，有愴然。且公傳未成，諸人所作，多不盡理。兄作之，公私並叙，且又非常業。從雲，兄來作之。今略已成，甚復可惜事少，功夫亦易耳。猶可得五十卷。謹啓。』《四部叢刊》本、陳仲魚校本另起一段，作別一書。然二本皆校曰：『不空』，意即亦下接『彼見人讚叙者』云云。細考之，如此則與上文文意不連貫，此依《文集》之次序。見《前言》所考。

〔九〕《西晉文紀》卷十七注曰：『二陸集並不見《二祖頌》《劉氏頌》《遊仙詩》，惟《歲暮賦》耳。』《七十二家集》本、《百三家集》本注同《西晉文紀》，唯結句多『所失多矣』四字。按：上三篇當爲二陸佚作。

【注釋】

① 張公，指張華。陸雲認爲，張華箴誄，成就在五言詩之上。

② 不便，猶言不擅長。《字彙》：『便，宜也，利也。』陸雲在此補充説明，只是因爲自己不擅五言詩，由己推言張公也。

③ 《玄泰誄》，《藝文類聚》卷三十七、《西晉文紀》卷六、《百三家集》卷四十作『晉張華《烈文先生鮑玄泰誄》』。《士祚誄》，今不存，或爲張華佚文，或爲陸機佚文，未詳待考。

④ 《丞相箴》，乃陸機之作。小多，微多，謂稍嫌繁冗也。《女史》，指張華《女史箴》。清約，猶簡約。袁宏《後漢紀·光武皇帝紀》：『伏氏世以經學清約相承，東州號曰伏不鬬。』按：今存陸機《丞相箴》惟有數句，十分簡約，或爲殘篇，詳《陸士衡文集校釋》。

⑤ 云何，猶言如何。《詩·唐風·揚之水》：『既見君子，云何不樂。』此二句言恐怕兄無由思考于此事，因此未知兄意下如何。

⑥ 乃，若。王引之《經傳釋詞》：『乃，猶若也。』更復，謂再答之。《廣韻》：『更，代也，償也，改也。』《韻會》：『復，答也。』此二句承上言，兄若有高論，可再答之其『無意』所作之《丞相箴》也。

⑦ 不作文，謂作之不文。此二句言雲故日所作文采不足，而常不及張公之文。

⑧ 斐然，勉力前進貌。陳琳《爲曹洪與魏文帝書》：『仰司馬揚王之遺風，有子勝斐然之志。』翰注：『斐然，彊進之貌。』極，至美。《玉篇》：『極，至也，高也。』校，考較。此數句言吾今之所作，兄就認爲文采超過張公。若能作此公之類的文章，便可向前辭謝之，故自認爲不及此輩，諸輩碑箴甚美，我不足與之比較，我之歌詩亦平平。

⑨《遊仙詩》，當爲陸雲之佚文。雲唯有《登遐頌》差近遊仙。能，猶勝任。《廣雅・釋詁》：『能，任也。』此句言《遊仙詩》故可勝任其文『過之』的評價也。

⑩《劉氏頌》，不見二陸集，或即陸雲之《盛德頌》。出言，猶出語，概括上文，突出主旨。

⑪減，指少於文采。《玉篇》：『減，少也。』此三句言二頌不少於文采，且又超出我之期待，如此則已將得張公文采之半也。

⑫自，《説文》：『鼻也。』引申爲鼻息之息，猶止也。不可自，不可止，謂不能結束。此四句言《歲暮賦》甚望成篇，却不能寫出結語，因此僅得此百餘字，今亦抄送之。

⑬罷少，少罷之倒裝，謂稍有別也。罷，通副。《集韻》：『副，《説文》：判也。或作罷。』不，同否。《廣韻》：『否，《説文》：不也。』又『不，弗也』。此二句言不知此賦對於諸賦而言，是否稍有分別？想來當有比諸賦稍佳之處。

⑭成，指《歲暮賦》成之也。謂此賦完成後，另抄送至洛陽也。

⑮大荒，指大荒賦，今存殘篇。極，至美。自果，自勝之也。《爾雅・釋詁》：『果，勝也。』

此封書信與兄論文，其文學思想是：第一，推崇清約，反對繁冗。第二，作文須有文采，注重以『出言』收束前文，突出主旨。

由『《歲暮賦》甚欲成之』句可知，此書所作時間當在《歲暮賦》之前。而《歲暮賦》序曰：『余祇役京邑，載離永久。永寧二年春，忝寵北郡。其夏又轉大將軍右司馬於鄴都。』據此，當作於永寧二年（三〇二）夏之後，被殺之前。

二〇〔一〕

雲再拜：兵真凶事，生來初不見習，頃觀之，正自使人意惡①。『羊腸轉時』極佳，問人皆不解，何以作此『轉』②？雖云欲相泄，恐此正自取好耳③。説之不能工，願兄試一説之④。張義元《答員淵之》『回流崑崙吐河』不體，正自似『急水中山石間』，是人謂回轉〔二〕者，但言之辭不工耳⑤。不知此中語於諸賦中何如⑥。

【校勘】

〔一〕明鈔本此書接上書『想終能自果耳』句之後。

〔二〕『轉』，《文集》、叢書堂鈔本、明鈔本、《四部叢刊》本、鄧邦述校本、陳仲魚校本作『縛』，或形近而誤。《西晉文紀》卷十七、《七十二家集》本、《百三家集》本作『轉』，今據改。

【注釋】

① 見習，猶習見。頃，少頃，謂前不久。慧琳《一切經音義》卷十三：『頃，《考聲》云：少選也。《集訓》云：少間也。』此四句言戰爭真是不祥之事，平生起初並不常見，前不久觀之，真使人厭惡。

② 羊腸轉時，乃第二十二書所載賦中之文字。此三句言『羊腸轉時』文辭極好，但是詢問他人皆不解爲何用此『轉』字。謂他人不解其用語之妙。

③相泄，猶相顯也。《玉篇》：『泄，漏也。』此二句言雖他人云欲以此字而表達其意，我以爲恐怕此字正是取其達意之美也。謂此句非止達意亦爲修辭也。

④此二句言吾不擅表達，望兄嘗試分析之。意謂論其文字之美處。

⑤張義元，事迹不詳。《答員淵之》，今不見載。不體，不合語體。是人，指張義元。謂回轉者，謂表達水流之回轉。此四句認爲『回流』與『急水』二句，描寫回流的形態，一是不合語體，二是用辭不工。

⑥此句言不知此中用辭與其他賦相比如何。

此封書信與兄討論辭賦用語問題。陸雲認爲，用語不僅達其意，亦須取其美；用語必須符合語體要求，而且追求言辭工穩。

因此書由討論『羊腸轉時』引起，而此賦或是《南征賦》之稿本，詳第二十二書『備考』。而《南征賦》序曰：『太安二年……十月軍次朝歌，講武治戎，觀兵於殷墟，於是作《南征賦》。』可知，此書亦當作於太安二年（三〇三）十月之後，被殺前。

二一〔一〕

頃曰『極勿勿』〔二〕，病；『一十當出』，略通；曰〔三〕『在馬上』，此不可諧〔四〕①。又恐信不及兄，令以因休祖〔五〕致②。又力作，無錫書，極無賴，甚不備具③。如是更白問於中〔六〕④。

【校勘】

〔一〕按：《文集》、叢書堂鈔本、明鈔本、《諸名家集》本、影鈔宋本、《全晉文》卷一百〇二、《四部叢刊》本、鄧邦述校本、陳仲魚校本皆將此書與前書合爲一書。從内容看，似是上書之附言也。

〔二〕『曰』，《西晉文紀》卷十七、《七十二家集》本、《百三家集》本、《四部備要》本作『日』，蓋形近而誤。

〔三〕『曰』，《西晉文紀》卷十七、《百三家集》本、《四部備要》本作『匆匆』。又『匆匆』，《西晉文紀》卷十七、《百三家集》本、《全晉文》卷一〇二作『日』，蓋形近而誤。

〔四〕『諧』，明鈔本作『諸』，誤。

〔五〕『祖』，《文集》、《諸家文集》本、叢書堂鈔本作『袒』，形近而誤。《西晉文紀》卷十七、《百三家集》本、《四部叢刊》本、鄧邦述校本、陳仲魚校本作『祖』，今據改。

〔六〕『如是更白問於中』，《西晉文紀》卷十七脱此句。

【注釋】

① 匆匆，猶勉勉。《禮記·禮器》：『匆匆乎，其欲其饗之也。』郑玄注：『匆匆，猶勉勉也。』極匆匆、一十當出、在馬上，當是原賦未定稿之句。此四句言适才所言『極匆匆』有語病，賦中『一十當出』有語病而略通，曰『在馬上』，雖無語病却不能與上文和諧。

② 休祖，繆胤字休祖，蘭陵人。父悦光禄大夫，兄播官侍中。《晉書》有傳。致，致信。力作，盡力而作。此謂附言也。

③ 無錫書，謂無兄賜之書信。《爾雅·釋詁》：『錫，賜也。』郭璞注：『皆賜與也。』無賴，無可如何，形容失落之狀。葛洪《抱朴子·内篇·黄白》：『又遭多難之運，有不已之無賴。』備具，猶完備。《管子·立政》：『百果備具，國之富也。』

④ 此句言如此，又告問於此信中。

此封書信當爲上書之附言，附論其遺漏之處，並告之原因。强調用語之規範，以及前後用語之和諧問題。

二三〔一〕

雲再拜：爾乃使熊羆〔二〕之士，虓闞之將，雄聲泉踊，逸氣風亮①。超三軍以奔厲，賈餘勇以成壯②。兆洪音於寂寞，先無〔三〕聲而高唱③。元兵時紛若屯雲，煥若積波④。授教斯謐，靜言勿譁⑤。嚴鼓隱其雲駭〔四〕，萬夫翕而咸和⑥。治安步以止立，應金奏而靡戈⑦。進揔干以乘言，退揮旅而星羅⑧。禮既畢〔五〕，歸旅將振，尋縈員〔六〕轉，因瀨蓋旋⑨。若疾流之繞駿沉，驚飈之靡狂〔七〕塵⑩。羊腸轉時，命屏翳以夕降，式飛廉而朝興⑪。涂蒙雨而後清，景帶天而先澄⑫。陪畯臣〔八〕於彫輅，列名僚於後乘⑬。猛將起而虎嘯，商風肅其來應⑭。士憑勢而響〔九〕駭，馬嘘天而景凌⑮。

【校勘】

〔一〕按：此篇《西晉文紀》卷十七以小字排列，附於『兵真凶事』一書後，並加按語，見『備考』。當是雲書所附是作，以請兄審定耳。《七十二家集》本、《百三家集》本在《與兄平原書》中删去此篇，另列《羊腸轉賦》一篇，誤。

〔二〕『熊羆』，《文集》、叢書堂鈔本作『熊熊』，誤。《歷代賦彙》卷六十五、《百三家集》本、《四部叢刊》本、鄧邦述校本、陳仲魚校本作『熊羆』，今據改。

〔三〕『無』，《歷代賦彙》卷六十五、《七十二家集》本作『元』。

〔四〕『雲駭』，《文集》、叢書堂鈔本、《四部叢刊》本、鄧邦述校本、陳仲魚校本作『雲戒』，《全晉文》卷一百〇二作『重戒』，皆誤。《歷代賦彙》卷六十五作『雲駭』，故據改。又《卮林》卷七注：『當作雷駴。』駴，同駭。《百三家集》本作『雷駭』，亦可通。

〔五〕此句或有脱文，《百三家集》本、《七十二家集》本、《西晉文紀》卷十七、《歷代賦彙》卷六十五在句前並有『及至景凌』四字，然『景凌』二字又與後文重複，似亦非。今無從校補。

〔六〕『員』，《七十二家集》本作『圓』，古二字通。

〔七〕『狂』，《全晉文》卷一百〇二作『狃』。

〔八〕『畯臣』，《西晉文紀》卷十七、《七十二家集》本、《百三家集》本作『俊臣』。畯，通俊。

〔九〕『響』，《文集》作『嚮』。《百三家集》本、叢書堂鈔本、《四部叢刊》本、鄧邦述校本、陳仲魚校本作『響』，今據改。

【注釋】

①爾乃，如此，於是之意。裴學海《古書虛字集釋》卷七：『爾乃，猶云若乃也。』熊羆，猛獸，喻師之雄健。《書·牧誓》：『如虎如貔，如熊如羆。』虓闞，虎怒嘯，喻武將之威猛。《詩·大雅·常武》：『進厥虎臣，闞如虓虎。』朱熹《詩集傳》：『闞，奮怒之貌，虓虎之自怒也。』逸氣，縱逸之氣。《廣韻》：『逸，奔也，縱也。』此四句言如此使勇猛武士，虎怒之將，雄壯之聲如泉之涌，縱逸之氣如風之響。

②賈餘勇，意謂勇氣倍增。《左傳·成公二年》：『欲勇者賈余餘勇。』杜預注：『賈，買（賣）也。言己勇有餘，欲賣之。』奔厲，疾風，喻奔走之疾也。《困學紀聞》卷九：『黃帝《風經》曰：折楊奔厲，天之怒風也。』此二句言超越三軍而疾行如風，勇氣倍增而成其雄壯。

③兆，《玉篇》：『見也，形也。』此二句言洪亮之音始於寂寞，嘹亮之歌起於無聲。

④元兵，猶義兵。李德裕《論河陽事宜狀》：『是賊軍茂，元兵力寡。』《易·乾》：『元者，善之長也。』時，猶是，此也。《廣韻》：『時，是也。』紛，《經典釋文》卷二：『衆也，一云盛也。』渙，《玉篇》：『水盛貌。』此二句言此義兵衆盛，如屯聚之雲，如淵積之波。

⑤謐，安靜。《爾雅·釋詁》：『謐，静也。』言，語助詞。王引之《經傳釋詞》卷五：『言，云也；語詞也。』此二句言授教軍令，則師旅静而無喧嘩。

⑥嚴鼓，疾擊鼓也。張衡《東京賦》：『總輕武於後陳，奏嚴鼓之嘈囋。』善注：『《漢書》曰：隤銅丸以擿故，聲中嚴鼓之節。晉灼曰：疾擊鼓。』隱，隱隱，雷聲。傅玄《雜言》：『雷隱隱，感妾心。傾耳聽，非車音。』翕，《玉篇》：『合也。』咸和，猶皆協調也。《廣韻》：『和，諧也。』此二句言疾鼓之聲，如雷隱隱，如雲驚駭，萬人同聲，與鼓音協調。

⑦治，猶簡習也。《周禮·春官宗伯》：『治其大禮。』鄭玄注：『治，猶簡習也。』安步，安然而行。《國語·吴語》：『以安步王志，必設以此民也。』韋昭注：『步，行也。』金奏，金鼓節奏。靡戈，無戈戟之聲。《廣韻》：『靡，無也，偃也。』此二句言習軍步而静立，應金鼓而無聲。

⑧摠干，持盾。《禮記·樂記》：『夫樂者象成者也，摠干而山立。』鄭玄注：『摠干，持盾也。』乘言，車駕進而大呼。《廣韻》：『乘，車駕。』此二句言車駕前進而持盾高呼，揮軍而退如星辰羅列。

⑨振，猶凱旋。《詩·小雅·采芑》：『伐鼓淵淵，振旅闐闐。』毛詩傳：『入曰振旅。』尋縈員轉，謂長旋回轉也。《廣韻》：『尋，長也。』《玉篇》：『縈，旋也。』因瀨蓋旋，緣水瀨而返。《説文》：『瀨，水流沙上也。』此四句言禮教既畢，軍旅凱旋，如水之長圓回轉，緣水瀨而返。軍次水邊，故言之。

⑩駿沉，指速沉之沙。《爾雅·釋詁》：『駿，速也。』驚飈，狂風。《篇海》：『飈，狂風。』靡，猶落。《廣韻》：『靡，偃也。』此二句言若急流而繞速沉之沙，若狂風之掃狂飛之塵。

⑪羊腸轉時，謂部隊凱旋如羊腸縈回。屏翳，雨師。又曰風師、雷師。曹植《洛神賦》：『屏翳收風，川后静波。』善注：『王逸《楚辭注》曰：屏翳，雨師名。虞喜《志林》曰：韋昭云：屏翳，雷師。喜云：雨師。然説屏翳者雖多，並無明據。曹植《誥洛文》曰：河伯典澤，屏翳司風。植既皆爲風師，不可引他説以非之。』向注：『屏翳，風師也。』式，用。《書·仲虺之誥》：『帝用不臧，式商受命。』孔安國傳：『式，用。』飛廉，風伯。又曰是一種神禽、神獸，或曰天地使者。《楚辭·離騷》：『前望舒使先驅兮，後飛廉使奔屬。』王逸注：『飛廉，風伯也。』洪興祖補注：『《吕氏春秋》曰：風師曰飛廉。應劭曰：飛廉，神禽，能致風氣。晉灼曰：飛廉，鹿身，頭如雀有角，而蛇尾豹文。《河圖》曰：風者，天地之使，乃告號令。』此二句言於是或命雨師黄昏降臨，或命風伯早晨起駕。謂驅神靈而助之也。

⑫涂,同塗,道路。《玉篇》:『塗,路也。』《韻會》:『涂,或作塗。』蒙,覆蓋。《爾雅·釋言》:『蒙,奄也。』郭璞注:『奄,奄覆也。』景,日影。《玉篇》:『景,光景也。』帶,《方言》卷十三:『行也。』郭璞注:『隨人行也。』此二句言雨水覆蓋道路,旋即雨止天清,日影行於天上,陽光更加澄澈。

⑬畯臣,才俊之臣。畯,同俊。吴大澂《説文古籀補》:『古畯字從田,從允,與俊通。』彫輅,華美之車。《玉篇》:『輅,大車也。』此二句言俊臣陪乘於華美之車,僚屬排列於後車之乘。

⑭商風,商飈,秋風。陸機《演連珠》:『商飈漂山,不興盈尺之雲。』良注:『商飈,秋風也。』古代五行對應四季,秋爲金;對應五音,商爲金。故言之。肅,猶肅穆。《書·太甲上》:『社稷宗廟,罔不祗肅。』孔安國注:『肅,嚴也。』此二句言猛將雲起如猛虎之咆哮,應和秋風之聲而莊嚴肅穆。

⑮響,回聲。《玉篇》:『響,應聲也。』駭,驚駭。《玉篇》:『駭,驚起也。』歔天,猶仰天嘶鳴。《玉篇》:『歔,歔欷,歎也。』景凌,謂影凌亂也。景,同影。《經典釋文》卷八:『景,本或作影。』此二句言軍士恃勢而喊聲驚起,戰馬嘶鳴而日影凌亂。

此賦乃附書信之後,蓋請兄正之也。賦頌南征之軍威武雄壯,士氣旺盛,軍紀嚴明,進退有據,上得神助,下得人心,必可澄天清塵也。此賦或是《南征賦》或是《講武賦》之初稿。

據《南征賦》序:『太安二年秋八月,姦臣羊玄之、皇甫商,敢行稱亂,凌逼乘輿,天子蒙塵于外。自秋徂冬,大將軍敷命群后,同恤社稷。』所作時間則在是年(三〇三)十月,機、雲兄弟旋即被殺。

【備考】

周嬰《卮林》卷七：『梅禹金曰：此有韻之文，頗大類賦，不知首何以云再拜爲書也。前書有云「此中語于諸賦中何如」，且篇内有「羊腸轉時」之語，則此爲賦明甚。然特言「兵旅」，豈所謂「羊腸轉者」，或是陣法如率然邪？當以此附書後，并呈平原，後人混寫耳。』『嬰按：陸雲《南征賦序》曰：「太安二年秋八月，羊玄之、皇甫商敢行稱亂，遷逼乘輿，大將軍身統三軍，以謀國難。四方之會，衆以百萬，軍旅之盛，自古未之有也。十月軍次朝歌，講武治戎，觀兵于殷墟，于是作《南征賦》。」觀此首所載「命屏翳」十句，與「熊羆之士」至「成羅」十八句，並在賦中。但無「元兵時」三字與「及至景陵」至「羊腸轉時」七語耳。中間章次、字法，亦微異同。蓋此屬草未定，先呈平原也。所謂「静言勿諱，景陵禮畢。陪俊臣于雕輅，列名僚于後乘」，皆非征伐之容，乃是説講武事。雲更有與兄書云：「欲作《講武賦》，遠言大體，獻之大將軍。才不便作大文，得少許佳語，不知此可出否？故鈔以白兄。」推尋始末，正謂此篇數行，所謂少許佳語也。』禹金注云：『雲集無《講武賦》。予謂雲易《講武》爲《南征》耳。然此首非書，在洞詮中，宜删。』予又按：『《晉書》帝紀及八王、二陸傳：「成都王穎爲大將軍，都督中外諸軍事，轉陸雲大將軍右司馬，前鋒將軍。穎恃功驕奢，百度廢弛。憚長沙王乂在内，與河間王顒表誅后父羊玄之、左將軍皇甫商。以平原内史陸機爲前鋒都督，與顒將張方伐京師。惠帝遣皇甫商距方于宜陽。九月癸巳，羊玄之奉帝旋于城東，穎次朝歌。機列軍，自朝歌至于河橋，鼓聲聞數百里，漢魏以來，出師之盛，未之有也。十月戊申，長沙王乂奉天子，與機戰于鹿苑。機軍大敗，穎收斬之。并收雲，夷三族。」據此，蓋與雲《南征賦》序同。雲兄弟皆在穎軍也。委身非所，以臣伐君，天人不與。長沙忠于帝室，羊及皇甫，帝所倚仗，而謂之稱亂，諂頌成都，以及孔懷，謂逆爲順，祗爲詞費。且臨事而懼，此正其時，而游情文墨。以百萬之師爲謔，曾未浹日，身死族殲。于盧志何尤，于孟玖何恨乎？此賦蓋雲之絶筆也。』

《西晉文纪》卷十七按：『此有韻之文，頗大類賦，不知首何以云再拜爲書也。前書有云「此中語於諸賦中何如」，且篇内有「羊腸轉時」之語。則此爲賦明甚。然特言兵旅，豈所謂羊腸轉者或是陣法如率然邪？當以此附書後，併呈平原，後人混寫耳。又以「頃日極匆匆」一段附前書爲一爾，乃以下别作一篇，俱屬錯互。聊從舊刻。「頃日」本自爲書，亦有訛脱。』

《七十二家集》本、《漢魏六朝百名家集》卷五十題作《羊腸轉賦》，并注曰：『舊本混列《與兄平原書》中，今摘出。』

《全晉文》卷一百二案：『此即雲書所謂《講武賦》也。張溥本移此一首入賦類，題曰《羊腸轉賦》，大誤。』又案：『本集《南征賦》有「命屏翳以夕降」十語。』

從諸家所論看，此賦當爲書信附録之賦，請兄删改斧正。此賦與《南征賦》内容有疊合之處，有兩種可能：第一，爲《南征賦》原稿。第二，據陸雲書，雲擬另作《講武賦》，或原爲《講武賦》初稿，因内容與《南征賦》難以截然割裂，故將兩篇合爲一也。

二三

雲再拜：省諸賦，皆有高言絶典，不可復言①。頃有事，復不大快，凡得再三視耳②。其未精，倉卒未能爲之次第③。省《述思賦》，深情至言〔一〕，實爲清妙，恐故復未得爲兄賦之最④。兄文自爲雄，非累日精拔，卒不可得言⑤。《文賦》甚有辭，綺語頗多⑥。文適多體，便欲不清，不審兄呼爾不⑦？《詠德頌》甚復盡美，省之惻然⑧。《扇賦》腹中愈首尾，發頭一而不快⑨。言『烏云龍見』，如有不體⑩。《感逝賦》愈前，恐故當小不？然一至不復減〔二〕⑪。《漏賦》可謂清工。兄頓作爾多文，而新奇乃爾，真令人怖，不當復道作文⑫。謹啓〔三〕。

【校勘】

〔一〕『深情至言』，《文集》、叢書堂鈔本、《四部叢刊》本、《四部備要》本、鄧邦述校本、陳仲魚校本作『流（一作沭）深情至言』。《西晉文紀》卷十七、《七十二家集》本、《百三家集》本無『流』字，當是與『深』字行書形近而衍，故據删。

〔二〕『減』，《文集》、叢書堂鈔本、《四部叢刊》本、鄧邦述校本、陳仲魚校本作『滅』，形近而誤。《西晉文紀》卷十七、《百三家集》本作『減』，今據改。

〔三〕《西晉文紀》卷十七注曰：『《陸士衡集》，《述思賦》《文賦》《羽扇賦》《歎逝賦》《漏刻賦》並載今集，《詠德頌》未見。』

【注釋】

① 高言，超越世俗之言。《莊子・天地》：『是故高言不止於衆人之心，至言不出俗，言勝也。』《說文》：『高，崇也。』絶典，稱絶典籍。《說文》：『典，五帝之書也。』不可復言，謂難以言說，即妙不可言。

② 此三句言最近雜事繁多，復信不够迅速，故能前後再三閲讀。

③ 精，謂精審也。次第，謂刊定次序。此二句言兄之諸賦表達尚未精妙，倉猝之間亦未能爲刊定。

④ 至言，指至美之言。《韓詩外傳》卷六：『君喜道諛，而惡至言。』《玉篇》：『至，極也。』清妙，清麗美妙。《華陽國志·巴志》：『馬盛衡承伯，才藻清妙。』《廣雅·釋詁》：『妙，好也。』此四句言拜讀《述思賦》，情感深摯，語言至美，實是清麗美妙之作，但恐怕也並非兄賦上乘之作。

⑤ 雄，雄壯。《説文》：『雄，鳥父也。』精拔，精粹超拔。蕭統《陶淵明集序》：『其文章不群，辭彩精拔，跌宕昭彰，獨超衆類。』此三句言兄文章風格雄健，若非日積月累追求精粹超拔，不可能達到這種語言境界。

⑥ 有辭，謂言有文采。綺語，華美之語。《説文》：『綺，文繒也。』此二句言《文賦》辭藻豐富，然而語言過於綺麗。

⑦ 體，指表達體式。不清，謂冗繁而意不朗暢。《荀子·解蔽》：『凡觀物有疑，中心不定，則外物不清。』楊倞注：『清，明審也。』審，猶知。見上注。呼爾，怒叱。《孟子·告子上》：『嘑爾而與之，行道之人弗受。』趙岐注：『嘑爾，猶呼爾，咄啐之貌也。』此謂贊同之聲。不，否。見上注。此三句言一文中若用多種表達體式，將意不朗暢，不知兄讚同否。

⑧ 《詠德頌》，乃陸機吊張華之作，今不存。惻然，悲愴。《廣韻》：『惻，愴也。』

⑨ 《扇頌》，即陸機《羽扇賦》。發頭，開頭發端。見上注。此二句言《羽扇賦》中間内容充實，超過開頭結尾，開頭出語單一而不够流暢。

⑩ 烏雲龍見，當是《羽扇賦》初稿之語，後删改之。不體，不合語體。

⑪ 一至，單一之美。《玉篇》：『至，善也。』此三句言《感逝賦》超過前賦，恐怕本是小賦之緣由吧，然其單一純粹而無須删削。

⑫ 漏賦，即陸機《漏刻賦》。此數句言《漏刻賦》清麗工穩，兄遽爾作這麽多文章，且新奇如此，真令人恐怖，不應再言作文也。

此封書信乃論兄頌、賦之作。其文學思想是：第一，文章須情感深厚，文辭精粹超拔，而忌頗多『綺語』。第二，文章發端切忌單一，然必須追求朗暢。第三，文風須新奇而『雄』。既求新求異，又不離壯美之風格。第四，『清』是此書的核心美學理念。所謂清，與濁相對，有清妙、清新、清麗、清利、清朗、清簡等多重理論外延。説明文章忌拙、忌舊、忌綺、忌澀、忌晦、忌冗。

《詠德頌》或即《詠德誄》，乃是張華被殺之後，機作文以頌張華之德。《晉書·張華傳》：『華誅後，（機）作誄，又爲《詠德賦》以悼之。』復考《晉書·惠帝紀》，張華被誅于永康元年（三〇〇），故此信必作於是年無疑。

二四

雲再拜：《祠堂贊》甚已盡美，不與昔同，既此不容多説。又皆一事，非兄亦不可得①。見《吊少明》，殊復勝前。《吊蔡君》，清妙不可言②。《漢功臣頌》甚美，恐《吊蔡君》故當爲最③。使雲作文，好惡爲當，又可成耳④。至於定兄文，唯兄亦恕〔一〕其無遺情而不自盡耳⑤。《丞相贊》云『披結散紛』，辭中原不清利⑥。兄已自作銘，此但頌實事耳，亦謂可如兄意，直〔二〕説事而已⑦。若〔三〕當復屬文於引，便當書前銘耳⑧。謹啓〔四〕。

【校勘】

〔一〕『恕』，《文集》、叢書堂鈔本、《四部叢刊》本、鄧邦述校本、陳仲魚校本作『怒』，形近而誤。《西晉文紀》卷十七、《七十二家集》本、《百三家集》本、《全晉文》卷一百〇二作『恕』，今據改。

〔二〕『直』，《文集》、叢書堂鈔本、《四部叢刊》本、鄧邦述校本、陳仲魚校本作『真』；《百三家集》本、《西晉文紀》卷十七作『直』，今據改。

〔三〕『若』，《四部叢刊》本、陳仲魚校本作『右』；《西晉文紀》卷十七作『又』。

〔四〕《西晉文紀》卷十七注曰：『機集有《漢高帝（祖）功臣頌》《丞相箴》，而不載《祠堂贊》。』按：《丞相贊》今機集亦不見載，或爲《丞相箴》。

【注釋】

①《祠堂贊》，陸機佚文。此五句言《祠堂頌》不與前人創作雷同，以達到審美極境，自然無須多説。因爲《祠堂頌》一類文章所叙讚的都是同一對象，非兄不可能達到這一境界。

②《吊少明》，陸機佚文。吊蔡君，指陸機《吊蔡邕文》。此四句言前文超越前人，後文清麗華美。

③《漢功臣頌》，即陸機《漢高祖功臣頌》。此二句言此文雖甚美，却不及《吊蔡邕文》。

④當，猶宜。《字彙》：『當，理合如是也。』此三句言倘使我作文，則以情之好惡作爲標準，並最終成其文。

⑤此三句言至於刊定兄之文章，唯兄亦當寬恕我使其情盡而語不盡也。謂抒情淋漓、言外有意是其

刊定文章的基本標準。

⑥ 披結散紛，當是《丞相贊》初稿之文，今本已删改。清利，清爽流利。

⑦ 銘，當指《丞相銘》，或已佚，或即陸機集之《丞相箴》，疑不能明。此四句言兄已作有銘文，此文可只頌其實事，也就是説可以按照兄之意，直接説事而已。

⑧ 引，謂文章導語。此二句言若將在導語之後方表達正文，則可將導語内容放在此前所作的銘文之中。

此封書信亦論兄之文章。士龍再次强調文章之『盡美』，情有盡而語不盡，其美一也；直抒情而寫實事，其美二也；語辭清爽流利，其美三也。

此書所涉及之少明，名夏靖，字少明，卒于豫章太守任上。機《吊少明》詩（今佚），必作於少明所卒不久，另據陸雲《晉故豫章内史夏府君誄》：『惟永寧元年五月二十五日，晉故豫章内史夏府君卒。』可知，《吊少明》詩以及此書必作永寧元年（三〇一）五月之後。

二五

雲再拜：誨欲定《吴書》，雲昔嘗已商之兄，此真不朽事，恐不與十分好書①。同是出千載事，兄作必自與昔人相去②。《辯亡》〔一〕則已是《過秦》對事，求當可得耳③。陳壽《吴書》，有魏《賜九錫文》及《分天下文》，《吴書》不載。又有嚴陸諸君傳，今當寫送④。兄體中佳者，可並思諸應作傳⑤。及作〔二〕彼見人讚〔三〕叙者，當與令伯論〔四〕吴百官次第、公卿名伯，略盡識，少交當具⑥。頃作頌，及吴事，有愴然⑦。且公傳未成，諸人所作，多不盡理。兄作之，公私並叙，且又非常業⑧。從雲，兄來作之。今略已成，甚復可惜〔五〕事少，功夫亦易耳⑨。猶可得五十卷。謹啓。

【校勘】

〔一〕『辯亡』，當作『辨亡』，蓋指陸機之《辨亡論》。

〔二〕《西晉文紀》卷十七、《七十二家集》本、《百三家集》本、《四部叢刊》本、鄧邦述校本、陳仲魚校本『及作』後接（第六書）『引甚單，常欲引之未得。兄所作引甚好，雲方欲更作引。《述思賦》『黨自竭厲』，然雲意皆已盡，不知本復何言。方當積思，思有利鈍。如兄所賦，恐不可須，願兄且以示伯聲兄弟』。此依《文集》之次序。《諸家文集》本傅增湘校曰：『「彼見」以下接汪刻第八頁第一行「作」字下。宋版爲第十一頁起頭。』詳見《前言》及第六書『備考』。

〔三〕『讚』，《文集》、叢書堂鈔本、《四部叢刊》本、鄧邦述校本、陳仲魚校本作『譖』，形近而誤。《西晉文紀》卷十七、《百三家集》本作『讚』，影鈔宋本亦校作『讚』，今據改。又，《七十二家集》本注曰：『梅禹金云：「彼見」以下，疑別一篇。』

〔四〕『論』，《文集》、叢書堂鈔本、《四部叢刊》本、鄧邦述校本、陳仲魚校本作『倫』。《西晉文紀》卷十七、《七十二家集》本、《百三家集》本作『論』，今據改。

〔五〕『惜』，《文集》、叢書堂鈔本、《四部叢刊》本、鄧邦述校本、陳仲魚校本作『借』，形近而誤。《西晉文紀》卷十七、《百三家集》本作『惜』，今據改。

【注釋】

①《吳書》，從陸雲書信看，《吳書》當爲機、雲之合著，以機爲主，今不見諸文獻記載，可能因機、雲被殺未完成而散佚。好書，容易著述。《説文》：『書，著也。』徐鍇《繫傳》：『著於竹帛曰書也。』此意謂叙事難以取捨，論讚難以精粹。

②與，語助詞。王引之《經傳釋詞》卷四：『高誘注《淮南·精神篇》曰：與，邪，辭也。此皆常語也。其中句中助語者，《禮記·檀弓》曰：誰與哭者？』相去，猶言不同。《廣韻》：『去，離也。』此二句謂史書雖然同是千秋大業，然兄之《吳書》必與前人不同。

③《辯亡》，乃《辨亡》之誤，即陸機《辨亡論》。《過秦》，即賈誼《過秦論》。陸雲以此説明陸機善於史論，是前句所言『兄作必自與昔人相去』的證據。

④陳壽《吳書》，指陳壽《三國志·吳書》。魏《賜九錫文》，指潘勗《册魏公九錫文》。《分天下文》，指胡综《中分天下文》。不載，指陳壽《吳書》失載，謂其史實之闕。嚴、陸諸君，不詳所指。嚴，或指嚴隱，字仲弼，吳郡人。陸，或指陸喜，機、雲之叔父。

⑤此二句言兄身體佳時，可一併考慮此事，應作嚴、陸諸君傳。

⑥見人，顯赫之人。《廣韻》：『見，露也。』《集韻》：『見，顯也。』令伯，事迹不詳。名伯，猶名宦。《廣雅·釋詁》：『伯，君也。』王念孫《疏證》：『《爾雅》：王、公、侯，君也。公侯而下，則爲伯、子、男及卿大夫之

有地者。』略盡識，謂令伯大約盡識之。《廣雅・釋言》：『略，要也。』少交當具，謂令伯少時當與之均有交往。《廣韻》：『具，備也。』

⑦ 愴，憂傷。《説文》：『愴，傷也。』

⑧ 公傳，先公傳記。指陸遜、抗也。不盡理，不盡合事理。公私並叙，謂國事家事並叙述之。非常業，不同尋常之事業。『由兄作之，公私並叙』即兄作《吴書》人物傳，既叙其國，亦叙其家。

⑨ 從，同從。《玉篇》：『從，相聽也。今作從。』今略已成，指所作之頌約已成篇。可惜事少，指頌涉及吴事少也。功夫，猶工程。《三國志・魏・鄭渾傳》：『遂躬率吏民，興立功夫，一冬間便成。』

此封書信與兄論《吴書》。雲力勸兄作《吴書》，原因是：第一，史書是千載不朽之事業。第二，陳壽《吴書》於史料有遺漏。第三，陸公之傳多不盡合事理。此外，雲勸兄訪其存世之當事者，足見其强調『實録』的史學觀。

此書所作時間無載，然下書勸兄求彦先之《吴事》，亦爲著《吴書》之用。由第六書内容看，《吴書》所始作時間與《述思賦》接近，而據後文可知，《述思賦》與《詠德頌》幾作於同時，《詠德頌》或即《詠德誄》，乃是張華被殺之後，機作文以頌張華之德。《晉書・張華傳》：『華誅後，（機）作誄，又爲《詠德賦》以悼之。』復考《晉書・惠帝紀》，張華被誅于永康元年（三〇〇），故此書必作於是年之後。又由下書可知，此書或作於永寧二年（三〇二）夏也。

二六〔一〕

義高家事正當付令文耳。弟彦長〔二〕昔作《吴事》，云三十卷，可令欽求①。謹啓。

【校勘】

〔一〕此書《諸家文集》本、鄧邦述校本亦與前書合爲一篇。傅增湘校曰：『「義高」以下提行。』即分爲另一書也。

〔二〕『彥長』，當作『彥先』，顧令文之弟。

【注釋】

① 義高，事迹不詳。令文，顧令文，任大將軍祭酒。參見《答大將軍祭酒顧令文》。欽求，恭敬求之。《説文》：『欽，一曰敬也。』彥長，當作彥先，顧令文之弟。

陸雲勸兄欽求彥先之《吴事》，足見與作《吴書》有關，故此書與上書所作時間差近。『義高家事正當付令文』，以事理推之，當是士龍與令文同僚之時，據《答大將軍祭酒顧令文》可知，令文任大將軍祭酒，故可推知當作於雲任大將軍司馬之時，即永寧二年（三〇二）夏之後。

二七

雲再拜：《吴書》是大業，既可垂不朽，且非兄述，此一國事遂亦失。兄諸列人皆是名士，不知姚公足爲作傳不？可著《儒林》中耳①。不大識唐子正事②。愚謂『常侍〔一〕』便可連於『尚書傳』下③。書定自難，雲少作書，至今不能令成〔二〕，日見其不易④。前數卷爲時有佳語，近來意亦殊已莫莫，猶當一定之⑤。恐不全，此七卷無，意復望增⑥。欲作文章六七紙，卷十分，可今皆如今所作輩，爲復差徒爾⑦。文章誠不用多，苟卷必佳，便謂此爲足⑧。今見已向四卷，比五十可得成，但恐胸中成癩〔三〕爾⑨。恐兄胸疾，必述作人，故計兄凡著〔四〕此之自損，胸中無緣不病⑩。作書猶差易，讚叙亦復無幾。年歲限〔五〕之，猶當小復⑪。謹啓。

【校勘】

〔一〕『常侍』，《四部叢刊》本、陳仲魚校本脱『侍』。《諸家文集》本傳增湘校曰：『常字下空一字。』

〔二〕『成』，鄧邦述校本作『用』。

〔三〕『癩』，《西晉文紀》卷十七作『疹』。

〔四〕『著』，叢書堂鈔本、《四部叢刊》本、鄧邦述校本、陳仲魚校本作『着』，乃『著』之俗字。

〔五〕『限』，《文集》、叢書堂鈔本、《四部叢刊》本、鄧邦述校本、陳仲魚校本作『根』，形近而誤。《西晉文紀》卷十七、《百三家集》本作『限』，今據改。

【注釋】

① 列人，指擬列入人物傳的人物。從文意看，『列』後似脱『傳』。姚公，或指姚信，乃陸遜外甥。與顧譚、顧承並以親附太子，枉見流徙。事見《三國志·吴·陸遜傳》。儒林，指《吴書·儒林傳》。

② 不大識唐子正事，或因兄詢問唐子正事，而雲告之不大知也。《説文》：『識，一曰知也。』唐子政，不詳何人。

③ 此句討論《吴書》列傳之體例。是説吾認爲『常侍』作傳，可以置於『尚書』傳下。

④ 書定，指史書體例與内容之刊定。令成，使成秩。《廣韻》：『成，畢也。』此四句言史書體例刊定當然十分困難，吾少時欲作史書，至今也不能成功，可見史書創作之不易。

⑤ 莫莫，猶默默。揚雄《甘泉賦》：『炕浮柱之飛榱兮，神莫莫而扶傾。』善注：『毛詩曰：君婦莫莫。毛萇曰：莫莫，清浄也。』此引申爲落寞。一定，以一定之，謂統一刊定也。《釋名·釋言語》：『《易》曰：一致百慮，慮及衆物，以一定之也。』此三句言前面數卷時時可見精彩之論，近來吾之神情雖然落寞，却仍然還在刊定《吴書》之體例。

⑥ 此三句言前數卷内容恐怕不完整，復望我兄增補。

⑦ 差，同嗟。《集韻》：『嗟，古作差。』此四句言擬作文章，書六七紙，欲分爲十卷，可是皆如今人之所作，復爲之嗟歎徒勞也。謂缺乏創新也。

⑧ 此三句言文章誠然不必追求篇幅之長，假如每卷皆佳，便以此足矣。

⑨ 見，猶現。《廣韻》：『見，露也。』向，接近。張相《詩詞曲語辭匯釋》卷二：『向，猶臨也。』⿸疒爾，同疢，病也。《字彙補》：『⿸疒爾，疑即疢字。』又《説文》：『疢，熱病也。』此三句言今現已接近四卷，至五十卷可得成書，但恐胸中成病爾。

⑩ 作人，猶言衰老。《詩·大雅·棫樸》：『周王壽考，遐不作人。』此四句言恐兄亦有胸疾，必因述史而衰，故計兄所著而自損精神，胸中無由不病。

⑪ 差易，猶較易。《韻會》：『差，較也。』作書猶差易，乃勸慰之語，非言作史書易也。無幾，不多。《左傳·昭公十六年》：『韓子亦無幾求。』杜預注：『言所求少。』小復，指身體稍加康復。此四句言作史書猶較

易，讚叙内容亦不多，年歲有限，尚應待身體稍康復再作之。意在勸兄保重。

此封書信與兄論作《吴書》之意義、體例，以及『誠不用多，苟卷必佳』的創作態度與要求，並以自己寫作爲例，説明史書創作之艱難，故勸慰其兄保重身體，無因創作而病也。此書亦當作於上書即永寧二年（三〇二）夏後也。

二八

雲再拜：一日會公，大欽欣命坐者皆賦諸詩①。了不作備，此日又病，極得思，惟立草，復不爲，乃倉卒②。退還，猶復多少有所定，猶不副意③。與頌雖同體，然佳不如頌，不解此意可以不〔一〕④？王〔二〕弘遠去，當祖道，似當復作詩⑤。搆作此〔三〕一篇，至積思，復欲不如前倉卒時，不知爲可存録不⑥？諸詩未出，别寫送。弘遠詩極佳，中静作亦佳。張魏郡作急就詩，公甚笑⑦。燕王亦似不復祖道弘遠，已作爲存耳⑧。兄《園葵詩》〔四〕清工，然猶復非兄詩妙者⑨。雲詩亦唯爲彼，一語如佳，先已先得，便自委頓，欲更作之⑩。昔如己身先此篇詩，了不復倆佛〔五〕識有此語，此語於常言爲佳⑪。謹啓。

【校勘】

〔一〕『不』，《文集》、《諸名家集》本、叢書堂鈔本、《四部叢刊》本、《四部備要》本、鄧邦述校本、陳仲魚校本脱，今據《七十二家集》本、《百三家集》本校補。

〔二〕『王』，《七十二家集》本、《百三家集》本無此字。

〔三〕『搆』，《西晉文紀》卷十七、《七十二家集》本作『構』，乃宋避諱所改。又『此』，《諸家文集》本傅增湘校曰：『此字，宋本第十二頁起。』

〔四〕『葵』，影鈔宋本、《四部叢刊》本、鄧邦述校本、陳仲魚校本作『蔡』，形近而誤。影鈔宋本校曰：『蔡，當作葵。』陸士衡有《園葵詩》。

〔五〕『倆佛』，《西晉文紀》卷十七作『昉佛』，古二詞同。

【注釋】

① 公，指成都王、大將軍司馬穎。大欽，亦指司馬穎。欽，敬稱皇帝所行之事，《正字通》：『欽，御音曰欽敕，御史曰欽命，俗曰欽差。』按：司馬穎起兵征討羊玄之、皇甫商，而清君側，士龍謂之代行君命，故曰大欽。諸，兼詞，之乎合音。《小爾雅》：『諸，乎也。』此二句言一日公舉行宴會，欣然令在座者賦詩。

② 了，全然。極，通亟，猶倉促也。朱珔《說文假借義證》：『極，爲亟之假借。』草，猶草就。《廣雅·釋言》：『草，造也。』不爲，不可爲之。此數句言吾全然沒有準備，此日又身體不適，只好倉促思考，立刻草就，又未加潤色，此乃急就之作。

③ 多少，猶少許。《釋名·釋飲食》：『漿，將也，飲之寒温，多少與體相將順也。』有所定，指詩之定稿。此詩即《大將軍宴會被命作此詩》（六章）。副意，稱意。《廣韻》：『副，稱也。』此三句言宴罷歸來，仍然有所刊定，還是覺得文不達意。

④此三句言此詩雖與頌的體裁相同，然却不如頌之美也，不知此詩之意可以否？

⑤王弘遠，王粹，字弘遠。嵇含《吊莊周文》：『帝壻王弘遠，華池豐屋，廣延賢彦。』及士龍《大尉王公以九錫命大將軍讓公將還京邑祖餞贈此詩》可知此人爲惠帝婿，官太尉。祖道，餞行。《漢書・疏廣傳》：『公卿大夫故人邑子，設祖道供帳東都門外。』顔師古注：『祖道，餞行也。』作詩，指作《大尉王公以九錫命大將軍讓公將還京邑祖餞贈此詩》。此三句言王粹離去，當爲之餞行，似乎又應作詩。

⑥搆，同構。雷浚《説文外編》卷二：『《説文》有構字無搆字，或曰：搆是南宋人避諱字，故賈昌期《群經音辨・手部》尚無搆字。』積思，思慮鬱積。《楚辭・九辯》：『蓄怨兮積思，心煩憺兮忘食事。』王逸注：『結恨在心，慮憒鬱也。』存録，抄録保留。此四句言所以預先構思創作此詩，雖至深思熟慮，却又感覺不如前倉促時所作，未知是否可以抄録保留。

⑦中静，當作仲静，郭澄之，字仲静。《晉書》有傳。張魏郡，事迹不詳。急就，倉促而成。《史記・李斯傳》：『今怠而不急就，諸侯復彊……不能並也。』

⑧燕王，司馬機，泰始元年（二六五）封燕王。見《晉書・清惠侯京傳》。此二句言燕王雖未必爲弘遠餞行，然吾亦作詩存之。以備不時之需。

⑨《園葵詩》，乃陸機以葵爲喻，謝司馬穎救己之恩而作。此二句言兄《園葵詩》雖然清新工穩，却仍然不是兄詩中精妙之作。

⑩爲彼，指爲謝司馬穎而作。先已先得，謂兄先于己而得佳句也。委頓，疲乏狼狽。《世説新語・容止》：『於是群嫗齊共亂唾之，委頓而返。』此謂心情沮喪也。此五句言吾詩亦爲如此，雖偶有一佳句，然兄已先行得之，便十分沮喪，必欲重新創作。

⑪ 㑂佛，同彷佛，不分明，縹緲貌。班固《幽通賦》：『夢登山而迥眺兮，覿幽人之髣髴。』銑注：『髣髴，不分明貌。』髣髴，同彷佛。識，《説文》：『一曰知也。』此三句言從前兄有先於我所作的這類精妙之詩，吾全然不明其詩句之妙，總是以爲這類詩句應以平常語爲佳。謂此前對詩之精妙處懵懂無知矣。

此封書信亦與兄論詩也。再次强調詩以清工爲美，以常言爲佳。特别值得注意的是：陸雲首次提出詩頌同體的美學主張，與其兄有别。

此書所作時間與陸機《園葵詩》差近。李善《園葵詩》注曰：『《晉書》：趙王倫篡位，遷帝于金墉城。後諸王共誅倫，復帝位。齊王冏譖機爲倫作禪文，賴成都王穎救之免。故作此詩，以葵爲喻謝穎。』據《晉書·惠帝紀》：永寧元年（三〇一）正月，趙王倫篡帝位，四月被誅。機、雲因連坐而入獄必在此後，故此書亦作於四月後也。

二九

雲再拜：久不復作文，了無復次第①。真玄昔屢聞周侯至論，前比霖雨②。此下〔一〕人亦作《愁霖賦》，好醜見教〔二〕，又因人見督③。自愁慘，又了無復意④。此家勤勤〔三〕，難違之，亦復毒此雨〔四〕，憂邑聊作之，因以言哀思⑤。又作《喜霽》，今送。雲作爲易得耳，窮不好，故都絶意⑥。此間人呼作者皆休，故不得有所送，不審此何成。已出之，故爲存不棄耳⑦。謹啓。

【校勘】

〔一〕『下』,《四部叢刊》本、鄧邦述校本作『不』,或形近而誤。

〔二〕『見教』,《文集》、叢書堂鈔本、《四部叢刊》本、陳仲魚校本作『見敦』,《百三家集》本作『允敦』,文意與下句重複。《全晉文》卷一百〇二、《四部備要》本、鄧邦述校本作『見教』,影鈔宋本亦校曰:『敦,別本作教。』今據改。

〔三〕『勤勤』,叢書堂鈔本脱一『勤』,韓應陛校補。

〔四〕『雨』,《四部叢刊》本作『兩』,形近而誤。

【注釋】

① 次第,指次序。見上注。此二句言雲已很久不再作文,因此所作文章缺少邏輯次序。

② 真玄,事迹不詳。周侯,指周顗,字伯仁,安東將軍浚之子。弱冠襲父爵武城侯,拜祕書郎,累遷尚書吏部郎。《晉書》有傳。霖雨,猶甘雨。《書·咸有一德》:『若歲歲大旱,用汝作霖雨。』孔安國傳:『霖三日雨,霖以救旱。』此將周侯之至論比如霖雨,與下句《愁霖賦》之霖,意有別。此二句言從前真玄屢次聽到周顗高妙的理論,就比作甘霖。

③ 下人,猶言下屬,指司馬穎幕僚。好醜,偏義複詞,猶美,謂文之美也。《玉篇》:『好,美也。』見教,猶言受教。司馬相如《上林賦》:『乃今日見教,謹受命矣。』裴學海《古書虛詞集釋》:『見,猶受也。』見督,猶催促。《增韻》:『督,催趨也。』此三句言這裏的幕僚却創作《愁霖賦》,文辭優美使我受教,吾亦受人督促

而欲作之。

④ 復意，言外之意。劉勰《文心雕龙・隱秀》：『是以文之英蕤，有秀有隱。隱也者，文外之重旨者也；秀也者，篇中之独拔者也。隱以復意爲工，秀以卓絶爲巧。』此指新意。此二句言因霖雨而憂愁慘淡，却又全無新意。

⑤ 勤勤，勤勉不倦。《抱朴子・内篇・黄白》：『所以勤勤綴之於翰墨者，欲令將來好奇賞真之士，見余書而具論道之意耳。』難違之，難違勸勉之意。毒，苦恨。《廣韻》：『毒，苦也，憎也。』憂邑，愁悶不樂。《宋書・張暢傳》：『分闊南信，殊當憂邑。』邑，通悒。《釋名・釋州國》：『邑，猶悒也。』《玉篇》：『悒，憂悒也。』聊，且。《玉篇》：『聊，且略之辭。』作之，指作《愁霖賦》。此五句言這裏的人殷勤勸勉，心意難違，加之又憎恨霖雨，憂鬱不樂，姑且作之，藉此抒寫哀思。

⑥ 窮，極端。《廣韻》：『窮，極也。』此三句言我之所作皆爲平常易得之語，文極不佳，故全然絶意示人。

⑦ 休，悦其美也。《爾雅・釋詁》：『休，美也。』《廣雅・釋詁》：『休，喜也。』此五句言此處人皆喜而美之，不能不送之予兄，不知此文如何也。既已傳之於世，故保存而没有捨棄。

此封書信與兄説明《愁霖賦》《喜霽賦》創作之經過。其中説明：第一，陸雲之賦在當時影響甚大。第二，作者的創作態度非常嚴謹，對自己作品幾乎求全責備。而且作者再次闡述了文學『以言哀思』的泄導人情的功能。

此書創作時間與《愁霖賦》《喜霽賦》差近。《愁霖賦》序曰：『永寧二年夏六月，鄴都大霖，旬有奇日。稼穡沉湮，生民愁瘁。時文雅之士，焕然並作，同僚見命，乃作賦。』故此書知作於永寧二年（三〇二）六月之後。

三〇

雲再拜：一日視伯喈《祖德頌》，亦以述作宜褒揚祖考爲先，聊復作此頌①。今送之，願兄爲損益之②。欲令省，而正自輒多，欲無可如省③。碑文通大悦愉，有似賦④。愚謂小復質之爲佳⑤。前作此頌，書之，行欲遣信以白兄⑥。昨聞有賦〔一〕消息，愁憒無賴，既冀又然⑦。又已成書，聊以付信耳⑧。尋得李寵〔二〕《勸封禪草》，信自有才，頗多煩長耳，令送⑨。間人又有張公所作，已令寫，别送⑩。臨紙罔罔，不知復〔三〕所言⑪。謹啓。

【校勘】

〔一〕『賦』，《西晉文紀》卷十七、《七十二家集》本、《百三家集》本、影鈔宋本作『賦』，或形近而誤。

〔二〕『李寵』，《文集》、《四部叢刊》本及别本皆作『李寵』。考其史實，當爲李充之誤，或音近而誤。

〔三〕『復』，《西晉文紀》卷十七、《百三家集》本無此字。

【注釋】

① 伯喈，指蔡邕，字伯喈。見上注。褒揚，猶讚美。《玉篇》：『褒，揚美也。』此頌，指雲所作之《祖考頌》。此三句言有一日閲讀蔡邕《祖德賦》，邕亦認爲創作應以褒揚祖考功德爲主，姑且創作此頌。

② 損益，增益減損之略，猶言增删。《論語·爲政》：『殷因於夏禮，所損益可知也。』

③ 正自，正是，恰是。《世説新語・言語》：『郊邑正自飄瞥，林岫便已皓然。』無可如，無可如何，猶言無法。此三句言欲令其簡約，而恰又繁多，恐怕無法簡約。

④ 碑文，當作頌文，此書通篇未言及碑。從『愉悦』二字亦可見非言碑也。通大，暢達壯美。《爾雅・釋天》：『四時和爲通正。』郭璞注：『通，平暢也。』邢昺疏：『言上四時之功和，是爲通暢平正也。』《説文》：『大，天大，地大，人亦大，故大象人形。』引入美學則爲壯美。此二句言頌文通達壯美，愉悦先人，猶如賦鋪陳宏衍。

⑤ 質之，使之樸質也。質，與文相對。《玉篇》：『質，樸也。』此句言我又認爲稍顯質樸，則更爲佳矣。

⑥ 此三句言此前所創作之《祖考頌》，抄寫後，臨行前遣人送信以告訴兄。

⑦ 消息，音訊。蔡琰《悲憤詩》：『迎問其消息，輒復非鄉里。』有賦消息，謂有兄刊定我賦之音訊。愁憒，愁緒煩亂。賈誼《旱雲賦》：『湯風至而含熱兮，群生悶滿而愁憒。』《集韻》：『憒，心亂也。』然，如此。《玉篇》：『然，許也，如是也。』冀，希望。《楚辭・離騷》：『冀枝葉之繁茂兮，竢時乎吾將刈。』王逸注：『冀，幸也。』此三句言昨日聞知兄刊定吾賦之音訊，正在愁緒煩亂之際，確是希望得到這一消息。

⑧ 付，給予。《玉篇》：『付，與也。』此二句言書信已經寫好，姑且將信送達。意謂尚未見到兄潤色之賦，故不及論之。

⑨ 尋，俄。羊祜《讓開府表》：『以身誤陛下，辱高位，傾覆亦尋而至。』此有偶然意。李寵，李充之誤。《勸封禪草》，即勸漢和帝《封禪議》。文載《東漢文紀》卷七。信自有才，謂其文誠有才華。煩長，指煩瑣冗長。此四句言偶得李充《封禪議》，文有才華，却繁瑣冗長。

⑩ 間人，此處人。張公，指張華。此三句言此間又有人得張華所作《封禪議》，已令人抄寫，另送上。

⑪ 罔罔，同惘惘，悵然失落貌。《楚辭・九章・悲回風》：『撫珮衽以案志兮，超惘惘而遂行。』王逸

注：「惘惘，失志偟遽而直逝也。」洪興祖補注：「惘，音罔。」

此封書信主要與兄討論《祖考頌》。説明《祖考頌》内容乃承襲蔡邕之《祖德頌》。在此書中，作者首先認爲「頌」以「褒揚爲先」的基本原則，然後又提出了「省」與「多」的辯證關係，如「無可如省」則可「多」。闡釋了頌與賦的文體聯繫，以及頌「通大悦愉」的審美特點。此外，「小復質之爲佳」則説明作者重「質」的審美傾向。

此書所作時間無考，然書言「復作此頌」即爲《祖考頌》。又第一五書：「誨《歲暮》，如兄所誨，雲意亦如前啓。……《祖德頌》無大諫語耳，然靡靡清工，用辭緯澤，亦未易。恐兄未熟視之耳。」綜考之，陸雲作《祖考頌》乃擬蔡邕之《祖德頌》，故送《祖考頌》予兄時，亦將《祖德頌》附送之，以供兄參閲對照。而送《祖德頌》予兄與送《歲暮賦》同時，由此可以推知：《祖考頌》所作時間與《歲暮賦》差近。又據《歲暮賦》序可知，此賦作於永寧二年（三〇二）夏之後，則《祖考頌》與此書亦當作於是年，或稍前。

三一

近〔一〕得洛消息，滕永適〔二〕去二十日書，彦先訪爲驃騎司馬①。又云似未成，已訪難解耳②。敬屬司馬參軍，此間復失〔三〕之，恨不得與周旋③。戴允治見訪大司馬④。謹啓。

【校勘】

〔一〕「近」，《諸家文集》本傅增湘校曰：「近字，宋本第十三頁起。」即此書或於宋本分頁處有誤，然已不可考。

〔二〕『適』，《文集》、叢書堂鈔本作『通』，或形近而誤。《西晉文紀》卷十七、《七十二家集》本、《百三家集》本、《諸名家集》本、寄生草堂本、影鈔宋本、《全晉文》卷一百〇二、《四部叢刊》本、鄧邦述校本、陳仲魚校本作『適』，今據改。

〔三〕『失』，《百三家集》本作『夫』，形近而誤。

【注釋】

① 滕永適，事迹不詳，或爲滕永文之誤。然永文亦事迹不詳，惟見《晉書·杜弢傳》。彥先，不詳所指。顧榮，字彥先；賀循，亦字彥先。《晉書》並有傳。從士龍《與楊彥明書》看，當是指顧榮，榮與彥明關係密切，有書信往來。賀循則未見載。訪，議。《國語·楚語上》：『教之令，使訪物官。』韋昭注：『訪，議也。』驃騎司馬，驃騎大將軍司馬。漢制，大將軍營五部，部各置軍司馬一人。魏晉至宋，司馬均爲軍府之官，在將軍之下，總理一府之事，參與軍事計劃。

② 難解，難分，謂意見不同而難以分判。《説文》：『解，判也。』已，止。《玉篇》：『已，止也，又迄也。』此言又説彥先擬任驃騎司馬似未成功，因意見不同而罷休。

③ 敬屬，猶恭任。《玉篇》：『敬，恭也。』司馬參軍，爲司馬府重要幕僚，參與軍事計劃。失之，指失司馬參軍之職。周旋，應酬，猶斡旋。《韓非子·解老》：『夫道以與世周旋者，其建生也長，持祿也久。』此三句言彥先所任司馬參軍之職，間又失之，遺憾吾不能從中斡旋。

④ 戴允治，事迹不詳。此句言後來戴允治被薦爲驃騎司馬。

此書所作時間不可確考。從『近得洛消息』句看，陸雲當不在洛陽爲官。此書叙述顧榮宦途偃蹇之事與士龍《與楊彦明書》第二書同，故此書與《與楊彦明書》第二書所作時間差近。而《與楊彦明書》第一書則作於太安元年前後，第二書當與第一書所作時間較近，亦當在雲任清河内史與出任成都王司馬穎幕僚之時。雲任清河内史與兄機任平原内史同時，據《晉書·陸機傳》：『倫將篡位，以爲中書郎。倫之誅也，齊王冏以機職在中書，九錫文及禪詔疑機與焉，遂收機等九人付廷尉。賴成都王穎、吴王晏並救理之，得減死徙邊，遇赦而止。……穎以機參大將軍軍事，表爲平原内史。』趙王倫被誅于永寧元年（三〇一）四月，機、雲放任外職當是年四月後，太安二年（三〇三）十月後被殺，此書當作於是年歲末與太安二年十月之間。

三二

雲再拜：君苗文，天才中亦少爾，然自復能作文①。雲唯見其《登臺賦》及詩頌。作《愁霖賦》極佳，頗倣雲②。雲所如多恐，故當在二人後，然未究見其文③。見兄文輒云『欲燒筆硯』，以爲此故，不喜出之④。曹志，苗之婦公，其婦及兒，皆能作文⑤。頃〔一〕借其《釋詢》二十七卷，當欲百餘紙寫之。不知兄盡有不⑥？李氏云：『雪』與『列』韻，曹便復不用⑦。人亦復云，曹不可用者，音自難得正⑧。謹啓。

【校勘】

〔一〕『頊』，《全晉文》卷一百〇二作『項』，或形近而誤。

【注釋】

① 君苗，崔君苗，曹志之婿。《西晉文紀》卷十七注曰：『君苗，即前書崔君苗。』《池北偶談》卷十八曰：『君苗，清河族也。』復，猶謂也。《韻會》：『復，白也。』此三句言崔君苗文章，在天才作家中亦爲少見，且他也自認爲頗能作文。

② 倣，同仿，效仿。《正韻》：『倣也，通作仿，亦作倣。』此二句言他所作之《愁霖賦》極美，却也多效仿雲之所作。

③ 所如，所之，所往。《楚辭·九章·涉江》：『入漵浦余儃佪兮，迷不知吾所如。』王逸注：『如，之也。』故，《説文》：『使爲之也。』當，《玉篇》：『任也，直也。』此指所做，即創作。二人，不詳所指，前文僅言君苗一人。此三句言雲之所作多擔心在其二人之後，然而終未見其文章。謂未見其超越自己的文章。

④ 欲燒筆硯，謂絶意于作文。君苗因見機文章絶佳而無法企及，故欲燒筆硯而不作也。不喜出之，指君苗不願以己文示人。

⑤ 曹志，字允恭，譙國譙人，魏曹植之庶子。《晉書》有傳。婦公，妻父。《晉書·王玠傳》：『玠妻父樂廣，有海内重名，議者以爲「婦公冰清，女壻玉潤」。』

⑥ 釋詢，不見載於其他典籍，或已佚。從後文所涉及内容看，當是韻書，李氏所著。

⑦ 李氏，當指《釋詢》之作者。曹，指曹志。此二句言李氏云：雪與列同韻，曹志却不使用此韻。

⑧ 此三句言人們又説，曹志所不用之韻，就難得標準字音。謂曹志運用中原音韻十分純熟。

此封書信讚美崔君苗與兄之文章。亦提出兄詩賦用韻偶有不諧之處。晉人頗重韻律，不惟《文賦》言之，陸雲之言亦可爲證。「永明體」實乃有自。

此書所作時間當在《登臺賦》之後，據《登臺賦》序：「永寧二年參大府之佐於鄴都，以時事巡行鄴宫三臺。」據《晉書·惠帝紀》：永寧二年十二月改元太安，《登臺賦》亦當作於改元之前，即是年十二月前也。

三三〔一〕

近日復案行曹公器物，取其剔齒纖〔二〕一個，今以送兄〔三〕①。

【校勘】

〔一〕按：此書與下書「于道有古方泉」，《文集》、叢書堂鈔本、《四部叢刊》本、鄧邦述校本、陳仲魚校本合爲一書，置於下文「君苗文，天才中亦少爾」書後。《西晉文紀》卷十七注曰：「雲《登臺賦序》云：「永寧中，參大府之佐於鄴都，以時事巡行鄴宫三臺。」案以上諸書，其時與兄者。」故今依《西晉文紀》卷十七之次序。

〔二〕「纖」，《文集》、《諸名家集》本、《四部叢刊》本、《四部備要》本、鄧邦述校本作「殲」，形近而誤。《西晉文紀》卷十七作「籤」；《太平御覽》卷七百十四、《百三家集》本並作「纖」。《四庫全書考證》卷九十五《與兄平原書》其四：『「近日復案行曹公器物取其剔齒纖一個今以送兄」，刊本「纖」訛「殲」。考《徐氏筆精》引此作「纖」，又《趙松雪集》「食肉先尋剔齒纖」。』今據改。

〔三〕『今以送兄』，《文集》、叢書堂鈔本、《四部叢刊》本、鄧邦述校本作『今送以見兄』；《太平御覽》卷七一四作『今以一枚寄兄』；《四部備要》本作『今送以見』。《西晉文紀》卷十七、《百三家集》本作『今以送兄』。考其文意，以『今以送兄』善，故據改。

【注釋】

① 案行，巡視。剔齒纖，刺齒，猶今之牙籤。並見上注。

此書或爲第一書之佚文，疑不能明。當爲巡視曹操生活之鄴都所作，與《登臺賦》當作於同時，即永寧二年（三〇二）夏之後，十二月改元之前也。

三四〔一〕

于道〔二〕有古方泉，其銘如此①。不審兄頗曾見此書『種稷』不〔三〕②？近因魯，引以問祕書中〔四〕③。謹啓。

【校勘】

〔一〕《西晉文紀》卷十七注：『《集》接「今送」爲一篇，疑「兄」上有脱誤。』《七十二家集》本、《百三家集》

本注同。按：《七十二家集》本、《百三家集》本無『古有九子之墨』一篇（見本書補遺），餘二篇次序同《西晉文紀》。

〔二〕『于道』，《西晉文紀》卷十七、《七十二家集》本在此二字前有一『兄』字，蓋將上書『兄』字斷入此書首句。若然，則與第三句意扺牾。

〔三〕『不』，叢書堂鈔本脱，韓應陛校補。又『種稷』，黄葵《陸雲集》校曰：『疑當作「種種」。』

〔四〕『書中』，《四部備要》本、鄧邦述校本作『中書』，當據改。

【注釋】

① 此二句言在道上有古方泉，泉上有銘。其銘如此，乃指銘文如此。然所附銘文已不可考。

② 審，猶知。見上注。種稷，當銘所書之辭。按：《樂律全書》卷二十二按：『漢汜勝之種植書有種禾而無種稷，魏賈思勰《齊民要術》有種穀而無種粟。然則禾也，穀也，粟也，皆稷之别名也。』此則材料頗能説明問題，或因『種稷』之詞不見文獻，故陸雲有疑問而諮詢其兄也。

③ 近因魯，近魯國也。《玉篇》：『因，就也。』祕書中，或爲祕書郎中之訛也。疑不能明。《戰國策·齊策》曰：『齊，南有太山，東有琅邪，西有清河，北有勃海。』故從『近因魯』句看，陸雲所見泉上之銘當是清河境内。據《歲暮賦》序：『余祗役京邑，載離永久。永寧二年春，忝寵北郡。其夏又轉大將軍右司馬於鄴都。』則可知雲任清河太守在永寧二年（三〇二）春夏之間，此書亦作於是時也。

三五

雲再拜：令送君苗《登臺賦》，爲佳手筆，云〔一〕復更定，復勝此不？知能愈之不①？其人推能兄文不可言，作文百餘卷，不肯出之②。視仲宣賦集《初征》〔二〕《登樓》，前耶甚佳，其餘平平，不得言情處③。此賢文正自欲不茂，不審兄呼爾不④？真玄亦云：『兄文當作宣輩〔三〕，宣得此巍巍耳⑤？』《愁霖》《喜霽》，殊自委頓，恐此都自易勝⑥。謹啓。

【校勘】

〔一〕『云』，應爲『雲』之誤。諸本如此，無從校改。

〔二〕『初征』，《文集》、叢書堂鈔本、《四部叢刊》本、《四部備要》本、鄧邦述校本、陳仲魚校本作『初述征』，『述』當爲衍字。王粲有《初征賦》，今據刪。

〔三〕『輩』，《西晉文紀》卷十七作『革』，形近而誤。

【注釋】

① 君苗，崔君苗。見上注。更定，指改定自己所作之《登臺賦》。愈之，指超過君苗之《登臺賦》。此五句言令人送上崔君苗《登臺賦》，此賦文筆真美。我亦再次改定自己創作的《登臺賦》，能勝過君苗賦否？立意能够超過君苗賦否？意在請兄比較定奪。

②推能，推崇讚美。《玉篇》：『能，善也。』此三句即第三二書所言：『見兄文輒云「欲燒筆硯」，以爲此故，不喜出之。』

③仲宣，即王粲。《初征賦》，乃王粲隨曹操從征之所作。《登樓賦》，乃王粲避亂荆州之所作。此四句言閱讀王粲《初征》《登樓》諸賦，《初征》甚美，其他皆平常，主要是關鍵處抒情不足。

④不茂，指仲宣文情不厚。呼爾，此指讚同之聲。見上注。此二句言此位前賢文章正是抒寫自己的情感不够深厚，不知兄讚同這一説法否？

⑤作宣輩，謂與仲宣同時也。巍巍，高聳貌。《論語・泰伯》：『巍巍乎，舜禹之有天下也。』何晏《集解》：『巍巍者，高大之稱也。』形容名聲高也。此三句言真玄也説，兄文若與王粲同時，粲豈能有如此高的地位！

⑥委頓，疲乏狼狽，謂心情沮喪。見上注。『恐此都自易勝』，謂鄴都文士所作易勝於吾之《愁霖》《喜霽》。此三句言審視《愁霖》《喜霽》，心情委頓，唯恐此二賦易爲他人所超越也。

此封書信乃與兄論文也。作者認爲，情之深厚與否，是賦成敗之關鍵。

此書所作時間與《登臺》《愁霖》《喜霽》三賦差近，即永寧二年（三〇二）夏六月之後也。

三六

雲再拜：誨頌，兄意乃以爲佳，甚以自慰①。今易上韻，不知差前不②？不佳者，願兄小爲損益令定③。下云『靈旆〔一〕電揮』，因兄見許，意遂不恪④。不知可作蔡氏《祖德頌》比不⑤？

景〔二〕猷有蔡氏文四十餘卷，小者六七紙，大者數十紙⑥。文章亦足爲多，然其可貴者，故復是常所文耳⑦。雲頃不佳，思慮胸腹如鼓，夜不便眠，了不可，又以有意兄不⑧？佳文章已足垂不朽，不足又多⑨。謹啓。

【校勘】

〔一〕『旆』，《文集》、叢書堂鈔本作『褫』，語意扞格。《西晉文紀》卷十七、《百三家集》本、《四部叢刊》本、鄧邦述校本、陳仲魚校本作『旆』，今據改。

〔二〕『景』，《諸家文集》本傳增湘校曰：『景字，宋本十四頁起。』

【注釋】

① 頌，指《祖考頌》，此三句言兄，認爲《祖考頌》是佳作，甚感欣慰。

② 差前，超過前作。《韻補》：『差，過也。』此二句言今改易文章用韻，不知能否超越初稿。

③ 損益，增減。見上注。此二句言文章不佳之處，希望兄稍加增删，使定稿。

④ 靈旆電揮，《祖考頌》之句。見許，贊許之。《廣韻》：『許，可也。』遂，終。《廣韻》：『遂，竟也。』恪，當爲『格』之誤。格，正也。《書·冏命》：『繩愆糾謬，格其非心。』孔傳：『言侍左右之臣，彈正過誤，檢其非妄之心。』後二句意謂因兄讚許此句，遂不加改正。

⑤ 蔡氏，指蔡邕。見上注。此句言《祖考賦》不知可否與蔡邕《祖德賦》一較高下。

⑥ 景猷，荀崧，字景猷，魏太尉荀彧之玄孫。《晉書》有傳。六七紙、數十紙，指蔡邕文章長短不一，皆繁富也。

⑦ 此三句言蔡邕文章確實繁富，然可以稱道的文章，也就是平時所論之文。意謂佳作不多。

⑧ 了不可，全然不能集中精力。此五句言不久前我身體不佳，一旦思慮過度就腹脹如鼓，夜間無法入眠，全然不能集中精力刊定此頌，又想兄可否刊定之。

⑨ 此二句言美文已足以千垂不朽，然不足之處却非常多。謂佳作少矣。

此封書信主要亦與兄論其《祖考頌》。再次强調文不貴多而貴佳的文學理念，文章表意須結構嚴謹。從『今易上韻』句看，雲非常重視韻律。

此書所作時間無考，然與《祖考頌》創作時間差近，上文已論《祖考頌》作於永寧二年（三〇二），則此書亦當作於是年，或稍前。

三七

雲再拜：嵇紹〔一〕、周弼，並處事不值〔二〕，免①。詔甚切，甚念之悚息②。胡光禄亡，宿士可痛③。含郗還云：治中書〔三〕、散騎並缺是其才，不知何以乃右〔四〕之④？謹啓。

【校勘】

〔一〕『嵇紹』，《百三家集》本作『稽邵』，誤。

〔二〕『值』，《西晉文紀》卷十七作『直』。

〔三〕『治』，《文集》、《西晉文紀》卷十七、《百三家集》本、叢書堂鈔本、《四部叢刊》本、鄧邦述校本作『滔』，形近而誤；《全晉文》卷一〇二作『治』，今據改。又『書』，或爲衍字。治中、散騎皆官名。

〔四〕『右』，《西晉文紀》卷十七、《百三家集》本、《全晉文》卷一百〇二、《四部叢刊》本、《四部備要》本、鄧邦述校本作『古』，形近而誤。

【注釋】

① 嵇紹，字延祖，魏中散大夫嵇康之子。《晉書》有傳。周弼，事迹不詳，曾官御史中丞、河間王顒司馬。處事不值，謂處事不當。《說文》：『值，措也。』《晉書·嵇紹傳》：河間王顒、成都王穎舉兵向京都以討長沙王乂，乂拜紹使執節平西將軍，乂被執，紹等咸見廢黜，免爲庶人。《晉書·張方傳》：張方軍亂洛陽，奉帝至弘農，河間王顒遣司馬周弼報方，欲廢太弟。長沙王乂、河間王顒，皆覬覦皇位，而嵇紹、周弼附之，故曰處事不值也。周弼免官事不詳。

② 甚切，非常急迫。《廣韻》：『切，迫也。』悚息，驚懼屏息。鮑照《謝假啓》：『伏願天恩賜垂矜許，千啓復追悚息。』《說文》：『悚，懼也。』此二句言詔令甚急迫，吾亦驚悚不已，時時掛念此事。

③ 胡光禄，事迹不詳。宿士，老成博學之士。《世說新語·方正》：『黄吻年少，勿爲評論宿士。』胡氏懷才不遇而亡，故名士爲之痛惜。

④ 含郃，事迹不詳。右之，上之。《漢書·公孫弘傳》：『古者賞有功，褒有德，守成上文，遭禍右武。』

顔師古注：『右，亦上也。』（按：依照前後文意，其『右』當是『左』之誤。左之，乃位處其下也。）治中書，書乃衍字。治中，全名治中從事史，漢置，爲州刺史之助理。散騎，全名散騎常侍，魏置，爲漢代散騎（皇帝騎從）和中常侍的合稱。在皇帝左右，以備顧問。此三句言含郊又云：治中、散騎並缺少胡光禄這類人才，不知爲何其官在此下也。

此封書信與兄論時事也。批評嵇紹、周弼處事不當，痛惜胡光禄之亡，感慨含郊不得其用。嵇紹因附長沙王乂而免官。據《晉書·惠帝紀》所載：太安二年（三〇三），長沙王乂把持朝政，濫殺朝臣，八月河間王顒、成都王穎，舉兵討乂，陸機任前鋒都督，十月機戰敗，旋與弟雲、耽並遇害。此書則可能是雲之絶筆也。

三八

雲再拜：頃哀思，更力成《歲暮賦》，適且畢，猶未大定，自呼前後所未有，是雲文之絶無①。又憶兄常云：文後成者，恒謂之佳。貞〔一〕小爾，恐數自後，轉不如今②。且欲寄之，既未大定，又恐此信至，兄已發，當因著洛③。謹啓。

【校勘】

〔一〕貞，《文集》、叢書堂鈔本作『真』。《西晉文紀》卷十七、《百三家集》本、《四部叢刊》本、鄧邦述校本、陳仲魚校本作『貞』，今據改。

【注釋】

① 頃，同傾。段玉裁《説文解字注》：『頃，引申爲凡傾仄不正之偁，今則傾行而頃廢。』又引申傾覆。頃哀思，謂盡其哀思也。自呼，猶言自認爲。此六句言哀思滿腹，復又傾力創作《歲暮賦》，即將完成，尚未完全定稿，然自認爲是雲近來創作所未有之佳作，也是雲文章中絶無僅有的作品。

② 恒，《説文》：『常也。』貞，正。《易·訟》：『食舊德，貞厲，終吉。』孔穎達疏：『貞，正也。』小爾，指賦篇幅短小。轉，猶反。《廣韻》：『轉，旋也。』此六句言吾又回憶起兄常云：文章反復揣摩最後定稿者，常稱之佳作。正因爲此賦篇幅短小，唯恐反復修訂而後定稿，反而不如現有文稿。意謂此賦因情而言，故成佳構，反復修訂，或破壞抒情的完整性。

③ 著，猶標明。《廣韻》：『著，成也。』當因著洛，因兄已向洛進發，故寄書標明洛陽。

此封書信與兄論己之《歲暮賦》。從信看，《歲暮賦》是作者精心創作並引以自負的作品。據《歲暮賦》序：『余祇役京邑，載離永久。永寧二年（三〇二）春，忝寵北郡。其夏又轉大將軍右司馬於鄴都。』可知此書亦作於永寧二年春之後。

三九

雲再拜：兄前表甚有深情遠旨，可耽味，高文也①。兄文雖復自相爲作多少，然無不爲高②。體中不快，不足復以自勞役耳③。前集兄文爲二十卷，適訖一十，當黄之。書不工，紙又惡，恨不精④。謹啓〔一〕。

【校勘】

〔一〕《諸家文集》本傳增湘校曰：『宋本亦完。』

【注釋】

① 前表，指《謝平原内史表》等。耽味，猶玩味。《爾雅序》邢昺疏：『耽味，猶樂嗜也。』此三句言兄所作的前表特具有情深意遠的特點，可反復玩味，真是上等文章。

② 相爲，共爲。《書·微子》：『小民方興，相爲敵讎。』孔安國傳：『小人各起一方，共爲敵讎。』此指創作。此二句言兄文章雖是自己所作，篇幅有長短，然無不是上等之作。

③ 勞役，指辛苦作文。此二句言身體不適，不必又以作文自苦耳。

④ 訖，猶至。《説文》：『訖，至也。』黄，古人用作涂抹文字、點校書籍之顔料。白居易《詶盧祕書二十韻》：『筆盡鉛黄點，詩成錦繡堆。』此指校勘。書，指書寫。紙惡，紙張粗糙。不精，裝禎不精美。

此封書信先論兄文，强調文章之『深情遠旨，可耽味』，即篇中有情，文外有味，言近而旨遠也。後告之爲其文編集情況。

所言之『前表』蓋指《謝平原内史表》等，《西晉文紀》卷十五曰：『趙王倫輔政，引機爲相國參軍。倫將篡，以爲中書郎。及倫誅，齊王冏以機職在中書，九錫文及禪詔疑機與焉。收付廷尉，賴成都王穎、吴王晏救免。冏敗，穎表爲平原内史。』善曰：『臧榮緒《晉書》曰：成都王表理機起爲平原内史，到官上表謝恩。』據《晉書》本傳可知，此表作於太安元年（三〇二），雲此書亦必作於是年。

【集評】

［明］方以智《通雅》卷三十八：陸雲《與兄書》云：曹公所爲屋折，其誃堂不可壞，直以斧斫之。方子謙又引《陸雲集》云：曹公有誃塘。劉孝綽詩：反景照誃塘。智謂塘何用斧折，必刻誤，而子謙誤引也。《説文》：誃，離别也。簃，閣邊小屋也。徐鉉引《爾雅》樓邊小屋解誃臺。《集韻》：簃，通作誃。則誃即《爾雅》之簃乎？如此，止當讀移，而音侈，音多，則古多有迤池二音也。

［明］周嬰《卮林》卷七：（梅鼎祚）《洞詮》：陸雲《與兄平原書》曰：一日案行，并視曹公器物，琉璃筆一枚，所希聞，景初三年七月劉婕妤折之，見此期復使人悵然。注引周處《風土記》。案：魏武帝于漢爲相，不得有婕妤。又景初是魏明帝年，如此則文帝物也，與曹公器玩同處，故致舛錯矣。

洗之曰：予覽《荆楚歲時記》曰：陸士衡云：魏武帝劉婕妤以七月七日折琉璃筆，蓋即《風土記》中語。案：雲書但謂魏武物，至景初時爲宫人所折耳。二記並誤。又云是士衡書，亦舛。然謂魏武不得有婕妤，尤非也。魏武《遺令》曰：吾婕妤伎人，著銅雀臺，于臺堂上施六尺牀，張繐帳，朝晡上脯□之屬，月朝十五，輒向帳作伎。據此則曹公當時頗奪漢宫嬪御，不覺于《遺令》露之耳。

［明］周嬰《卮林》卷七：陸雲《南征賦》序曰：太安二年秋八月，羊玄之、皇甫商敢行稱亂，遷逼乘輿。大將軍身統三軍，以謀國難，四方之會，衆以百萬，軍旅之盛，自古未之有也。十月軍次朝歌，講武治戎，觀兵于殷墟。于是作《南征賦》。觀此首所載『命屏翳』十句與『熊羆之士』至『成羅』十八句，並在賦中，但無『元兵時』三字與『及至景陵』至『羊腸轉時』七語耳。中間章次字法亦微異同。蓋此屬草未定，先呈平原也。所謂『静言勿譁』『景陵禮畢，陪俊臣于雕輅，列名僚于後乘』，皆非征伐之容，乃是説講武事。雲更有與兄書云：『欲作《講武賦》，遠言大體，獻之大將軍，才不便作大文，得少許佳語，不知此可出否？故鈔以白兄。』推

尋始末，正謂此篇數行，所謂少許佳語也。禹金注云：『雲集無《講武賦》。予謂雲易《講武》爲《南征》耳。』然此首非書，在洞詮中，宜删。

王葆心《古文辭通義》卷四：莒林稱朱梅崖『每一成文，必沾（粘）稿於壁，逐日熟視，輒去十餘字，旬日以後至萬無可去而後脱稿示人』。此逐時逐文勇改之説也。陸清河作文『輒自云佳，年時間復捐棄之』。宋祁自謂『爲文似蘧瑗年六十始知五十九年之非』，又云『每見舊所作文，憎之，必欲燒棄』。梅堯臣之於詩亦然。朱弁《曲洧舊聞》云：『大匠不示人以璞，蓋恐人見其斧鑿痕也。』

劉師培《漢魏六朝專家研究·論各家文章之得失應以當時人之批評爲準》：二陸論文之書，對於王蔡輩頗爲中肯，而於本身篇章亦能甘苦自知，凡研究伯喈、仲宣及二俊文學者皆宜精讀。

江南文脉

jiangnan wenmai

陸士龍文集校釋

（下）

〔晉〕陸雲 著
劉運好 校釋

鳳凰出版社

卷九

啓

國起西園第表啓宜遵節儉制〔一〕①

【題解】

此文乃諫止吴王大興土木起西園第宅之事而發，反復申述奢侈之危害，儉約之意義。其説理始終圍繞着先帝遺訓、社稷教化、殿下重任；其諫諍又始終貫注着竭忠盡節、知遇之恩、繾綣下情。立意高遠，説理透闢，處處從考慮對方落筆，以表明忠心收束。凡言奢侈之危害，則用意精警而措語含蓄，或以讚美之言而達諷諭之旨，既小心翼翼避免觸犯對方，符合諫諍者身份，又顯現了很高的説理藝術。

《晉書·陸雲傳》：『俄以公府掾爲太子舍人，出補浚儀令。……尋拜吴王晏郎中令。晏于西園大營第室，雲上書。』士龍任吴王郎中令的具體時間史書無載。然據陸機《皇太子賜宴詩》與《答賈謐詩》二詩序可知，機于元康四年（二九四）秋以太子洗馬出補吴王郎中令，元康六年冬遷尚書中兵郎。士龍此文有『臣兄比下壆，機時爲郎中令』之句，説明機任吴王郎中令在士龍之前。又據士龍《歲暮賦》序：『余祇役京邑，載離永久。永寧二年春，忝寵北郡。其夏又轉大將軍右司馬于鄴都。自去故鄉，荏苒六年。』由永寧二年（三〇二）上推六年即元康六年（二九六）。而雲與兄于太康末由吴入洛，故此之『去故鄉』，必非初由吴適洛。以理推之，當是指雲赴任吴王郎中令與機約同歸故鄉，機因職典中兵，途中受詔急歸洛陽，于萬始亭與弟雲餞别。而雲此次歸鄉之後直至永寧二年再未回鄉，故謂之『自去故鄉，荏苒六年』。綜上可知，雲出令當在元康六年（二九六）冬，繼兄之任。上表諫吴王止起西園，當是已在任上，具體時間是元康六年冬，或元康七年初。

郎中令臣雲言：伏見西園大營第室②。雖未審節度豐儉之制，然用功〔二〕甚嚴，竊懼事不得濟③。愚臣管見，輒敢瞽言④。

【校勘】

〔一〕此篇《七十二家集》本、《百三家集》本題爲『諫吴王起西園第宜遵節儉啓』，題意顯明。《西晉文紀》卷十六總題爲『諫吴王晏啓』，以下『啓』，均題爲『又疏』。此篇附標題爲『國起西園第表啓宜遵節儉制』。並注曰：『雲爲吴王郎中令，晏於西園大營第室，雲啓諫，令答之。』《藝文類聚》卷六十四題作『起西園第宜遵節儉之制表』。

〔二〕『功』，《西晉文紀》卷十六、《七十二家集》本、《百三家集》本作『工』。

【注釋】

① 以下一組是陸雲上吴王的奏啓。啓，是魏晉興起的一種向上奏事的公文文體。原稱爲奏或疏。徐炬《事物紀原》卷二曰：『張璠《漢紀》：「董卓呼三臺尚書以下自詣啓事，然後得行。」此則啓事得名之始也。魏國牋記，始云啓，末云謹啓。』吴王，司馬晏。《晉書·吴敬王晏》：『吴敬王晏，字平度。太康十年受封，食丹楊、吴興并吴三郡，历射聲校尉、後軍將軍。與兄淮南王允，共攻趙王倫，允敗收晏，付廷尉，欲殺之。傅祗於朝堂正色而争，於是群官并諫倫，乃貶爲賓徒縣王，後徙封代王。倫誅，詔復晏本封，拜上軍大將軍，開府加侍中。長沙王乂成都王穎之相攻也，乂以晏爲前鋒都督，數交戰。永嘉中，爲太尉大將軍。晏爲人恭愿，才不及中人，於武帝諸子中最劣。又少有風疾，視瞻不端，後轉增劇，不堪朝覲。及洛京傾覆，晏亦遇害，時年三十一。』

② 伏見，下對上陳述己見的謙稱。營，建造。《廣韻》：『營，造也。』第室，猶宫室。

③ 審，猶知。《玉篇》：『審，詳也，諦也。』節度，猶言節制法度。《國語·周語上》：『分均無怨，行報無匱，守固不偷，節度不攜。』用功，猶用工。見校勘。嚴，猶苛嚴。《説文》：『嚴，嚴令急也。』濟，成功。《爾雅·釋言》：『濟，成也。』

④ 管見，一管之見，謂見識狹隘。《抱朴子·内篇·勤求》：『而管見之屬，爲仙法當具在於紛若之書。』瞽言，盲人之言，謂言缺少識見。《博雅》：『瞽，盲也。』此爲謙辭，乃奏表之固定格式。

序言上啓之緣由：吴王大興宫室，役人苛嚴，懼事有不成而上啓諫之。

臣竊見世祖武皇帝，臨朝淵嘿〔一〕，訓世以儉，即位二十有六載，宮室臺榭，無所新崇〔二〕，屢發明詔，厚戒豐奢①。國家纂承，務在遵奉。而世俗淩遲〔三〕，家競盈溢，漸漬波蕩，遂已成風②。雖嚴詔屢宣，而侈俗滋廣。每觀詔書，衆庶歎息③。清河王昔起墓宅，未及極偉，時手詔追述先帝節儉之教，懇切之旨，刑于〔四〕四海④。清河王毁壞城宅，以奉詔命。海内聽望，咸用欣〔五〕然⑤。

【校勘】

〔一〕『淵嘿』，《七十二家集》本、《百三家集》本作『淵默』，《晉書》卷五十四作『拱默』，三詞意並同。

〔二〕『崇』，《晉書》卷五十四、《西晉文紀》卷十六、《七十二家集》本、《百三家集》本作『營』，當據改。

〔三〕『淩遲』，《四部備要》本作『陵遲』。右二詞同。

〔四〕『刑』，《晉書》卷五十四、《西晉文紀》卷十六、《七十二家集》本、《百三家集》本、《四部備要》本作『形』，古二字通。又『于』，《四部叢刊》本作『千』，形近而誤。

〔五〕『欣』，《文集》、叢書堂鈔本、《四部叢刊》本、鄧邦述校本、陳仲魚校本作『憮』，語意扞格。《晉書》卷五十四、《七十二家集》本、《百三家集》本作『欣』，今據改。

【注釋】

① 世祖武皇帝，武皇帝諱炎，字安世，司馬師長子，死後廟號世祖。見《晉書·武帝紀》。淵嘿，沉静

也。左思《魏都賦》：『迴時世而淵默，應期運而光赫。』向注：『淵默，謂沈静也。』《玉篇》：『沉，同沈。』默，同嘿。《玉篇》：『默，亦爲嘿。』訓世，垂訓而引導世人。《字彙》：『訓，導也。』崇，謂增高。《説文》：『崇，嵬高也。』此謂不修繕新增臺榭也。厚戒豐奢，謂深戒之奢侈。《玉篇》：『豐，大也。』《廣韻》：『奢，侈也。』

② 國家，指諸王封國。纂承，猶繼承。孔融《薦禰衡表》：『陛下叡聖，纂承基緒。』善注：『《爾雅》曰：纂，繼也。』良注：『言以聖德承繼大業。』遵奉，謂遵奉前世遺則。凌遲，猶衰微也。潘岳《西征賦》：『洛景悼以迄丐，政凌遲而彌季。』善注：『《毛詩序》曰：禮義凌遲。《左氏傳》：晏子曰：此季世也。』競，興盛。《增韻》：『競，盛也。』盈溢，滿也，謂奢靡。張衡《東京賦》：『聲教布濩，盈溢天區。』漬，浸染。《説文》：『漬，漚也。』波蕩，摇動。袁宏《三國名臣序贊》：『萬物波蕩，孰任其累。』翰注：『謂天下亂如波浪之沸蕩也。』此謂天下漸染奢靡，以至於氾濫之。

③ 侈俗，奢侈之風。《爾雅·釋言》：『庶，侈也。』郭璞注：『庶者衆多爲奢侈。』滋廣，蔓延擴展。《廣韻》：『滋，多也，蕃也。』衆庶，衆人。《玉篇》：『庶，衆也。』

④ 清河王，指此司馬遐，子覃後亦嗣王位。《晉書》有傳。極偉，至高大也。《廣韻》：『偉，大也。』刑于四海，謂爲天下之常法也。《孝經序》：『雖無德教加於百姓，庶幾廣愛刑于四海。』《爾雅·釋詁》：『刑，常也，法也。』

⑤ 城宅，從下文『清河昔起墓宅，發手詔又還毁』句看，此乃指墓宅。聽望，謂聽之望之。咸，《説文》：『皆也。』欣然，喜也。《説文》：『欣，笑喜也。』

此段闡述不宜大興宫室之理。節儉戒奢是先帝之遺訓，後嗣者必遵循之。世風衰微，奢侈成風，宜深戒之。清河王毁壞墓宅而奉詔命，天下欣然，宜明鑒之。

臣慮〔一〕以先帝遺教，日以凌替〔二〕。聖上憂勤，猶未之振①。今與國家協〔三〕崇大化，追闡前蹤者，實在殿〔四〕下②。先敦素朴，而後可以訓正四方，示民知禁③。竊謂第室之設，可使儉而不陋。凡在崇麗，一宜節之以制。然後上厭帝心，下允民〔五〕望④。且自聞〔六〕制國之用，事從節省。而方於此時，大造第宅，又非聖意從簡之旨⑤。臣以凡才，殿下不以其駑闇，特蒙拔擢，將以臣能有狂夫之言，可以裨補聖德⑥。臣自奉職已來，亦思竭忠効節，以報所受之施⑦。是以不慮犯迕〔七〕，敢陳所懷。如愚臣言有可采，乞垂三省⑧。

【校勘】

〔一〕『慮』，《晉書》卷五十四、《西晉文紀》卷十六、《七十二家集》本作『愚』。

〔二〕『凌替』，《四部備要》本作『陵替』。古二詞同。

〔三〕『協』，《文集》、叢書堂鈔本、《四部叢刊》本、鄧邦述校本、陳仲魚校本脱，此據《晉書》卷五十四、《七十二家集》本、《百三家集》本校補。

〔四〕『殿』，《文集》、叢書堂鈔本、《四部叢刊》本、《四部備要》本、鄧邦述校本、陳仲魚校本作『陛』。《晉書》卷五十四、《西晉文紀》卷十六、《七十二家集》本、《百三家集》本作『殿』，今據改。

〔五〕『民』，《晉書》卷五十四作『時』，或唐人避諱也。

〔六〕『聞』，《文集》、叢書堂鈔本作『間』。《四部叢刊》本、《四部備要》本、鄧邦述校本、陳仲魚校本作『閒』，皆語意扞格。《百三家集》本作『聞』，今據改。

〔七〕「迕」，《文集》、叢書堂鈔本、《四部叢刊》本、鄧邦述校本、陳仲魚校本作「逆」。《晉書》卷五十四、《七十二家集》本、《百三家集》本作「迕」，今據改。

【注釋】

① 淩替，衰廢也。《爾雅・釋言》：「替，廢也。」聖上，指惠帝。憂勤，憂心勤苦。《説文》：「勤，勞也。」未之振，即未振之，指未振起世風。《説文》：「振，舉救也。」

② 協崇，協和推重。《爾雅・釋詁》：「崇，重也。」大化，教化大行天下。《書・大誥》：「肆予大化，誘我友邦君。」孔安國傳：「大化天下，道我友國諸侯。」追闡，追慕而顯之也。《玉篇》：「闡，顯也。」前蹤，先王遺風。《玉篇》：「蹤，迹也。」

③ 敦，使敦厚。《廣韻》：「敦，厚也。」素朴，無欲淳真。《呂氏春秋・士容》：「乾乾乎取捨不悦，而心甚素樸。」高誘注：「素樸，精慤專一，情不散欲也。」朴，同樸。《廣韻》：「朴，同樸。」訓正，訓誡匡正。《玉篇》：「訓，教訓也，誡也。」又「正，不邪也」。禁，所禁止，此指止於奢靡。《玉篇》：「禁，止也。」

④ 竊，謙詞，猶鄙見。《廣韻》：「竊，淺也。」陋，簡陋狹窄。《説文》：「陋，阨狹也。」崇麗，指宫闕壯美。陸倕《石闕銘》：「構兹盛則，興此崇麗。」翰注：「盛則崇麗，謂闕也。」制，朝廷法度。《玉篇》：「制，法度也。」厭，符合。《玉篇》：「厭，合也。」允，猶合。《玉篇》：「允，當也，又信也。」

⑤ 制國之用，度支國之費用。《禮記・王制》：「冢宰制國用必於歲之杪，五穀皆入，然後制國用。」鄭玄注：「制國用，如今度支經用。」方，正在。《廣韻》：「方，正也。」

⑥ 凡才，猶庸才。《抱朴子·外篇·廣譬》：「凡才之所趨，乃大智之所去也。」《廣韻》：「凡，常也。」駑闇，駑鈍愚昧。陸機《至洛與成都王牋》：「機以駑暗，文武寡施。」暗，同闇。《玉篇》：「闇，幽也。與暗同。」拔擢，提拔。李密《陳情表》：「今臣亡國賤俘，至微至陋，過蒙拔擢，寵命優渥。」揚雄《方言》卷三：「擢，拔也。自關而西或曰拔，或曰擢。」裨補，益于補闕。諸葛亮《出師表》：「必能裨補闕漏，有所廣益也。」濟注：「裨，益也。言宮中之事謀郭費等，必能益補缺落也。」狂夫，愚鈍之人。《詩·齊風·東方未明》：「折柳樊圃，狂夫瞿瞿。」聖德，指吴王晏之德。

⑦ 竭忠，盡忠。《玉篇》：「竭，盡力也。」効節，致其臣節。《左傳·文公八年》：「司城蕩意諸來奔，效節於府人而出。」杜預注：「效，猶致也。」效，同効。《廣韻》：「効，效俗（字）。」施，猶恩惠。《易·乾》：「見龍在田，德施普也。」

⑧ 犯迕，犯顔逆命，謂直諫也。《字彙》：「迕，違也，逆也。」敢，冒犯。《廣韻》：「敢，犯也。」乞垂，請求屈尊。何充等《沙門不應盡敬表》：「是以復陳愚誠，乞垂省察。」三省，猶三思。《論語·學而》：「曾子曰：吾日三省吾身。」《經典釋文》卷二十四：「鄭云：思察己之所行也。」

此段從先帝遺教、殿下重任、匡正民風三個方面，説明節儉以制，國用從省，上合帝心，下符民望，反之則有違聖意。最後申述自己所以犯言直諫，乃是竭忠盡節，勤於職守，以報知遇之恩。説理爽直，又寓之於情，顯現了説理文的藝術匠心。

令〔一〕：吾以頑〔二〕弱，過蒙殊寵，夙夜祗懼，忝思先恩①。承風誡以自錯厲，得爾委曲，省以憮然②。意既在儉約，又欲奉遵法憲，豈忘於心③？國自宜有宅，城内求不可得④。官徙右軍〔三〕來，蹀〔四〕覆此屋，恐或不可久得側近宫掖，故於國作宅，不作觀⑤。望使如凡家法足止而已耳。平量畫圖，當往相示，動静以聞⑥。

【校勘】

〔一〕『令』，《西晉文紀》卷十六、《七十二家集》本、《百三家集》本附，題作《吴王晏答陸雲令》。以下爲吴王令文。

〔二〕『頑』，《四部叢刊》本、鄧邦述校本、陳仲魚校本作『頎』，形近而誤。

〔三〕『徙』，《西晉文紀》卷十六、《七十二家集》本、寄生草堂本、《四部叢刊》本、《四部備要》本、鄧邦述校本、陳仲魚校本作『徒』，形近而誤。又『右軍』，當爲『右後軍』之誤。《晉書·吴敬王晏》：『吴敬王晏，字平度。太康十年受封……歷射聲校尉、後軍將軍。』後軍將軍即『右後軍將軍』。一生並無『右軍』之封號。

〔四〕『蹀』，《西晉文紀》卷十六、《七十二家集》本作『疏』。

【注釋】

① 令，是帝王所用的下行公文，秦漢稱詔，後又稱之爲諭、教、戒、令等。頑弱，愚鈍懦弱。《玉篇》：『頑，鈍也。』夙夜祇懼，謂日夜謹身畏懼而思敬其職。《書·泰誓上》：『予小子夙夜祇懼，受命文考。』忝思，有辱。《説文》：『忝，辱也。』思，語助詞。《詩·周南·漢廣》：『漢有遊女，不可求思。』毛詩傳：『思，辭

也。』先恩，先帝之恩。

②風誡，猶風諫，謂委婉之直諫。《詩大序》：『風，風也，教也。』錯厲，磨刀石，猶言砥礪。《經典釋文》卷六：『錯，《説文》作厝。云厲石也。』委曲，指士龍之諫書委曲盡意。省，《説文》：『視也。』憮然，猶悵然。《玉篇》：『憮，憮然，失意貌。』

③法憲，法令制度。《爾雅·釋詁》：『憲，法也。』豈，豈能。《廣韻》：『豈，焉也。』

④宜，猶應。《增韻》：『宜，適理也。』城内求不可得，謂舊城不可居也。

⑤徙，謂遷官。《玉篇》：『徙，遷也。』右軍，魏晉置中軍及左右前後軍將軍，乃爵號，非實際領軍之官。蹀，足行之也。《廣雅·釋詁》：『蹀，履也。』《集韻》：『蹀，蹈也。』宫掖，指皇宫。王通《中説·録關子明事》：『戊申大亂，而禍始宫掖。』掖，掖庭，宫中旁舍，嬪妃所居。《廣韻》：『掖，掖庭也，一曰正門之旁小門也。』觀，宫門外之雙闕。《廣韻》：『觀，樓觀。《釋名》曰：觀者於上觀望也。《爾雅》曰：觀謂之闕。』

⑥望，希望。《韻會》：『望，瞻望也。』凡，全部。《廣雅》：『凡，皆也。』此指全部合乎。家法足止，謂國家之法可允許範圍。平量，平正度之。《韓非子·外儲説下》：『槩者，平量者也。』《玉篇》：『平，正也，均也。』相示，謂示士龍也。動静以聞，謂意見之有無願聞之也。

此『令』乃是吴王晏對士龍『啓』之回復。申述自己殊受恩寵，恐辱先帝之恩，然承爾風諫，既砥礪自我，又心生悵然。我既儉約，又遵守典法，起宫宅乃不得已也。吴王之答語簡而氣足，文短而理壯，且又措辭平緩，使潛氣内轉，亦爲『令』之上乘。

臣雲言〔一〕：聞一日敢獻瞽言，以干〔二〕聞聽。天恩未加咎責，猥發明令。臣伏誦聖旨，奉用歎息①。臣聞有國者，不患宮室之不崇，患在令名之不立。是以賢人之在富貴，莫不卑身節欲，損己挹情，用〔三〕能保其國家，令問〔四〕百世②。歷觀古今，以約失之者實寡，以奢失之者蓋衆〔五〕。非天下之至德，孰能居豐行儉，在富能貧？清儉節素，自殿下家道③。此所以懷集四方，而使兆民服者也④。世祖武皇帝，富有四海，貴爲天子，居無離宮之館，身御家人之服⑤。先帝豈欲以此道止於治身而已者哉！固將必欲遺訓百世，貽燕子孫，此〔六〕固殿下所宜祇奉也⑥。

【校勘】

〔一〕此篇《七十二家集》本作『又疏』。《諸家文集》本與上篇合爲一篇，傅增湘校曰：『「臣雲」以下提行。』

〔二〕『干』，《四部叢刊》本、鄧邦述校本、陳仲魚校本作『于』，形近而誤。『于聞』後，傅增湘校曰：『闕下七格，墨丁。』按：刻本墨釘有兩種情況：一是文字殘缺；二是刻工誤刻。此處《四部叢刊》本、陳仲魚校本下空闕五字，非墨釘。或前人誤刻所留之墨釘，後來刻工疑不能辨，則以空白示之。

〔三〕『用』，《文集》、《西晉文紀》卷十六、《百三家集》本、叢書堂鈔本、《四部叢刊》本、《四部備要》本、鄧邦述校本、陳仲魚校本脱，此據《藝文類聚》卷六十四校補。

〔四〕『令問』，《藝文類聚》卷六十四、《西晉文紀》卷十六、《百三家集》本、叢書堂鈔本、《四部叢刊》本、鄧邦述校本「令聞」，古二詞同。

〔五〕「衆」，《藝文類聚》卷六十四作「多」。

〔六〕「此」，《四部叢刊》本作「比」。

【注釋】

① 瞽言，謂言無識見也。見上注。干，猶冒犯。《廣韻》：「干，犯也，觸也。」天恩，敬稱吴王之恩。咎責，責其過失。《廣韻》：「咎，愆也，過也。」猥，謙詞，含有辱、屈尊之意。《正字通》：「猥，凡自稱猥者，卑辭也。」聖旨，此指吴王之令也。奉用歎息，謂手捧詔令而歎息。《説文》：「奉，承也。」

② 崇，高大。《説文》：「崇，嵬高也。」令名，美德之名。《廣韻》：「令，善也。」卑身節欲，謂屈己而節制欲望。《玉篇》：「卑，下也。」損己挹情，謂抑己而去其情。《荀子·宥坐》：「此所謂挹而損之之道也。」楊倞注：「挹，亦退也。挹而損之，猶言損之又損。」令問，同令聞，美名傳播。《詩·大雅·文王》：「亹亹文王，令聞不已。」鄭玄箋：「令，善哉。其善聲聞，日見稱歌，無止時也。」

③ 約，儉約。《廣韻》：「約，儉也，少也。」失之，指失家國也。奢，奢侈。《玉篇》：「奢，侈也，張也。」至德，極善之德。《論語·泰伯》：「子曰：泰伯其可謂至德也。」節素，節儉樸素。《釋名·釋綵帛》：「素，樸素也。」家道，武帝提倡節儉，故謂之家道。

④ 懷集，懷其德而來之。阮瑀《爲曹公作書與孫權》：「孤以薄德，位高任重，幸蒙國朝將泰之運，蕩平天下，懷集異類。」良注：「言我除天下逆亂，四方夷狄懷德而來也。」兆民，指天下百姓。《書·五子之歌》：

『予臨兆民，懍乎若朽索之馭六馬。』孔安國傳：『十萬曰億，十億曰兆，言多。』

⑤ 世祖武皇帝，即司馬炎。見上注。離宫，猶行宫也。班固《西都賦》：『繚以周墻四百餘里，離宫别館三十六。』濟注：『離宫别館，謂天子行處别署所至之處。』御，猶服用。《資治通鑒·漢高帝三年》：『帳御。』胡三省注：『御，謂服御也。』家人之服，家室之服，謂簡樸也。《詩·周南·桃夭》：『之子于歸，宜其家人。』鄭玄箋：『家人，猶室家也。』

⑥ 貽燕，遺其安寧。班固《典引》：『亦以寵靈文武，貽燕後昆，覆以懿鑠。』善注：『《毛詩》曰：貽厥孫謀，以燕翼子。』良注：『又益神靈於文武二王，遺安後嗣，覆以美盛之德也。』此四句言先帝非止於以此道修身，固將必欲遺訓百代，使子孫安寧，固殿下應敬奉行之。

此段首先從宫室與令名之輕重、儉約與奢侈之得失進行比較，闡釋節儉之重要。然後從先帝清儉節素、四方懷集之遺風，申述殿下節儉之必要。而儉則安之、奢則失之之義，又隱含於説理之中，其意精警尖鋭，而措語含蓄藴藉。

昔淮南太妃當安厝，臣兄比下墨，機時爲郎中令，從行太妃。令追稱先帝養生送終，事從節儉，今宜奉用遺制，不事豐厚。令旨懇切，言歸於約①。清河昔起墓宅，發手詔又還毁。朝野之論，于今未已。竊以西園第宅，用功方嚴，雖知聖德節儉有素，猶復思闕愚言，以補萬一〔一〕②。亦臣繾綣微忠，昊天罔極之誠也③。至被明令，聖旨炳然，嘉承至道，奉以稱慶，不勝下情④。謹疏以聞。

【校勘】

〔一〕「萬一」，寄生草堂本、鄧邦述校本作「方來」。「萬」，影鈔宋本作「方」，並校曰：「方，當作萬。」

【注釋】

① 淮南太妃，當指吳王晏之母妃。安厝，謂安置靈柩。陳子昂《唐水衡監丞李府君墓誌銘》：「天命不祐，春秋若干，遘疾終於官，某歲某月，安厝於某所，禮也。」《集韻》：「厝，通措。」比，猶排列。《廣韻》：「比，並也。」下墨，謂身著衰服而充下列。墨，指墨衰。《左傳·僖公三十三年》：「遂發命，遽興姜戎子墨衰經……遂墨以葬文公，晉於是始墨。」杜預注：「晉文公未葬，故襄公稱子以凶服從戎，故墨之。後遂常以爲俗，記禮所由變。」從行太妃，謂送葬太妃。遺制，前人之制。言歸於約，謂吳王令之意歸於節儉。

② 清河昔起墓宅，事見上文。用功，猶用工。嚴，猶苛嚴。《説文》：「嚴，嚴令急也。」見上注。有素，有常，謂素有之。盧諶《贈崔温》：「古人非所希，短弱自有素。」善注：「鄭玄《禮記注》曰：素，猶故也。」良注：「有素，謂素有仁厚之性。」闕，闕聯。《正韻》：「闕，聯絡也。」以補萬一，謂以補闕漏于萬一也。

③ 繾綣，殷切深厚。《詩·大雅·民勞》：「無縱詭隨，以謹繾綣。」毛詩傳：「繾綣，反覆也。」昊天罔極，蒼天無際，謂欲報大德而情無極也。《詩·小雅·蓼莪》：「欲報之德，昊天罔極。」鄭玄箋：「我欲報父母是德，昊天乎我心無極。」

④ 被，猶覆也。《唐韻》：「被，覆也。」炳然，猶明了。《説文》：「炳，明也。」不勝，猶不盡。《廣韻》：「勝，任也，舉也。」此五句言至覆明令，殿下旨意甚明，奉行嘉美之至道，吾奉令而稱善，不盡繾綣之下情。

此段以淮南太妃葬禮和清河王起墓宅爲例，説明儉約之重要；而對西園第宅用工苛嚴亦仍有微詞。最後言雖知聖德素來節儉，仍獻其深厚殷切之忠情。至明其聖旨，則奉令稱善，繾綣之情難以言表。後五句明爲讚美而實爲諷諭，以曲筆而達意。

西園第既成有司啓觀疏諫不可〔一〕

【題解】

吴王起西園第宅既成，又另作觀，違背先前之令『不作觀』『如凡家法足止而已』的承諾，士龍又作啓諫之。與上文不同的是，上文委婉譎諫，而此文剴切直陳，風格有别。然其説理仍以吴王之令名、先帝之遺訓、社會之影響爲著眼點，語雖尖鋭，意歸於正；言雖責難，情出於忠，故亦從對方落筆也。此文必在上文之後，或在元康七年（二九七）。與此文中所言『先帝背世，曾未十年』，亦相合也。

郎中令臣雲言〔二〕：前啓西園第宅，宜遵先帝節儉之制，不宜使至豐麗，被命優隆，言歸謙素，臣奉以欣憙①。而聞屋宇之制，既自崇侈〔三〕，竊聞當復起觀六間，既非前令之旨，且臣亦竊用不安②。臣聞詩云：『昊天有成命，二后受之，成王不敢康。』③今四祖創基，既垂成命，哲王繼體④。世崇〔四〕恭儉，殿下承之，固宜奉不寧⑤。而自昔造第過度，民歎其勞瘁，士譏其過尤⑥。謗言未弭〔五〕，而又加以崇侈，此誠不可不惜⑦。先帝背世，曾未十年，而儉德之亡，國爲其首。此又所以慷慨酸心，而不敢不盡狂夫之諫者也⑧。

【校勘】

〔一〕此篇《七十二家集》本、《百三家集》本作「諫吴王起觀疏」，題意甚明。

〔二〕「臣雲言」，《四部叢刊》本、鄧邦述校本、陳仲魚校本作「臣云臣言」。《文集》、叢書堂鈔本作「臣雲臣言」。依照士龍前後《啓》之體例，當作「臣雲言」。「云」與「雲」，蓋音同而誤；後一「臣」則爲衍文。今據《七十二家集》本、寄生草堂本校改。

〔三〕「侈」，《文集》、叢書堂鈔本、《四部叢刊》本、陳仲魚校本脱。寄生草堂本、鄧邦述校本作「峻」，或誤。今據《七十二家集》本、《百三家集》本、影鈔宋本校補。

〔四〕「世崇」，《西晉文紀》卷十六、《百三家集》本、《四部叢刊》本、鄧邦述校本作「世祖」。

〔五〕「弭」，《西晉文紀》卷十六作「彌」，古二字通。

【注釋】

① 被命，覆命。《後漢書·童恢傳》：「及恢被命，乃就孝廉。」《廣韻》：「被，覆也。」優隆，猶優渥。李嶠《謝恩加特進階狀》：「伏以漢氏之制，勛望優隆。」謙素，謙虚樸質。張説《元城府左果毅贈郎將葛公碑》：「守其謙素，弘此藝能，未展才術，奄從凋殞。」憙，喜悦。《玉篇》：「憙，樂也。」通作喜。《經典釋文》卷三十：「憙，今作喜。」

②崇侈，猶高大。《廣韻》：『侈，奢也，大也。』用，因。王引之《經傳釋詞》卷一：『用，詞之以也。』

③昊天句，出自《詩·周頌·昊天有成命》。毛詩傳：『二后，文、武也。』鄭玄箋：『昊天，天大號也。有成命者，言周自后稷之生而已有王命也。文王、武王受其業，施行道德，成此王功，不敢自安逸。』

④四祖，謂宣帝司馬懿、景帝司馬師、文帝司馬昭、武帝司馬炎。並見《晉書》本紀。創基，創立基業。干寶《晉紀總論》：『值魏太祖創基之初，籌畫軍國，嘉謀屢中。』成命，猶定命。見上注。哲王，明智之君。《詩·大雅·下武》：『下武維周，世有哲王。』鄭玄箋：『哲，知也。』此指惠帝。繼體，繼承政體。張衡《西京賦》：『高祖創業，繼體承基，暫勞永逸，無爲而治。』《正字通》：『體，政體。』

⑤世崇恭儉，謂歷經四祖皆崇尚節儉。《廣韻》：『恭，恭敬也。』不寧，即寧，安也。《詩·大雅·生民》：『以赫厥靈，上帝不寧。不康禋祀，居然生子。』毛詩傳：『不寧，寧也。不康，康也。』鄭玄箋：『康、寧，皆安也。』

⑥過度，超過法度。《説文》：『度，法制也。』勞瘁，辛苦致病。《詩·小雅·蓼莪》：『哀哀父母，生我勞瘁。』朱熹《詩集傳》：『瘁，病也。』過尤，過甚。《玉篇》：『尤，過也，多也。』

⑦謗言，指責過失之言。《左傳·成公十八年》：『民無謗言，所以復霸也。』《玉篇》：『謗，誹也，人道其惡也。』弭，止息。《玉篇》：『弭，息也，止也。』惜，痛惜。《説文》：『惜，痛也。』

⑧國，指諸侯之國。慷慨，猶歎息。歐陽建《臨終詩》：『窮達有定分，慷慨復何歎。』

此段直陳西園第宅過先王之制，且背前令之旨；然後引用經典，闡明明哲之君應承先王政體，奉安寧之遺訓；再陳述造第過度之社會影響；最後表明對儉德之亡的痛惜之情，申述諫諍之緣由。對吴王背信棄義，不遵祖訓，作者情緒由前文平靜説理而轉變剴切直陳，語言酣快淋漓，風格亦不相同。

按晉魏〔一〕以來，諸侯奢靡，第室滋廣，未有如國今日之甚者也。古人之戒，猶云『無爲福始』，況今猶崇豐侈，作爲禍先，此又臣所以寤寐憂歎，忘〔二〕寢與食者也①。

【校勘】

〔一〕『按』，或爲衍文。又『晉魏』，黄葵校曰：『「晉魏」疑爲「自魏」或「魏晉」之誤。』黄説是。

〔二〕『忘』，《四部叢刊》本作『志』，形近而誤。

【注釋】

① 無爲福始，此語未詳所出。《老子》第二章：『是以聖人處無爲之事，行不言之教，萬物作焉。』又第二十九章：『是以聖人去甚，去奢，去泰。』與此語意近。猶崇豐侈，作爲禍先，《老子》第四十六章：『罪莫大於可欲，禍莫大於不知足。』與此語意近。寤寐，猶日夜。《詩·周南·關雎》：『窈窕淑女，寤寐求之。』毛詩傳：『寤，覺。寐，寢也。』

此段追溯歷史，諸侯奢靡；反觀現實，今日尤甚。然後直陳無爲福始、奢爲禍先之理，自己日夜憂歎，廢寢忘食者，乃爲國之安寧也。語雖尖鋭，然從對方落筆，使意歸於正，情出於忠。

殿下誕應〔一〕運期，首建大國，固將憲章令典，貽範萬世〔二〕，始基之制，不可不慎①。今設爲豐奢，以示將來，子孫象之，又〔三〕何以能國②？且先帝勤家，如彼其素；殿下承之，若此其泰③。

進傷奉國之典，退虧隆家〔四〕之業。用之當身，損盛德之譽；垂之後嗣，非興邦之制。一舉而失四得〔五〕，此古人之所以長太息者也④。且第宅之過，朝野所譏，而監司結舌，莫敢明言者，實以殿下國之昵親，朝所欽重，故隱司過之鋒，結執憲之繩耳⑤。後世直臣，必〔六〕將信威明法，考制度禮⑥。愚以此觀有必毀之理。苟此物不可終然〔七〕，誠不如不爲，使其無毀也⑦。今空設過制之物，而終爲直士之資，臣又未見其可也⑧。唯殿下思愚臣之言，時命有司，必省此舉〔八〕⑨。舉手懽〔九〕遌，伏用流汗⑩。

【校勘】

〔一〕『應』，《百三家集》本作『膺』，古二字通。

〔二〕『萬世』，《百三家集》本作『百世』。

〔三〕『又』，《文集》作『叉』，形近而誤。《西晉文紀》卷十六、《百三家集》本、叢書堂鈔本、《四部叢刊》本、鄧邦述校本、陳仲魚校本作『又』，今據改。

〔四〕『隆家』，叢書堂鈔本脱『隆』，韓應陛校補。

〔五〕『得』，《百三家集》本作『德』，當據改。

〔六〕『必』，《文集》、叢書堂鈔本、《四部叢刊》本、陳仲魚校本作『心』，形近而誤。《西晉文紀》卷十六、《百三家集》本、寄生草堂本、影鈔宋本、鄧邦述校本作『必』，今據改。

〔七〕『然』，《文集》、叢書堂鈔本作『全』，《西晉文紀》卷十六、《百三家集》本、《四部叢刊》本、鄧邦述校本、陳仲魚校本作『然』。此取《詩經》語典，故據改。

〔八〕『舉』，《文集》、叢書堂鈔本、《四部備要》本脱。今據《西晉文紀》卷十六、《百三家集》本、《四部叢刊》本、鄧邦述校本、陳仲魚校本校補。

〔九〕『懽』，文淵閣四庫本作『懼』，當據改。

【注釋】

① 誕應，謂大受之也。《書・武成》：『我文考文王，克成厥勳，誕膺天命，以撫方夏。』孔安國傳：『言我文德之父能成其王功，大當天命，以撫綏四方中夏。』《廣雅・釋言》：『應，受也。』《楚辭・天問》：『膺，受也。』在此意項上二字通。運期，謂天之歷數。左思《蜀都賦》：『天帝運期而會昌，景福肹蠁而興作。』首建大國，太康十年首封司馬晏爲吴王，故言首建大國。憲章，猶言制定法度。《禮記・中庸》：『仲尼祖述堯舜，憲章文武。』鄭玄傳：『孔子祖述堯舜之道而制春秋，而斷以文王武王之法度。』令典，完美之法令。《左傳・宣公十二年》：『蔿敖爲宰，擇楚國之令典。』《廣韻》：『典，法也。』貽範，猶垂範，謂典範垂世。蕭穎士《爲陳正卿進續尚書表》：『臣竊觀三代之作，貽範垂訓，體國綏人。』始基，指始建基業。

② 設爲，謂置之。《玉篇》：『設，置也，陳也。』象，同像，猶仿也。《玉篇》：『象，亦與像同。』《韻會》：『像，摹仿也。通作象。』

③ 勤家，指勤勞國事。《書・多士》：『其有聽念于先王勤家。』孔安國傳：『其有聽念先祖勤勞國家之事乎。』素，簡樸。《玉篇》：『素，白也，廉也。』泰，奢侈。《玉篇》：『泰，侈也。』

④傷，猶損害。《廣韻》：『傷，傷損。』奉國，承嗣國體。《説文》：『奉，承也。』典，法令。《廣韻》：『典，常也，法也。』隆家，興盛邦國。家指邦國。當身，身之任也，猶自身。《管子·戒第》：『道德當身，故不以物惑。』《玉篇》：『當，任也。』後嗣，後代。《玉篇》：『嗣，續也。』太息，歎息。《戰國策·齊策》：『閔宣王太息。』鮑彪注：『長出氣也。』

⑤過，指超過法度。監司，監察地方屬吏之官。《後漢書·蘇不韋傳》：『前後監司畏其勢援，莫敢糾問。』結舌，舌如繩繫，謂不敢言語。陸機《謝平原内史表》：『鉗口結舌，不敢上訴所天。』善注：『《慎子》曰：臣下閉口，左右結舌。《潛夫論》曰：臣鉗口結舌而不敢言。』翰注：『結，繫也。束口繫舌，言不敢語。』國，指晉君。欽重，敬重。《玉篇》：『欽，敬也。』司過，正其過失。《吕氏春秋·自知》：『舜有誹謗之木，湯有司過之士。』高誘注：『司，主也；主，正也，正其過闕也。』鋒，鋒芒。執憲，執行法令。韋孟《諷諫詩》：『明明群司，執憲靡顧。』《玉篇》：『憲，法也，制也。』繩，準繩。

⑥信威，伸張權勢。元結《時議下篇》：『然後推仁信威，令與之不惑，此則帝王常道。』信，通伸。《易·繫辭下》：『尺蠖之屈，以求信也。』《音義》：『信，本又作伸。』考制度禮，稽考制度禮儀。《玉篇》：『攷，稽也。今作考。』又『度，揆也』。此四句言後世正直之臣，必將伸皇威明法度，稽考制度禮儀，而直斥之。

⑦終然，終然允臧之略，謂盡然信善也。《詩·鄘風·定之方中》：『卜云其吉，終然允臧。』毛詩傳：『允，信。臧，善也。』此三句言若此觀不能盡然信善，誠然不如不造之，便可使其無毁也。謂既已造則必毁也。

⑧此三句言今空設超過法度之宫觀，而爲正直之士之談資，臣未見其是也。

⑨時命，是命。《書·説命上》：『欽予時命，其惟有終。』孔安國傳：『敬我是命，修其職，使有終。』有

司，古代設官分職，事各有專司，故稱有司。《書·大禹謨》：「好生之德，洽于民心，茲用不犯于有司。」孔安國傳：「司，主也。」

⑩ 懽遌，謂見而憂之。懽，乃懽懽之略。《集韻》：「懽懽，憂也。」遌，猶見之。《廣韻》：「遌，心不欲見而見曰遌。」用，因。見上注。流汗，形容悚惶之狀。曹植《封二子爲公謝恩章》：「竊位列侯，榮曜當世，顧影慙形，流汗反側。」

此段言殿下受命而建國，固將遵循法度，垂範後世，若奢靡而示子孫，則國將不國；且有違先帝儉以治國，既傷國法，損之家業，虧盛德而衰邦國，故古人長歎；第宅過度，人之所譏，監司不言，乃王爲君主昵親，朝之重臣，然而後世直臣則伸君威、明法令，稽考法度而指斥之，故此觀有必毀之理。從吴王之令名、先帝之遺訓申言之，語言耿直，然亦從對方落筆也。

令〔一〕：中間表作舍，先畫圖呈啓間數，又五木林榑，無他鏤飾，示無乃越法奢靡，古今無匹也①。間外啓作小樓，北望河東公主園宅，自不爲觀，故便聽之耳。今行者嘆息，致朝野之譏耶？省奏具意，勑毀之②。

【校勘】

〔一〕「令」，《西晉文紀》卷十六、《七十二家集》本、《百三家集》本附，題作《吴王答令》。

【注釋】

① 表，上表。啓，猶示。《玉篇》：『啓，《説文》：教也。』五木林榑，謂以五木爲棟。榑，屋棟，即檁子。李誡《營造法式・大木作制度二》：『棟，其名有九……七曰榑。』無乃，吴昌瑩《經傳衍詞》卷十：『猶得無也。』意即無，表强調。無匹，猶無二。《公羊傳・宣公三年》：『自内出者，無匹不行。』何休注：『匹，合也。』

② 河東公主，乃惠帝與賈皇后之女，下嫁孫秀子孫會爲妻。見《晉書・惠賈皇后傳》。具意，意義完備也。《玉篇》：『具，備也。』

此令乃吴王晏所答，申明造宇從儉，並無越法奢靡。造小樓者，乃爲北望河東公主園宅，不是宫觀，何至於行者嘆息、朝野譏之？故勑毁之。

王即位未見賓客群臣又未講啓宜饗宴通客及引師友文學觀書問道〔一〕①

【題解】

此啓乃是請吴王延引師友與文章博學之士，博覽典籍，探詢治國修身之道而作。先論爲何殿下須盛德求賢、勤禮講義之理；然後以喻譬之，以古代聖賢之行諭之，説明延請師友文學觀書論道之重要；再從吴王身負之重任，説明此行之必要。文章由古而及今，由一般到具體，雖篇幅短小而層層深入，説理透闢。值得注意的是：『晏爲人泰願，才不及中人，於武帝諸子中最劣。』然而作者每言吴王則極盡讚美之詞，非止諛詞，乃幕僚之身份使然。

此文亦當作於元康七年至八年之間（二九七—二九八）。

郎中令臣雲言：聞古之君子，既盛德在身，又外求諸物②。是以廣納俊士，博觀載籍，朝夕師傅〔二〕，夙夜勤禮，賓友嘉客，講義於前③。往古來今，日聞於耳，故知積德廣而流芳罔極④。伏惟殿下，天資聰叡，應期挺秀，聖敬敷聞，輝光日新⑤。即位已來，仍遭不造，大禮雖闋，哀故滋有⑥。賓客無接覲之宴，師友闕講誦之禮。愚臣所以寤寐永歎而私懷慷慨者也⑦。愚以宜發通客之令，使朝士有接見之緣，又可時與師友、文學〔三〕，披觀文籍，坐而論道⑧。非學無以聞義，非士無以行禮。禮義既舉，群望〔四〕允塞，此臣下所以拭目思德音之發者也⑨。臣區區所懷，敢以聞⑩。

【校勘】

〔一〕此篇《七十二家集》本、《百三家集》本題爲《請吴王引師友文學觀書問道啓》，題意甚明。又《西晉文紀》卷十六注曰：「王即位未見賓客群臣又未將（講）啓，宜饗宴通客及引師友文學觀書問道。」

〔二〕「傅」，《文集》、《四部叢刊》本、鄧邦述校本、陳仲魚校本作「傳」，形近而誤。《西晉文紀》卷十六、《百三家集》本作「傅」，今據改。

〔三〕「文學」，《文集》、叢書堂鈔本、《四部叢刊》本、鄧邦述校本、陳仲魚校本作「之學」，形近而誤。《西晉文紀》卷十六、《七十二家集》本、《百三家集》本作「文學」，今據改。

〔四〕『群望』，叢書堂鈔本作『郡望』，或形近而誤。

【注釋】

①師友、文學，皆藩王所置之官。《晉書·職官志》：『王置師友、文學各一人，景帝諱故，改師爲傅。友者，因文王仲尼四友之名號。』

②此三句言古之君子既内重修德，又外重求賢。

③載籍，記載之典籍。杜預《春秋序》：『身爲國史，躬覽載籍，必廣記而備言之。』師傅，動詞，謂就教于先生。班固《西都賦》：『夫惇誨故老名儒師傅，講論乎六藝。』銑注：『言勉教故老名儒師傅，並先生稱也。』此乃指就教于師友。夙夜，猶日夜。見上注。

④罔極，無盡。《爾雅·釋言》：『罔，無也。』《玉篇》：『極，至也，盡也。』

⑤聰叡，明察事理，謂聰明睿智。《説文》：『叡，深明也，通也。』應期，受天之歷數。左思《魏都賦》：『迥時世而淵默，應期運而光赫。』挺秀，謂出類拔萃。《説文》：『挺，拔也。』《廣雅·釋詁》：『秀，出也。』聖敬，聖人之道。潘岳《閑居賦》：『祗聖敬以明順，養更老以崇年。』善注：『韓曰：湯降不遲，聖敬日躋。』銑注：『聖敬，言聖人之道也。』敷聞，布聞于世人。《書·文侯之命》：『昭升於上，敷聞在下。』孔安國傳：『言文王聖德明升於天而布聞在下民。』

⑥仍，乃。王引之《經傳釋詞》卷七：『《爾雅》曰：仍，乃也。《説文》仍，從乃聲，故乃字或通作仍。』不造，家道未成，指武帝崩也。《詩·周頌·閔予小子》：『閔予小子，遭家不造。』毛詩傳：『造，爲。』鄭玄箋：

『造，猶成也。可悼傷乎我小子耳，遭武王崩，家道未成。』晏于太康十年（二八九）被立爲吴王，次年夏四月武帝崩，見《晉書·武帝紀》，故曰仍遭不造。闋，指服喪期滿。《字彙》：『闋，服終亦曰闋。』哀故，謂哀喪。此言未延請師友、文學之原因。

⑦ 接覲，接待覲見。《梁書·侯景傳》：『初，太宗久見幽縶，朝士莫得接覲。』臣下朝見君王曰覲。《爾雅·釋詁》：『覲，見也。』闕，通缺。《禮記·禮運》：『和而後月生也，是以三五而盈，三五而闕。』《説文》：『缺，器破也。』寤寐，猶日夜。《詩·周南·關雎》：『窈窕淑女，寤寐求之。』毛詩傳：『寤，覺。寐，寢也。』鄭玄箋：『言後妃覺寐則常求此賢女。』慷慨，猶歎息。見上注。

⑧ 通客，謂接待言語出入之人。《禮記大全·少儀》：『將命者通客，主言語出入之人也。』緣，機會。《玉篇》：『緣，因也。』文學，指文章博學之士。《論語·先進》：『文學子游、子夏。』此指官職。披覽，開卷閲覽。《廣韻》：『披，開也。』坐而論道，指臣下輔佐君王謀劃政事。《周禮·冬官考工記》：『坐而論道，謂之王公。』鄭玄注：『論道，謂謀慮治國之政令也。』

⑨ 既舉，已立。《玉篇》：『舉，立也。』群望允塞，謂信滿天地也。群望，《左傳·昭公十三年》：『有寵子五人無適立焉，乃大有事於群望。』杜預注：『群望，星辰山川。』允塞，信滿之也。揚雄《劇秦美新》：『天人之事盛矣，鬼神之望允塞。』濟注：『允，信。塞，滿也。』拭目，猶明目。《爾雅·釋詁》：『拭，清也。』郭璞注：『皆所以爲絜清。』發，猶播揚。《廣韻》：『發，舉也，揚也。』

⑩ 區區。言小也。《經典釋文》卷十八：『區區，小貌。』敢，冒犯。見上注。

此段從古之君子盛德求賢、勤禮講義的一般道理入題，言殿下天資明哲，才能出衆，應天受命，然遭國之不幸，延請師友文學之禮儀虧缺，故亟須延引師友文學，披覽典籍，坐而論道，使德音遠播也。

令〔一〕：多喪故，乃初未與群官會同，比當請師友文學內外官屬也①。

【校勘】

〔一〕「令」，《西晉文紀》卷十六、《七十二家集》本、《百三家集》本附，題作《吳王答令》。

【注釋】

① 多喪，據《晉書·惠帝紀》載，太熙元年（二九〇）四月武帝駕崩，永平元年（二九一）三月賈后廢皇太后，次年二月被殺；是年改元元康，六月汝南王亮、楚王瑋先後被殺，故曰多喪也。會同，此謂會見師友文學之士。《周禮·天官冢宰》：「大朝覲會同，贊玉幣、玉獻、玉幾、玉爵。」鄭玄注：「四者時見曰會，殷見曰同。大會同，或於春朝，或於秋覲。舉春秋則冬夏可知。」比，猶近日。《玉篇》：「比，近也。」

此乃吳王之答令，言未與群官會同之原因，並採納士龍之所諫也。

臣雲言〔一〕：臣前啓可與師友文學觀書論道，今又天時清適，正是講誦之日①。臣聞崇山之高，不厭其峻；滄海之量，無限於廣②。是以周公一日萬事，猶復旁觀百篇；孔子假期翫〔二〕年，至於韋編三絕③。由是言之，雖聖之弘，亦不能不求之於學也④。伏惟殿下，明德光邵〔三〕，天資秀朗⑤。方當光演文武，允迪皇猷⑥。如復垂精古今之奧，仰覽千載之籍，則神道叡知，無物不照⑦。且師友文學，朝選於衆，以德來教。雖豐祿崇禮，已隆其人，而先王之道，未簡聖聽⑧。在位累載，官廢其職，每聽其言，亦懷慷慨⑨。臣以可於良日，就講經學。先闡大道，永播芳風。愚臣區區，敢獻瞽言⑩。

【校勘】

〔一〕『臣雲言』，此篇《西晉文紀》卷十六、《七十二家集》本、《百三家集》本作『又啓』。

〔二〕『翫』，《西晉文紀》卷十六、《百三家集》本、《四部叢刊》本、鄧邦述校本、陳仲魚校本作『玩』，古二字通。

〔三〕『邵』，《西晉文紀》卷十六、《七十二家集》本、《百三家集》本作『劭』，古二字通。

【注釋】

① 清適，清美。《廣韻》：『適，樂也，善也。』又《廣韻》：『善，佳也。』

② 厭，滿足。《玉篇》：『厭，飫也。』又《廣韻》：『飫，飽也。』

③ 旁觀，猶博覽。《博雅》：『旁，大也，廣也。』《資治通鑑·世祖文皇帝上》：『王晞曰：昔周公朝讀百篇書，夕見七十士，猶恐不足録。』亦乃指其事。假期，假以時光。陸機《白雲賦》：『豈假期於遷晷，遇崇朝而倏忽。』《玉篇》：『假，借也。』翫年，謂長年研習。嵇康《琴賦序》：『余少好音聲，長而翫之。』善注：『杜預《左氏傳》注曰：翫，習也。』韋編三絶，古時書簡以牛皮串連，稱韋編。三絶，多次斷絶，後形容讀書勤奮。《史記·孔子世家》：『孔子晚而喜《易》……讀《易》，韋編三絶。』

④弘，指識見寬宏。《玉篇》：『弘，大也。』

⑤光邵，同光昭，如日之明。《説文》：『昭，日明也。』秀朗，謂賢明。陸機《漢高祖功臣頌》：『袁生秀朗，沉心善照。』良注：『秀朗，謂賢明也。』

⑥光演，光大延續。荀悦《前漢紀·高祖皇帝紀》：『先王以光演大業，肆於時夏。』《玉篇》：『演，長也，延也。』文武，指文治武功之業。允迪，信而蹈之。陸機《贈馮文羆遷斥丘令》：『奕奕馮生，哲問允迪。』善注：『《尚書》曰：允迪厥德，謨明弼諧。孔安國曰：迪，蹈也。言信蹈行古人之德。』翰注：『允，信。迪，道也。言智信之道而爲太子洗馬。』皇猷，帝王謀略，帝王之道。徐陵《王太尉僧辯答貞陽侯書》：『同康時務，共贊皇猷。』《玉篇》：『猷，圖也。與猶同。』《廣韻》：『猷，道也。』

⑦垂精，猶用心。班固《典引》：『是時聖上固以垂精遊神，苞舉藝文。』奥，指典籍之深意。《廣韻》：『奥，深也，藏也。』神道，猶天道。《易·觀》：『觀天之神道而四時不忒，聖人以神道設教，而天下服矣。』叡知，深明之。《説文》：『叡，深明也，通也。』照，猶明。《玉篇》：『照，明照也，燭也。』謂深明天道，則洞悉一切物理。

⑧朝選，朝廷選官。席豫《唐故朝請大夫吏部郎中上柱國高都公楊府君碑銘》：『未弱冠，以通經爲修文生，授右千牛光，朝選也。』已隆其人，謂已使人位尊也。《説文》：『隆，豐大也。』未簡聖聽，謂聖人兼聽之也。簡，選擇。潘岳《楊荆州誄》：『鳥則擇木，臣亦簡君。』善注：『《家語》：孔子曰：君擇臣而任之，臣亦擇君而事也。』

⑨在位累載，指師友文學之士在位有年也。《正字通》：『累，疊也。』官廢其職，居官而不稱其職。廢，猶懈怠。《篇海類編》：『廢，弛也。』慷慨，猶歎息。見上注。

⑩闡，猶明。《玉篇》：『闡，明也，開也。』芳風，馨香之風範。顔延年《贈王太常》：『德輝灼邦懋，芳風被鄉耋。』瞽言，謂言無識見也。見上注。

此段諫吴王選良日而與師友文學觀書論道。先以高山、滄海爲譬，引用先聖勤學之例，説明學之重要；然後言殿下德昭賢明，身負『光演文武、允迪皇猷』之重任，故須博覽典籍，養智覃思；再言選賢德而教之，兼聽以廣聖德，明大道而播芳風。

令〔一〕：多病疾難，以辭公事。爲目〔二〕力風疾連動，故未能用①。小差，當如所陳乞，每識忠至之誠，輒以存心②。

【校勘】

〔一〕『令』，《西晉文紀》卷十六、《七十二家集》本、《百三家集》本附，題作《吴王答令》。《西晉文紀》卷十六注曰：『《尺牘》作司馬譚與郎中令陸雲令，誤。譚乃嗣清河王，年十四被害。雲爲吴王晏郎中令耳。諫晏諸啓，《晉書》已明載二篇。又按：《晏傳》：少有風疾，視瞻不端，後轉增劇，不堪朝覲，與此「風疾連動」相應也。』此言甚是。

〔二〕『目』，《文集》、叢書堂鈔本、《四部叢刊》本、鄧邦述校本、陳仲魚校本作『自』，形近而誤。《七十二家集》本作『目』。《晉書·吴敬王晏》：『晏……少有風疾，視瞻不端，後轉增劇，不堪朝覲。』故據改。

【注釋】

① 疾難，猶疾病。《廣韻》：『疾，患也。』辭，猶不受理也。《玉篇》：『辤，不受也，去也。辭，亦同辤。』風疾，疾病名。見校勘。

② 差，病癒。《廣韻》：『差，病除也。』陳乞，陳述請求。《廣韻》：『乞，求也。』存心，在心，謂留於心。《孟子·離婁下》：『君子以仁存心，以禮存心。』趙岐注：『存，在也。君子之在心者，仁與禮也。』

此乃吴王答令，説明未能與師友文學觀書論道的原因，表達對士龍忠於職守之讚賞。

輿駕比出啓宜當入朝〔一〕

【題解】

此啓乃爲請吴王入朝覲見而作。士龍認爲，没有入朝覲見二宫，已有年餘，近造車輛，上表出城，而入朝問訊，就言有疾，既有疾何可出城？既可出城，何不可入朝？故臣深爲不安。我所盡諫者乃在盡事君之道也。措語淺近，説理明了，然意亦有轉折。

此文亦當作於元康七年至八年之間（二九七—二九八）。

郎中令臣雲言：殿下自即〔二〕第日來，既仍多哀，故聖體亦桓不安和，自不朝見二宫〔三〕，已經年載①。前既比造趙軿，近又自表出城②。至五日問訊，輒以疾聞，臣切所未安③。愚以此五日輿〔四〕駕宜入朝。臣聞：事君之道，苟在盡規。知無不爲，是以愚臣敢獻瞽言〔五〕④。

【校勘】

〔一〕此篇《百三家集》本題作『請吴王入朝啓』，題意甚明。又『輿』，《四部叢刊》本、鄧邦述校本作『與』，形近而誤。

〔二〕『即』，《諸家文集》本、鄧邦述校本作『郎』，形近而誤。陸貽典校作『即』。

〔三〕『宫』，《文集》、叢書堂鈔本、《四部叢刊》本、鄧邦述校本、陳仲魚校本作『官』。《七十二家集》本、《百三家集》本作『宫』。考其文意，當作『宫』，故據改。

〔四〕『輿』，《四部叢刊》本、鄧邦述校本、陳仲魚校本作『與』，形近而誤。

〔五〕『言』，《四部叢刊》本、鄧邦述校本、陳仲魚校本作『盲』，形近而誤。

【注釋】

① 即第，就第，謂即位還藩。《玉篇》：『即，就也。』仍，乃。見上注。桓，憂慮。《方言》卷一：『桓，憂也。』安和，安康和順。《廣韻》：『和，順也。』二宫，謂帝及太子宫。潘尼《贈陸機出爲吴王郎中令》：『婉孌二宫，徘徊殿闈。』向注：『二宫，謂帝及太子宫也。』

② 比造，並造。《玉篇》：『比，並也。』趙軹，語意不詳，或指趙地之車。軹，車轂外端貫穿車軸之小孔。此代指車。《說文》：『軹，車輪小穿也。』表，指上表。

③ 五日問訊，或改元或喜慶朝廷大酺五日，官員入朝宴集，故曰五日問訊。聞，使聞，謂告之朝廷。切，急切。《廣韻》：『切，迫也，義也。』或爲竊之誤。

④ 君，指吴王。苟，誠然。王引之《經傳釋詞》卷五：『苟，誠也。』盡規，盡其規諫。《國語·周語上》：『庶人傳語，近臣盡規。』韋昭注：『盡規，盡其規以告王也。』瞽言，謂言無識見也。見上注。

令〔一〕：多不快，不數朝覲，幸恩詔見恕耳①。五日當入朝也。

【校勘】

〔一〕『令』，《西晉文紀》卷十六、《七十二家集》本、《百三家集》本附，題作《吴王答令》。

【注釋】

① 不快，指身體不快。《玉篇》：『快，可也，喜也。』不數朝覲，數不朝覲之倒裝。數，猶屢。《廣韻》：『數，頻數。』朝覲，入朝拜見君主。《經典釋文》卷八：『朝覲，朝見之類。』恕，寬宥。《廣韻》：『恕，仁恕。』謂幸蒙皇上優渥詔令寬宥之。

言事者啓使部曲將司馬給事覆校諸官財用出入啓宜信君子而遠小人〔一〕

【題解】

此啓乃請吴王更换覆校諸官而作。官市買賣，貪贓枉法，而李咸、馮南、吴定、徐泰等人覆校官市錢帛賬簿，徇私不法，敷衍了事，故士龍首先請吴王重新遴選覆校諸官，並説明覆校對於法理、對於選官之重要意義；然後薦舉中尉該、大農誕覆校諸官收支之用度，申述其薦舉之理由；最後説明請求罷黜咸、南等人之原因，並重申用人之道關乎國之興衰，不可不慎。文章措語耿直，剴切直陳，由此可見士龍性情之一斑。在説理上，由一般事實而上升抽象哲理，顯現了士龍深刻的思想，由形下而至形上的思辨邏輯。在藝術上，或直陳事實，或運用對比，其中第三段是全文核心，這一段在結構上，先是正論，然後用『雖使』假設，『猶未若』反接，『況』推進，使文氣鼓蕩，語氣不可辯駁，此亦士龍持論之特色也。

此文亦當作於元康七年至八年之間（二九七—二九八）。

郎中令臣雲言：伏見令書，以部曲將李咸、馮南、司馬吴定、給事徐泰等，覆校諸官市買錢帛簿，率日决咸、南等，治書以下，無所復司①。而察錢帛重寶，奸〔二〕吏多情，出入之用，誠宜使虚實當法，以防檢巧僞然②。臣愚以聖德龍興，光有四國〔三〕，選衆官材，庶工〔四〕肄業③。

【校勘】

〔一〕此篇《諸家文集》本作『用出入啓（宜信君子而遠小人）』，《七十二家集》本、《百三家集》本題作『請吴王覆校諸宫啓』，題意甚明。

〔二〕『姧』，《百三家集》本、《四部備要》本作『奸』，古二字通。

〔三〕『四國』，《文集》、叢書堂鈔本、《四部叢刊》本、《四部備要》本、鄧邦述校本、陳仲魚校本作『四大國』。《晉書》卷五十四、《全晉文》卷一〇二作『四國』，無『大』字，今據删。又，《西晉文紀》卷十六、《七十二家集》本、《百三家集》本作『大國』，無『四』字，亦可通。

〔四〕『庶工』，《文集》、叢書堂鈔本、《四部叢刊》本、鄧邦述校本、陳仲魚校本作『庶上』。《晉書》卷五十四、《西晉文紀》卷十六、《七十二家集》本、《百三家集》本、影鈔宋本作『庶工』，今據改。

【注釋】

① 令書，指吴王之令，内容今不可考。覆校，復查校核。柳宗元《段太尉逸事狀》：『備得太尉遺事，覆校無疑。』官市，官府所設之集市。桓寬《鹽鐵論·刺權》：『自利官之設……貴人之家……攘公法，申私利，跨山澤，擅官市，非特巨海魚鹽也。』率日，猶計日。《廣雅·釋言》：『率，校也。』決，判決。《玉篇》：『決，判也。』治書，彈劾之公文。任昉《奏彈曹景宗》：『其軍佐、職僚、偏裨將帥，絓諸應及咎者，别攝治書，侍御史隨違續奏。』復司，猶復查。《周禮·地官媒氏》：『司男女之無家者而會之。』鄭玄注：『司，猶察也。』

② 姧，同姦，奸詐。《廣韻》：『姦，私也，詐也。俗作姧。』情，猶貪欲。《玉篇》：『情，人之陰氣有欲

者。」出入之用，謂收支用度。宜，應該。《玉篇》：「宜，當也。」當法，猶言合法。《玉篇》：「當，任也，直也。」防，禁止。《玉篇》：「防，禁也，隄也。」檢巧，猶取巧。玄應《一切經音義》卷二：「《蒼頡篇》曰：檢，亦攝也。」

③龍興，如龍之起。《爾雅·釋言》：「興，起也。」光有，大有。《左傳·昭公二十八年》：「昔武王克商，光有天下。」杜預注：「光，大也。」四國，猶言四方。《詩·大雅·崧高》：「揉此萬邦，聞于四國。」鄭玄箋：「四國，猶言四方也。」庶工，猶言百官。《玉篇》：「工，官也。」肄業，習其業，猶司其職。《國語·魯語下》：「臣以爲肄業及之，故不敢拜。」韋昭注：「肄，習也。」

官員利用官市買賣，貪贓枉法，吴王令部曲將李咸、馮南、司馬吴定、給事徐泰等核查官市買錢帛簿，然治書下達，無所復查，故士龍乃請求吴王覆校錢帛賬簿。認爲錢帛乃爲重寶，而奸吏貪欲，故須覆校之，使收支用度，一應合法，以禁止取巧作僞者，亦可使選官任材，百官肄業。

臣以虚薄，忝竊朝右①。雖質弱任重，無益補察②。至於奉己思勤，昊天罔極③。中尉該、大農誕，皆清德〔一〕淑慎，恪居所司〔二〕，次至〔三〕衆官，悉州閭一介〔四〕④。蹀〔五〕闇之咎，雖可日聞，至於處義用情，庶無大戾⑤。

【校勘】

〔一〕「德」，《晉書》卷五十四、《郝氏續後漢書》卷四十六作「廉」，當據改。

〔二〕『所司』，《文集》、叢書堂鈔本、《四部叢刊》本、《四部備要》本、鄧邦述校本、陳仲魚校本作『官』。《晉書》卷五十四、《西晉文紀》卷十六、《七十二家集》本、《百三家集》本、影鈔宋本並作『所司』，考其句式，應以四言爲是，故據改。

〔三〕『次至』，《晉書》卷五十四、《西晉文紀》卷十六、《七十二家集》本、《百三家集》本、影鈔宋本校作『其下』。

〔四〕『介』，《文集》、叢書堂鈔本、《四部叢刊》本、鄧邦述校本、陳仲魚校本脱。此據《晉書》卷五十四、《七十二家集》本、《百三家集》本校補。

〔五〕『蹀』，《晉書》卷五十四、《西晉文紀》卷十六、《七十二家集》本、《百三家集》本、《四部備要》本作『疏』，形近而誤。

【注釋】

① 虚薄，謂無才德薄，不堪世用。潘岳《在懷縣作》：『虚薄乏時用，位微名日卑。』銑注：『施用虚薄，謂無才德，乏於時用也。』忝竊，謂辱竊此位。陸機《謝平原内史表》：『方臣所荷，未足爲泰，豈臣蒙垢含吝，所宜忝竊。』良注：『忝，辱。言我含此污濁，豈能辱竊此位也。』朝右，朝臣之上。盧諶《贈劉琨》：『謬其疲隸，授之朝右。』善注：『朝右，謂别駕也。』向注：『右，上也。言誤以我爲别駕，授任在衆人之上。』此指郎中令。晉王國置三卿，郎中令位居其上，故曰朝右。

② 質弱任重，謂才質弱而職任重。《玉篇》：『質，軀也。』又『任，委任也』。補察，補過察失。《左傳·

襄公十四年》：『自王以下，各有父兄子弟，以補察其政。』杜預注：『補其愆過，察其得失。』

③ 奉己，猶言獻身。《廣韻》：『奉，獻也。』思勤，慮勤於政事。《説文》：『勤，勞也。』昊天罔極，蒼天無際，謂欲報大德而情無極也。見上注。

④ 中尉、大農，並王之三卿。《晉書·職官志》：『王置……郎中令、中尉、大農爲三卿。』淑慎，善德慎行。《詩·邶風·燕燕》：『終温且惠，淑慎其身。』鄭玄箋：『淑，善也。』恪居，猶恭謹其職。陸機《演連珠》：『是以百官恪居，以赴八音之離。』《玉篇》：『恪，敬也，謹也。』《廣韻》：『居，處也。』所司，所掌管之公事。《玉篇》：『司者主也。』《説文》云：臣司事於外也。』次至衆官，謂其次至於其他官吏也。《玉篇》：『至，到也。』州閭，泛指一方。《禮記·曲禮》：『故州閭鄉黨稱其孝也。』鄭玄注：『《周禮》：二十五家爲閭，四閭爲族，五族爲黨，五黨爲州，五州爲鄉。』一介，耿介一心之人。《書·秦誓》：『如有一介臣，斷斷猗無他技。』《經典釋文》卷四：『介，音界，馬本作介。云：一介，耿介一心。』

⑤ 蹀闇之咎，謂行爲過失。蹀闇，行不明也。《廣雅·釋詁》：『蹀，履也。』《集韻》：『蹀，蹈也。』《爾雅·釋言》：『陪，闇也。』郭璞注：『陪然，冥貌。』咎，過失。《廣韻》：『咎，愆也。』庶無，幸無。《廣韻》：『庶，幸也，又庶幾也。』大戾，猶大過。《詩·小雅·節南山》：『昊天不惠，降此大戾。』鄭玄箋：『戾，乖也。』

此段乃薦舉中尉該、大農誕覆校諸官收支之用度。先言諫諍之由，臣因忝竊重職，冀有補察，所故諫之也。後薦該、誕，言此二人道德清明，謹慎善行，恭謹其職，其屬下亦州閭耿介之人，或行有過失，然以義用情，無大過也。

今咸、南軍旅小人，定、泰士卒厮賤，非有清慎素著，忠公定〔一〕稱，令〔二〕猥使此等，任以覆校①。大臣所關，猶謂未詳；咸等督察，然後得信②。既非開國勿用之義，又傷殿下推誠納下曠蕩之量③。雖使咸等〔三〕能盡節益國，使〔四〕功利百倍，至於光輔國美，猶未若開懷信士之無失④。況咸等所益，不過姑息之利，而名〔五〕使小人用事，大道凌替〔六〕，此臣所以慷慨也⑤。亂之所興，在於小人得親；治之所廢，在於君子自替。廢興治亂，由此而已⑥。臣備位大臣，職在獻可，苟有管見，敢不盡規⑦！愚以〔七〕宜發明令，必罷此等⑧。覆察衆士〔八〕，一付治書，則無外之度，休照〔九〕光遠；大信臨下，人思盡節矣⑨。謹隨啓以聞。

【校勘】

〔一〕『定』，《晉書》卷五十四、《西晉文紀》卷十六、《七十二家集》本、《百三家集》本、影鈔宋本校作『足』，當據改。

〔二〕『令』，《文集》、叢書堂鈔本、《西晉文紀》卷十六、《百三家集》本作『令』。《四部叢刊》本、鄧邦述校本、陳仲魚校本作『令』，今據改。

〔三〕『等』，《文集》、叢書堂鈔本、《四部叢刊》本、《四部備要》本、鄧邦述校本、陳仲魚校本脱。此據《晉書》卷五十四、《西晉文紀》卷十六、《百三家集》本校補。

〔四〕『使』，《百三家集》本作『而』。

〔五〕『名』，《晉書》卷五十四無此字。

〔六〕『淩替』,《四部備要》本作『陵替』,古二詞同。

〔七〕『愚以』,《文集》、叢書堂鈔本、《四部叢刊》本、《四部備要》本、鄧邦述校本、陳仲魚校本作『以愚』。《晉書》卷五十四、《西晉文紀》卷十六、《百三家集》本作『愚以』,今據改。

〔八〕『士』,《晉書》卷五十四作『事』。

〔九〕『休照』,《文集》、叢書堂鈔本、《四部叢刊》本、《四部備要》本、鄧邦述校本、陳仲魚校本脱『休』。《百三家集》本在『照』前注『闕』。今據《西晉文紀》卷十六校補。

【注釋】

①斯賤,卑賤之人。《玉篇》:『斯,賤也。』清慎,清德慎行。釋道宣《叙列代王臣滯惑解》:『據太史之任,總清慎之機。』素著,素顯。《廣韻》:『著,明也。』忠公,忠誠公正。庾信《周太子少保步陸碑》:『周密言行,無乖忠公。』猥,猶謬。《晉書·劉聰載記》:『陛下不重三察,猥加誅謬。』謂詔令謬使此等卑鄙小人,任其覆校之官。

②此四句言與覆校所關聯之大臣,猶未詳細知其覆校之情,而咸等督察,却爲采信。

③開國勿用,建國勿用小人。《易·師》:『開國承家,小人勿用。』王弼注:『開國承家以寧邦也,小人勿用非其道也。』推誠納下,以誠納諫之意。曠蕩,寬廣貌。王褒《洞簫賦》:『彌望儻莽,聯延曠蕩。』善注:『曠蕩,寬廣之貌。』蕩,五臣作蕩。

④雖使,假使。《集韻》:『雖,不定也,况辭也。』光輔,猶輔佐。王儉《褚淵碑文》:『孰能光輔五君,寅

亮二代者哉！』開懷，胸懷寬容。潘岳《馬汧督誄》：『忘爾大勞，猜爾小利，苟莫開懷，於何不至？』向注：『開懷，恕小過也。』信士，誠信之士。《荀子・王霸》：『援夫千歲之信法以持之也，安與夫千歲之信士爲之也？』楊倞注：『謂使百世不易可信之士爲政。』此四句言即使咸等小人能盡忠爲國，也只能護得暴利而已，至於弘揚國之美德，還是不如坦蕩誠信之士而無過失。

⑤ 況，何況。姑息之利，苟安之利。《禮記・檀弓上》：『細人之愛人也以姑息。』鄭玄注：『息，猶安也。言苟容取安也。』名，通命，令也。《管子・幼官》：『三年，名卿請事。』凌替，衰微廢棄。見上注。慷慨，歎息。見上注。此五句言何況咸等小人唯能增加苟且之利，而令小人用事則大道廢，故慷慨歎息。

⑥ 興，産生。《爾雅・釋言》：『興，起也。』自替，廢棄之。《爾雅・釋言》：『替，廢也。』此六句言親小人，遠君子，則治廢亂生。治亂興衰之道，僅此而已。

⑦ 獻可，即獻可替否，進獻可行者，廢去不可行者。謂進諫君王，勸善規過也。《左傳・昭公二十年》：『君所謂可而有否焉，臣獻其否以成其可。』杜預注：『否，不可也。獻君之否，以成君可。』管見，喻見識淺陋。盡規，盡其規諫。見上注。

⑧ 此等，此輩，指咸、南、定、泰等人。

⑨ 覆察，猶覆校，復查校核。見上注。治書，彈劾之公文。見上注。無外之度，謂法無其外。《説文》：『度，法制也。』休照，美善之光。《廣韻》：『休，美也，善也，慶也。』《玉篇》：『照，明照也。炤，同照。』光，動詞，照。大信，猶至信。《禮記・學記》：『大信不約，大時不齊。』《廣韻》：『信，忠信，誠也。』盡節，盡其臣節。《廣韻》：『節，操也。』此六句言覆校諸官財用，一律付有司案察。若無法外開恩，則休光遠照，以至信治理下官，則人盡臣節。

此段請罷其咸、南、定、泰覆校之任，而任用開懷信士。先言此等小人既無清德慎行，忠誠公正，而又臨事草草，却得其信任，既傷國典，亦損殿下令譽。次言咸等苟且於利，使大道廢棄，故未若用開懷信士而無失也。再言國之廢興治亂，取決於君子小人之用，親小人則亂，廢君子則衰。最後言吾備位大臣，盡其臣道，以爲應發明令，罷此等小人，按察衆官，付之治書，使法無内外之别，殿下之休光照遠，以至信而臨天下，則人思盡節操也。

國人兵多不法啓宜峻其防以整之〔一〕

【題解】

藩國之兵多行不法，而屢蒙寬宥，故群小肆虐，掠奪民物，暴於市朝，士龍受命治理此事，『啓』乃爲此而作。此啓既分析了此事的嚴重後果，也正面提出了解决方針。第一，嚴懲元凶，以儆效尤。若屢加寬宥，則『群醜虎視，競爲暴虐』；第二，對於恃寵徇私、辱慢之臣，亦並處罰。若再聽之任之，則『國法日侈』『威禁遂頽，醜聲滋聞』。第三，齊之以法，使下知禁。否則刑罰弛廢，法度不存。立論著眼點仍在於藩國與吴王之聲名，故語雖耿直而易爲吴王所接受。與上諸啓不同，此啓抒情意味濃厚，以『繾綣愚忠』貫穿始終，以知遇圖報之情收束全篇，二者相爲因果，推衍回環，故全文雖是説理，而情感深摯。而第三段所用之反跌手法，則使繾綣愚忠之情達到高潮。

從『服事以來，荏苒三年』句看，此啓乃作於任吴王郎中令之第三年，即元康八年（二九八）。

郎中令臣雲言：國人兵放横〔二〕，多行非法，至使暴及市道，聲聞〔三〕京邑①。親信兵乃罵詈洛陽市丞，遠近囂然，聲論日廣②。而主者前後〔四〕所報，每蒙寬宥，故群小敢肆其暴虐③。前輿駕當東時，臣具以奏聞④。上立節度，亦備嚴，上下司察，念在奉宣⑤。而親信卒泰，矯稱突關，强市民物，至使行道哀窮，路人歎惋⑥。

【校勘】

〔一〕此篇《七十二家集》本、《百三家集》本題爲『請防不法啓』，題意簡明。

〔二〕『放横』，《四部叢刊》本、鄧邦述校本、陳仲魚校本作『於横』。陸貽典校作『放』。

〔三〕『聞』，叢書堂鈔本脱，韓應陛校補。

〔四〕『後』，《四部叢刊》本、鄧邦述校本、陳仲魚校本作『復』。

【注釋】

① 國人兵，指吴王封國之兵。放横，縱恣横暴。陳琳《爲袁紹檄豫州》：『中常侍騰與左悺、徐璜並作妖孽，饕餮放横，傷化虐民。』向注：『爲貪亂之行，以殘害人也。』《廣雅·釋言》：『放，妄也。』《廣韻》：『横，非理也。』暴，《廣韻》：『侵暴。』市道，謂市場秩序。《廣韻》：『道，理也。』

② 罵詈，《玉篇》：『詈，罵詈，惡言也。』市丞，司集市之佐官。《玉篇》：『丞，佐也。』囂然，喧嘩貌，此謂議論鼎沸。《玉篇》：『囂，喧也。』

③ 主者，兵中首領。所報，指上報對非法士兵的處理結果。寬宥，寬恕。《玉篇》：『宥，寬也，恕也。』肆，放縱。《廣韻》：『肆，恣也，放也。』

④ 輿駕，指吴王之車駕。

⑤ 節度，約束之法。《説文》：『節，竹約也。』又『度，法制也』。備嚴，完備威嚴。《廣韻》：『嚴，嚴毅也，威也。《説文》曰：嚴令急也。』司察，猶監督。《後漢書·陳元傳》：『勞心下士，屈節待賢，誠不宜使有司察公輔之名。』李賢注：『司察，猶督察也。』念，《廣韻》：『思也。』奉宣，接受並遍布之。《廣韻》：『宣，布也，偏也。』

⑥ 泰，猶安然。《經典釋文》卷二十八：『泰，則静定也。』矯稱，詐稱。《玉篇》：『矯，詐也。』突關，意不詳，或謂闖關隘也。《廣韻》：『突，觸也。《説文》曰：犬從穴中暫出也。』《廣韻》：『關，《説文》曰：以木潢持門户也。《聲類》曰：關所以閉也。』行道，行道之人。《詩·大雅·緜》：『柞棫拔矣，行道兑矣。』鄭玄箋：『其行道士衆，兑然不有征伐之意。』哀窮，哀傷至極。《廣韻》：『窮，窮極也。』歎惋，驚歎。《集韻》：『惋，驚歎也。』

此段叙述兵暴掠市也。藩國之兵暴行縱恣，横暴集市，詈罵市丞，詐稱突關，强掠民物，所行非法，路人哀歎，輿論譁然。主事者雖前後報告，却每蒙寬恕，致使群小暴虐無忌，縱恣霸市。上宜確立約束之法，且威嚴完備，上下監督，使人思奉行而廣布之。

臣下祗〔一〕命，幸使罪人時獲①。僉以泰宜加重戮，以戒肅方來②。軍都督李嬰，行實姦〔二〕

穢，然身備王人，雖不致法，猶加捶楚〔三〕③。主者奏泰，依嬰决罰，事寢不出，而特令原泰④。泰之凶狡，罰至大辟。至於今日，不蒙薄罰⑤。臣竊〔四〕以自今群醜虎視，競爲暴虐矣⑥。

【校勘】

〔一〕『祇』，叢書堂鈔本作『祗』，形近而誤。

〔二〕『姧』，《百三家集》本、鄧邦述校本作『奸』，古二字通。

〔三〕『捶楚』，叢書堂鈔本作『垂楚』，音近而誤。

〔四〕『竊』，《文集》、叢書堂鈔本、《四部叢刊》本、《四部備要》本、鄧邦述校本、陳仲魚校本作『切』，音近而誤。《全晉文》卷一〇二、《百三家集》本作『竊』，今據改。

【注釋】

① 祇命，此謂恭敬受命。《書·畢命》：『今予祇命公，以周公之事往哉。』孔安國傳：『今我敬命公，以周公所爲之事往爲之哉。』時，是，猶此。《爾雅·釋詁》：『時，是也。』

② 僉，皆，都。《爾雅·釋詁》：『僉，皆也。』泰，徐泰，見上啓。戒肅，猶言嚴厲警戒。《玉篇》：『肅，嚴也。』方來，將來，未來。《抱朴子·外篇·逸民》：『君子思危於未形，絶禍於方來。』

③ 姧穢，奸詐污穢。姧，同姦。《廣韻》：『姦，私也，詐也。俗作姧。』《玉篇》：『穢，不浄之稱。』《廣韻》：『穢，惡也。』王人，王臣。不致法，謂法不致其身。《廣韻》：『致，至也。《説文》曰：送詣也。』捶楚，杖

擊，鞭打。亦爲古代刑罰之一。荀悦《前漢紀·孝宣皇帝紀》：「夫人之情，安則樂生，痛則思死，捶楚之下，何求而不得！」

④依嬰决罰，謂依照李嬰之罰而處罰之，即捶楚也。寢，猶息也。《字彙》：「寢，息也。」原，猶寬恕。《莊子·天道》：「因任已明而原省次之。」成玄英疏：「原者，恕免。」

⑤大辟，死刑。《書·吕刑》：「大辟疑赦，其罰千鍰，閱實其罪。」孔安國傳：「死刑也。」不蒙薄罰，未受輕微處罰。薄，猶輕。《玉篇》：「薄，厚薄。」

⑥群醜，醜惡群小。《説文》：「醜，可惡也。」虎視，《易·頤》：「虎視眈眈，其欲逐逐。」此取字面義。意謂如虎視獵物，貪欲無厭。競爲暴虐，争相暴虐於市道。《廣韻》：「競，争也。」

此段奏請如何處罰元凶也。臣奉命而捕獲罪人，徐泰宜重戮，以儆效尤；李嬰等王室之臣，可加杖擊。主事者奏請處泰杖擊，却被特赦，而泰之凶暴狡詐，應處以極刑，至今不遭薄罰，故群凶如虎視眈眈，競爲暴虐之徒。

小人得志，則下凌〔一〕上替①。前卿顯言事大農，文旨倨傲，反成却安②。功名之士，議在不辱。而顯等恃恩，敢行侮慢③。臣時列啓，并呈顯言事〔二〕，事寢不省④。是以自來拱嘿，未敢多言。而竊〔三〕見國法日侈，而恩宥無已，誠懼威禁遂頽，醜聲滋聞⑤。愚謂自今宜齊之以法，使下〔四〕知禁。有司所執，猶宜時聽⑥。不然以往，則監司之吏，鋒鉅〔五〕靡加，而準繩替矣⑦。

【校勘】

〔一〕『凌』，《諸家文集》本、叢書堂鈔本作『令』，音近而誤。

〔二〕『事』，《百三家集》本脱。

〔三〕『而』，《西晉文紀》卷十六、《百三家集》本無『而』，或爲衍文。又『竊』，《文集》、《西晉文紀》卷十六、叢書堂鈔本、《四部叢刊》本、《四部備要》本、鄧邦述校本、陳仲魚校本作『切』，音近而誤。《全晉文》卷一〇二作『竊』，今據改。

〔四〕『下』，鄧邦述校本作『干』，形近而誤。

〔五〕『鉅』，《文集》、叢書堂鈔本作『矩』，形近而誤。《西晉文紀》卷十六、《百三家集》本、《四部叢刊》本、鄧邦述校本、陳仲魚校本作『鉅』，今據改。

【注釋】

① 下凌上替，謂下侵陵於上，上廢棄於下。凌，通陵，侵陵也。朱駿聲《説文通訓定聲》：『夌，經傳多以陵、以凌、以凌爲之。』《廣韻》：『陵，侵也。』替，廢棄。《爾雅・釋言》：『替，廢也。』

② 顯，人名，事迹不詳。或爲咸即前啓所言李咸之誤。大農，藩國三卿之一。倨傲，傲慢不遜。《説文》：『倨，不遜也。』反成却安，乃反却成安之倒裝。

③ 功名之士，指追求立功名節之士。議，言也。《説文》：『議，語也。』不辱，不受辱於人言。恃恩，依仗王之恩寵。《玉篇》：『恃，賴也。』侮慢，狎侮輕慢。《書・大禹謨》：『侮慢自賢，反道敗德。』孔安國傳：

『狎侮先王，輕慢典教，反正道敗德義。』

④ 寢，息也。見上注。省，《廣韻》：『察也，審也。』

⑤ 拱嘿，拱手緘默。袁宏《後漢紀・孝靈皇帝紀中》：『吾世受國恩，又備宰相，安得拱默哉！』《玉篇》：『嘿，與默同。』侈，通奓，猶鬆弛。《廣韻》：『奓，張也，開也。』《韻會》：『侈，或作奓。』恩宥，施恩寬恕之。《玉篇》：『宥，寬也，恕也。』頽，墜落。亦作隤。《集韻》：『隤，《說文》：下墜也。或作頽。』滋，《玉篇》：『長也，益也。』

⑥ 執，逮捕罪人。《說文》：『執，捕罪人也。從丮夲，夲亦聲。』徐鍇《繫傳》：『丮音戟，持也，會意之。』時聽，是聽。時，是。見上注。

⑦ 不然，謂不行之。《詩・大雅・板》：『上帝板板，下民卒癉。出話不然，爲猶不遠。』鄭玄箋：『天下之民盡病，其出善言而不行之也。』鋒鉅，代指刑罰。趙至《與嵇茂齊書》：『鋒鉅靡加，翅翮摧屈。』濟注：『鉅，鍔也。』準繩，喻法度。《孟子・離婁上》：『聖人既竭目力焉，繼之以規矩準繩。』替，廢棄。見上注。

此段由一般社會原理說起，引出顯等恃寵而驕，其言大農，辭旨傲而不遜，狎侮輕慢，語辱功名之士，雖上啓言之，事息不察，故恭敬沉默，然見國法鬆弛，恩恕無止，懼王之威勢禁令墜落，惡名益聞，故言之。須一刑罰，聽有司，使刑罰、法度不廢。藝術上用反跌之法，上已啓而王不聽，故拱嘿不言，不言而言之，乃不得已也。所言者何？一是爲國法弛禁，二爲王之令名。

臣忝竊〔一〕非據，與聞國政〔二〕①。服事以來，荏苒三年②。朝憲多違，威御無列③。好問不登，而流聲播越，皆由執政之臣，官非其人④。常思收迹自替，以避賢路；退惟受遇，微報未効⑤，是以忍垢素餐，敢用文諫⑥。唯殿下哀明愚臣繾綣愚忠〔三〕，不以前後干〔四〕迕，多見罪責。臨紙慷慨，言不自盡⑦。

【校勘】

〔一〕『竊』，《文集》、叢書堂鈔本、《四部叢刊》本、《四部備要》本、鄧邦述校本、陳仲魚校本作『切』，音近而誤。《西晉文紀》卷十六、《七十二家集》本、《百三家集》本、《全晉文》卷一〇二作『竊』，今據改。

〔二〕『政』，《七十二家集》本、《百三家集》本作『事』。

〔三〕『忠』，《四部叢刊》本、鄧邦述校本、陳仲魚校本作『臣』，與前重複，誤。

〔四〕『干』，《文集》、叢書堂鈔本作『千』，形近而誤。《西晉文紀》卷十六、《百三家集》本、《四部叢刊》本、鄧邦述校本、陳仲魚校本作『干』，今據改。

【注釋】

① 忝竊，辱竊此位。見上注。非據，居於不當之位。諸葛亮《街亭之敗戮馬謖上疏》：『臣以弱才，叨竊非據。親秉節旄，以厲三軍。』據，居。《國語・晉語》：『今不據其安，不可謂其謀。』韋昭注：『據，居也。』與，《廣韻》：『參與也。』

② 服事，侍奉，任職之謙詞。曹植《周文王贊》：『於赫聖德，寔惟文王。三分有二，猶服事商。』荏苒，

漸至。張華《勵志詩》：『日歟月歟，荏苒代謝。』濟注：『荏苒，猶漸進也。』

③朝憲，朝廷法度。《玉篇》：『憲，法也，制也。』違，違背。《玉篇》：『違，背也。』威御，威儀治下。《玉篇》：『御，治也。』無列，無序。《廣韻》：『列，行次也，位序也。』

④好問，猶令問，美名也。《玉篇》：『好，美也。』問，通聞。《經典釋文》卷七：『令聞，音問，本亦作問。』登，猶進。《廣韻》：『登，升也，進也。』流聲，猶流言。《說文》：『聲，音也。』播越，猶遠播。《說文》：『播，一曰布也。』

⑤收迹，斂迹，謂退隱。盧諶《贈劉琨》：『長徽已纓，逝將徙舉。收迹西踐，銜哀東顧。』良注：『言往將移舉，收彼西踐之迹。』替，廢棄。見上注。退惟，退而思之。《玉篇》：『惟，思也。』受遇，受王之恩遇。遇，以恩相待。諸葛亮《出師表》：『蓋追先帝之(殊)遇，欲報之於陛下也。』善注：『遇，謂以恩相接也。』微報未効，未報效微薄之力。効，效力。《玉篇》：『効，俗效字。』《廣韻》：『效，效力也。』

⑥忍垢，忍辱。《玉篇》：『垢，不潔也，塵也。』素餐，無功而食祿。《詩·魏風·伐檀》：『彼君子兮，不素餐兮。』毛詩傳：『素，空也。』王粲《從軍詩》：『懼無一夫用，報我素餐誠。』向注：『無能而食祿曰素餐。』敢，冒犯。見上注。文諫，以文諫諍。《廣韻》：『諫，直言以悟人也。』

⑦繾綣，殷切深厚。見上注。干，猶冒犯。見上注。迕，違逆。《字彙》：『迕，違也，逆也。』多見罪責，多因過錯而被責罰。楊樹達《詞詮》：『見，可釋爲被。』慷慨，猶歎息。見上注。

此段乃抒對吳王繾綣之忠情。臣辱居此位，參與國政，漸至三年，所見者乃多違朝綱，王之威儀治下無序，令名不彰，流言遠播，皆因所選執政之臣非其人也。常思退隱，避讓賢路，又恩遇未報，故忍辱忝居此位，惟以文諫之。殿下憐憫明了臣之繾綣愚忠，不以冒犯而責之，臨紙歎息，感激之情言不之盡也。

卷十

書集

與朱光禄書①

【題解】

朱光禄，即朱誕，乃吴郡世族。此書與朱光禄論其禮義，所重者乃少長之序，所痛者乃舊章廢替。所作時間不可考，二陸被殺時，朱誕任淮南内史，其任光禄大夫未知起于何時。然從《晉書·顧衆傳》推之，朱誕任光禄大夫當在二陸死後，此題或後人所加。稽考機、雲文集，或諫君主，或諫太子，或諫藩王，『中葉陵遲，舊章廢替』之句，蓋非言晉而謂吴。故此書所作時間或同後文《與嚴宛陵書》差近，蓋于吴亡之前。

少長之禮，教化所崇②。中葉陵遲，舊章廢替③。追惟〔一〕前訓，思遵在昔④。敢慕高義，謹奏下敬⑤。

【校勘】

〔一〕『惟』，《西晉文紀》卷十七、《百三家集》本作『維』，古二字通。

【注釋】

① 朱光禄，即朱誕，字永長。《世説新語・賞譽》：『有問秀才吴舊姓何如？答曰：……朱永長理物之至德，清選之高望。』刘孝标注曰：『朱誕字永長，吴郡人，體履清和，黄中通理。吴朝舉賢良，累遷議郎，今歸在家，誠理物之至德，清選之高望也。』入晉曾官大司農、左積弩將軍、尚書都令史、淮南内史等職。《晉書》無傳，其光禄之稱唯見《晉書・顧衆傳》：『顧衆字長，吴郡吴人……事伯母以孝聞，光禄朱誕器之。』光禄，官名。開府，位從三公，冠進賢三梁，黑介幘，加金章或銀章紫綬。見《晉書・職官志》。

② 少長之禮，指少長秩序之禮義。《左傳・僖公二十八年》：『少長有禮，其可用也。』教化所崇，謂教化所成也。《禮記・王制》：『七教：父子、兄弟、夫婦、君臣、長幼、朋友、賓客。』《廣韻》：『崇，高也，敬也，就也。』

③ 陵遲，斜坡緩延，喻衰微。曹大家《東征賦》：『後衰微而遭患兮，遂陵遲而不興。』善注：『王肅《家語》注曰：陵遲，猶陂陀也。』廢替，猶廢。《爾雅・釋言》：『替，廢也。』

④ 追惟前訓，追思前哲之教。《玉篇》：『惟，思也。』《國語・晉語》：『親有天，用前訓……天所福也。』韋昭注：『前訓，先君之教。』思遵在昔，遵循先王遺則。《詩・商頌・那》：『自古在昔，先民有作。』毛詩傳：『先王稱之曰在古，古曰在昔，昔曰先民。』

⑤ 敢，猶竊也，謙辭。《廣韻》：『敢，犯也。』此二句謂私心仰慕君之高義，敬奉小子之敬仰。

與張光禄書三首①

【題解】

張光禄，即華，官光禄大夫。從内容看，此三書的第一書當非致張華，或類書誤題，後人失考而誤輯此題下（詳『備考』）。後二書所作時間無載，然稽考史籍，張華拜光禄大夫，始于元康元年，終於元康六年。《晉書・張華傳》：『及瑋誅，華以首謀有功，拜右光禄大夫，開府儀同三司，侍中、中書監，金章紫綬。』又《晉書・惠帝紀》：元康元年『六月，賈后矯詔使楚王瑋殺太宰、汝南王亮，太保、菑陽公衛瓘。乙丑，以瑋擅害亮、瓘，殺之』。又『六年春正月……下邳王晃薨，以中書監張華爲司空、太尉』。據此可知第二、三書必作於元康元年至六年（二九一——二九六）之間。而機、雲與彦先，均于太康末入洛，旋武帝崩，惠帝即位，先改元永熙，次年又先改元永平，旋改元元康，謝張華知遇之恩，當作於機、雲與彦先入洛不久，故當作於元康初年也。

一

長幼之序，人倫大司②。季世多難，失敬在昔③。敢希令典，求思自邁④。謹奏下敬，以藉虔欵⑤。

【注釋】

① 張光禄，即張華，字茂先，范陽方城人。少受知阮籍，初任佐著作郎，遷長史，兼中書郎，累官光禄大夫、司空等職。《晉書》有傳。

② 大司，謂首也。《玉篇》：『司，主也。』《説文》：臣司事於外者也。』

③ 季世，末世。張載《七哀詩》：『季世喪亂起，賊盜如豺虎。』善注：『韋昭《國語注》曰：季，末也。』此指吴之季世。失敬在昔，謂喪失古代之禮教。在昔，猶古代，见上注。

④ 敢希，厚望。《玉篇指南》：『敢，厚也。』《廣韻》：『希，望也。』令典，完美之法令。《左傳・宣公十二年》：『蔿敖爲宰，擇楚國之令典。』《廣韻》：『典，法也。』自邁，自我踐行之。《爾雅・釋言》：『邁，行也。』

⑤ 藉，同耤，借也。《廣韻》：『耤，耤田。耤，借也。《談文》曰：帝耤千畮也。古者使民如借，故謂之耤也。《宋書》藉田令，古官也。』虔欵，虔誠之情。欵，同款。《玉篇》：『款，俗作欵。』《廣韻》：『款，誠也。』

此書和《與朱光禄書》立意近似。强調長幼之禮，恢復季世對令典之破壞。從《與朱光禄書》和《與嚴宛陵書》內容看，此當非致張華書，或後人誤題。所作時間亦當在吴亡之前。

二

顧令文、彦先〔一〕，每宣隆眷彌泰之惠，懷德惟慙〔二〕，守以反側①。既晞仁風，委心自昵②。加與沛君，分同骨肉③。憑賴〔三〕之懷，疑〔四〕心如結④。

【校勘】

〔一〕按：陸機有《爲顧彦先贈婦二首》，六臣本《文選》卷二十四引善注曰：『集云《爲令彦先作》，今云顧彦先，誤也。』《玉臺新詠考異》卷三：『案：《晉書》：顧榮，字彦先。令彦先別無所考，二陸皆別有《贈顧彦先詩》，則作顧彦先，似不誤。』逯欽立曰：『爲令彦先當是爲令文彦先之誤。《陸士龍集》有《答大將軍祭酒顧令文詩》，又有《與張光禄書》云：「顧令文彦先每宣隆眷彌泰之惠。」即指此二人。』亦可證令文、彦先實二人也。

〔二〕『慙』，《西晉文紀》卷十七、《百三家集》本、《四部備要》本作『慚』，古二字同。

〔三〕『憑賴』，《百三家集》本作『憑藉』。

〔四〕『疑』，《百三家集》本、《四部備要》本並作『凝』，古二字通。

【注釋】

① 顧令文、彦先，當爲兄弟。顧令文，事迹無考，據陸雲《答大將軍祭酒顧令文》可知，令文曾任司馬穎

之祭酒。顧彦先，即顧榮，字彦先。乃機、雲之姊夫。均有詩歌贈答。隆眷，深情眷顧。江淹《知己賦》：『吐情志而深賞，忘年齒而隆眷。』宣，猶言。《玉篇》：『宣，布也。』《説文》：『眷，顧也。』彌泰，益使亨通，此謂薦舉爲官。袁宏《三國名臣序贊》：『神情玄定，處之彌泰。』銑注：『此時益如通泰，言其器量勇大也。』《廣韻》：『彌，益也。』又『泰，通也』。慙，同慚。《玉篇》：『慙，慙愧也。同慚。』反側，輾轉不寐，謂思念。《詩·周南·關雎》：『悠哉悠哉，輾轉反側。』又《詩·小雅·何人斯》鄭玄箋：『反側，輾轉也。』此四句寫對張光禄舉薦之感激也。

② 晞，通睎，猶仰望。《楚辭·九懷·危俊》：『晞白日兮皎皎，彌遠路兮悠悠。』王逸注：『晞，一作睎。』洪興祖補注：『睎，望也。』委心，心所屬也。盧諶《贈劉琨》：『義由恩深，分隨昵加；綢繆委心，自同匪他。』《廣韻》：『委，屬也，任也。』昵，同暱。《玉篇》：『暱，親近也。同昵。』此二句謂自己親暱張光禄之緣由也。

③ 沛君，不詳，從語境看，或指張華之子張禕。《晉書·張華傳》：『禕字彦仲，好學謙敬，有父風。歷位散騎常侍。』或曾官沛相，故稱之。此二句謂與沛君親如同胞也。

④ 憑賴，依賴，依憑。《廣韻》：『憑，憑託。』疑心，凝心。《荀子·解蔽》：『以可以知人之性，求可以知物之理，而無所疑止之。』楊倞注：『疑，或爲凝。』結，鬱結，縈繞也。《説文》：『結，締也。』此二句謂自己對張光禄仰仗之情縈繞也。

此書乃謝張公對彦先兄弟眷顧薦舉之恩惠。顧氏兄弟乃與士龍同鄉，彦先與機、雲並稱『三俊』，又同年入洛。入洛後，張華視之如故，鼎力舉薦，故借彦先兄弟之口，實自謝也。故後文言瞻望仁風，委心親之，心懷依憑，凝心結之。

三

加蒙顧遇，重以傾倒，唯〔一〕亮歸誠①。石行文敦素篤邃，道實茂淑，器敏既美，思學又快，南州良德②。今者東行，望風自託，其意繾綣，願厚接納，副其乃心③。

【校勘】

〔一〕『唯』，《四部叢刊》本作『准』，形近而誤。《西晉文紀》卷十七、《七十二家集》本、《百三家集》本作『惟』。惟、唯，古二字通。

【注釋】

①加，猶前。《廣韻》：『加，上也。』顧遇，眷顧知遇。遇，以恩相待。諸葛亮《出師表》：『蓋追先帝之（殊）遇，欲報之於陛下也。』善注：『遇，謂以恩相接也。』傾倒，猶心折。鮑照《答休上人》：『味貌復何奇，能令君傾倒。』按：《晉書・陸機傳》：『太康末，與弟雲造太常張華。華素重其名，如舊相識，曰：伐吴之役，利獲二俊。』蓋指此也。亮，誠然。誠，誠信。《爾雅・釋詁》：『亮，信也。』又『誠，信也』。此三句表達對光禄眷顧知遇之感激，道德深厚之心儀。

②石行文，事迹不詳，從後文看當爲吴人。其《與戴季甫書》曰：『石行文在無錫，大有清績，一州之高功長吏。此家行素道實，州閭所稱。……凡在羽族，思附鳳翼。』可知，行文出身寒門，曾在毗陵郡無錫爲

官。敦素，敦厚質樸。《廣韻》：「敦，厚也。」篤邃，篤志深遠。《廣韻》：「篤，厚也。」《說文》：「邃，深遠也。」道實，懷道充實。《廣韻》：「實，滿也。」茂淑，美善也。潘岳《楊仲武誄》：「篤生吾子，誕茂淑姿。」翰注：「茂，美。淑，善也。」器敏，才器敏捷。器，喻才能。《易·繫辭下》：「弓矢者，器也。……君子藏器於身，待時而動。」《說文》：「敏，疾也。」南州，屬淮南郡。殷仲文《南州桓公九井作》善注：「《水經注》曰：淮南郡之于湖縣南所謂姑熟，即南州矣。」

③ 東行，由東而來之。望風，猶仰望。李陵《答蘇武書》：「遠託異國，昔人所悲。望風懷想，能不依依。」翰注：「望風，謂遠望也。」託，指託身張公。繾綣，殷切深厚。《詩·大雅·民勞》：「無縱詭隨，以謹繾綣。」毛詩傳：「繾綣，反覆也。」副，猶稱，符合。《篇海類編》：「副，稱也。」乃，汝，指石行文。《廣韻》：「乃，汝也。」

此書一是謝張華眷顧恩遇之仁惠，二是向張華薦舉石行文，並介紹了行文之心性、德行、才能、思學幾個方面。文約而意豐。

【備考】

《與張光祿書》三首，第一書論人倫少長之秩序，第二書謝張公對顧氏兄弟之眷顧，第三書向張公薦舉石行文。考其內容，第一書並非「與張光祿」，而是《與朱光祿》，文集誤題。其文「長幼之序，人倫大司」云云，同《與朱光祿書》「少長之禮，教化所崇」云云，內容相近，應是寄呈同一人的作品。

張光祿即張華，拜光祿大夫，始于元康元年，終於元康六年。《晉書·張華傳》：「及瑋誅，華以首謀有功，拜右光禄大夫，開府儀同三司、侍中、中書監，金章紫綬。華固辭開府。』又《晉書·惠帝紀》：元康元年，『六月，賈后矯詔使楚王瑋殺太宰、汝南王亮，太保、菑陽公衛瓘。乙丑，以瑋擅殺亮、瓘，殺之』。又：『六年春正月，大赦。司空、下邳王晃薨。以中書監張華爲司空。』據此可知，士龍《與張光禄書》應該寫作於元康元年至六年之間。是時，惠帝初登帝位，八王之亂方萌，西晉並未衰落，故不可能稱之『季世』，也不可能稱之『中葉陵遲』。二陸入洛，既無祖蔭可庇，亦無權貴可依，所以『好遊權門』，在二陸集中，絶少直接批評現實的作品，唯士衡有《豪士賦》批評齊王司馬冏，是乃作於冏被誅之後。因此，從陸雲文集中《與朱光禄書》及《與張光禄書》第一書對現實批判的内容看，二書皆作於入洛之前，所論之『季世』『中葉陵遲』云云，必是追述東吴，而非論晉。同《嚴宛陵書》『少長之序，禮之大司。晚節陵替，舊章殘棄』，性質相同。是乃可與鄉賢論之，不宜與北人言之。朱光禄、嚴宛陵皆吴人，吴亡後又皆隱居故鄉。故此書必是同爲《與朱光禄書》無疑，或後人誤題，或翻刻之誤。朱光禄名誕，字永長，乃吴郡世族。《三國志》《晉書》皆無傳，其任光禄大夫之職未詳何時。唯見《晉書·顧衆傳》：『顧衆字長始，吴郡吴人……衆出後伯父，早終，事伯母以孝聞。光禄朱誕器之。』餘不可考。

與嚴宛陵書①

【題解】

此書强調長幼倫理秩序，對季世倫理殘棄深爲惋惜，士龍希望嚴隱遠思令典，敬承高風，使不負邦民之望，並藉此表達款曲之情。據《世説新語·賞譽》劉孝標注曰：『嚴隱字仲弼，吴郡人……吴朝舉賢良，宛陵令。吴平去職，九皋之鳴鶴，空谷之白駒也。』則可知此書當作於吴亡之前。

少長之序〔一〕，禮之大司②。晚節陵替，舊章殘棄③。瞻言令典，既慕欽承④。仰憑高風，實副邦民⑤。謹奏下敬，以藉虔欸⑥。思復未遠，庶免悔吝〔二〕⑦。

【校勘】

〔一〕『序』，《西晉文紀》卷十七作『叙』，古二字通。

〔二〕『吝』，《文集》、叢書堂鈔本、《四部叢刊》本、鄧邦述校本作『悋』，《七十二家集》本、《百三家集》本作『吝』，古二字同。《廣韻》：『吝，俗作悋。』今改爲正字。

【注釋】

① 嚴宛陵，即嚴隱。《世説新語·賞譽》：『有問秀才吴舊姓何如？答曰：……嚴仲弼九皋之鳴鶴，空谷之白駒。』劉孝標注曰：『嚴隱字仲弼，吴郡人，禀氣清純，思度淵偉，吴朝舉賢良，宛陵令。吴平去職，九皋之鳴鶴，空谷之白駒也。』

② 大司，謂首也。《玉篇》：『司，主也。』

③ 晚節，晚年，喻末世。鄒陽《上書吴王》：『至其晚節末路，張耳、陳勝連從兵之據，以叩函關，咸陽遂

危。』陵替，衰廢也。《後漢書・樊準傳》：『鄧太后臨朝，儒學陵替。』《爾雅・釋言》：『替，廢也。』

④ 瞻言，猶言遠慮。《詩・大雅・桑柔》：『維此聖人，瞻言百里。』毛詩傳：『瞻言百里，遠慮也。』瞻，視也，言，語助詞。令典，完美之法令。見上注。欽承，恭敬繼承。《書・胤征》：『爾衆士同力王室，尚弼予欽承天子威命。』《玉篇》：『欽，欽敬也。』

⑤ 高風，高卓之風範。夏侯湛《東方朔畫贊》：『睹先生之縣邑，想先生之高風。』副，猶稱，符合。見上注。

⑥ 藉，同耤，借也。見上注。虔欵，虔誠之情。欵，同款。見上注。

⑦ 思復，思返。《詩・小雅・我行其野》：『爾不我畜，言歸思復。』毛詩傳：『復，反也。』此謂回歸人倫禮教。庶，庶幾，希冀之詞。《玉篇》：『庶，幸也，庶幾，尚也。』悔吝，猶悔恨。《易・繫辭上》：『悔吝者，憂虞之象也。』《廣韻》：『吝，悔吝，又惜也，恨也。』

[附]嚴宛陵答〔一〕

奉詠美旨，流風綽遠。復禮興仁，命世之作。獲尚齒之况，無尊賢之報。抱此永懷，愧歎何有。君子弘道，厚文無施。是用釋筆，歸于神要。

【校勘】

〔一〕此篇《西晉文紀》卷十七作『宛陵令嚴隱答陸雲書』；《七十二家集》本、《百三家集》本作『嚴隱答陸雲書』。

與戴季甫書七首①

【題解】

此七書之內容，有對季甫因曠年情問廢缺的思念之情；有歎息友人季鸞家族凋零、周浚遽然而卒的痛惜之情；有諮詢荆州武陵士人仕宦之現狀，對季楊命途多舛、郭訥懷才不遇的歎惋；亦有叙述與友人相見之歡，離别之情。當非一時之所作，然均作於入洛之後則無疑。具體時間詳見每書之考辨。

一

雲頓首頓首：惟夏始暑，願府館萬福，疾病處遠②。人信希少，情問闕替，中〔一〕間曠年，瞻〔二〕慕敬想，興言反側③。□□隆敦〔三〕，比辱慰誨，銜抱豐眷，以增悲迹④。不勝勤企，謹及君之書，不以備⑤。

【校勘】

〔一〕『中』，《七十二家集》本作『申』，誤。

〔二〕『瞻』，《四部叢刊》本、陳仲魚校本作『膽』，形近而誤。

〔三〕『□□隆敦』，《文集》脱二字。《西晉文紀》卷十七、《七十二家集》本、《百三家集》本注曰：『隆敦，上有脱誤。前後文均以四字成句，當脱二字。』

【注釋】

①戴季甫，事迹不詳。

②府館，官舍。《三國志·吴·諸葛恪傳》：『軍還，陳兵導從，歸入府館。』此後二句乃祝福之語。

③信，即今之書信。王羲之《雜帖》：『朱處仁今何在？往得其書信，遂不取答。』闕替，猶言廢缺，缺少。《爾雅·釋言》：『替，廢也。』間，間隔。《廣韻》：『間，隔也。』曠年，多年，長年。《公羊傳·閔公二年》：『比三君死，曠年無君。』瞻慕，猶仰慕。《玉篇》：『瞻，視也。』興言，謂起卧不寧。《詩·小雅·小明》：『念彼共人，興言出宿。』鄭玄箋：『興，起也。夜卧起宿於外，憂不能宿於内也。』反側，輾轉不寐，謂思念。見上注。

④隆敦，謂情之深厚也。《廣韻》：『敦，亦厚也。』比辱，謂屢次有辱賜書。李商隱《爲舍人絳郡公上李相書》：『遂俾南憲中臺，屢承闕乏；内庭西掖，比辱昇遷。』《廣韻》：『比，比次。』慰誨，存問教誨，謙指書信。《玉篇》：『慰，問也。』銜抱，猶言含情。抱，猶情懷。《宋書·范曄傳》：『然區區丹抱，不負夙心。』豐眷，眷顧深厚。《玉篇》：『眷，顧也。』愚迹，愚昧之行爲，指『情問闕替』之行爲。《字彙》：『凡有形可見者皆曰迹。』

⑤勤企，殷切思念。韓愈《答渝州李使君書》：『欽想所爲，益深勤企。』《玉篇》：『企，舉踵也。』及君之書，謂复君之書。《廣韻》：『及，至也，連也。』不以備，謂言不盡意。《廣韻》：『備，備具也。』

此封書信乃答戴季甫書而作。言雖書簡稀少，曠年情問废缺，然其思念之情深厚，而對方的屢屢賜書存問，則使我慚愧其情問废缺之行也。

從『中間曠年』『比辱慰誨』句看，二人不見已有數年，且戴氏已有數書與陸雲，而後書又有『曠遠以來，忽踰年載』之句，兩相較之，後書所作時間當在此書之前，後書作於元康六年（二九六）之次年，此書又在此後也。

二

陸雲〔一〕頓首頓首：曠遠以來，忽踰年載。宗想輝蔭，引領惟慕①。東歸之後，疾患增瘵。且道路悠遠，不值信便②。久念自脩，而經年不果③。雖在伏枕，至於結心注望，實係光塵④。累蒙誨命，舊眷惟新。執對之日〔二〕，如或面展⑤。長塗自替，聽誨未〔三〕由，瞻企勤戀，守以委重〔四〕⑥。表不具〔五〕，今更繼情⑦。

【校勘】

〔一〕『陸雲』，以行文體式看，『陸』字或爲衍文。

〔二〕『日』，《諸家文集》本、《四部叢刊》本、鄧邦述校本、陳仲魚校本作『曰』，形近而誤。

〔三〕『未』，《四部備要》本作『末』。

〔四〕『守以委重』以下三句，鄧邦述校本斷於下書。

〔五〕「具」，《文集》、叢書堂鈔本、《四部叢刊》本、鄧邦述校本、陳仲魚校本作「且」，語意扞格。《西晉文紀》卷十七、《七十二家集》本、《百三家集》本作「具」，今據改。

【注釋】

① 踰，越過。《説文》：「踰，越也。」年載，一年。《廣韻》：「載，年也。」宗想，猶崇敬思之。《廣韻》：「宗，尊也。」輝蔭，指季甫之輝光庇蔭。引領，延頸，形容思慕之殷切。曹植《贈白馬王彪》：「顧瞻戀城闕，引領情内傷。」惟慕，思慕。《玉篇》：「惟，思也。」

② 瘵，猶病重。《説文》：「瘵，勞病也。」值，遇。徐鍇《説文繫傳》：「值，一曰逢遇。」信便，猶適宜之信使。《字彙補》：「信，古謂使者爲信。」《字彙》：「便，宜也。」

③ 自修，修養道德。《玉篇》：「如琢如磨，自脩也。」郭璞注：「玉石之被雕磨，猶人自脩飾。」脩，同修。果，實現。《廣雅·釋詁》：「果，信也。」劉淇《助詞辨略》卷三：「凡言與事應曰果。」

④ 伏枕，指病卧在牀。結心，猶凝心。《詩·曹風·鳲鳩》：「其儀一兮，心如結兮。」朱熹《詩集傳》：「如結，如物之固結而不散也。」注望，眷念關注。《韻會》：「注，眷注。」係，猶連。《廣韻》：「係，連係。」光塵，輝光與蹤迹，指季甫。顔延年《秋胡詩》：「自昔枉光塵，結言固終始。」

⑤ 誨命，指所賜之書信。《玉篇》：「誨，教示也。」舊眷惟新，謂舊情新意交織。語擬《書·盤庚上》：「人惟求舊，器非求舊，惟新。」執對，指持書視之。《廣韻》：「執，持也。」面展，謂見面。《廣韻》：「展，舒也，審也。」

⑥ 自替，猶自廢，謂道路遠而不往也。《詩·大雅·召旻》：『彼疏斯粺，胡不自替。』毛詩傳：『替，廢。』聽誨未由，無因聽其教誨。由，因。《廣韻》：『由，用也。』瞻企，舉足瞻望。《玉篇》：『企，舉踵也。』勤戀，勤苦思念。《説文》：『勤，勞也。』委重，委以重任。權德輿《南川郡王劉公紀功碑銘》：『任當委重，往必投艱。』《玉篇》：『委，屬也。』

⑦ 不具，不盡意。《玉篇》：『具，備也。』繼情，紹續其情。《廣韻》：『繼，紹繼。』

此封書信亦抒發情問廢缺的思念之情。分別年餘，道路遥遠，延頸思之。東歸之後，一因疾病纏身，二因不值信使，三因修德進業，四因身受重任，故經年而未有情問，然即使病卧，依然心繫神馳，每獲書信，猶如晤面。雖無由聽其教誨，而勤企之情彌深。

此書所作時間無考，書有『東歸之後』句，士龍東歸時間較長者有兩次：第一次是天紀四年（二八〇）吴亡，二兄晏、景被殺，次年與兄機扶柩東歸，而後屏居鄉里，閉門讀書。第二次是入洛以後，于元康六年（二九六）任吴王晏郎中令。晏鎮淮南，在洛陽之東，或可謂之『東歸』。書有『守以重任』『忽踰年載』之句，故此書當作於任淮南郎中令之次年既元康七年也。

三〔一〕

季鸞、公世，相係徂落。俊德茂業，邦家之彦。一朝並逝，永〔二〕爾淪没，哀痛切裂，不能自勝，柰何柰何①！江南初平，人物失叙，當賴俊彦，彌縫其闕。加在二賢，楚國之良。沉寶積實，未章〔三〕大朝。重惟痛恨，言增哀咽②。誠念仁風篤烈，如在疇昔。意愛所隆，嗟悼之心，誠不可言③。備蒙其分，情兼切傷，加承仁誨，益以惻愴④。

【校勘】

〔一〕按：此書《文集》、叢書堂鈔本、《四部叢刊》本、鄧邦述校本、陳仲魚校本皆與上書合爲一首。《西晉文紀》卷十七曰：『季鸞以下疑别自一篇。』今據《西晉文紀》卷十七、《百三家集》本分謂二首。

〔二〕『永』，《文集》、《諸家文集》本、叢書堂鈔本、《四部叢刊》本、陳仲魚校本作『求』，或形近而誤。《七十二家集》本、《百三家集》本、鄧邦述校作『永』，影鈔宋本校亦作『永』，今據改。

〔三〕『章』，《四部叢刊》本、鄧邦述校本、陳仲魚校本作『童』，《西晉文紀》卷十七、《七十二家集》本、《百三家集》本作『重』，並形近而誤。

【注釋】

① 季鸞、公世，事迹不詳。相係，相繼。《玉篇》：『係，継也。』徂落，死亡。《爾雅·釋詁》：『徂落，死也。』郭璞注：『古者死亡尊卑同稱耳。故《尚書》堯曰殂落，舜曰陟方乃死。』邦家之彦，家國之俊才。《詩·鄭風·羔裘》：『彼其之子，邦之彦兮。』毛詩傳：『彦，士之美稱。』切裂，形容心如刀割。《廣韻》：『切，割也。』自勝，自持。《廣韻》：『勝，任也。』

② 失敘，失其次序，謂失其官秩。《廣韻》：『敘，次弟。』賴，依。《廣韻》：『賴，恃也。』彌縫，猶言彌補。《左傳·桓公五年》：『先偏後伍，伍承彌縫。』杜預注：『彌縫闕漏也。』良，指良才。沉寶積實，喻身藏才器。

大朝，指晉朝。章，同彰。《左傳·昭公三十一年》：『或求名而不得，或欲蓋而名章。』《玉篇》：『章，明也。』又《説文》：『彰，文章也。』痛恨，痛惜。《玉篇》：『恨，自怨也。』

③篤烈，厚業。《廣韻》：『篤，厚也。』《爾雅·釋詁》：『烈，業也。』郭璞注：『謂功業也。』疇昔，猶昔也。《禮記·檀弓上》：『予疇昔之夜，夢坐奠於兩楹之間。』鄭玄注：『疇，發聲也。昔，由前也。』意愛所隆，謂意其所愛之盛也。《廣韻》：『隆，盛也，豐也。』嗟悼，傷歎。《廣韻》：『悼，傷也。』

④備蒙其分，謂備受其深情。《玉篇》：『分，意深也。』切傷，猶切裂。見上注。仁誨，惠賜之教，指書信。《廣韻》：『誨，教示也。』惻愴，凄傷。《説文》：『惻，痛也。』

此封書信乃歎息季鸞、公世相繼凋零的痛惜之情。二人出身世家，人才濟濟，相繼淪没，令人心肝摧折。而東吴傾覆，人失官秩，當依俊傑入仕，彌補闕漏，然其沉淪而未重于晉，故痛惜哀咽。追念仁風厚業，深情厚意則更加悲愴如割也。在痛悼之情中滲透着强烈的重振家國之風的願望。

由『江南初平』句看，此書所作當在東吴初亡之時，吴亡于天紀四年（二八〇），是書當作於是年之後，機、雲入洛之前。

四

武陵於荆州〔一〕，云多人士。聞周孟子、伍令明、潘世長諸人，並爲美德，心常依依①。今日遭遇良驥展才〔二〕之秋也，不審達者凡有幾人②？無因〔三〕聽承誨語，咨禀未聞。每懷勤企，表不盡言③。

【校勘】

〔一〕此句意不可釋，當有脱誤，或爲『武陵之於荆州』之訛。諸本如此，無從校補。

〔二〕『才』，《文集》、叢書堂鈔本、《四部叢刊》本、鄧邦述校本、陳仲魚校本作『士』，形近而誤。《西晉文紀》卷十七、《七十二家集》本、《百三家集》本作『才』。影鈔宋本亦校作『才』，今據改。

〔三〕『無因』，叢書堂鈔本脱『因』，韓應陛校補。

【注釋】

①人士，指人才。周孟子、伍令明、潘世長，均武陵之士人。依依，思慕也。《後漢書·章帝紀》：『豈亡克慎肅雍之臣，皆助朕之依依？』李賢注：『依依，思慕之意。』

②遭遇，遭逢。張衡《思玄賦》：『惟天地之無窮兮，何遭遇之無常。』銑注：『言我何遭逢此無常道之代也。』《説文》：『遭，遇也。』良驥，良馬。《玉篇》：『驥，千里馬。』展才，施展才能。《爾雅·釋言》：『展，適也。』郭璞注：『得自申展，皆適意。』審，猶悉。《爾雅·釋詁》：『察，審也。』郭璞注：『皆所爲審諦。』達，猶顯赫。《孟子·盡心上》：『窮不失義，達不離道。』此指仕途通達。凡有，共有。《廣雅》：『凡，皆也。』

③無因，無由，無緣。《玉篇》：『因，緣也。』咨稟，請教，稟告。陶淵明《卿大夫孝傳贊·孔子》：『游夏之徒，常咨稟焉。』《韻會》：『受命曰稟。』此指遺書詢問。勤企，殷切思念。《玉篇》：『企，舉踵也。』

此封書信乃諮詢荆州武陵士人仕宦之現狀。荆州乃東吴之重鎮，故此書心繫吴地士人，家國之念亦溢於言表也。

從『今日遭遇，良驥展才之秋也』句看，此書所作時間當是在機、雲入洛之後。機、雲太康十年（二八九）入洛，是年武帝駕崩，惠帝即位，改元永熙，次年，賈后引楚王瑋入京，引起八王之亂，自此朝廷日亂，西晉漸至衰落。既言『良驥展才之秋』，當在機、雲入洛之初，或即永熙元年（二九〇）。

五

長遊前下，停此十餘日，想德欣喜，無以爲喻①。分別悢悢，于今戀之，當暑遠涉，益追心懸②。清粹沈茂，思敏通微，居德履道，秉心真實，貴一時良彦③。君之別久，見之懽察。風姿美令，心神烈暢，已成美器。欽愛之情，欵〔一〕然至實④。近聞若思未有通塗，每用於邑⑤。

【校勘】

〔一〕『欵』，《文集》作『款』，古二字同，《玉篇》：『款，誠也。俗作欵。』。然考《文集》用『款』，皆作『欵』。《西晉文紀》卷十六、《百三家集》本、叢書堂鈔本、《四部叢刊》本、鄧邦述校本、陳仲魚校本作『欵』，今據改。

【注釋】

① 長遊，事迹不詳。想德欣喜，謂懷想德音，見之欣喜。

② 悢悢，應作悢悢，悲傷也。陸機《謝平原内史表》：『所以臨難慷慨，而不能不悢悢者，唯此而已。』五臣作悢悢。銑注：『悢悢，悲也。』《通雅》：『悢悢，猶眷眷也。』當暑，冒暑。《玉篇》：『當，任也。』益追心懸，

謂更加追思牽掛。《玉篇》：「懸，掛也。」

③ 清粹，清高純正。元結《元謨》：「故大道清粹，滋於至德。」《玉篇》：「粹，精也，粹然正也。」沈茂，深厚而美也。茂，美。《詩・齊風・還》：「子之茂兮，遭我乎峱之道兮。」毛詩傳：「茂，美也。」思敏，思之敏捷。《説文》：「敏，疾也。」通微，察微而知幾。《易・繫辭下》：「幾者，動之微，吉之先見者也。」韓康伯注：「幾者去無入有，理而未形，不可以名尋，不可以形睹者也。唯神也，不疾而速，感而遂通，故能朗然玄照，鑒於未形也。」履道，踐行于道。《易・履》：「履道坦坦，幽人貞吉。」《説文》：「履，足所依也。」居德，猶言守德。《易・夬》：「君子以施禄及下，居德則忌。」《廣韻》：「居，當也，處也。」秉心，持心。《玉篇》：「秉，持也。」真實，本性真誠。《莊子・田子方》：「虚緣而葆真，清而容物。」《經典釋文》卷二十七：「真，司馬云：真身也。」《廣韻》：「實，誠也。」良彦，良才。見上注。

④ 懽察，歡樂之至。《廣韻》：「懽，同歡。」又「察，至也」。美令，美善。《廣韻》：「令，善也。」烈暢，十分暢達。《玉篇》：「烈，火猛也。」又「暢，達也，通也」。欽愛，敬愛。《説文》：「欽，一曰敬也。」欵然，款曲之情。《玉篇》：「款，款曲也。俗作欵。」實，飽滿，深厚。《廣韻》：「實，滿，誠也。」

⑤ 若思，戴淵，字若思，一名戴儼，蓋避晉諱，廣陵人。通塗，喻仕徒暢達。用，因。《廣韻》：「用，以也。」邑，通悒，愁悶不樂貌。朱駿聲《説文通訓定聲》：「邑，假借爲悒。」

此封書信乃叙述與長遊相見之歡，離別之惆悵與牽掛；讚美了長遊德性、才識、風姿、胸襟氣度。最後附言對戴若思仕途坎坷之鬱悒。寫相見、寫離別、寫懸想，猶然動人，既見士龍之性情，又折射了身居異鄉之孤獨。

此書所作時間難以確考，從「近聞若思未有通塗」句看，當在戴若思入洛之後尚未宦達之前。戴若思少好遊俠，不拘操行。遇陸機赴洛，與其徒掠機。機察淵之舉止，知非常人，遥謂之曰：『卿才器如此，乃復作劫邪！』若思感悟，流涕投劍就之。機與言，深加賞異，遂與定交。若思後舉孝廉入洛，機作《與趙王倫牋薦戴淵》，倫乃辟之。除沁水令，不就，遂往武陵省父。『未有通塗』蓋指此也。機薦若思當在趙王倫攝政時。據《晉書·惠帝紀》倫于永康元年三月，廢賈后，誅賈謐，矯詔大赦，自爲相國，永康元年四月被誅。而書又言『當暑遠涉』，故可知此書亦當作於永康元年（三〇〇）夏。

六〔一〕

周安東昔奄薨徂，追〔二〕慕切剥，不能自勝①。勳業弗〔三〕究，早〔四〕爾背世，遺惠鄗州，民物同哀，備記名義，情兼切裂②。在此會同，每言高重武陵，至心欸〔五〕列，誠念篤終，必垂悽愴③。

王季楊孝友行素，既簡清塵，在此接近，備其所顧④。居心秉尚，用志不苟⑤。公私操實，足爲美器⑥。今爲士斷，品還此郡⑦。前群小虚妄，遂下其編牒，爲之憤歎⑧。人物遠主〔六〕，彝倫多失。願垂末光，益有以潤⑨。區區至心，謹復言意⑩。戴彥遠、永昌猶爲遠小，想其必有惠政耳⑪。

【校勘】

〔一〕按：從内容看，此書當是兩書，然諸本皆然，無從校改。

〔二〕『追』，《西晉文紀》卷十七作『迫』，形近而誤。

〔三〕『弗』,《文集》、叢書堂鈔本、《四部叢刊》本、鄧邦述校本、陳仲魚校本作『有』,與下句文意牴牾。《西晉文紀》卷十七、《七十二家集》本、《百三家集》本、影鈔宋本、《全晉文》卷一〇二作『弗』,今據改。

〔四〕『早』,《西晉文紀》卷十七作『蚤』,古二字通。

〔五〕『欵』,《百三家集》本作『款』,古二字同。

〔六〕『主』,《西晉文紀》卷十七、《七十二家集》本作『土』;《百三家集》本、影宋鈔校作『士』。考其文意,或以『土』爲善。

【注釋】

① 周安東,《西晉文紀》卷十七注曰:『安東,周浚。』周浚字開林,汝南安成人。仕魏爲尚書郎。入晉,累遷御史中丞、揚州刺史等,後代王渾爲使持節、都督揚州軍事、安東將軍,卒于位。《晉書》有傳。奄,忽然。《廣韻》:『奄,忽也。』薨徂,卒也。徂,同殂。《玉篇》:『殂,死也。今作徂。』切剥,肝膽摧裂,謂痛苦之極。《楚辭·九思·憫上》:『思佛鬱兮肝切剥,忿悁悒兮孰訴告?』自勝,自持。見上注。

② 弗究,未竟。《玉篇》:『究,窮盡也。』鄙州,邊鄙之州,此指揚州。《廣韻》:『鄙,邊鄙也。』備記名義,謂民皆銘記其聲名仁義。《廣韻》:『備,咸也,皆也。』安東曾任揚州刺史,故言。切裂,猶切剥,肝膽摧裂,謂痛苦之極。見上注。

③ 會同,猶言聚會。應瑒《汝潁之士流離世故頗有漂泊之歎》:『晚節值衆賢,會同庇天宇。』高重武陵,謂功高山嶽。武陵,此指山名。其山脉分布於貴州、湖南、湖北之邊界地區。至心,至诚之心。陶淵明

《與子儼等疏》：『雖不能爾，至心尚之，汝其慎哉！』欵列，陳其誠心。《廣韻》：『款，誠也，至也。俗欵。』又『列，陳也，布也』。篤終，厚德而令終，鮑照《通世子自解》：『仁眷篤終，復獲淹停。』令終，善終。《詩・大雅・既醉》：『昭明有融。高朗令終。』朱熹《詩集傳》：『令終，善終。』垂，指流淚。《戰國策・燕策三》：『高漸離擊筑，荆軻和而歌，爲變徵之聲，士皆垂淚涕泣。』

④ 王季楊，行迹不詳。孝友，猶孝悌。《書・君陳》：『惟孝友于兄弟，克施有政。』孔安國傳：『言善父母者，必友于兄弟。』行素，謂行爲純樸。《小爾雅》：『素，白也。』清塵，猶清風，清雅之風也。潘岳《懷舊賦》：『余揔角而獲見，承戴侯之清塵。』向注：『清塵，猶清風，皆美言也。』接近，謂季楊所居離士龍不遠。備其所顧，準備其光臨。《玉篇》：『顧，瞻也。回首曰顧。』

⑤ 秉尚，持上，謂不同流俗也。《太平御覽》卷二百四十四引《晉中興書》：『（賀）循清直履道，秉尚貞貴。』《玉篇》：『尚，上也，高也。』不苟，不苟且，謂嚴肅也。《荀子・不苟》：『君子行不貴苟難，説不貴苟察，名不貴苟傳，唯其當之爲貴。』《廣韻》：『苟，苟且。』

⑥ 操實，心持其誠。《管子・侈靡》：『凡輕者操實也，以輕則可使。』房玄齡注：『臣須君食，故必操君實也。』《廣韻》：『實，誠也。』美器，喻賢才。江淹《傷愛子賦》：『生而神俊，必爲美器。』

⑦ 土斷，不論本地或外地遷入之人，統一在所居郡縣編著人口，納税服役，稱爲土斷。至東晉桓温乃行土斷法（《宋書・武帝紀》），故此處文字疑有訛誤。品還此郡，魏晉實行九品中正制，士人品評必還所在郡縣。

⑧ 遂下其編牒，謂在品評簿籍中品秩居下也。《玉篇》：『牒，譜也，札也。』

⑨ 遠主，謂遠離君主。或作遠土。彝倫，天地人之常道。《書・洪範》：『我不知其彝倫攸叙。』孔安國

傳：『言我不知天所以定民之常道，理次序，問何由。』《經典釋文》卷二十二：『彝，常。倫，理也。』末光，微光，此喻君主之恩澤。陸機《塘上行》：『願君廣末光，照妾薄暮年。』潤，滋潤。《玉篇》：『潤，水潤下也，滋也。』

⑩ 區區，猶小也。見上注。至心，至诚之心。見上注。猶爲遠小，謂猶治遠地小地方。

⑪ 戴彥遠、永昌，二人事迹不詳。遠小，或指邊遠小州縣之類，意不能詳。

此封書信當爲兩書，前書或與戴季甫，後書則與第七書同類。前書抒寫周浚遽而去世的痛惜之情；後書則讚美王季楊的德行、操守、才能，對其郡縣『遂下』之品評，憤慨歎息，並對君主微光遠照充滿期待。無論對死者勳業未竟的惋惜與悲悼，抑或對生者命途多舛的憤歎與期待，都充滿眷眷深情。

周浚卒年史書不載，《晉書·周浚傳》浚代王渾爲使持節、都督揚州軍事、安東將軍，卒於位。然其任此職時間史書亦不載。考《武帝紀》，咸寧三年王渾任此職，太康六年褚契任此職。推之，周浚任此職當在褚契之前，或因周浚卒而褚契遷此職。若然，則此書當作於太康六年（二八五）或稍後。

七

郭敬言蒸陽良才遠負，爲之邑歎①。以其姿望，足以致高，想不久爾耳②。石行文在無錫，大有清績〔一〕，一州之高功長史③。此家行素道實，州閭所稱。疇昔接事，既盡其才。願重榮益，以成其實④。凡在羽族〔二〕，思附鳳翼。風塵所集，無不拭目⑤。

【校勘】

〔一〕「績」，《文集》、叢書堂鈔本、《四部叢刊》本、鄧邦述校本、陳仲魚校本作「積」，形近而誤。《西晉文紀》卷十七、《七十二家集》本、《百三家集》本作「績」，今據改。

〔二〕「族」，《文集》、叢書堂鈔本、《四部叢刊》本、鄧邦述校本、陳仲魚校本作「埃」，語意扞格。《西晉文紀》卷十七、《七十二家集》本、《百三家集》本作「族」，今據改。

【注釋】

① 敬言，郭訥字，仕吴爲蒸陽令。入晉曾任太子洗馬、廣州刺史。《西晉文紀》卷十七注曰：「郭訥，字敬言，仕吴爲蒸陽令。入晉不進，陸機薦之。」《晉書》無傳。遠負，喻志向遠大。負，抱負。《淮南子·説林》：「負子而登墻，謂之不祥。」高誘注：「負，抱也。」引申懷抱。邑歎，鬱悒歎息。邑，通悒。見上注。

② 姿，風姿。《釋名·釋姿容》：「姿，資也。資，取也。形貌之稟取爲資本也。」望，爲人矚目，引申爲名望。《詩·大雅·卷阿》：「顒顒卬卬，如圭如璋，令聞令望。」

③ 清績，清正之業績。《後漢書·陳蕃傳》：「時李膺爲青州刺史，名有威政，屬城聞風皆自引去，蕃獨以清績留郡人。」

④ 行素，謂行爲純樸。見上注。道實，懷道充實。見上注。疇昔，猶昔也。見上注。接事，猶任職。盧諶《贈劉琨》：「嘗自思惟，因緣運會，得蒙接事。」向注：「得蒙接事，謂從事中郎也。」重，使厚。《廣韻》：「重，多也，厚也。」實，果實，喻功業。

⑤ 羽族，原指飛禽之類。此指寒門，以鳥羽之輕喻出身寒微。附鳳翼，喻攀附權貴者。《後漢書·光武帝紀上》：『從大王于矢石之間者，其計固望其攀龍鱗附鳳翼，以成其所志耳。』風塵所集，謂風雲際會。班固《答賓戲》：『彼皆躡風塵之會，履顛沛之勢。』善注：『風發於天，以喻君上塵從下起，以喻斯等。』銑注：『風塵顛沛，喻危亂也。』《玉篇》：『雧，聚也。今作集。』拭目，謂拭目以待。《玉篇》：『拭，清浄也。』

此封書信感慨郭訥懷才不遇，讚美石行文治政有方。並對二人未來充滿期待。

此書所作時間難以確考，然陸機有《薦賀循郭訥表》，據《晉書·賀循傳》：『賀循……久無援於朝，久不進序，著作郎陸機上疏薦循。』又機《吊魏武帝文》序曰：『元康八年，機始以台郎，出補著作。』故此表必作於是年（二二九八）或稍後。以此推之，此書當于陸機薦表差近也。

與楊彦明書七首①

【題解】

此七書之内容，有叙述彦先來時良談歡樂，去時惆悵，有表達對彦先疾病的憂慮；此外還有不見彦明之思念，歲月流逝之感慨，友人現狀之關切，永曜去世之痛楚等，亦非一時所作，然均作於入洛之後則無疑。具體時間詳見每書之考辨。

一

雲白：欽明去書不悉。彦先來，得書以爲慰②。時去苒荏，歲行復半，悲此推移，終然何及，漸已欲熱，想自如常③。悠悠守限，良談未日④。眇然東望，思以叙至，及反，憒罔不多，行矣愛德，往來相聞⑤。

【注釋】

①楊彦明，事迹不詳。《西晉文紀》卷十七注曰：『彦明，會稽人。』據《晉書·顧榮傳》載，楊彦明，會稽人，與顧榮友善，榮任中書郎時曾作書與彦明，元帝鎮江東，榮曾上書舉薦彦明。

②欽明，事迹不詳。彦先，顧榮字彦先，賀循亦字彦先。《晉書》並有傳。以理推之，當是指顧榮，因爲榮與彦明關係密切，有書信往來。賀循則未見載。

③苒荏，猶荏苒，漸進也。潘岳《悼亡詩》：『荏苒冬春謝，寒暑忽流易。』善注：『荏苒，漸也。冉冉，歲月流貌也。』終然何及，指年終未幾而至。如常，謂天熱如往常。

④悠悠守限，謂無盡的職責限制。《説文》：『守，守官也。』《玉篇》：『限，國也，度也。』未日，未盡一日，謂旋即離別。

⑤眇然，遠望貌。《説文》：『眇，一目小也。』《正韻》：『眇，微也，細也，末也。』思以叙至，謂思念之情已叙及。及反，及至歸來。反，同返。《列子·湯問》：『寒暑易節，始一反焉。』憒，心亂貌。《玉篇》：『憒，憒憒，心亂也。』罔不多，强調多。《爾雅·釋詁》：『罔，無也。』愛德，謂懷想其德音。往來相聞，謂常相往來，互通音訊。此乃反老子、莊子之意而用之。《莊子·胠篋》：『鄰國相望，鷄狗之音相聞，民至老死而不相往來。』又見《老子》第八十章。

此封書信叙述彦先來時良談歡樂，去時惆悵，並期待常能相見。但作者却把重心放在表達時光易逝上，而正是時光易逝，方覺相見彌足珍貴，二者互爲推衍，使情彌深也。從『彦先來』句看，此書所時間第三書差近，詳第三書考辨。

二

雲白〔一〕：省示累紙，重存往會，益以增歎①。年時可喜，何速之甚。昔年少時，見五十公，去此甚遠，今日冉冉已近之已。耳順之年，行復爲憂歎也②。柯〔二〕生而多悦，樂春未猒〔三〕，秋風行戒，已悲落葉矣③。人道多故，懽樂恒乏，敖〔四〕遊此世，當復幾時④？各爾永鬲〔五〕，良會每闊〔六〕。懷想親愛，寤寐無忘，書無所悉⑤。

【校勘】

〔一〕『雲白』，《文集》、《四部叢刊》本、《四部備要》本作『陸雲白』。《西晉文紀》卷十七、《七十二家集》本、《百三家集》本無『陸』字。考上書體例，『陸』字當係衍文，故據删。

〔二〕『柯』，明鈔本作『何』，形近而誤。

〔三〕『猒』，《西晉文紀》卷十七、《七十二家集》本、《百三家集》作『厭』，古二字同。又《西晉文紀》卷十七注曰：『「柯生」至「未猒」，有脱誤。』考其文意，似亦不誤。

〔四〕『敖』，《西晉文紀》卷十七、《百三家集》本作『遨』，古二字同。

〔五〕「鬲」，《文章辨體彙選》卷二百六十一作「隔」，古二字通。

〔六〕「闌」，《文章辨體彙選》卷二百六十一作「難」。

【注釋】

① 累紙，指信紙多也。《正字通》：「累，疊也。」重存，猶重温。《廣韻》：「存，恤問也。」

② 耳順之年，年六十。《論語·爲政》：「五十而知天命，六十而耳順。」何晏《集解》：「鄭玄曰：耳順，聞其言而知其微旨也。」

③ 柯，指枝葉。陸機《文賦》：「至於操斧伐柯，雖取則不遠，良難以辭逮。」《玉篇》：「柯，枝也。」猒，滿足。《廣韻》：「猒，飽也。」行戒，謂四時運行而警戒人時光流逝也。《玉篇》：「戒，警也。」

④ 故，意外之變故。《周禮·天官冢宰》：「國有故，則令宿其比亦如之。」鄭司農注：「故，謂禍災。」懽，喜悦。《玉篇》：「懽，悦也。」《正字通》：「懽，同歡。」恒乏，常有不足。《玉篇》：「恒，常也，久也。」敖遊，同遨遊。《詩·邶風·柏舟》：「微我無酒，以敖以遊。」陸德明《經典釋文》卷五：「敖，本亦作遨。」又《玉篇》：「敖，遊也。」

⑤ 各爾，猶各自也。爾，語助詞。王引之《經傳釋詞》卷七：「鄭注《檀弓》曰：爾，語助也。」永鬲，長久分離。《玉篇》：「永，長遠也。」鬲，通隔。朱駿聲《説文通訓定聲》：「鬲，假借爲隔。」闌，稀少。《廣韻》：「闌，希也。」親愛，親近愛戴之人，此指故友。《禮記·大學》：「所謂齊其家在脩其身者，人之其所親愛而辟焉。」寤寐，猶日夜。《詩·周南·關雎》：「窈窕淑女，寤寐求之。」毛詩傳：「寤，覺；寐，寢也。」悉，謂盡意

也。《廣韻》：『悉，《說文》云：詳盡也。』

此封書信乃得彦明書後而産生的感歎。時光喜人，然來去匆匆，昔日少年，今已衰老，春天之樂未足，而秋葉已落，人道多故，良會難得，故親愛之思縈於心也。

從『昔年少時，見五十公，去此甚遠，今日冉冉已近之已』之句看，士龍此書必作於四十歲後，而據《晉書·陸雲傳》載，士龍于太安二年十月後被殺，年四十二，故此書當作太安元年至二年（三〇二—三〇三）十月之間。

三

彦先來，相欣喜，便復分别，悵悵不可言①。階塗尚否，通路今塞，令人罔〔一〕然②。名論允進，遠而有光者，度此顯期，不淹民望耳③。廟堂〔二〕之士，比迹山棲者，悲歎豈唯一人〔三〕④？少明湘公，亦不成遷，名公之舉，且可以爲資。然今悵悵當行，行復有宜耳⑤。

【校勘】

〔一〕『罔』，《西晉文紀》卷十七、《七十二家集》本、《百三家集》本作『惘』，古二字通。

〔二〕『廟堂』，《文集》、叢書堂鈔本、《四部叢刊》本、鄧邦述校本、陳仲魚校本作『廛堂』，語意扞格。《西晉文紀》卷十七、《七十二家集》本、《百三家集》本作『廟堂』，今據改。

〔三〕『比迹山棲者，悲歎豈唯一人』，《文集》、叢書堂鈔本、《四部叢刊》本、鄧邦述校本、陳仲魚校本作

「比迹山歎棲者，悲豈唯一人」，今據《百三家集》本、影鈔宋本校改。又《西晉文紀》卷十七作「比迹山棲，往者悲歎，豈惟一人」，亦可通。

【注釋】

① 恨恨，應作悢悢，悲傷也。見上注。

② 階塗，猶官之品秩。《魏書·張彝傳》：「彝及李韶……計其階途，雖應遷陟，然恐班秩猶未賜等。」尚，增加。《廣雅·釋詁》：「尚，加也。」通路，指升遷之路。罔然，猶惘然。張衡《東京賦》：「罔然若酲，朝疲夕倦，奪氣褫魄之爲者也。」薛綜注：「罔然，猶惘惘然也。」

③ 名論，猶名望。《後漢書·符融傳》：「融察其非真，二人自是名論漸衰。」允進，誠可進也。歐陽修《與馮章靖公》：「唐史奏御，遽陳危懇，而未蒙聽允進。」《玉篇》：「允，信也。」顯期，顯達之時。《廣雅·釋言》：「期，時也。」淹，淹没。《集韻》：「淹，又没也。」

④ 廟堂，君主接受朝見、議論政事的殿堂，此指朝廷。《爾雅·釋宫》：「室有東西廂曰廟。」郭璞注：「夾室前堂。」廟堂之士，指爲官者。比迹，足迹相連。《説文》：「比，密也。二人爲从，反从爲比。」比迹山棲者，指隱士。因吴國覆亡，舊朝官宦退守山林，故謂本是廟堂之士，却相繼隱居山林。

⑤ 少明，夏靖，字少明。見《晉故豫章内史夏府君誄》。湘公，事迹不詳。資，憑藉。《廣韻》：「資，助也，機也。」宜，平安。《廣韻》：「宜，安也。」

此封書信叙述彦先來時之歡樂，别時之憂傷，以及對其仕途偃蹇之惆悵，未來顯達之期待，不遇于時之安慰，文約而意豐，此之謂也。此文所叙述彥先仕途偃蹇事，當和《與兄平原書》第三一書『近得洛消息，滕永適去二十日書，彥先訪爲驃騎司馬。又云似未成，已訪難解耳』，指同一事。

此書所作時間不可確考，然從《與兄平原書》看，士龍作此書當不在洛陽，而此書作時當與上書時間相差不遠。以理推之，亦當在雲任清河内史與出任成都王司馬穎幕僚之時。雲任清河内史與兄機任平原内史同時，據《晉書・陸機傳》：『倫將篡位，以爲中書郎。倫之誅也，齊王冏以機職在中書，九錫文及禪詔疑機與焉，遂收機等九人付廷尉。賴成都王穎、吴王晏並救理之，得減死徙邊，遇赦而止。……穎以機參大將軍軍事，表爲平原内史。』趙王倫被誅于永寧元年（三〇一）四月，機、雲放任外職當在是年末，太安二年（三〇三）十月後兄弟被殺，故此書當作於是年歲末與太安二年之間。

四

彥先相説，疾患衛〔一〕欲增廢，深爲怛〔二〕然①。行向衰〔三〕，篤疾來應，百年之望，雖未必此爲疑，然親親所以相卹之一感耳②。想懃〔四〕服藥，行復向佳耳③。吾既常羸〔五〕，間來體中亦恒少賴④。日爾匆匆〔六〕，則〔七〕堪自力，未速待罪，會期難尅⑤。情之戀想，何勞之多？好自愛，屢相聞⑥。

【校勘】

〔一〕『衛』，《西晉文紀》卷十七、《七十二家集》本、《百三家集》本、影鈔宋本作『漸』。二字語意相近。

〔二〕「怛」，《文集》、叢書堂鈔本、《四部叢刊》本、鄧邦述校本、陳仲魚校本作「恒」，形近而誤。《西晉文紀》卷十七、《七十二家集》本、《百三家集》本作「怛」，今據改。影鈔宋本校曰：「恒，疑當作恨。」作「恨」亦可通。

〔三〕「衰」，《諸家文集》本、《四部叢刊》本、鄧邦述校本作「襄」。《七十二家集》本、《百三家集》本作「衰」，陸貽典亦校作「衰」，今據改。又，此句《西晉文紀》卷十七作「行向衰襄」。

〔四〕「懃」，《西晉文紀》卷十七、《百三家集》本作「勤」，古二字同。

〔五〕「羸」，《文集》、叢書堂鈔本、《四部叢刊》本、鄧邦述校本、陳仲魚校本作「嬴」，形近而誤。《西晉文紀》卷十七、《七十二家集》本、《百三家集》本作「羸」，今據改。

〔六〕「日」，《文集》、叢書堂鈔本、《四部叢刊》本、鄧邦述校本、陳仲魚校本作「曰」，形近而誤。《西晉文紀》卷十七、《七十二家集》本、《百三家集》本作「日」，今據改。又「匆匆」，《西晉文紀》卷十七、《百三家集》本、《四部備要》本作「匆匆」。《四庫全書考證》卷九十五曰：「刊本「匆」訛「匆」。考各本碑帖及《西晉文紀》皆作「匆」。凌義渠《相煙録》詳辨之，今據改。」按：今文淵閣四庫本《西晉文紀》作「匆匆」。

〔七〕「則」，《文集》、《諸家文集》本、叢書堂鈔本作「財」，形近而誤。《西晉文紀》卷十七、《百三家集》本、《四部叢刊》本、鄧邦述校本、陳仲魚校本作「則」，今據改。

【注釋】

① 相說，謂與彥先相善也。《論語・學而》：「學而時習之，不亦説乎。」朱熹注：「説、悦同。」疾患衛，

謂疾病加重。《廣韻》：『衛，重也，加也。』增廢，謂漸入沉疴。《玉篇》：『增，加也，益也。』廢，當通癈，痼疾。《廣韻》：『癈，固病。』怛，悲傷。《方言》卷一：『怛，痛也。』《玉篇》：『怛，悲也。』

②行，將，漸也。《廣韻》：『行，次第。』篤疾，沉疾。《廣韻》：『篤，厚也。』親親，親其所愛之人。《詩·小雅·伐木》序：『《伐木》，燕朋友故舊也。……親親以睦，友賢不棄，不遺故舊，則民德歸厚矣。』卹，同恤。《玉篇》：『卹，憂也。亦作恤。』此五句言漸漸衰頹，大病隨之而生，雖不必懷疑人生百年之期待，然因與之親愛，故憂慮其疾病。

③懃，同勤。《正字通》：『懃，同勤。』行，《玉篇》：『次第也。』此二句言想來經常服藥，漸漸轉向痊愈。

④羸，病也。《玉篇》：『羸，弱也，病也。』間來，猶言時時。《廣韻》：『間，迭也，隔也。』少賴，謂少有不適也。《廣韻》：『賴，善也，幸也。』此二句言自己身體羸弱，亦時時常有不適。

⑤匆匆，猶勉勉，勤勉也。見上注。堪，勝也。《玉篇》：『堪，勝也，任也。』自力，猶盡力。嵇康《與阮德如》：『自力致所懷，臨文情辛酸。』待罪，獲罪。本謂身居其職而力不勝任，必將獲罪，此謂拜見而侍奉之，謙稱獲罪也。殷仲文《解尚書表》：『乞解所職，待罪私門。』尅，同剋，猶能也。《字彙》：『尅，同剋。』《玉篇》：『剋，必也。』此四句言只是每日强打精神，才可盡力支撐，故不能趨於探視，難以確定相見之期。

⑥何勞之多，何多病。謂戀想成疾。《廣韻》：『勞，勤也，病也。』屢相聞，謂常通信息也。

此封書信叙述自己對彦先疾病的殷切關懷之情，委婉説明不能與之相會的原因。此書與陸機《平復帖》所言彦先羸病之事一也。所作時間當於第二書差近，即永寧元年至太安二年（三〇一——三〇三）十月之間。

五

行言竟行，令人恨之，已當至未耶？能少留不①？世明篤行至性，如前後所論②。語其偶爾，旋已〔一〕能悟耳③。而聞其遂於〔二〕怨，其〔三〕使愕然，寧以所不可虧一國之清格乎④？輒便絶意彥先所一二⑤。

【校勘】

〔一〕「已」，《七十二家集》本作「異」，《百三家集》本、《四部備要》本並作「冀」，或誤。

〔二〕「於」，《西晉文紀》卷十七、《七十二家集》本、《百三家集》本、《四部備要》本作「遠」，影鈔宋本亦校作「遠」。

〔三〕「其」，《西晉文紀》卷十七、《七十二家集》本、《百三家集》本作「真」，當據改。

【注釋】

① 行言，謝行言，事迹不詳，當爲吴人，或與楊彥明同州里。《晉書·顧榮傳》載，元帝鎮江東，顧榮上書元帝，舉薦楊彥明、謝行言。別無所考。恨，遺憾。《荀子·成相》：「不知戒，後必有恨。」楊倞注：「恨，悔。」至未，乃士龍詢問彥明是否已至其處。此四句言行言終於離開，令人遺憾，他是否已經到達您處，能否稍作逗留？

②世明，即伍朝，字世明，武陵漢壽人。《晉書》有傳。篤行，德行純一。《禮記・儒行》：『儒有博學而不窮，篤行而不倦。』孔穎達疏：『篤，猶純也。又有純壹之行而行之不疲倦也。』至性，心性廣大。嵇康《與山巨源絶交書》：『阮嗣宗……至性過人，與物無傷，唯飲酒過差耳。』銑注：『嗣宗曠大之性過人。』

③偶，二人對語。《廣韻》：『偶，二也，對也。』旋，迅速。《廣韻》：『旋，疾也。』此二句言二人對語，他能迅速明了其意。謂其聰穎過人也。

④愬，同訴，訟也。《玉篇》：『訴，訟也，告訴冤枉，亦作愬。』寧，豈，難道。《史記・魏其武安侯傳》：『帝寧能爲石人也。』其遂於愬，謂謝行言乃爲州里所訴，其事不詳。愕，驚愕。《玉篇》：『愕，驚也。』清格，清正之律法。佚名《吴九真太守谷朗碑》：『拜五官郎中，遷大中正，平衡清格，彝倫攸敘。』《廣韻》：『格，式也，度也，量也。』此三句言他却竟爲州里所訴訟，其事使人驚愕，難道這不是損害國之法律清正麽？

⑤輒，總是。《韻會》：『輒，每事即然也。』便，猶應該。《字彙》：『便，宜也。』此句意謂難怪彦先對律法公正有所絶意也。

此封書信敘述彦先離去的遺憾之情，評價了世明德、行、性，對其遭到州里訴訟表達了自己的驚訝與不滿。

此書所作時間與上二書時間差近，即永寧元年至太安二年(三〇一—三〇三)十月之間。

六

戴[一]會稽如是便發，分别恨[二]然①。一時[三]名士，唯當有此君耳。失分重勞，令人歎息②。善得日夕，真家人③。若思、望之，清才俊[四]類，一時之彦，善並得接④。九月中，可得達東禮、衡陽、長沙，甚快。東人近未復有見叙者，公進屈久，恒爲邑罔黨⑤。方有清塗，薄國讓在内中，大有好稱，此家一時美德也⑥。在事又佳，甚快！甚快⑦！

【校勘】

〔一〕『戴』，《文集》、叢書堂鈔本、《四部叢刊》本、鄧邦述校本、陳仲魚校本作『截』，形近而誤。《西晉文紀》卷十七、《七十二家集》本、《百三家集》本作『戴』，今據改。

〔二〕『恨』，《七十二家集》本作『悢』。《四庫全書考證》卷九十五曰：『刊本「悢」訛「恨」，據《西晉文紀》改。』按：今文淵閣四庫本《西晉文紀》亦作『悢』。從句意看，作『悢』善。然陸雲集與陸機集對此二字均不加別。考晉人用此二字亦多不加別，或因積非成是。

〔三〕『時』，《文集》、叢書堂鈔本、《四部叢刊》本、鄧邦述校本、陳仲魚校本作『得』。《西晉文紀》卷十七、《七十二家集》本、《百三家集》本、《全晉文》卷一〇二作『時』，今據改。

〔四〕『俊』，《文集》、叢書堂鈔本、《四部叢刊》本、鄧邦述校本、陳仲魚校本作『後』，或形近而誤。《西晉文紀》卷十七、《七十二家集》本、《百三家集》本作『俊』，影鈔宋本亦校作『俊』，今據改。

【注釋】

① 戴會稽，即戴昌，戴淵、戴邈之父，廣陵人，西晉清談名士，惠帝時任會稽太守，故亦稱戴會稽。恨，當作悢，悲傷。見上注。如是便發，如此即離別出發。

之樂。

②一時，猶一代。《釋名·釋天》：『時，期也。』失分，猶失其職也。分，職務。《禮記·禮運》：『男有分，女有歸。』鄭玄注：『分，猶職也。』此二句言其人既失去官職，再加路途奔波，故令人歎息。

③善，《廣韻》：『良也，佳也。』家人，治家之道。《易·家人》：『家人，利女貞。』王弼注：『家人之義，各自脩一家之道，不能知家外他人之事也。』此二句失官歸鄉，良有日夕居家，真正享有家之天倫之樂。

④若思，戴淵，一名戴儼，字若思，廣陵人。望之，戴邈，字望之，若思之弟。《晉書》並有傳。《西晉文紀》卷十七注曰：『若思，戴淵；望之，卞壺。』言『望之，卞壺』，誤。清才，卓越之才能。《世説新語·賞譽》：『潘陽仲大才，裴景聲清才。』彦，猶俊才。《廣韻》：『彦，美士。』善並得接，謂並得善待之。

⑤東人，指吴人。見叙，謂被授官秩也。見，表被動。《玉篇》：『叙，次弟也，陳也。』邑，鄉邑。《玉篇》：『邑，國也。四井爲邑。』罔黨，無鄉邑朋輩。《爾雅·釋詁》：『罔，無也。』《廣韻》：『黨，《釋名》曰：五百家爲黨。黨，長也，一聚所尊長也。又輩也。』

⑥清塗，清要之官。潘岳《爲賈謐作贈陸機》：『或云國宦，清塗攸失。』向注：『或有人云自太子洗馬出爲郎中令，是失其清官之塗。』薄國，近國都也。薄，近。《楚辭·九章·涉江》：『腥臊並御，芳不得薄兮。』洪興祖補注：『薄，迫也，逼近之意。』讓，《玉篇》：『謙遜也。』内中，朝廷之内。《吴越春秋》卷十：『内中辱者則是子，境外千里辱者則是子。』好稱，美稱。《廣韻》：『好，善也，美也。』

⑦在事，居官任事。《東觀漢記·馮勤傳》：『薦勤爲郎中給事尚書，以圖議軍糧，在事精勤，遂見親職。』

此封書信乃論東吴士人之仕途現狀及其期待也。會稽有名當時而失其職，若思、望之清才俊彦，與君皆久不見進，乃無鄉黨薦之故也。因此士龍期待其居官清要，名揚朝廷。此書所作具有時間不可確考。然據《晉書·戴若思傳》：『若思後舉孝廉入洛。機薦之于趙王倫……倫乃辟之，除沁水令，不就，遂往武陵省父。』機薦若思當在趙王倫攝政之時。另據《惠帝紀》，趙王倫攝政在永康元年四月，而此書所言若思尚未入宦，故書必作於永康元年（二九九）四月後。

七

永耀已葬，冥冥遠矣①。存想其人，痛切肝懷，柰何柰何！聞伯華善佳，深慰存亡②。人生有終，誰得免此？且使繼嗣克勝，堂構有紹，亦存亡之〔一〕願也③。朋〔二〕類喪索，同好日盡，如此生輩，那可復多耶！臨書酸心④。

【校勘】

〔一〕『之』，《文集》、叢書堂鈔本、陳仲魚校本脱。《西晉文紀》卷十七、《百三家集》本、《四部叢刊》作『之』，今據改。鄧邦述校本作『至』，亦可通。

〔二〕『朋』，《文集》、叢書堂鈔本、《四部叢刊》本、鄧邦述校本、陳仲魚校本作『明』，形近而誤。《西晉文紀》卷十七、《七十二家集》本、《百三家集》本、影鈔宋本作『朋』，今據改。

【注釋】

①永耀，陳姓，事迹不詳。《吊陳永長書》作曜，古二字通。冥冥，形容黃泉之幽暗。《荀子·解蔽》：『冥冥蔽其明也。』楊倞注：『冥冥，暮夜也。』

②伯華，指陳伯華，見《吊陳伯華書》。善佳，身體頗佳。《廣韻》：『善，良也，大也。』慰存，猶慰問。《玉篇》：『存，恤問也。』可深慰於亡靈者也。

③繼嗣，繼續，謂後嗣也。《詩·小雅·杕杜》：『王事靡盬，繼嗣我日。』鄭玄箋：『嗣，續也。』克勝，能勝過前代。《玉篇》：『克，能也。』堂構，喻祖上基業。陸機《歎逝賦》：『悼堂構之頹瘁，湣城闕之丘荒。』善注：『《尚書》曰：厥子乃弗肯堂，矧肯構。』銑注：『堂構，祖考所構之堂。』存亡，慰問亡者。

④喪索，死亡殆盡。《玉篇》：『索，盡也。』同好，同仁，猶朋類。《鶡冠子·學問》：『所謂仁者，同好者也。』如此生輩，謂如伯華之類身體善佳者。

此封書信乃叙述永曜之亡的悲痛之情，並對永曜後嗣充滿期待，對同輩喪亡殆盡心懷酸楚。所作時間不可確考，作於士龍晚年則無疑。

與陸典書書十首〔一〕①

【題解】

陸典書乃士龍之族叔，故此十書乃家書，在關注友人之現狀，叙述別後之思念，感慨日月之流逝，憂慮彦先之病情外，特别浸染着濃厚的家國之思，在追溯東吴輝煌歷史，勸説大人出仕，渴望大人爲宗廟之主中，皆滲透着强烈的重振家風的願望，這是其他書信所没有出現過的内容。此組書信亦非一時之所作，然均作於入洛之後則無疑。

一

雲再拜：自曠但爾，已復經時，限制長路，惟親未期②。唫近晨風，傾匡結言，來誨綢繆，篤眷彌隆③。誦玩千周，以當侍會④。静言莫瞻，翹翹仰慕⑤。大人氾〔二〕愛，在我尤弘⑥。每銜思戀，何時去心⑦？限此省省，願言用替⑧。遥瞻靈丘，感時情傷⑨。往來信理，自更繼情⑩。如有信，唯不玉音⑪。

【校勘】

〔一〕『書』，《百三家集》本標題脱一『書』字。《四庫全書考證》卷九十五曰：『刊本脱一「書」字。據汪士賢校本改。』又『十首』，《文集》、叢書堂鈔本、影鈔宋本、《四部叢刊》本、鄧邦述校本、陳仲魚校本作『七首』，誤。影鈔宋本校曰：『按：舊本不止七首』。《百三家集》本無『十首』二字，然其第二首下均以『又』字以别之，計之共十首。

〔二〕『氾』，《文集》、《百三家集》本、叢書堂鈔本、《四部叢刊》本、鄧邦述校本、陳仲魚校本作『汜』，形近而誤。《西晉文紀》卷十七作『氾』，今據改。

【注釋】

①陸典書，事迹不詳。從『叔父一兄，故尚未達』，知典書乃士龍之叔父也。故書稱之大人。

②曠。曠遠。《玉篇》：『曠，廣遠也。』但爾，如此。《抱朴子·外篇·刺驕》：『恂恂以接物，兢兢以御用，其至到何適但爾哉。』經時，謂已有時日。《古詩·蘭若生春陽》：『此物何足貴，但感別經時。』翰注：『非貴此物，但感別離而時物有改也。』《廣韻》：『經，徑也。』引申爲歷。惟親未期，謂思親而未見其親也。《玉篇》：『惟，思也。』《廣韻》：『期，會也。』

③唫，同吟。《廣韻》：『吟，歎也。』《説文》云：呻吟也。唫，亦古吟字。』晨風，一指《詩》篇名；一指鳥名。此取詩句未見君子而心憂之意也。《詩·秦風·晨風》：『鴥彼晨風，鬱彼北林。未見君子，憂心欽欽。』毛詩傳：『晨風，鸇也。』頃匡，斜口筐。此取詩句嗟我懷人之意。《詩·周南·卷耳》：『采采卷耳，不盈頃筐。嗟我懷人，寘彼周行。』《經典釋文》卷五：『毛云：頃筐，畚屬。韓詩云：頃筐，欹筐也。』頃，同傾。《淮南子·俶真訓》引作『傾』。結言，猶成言。《廣韻》：『結，締也。』來誨，謙指來信。綢繆，猶纏綿。《詩·唐風·綢繆》：『綢繆束薪，三星在天。』毛詩傳：『綢繆，猶纏綿也。』篤眷，深厚之眷念。《廣韻》：『篤，厚也。』《説文》：『眷，顧也。』彌隆，更盛也。《廣韻》：『彌，益也。』《玉篇》：『隆，隆盛也。』此四句言每因『未見君子』而憂歎，『嗟我懷人』而成書。大人來信情深意切，眷顧之情，尤其深厚。

④周，猶遍。《廣韻》：『周，徧也。』遍，徧之俗字。此二句言反復誦其書以當見面侍奉也。

⑤静言，謂思之也。《詩·邶風·柏舟》：『静言思之，不能奮飛。』翹翹，出群貌。《詩·周南·漢廣》：『翹翹錯薪，言刈其楚。』毛詩傳：『翹翹，薪貌，錯雜也。』鄭玄箋：『楚雜薪之中，尤翹翹者。』潘岳《關中詩》：『翹翹趙王，請徒三萬。』良注：『翹翹，出群貌。』此謂大人族中之翹楚，令人仰慕。

⑥汜愛，猶博愛。《廣韻》：「汜，濫也。」玄應《一切經音義》卷十二：「汜，古文泛。」弘，廣大。《玉篇》：「弘，大也。」言大人對吾愛之彌深。

⑦銜，含。《左傳・僖公六年》：「許男面縛銜璧。」此二句言所懷思念之情，無時不在心上也。

⑧限此，謂身在此地，山河阻隔。《玉篇》：「限，阻也。」省省，不安也。《方言》卷十：「江沅之間謂之迹迹，秦晉謂之屑屑，或謂之塞塞，或謂之省省，不安之語也。」願言，謂懷之也。《詩・邶風・終風》：「寤言不寐，願言則懷。」毛詩傳：「懷，傷也。」鄭玄箋：「懷，安也。」用替，因廢也。見上注。此有因思念不已而廢寢食之意。

⑨靈丘，猶先祖之陵墓。陸機《挽歌詩》：「振策指靈丘，駕言從此逝。」濟注：「靈丘，墓也。」此二句言遥望先祖墓陵，感歎時光易逝，欲歸不得而感傷。

⑩信理，信之文辭。《廣韻》：「理，文也。」自更繼情，謂自己更加産生瞻望靈丘之傷情也。

⑪不，語助詞。《玉篇》：「不，詞也。」玉音，喻書言辭之美。司馬相如《長門賦》：「願賜問而自進兮，得尚君之玉音。」善注：「《毛詩》曰：無金玉爾音。」良注：「願得聞君自己之音而重之，因復自進也。」言玉者，貴之也。」此代指大人之書信。

此封書信言離别之長久，賜書之情深，得書之歡欣，思念之殷切，懷鄉之傷情，來信之盼望。所作時間不可確考。

二

雲再拜：侍郎比侍數會同邪①？常憶戀此君，不慙〔一〕有殞②。此君公私並憎〔二〕，年長而志新，齒邁而曾勤，家宗美者也③。常感其篤，分封之始年相見，重達其至心④。

【校勘】

〔一〕「慙」，《西晉文紀》卷十七作「慭」。

〔二〕「懀」，《西晉文紀》卷十七作「憎」，形近而誤。

【注釋】

① 侍郎，官名，郎官之一種。本爲宫廷近侍，東漢以後，爲尚書屬官，初任稱郎中，滿一年稱尚書郎，三年稱侍郎。比侍，不詳。從下文看或爲人名，乃陸雲同宗。會同，聚會，會面。應瑒《汝潁之士流離世故頗有漂泊之歎》：「晚節值衆賢，會同庇天宇。」

② 不慙，有未曾料到之意。《玉篇》：「慙，愧也。慙同慚。」殞，卒。《玉篇》：「殞，殁也。」

③ 公私並懀，兼顧公私之意。懀，通會。《爾雅·釋詁》：「會，合也。」按：懀，通儈。儈與會古音同。《史記·貨殖列傳》：「子貸金錢千貫，節駔會。」裴駰《集解》：「《漢書音義》曰：會亦是儈。」故三字並相通轉。齒邁而曾勤，謂年邁而愈加勤勉。曾，同增。《説文》：「會，合也。從亼從曾省。曾，益也。」段玉裁《説文解字注》：「《土部》曰：增，益也。是則曾者，增之假借字。」家宗，家族。《玉篇》：「宗，祖宗。」

④ 篤，指性淳厚也。《廣韻》：「篤，厚也。」分封之始年，謂始於分珪之年。此指少年之時。劉向《説苑·君道》記載：周成王少年時，與唐叔虞游戲，「剪梧桐以爲珪，而授唐叔虞。曰：余以此封汝。」士龍以

此典代指少年。重達至心，再次表達其至誠之心。

此封書信叙述比侍之才德公私兼顧，年長而益勵志勤奮，乃宗族中可光宗耀祖者也。然不幸殞落，故對其逝世而懷念追思。此書所作時間不可確考。

三

雲再拜：日月運邁，何一〔一〕流速。銜哀經變，繫〔二〕思愈深①。亡靈處彼，黄塘幽曠。在遠之憶〔三〕，心常愴裂②。含痛靡及，悠悠柰何。想時時復一省視，思至心破，無所厲〔四〕情③。叔父一兄，故尚未達，想不久至耳④。深憂徙際，公私哀罔，曠離山墓，永適異國，四時靈寂，桑梓靡循⑤。且念親各爾分析，情感復結，悲歎而已⑥。知大人每垂卹逮也⑦。臨表悲猥，絶筆餘哀，不知所次⑧。

【校勘】

〔一〕『何一』，《西晉文紀》卷十七、《七十二家集》本、《百三家集》本作『一何』，應據改。

〔二〕『繫』，《文集》、叢書堂鈔本、《四部叢刊》本、鄧邦述校本、陳仲魚校本脱。此據《西晉文紀》卷十七、《七十二家集》本、《百三家集》本校補。

〔三〕『憶』，《四部叢刊》本、鄧邦述校本、陳仲魚校本作『億』，形近而誤。

〔四〕『厲』，《西晉文紀》卷十七、《七十二家集》本、《四部備要》本作『屬』。

【注釋】

①運邁，運行。《説文》：「邁，遠行也。」何一，即一何，何其也。《史通·疑古》：「夫漢代赦淮南，明帝寬阜陵，一何遠哉。」銜，乃銜之俗字，含也。《古今韻會》：「《説文》：馬勒口中，從金，俗作銜，非。」縶思，鬱結之思。《玉篇》：「縶，約束，留滯也。」

②黄塘，有水澤曰黄塘泉，在廣平郡。此代指黄泉。幽曠，幽暗曠遠。《玉篇》：「曠，廣遠也。」在遠之憶，是謂自己深重遠方思念無已。《玉篇》：「憶，意不定，往來念也。」愴裂，悲愴摧裂，形容悲痛之極。《説文》：「愴，傷也。」

③靡及，無及，不及。《詩·小雅·皇皇者華》：「駪駪征夫，每懷靡及。」《爾雅·釋詁》：「靡，無也。」此指不能吊唁之。悠悠，思之也。《詩·邶風·雄雉》：「瞻彼日月，悠悠我思。」郑玄箋：「視日月之行迭往迭來，今君子獨久行役而不來，使我心悠悠然思之女。」思至心破，謂省視而不得故思至於心碎也。厲情，達情。《玉篇》：「厲，附也。作也。」

④叔父，指陸典書。達，指仕途通達。《玉篇》：「達，通也。」

⑤徙際，遷徙邊遠之地。《玉篇》：「際，方也。」《廣韻》：「際，邊也。」公私哀罔，謂同僚故舊無不哀傷憂愁。罔，通惘，憂也。宋玉《神女賦》：「罔兮不樂，悵爾失志。」善注：「罔，憂也。」曠離山墓，代指遠離故園。山墓，丘陵，先祖之墓。適，《玉篇》：「往也。」靈寂，指精神寂滅。《廣韻》：「靈，神也。」桑梓，樹木名。《詩·小雅·小弁》：「維桑與梓，必恭敬止。」毛詩傳：「父之所樹，己尚不敢不恭敬。」後以代指故鄉。陸機《思親賦》：「悲桑梓之悠曠，愧蒸嘗之弗營。」桑梓靡循，謂不可循行於故鄉矣。

⑥各爾，猶各，各自。見上注。分析，猶分離。析，猶分也。《説文》：「析，破木也。」結，謂纏繞。《玉

篇》：「結，要也。」

⑦ 每垂卹逮，謂大人每每垂示其至愛之情。垂卹，垂示其愛。卹，同恤。《玉篇》：「卹，憂也。亦作恤。」《説文》：「恤，憂也。」垂，敬詞。逮，猶至。《玉篇》：「逮，及也。」

⑧ 悲猥，悲鳴之謙稱。《説文》：「猥，鄙也。」絶筆，斷筆，猶投筆，謂書畢而投筆也。不知所次，不知次序，謂心亂也。

此封書信乃承上書，感慨日月流逝，人事滄桑，比侍已逝，相見無期，故心膽迸裂也。自己遷徙邊地，遠離桑梓，每念親人分離，悲情鬱結，書畢而悲鳴餘哀不盡也。

此書所作時間不可確考，然從「深憂徙際」「永適異國」句看，當是陸雲任清河内史至成都王司馬穎幕僚之間，時間是永寧元年至太安二年（三〇一—三〇三）。此時既遠離故鄉，又遠離洛陽，而且在遭逢牢獄之災之後，故生此歎也。機、雲太安二年被殺，此言絶筆，一語成讖也。

四

雲再拜〔一〕：每念彦先，情兼剥裂，年盛志美，令姿可惜〔二〕。舉言及此〔三〕，不知心傷也①。

【校勘】

〔一〕「雲再拜」，《文集》、《四部叢刊》本、鄧邦述校本、陳仲魚校本並附於上書之末，考其文意，當爲翻刻之誤也。

〔二〕『惜』，《文集》、《四部叢刊》本、鄧邦述校本、陳仲魚校本作『借』，形近而誤。《西晉文紀》卷十七作『惜』，《全晉文》卷一〇二校云：『借，當作惜。』故據改。

〔三〕『及此』，《文集》、《四部叢刊》本、鄧邦述校本、陳仲魚校本脱『此』。《全晉文》卷一〇二校云：『及，下脱此字。』今據《西晉文紀》卷十七、《百三家集》本校補。

【注釋】

① 彦先，顧榮，字彦先。令姿，美姿。《廣韻》：『令，善也。』又『善，佳也』。可惜，可痛。《説文》：『惜，痛也。』

此封書信叙述對彦先病染沉疴的憂慮，與陸機《平復帖》所言『彦先羸瘵，恐難平復』，當指同一事，故書曰『年盛志美，令姿可惜』。

陸雲《與楊彦明書》曰：『彦先相説，疾患漸欲增廢，深爲怛然。』亦當指此事。又據此書：『昔年少時，見五十公，去此甚遠，今日冉冉，已近之已。』可知雲書作於年過四十之後。雲于太安二年十後月被殺，年四十二，由此可推知彦先患病當在太安一年或二年（三〇一——三〇二）之間，此書亦當作於此時。

五

雲再拜：國士〔一〕之邦，實鍾俊哲①。太伯清風，遯世立德②。龍蜿〔二〕東嶽，三讓天下③。垂化邁迹，百代所晞④。高蹤越於先民，盛德稱乎在昔⑤。續及延陵，繼嚮〔三〕馳聲⑥。沉淪漂流，優遊上國⑦。聽〔四〕音察微，智越衆俊⑧。通幽暢遐，明同聖哲〔五〕⑨。言偃昭〔六〕烈於孔堂，員武邁功於諸侯⑩。自秀偉相承，明德繼踵，亦爲不少。吴國初祚，雄俊尤盛。今日雖衰，未皆下華夏也⑪。

來誨所及，遐邇同懷⑫。重及二聖，下逮衆子。或生羌狄，或在邊域。勳美之隆，實如嘉誨⑬。愚以東國之士，進無所立，退無所守，明裂皆苦，皆未如意⑭。雲之鄙姿，志歸丘壟。蓽〔七〕門閨窬之人，敢晞天望之冀〔八〕⑮？至於紹季札〔九〕之遐蹤，結鬲〔一〇〕肝於中夏，光東州之幽昧〔一一〕，流榮勳於朝野，所謂闚管以瞻天，緣木而求魚也⑯。重申不列〔一二〕⑰。雲再拜。

【校勘】

〔一〕『士』，《文集》、叢書堂鈔本、《七十二家集》本、鄧邦述校本、陳仲魚校本作『土』，形近而誤。《四庫全書考證》卷九十五曰：『刊本「士」訛「土」。……並據《西晉文紀》改。』《百三家集》本、《四部叢刊》本作『士』，今據改。

〔二〕『蜿』，叢書堂鈔本、《百三家集》本作『蛇』，鄧邦述校本作『碗』。《四庫全書考證》卷九十五曰：『刊本「蜿」訛「蛇」，並據《西晉文紀》改。』

〔三〕『嚮』，《四部備要》本作『響』，古二字通。

〔四〕『聽』，《四部叢刊》本、鄧邦述校本、陳仲魚校本作『所』，誤。又《西晉文紀》卷十七、《百三家集》本、《四部備要》本作『聆』，亦可通。

〔五〕『哲』，《文集》、叢書堂鈔本、《四部叢刊》本、鄧邦述校本、陳仲魚校本作『荷』，語意扞格。《西晉文紀》卷十七、《七十二家集》本、《百三家集》本作『哲』，今據改。

〔六〕『昭』，《文集》、叢書堂鈔本作『照』。《西晉文紀》卷十七、《百三家集》本、《四部叢刊》本、鄧邦述校本、陳仲魚校本作『昭』，今據改。

〔七〕『華』，《文集》、《四部叢刊》本、鄧邦述校本、陳仲魚校本作『草』，叢書堂鈔本作『章』，皆形近而誤。《西晉文紀》卷十七、《七十二家集》本、《百三家集》本作『華』。影鈔宋本翁同書校曰：『草字當作華。』今據改。

〔八〕『敢』，《文集》、叢書堂鈔本、《四部叢刊》本、陳仲魚校本脱。寄生草堂本、鄧邦述校本作『曰』，語意扞格。《西晉文紀》卷十七、《七十二家集》本、《百三家集》本作『敢』，今據改。又『冀』，《西晉文紀》卷十七作『驥』，或音同而誤。

〔九〕『紹』，《四部叢刊》本、鄧邦述校本、陳仲魚校本作『詔』，形近而誤。又『季札』，《文集》、叢書堂鈔本、《四部叢刊》本、鄧邦述校本、陳仲魚校本作『季禮』，亦誤。《西晉文紀》卷十七、《百三家集》本作『季札』，今據改。

〔一〇〕『鬲』，《文集》、叢書堂鈔本、《四部叢刊》本、鄧邦述校本、陳仲魚校本作『高』，形近而誤。《西晉文紀》卷十七、《百三家集》本、影鈔宋本、《全晉文》卷一〇二作『鬲』，今據改。

〔一一〕『昧』，《文集》、叢書堂鈔本、《四部叢刊》本、鄧邦述校本、陳仲魚校本作『味』，形近而誤。《西晉文紀》卷十七、《七十二家集》本、《百三家集》本、影鈔宋本並作『昧』，今據改。

〔一二〕『列』，《四部叢刊》本、鄧邦述校本、陳仲魚校本作『烈』，音同而誤。

【注釋】

①國士之邦，謂俊才雲集之國。國士，國之俊才。《戰國策·趙策一》：『知伯以國士遇臣，臣故國士報之。』實，實是。《韻會》：『實，是也。』鍾，聚，集。《玉篇》：『鍾，聚也。』

②太伯，吴太伯，讓位于弟季歷，逃于吴，立吴國。《韓詩外傳》卷十：『大王亶甫有子曰太伯、仲雍、季歷，歷有子曰昌。太伯知大王賢昌，而欲季爲後也，太伯去之吴。大王將死，謂曰：我死汝往讓兩兄，彼即不來，汝有義而安。大王薨，季之吴告伯仲，伯仲從季而歸。群臣欲伯之立季，季又讓伯，謂仲曰：今群臣欲我立季，季又讓，何以處之？仲曰：刑有所謂矣。要於扶微者，可以立季。季遂立而養文王，文王果受命而王。孔子曰：太伯獨見，王季獨知，伯見父志，季知父心，故大王太伯、王季可謂見始知終，而能承志矣。太伯反吴，吴以爲君。』亦見《史記·吴太伯世家》。清風，清正之風範。《華陽國志》卷十：『孟宗當仁，味道好施，清風邁倫。』遯世，隱於世。《易·乾》：『子曰：龍德而隱者也，不易乎世，不成乎名，遯世無悶。』《韻會》：『卦名，或作遁。』此謂逃離故國。

③蜿，蜿蜒貌。東嶽，泰山。《爾雅·釋山》：『泰山爲東嶽，華山爲西嶽，霍山爲南嶽，桓山爲北嶽，嵩山爲中嶽。』此泛指東吴之山嶽。三讓天下，指太伯奔荆蠻讓太子之位，回周讓國君之位。三乃虚指，非實數也。

④垂化，廣布教化。李行脩《請置詩學博士書》：『由朝庭被於民里，由京師施之遠方，是謂垂化。』邁迹，蹤迹遠行，謂遺風遠播。《書·蔡仲之命》：『爾乃邁迹自身，克勤無怠，以垂憲乃後。』孔安國傳：『汝乃行善迹，用汝身，使可蹤迹而法循之。』晞，通睎，猶仰望。見上注。

⑤高蹤，高迹。傅咸《贈何劭王濟》：『豈不企高蹤，麟趾邈難追。』在昔，古之先民。《詩·商頌·

那》：『自古在昔，先民有作。』毛詩傳：『古曰在昔，昔曰先民。』

⑥ 延陵，即延陵季子，名札。《禮記·檀弓下》：『延陵季子適齊，於其反也，其長子死，葬於嬴博之間。』鄭玄注：『季子，名札。魯昭二十七年，吴公子札聘於上國是也。季子讓國，居延陵，因號焉。』繼嚮馳聲，謂繼承先祖遺風而聲名播揚。嚮，通響。《經典釋文》卷二：『如嚮，又作響。』《説文》：『響，應聲也。』

⑦ 沉淪漂流，謂周遊也。優遊，悠閒自得。《詩·小雅·白駒》：『慎爾優遊，勉爾遁思。』上國，華夏諸國。《左傳·成公七年》：『蠻夷屬於楚者，吴盡取之，是以始大通吴於上國。』杜預注：『上國，諸夏。』

⑧ 聽音察微，聽音樂之聲而察幾微也。《左傳·襄公二十九年》：『吴公子札來聘……請觀於周樂。使工爲之歌《周南》《召南》，曰：美哉，始基之矣，猶未也，然勤而不怨矣。爲之歌《邶》《鄘》《衛》，曰：美哉，淵乎憂而不困者也，吾聞衛康叔武公之德如是，是其《衛風》乎？爲之歌《王》，曰：美哉，思而不懼，其周之東乎？爲之歌《鄭》，曰：美哉，其細已甚，民弗堪也，是其先亡乎？爲之歌《齊》，曰：美哉，泱泱乎大風也哉，表東海者其大公乎？國未可量也。爲之歌《豳》，曰：美哉，蕩乎樂而不淫，其周公之東乎？爲之歌《秦》曰：此之謂夏聲，夫能夏則大大之至也，其周之舊乎？爲之歌《魏》，曰：美哉，渢渢乎大而婉，險而易行，以德輔此則明主也。爲之歌《唐》，曰：思深哉，其有陶唐氏之遺民乎？不然何憂之遠也？非令德之後，誰能若是？爲之歌《陳》，曰：國無主，其能久乎？自《鄶》以下無譏焉。爲之歌《小雅》曰：美哉，思而不貳，怨而不言，其周德之衰乎？猶有先王之遺民焉。爲之歌《大雅》，曰：廣哉，熙熙乎，曲而有直體，其文王之德乎？爲之歌《頌》，曰：至矣哉！直而不倨，曲而不屈，邇而不偪，遠而不攜，遷而不淫，復而不厭，哀而不愁，樂而不荒，用而不匱，廣而不宣，施而不費，取而不貪，處而不底，行而不流。五聲和，八風平，節有度，守有序，盛德之所同也。見舞《象箾》《南籥》者，曰：美哉，猶有憾。見舞《大武》者，曰：美哉，周之盛也，其若

此乎。見舞《韶濩》者，曰：聖人之弘也，而猶有慙德，聖人之難也。見舞《大夏》者，曰：美哉，勤而不德，非禹其誰能脩之。見舞《韶箾》者，曰：德至矣哉，大矣如天之無不幬也，如地之無不載也。雖甚盛德，其蔑以加於此矣，觀止矣，若有他樂吾不敢請已。」

⑨ 通幽暢遐，通達幽微，暢曉遠物。《廣韻》：「幽，深也，微也，隱也。」《説文》：「遐，遠也。」

⑩ 言偃，魯人，字子游，曾任武城宰。《禮記・禮運》：「仲尼之嘆，蓋嘆魯也。言偃在側，曰：君子何嘆？」鄭玄注：「言偃，孔子弟子子游。」孔堂，指孔子之室。昭烈，輝煌功業。《玉篇》：「烈，業也。」員武，乃指伍員，字子胥，楚人。父奢兄尚于魯昭二十年爲楚平王所殺。員奔吳，吳封于申地。故亦稱申胥。與孫武共佐吳王闔閭伐楚，五戰入郢，掘平王墓，鞭屍三百。吳王夫差敗越，越請和，子胥諫不從。夫差信伯嚭讒言，迫子胥自殺。見《國語・吳語》《史記・伍子胥傳》。

⑪ 秀偉，優異。袁宏《後漢紀・孝順皇帝紀》：「彪義山英姿秀偉，逸才挺出。」《玉篇》：「偉，大也，奇也。」繼踵，足踵相連，謂前後相續。《玉篇》：「踵，足後曰踵。」初祚，初建國也。《廣韻》：「祚，位也。」

⑫ 來誨所及，謂來信説談論到者。遐邇，遠近。《玉篇》：「遐，遠也。」又「邇，近也」。

⑬ 二聖，指吳太伯、弟仲雍。太伯讓國，奔荆蠻，自號句吳。太伯卒，無子，弟仲雍立，是爲吳伯雍。二人乃吳開國二君，故稱二聖。衆子，指季簡、叔達、周章等。武王克殷，求太伯、仲雍之後，得周章，已居吳，因而封之。見《史記・吳太伯世家》。羌狄，指荆蠻。太伯奔荆蠻，文身斷髮，示不可用。見《史記・吳太伯世家》。勳美之隆，功勛美名之盛。《玉篇》：「勛，古文勳。」又「隆，隆盛也」。嘉誨，尊稱陸書信之語。嘉，乃美稱之。

⑭ 裂眥，瞠目而至眼眶裂也。《玉篇》：「眥，目際也。」此五句言東吳之士，進而仕晉不能立功，退而國

毁無基業可守，明目裂眥，皆未如其意也。謂吴士人現狀之窘迫也。

⑮ 鄙姿，鄙陋之姿質。《廣韻》：『鄙，陋也。』志歸丘壟，謂志隱山林也。蓽門閨竇，以荆竹爲門，鑿墻而爲窗，蓋貧士所居也。《孔子家語·儒行》：『儒有一畝之宫，環堵之室，蓽門圭窬，蓬户瓮牖，易衣而出，並日而食。』王肅注：『蓽門，荆竹織門也。圭窬，穿墻爲之如圭也。』圭、閨，同聲相通。晞，望也。見上注。天望，天之眷顧。袁宏《後漢紀·孝靈皇帝紀中》：『願陛下忍而絶之，思惟萬機，以荅天望。』

⑯ 紹，繼承。《廣韻》：『紹，繼也。』遐蹤，遠迹，猶遺風也。《玉篇》：『遐，遠也。』鬲，通膈。《正韻》：『膈，胸膈心脾之間。通作鬲。』結鬲肝，猶言繫於心。《説文》：『結，締也。』中夏，指晉，乃諱言也。東州，指東吴，乃諱言之。幽昧，幽暗，謂衰微也。《玉篇》：『昧，冥也。』闚管瞻天，以竹管視天，謂所見者少也。劉向《説苑·辨物》：『以管窺天，以錐刺地，所窺者甚大，所見者甚少。』《廣韻》：『闚，小視。同窺。』緣木求魚，循樹木而求魚，謂不可得也。《孟子·梁惠王上》：『以若所爲，求若所欲，猶緣木而求魚也。』趙岐注：『如緣喬木而求生魚也。』《玉篇》：『緣，因也。』此以窺管瞻天、緣木求魚，喻追求榮耀功勳流布朝野而不可得也。

⑰ 不列，不一一陳述。《廣韻》：『列，陳也。』

此封書信追溯了吴國建國以來的輝煌歷史，描述了東吴士人今日之尷尬窘境，表達了自己志在丘壟的歸隱之思。雖爲書信，却如贊序，在吴過去之輝煌與今日之衰落對比中，滲透着濃厚的家國之思與重振國家的渴望。而申述自己遠紹季札之遺風，無繫心於西晉，重振東吴之風，流朝野之榮勳，非意在頹廢，而是求之不可得，其深層乃是一種失望甚至絶望情緒的流露。

從所流露的情緒看，此書所作時間當《逸民賦》差近。陸雲《與兄平原書》第四書曰：『前省皇甫士安《高士傳》，復作《逸民賦》，今復送之，如欲報稱。……誨欲得雲論，間在郡紛紛，有所鈎定……今自好醜不可視。』則可知此書在任郡守時所作。又《歲暮賦》序曰：『永寧二年忝寵北郡，其夏又轉大將軍右司馬於鄴都。』而在郡修改《逸民賦》，可知此賦必作於永寧二年（三〇二）夏之前。考其史，永寧元年（三〇一）四月，趙王倫因將篡位而被誅，陸機因爲任趙王倫中書郎被疑參與擬九錫文及禪詔，被捕入獄，雲並坐，賴成都王穎、吳王晏並救理之，遇赦出獄。《逸民賦》則折射這一時期的特殊心境。故此書亦作於是時即永寧元年四月之後也。

六

雲再拜：每惟大人挺自然之妙質，禀淵姿之弘毅①。克壯其烈，兼詠之道，晞〔一〕文尚武②。潛居以娛其志，靜處以育〔二〕其神③。遊步八索〔三〕之林，逍遥德化之囿④。豈如某〔四〕者，牽曳璅璅〔五〕，世道通明，俊乂在官焉⑤。使晞世之寶，久隱岑崟〔六〕之山；逸景之迹，永縶幽冥之坂⑥。方將車乘回輪〔七〕，束帛戔戔〔八〕⑦。排金風於太微，跨天路以妙觀⑧。恢皇綱之大烈，垂榮祚乎祖宗⑨。此乃大人之所宜循，非凡夫〔九〕之可企望也⑩。無因親展，書以言心。心之所積，萬不叙一⑪。雲再拜。

【校勘】

〔一〕『晞』，《西晉文紀》卷十七、《百三家集》本、《四部叢刊》本、鄧邦述校本、陳仲魚校本作『希』，古二字通。

〔二〕「育」，《四部叢刊》本、鄧邦述校本、陳仲魚校本作「肓」，形近而誤。

〔三〕「八索」，《文集》、叢書堂鈔本、《百三家集》本、《四部叢刊》本、鄧邦述校本、陳仲魚校本作「八素」，語意扞格。《西晉文紀》卷十七、《駢字類編》卷一百三作「八索」，今據改。

〔四〕「某」，《文集》、叢書堂鈔本、《四部叢刊》本、鄧邦述校本、陳仲魚校本作「未」，語意扞格。《西晉文紀》卷十七、《百三家集》本、影鈔宋本作「某」，今據改。

〔五〕「瓅瓅」，《四部叢刊》、鄧邦述校本、陳仲魚校本作「爍爍」。

〔六〕「崟」，《百三家集》本作「唫」，形近而誤。

〔七〕「輪」，《文集》、叢書堂鈔本、《諸家文集》本、《四部叢刊》本、陳仲魚校本作「綸」，語意扞格。《百三家集》本、影鈔宋本、鄧邦述校本作「輪」，今據改。

〔八〕「戔戔」，《四部叢刊》本、《四部備要》本、鄧邦述校本、陳仲魚校本作「箋箋」。《四庫全書考證》卷九十五曰：「刊本『戔』訛『箋』，據《周易》改。」

〔九〕「凡夫」，《七十二家集》本、《百三家集》本作「允夫」，形近而誤。

【注釋】

① 淵姿，猶幽姿，沉潛之姿。謝靈運《登池上樓》：「潛虯媚幽姿，飛鴻響遠音。薄霄愧雲浮，棲川怍淵沉。」善注：「虯以深潛而保真，鴻以高飛而遠害。」弘毅，胸襟廣大，剛毅果決。《論語·泰伯》：「曾子曰：士不可以不弘毅，任重而道遠。」何晏《集解》：「苞氏曰：弘，大也。毅，强而能決斷也。」此二句言每思大人

特立的自然至性，弘毅的隱士稟賦。

② 壯烈，豪壯激烈。《抱朴子·外篇·行品》：「奮果毅之壯烈，騁干戈以静難者，武人也。」兼詠之道，猶潛心於道。詠，當通泳。同音相通。《廣韻》：「泳，潛行水中。」晞文尚武，文武兼施。晞，同希。《廣韻》：「希，望也，施也。」又「尚，加也，佐也」。

③ 此二句言居則潛隱而娱樂情志，恬静以養育心神。

④ 八索，泛指上古典籍。《尚書序》：「能讀三墳、五典、八索、九丘，即謂上世帝王遺書也。」

⑤ 某者，士龍之謙稱。牽曳，猶牽掛。《廣韻》：「曳，牽也，引也。」瑣瑣，謂瑣屑之事。楊修《答臨淄侯》：「季緒瑣瑣，何足以云。」銑注：「瑣瑣，小器也。」俊乂在官，俊傑之士任其官職。《書·皋陶謨》：「翕受敷施，九德咸事，俊乂在官。」孔安國傳：「謂天子如此，則俊德能治之士並在官。」此四句言自己也。世道明矣，俊傑居官，我非俊士，唯牽於瑣屑之事，而無所爲也。

⑥ 晞，通希。《説文》：「晞，乾也，從日希聲。」徐鍇《繫傳》：「按：《古詩》曰：青青園中葵，朝露待日晞。希，亦少也，物朝則少也。」岑崯，山高峻奇特貌。《廣雅·釋詁》：「岑崟，高也。」崯，同崟。《集韻》：「崟，或作崯。」此泛指山林。逸景，隱逸之影，謂隱士。《正韻》：「逸，隱也，遁也。」縶，猶繫。《玉篇》：「縶，相縶也，連也。」坂，山坡。《廣韻》：「阪，大陂不平。同阪。」此四句言陸典書也。身懷希世之才，久隱山林；飄逸灑脱之迹，永在陵坂。

⑦ 車乘回輪，謂朝廷車乘絡繹不絶也。張協《七命》：「臨重岫而攬轡，顧石室而廻輪。」良注：「轡輪，皆求華大夫之車馬。」束帛戔戔，謂以束帛之盛禮而聘隱者。《易·賁》：「六五：賁於丘園，束帛戔戔。」王弼注：「處得尊位，爲飾之主，飾之盛者也。施飾於物，其道害也；施飾丘園，盛莫大焉。故賁於束帛，丘園

乃落。賁於丘園，帛乃戔戔。用莫過儉，泰而能約。』《經典釋文》卷二：『戔戔，馬云：委積貌。薛虞云：禮之多也。黄云：猥積貌，一云顯見貌。』

⑧ 金風，秋風。依五行之説，秋屬金，故曰金秋、金風。蕭統《答湘東王求文集及詩苑英華書》：『或朱炎受謝，白藏紀時，玉露夕流，金風夕扇，悟秋山之心。』太微，喻帝宫。張衡《思玄賦》：『出紫宫之肅肅兮，集太微之閬閬。』善注：『紫宫、太微，二星名也。《春秋合誠圖》曰：紫宫，帝大宫也。又曰太微，其星十二。』天路，喻顯宦之路。班固《幽通賦》：『既仁得其信然兮，仰天路而同軌。』善注：『劉德曰：人道既然，仰視天道又同法也。』

⑨ 大烈，大業。《玉篇》：『烈，業也。』榮祚，榮耀之位。《廣韻》：『祚，禄也，位也。』上四句乃陸雲希冀之辭。

⑩ 宜循，應遵之。《玉篇》：『遵，循也。』企望，跂足而望。徐陵《報尹義尚書》：『亟歷寒暄，企望鄉關。』《玉篇》：『企，舉踵也。』

⑪ 展，謂往也。《玉篇》：『展，由也，適也。』

此封書信首先讚美陸公妙質自然，潛姿弘毅，隱於丘園，優遊于典籍，潛心于道德。然後以某之牽於世俗爲轉折，説明今之世道通明，俊乂在官，勸其出仕，恢弘皇綱，榮耀祖宗，無久隱山林，永繫幽冥。

此書所表達的情感和懷抱與上書所表達的『志歸丘壟』大相徑庭，而所作時間與上書亦當不遠，此書所表達的心態，當是在士龍任清河太守，旋轉大將軍右司馬上，仕途暢達掃去入獄之陰霾，重新唤醒了士龍强烈的功名意識和重振家風的渴望，故此書當作於永寧二年（三〇二）夏之後。

七

雲再拜：巨卿〔一〕前行，陵有小事，唯以具〔二〕聞，事已大了，猶以爲願①。行欲取歸，念別方至，豫以慼然②。每相見，未嘗不以大人爲言③。想令仁士光、令遠公然兄弟，屢數常有〔三〕思想④。想令遠分好，已爲綢固，彦恩復蒙誘掖耳⑤。無因覲〔四〕對，言不盡心，屢垂誨，以慰遠思⑥。雲再拜。

【校勘】

〔一〕「巨卿」，《文集》、叢書堂鈔本、《四部叢刊》本、鄧邦述校本、陳仲魚校本作「臣鄉」，形近而誤。《西晉文紀》卷十七、《七十二家集》本、《百三家集》本、影鈔宋本並作「巨卿」，今據改。

〔二〕「具」，鄧邦述校本作「其」。

〔三〕「有」，《西晉文紀》卷十七、《百三家集》本、《四部叢刊》本、鄧邦述校本、陳仲魚校本作「存」。

〔四〕覲，《文集》作「親」，《四部叢刊》本、鄧邦述校本、陳仲魚校本作「觀」，《西晉文紀》卷十七、《七十二家集》本、《百三家集》本作「覲」。考其文意以「覲」爲善，今據改。

【注釋】

① 巨卿，事迹不詳，從第八書看，乃會稽人，官至台閣。陵，犯事。《廣韻》：「陵，犯也，侮也。」了，結

束。《廣韻》：『了，訖也。』願，指事情處理如願。此五句言巨卿已經前往，吾因犯有小事，唯以書一一告之，事已完全處理完畢，尚算如願。按：陸雲兄弟因牽於趙王倫篡逆之事，被捕入獄，乃成都王穎、吴王晏救理從邊，旋即遇赦。所謂『陵有小事』，或指此事。

②豫，預先。《玉篇》：『豫，早也。』慼，悲傷。《玉篇》：『慼，悲也，痛也。』此三句巨卿别行歸去，念其别後將至故鄉，預先就心生憂傷。謂其不能與之同歸也。

③此二句言每次與巨卿相見，未嘗不談起大人也。

④令仁士光、令遠公然，姓名與事迹不詳。屢數，猶屢次。《玉篇》：『屢，數也。』《説文》：『數，計也。』存，存問。見上注。思想，指思念之情。

⑤分好，情感深厚。《玉篇》：『分，意深也。』綢固，猶言謂情感牢固。《廣韻》：『綢，綢繆，猶纏綿也。』誘掖，舉薦扶持。《詩·陳風·衡門》：『《衡門》，誘僖公也。願而無立志，故作是詩以誘掖其君也。』毛詩傳：『誘，進也。掖，扶持也。』彦恩，事迹不詳。此三句言追憶我與令遠情感深厚，綢繆牢靠，而彦恩也承蒙其舉薦爲官。

⑥覲對，猶覲見。垂誨，謂賜書教誨之。垂，敬詞。此四句言無有拜見，書不盡意，承蒙大人屢次垂問，以安慰我故鄉之思。

此封書信先言與巨卿離别之感傷，闡述自己不能與之同行之緣由；然後訴説對兄弟思念之情，叙述令遠之現狀。從『陵有小事』句看，此書或作於出任清河太守之前，即永寧元年（三〇一）末也。

八

雲再拜：巨卿〔一〕在臺，高譽洋溢。洛邑之内，無不欽敬①。東南之貴寶，真不但會稽之篠簜也②。每會常共歌詠，信無一面不歎吟也。想方周旋攜手，散今日之思〔二〕耳③。雲再拜。

【校勘】

〔一〕「巨卿」，《文集》、叢書堂鈔本作「臣鄉」，《四部叢刊》本、鄧邦述校本、陳仲魚校本作「臣卿」，皆形近而誤。《西晉文紀》卷十七、《七十二家集》本、《百三家集》本、影鈔宋本並作「巨卿」，今據改。

〔二〕「思」，《四部叢刊》本、《四部備要》本、鄧邦述校本、陳仲魚校本作「恩」，形近而誤。

【注釋】

① 臺，臺省，中央官署名。洋溢，廣泛傳播。揚雄《長楊賦》：「沈浮洋溢，八區普天，所覆莫不沾濡。」向注：「洋溢，猶盈溢也。」洛邑，洛陽。

② 篠簜，竹也，喻如竹之挺拔。《書·禹貢》：「三江既入，震澤底定，篠簜既敷。」孔安國傳：「篠，竹箭。簜，大竹。」

③ 信，誠也。《玉篇》：「誠，信也。」周旋，猶周遊。左思《魏都賦》：「琴高沈水而不濡，時乘赤鯉而周旋。」濟注：「周旋爲周遊也。」

此封書信讚美巨卿之令名，東吴之榮耀，以及與巨卿相見之歡樂。此書所作具體時間不可確考，或與前書時間差近。

九

雲再拜：輒宣來意，仲應此家，大自欽重，大人儻〔一〕已見其意耳①。

【校勘】

〔一〕「儻」，《文集》、叢書堂鈔本、《四部叢刊》本、鄧邦述校本、陳仲魚校本作「黨」。《西晉文紀》卷十七、《七十二家集》本、《百三家集》本作「儻」，今據改。

【注釋】

① 輒宣，常常表達之。《韻會》：「輒，每事即然也。」仲應，即張贍，吴郡人，曾任衛將軍舍人，趙光初三年（三二一）爲劉曜將陳安擊殺之。又《山堂肆考》卷五十八：「王隱《晉書》：張贍字仲應，作《應難篇》，司空張華晚見之稱善，命爲著作郎。」大自欽重，謂非常欽敬推崇仲應此人也。故陸雲移書太常府舉薦之。儻，幸。《廣韻》：「儻，倖也。」此謂大人幸已見所表達之意也。

此書乃表達對張贍欽敬之意，或許是説明《移書太常府薦張贍》的緣由。所作時間亦與「移書」相近，即任吴王郎中令時，時間在元康八年（二九七）前後。

一〇

雲再拜：不知從事今在州得假歸耳。想今來得行，有緣侍面耳①。每得令遠書，感賴豐化，言歸于欵〔一〕②。來誨恤及，亦爲無已，情深欣如云在身③。年歲及人〔二〕，名聞〔三〕難集，非賴師友，何以自濟④？願敦惠助，爲之光輔，巨〔四〕仁在此⑤。華亭之望，以大人爲宗主。宜令小大得分，亦崇洪業也⑥。雲再拜。

【校勘】

〔一〕『言歸于欵』，《百三家集》本作『言言歸欵』。

〔二〕此句影鈔宋本校曰：『脱字。』考其語意，前後似亦不脱字。

〔三〕『名聞』，鄧邦述校本校作『名問』，古二字通。

〔四〕『巨』，《文集》、《四部叢刊》本、鄧邦述校本、陳仲魚校本作『臣』，或形近而誤。《西晉文紀》卷十七、《百三家集》本作『巨』。《全晉文》卷一〇二校曰：『臣，當作巨。』今據改。

【注釋】

① 從事，有兩種類型：一指從吏史，亦稱從事掾，漢刺史佐吏，分爲別駕從事、治中從事等。二指從事中郎，魏景元四年（二六三），天子詔司馬昭：『大將軍府增置司馬一人，從事中郎二人，舍人十人。』此後將

軍府亦設從事，此從事則指從事中郎。此不詳指何人。侍面，承面，見面之敬稱。《玉篇》：『侍，承也。』有緣侍面，乃指與從事相見。

②感，感動。《說文》：『感，動人心也。』豐化，猶大化。《玉篇》：『豐，大也。』大化，謂情如陰陽之造化萬物也。《荀子·天論》：『陰陽大化，風雨博施。』楊倞注：『大化，謂寒暑變化萬物也。』言，無意。王引之《經傳釋詞》：『言，云也，語詞也。』欵，同款，至誠之心。《廣韻》：『款，誠也，至也。俗欵。』此三句言每次得到令遠書，即感慨其因施善政而教化大行，使民歸於誠。

③恤及，顧及，顧念。嵇康《太師箴》：『至人重身，棄而不恤。』《玉篇》：『卹，憂也。亦作恤。』無已，不止。《玉篇》：『已，止也，畢也。』如云在身，謂如云自己，謂彼情之動人如我之情也。按：『云』當爲『雲』之誤。

④及人，猶言催人。《廣韻》：『及，至也，逮也。』名聞，猶名聲。《荀子·正名》：『名聞而實喻，名之用也。』集，集於身。《廣韻》：『集，聚也，會也。』自濟，謂自成名也。《爾雅·釋言》：『濟，成也。』意謂必依賴長者教誨，友人奧援，方可成就其名聞也。

⑤敦，厚，動詞。《廣韻》：『敦，亦厚也。』光輔，輔佐。王儉《褚淵碑文》：『孰能光輔五君，寅亮二代者哉！』此三句言願厚其惠助於我，而明輔朝廷也，有巨仁在此。

⑥華亭，士龍之故里，此代指宗族。望，名望，聲望。宗主，宗廟之主。《左傳·襄公二十七年》：『崔，宗邑也，必在宗主。』杜預注：『宗邑，宗廟所在。』小大得分，亦崇洪業，謂爲輔臣，爲宗主，乃是小大之分，皆隆宗大業。

此封書信先告之從事將往，再言令遠書信情感動人，次言感慨歲月催人，冀令遠厚其惠助而濟其成名，最後言大人爲宗廟之主，亦冀之隆崇家族大業。

從『年歲及人，名聞難集，非賴師友，何以自濟』之句看，此書當作於士龍晚年，功名之心隆烈之時，或與第六書所作時間差近，即當作於永寧二年（三〇二）夏之後。

答車茂安書①

【題解】

此封書信乃是就石季甫將任鄮令舉家惶恐憂戚而作也。文章描述鄮縣地理位置的優越，水土資源的豐厚，民風教化的淳樸，生活富饒的快樂等。最後正面説理，小地足與大道，大丈夫應志在四方。藝術上有三點值得注意：第一，以賦筆描述鄮縣之地理、物産、民風，雖以寫實爲主，鋪陳渲染，頗類左思之《三都賦》，故車永答書稱曰：『雖《山海經》《異物志》《二京》《兩都》，殆不復過也。』第二，以書信寫景、叙事、抒情，實開南朝書信之先。《與丘伯之書》《登大雷岸與妹書》等，都或淺或深印有此文之影響。第三，就結構而言，有描述，有襯托，插入秦始皇南巡一段，既宕開筆鋒，使行文綿密中有疏朗，而且拓展文章的時間和空間，豐富了文章視野。

雲白：前書未報，重得來况，知賢甥石季甫當屈鄮令，尊堂憂灼，賢姊〔一〕涕泣，上下愁勞，舉家慘慼，何可爾耶②！輒爲〔二〕足下具説鄮縣土地之快，非徒浮言華艷而已，皆有實徵也③。

【校勘】

〔一〕『姉』，《經濟類編》卷五十一作『姊』，古二字同。《康熙字典·女部》引《爾雅·釋親》：『男子謂女子先生曰姉。』今《爾雅》作『姊』。

〔二〕『爲』，《四部叢刊》本、鄧邦述校本、陳仲魚校本作『焉』，形近而誤。

【注釋】

① 車茂安，車永，字茂安。《藝文類聚》卷四十九：『王隱《晉書》曰：車永爲廣州刺史。永子溢使工作象牙、細簟，工患之，乃共舉出永。』又《北堂書鈔》卷七十二：『《晉中興書》曰：車永爲廣州刺史，居官貪濁。』

② 未報，未回。《集韻》：『報，復也，答也。』來況，猶言來信。況，通貺，賜也。《漢書·武帝紀》：『故用事八神，遭天地況施。』顔師古注：『應劭曰：況，賜也。』屈，屈就之意。《玉篇》：『屈，曲也。』鄮，古縣名，在今浙江鄮山之北，因山得名。憂灼，憂慮焦灼。《廣韻》：『灼，燒也，炙也。』姉，同姊。見校勘。爾，如此。《廣韻》：『尒，義與爾同。《説文》曰：詞之必然也。』

③ 足下，敬稱對方之詞。《韓非子·内儲説下》：『跪請曰：足下無意賜之余隸乎？』快，稱人意也。《玉篇》：『快，稱心也，喜也，可也。』浮言華艷，浮誇華美之辭。實徵，實事可證。《廣雅·釋詁》：『徵，明也。』

此段叙述石季甫將任鄮令時家中憂戚焦灼之狀，説明此書所説之主旨。

縣去郡治，不出三日，直東而出，水陸並通①。西有大湖，廣縱千頃〔一〕；北有名山，南有林澤②。東臨巨海，往往無涯，汜舡〔二〕長驅，一舉千里③。北接青徐，東洞交廣，海物惟錯，不可稱名④。遏長川以爲陂，燔茂草以爲田⑤。火耕水種，不煩人力。決泄任意，高下在心⑥。舉鈒〔三〕成雲，下鈒成雨。既浸既潤，隨時代序也⑦。官無逋滯之穀，民無飢乏之慮。衣食常充，倉庫恒實⑧。榮辱既明，禮節甚備。爲君甚簡，爲民亦易。

【校勘】

〔一〕「頃」，《困學紀聞》卷二十作「里」。

〔二〕「舡」，《四部叢刊》本、鄧邦述校本作「船」，古二字同。

〔三〕「鈒」，《困學紀聞》卷二十、《經濟類編》卷五十一作「鍤」，下字同。考其文意，前後不當重複如此，當上爲「鍤」，下爲「鈒」。

【注釋】

① 郡治，指會稽郡，秦置，治所在吴縣，漢順帝移治山陰。

② 西有大湖，指广德湖，《延祐四明志》卷一：「《唐志》：鄮縣西十二里有广德湖，溉田四百頃。」北有名山，或指秦始皇所登之稽嶽，即會稽山。或指四明山，未詳所指。南有林澤，《舊唐書·地理志》：鄮縣南有小江湖，溉田八百頃。又《元和郡縣志》卷二十七：甬東，周環五百里有良田，湖水多麋鹿。

③ 東臨巨海，《元和郡縣志》卷二十七：縣東七十里有大海。氾，同泛。《廣韻》：『汎，浮貌。泛，同汎。』玄應《一切經音義》卷十二：『氾，古文泛。』氾、汎、泛，古並通也。舡，同船。《集韻》：『船，俗作舡。』

④ 青、徐，青州、徐州。洞，通。《集韻》：『洞，通也。』交廣，交州、廣州。錯，錯雜，謂豐富。《玉篇》：『錯，雜也。』

⑤ 遏，此謂設堤以攔截。《玉篇》：『遏，止也，遮也。』陂，蓄水以灌溉。《書·禹貢》：『九川滌源，九澤既陂。』孔安國傳：『九州之澤已陂障，無決溢矣。』燔，焚燒。《玉篇》：『燔，燒焚也。』

⑥ 火耕水種，謂焚草而耕，灌溉而種。決泄，泄水灌溉，謂水種。高下，焚草造田，謂火耕。

⑦ 鈒，一種農具。或類鍤，鍬也。《釋名·釋用器》：『鍤，插也，插地起土也。』時，季節。《説文》：『時，四時也。』代序，猶言變換。《楚辭·離騷》：『日月忽其不淹兮，春與秋其代序。』王逸注：『代，更也。序，次也。』

⑧ 逋滯，滯積，積壓不流通。杜光庭《賀德音表》：『憫征戍之勤勞，釋賦租之逋滯。』充，充足。《廣韻》：『充，滿也。』恒，常常。《玉篇》：『恒，常也，久也。』

此段描述鄭縣優越的地理位置，豐厚的水土資源，簡易的耕種方式，富裕的生活，完備的禮義與淳樸的民風。

季冬之月，牧事〔一〕既畢，嚴霜隕而蒹葭〔二〕萎，林鳥祭而罻羅設①。因民所欲，順時遊獵；結罝繞壆〔三〕，密罔〔四〕彌山；放鷹走犬，弓弩亂〔五〕發②。鳥不得飛，獸〔六〕不得逸；真光赫之觀，盤戲〔七〕之至樂也③。若乃斷遏海浦，隔截曲隈；隨潮〔八〕進退，采蜂捕魚；鱣鮪赤尾，鯃齒比目，不可紀名④。鱠鰡鰒，炙鱉鯸，烝石首，臛鯊鮤，真東海之俊味，肴〔九〕膳之至妙也⑤。及其蜂蛤之屬，目所希見，耳所不聞，品類數百，難可盡言也⑥。

【校勘】

〔一〕「牧事」，《文集》、叢書堂鈔本、《四部叢刊》本、鄧邦述校本、陳仲魚校本脱「事」。《困學紀聞》卷二十注曰：「何云：疑是田牧。《士龍集》『牧』字下原脱一字。」《經濟類編》卷五十一作「牧養」，《文章辨體彙選》卷二百五十一作「農牧」。《西晉文紀》卷十七、《百三家集》本作「牧事」，意善，據此校補。

〔二〕「蒹葭」，《四部叢刊》本、鄧邦述校本作「蒹葭」，形近而誤。

〔三〕「堽」，《困學紀聞》卷二十作「岡」，古二字同。叢書堂鈔本作「罔」，或別一宋本作「岡」，形近而誤。

〔四〕「罔」，《四部叢刊》本、鄧邦述校本、陳仲魚校本作「岡」，形近而誤。《西晉文紀》卷十七、叢書堂鈔本、《文章辨體彙選》卷二百五十一作「綱」，《百三家集》本作「罔」，鄧邦述、陳仲魚校本亦校作「罔」，古二字通。

〔五〕「亂」，《困學紀聞》卷二十作「怒」，當據改。

〔六〕「獸」，《文集》、叢書堂鈔本、《四部叢刊》本、鄧邦述校本、陳仲魚校本作「狩」，音近而誤。《西晉文紀》卷十七、《文章辨體彙選》卷二百五十一、《百三家集》本作「獸」，今據改。

〔七〕「盤戲」，叢書堂鈔本、鄧邦述校本、陳仲魚校本並校作「磐戲」，或誤。

〔八〕『潮』，《文集》、叢書堂鈔本、《四部叢刊》本、鄧邦述校本、陳仲魚校本作『湖』。《困學紀聞》卷二十、《經濟類編》卷五十一、《西晉文紀》卷十七、《七十二家集》本、《百三家集》本、《文章辨體彙選》卷二百五十一作『潮』，今據改。

〔九〕『肴』，《西晉文紀》卷十七作『餚』，古二字同。

【注釋】

①牧事，猶農事。《説文》：『牧，養牛人也。』蒹葭，葭蘆，即今蘆葦之類。《詩·秦風·蒹葭》：『蒹葭蒼蒼，白露爲霜。』毛詩傳：『蒹葭，葭蘆也。』祭，祭祀。古人漁獵之前先祭祀之。《禮記·月令》：『東風解凍，蟄蟲始振，魚上冰，獺祭魚，鴻雁來。』鄭玄注：『獺將食之，先以祭也。』罻羅，捕鳥獸之網。《禮記·王制》：『豺祭獸，然後田獵；鳩化爲鷹，然後設罻羅。』鄭玄注：『取物必順時候也。罻，小網也。』《玉篇》：『羅，罔也，鳥罟也。』

②順時，按照節令。《玉篇》：『時，春夏秋冬四時也。』結罝，結網。罝，捕獸之網。《説文》：『罝，兔網也。』堽，同岡，山崗。《廣韻》：『岡，又作堽。』罔，同網。《玉篇》：『網，羅罟總名。』又『罔，同網』。彌山，滿山。《玉篇》：『彌，徧也。』弓弩，泛指弓箭。弩，弓之背。《玉篇》：『弩，弓有臂者。』亂發，猶齊發。《玉篇》：『亂，理也。』

③逸，逃逸。《玉篇》：『逸，奔也，逃也。』光赫，謂火光照天。《説文》：『赫，火赤貌。』盤戲，優遊盤桓。《水經注》卷三十六：『兩神馬，一白一黑，盤戲河水之上。』此指田獵。

④ 若乃，轉接連詞，猶至於。斷遏，謂決堤。遏，猶堤，見上注。《玉篇》：『斷，截也，決也。』海浦，海邊。《玉篇》：『浦，江海邊。』曲隈，彎曲之崖岸。《淮南子·原道訓》：『釣於河濱，朞年而漁者，争處湍瀨，以曲隈深潭相予。』許慎注：『曲隈，崖岸委曲。』蜯，同蚌。《玉篇》：『蜯，蜯蛤也。蚌，同蜯。』鱣鮪、赤尾、鯝齒、比目，皆魚類。紀，《廣韻》：『識也。』

⑤ 鱠，同膾，細切。《集韻》：『膾，《説文》：細切肉也。或從魚。』炙，烤肉。《廣韻》：『炙，炙肉。《周書》曰：黄帝始燔肉爲炙。』烝，同蒸。《詩·大雅·生民》：『釋之叟叟，烝之浮浮。』臛，作肉羹。《廣韻》：『臛，臛羹。』鰡鰒、鱀鯸、石首、鯊鮆，皆魚類。俊味，美味。俊，同雋，與雋同音相通。《玉篇》：『雋，同俊，俗作雋。』《廣韻》：『雋，鳥肥也。』肴膳，美肴也。《廣韻》：『肴，凡非穀而食曰肴。』《説文》：『膳，具食也。』

⑥ 蜯蛤，即蚌蛤。長者通曰蚌，圓者通曰蛤。希，少。《爾雅·釋詁》：『希，罕也。』品類，猶種類。

此段季冬牧事結束後，設網捕鳥獸之樂，斷遏漁蚌魚之豐。進一步説明鄮縣物産之豐富，生活之快樂與富饒也。

昔秦始皇，至尊至貴，前臨終南，退燕阿房①；離宫别館，隨意所居②；沉淪〔一〕涇渭，飲馬昆明③；四方奇麗，天下珍玩，無所不有，猶以不如吴會也④。鄉東觀滄海，遂御六軍，南巡狩，登稽嶽，刻文石，身在鄮縣三十餘日⑤。夫以帝王之尊，不憚爾行；季甫年少，受命牧民⑥。武城之歌，足以興化⑦。桑弧蓬矢，丈夫之志⑧。經營四方，古人所歎，何足憂乎⑨？且彼吏民恭謹篤慎，敬愛官長。鞭朴不施，聲教風靡⑩。漢吴以來，臨此縣者，無不遷變⑪。尊大人〔二〕、賢姊上下，當爲喜慶，歌舞相送，勿爲慮也。足下急啓喻寬慰，具〔三〕説此意，吾不虚言也。停及不一一⑫。陸雲白。

【校勘】

〔一〕『綸』，《文集》、叢書堂鈔本、《四部叢刊》本、鄧邦述校本、陳仲魚校本作『淪』。《西晉文紀》卷十七、《七十二家集》本、《百三家集》本作『綸』。《困學紀聞》卷二十注曰：『何云：淪，疑作綸。《集》本作綸。』故據改。

〔二〕『大人』，《文集》、叢書堂鈔本、《四部叢刊》本、鄧邦述校本、陳仲魚校本作『大夫』。《七十二家集》本、《百三家集》本、《困學紀聞》卷二十、影鈔宋本並作『大人』，今據改。

〔三〕『具』，《文集》、叢書堂鈔本、《四部叢刊》本、鄧邦述校本、陳仲魚校本作『真』。《西晉文紀》卷十七、《百三家集》本、《文章辨體彙選》卷二百五十一作『具』，今據改。

【注釋】

① 秦始皇（前二五九—前二一〇），名嬴政，秦莊襄王之子。建立了我國歷史上第一個專制主義封建王朝，奠定了此後中國兩千多年封建國家體制。終南，即終南山。《水經注》卷四十：『隴山、終南山、惇物山，在扶風武功縣西南也。』阿房，即阿房宫，秦始皇所建。《水經注》卷十九：『《關中記》曰：阿房殿在長安西南二十里。殿東西千步，南北三百步，庭中受十萬人。其水又屈而逕其北，東北流注堨水陂，陂水北出逕

漢武帝建章宮東於鳳闕，南東注泬水，泬水又北逕鳳闕東。』

②離宮別館，謂天子行宮。班固《西都賦》：『離宮別館三十六所，神池靈沼往往而在。』濟注：『離宮別館，謂天子行處別署。』

③沉綸，垂釣。綸，釣絲。《爾雅·釋言》：『緡，綸也。』郭璞注：『《詩》曰：維絲伊緡。緡，繩也。江東謂之綸。』涇渭，涇水、渭水。涇水，渭水支流。《説文》：『涇，涇水也。水出安定涇陽幵頭山，東南入渭。』徐鍇《繫傳》：『按《漢書》：幵頭山在涇陽縣西，涇水東南至陽陵入渭，過郡三，行千六十里。在今靈洲東南，土人謂之汧屯山，陽陵，漢景帝陵所在。又按：自幵頭東南，經新平扶風，至京兆高陵縣而入渭，與清洛水合，至潼津入河。』渭水，源甘肅渭源鳥鼠山，流經陝西，與涇水、北洛河合，至潼關入河。《書·禹貢》：『導渭自鳥鼠同穴，東會於灃，又東會於涇，又東過漆沮入於河。』孔安國傳：『山曰鳥鼠，渭水出焉。灃水自南，涇水自北而合灃。漆、沮二水，名亦曰洛水。』昆明，即昆明池。《太平御覽》卷六十七：『昆明池，漢武帝元狩三年所穿也。』士龍或誤記也。

④吴會，吴之都會，泛指吴地。

⑤鄉，通嚮，亦作向。《荀子·成相》：『武王怒，師牧野，紂卒易鄉，啓乃下。』楊倞注：『易鄉，回也。鄉，讀爲向。』《廣韻》：『嚮，《爾雅》：兩階間謂之嚮。本亦作鄉，又音向。』滄海，東海。曹操《步出夏門行》：『東臨碣石，以觀滄海。』《初學記》卷六：『按東海之别有渤澥，故東海共稱渤澥，又通謂之滄海。』御，猶統治。《玉篇》：『御，治也，君也。』巡狩，猶巡視。《孟子·梁惠王下》：『天子適諸侯曰巡狩。巡狩者，巡所守也。』稽嶽，指會稽山。文石，猶石也。

⑥憚，畏懼。《玉篇》：『憚，難也，又畏憚。』牧民，治理百姓。晁錯《論貴粟疏》：『民者，在上所以牧

之。」此四句乃反接，言以秦帝之尊，尚不懼此行，況季甫年少，受命而治理百姓呢。

⑦ 武城之歌，謂以大道而治其小也。《論語・陽貨》：「子之武城，聞絃歌之聲。夫子莞爾而笑，曰：割鷄焉用牛刀！子遊對曰：昔者偃也聞諸夫子曰：君子學道則愛人，小人學道則易使。子曰：二三子，偃之言是也。前言戲之耳。」何晏《集解》：「孔安國曰：子游爲武城宰。戲以治小而用大道。」興化，教化興盛。《孔叢子・論勢》：「賢者所在，必興化致治。」《廣韻》：「興，盛也。」

⑧ 桑弧蓬矢，以桑木爲弓，以蓬莖爲矢。太古之時，生男則設之，射天地四方，謂男子有天地四方之志也。《禮記・射義》：「故男子生，桑弧蓬矢六以射天地四方。天地四方者，男子之所有事也。」鄭玄注：「男子生則設弧於門左，三日負之，人爲之射，乃卜食子也。」

⑨ 經營四方，規劃治理天下。《詩・小雅・北山》：「嘉我未老，鮮我方將。旅力方剛，經營四方。」鄭玄箋：「王謂此事衆之氣力方盛乎，何乃勞苦，使之經營四方。」

⑩ 恭謹篤慎，恭敬、謹慎、篤行。《廣韻》：「篤，厚也。」鞭朴，泛指薄刑。《國語・魯語上》：「薄刑用鞭扑，以威民也。」韋昭注：「鞭，官刑。扑，教刑也。」朴、扑，同音相通。《鄧析子・轉辭篇》：「寂然無鞭朴之罰。」聲教，禮樂教化。《書・禹貢》：「東漸于海，西被于流沙，朔南暨聲教。」聲，樂。《玉篇》：「聲，音也。」風靡，言若風至草偃。《廣韻》：「靡，偃也。」《説文》曰：披靡也。」

⑪ 漢吴，漢代與吴國。臨，謂莅臨爲官。《廣韻》：「臨，莅也，監也。」遷變，猶升遷。《廣韻》：「遷，去下之高也。《詩》云：遷於喬木。」

⑫ 啓喻，開導説明。黄滔《趙員外啓》：「祈禱依投，啓喻罔盡下情。」《廣韻》：「啓，開也，發也。」又「諭，譬諭也。同喻」。停及不一一，謂停筆不及一一叙説。

此段宕開一筆，以叙述秦始皇以至尊之身份，博臨天下之奇觀，南巡之時尚流連鄮縣，正面襯托此縣之奇異，與上文相意脉勾連。然後『夫以帝王之尊』承接，説明小地足與大道，丈夫志在四方，更何况季甫所去之地教化興盛，民風淳樸，升遷有望呢？最後水到渠成，説明季甫之官鄮縣『當爲喜慶，歌舞相送』也。

【集評】

［宋］王應麟《困學紀聞》卷二十：愚謂士龍之書，筆勢縱放，真奇作也。可以補《四明郡乘》之闕遺，故詳著之。

［清］孫梅《四六叢話》卷十七《書九》：車永茂安外甥石季甫見使爲鄮令，便道之職。茂安《與陸士龍書》曰（文略）。茂安又答曰：『於母前伏讀三周，舉家大小豁然忘愁。足下此書，足爲典誥，雖《山海經》《異物志》《二京》《三都》殆不復過也。恐有其言能無其事耳。』愚謂：士龍之書筆勢縱放，真奇作也。可以補《四明郡乘》之闕遺，故詳著之。

［清］孫梅《四六叢話》卷二十一《記十三》：若乃趙至《入關》之作，鮑照《大雷》之篇，叔庠擢秀於桐廬，士龍吐奇於鄮縣，莫不摹山水，繪煙嵐，列土毛，覃海錯。跌宕以行吟，迤邐而命筆。實皆記體，曲被書稱。假尺牘以寄才情，因懷人而蜚藻思，抑獨何哉！

［清］孫梅《四六叢話》卷三十一《作家四》：案：天地間山水林麓，奇偉秀麗之致，賴文人之筆以陶寫之，若陸雲《答車茂安書》、鮑照《大雷岸與妹書》等篇，託興涉筆，都成絶搆。蓋皆會景造語，不假雕琢者也。

〔附〕車茂安書〔一〕

永白：間因王弘季有書，怪足下無答。外甥石季甫，忽見使爲鄮令。除書近下，因令便道之職，得此罔然。老人及姊〔二〕，自聞此問，三四日中，了不能復食。姊晝夜號泣，不可忍視。外甥之中，老人真自愛〔三〕恤季甫，恒在目下，卒有此役，舉家慘蹙〔四〕，不可深言。昨全伯始有一將來，是句章人，具説此縣既有短狐之疾，又有沙蝨〔五〕害人。聞此消息，倍益憂慮。如其不行，恐有節目。良爲愁憤，足下可具示土地之宜，企望來報。車永白。

【校勘】

〔一〕此篇《七十二家集》本、《百三家集》本附作『車永與陸雲書』。

〔二〕『姊』，《經濟類編》卷五十一作『姉』，古二字同。

〔三〕『愛』，《諸家文集》本、《四部叢刊》本、《四部備要》本、鄧邦述校本作『受』，形近而誤。陸貽典亦校作『愛』。

〔四〕『蹙』，《文集》、《諸家文集》本作『蹙』。《西晉文紀》卷十七作『慽』，《四部叢刊》本、鄧邦述校本、陳仲魚校本作『慼』，鄧邦述、陳仲魚校本校作『蹙』。古三通轉。

〔五〕『蝨』，《經濟類編》卷五十一作『蝨』，同虱。

[附]車茂安又答書

永白：即日得報，披省未竟，懽憙踊躍，輒於母前，伏讀三周。舉家大小，豁然忘愁也。足下此書，足爲典誥。雖《山海經》《異物志》《二京》《兩都》〔一〕，殆不復過也。恐有其言，能無其事耳。雖爾，猶足息號泣，懽忭〔二〕笑也。府君入，後月當西出，足下可豫至界上，吾欲先一日與卿相見也。答不復多。車永白。

【校勘】

〔一〕『兩』，《文集》、叢書堂鈔本、《四部叢刊》本、鄧邦述校本、陳仲魚校本作『南』，形近而誤。《西晉文紀》卷十七、《七十二家集》本作『兩』，今據改。

〔二〕『懽』，《諸家文集》本、叢書堂鈔本作『權』。又『忭』，《文集》、《諸家文集》本、叢書堂鈔本作『抃』，形近而誤。《西晉文紀》卷十七、《四部叢刊》本、鄧邦述校本、陳仲魚校本作『忭』，今據改。

吊陳永長書五首〔一〕①

【題解】

此五書均爲吊唁永曜，抒發至深至痛之情，情貫終始，然每書叙述重點、表達角度又有不同。第一書概括寫其驚悉永曜早逝之悲愴，語短情至，猶向秀之《思舊賦》，剛開頭即煞尾，非無可言，乃初聞噩耗心亂而不知從何言也。第二書乃寫遣人吊唁永曜，呼天搶地之狀，欲哭無聲之痛，臨書思緒之亂，使情感達到高潮。第三書重點讚美永曜道德、器度、才能，攜手假樂之約，斯人早逝，其痛一也；假樂之約已爽，其痛二也。第四書特别表達自己與永曜深厚之情，同聲相應之趨舍，斯人逝矣，知音不存，雖情在駿奔而牽于時役，亦其悲也。第五書述説永曜去世乃家國之損失，亦又是思之無極的原因。前二書重在抒情，後三書分别寫其人、其人與我、其人與家國，在抒情中又間雜叙述、描寫。同中有别，雖爲短章，亦見結構之匠心。

此五書所作時間難以確考，然據《與楊彦明書》第七書『朋類喪索，同好日盡』之句，作於士龍晚年則無疑。時間或在永寧元年（三〇一）之後。

一

雲頓首頓首：哀懷切怛〔二〕，賢弟永曜，早〔三〕喪俊德，酷痛甚痛，柰何②！陸士龍頓首頓首。

【校勘】

〔一〕此篇《七十二家集》本、《百三家集》無『五首』二字，第二首以下皆以『又』以别之。

〔二〕『怛』，《四部備要》本作『坦』，《四部叢刊》本、鄧邦述校本、陳仲魚校本作『恒』，形近而誤。鄧邦述校本校作『怛』。

〔三〕『早』,《西晉文紀》卷十七作『蚤』,古二字通。

【注釋】

① 陳永長,永曜之兄,兄弟事迹並不詳。據《晉書·陳敏傳》引華譚《遺顧榮等書》:『永長宿德,情所素重;彦先垂髮,分著金石。』可知其爲江東望族。

② 切怛,悲傷如割,痛苦之極。《廣韻》:『切,割也。』《方言》卷一:『怛,痛也。』俊德,謂美德之人。《書·堯典》:『克明俊德,以親九族。』酷痛,深痛。《玉篇》:『酷,酒味厚也。』柰何,歎息。《世説新語·任誕》:『桓子野每聞清歌,輒喚奈何。謝公聞之曰:子野可謂一往有深情。』奈,柰之俗字。《玉篇》:『奈,正作柰字。』

此封書信抒發對永曜早喪的極爲悲痛之情。

二

雲頓首頓首:天災橫流〔一〕,禍害無常。何圖〔二〕永曜,奄忽遇此①。凶問卒至,痛心摧剥〔三〕,柰何!柰何②!想念篤性,哀悼切裂,當可堪言③!無因展告,望企鯁咽〔四〕,財遺表唁,悲猥不次④。雲頓首。

【校勘】

〔一〕『流』，《文集》、叢書堂鈔本作『汖』。《西晉文紀》卷十七、《百三家集》本、《四部叢刊》本、鄧邦述校本、陳仲魚校本作『流』，古二字同。《玉篇》：『汖，古文流。』

〔二〕『啚』，《西晉文紀》卷十七、《百三家集》本、叢書堂鈔本、《四部叢刊》本、鄧邦述校本、陳仲魚校本作『圖』，古二字同。

〔三〕『摧剥』，《文集》、叢書堂鈔本作『搉剥』，《四部叢刊》本、鄧邦述校本、陳仲魚校本作『推剥』，《西晉文紀》卷十七、《百三家集》本、《全晉文》卷一〇三作『摧剥』，鄧邦述校本亦校作『摧剥』。考其文意，以『摧剥』爲善，故據改。陸機《愍懷太子誄》：『鞠躬引分，顧景摧剥。』潘岳《馬汧督誄》：『凡爾同圍，心焉摧剥。』均可旁證。

〔四〕『鯁咽』，《四部備要》本作『哽咽』。古二詞同。

【注釋】

① 何啚，可曾料到。《廣韻》：『圖，《爾雅》曰：謀也。《説文》曰：畫計難也。』啚，同圖。玄應《一切經音義》卷八：『詔定古文官書，圖、啚二形同。』奄忽，猶遽然。《古詩·今日良宴會》：『人生寄一世，奄忽若飇塵。』善注：『《方言》曰：奄，遽也。』銑注：『奄忽，疾也。』

② 凶問，凶訊。《玉篇》：『問，訊也。』摧剥，摧痛剥裂。《廣韻》：『摧，折也。』又『剥，割也，傷害也』。

③ 篤性，純厚之性。《廣韻》：『篤，厚也。』當可堪言，謂不可言語也。《廣韻》：『堪，勝也，克也。』

④ 展，謂往也。《玉篇》：「展，由也，適也。」望企，猶企望，舉踵望之，謂思念殷切。《玉篇》：「企，舉踵也。」鯁咽，如刺在喉，嗚咽不出。比哽咽更傷情也。《廣韻》：「鯁，刺在喉。」財，指吊唁之物。《廣韻》：「財，貨也，賄也。」悲猥，悲鳴之謙稱。《説文》：「猥，鄙也。」不次，謂語無次序。《玉篇》：「次，叙也，第也。」

此封書信乃遣人吊唁永曜之所作。所抒發情感之痛甚於上篇，呼天搶地，疊用奈何，欲哭無聲，欲言無序，使這種情感達到高潮。

三

永曜茂德遠量，一時秀生〔一〕。奇蹤瑋寶，灼爾凌群①。光國隆家，人士之望。冀其永年，遂播盛業②。攜手退遊，假樂此世。柰何一朝，獨先彫落③！奄聞凶諱，禍出不意。拊心痛楚，肝懷如割④。柰何！柰何！豈況至性，何可爲心。臨書鯁塞〔二〕，投筆傷情⑤。

【校勘】

〔一〕「秀生」，《全晉文》卷一〇二作「秀出」。

〔二〕「鯁塞」，《四部備要》本作「哽塞」。古二詞同。

【注釋】

① 茂德遠量，德盛而器量弘遠。茂，猶盛。《廣韻》：「茂，卉木盛也。」量，器度。蔡邕《郭有道碑文》：

『其器量弘深，姿度廣大。』奇蹤，奇異之蹤迹。陸機《七啓》：『孰與顯奇蹤于萬邦，撫六轡而高遊。』瑋寶，如玉之質。《玉篇》：『瑋，《埤蒼》云：瑰瑋珍琦。或作偉。』《廣韻》：『瑋，玉名。』灼爾，顯赫。《玉篇》：『灼，明也。』爾，語助詞。《玉篇》：『爾，語助也。』凌，通陵，超越。朱駿聲《説文通訓定聲》：『夌，經傳多以陵、以淩、以凌爲之。』

② 光國，使國增輝光。蔡邕《陳太丘碑文》：『紆佩金紫，光國垂勳。』隆家，使宗族盛也。《玉篇》：『隆，盛也。』望，猶仰望。《廣韻》：『望，看望。』播，播揚。《玉篇》：『播，揚也。』

③ 假樂，謂受天賜之福。《詩·大雅·假樂》：『假樂君子，顯顯令德。宜民宜人，受禄於天。』毛詩傳：『假，嘉也。』鄭玄箋：『天嘉樂成王，有光光之善德，安民官人皆得其宜，以受福禄於天。』先，謂先我。

④ 奄，突然。《廣韻》：『奄，忽也，遽也。』凶諱，猶凶訊。《玉篇》：『諱，忌也，避也。』拊心，捶胸。《玉篇》：『拊，拍也，擊也。』痛楚，痛苦。《經典釋文》卷二十八：『楚，痛也。』

⑤ 至性，心性廣大。見上注。何可爲心，何能爲此心，謂心痛不可堪也。《資治通鑒》卷一百四十六：『自軍度劍閣以來，鬢髮中白，日夜戰懼，何可爲心。』鯁塞，猶鯁咽。見上注。

此封書信讚美永曜道德器度，才能曠世，本冀其長壽，退隱而與之攜手樂遊，無奈遽然去世，故聞其凶訊，捶胸痛楚也。

四

與永曜相得，便結願好①。契闊分愛，恩同至親。憑烈三益，終始所願②。中間離別，但爾累年。結想之懷，夢寐倆佛〔一〕③。何啚〔二〕忽爾，便成永隔。哀心慟楚，不能自勝，痛當柰何！柰何④！義在奔馳，牽役萬里。至心不叙，東望貴舍，雨淚沾〔三〕襟⑤。今遣吏并進薄祭，不得臨哀，追贈〔四〕切裂，幸損至念，書重不知所言⑥。

【校勘】

〔一〕『倆佛』，《西晉文紀》卷十七、《四部叢刊》本作『仿佛』，古二字同。

〔二〕『啚』，《西晉文紀》卷十七、《百三家集》本、叢書堂鈔本、《四部叢刊》本、鄧邦述校本、陳仲魚校本作『圖』，陳仲魚校本校作『啚』，古二字同。

〔三〕『雨淚』，《文章辨體彙選》卷二百五十一作『兩淚』。又『沾』，《四部備要》本作『霑』，古二字同。

〔四〕『贈』，《西晉文紀》卷十七、《七十二家集》本、《百三家集》本、《全晉文》卷一〇二作『增』。

【注釋】

① 相得，趣舍相同。《易·革》：『水火相息，二女同居，其志不相得曰革。』王弼注：『凡不合而後乃變生，變之所生，生於不合者也，故取不合之象以爲革也。』《韻會》：『得，合也。』便結顧好，謂締結相會之約。《廣韻》：『顧，念也，思也。』《周禮·春官宗伯》：『琬圭以治，德以結好。』鄭玄注：『及諸侯使大夫來聘，既而爲壇會之使。』

② 契闊，猶聚散。曹操《短歌行》：『契闊談讌，心念舊恩。』分愛，相愛深厚。《韻會》：『分，意深也。』

烈，甚也。《史記·秦始皇本紀》：『臣虜之勞，不烈於此也。』三益，益己之友。《論語·季氏》：『孔子曰益者三友，損者三友，友直，友諒，友多聞，益矣；友便辟，友善柔，友便佞，損矣。』盧諶《答魏子悌》：『寄身蔭四嶽，託好憑三益。』憑烈三益，謂甚於可信賴之友也。

③但爾，如此。見上注。結想，鬱結之思。《說文》：『結，締也。』仿佛，同彷佛，猶依稀也。張衡《西京賦》：『曾髣髴其若夢，未一隅之能睹。』善注：『《甘泉賦》曰：猶髣髴其若夢。《說文》曰：彷佛，相似見不諦也。』又《玉篇》：『仿佛，彷佛也。』仿佛、髣髴、彷佛、彷佛，連綿詞，四詞並同。

④何啚，何曾料到。見上注。忽爾，猶遽爾。《廣韻》：『奄，忽也，遽也。』《玉篇》：『爾，語助也。』慟楚，悲痛。《經典釋文》卷二十八：『楚，痛也。』自勝，自持。見上注。

⑤至心，最誠摯之心。孔融《論盛孝章書》：『雖小才而逢大遇，竟能發明主之至心。』東望，士龍在晉，永曜在吳，故曰東望。

⑥追贈，謂贈祭奠之物而追思之。幸損至念，幸減其至極之思，謂臨吊更爲傷情也。《玉篇》：『損，減少也。』

此封書信先言與永曜生前深厚之情感，同聲相應之趣舍，以及別後夢寐之懷想，然後敘述遽得凶訊之悲悼，不能親臨吊唁之原因。以『東望貴舍』寫駿奔嚮往之情，以『幸損至念』寫無奈之自我寬慰，皆情至切，而語至痛。

五

永〔一〕曜素自強健，了不知有此患。險戲〔二〕之災，遂不可救①。豈惟貴門，獨喪重寶？此賢之殞，邦家以瘁②。情分異他，痛心殊深。已矣遠矣，可復柰何③！追想遺規，不去心目，悠悠無期④。哀至悲〔三〕裂，不知何言。可以言知，酷楚而已⑤！

【校勘】

〔一〕「永」，影鈔宋本作「冰」，誤。翁同書案：「冰，當作永。」

〔二〕「險戲」，《文章辨體彙選》卷二百五十一作「險巇」，古二詞同。

〔三〕「悲」，《四部叢刊》本、鄧邦述校本、陳仲魚校本作「裴」，形近而誤。鄧邦述、陳仲魚校本校作「悲」。

【注釋】

①了，副詞，全然。險戲，猶言傾危。《楚辭·七諫·怨世》：「何周道之平易兮，然蕪穢而險戲。」王逸注：「險戲，猶言傾危也。」

②貴門，指永曜之家門。邦家以瘁，家國哀病也。《詩·大雅·瞻卬》：「人之云亡，邦國殄瘁。」毛詩傳：「瘁，病也。」

③情分，情深。見上注。異他，不同他人，謂情獨深也。已矣，歎息之聲，猶罷了。遠矣，指逝者遠去。可復柰何，猶無可奈何。

④遺規，兼有遺風、遺戒之意。張華《答何劭》：「周任有遺規，其言明且清。」銑注：「規，戒也。」悠悠，思念不盡貌。《詩·邶風·終風》：「莫往莫來，悠悠我思。」鄭玄箋：「我思其如是，心悠悠然。」

⑤ 酷楚，深痛。《玉篇》：『酷，酒味厚也。』《經典釋文》卷二十八：『楚，痛也。』

此封書信以『素自强健』點明去世之突然，然後述説永曜去世乃家國之損失，特别説明自己與永曜特殊之情，故思念無極，哀至悲裂也。

吊陳伯華書二首

【題解】

此二書乃爲吊陳伯華父親去世之所作。二書表達了對伯華先父壯志未酬之歎惋，驚聞凶訊之悲痛，回顧了與伯華先父生前之深情。從二書看，士龍與伯華父情同手足，然從與吊永曜文看，情似不及與永曜深厚。

書所作時間不可考，然從用語看，似與《吊陳永長書》相距時間不久，此書似又在其之後。據《與楊彦明書》第七書『朋類喪索，同好日盡』之句，作於士龍晚年則無疑。書又言『牽役遠路』，時間或在永寧元年（三〇一）之後，士龍任清河内史或司馬穎幕僚之時。

一

大君遠資，高數世之瑰瑋，當光裕大業，茂垂勳名，柰何日朝早〔一〕爾喪墜①！自聞凶諱，痛心割裂，追惟哀摧，肝心破剥，痛當柰何！柰何②！相念夙年，奄嬰哀艱，扳慕不及，當何〔二〕爲心③。牽役遠路，無因奔馳，東望靈宇，五情哽咽，割切哀慕，書重感猥不次④。

【校勘】

〔一〕『早』，《西晉文紀》卷十七作『蚤』，古二字通。

〔二〕『何』，《文集》、叢書堂鈔本、《四部叢刊》本、鄧邦述校本、陳仲魚校本作『可』。《百三家集》本作『何』。《四庫全書考證》卷九十五曰：『刊本「何」訛「可」，據《西晉文紀》改。』

【注釋】

① 大君，尊稱對方之父。《三國志・魏・董昭傳》：『足下大君，昔避内難，南遊百越，非疏骨肉，樂彼吴會。』高，超越。《廣韻》：『高，上也，崇也。』瓌瑋，奇異之才。《經典釋文》卷二十八：『瓌瑋，奇特也。』光裕，廣大寬弘，猶拓展。《國語・周語中》：『叔父若能光裕大德，更姓改物，以創制天下，自顯庸也。』韋昭注：『光，廣也。裕，寬也。』茂垂勳名，乃茂勳垂名之倒裝，謂盛其勳業垂名後世。

② 凶諱，凶訊。見上注。追惟，追思。《玉篇》：『惟，思也。』

③ 夙年，早年。《玉篇》：『夙，早也。』奄，《廣韻》：『忽也，遽也。』嬰，遭受。王維《李陵詠》：『既失大軍援，遂嬰穹廬恥。』哀艱，指喪父之痛。扳慕，攀援追慕。庾信《周大將軍上開府廣饒公鄭常墓誌銘》：『嗚呼哀哉，吏人扳慕，飛走變色。』扳，通攀。《經典釋文》卷十三：『扳，本又作攀。』當何爲心，謂心痛不可堪也。見上注。

④ 牽役，牽於事務。役，事也。《左傳・昭公十三年》：『爲此役也。』杜預注：『役，事也。』靈宇，神靈之宇，此指墓陵。《水經注序》：『不崇朝而澤合靈宇者，神莫與竝矣。』五情，喜怒哀樂怨，此指百感交集。曹植《上責躬應詔詩表》：『形影相吊，五情愧赧。』善注：《文子》曰：昔者中黄子曰：色有五章，人有五情。』良注：『五情，喜怒哀樂怨也。』猥，謙稱。《説文》：『猥，鄙也。』不次，謂語無次序。見上注。

此封書信先言爾翁壯志未酬之歎惋，再言驚聞凶訊之椎心悲痛，後言牽於時事不能臨吊之哀慕。

二

昔與大君，分義欵篤，彌隆之愛，恩如〔一〕兄弟①。憑此烈好，要以始卒。何啚〔二〕大君，獨先早〔三〕世②！遠聞諱〔四〕問，若喪四體，拊心慟楚，肝心如割，柰何！柰何③！豈況至性，當何可言④。今遣吏恭集薄祭，不得臨喪〔五〕，以叙悲苦。計往人到貴舍之日，揮涕而已。投筆欷欷〔六〕⑤。

【校勘】

〔一〕『如』，《西晉文紀》卷十七、《百三家集》本、《四部叢刊》本、鄧邦述校本、陳仲魚校本作『加』。陳仲魚校本校作『如』。

〔二〕『啚』，《西晉文紀》卷十七、《百三家集》本、叢書堂鈔本、《四部叢刊》本、鄧邦述校本、陳仲魚校本作『圖』，陳仲魚校本又校作『啚』，古二字同。

〔三〕『早』，《西晉文紀》卷十七作『蚤』，古二字通。

〔四〕『諱』，《西晉文紀》卷十七、《百三家集》本、《四部叢刊》本、鄧邦述校本作『訃』。鄧邦述校本亦校作『諱』。

〔五〕『喪』，《文集》、叢書堂鈔本作『展』，或形近而誤。《西晉文紀》卷十七、《百三家集》本、《四部叢刊》本、鄧邦述校本、陳仲魚校本作『喪』。今據改。

〔六〕『欨欷』，《西晉文紀》卷十七、《百三家集》本、《四部叢刊》本、鄧邦述校本、陳仲魚校本作『歔欷』，鄧邦述、陳仲魚校本並校作『欨』。歔、欷、欨三字並言出氣也，可通轉。

【注釋】

① 分義，情義相投。《荀子·彊國》：『禮樂則脩，分義則明。』楊倞注：『分謂上下有分，義謂各得其宜。』欵篤，謂情深。《廣韻》：『款，誠也，至也。俗欵。』又『篤，厚也』。加，超過。《廣韻》：『加，上也，陵也。』

② 烈，甚也。見上注。要，約也。《玉篇》：『要，身中也，象人要自臼之形。今爲要約字。』始卒，同生死也。何啚，何曾想到。《爾雅·釋詁》：『圖，謀也。啚，同圖。』早世，早謝世。

③ 諱問，猶凶訊。諱，亦稱不諱，死亡之婉稱。《三國志·吳·諸葛恪傳》：『猶賊虜聞諱，恣睢寇竊。』問，同聞。《經典釋文》卷七：『令聞，音問，本亦作問。』四體，四肢，謂自身。《論語·微子》：『丈人曰：四體不勤，五穀不分，孰爲夫子？』《廣韻》：『體，四支也。』拊心，捶胸。見上注。慟楚，痛苦。見上注。

④ 至性，猶至心，最誠摯之心。《玉篇》：『性，質也。』當何可言，謂無何可言也。

⑤ 恭集，恭敬往之。《廣韻》：『集，就也。』薄祭，指微薄祭奠之禮。欨欷，同欷歔，抽咽、歎息之聲。曹植《卞太后誄》：『百姓欷歔，嬰兒號慕。』《玉篇》：『歔，歔欷，歎也，又啼貌。』

此封書信叙述與爾翁生前之深情，先我而逝之歎惋，遠聞訃告之痛楚，遣吏薄祭之悲苦。從二書看，士龍與伯華父情同手足，然從與吊永曜文看，情似不及與永曜之深厚。

移書太常府薦張瞻①〔一〕

【題解】

此文乃舉薦張瞻之所作。文章首先追溯古代聖王舉明德，和人神，崇典謨，興禮學，故盛世而君明；再言晉立皇極，德配天地，天下一統，禮樂將和，必將廣攬俊才，熙隆先王之法。緊接着從德、才、思、學、識、文、行等幾個方面論述張瞻之出類拔萃，其人才難得，必可用之意已隱含其中；故轉而直言其賢才下位，縉紳惋恨。再言晉清平教化，博攬人才，雲與龍升，風和鳳儀，乃是人才耀穎託乘之良機，而張瞻沉淪下位，故有必可薦之理。最後申述若使張瞻職奉太學，官列玉階，必爲廟堂奇偉之才，對於朝廷和諧天人，興盛禮樂，必將起到巨大作用。文章由古及今，先爲薦舉張瞻提供歷史與現實依據，再言張瞻有必可用之才，後從西晉朝廷人才觀念，論述其必可用之理，層層遞進，邏輯嚴密。而前文用『典謨』『禮學』，中間用『熙隆載典』，最後『廣樂』『韶夏』，意脉上前後照應，又强化了文章邏輯。而張瞻才高與『考槃下位』，招龍儀鳳與張贍『沉淪下位』，形成鮮明對照，深化了文章的説理，增加了文章的説服力。

此文所作時間當與《贈鄭曼季》差近。《晉書·陸雲傳》：『雲愛才好士，多所貢達。移書太常府薦同郡張贍曰……入爲尚書郎。』可知其書作於未入尚書郎前，任吴王郎中令時，時間在元康八年（二九七）前後。

蓋聞在昔聖王，承天御世，殷薦明德，思〔二〕和人神②。莫不崇典謨以教思，興禮學以陶遠③。是以帝堯昭焕，而道協人天④。西伯質文，而周隆二代⑤。大晉建皇，崇〔三〕配天地⑥。區夏既混，禮樂將庸⑦。君侯應歷〔四〕運之會，贊〔五〕天人之期⑧。博延俊茂，熙隆載典⑨。伏見衛將軍舍人、同郡張贍，茂德清粹，器思〔六〕深通⑩。初慕聖門，棲心重仞⑪。啓塗及階，遂升樞奥⑫。抽靈匱於祕宫，披金縢於玄夏⑬。思樂百氏〔七〕，博採其珍⑭。辭邁翰林，言敷其藻⑮。探微集逸，思心洞神⑯。論道屬書，篇章光覯⑰。含奇宰府，婆娑〔八〕公門⑱。棲静隱竇，淪虚藏器⑲。褧裳襲錦，褐〔九〕衣被玉⑳。曾泉改路，懸車將邁㉑。考槃下位，歲聿屢遷㉒。縉紳之士，具懷愾〔一〇〕恨㉓。方今太清闢宇，四門啓籥㉔。玄綱括地，天網廣羅㉕。慶雲興以招龍，和風起而儀鳳㉖。誠巖穴耀穎之秋，河津託乘之日也㉗。而贍沉淪下位，群望悼心㉘。若得〔一一〕端委太學，錯綜先典〔一二〕㉙；垂纓玉階〔一三〕，論道紫宫㉚。誠帝室之瑰寶，清廟〔一四〕之偉器㉛。廣樂九奏，必登昊天之庭㉜；韶夏六變，必饗上帝之祀矣㉝。

【校勘】

〔一〕此篇《七十二家集》本、《百三家集》本作『移太常府薦張贍書』。《西晉文紀》卷十七注曰：『雲愛才好士，多所貢達，移書太常府薦同郡張贍。』

〔二〕『思』，《文集》、叢書堂鈔本、《四部叢刊》本、《四部備要》本、鄧邦述校本、陳仲魚校本作『恩』，形近而誤。《晉書》卷五十四、《西晉文紀》卷十七、《七十二家集》本、《百三家集》本作『思』，今據改。

〔三〕『崇』，《西晉文紀》卷十七、《七十二家集》本、《百三家集》本、《四部備要》本作『業』。

〔四〕『歷』，《晉書》卷五十四、《四部備要》本作『曆』，古二字通。

〔五〕『贊』，《文集》、《四部叢刊》本、鄧邦述校本、陳仲魚校本作『替』，形近而誤。《晉書》卷五十四、《西晉文紀》卷十七、《百三家集》本、叢書堂鈔本作『贊』，今據改。

〔六〕『思』，《西晉文紀》卷十七、《七十二家集》本、《百三家集》本、《四部備要》本作『慮』。

〔七〕『百氏』，叢書堂鈔本作『伯氏』，音近而誤。

〔八〕『婆娑』，《四部叢刊》本作『婆婆』，誤。

〔九〕『褐』，《文集》、《四部叢刊》本、陳仲魚校本脱。《西晉文紀》卷十七、《百三家集》本、鄧邦述校本作『褐』，今據補。又《晉書》卷五十四、《全晉文》卷一〇二作『緇』，亦可通。

〔一〇〕『愾』，《西晉文紀》卷十七、《百三家集》本、《七十二家集》本、《四部叢刊》本、鄧邦述校本、陳仲魚校本作『傀』。《正字通》：『傀，俗愾字。』

〔一一〕『得』，《初學記》卷二十下有『言論』二字。

〔一二〕『錯綜先典』，《初學記》卷二十作『錯總藝文』。

〔一三〕『階』，《初學記》卷二十作『陛』。

〔一四〕『廟』，《文集》、叢書堂鈔本、《四部叢刊》本、《四部備要》本、鄧邦述校本、陳仲魚校本作『朝』。《晉書》卷五十四、《初學記》卷二十、《西晉文紀》卷十七、《七十二家集》本、《百三家集》本作『廟』。今據改。

【注釋】

① 移書，猶奉書。《文選》卷四十三劉歆《移書讓太常博士》，銑注：『移，易也。謂以我情移易彼意。太常，則周之宗伯也。』三國魏蜀吴均置太常，晉因之。爲九卿之首，官三品，掌邦國禮樂、郊廟祭祀，兼選試博士。張贍，吴郡人，曾任衛將軍舍人，趙光初三年（三二一）爲劉曜將陳安擊殺之。

② 在昔，古代。《詩・商頌・那》：『自古在昔，先民有作。』毛詩傳：『古曰在昔。』承天御世，謂承天命而治世。殷薦，原指以隆重之禮祭祀天地祖考。《易・豫》：『先王以作樂崇德，殷薦之上帝，以配祖考。』此指多舉薦也。陸機《漢高祖功臣頌》：『我圖四方，殷薦其勳。』向注：『殷，多。薦，進。』

③ 典謨，《書》中《堯典》《舜典》和《大禹謨》《皋陶謨》等篇並稱。陸德明《尚書序》：『自唐虞以下，訖于周……舉其宏綱，撮其機要，足以垂世立教，典謨、訓誥、誓命之文，凡百篇。』此泛指儒家經典。教思，謂教化百姓。《易・臨》：『象曰：澤上有地，《臨》。君子以教思無窮，容保民無疆。』陶遠，匡正邊遠。《廣韻》：

『陶，正也，化也。』

④ 堯，古帝陶唐氏之號。《書・堯典》：『曰若稽古，帝堯曰放勳。』昭焕，如日照耀。《説文》：『昭，日明也。』又『焕，火光也』。協，和諧。《廣韻》：『協，和也，合也。』

⑤ 西伯，指周文王，又指周武王。《吕氏春秋・順民》：『紂喜，命文王稱西伯，賜之千里之地。』又《吕氏春秋・貴因》：『殷使膠鬲候周師。武王見之，膠鬲曰：西伯將何之？無欺我也。武王曰：不子欺，將之殷也。』質文，資質具有文德。《國語・周語下》：『文王質文，故天胙之以天下。』韋昭注：『質文，其質性有文德也。』二代，指文王、武王。

⑥ 建皇，謂立中正之大道。《書・洪範》謂治理政事之大道有九，稱九疇。其五爲『建用皇極』。孔安國傳：『皇，大也。極，中也。凡立事當用大中之道。』後謂建立皇朝或即位也。崇配天地，謂德合天地。《玉篇》：『配，匹也，媲也，合也。』

⑦ 區夏，猶天下。《書・康誥》：『用肇造我區夏，越我一二邦以修。』孔安國傳：『用此明德慎罰之道，始爲政於我區域諸夏，故於我一二邦皆以修治。』混，混一，猶統一。《國語・周語下》：『若能類善物以混厚民人者，必有章譽蕃育之祚。』韋昭注：『混，同也。』庸，和諧。《廣韻》：『庸，和也。』

⑧ 君侯，此指晉君。劉楨《贈五官中郎將》：『君侯多壯思，文雅縱横飛。』善注：『《漢儀注》曰：列侯爲丞相，稱君侯。』歷運，謂天之歷數運會。任昉《天監三年策秀才文》：『因藉時來，乘此歷運。』向注：『謂東昏無道，武帝伐之，而齊禪位於帝，故曰時來而乘此歷數運會也。』贊，輔佐。《廣韻》：『贊，佐也，助也。』天人之期，謂天人之合一也。《廣韻》：『期，會也，合也。』

⑨ 博延，廣泛舉薦。《玉篇》：『延，進也。』熙隆，興盛。潘岳《楊仲武誄》：『伊子之先，奕葉熙隆。』濟

注：『熙，興也。言累世興盛也。』載典，所載之典謨。

⑩ 清粹，清高純正。見上注。器，喻才能。《易・繫辭下》：『弓矢者，器也。……君子藏器於身，待時而動。』

⑪ 重仞，形容聖人之門淵深。蔡邕《郭有道碑文》：『宮墻重仞，允得其門。』善注：『《論語》：子貢謂叔孫武叔曰：夫子之墻數仞，不得其門而入，不見宗廟之美。』銑注：『孔子之宮墻數仞，雖百官之富，得其門者寡矣。此謂夫子道高，人不可及。言郭生得先聖之道，可謂得入聖門也。』

⑫ 樞奧，幾微深奧之處。邢璹《周易略例序》：『是以孔子三絶，未臻樞奧；劉安九師，尚迷宗旨。』《玉篇》：『樞，機也。』此二句始發於途而及於堂前之階，終升於幾微深奧之處。謂息心聖人之門而登堂入室也。

⑬ 抽，猶取。《廣韻》：『抽，拔也，引也。』靈匱，猶密笈，即下句之金縢。文彦博《謝陳龍圖諫議惠渚宮集啓》：『學臻靈匱，該冢壁以采珍。』披，開卷披閱。《廣韻》：『披，開也。』金縢，泛指經典。《書・金縢》：『武王有疾，周公作《金縢》。』孔安國傳：『爲請命之書，藏之於匱，緘之以金，不欲人開之。』玄夏，冬夏之夜。《太玄經》卷七：『冬至及夜半以後者，近玄之象也。……夏至及日中以後者，遠玄之象也。』

⑭ 百氏，謂百家。釋道安《歸宗顯本一》：『儒道千家，墨農百氏。』以上八句言其積學儲寶。

⑮ 翰林，猶儒士之林。揚雄《長楊賦》：『故藉翰林以爲主人，子墨爲客卿以諷。』善注：『韋昭曰：翰，筆也。翰林，文翰之多若林也。此云林，即文翰林，猶儒林之義也。胡廣云：博士爲儒雅之林是也。《説文》曰：毛長者曰翰。』敷，猶鋪，鋪陳。《廣韻》：『敷，《説文》：從尃，施也。』

⑯ 探微集逸，謂探索幽微，集其散逸。《説文》：『逸，失也。』洞，深，明徹。顔延年《五君詠・阮步

兵》：『阮公雖淪迹，識密鑒亦洞。』善注：『《廣雅》曰：鑒，照也。洞，深也。』神，自然萬物變化之幽微之道。《易・繫辭上》：『陰陽不測之謂神。』韓康伯注：『神也者，變化之極，妙萬物而爲言，不可以形詰首也。』

⑰屬，猶同。《廣韻》：『屬，儕等也。』光覿，光彩顯也。《爾雅・釋詁》：『覿，見也。』以上六句言其詞采文章。

⑱宰府，相府，此指衛將軍府。任昉《宣德皇后令》：『薦名宰府，則延譽自高。』翰注：『宰，相也。』婆娑，舞也。《詩・陳風・東門之枌》：『子仲之子，婆娑其下。』毛詩傳：『婆娑，舞也。』

⑲藏器，藏治國之才。《易・繫辭下》：『君子藏器於身，待時而動。』任昉《爲蕭楊州作薦士表》：『猶懼隱鱗卜，祝藏器屠保。』銑注：『藏器，謂藏治國之器也。』此二句言棲身恬静，沉心虛空，隱其奇異，藏其才能。

⑳褧裳襲錦，謂單衣外而加錦衣。《詩・鄘風・碩人》：『碩人其頎，衣錦褧衣。』毛詩傳：『錦，文衣也。』鄭玄箋：『褧，禪也。國君夫人翟衣而嫁，今衣錦者在塗之所服也，尚之以禪衣，爲其文之大著。』《玉篇》：『褧，衣無裏也。』又『襲，重衣也』。褐衣，泛指粗布衣也。《廣韻》：『褐，衣褐。《説文》云：編枲襪也，一曰短衣。』被，猶披。《玉篇》：『被，加也。』上六句言其才高位卑也。

㉑曾泉，日早晨所經之處。懸車，日黄昏所經之處。《淮南子・天文訓》：『日出于暘谷，浴于咸池，拂于扶桑，是謂晨明……至于曲阿，是謂旦明；至于曾泉，是謂蚤食。……至于悲泉，爰止其女，爰息其馬，是謂縣車；至于虞淵，是謂黄昏；至于蒙谷，是謂定昏。』縣，同懸。《玉篇》：『懸，掛也。本作縣。』改路，謂改道而行。將邁，將遠行。《説文》：『邁，遠行也。』此二句謂日月流逝也。

㉒考槃，謂窮處而樂者，後指隱者。《詩・鄘風・考槃》：『考槃在澗，碩人之寬。』毛詩傳：『考，成。

槃，樂。』鄭玄箋：『有窮處成樂在於此澗者，形貌大人而寬然有虛之之色。』歲聿，歲將暮，此指歲月。《詩·唐風·蟋蟀》：『蟋蟀在堂，歲聿其莫。』鄭玄箋：『聿，遂。』

㉓ 縉紳，插笏於帶，謂官宦。《荀子·禮論》：『設褻衣襲三，稱縉紳。』楊倞注：『縉與搢同，扱也。紳，大帶也。縉紳謂扱笏於帶。』愾恨，歎息遺憾。《玉篇》：『愾，太息也。』

㉔ 太清，無爲而化之。班固《東都賦》：『監於太清，以變子之惑志。』善注：『《淮南子》曰：太清之化也，和順以寂漠，質直以素樸。高誘曰：太清，無爲之化。』闢宇，開闢宇宙。《太玄經》卷七：『是故闔天謂之宇，闢宇謂之宙。』范望注：『闢，謂開天地晝夜之稱爾。宙，猶暢也。宇之開闢，明暢於天下也。』啓籥，開啓門户。《書·金縢》：『啓籥見書，乃並是吉。』又鮑照《升天行》：『五圖發金記，九籥隱丹經。』善注：『鄭玄《易緯注》曰：齊魯之間名門户及藏器之管曰籥。』此二句言太平盛世，廣開才路。

㉕ 玄綱，謂深遠之網。《廣韻》：『玄，幽遠也。』括，猶籠。《廣韻》：『括，至也。』天網，謂彌天網羅。《老子》第七十二章：『天網恢恢，疏而不失。』此二句言廣設網羅而博該人才。

㉖ 慶雲，祥雲。《竹書紀年》卷上《卿雲歌》：『慶雲爛兮，禮(糺)縵縵兮。日月光華，旦復旦兮。』儀鳳，鳳凰嚮往之。儀，向。《漢書·孝宣許皇后傳》：『公卿議更立皇后，皆心儀霍將軍女。』

㉗ 巖穴，指隱士。《楚辭·七諫·沈江》：『懷計謀而不見用兮，巖穴處而隱藏。』王逸注：『言已懷忠信之計，不得列見，獨處巖穴之中，隱藏而已。』耀穎，喻光耀脱穎之才。吴質《答東阿王書》：『雖恃平原養士之懿，愧無毛遂耀穎之才。』善注：『《史記》曰：秦之圍邯鄲，使平原君求救，合從于楚約。與食客門下有勇士文武備具者二十人，偕得十九人，餘無可取者。毛遂自贊于平原君。平原君曰：夫賢士之處俗，譬如錐之處囊中，其末立見。今在左右，未有所稱誦，是先生無所有也。毛遂曰：臣今日請處囊中耳，使遂蚤得

處囊中，乃脱穎而出，非特其末見而已。』河津，河邊渡口。庾信《春賦》：『三日曲水向河津，日晚河邊多解神。』託乘，謂託身河津而渡也。曹丕《與梁朝歌令吴質書》：『從者鳴笳以啓路，文學託乘於後車。』良注：『託，附也。時帝爲太子，故文學附乘後車以後前也。』

㉘群望，泛指上天。《左傳·昭公十三年》：『有寵子五人，無適立焉，乃大有事於群望。』杜預注：『群望，星辰山川。』悼心，痛心。《廣韻》：『悼，傷也。』

㉙端委，禮衣，此作動詞。《左傳·昭公元年》：『吾與子弁冕端委以治民，臨諸侯，禹之力也。』杜預注：『端委，禮衣。』太學，學校，即國學。漢武帝元朔五年，始置太學，立五經博士。錯綜，交錯綜合。郭璞《江賦》：『經紀天地，錯綜人術。』善注：『言以織爲喻也。《周易》曰：錯綜群數。王肅曰：錯，交也。綜，理事也。』五典，泛指古代典籍。陸德明《尚書序》：『少昊、顓頊、高辛、唐虞之書，謂之五典。言常道也。』此二句言厠身太學，則可綜緝經典。

㉚垂纓，垂其官纓。揚雄《解嘲》：『戴縰垂纓而談者，皆擬於阿衡。』銑注：『纓，衣領也。』《説文》：『纓，冠系也。』玉階，以玉爲階，代指宫廷之階。班固《西都賦》：『於是玄墀釦砌，玉階彤庭。』善注：『《漢書》：昭陽舍中，庭彤朱而殿上髹漆，砌皆銅遝，黄金塗，白玉階，然墀以髹漆，故曰玄也。』紫宫，天子之所居。張衡《西京賦》：『正紫宫於未央，表嶢闕於閶闔。』薛綜注：『曰天有紫微宫，王者象之。紫微，宫門名。』此二句言身登朝堂，則可論治國之道。

㉛清廟，泛指宫廷。《詩·周頌·清廟》：『《清廟》，祀文王也。』毛詩傳：『清廟者，祭有清明之德者宫也。』

㉜廣樂，天庭之樂。《穆天子傳》卷一：『天子乃奏廣樂。』郭璞注：『《史記》云：趙簡子疾，不知人，七

日而寤。曰：我之帝所甚樂，與百神遊於鈞天，廣樂九奏，萬舞不類三代之樂，其聲動心。廣樂義見此。』後泛指音樂教化。《禮記・樂記》：『故君子反情以和其志，廣樂以成其教，樂行而民向方。』昊天，猶天。王粲《公讌詩》：『昊天降豐澤，百卉挺葳蕤。』善注：『《爾雅》曰：夏爲昊天。』

㉝韶夏，舜禹之樂。左思《魏都賦》：『延廣樂，奏九成，冠韶夏，冒六英。』善注：『帝嚳樂曰六英，帝顓頊曰五莖，舜曰大韶，禹曰大夏。』六變，指隨樂之音聲變化祭祀對象有別。《周禮・春官宗伯下》：『凡六樂，一變而致羽物及川澤之示，再變而致羸物及山林之示，三變而致鱗及丘陵之示，四變而致毛物及墳衍之示，五變而致介物及土示，六變而致象物及天神。』鄭玄注：『變猶更也，樂成則更奏也。』饗，謂設盛禮以祭。《玉篇》：『饗，設盛禮以飯賓也。』上四句言可以大興禮樂，教化百姓，祭天祀祖，和諧天人矣。

【集評】

[清]李兆洛輯《駢體文鈔》引譚復堂評曰：造語奇麗。

補遺

賦

失題殘句

【題解】

此爲殘簡，詳情不得而知。然從『遊士非乎故宇』句看，必作於入洛之後。殘存四句，却連用『彷徨』『盤桓』『相佯』，那種無可歸依的失落心境則溢於言表。

遊士〔一〕非乎故宇，步彷徨以踟躕①。佇盤桓而不能，聊相佯〔二〕以淹留②。（《韻補》卷一、《叶韻彙輯》卷四；《古今通韻》卷三引『步彷徨以踟躕，聊相羊以淹留』二句）

【校勘】

〔一〕『士』，或爲『土』之誤。

〔二〕『相佯』，《叶韻彙輯》卷四作『相羊』，古二詞同。

【注釋】

① 步，《説文》：『行也。』彷徨，徘徊而不忍去。《玉篇》：『彷徨，不忍去。』踟躕，緩行貌。成公綏《嘯賦》：『逍遥攜手，踟躕步趾。』翰注：『踟躕，緩行貌。』此二句言遊子所行並非故土，故徘徊緩行而不忍離去。

② 佇，《説文》：『久立也。』盤桓，不進也。任昉《奏彈曹景宗》：『方復桉（按）甲盤桓，緩救資敵。』善注：『《廣雅》曰：盤桓，不進也。』相佯，徘徊，徙倚。《楚辭·九辯》：『擥騑轡而下節兮，聊逍遥以相佯。』王逸注：『且徐徘徊以遊戲也。』洪興祖補注：『相佯，徙倚也。』淹留，久留。《楚辭·離騷》：『時繽紛其變易兮，又何可以淹留？』王逸注：『言時世溷濁，善惡變易，不可以，宜速去也。』此二句言久久站立欲不行而不能，姑徙倚而久留。

失題殘句

抱皓露于蘭林。（《御選唐詩》卷十八章碣《對月》注引）

詩

芙蓉詩殘句

【題解】雖止二句，却有特色。以『盈盈』寫荷上露之态，以『灼灼』狀荷上露之色，得其神韻，且燦然之陽光亦得其象外。

盈盈荷上露，灼灼如明珠①。（《文選》卷十六江文通《別賦》李善注引、《御選唐詩》卷二十二温庭筠《寄盧生》注引）

【注釋】

① 盈盈，輕盈貌。陸機《百年歌》：『高談雅步何盈盈，清酒漿炙奈樂何。』灼灼，光華照人。《詩・周南・桃夭》：『桃之夭夭，灼灼其華。』毛詩傳：『灼灼，華之盛也。』此二句言荷之露水輕盈，名麗如明月之珠。

存疑

芙蓉詩殘句

寢共織成被，絮之同功綿。（《太平御覽》卷七百七）

夏摇比翼扇，冬坐比肩氈[一]。（《北堂書鈔》卷一三十四引第一句，作陸機。《太平御覽》卷七百八、《天中記》卷四十八、《淵鑒類函》卷三百七十七引第二句作陸雲。）

【校勘】

〔一〕《天中記》卷四十八、《淵鑒類函》卷三百七十七曰：『陸雲詩曰：冬坐比肩氈。比肩，獸名也。』此四句詩並見楊方《合歡詩五首》之二：『寢共織成被，絮共同功綿。暑摇比翼扇，寒坐並肩氈。』雖其異文較多，然其意一也。當是後人引楊方之詩，誤題陸雲。逯欽立《先秦漢魏晉南北詩》收録，故録之。

贈顧彦先詩殘句〔一〕

我家五湖陰，君住三山陽。（《太平寰宇記》卷九十四、《吴郡圖經續記》卷中、《江南通志》卷三十一、《明一統志》卷十《湖州府》）

【校勘】

〔一〕《太平寰宇記》卷九十四曰：『三山，在東北七十二里。張元之《吴興山墟名》云：三山，太湖中白波天合，三點黛色。陸士龍《贈顧彦先詩》云「我家五湖陰，君住三山陽」是此也。今屬吴縣。』又《明一統志》卷十曰：『三山，在府城東北七十二里。太湖中白波四合，三點黛色。晉陸雲《贈顧彦先詩》「我家五湖陰，君住三山陽」，謂此。』然此詩當爲《爲顧彦先贈婦往返四首》『我在三川陽，子居五湖陰』之異文也。録以備考。

芙蓉詩殘句

衣用雙絹，寢無絳幬〔一〕。（《北堂書鈔》卷一百三十二、《淵鑒類函》卷三百七十六）

【校勘】

〔一〕此詩逯欽立《先秦漢魏晉南北詩》收録，並按曰：『兩句蓋脱一字。』考其内容與《芙蓉詩》關聯不甚緊密，或誤題也。録以備考。

失題殘句

題詩對南山，日晚得秀色〔一〕。（《補注杜詩》卷四《送韋十六評事充同谷防御判官》注引、《補注杜詩》卷三十四《哭李尚書之芳》注引）

【校勘】

〔一〕『秀色』，《補注杜詩》卷三十四《哭李尚書之芳》注引作『佳句』。此詩不見它本所引。從詩歌風格看，不似士龍詩。録以備考。

與兄平原書〔一〕

古有九子之墨，祝婚者取多子之義〔二〕①。祝曰：九子之墨，成〔三〕於松煙。本姓〔四〕長生，子孫無邊〔五〕。（《文房四譜》卷五、《西晉文紀》卷十七、《錦繡萬花谷·前集》卷三十二、《山堂肆考》卷一百七十七、《事類賦》卷十五、《歷代詩話》卷十四引《詩疑辨證》卷二《彤管》、《古今合璧事類備要·前集》卷四十六）

【校勘】

〔一〕此書《文集》、《四部叢刊》本未收。《初學記》卷二一：『《鄭氏婚禮謁文讚》曰：九子之墨，成於松煙。本姓長生，子孫無邊。』《太平御覽》卷六百五：『《鄭氏婚禮謁文讚》曰：『九子之墨，藏於松煙。』似非陸雲文。然明清諸本雖異文較多，均作陸雲《與兄平原書》，故收録之。

〔二〕此句《文房四譜》卷五作『祝婚者多善禱之像也』，《事類賦》卷十五作『祝婚多子，善禱之義』，《錦繡萬花谷·前集》卷三十二作『祝婚者多子之義也』。又『九子之墨』，吴景旭《歷代詩話》卷十四引《詩疑辨證》卷二《彤管》作『孔子之墨』。

〔三〕『成』，《錦繡萬花谷・前集》卷三十二、《古今合璧事類備要・前集》卷四十六、吴景旭《歷代詩話》卷十四作『藏』。

〔四〕『姓』，《錦繡萬花谷・前集》卷三十二、吴景旭《歷代詩話》卷十四作『性』。

〔五〕『無邊』，《東漢文紀》卷二十四《鄭氏婚禮謁文贊》作『圖邊』。

【注釋】

① 九子之墨，墨名。祝婚之用，取多子之義。松煙，墨之一種。《駢字類編》卷四十二《墨經》：『古用松煙、石墨二種。石墨自魏以後無聞，松煙之製尚矣。長生，取松長生之意。

此封書信所作時間無考，或非陸雲作，待考。

春節帖

【題解】

米芾《寶章待訪録》曰：此帖『紙皆磨破』，故或有脱訛，語多不可句讀，意亦不甚明了。所言之事、所言之人均不可考。

三月十六日雲白：春節餘不適，得示知足下平安，爲思面未〔一〕知何由①。如何信數之及卿〔二〕。既清邃可之〔三〕經，高言人歎〔四〕之，當令〔五〕征南取之也②。（《漢魏六朝百三集集》本、《七二家集》本、《絳帖平》卷三、《法帖釋文》卷三、《重刻淳化閣帖釋文》卷二）

【校勘】

〔一〕『面未』，《絳帖平》卷三作『而示』。

〔二〕『卿』，《重刻淳化閣帖釋文》卷二作『鄉』。

〔三〕『之』，《法帖釋文考異》卷三注曰：『一作云。』

〔四〕『高』，《法帖釋文考異》卷三注曰：『一作與，施作高，孫本摹作亭。』《重刻淳化閣帖釋文》卷二作『與』。又『歎』，《重刻淳化閣帖釋文》卷二作『欽』。

〔五〕『令』，《法帖釋文》卷三作『今』。

【注釋】

① 春節，指春季。《後漢書·楊震傳》：『冬無宿雪，春節未雨，百僚焦心，而繕修不止，誠致旱之徵也。』餘，當爲余之誤。適，往之。《説文》：『適，之也。』得示，謂得信而示之。面，動詞，見面。

② 清邃，猶清遠。《説文》：『邃，深遠也。』征南，當爲人名，事迹不詳。

【備考】

《寶章待訪録》曰：『晉武帝、王渾、王戎、王衍、郗愔、陸統、桓温、陸雲、謝安、謝萬等十四帖，右真迹在駙馬都尉李公照第。武帝、王戎書字有篆籀，氣象奇古，墨色如漆，紙皆磨破，上有開元二字，小印太平公主。胡書印美哉，不可得而加矣，世之奇書也。王涯永存珍祕印殷浩之印，梁秀收閲古書記字印。内郗愔一帖，即閣本法帖所録者。昔使王著取溥家書與閣下書雜模，模此卷中獨取愔兩行，餘在所棄，哀哉！謝安《慰問帖》字清古，在二王之上，宜乎批子敬帖尾也。』

《法帖釋文》卷三曰：『陸雲帖與紀瞻帖，同一手僞作。』《法帖釋文考異》卷三曰：『米云：已上三帖同章帝，僞帖。』

《重刻淳化閣帖釋文》卷二曰：『王著編次自二卷以下，以名臣古帖分模擬附，既不倫，且昧於論世知人，前後率多踳誤。如張芝、崔瑗開帖便已倒置，蔡琰同是後漢，而獨標古帖。晉氏二王、道子則上躋，諸帝桃符則下雜群僚。衛瓘、杜預爲泰始佐命，張華、索靖、陸雲皆渡江前人，而編厠晉中葉諸家。至庾亮、紀瞻、卞壼名字並舛，且或僅標名，或兼稱地，亦無一定體例。大觀雖加更正，仍有未盡。今悉按時世，移定於卷前。總標某朝至某朝人帖，並于諸人詳系爵里，附注考訂。』《淳化祕閣法帖考正》卷二曰：『米芾《寶章待訪録》云：晉武帝、王渾、王戎、王衍、郗愔、陸統、桓温、陸雲、謝安、謝萬等十四帖。武帝、王戎書，字有篆籀體，氣象奇古，墨色如漆。内郗愔一帖，即閣本法帖所録者。昔使王著取溥家書與閣下書雜模，模此卷中獨取愔兩行，餘在所棄。』又卷三曰：『……陸雲、山濤、卞壼，右十五家並庾翼、杜豫後一帖皆一手僞書。……此卷真僞不分，誠如元章、長睿所鑒，乃其紀次顛倒失序者，亦復不可勝數。杜預、索靖、山濤、陸雲，皆晉未度江前人，而參錯東晉諸人後。』卷三又曰：『晉陸雲書。陸雲字士龍，機之弟，吴平入洛，爲大將軍右司馬。

帖目當稱晉大將軍右司馬陸雲書。』

《書小史》卷四曰：『陸雲字士龍，機之弟，官至大將軍司馬，善行草書。』

《書史會要》卷三曰：『陸雲字士龍，機之弟，官至清河内史。性清正，有才理，與兄齊名，亦善書。』

此帖之真僞，前人疑不能辨，然據《寶章待訪録》所言『上有開元二字，小印太平公主』，太平公主乃武則天之女，可證此帖不僞。或後人編次失考，致使疑之。

存疑

泰伯廟碑〔一〕

夫至仁至德，垂風垂化，内修訓范，外陶氓俗。百年之教，淳道載凝。而百年既終，遺愛斯軫，莫不肅虔寢廟，著名金石，遺其後昆，聿遵前典。是以禹堂既毁，增飾丹青。堯碑載焚，重睹刊勒。泰伯膺慶二儀，協靈七曜，志輕天下，慈深萬物。脱屣岐周，克讓之風斯舉；端委揚越，衣冠之俗載成。重以伸雍揚波，延陵蹈節。民習敦厚，俗懷忠信。憂深思遠，千載遺風，美哉洋洋，致是觀也。

昔滄洲遁迹，箕山辭位，志守幽優，不越樽俎。猶以稱首高節，標名往代。豈若吾君之子，義結民心，獄訟載歸，謳歌屢請。能舍玉輿之貴，永襲皮冠之迹。悠然獨往，信無德而稱焉。吴啓金車，晉遷紫蓋。寔號帝鄉，爰是天邑。若乃忠人入國，悽愴生悲；殉義希風，懦夫立志。

【校勘】

〔一〕此乃非陸雲作品，《文集》、《四部叢刊》本未收録，然《百三家集》本、《七十二家集》本均收録之，黄葵《陸雲集》亦在『補遺』收録之，故本書存録。詳『備考』。

【備考】

《泰伯碑》（亦題《太伯碑》）爲梁陸雲公所作，然《百三家集》本、《七十二家集》本均收録之，黄葵《陸雲集》亦在『補遺』中收録，實乃大謬。

考其誤收之原因，《藝文類聚》乃始作俑者。該書卷二十一録其碑文，題爲梁陸雲《泰伯碑》。其誤有二：一是人名在『陸雲』之後奪一『公』字，遂至後人與西晉之陸雲混淆；二是碑文名在『太伯』後奪一『廟』字，後人未加詳考，誤以爲《泰伯碑》《泰伯廟碑》爲二文，清代類書如《淵鑑類函》卷二百七十六引作《泰伯碑》題陸雲，卷一百九十六引作《泰伯廟碑》則題陸雲公，淆亂如此！兹考之如下：

第一，《泰伯廟碑》的作者當爲陸雲公，而非陸雲。梅鼎祚《梁文紀》卷十一《泰伯廟碑》考之曰：『陸雲公，字子龍，倕從孫。舉秀才，累遷中書黄門郎，掌著作。雲公遷湘東王行軍參軍，先製《泰伯廟碑》，張纘讀其文，嘆曰：「今之蔡伯喈也。」至都掌選，言于高祖，召兼尚書儀曹郎。按：上係本傳。《藝文》作梁陸雲，失「公」字，誤。』梅氏所考極是。《梁書》《南史》陸雲公本傳均載其作《泰伯廟碑》而受張纘感歎讚賞之事，信史所載，當爲鐵證。

第二，《梁書》《南史》陸雲公本傳均作《太伯廟碑》，實即《泰伯廟碑》。『泰』『太』古相通也。泰山古亦作太山，《佩文韻府》引其碑文共二十次，十八次作『泰』，二次作『太』，《子史精華》卷六十七引亦作『太』，此亦可證。《泰伯碑》又作《太伯碑》，此理同也。問題在於《泰伯碑》與《泰伯廟碑》是一文抑或二文？比勘《藝文類聚》與《梁文紀》所録文之内容則可知二者實乃一篇文章，後代類書，如《駢字類編》引七次、《佩文韻府》引二十次、《韻府拾遺》引兩次，《淵鑑類函》引兩次，雖有異文，却是同一碑文無疑。

由此可以結論：《泰伯碑》當題爲《泰伯廟碑》，作者是陸雲公而非陸雲。所以陸雲别集均未收録，並非疏漏也。

附帶指出：《大正藏》卷五十二所收録之陸雲《御講般若經序》，亦爲陸雲公所作，而非陸雲。《大正藏》署名陸雲，亦誤。究其原因，乃是『公』古代或可作爲對人的尊稱，於是後人不察，誤以爲『陸雲公』乃是陸雲之尊稱也。

專著佚文

陸子三則〔一〕

【題解】

《陸子》，亦名《新書》，今佚。《玉函山房輯佚書・子編・道家類》曰：『《陸子》十卷，晉陸雲撰。……所著文章三百四十九篇，又撰《新書》十篇，並行於世。隋唐《志》道家皆載《陸子》十卷，即《新書》也，今佚。』詳細内容不得而知，然據所存之斷簡看，則强調簡約典憲制度，去智無爲，循物本性，無爲而治，顯然深受道家思想之影響。史載其入洛遇王弼之魂，自此談玄大進，雖涉荒誕，却折射出士龍入洛，必受洛下文化之浸潤，故此書亦屬東吴文化與洛下文化交融的産物，必作於入洛之後，具體時間無考。

水則有波，釣則有磨①。我入便之，無如之何②。物動而亹已，將形而行迹③。以絃在木而音和，絲在繡而服美④。神觸物而機駭，情遭變而思易⑤。（《意林》卷六）

【校勘】

〔一〕《玉函山房輯佚書·子編·道家類》曰：『《陸子》十卷，晉陸雲撰。雲字士龍，吴人，官至清河太守，事迹具《晉書》本傳。稱所著文章三百四十九篇，又撰《新書》十篇，並行於世。隋唐《志》道家皆載《陸子》十卷，即《新書》也，今佚。《初學記》《太平御覽》引二節，又裴松之《魏志》注引陸氏《異林》一節，記鍾繇事，云叔父清河太守説如此。清河，陸雲也。陸氏蓋雲之猶子也。考《陸機傳》，二子蔚、夏，或其所作稱清河，説定爲《新書》中語。又本傳紀雲作《新書》，下引行遇王弼事云：「雲本無玄學，自此談老殊進。」此作書之繇。且文筆與《異林》所引同，亦《陸子》佚文也。並採録之。』

【注釋】

① 磨，治器也。《爾雅·釋詁》：『玉謂之琢，石謂之磨。』郭璞注：『皆治器之名。』水則有波，是水之自性；鈞則有磨，則人工也。

② 便，《廣韻》：『安也。』無如之何，謂無可爲也。《禮記·大學》：『至雖有善者，亦無如之何矣。』鄭玄注：『雖云有善不能救之，以其惡之已著也。』此二句言我入則安之，是無爲也。

③ 亹，《廣韻》：『美也。《爾雅》：亹亹，勉也。』此二句言物動而美止，將形之而行迹顯。

④ 此二句言絃附於木則聲音和諧，絲附於繡而衣服美矣。謂物得其所而和美也。

⑤ 機駭，謂機樞驚駭。《玉篇》：『機，樞機。』《廣韻》：『駭，驚也。』思易，謂思之簡易。《玉篇》：『易，不難也。』此二句言神之觸物而機樞驚駭，情之遇變而思之變易也。謂超然物外而神思寂静也。

此段文字闡説循其自性，守其無爲，恬静安然，去其智慧，使物得其所，方爲和美；超然物外，而神思寂静。

三皇垂策〔一〕，而五帝繁手〔二〕①。唐虞按轡，禹湯馳轅②。雖使周公御衡，仲尼促節，固不已也③。（《初學記》卷九、《太平御覽》卷七十六；《埤雅》卷十二、《紺珠集》卷十三引前四句）

【校勘】

〔一〕『垂策』，《初學記》卷九一作『垂拱』，一作『垂筴』。筴，同策。

〔二〕『而』，《初學記》卷九、《埤雅》卷十二無『而』字。又『繁手』，《初學記》卷九一作『垂手』；一作『擊手』。

【注釋】

① 三皇，遠古部落酋長，其名傳説不一。或指伏羲、神農、黄帝（見《世本》、孔安國《尚書序》、皇甫謐《帝王世紀》）；或指天皇、地皇、泰皇（見《史記·秦始皇本紀》）；或指伏羲、神農、祝融（見《白虎通義·號》）；或指伏羲、女媧、神農（見《風俗通·皇霸》、司馬貞補《史記·三皇本紀》）；或指天皇、地皇、人皇（見《藝文類聚》卷十一《春秋緯》）。垂策，垂留簡策。《釋名·釋書契》：『策，書教令於上，所以驅策諸下也。』又蔡邕《獨斷》：『策，簡也。』此指垂法令典憲。五帝，遠古帝王，其名傳説不一。或指伏羲（太皞）、神農（炎帝）、黄帝、堯、舜（見《易·繫辭下》）；或指黄帝、顓頊、帝嚳、堯、舜（見《世本·五帝譜》《大戴禮·五帝德》

《史記・五帝紀》；或指少昊、顓頊（高陽）、高辛、堯、舜（見《帝王世紀》）。繁手，頻繁舉手。馬融《長笛賦》：『曲終闋盡，餘絃更興，繁手累發，密櫛疊重。』濟注：『手指繁撚而累舉，如梳齒也。』此指法令典憲繁多。

②唐虞，指堯、舜。陸德明《尚書序》：『少昊、顓頊、高辛、唐虞之書，謂之五典，言常道也。』《經典釋文》卷三：『唐，帝堯也。虞，帝舜也。』禹湯，禹爲夏之開國之君，湯爲商之開國之君。《通志・氏族略》：『夏商之前未有謚法，堯、舜、禹、湯皆名也。』按轡、馳轅，以御馬駕車喻其推行其法令典憲也。

③周公，姬旦，周文王子，輔助武王滅紂，建周朝，封于魯。周代的禮樂制度相傳皆爲周公所制訂。見《史記・魯周公世家》。御衡，謂治政。御，猶治。《廣韻》：『御，理也，使也。』衡，正天文之器。《書・舜典》：『在璿璣玉衡以齊七政。』孔安國傳：『衡，王者正天文之器，可運轉者。』仲尼，孔子名丘，字仲尼。促節，疾驅。司馬相如《上林賦》：『然後侵淫促節，儵夐遠去。』善注：『郭璞曰：言疾驅也。』

此段文字言典憲制度之繁縟，遠古而然，後世因之，不可止也。作者意在簡約典憲制度，無爲而治也。

欲水之清則勿涉，欲草之茂則勿獵①。（《太平御覽》卷八百三十二）

【注釋】

①涉，渡水。《玉篇》：『涉，徒行渡水也。』獵，狩獵。《玉篇》：『獵，犬取獸。』

此二句謂水清涉之則濁，草茂狩獵則萎，物各有自性，人爲之則傷其性，亦乃無爲之意。

存疑

陸氏異林二則〔一〕

鍾繇〔二〕嘗數月不朝會，意性異常〔三〕。或問其故，云：『嘗有好婦來，美麗非凡〔四〕。』問者曰：『必是鬼物〔五〕，可殺之。』婦人後往，不即前，止户外。繇問何以，曰：『公有相殺意。』繇曰：『無此。』乃勤勤呼之，乃入。繇意恨〔六〕，有不忍之心，然猶斫之傷髀，婦人即出，以新綿拭血，竟路。明日，使人尋迹之，至一大冢，木中有好婦人，形體如生，著白練衫〔七〕，丹繡裲襠〔八〕，傷左髀。以裲襠中綿〔九〕拭血。（《三國志·魏·鍾繇傳》裴松之注引《陸氏異林》、《少室山房筆叢正集》卷二十引《陸氏異林》、《搜神記》卷十六）

【校勘】

〔一〕《玉函山房輯佚書·子編·道家類》曰：『又裴松之《魏志》注引陸氏《異林》一節，記鍾繇事，云叔父清河太守説如此。清河，陸雲也。陸氏蓋雲之猶子也。考《陸機傳》，二子蔚、夏，或其所作稱清河説，定爲《新書》中語。……採録之。』又《少室山房筆叢正集》卷二十引陸氏《異林》曰：『叔父清河太守説，清河，陸雲也。按：此書蓋吴人士龍猶子撰者，而諸家絶無此目，僅見《三國志·鍾繇傳》注中，因録此。」按：此文引自陸氏《異林》，《異林》或爲陸機子所作，謂「叔父清河太守説」，或爲陸雲所説，而其從子記載入《異林》之中，此書當非陸雲所著。馬國翰《玉函山房輯佚書》輯爲雲之佚文，故存疑備考。

〔二〕「鍾」，《三國志·魏·鍾繇傳》裴松之注無此字，此據《少室山房筆叢正集》卷二十校補。

〔三〕「會，意性異常」，《太平御覽》卷八百十九脱。

〔四〕「凡」，《太平御覽》卷八百十九作「常」。

〔五〕「物」，《太平御覽》卷八百八十七作「故」。

〔六〕「意恨」，《太平御覽》卷八百十九無此二字；《太平御覽》卷八百八十七作「恨恨」。

〔七〕「著白練衫」，《太平御覽》卷八百十九無「衫」；《太平御覽》卷八百八十無「著」，作「白衣青絹衫」。

〔八〕「裲襠」，《太平御覽》卷八百十九作「兩當」。

〔九〕「綿」，《太平御覽》卷八百十九作「絹」。

初，雲嘗行，逗宿故人家。夜暗迷路，莫知所從。忽望草中有火光，於是趣之，至一家，便寄宿。見一年少，美風姿。共談老子，辭致深遠。向曉辭去，行十許里，至故人家。云此數十里中無人居。雲意始悟，却尋昨宿處，乃王弼冢〔一〕。（《晉書》卷五十四《陸雲傳》）

【校勘】

〔一〕《玉函山房輯佚書·子編·道家類》曰：『又本傳紀雲作《新書》，下引行遇王弼事云：「雲本無玄學，自此談老殊進。」此作書之繇。且文筆與《異林》所引同，亦《陸子》佚文也。並採録之。』按：此文或非出自《異林》，因此書爲雲之從子所撰，以理推之，行文之中當不會直呼其叔之名也。馬國翰《玉函山房輯佚書》輯爲雲之佚文，存疑備考。

笑林三則〔一〕

趙伯，姓趙字伯翁，不知何時人也。爲人大肥，夏日醉卧，有數歲孫兒緣其腹戲，因以李子八九枚，内肶臍中。後李爛汁出，謂言臍潰〔二〕，告家人曰：『我將死矣。』遂遺敕分處。須臾，李核乃出，始知孫所爲。（《玉函山房輯佚書續編三種·補編》）

【校勘】

〔一〕第一則《玉函山房輯佚書續編三種·補編》注：『逸，《琱玉集》十四。』然該書未標著者，不知是否爲陸雲之《笑林》，存疑待考。第二則《説郛》卷一百六上、《笋譜》、《紺珠集》卷十一、《六帖補》卷十作陸雲，又見魏邯鄲淳《笑林》；第三則《紺珠集》卷十一、《海録碎事》卷六作陸雲，亦見魏邯鄲淳《笑林》，未知孰是，存疑待考。

〔二〕《玉函山房輯佚書續編三種·補編》注：『（王仁）俊按：濃，當作膿。』

漢人有適吴〔一〕，吴人設筍。問是何物〔二〕，語曰〔三〕：『竹也。』歸煮其牀簀而不熟〔四〕。乃謂其妻〔五〕曰：『吴人轣轆，欺我如此。』〔六〕（《説郛》卷一百六上、《筍譜》、《紺珠集》卷十一、《六帖補》卷十）

【校勘】

〔一〕『有』，《紺珠集》卷十一、《六帖補》卷十無此字。又『適』，《六帖補》卷十作『至』。

〔二〕『問是何物』，《紺珠集》卷十一作『問何物也』。《六帖補》卷十作『問何物』。

〔三〕『語』，《紺珠集》卷十一、《六帖補》卷十無此字。

〔四〕『牀簀而不熟』，《紺珠集》卷十一、《六帖補》卷十作『簀不熟』。

〔五〕『乃謂其妻』，《紺珠集》卷十一、《六帖補》卷十並脱。

〔六〕『吴人轣轆，欺我如此』，《紺珠集》卷十一作『吴人欺我哉』。《六帖補》卷十作『吴豈欺我哉』。

昔有人嘗食蔬茹，忽食羊肉，夢五臟神曰：羊踏破菜園。（《紺珠集》卷十一、《海録碎事》卷六）

【校勘】

〔一〕『臟』，《海録碎事》卷六作『藏』，同音相通。

賦詩文總評

兩晉

［晉］葛洪《抱朴子》：歐陽生曰：『張茂先、潘正叔、潘安仁文，遠過二陸。』或曰：『張、潘與二陸爲比，不徒步驟之間也。』歐陽曰：『二陸文詞源流，不出俗檢。』（《太平御覽》卷五百九十九引）

［晉］葛洪《抱朴子》：有客謂二陸兄弟善於談論，辭少理暢，語約事舉，莫不豁然，若春日之泮薄冰，秋風之掃枯葉。（《北堂書鈔》卷九十八引）

［晉］葛洪《抱朴子》：秦時不覺無鼻之醜，陽翟憎無癭之人。陸君深疾文士放蕩流遁，遂往不爲虚誕之言，非不能也。陸君之文，猶玄圃之積玉，無非夜光。吾生之不别陸文，猶侏儒測海，非所長也。却後數百年，若有幹迹，如二陸猶比肩也，不謂疏矣。（《北堂書鈔》卷一百、《太平御覽》卷五百九十九、《意林》卷四引）

[晉]葛洪《抱朴子》：嵇君道問二陸優劣。抱朴子曰：『吾見二陸之文爲百卷許，似未盡也。朱淮南嘗言：二陸重規遝矩，無多少也。一手之中，不無利鈍。方之他人，若江漢與潢汙。及其精處，妙絶漢魏之人也。』（《北堂書鈔》卷一百、《太平御覽》卷六〇二引）

[晉]葛洪《抱朴子》：嵇君道問二陸優劣。抱朴子曰：『朱淮南嘗言二陸重規遝矩，無多少也。一手之中，不無鈍利。』方之它人，若江漢之與潢潦。《陸子》十篇，誠爲快書者。其辭之富者，雖覃思不可損也；其理之約者，雖潛筆腐豪不可益也。陸平原作子書未成，吾門生有在陸君軍中，嘗在左右，説陸君臨亡曰：「窮通，時也；遭遇，命也。古人貴立言，以爲不朽，吾所作子書未成，以此爲恨耳！」余謂仲長統作《昌言》未竟而亡，後董襲撰次之；桓譚《新論》未備而終，班固謂其成琴道。今才士何不贊成陸公子書。（《太平御覽》卷六〇二引）

[晉]葛洪《抱朴子》：余見二陸之文百卷許，似未盡也。方之他人，若江漢與潢汙也。嵇生云：每讀二陸之文，未嘗不廢卷而歎，恐其卷盡也。《陸子》十篇，誠謂快書，其辭富者，雖精思不可損也；其理約者，雖鴻筆不可益也。觀此二人，豈徒儒雅之士、文章之人也。（《意林》卷四）

[晉]葛洪《抱朴子》：陸士龍、士衡，曠世特秀，超古邈今。（《文選》卷五十四劉孝標《辨命論》李善注引）

〔南北朝〕

〔南朝·宋〕劉義慶《世説新語·賞譽》：有問秀才吴舊姓何如，答曰：吴府君聖王之老成，明時之儁乂；朱永長理物之至德，清選之高望；嚴仲弼九皋之鳴鶴，空谷之白駒；顧彦先八音之琴瑟，五色之龍章；張威伯歲寒之茂松，幽夜之逸光；陸士衡士龍，鴻鵠之裴回，懸鼓之待槌。凡此諸君，以洪筆爲鉏耒，以紙札爲良田，以玄默爲稼穡，以義理爲豐年，以談論爲英華，以忠恕爲珍寶，著文章爲錦繡，藴五經爲繒帛，坐謙虚爲席薦，張義讓爲帷幙，行仁義爲室宇，修道德爲廣宅。

〔南朝·宋〕劉義慶《世説新語·賞譽》：張華見褚陶，語陸平原曰：『君兄弟龍躍雲津，顧彦先鳳鳴朝陽，謂東南之寶已盡，不意復見褚生。』陸曰：『公未睹不鳴不躍者耳。』劉孝標注：司空張華與陶書曰：二陸龍躍于江漢，彦先鳳鳴於朝陽。自此以來，常恐南金已盡，而復得之於吾子。故知延州之德不孤，淵岱之寶不匱。

〔南朝·宋〕劉義慶《世説新語·賞譽》：蔡司徒在洛，見陸機兄弟住參佐廨中三間瓦屋，士龍住東頭，士衡住西頭。士龍爲人文弱可愛，士衡長七尺餘，聲作鐘聲，言多忼慨。劉孝標注：《文士傳》曰：雲性弘静，怡怡然爲士友所宗。機清厲有風格，爲鄉黨所憚。

〔南朝·宋〕檀道鸞《續晉陽秋》曰：自司馬相如、王褒、揚雄諸賢，世尚賦頌，皆體則詩騷，傍綜百家之言。及至建安，而詩章大盛。逮乎西朝之末，潘、陸之徒，雖時有質文，而宗歸不異也。正始中，王弼、何晏好莊老玄勝之談，而世遂貴焉。至過江，佛理尤盛。故郭璞五言，始會合道家之言而韻之。詢及太原孫綽，轉相祖尚，又加以三世之辭，而詩騷之體盡矣。詢、綽並爲一代文宗。自此，學者悉體之。至義熙中，謝混始改。（《世説新語・文學》劉孝標注引）

［南朝・齊］陸厥《與沈約書》：范詹事《自序》：『性别宫商，識清濁，特能適輕重，濟艱難。古今文人多不全了斯處，縱有會此者，不必從根本中來。』沈尚書亦云：『自靈均以來，此秘未睹；或闇與理合，匪由思至。張蔡曹王，曾無先覺；潘陸顔謝，去之彌遠。大旨鈞使，宫羽相變，低昂舛節，若前有浮聲，則後須切響。一簡之内，音韻盡殊；兩句之中，輕重悉異。』辭既美矣，理又善焉。但觀歷代衆賢，似不都闇此處，而云此秘未睹，近於誣乎？案范云『不從根本中來』，尚書云『匪由思至』，斯可謂揣情謬于玄黄，擿句差其音律也。范又云『時有會此者』，尚書云『或闇與理合』，則美詠清謳，有辭章調韻者，雖有差謬，亦有會合。推此以往可得而言。夫思有合離，前哲同所不免；文有開塞，即事不得無之。子建所以好人譏彈，士衡所以遺恨終篇。既曰遺恨，非盡美之作，理可詆訶。君子執其詆訶，便謂合理爲闇，豈如指其合理，而寄詆訶爲遺恨邪？

［南朝・齊］沈約《宋書》卷六十九《謝靈運傳論》：周室既衰，風流彌著，屈平、宋玉導清源于前，賈誼、相如振芳塵于後，英辭潤金石，高義薄雲天，自兹以降，情志愈廣。王褒、劉向、揚、

班、崔、蔡之徒，異軌同奔，遞相師祖。雖清辭麗曲，時發乎篇，而蕪音累氣，固亦多矣。若夫平子豔發，文以情變，絶唱高蹤，久無嗣響。至於建安，曹氏基命，二祖、陳王，咸蓄盛藻，甫乃以情爲文，以文被質。自漢至魏，四百餘年，辭人才子，文體三變。相如巧爲形似之言，班固長於情理之説，子建、仲宣以氣質爲體，並標能擅美，獨映當時，是以一世之才，各相慕習，原其飆流所始，莫不同祖《風》《騷》。徒以賞好異情，故意制相詭。降及元康，潘、陸特秀，律異班、賈，體變曹、王，縟旨星稠，繁文綺合。綴平臺之逸響，采南皮之高韻，遺風餘烈，事極江右。有晉中興，玄風獨振，爲學窮於柱下，博物止乎七篇，馳騁文辭，義單乎此。

〔南朝・梁〕劉勰《文心雕龍・明詩》：建安初，五言騰踴。文帝、陳思，縱轡以騁節；王、徐、應、劉，望路而争驅。並憐風月，狎池苑，述恩榮，叙酣宴，慷慨以任氣，磊落以使才。造懷指事，不求纖密之巧；驅辭逐貌，唯取昭晳之能。此其所同也。乃正始明道，詩雜仙心。何晏之徒，率多浮淺。唯嵇旨清峻，阮旨遥深，故能標焉。若乃應璩《百一》，獨立不懼，辭譎義貞，亦魏之遺直也。晉世群才，稍入輕綺。張、潘、左、陸，比肩詩衢。采縟於正始，力柔於建安。或析文以爲妙，或流靡以自妍，此其大略也。江左篇制，溺乎玄風，嗤笑狥務之志，崇盛亡機之談。袁孫已下，雖各有雕采，而辭趣一揆，莫與争雄，所以景純仙篇挺拔而爲俊矣。

〔南朝・梁〕劉勰《文心雕龍・聲律》：陳思、潘岳，吹籥之調也；陸機、左思，瑟柱之和也。概舉而推，可以類見。又《詩》人綜韻，率多清切；《楚辭》辭楚，故訛韻寔繁。及張華論韻，謂士衡多楚；《文賦》亦稱知楚不易，可謂銜靈均之聲余，失黃鍾之正響也。

[南朝・梁]劉勰《文心雕龍・才略》：陸機才欲窺深，辭務索廣，故思能入巧，而不制繁。士龍朗練，以識檢亂，故能布采鮮净，敏於短篇。

[南朝・梁]劉勰《文心雕龍・鎔裁》：至如士衡才優，而綴辭尤繁；士龍思劣，而雅好清省。及雲之論機，亟恨其多，而稱清新相接，不以爲病。蓋崇友于耳。夫美錦製衣，修短有度。雖翫其采，不倍領袖。巧猶難繁，况在乎拙？而《文賦》以爲『榛楛勿剪，庸音足曲』，其識非不鑒，乃情苦芟繁也。

[南朝・梁]劉勰《文心雕龍・定勢》：又陸雲自稱，『往日論文，先辭而後情，尚勢而不取悦澤。及張公論文，則欲宗其言。』夫情固先辭，勢實須澤，可謂先迷後能從善矣。

[南朝・梁]劉勰《文心雕龍・章句》：賈誼、枚乘，兩句輒易；劉歆、桓譚，百句不遷：亦各有其志也。昔魏武論賦，嫌於積韻而善於資代。陸雲亦稱『四言轉句，以四句爲佳』。觀彼制韻，志同枚、賈。然兩韻輒易，則聲韻微躁；百句不遷，則脣吻告勞。妙才激揚，雖觸思利貞，曷若析之中和，庶保無咎。

[南朝・梁]劉勰《文心雕龍・養氣》：至如仲任置硯以綜述，敬通懷筆以專業。既暄之以歲序，又煎之以日時。是以曹公懼爲文之傷命，陸雲歎用思之困神，非虛談也。夫學業在勤，故有錐股自厲志于文也。則申寫鬱滯，故宜從容率情，優柔適會。若銷鑠精膽，蹙迫和氣，秉

牘以驅齡，灑翰以伐性，豈聖賢之素心，會文之直理哉！

［南朝·梁］鍾嶸《詩品序》：古詩眇邈，人世難詳，推其文體，固是炎漢之制，非衰周之倡也。自王、揚、枚、馬之徒，詞賦競爽，而吟詠靡聞。從李都尉迄班婕妤，將百年間，有婦人焉，一人而已。詩人之風頓已缺喪。東京二百載中，惟有班固《詠史》，質木無文。降及建安，曹公父子，篤好詩文；平原兄弟，郁爲文棟；劉楨、王粲，爲其羽翼；次有攀龍附鳳，自致屬車者，蓋將百計。彬彬之盛，大備于時矣。爾後陵遲衰微，迄于有晉。太康中，三張、二陸、兩潘、一左，勃爾復興，踵武前王，風流未沫，亦文章之中興也。

［南朝·梁］鍾嶸《詩品》中『晉清河守陸雲』：清河之方平原，殆如陳思之匹白馬。於其哲昆，故稱二陸。季倫顔遠，並有英篇，篤而論之，朗陵爲最。

［南朝·梁］裴子野《雕蟲論並序》：古者四始六藝，總而爲詩，既形四方之風，且彰君子之志，勸美懲惡，王化本焉。後之作者思存枝葉，繁華蘊藻，用以自通。若悱惻芳芬，楚騷爲之祖；靡漫容與，相如扣其音。由是隨聲逐影之儔，棄指歸而無執。賦詩歌頌，百帙五車，蔡應等之俳優，揚雄悔爲童子，聖人不作，雅鄭誰分。其五言爲家，則蘇、李自出，曹、劉偉其力，潘、陸固其枝葉。爰及江左，稱彼顔、謝，箴繡鞶帨，無取廟堂。宋初迄於元嘉，多爲經史，大明之代，實好斯文。高才逸韻，頗謝前哲，流波相尚，滋有篤焉。自是閭閻少年，貴游總角，罔不擯落六藝，吟詠情性。學者以博依爲急務，謂章句爲專魯。淫文破典，斐爾爲功，無被於管弦，非

止乎禮義。

［南朝·梁］蕭子顯《南齊書》卷五十二《文學傳論》：文章者蓋情性之風標，神明之律呂也。藴思含毫，遊心内運，放言落紙，氣韻天成。莫不禀以生靈，遷乎愛嗜，機見殊門，賞悟紛雜。若子桓之品藻人才，仲治之區判文體，陸機辨于《文賦》，李充論于《翰林》，張眎摘句褒貶，顔延圖寫情興，各任懷抱，共爲權衡。屬文之道，事出神思，感召無象，變化不窮。俱五聲之音響，而出言異句；等萬物之情狀，而下筆殊形。吟詠規範，本之雅什；流分條散，各以言區。若陳思『代馬』群章，王粲『飛鸞』諸制，四言之美，前超後絶。少卿離辭，五言才骨，難與争騖。桂林湘水，平子之華篇；飛館玉池，魏文之麗篆：七言之作，非此誰先？卿雲巨麗，升堂冠冕；張左恢廓，登高不繼：賦貴披陳，未或加矣。顯宗之述傅毅，簡文之摛彦伯，分言製句，多得頌體。裴頠内侍，元規鳳池，子章以來，章表之選。孫綽之碑，嗣伯喈之後；謝莊之誄，起安仁之塵。顔延《楊瓚》，自比馬督，以多稱貴，歸莊爲允。王褒《僮約》，束晳《發蒙》，滑稽之流，亦可奇瑋。五言之制，獨秀衆品。習玩爲理，事久則瀆，在乎文章，彌患凡舊，若無新變，不能代雄。建安一體，《典論》短長互出；潘、陸齊名，機、岳之文永異。江左風味，盛道家之言，郭璞舉其靈變，許詢極其名理。仲文玄氣，猶不盡除；謝混情新，得名未盛。顔、謝並起，乃各擅奇；休、鮑後出，咸亦標世。朱藍共妍，不相祖述。

［南朝·梁］蕭綱《與湘東王書》：比見京師文體，懦鈍殊常，競學浮疏，争爲闡緩。玄冬修

夜，思所不得，既殊比興，正背風騷。若夫六典三禮，所施則有地；吉凶嘉賓，用之則有所。未聞吟詠情性，反擬《内則》之篇；操筆寫志，更摹《酒誥》之作，遲遲春日，翻學《歸藏》；湛湛江水，遂同《大傳》。吾既拙于爲文，不敢輕有掎摭。但以當世之作，歷方古之才人，遠則揚、馬、曹、王，近則潘、陸、顔、謝，而觀其遺詞用心，了不相似。（《梁書》卷四十九）

［南朝·梁］蕭綱《答新渝侯和詩書》：垂示三首，風雲吐於行間，珠玉生於字裡。跨躡曹、左，含超潘、陸。雙鬢向光，風流已絶；九梁插花，步摇爲古。高樓懷怨，結眉表色；長門下泣，破粉成痕。復有影裡細腰，令與真類；鏡中好面，還將畫等。此皆性情卓絶，新致英奇，故知吹簫入秦，方識來鳳之巧；鳴瑟向趙，始睹駐雲之曲。手持口誦，喜荷交並也。

［南朝·梁］蕭繹《與蕭挹書》：想同僚多士，方駕連曹。雅步南宫，容與自玩。士衡已後，唯在兹日。唯昆與季，文藻相暉，二陸、三張，豈獨擅美！比暇日無事，時復含毫，頗有賦詩，别當相簡。但衡巫峻極，漢水悠長，何時把袂，共披心腹。（《漢魏六朝百三家集》卷四十五）

［唐五代］

［唐］房玄齡等《晉書》卷五十四《陸機傳論》：古人云：『雖楚有才，晉實用之。』觀夫陸機、陸雲，寔荆衡之杞梓，挺珪璋於秀實，馳英華於早年，風鑒澄爽，神情俊邁。文藻宏麗，獨步當

時；言論慷慨，冠乎終古。高詞迥映，如朗月之懸光；疊意回舒，若重巖之積秀。千條析理，則電坼霜開；一緒連文，則珠流璧合。其詞深而雅，其義博而顯，故足遠超枚馬，高躡王劉，百代文宗，一人而已。然其祖考重光，羽楫吴運，文武奕葉，將相連華。而機以廊廟藴才，瑚璉標器，宜其承俊乂之慶，奉佐時之業，申能展用，保譽流功。屬吴祚傾基，金陵畢氣，君移國滅，家喪臣遷。矯翮南辭，翻棲火樹；飛鱗此逝，卒委湯池。遂使穴碎雙龍，巢傾兩鳳。激浪之心未騁，遽骨修鱗；陵雲之意將騰，先灰勁翮。望其翔躍，焉可得哉！夫賢之立身，以功名爲本；士之居世，以富貴爲先。然則榮利人之所貪，禍辱人之所惡，故安居保名，則君子處焉；冒危履貴，則哲士去焉。是知蘭植中塗，必無經時之翠；桂生幽壑，終保彌年之丹。非蘭怨而桂親，豈塗害而壑利？而生滅有殊者，隱顯之勢異也。故曰：衒美非所，罕有常安；韜奇擇居，故能全性。觀機、雲之行己也，智不逮言矣。睹其文章之誡，何知易而行難？自以智足安時，才堪佐命，庶保名位，無忝前基。不知世屬未通，運鍾方否。進不能辟昏匡亂，退不能屏迹全身，而奮力危邦，竭心庸主，忠抱實而不諒，謗緣虚而見疑，生在己而難長，死因人而易足。上蔡之犬，不誡於前；華亭之鶴，方悔於後。卒令覆宗絶祀，良可悲夫！然則三世爲將，釁鍾來葉；誅降不祥，殃及後昆。是知西陵結其凶端，河橋收其禍末，其天意也，豈人事乎！

［唐］房玄齡等《晉書》卷五十五《潘岳傳論》：安仁思緒雲騫，詞鋒景焕。前史儔于賈誼，先達方之士衡。賈論政范，源王化之幽賾；潘著哀詞，貫人靈之情性。機文喻海，韞蓬山而育

蕪；岳藻如江，濯美錦而增絢。混三家以通校，爲二賢之亞匹矣。然其挾彈盈果，拜塵趨貴，滅棄倚門之訓，乾没不逞之間。斯才也而有斯行也，天之所賦何其駁歟！正叔含咀藝文，履危居正。安其身而後動，契其心而後言。著論究人道之綱，裁箴懸乘輿之鑒，可謂玉質而金相者矣。孟陽鏤石之文，見奇于張敏；蒙汜之詠，取重于傅玄，爲名流之所挹，亦當代之文宗矣。景陽摛光王府，棣萼相輝。洎乎二陸入洛，三張減價，考覈遺文，非徒語也。

[唐]魏徵等《隋書》卷三十五《經籍志四》：宋玉、屈原，激清風于南楚；嚴、鄒、枚、馬，陳盛藻於西京。平子豔發於東都，王粲獨步於漳滏。爰逮晉氏，見稱潘、陸，並黼藻相輝，宫商間起，清辭潤乎金石，精義薄乎雲天。永嘉已後，玄風既扇，辭多平淡，文寡風力。降及江東，不勝其弊。

[唐]王勃《王子安集·採蓮賦》（並序）：昔之賦芙蓉者多矣。雖復曹、王、潘、陸之逸曲，孫、鮑、江、蕭之妙韻，莫不權陳麗美，粗舉采掇，豈所謂究厥麗態，窮其風謡哉！

[唐]楊炯《楊盈川集·王勃集序》：大矣哉，文之時義也！有天文焉，察時以觀其變；有人文焉，立言以重其範。歷年滋久，應運以發其明，因人以通其粹。……賈、馬蔚興，已虧於雅頌；曹、王傑起，更失於風騷。僶俛大猷，未忝前載。洎乎潘、陸奮發，孫、許相因，繼之以顔、謝，申之以江、鮑，梁魏群材，周、隋衆制，或苟求蟲篆，未盡力於丘墳；或獨徇波瀾，不尋源于禮樂。

[唐]盧照鄰《幽憂子集·南陽公集序》：自獲麟絶筆一千三四百年，游夏之門，時有荀卿、孟子、屈宋之後，直至賈誼、相如、兩班，叙事得丘明之風骨；二陸裁詩，含公幹之奇偉。鄴中新體，共許音韻天成；江左諸人，咸好瓌姿豔發。精博爽麗，顔延之急病于江鮑之間；疎散風流，謝宣城緩步于向劉之上。

[唐]盧照鄰《幽憂子集·樂府雜詩序》：漢武崇文，市朝八變。……王風國詠，共驪翰而升沉；里頌途歌，隨質文而沿革。以少卿長别，起高唱于河梁；平子多愁，寄遥情於隴阪。南浦動關山之役，作者悲離；東京興黨錮之誅，詞人哀怨。後人鼓吹樂府，新聲起於鄴中；山水風雲，逸韻生於江左。言古興者，多以西漢爲宗；議今文者，或用東朝爲美。落梅芳樹，共體千篇；隴水巫山，殊名一意。亦猶負日於珍狐之下，沈螢於燭龍之前。辛勤逐影，更似悲狂。罕見鑿空，曾未先覺。潘、陸、顔、謝，蹈迷津而不歸，任、沈、江、劉，來亂轍而彌遠。其有發揮新題，孤飛百代之前；開鑿古人，獨步九流之上。

[唐]駱賓王《駱賓王文集·疇昔篇雜言》：文昌隱隱皇城里，由來奕奕多才子。潘、陸詞鋒駱驛飛，張、曹翰苑縱横起。

[唐]殷璠《河岳英靈集》評『王昌齡』：元嘉以還，四百年内，曹、劉、陸、謝，風骨頓盡。

[唐]李翰《鳳閣王侍郎傳論贊並序》：父子儒學，桓榮與桓鬱相承；兄弟文章，陸機與陸雲齊舉。未足以延兹家範，麗我門輝，所謂積善之家必有餘慶，盛德必有百世之祀者也。（《唐文

粹》卷二十四）

［唐］令狐德棻等《周書》卷四十一《庾信傳論》：其後逐臣屈平，作《離騷》以叙志，宏才豔發，有惻隱之美。宋玉，南國詞人，追逸轡而亞其迹。大儒荀況，賦禮智以陳其情，含章鬱起，有諷論之義。賈生，洛陽才子，繼清景而奮其暉。並陶鑄性靈，組織風雅，詞賦之作，實爲其冠。自是著述滋繁，體制匪一。孝武之後，雅尚斯文，揚葩振藻者如林，而二馬、王、楊爲之傑；東京之朝，茲道愈扇，咀徵含商者成市，而班、傅、張、蔡爲之雄。當塗受命，尤好蟲篆；金行勃興，無替前烈。曹、王、陳、阮，負宏衍之思，挺棟幹於鄧林；潘、陸、張、左，擅侈麗之才，飾羽儀於鳳穴。斯並高視當世，連衡孔門。雖時運推移，質文屢變，譬猶六代並協，易俗之用無爽；九流競逐，一致之理同歸。

［唐］張説之《張説之文集·齊黄門侍郎盧思道碑》：昔仲尼之後，世載文學，魯有游夏，楚有屈宋。漢興有賈、馬、王、楊，後漢有班、張、崔、蔡，魏有曹、王、徐、陳、應、劉，晉有潘、陸、張、左、孫、郭，宋齊有顔、謝、江、鮑、何、劉、沈、謝、徐、庾，而北齊有温、邢、盧、薛、王，皆應世翰林之秀者也。吟詠情性，紀述事業，潤色王道，發揮聖門，天下之人謂之文伯。於戲！國有校，家有塾，禄位以勸，風雅猶存。然千數百年，群心相讓竟稱者，若斯之鮮矣。

［唐］丘悦《三國典略》：齊蕭慤，字仁祖，爲太子洗馬。嘗於秋夜賦詩，其兩句云：『芙蓉露下落，楊柳月中疏。』曰：蕭仁祖之斯文，可謂雕章間出。昔潘、陸齊軌，不襲建安之風；顔、

謝同聲，遂革太乙之氣。自漢逮晉，情賞猶自不諧；河北江南，意制本應相詭。（《太平御覽》卷五百八十六）

[唐]崔佑甫《穆氏四子講藝記》：屈原、宋玉，怨刺比興之詞，深而失中，近于子夏所謂哀以思。刻石銘座者，取崔、蔡；論都及政者，宗班、張；飛書走檄者，征陳琳。曹、劉之氣奮以舉，潘、陸之詞縟而麗，過此以往，未之或知。宋、齊已降，年代未遠，有文之士，胄系皆存，議其優劣，其詞未易，故闕焉。（《唐文粹》卷七十七）

[唐]柳冕《與徐給事論文書》：文章本于教化，形於治亂，繫於國風，故在君子之心爲志，形君子之言爲文，論君子之道爲教。《易》云：觀乎人文以化成天下，此君子之文也。自屈、宋已降，爲文者本於哀豔，務於恢誕，亡於比興，失古義矣。雖楊、馬形似，曹、劉骨氣，潘、陸藻麗，文多用寡，則是一技，君子不爲也。（《唐文粹》卷第八十四）

[唐]盧藏用《陳伯玉文集序》：孔子殁二百歲而騷人作，於是婉麗浮侈之法行焉。漢興二百年，賈誼、馬遷爲之傑，憲章禮樂，有老成人之風。長卿、子雲之儔瑰詭萬變，亦奇特之士也。惜其王公大人之言，溺於流辭，而不顧其後。班、張、崔、蔡、曹、劉、潘、陸，隨波而作，雖大雅不足，然其遺風余烈，尚有典刑。宋、齊已來，蓋顦顇逶迤，陵頹流靡，至於徐、庾，天之將喪斯文也。（《唐文粹》卷九十二）

[唐]于頔《杼山集序》：詩自風雅道息二百餘年而騷人作，其旨愁思，其文婉麗，亡楚之變

風歟？至西漢，李陵、蘇武始全爲五言詩體，源於風，流於騷。故多憂傷離遠之情。梁昭明所撰《文選》録《古詩十九首》，亡其名氏，觀其詞，蓋東漢之世，亦李、蘇之流也。洎建安中，王仲宣、曹子建鼓其風，晉世陸士衡、潘安仁揚其波。王、曹以氣勝，潘、陸以文尚。氣勝者，魏祖興武功於二京已覆；文尚者，晉武亡帝圖於劉淵。肇亂觀其人文、興亡之迹。人焉廋哉！人焉廋哉！……魏晉文章，鬱然復興。康樂侯謝靈運，獨步江南，俯視潘、陸。其文炳而麗，其氣逸而暢。

［日］遍照金剛《文鏡祕府論·南卷·集論》：自屈宋以降，諧合風騷之曲。長卿詞賦，色麗江波之錦；安仁文藻，彩映河陽之花。子建婉潤，張衡清綺，公幹氣質，景純宏麗。……平原綺思，司空歎其寥廓；吏部英才，隱侯稱其絶世。莫不競宣五色，爭動八音，或工於體物，或善於情理；詠之則風流可想，聽之則舒慘在顔。足以比景先賢，軌儀來秀矣。

且文之爲體也，必當詞與旨相經，文與聲相會。詞義不暢，則情旨不宣；文理不清，則聲節不亮。詩人因聲以緝韻，沿旨以制詞，理亂之所由，風雅之所在。……變之者，自當晞聖藻于天文，聽仙章于廣樂；屈、宋爲涯島，班、馬爲堤防，粲、植爲陆落，潘、陸爲郊境。

［唐］陳羽《若耶溪逢陸澧》：溪上春晴聊看竹，誰言驛使此相逢。擔簦躡屐仍多病，笑殺雲間陸士龍。

［唐］錢起《送河南陸少府》：雲間陸生美且奇，銀章朱綬映金羈。自料抱材將致遠，寧嗟

趨府暫牽卑。東城社日催巢燕，上苑秋聲散御梨。朝夕詔書還柏署，行看飛隼集高枝。

［唐］李商隱《贈孫綺新及第》：長樂遥聽上苑鐘，彩衣稱慶桂香濃。陸機始擬誇文賦，不覺雲間有士龍。

［後晉］劉昫《舊唐書》卷一百六十六《元稹白居易傳》：迨今千載不乏辭人，統論六義之源，較其三變之體，如一班者蓋寡，類七子者幾何。至潘、陸情致之文，鮑、謝清便之作。迨于徐、庾，踵麗增華，纂組成而耀以珠璣，瑶台構而間之金碧。

［宋代］

［宋］蘇軾曰：二陸聲華，使人可服。（杜甫《分門集注杜工部詩·橋陵詩三十韻因呈縣内諸官》注）

［宋］計有功《計有功詩話》卷二四《王昌齡》：殷璠云：元嘉以還，四百年内，曹、劉、陸、謝，風骨頓盡，今昌齡克嗣厥迹。至如明堂坐天子，月朔朝諸侯。

［宋］洪邁《容齋詩話》卷一：古人酬和詩，必答其來意，非若今人爲次韻所局也。觀《文選》所選何劭、張華、盧諶、劉琨、二陸、三謝諸人贈答可知矣。

［宋］葉廷珪《海録碎事》卷十九：杜詩才大，今詩伯。張植謂：機、雲文章藻麗。語友人曰：二陸乃今之詩伯也。

［宋］葉夢得《石林詩話》：晉魏間詩尚未知聲律對偶，然陸雲相謔之辭，所謂『日下荀鳴鶴，雲間陸士龍』者，乃指爲的對。至『四海習鑿齒，彌天釋道安』之類不一，乃知此體出於自然，不待沈約而後能也。

［宋］葉夢得《避暑録話》卷上：陸機以齊王冏矜功自伐，作《豪士賦》刺之，乃托身于成都王穎，謂可康隆晉室，此在恩怨愛憎之間。爾處危亂之世，而用心若此，又濟之以貪權喜功，雖欲苟全，可乎！機初入朝，盧志問：『陸遜、陸抗於君遠近？』機曰：『如君于盧毓、盧珽。』既起，陸雲曰：『殊邦遐遠，客主未相悉，何至於此。』機曰：『我祖父名播四海，豈不知耶？』晉史以爲議者以此定二陸優劣，意機優乎？雲優乎？度晉史意不書於雲傳而書於機傳，蓋謂機優也。以吾觀之，機不逮雲遠矣。人斥其祖父名，固非是，吾能少忍，未必爲不孝。而亦從而斥之，是一言之間，志在報復，而自忘其過，尚能置大恩怨乎？若河橋之敗，使機所怨者當之，亦必殺矣。雲愛士不競，真有過機者。不但此一事，方穎欲殺雲，遲之三日不決。以趙王倫殺趙浚，赦其子驤而復擊倫事，勸穎殺雲者乃盧志也。兄弟之禍，志應有力，哀哉！人惟不争於勝負强弱，而後不役於恩怨愛憎，雲累於機，爲可痛也。

［宋］葉適《水心先生文集·跋劉克遜詩》：然其閑淡寂寞，獨自成家；怪偉伏平易之中，趣味在言語之外，兩謝、二陸不足多也。

［宋］王正德《王正德詩話》卷一《晁補之》：晁補之序變離騷謂：宋玉親原，弟子高唐，既

靡不足於風。《大言》《小言》義無所宿，至《登徒子》靡甚矣。謂《上林》《子虛》《甘泉》《羽獵》之作，賦之閎衍，於是乎極。然皆不若《大人》《反離騷》之高妙。然猶歸之於正，義過《高唐》云。謂李夫人《長門賦》，皆非義理之正，然辭渾麗不可棄。謂曹植賦最多，要無一篇逮漢者。賦卑弱自植始，然植文于魏諸子中特出，而植好古，自漢而上遺文，皆一一規模之。《九愁》《九詠》，仿楚詞者也，然已繁促，嗚呼！《離騷》自此益變矣。謂王粲詩有古風。《登樓》之作去楚詞遠，又不及漢，然猶過潘岳、陸機《閒居》《懷舊》衆作。晉之文，上不逮漢而下愧唐。陸雲與兄機自吴入晉，張華一見大賞之，然華文亦謝漢唐，未足稱於後來也。陸雲《九愍》之作，蓋仿《九辯》而下，思而不貳，差近楚詞，非若機之《歎逝》止愛生而悲死，《文賦》止翰墨事而已，舍曰體弱，則其義亦可取也。

［宋］馬永易《實賓録》卷三：晉張載弟協有才，齊名亢。才藻不逮二昆，亦有屬綴。時人謂載協、亢，陸機、雲曰『二陸』『三張』。史臣曰：二陸入洛，三張減價。考覈其文，非徒語也。

［宋］魏慶之《詩人玉屑》卷十二《品藻古今人物》：詩之興作，兆基邃古。唐歌虞詠，始載典謨；商頌周雅，方陳金石。其後言志緣情，二京彌甚；含毫瀝思，魏晉彌繁。李都尉『鴛鴦』之詞，纏綿巧妙；班婕好『霜雪』之句，發越清迥。平子『桂林』，理在文外，伯喈『翠鳥』，意盡行間。河朔人物，王劉稱首；洛陽才子，潘左覺先。乃若子建之牢籠群彦，士衡之藉甚當時，並文苑之羽儀，詩人之高抬貴手。

〔元代〕

〔元〕郝經《郝氏續後漢書》卷七十三《阮籍傳》：蘇武、李陵初爲古詩，高簡雅質，爲西漢正體。建安中，七子作而詞氣盛。逮夫潘、陸，益尚才華，古意始衰矣。惟東漢之《十九首》與阮籍之《詠懷》十七首，託物寓興，辭旨幽婉，曠逸邁往，如醉語無叙，吐出真實，高風遠韻，邈不可及。

〔元〕陶宗儀《説郛》卷七十九下：雲間袁凱，師法少陵，格調高雅。奚止白燕、九峰、三泖之秀，二陸卓矣。

〔元〕陶宗儀《説郛》卷八十：二陸之作，辭氣重厚，有館閣之體，盛唐諸家應制多出此。

〔元〕楊載《詩法家數·總論》：詩體《三百篇》，流爲《楚詞》，爲樂府，爲《古詩十九首》，爲蘇、李五言，爲建安、黄初，此詩之祖也；《文選》劉琨、阮籍、潘、陸、左、郭、鮑、謝諸詩，淵明全集，此詩之宗也；老杜全集，詩之大成也。

［明代］

［明］宋濂《答章秀才論詩書》：姑以漢言之。蘇子卿、李少卿非作者之首乎？觀二子之所著，紆曲凄惋，實宗國風與楚人之辭。二子既没，繼者絶少。下逮建安、黄初，曹子建父子起而振之，劉公幹、王仲宣力從而輔翼之。正始之間，嵇、阮又迭作詩道，於是乎大盛。然皆師少卿，而馳騁于風雅者也。自時厥後，正音衰微，至太康復中興。陸士衡兄弟則仿子建，潘安仁、張茂先、張景陽則學仲宣，左太沖、張季鷹則法公幹，獨陶元亮天分之高其先，雖出於太沖、景陽，究其所自得，直超建安而上之，高情遠韻，殆猶太羹充鉶，不假鹽醯，而至味自存者也。元嘉以還，三謝、顔、鮑爲之首。三謝亦本子建，而雜參于郭景純。延之則祖士衡，明遠則效景陽，而氣骨淵然，駸駸有西漢風餘。或傷於刻鏤。而乏雄渾之氣，較之太康則有間矣。（《稗編》卷七十四）

［明］曾鼎《文式》卷上《家數》：以時論：建安體。曹氏父子及鄴中（七）子。黄初體。與建安相接。正始體。嵇阮諸公。太康體。左思、潘岳、二陸。元嘉體。顔、鮑、謝諸公。齊梁體。通兩朝言。盛唐體。開元天寶諸公之詩。

［明］貝廷臣《清江貝先生文集·三賢贊并序》：瓊常求天下士以文章名一世者，古今不數

人。以事業著萬世者，古今不數人。若晉平原内史陸士衡，及弟清河内史士龍，此以文章名一世者乎！唐平章事陸宣公，此以事業著萬世者乎。初，士衡兄弟之歸晉也，張華曰：『伐吴之役，利獲二俊。』且中州非無能言之士，而弘麗漂逸，殆不及焉。史稱其遠超枚、馬，高躡王、劉，百代文宗一人而已，則其文章可知已。

〔明〕姚鉉《唐文粹序》：至於魏晉，文風下衰；宋齊以降，益以澆薄。然其間鼓曹、劉之氣焰，聳潘、陸之風格，舒顔、謝之清麗，藹何、劉之婉雅。雖風興或缺，而篇翰可觀。

〔明〕安盤《頤山詩話》：陸士衡之詩，鍾嶸謂『爲太康之英，安仁、景陽爲輔』，與陳思、謝客並稱。嚴羽謂『士衡獨在諸公之下』。二者孰是？試參之，蓋士衡綺練精絶，學富而辭贍，才逸而體華。嶸之論亦是。若以風骨氣格言之，是誠在曹、劉、二張、左、阮之下也。

〔明〕徐獻忠《唐詩品·永興文懿公虞世南》：虞監師資野王，嗜慕徐、庾。髫丱之年，婉縟已著；琨瑱之美，綺藻並豐。雖隋皇忌人之主，貞觀睿聖之朝，然而善始之愛，身存亂朝，準倫之譽，竟列名朝，駢美二陸，不信知言乎。

〔明〕徐獻忠《唐詩品·侍御皇甫曾》：景陽華净，遂掩哲昆；平原英贍，竟難家弟。

〔明〕謝榛《四溟詩話》卷三：士衡、士龍有才而恃，靈運、玄暉有才而露。大抵德不勝才，猶泛舸中流，舵師失其所主，鮮不覆矣。

〔明〕皇甫汸《解頤新語》卷四：江淹曰：『楚謡漢風，既非一骨；魏製晉造，固亦二體。譬猶藍朱成彩，錯雜之變無窮；宫商爲音，靡曼之態不極。……世之諸賢，各滯所迷，莫不論甘而忌辛，好丹而非素。公幹、仲宣之論，家有曲直；安仁、士衡之評，訏立矯抗。況復殊於此者乎？』

〔明〕皇甫汸《皇甫司勳集·答子浚兄書》：蓋詩之爲教，緣情託興，其感人深遠，乃至是哉。吾兄以宏大之才，充以博極之學，故其爲詩也，兼綜諸體之妙，而不能稱之以一長。盡臻名家之奥，而不能擬之以一子。此二陸辭藻獨秀于平原，三謝聲華莫先於康樂者也。美哉富哉，允乎可以傳矣。

〔明〕何良俊《元朗詩話》卷一：《選》詩之中，若論華藻綺麗，則稱陳思、潘、陸；苟求風力遒迅，則《十九首》之後，便有劉楨、左思。

〔明〕何良俊《元朗詩話》卷一：詩家相沿，各有流派。蓋潘、陸規模子建，左思步驟劉楨，而靖節質直，出於應璩之《百一》，蓋顯然明著者也。則鍾參軍《詩品》，亦自具眼。

〔明〕何良俊《元朗詩話》卷一：詩自左思、潘、陸之後，至義熙、永明間，又一變矣。然當以三謝爲正宗，蓋所謂『芙蓉出水』者，不但康樂爲然。如惠連《秋懷》、玄暉『澄江静如練』等句，皆天然妙麗處。若顔光禄、鮑參軍，雕刻組繢，縱得成道，亦只是羅漢果。

〔明〕徐師曾《詩體明辨·序》：魏之武、文，歌行絶勝，陳思尤稱清雄，然建安七子，風流首倡矣。嵇、阮超逸，有古詩人遺距。晉代則張華、傅玄、陸機、陸雲、潘岳、左思，雄峙於前；郭之譽。

璞、孫綽、王羲之、陶潛，揚輝於後。宋世最稱顔、謝，芙蓉雕繢，爲五言勝，而鮑照亦來俊逸

［明］徐師曾《文體明辨序説》：六言詩昉于漢司農谷永，魏晉間曹（植）、陸（機雲兄弟）間出，其後作者漸多，然不過詩人賦詠之餘耳。（按：今士龍集失載六言詩）

［明］吕柟《涇野子内篇》卷一：陳詔問：自漢以來詩亡何謂也？先生曰：觀風之官不設而風亡，王道廢而雅亡，諂道興而頌亡。李白、杜甫何如？曰：二子應博學宏辭科則可矣，於詩則未也。然而君子猶有取焉者，辭有近乎史者也。潘岳、劉琨、江淹、鮑照、二陸、三謝、沈宋如之何？曰：亂世之作也，宜勿有於世矣。問：曹植、王粲、劉楨、阮籍。曰：其漢之衰乎！然而塗斯人之耳目者，則自是耳。問韋孟、蘇武、陶潛。曰：賴有此歟，其《鶴鳴》《蓼莪》《考槃》之亞乎！故君子不知風不足以成俗，不知雅不足以立政，不知頌不足以敦化。

［明］吕柟《涇野子内篇》卷二十二：葛澗説：李空同爲海内人物。高相曰：使空同在，必不下拜。澗復稱其文似秦漢，詩似三謝、二陸，用心刻苦，文集可觀。先生曰：欲看空同文集，當先觀其奏疏，如上弘治、正德二疏，甚有忠君愛國之心，氣節可取。如詩文模倣魏晉，却差用心，使移此心爲《大學》《中庸》則爲曾子、子思矣。

［明］譚浚《説詩》卷上《總辨》：除煩以約，理舉而義不孤。去濫以清，通制而義不混。學有餘而約用之，善用事者也。意有餘而約以盡之，善措詞者也。若士衡才優而詞繁綴，士龍思

劣而好清省，謝芟繁而不可删，王濟略而不可益。

［明］譚浚《説詩》卷下《人物》：何仲默云：古法亡于謝、陸，（陸）詩語俳體不俳，謝詩體語俱俳也。

［明］譚浚《言文》卷上《才思》：敷陳實義謂之布，剪裁浮詞謂之删。其思贍而才優者善布，其才覈而思約者善删。善删者字去而意留，精要而不晦；善布者句疊而事實，充滿而不蕪。字删而意闕則短乏而非覈，章布而言重則紛冗而非贍。此陸機才優而詞繁，陸雲思劣而詞省也。

［明］朱荃宰《文通·定勢》：又陸雲自稱：『往日論文，先辭而後情，尚勢而不取悦澤；及張公論文，則欲宗其言。』夫情固先辭，勢實須澤，可謂先迷後能從善矣。

［明］朱荃宰《文通·鎔裁》：至如士衡才優，而綴辭尤繁；士龍思劣，而雅好清省。及雲之論機，亟恨其多，而稱『清新相接，不以爲病』，蓋崇友于耳。夫美錦製衣，修短有度，雖玩其采，不倍領袖。巧猶難繁，况在乎拙？《文賦》以爲『榛楛勿剪』，『庸音足曲』，其識非不鑒，乃情苦芟繁也。

［明］朱荃宰《文通·章句》：若乃改韻從調，所以節文辭氣。……昔魏武論賦，嫌於積韻，而善於資代。陸雲亦稱：『四言轉句，以四句爲佳。』觀彼制韻，志同枚、賈。然兩韻輒易，則聲韻微躁；百句不遷，則脣吻告勞。妙才激揚，雖觸思利貞，曷若折之中和，庶保無咎。

〔明〕張萱《疑耀》卷五《詩法》：四言詩自《三百篇》後，絶無繼者，獨韋孟稍近之。漢魏而下，詞既偶儷，氣亦緩弱。至顏、陸諸篇，大非風人之旨。茂先《勵志》，淵明《停雲》，雖云古質，然尚不逮陳思王，况雅頌乎？故作四言者，必以三百篇爲法。而五言古（詩），必取材于漢魏。蓋建安諸子，猶有古風，特華采過之，故渾厚不逮耳。若潘、陸、陶、謝，則去漢遠矣。

〔明〕王世貞《藝苑卮言》卷一：四言詩須本風雅，間及韋、曹，然勿相雜也。世有白首鉛槧，以訓故求之，不解作詩壇赤幟。亦有專習潘、陸，忘其鼻祖。要之，皆日用不知者。

〔明〕王世貞《藝苑卮言》卷三：石衛尉縱横一代，領袖諸豪，豈獨一財雄之，政才氣勝耳。《思歸引》《明君辭》，情質未離，不在潘、陸下，劉司空亦其儔也。《答盧中郎》五言，磊塊一時，涕淚千古。

〔明〕王世貞《藝苑卮言》卷三：謝靈運天質奇麗，運思精鑿，雖格體創變，是潘、陸之餘法也，其雅縟乃過之。

〔明〕王世貞《藝苑卮言》卷三：古詩四言之有冒頭，蓋不始延年也，二陸諸君爲之俑也。如《皇太子宴宣猷堂應令》，而士衡起句曰：『三正迭紹，洪聖啓運。自昔哲王，先天而順。』凡十六韻而始及太子。《大將軍宴會》，而士龍起句曰：『皇皇帝祐，誕隆駿命。四祖正家，天禄安定。』凡八韻而始入晉亂，齊王冏始平之。又士衡《贈斥丘令》而曰：『於皇聖世，時文惟晉。受命自天，奄有黎獻。』《答賈長侍（淵）》而曰：『伊昔有皇，肇濟黎蒸。先天創物，景命是膺。』

潘安仁爲賈答而曰：『肇自初創，二儀煙熅。爰有生民，伏羲始君。』《晉武華林宴集》，而應吉甫起句云：『悠悠太上，民之厥初。皇極肇建，彝倫攸敷。』若爾則不必費此等語，但成一冒頭，百凡宴會酬贈，可舉以貫之矣。

[明]王世貞《弇州四部稿》卷一百六十一：陸士龍詩，故不如士衡耳。至本傳所載，范陽盧志於衆中問曰：『陸遜、陸抗於君遠近？』機曰：『如君于盧毓、盧珽。』志默然。既起，雲謂機曰：『殊邦遐遠，容不相悉，何至此哉！』機曰：『我父祖名播海内，寧不知耶？』議者以此定二陸優劣。竊恐未爾。武帝嘗問吾彦：『陸喜、陸抗二人誰多也？』彦曰：『道德名望，抗不及喜；立功立事，喜不及抗。』後彦爲交州，餉士衡兄弟，士衡將受之。士龍曰：『彦本微賤，爲先公所拔，而答詔不善，安可受之？』乃止。此段事絶同，乃大相反何也？要之，致嚴取與，覺士龍爲勝。

[明]王世貞《文章九命》九：叔向之鬼既餒，中郎之女僅存。劉瓛、劉璡並廢蒸嘗，何胤、何默先虚伉儷。李太白、蕭穎士有子而獨，孫女流落，俱爲市人妻。崔曙一女名星，白公一姪曰龜，系絶清時，貽文莫讀。至於文舉，二子一女，髫年俄刑。機、雲、會、曄，朞功駢僇。王筠闔門盗手。神理荼酷，於斯極矣。（《歷代文話》第二册）

[明]王禕《王忠文集・練伯上詩序》：漢以來，蘇子卿、李少卿實作者之首，此詩之始變也。迨乎建安，接魏黄初，曹子建父子起而振之，劉公幹、王仲宣相爲倡和；正始之間，嵇、阮

又繼作，詩道於是爲大盛，此其再變也。自是以後，正音稍微。逮晉太康而中興，陸士衡兄弟、潘安仁、張茂先、張景陽、左太沖，皆其稱首。而陶元亮天分獨高，自其所得，殆超建安而上之，此又一變也。宋元嘉以還，三謝、顔、鮑者作，似復有漢魏風。然其間或傷藻刻，而渾厚之意缺焉，視太康不相及矣。齊永明而下，其弊滋甚，沈休文之拘於聲韻，王元長之局於褊迫，江文通之過於摹擬，陰子堅、何仲言之流於纖瑣，徐孝穆、庾子山之專於婉縟，無復古雅音矣，此又一變也。

［明］茅一相《欣賞詩法·詩學淵源之圖》：詩體《三百篇》，流爲《楚詞》，爲樂府，爲《古詩十九首》，爲蘇、李五言，爲建安、黄初，此詩之祖也。《文選》劉琨、阮籍、潘、陸、左、郭、鮑、謝諸詩，淵明全集，此詩之宗也。老杜全集，詩之大成也。

［明］茅一相《欣賞詩法·詩評》：古詩四言之有冒頭，蓋不始延年也，二陸諸君爲之俑也。若韋孟之《諷諫》，思王之《責躬》《應詔》，靖節之《贈族》，叔夜之《幽憤》，仲宣之《贈蔡睦文始》，越石之《贈盧諶》，寧有是耶？

［明］王世懋《藝圃擷餘》：《詩》四始之體，惟《頌》專爲郊廟頌述功德而作。其他率因觸物比類，宣其性情，恍惚遊衍，往往無定。以故説詩者，人自爲説。若孟軻、荀卿之徒，及漢韓嬰、劉向等，或因事傳會，或旁解曲引，而春秋時王公大夫賦詩，以昭儉汏，亦各以其意爲之，蓋詩之來固如此。後世惟《十九首》猶存此意，使人擊節詠歎，而未能盡究指歸。次則阮公《詠懷》，

亦自深於寄託。潘、陸而後，雖爲四言詩，聯比牽合，蕩然無情。……故余謂《十九首》，五言之《詩經》也，潘、陸而後，四言之排律也，當以質之識者。

［明］陳第《讀詩拙言》：漢魏六朝之詩，騷賦之變，而近體之椎輪也。其贈送，有規諫焉；其引用，有根據焉。華不滅質，色能澤理。其音與古合，如服、宅、年、南、嘉、澤、客、發之類，已采入旁證。其與古異者，如車、家、華、邪之類，亦頗附於末。見其所由變者，漸矣。尚有於今不合古、無可附者，亦皆其時之音也。注者悉謂之葉，毋乃冤乎？故楚騷、漢賦無論，姑舉其近者劄讀節也。古與顏、陸本非相師，『霞』，讀何也。曹與陸、謝亦非相襲，『閉』，讀軀也，則潘、顏之作可征。『謳』，讀區也，則曹、陸之辭可據。『獄』，讀獄也，陸與司馬不約而同。『袂』，讀決也，沈與江淹匪期而合。或讀『緇』爲止，或讀『没』爲滅。或讀『開』爲虧，或讀『蔽』爲別。或讀『霞』爲布，或讀『惜』爲削。或讀『横』爲黄，或讀『璧』爲博。或讀『灑』爲洗，或讀『扇』爲膻。或讀『蛻』爲泄，或讀『淺』爲千。或讀『寐』爲蜜，或讀『籍』爲酌。或讀『葩』爲坡，或讀『石』爲芍。或讀『囱』爲聰，或讀『肅』爲瑟。或讀『淮』爲熙，或讀『昧』爲蔑。或讀『頭』爲徒，或讀『溢』爲淅。或讀『蹯』爲軒，或讀『戾』爲裂。或讀『掃』爲暑，或讀『播』爲蟠。或讀『串』爲慣，或讀『蟠』爲波。又，『晉』今讀進，『彼』讀薦，使非當時之音。陸氏兄弟乃以國他葉，可乎？故讀六朝，必考六朝之音，由此而上可知也。不然，同乎我者，謂聲之諧；異乎我者，謂韻之葉。以一地概四方，以一時概千古，將使文字聲律，涣判支離，而靡有畫一，豈所貴於誦讀哉？

[明]茅坤《與蔡白石太守論文書》：蓋萬物之情，各有其至，而人以聰明智慧，操且習於其間，亦各有所近，必專一以致其至，而後得以偏有所擅而成其名。故世皆隨孔氏，以非達巷，而僕獨謂孔氏之言者聖學也。今人未能學聖人之道，而輕議達巷者，皆惑也。屈宋之於賦，李陵、蘇武之於五言，馬遷、劉向之於文章傳記，皆各擅其長，以絶藝後代，然竟不能相兼者，非不欲也，力不足也。故李杜詩聖，而韓歐文匠，其間不自量力，揚躒蹀躞而進者，獨魏晉曹劉、二陸及唐元白、柳宗元之徒，稍稍侈心焉，然亦疲矣。使宗元獨以其文與韓昌黎争雄，當未辨孰劉孰項，而曹劉獨縱其詩聲於武陵之間，又未必降爲黄初之音也。故曰人各有能，有不能。僕才乏思澁於兩者，俱無能者也。（《文章辨體匯選》卷二百四十）

[明]張溥《晉潘岳集題詞》：二陸屠門，戎毒相類，天下哀之，遂騰討檄。安仁東市，獨無憐者。士之賢愚，至死益見。余深爲彼美惜焉。（《漢魏六朝百三家集》卷四十五）

[明]鍾惺、譚元春《詩歸》卷八：譚云：二陸才名，千古一詞。然手重不能運，語滯不能清。腹之所有，不暇再擇；韻之所遇，不能少變。大陸一生筆墨，只留得『民動如煙』四字。小陸佳處，只『天地則爾，户庭已悠』二語耳。静衷思之又思，若以爲妄，當於鍾子分之。

[明]胡應麟《詩藪·内編》卷一：七國所以兆漢，六朝所以開唐，五代所以基宋。然七國、六朝，變亂斯極，而文人學士，挺育實繁。屈、宋、唐、景，鵲起於先。故一變爲漢，而古詩獨擅。曹、劉、陸、謝，蟬聯於後，故一變爲唐，而近體百世攸宗。

［明］胡應麟《詩藪・内編》卷一：四言漢多主格，魏多主詞，雖體有古近，各自所長。晉諸作者，浮慕《三百》，欲去文存質，而繁靡板垛，無論古調，並工語失之。今觀二陸、潘、鄭諸集，連篇累牘，絶無省發，雖多奚爲？

［明］胡應麟《詩藪・内編》卷一：叔夜《送人從軍》至《十九首》，已開晉宋四言門户。然雄辭彩語，錯互其間，未令人厭。至士龍兄弟，氾濫靡冗，動輒千言，讀之數行，掩卷思睡。説者五言之變，昉與潘、陸，不知四言之亡，亦晉諸子爲之也。

［明］胡應麟《詩藪・内編》卷二：古詩浩繁，作者至衆。雖風格體裁，人以代異，支流源委，譜系具存。炎劉之制，遠紹《國風》。曹魏之聲，近沿枚、李。陳思而下，諸體畢備，門户漸開。阮籍、左思，尚存其質。陸機、潘岳，首播其華。靈運之詞，淵源潘、陸。明遠之步，馳驟太沖。有唐一代，拾遺草創，實阮前蹤。太白縱横，亦鮑近矱。少陵才具，無施不可，而憲章祖述漢魏六朝，所謂風雅之大宗，藝林之正朔也。

［明］胡應麟《詩藪・内編》卷二：曹、劉、阮、陸之爲古詩也，其源遠，其流長，其調高，其格正。陶、孟、韋、柳爲古詩也，其源淺，其流狹，其調弱，其格偏。

［明］胡應麟《詩藪・内編》卷二：仲默稱曹、劉、阮、陸，而不取陶、謝。陶、謝之變而淡也，唐古之濫觴也；謝、陸之增而華也，唐律之先兆也。

［明］胡應麟《詩藪・内編》卷二：士龍文章，差亞乃昆，詩遠不如。中散不以詩名，然四言

亦有佳處。

［明］胡應麟《詩藪·内編》卷二：古詩自有音節。陸、謝體極俳偶，然音節與唐律不同。唐人李、杜外，惟嘉州最合。襄陽、常侍雖意調高遠，至音節時入近體矣。

［明］胡應麟《詩藪·外編》卷二：漢、魏、晉、宋、齊、梁、陳、隋，八代之階級森如也。枚、李、曹、劉、阮、陸、陶、謝、鮑、江、何、沈、徐、庾、薛、盧，諸公之品第秩如也。其文日變而盛，而古意日衰也；其格日變而新，而前規日遠也。

［明］胡應麟《詩藪·外編》卷二：士衡諸子，六代之初也；靈運諸子，六代之盛也；玄暉諸子，六代之中也；孝穆諸子，六代之晚也。

［明］胡應麟《詩藪·外編》卷二：蘇、李之才，不必過曹、劉；陸、謝之才，不必下於公幹。而其詩不同也，則其世之變也。其變之善也，則其才之高也。

［明］胡應麟《詩藪·外編》卷二：平原氣骨遠非太沖比，然仲默亟稱阮、陸，獻吉並推陸、謝，以其體備才兼，嗣魏開宋耳。

［明］胡應麟《詩藪·外編》卷二：潘、陸俱詞勝者也，陸之材富，而潘氣稍雄也。陶、謝俱韻勝者也，謝之才高，而陶趣差遠也。

［明］胡應麟《詩藪·外編》卷二：魏稱曹、劉，然劉非曹敵也。晉稱潘、陸，然潘非陸敵也。……非敵而並稱何也？同時、同事又同調也。百年之後，則陳王在魏，自當獨步；士衡居

晉，宜遜太沖。

［明］胡應麟《詩藪·外編》卷四：六代則公幹之峭，嗣宗之遠，元亮之沖，太沖之逸，士衡之穠，靈運之清，明遠之俊，玄暉之麗，皆其至也，兼之者陳思也。

［明］江盈科《雪濤小書詩評·復古》：六朝之文，余所深服也，嵇中散《絶交書》《養生論》二篇。其他若潘、陸以下，縱使姸秀美麗，畢竟格調纖弱，骨氣軟脆，如深宮處女，拈針刺繡，芙蓉鴛鴦，色色可人，終不是丈夫氣。

［明］郝敬《藝圃傖談》卷四：六朝潘、陸、諸謝，一門父子兄弟，雕龍繡虎，竟無一語關道理，切實用，秖攄其浮躁之習，寫其驕淫之氣，亡家喪身而已。故文章以游夏爲宗，浮華之徒，不足效也。

［明］何大復《與空同先生》：體物雜撰，言辭各殊，君子不例而同之也，取其善焉爾。故曹、劉、阮、陸，下及李、杜，異曲同工，各擅其時，並稱能言。何也？詞有高下，皆能擬議以成其變化也。若必例其同曲，夫然後取，則既主曹、劉、阮、陸矣，李、杜即不得登詩壇，何以謂千載獨步也？僕嘗謂：詩文有不可易之法者，辭斷而意屬，聯類而比物也。……比空同嘗稱陸、謝，僕參詳其作：陸詩語俳體不俳也，謝則體語俱俳矣。未可以其語似，遂並例也。故法同，則語不求似矣。（周子文《藝藪談宗》卷一引）

［明］張四維《古詩紀原序》：古詩自宣尼删後，罕有存者，其軼文略備於斯。是以質文之

變，莫得而詳焉。漢風所宗，造端蘇、李。東京揚其流波，建安備其氣質。逮于江左，託意虛玄。繼以齊梁綺縟，陳隋輕豔，而詩之變極矣。中間作者，若張、蔡、曹、劉、潘、陸、顏、謝、江、沈、徐、庾，莫不虎視蛟騰，抗心特異，思以駕前賢之逸軌，障當世之頹瀾。然而繁音曲節，每變益工；品格風標，沿時遞下，豈所謂聲音之道，關乎世運者耶？

[明]劉繪《與王翰林槐野論文書》：是以文之體格，無定眂三者所究耳。古今之辭盡於六經，理相統一。韓子曰：易奇而法，詩正而葩。春秋謹嚴，左氏浮誇。正道氣與辭也。天地之理，中正焉已矣。其氣深厚，和平其辭，大雅宏暢，則聖人之文也。……延及魏晉以後，而雅道漸以陵夷。至唐獨得韓愈，敏悟自言，見時文忸怩不寧。今讀其辭，出入孟荀，而風骨類馬遷、劉向，夐然其品也。藝苑英少，亦有輕訾詆者，蓋未深究耳。其後才桀之儔，各殊其辭以求勝，欲自勒一家。騖（鶩）高者，玄亢而無據；崇實者，質塞而無華。令六經之辭，邈乎莫追。求賈馬匡劉不可復得矣。仲尼曰：『文質彬彬，然後君子。』蓋謂文焉。弟又思漢以下至趙宋，能文者，雖各異辭，要皆變於六經。且如董仲舒、京房、焦延壽、揚雄，變於《易》也。賈誼、晁錯、司馬遷變於《書》也。匡衡、劉向，下逮班固、崔駰、馬融、蔡邕，變於詩也。臨諸子所著，體而察之，當自見矣。蓋六經文之海嶽具焉，後之士雖稱瓌奇，而極駿雄，莫能出其軌矣。故惟狂蕩之辭，洸洋淫靡之辭，纖細峭刻之辭，慘礉短長之辭，是其理蔽其氣衰，非聖人之書，不可讀也。弟又思建安諸子，雖號靡麗，然典峻不可少，當稱爲《小雅》之變，二應以後，六朝如二陸、三謝，

至任彦升、顔延年、沈休文、薛道衡輩，世人往往俱以纖綺眂之。然鑄景凝華，隱隱十二國風之變也。（《明文海》卷一百五十二）

［明］彭輅《與友人論詩》：詩發於謳吟，文之韻而成聲者也。聲之動，在人而噓之，吹之，拊之，蕩之，橐籥於天地。天地之氣，噫而爲風，其聲春温而秋厲，天地不自知也。故曹、劉、王粲之藻蔚，不能爲枚乘、李陵之渾璞，二陸、顔謝之雕縟，不能爲建安黄初之藴藉。齊梁陳魏，土宇偏安，其氣崩裂而不完，其詞剪割而纖碎，若有使之者而作者不自知也。（《明文海》卷一百六十）

［明］姚世華《玄晏齋選稿序》：文各適其適任乎？天倪以各至其至，游於燦然之途而已。覆視曩古，簡復相望，華質相調，相爲用而不相欣厭。蓋子休洸洋自恣之數十萬言，豈能如伯陽之五千文。而子長之博奥宏肆，必不低眉于孟堅之整率。下而稱詩，而七子、二陸、諸謝之沈麗，何渠勝王柳之閑淡。韋蘇州、孟襄陽，抵掌五柳，第令櫛比，而與王右丞、李供奉程試侔工，又未知誰屬亞旅也。故夫之簡淡而簡淡，而謂奇豔非者，履康衢而忘嶙峋嵂嶪之觀者也。最下而今義，則成弘爲盛，先之奇艷而奇豔，而謂簡淡非者，襲狐白而忘布縷襏襫之用者也。此太樸，後此太彫，於時華實等耳。（《明文海》卷二百四十六）

［明］薛天華《海樵先生全集序》：夫江左風流，碩公以君德致通顯者亡數，然皆非專寘力於文。其專以績之，流聲當世而致通顯者，獨二陸與謝康樂焉。今綜其遺事，屻身晋室，欲

聽鶴唳，而不能抗志浪遊，至蓄健兒而叢謗。覽其文，不亦愀然有湘屈之志乎。（《明文海》卷二百四十八）

［明］薛應旂《樞筦集序》：迨屈原放而楚騷作，賈誼謫而漢賦興。自是蘇、李、曹、劉咸稱作者，而究其所自，則惟以風騷爲宗也。至晉二陸、潘、張、左、郭，後先繼起，盡號詩人，然皆步趨曹、劉，而依回格局，詞冶音漓，率難語上。唯陶靖節，沖澹閑遠，直超建安而上之。迨三謝、顔、鮑，蹈襲風流，而沈約、江淹，則過爲模擬，均之不可與言詩矣。（《明文海》卷二百六十二）

［明］吴訥《文章辨體序説》：五言古詩，載於昭明《文選》者，唯漢魏爲盛。若蘇、李之天成，曹、劉之自得，固爲一時之冠。究其所自，則皆宗乎《國風》與楚人之辭者也。至晉陸士衡兄弟、潘安仁、張茂先、左太沖、郭景純輩，前後繼出，然皆不出曹、劉軌轍。獨陶靖節高風逸韻，直超建安而上之。

［明］屠隆《文章四題・文章》：文章華而不實，比於雕蟲，此非通論也。發造化之秘，闡人事之紀，盡古今之變，用固弘矣。神聖大道，俊傑偉功，異人靈迹，賢淑令範，所以光於六合，垂照千祀者，非託之文章不永。……漢興，除挾書之律，增寫書之官，遺求書之輶，廣獻書之路，石渠天禄，虎觀蘭臺，群萃英儒，表章聖學，别有兔園之藪、淮南之儲，亦文之一大聚也。賈、董射策，申、伏明經，子長史漢，長卿詞賦，唐山樂章，東方《神異》。東漢尊更老，尚經術，班氏、劉向、賈、鄭、崔、蔡，蔚爲詞宗，亦文之一聚也。東都喪亂，典籍淪没，曹氏父子延鄴下七才，倡爲

黄初之體，朝提猛士，夜接詞人，亦文之一聚也。江左風流，六朝綺豔，富於張陸，放於嵇阮、俊於江鮑徐庾，竟陵、簡文廣延納，昭明妙編選，亦文之一聚也。

［明］屠隆《文章四題·文行》：俯仰千古，要以行潔志芳；發而爲金玉之聲者，其得數多矣。游夏宗孔，儒行罔愆，丘明素臣，書法無隱；夷吾博論，霸功偉然；鄭僑多聞，相業鴻峻。……陳思愛士共兄，大樑遜德北海。瓌姿瑋度，元禮齊聲。平原兄弟，服膺儒術，意絕輕佻；司空茂先，竭節本朝，智兼淹朗。元凱威信播於襄陽，太沖恬退聞於齊國。嵇阮挺人外之標，江蔡立清士之目。束廣微行通乎神明，習鑿齒清映乎江介。叔寶平情於非意，夏侯正色於臨刑。劉越石勤王死事，文藻爛於星虹；郭景純鈎元洞冥，忠蓋表乎天日。王逸少才高氣曠，作深山道士之觀；許元度神散資澄，多神仙林壑之趣。夏侯湛備孝弟之性，温潤盈篇；向子期有莊老之襟，翛寥滿紙。袁山松九死不回，羅君章一介無畛，王子年元風大暢，皇甫謐雅志幽潛。淵明沖遠鴻逸，人群抱樸博綜，蟬蜕塵埃。

［明］許學夷《詩源辯體》卷三：『興寄深微，五言不如四言』，以漢魏較《國風》也。若潘、陸四言，聯比牽合，蕩然無情。《十九首》託物興寄，情致宛然，又不當以此論耳。王敬美云：『《十九首》，五言之《詩經》也。潘、陸而後，四言之排律也。』深得之矣。

［明］許學夷《詩源辯體》卷三：漢稱『蘇李』，李豈讓蘇？魏稱『嵇阮』，嵇寧勝阮？以至晉之『潘陸』，宋之『顔謝』，陳之『徐庾』，唐之『高岑』『錢劉』『元白』，皆順聲而呼，非以先後爲優

劣也。

〔明〕許學夷《詩源辯體》卷四：漢魏五言，滄浪見其同而不見其異，元瑞見異而不見其同。愚按：……漢魏同者，情興所至，以不意得之，故其體皆委婉，而語皆悠圓，有天成之妙；魏之異者，情興未至，始著意爲之，故其體多敷叙，而語多構結，漸見作用之迹。故漢人篇章不越四五，而魏人多至於成什矣。此漢人潛流而爲建安，乃五言之初變也。下流至陸士衡諸公五言。

〔明〕許學夷《詩源辯體》卷三：子建、仲宣四言，其體出於二韋。然二韋意雖矜持，而典則莊嚴，古色照暎，猶有古詞人之風範。子建、仲宣則才思逸發，華藻爛然，自是詞人手筆。……下流至二陸、潘安仁四言。

〔明〕許學夷《詩源辯體》卷五：建安五言，再流而爲太康。然建安體雖漸入敷叙，語雖漸入構結，猶有渾成之氣。至陸士衡諸公，則風氣始漓，其習漸移，故其體漸俳偶，語漸雕刻，而古體遂淆矣。此五言之再變也。

〔明〕許學夷《詩源辯體》卷五：子建、仲宣四言，雖是詞人手筆，實雅體也。至二陸、安仁，則多以碑銘爲詩矣。胡元瑞云：『説者謂五言之變昉於潘、陸，不知四言之亡，亦晉諸子爲之也。下至顔延之，多首尾成對，謝玄暉抑又靡麗矣。』

〔明〕許學夷《詩源辯體》卷五：鍾嶸云『……先是郭景純用儁上之才，變創其體，劉越石仗清剛之氣，贊成厥美』云云。此論甚詳。予考永嘉以後，傳者絶少，故不能備述。但劉越石前與潘、陸同時，今謂永嘉而後，景純變創，越石贊成，則失考矣。

[明]許學夷《詩源辯體》卷七：或問：人言謝勝陸，何也？曰：從漢魏而言，是陸勝謝；從六朝而言，是謝勝陸。李獻吉云：『康樂詩是六朝之冠，然其始本于陸平原。』此最得其實。今人不知，以爲靈運自立門户耳。

[明]許學夷《詩源辯體》卷七：漢魏人詩，語有質野，此太樸未散。如陸士衡、謝靈運等拙句，實俳偶雕刻使然。或反以陸、謝諸語爲工美者，既甚失之；或以爲古質者，則愈謬也。後之人多貴耳賤目，故反復言之。

[明]許學夷《詩源辯體》卷七：陸士衡、謝靈運等拙句，本非可法，然後之擬陸、謝者，篇中苟得一二語相類，亦足解頤。

[明]胡震亨《唐音癸籤》卷九：古詩浩繁，作者至衆，雖風格體裁，人以代異，支流原委，譜系具存。炎劉之制，遠紹《國風》，曹魏之聲，近沿枚、李，陳思而下，諸體畢備，門户漸開。阮籍左思尚存其質，陸機、潘岳首播其華，靈運之詞淵源潘、陸，明遠之步馳驟太沖。有唐一代，拾遺草創，實阮前蹤。太白縱横，亦鮑近矱。少陵才具無施不可，而憲章漢魏，融冶六朝，洵風雅之大宗，藝林之正朔已。其他諸家，亦概多合作，截長絜短，上方魏晉不足，下視齊梁有餘。猥云唐無五言，未是定論。

[明]馮復京《説詩補遺》卷三：潘、陸四言，非特冒頭詞費，諸章皆六朝排偶，有韻之文，風

雅道盡。今世詩家，已不作此體。昭明所選，並可刊除，顔延年更加扳染，所謂一解不如一解。

［明］馮復京《説詩補遺》卷三：謝客肆覽《莊》《易》，寓目輒書，内無乏思，外無遺物，才氣縱橫，跨軼士衡。然陸多平叙，佳處不可句摘；謝多刻意，佳處可以句摘，此又晉宋之辨也。

［明］馮復京《説詩補遺》卷五：蓋張、陸學子建者也，顔、謝學張、陸者也，徐、庾學顔、謝者也。其變愈下，而其詞加麗矣。

［明］費經虞《雅倫》卷四《格式》：六義所言賦，非後世賦體也。賦别爲體，斷自漢代始。荀、陸之文，各自爲書，且荀多隱語。屈平之作，又分爲騷。六朝之賦則俳，唐人之賦則律，而多四六對聯。

［明］費經虞《雅倫》卷九《格式》：《類編》云：五言古詩，《文選》惟漢魏爲盛。究其所自，則皆宗《國風》、上《楚詞》者也。至晉陸士衡兄弟、潘安仁、左太沖輩，前後繼出，然皆曹、劉軌轍，獨陶靖節高風逸韻。元嘉以後，三謝、顔、鮑爲之冠；其餘傷鏤刻，遂乏渾厚之氣。

［明］趙士喆《石室談詩》卷下《論各體》：該詩以聲用者也，近體之平仄不爽者，自是鏗鏘，即有不拘，翻成拗體，殊不礙其行雲流水之致。惟是五言古一派，有流者，有不流者。《十九首》以及建安皆清空一氣，而高下抑揚，自然合拍，至潘、陸則不能矣。嗣宗、越石稍變其風，至三謝又純爲對句，梁、陳之余，全是一平仄不諧之排律，以作近體則不鏗鏘，以作古風則不活動。陳伯玉極力矯之，而又不能如漢魏也。

［明］趙士喆《石室談詩》卷下《論諸家》：自昔稱大家者，在晉初有潘、陸，在晉末有陶、謝；在唐初則有沈、宋，在盛唐則李、杜，在中唐則有錢、劉，錢、劉以下則不足稱。吾以爲名稱其實者，陶、謝及李、杜是也。名不稱其實者，潘、陸及沈、宋是也。康樂之人品詩品，俱不及陶。然其沈雄壯麗者，實足振江左之衰，而爲唐人之嚆矢，勝潘、陸之浮華遠矣。

［明］謝會《姑蘇人物小記》：故能文則嚴助之策賢良，買臣之言楚辭；翰采足用則裴欽，文藻宏麗則陸雲；能兵則周瑜之走曹操，吕蒙之襲荆州；有獨斷之明如魯肅，有謀略之奇如陸遜；壯節矯矯，有國士風則。（《吴都文粹續集》卷二）

［明］楊慎《二皇甫集・跋》：近輯二皇甫集將鍥布之，吾觀二子生實伯仲，故調亦雅似，時以方張景陽、孟陽焉。然二張集吾不見其全矣，迹若是者，吾見二陸焉。評者舍陸而稱張，知擬倫矣。嗚呼，二陸之集，自昭明選外，無留良者，况又甚亞乎！吾於是安得不重有于文正之言也。

［清代］

［清］錢謙益《牧齋有學集・答徐巨源書》：其于詩，枚、蔡、曹、劉、潘、陸、陶、謝、李、杜、元、白，各出杼軸，互相陶冶，譬諸春秋，日月異道。

［清］王之績《鐵立文起·前編》卷十一：《備考》曰：自《風》《雅》變而賦作，去古未遠，梗概足述。道源性情，比興互用，六義彰矣。諄復貫珠，千言非贅，情理罄矣。規撫天地，聲象萬物，體無常式，變化殫矣。四聲不局，八病非瑕，宫商縱矣。賦也者，篇章之象箸，而歌謡之鐘吕也。靈均而降，作者代起，荀卿窮理立言，因物賦象，絳幃格論，麈尾清言也。宋玉以文緯情，雅奥婉至，多風而可繹，楚臣之堂奥也。枚乘、八公、長卿之流，披形錯貌，彫藻極妍，華而不浮，辭人之軌轍也。若忠憤激昂，直寫胸臆，篇不繪句，句不琢字，賈誼是也。比偶爲工，新聲競爽，詞賦之漫衍，陸、謝、江、鮑之波漸也。大抵賦擅於楚，昌於西京，業於東都，沿於魏晉，濫於五代，怠律賦興而斬然盡矣。

［清］全祖望《鮚埼亭集外編·春酒堂文集序》：幾於每飯不忘故國《黍離》《麥秀》之音，讀之令人魂斷。他如《謝氏宋槧漢書記》《石將軍廟碑》《睢陽廟碑》《柳敬亭傳》，觸目皆桑田之感。陸機、陸雲、鄭虔諸論，悲憤尤深。其上沈彤菴閣學書，江瑶柱賦，可謂不負知己者矣。

［清］吴喬《圍爐詩話》卷一：五言盛于建安，陳思王爲之冠冕，潘、陸以下，無能並舉者。

［清］吴喬《圍爐詩話》卷二：（馮定遠）云：『潘、左、陸以後，清言既甚，詩人所作，皆老莊之贊誦，顔、謝、鮑出，始革其制。元嘉之詩，千古文章於此一大變。請具論之：漢人作賦，頗有模山范水之文，五言則未有，後代詩人之言山水，始於康樂。士衡對偶已繁，用事之密，始於顔延之，後世對偶之祖也。』

[清]毛先舒《詩辯坻》卷一《總論》：若夫古詩，大約以五言爲準。何者？後代四言，率多窘縛，附庸三古，難起一宗。五言，西漢則《十九》《河梁》，東京則伯喈、平子，建安則子建、仲宣，魏晉則阮、陸、陶、謝，六代翩翩儁麗之風，四唐英英律絶之制。

[清]毛先舒《詩辯坻》卷二《六朝》：謝康樂去西晉已百數十年，而能標準潘、陸，篤尚鎔裁，故稱振起。嚴羽儀卿評云：『靈運徹首對句，是以不及建安。』殊可笑也。謝之不爲建安久矣，何勞滄浪道！

[清]毛先舒《詩辯坻》卷二《六朝》：或曰紬黄組碧，潘、陸同工，而沈秀陸不及潘也。

[清]毛先舒《詩辯坻》卷二《竟陵詩解駁議》：譚（元歸）曰：『二陸詩，手重不能運，語滯不能清，腹之所有，不暇再擇，韻之所遇，不能稍變。』此砭頗中機、雲之病。然小陸又差秀，不得並譏。且士衡筆墨雖滯，而氣幹華整。蓋黄初既邈，降爲太康，駢儷之中，猶存古法。故客兒禀之以抉其幽，明遠依之以厲其氣。俾諸公邐迤修飾，不遽落于梁、陳纖調者，誰之力歟？至『民動如煙，户庭已幽』語，特稍有生致，亦何中深賞。

[清]葉矯然《龍性堂詩話初集》：（沈約）云：『褒、向、班、揚，清詞麗曲，時發乎篇，而蕪音累氣良多。』又云：『張、蔡、曹、王，曾無先覺；潘、陸、顔、謝，去之彌遠。』亦過於薄今人而不愛古人矣，宜梁武之不深然也。

[清]王士禎《師友詩傳録》第二十八條：風雅之盛衰，存乎上人之振起。三代而上，其原

在君相，故文、武、周、召興，而有正風、正雅，否則變矣。三代而下，其權在士大夫，操文柄而轉移一世。既以兩漢言之，其君亦往往能文。故士大夫之以詩傳世者，大率質過其文，猶有風雅遺意，而不專以豔麗爲工。至西園諸子而風斯濫。迨于張華、傅玄以及潘、陸而風斯漓。雖正之以左，鮑、謝而不能振。終之以《玉臺》，徐、庾而詞彌盛，而氣彌薾矣。

[清]王士禎《池北偶談》卷十三：偶讀嚴滄浪《詩話》云：黄初之後，惟阮公《詠懷》極爲高古，有建安風骨。晉人舍阮嗣宗、陶淵明外，惟左太沖高出一時，陸士衡獨在諸人之下。又云：顔不如鮑，鮑不如謝，與予意略同。又晉人張陸輩，惟景陽殊勝，在太沖之下，諸家之上。傅玄篇什最多，而可録極少，如《擬北方有佳人》云：『一顧亂人國，再顧亂人家。』千古笑柄。

[清]王士禎《漁洋古詩選·五言詩凡例》：司馬氏之初，茂先、休奕，三張、二陸之屬，概乏風骨。較諸嘉、隆七子剿襲古樂府，尤紕謬也。

[清]沈德潛《説詩晬語》卷上：壯武之世，茂先、休奕，莫能軒輊；二陸、潘、張，亦稱魯衛。左太沖拔出於衆流之中，胸次高曠，而筆力足以達之，自應盡掩諸家。鍾記室嶸，季孟於潘、陸間，謂野於士衡，而深於安仁。太沖弗受也。

[清]沈德潛《古詩源》卷七：士衡詩亦推大家，然意欲逞博，而胸少慧珠，筆又不足以舉之，遂開出排偶一家。西京以來，空靈矯健之氣，不復存矣。降自梁、陳，專工隊仗，邊幅復狹，

令閲者白日欲卧，未必非陸氏爲之濫觴也。兹特取能運動者十二章，見士衡詩中，亦有不專堆垛者。謝康樂詩，亦多用排。然能造意，便與潘、陸迥别。士衡以名將之後，破國亡家，稱情而言，必多哀怨，乃詞旨敷淺，但工塗澤，復何貴乎？蘇、李、《十九首》，每近於風，士衡輩以作賦之體行之，所以未能感人。

［清］田雯《古歡堂集雜著》卷一《論五言古詩》：晉世群才，以綺情藻思，争長競勝。然采縟於正始，力弱於建安，或析文以爲妙，或流靡以自妍，視漢魏一變焉。茂先、休奕、二陸、三張均稱作者，而氣體弱矣。獨左太沖卓犖騰踔，標能擅美。

［清］牟願相《小澥草堂雜論詩·雜論詩》：四言詩佳者，自唐山《房中歌》、相如《封禪頌》、魏武《短歌》、淵明《歸鳥》外，頗不多見。潘、陸直是無情，最爲下劣。李空同云：『大陸渾成，過於曹子建。』余所不解。

［清］牟願相《小澥草堂雜論詩·雜論詩》：潘、陸才名，古今無異辭。然未免鈍根，定無夙慧。

［清］牟願相《小澥草堂雜論詩·又雜論詩》：魏人詩文，以氣爲主。晉則左太沖詩有逸氣，劉越石亦不弱。宋惟鮑明遠足以起其文。他若二陸、二張、二傅、二潘等，則身大而氣小。至陶淵明、謝康樂，又以韻不以氣，蓋五言之極則。

［清］袁枚《隨園詩話補遺》卷九：嘗讀《古詩紀》，而歎六朝之末，詩教大衰，凡吟詠者，皆

用古樂府舊題，而語意又全不相合。甚至二陸之仿《三百篇》，傅長虞之《孝經詩》《論語詩》《周易》《周官詩》，編抄經句，毫無意味。……初唐陳子昂起而一掃空之。

［清］喬億《劍溪説詩》卷上：『三張』以景陽爲最，『二陸』則士衡居先。潘安仁稍遜士衡，遠過士龍，宜乎康樂賞之。但與太沖並，竊所未喻。

［清］喬億《劍溪説詩》卷上：景陽居穢濁之世，與兄孟陽各保清節，其先見殆不減江東步兵也。讀《詠史》《雜詩》等篇，微言妙緒，超出潘、陸諸公之上，論者尚以乏風骨少之哉！

［清］喬億《劍溪説詩》卷下：益都趙清止觀察論詩云：『格律嚴則境地狹，擬議盛則性情薄。』余謂格律嚴，能境地不狹，惟老杜；若夫擬議盛，則性情未有不薄者，陸機、江淹且然，又況其下乎？

［清］魯九皋《詩學源流考》：魏既篡漢，晉旋代魏，典午之世，阮嗣宗之《詠懷》，其遺音也。及金陵既下，混一晉統，而陸氏機、雲入洛，與張華兄弟齊名，時稱『二陸、三張』。而傅玄、潘岳，並擅時譽，然文采徒存，性真不附，詩道至此少衰。惟太沖《詠史》，景純《遊仙》，劉琨傷亂，頗能振興。

［清］李調元《雨村詩話》卷上：晉如張華之《博物》，束晳之《補亡》，陸機、陸雲之抗衡漢魏，潘岳、左思之淵沖高曠，張載、張協之葉聲塤篪，劉琨、盧諶之音節悲涼，皆大家也。……陶淵明生於晉末，人品最高，詩亦獨有千古，則又晉之集大成也。

［清］冒春榮《葚原詩説》卷四：四言詩締造良難，於《三百篇》太離不得，太肖不得；太離則失其源，太肖祇襲其貌也。韋孟《諷諫》《在鄒》之作，肅肅穆穆，未離雅正。劉琨《答盧諶》篇，拙重之中，感激豪蕩，準之變雅，似離而合。張華、二陸、潘岳輩，懨懨欲息矣。

［清］闕名《静居緒言》：阮公之本懷，《騷》之類也。機、雲並患才多，性靈少見。

［清］潘德輿《養一齋詩話》卷二：（道園）四言詩亦雅而質，未能追蹤曹氏父子，要不染潘、陸習氣，信乎其爲一代之雄也。

［清］潘德輿《養一齋詩話》卷十：大抵論詩有三要：一曰心術，二曰氣體，三曰時運。心術無古今，而氣體不能無古今，則時運爲之，不可貶也。或曰：氣體可不講乎？曰：否。如晉之潘、陸以逮梁、陳之徐、庾，唐之沈、宋以逮晚唐之温、李，宋之蘇、黄以逮南宋之四靈，逞妍鬥博，尚氣弄巧，皆不能不爲時累，雖一時稱巨手，然皆今人之詩也。

［清］朱庭珍《筱園詩話》卷一：蓋一代之詩，有盛必有衰。其始也，由衰而返乎盛，盛極而衰即伏其中。於是能者又出奇以求其盛，而變之上者則中興，變之下者則欲降。古人所謂『若無新變，不能代雄』是也。迨新者既舊，則舊者又復見新，新舊遞更，日即於變。大抵先後乘除之間，或補其偏，或救其弊，恒視其衰而反之，此詩道所以屢變，亦有不得不然者矣。兩漢厚重古淡之風，至建安而漸漓，至晉氏潘、陸輩而古氣盡矣，故陶、謝諸公出而一變。淵明以古淡自然爲宗，康樂以厚重獨造制勝，明遠以俊逸生動求新，而詩復盛。宋、齊以後，綺麗則無風骨，

雕刻則乏氣韻，工選句而不解謀篇，淺薄極矣。

［清］阮元《揅經室四集》卷二《四六叢話序》：建安七子，才調輩興；二祖陳王，亦儲盛藻。握徑寸之靈珠，享千金于荆玉。至於三張、二陸、太沖、景純之徒派，雖弱于當塗，音尚聞夫正始焉。文通、希範，並具才思；彦升、休文，肇開聲韻。輕重之和，擬諸金石；短長之節，雜以咸韶，蓋時會使然。

［清］張惠言《茗柯文初編·七十家賦鈔目録序》：及左思爲之，博而不沈，贍而不華。連犿焉，而不可止。言無端厓，傲倪以爲質，以天下爲郛廓。入其中者，眩震而謬悠之，則阮籍之爲也，其原出於莊周。雖然，其辭也悲，其韻也迫，憂患之詞也。塗澤律切，葕蔌紛悦，則曹植之爲也，其端自宋玉。而枘其角，摧其牙，離其本而抑其末，浮華之學者相與尸之，率以變古。曹植則可謂才士矣。揟揟乎，改繩墨，易規矩，則佞之徒也。不揟於同，不獨於異。其來也首首，其往也曳曳，動静與適，而不爲固植，則陸機、潘岳之爲也，其原出於張衡、曹植。矯矯乎，振時之儁也。以情爲裏，以物爲襮。鑱雕雲風，琢削支鄂，其懷永而不可忘也。坌乎其氣，煊乎其華，則謝莊、鮑昭之爲也，江淹爲最賢，其原出於屈平《九歌》。其掩抑沈怨，泠泠輕輕，其縱脱浮宕，而歸大常。鮑昭、江淹，其體則非也，其意則是也。逐物而不反，駘蕩而駁舛，俗者之囿，而古是抗，其言滑滑，而不背於塗奥，則庾信之爲也。其規步矱騄，則揚雄、班固之所引銜而控轡。惜乎，拘於時而不能騁然。而其志達，其思哀，其體之變則窮矣。後之作者，概乎

其末之或聞也。

［清］陳祚明《采菽堂古詩選·凡例》：志非有獨感，作而不深於情，乃工擬古，不則留連景物，語嫣然，此亦情也。夫抱獨感者，情生辭，不者辭亦生情。夫生情之辭，辭乃善矣。予不贊士衡、文通者，徒以法勝，其辭直淺之乎言情也。元暉亦數篇佳耳，餘乃守一法，少變化，不能贊之。他家暫而言情，罔能多且工若曹謝陶庾等，若其語嫣然，則同也。夫辭不能生情，如土木偶，雖披文繡，何以惑陽城，迷下蔡？故尚辭失之情，終亦未得云辭也。

［清］陳祚明《采菽堂古詩選》卷十：士衡詩束身奉古，亦步亦趨，在法心安，選言亦雅，思無越畔，語無溢幅，造情既淺，抒響不高。擬古樂府，稍見蕭森，追步《十九》首，便傷平淺。至於述志、贈答，皆不及情。夫破亡之餘，辭家遠宦，若以流離爲感，則悲有千條；倘懷甄録之欣，亦幸逢一旦。哀樂兩柄，易得淋漓。乃敷旨淺庸，性情不出。豈餘生之遭難，畏出口以招尤，故抑志就平，意滿不叙。若脱綸之鬣，初放微波，圉圉未舒，有懷靳展乎！大較衷情本淺，乏無激昂者矣。

［清］陳祚明《采菽堂古詩選》卷十一：士龍獨專精四言，春容安雅，婉曲盡意，揆其深造，吉甫之流，雖亮達不猶，而彌節有度。五言數章，匠心抒吐，亦警切于平原，未可以少而薄之也。

［清］陳祚明《采菽堂古詩選》卷十一：陸士龍四言詩，如彈雅琴，風日和好，調軫弄徽，穆

然成聲。縱不能識其辭，而和音舒緩，高下成調，可以静躁心，引遥緒。

［清］紀昀等《四庫全書總目·四六法海提要》：（王）志堅此編所録下迄於元，而能上溯於魏晉，如勑則托始宋武帝，册文則托始宋公，九錫文、表則托始陸機、桓温、謝靈運，書則托始於魏文帝、應瑒、應璩景、薛綜、阮籍、吕安、陸雲、習鑿齒，序則托始陸機，論則托始謝靈運，大抵皆變體之初，儷語散文相兼，而用其齊梁以至唐人，亦多敢不甚拘對偶者，俾讀者知四六之文，運意遣詞，與古文不異於兹體，深爲有功。

［清］梁詩正等《僧清順新作垂雲亭》評：詩有排對，自晉有之。二陸、顔謝己層見疊出，至於王褒、庾信之篇，但略妍聲病，即成唐律。而詩體日趨靡曼矣。（《唐宋詩醇》卷三十三）

［清］曾國藩《曾文正公文集·送周荇農南歸序》：自漢以來爲文者，莫善於司馬遷。遷之文，其積句也皆奇，而義必相輔，氣不孤伸，彼有偶焉者存焉。其他善者，班固則毗於用偶，韓愈則毗於用奇，蔡邕、范蔚宗以下，如潘、陸、任等比者，皆師班氏者也。

［清］唐彪《讀書作文譜》卷十二《論詩初學有所詩承》：陸士衡兄弟（陸機、陸雲）則仿子建。……延之則祖士衡。

［清］孫梅《四六叢話》卷四《賦三》：士衡鄙夫研都（或爲三都之誤），譏以覆瓿。……左、陸以下，漸趨整鍊；齊、梁以降，益事妍華。

［清］孫梅《四六叢話》卷十七《書九》：晉魏間尚未拘聲律對偶，陸雲相謔之辭所謂『日下

苟鳴鶴，雲間陸士龍』者，乃正爲的對。至於『四海習鑿齒，彌天釋道安』之類不一，乃知此體出於自然，不待沈約而後能也。舊嘗不解『四海』『彌天』爲何等語，因讀梁惠皎《高僧傳》載習鑿齒與安書云：『夫不終朝而雨六公者，彌天之雲也；弘淵源而敷八極者，四海之流也。』故摘其語以爲戲爾。

〔近現代〕

姚永朴《文學研究法》卷二《詩歌》：昔王阮亭《古詩選》於五言云：『……當塗之世，思王爲宗。應、劉以下，群附和之，惟阮公别爲一派。司馬氏之初，茂先、休奕、二陸、三張之屬，概乏風骨。』

姚永朴《文學研究法》卷二《派别》：（曾文正）曰：自漢以來，爲文者莫善於司馬遷。遷之文，其積句也皆奇，而義必相輔，氣不孤伸，彼有偶焉者存焉。其他善者，班固則毗於用偶，韓愈則毗於用奇。蔡邕、范蔚宗以下，如潘、陸、沈、任等比者，皆師班氏者也。茅坤所稱八家，皆師韓氏者也。傳相祖述，源遠而流益分，判然若白黑之不類。於是刺議互興，尊丹者非素。

王葆心《古文辭通義》卷六：李申耆《答湯子厔》云：駢體導源於《國語》及先秦諸子，而歸之張、蔡、二陸，輔之以子建、蔚宗，庶幾風骨高嚴，文質相附。要之此事雅有實詣，非可貌襲。

學不博不足以綜蕃變之理，詞不備不足以達藴結之情，思不極不足以振風雲之氣。

王葆心《古文辭通義》卷六：蔣氏《文鈔》有《朱丹木先生〈唐十二家文選序〉》，大略云：六經之語有奇有偶，文不甋而道大光。三代以後之文，或毗于陽，或毗于陰，升降之樞轉自唐人。唐以後之文主奇，毗于陽而道欹，此歐、蘇、曾、王之派所以久而愈漓。唐以前之文主偶，毗于陰而道忸，此潘、陸、徐、庾之派，所以浮而難守。

孫德謙《六朝麗指》：從來文人，如前漢之揚、馬，後漢之張、蔡，魏之曹、劉，晉之潘、陸，往往相提並論。迨乎六朝，宋則有顔、謝，梁則有任、沈，北齊則有邢、魏，而江、鮑、徐、庾，人又皆並稱之。

來裕恂《漢文典·文章典》卷二《文訣》：周秦之文多意曲，漢唐宋之文多筆曲，江左六朝之文多辭曲。故無論上而馬、揚、班、張、左、郭，其雄偉樸茂，無不由曲而來；即下而潘、陸、任、沈、江、鮑、徐、庾，詞氣雖薄，而字句之間，其筆之能達也，亦何莫非以曲勝哉！

來裕恂《漢文典·文章典》卷二《文訣》：混者，不清之謂。陸雲稱兄之文曰『清新』，可知文之品格矣。若混則不清，又焉能新？此混之所當忌也。

劉師培《漢魏六朝專家研究·蔡邕精雅與陸機清新》：研究蔡伯喈與陸士衡之文，應尋古人對於蔡陸之評論。陸士龍《與兄平原書》，每評論士衡文章之得失，就其所論推其所未論，可資隅反之處頗多。其中有云：『往日論文，先辭而後情，尚潔而不取悦澤。嘗憶兄道張公父子論文，實欲自得。今日便宗其言。兄文章之高遠絶異，不可復稱言；然猶皆欲微多，但清新相接，不爲病耳。』今觀士衡文之作法大致不出『清新相接』四字。『清』者，毫無蒙混之迹也；『新』者，惟陳言之務去也。士衡之文，用筆甚重，辭采甚濃，且多長篇。使他人爲之，稍不檢點，即不免蒙混或人云亦云。蒙混則不清，有陳言則不新，既不清新，遂致蕪雜冗長。陸之長文皆能清新相接，絶不蒙混陳腐，故可免去此弊。他如嵇叔夜之長論所以獨步當時者，亦只意思新穎，字句不蒙混而已。故研究陸士衡文者，應以清新相接爲本。

劉師培《文説》：趙至《入關》之作，鮑照《大雷》之篇，叔庠擢秀於桐廬，士龍吐奇於鄮縣，遊記之正宗也。

劉咸炘《文學述林・文變論》：楚騷發源於《三百篇》，漢賦發源於周末，五言詩發源於漢之《十九首》及蘇、李，而建安而後，歷晉、宋、齊、梁、陳、周、隋，於此爲盛。一變於晉之潘、陸，宋之顔、謝，易樸爲雕，化奇爲偶。然晉、宋以前，未知有聲韻也。沈約卓然創始，指出四聲，自時厥後，變蹈厲爲和柔。宣城、水部，冠冕齊梁，又開潘、陸、顔、謝所未有矣。齊、梁者，樞紐於古、律之間者也。至唐遂專以律傳，杜甫、劉長卿、孟浩然、王維、李白、崔顥、白居易、李商隱等之五律七律，六朝以前所未有也。若陳子昂、張九齡、韋應物之五言古詩，不出漢魏人之所範圍。故論唐人詩，以七律五律爲先，七絶五絶次之，詩至此盡矣。

劉咸炘《文學述林・辭派圖》：凡文有三：曰事，曰理，曰詞。事，史也；理，子也；詞，集也。諸子出於六藝，六藝以事該理。六經皆史，實六經皆禮也。故理統於《禮》，詞統於《詩》。……諸儒説經，傳爲六代義疏、禮議。若其玄言，則名家之遺也。漢世辭賦，枚、東出於荀，馬、揚出於屈、宋。荀賦質而屈賦文，亦猶《禮記·檀弓》諸篇與《子思》諸篇也。自晉以下，嵇康、李康，子家也，質多於文；張華、潘岳，賦家也，文多於質；陸、范則彬彬矣。傅、任疏而質；江、鮑、劉則密而過文，猶不失質；徐、庾則純文矣。章炳麟謂文章之盛，窮於天監。信矣！

附録

一、陸士龍年譜考辨

由於陸機、陸雲兄弟，年齡相亞，同年被殺，所處時代和文化背景完全一致，故本年譜與《陸士衡文集校釋》所附之『陸機年譜考辨』在時代和文化背景的叙述上存在部分内容交叉，然爲保持二書的相對獨立性，又不得不如此，尚請讀者見諒。然舉凡涉及陸機詩文編年，則不另出，二書可互相參證。

本年譜撰寫方式亦同『陸機年譜考辨』。除叙述譜主生平行迹、作品繫年之外，舉凡學界争議較大，或訂正史籍訛誤，商榷已有年譜，皆附有『考辨』。『考辨』所涉及的年譜主要有以下數種：一、《陸士衡史》，李澤仁著，民國十四年（一九二五）志景書塾排印本（下簡稱『李《史》』）。二、《陸平原年譜》，姜亮夫著，收録于《姜亮夫全集》，雲南人民出版社二〇〇二年版

（下簡稱『姜《譜》』）。三、《陸機年表》，朱東潤著，載于《武漢大學文哲季刊》，一九三〇年第一卷（下簡稱『朱《表》』）。四、《陸機陸雲年譜》，俞士玲著，人民文學出版社二〇〇九年版（下簡稱『俞《譜》』）。五、《中古文學繫年》，陸侃如著，人民文學出版社一九八五年版（下簡稱『陸《繫年》』）。六、《漢晉學術編年》，劉汝霖著，華東師範大學出版社二〇一〇年版（下簡稱『劉《編年》』）。其年譜『考辨』，雖也殫精竭慮，然一得之见未必尽善，俟方家正之。

陸雲出身江東世族，高祖紆，漢守城門校尉；曾祖駿，漢九江都尉；祖遜，吴丞相。父抗，吴大司馬

關於陸雲遠祖考證，可參閲《陸士衡文集校釋》，此年譜唯從其高祖開始叙述。《三國志·吴·陸遜傳》：『陸遜字伯言，吴郡吴人也，本名議。世江東大族。遜少孤，隨從祖廬江太守康在官。袁術與康有隙，將攻康，康遣遜及親戚還吴。孫權爲將軍，遜年二十一，始仕幕府……赤烏七年，代顧雍爲丞相。』年六十三，卒。長子延早夭，次子抗襲爵。孫休時，追謚遜曰昭候。裴注引《陸氏世頌》：『遜祖紆，字叔盤，敏淑有思學，守城門校尉。父駿，字季才，淳懿信厚，爲邦族所懷，官至九江都尉。』又《陸抗傳》：『抗字幼節，孫策外孫也。遜卒時，年二十，拜建武校尉，領遜衆五千人……鳳凰二年拜大司馬、荆州牧。』三年秋，卒，子晏嗣。雲兄晏、景、玄、機，弟耽。

雲生於吴郡崑山，宅居華亭。《輿地廣記》卷二十二：『崑山縣，本漢婁縣，地屬會稽郡，東漢晉屬吴郡。陸機、陸雲生於此，故名其山曰崑山。梁置崑山縣，隋平陳省之。開皇十八年，復置屬吴郡，唐屬蘇州。』又《太平寰宇記》卷九十五：『華亭谷，《輿地志》云：吴大帝以漢建安中封陸遜華亭侯，即以其所居爲封。谷出佳魚、蒓菜，又多白鶴清唳，故陸機嘆曰：華亭鶴唳，不可復聞。二陸宅，《吴地記》云：宅在長谷，谷在吴縣東北二百里，谷周迴二十餘里，谷名華亭，陸機嘆鶴唳處。谷水下通松江，昔陸遜、陸凱居此谷。……谷東二十里，有崑山，父祖墓焉，故陸機《思鄉詩》曰：彷彿谷水陽，婉孌崐山陰。崐山有吴相江陵昭侯陸遜墓。』

兄晏，約生於吴赤烏十一年（二四八），官至裨將軍、夷道監。《三國志・吴・陸抗傳》：『（抗）卒，子晏嗣。晏及弟景、玄、機、雲分領抗兵。晏爲裨將軍、夷道監。』晏與弟景年相亞，景生於赤烏十三年，假定長景二歲左右，則生於十一年。

兄景，吴赤烏十三年（二五〇）生，官至偏將軍、中夏督。著有《典語》十卷、《典語别》二卷，《陸景集》一卷。均亡。《三國志・吴・陸抗傳》：『景字士仁，以尚公主拜騎都尉，封毗陵侯，既領抗兵，拜偏將軍、中夏督，澡身好學，著書數十篇。』

兄玄，約生於吴永安三年（二六〇），早夭。據機《吴貞獻處士陸君誄》『矧我與君，年相亞逮』，『孩不貳音，抱或同繈』，『人皆年長，君獨短祚』等句，可知玄與機年近，或止長一歲。此文未言及二兄晏、景之難，亦證其夭于吴亡之前。具體卒年無考。

兄機，生於吴景帝永安四年（二六一），卒於晉太安二年（三〇三）。《晉書·陸機傳》：「陸機，字士衡，吴郡人也。……少有異才，文章冠世，伏膺儒術，非禮不動。」《世説新語·言語》注引《機别傳》：「博學善屬文，非禮不動。」又《賞譽》：「士衡長七尺餘，聲作鐘聲，言多忼慨。」劉注引《文士傳》：「機清厲有風格，爲鄉黨所憚。」

弟耽，生年不詳，約於永安七年（二六四）後，官平東祭酒。《晉書·陸機耽》：「雲弟耽，爲平東祭酒，亦有清譽，與雲同遇害。」生年不詳，機、雲别無弟，其他史籍亦載之不詳，機、雲詩文均未提及，或爲庶出。

姊陸氏，嫁顧謙爲妻。《宋書·顧凱之傳》：「顧凱之字偉仁，吴郡吴人也。高祖謙，字公讓，晉平原内史陸機姊夫。」顧謙别無所考，生卒不詳，其姊之生卒亦不可考。

姊陸氏，嫁顧榮爲妻。《唐鈔文選集注彙存》陸機《贈尚書郎顧彦先》（二首）注曰：「機從洗馬爲吴王郎中令，從郎中又爲尚書郎。彦先亦爲尚書郎，同在楚省别院。榮復是機姊夫，于時遇雨，不得相見，相憶作此詩。」另《晉書·顧榮傳》載：榮卒于晉懷帝永嘉六年（三一二），然未載其生年，其姊之生卒亦不可考。陸機《愍思賦》曰：「予屢抱孔懷之痛，而奄復喪同生姊，銜恤哀傷，一載之間，而喪制便過，故作此賦，以紓慘惻之感。」「同生」或指同年而生，或指同母而生，具體不詳。又陸雲《歲暮賦》曰：「余祇役京邑，載離永久。永寧二年春，忝寵北郡。其夏又轉大將軍右司馬於鄴都。自去故鄉，荏苒六年。惟姑與姊，仍見背棄。銜痛萬里，哀思傷毒。』所指或爲一人，然未知是指榮妻，抑或謙妻。

妹陸氏，早夭。雲妹生卒年無考。陸機作《吴大司馬陸公少女哀辭》悼之。文既稱『大司馬陸公』，抗於吴鳳凰二年（二七三）春拜大司馬，鳳凰三年秋卒，故知必卒于鳳凰二年春之後，而文又以『晞陽』喻父母之鞠養，説明其雙親皆存，故又知必作於鳳凰三年秋之前。

吴景帝永安五年、魏元帝景元三年、蜀後主景耀五年壬午（二六二）　陸雲生，陸機二歲

景帝孫休立皇后朱氏，太子𩅦，又鋭意典籍，詔博士祭酒韋曜、博士盛沖講論道藝。《三國志·吴·三嗣主傳》：『五年春……八月壬午，大雨震電，水泉涌溢。乙酉，立皇后朱氏，戊子，立子𩅦爲太子，大赦。……休鋭意於典籍，欲畢覽百家之言，尤好射雉，春夏之間，常晨出夜還，唯此時舍書。休欲與博士祭酒韋曜、博士盛沖講論道藝。曜、沖素皆切直，布恐入侍發其陰失，令己不得專，因妄飾説以拒遏之。』

山濤除吏部郎，舉康自代，康作《與山巨源絶交書》。

《晉書·陸雲傳》：『雲字士龍，六歲能屬文，性清正，有才理。少與兄機齊名，雖文章不及機，而持論過之，號曰「二陸」。』《世説新語·賞譽》劉注引《陸雲别傳》：『吴大司馬抗之第五子，機同母弟也。儒雅有俊才，容貌瑰偉，口敏能談。』又曰：『士龍爲人，文弱可愛。』劉注引《文士傳》：『雲性弘静，怡怡然爲士友所宗。』據《陸雲傳》載，雲因兄機兵敗，同時被殺，年四十二。逆推之，則可知雲當生於是年。時抗年三十六歲，任鎮軍將軍，都督西陵。

【考辨】

關於陸雲生年，本無争論。朱《表》、姜《譜》等均認爲陸雲生於是年，然俞《譜》認爲陸雲生於吴永安六年（二六三）。其理由有三：第一，『陸機在洛陽附近爲牽秀所殺，被殺時或已至太安末』。所謂『昏霧晝合，大風折木』，應該是洛陽一帶地震前的預兆而已；是年『平地尺雪』，可能亦在十二月間。第二，《晋書・陸雲傳》雲因兄連坐被收後，『成都王穎屬官上疏救雲，遭否决後，衆人復請，穎遲回者三日』。古時常以三表多，三日當作多日解，後衆屬官又請，最終雲被殺。知其間亦歷有時日』。第三，《陸雲傳》又載：『雲弟耽，爲平東祭酒，亦有清譽，與雲同遇害。』平東祭酒是平東將軍司馬楙屬官。『史稱東平王善諛，其未捲入成都王、河間王、東海王對長沙王的討伐，很可能尚未從下邳趕回。永安元年春，東平王始在史書中出現，成都王穎以之爲衛將軍。知陸機被殺時，陸耽遠在下邳，耽被殺，亦當距陸機被殺有一段時間。』其結論曰：『綜上所述，陸雲被殺或已至次年（三〇四）。由此上推，陸雲生於是年（永安六年）。』

俞論可備一説，然亦有值得商榷處。第一，據《晋書・惠帝紀》《陸機傳》載陸機兵敗在太安二年十月，旋即被殺，《資治通鑒》卷八十五亦繫年于太安二年十月。史籍所載，歷歷可見。其次，是年奇寒，《惠帝紀》載：十一月，張方『决千金堨，水碓皆涸』，此之涸，並非無水，而是因冰封水爲之不流。故於十月飛雪，亦非奇事。且古史叙事語帶誇張，曰『平地尺雪』，或非實寫，以災異比附人事而已，此乃漢以來史書之通例。第二，《陸雲傳》載：『機之敗也，並收雲。穎官屬江統、蔡克、棗嵩等上疏曰：「且聞重教，以機爲反逆，應加族誅，未知本末者莫不疑惑。……機計慮淺近，不能董攝群帥，致果殺敵進退之間，事有疑似，故令聖鑒未察其實耳。刑誅事大，言機有反逆之徵，宜令王粹、牽秀檢校其事，令事驗顯然，暴之萬姓，然後加雲等之誅，未足爲晚。今此舉措，實爲太重。得則足令天下情服，失則必使四方心離，不可不令審諦，不可不令詳慎。統等區區，非爲陸雲請一身之命，實慮此舉有得失之機，敢竭愚憨，以備誹謗。」穎不納，統等重請，穎遲回者三日……孟玖扶穎入，催令殺雲，時年四十二。』從《陸雲傳》『並收雲』記載的語氣看，當是機、雲同時被捕。再從『言機有反逆之徵，宜令王粹、牽秀檢校其事，令事驗顯然』看，司馬穎擬誅雲，行事亦是相當倉促，故所言之『遲回者三日』當是實指，即使是虛指『多日』，斷不會逾一旬。第三，西晉時，凡位從公以上者皆置祭酒，主閤內事。陸耽任平東祭酒，遍檢《晉書》唯此一例，或爲耽所任之最高官職，未必是東平王楙之屬官。以史書中關於司馬楙的記載推之，缺少必然的邏輯聯繫。而江統等上書有『且聞重教，以機爲反逆，應加族誅』，顯然非指陸雲一人，自然包括耽及陸機之子。故耽被誅亦當在是年。概括言之，俞君似未舉出可靠之材料，難以推翻正史所載。故陸雲所生當在吳永安五年。

附帶説明的是，上文所引俞《譜》言抗有子九人，晏、景在晉吳之戰中被殺（詳下文），玄早夭，此所言被族誅，唯有機、雲、耽及機二子，並未見俞《譜》所説『八子名化，少子名逸』。設若真有化、逸存在，必然見載。可見俞《譜》此説，亦不可靠。

吴景帝永安六年、魏元帝景元四年、蜀後主景耀六年癸未(二六三)　雲二一歲,機三歲

魏景元四年八月,魏伐蜀,鍾會(二二五—二六四)作《移蜀將吏士民檄》。《三國志·魏·鍾會傳》:『四年秋,乃下詔使鄧艾、諸葛緒各統諸軍三萬余人,艾趣甘松、遝中連綴維,緒趣武街、橋頭,絶維歸路。會統十餘萬衆,分從斜谷、駱谷入。……會移檄蜀將吏士民。』

十月,阮籍(二一〇—二六三)作牋勸司馬昭受九錫,冬卒,年五十四。《晉書·阮籍傳》:『會帝讓九錫,公卿將勸進,使籍爲其辭。……籍便書案,使寫之,無所改竄。辭甚清壯,爲時所重。……景元四年冬卒,時年五十四。』考《文帝紀》,司馬昭受九錫事在景元四年冬,籍作牋後旋即卒。

嵇康(二二四—二六三)作《與吕巽絶交書》及《幽憤詩》,被殺,年四十。《晉書·嵇康傳》:『東平吕安服康高致……康友而善之。後安爲兄所枉訴,以事繫獄,辭相證引,遂復收康。康性慎言行,一旦縲紲,乃作《幽憤詩》。……康顧視日影,索琴彈之,曰:「昔袁孝尼嘗從吾學《廣陵散》,吾每靳固之,《廣陵散》於今絶矣!」時年四十。』另據《三國志·魏·王粲傳》裴注引《魏氏春秋》,『會(吕)巽淫弟安妻徐氏,而誣安不孝,囚之。安引康爲證。』故康作《與吕巽絶交書》,當在是年。

蜀景耀六年八月,蜀因遭魏伐之而求救於吴。《三國志·吴·三嗣主傳》:『冬十月,蜀以魏見伐來告。……甲申,使大將軍丁奉督諸軍向魏壽春,將軍留平别詣施績於南郡,議兵所向,將軍丁封、孫異如沔中,皆救蜀。蜀主劉禪降魏問至,然後罷。』

姜維(二〇二—二六四)《上後主表》。鍾會作《與姜維書》勸降,維不答。見《三國志》卷四十四《姜維傳》。

十一月,郤正(?—二七八)爲後主作降書,蜀亡。《三國志·蜀·郤正傳》:『景耀六年,後主從

譙周之計，遣使請降於鄧艾，其書正所造也。』鍾會作《蜀平上言》。又《鍾會傳》：『艾進軍向成都，劉禪詣艾降，遣使敕維等令降於會。……會上言。』

吴末帝元興元年、魏元帝咸熙元年甲申(二六四)　雲三歲，機四歲

吴元興元年七月，吴主孫休(二三五—二六四)薨，孫皓(二四二—二八四)即位，改元元興。《三國志·吴·三嗣主傳》：『秋七月……壬午，大赦。癸未，休薨，時年三十，謚曰景皇帝。……於是遂迎立皓，時年二十三。改元，大赦。』

魏咸熙正月，檻車征鄧艾(一九七—二六四)，鍾會(二二五—二六四)反於蜀，並被殺。《晉書·文帝紀》：『咸熙元年春正月，壬戌，檻車征鄧艾。……鍾會遂反於蜀，監軍衛瓘、右將軍胡烈攻會，斬之。』又《三國志·魏·鍾會傳》：『會遂構鄧艾，艾檻車征，因將維等詣成都，自稱益州牧以叛。欲授維兵五萬人，使爲前驅。魏將士憤怒，殺會及維，年四十。』

三月，司馬昭(二一一—二六五)進爵爲王。七月，魏定禮儀，正法律，議官制，始建五等爵。十月，遣書孫皓，魏主詔炎爲晉世子。《晉書·文帝紀》：『三月己卯，進帝爵爲王，增封並前二十郡。夏五月癸未，天子追加舞陽宣文侯爲晉宣王，舞陽忠武侯爲晉景王。秋七月，帝奏司空荀顗定禮儀，中護軍賈充正法律，尚書僕射裴秀議官制，太保鄭沖總而裁焉。始建五等爵。冬十月丁亥，奏遣吴人相國參軍徐劭、散騎常侍水曹屬孫彧使吴，喻孫皓以平蜀之事，致馬錦等物，以示威懷。丙午，天子命中撫軍新昌鄉侯炎爲晉世子。』遣孫皓書見裴注引《漢晉春秋》。

張華（二三二—三〇〇）從鍾會征西蜀功，除中書郎。《晉書·張華傳》：『張華，字茂先，范陽方城人也。……初未知名，著《鷦鷯賦》以自寄（文略）。陳留阮籍見之，歎曰：「王佐之才也！」由是聲名始著。郡守鮮于嗣薦華爲太常博士。盧欽言之於文帝，轉河南尹丞，未拜，除佐著作郎。頃之，遷長史，兼中書郎。』

向秀（二二七？—二七二？）應本郡計入洛，過嵇康舊廬，作《思舊賦》。《晉書·向秀傳》：『康既被誅，秀應本郡計入洛。』《世説新語·言語》劉注引《向秀别傳》：『後康被誅，秀遂失圖，乃應歲舉到京師，詣大將軍司馬文王。』文王昭次年卒，嵇康上一年被殺，故秀入洛當於是年。

山濤（二〇五—二八三）封新遝子，轉相國左長史。《晉書·山濤傳》：『咸熙初，封新遝子。轉相國左長史，典統别營。時帝以濤鄉閭宿望，命太子拜之。』咸熙止二年，故繫於是年。

是年二月，陸抗率衆圍巴東守將羅憲；七月，退魏將胡烈於西陵。《三國志·吴·三嗣主傳》：『二月，鎮軍陸抗、撫軍步協、征西將軍留平、建平太守盛曼，率衆圍蜀巴東守將羅憲。……秋七月……魏使將軍胡烈步騎二萬侵西陵，以救羅憲，陸抗等引軍退。』

吴末帝甘露元年、晉武帝泰始元年乙酉（二六五）　雲四歲，機五歲

吴元興二年四月，改元甘露；七月，皓逼殺景后朱氏。《三國志·吴·三嗣主傳》：『夏四月，蔣陵言甘露降，於是改年大赦。秋七月，皓逼殺景后朱氏，亡不在正殿，于苑中小屋治喪，衆知其非疾病，莫不痛切。』

魏咸熙二年五月，晉文帝立司馬炎爲晉王太子，八月崩，司馬炎（二三六—二九〇）嗣位相國、晉王。十一月，令諸郡中正以六條舉淹滯。《晉書·武帝紀》：『武皇帝諱炎，字安世，文帝長子也。……咸熙二年五月，立爲晉王太子。八月辛卯，文帝崩，太子嗣相國、晉王位。……（十一月）乙未，令諸郡中正以六條舉淹滯：一曰忠恪匪躬；二曰孝敬盡禮；三曰友于兄弟；四曰潔身勞謙；五曰信義可復；六曰學以爲己。』

十二月司馬炎篡位，魏亡。改元泰始，是爲晉武帝。封魏帝爲陳留王。《晉書·武帝紀》：『泰始元年冬十二月丙寅，設壇於南郊……於是大赦，改元。……封魏帝爲陳留王，邑萬户，居於鄴宫；魏氏諸王皆爲縣侯。追尊宣王爲宣皇帝，景王爲景皇帝，文王爲文皇帝。』

張華拜黄門侍郎，封關内侯，作《晉文王謚議》。《晉書·張華傳》：『晉受禪，拜黄門侍郎，封關内侯。』議司馬昭謚號，當在武帝篡位之後，故張華文當作於是年十二月。又移書薦成公綏。（《晉書·成公綏傳》）

傅玄（二一七—二七八）爲散騎常侍，加駙馬都尉，兩次上疏論諫職，陳要務，批評士風，倡復儒學。《晉書·傅玄傳》：『傅玄，字休奕，北地泥陽人也。……州舉秀才，除郎中，與東海繆施俱以時譽選入著作，撰集《魏書》。後參安東、衛軍軍事，轉温令，再遷弘農太守，領典農校尉。所居稱職，數上書陳便宜，多所匡正。……武帝爲晉王，以玄爲散騎常侍。及受禪，進爵爲子，加附馬都尉。』玄二上武帝疏，並見本傳。

賈充（二一七—二八二）轉車騎將軍、尚書僕射，封魯公。《晉書·賈充傳》：『賈充，字公閭，平陽襄陵人也。……帝甚信重充，與裴秀、王沈、羊祜、荀勖同受腹心之任。帝又命充定法律。……及受禪，充以建明大命，轉車騎將軍、散騎常侍、尚書僕射，更封魯郡公，母柳氏爲魯國太夫人。』

陸抗遷鎮軍大將軍，領益州牧。從父陸凱加鎮西大將軍，領益州牧。《三國志·吴·陸抗傳》：『孫皓即位，加鎮軍大將軍，領益州牧。』又《陸凱傳》：『孫皓立，遷鎮西大將軍，都督巴丘，領荆州牧，進封嘉興侯。』

吴末帝寶鼎元年、晉武帝泰始二年丙戌（二六六）　雲五歲，機六歲

吴甘露二年八月，改元寶鼎。十二月，皓還都建業。《三國志·吴·三嗣主傳》：『八月，所在言得大鼎，於是改年，大赦。……分會稽爲東陽郡，分吴、丹楊爲吴興郡，以零陵北部爲邵陵郡。……十二月，皓還都建業，衛將軍滕牧留鎮武昌。』是年吴張儼使至洛陽，吊祭司馬昭。及還，道病死。儼著《默記》三卷、《誓論》三十卷、《集》二卷。

晉泰始正月，罷『鷄鳴鼓』，立皇后楊氏。二月，除漢宗室禁錮。《晉書·武帝紀》：『二年，春正月丙戌，遣兼侍中侯史光等持節四方，循省風俗，除禳祝之不在祀典者。……庚寅，罷鷄鳴鼓。……丙午，立皇后楊氏。』又《武帝紀》：『二月，除漢宗室禁錮。』

傅玄作《祀天地五郊夕牲歌》《祀天地五郊迎送神歌》《饗天地五郊歌》三篇（《宋書·樂志二》作《郊祀歌》五篇），《天地郊明堂夕牲歌》《天地郊明堂降神歌》《天郊饗神歌》《地郊饗神歌》四篇（《宋書·樂志二》作《天地郊明堂歌》五篇），《明堂饗神歌》《祠廟夕牲歌》《祠廟迎送神歌》《祠征西將軍登歌》《祠豫章府君登歌》《祠潁川府君登歌》《祠京兆府君登歌》《祠宣皇帝登歌》《祠景皇帝登歌》《祠文

皇帝登歌》《祠廟饗神歌》十一篇(《宋書·樂志二》作《晉宗廟歌》十一篇)。以上所作之郊廟歌曲,均見《晉書·樂志上》《宋書·樂志二》。《晉書·樂志上》曰:『及武帝受命之初,百度草創。泰始二年,詔郊祀明堂禮樂權用魏儀,遵周室肇稱殷禮之義,但改樂章而已,使傅玄爲之詞云。』並録有上述歌曲,故繫之是年。

張華作《景懷皇后誄》。《晉書·武帝紀》載:景懷皇后卒于青龍二年,泰始二年十一月加謚號,張華誄當作於追加謚號之時。

潘岳(二四七—三〇〇)二十歲,入仕,辟司空掾、舉秀才。其《閒情賦》曰:『岳自弱冠,涉乎知命之年,八徙官而一進階,再免,一除名,一不拜職,遷者三而已矣。』又《秋興賦》:『晉十有四年,余春秋三十二,始見二毛。』晉十有四年,蓋晉咸寧四年(二七八),逆推之,則生於正始八年(二四七),故是年二十。又《晉書·潘岳傳》:『早辟司空太尉府,舉秀才。』

潘尼(二五〇?—三一一?)應州辟,作《安身論》《贈司空掾安仁》。《晉書·潘尼傳》載尼作《安身論》,具體時間不詳,當作於未出仕時。是年潘岳入仕,任司空掾,故其贈詩亦繫之是年。

吴末帝寶鼎二年、晉武帝泰始三年丁亥(二六七) 雲六歲,機七歲

吴寶鼎二年六月,吴起顯明宫。分豫章、廬陵、長沙,置安成郡。《三國志·吴·三嗣主傳》:『夏六月,起顯明宫,冬十二月,皓移居之。是歲,分豫章、廬陵、長沙爲安成郡。』裴注引《江表傳》:『皓營新宫,二千石以下皆自入山督攝伐木。又破壞諸營,大開苑囿,起土山樓觀,窮極伎巧,功役之費,以

億萬計。陸凱固諫，不從。』

晉泰始三年正月，武帝立司馬衷（二五九—三〇七）爲太子。十二月禁星氣讖緯之學。《晉書・武帝紀》：『（正月）丁卯，立皇子衷爲太子。』又『（三年）十二月禁星氣讖緯之學』。

李密（二二四—二八七）除太子洗馬，不就，作《陳情表》。密除太子洗馬具體時間不詳。《晉書・李密傳》：『蜀平，泰始初，詔徵爲太子洗馬。密以祖母年高，無人奉養，遂不應命。乃上疏。』司馬光《資治通鑒》卷七十九繫於是年。

摯虞（？—三一一）作《遷宅誥》。文曰：『惟太始三年九月上旬，涉自洛川。』故知作於是年。

是時，陸氏宗族强盛，凱雖切諫，而皓不加誅。《世説新語・規箴》曰：『孫皓問丞相陸凱曰：「卿一宗在朝有幾人？」陸曰：「二相五侯，將軍十余人。」皓曰：「盛哉！」陸曰：「君賢臣忠，國之盛也；父慈子孝，家之盛也。今政荒民弊，覆亡是懼，臣何敢言盛？」』劉注《吴録》曰：『凱字敬風，吴人，丞相遜族子，忠鯁有大節，篤志好學，初爲建忠校尉，雖有軍事，手不釋卷，累遷左丞相。時後主暴虐，凱正直强諫，以其宗族强盛，不敢加誅也。』

虞忠（生卒不詳）訪陸機。見宋施宿《會稽志》。

雲能屬文。《晉書・陸雲傳》：『六歲能屬文，性清正，有才理。……幼時，吴尚書廣陵閔鴻見而奇之，曰：「此兒若非龍駒，當是鳳雛。」』《世説新語・賞譽》劉注引《陸雲別傳》曰：『博聞强記，善著述。六歲便能賦詩，時人以爲項託、揚烏之儔也。』

吴末帝寶鼎三年、晉武帝泰始四年戊子(二六八)　雲七歲，機八歲

晉泰始四年正月，賈充、杜預(二二二—二八五)等定新律。充爲尚書令，加侍中；杜預守河南尹，作《律序》，奏上律令注解，表舉賢良方正。《晉書・賈充傳》：『充所定新律既班于天下，百姓便之……後代裴秀爲尚書令，常侍、車騎將軍如故，尋改常侍爲侍中。』又《杜預傳》：『與車騎將軍賈充等定律令，既成，預爲之注解，乃奏之……詔班於天下。』又《武帝紀》：『(正月)丙戌，律令成，封爵賜帛各有差。』故作《律序》在是年正月。

晉武帝躬耕藉田，潘岳作《藉田賦》以美其事。《文選・藉田賦》李善注：『臧榮緒《晉書》曰：泰始四年正月丁亥，世祖初藉於千畝，司空掾潘岳作《藉田》頌也。』又《晉書・潘岳傳》：『泰始中，武帝躬耕藉田，岳作賦以美其事。曰：「伊晉之四年正月丁未，皇帝親率群后藉於千畝之甸，禮也。」』

二月，上幸芳林園，與群臣宴賦詩。應貞作《華林園集詩》，遷散騎常侍。《文選・華林園集詩》李善注：『《洛陽圖經》曰：華林園在城内東北隅，魏明帝起名芳林園，齊王芳改爲華林，干寶《晉紀》曰：「泰始四年二月，上幸芳林園，與群臣宴賦詩觀志。」孫盛《晉陽秋》曰：「散騎常侍應貞詩最美。」』

四月，太保、睢陵公王祥(一八五—二六八)薨。《晉書・武帝紀》：『夏四月戊戌，太保、睢陵公王祥薨。』按：《王祥傳》載：『泰始五年薨。』與《武帝紀》不同。萬斯同《晉將相大臣年表》：『三年丁亥，太保祥。七月以公就第，明年卒。』故繫是年。

十一月，武帝詔舉賢良方正。十二月，頒五條詔書于郡國，臨聽訟觀，録廷尉洛陽獄囚，親自平決。《晉書・武帝紀》：『(十一月)己未，詔王公卿尹及郡國守相，舉賢良方正直言之士。十二月，班五條詔書於郡國：一曰正身，二曰勤百姓，三曰撫孤寡，四曰敦本息末，五曰去人事。庚寅，帝臨聽訟

觀，録廷尉洛陽獄囚，親平决焉。扶南、林邑各遣使來獻。」

傅玄爲御史中丞，上疏陳便宜五事。《晉書·傅玄傳》：「泰始四年，以爲御史中丞。時頗有水旱之災，玄復上疏，……詔曰：得所陳便宜，言農事得失及水官興廢，又安邊禦胡政事寬猛之宜，申省周備，一二具之，此誠爲國大本，當今急務也。」

摯虞、夏侯湛（二四三？——二九一？）舉賢良，作《對策》，拜郎中。《晉書·摯虞傳》：「舉賢良，與夏侯湛等十七人，策爲下第，拜中郎。武帝詔曰：「省諸賢良答策，雖所言殊塗，皆明於王義，有益政道，欲詳覽其對，究觀賢士大夫用心，因詔諸賢良方正直言會東堂策問。」」《全晉文》卷六十八載湛《泰始四年舉賢良方正對策》。故繫是年。

趙至（二四九？——二八九？）作《與嵇茂齊書》。《文選·與嵇茂齊書》李善注：「《嵇紹集》曰：趙景真《與從兄茂齊書》，時人誤謂吕仲悌《與先君書》，故具列本末。趙至字景真，代郡人。州辟遼東從事，從兄太子舍人蕃字茂齊，與至同年相親，至始詣遼東時，作此書與茂齊。干寶《晉紀》以爲吕安與嵇康書，二説不同，故題云景真而書曰安。」

吴末帝建衡元年、晉武帝泰始五年己丑（二六九）　雲八歲，機九歲

吴建衡元年正月，吴立子瑾爲太子。冬十月，改元。《三國志·吴·三嗣主傳》：「建衡元年春正月，立子瑾爲太子，及淮陽、東平王。冬十月，改年，大赦。」

晉泰始五年正月，晉武帝臨聽訟觀；二月，置秦州。《晉書·武帝紀》：「五年正月……丙申，帝

臨聽訟観録囚徒，多所原遣。……二月，以雍州隴右五郡及凉州之金城、梁州之陰平置秦州。』

傅玄遷太僕，成公綏（二三一—二七三）遷中書侍郎。《晉書·傅玄傳》：『五年，遷太僕。』又《宋書·樂志一》：『晉武泰始五年，尚書奏使太僕傅玄、中書監荀勗、黄門侍郎張華各造正旦行禮及王公上壽酒食舉樂歌詩。詔又使中書郎成公綏亦作。』傅玄、荀勗、張華等人詩皆作於是年，郭茂倩《樂府詩集》卷十三並收録之，故成公綏遷中書侍郎至遲亦在是年。

傅玄作《正旦大會行禮歌》四章、《上壽酒歌》一章、《食舉東西廂歌》十三章，合稱《四廂樂歌》。荀勗作《晉四廂樂歌》十七篇，張華作《晉四廂樂歌》十六篇，成公綏作《晉四廂歌》十六篇。見《晉書·樂志上》《宋書·樂志二》。

張華作《王公上壽酒食舉樂哥（歌）詩表》、《四廂樂歌》十六首，《冬至初歲小會歌》《宴會歌》《命將出征歌》《勞還師歌》《中宮所歌》《宗親會歌》各一首。《晉書·樂志上》載張華上述諸歌作於是年。

陳壽（二三三—二九七）舉孝廉，領本郡中正，作《益部耆舊傳》。《華陽國志·後賢志》：『大同後，舉孝廉，爲本郡中正。自建武後，蜀郡鄭伯邑、大尉趙彦信及漢中陳申伯、祝元靈、廣漢王文表，皆以博學洽聞作《巴蜀耆舊傳》。壽以爲不足經遠，乃並巴漢，撰《益部耆舊傳》十篇。散騎常侍文立表呈其傳，武帝善之。再爲著作郎，吴平後，壽乃鳩合三國史，著魏吴蜀三書六十五篇，號《三國志》。』又《三國志·蜀·譙周傳》：『（泰始）五年，予嘗爲本郡中正，清定事訖，求休還家，往與周別。』可知，第一，壽舉孝廉，爲本郡中正在泰始五年之前。第二，壽遷著作郎在領本郡中正之後，《晉書·陳壽傳》載『除著作郎，領本郡中正』，誤也。第三，復考《晉書·儒林傳》：『泰始初，（文立）拜濟陰太守，入爲太子中庶子。……詔以立爲散騎常侍。』可知，文立任散騎常侍約在泰始中，故繫是年。

應貞（二三四—二六九）卒。《晉書·文苑傳》：「應貞，字吉甫，汝南南頓人，魏侍中璩之子也。……貞善談論，以才學稱。……舉高第，頻歷顯位。武帝爲撫軍大將軍，以爲參軍。及踐阼，遷給事中。帝於華林園宴射，貞賦詩最美。……後遷散騎常侍，以儒學與太尉荀顗撰定新禮，未施行。泰始五年卒，文集行於世。」

夏侯湛外祖母辛憲英卒，湛作《辛憲英傳》。《三國志·魏·辛毗傳》裴注引《世語》曰：「敞字泰雍，官至衛尉，毗女憲英，適太常泰山羊耽。外孫夏侯湛爲其傳曰：『……憲英年至七十有九，泰始五年卒。』」

陸凱（？—二六九）卒。《三國志·吴·三嗣主傳》：「建衡元年……十一月，左丞相陸凱卒。」皓徙凱家于建安。《三國志·吴·陸凱傳》：「初，皓常銜凱數犯顔忤旨，加何定譖構非一，既以重臣難繩以法，又陸抗時爲大將在疆場，故以計容忍。抗卒後，竟徙凱家于建安。」

吴末帝建衡二年、晉武帝泰始六年庚寅（二七〇）　雲九歲，機十歲

晉泰始六年六月，杜預除秦州刺史、假節，作《奏秦州軍事》。《晉書·杜預傳》：「泰始中，守河南尹。……時虜寇隴右，以預爲安西軍司，給兵三百人，騎百匹。到長安，更除秦州刺史，領東羌校尉、輕車將軍、假節。」又《武帝紀》：「六月戊午，秦州刺史胡烈擊叛虜于萬斛堆，力戰，死之。詔遣尚書石鑒行安西將軍、都督秦州諸軍事。」故杜預除秦州刺史當在六月或稍後。

十二月，吴將孫秀降晉。《晉書·武帝紀》：「十二月，吴夏口督、前將軍孫秀帥衆來奔，拜驃騎將

軍、開府儀同三司，封會稽公。』

孫楚（二一八？—二九三）作《除婦服詩》《胡母夫人哀辭》。見《晉書》卷五十六《孫楚傳》。又《世説新語·文學》：『孫子荆除婦服，作詩以示王武子。』劉注曰：『《孫楚集》云：婦胡母氏也。其詩曰：「時邁不停，日月電流。神爽登遐，忽已一周。禮制有叙，告除靈丘。臨祠感痛，中心若抽。」』

是年，譙周（二〇一？—二七〇）卒。《三國志·蜀·譙周傳》：『譙周字允南，巴西西充國人也。……研精六經，尤善書札，頗曉天文；諸子文章，非心所存，不悉遍視……建興中，丞相亮領益州牧，命周爲勸學從事。……時晉文王爲魏相國，以周有全國之功，封陽城亭侯。又下書辟周，周發至漢中，因疾不進。（泰始）六年，至冬卒。』

四月，大司馬施績（？—二七〇）卒，吴陸抗都督信陵、西陵等諸軍事。《三國志·吴·陸遜傳》：『建衡二年，大司馬施績卒。拜抗都督信陵、西陵、夷道、樂鄉、公安諸軍事，治樂鄉。』抗聞部下政令多闕，憂深慮遠，乃上十七事疏。據《三國志·吴·三嗣主傳》載，施績卒於是年四月，抗遷官當在四月稍後。

吴末帝建衡三年、晉武帝泰始七年辛卯（二七一）　雲十歲，機十一歲

吴建衡三正月，吴孫皓帥衆出華里，三月至壽陽。改明年元。《三國志·吴·三嗣主傳》：『三年春正月晦，皓舉大衆出華里，皓母及妃妾皆行，東觀令華覈等固爭，乃還。……西苑言鳳凰集，改明年元。』又《晉書·武帝紀》：『三月，孫皓帥衆趨壽陽，遣大司馬望屯淮北以距之。』

晉泰始正月，皇太子冠。《晉書・武帝紀》：「七年春正月丙午，皇太子冠。」

左芬（？—三〇〇）入宮，左思（二五〇？—三〇五？）舉家遷洛，作《齊都賦》，又作《悼離贈妹詩》（穆穆令妹）一首。《晉書・文苑傳》：「左思字太沖，齊國臨淄人也。……造《齊都賦》，一年乃成。復欲賦《三都》，會妹芬入宮，移家京師。」考《晉書・后妃傳》：「芬少好學，善綴文，名亞于思，武帝聞而納之。泰始八年，拜修儀，受詔作愁思之文，因爲《離思賦》。」由「泰始八年，拜修儀」推之，芬入宮約此前一、二年間，故《齊都賦》約成於是年。《悼離贈妹詩》二首，所作時間不同，「穆穆令妹」一首有「才麗漢班，明朗楚樊……將離將别，置酒中堂」之句，當是送其妹入宮時作。

杜預拜度支尚書，奏立藉田，建安邊，論處軍國之要。《晉書・杜預傳》：「是時朝廷皆以預明於籌略，會匈奴帥劉猛舉兵反，自並州西及河東、平陽，詔預以散侯定計省闥，俄拜度支尚書。預乃奏立藉田，建安邊，論處軍國之要。又作人排新器，興常平倉，定穀價，較鹽運，制課調，内以利國，外以救邊者，五十餘條，皆納焉。石鑒自軍還，論功不實，爲預所糾，遂相讎恨，言論喧嘩，並坐免官，以侯兼本職。」又《四夷傳》載劉猛反於本年，萬斯同《晉方鎮年表》謂石鑒於本年召還。故知預拜度支尚書在是年。

張華拜中書令，與荀勗依劉向《别録》整理典籍。《晉書・張華傳》：「數歲，拜中書令。」又《荀勗傳》：「俄領秘書監，與中書令張華依劉向《别録》整理記籍。」萬斯同《晉將相大臣年表》，以華任中書令始於泰始七年，終於咸寧五年。

司馬彪（？—三〇六）轉秘書丞，注《莊子》，作《九州春秋》《續漢書》。《晉書・司馬彪傳》：「泰始中，爲秘書郎，轉丞，注《莊子》，作《九州春秋》……《續漢書》。」章宗源《隋書經籍志考證》卷一：「《魏武帝紀》注，《司馬朗傳》注，引有司馬彪《序傳》，當是《續漢書》分篇。』彪書又見《隋書・經籍志二》。彪轉丞時間無考，陸《繫年》考定於是年。

是年羊祜（二二一—二七八）、陸抗修好，晉吴邊境交和。《晉書・羊祜傳》：『祜率營兵出鎮南夏，開設庠序，綏懷遠近，甚得江漢之心。與吴人開布大信，降者欲去，皆聽之。』又《三國志・吴・陸抗傳》裴注引《晉陽秋》：『抗與羊祜，推僑札之好。抗嘗遺祜酒，祜飲之不疑。抗有疾，祜饋之藥，抗亦推心服之。』又引《漢晉春秋》：『羊祜既歸，增修德信，以懷吴人。陸抗每告其邊戍曰：「彼專爲德，我專爲暴，是不戰而自服也。各保分界，無求細益而已。」於是吴晉之間餘糧棲畝而不犯，牛馬逸而入境，可宣告而取也。……孫皓聞二境交和，以詰於抗。抗曰：「夫一邑一鄉，不可以無信義之人，而況大國乎？臣不如是，正足以彰其德耳，於祜無傷也。」』

吴末帝鳳凰元年、晉武帝泰始八年壬辰（二七二）　雲十一歲，機十二歲

晉泰始八年羊祜加車騎將軍，開府三司，因吴降將步闡爲機父抗所擒，貶平南將軍，作《與吴都督陸抗書》。《晉書・羊祜傳》：『及還鎮，吴西陵督步闡舉城來降。吴將陸抗攻之甚急，詔祜迎闡。祜率兵五萬出江陵，遣荆州刺史楊肇攻抗，不克，闡竟爲抗所擒。……竟坐貶爲平南將軍，而免楊肇爲庶人。』《與吴都督陸抗書》當在此前後，故繫是年。

潘岳入賈充幕府，娶楊肇女，摯虞作《新婚箴》贈岳，岳作《答摯虞新婚箴》。潘岳《閒居賦》：『僕

少竊鄉曲之譽，忝司空太尉之命。所奉之主，即太宰魯武公其人也。舉秀才爲郎。』《文選·閒居賦》李善注：『臧榮緒《晉書》曰：賈充字公閭，封魯公，爲司空，轉太尉。……岳弱冠，太尉舉秀才……領宰二邑。』岳悼亡妻，言其結婚共二十四年，故娶楊肇女當在本年前後，二箴亦當作於是年。

左芬拜修儀，作《離思賦》《白鳩賦》。《晉書·后妃傳》：『（芬）泰始八年，拜修儀。受詔作愁思之文，因爲《離思賦》。』另《白鳩賦》序有『泰始八年』之記時，故必作是年。

左思作《招隱詩》二首、《悼離贈妹詩》（鬱鬱岱青）一首。《文選·招隱詩》李善注：『王隱《晉書》曰：左思徙居洛城東，著「經始東山廬」詩。』説明此詩乃左思移居洛陽後所作，姑繫是年。又《悼離贈妹詩》二首，『鬱鬱岱青』一首中有『自我不見，於今二齡』之語，或作於其妹入宮二年之後，故繫於是年。

九月，步闡降晉；十二月，陸抗擒闡，誅之，加拜都護。薛瑩下獄，徙廣州，抗與華覈上疏救之，召還左國史。《三國志·吴·陸遜傳》：『鳳皇元年，西陵督步闡據城以叛，遣使降晉。抗聞之，日部分諸軍……遂陷西陵城，誅夷步闡族及其大將吏，自此以下，所請赦者數萬口。修治城圍，東還樂鄉，貌無矜色，謙沖如常，故得將士歡心。加拜都護。聞武昌左都督薛瑩徵下獄，抗上疏。』《三國志·吴·三嗣主傳》：『鳳皇元年秋八月，徵西陵督步闡。闡不應，據城降晉。遣樂鄉都督陸抗圍取闡，闡衆悉降。闡及同計數十人皆夷三族。』又《晉書·武帝紀》：『九月，吴西陵督步闡來降，拜衛將軍、開府儀同三司，封宜都公。吴將陸抗攻闡，遣車騎將軍羊祜帥衆出江陵，荆州刺史楊肇迎闡於西陵，巴東監軍徐胤擊建平以救闡。……十二月，肇攻抗，不克而還。闡城陷，爲抗所禽。』

吴末帝鳳凰二年、晉武帝泰始九年癸巳(二七三)　雲十二歲，機十三歲

吴鳳凰二年韋昭(二〇四—二七三)下獄，旋被誅。《三國志·吴·韋曜傳》：『時所在承指，數言瑞應，皓以問曜，曜答曰：「此人家筐篋中物耳。」又皓欲爲父和作紀，曜執以和不登帝位，宜名爲傳。如是者非一，漸見責怒。曜益憂懼，自陳衰老，求去侍史二官，乞欲成所造書，以從業别有所付，皓終不聽。……皓以爲不承用詔命，意不忠盡，遂積前後嫌忿，收曜付獄，是歲鳳皇二年也。』曜名昭，史爲晉諱，改之。

晉泰始九年傅玄作《晉宣文舞歌》二篇、《正德》《大豫》二舞歌二篇，荀勖、張華分别作《正德》《大豫》二舞歌二篇。《宋書·樂志一》曰：『(晉武泰始)九年，荀勖遂典樂事，使郭瓊、宋識等造《正德》《大豫》之舞，而勖及傅玄、張華又各造此舞歌詩。』故繫之是年。陸《繫年》將其與《四廂樂歌》並繫於泰始五年，誤。

傅咸(二三九—二九四)舉孝廉，拜太子洗馬，作《喜雨賦》。《全晉文》卷五十一載《喜雨賦》序：『泰始九年，自春不雨。……余以太子洗馬兼司徒請雨。』

潘岳作《司空密陵侯鄭袤碑》。據《晉書·武帝紀》《鄭袤傳》，袤卒於泰始九年正月，故岳之碑文亦當作於是年正月，或稍後。

夏侯湛作《抵疑》。具體時間不詳，《晉書·夏侯湛傳》：『泰始中，舉賢良，對策中第，拜郎中，累年不調，乃作《抵疑》以自廣。』陸《繫年》繫於是年。

成公綏卒，年四十三。《晉書·文苑傳》：『成公綏，字子安，東郡白馬人也。……張華雅重綏，每見其文，歎伏以爲絶倫，薦之太常，徵爲博士。歷秘書郎，轉丞，遷中書郎。每與華受詔並爲詩賦，又

與賈充等參定法律。泰始九年卒，年四十三，所著詩、賦、雜筆十餘卷，行於世。』其《天地賦》《嘯賦》有名當世。

三月，陸抗拜大司馬、荆州牧。《三國志・吴・陸遜傳》：『(鳳凰)二年春，拜大司馬、荆州牧。』

吴末帝鳳凰三年、晋武帝泰始十年甲午(二七四)　雲十三歲，機十四歲

晋泰始十年二月，晋置平州。六月，武帝臨聽訟觀。《晋書・武帝紀》：『二月，晋分幽州五郡置平州。……六月，臨聽訟觀録囚徒，多所原遣，是夏大蝗。』

七月，武元皇后楊氏崩，張華作《元皇后哀策文》。《晋書・武帝紀》：『秋七月丙寅，皇后楊氏崩。』武元楊皇后，惠帝之母。諱豔，字瓊芝，弘農華陰人。武帝即位，立爲皇后，崩於泰始十年七月，八月葬於峻陽陵，故華哀策文亦當作於是年八月。

七月，吴將孟泰、王嗣降晋；十二月，吴將嚴聰、嚴整、朱買降晋。《晋書・武帝紀》：『(七月)壬午，吴平虜將軍孟泰、偏將軍王嗣等帥衆降。……十二月……吴威北將軍嚴聰、揚威將軍嚴整、偏將軍朱買來降。』

杜預復拜度支尚書，作《皇太子除服議》《答盧欽魏舒問》《奏議皇太子除服》，與段暢合撰《喪服要集》，造《二元乾度曆》。《晋書・杜預傳》：『石鑒自軍還，論功不實，爲預所糾，遂相讎恨，言論喧嘩，並坐免官，以侯兼本職。數年，復拜度支尚書。元皇后梓宫將遷于峻陽陵。舊制，既葬，帝及群臣即

吉。尚書奏，皇太子亦宜釋服。預議「皇太子宜復古典，以諒闇終制」，從之。預以時曆差舛，不應晷度，奏上《二元乾度曆》，行於世。』復考《禮志中》《后妃傳上》，元皇后即武元楊皇后，崩於是年七月，故預復官當在是年，奏議、答問、《要集》以及《二元乾度曆》均作於是年。

左芬爲貴嬪，表《上元皇后誄》，作《感離詩》。《晉書·后妃傳》：『及元楊皇后崩，芬獻誄曰：「惟泰始十年，秋七月丙寅，晉元皇后楊氏崩。」』其誄與張華《哀策文》作於同時。《感離詩》曰：『自我去膝下，倏忽逾再期。』可見其入宮已有三年左右，具體不可考，姑繫之是年。

陳壽遷平陽侯相，撰《諸葛亮集》畢，表上目録。《晉書·陳壽傳》：『舉爲孝廉，除佐著作郎，出補陽平令。撰《蜀相諸葛亮集》，奏之。』又《三國志·蜀·諸葛亮傳》附陳壽《上諸葛集表》：『泰始十年二月一日癸巳，平陽侯相臣陳壽上。』故繫之是年。

摯虞作《答杜預書》《連理頌》。《晉書·摯虞傳》：『元皇后崩，杜預奏……虞答預書。』虞答書在是年七月後，時虞任太子舍人。《晉書》置於『元康中，遷吴王友』之後，誤。《連理頌》所作時間無考，然文有『東宮正德之内，承華之外』之句，疑作於是年前後，姑繫之是年。

夏，陸抗病，上書以西陵爲囑，皓不能用。其後王濬順流東下，所向披靡，足如抗慮。秋，陸抗卒，晏、景、機、雲分領抗兵。機爲牙門將，作《吴大司馬陸公誄》。《三國志·吴·陸抗傳》：『三年夏，疾病。上疏曰：「西陵建平，國之蕃表，既處下流，受敵二境，若敵泛舟順流，舳艫千里，星奔電邁，俄然行至，非可恃援他部，以救倒縣也。此乃社稷安危之機，非徒封疆侵陵小害也。」……秋遂卒，子晏嗣。晏及弟景、玄、機、雲，分領抗兵。』又《晉書·陸機傳》：『抗卒，領父兵，爲牙門將。』誄文當作於抗卒之時或稍後。姜《譜》：『案此文朴茂堅實，意誠言切，精煉爲陸集諸誄之最。而純從德行立言，不稱功伐，有父子骨肉之悲，無家國飄零之感，蓋猶是未亡國前之作也。……與《遜誄》《吴大帝誄》諸文之爲追作者不同。』姜説是。按：玄早卒，《三國志》載玄分領抗兵，誤。

陸機舉家移居建康，宅居秦淮側，宅邊有八角井。

【考辨】

陸抗死後，機兄弟分領父兵，機任牙門將。陸機、雲有没有在軍中掌握實際職務？史料没有記載。李曉敏《陸機生平考辨二則》曰：『關於陸機父喪後從軍的事實，正史有明確記載。……陸抗卒後，陸晏兄弟五人分領父兵，陸機擔任品級較低的「牙門將」一職。那麽陸機究竟在何地擔任此職呢？這個問題看似無關緊要，實際上却對搞清楚陸機其後的行迹頗爲關鍵，所以很有深究的必要。據《三國志·吴書·陸抗傳》載：建衡二年，大司馬施績卒，拜抗都督信陵、西陵、夷道、樂鄉、公安諸軍事，治樂鄉。又據《晉書·武帝紀》載：（太康元年）二月戊午，王濬、唐彬等克丹陽城。庚申，又克西陵，殺西陵都督、鎮軍將軍留憲，征南將軍成璩，西陵監鄭廣。壬戌，濬又克夷道樂鄉城，殺夷道監陸晏、水軍都督陸景。甲戌，杜預克江陵，斬吴江陵督伍延，平南將軍胡奮克江安。於是駐軍並進，樂鄉，荆門諸戍相繼來降。由此可知，既然陸晏、陸景分鎮夷道、樂鄉，那陸機從戎的地點，當在信陵、西陵、公安三地之一。』〔二〕這也僅僅屬於推論。

據《陸抗傳》可知，陸抗死在荆州牧任上。按理，陸機既分領父兵，就應奔赴荆州前綫，其《贈弟士龍詩》序也説『會逼王命，墨絰從戎』，但事實上陸機、雲並未擔任實際軍職，且此後的大部分時間都生活在建康。前一點可以隱約地從《陸抗傳》得到印證。《陸抗傳》載，在晉師攻吴時，兄晏爲裨將軍、夷道監，景爲偏將軍、中夏督，惟獨没有交代機、雲，如果二陸任有實際軍職，必然有所交代，即使陳壽不加記載，裴注也必有補注。試想，分領父兵時，機年十四，雲年十三，如何統兵鎮守前綫？而景長於機十一歲，晏至少也長於機十三四歲，故可領兵鎮守前綫。但是如何理解機詩『會逼王命，墨絰從戎』之語呢？比較合理的解釋是：機受父蔭，確實去了荆州，象徵性地接受朝廷所授之職。從《贈弟士龍》詩『時並縈髮，悼心告别』看，士龍並未去荆州受職。可能二陸所分領之父兵後來歸併二兄統帥，他倆僅掛有虚銜而已。

後來二陸的活動主要在建康。宋周應合《景定建康志》卷二十：『越王築城江上鎮，今淮水南一里半，廢越城是也。案《越絶書》：其城越范蠡所築，城東南角近固（故）城望國門橋，西北即吴牙門將軍陸機宅。故機入晉作《懷舊賦》「西望東城之紆餘」即此城，在三井岡東南一里，今瓦棺寺閣，在岡東偏也。』又卷四十二：『陸機宅在秦淮側。又《金陵故事》：臨秦淮有二陸讀書堂，其迹猶在。』宋祝穆《方輿勝覽》卷十四：『陸機宅。《圖經》云：在縣南五里，秦淮之側，有二陸讀書堂

〔二〕李曉敏《陸機生平考辨二則》，《中北大學學報》二〇一二年第一期。

在焉。李白《題王處士水亭》云：「齊朝南苑是陸機宅。」」後代史籍均有記載。其讀書堂唐代尚存，宋代惟存遺迹。

綜輯以上材料可知，陸機任牙門將後，二陸的活動主要集中在建康，宅居秦淮側，宅邊有八角井。故元徐碩《至元嘉禾志》卷十四：『吴王孫皓徙都建康，機、雲嘗分領父兵，爲牙門將，得非機仕於朝，則居建業，而華亭乃其里第耶？又有八角井，按《九域志》：在陸機宅之側。』其實從『讀書堂』之名可以看出，陸機在建康的主要活動可能不是參政，而是讀書。或因其兄陸景尚孫皓嫡妹，舉家移居建康。然而，據《贈弟士龍》『王師乘運，席江卷湘。雖備官守，守從武臣。守局下列，譬彼飛塵』數句看，陸機後來可能也曾領兵，但具體何時則不得而知。推測之，或在晉軍攻吴，在吴存亡之秋，機或領兵，甫一任職，即遭吴亡，『雖備官守』而『守局下列』，故史家不載。

因此，二陸雖分領抗兵，因年齡較小，不可能身臨前綫，僅受其爵而已。以理推之，當是因兄景尚公主，拜騎都尉，在父抗亡故後，舉家從華亭遷至京城建業，江寧陸機宅，秦淮讀書臺，乃是年遷居後所造。

陸雲作《吴故丞相陸公誄》。陸遜卒于赤烏八年，時機、雲尚未出世，故此誄當是士龍成人之後的追述之作。誄之内容未涉及東吴之亡，當作於吴亡之前。具體時間已不可考，以理推之，或與士衡《吴大司馬陸公誄》所作時間差近。父抗，吴鳳凰三年卒。機年十四，雲十三。或是年機作誄悼其父，而雲作誄悼其祖。姑繫之是年。

吴末帝天册元年、晉武帝咸寧元年乙未（二七五） 雲十四歲，機十五歲

吴鳳凰四年改元。《三國志・吴・三嗣主傳》：『天册元年，吴郡言掘地得銀，長一尺，廣三分，刻上有年月字，於是大赦，改年。』

晉泰始十年正月，改元。五月立國子學。十二月追尊三祖廟。《晉書・武帝紀》：『咸寧元年春正月戊午朔，大赦，改元。……夏五月，鎮西大將軍汝陰王駿討北胡，斬其渠帥吐敦。立國子學。……十二月丁亥，追尊宣帝廟曰高祖，景帝曰世宗，文帝曰太祖。是月大疫，洛陽死者太半。』

山濤（二〇五—二八三）轉太子少傅，加散騎常侍；除尚書僕射，加侍中，領吏部。《晉書・山濤傳》：『咸寧初，轉太子少傅，加散騎常侍；除尚書僕射，加侍中，領吏部。固辭以老疾，上表陳情。章表數十上，久不攝職……濤辭不獲已，乃起視事。』

傅咸作《申懷賦》《感别賦》。《晉書・傅咸傳》：『咸字長虞，剛簡有大節，風格峻整，識性明悟，疾惡如讎，推賢樂善，常慕季文子仲山甫之志。……咸寧初，襲父爵，拜太子洗馬，累遷尚書右丞。』據其《喜雨賦》序可知，咸泰始末任太子洗馬，而《申懷賦》序謂作於是職。而《感别賦》則作於『猥忝新職』之後，時間當在《申懷賦》後，姑繫於是年。

潘岳作《楊荆州誄》《荆州刺史東武戴侯楊使君碑》。《全晉文》卷九十三潘岳《楊荆州誄》序曰：『惟咸寧元年夏四月乙丑，晉故折衝將軍、荆州刺史、東武戴侯，滎陽楊使君薨。』故繫之是年。

張載（二五〇？—三一〇？）作《榷論》《蒙汜賦》，爲佐著作郎。《晉書・張載傳》：『載又爲《榷論》……載又爲《蒙汜賦》，司隸校尉傅玄見而嗟歎，以車迎之，言談盡日，爲之延譽，遂知名。起家佐著作郎，出補肥鄉令。』又《晉書・傅玄傳》：『轉司隸校尉。』萬斯同《晉將相大臣年表》繫於是年。故

載之二文亦繫於是年。

左思作《詠史詩》八首。左思此組詩從内容看，非爲一時一地之作。陸《繫年》曰：『《詠史詩》八首，有「弱冠弄柔翰……志若無東吴」句，時思年當在二十以上，而吴尚未滅，約當二七〇至二八〇年間，故繫於是年。』

吴末帝天璽元年、晋武帝咸寧二年丙申（二七六）　雲十五歲，機十六歲

吴改元天璽，八月，又改明年元。《三國志·吴·三嗣主傳》：『天璽元年，吴郡言臨平湖自漢末草穢壅塞……又于湖邊得石函，中有小石，青白色，長四寸，廣二寸餘，刻上作皇帝字，於是改年，大赦。……（秋八月）鄱陽言歷陽山石文理成字，凡二十，云：「楚九州渚，吴九州都，揚州士，作天子，四世治，太平始。」……明年改元，大赦，以協石文。』

六月，吴將孫楷降晋。《晋書·武帝紀》：『（六月）吴京下督孫楷帥衆來降，以爲車騎將軍，封丹楊侯。』

十月，晋立武悼楊皇后，左芬作《納皇后頌》《楊皇后登祚頌》《納楊皇后贊》。《晋書·武帝紀》：『（冬十月）丁卯，立皇后楊氏。』武悼楊皇后，諱芷，字季蘭，元后從妹，父楊駿。咸寧十月立爲皇后，故上三文當作於是年十月。

十二月，徵皇甫謐（二一五—二八二）爲太子中庶子，武悼楊皇后父楊駿封臨晋侯。《晋書·武帝紀》：『十二月徵處士安定皇甫謐爲太子中庶子，封后父鎮軍將軍楊駿爲臨晋侯。』

潘岳遷河陽令，作《河陽縣作二首》，又作《寡婦賦》。《晉書·潘岳傳》：『潘岳字安仁，滎陽中牟人也。……早辟司空太尉府，舉秀才。……岳才名冠世，爲衆所疾，遂棲遲十年，出爲河陽令。』《文選·西征賦》李善注引臧榮緒《晉書》：『岳弱冠辟太尉府掾。』是年潘岳三十歲，弱冠出仕，棲遲十年則當爲是年出河陽縣令。並作詩二首。又任子咸之妻，乃岳之妻妹。子咸卒，岳作此賦以哀其妻。具體時間無考，陸《繫年》繫之是年。

吴末帝天紀元年、晉武帝咸寧三年丁酉（二七七）　雲十六歲，機十七歲

五月，吴將邵凱、夏祥降晉。《晉書·武帝紀》：『夏五月戊子，吴將邵凱、夏祥帥衆七千餘人來降。』

賈充請遜位，不許，益封公丘。《晉書·賈充傳》：『咸寧三年，日蝕於三朝，充請遜位，不許。更以沛國之公丘益其封，寵倖愈甚，朝臣咸側目焉。』

張華作《祖道趙王應詔詩》。據《晉書·武帝紀》，咸寧三年八月，遷琅邪王司馬倫（？—三〇一）爲趙王。又《趙王倫傳》：『咸寧中，改封于趙，遷平北將軍，督鄴城守事。』華詩有『光宅舊趙，作鎮冀方』之句，故知祖道餞别當在是時。

閔鴻舉陸雲賢良。《晉書·陸雲傳》：『幼時，吴尚書廣陵閔鴻見而奇之曰：「此兒若非龍駒，當是鳳雛。」後舉雲賢良，時年十六。』雲與丹陽薛兼、紀瞻、廣陵閔鴻、吴郡顧榮、會稽賀循齊名，號爲『五俊』。

陸雲作《芍藥賦》（今佚）。明徐枋《居易堂集》卷一《與潘生次耕書》：『自古文章名世立言不朽者，多矣。……賈誼年十八，誦詩屬文，名振洛陽；終軍年十八，上書天子，發策漢廷；陸雲年十六，爲《芍藥賦》，辭義並美；王勃年未冠，射策高第，獻頌闕下。之數子者，莫不抱不世之才，騖天縱之姿，以游于不朽之林。則其所成就，寧有量哉！』

吴末帝天紀二年、晉武帝咸寧四年戊戌（二七八）　雲十七歲，機十八歲

晉立國子學，置國子祭酒、博士，以教生徒。《晉書·職官志》：『晉初承魏制，置博士十九人。及咸寧四年，武帝初立國子學，定置國子祭酒、博士各一人，助教十五人，以教生徒。博士皆取履行清淳、通明典義者，若散騎常侍、中書侍郎、太子中庶子以上，乃得召試。』

十月，揚州刺史應綽伐吴，大破皖城；十一月，吴昭武將軍劉翻、厲武將軍祖始降晉。《晉書·武帝紀》：『冬十月……揚州刺史應綽伐吴皖城，斬首五千級，焚穀米百八十萬斛。……吴昭武將軍劉翻、厲武將軍祖始來降。』又卷四十二《王渾傳》：『吴人大佃皖城，圖爲邊害，渾遣揚州刺史應綽，督淮南諸軍攻破之。並破諸别屯，焚其積穀百八十餘萬斛，稻苗四千餘頃，船六百餘艘。』

晉皇甫謐作《篤終》。《晉書·皇甫謐傳》：『咸寧初，又詔曰：「男子皇甫謐，沉静履素，守學好古，與流俗異趣，其以謐爲太子中庶子。」謐固辭篤疾。帝初雖不奪其志，尋復發詔，徵爲議郎，又召補著作郎。司隸校尉劉毅請爲功曹，並不應。著論爲葬送之制，名曰《篤終》。』據萬斯同《晉將相大臣年表》，劉毅是年爲司隸校尉，《篤終》亦當作於是年。

十一月，羊祜卒。孫楚作《故太傅羊祜碑》。《晉書·武帝紀》：『（咸寧四年）十一月……征南大將軍羊祜卒。』又《羊祜傳》：『祜卒二歲而吴平。』吴滅於晉咸寧六年，故知楚作碑文亦當於是年十一月。

杜預假節，行平東將軍，領征南軍司，又拜鎮南大將軍，都督荆州軍事。作《請署羊祜辟士表》。《晉書·杜預傳》：『時帝密有滅吴之計，而朝議多違，唯預、羊祜、張華與帝意合。祜病，舉預自代，因以本官假節行平東將軍，領征南軍司。及祜卒，拜鎮南大將軍，都督荆州諸軍事。』其上表當在祜卒，拜鎮南大將軍後不久。

陳壽遷長廣太守，不就，授御史治書，作《官司論》《釋諱》《廣國論》。《晉書·陳壽傳》：『張華將舉壽爲中書郎，荀勗忌華而疾壽，遂諷吏部遷壽爲長廣太守。辭母老不就。杜預將之鎮，復薦之於帝，宜補黄散。由是授御史治書。』又《華陽國志·後賢志》：『鎮南將軍杜預表爲散騎侍郎。詔曰：「昨適用蜀人，壽良具員，且可以爲侍御史。」上《官司論》七篇，依據典故，議所因革。又上《釋諱》《廣國論》。華表令兼中書郎，而壽《魏志》有失勗意，勗不欲其處内，表爲長廣太守。』復考《杜預傳》：『祜卒，預拜鎮南大將軍。』故繫是年。

潘岳兼虎賁中郎將，作《景獻皇后哀策文》，又作《秋興賦》。據《晉書·武帝紀》《后妃傳上》，景獻羊皇后是年六月崩，故岳之《哀策文》亦當作於是年六月。又《秋興賦》序曰：『晉十有四年，余春秋三十有二，始見二毛。以太尉掾兼虎賁中郎將，寓直於散騎之省。』泰始元年至咸寧四年，凡十四年，故繫是年。

傅玄免官，卒，年六十二，追封清泉侯，子傅咸嗣爵。《晉書·傅玄傳》：『獻皇后崩于弘訓宫，設喪位。……而謁者以弘訓宫爲殿内，制玄位在卿下。玄恚怒，厲聲色而責謁者。……御史中丞庾純奏玄不敬，玄又自表不以實，坐免官。……尋卒于家，時年六十二，謚曰剛。玄少時避難於河内，專心誦學，後雖顯貴，而著述不廢。撰論經國九流及三史故事，評斷得失，各爲區例，名爲《傅子》，爲内、外、中篇，凡有四部、六録，合百四十首，數十萬言，並文集百余卷行於世。……其後追封清泉侯。子咸嗣。』傅玄免官在獻皇后卒時，故繫是年。

吴末帝天紀三年、晉咸寧五年己亥(二七九)　雲十八歲，機十九歲

十月，晉汲郡人不準，掘魏襄王冢，得竹簡，即《汲冢周書》。《晉書·武帝紀》：『冬十月戊寅……汲郡人不準掘魏襄王冢，得竹簡小篆古書十餘萬言，藏于秘府。』

向秀轉黄門侍郎、散騎常侍，尋卒。《晉書·向秀傳》：『後爲散騎侍郎，轉黄門侍郎、散騎常侍，在朝不任職，容迹而已，卒於位。二子純、悌。』秀生卒不詳，陸《繫年》繫於是年。

杜預上表陳伐吴。十一月，武帝遣鎮南將軍杜預等大舉伐吴。《晉書·武帝紀》：『十一月，大舉伐吴，遣鎮軍將軍、琅邪王伷出涂中，安東將軍王渾出江西，建威將軍王戎出武昌，平南將軍胡奮出夏口，鎮南大將軍杜預出江陵，龍驤將軍王濬、廣武將軍唐彬率巴蜀之卒浮江而下，東西凡二十餘萬。以太尉賈充爲大都督，行冠軍將軍楊濟爲副，總統衆軍。』杜預上表見《杜預傳》。

棗據(二三〇？—二八五？)爲賈充從事中郎，隨伐吴，作《雜詩》。《晉書·文苑傳》：『棗據，字道彦，潁川長社人也。……賈充伐吴，請爲從事中郎。』其《雜詩》有『吴寇未殄滅』『天子命上宰』之句，

蓋言伐吴事。故繫之是年。

夏侯湛從征吴，作《離親詩》《江上泛歌》。此二詩見於《藝文類聚》卷七、卷八及《詩紀》卷三十，内容寫伐吴事，然湛本傳未載其參加伐吴，陸《繫年》疑其『曾以尚書郎隨賈充征吴，而本傳偶略。』此説甚是，故繫是年。

傅咸出冀州刺史，尋遷司徒左長史，作《與尚書同僚詩》《答潘尼詩》，潘尼又作《答傅咸詩》。《晉書・傅咸傳》：『咸寧初，襲父爵，拜太子洗馬，累遷尚書右丞。出爲冀州刺史，繼母杜氏不肯隨咸之官，自表解職。三旬之間，遷司徒左長史。時帝留心政事，詔訪朝臣政之損益。咸上言曰：「……然泰始開元以暨於今，十有五年矣。」』泰始十年改元咸寧，由『泰始開元以暨於今，十有五年』，則可知此上書在咸寧五年。咸出任司徒左長史在其外鎮冀州三旬之間，故知出任冀州刺史亦在是年。咸《與尚書同僚詩》當在尚書右丞任上，至遲作於是年，姑繫是年。又據《傅咸傳》，在咸寧五年，咸又先後轉車騎司馬、遷尚書左丞。咸寧唯六年，潘尼《答傅咸詩》序稱咸『司徒左長史』，故作於是年。傅咸《答潘尼詩》亦當作於本年。

陸雲作《與嚴宛陵書》。此書强調長幼倫理秩序，對季世倫理殘棄深爲惋惜，士龍希望嚴隱遠思令典，敬承高風，使符邦民之望，並藉此表達款曲之情。據《世説新語・賞譽》劉注曰：『嚴隱字仲弼，吴郡人……吴朝舉賢良，宛陵令。吴平去職，九臯之鳴鶴，空谷之白駒也。』則可知此書當作於吴亡之前。

又作《與朱光禄書》。此書立意與上書相同。朱光禄乃指朱誕，二陸被殺時，誕任淮南内史。其任光禄大夫雖未知起於何時，然從《晉書·顧衆傳》推之，當在二陸死後，此題或後人所加。稽考二陸文集，其入洛之後的作品或諛君主，或諛太子，或諛藩王，斷無言晉『中葉陵遲，舊章廢替』之句，故知非言謂晉而謂吴也。故此書所作時間同《與嚴宛陵書》差近，蓋于吴亡前。

又作《與張光禄書》第一首。《與張光禄書》第一書與上二書立意相同。亦强調長幼之禮，恢復季世對倫理秩序之破壞。從内容看，此書當非致張華，後人誤題。所作時間亦當在吴亡之前。姑繫是年。按：俞《譜》將上述三書並繫年于太康二年，誤。

吴末帝天紀四年、晉武帝太康元年庚子（二八〇）　雲十九歲，機二十歲

三月，吴亡，晉改元太康。《晉書·武帝紀》：『三月壬申，王濬以舟師至於建鄴之石頭，孫皓大懼，面縛輿櫬，降於軍門。濬杖節解縛焚櫬，送於京都。……乙酉，大赦改元，大酺五日，恤孤老困窮。』

五月，武帝封孫皓爲歸命侯，詔令『孫氏大將戰亡之家徙于壽陽』。《晉書·武帝紀》：『五月辛亥，封孫皓爲歸命侯，拜其太子爲中郎，諸子爲郎中。吴之舊望，隨才擢叙。孫氏大將戰亡之家徙于壽陽，將吏渡江復十年，百姓及百工復二十年。』壽陽，即壽春，今安徽壽縣。《通典·州郡》：『壽春，漢舊縣。東晉以鄭皇后諱，改爲壽陽。宜春曰宜陽，富春曰富陽。凡名春者，悉改之。』

杜預平吴後進爵當陽縣侯，返鎮始撰《春秋左氏經傳集解》等系列著作。《晉書·武帝紀》《杜預

傳》：『孫皓既平，振旅凱入，以功進爵當陽縣侯。……既立功之後，從容無事，乃耽思經籍，爲《春秋左氏經傳集解》。又參考衆家譜第，謂之《釋例》。又作《盟會圖》《春秋長曆》，備成一家之學，比老乃成。又撰《女記贊》。』其《春秋左傳序》曰：『太康元年三月，吴寇始平，余自江陵還襄陽，解甲休兵。乃申抒舊意，修成《春秋釋例》及《經傳集解》，始訖。』又《隋書・經籍志一》載：『《春秋左氏傳評》二卷，杜預撰。』

山濤遷右僕射，加光禄大夫，侍中、掌選如故。《晉書・山濤傳》：『太康初，遷右僕射，加光禄大夫，侍中、掌選如故。濤以老疾固辭……又上表固讓，不許。』姑繫是年。

張華力主伐吴有功，進封廣武縣侯，作《封禪議》。《晉書・張華傳》：『初，帝潛與羊祜謀伐吴，而群臣多以爲不可，唯華贊成其計。……及吴滅，詔曰：「尚書、關内侯張華，前與故太傅羊祜共創大計，遂典掌軍事，部分諸方，算定權略，運籌決勝，有謀謨之勳。其進封爲廣武縣侯，增邑萬户，封子一人爲亭侯，千五百户，賜絹萬匹。」』《晉書・魏舒傳》：『太康初，拜右僕射。舒與衛瓘、山濤、張華等以六合混一，宜用古典封禪東嶽，前後累陳其事，帝謙讓不許。』復考《晉書・武帝紀》，群臣議封禪在是年九月，故張華文亦當作於是時。

石崇（二四九—三〇〇）伐吴有功，封安陽鄉侯。《晉書・石崇傳》：『伐吴有功，封安陽鄉侯。』

陳壽除著作郎，始作《三國志》《古國志》。《華陽國志・後賢志》：『吴平後，壽乃鳩合三國史，著魏吴蜀三書，六十五篇，號《三國志》。又著《古國志》五十篇，品藻典雅。』又見《晉書・陳壽傳》。具體時間不詳，姑繫是年。

摯虞任尚書郎，作《太康頌》，又作《典校五禮表》。《晉書・摯虞傳》：『時天子留心政道，又吴寇新平，天下乂安，上《太康頌》以美晉德。』故繫是年。又《晉書・禮志上》：『及晉國建，文帝又命荀顗因魏代前事，撰爲新禮，參考今古，更其節文，羊祜、任愷、庾峻、應貞並共刊定，成百六十五篇，奏之。太康初，尚書僕射朱整奏付尚書郎摯虞討論之。虞表所宜損增。』

張載作《平吴頌》，王濬作《平吴詩》。二詩並見逯欽立《先秦漢魏晉南北朝詩》，皆爲平吴之初所作，故繫是年。

荀勖（？—二八九）受詔撰《中經》。《晉書・荀勖傳》：『及得汲郡冢中古文竹書，詔勖撰次之，以爲《中經》，列在秘書。』汲郡冢中竹書發現于上年十月，正值伐吴，故詔勖撰次之，當在吴平後，故繫是年。

虞溥（二三九—三〇〇）補尚書都令史，作《王昌前母服議》《駁卞粹議王昌前母服》。見《晉書・禮志中》。又《虞溥傳》：『太康元年，東平王楙上言，相王昌父毖，本居長沙，有妻息，漢末使入中國，值吴叛，仕魏爲黄門郎，與前妻息死生隔絶，更娶昌母。今江表一統，昌聞前母久喪，言疾求平議。……都令史虞溥議……溥又駁粹。』故繫是年。

徵楊泉爲郎中，不至。泉字德淵，吴處士。吴亡，會稽相朱則上言楊泉清操自然，詔拜郎中，不就。泉著《太玄經》十四卷，又有《物理論》十二卷，發明自然之理。劉《編年》繫於是年。

康僧會卒。康乃西域康居國大丞相長子，後出家。於赤烏九年（二四七），至東吴弘揚佛法，翻譯有《阿難念彌陀經》《鏡面王》《察微王》《梵皇經》，又出《小品》《六度集經》《雜喻經》等，所譯經卷妙得經體，文義雅正。又注《安般守意經》《法鏡經》《道樹經》三經，並製經序，辭趣雅正。又傳梵唄經聲，清靡哀亮，深刻影響了中國佛經傳播。（《高僧傳》卷一、《出三藏記集》卷六）

二月，機、雲兄晏、景被殺。《三國志・吳・陸抗傳》：『天紀四年，晉軍伐吳，龍驤將軍王濬順流東下，所至輒克，終如抗慮。……二月壬戌，晏爲王濬別軍所殺。癸亥，景亦遇害，時年三十一。』又《晉書・武帝紀》：『太康元年春正月……癸丑，王渾克吳尋陽賴鄉諸城，獲吳武威將軍周興。二月戊午，王濬、唐彬等克丹陽城。庚申，又克西陵，殺西陵都督、鎮軍將軍留憲，征南將軍成璩，西陵監鄭廣。壬戌，濬又克夷道樂鄉城，殺夷道監陸晏、水軍都督陸景。甲戌，杜預克江陵，斬吳江陵督王延；平南將軍胡奮克江安。於是諸軍並進，樂鄉、荆門諸戍相次來降。』

陸機或在前綫，兵敗退回建業。李曉敏《陸機生平考辨二則》曰：『太康元年，西晉大舉發動了滅吳戰役。當時陸機二十歲，身處戰爭的最前沿——荆州前綫。陸機在這場戰爭中的行迹，實際上爲確定陸機的從軍之地提供了綫索。于此，筆者從陸機的《與弟士龍詩》中尋找到了答案。詩中有云：有命自天，崇替靡常。王師乘運，席江卷湘。雖備官守，守從武臣。守局下列，譬彼飛塵。洪波電擊，與衆同泯。顛跋西夏，收迹舊京。俯慚堂構，仰懵先靈。孰云忍愧，寄之我情。……筆者認爲「舊京」最合理的解釋應該是東吳的首都「建業」。……陸氏家族在建業當有舊宅，而陸機實際上自述自己戰後順利回到了建業的家中。』〔一〕此説或可採信。然而，陸機何時正式去前綫領兵，則不可考。

〔一〕 李曉敏《陸機生平考辨二則》，《中北大學學報》二〇一二年第一期。

二陸退居舊里，閉門勤學。《晉書·陸機傳》：『年二十而吴滅，退居舊里，閉門勤學，積有十年。』《文選》卷十七《文賦》李善注引臧榮緒《晉書》：『年二十而吴滅，退臨舊里，與弟雲勤學，積十一年。』又《世説新語》卷下之下《尤悔》劉注引《八王故事》：『華亭，吴由拳縣郊外墅也，有清泉茂林。吴平後，陸機兄弟共游于此十餘年。』按：《吴地記》曰：『嘉興縣，本號長水縣，在郡南一百四十三里。周敬王十年置，在谷口湖。秦始皇二十六年重移，改由拳縣。景龍二年，嘉禾野生，改禾興縣。吴赤烏五年，避吴王太子名，改嘉興縣。……東二十五里有長谷亭，入華亭縣。西北行七十里，有震澤。』又《浙江通志》卷六曰：『由拳縣，《漢書·地理志》：「漢會稽郡，海鹽、由拳。」《至元嘉禾志》：「東漢屬吴郡。」謹按：「《吴郡圖經續記》云：漢順帝永建四年，分會稽爲吴郡，以淛江中流爲界，與吴興、丹陽號爲三吴。」又按：「吴郡治吴縣，其統海鹽、由拳二縣。」』長谷亭，華亭之長谷，乃陸機感歎『華亭鶴唳』處，可見《八王故事》所言之由拳縣，乃吴郡之治吴縣。由於華亭與由拳毗連，而言『華亭，吴由拳縣郊外墅也』，非華亭屬由拳縣。陸機在吴亡後退歸建業，旋即退居舊里。

【考辨】

吴天紀四年，晉軍伐吴，陸機二兄被殺，吴亦旋亡。史載機『退居舊里，閉門勤學』，然而，自朱東潤以來，許多學者又對此提出異議，主要有『被俘入北説』『遷徙壽陽説』二種。最先提出不同看法的是朱東潤先生《陸機年表》及日本學者高橋和巳《陸機的生平及其文學》（《京都大學學報》一九五九年第十一、十二期）。朱《表》推斷，陸機在吳滅當年被俘至北方，太康二年放歸，始『退歸舊里』。當代學者如陳莊《陸機生平三考》、傅剛《陸機初次赴洛時間考辨》又具體指實爲被俘至洛陽；蔣方《陸機、陸雲仕晉宦迹考》所論同上，然將放歸時間定爲太康三年。『還徙壽陽説』是沈玉成《〈張華年譜〉〈陸平原年譜〉中的幾個問題》一文所提出：『據《晉書・惠帝紀》，（太康）三月，吳平；五月，「吳之才望，隨才擢叙。孫氏大將戰亡之家徙于壽陽。」……吳平，陸氏全家自在被徙之列，《晉書・陸機傳》《陸雲傳》諱不載耳。』[一] 俞《譜》又補充説，太康之役，『陸機在樂鄉爲杜預所獲』。俞君由《晉書・杜預傳》『凡所斬及生獲吳都督、監軍十四，牙門、郡守百二十餘人』，推測『牙門將陸機或在其列』。『陸機被擄至洛，在洛情況不甚明，但非囚禁。陸機有數書寄陸雲；左思欲作《三都賦》，訪吳事于陸機』。上述二説所據除史籍文獻外，主要内證取之二陸贈答詩十首。其實，這首詩情況非常複雜，其創作時間也有争論，基於不同的創作背景可能作出不同的解讀，因此才會引出種種猜想。

首先，關於此詩創作時間。姜《譜》繫於元康六年，謂『此詩蓋作於將返上京，送弟先行之時無疑』。郝立權《陸士衡詩注》認爲『必作於元康二年』。沈玉成按：『郝説是，姜説非，而姜氏誤解詩義，强爲周納，遂牽一髮而動全身。』[二] 筆者認爲，姜説是，郝、沈説非。第一，如果將此詩定爲元康二年

[一] 沈玉成《沈玉成文存》，中華書局二〇〇六年版，第二六九頁。
[二] 沈玉成《沈玉成文存》，中華書局二〇〇六年版，第二六八頁。

作，那麼此詩中有些詩句就無法索解，如機詩『昔並垂髮，今也將老』，雲詩『昔我往矣，辰在東嵎。今我于兹，日薄桑榆』。元康二年，機年二十一，雲年二十，即使心情沉重如此，也斷不至於有『將老』『桑榆』之歎。若定爲元康六年，陸機年三十六，雲年三十五，憶其兄弟零落，偶生『將老』『桑榆』之歎則情在理中。第二，如果説太康元年陸機被俘，或曰舉家遷徙壽陽，太康二年或太康三年放歸，才得『退歸舊里』，時間最多也不過兩年左右，那麼陸雲詩『予昆乃播，爰集朔土。載離永久，其毒太苦』，『既至既覲，滯思曠年。曠年殊域，覲未浹辰』等句也無法解釋。一二年時間，絶非可言『載離永久』『曠年殊域』！

那麼，郝立權、沈玉成爲什麼又説得如此肯定？主要緣於詩前小序。序曰：『余弱年夙孤，與弟士龍銜恤喪庭，續忝末緒。會逼王命，墨絰從戎，時並縈髮，悼心告别。漸歷八載，家邦顛覆。凡厥同生，雕落殆半。收迹之日，感物興哀，而士龍又先在西，時迫當祖載二昆，不容逍遥。銜痛東徂，遺情西慕，故作是詩，以寄其哀苦焉。』上文已述，抗卒機、雲分領抗兵，與序所言『弱年夙孤』『墨絰從戎』云云十分吻合。而機兄晏、景被殺，距離陸機『墨絰從戎』前後七年，次年機扶二兄靈柩歸吴，與詩序『漸歷八載』，以及機詩『自往迄兹，曠年八祀』，雲詩『自我不見，邈哉八齡』又是十分吻合，所以郝、沈才説得如此肯定。

郝、沈的問題出在什麼地方呢？筆者認爲，與對這首詩因在特殊背景下以特殊的結構和手法表達特殊的心態認識不足有關。陳祚明《采菽堂古詩選・補遺》卷一曰：『此平原生平言情之作也。觀其不敢盡言處，用心良悲，頗複條遞詳穩。』不敢盡言，用心良悲的特殊心態，則又産生於特殊背景。綜考陸機《思歸賦》《答賈謐詩》，陸雲上吴王諸篇《啓》可知，元康六年冬，機由吴王郎中令遷尚書中兵郎，雲繼任兄職，因吴王所鎮之淮南離東吴較近，機、雲告假，相約同歸故里。陸機先行，跋山涉水，重走當年從荆州扶二兄靈柩歸吴的一段路程時，不禁想起那段不堪回首的歲月，故作此詩。此詩蓋追憶之作，並非當年扶兄靈柩歸吴時所作。序『而士龍又先在西，時迫當祖載二昆，不容逍遥』，《文館詞林》作『而龍又先在，四時當祖載二昆，不容逍遥』，顯然有脱文，只是文獻闕如，不可確考。以情推之，當是指機歸吴途中，而雲尚在由洛赴淮途中。故『銜痛東徂，遺情西慕』，乃是寫陸機重走當年扶二兄靈柩回吴之路時的現實感受，是説而今東行，追憶二兄，痛苦不堪，心念在西之弟，故遺情相思。因爲詩的結構是現實與追憶交織，很容易導致後人誤讀。其實，雲詩與機詩結構相同，也是將現實與追憶交織。所以，姜《譜》認爲陸機兄弟的贈答詩作於元康六年，亦非無據。

因此，陸機並未被俘洛陽或遷徙壽陽，吴亡之後，先是『收迹舊京』——斂迹建業，而後退居舊里——華亭，閉門勤學，無論是臧榮緒《晉書》及《機雲别傳》，還是房玄齡等《晉書》所載，都是可靠的。任何猜想和推斷都不能推翻正史文獻所載。近年李曉敏又從『從陸機兄弟贈答詩考陸機被俘入洛説』『從西晉統治者戰後對東吴郡望政策辨陸機被俘入洛説』兩個方面，力證陸機太康元年被俘入洛之不可靠。〔二〕

陸機作《毗陵侯君誄》（殘句）。

陸雲作《榮啓期贊》。此文所作時間不可考。其内容似與《逸民賦》接近，然賦在頌隱的背

〔二〕李曉敏《陸機太康元年被俘入洛説考辨》，《船山學刊》二〇一二年第四期。

後，有勃鬱憤激，有牢騷不平，而此文則恬静而超然，必不與賦作於同時。從所表達的思想傾向看，或作於吴亡屏居鄉里十年之間，姑繫是年。

晉武帝太康二年辛丑（二八一）　雲二十歲，機二十一歲

三月，武帝詔選孫皓妓妾五千人入宫。見《晉書·武帝紀》。

揚州刺史周浚移鎮秣陵，安撫吴地。《晉書·周浚傳》：『明年，移鎮秣陵。時，吴初平，屢有逃亡者，頻討平之。賓禮故老，搜求俊乂，甚有威德，吴人悦服。』『明年』即平吴之次年。

司馬彪（？——三〇六）又作《與山巨源書》《贈山濤》。陸《繫年》：『詳其語氣，均有所求於山濤，當作於山濤兼吏部史，即二七八至二八三年間，故繫於此。』

王濟（二四六？——二九一？）、程咸（生卒不詳）並作《平吴後三月三日華林園詩》。《北堂書鈔》卷一百三十二引程咸詩序曰：『平原（乃『吴』之誤）後三月三日從華林園作壇宣宫，張朱幕，有詔乃延群臣（作詩以頌之）。』太康元年三月平吴，捷報傳至朝廷又當有日，故不可能是太康元年之三月三日，故繫於是年。

司馬彪據《汲冢紀年》之義，條陳譙周《古史考》中百二十二事不當。見《晉書·司馬彪傳》。又《晉書·武帝紀》：『（咸寧五年）十月，汲郡戰國魏襄王墓所藏竹簡出土，共十餘萬言。』蓋《汲冢紀年》，後稱《汲冢周書》。

左思作《三都賦》成。劉《編年》定於是年，並附『考證』。俞《譜》認爲成於太康二三年間。

陸機扶二兄靈柩歸葬東吴。

晉揚州刺史周浚（二三〇—二八八）召雲爲主簿（或曰從事），雲未就。《晉書・陸雲傳》：『吴平，入洛。……刺史周浚召爲從事。』《世説新語・賞譽》注引《陸雲別傳》：『年十八，刺史周浚命爲主簿。浚常歎曰：陸士龍當今之顔淵也。』按：陸雲本傳、《世説新語》均誤。雲年十八，吴尚未亡，斷無晉揚州刺史召爲主簿事。周浚于太康二年移鎮秣陵，《晉書・周浚傳》曰：『時，吴初平，屢有逃亡者，頻討平之。賓禮故老，搜求俊乂，甚有威德，吴人悦服。』周浚召雲主簿當在是年，即移鎮秣陵後。綜考史料，雲並未上任，或推薦盛彦（？—二八五？）代之。《晉書・孝友傳》：『盛彦，字翁子，廣陵人也。少有異才。……彦仕吴，至中書侍郎，吴平，陸雲薦之于刺史周浚，本邑大中正劉頌又舉彦爲小中正。太康中卒。』如雲與周浚素無交往，則不可能向浚舉薦盛彦。而彦卒于太康中，舉薦盛彦或在是年。以理推之，或爲吴亡後，浚召雲爲主簿，雲不就，而薦盛彦。俞《譜》謂，太康元年，『周浚召陸雲爲從事』『陸雲應周浚召』，于史無徵。

陸雲作《與戴季甫書》第三書。由此書『江南初平』句看，所作時間當在東吴初亡之時，吴亡于天紀四年，是書當作於是年之後，機、雲入洛之前。姑繫於是年。

晉武帝太康三年丁酉(二八二)　雲二十一歲，機二十二歲

正月，武帝親郊祀。《晉書・禮志上》：『太康三年正月，帝親郊祀，皇太子、皇子悉侍祠。』

罷秦州，並幽州，尚書張華出鎮幽州，領護烏桓校尉，安北將軍。《晉書・武帝紀》：『三年春正月丁丑，罷秦州，並雍州。甲午，以尚書張華都督幽州諸軍事。』又《張華傳》：『乃出華爲持節、都督幽州諸軍事、領護烏桓校尉、安北將軍。』

四月，賈充薨，年六十六，追贈太宰，謚曰武，潘岳作《太宰魯武公誄》《河陽縣作》二首及《河陽庭前安石榴賦》。太宰即賈充，《晉書・賈充傳》載，充卒於太康三年四月，太常奉策追贈太宰，謚曰武。潘岳誄當作於是年四月後。《晉書・潘岳傳》：『岳才名冠世，爲衆所疾，遂棲遲十年。出爲河陽令，負其才而鬱鬱不得志。』考其詩『在疚妨賢路，再升上宰相』之宰相，當指賈充，『再升上宰相』謂爲賈充辟爲掾之事，故岳出爲河陽令，當在充卒後，故詩繫於是年。

束據徙冀州刺史，作《表志賦》《追遠詩》(詩佚序存)。據賦與詩序可知，均作於冀州刺史任上。然萬斯同《晉方鎮年表》繫於太康五年，吴廷燮《晉方鎮年表》則繫於太康三年。姑繫是年。

王贊(二四五？——三一一)遷太子舍人，作《司徒李胤誄》(已佚)及《三月三日詩》《侍皇太子宴始平王》。據《晉書・李胤傳》載，胤太康三年薨，太子命贊誄之。後二首具體創作時間無考，亦當作於太子舍人任上，姑繫是年。

潘尼作《贈河陽詩》。潘尼贈詩當在潘岳初出河陽令，故繫是年。

張載隨父入蜀，作《劍閣銘》《叙行賦》《登成都白菟樓》。《晉書・張載傳》：『太康初，至蜀省父，道經劍閣。載以蜀人恃險好亂，因著銘以作誡。……益州刺史張敏見而奇之，乃表上其文，武帝遣使

鎸之於劍閣山焉。』又見《文選・劍閣銘》李善注引臧榮緒《晉書》。《華陽國志・大同志》：『(太康)三年……以平吴軍司張牧爲校尉，持節統兵，州别立治，西夷治。』牧，《文選》李善注作收，乃載之父，故將上文繫於是年。

山濤拜司徒。《晉書・山濤傳》：『後拜司徒，濤復固讓。……已敕斷章表，使者乃卧加章綬。』據《晉書・武帝紀》，山濤拜司徒在是年十二月。

皇甫謐卒。《晉書・皇甫謐傳》：『皇甫謐，字士安，幼名静，安定朝那人，漢太尉嵩之曾孫也。……沉静寡欲，始有高尚之志，以著述爲務，自號玄晏先生。著《禮樂》《聖真》之論。後得風痹疾，猶手不輟卷。……而竟不仕。太康三年卒，時年六十八。……謐所著詩賦誄頌論難甚多，又撰《帝王世紀》《年曆》《高士》《逸士》《列女》等傳、《玄晏春秋》，並重於世。』

陸機作《應嘉賦》《幽人賦》。

晉武帝太康四年癸卯(二八三)　雲二十二歲，機二十三歲

正月，司徒山濤卒，年七十九。《晉書・山濤傳》：『山濤，字巨源，河内懷人也。父曜，宛句令。濤早孤，居貧，少有器量，介然不群。性好《莊》《老》，每隱身自晦。與嵇康、吕安善，後遇阮籍，便爲竹林之交，著忘言之契。康後坐事，臨誅，謂子紹曰：「巨源在，汝不孤矣。」……太康四年薨，時年七十九。』

吴主孫皓卒。《三國志・吴・三嗣主傳》：吴亡，『皓舉家西遷，以太康元年五月丁亥集於京

邑。……五年，皓死於洛陽』。然而裴注引《吴録》曰：『皓以四年十二月死，時年四十二，葬河南縣界。』或於太康四年十二月卒，五年初安葬。

潘岳作《懷舊賦》。賦序曰：『東武戴侯楊君……不幸短命……九年於兹焉。今而經焉，慨然懷舊。』楊肇卒於咸寧元年，此賦所作，距楊肇之卒九年，則必在是年。

從父陸喜，徵爲散騎常侍。《晉書·陸喜傳》：『太康中，下詔曰：「僞尚書陸喜等十五人，南士歸稱，並以貞潔不容皓朝，或忠而獲罪，或退身修志，放在草野。主者可皆隨本位就下拜除，敕所在以禮發遣，須到隨才授用。」乃以喜爲散騎常侍，尋卒。子育，爲尚書郎、弋陽太守。』《晉書·吾彦傳》：『帝嘗問彦：「陸喜、陸抗二人誰多也？」彦對曰：「道德名望，抗不及喜；立功立事，喜不及抗。」』喜卒於太康五年四月，詳下文。『尋卒』，説明任職時間不長，故繫是年。

晉武帝太康五年甲辰（二八四） 雲二十三歲，機二十四歲

張華徵爲太常。《晉書·張華傳》：『頃之，徵華爲太常。』其《太康六年三月三日後園會詩》有『忝恩於外，攸攸三期』之句，張華太康三年出鎮幽州，故當於是年徵還。萬斯同《晉方鎮年表》亦列於是年。

劉毅（？——二八五）遷尚書左僕射，上疏請廢九品中正制。《晉書·劉毅傳》：『在職六年，遷尚書左僕射。時龍見武庫井中，帝親觀之，有喜色。百官將賀，毅獨表曰……毅以魏立九品，權時之制，未

見得人，而有八損，乃上疏。』

孫楚遷衛將軍司馬，作《龍見武庫井上言》。《晋書·孫楚傳》：『征西將軍，扶風王駿與楚舊好，起爲參軍。轉梁令，遷衛將軍司馬，時龍見武庫井中，群臣將上賀，楚上言。』由《晋書·武帝紀》《五行志下》可知，『龍見武庫井中』事在太康五年春正月。

杜預卒，年六十三，作《遺令》。《晋書·杜預傳》：『杜預，字元凱，京兆杜陵人也。……文帝嗣立，預尚帝妹高陸公主，起家拜尚書郎，襲祖爵豐樂亭侯。』據《晋書·武帝紀》預卒於是年閏十二月。

從父陸喜卒，陸雲作《晋故散騎常侍陸府君誄》。陸府君即陸喜，其誄文序曰：『惟太康五年夏四月丙申，晋故散騎常侍吴郡陸君卒。』雲之誄文當作於是年四月，或稍後。

晋武帝太康六年乙巳（二八五）　雲二十四歲，機二十五歲

散騎常侍華嶠（二三〇？——二九三）奏皇后宜修蠶禮。《晋書·禮志上》：『及武帝太康六年，散騎常侍華嶠奏：「先王之制，天子諸侯親耕藉田千畝，后夫人躬蠶桑。……」於是蠶於西郊，蓋與藉田對其方也。』

棗據（生卒不詳）卒。《晋書·文苑傳》：『棗據，字道彦，潁川長社人也。……弱冠，辟大將軍府，出爲山陽令，有政績。遷尚書郎，轉右丞。賈充伐吴，請爲從事中郎。軍還，徙黄門侍郎、冀州刺史、太子中庶子。太康中卒，時年五十餘。所著詩賦論四十五首，遇亂多亡失。』姑繫是年。

張華作《太康六年三月三日後園會詩》四首。

陸雲作《與戴季甫書》第六書。此書悼周浚之亡。《晉書·周浚傳》，浚代王渾爲使持節、都督揚州軍事、安東將軍，卒于位。然其任此職時間及卒年史書亦不載。考《武帝紀》，咸寧三年王渾任此職，太康六年褚契任此職。推之，周浚任此職當在褚契之前，或因周浚卒而褚契遷此職。若然，則書當作於太康六年或稍後。

晉武帝太康七年丙午(二八六)　雲二十五歲，機二十六歲

十二月，出後宫才人、妓女。始制大臣聽終喪三年禮。《晉書·武帝紀》：「十二月，遣侍御史巡遭水諸郡。出後宫才人、妓女以下二百七十人歸於家。始制大臣聽終喪三年。」

潘岳作《上客舍議》《在懷縣作》《内顧詩》。陸《繫年》曰：「詩當作於免太尉掾第四年夏天，而由河陽遷懷則在春初。又載《内顧詩》二首……疑同時作。」姑繫是年。

孫楚轉梁令，作《征西官屬送于陟陽侯作詩》。是年九月，楚先任扶風王駿征西參軍，據《晉書·扶風王駿傳》載，扶風王駿於是年九月卒。又《孫楚傳》謂「轉梁令」，當在此後。此詩作於離任之前。故繫是年。

晉太康武帝八年丁未(二八七)　雲二十六歲，機二十七歲

正月，張華免太常。《晉書·張華傳》：「頃之，徵華爲太常。以太廟屋棟折，免官。遂終帝之世，以列侯朝見。」又考《晉書·武帝紀》，太廟殿陷棟折在是年正月。

李密作《賜餞東堂詔令賦詩》。《晉書·孝友傳》：『密有才能，常望内轉，而朝廷無援，乃遷漢中太守，自以失分懷怨。及賜餞東堂，詔密令賦詩：……武帝忿之，於是都官從事奏免密官。後卒於家。』《華陽國志·後賢志》：『宓（密）去官，爲州大中正。性方亮，不曲意勢位者。失荀、張指，左遷漢中太守，諸王多以爲冤。一年去官，年六十四卒。』具體時間無考，陸《繫年》曰：『華於六年召還，勗於十年卒。密爲二人所排擠，當在此時期内，故繫於八年。』

夏侯湛出補南陽相，作《張平子碑》。據碑文可知作於湛任南陽相上，具體時間無考，陸《繫年》繫於是年。

太常郭奕（？—二八七）卒，王濟作《太常郭奕謚景議》。《晉書·郭奕傳》：『太康八年卒，太常上謚爲景，有司議以貴賤不同號。』故文當作此時。

晉武帝太康九年戊申（二八八）　雲二十七歲，機二十八歲

正月，武帝詔内外群官舉清能、拔寒素。《晉書·武帝紀》：『九年，春正月壬申朔，日有蝕之。詔曰：「興化之本，由政平訟理也。……其敕刺史二千石糾其穢濁，舉其公清，有司議其黜陟。令内外群官舉清能，拔寒素。」』

改建宗廟，車騎司馬傅咸上表議《祭法》。《晉書·禮志上》：『至太康九年，改建宗廟，而社稷壇與廟俱徙。乃詔曰：「社實一神，其並二社之祀。」於是車騎司馬傅咸表。』

摯虞補尚書郎，作《駁潘岳古今尺議》《三日曲水詩對》，又撰《族姓昭穆》十卷。《晉書·摯虞

傳》：『久之，召補尚書郎。將作大匠陳勰掘地得古尺，尚書奏：「今尺長於古尺，宜以古爲正。」潘岳以爲慣用已久，不宜復改。虞駁曰……又表論封禪，見《禮志》。虞以漢末喪亂，譜傳多亡失，雖其子孫不能言其先祖，撰《族姓昭穆》十卷，上疏進之，以爲足以備物致用，廣多聞之益。』又《禮志上》：『太康初，尚書僕射朱整奏付尚書郎摯虞討論之。』據萬斯同《晉將相大臣年表》，朱整爲僕射，始于太康九年二月，止于太康十年四月。《禮志上》『太康初』當爲『太康末』之誤。故《駁潘岳古今尺議》當作於是年，《族姓昭穆》或稍後。又湯球輯臧榮緒《晉書·束晳傳》：『武帝問尚書郎摯虞三日曲水事。』可知，《三日曲水詩對》亦在尚書郎任上，姑繫是年。

孫楚遷衛將軍司馬，作《太僕座上詩》。太僕指王濟，是年免官，以白衣領太僕。萬斯同《晉將相大臣年表》以濟任侍中至本年止。白衣領太僕約在任侍中之後，姑繫是年。

陸機作《竹林七賢論》，佚。

晉武帝太康十年己酉(二八九)　雲二十八歲，機二十九歲

四月，太廟成。《晉書·武帝紀》：『十年夏四月……太廟成。乙巳，遷神主於新廟，帝迎於道左，遂祫祭。大赦，文武增位一等，作廟者二等。』

十一月，立皇太子司馬乂(二七六—三〇四)爲長沙王，穎(二七九—三〇六)爲成都王，晏(二八一—三一一)爲吴王，以汝南王亮(？—二九一)爲大司馬、大都督、假黄鉞。《晉書·武帝紀》：『(十一月)甲申，以汝南王亮爲大司馬、大都督、假黄鉞。改封南陽王柬爲秦王，始平王瑋爲楚王，濮陽王

允爲淮南王，並假節之國，各統方州軍事。立皇子乂爲長沙王，穎爲成都王，晏爲吴王，熾爲豫章王，演爲代王，皇孫遹爲廣陵王。立濮陽王子迪爲漢王，始平王子儀爲毗陵王，汝南王次子羕爲西陽公。徙扶風王暢爲順陽王，暢弟歆爲新野公，琅邪王覲弟澹爲東武公，繇爲東安公，漼爲廣陵公，卷爲東莞公。改諸王國相爲内史。』

武帝患病愈，侍中華嶠作《賀武帝疾瘳表》。《晉書·武帝紀》：『十一月……帝疾瘳，賜王公以下帛有差。』故此文當作於是年十一月。

荀勖卒。《晉書·武帝紀》：『十一月丙辰，守尚書令、左光禄大夫荀勖卒。』又《荀勖傳》：『荀勖字公曾，潁川潁陰人，漢司空爽曾孫也。……太康十年卒。詔贈司徒，賜東園秘器朝服一具，錢五十萬，布百匹，遣兼御史持節護喪，謚曰成。』

傅咸遷尚書左丞，作《遷尚書左丞表》《答辛曠詩序》（詩佚）。《晉書·傅咸傳》：『又議移縣獄於郡及二社應立，朝廷從之。遷尚書左丞。惠帝即位，楊駿輔政。咸言於駿曰……』由此推之，咸遷尚書左丞當在太康末，上表亦當作於初受命時。另《答辛曠詩序》有『尚書左丞……後忝此任』之句，故繫是年。

劉頌（二四五？——三〇〇）除淮南相，上疏陳事。見《晉書·劉頌傳》。頌在淮南相之上疏，具體時間無載，然有『陛下御今法爲政將三十年』之句，可知當作於武帝晚年。故繫之是年。

左芬作《萬年公主誄》。公主卒時間無考，然《晉書·后妃傳上》：『及帝女萬年公主薨，帝痛悼不已，詔芬爲誄。』武帝尚在世，此後史無左芬事迹記載，姑繫是年。

陸機、雲入洛，迅疾聲名鵲起。《晉書·陸機傳》：『至太康末，與弟雲俱入洛，造太常張華。華素重其名，如舊相識，曰：「伐吴之役，利獲二俊。」又嘗詣侍中王濟，濟指羊酪謂機曰：「卿吴中何以敵此？」答云：「千里蒓羹，未下鹽豉。」時人稱爲名對。』又《晉書·張載傳》：『二陸入洛，三張減價，考覈遺文，非徒語也。』

【考辨】

關於陸機入洛時間衆説紛紜。朱《表》曰：『是歲（天紀四年）吴亡。……陸機先是尚在荆州帶兵，大致曾經晉軍俘虜一次，但是次年以後遇釋而歸。陸雲《答兄平原》：「王旅南征，闡耀靈威。予昆乃播，爰集朔土。載離永久，其毒太苦。上帝休命，駕言其歸。」這時他們的家庭，真是凄慘到無以復加。』自朱《表》首次提出被俘入洛説後，當代學者陳莊《陸機生平三考》、傅剛《陸機初次赴洛時間考辨》又進一步論證朱説，並明確指出陸機曾兩次入洛，一是太康初被俘入洛，二是元康二年仕晉入洛[一]。後來，沈玉成、蔣方皆贊成此説。蔣方《陸機、陸雲仕晉宦迹考》在陳、傅論證基礎上，又進一步排比史料，稽考詩文，得出結論是：吴滅後，陸機被俘去洛陽，太康三年放歸，退吴讀書，至元康二年方應徵辟入洛[二]。

[一] 陳莊《陸機生平三考》，《四川大學學報》一九八三年第四期；傅剛：《陸機初次赴洛時間考辨》，《上海師範大學學報》一九八六年第二期。

[二] 蔣方《陸機、陸雲仕晉宦迹考》，《湖北大學學報》一九九五年第三期。

仔細考證，元康二年『仕晉入洛』説頗須商榷。其他史料姑且不論，僅就現存的陸機詩文即可證之。第一，機《詣吴王表》曰：『臣本吴人，靖居海隅。朝廷欲抽引遠人，綏慰遐外，故太傅所辟。』太傅指楊駿，被誅于元康元年三月。機入洛，任太傅祭酒，其時間必然在元康元年三月之前。怎麽可能至元康二年方應徵辟入洛？第二，陸機《皇太子賜宴詩》序曰：『元康四年秋，余以太子洗馬出補吴王郎中。』赴任途中作《吴王郎中時從梁陳作》以呈太子，詩有『誰謂伏事淺，契闊逾三年。薄言肅後命，改服就藩臣』之句，其『逾』字尤值注意，突出自己侍奉太子，已超過三年。據《晉書》本傳，機遷太子洗馬，在元康元年三月楊駿被誅之後，至元康四年秋正好是『逾三年』。若爲元康二年仕晉，即使直接任太子洗馬，時間也不足三年，更不用説『逾三年』。由此也可證陸機任太子洗馬必在元康元年秋之前。故《三國志·吴·陸抗傳》裴注引《機雲别傳》曰：『晉太康末俱入洛，造司空張華，華一見而奇之，曰：「伐吴之役，利在獲二儁。」遂爲之延譽，薦之諸公。太傅楊駿辟機爲祭酒，轉太子洗馬、尚書著作郎。』考之史料，楊駿爲太傅，輔政，在永熙元年（二九〇）四月惠帝即位後。至元康（二九一）三月後轉太子洗馬。故陸機入洛仕晉必然在永熙四月之前，即太康末。

當代學者將陸機入洛仕晉定在元康二年，主要原因之一是受《思歸賦》序的誤導。其序曰：『余牽役京室，去家四載，以元康六年冬取急歸。』這似乎是一條鐵證：既是元康六年『去家四載』，則必爲元康二年入洛。其實本序中最爲關鍵的『余牽役京室，去家四載』九字，並非此賦小序。現存陸機集善本，如影鈔宋本、小萬卷樓叢書本、陸貽典校本、宛委别藏清鈔本均無此二句。元康二年，詩人乃赴假離洛歸鄉，在離洛歸鄉途中作《行思賦》，離鄉返洛途中作《懷土賦》，此二句殘序或乃《行思賦》之序，其賦之『越山河而託影，眇四載而遠期』與『余牽役京室，去家四載』時間吻合。將此序誤題《思歸賦》序，《太平御覽》乃始作俑者，後人未加詳察，遂誤。

俞《譜》『陸機太康初入洛考』，在列表分析諸家觀點之後，指出：『陸機太康初曾至洛陽，有資料可證明，然人們過於信從《晉書》「吴滅，退居舊里，閉門勤學，積有十年」之語，故對諸多材料置之不顧。其一，今存《唐鈔文選集注彙存》卷八《三都賦序》左太沖條下《文選鈔》注引王隱《晉書》曰：……當思之時，吴國爲晉所平，思乃賦此三都以極眩耀，其蜀事訪于張載，吴事訪于陸機，後乃成也。」又《晉書·左思傳》：「初，陸機入洛，欲爲此賦，聞思作之，撫掌而笑，《與弟雲書》曰：此間有傖父欲作《三都賦》，須其成，當以覆酒瓮耳。」左思妹左芬，晉武帝泰始八年前不久被選入宫，左思由齊入洛，構思《三都賦》，十年乃成可，則其《三都賦》當成于太康二、三年。左思《三都賦》未成前訪于陸機，只能在陸機太康初入洛時。其二，《水經注》卷十六「谷水」條下引陸機《與弟書》云：「(大夏)門有三層，高百尺，魏明帝造。」……若陸雲到過洛陽，則不勞其兄多言，可證陸機在陸雲前曾至洛陽。陸雲于太康三年左右入洛，則陸機此書必作於太康三年前。此亦可證陸機太康初確曾到過洛陽。』此説，亦可商榷。左思《三都賦》創作時間、序的作者等問題學界一直聚訟不已。是否訪問陸機，也是謎案。《文選》李善注引臧榮緒《晉書》、房玄齡《晉書·左思傳》僅載其謁著作郎張載『訪岷邛之事』，並未載其訪陸機。而且左芬至遲在泰始七年入宫，若左思是年作《三都賦》，十年乃成，當在太康元年。若定陸機《與弟雲書》于太康元年，亦不合常理。覆國亡家之痛尚未平復，而且按照『被俘入洛』説，機既身爲囚徒，那有如此心境作輕狂之語？左思又怎麽可能在這種情況下『訪陸機』?《水經注》所引陸機《與弟書》云云，亦不可靠，這類文字皆出於陸機《洛陽記》，或與弟書涉及該書，遂至後人誤引。

清王鳴盛《十七史商榷》卷四十九《晉書》七『陸機入洛條』曰：『……其後機與雲同被害，機年四十三，雲年四十二。吴滅在太康元年，時機年二十。太康終於十年，機太康末入洛則年二十九，雲二十八矣。』此外，尚有以下材料可證：（一）《晉書·張華傳》：『初，陸機兄弟志氣高爽，自以吴之名家，初入洛，不推中國人士。見華，一面如舊，欽華德範，如師資之禮焉。』（二）《世説新語·簡傲》：『陸士衡初入洛，諮張公所宜詣，劉道真是其一。陸既往，劉尚在哀制中，性嗜酒。禮畢，初無他言，唯問東吴有長柄壺盧，卿得種來不？陸兄弟殊失望，乃悔往。』（三）《文選·歎逝賦》李善注曰：『臧榮緒《晉書》曰：……機少襲領父兵，爲牙門將軍。年二十而吴滅，退臨舊里，與弟雲勤學，積十一年。譽流京華，聲溢四表，被徵爲太子洗馬，與弟雲俱入洛。司徒張華素重其名，舊相識以文。』吴亡于太康元年，機、雲太康末入洛，前後十一年，本傳言十年，蓋取其整數。（四）陸機《歎逝賦》序曰：『昔每聞長老，追計平生同時親故，或雕落已盡，或僅有存者。余年方四十，而懿親戚屬，亡多存寡；昵交密友，亦不半在。或所曾共遊一途，同宴一室，十年之内，索然已盡。以是思哀，哀可知矣！』此文『十年之内』，《文選》卷十六、《藝文類聚》卷三十四並作『十年之外』，當以《文選》《藝文類聚》爲據。賦作於陸機四十歲，仕宦洛陽，所説之『十年之外』，乃以離吴入洛算起。若以二十九歲入洛，至四十歲則前後十二年，與序所言『十年之外』正好相合。這一證據應該毋庸置疑。上述材料皆可證二陸入洛在太康末。

又《晉書·陸雲傳》：『初，雲嘗行，逗宿故人家，夜暗迷路，莫知所從。忽望草中有火光，於是趣之。至一家，便寄宿，見一年少，美風姿，共談老子，辭致深遠。向曉辭去，行十許里，至故人家，云此數十里中無人居，雲意始悟。却尋昨宿處，乃王弼冢。雲本無玄學，自此談老殊進。』《太平御覽》引《異苑》兩次，一作陸機，一作陸雲。此又可以説明兩點：第一，或兄弟同入洛，遂至後人相混。第二，機（或雲）言名實，弼言玄學，此南北學風之差異。而假設二人交流，其背後則折射了南北文化之碰撞與融合。

顧榮（？—三一二）與機、雲同入洛，時號『三俊』。《晉書·顧榮傳》：『吴平，與陸機兄弟同入洛，時人號爲「三俊」。』

陸機作《與弟雲書》。《晉書·文苑傳》：『初，陸機入洛，欲爲此賦，聞思作之，撫掌而笑，與弟雲書曰：「此間有傖父，欲作《三都賦》，須其成，當以覆酒瓮耳。」及思賦出，機絶歎伏，以爲不能加也，遂輟筆焉。』具體時間不詳，姑繫是年。

機入洛，拜訪盧志，於坐中面折盧志（生卒不詳），二人交惡，後志進讒言於司馬穎而機見殺，蓋由此而生其隙。

機作《赴洛》上篇，《赴洛道中作》二首。又作《擬蘭若生朝陽》《擬青青陵上柏》以及《遂志賦》《瓜賦》。

晋惠帝永熙元年庚戌(二九〇)　雲二十九歲，機三十歲

正月，武帝改元太熙，四月崩。太子司馬衷(二五九—三〇七)即位，是爲惠帝，改元永熙。太尉楊駿爲太傅，輔政。《晋書·武帝紀》：『太熙元年，春正月辛酉朔，改元。……(夏四月)己酉，帝崩于含章殿，時年五十五，葬峻陽陵，廟號世祖。』又《晋書·惠帝紀》：『孝惠皇帝諱衷，字正度，武帝第二子也。泰始三年，立爲皇太子，時年九歲。太熙元年四月己酉，武帝崩。是日，皇太子即皇帝位，大赦，改元爲永熙。尊皇后楊氏曰皇太后，立妃賈氏爲皇后。……以太尉楊駿爲太傅，輔政。』

八月，立廣陵王司馬遹(二七八—三〇〇)爲皇太子，以何劭(二三六—三〇一)爲太師，王戎(二三四—三〇五)爲太傅，楊濟(生卒不詳)爲太保，裴楷(二三七—二九一)爲少師，張華爲少傅。見《晋書·惠帝紀》《愍懷太子傳》。

何劭作《武帝遺詔》。見《晋書·何劭傳》。

孫楚(二一八?—二九三)爲馮翊太守，作《之馮翊祖道詩》。《晋書·孫楚傳》：『惠帝初，爲馮翊太守。』姑繫是年。

傅咸作《與楊駿牋》《奏劾荀愷》《答李斌書》《答楊濟書》。《晋書·傅咸傳》：『又議移縣獄於郡及二社應立，朝廷從之。遷尚書左丞。惠帝即位，楊駿輔政。咸言於駿。……時司隸荀愷從兄喪，自表赴哀，詔聽之而未下，愷乃造駿。咸因奏曰……咸復與駿牋諷切之。』可見，《與楊駿牋》《奏劾荀愷》必作於駿輔政之初。又《答李斌書》有『吾作左丞，未幾而已』，當作於前二書稍前；而《答楊濟書》論其罰黜，亦當於左丞任上。故皆繫是年。

摯虞上表諫除普增位一等。《晋書·摯虞傳》：『時太廟初建，詔普增位一等。後以主者承詔失

旨，改除之。虞上表。』太廟乃指武帝葬峻陽陵，廟號世祖事，故繫之是年。

潘岳爲太子舍人，楊駿輔政，引爲太傅主簿，作《世祖武皇帝誄》。吴士鑒、劉承幹《晉書斠注》：『《書鈔》六十六、《御覽》四百六十五王隱《晉書》曰：岳爲太子舍人。案：本傳不載爲太子舍人，附注於此。』《晉書·潘岳傳》：『楊駿輔政，高選吏佐，引岳爲太傅主簿。』又《晉書·閻纘傳》：『駿之誅也，纘棄官歸，要駿故主簿潘岳、掾崔基等共葬之。』《世祖武皇帝誄》必作是四月武帝『葬峻陽陵，廟號世祖』之時。

石崇出爲南中郎將，曹攄（二五五？—三〇八）參南國中郎將，作《贈石崇詩》《思友詩》。《晉書·石崇傳》：『元康初，楊駿輔政……崇與散騎郎蜀郡何攀共立議，奏于惠帝……書奏，弗納。出爲南中郎將、荆州刺史，領南蠻校尉，加鷹揚將軍。』《文選》卷二十九曹攄《思友人詩》李善注：『臧榮緒《晉書》云：曹攄字顔遠，譙國人也。篤志好學，參南國中郎將。』故知石崇出官，曹攄贈詩均在是年。

裴頠（二六七—三〇〇）轉國子祭酒，兼右軍將軍，奏立國子太學，起講堂，築門闕，刻石以寫五經。《晉書·裴頠傳》：『惠帝即位，轉國子祭酒，兼右軍將軍。……時天下暫寧，頠奏修國學，刻石寫經。』姑繫是年。

五月，太傅楊駿（？—二九一）辟機爲太傅祭酒。機作《長安有狹邪行》《鞠歌行》。雲辟爲公府掾。《晉書·陸雲傳》：『吴平，入洛。機初詣張華，華問雲何在。機曰：「雲有笑疾，未敢自見。」俄而雲至。華爲人多姿制，又好帛繩纏鬚。雲見而大笑，不能自已。……雲與荀隱素未相識，嘗會華坐，華曰：「今日相遇，可勿爲常談。」雲因抗手曰：「雲間陸士龍。」

隱曰：「日下荀鳴鶴。」鳴鶴，隱字也。雲又曰：「既開青雲睹白雉，何不張爾弓，挾爾矢？」隱曰：「本謂是雲龍騤騤，乃是山鹿野麋。獸微弩强，是以發遲。」華撫手大笑。……俄以公府掾爲太子舍人，出補浚儀令。』雲既與兄同時入洛，又均得張華賞識，機任祭酒，雲任公府掾，當爲同時。

陸雲作《與戴季甫書》第四、六書。從書『今日遭遇，良驥展才之秋也』句看，此書所作時間當是在二陸入洛之後。二陸太康十年入洛，是年武帝駕崩，惠帝即位，改元永熙。次年，賈后引楚王瑋入京，引起八王之亂，自此朝廷日亂，西晉漸至衰落，既言『良驥展才之秋』，當在八王之亂前，或即永熙元年。姑繫是年。

晉惠帝元康元年辛亥（二九一）　雲三十歲，機三十一歲

正月，惠帝改元永平，皇太子冠，謁太廟。《晉書·惠帝紀》：『永平元年春正月乙酉朔，臨朝，不設樂。詔曰：「……其改永熙二年爲永平元年。」又詔子弟及郡官並不得謁陵。丙午，皇太子冠，丁未，見於太廟。』

三月，誅楊駿，改元元康。賈后矯詔廢太后，徵汝南王亮（？—二九一）爲太宰，以秦王柬（二六二—二九一）爲大將軍，東平王楙（？—三一一）爲撫軍大將軍，楚王瑋（二七一—二九一）爲衛將軍，下邳王晃（？—二九六）爲尚書令，東安公繇（？—三〇四）爲尚書左僕射。從而引起長達十六年之久的『八王之亂』。《晉書·惠帝紀》：『三月辛卯，誅太傅楊駿，駿弟衛將軍，繇太子太保濟，中護軍張

劭，散騎常侍段廣、楊邈，左將軍劉預，河南尹李斌，中書令蔣俊，東夷校尉文淑，尚書武茂，皆夷三族。壬辰，大赦，改元。賈后矯詔廢皇太后爲庶人，徙於金墉城，告於天地宗廟。誅太后母龐氏。壬寅，徵大司馬、汝南王亮爲太宰，與太保衛瓘輔政。以秦王柬爲大將軍，東平王楙爲撫軍大將軍，鎮南將軍、楚王瑋爲衛將軍，領北軍中侯，下邳王晃爲尚書令，東安公繇爲尚書左僕射，進封東安王。』

六月，賈后矯詔殺汝南王亮、太保公衛瓘（二二〇—二九一），旋楚王瑋亦被殺。《晉書·惠帝紀》：『六月，賈后矯詔使楚王瑋殺太宰、汝南王亮，太保、菑陽公衛瓘。乙丑，以瑋擅害亮、瓘，殺之。曲赦洛陽。以廣陵王師劉寔爲太子太保，司空、隴西王泰録尚書事。』

張華拜右光禄大夫、侍中、中書監，作《女史箴》以諷賈后。《晉書·張華傳》：『及瑋誅，華以首謀有功，拜右光禄大夫、開府儀同三司、侍中、中書監，金章紫綬。固辭開府。……華懼后族之盛，作《女史箴》以爲諷。』張華遷官當在是年六月，作《女史箴》或稍後。

八月，以趙王倫（？—三〇一）爲征東將軍、都督徐兖二州諸軍事；河間王顒（？—三〇六）爲北中郎將，鎮鄴。九月，徵梁王肜（？—三〇二）爲衛將軍、録尚書事，以趙王倫爲征西大將軍、都督雍梁二州諸軍事。《晉書·惠帝紀》：『八月庚申，以趙王倫爲征東將軍、都督徐兖二州諸軍事；河間王顒爲北中郎將，鎮鄴；太子太師何劭爲都督豫州諸軍事，鎮許昌。徙長沙王乂爲常山王。……九月……辛丑，徵征西大將軍、梁王肜爲衛將軍、録尚書事，以趙王倫爲征西大將軍、都督雍梁二州諸軍事。』

傅咸轉太子中庶子，遷御史中丞，作《致汝南王亮書》《與汝南王亮牋》《上書陳選舉》《理李含表》《又言》《奏劾夏侯駿》《奏劾夏侯承》《明意賦》《桑樹賦》《御史中丞箴》。見《晉書·傅咸傳》《李含傳》、

《三國志·魏·衛臻傳》裴注、湯球輯王隱《晉書》、《全晉文》卷五十一至卷五十二。

摯虞撰《新禮》十五篇。《晉書·禮志上》：『虞討論新禮訖，以元康元年上之。所陳惟明堂五帝、二社六宗及吉凶王公制度，凡十五篇。有詔可其議。後虞與傅咸纘續其事，竟未成功。中原覆没，虞之《決疑注》，是其遺事也。』

又作《奏定二社》《奏祀六宗》《明堂郊祀議》《祀皋陶議》《廟設次殿議》《挽歌議》《喪佩議》《吉駕導從議》《公爲所寓服議》《傍親服議》《師服議》《諸侯覲見旗議》《皇太子稱臣議》《夫人不答妾拜議》。見《晉書·禮志上》《摯虞傳》及吴士鑒、劉承幹《晉書斠注》、《全晉文》卷七十六至七十七。

潘岳坐楊駿除名，因公孫宏（生卒不詳）救之，免死。《晉書·潘岳傳》：『楊駿輔政，高選吏佐，引岳爲太傅主簿。駿誅，除名。初，譙人公孫宏少孤貧，客田于河陽，善鼓琴，頗能屬文。岳之爲河陽令，愛其才藝，待之甚厚。至是，宏爲楚王瑋長史，專殺生之政。時駿綱紀皆當從坐，同署主簿朱振已就戮。岳其夕取急在外，宏言之瑋，謂之假吏，故得免。』

夏侯湛卒，年四十九，潘岳作《夏侯常侍誄》。《晉書·夏侯湛傳》：『惠帝即位，以爲散騎常侍。元康初，卒，年四十九。著論三十餘篇，别爲一家之言。』又據潘岳《夏侯常侍誄》序：『夏侯湛，字孝若，譙人也。……以爲散騎常侍。春秋四十有九，元康元年夏五月壬辰，寢疾卒於延喜里第。嗚呼哀哉！』夏侯湛卒於是年五月，潘岳誄文當作是月稍後，故繫是年。

石崇以贈鴆爲傅祗（二四五—三一二）所糾，旋拜太僕，出爲征虜將軍，假節、監徐州諸軍事，鎮下邳。作《思歸引》。《晉書·石崇傳》：『崇在南中，得鴆鳥雛，以與後軍將軍王愷。時制，鴆鳥不得過江，爲司隸校尉傅祗所糾，詔原之，燒鴆於都街。……頃之，拜太僕，出爲征虜將軍，假節、監徐州諸軍事，鎮下邳。」事在崇任南中郎將上。又《文選·思歸引序》向注：『《思歸引》，古曲名。崇爲太僕卿，有思歸之意，故有此作。今集者但收有序，而不録其詞。』

張載作《元康頌》。見《全晉文》卷八十五。今僅存佚句。

衛恒（？—二九一）被殺，束皙（二六三？—三〇二？）作《吊衛巨山文》。衛巨山，即衛恒，衛瓘之子，善書，作《四體書勢》，與皙善，是年與父同爲賈后、司馬瑋所害。見《晉書·衛恒傳》。皙又作《勸農賦》《餅賦》《玄居釋》。具體時間無考，陸《繫年》繫於是年。

潘尼（二五〇？—三一一）拜太子舍人，爲太子講《孝經》。《晉書·潘尼傳》：『元康初，拜太子舍人，上《釋奠頌》。其辭曰：「元康元年冬十二月，上以皇太子富於春秋，而人道之始莫先於孝悌，初命講《孝經》於崇正殿。」』

又作《桑樹賦》。其《桑樹賦》云：『從明儲以省膳，憩便房以偃息。覩兹樹之特偉，感先皇之攸值。』前句『明儲』指太子，即愍懷太子司馬遹。此賦作於太子任上，與傅咸《桑樹賦》同時。《晉書·傅咸傳》：『居無何，駿誅。咸轉爲太子中庶子，遷御史中丞。』傅咸任太子屬官時間較短，遷官亦在是年。故繫是年。

又作《皇太子社》《鱉賦》《七月七日侍太子宴玄圃》《玄圃園詩序》。與陸機同題亦作於同時，蓋於是年由太子舍人出官藩國之前。姑繫之是年。

華嶠轉秘書監，加散騎常侍，上《謝表》與《漢後書》。《晉書·華嶠傳》：『更拜散騎常侍，典中書著作。……初，嶠以《漢紀》煩穢，慨然有改作之意。會爲台郎，典官制事，由是得徧觀秘笈，遂就其緒，起於光武，終於孝獻，一百九十五年，爲帝紀十二卷、皇后紀二卷、十典十卷、傳七十卷及三譜、序傳、目録，凡九十七卷。嶠以皇后配天作合，前史作外戚傳以繼末編，非其義也，故易爲皇后紀，以次帝紀。又改志爲典，以有《堯典》故也。而改名《漢後書》奏之。詔朝臣會議。時中書監荀勗、令和嶠、太常張華、侍中王濟咸以嶠文質事核，有遷、固之規，實録之風，藏之秘府。後太尉汝南王亮、司空衛瓘爲東宫傅，列上通講，事遂施行。』太尉汝南王亮、司空衛瓘見殺於本年六月，則《漢後書》必作於是年六月前，其遷官亦當在此前，姑繫之是年。陸《繫年》繫於元康二年，誤。

賈謐（？—三〇〇）專權，文士附謐，號『二十四友』，機、雲預其列。《資治通鑑》卷八十二：『元康元年春，正月乙酉朔，改元永平。……於是賈謐、郭彰權勢愈盛，賓客盈門。謐雖驕奢，而好學，喜延士大夫。郭彰、石崇、陸機、機弟雲、和郁及滎陽潘岳、清河崔基、勃海歐陽建、蘭陵繆徵、京兆杜斌、摯虞、琅邪諸葛詮、弘農王粹、襄城杜育、南陽鄒捷、齊國左思、沛國劉瓌、周恢、安平牽秀、潁川陳眕、高陽許猛、彭城劉訥、中山劉輿、輿弟琨，皆附於謐，號曰二十四友。』又《晉書·忠義傳》：『元康初，爲給事黄門侍郎。時侍中賈謐以外戚之寵，年少居位，潘岳、杜斌等皆附託焉。謐求交於紹，紹距而不答。』『二十四友』是圍繞賈謐爲核心逐漸形成的文學集團，當始於是年。俞《譜》認爲，元康八年『爲修晉書，秘書監賈謐邀衆賢講《漢書》。「二十四友」之稱或由講史而來。』或乃推想而來，于史無據。

三月後，陸機遷太子洗馬，作《赴洛詩》下首（按：《陸士衡文集校釋》作『東宫作』），又作《桑賦》《贈從兄車騎》《辨亡論》《五等封侯論》。

陸雲遷太子舍人，作《盛德頌》。

【考辨】

俞《譜》繫於太康五年，並曰：『陸雲因公務至東，似恰遇從父喜歸葬，則雲路經泗水最可能在是年，故繫於此。』俞《譜》以雲於太康三年徵太子舍人，至太康五年去任，六年轉浚儀令。據《晉書·陸雲傳》：『吴平，入洛。……俄以公府掾爲太子舍人。』可知雲任太子舍人當在入洛不久。武帝於太康十一年正月改元永熙，四月崩，惠帝即位，八月立廣陵王遹爲皇太子，以潘岳爲太子舍人，楊駿輔政，引爲岳太傅主簿。雲任太子舍人必在潘岳之後。惠帝永平元年三月誅楊駿，改元元康。《陸機傳》：『會駿誅，累遷太子洗馬。』機遷太子洗馬在元康元年三月後。而陸《繫年》曰：『其舍人疑於機爲洗馬同時。』而雲任太子舍人亦當在元康元年三月後。其文有『晉太子舍人糞土臣雲』之句，可知作於太子舍人任上。然其時間則似應在元康年間，而不可能在太康五年。

又作《征東大將軍京陵王公會射堂皇太子見命作此詩》。

【考辨】

俞《譜》將《征西大將軍京陵王公會射堂皇太子見命作此詩》繫於太康五年。並曰：『京陵王公當指王渾。據《晉書·王渾傳》，渾襲父爵爲京陵侯，轉征東大將軍。……渾太康六年正月以征南大將軍爲尚書左僕射，太熙元年轉司徒，至元康七年去世，知渾自太康六年後不曾任軍職。』此説有兩點值得商榷：第一，王渾從未任征西大將軍，詩題何以有『征西大將軍京陵王公』之稱？其『西』實乃『東』之誤。第二，《晉書·武帝紀》載：太康六年正月，『以征南大將軍爲尚書左僕射』，然考其本傳則『轉征東大將軍，復鎮壽陽。……征拜尚書左僕射，加散騎常侍』，並無征南大將軍之記載，或《武帝紀》誤記。詳見此詩之『備考』。

此詩既是遵太子之命而作，必爲太子之屬官。據《晉書・陸機傳》：『至太康末，與弟雲俱入洛。』又《陸雲傳》：『吴平，入洛。……俄以公府掾爲太子舍人。』可知雲任太子舍人當在入洛不久，或在元康元年三月後（見上文考）。故此詩亦當作於是年三月後。

又作《與張光禄書》三首之後二首。

【考辨】

張光禄，即張華，官光禄大夫。從内容看，此三書的第一書當非致張華，或類書誤題，後人失考而誤輯此題下。後二書所作時間無載，然稽考史籍，張華拜光禄大夫，始於元康元年，終於元康六年。《晉書・張華傳》：『及瑋誅，華以首謀有功，拜右光禄大夫，開府儀同三司，侍中、中書監，金章紫綬。』又《晉書・惠帝紀》：元康元年，『六月，賈后矯詔使楚王瑋殺太宰、汝南王亮，太保、菑陽公衛瓘。乙丑，以瑋擅害亮、瓘，殺之』。又『六年春正月……下邳王晃薨，以中書監張華爲司空、太尉』。據此可知第二、三書必作於元康元年至六年之間。而機、雲與彦先，均於太康末入洛，旋武帝崩，惠帝即位，先改元永熙，次年又先改元永平、旋改元元康，書中感謝張華知遇之恩，當作於二陸與彦先入洛不久，即元康初年。故繫於是年。

晉惠帝元康二年壬子(二九二)　雲三十一歲，機三十二歲

二月，賈后弑楊太后于金墉城。《晉書·惠帝紀》：『二年春二月己酉，賈后弑皇太后于金墉城。』

改中書著作爲秘書著作，隸秘書省。《晉書·職官志》：『著作郎，周左史之任也。漢東京圖籍在東觀，故使名儒著作東觀，有其名，尚未有官。魏明帝太和中，詔置著作郎，於此始有其官，隸中書省。及晉受命，武帝以繆徵爲中書著作郎。元康二年，詔曰：「著作舊屬中書，而秘書既典文籍，今改中書著作爲秘書著作。」於是改隸秘書省。』

和嶠卒。《晉書·和嶠傳》：『和嶠，字長輿，汝南西平人也。……及惠帝即位，拜太子少傅，加散騎常侍、光禄大夫。太子朝西宫，嶠從入。賈后使帝問嶠曰：「卿昔謂我不了家事，今日定云何?」嶠曰：「臣昔事先帝，曾有斯言。言之不效，國之福也。臣敢逃其罪乎!」元康二年卒，贈金紫光禄大夫，加金章紫綬，本位如前。』

傅咸遭繼母憂，去官。不久起以議郎長兼司隸校尉，作《遭繼母憂上書》《攝司隸上表》。見《晉書·傅咸傳》《文選·啓蕭太傅固辭奪禮》李善注引王隱《晉書》、萬斯同《晉將相大臣年表》。

潘岳爲長安令，作《西征賦》。《晉書·潘岳傳》：『未幾，選爲長安令，作《西征賦》，述所經人物山水，文清旨詣。』又《文選·西征賦》李善注：『晉惠元康二年，岳爲長安令因行役之感而作此賦。岳家在鞏縣東，故言西征。』故繫之是年。

又作《傷弱子辭》《思子詩》。據《傷弱子辭》『予之長安，次於新安千秋亭，而弱子夭』可知，岳幼子於是年三月生，五月至新安而幼子夭折。辭與詩當作於是月或稍後。

潘尼作《獻長安君安仁詩》。見《晉書·潘尼傳》。贈潘岳詩或是在潘岳五月至長安之後。

嵇含（二五四—三〇四）舉秀才，除郎中，作《弔莊周文》《遇蠆賦》。《晉書·嵇含傳》：『楚王瑋辟爲掾。瑋誅，坐免。舉秀才，除郎中。時弘農王粹以貴公子尚主，館宇甚盛，圖莊周於室，廣集朝士，使含爲之贊。含援筆爲弔文，文不加點。』舉秀才，除郎中當在瑋被誅之經年。其《遇蠆賦》有『元康二年七月七日』之句。故繫於是年。

陸機離洛短暫歸寧，途中作《行思賦》，又作《懷土賦》《皇太子宴玄圃宣猷堂有令賦詩》《鱉賦》。

晉惠帝元康三年癸丑（二九三） 雲三十二歲，機三十三歲

皇太子講《論語通》。《晉書·禮志上》：『惠帝元康三年，皇太子講《論語通》。』

華嶠卒。《晉書·華嶠傳》：『嶠字叔駿，才學深博，少有令聞。……後以嶠博聞多識，屬書典實，有良史之志，轉秘書監，加散騎常侍，班同中書。寺爲内台，中書、散騎、著作及治禮音律，天文數術，南省文章，門下撰集，皆典統之。……元康三年卒，追贈少府，謚曰簡。』

孫楚卒。《晉書·孫楚傳》：『孫楚，字子荆，太原中都人也。……楚才藻卓絶，爽邁不群，多所陵傲，缺鄉曲之譽。年四十餘，始參鎮東軍事。文帝遣符劭、孫郁使吴，將軍石苞令楚作書遺孫皓……惠帝初，爲馮翊太守。元康三年卒。』楚乃東晉玄言詩名家孫綽之祖。

傅咸奏免河南尹、左將軍及廷尉等，作《奏劾王戎》《上事自辨》《司隸校尉教》《皇太子釋奠頌》。見《晉書·傅咸傳》《潘尼傳》《王戎傳》、《全晉文》卷五十二。

傅咸作《贈郭泰機》，郭泰機（二五〇？—三〇〇？）作《答傅咸》。見《文選·答傅咸》李善注。其詩創作具體時間不詳，咸卒於次年，姑繫之是年。

潘尼上《釋奠頌》《釋奠詩》。《晉書·潘尼傳》：『元康初，拜太子舍人，上《釋奠頌》。其辭曰：「……三年春閏月，將有事於上庠，釋奠于先師，禮也。……尼昔忝禮官，嘗聞俎豆。今廁末列，親睹盛美，瀸漬徽猷，沐浴芳潤，不知手舞口詠，竊作頌一篇。」』頌後附《釋奠詩》，故知此文作於元康三年春。

機作《贈馮文羆遷斥丘令八首》《贈馮文羆》《贈斥丘令馮文羆詩》，又作《祖道畢雍孫劉邊仲潘正叔》《贈潘正叔》，又作《棹歌行》《日出東南隅行》《招隱詩》《悲哉行》。

晉惠帝元康四年甲寅（二九四）　雲三十三歲，機三十四歲

潘尼作《皇太子集應令》《贈陸機出爲吴王郎中令》。前詩曰：『聖朝命方岳，爪牙司北鄰。皇儲延篤愛，設餞送遠賓。』誰應今日宴，具惟廊廟臣。』可知詩爲太子設宴餞别大臣出鎮北方而作。據陸《繫年》考：『在惠帝初年，奉命出鎮北方，惟劉弘。』弘爲靖之子，《水經注》卷十四引《劉靖碑》：『晉世元康四年君少子驍騎將軍平鄉侯宏（弘）受命使持節監幽州諸軍事，領護烏丸校尉，寧朔將軍。』與《晉書·劉弘傳》所載同。故知此詩當作於是年。《贈陸機出爲吴王郎中令》當作於是年秋，見下文所考。

摯虞作《册隴西王泰爲太尉文》。萬斯同《晉將相大臣年表》以册爲隴西王泰在本年正月，故此文亦當作於此時。

傅咸卒。《晉書·傅咸傳》：『元康四年卒官，時年五十六，詔贈司隸校尉，朝服一具、衣一襲、錢二十萬，謚曰貞。』

吴王司馬晏出鎮淮南，以陸機爲吴王郎中令，作《詣吴王表》《答潘尼》。又作《元康四年從皇太子祖會東堂詩》《祖會太極東堂詩》。《祖會太極東堂詩》或爲前詩之佚句。又作《吴王郎中時從梁陳作》《爲顧彦先贈婦二首》。

陸雲補浚儀令。《晉書·陸雲傳》：『俄以公府掾爲太子舍人，出補浚儀令。縣居都會之要，名爲難理。雲到官肅然，下不能欺，市無二價。人有見殺者，主名不立，雲録其妻，而無所問。十許日遣出，密令人隨後，謂曰：「其去不出十里，當有男子候之與語，便縛來。」既而果然。問之具服，云：「與此妻通，共殺其夫，聞妻得出，欲與語，憚近縣，故遠相要候。」於是一縣稱其神明。郡守害其能，屢譴責之，雲乃去官。百姓追思之，圖畫形象，配食縣社。』具體時間無考，約于其兄同放外任，姑繫是年。

又作《答顧秀才》。顧秀才，指顧衆（二七四—三四六），字長始，顧秘之子，顧榮族弟。據《晉書·顧衆傳》，衆以事伯母至孝而聲名鵲起，詩言『慎終於遠，俾民歸厚』，蓋指此。衆先爲州辟爲主簿，後舉秀才。舉秀才之年齡，至少在弱冠之後。衆卒於永和二年，年七十三，逆推之則生於泰始十年，小士龍十三歲。也就是説，雲作此詩至少在三十三歲以後。是年，雲三十三，此詩則必作於是年後。姑繫於此。

又作《爲顧彦先贈婦往返四首》。此詩當與陸機同題詩作於同時。又作《失題二首》(美哉良友)。此詩所作時間難以確考，然從『我悴西鄰，子沉東土』看，必作於入洛之後。而此詩亦是贈婦往返之詩，或與《爲顧彦先贈婦往返四首》所作時間差近。姑繫是年。俞《譜》此詩繫於太康三年，認爲是『陸雲在秣陵作寄内詩』。然『我悴西鄰』之西鄰乃指西土，不可能指秣陵。

晉惠帝元康五年乙卯(二九五)　雲三十四歲，機三十五歲

分割敦煌、酒泉二郡；别置晉昌郡。《晉書·地理志上》：『元康五年，惠帝分敦煌郡之宜禾、伊吾、宜安、深泉、廣至等五縣，分酒泉之沙頭縣，又别立會稽、新鄉，凡八縣爲晉昌郡。』

王湛(二四九——二九五)卒。《晉書·王湛傳》：『王湛，字處沖，司徒渾之弟也。……兄子濟……嘗詣湛，見床頭有《周易》……請言之。湛因剖析玄理，微妙有奇趣，皆濟所未聞也。……湛少仕歷秦王文學、太子洗馬、尚書郎、太子中庶子，出爲汝南内史。元康五年卒，年四十七。』

潘岳作《悼亡賦》《哀永逝文》《悼亡詩》三首及《金鹿哀辭》。《悼亡賦》有『伊良嬪之初降，幾二紀以迄兹』之句，可證岳婚後近二十四年而妻亡。岳於泰始八年娶楊肇女，未及二紀(二十四年)，可能即在是年或稍前。《悼亡詩》《哀永逝文》亦是傷妻之辭，或與悼亡賦所作時間接近。而《金鹿哀辭》又有『良嬪短世，令子天昏』句，其女夭亡可能與其母同時。故繫之是年。

張悛爲太子中庶子，作《爲吴令謝詢求爲諸孫置守冢人表》。張悛，字士然。據《文選》卷三十八

李善注引孫盛《晉陽秋》可知，此表作於元康中，姑繫是年。

裴頠兼吏部尚書，作《讓吏部尚書表》《上言刑法》。據表『會五年二月有大風，主者懲懼前事。臣新拜尚書始三日』，可知頠是年二月兼任是職。又《晉書·刑法志》：『至惠帝之世，政出群下；每有疑獄，各立私情；刑法不定，獄訟繁滋。尚書裴頠表陳之曰……頠雖有此表，曲議猶不止。』故知《上言刑法》亦當作於是年。

陸機作《皇太子賜宴詩》。

晉惠帝元康六年丙辰（二九六）　雲三十五歲，機三十六歲

正月，中書監張華遷司空。《晉書·惠帝紀》：『六年春正月，大赦。司空、下邳王晃薨。以中書監張華爲司空』，陸《繫年》考定於是年。

五月，趙王倫爲車騎將軍。梁王肜爲征西大將軍，張華作《祖道征西應詔詩》。《晉書·惠帝紀》：『五月……徵征西大將軍、趙王倫爲車騎將軍，以太子太保、梁王肜爲征西大將軍、都督雍梁二州諸軍事，鎮關中。』張華詩，乃餞别征西大將軍梁王肜應詔而作。

八月，氐羌推氐帥齊萬年（？——二九九）僭號稱帝，圍涇陽。十一月，遣安西將軍夏侯俊、建威將軍周處等討萬年。皆見《晉書·惠帝紀》。

潘岳作《金谷集作詩》《爲賈謐作贈陸機》。二詩亦當作於是年。又石崇《金谷詩集序》曰：『余以元康六年從太僕卿出爲使持節、監青徐諸軍事、征虜將軍。』可知《金谷集作詩》作於是年。《爲賈謐作

贈陸機》，據陸機答詩，岳贈詩在是年。

潘岳免官，復作《閒居賦》。《閒居賦》序：『今天子諒暗之際，領太傅主簿。府主誅，除名爲民。俄而復官，除長安令。遷博士，未召拜，親疾輒去，官免。自弱冠涉於知命之年，八徙官而一進階，再免，一除名，一不拜職，遷者三而已矣。』可知免官在知命之年（年五十），賦當作於此年。

潘尼出爲宛令，作《贈二李郎詩》（序存詩佚）、《贈汲郡太守李茂彦詩》。《太平御覽》卷二百五十九引《贈二李郎詩》序曰：『元康六年，尚書吏部郎汝南李光彦遷汲郡太守，都亭侯江夏李茂曾遷平陽太守……離別之際，各斐然賦詩。』可知，二李遷官在元康六年，此二詩當作於此時。另據《潘尼傳》，尼出爲宛令亦在二李遷官之後。故繫於是年。

又作《答楊士安詩》。詩有『逝將辭儲官，棲遲集南畿』句，可知作於離太子舍人赴宛令之時。故繫於是年。

石崇出爲征虜將軍，假節監徐州諸軍事，鎮下邳，作《金谷詩（並序）》。《晉書·石崇傳》：『頃之，拜太僕，出爲征虜將軍，假節、監徐州諸軍事，鎮下邳。崇有別館在河陽之金谷，一名梓澤，送者傾都，帳飲於此焉。』《世説新語·品藻》劉注：『石崇《金谷詩敘》曰：余以元康六年從太僕卿出爲使持節、監青徐諸軍事、征虜將軍。有別廬，在河南縣界金谷澗中。或高或下，有清泉茂林衆果竹柏藥草之屬，莫不畢備。又有水碓魚池土窟，其爲娱目歡心之物備矣。時征西大將軍祭酒王詡，當還長安。余與衆賢共送往澗中，晝夜遊宴，屢遷其坐。或登高臨下，或列坐水濱。時琴瑟笙筑，合載車中，道路並作。及住，令與鼓吹遞奏，遂各賦詩，以叙中懷。或不能者，罰酒三斗。感性命之不永，懼凋落之無期，故具列時人官號、姓名、年紀，又寫詩著後。後之好事者，其覽之哉！凡三十人，吴王師議郎、關中侯，始平武功蘇紹，字世嗣，年五十，爲首。』東晉蘭亭雅集賦詩，蓋淵源於此。按：《水經注》卷十六引作『元康七年』，誤。《文選》卷二十潘岳《金谷集作詩》李善注引亦作『元康六年』。

嵇紹拜徐州刺史，作《贈石季倫》。《晉書・忠義傳》：『轉豫章内史，以母憂不之官。服闋，拜徐州刺史。時石崇爲都督，性雖驕暴，而紹將之以道，崇甚親敬之。』石崇都督徐州，與紹親敬，故詩當作於是年。

曹攄（二五五？——三〇八）作《贈石崇》。其詩曰：『臨肴忘肉味，對酒不能斟。人言重别離，斯情效於今。』可知此詩爲餞别石崇之作。故繫於是年。

又作《贈歐陽建》《思親友詩》。具體時間無考，詩有『弱冠參戎，既立南面』之句，可能在建任馮翊太守時，建於元康六年尚在任，姑繫是年。

歐陽建（二六五？——三〇〇）作《答石崇贈》。建爲石崇外甥，詩有『在徐之邳』，可知作於崇都督徐州任上。故繫於是年。

是年冬，機遷尚書中兵郎，潘岳代賈謐作《爲賈謐作贈陸機》，機作《答賈謐詩》，又名《答賈長淵》。又作《思歸賦》《感時賦》《於承明作與士龍》《贈弟士龍》（行矣怨路長）。

雲拜吴王郎中令，作《國起西園第表啓》。《晉書・陸雲傳》：『尋拜吴王晏郎中令。晏于西園大營第室，雲上書。』俞《譜》曰：太康七年，『陸雲《國起西園第既成有司啓》云：「昔淮南太妃當安厝，臣兄比下墨機時爲郎中令。……」可見，雲爲吴王郎中令，在其兄陸機後。又陸雲《西園第既成有司啓》云：「先帝背世，曾未十年。」……是年陸雲爲郎中令。』此説近是。綜考史籍可知，雲出郎中令當在元康六年冬，繼兄之任。上表諫止吴王起西園，應已在任上，或是年冬，或次年初。而《西園第既成有司啓》當在元康七年，或稍後。距離武帝逝世約八九年時間，故曰『曾未十年』。

按：俞《譜》曰：元康六年，『陸雲初見張華，見華多姿制，大笑不止。』又曰：『二陸同見張華，既外表不凡，又並有俊才，張華云「伐吴之役，利在獲二俊」。』此説或誤。又作《嘲褚常侍》。其《嘲褚常侍》曰：『六年正月，前臨川府丞褚老常侍，君子謂吴如是乎能官人。』

【考辨】

俞《譜》曰：『文曰：「六年正月，以臨川府丞褚爲常侍，君子謂吴如是乎能官人。」知其文作於吴未滅時。據《三國志・吴書・孫亮傳》，吴太平二年（二五七）以豫章東部爲臨川郡，之後僅孫休永安有六年（二六三），其它紀元皆不及六年，然永安六年陸雲生，不可能作文。文中「六」疑與「三」字形近而誤。雲《嘲褚常侍》文首立官人之義，次刺褚常侍「不謙」無德，提出君子當「謙」而「慎」，文末云「吴無君子，斯焉取斯」，嘲吴朝廷所舉匪人。當在雲爲賢良後，故繫於此。』俞君所引版本有異文，《漢魏百三名家集》本、《七十二家集》本、文津閣四庫本並作『以臨川府丞褚爲常侍』，古逸叢書影宋本、明吴氏叢書堂鈔本、四部叢刊都穆本等皆作『前臨川府丞褚老常侍』，當以此版本爲據，謂『前』者，指曾任之舊職。又文中有『褚氏，大夫之常佐，遠邦之賤司』，『遠邦』指吴，顯然是陸雲入洛後所作。文章呈現士龍之文別樣風格，以遊戲的筆墨，調侃的語調，勾畫了一位懷才不遇而又安貧樂道的褚常侍形象。通過褚常侍才美與位卑對比；有吕望、寧戚官人之才，而無吕望、寧戚之際遇對比；棲身槁木，安貧樂道，與爵豐而求厚，位隆而欲廣者對比，深刻揭示褚常侍不遇于時、不得其君的窘迫人生遭遇。用筆似貶，實則褒之；詼諧幽默，而歸之於正，頗有漢人東方朔文章之遺風。文中『君子』或爲僞，或爲正，僞者求全責備，正者正面褒揚，意義有別，不可不細察之。因此，本文所言之『六年』，乃元康六年。士龍與兄太康末入洛，太安二年被誅。惟元康有九年，故其六年必爲元康六年，此文必作於是年。

又作《答兄平原》（悠悠途可極）。此詩題有誤，《文選》作《答兄機》，是。此詩所作時間，《唐鈔文選集注彙存》曰：『初，吴破入洛，士龍在家，將與之別贈，至承明，又作前詩。此篇當合居前也。』李善曰：『士衡前爲太子洗馬時，贈別士龍，今答之。』吕向曰：『機自吴王郎中寄詩與雲，故有此答。』三説各不同，當以吕向説爲是。二陸于太康末同入洛，不當有離別之詩。而機任爲太子洗馬時，雲亦在洛爲官，也不當有『別促怨會長』之歎。綜考機《思歸賦》、雲《歲暮賦》，可知，機離任吴王郎中令，而士龍繼任此職，二人借此機會相約同歸故里。因局勢混亂，機職典中兵，被詔返洛。兄弟相遇于歸途中，餞別贈詩。此二詩與機《於承明作與士龍》，時間相近。一作於別後，一作於途中。具體時間當是元康六年冬。另據雲《歲暮賦》序：『余祇役京邑，載離永久。永寧二年春，忝寵北郡……自去故鄉，荏苒六年。』由永寧二年上推六年即元康六年。此亦可證雲於是年曾回故鄉也。

又作《贈顧交趾公真詩》詩。

【考辨】

顧秘，吴人，曾任吴王郎中令，交趾太守、吴興内史、交州刺史。李善曰：『《晉百官名》云：顧秘，字公真，爲交州刺史。』李周翰曰：『士衡思之，故贈此詩。』《唐鈔文選集注彙存》卷四十八：『《鈔》曰：顧尚（按：當脱『書』），字公真，初曾同事太子令，出爲交趾太守，故贈之也。』李善注『交州刺史』，公孫羅《文選鈔》注『交趾太守』，二人不同，善注誤。據萬斯同《晉方鎮年表》，顧秘於永興元年（三〇四）繼吾彦之後，任交州刺史。秦錫圭《補晉方鎮年表》，元康九年吾彦任交州刺史，並案曰：『《傳》稱在鎮二十餘年，以大長秋徵卒。以年核之，當元帝時。今合陶璜、顧衆、王諒諸傳，觀之《傳》「二十餘」三字當有誤。』此表定顧秘任交州刺史在永嘉五年（三一一）。又吴廷燮《晉方鎮年表》定太安二年顧秘繼吾彦任交州刺史。又云：『《陶璜傳》：吾彦卒，又以員外散騎常侍顧秘代彦。《陸士衡集・贈顧交趾公真》：「發迹翼藩後，改授撫南裔。伐鼓五嶺表，揚旌（萬）里外。」《本紀》：太安二年十一月，前吴興太守顧秘起義軍以討石冰。』又云：『《文選注》：《晉百官名》曰：顧秘字公真，交州刺史。按：陸機死于太安二年十月，而《本紀》十一月猶書秘爲前吴興内史。應考。』〔一〕

〔一〕萬斯同《晉方鎮年表》、秦錫圭《補晉方鎮年表》、吴廷燮《晉方鎮年表》，分別見《二十五史補編》第三冊，中華書局一九五五年版，第三三九三、三四〇一、三四五〇頁。

上述三表載顧秘任交州刺史時間相差較遠，然均在陸機被誅（太安二年）之後，則毫無疑問。故曹道衡、沈玉成《中古文學史料叢考·陸機〈贈顧交阯（趾）公真〉李善注》曰：『本事淆亂，端在李善之注。詩題明言「顧交阯」，蓋顧秘出郡守。……魏晉兩代交阯爲郡，交州爲州。……是顧秘由交阯遷吴興，太安二年已罷官家居。』[一]曹、沈先生所言極是。據《晉書·地理志下》：『交趾、日南、九真、合浦四郡爲交州。』顧秘先任交趾太守，後任交州刺史，遂至後人淆亂，李善誤於前，吴廷燮誤於後，當以《唐鈔文選集注彙存》所載爲是。然而，從陸機詩『發迹翼藩后，改授撫南裔』之句看，『太子令』或爲『郎中令』之誤。《唐鈔文選集注彙存》引李善曰：『藩后，吴王也。《顧氏譜》曰：秘爲吴王郎中令。南裔，即交趾也。』也就是説顧秘是由吴王郎中令直接遷調交趾太守。士衡因是同僚，作詩而贈之。顧秘既與陸機同爲吴王郎中令，其出守交趾與陸機遷尚書中兵郎時間差近。又由機《答賈謐》可知，機遷官在元康六年冬，故此詩當作於元康六年前後。姑繫是年。俞《譜》繫於元康九年，或誤。

又作《贈鄱陽府君張仲膺》（五章）。從内容看，此詩作於入洛之後，仕途蹭蹬之時。雲元康六年冬出爲吴王郎中令，元康八年入補尚書郎，此後雖有短暫的坐趙王倫篡逆而入獄，然其仕途基本處於上升時期。而詩人作此詩時尚在洛陽任職，故當作於入洛之初，即元康六年之前，故繫於是年。

[一] 曹道衡、沈玉成《中古文學史料叢考》，中華書局二〇〇三年版，第一二八頁。

又作《答車茂安書》。俞《譜》曰：『車永與陸雲《書》云：「外甥石季甫，忽見使爲鄮令。……老人及姊，自聞此問，三四日中，了不能復食。姊晝夜號泣，不可忍視。」車永急請陸雲解勸，可見此時陸雲與車永所居不遠。……陸雲《答》書贊鄮縣「北接青徐，東洞交廣」，知此書必作於三國一統後。……又《太平御覽》卷九百四十一《越地形記》載：「夏靖答車茂弘論鄮縣書」殘句。「宏」與「安」形近而誤。知此時車永亦向夏靖求援，則夏靖所居亦當與車永不遠。據前譜，夏靖出爲武昌太守遭遇親喪，此時適在鄉守制。陸雲此時與夏靖有交往。《晉故豫章内史夏府君誄》曾回憶道：「諮予與君，恩親之微。蒙恤於昔，投纓瀾猗。」綜上所述，雲《答車茂安書》最可能作於是年。』所言極是。鄮縣晉屬會稽郡。夏靖會稽人，是時守制鄉里；陸雲生於華亭，與會稽郡接壤，是時任職淮南，故車茂安去書咨詢夏、陸。故繫於是年。

又俞《譜》曰：『歲暮，陸雲仍未仕，作《牛責季友》以自嘲。』此篇乃勸季友離隱仕進之文。從『何子崇道與德，而遺貴與富之甚哉』句看，文章名爲責難而實爲褒揚。季友之才秀與處境之落魄形成鮮明對比，個中原因，留餘言外。兩處『何不』之責難，實質上隱含對現實的不滿與批判，其中也融入作者理想之失落。此文所作時間不可考，或在仕途蹭蹬之時。俞《譜》繫於是年，近是。

晉惠帝元康七年丁巳(二九七)　雲三十六歲,機三十七歲

潘岳爲著作郎,作《馬汧督誄》。《晉書·潘岳傳》:『徵補博士,未召,以母疾輒去,官免。尋爲著作郎。』其誄序有『惟元康七年秋九月十五日』句,故知當作於是年九月。

又爲樂廣(?—三〇四)作《讓河南尹表》。《世説新語·文學》:『樂令善於清言,而不長於手筆。將讓河南尹,請潘岳爲表。潘云:「可作耳,要當得君意。」樂爲述已所以爲讓,標位二百許語。潘直取錯綜,便成名筆。時人咸云:「若廣不假岳之筆,岳不取廣之旨,無以成斯美也。」』據《通鑑紀事本末》卷十二《西晉之亂》載:『(元康)七年,王衍爲尚書令,南陽樂廣爲河南尹,皆善清談,宅心事外,名重當世,朝野之人,争慕效之。』可知,樂廣爲河南尹在元康七年,其《表》必作於是年。萬斯同《晉將相大臣年表》以廣由侍中遷河南尹在元康八年,誤。

石崇作《答曹嘉詩》《贈棗腆》。據《三國志·武文世王公傳》裴注可知,嘉、崇之贈答,在崇出鎮徐州之時,崇於元康八年免官。另,崇《贈棗腆》詩有『久官無成績,棲遲于徐方』句,故知崇作此詩已出鎮徐州有年,故繫之是年。

江統(二六〇?—三一〇)除華陰令,作《函谷關賦》。陸《繫年》:『疑作於赴華陰途中。』姑繫是年。

束晳作《風伯雨師不得避諱議》。其文有『元康七年詔書稱』云云,故繫之是年。晳另有《補亡詩》六首,作年不詳。

王渾(二二三—二九七)卒。《晉書·王渾傳》:『王渾,字玄沖,太原晉陽人也。父昶,魏司空。……太熙初,遷司徒。惠帝即位,加侍中……及誅楊駿,崇重舊臣,乃加渾兵。渾以司徒文官,主

史不持兵，持兵乃吏屬絳衣。……渾所歷之職，前後著稱，及居台輔，聲望日減。元康七年薨，時年七十五，謚曰元。』

陳壽卒。《晉書·陳壽傳》：『陳壽，字承祚，巴西安漢人也。少好學，師事同郡譙周，仕蜀爲觀閣令史。……舉爲孝廉，除佐著作郎，出補陽平令。撰《蜀相諸葛亮集》，奏之。除著作郎，領本郡中正。撰魏吴蜀《三國志》，凡六十五篇。……元康七年，病卒，時年六十五。……壽又撰《古國志》五十篇、《益都耆舊傳》十篇餘，文章傳於世。』

機轉殿中郎。機作《晉平西將軍周處碑》《贈尚書郎顧彦先二首》，又作《策秀才問》。又作《贈紀士》。

雲督糧過婁地，以所督糧盡賑饑民。《姑蘇志·壇廟上》：『晉陸内史祠，在長洲縣相城益地鄉，祀晉大將軍右司馬陸雲士龍也。雲爲郡人，因督糧過吴婁地，見歲侵，以所督糧盡賑饑民。後遇難，民感其惠，以衣冠葬此，立祠祀之。』雲督糧，賑濟饑民具體時間不詳，或在吴王郎中令任上，因吴王食邑三郡，吴郡爲其一，去吴郡督糧，當此任上。姑繫是年。

雲作《贈顧尚書》。顧尚書即尚書郎顧榮，當與兄贈詩爲同時之作。

【考辨】

俞《譜》繫此詩於太康七年，並曰：『陸雲《贈顧尚書》詩，言己與姊「會淺別速」，又云「我非形景，有處有遊。載離載會，且歡且憂」，知別者爲己。又陸雲《失題二首》之一詩，叙姊弟同入京後室邇人隔，繼而云「抱恨東遊」，皆可證陸雲在姊來京後不久即有出宰浚儀之命。』俞君對詩意理解或有誤。從詩題看，此贈詩作於彦先尚書任上。《晉書·顧榮傳》載：『吴平，與陸機兄弟同入洛，時人號爲三俊。例拜爲郎中，歷尚書郎。』又《唐鈔文選集注彙存》曰：『機從洗馬爲吴王郎中令，從郎中又爲尚書郎。彦先亦爲尚書郎，同在楚省别院。榮復是機姊夫，于時遇雨，不得相見，相憶作此詩。』説明榮任尚書郎與陸機任尚書中兵郎時間差近。據陸機《答賈謐》序可知，機於元康六年冬由吴王郎中令遷尚書中兵郎。故此詩當作於元康七年，或稍後。

又作《西園第既成有司啓》《王即位未見賓客群臣又未講啓》《輿駕比出啓》《言事者啓使部曲將司馬給事覆校諸官財用出入啓》。上五篇啓均作於郎中令上，時間比《國起西園第表啓》略晚，雲赴任郎中令在元康六年冬，西園既成，當在次年，故《西園第既成有司啓》必作於元康七年。其餘四篇或稍後。俞《譜》繫後《輿駕比出啓》《言事者啓使部曲將司馬給事覆校諸官財用出入啓》《國人兵多不法啓》三篇於元康九年。《輿駕比出啓》《言事者啓使部曲將司馬給事覆校諸官財用出入啓》當作於是年，《國人兵多不法啓》則作於元康八年。

又作《移書太常薦同郡張贍》。《晉書·陸雲傳》：『雲愛才好士，多所貢達。移書太常府薦同郡張贍曰……入爲尚書郎。』可知其書作於未入尚書郎前、吴王郎中令上。姑繫是年。俞《譜》繫於元康九年，或誤。

又作《贈鄭曼季往返》八首。

【考辨】

俞《譜》繫此詩於太康六年，並曰：『陸雲遊宦無成，但交遊頗廣，尤其與原東吴士人多有交往，《贈鄭曼季往返八首詩》《與張光禄》第二、三書。』據上文所考，陸雲是時已任吴王郎中令，並非遊宦無成。據鄭之《鴛鴦序》：『有賢者二人，雙飛東嶽，揚輝上京。其兄已顯登清朝，而弟中漸婆娑衡門。』可知作此詩時二陸並已入洛，然機官居顯要，而雲仕途蹭蹬。所謂『衡門』者非指隱居，而是誇張表達其官不在朝而已。考陸機《答賈謐詩》序可知，機遷尚書中兵郎是在元康六年冬，雲繼任吴王郎中令一職，鄭詩序或指此也。又據郝經《續後漢書・鄭冑傳》：『鄭豐，字曼季。……有文學操行，與陸雲善。……吴亡入晉，司空張華辟，未就，卒。』可知張華曾辟鄭豐，豐未就。復考《晉書・惠帝紀》，張華元康六年遷司空。綜此，此詩或爲『司空張華辟，未就』而作是詩，以勸勉其出仕也。因此當作於元康六年冬之後，雲滯留吴地之時，故繫於是年。俞《譜》繫年，近是。

又作《與戴季甫書》第一、二書。第一書從『中間曠年』『比辱慰誨』句看，二人不見已有數年，且戴氏已有數書與陸雲，而第二書又有『曠遠以來，忽踰年載』之句，兩相較之，第二書所作時間當在第一書之前。第二書有『東歸之後』句，士龍東歸時間較長者有兩次：第一次是天紀四年吴亡，二兄晏、景被殺，次年在陸機扶柩東歸之後，即與機而後屏居鄉里，閉門讀書。第二次是入洛以後，約於元康六年冬任吴王晏郎中令。晏鎮淮南，在洛陽之東，或可謂之『東歸』。第二書有『守以重任』『忽踰年載』之句，故此書當作於任淮南郎中令之次年。故繫於是年。俞《譜》將第二書繫於太康九年，或非。

又作《答吴王上將軍顧處微》(九章)。吴王上將軍顧處微作詩贈雲(詩佚),雲作此詩答之。從『陟彼玉階,黄髪來升』句,雲與處微均在吴王府中任職。再從『匪唯形交,殷薦其心』『心以殷薦,分以道成』『詩亦有悲,無幾相見』『臨篇焉愧,德輶辭輯』詩句看,士龍與處微相交有年,而相見甚短即别。稽考詩之『王謂御事,誰撫上軍。于時翻飛,虎嘯江濆』句,則可知處微因赴江濆(長江沿岸)履行職責而與之别。因吴王晏所鎮淮南,所食三郡丹楊、吴興、吴郡,皆與淮南路程有日,故處微赴江濆則必與雲别。雲元康六年冬赴任郎中令,八年離任,此時作於是二年的可能性不大,或作於元康七年。故繫於是年。俞《譜》繫元康八年,近是。

晉惠帝元康八年戊午(二九八)　雲三十七歲,機三十八歲

潘岳轉散騎常侍,代賈謐議晉書限斷。《晉書·潘岳傳》:『轉散騎侍郎……謐晉書限斷亦岳之辭也。』議晉書限斷事當在機遷著作郎後(見下文)。

機轉著作郎,作《吊魏武帝文》,又作《大暮賦》《講漢書詩》《薦賀循郭訥表》《答張士然詩》《贈武昌太守夏少明詩》《答少明詩》(佚)。又作《薦賀循郭訥表》。

朝議立晉書限斷,機又作《晉書限斷議》。又撰《惠帝起居注》《洛陽記》《晉書》(《晉紀》)之《三祖紀》《晉惠帝百官名》《吴章》,又撰《要覽》三篇。

雲作《國人兵多不法啓》。從此啓『服事以來,荏苒三年』句看,乃作於任吴王郎中令之第三年，即元康八年。

雲入爲尚書郎。時間史書不載。《晉書·陸雲傳》：『尋拜吴王晏郎中令。……入爲尚書郎。』雲《國人兵多不法啓》有『服事以來，荏苒三年』之句，可知雲於元康八年離任吴王郎中令入爲尚書郎，具體時間或爲秋冬之季。

又作《與戴季甫書》第七書。此書所作時間難以確考，然陸機有《薦賀循郭訥表》，據《晉書·賀循傳》：『著作郎陸機上疏薦循。』又機《吊魏武帝文》序，元康八年，機出補著作，故機之薦表必作於是年或稍後。而雲此書曰：『郭敬言蒸陽良才遠負，爲之邑歎。以其姿望，足以致高，想不久爾耳。』郭敬言即郭訥，故此書當與陸機薦表差近。

晉惠帝元康九年己未（二九九）　雲三十八歲，機三十九歲

正月，破齊萬年。梁王肜録尚書事，河間王顒爲鎮西將軍，成都王穎爲鎮北大將軍。《晉書·惠帝傳》：『九年春正月，左積弩將軍孟觀伐氐，戰於中亭，大破之，獲齊萬年。徵征西大將軍、梁王肜録尚書事。以北中郎將、河間王顒爲鎮西將軍，鎮關中；成都王穎爲鎮北大將軍，鎮鄴。』

十二月，賈后廢太子庶人，張華上書諫廢太子。《晉書·惠帝傳》：『十二月壬戌，廢皇太子遹爲庶人，及其三子幽于金墉城，殺太子母謝氏。』又《張華傳》：『及賈后謀廢太子……帝會群臣於式乾殿，出太子手書，遍示群臣，莫敢有言者。惟華諫曰：「此國之大禍。自漢武以來，每廢黜正嫡，恒至喪亂。且國家有天下日淺，願陛下詳之。」尚書左僕射裴頠以爲宜先檢校傳書者，又請比校太子手書，

不然，恐有詐妄。賈后乃内出太子素啓事十餘紙，衆人比視，亦無敢言非者，議至日西不決，後知華等意堅，因表乞免爲庶人，帝乃可其奏。』

七月，裴頠爲尚書僕射。《晉書·惠帝傳》：『九年……秋八月，以尚書裴頠爲尚書僕射。』作《崇有論》。《晉書·裴頠傳》：『愍懷太子之廢也，頠與張華苦争不從，語在華傳。頠深患時俗放蕩，不尊儒術，何晏阮籍，素有高名於世，口談浮虚，不遵禮法，尸禄耽寵，仕不事事。至王衍之徒，聲譽太盛，位高勢重，不以物務自嬰，遂相放效，風教陵遲，乃著《崇有》之論，以釋其蔽。』此文或作於是年冬，或作於次年初，姑繫於此。

潘岳作《愍懷太子禱神文》。《晉書·愍懷太子傳》：『黄門侍郎潘岳作書草若禱神之文，有如太子素意因醉而書之，令小婢承福以紙筆及書草，使太子書之。』此書直接導致太子被廢，潘岳之人品也於此可見一斑。

又作《楊仲武誄》《爲楊長文作弟仲武哀祝文》。誄文曰：『楊綏字仲武……不幸短命，春秋二十九，元康九年夏五月己亥卒。』故知此二文皆作於是年五月。

又奉詔作《關中詩》《上關中詩表》。《古詩紀》卷三十八曰：『惠帝元康六年，氐賊齊萬年與楊茂於關中反亂，既平，帝命諸臣作《關中詩》。潘岳上表曰：「詔臣作關中詩，輒奉詔竭愚，作詩一篇。」』據《晉書·惠帝紀》：『九年春正月，左積弩將軍孟觀伐氐，戰於中亭，大破之，獲齊萬年。』自元康六年氐賊齊萬年反叛關中，直至元康九年春方平息，此詩及表當作於此年正月之後。

太子洗馬江統作《徙戎論》以警朝廷。《晉書·江統傳》：『時關隴、屢爲氐、羌所擾，孟觀西討，自擒氐帥齊萬年。統深惟四夷亂華，宜杜其萌，乃作《徙戎論》。……帝不能用。未及十年，而夷狄亂華，時服其深識。』故繫於是年。

雲拜侍御史，尋轉太子中舍人。具體時間史書不載，《晉書・陸雲傳》：『尋拜吳王晏郎中令。……入爲尚書郎、侍御史、太子中舍人、中書侍郎。』雲約於元康八年秋冬入朝爲尚書郎，永寧二年六月遷清河内史，其間三年歷尚書郎、侍御史、太子中舍人、中書侍郎四職。而愍懷太子被廢於是年十二月，故雲太子中舍人一職亦當止於是時，故當是雲拜侍御史不久即轉太子中舍人。故將二職並繫於本年。俞《譜》將陸雲任太子中舍人永寧元年，缺乏史料依據。

作《答孫顯世》（十章）。綜考雲詩『發彼承華，頓此增城』，以及顯世贈詩『翩翩二宫，令問不已。乃遷華閣，皇典斯紀』，『邁彼江川，邈此北流』：第一，雲由太子屬官而拜吳王郎中令，並由郎中令而入遷華閣；第二，顯世贈詩乃作於雲至洛之後，雲之答詩必然在至洛後；第三，顯世與雲作詩贈答之時，皇太子遹尚在世。皇太子遹於本年十二月被廢，永康元年三月被殺。詩曰『焕矣金虎，襲我皇猷』，或之太子被廢之事。故此詩必作於元康九年十二月之前。又《陸雲傳》載：『尋拜吳王郎中令……入爲尚書郎。』可知，雲入華閣即任尚書郎。尚書官署稱尚書台，掌圖書奏章，出納王命，敷奏萬機，郎官主起草文書，故孫顯世贈詩言『乃遷華閣，皇典斯紀』。雲於元康八年秋冬之際入補尚書郎，此詩當作於元康九年十二月至永康元年三月之間。故繫是年。

又作《與楊彦明書》第六、七書。第六書乃論若思、望之清才俊彦，皆久不見進，乃無鄉黨舉薦之故。據《晉書·戴若思傳》：『若思後舉孝廉入洛。機薦之于趙王倫……倫乃辟之。』機薦若思當在趙王倫攝政之時。故書必作於永康元年四月前。

晉惠帝永康元年庚申（三〇〇） 雲三十九歲，機四十歲

正月，賈后使黄門誣太子爲逆，更幽于許昌宫之别坊。《晉書·愍懷太子傳》：『明年正月，賈后又使黄門自首，欲與太子爲逆。詔以黄門首辭班示公卿。又遣澹以千兵防送太子，更幽于許昌宫之别坊。』

三月，孫慮以藥杵椎殺太子。《晉書·愍懷太子傳》：『三月，矯詔使黄門孫慮齋至許昌以害太子。……慮乃逼太子以藥，太子不肯服，因如廁，慮以藥杵椎殺之，太子大呼，聲聞於外。時年二十三。』

四月，梁王肜、趙王倫矯詔廢賈后爲庶人，旋殺之。追復故皇太子位。賈謐伏誅，張華、裴頠遇害。倫專擅朝廷。《晉書·惠帝紀》：『永康元年春……（三月）賈后矯詔害庶人遹於許昌。夏四月辛卯，日有蝕之。癸巳，梁王肜、趙王倫矯詔廢賈后爲庶人，司空張華、尚書僕射裴頠皆遇害，侍中賈謐及黨與數十人皆伏誅。甲午，倫矯詔大赦，自爲相國、都督中外諸軍，如宣文輔魏故事，追復故皇太子位。丁酉，以梁王肜爲太宰，左光禄大夫何劭爲司徒，右光禄大夫劉寔爲司空，淮南王允爲驃騎將軍。己亥，趙王倫矯詔害賈庶人于金墉城。』

張華卒，年六十九。著《博物志》，《隋書·經籍志四》載『《張華集》十卷，録一卷』。

裴頠卒。年三十四。著《崇有論》《貴無論》《辯才論》等。《隋書·經籍志四》載《裴頠集》九卷。

石崇、潘岳、歐陽建並被害，建作《臨終詩》。《晉書·潘岳傳》：『及趙王倫輔政，秀爲中書令。……俄而秀遂誣岳及石崇、歐陽建謀奉淮南王允、齊王冏爲亂，誅之，夷三族。……初被收，俱不相知，石崇已送在市，岳後至，崇謂之曰：「安仁，卿亦復爾邪！」岳曰：「可謂白首同所歸。」岳《金谷詩》云：「投分寄石友，白首同所歸。」乃成其讖。』，又《晉書·歐陽建傳》：『及遇禍，莫不悼惜之，年三十餘。臨命作詩，文甚哀楚。』石崇時年五十二，潘岳時年五十四，歐陽建時年三十餘。《隋書·經籍志四》載：《石崇集》六卷、《潘岳集》十卷、《歐陽建集》二卷。

五月，立司馬臧（二九七——三〇一）爲皇太孫。《晉書·惠帝紀》：『五月己巳，立皇孫臧爲皇太孫，尚爲襄陽王。』

六月，葬愍懷太子於顯平陵。《晉書·惠帝紀》：『六月壬寅，葬愍懷太子於顯平陵。撫軍將軍、清河王遐薨。』

八月，淮南王司馬允（二七二——三〇〇）舉兵討趙王倫，不克。《晉書·惠帝紀》：『秋八月，淮南王允舉兵討趙王倫，不克，允及其二子秦王郁、漢王迪皆遇害。』

十二月，帝臨辟雍，行鄉飲酒之禮。《晉書·禮志下》：『武帝泰始六年十二月，帝臨辟雍，行鄉飲酒之禮。詔曰：「禮儀之廢久矣，乃今復講肄舊典。」賜太常絹百匹，丞、博士及學生牛酒。咸寧三年，惠帝元康九年，復行其禮。』

虞溥遷鄱陽内史，作《移告屬縣》《獎訓學徒詔》，尋卒。《晉書·虞溥傳》：『虞溥，字允源，高平昌邑人也。……稍遷公車司馬令，除鄱陽内史。大修庠序，廣詔學徒，移告屬縣……於是至者七百餘人。溥乃作誥以獎訓之……注《春秋》經、傳，撰《江表傳》及文章詩賦數十篇。卒于洛，時年六十二。』二文所作具體時間無考，陸《繫年》繫於是年。

左思退居宜春里，專意典籍。《晉書·文苑傳》：『秘書監賈謐請講《漢書》，謐誅，退居宜春里，專意典籍。』具體時間失載，姑繫是年。

張協（二五五？—三一〇？）屏居草澤，作《七命》。《晉書·張協傳》：『于時天下已亂，所在寇盜，協遂棄絶人事，屏居草澤，守道不競，以屬詠自娱。擬諸文士作《七命》。』具體時間無載，姑繫是年。

潘尼補尚書郎，又轉著作郎，作《乘輿箴》。《晉書·潘尼傳》曰：『入補尚書郎，俄轉著作郎，爲《乘輿箴》。』具體時間不詳，姑繫是年。

劉頌（二四五？—三〇〇）作《趙王倫加九錫議》，遷光禄大夫，病卒。《晉書·劉頌傳》：『劉頌字子雅，廣陵人，漢廣陵厲王胥之後也。世爲名族。……及趙王倫之害張華也，頌哭之甚慟。……孫秀等推崇倫功，宜加九錫，百僚莫敢異議。頌獨曰……於是以頌爲光禄大夫，門施行馬。尋病卒。』《趙王倫加九錫議》作於倫任相國之時，蓋是年四月前。旋即病卒。

機爲相國參軍，賜爵關内侯。不久，轉中書侍郎，作《與趙王倫薦戴淵》，《門有車馬客行》《君子行》，《丞相箴》《丞相贊》（佚），《漢高祖功臣頌》《吊蔡邕文》，《祠堂頌》《祠堂贊》（佚），《張華誄》《詠德賦》（皆佚），《愍懷太子誄》及《歎逝賦》《述思賦》《感丘賦》《羽扇賦》《漏刻賦》

《文賦》。又作《吴書》，未成，佚。

雲遷中書侍郎。雲遷中書侍郎，史無明載，然據《晉書・陸雲傳》所列官秩次序看，當在任太子中舍人後。太子被廢於元康九年十二月，太子中舍人亦止於是時，故遷中書侍郎必在本年一月之後。陸《繫年》曰：『假定在遷太子中舍人的次年。』故繫是年。

作《與兄平原書》第六、一二三書。第六書所作時間與《述思賦》接近，而據第一二三書可知，《述思賦》與《詠德頌》幾作於同時，《詠德頌》即《詠德賦》，乃是張華被殺後，機作文頌張華之德。張華被殺於永康元年四月，故此二書必作於是年四月後。

又作《與戴季甫書》第四書。從『近聞若思未有通途』句看，此書當作在戴若思入洛之後尚未宦達之前。若思後舉孝廉入洛，機作《與趙王倫薦戴淵》，倫乃辟之。除沁水令，不就，遂往武陵省父。『未有通途』蓋指此。據《晉書・惠帝紀》，於永康元年三月自爲相國，永寧元年四月被誅，可知機表當作於永康元年三月後，永寧元年四月前。

又作《登遐頌》。據《與兄平原書》第一三書：『去省《登遐傳》，因作《登遐頌》，須臾便成。』又第一四書：『誨頌，兄乃以爲佳，甚以自慰。文章當貴經緯，如謂後頌，語如漂漂，故謂如小勝耳。《九愍》如兄所誨，亦殊過望。』可知，《登遐頌》所作時間和《九愍》差近，《九愍》作於張華被殺即永康元年四月後，雲任司馬穎幕僚即永寧二年六月前。此頌又早於《九愍》，或作於張華被殺不久。張華被殺，不惟失去了誘掖作者的知己，而且大量名士同時遇難，政治的血腥也使之惶恐不安，頌文所透出的正是這一特殊時期的心態。故繫之是年。俞《譜》繫於永寧元年，或非。

又作《張二侯頌》。《與兄平原書》第一一書：『雲頃又爲輔吴、奮威作頌，欲愈前頌，然意並不以快。遣信當送《九愍》三賦，脱然謂可舉意。』可知此頌與《九愍》所作時間差近。又據第八書『張公在者必罷，必復以此見調。不知《九愍》不多，不當小減』句看，此書信必作於張公去世之後，由此則可推知《九愍》與此頌皆作於是年後。姑繫是年。

晋惠帝永寧元年辛酉(三〇一)　雲四十歲，機四十一歲

正月，趙王倫篡位。《晋書·惠帝紀》：『永寧元年春正月乙丑，趙王倫篡帝位。丙寅，遷帝于金墉城，號曰太上皇，改金墉曰永昌宫。廢皇太孫臧爲濮陽王。……癸酉，倫害濮陽王臧。』

三月，齊王司馬冏、成都王穎、河間王顒起兵討倫，四月倫見誅，改元。《晋書·惠帝紀》：『三月，平東將軍、齊王冏起兵以討倫，傳檄州郡，屯于陽翟。征北大將軍、成都王穎，征西大將軍、河間王顒，常山王乂，豫州刺史李毅，兗州刺史王彦，南中郎將、新野公歆，皆舉兵應之，衆數十萬。……夏四月，歲星晝見。冏將何勗、盧播擊張泓于陽翟，大破之，斬孫輔等。辛酉，左衛將軍王輿與尚書、淮陵王漼勒兵入宫，禽倫党孫秀、孫會、許超、士猗、駱休等，皆斬之。逐倫歸第，即日乘輿反正。……於是大赦，改元，孤寡賜穀五斛，大酺五日。誅趙王倫、義陽王威、九門侯質等及倫之黨與。』

摯虞作《致齊王冏牋》。永寧元年正月趙王倫篡位，四月被誅，齊王冏輔政。摯虞牋當作於是年

四月或稍後。

潘尼假歸，作《給事黄門侍郎潘君碑》《潘岳碣》《答陸士衡》。潘岳與孫秀有隙，因秀誣而被誅，尼之碑碣當作於秀被誅後。秀與趙王倫同時被誅，故繫是年。又《答陸士衡》，有『予志耕圃，爾勤王役』之句，尼之歸假，或在是年初。

嵇紹爲侍中，作《張華不宜復爵議》《諫齊王冏書》《上惠帝疏》。《晉書·忠義傳》：『司空張華爲倫所誅，議者追理其事，欲復其爵，紹又駁曰……齊王冏既輔政，大興第舍，驕奢滋甚，紹以書諫。』前二文明確作於倫誅後，而後文亦當與《諫齊王冏書》同上，故繫於是年。

江統遷尚書郎，作《太子母喪廢樂議》。《晉書·江統傳》：『後爲博士、尚書郎，參大司馬、齊王冏軍事。冏驕荒將敗，統切諫，文多不載。』參齊王冏軍事，當在冏擅權之際。又《全晉文》卷一百〇六此文注曰：『永寧元年冬。』故繫於是年。

趙王倫篡位，機轉黄門郎。作《折楊柳》《園葵詩》《招隱詩》《贈弟士龍》（友生有離聚）、《與吴王晏表》《謝吴王表》《見原後謝齊王表》《與成都王牋》，又作《七羨》（佚）、《吊少明》詩（佚）。

雲與機皆因牽於趙王倫篡逆事，入獄，賴成都王穎等救理之。機《謝平原内史表》：『横爲故齊王冏所見枉陷，誣臣與衆人共作禪文。幽執囹圄，當爲誅始。……乃與弟雲及散騎侍郎袁瑜、中書侍郎馮熊、尚書右丞崔基、廷尉正顧榮、汝陰太守曹武，思所以獲免，陰蒙避回，崎嶇自列。』雲之入獄，亦因職在中書之故。

雲作《晉故豫章内史夏府君誄》。其誄曰：『惟永寧元年五月二十五日，晉故豫章内史夏府君卒。』夏府君，即夏靖，字少明。官至豫章太守終。此誄當作於是年五月底。

又作《四言失題》（八章）。此詩所作時間不可確考，姑繫是年。

又作《四言失題》（六章）。此詩所作時間不可確考，姑繫是年。

【考辨】

上二題《四言失題》，俞《譜》繫於元康六年，並曰：『陸雲衡門棲遲，通好老莊。因氐羌反，國家有事，請託趙王倫欲從軍，作詩（今本《陸雲集》四言《失題》詩「悠悠懸象」）贈之，事未果。』俞君所言缺乏史料依據。此八首詩雖失題，但從内容上看，却是一個前後連貫的整體。其次序是：感慨四時之變化；由四時之變而觀物悟道；由觀物之變而知自然之運化；居陋室玩萬物而懷念先哲；披閱遺籍而追思古之隱者；由典籍而引發人類社會的思考；進而引發現實人生的思考；感慨世人與自我泥心塵世。可見，由自然而及天道，由天道而及先哲，由先哲而及社會，由社會而及人生，最後以感慨收束。詩之意脉貫通，邏輯連貫，故當爲同題之八章。並無請託趙王倫欲從軍之意。所作時間雖不可考，但是從内容情感看：第一，不可能作於青年或屏居鄉里期間；第二，不可能作於入洛之後仕途處於上升時期。綜合兩方面考查，此詩所作時間當在永寧元年六月後，任清河太守之前。是年四月，兄機因爲任趙王倫中書郎被疑參與擬九錫文及禪詔，被捕入獄，雲並坐，賴成都王穎、吴王晏並救理之，遇赦出獄，此時詩人欲進不能，欲退不忍，此詩或是這一特殊心境的折射。

俞《譜》又曰：『鄭豐亡，陸雲作詩（今本《陸雲集》四言《失題》「思樂芳林」）詩悼之。』此詩亦如前詩，或是同題之六章，乃懷人之作，而所懷之人實乃隱者。其次序是：寫隱居山林之樂，引出懷人之思；雖等待佳人時間之久，然矢志不渝；寫時光飄逝，佳人不在之落寞；由時光流逝而轉入對生死之思考；由明乎先哲典籍而安貧樂道；最後總束懷人念遠之情。六首按照懷人—等待—落寞—沉思—守道—總束之結構順序，由懷人而上升到對現實人生的思考，讚美歸隱山林，强調超越生死，安貧樂道，帶有鮮明的調和道儒的玄學思辨色彩。綜覽全詩，並無悼人之情。此六章詩所作時間不可確考，但是從所表現的思想看，與上首《失題詩》《逸民賦》創作時間接近，或在永寧元年六月後。

又作《太尉王公以九錫命大將軍讓公將還京邑祖餞贈此詩》（六章）。綜考《晉書·惠帝紀》與《成都王穎傳》，永寧元年四月趙王倫被誅。六月，成都王穎還鄴都。至鄴後，惠帝詔遣兼太尉王粹加司馬穎九錫殊禮，進位大將軍、都督中外諸軍事、假節、加黄鉞、録尚書事，入朝不趨，劍履上殿。穎拜受徽號，讓殊禮九錫。再稽之詩『昔乃云來，春林方輝。歲亦暮止，之子言歸』，可知此詩作於永寧元年歲末。

又作《九愍》。據陸雲《與兄平原書》第八書：『張公在者必罷，必復以此見調。不知《九愍》不多，不當小減』句看，此詩必作於張公去世之後。張華被誅於永康元年四月，則可知《九愍》必作是年四月後。又第十一書：『遣信當送《九愍》、三賦，脱然謂可舉意。』又第十四書：『《九愍》如兄所誨，亦殊過望。雲意自謂當不如三賦。』二書所言之三賦蓋指《愁霖賦》《雨霽賦》《登臺賦》，而據《登臺賦》《愁霖賦》序可知，此三賦皆作於永寧二年六月前後，而從《與兄平原書》的叙述語氣與次序看，《九愍》所作似早於三賦。故當在永康元年四月與永寧二年六月之間。姑繫是年。

又作《九愁》《九悲》，佚。《與兄平原書》第八書曰：『不知《九愍》不多，不當小減。《九悲》《九愁》，連日鈔除，所去甚多，才本不精，正自極此。願兄小爲之定一字、兩字，出之便欲得。』由此，在《九愍》寫作完成之後，又作《九悲》《九愁》，且在完稿又加潤色之後，又送機再加潤色。可惜今本不存，其寫定時間當在是年。

又作《與兄平原書》第五書。第五書所言陸機《答少明詩》今雖不存，但從陸機《贈武昌太守夏少明詩》推之，必是與少明之往返贈答。另據夏少明之答詩：『經緯三墳，錯綜衆書。斟酌聖奥，與道卷舒。』可知，陸機詩作於著作郎任上，機元康八年出補著作。另據雲《晉故豫章内史夏府君誄》序，少明卒於永寧元年五月，可知此書當作於元康八年至永寧元年五月之間。故《答少明詩》必在是時。姑繫是年。

又作《與兄平原書》第一〇書。此書討論並品評《楚辭・九歌》與《九章》，説明此書在時間上與《九愍》差近。姑繫是年。

又作《與兄平原書》第一一書。此書所作時間與《張二侯頌》《九愍》差近，而此信謂《九愍》僅成三篇，故知此信在永康元年之後，永寧二年夏之前。姑繫是年。

又作《與兄平原書》第一六書。由『張公昔亦云』句看，此書作於張華死後，據此，則書必作於是年之後，或《祖考頌》所作時間差近。姑繫是年。

又作《與兄平原書》第二四書。此書所涉及之少明，即夏少明。機《吊少明》詩（佚），必作於少明所卒不久。少明卒於永寧元年五月二十五日，可知《吊少明》詩以及此書必作於永寧元年五月之後。

又作《與兄平原書》第二八書。此書論及陸機《園葵詩》，當與機詩時間差近，即作於是年四月後。

又作《逸民賦》。其《逸民箴》序曰：『余昔爲《逸民賦》，大將軍掾何道彦，大府之俊才也。作《反逸民賦》……故爲《逸民箴》以戒反正焉。』《逸民箴》當作於《逸民賦》之次年，二者應相距時間不遠，故繫是年。

晉惠帝太安元年壬戌（三〇二）　雲四十一歲，機四十二歲

三月，皇太孫尚薨，秘書監摯虞作《議爲皇太孫服》。《晉書·禮志中》：『惠帝太安元年三月，皇太孫尚薨。有司奏，御服齊衰期，詔下通議。……秘書監摯虞云：「太子初生，舉以成人之禮，則殤理除矣。太孫亦體君傳重，由位成而服，全非以年也。天子無服殤之義，絶期故也。」於是從之。』摯虞遷秘書監當在作此文之前。

五月，梁王肜薨。劉寔（二二〇—三一〇）爲太傅，齊王冏爲太師，東海王越（？—三一一）爲司

空。《晉書・惠帝紀》：『五月乙酉，侍中、太宰、領司徒、梁王肜薨。以右光禄大夫劉寔爲太傅。……癸卯，以清河王遐子覃爲皇太子，賜孤寡帛，大酺五日。以齊王冏爲太師，東海王越爲司空。』

十二月，長沙王乂（二七七—三〇四）攻殺冏，改元太安。《晉書・惠帝紀》：『十二月丁卯，河間王顒表齊王冏窺伺神器，有無君之心，與成都王穎、新野王歆、范陽王虓同會洛陽，請廢冏還第。長沙王乂奉乘輿屯南止車門，攻冏，殺之，幽其諸子于金墉城，廢冏弟北海王寔。大赦，改元。以長沙王乂爲太尉、都督中外諸軍事。封東萊王蕤子炤爲齊王。』

江統遷廷尉正，作《正刑論》（佚）。《北堂書鈔》卷五十五引王隱《晉書》，江統爲廷尉正，作《正刑論》。故繫之是年。

陸機拜平原内史，作《謝平原内史表》；雲拜清河内史。《三國志・吴・陸抗傳》裴注引《機雲别傳》：『于時朝廷多故，機雲並自結於成都王穎，穎用機爲平原相，雲爲清河内史。尋轉雲右司馬，甚見委仗。』據《晉書・惠帝紀》：是年十二月誅冏，改元。表雲爲清河内史、轉大將軍右司馬，機拜平原内史，當均在是年。

機作《感丘賦》《愍思賦》《姊誄》，《祖德賦》《述先賦》，《猛虎行》《齊謳行》《泰山吟》。又作《豪士賦》及《平復帖》。

成都王穎表雲爲清河内史，將討齊王冏。齊王冏誅，轉大將軍右司馬。《晉書・陸雲傳》：『成都王穎表爲清河内史。穎將討齊王冏，以雲爲前鋒都督。會冏誅，轉大將軍右司馬。』雲任清河内史與機任平原内史同時（見上文），故繫之是年。

雲作《愁霖賦》《喜霽賦》。《愁霖賦》序曰：『永寧二年六月，鄴都大霖……同僚見命，乃作賦。』《喜霽賦》序曰：『余既作《愁霖賦》，雨亦霽。』二賦作於是年六月。

又作《歲暮賦》《登臺賦》。《歲暮賦》序曰：『永寧二年忝寵北郡，其夏又轉大將軍右司馬于鄴都。自去故鄉，荏苒六年。』北郡蓋指清河。又《登臺賦》序：『永寧中參大府之佐於鄴都，以時事巡行鄴宫三台。』據《晉書·惠帝紀》：永寧二年十二月改元太安，《歲暮賦》作於歲末。《登臺賦》亦當作於改元之前，從『經蕤曄以披藻兮，椒塗馥而遺芳』之景物看，或在是年夏秋之際。

又作《逸民箴》。《逸民箴》序曰：『余昔爲《逸民賦》，大將軍掾何道彦，大府之俊才也。作《反逸民賦》……故爲《逸民箴》以戒反正焉。』説明《逸民箴》作在《逸民賦》後，而大將軍即司馬穎，據此，《逸民箴》當作於陸雲在大將軍右司馬任上，即永寧二年後，太安二年十月被殺前。

又作《寒蟬賦》。賦所作時間無載，《與兄平原書》第一八書：『誨前二賦佳，視之行已復不如初。……作《蟬賦》二千餘言，《隱士賦》三千餘言。』士龍别無《隱士賦》，或即今本《逸民賦》之初名，作於永寧元年（見上文）。故此賦亦必作於永寧二年夏之前。

又作《大荒賦》，未成。《與兄平原書》第一八書曰：『間視《大荒傳》，欲作《大荒賦》，既自難工，又是大賦，恐交自困絶異往。』按：《大荒傳》乃指《山海經·大荒經》，分爲東南西北四篇。是賦在《寒蟬賦》《逸民賦》稍後，故繫是年。

又作《祖考頌》。據《與兄平原書》第三〇書：『一日視伯喈《祖德頌》，亦以述作宜褒揚祖考爲先，聊復作此頌。今送之，願兄爲損益之。』此言『復作此頌』即爲《祖考頌》。又第一五書：『誨《歲暮》，如兄所誨，雲意亦如前啓。……《祖德頌》無大諫語耳，然靡靡清工，用辭緯澤，亦未易。恐兄未熟視之耳。』綜考之，雲作《祖考頌》乃擬蔡邕之《祖德頌》，故送《祖考頌》予兄時，亦將《祖德頌》附送之，以供兄參閲對照。而送《祖德頌》予兄與送《歲暮賦》同時，由此可以推知：《祖考頌》所作時間與《歲暮賦》差近。又據《歲暮賦》序可知，此賦作於永寧二年夏後，則《祖考頌》亦當作於是年。

又作《答大將軍祭酒顧令文》。大將軍即司馬穎，顧令文與雲贈答，當在司馬穎幕府時，即雲任大將軍右司馬任上，故繫之是年。

又作《與兄平原書》第一、二、三書。此三書乃巡視曹操生活之鄴都之所作，與《登臺賦》當作於同時。故此書必作於是年十二月改元前。

又作《與兄平原書》第四書。由『閒在郡紛紛』句看，此書當作於雲任清河内史任上。永寧二年春，雲任清河内史，故此書必作於是年春之後。

又作《與兄平原書》第八書。從『張公在者必罷』句看，此書必作於張公去世後，故當在永康元年四月與永寧二年六月之間。

又作《與兄平原書》第九書。此書所作時間與《喜霽賦》同時，據《愁霖賦》序可知，是書當作於是年六月後。

又作《與兄平原書》第一二書。從『前登城門，意有懷，作《登臺賦》』句看，此書作於《登臺賦》之後。故繫於是年。

又作《與兄平原書》第一三、一四、一七書。三書所作時間差近，從内容上看，所作時間與《九愍》《登遐頌》差近，即永康元年四月至永寧二年六月之間。姑繫是年。

又作《與兄平原書》第一五書。此書所作時間在《歲暮賦》《愁霖賦》《喜霽賦》之稍後，即永寧二年夏六月之後。

又作《與兄平原書》第一八書。從内容上看，此書與《寒蟬賦》幾乎同時，當作於雲清河太守任上，即永寧二年春夏之間。

又作《與兄平原書》第一九書。由『《歲暮賦》甚欲成之』句可知，此書當作於永寧二年夏之後，太安二年被殺之前。

又作《與兄平原書》第二五書。此書勸兄求彦先之《吴事》，亦爲著《吴書》之用。由第六書内容看，《吴書》所作時間與《述思賦》接近，必作於是年後。又由第二六書可知，此書或作於永寧二年夏。

又作《與兄平原書》第二六書。此書勸兄欽求彦先之《吴事》，足見與作《吴書》有關，故此書與上書所作時間差近。又『義高家事正當付令文』，以事理推之，當是士龍與令文同僚之時，據《答大將軍祭酒顧令文》可知，令文任大將軍祭酒，故可推知當作於雲任大將軍司馬時，即永寧二年夏之後。

又作《與兄平原書》第二七書。此書與兄論作《吴書》之意義、體例，故知此書亦當作於上書即永寧二年夏後。

又作《與兄平原書》第二九書。此書所作時間與《愁霖賦》《喜霽賦》差近，故此書知作於永寧二年六月後。

又作《與兄平原書》第三〇書。此書言『復作此頌』即爲《祖考頌》。《祖考頌》所作時間與《歲暮賦》差近。故此書亦當作於永寧二年改元之前，或稍前。

又作《與兄平原書》第三一書。從此書『近得洛消息』句看，陸雲當不在洛陽爲官。此書叙述顧榮宦途偃蹇之事與士龍《與楊彦明書》第二書同，故此書與《與楊彦明書》第二書所作時間差近。而《與楊彦明書》第二書當在雲任清河内史與出任成都王司馬穎幕僚之時，即永寧元年四月後，太安二年十月後被殺前，此書亦當作於此時。

又作《與兄平原書》第三二書。此書所作當在《登臺賦》之後，即是年十二月前。

又作《與兄平原書》第三三書。此書與第一書均爲巡視曹操生活之鄴都所作，即永寧二年夏之後，十二月改元前。

又作《與兄平原書》第三四書。從此書『近因魯』句看，陸雲所見泉上之銘當在清河境内。

故此書亦作於清河太守任上，即永寧二年春夏之間。

又作《與兄平原書》第三五書。此書所作時間與《登臺》《愁霖》《喜霽》三賦差近，即永寧二年夏六月後。

又作《與兄平原書》第三六書。此書所作與《祖考頌》差近，即永寧二年，或稍前。

又作《與兄平原書》第三十八書。此書與兄論《歲暮賦》。據《歲暮賦》序可知，此書亦作於永寧二年春之後。

又作《與兄平原書》第三九書。此書所言之『前表』，蓋指《謝平原内史表》等，此書亦必作於與《謝平原内史表》同時。

又作《與楊彦明書》第一、二、三、四、五、七書。從第一書『彦先來』句看，第一書與第三書所作時間差近。從第二書『昔年少時，見五十公，去此甚遠，今日冉冉已近之已』句看，士龍此書必作於四十歲後，而士龍於太安二年十月後被殺，年四十二，此書當作太安元年至二年十月之間。第三書叙述彦先仕途偃蹇事，當和《與兄平原書》第三一書『近得洛消息……彦先訪爲驃騎司馬。又云似未成，已訪難解耳』，指同一事。而從《與兄平原書》看，士龍作此書當不在洛陽，而此書與上書所作時間相差不遠。以理推之，亦當在雲任清河内史與出任成都王司馬穎幕僚之時，即永寧元年四月至太安二年十月之間。第四書叙述自己對彦先疾病的殷切關懷之情，委婉説明不能與之相會的原因。此書所作時間當與第二書及機《平復帖》差近。第五書敘述彦先離去的遺憾之情，所作時間與上書時間差近。第七書所作時間不可確考，從内容看作於士龍晚年則無疑。姑繫是年。

又作《與陸典書書》（十首）。此十首所作時間較接近，難以確考，然從書之内容看，則作於士龍晚年無疑也。姑繫是年。

又作《吊陳永長書》（五首）。五書所作時間難以確考，然據《與楊彦明書》第七書『朋類喪索，同好日盡』句看，作於士龍晚年則無疑。時間或在永寧元年後。姑繫是年。

又作《吊陳伯華書》（二首）。二書所作時間不可考，然從用語看，似與《吊陳永長書》相距時間不久，此書似又在其之後，蓋作於士龍晚年無疑。書又言『牽役遠路』，時間或在永寧元年後任清河内史至任司馬穎幕僚之間。姑繫是年。

又作《大將軍宴會被命作此詩》（六章）。詩曰：『在昔奸臣，稱亂紫微。……有命再集，皇輿凱歸。』《文選》卷二十李善注：『奸臣謂趙王倫也……帝復還，故曰再集。』永寧元年正月，倫篡位。三月齊王冏、成都王穎、河間王顒、常山王乂等舉兵討倫，四月倫兵敗被殺，帝輿反正。詩言『在昔』證明此詩所作與趙王倫篡位相隔一段時間，既是大將軍命其作詩，則必爲大將軍之幕僚。可知此詩與《歲暮賦》所作時間差近。

又作《贈顧驃騎二首》。

【考辨】

俞《譜》繫此詩於太康三年，或誤。此詩所作時間無考，然詩曰：『濟濟元公，相惟天子。……以朕大賚，乃膺嘉祉。』説明士龍贈此詩時彦先方受知於元公。元公，即朝廷之首輔。《晉書·顧榮傳》：『吴平，與陸機兄弟同入洛……例拜爲郎中，歷尚書郎、太子中舍人、廷尉正。』並無受知元公之際遇。榮在廷尉正任上，因趙王倫篡逆而被誅，受到牽連，與二陸同被收付廷尉。事平，『齊王冏召爲大司馬主簿』，故此詩所言之『元公』蓋指齊王冏。另據《惠帝紀》載，齊王冏因誅趙王倫而建首功，永寧元年六月『爲大司馬、都督中外諸軍事』，權傾朝野，故稱爲元公。太安元年十二月，諸王因冏有不臣之心，而舉兵討冏，冏旋即被殺（見上文所考）。故此詩所作時間必在此期間。而詩中『遵汶涉泗，言告同征』又説明彦先赴任，士龍曾與同行。士龍永寧元年授清河内史，次年春到任。由洛赴齊或赴清河，均經汶水、泗水。而詩言『勁風宵烈，湛露朝零』，其季節必在秋冬，故此詩亦當作於永寧元年秋冬之際。

又作《贈顧彦先》（玄黄挺秀）。

【考辨】

此詩所作時間難以確考。詩有『非禹孰舉』句，陳祚明《采菽堂古詩選》卷十一認爲：『似是八年於外之意。』若從太康末入洛算起，則此詩當作於元康七年。然大禹治水，《史記》卷二十九《河渠書》又謂其治水十三年，若然則此詩作於永寧二年。從『王事多難』句看，似當作於永寧二年，八王之亂白熱化時期。或與《贈顧驃騎》詩作於同時。俞《譜》曰：元康五年，『冬，陸雲作《贈顧彥先》(玄黄挺秀)詩，有仕宦意，期得顧榮奥援。……第四章云：「邂逅相遇，良願乃從。不逢知己，誰濟予躬。莫攀莫附，媿我高風。時過年邁，晻冉桑榆。晞光賴潤，亦在斯須。假我夷途，頓不忘驅。泛予津川，桴不失浮。無愛餘輝，遂暗東嵎。」知陸雲此時在家鄉與顧榮相見，詩中充滿老大無爲的焦慮，希望得到顧榮的援手。由此詩可知，陸雲棲遲家鄉近十年，並非不願爲官，或與其爲浚儀令時去官，違背吏制有關。』對詩歌内容分析不盡貼切，也缺少史料依據，録以備考。

又作《從事中郎張彥明爲中護軍》(六章)。從『我客戾止，飲酒公堂。自彼下僚，聿來有光』句看，此詩作於士龍任司馬穎幕僚時。據《歲暮賦》序：『永寧二年春，忝寵北郡。其夏又轉大將軍右司馬于鄴都。』則知此詩亦作於永寧二年夏之後。

晉惠帝太安二年壬戌(三〇三)　雲四十二歲，機四十三歲，被殺

八月，河間王顒、成都王穎舉兵討長沙王乂，帝以乂爲大都督帥軍禦之。《晉書·惠帝紀》：『秋七月，中書令卞粹、侍中馮蓀、河南尹李含等貳于長沙王乂，乂疑而害之。……八月，河間王顒、成都王穎舉兵討長沙王乂，帝以乂爲大都督，帥軍禦之。』

九月，張方縱暴都邑，左思舉家適冀州。《晉書·文苑傳》：『及張方縱暴都邑，(左思)舉家適冀州。數歲，以疾終。』另據《晉書·惠帝紀》：太安二年九月，『張方入京城，燒清明、開陽二門，死者萬計』。張方縱暴都邑，蓋指此。故繫於是年。

葛洪避亂南方。洪見天下已亂，欲避亂南土，乃參廣州刺史嵇含軍事。含遇害，遂滯留南土。洪避亂于南，時間難以確考，劉《編年》繫於是年。

成都王穎假機後將軍、河北大都督，機作《鼓吹賦》《至洛與成都王牋》。又作《飲馬長城窟行》。

機兵敗被殺，時年四十三。死後葬華亭。二子蔚、夏亦同被害，唯機女倖免於難。

雲爲使持節大都督，前鋒將軍。《晉書·陸雲傳》：『張昌爲亂，穎上雲爲使持節、大都督、前鋒將軍以討昌。會伐長沙王，乃止。』據《晉書·惠帝紀》，張昌舉兵反，在是年五月。雲任此職亦當在是月。

作《太安二年夏四月大將軍出祖王、羊二公于城南堂皇被命作此詩》（六章）。

又作《贈汲郡太守》。爰世都（原作奚世都，誤，詳見此詩『備考』）爲汲郡太守時間失載，然有三點值得注意：第一，士龍『既蒙引見』，又參與『宴樂』，並作詩應制，説明必在任大將軍司馬穎之幕僚。第二，從『入贊崇華，遂登帷幄』之詩句看，爰世都是由朝官而遷太守。第三，自元康九年正月詔『成都王穎爲鎮北大將軍，鎮鄴』之後，成都王穎除朝會以外基本都居於鄴都，而餞行爰世都的地點則在京城，考成都王之行迹，太安元年十二月，河間王顒上表，謂齊王冏有無君之心，與成都王穎等舉兵洛陽。會長沙王乂攻冏，殺之。二年四月，穎即歸藩。綜考之，爰世都爲汲郡太守，時間當在太安二年初，詩亦作於是時。

又作《南征賦》。其賦序曰：『太安二年秋八月，奸臣羊玄之、皇甫商，敢行稱亂，凌逼乘輿，天子蒙塵于外。自秋徂冬，大將軍敷命群后，同恤社稷，乃身統三軍，以謀國難。……軍旅之盛，威靈之著，自古已來未之有也。粤十月，軍次於朝歌，講武洽戎，以觀兵於殷墟。於是美義征之舉，壯師徒之盛，乃作《南征賦》，以揚匡霸之勳。』又《三國志・吴・陸抗傳》裴注引《機雲别傳》：『（成都王）與長沙王構隙，遂舉兵攻洛，以機行後將軍，督王粹、牽秀等諸軍二十萬，士龍著《南征賦》以美其事。』知此賦作於是年十月。

又作《與兄平原書》第七書。此書所言之《講武賦》今不存，然據《南征賦》序可知，《講武賦》乃爲此所作，具體時間爲是年十月，此書亦必作於是時。

又作《與兄平原書》第二〇、二一書。第二〇書因此書由討論『羊腸轉時』引起，而此賦或是《南征賦》之初稿本。由《南征賦》序可知，此書亦當作於太安二年十月後。第二一書當是第二〇書之附言，故作於同時。

又作《與兄平原書》第二二書。此書是一篇殘賦，或爲《南征賦》初稿。附於與兄書之後，請兄斧正，後人不察，誤收入書中。故繫是年。

又作《與兄平原書》第三七書。此書與兄論時事，批評嵇紹、周弼處事不當。嵇紹因附長沙王乂而免官。據《晉書・惠帝紀》載：太安二年，長沙王乂把持朝政，濫殺朝臣，八月河間王顒、成都王穎，舉兵討乂，陸機任前鋒都督，十月機戰敗，旋與弟雲、耽並遇害。此書則可能是雲之絶筆。

雲坐兄機被害。《晉書·陸雲傳》：『穎晚節政衰，雲屢以正言忤旨。孟玖欲用其父爲邯鄲令，左長史盧志等並阿意從之，而雲固執不許，曰：「此縣皆公府掾資，豈有黄門父居之邪！」玖深忿怨。……機之敗也，並收雲。穎官屬江統、蔡克、棗嵩等上疏曰……穎不納。統等重請，穎遲回者三日。盧志又曰：「昔趙王殺中護軍趙浚，赦其子驤，驤詣明公而擊趙，即前事也。」蔡克入至穎前，叩頭流血，曰：「雲爲孟玖所怨，遠近莫不聞。今果見殺，罪無彰驗，將令群心疑惑，竊爲明公惜之。」僚屬隨克入者數十人，流涕固請，穎惻然有宥雲色。孟玖扶穎入，催令殺雲。時年四十二。有二女，無男。』

雲死葬清河。《晉書·陸雲傳》：『門生故吏迎喪，葬清河，修墓立碑，四時祠祭。』又後人設祠祭祀。《吴都文粹續集》卷十四：『晉陸内史祠，在長洲縣相城益地鄉，祀晉大將軍右司馬陸士龍雲也。雲爲郡人因以督糧賑饑，遇害，民感其惠，以衣冠葬此，立祠祀之。成化中，里人沈貞吉重建。』

又《晉書·陸雲傳》：『所著文章三百四十九篇，又撰《新書》十篇，並行於世。』其文集、著述前文已考，不贅述。

陸耽亦坐兄機被害。《晉書·陸耽傳》：『雲弟耽，爲平東祭酒，亦有清譽，與雲同遇害。大將軍參軍孫惠與淮南内史朱誕書曰：「不意三陸相攜闇朝，一旦湮滅，道業淪喪，痛酷之深，荼毒難言。國喪俊望，悲豈一人！」其爲州里所痛悼如此。後東海王越討穎，移檄天下，亦以機、雲兄弟枉害罪狀穎云。』

一代俊彦，屈死於讒人之口、暴君之手，欲聞華亭鶴唳而不得，不亦悲乎！

二、陸士龍傳記資料

［晉］王隱《晉書》

陸雲字士龍，少與兄機齊名，號曰『二陸』。爲吴王郎中令，出宰浚儀，有惠政。機被收，並收雲。（《文選》卷二十《大將軍宴會被命作詩》李善注引）

［晉］干寶《晉紀》

初，陸抗誅步闡，百口皆盡，有識尤之。及機、雲見害，三族無遺。（劉義慶《世説新語》卷下《尤悔》劉孝標注引）

[晉]盧綝《晉八王故事》

華亭，吴由拳縣郊外墅也。有清泉茂林。吴平後，陸機兄弟共遊於此十餘年。（《世説新語》卷下《尤悔》劉孝標注引）

[晉]孫盛《晉陽秋》

機字士衡，吴郡人。祖遜，吴丞相，父抗，大司馬。機與弟雲並有儁才，司空張華見而説之曰：『平吴之利，在獲二儁。』（劉義慶《世説新語》卷上《言語》劉孝標注引）

張悛字士然，少以文章與士衡友善。（《文選》卷二十四《答張士然》李善注引）

[晉]裴啓《語林》

機爲河北都督，聞警角之聲，謂孫丞曰：『聞此不如華亭鶴唳。』故臨刑而有此嘆。（劉義慶《世説新語》卷下《尤悔》劉孝標注引）

[晉]佚名《晉百官名》

荀隱字鳴鶴，潁川人。《荀氏家傳》曰：隱祖昕，樂安太守；父岳，中書郎。隱與陸雲在張華坐，語互相反覆，陸連受屈，隱辭皆美麗，張公稱善云。世有此書，尋之未得，歷太子舍人、廷尉平，蚤卒。（《世説新語》卷下《排調》劉孝標注引）

［晉］張隱《文士傳》

雲性弘静，怡怡然爲士友所宗；機清厲有風格，爲鄉黨所憚。（《世説新語》卷中《賞譽》劉孝標注引）

鄭曹（豐）與盛彦、陸雲友，性不好酒，恒簞食瓢飲，清談極日。（《北堂書鈔》卷九十八）

佚名《機雲别傳》（《文選》李善注引作《陸機陸雲别傳》）

〔一〕晉太康末，俱入洛，造司空張華，華一見而奇之，曰：『伐吴之役，利在獲二儁。』遂爲之延譽，薦之諸公。太傅楊駿辟機爲祭酒，轉太子洗馬、尚書著作郎。雲爲吴王郎中令，出宰浚儀，甚有惠政，吏民懷之，生爲立祠。後並歷顯位。機天才綺練，文藻之美，獨冠于時。雲亦善屬文，清新不及機，而口辯持論過之。于時朝廷多故，機、雲並自結于成都王穎。穎用機爲平原相，雲清河内史。尋轉雲右司馬，甚見委仗。無幾而與長沙王構隙，遂舉兵攻洛，以機行後將軍，督王粹、牽秀等諸軍二十萬。士龍著《南征賦》以美其事。機吴人，羇旅單宦，頓居群士之右，多不厭服。機屢戰失利，死散過半。初，宦人孟玖，穎所嬖幸，乘寵豫權，雲數言其短，穎不能納，玖又從而毁之。是役也，玖弟超亦領衆配機，不奉軍令。機繩之以法，超宣言曰：『陸機將反。』及牽秀等譖機於穎，以爲持兩端，玖又構之於内，穎信之，遣收機，並收雲及弟耽，並伏法。機兄弟既江南之秀，亦著名諸夏，並以無罪夷滅，天下痛惜之。機文章爲世所重，雲所著亦傳於世。

初，抗之克步闡也，誅及嬰孩，識道者尤之曰：『後世必受其殃！』及機之誅，三族無遺，孫惠《與朱誕書》曰：『馬援擇君，凡人所聞，不意三陸相攜暴朝，殺身傷名，可爲悼歎。』（《三國志》卷五十八《吴書·陸遜傳》裴松之注引）

〔二〕雲亦善屬文，清新不及機，而口辯持論過之。（《文選》卷三十八《爲蕭揚州作薦士表》李善注引）

〔三〕雲亦善爲文，清新不及機。（《分類集注杜工部詩》卷十九《春日憶李白》王洙注引）

〔四〕雲字士龍，吴大司馬抗之第五子，機同母之弟也。儒雅有俊才，容貌瓌偉，口敏能談，博聞彊記，善著述，六歲便能賦詩，時人以爲項託、揚烏之疇也。年十八，刺史周浚命爲主簿，浚常嘆曰：『陸士龍，當今之顔淵也。』累遷太子舍人、清河内史，爲成都王所害。（劉義慶《世説新語》卷中《賞譽》劉孝標注引）

〔五〕成都王長史盧志，與機弟雲趣舍不同。又黄門孟玖，求爲邯鄲令於穎，穎教付雲。雲時爲左司馬，曰：『刑餘之人，不可以君民。』玖聞此怨雲，與志讒構日至。及機於七里澗大敗，玖誣機謀反所致，穎乃使牽秀斬機。先是夕夢黑幔繞車，手决不開，惡之。明旦，秀兵奄至。機索戎服，箸衣幍，見秀，容貌自若。遂見害，時年四十三。軍士莫不流涕。是日，天地霧合，大風折木，平地尺雪。（劉義慶《世説新語》卷下《尤悔》劉孝標注引）

［南朝·宋］劉義慶《世説新語》（附劉孝標注引）

〔一〕盧志於衆坐，問陸士衡：『陸遜、陸抗，是君何物？』答曰：『如卿於盧毓、盧珽。』士龍失色。既出户，謂兄曰：『何至如此，彼容不相知也。』士衡正色曰：『我父祖名播海内，寧有不知？鬼子敢爾！』（卷中《方正》）

〔二〕張華見褚陶，語陸平原曰：『君兄弟龍躍雲津，顧彦先鳳鳴朝陽，謂東南之寶已盡，不意復見褚生！』陸曰：『公未睹不鳴不躍者耳。』（卷中《賞譽》）

〔三〕有問秀才（劉孝標注：秀才，蔡洪也。）吴舊姓何如？答曰：『吴府君，聖王之老成，明時之儁乂；朱永長，理物之至德，清選之高望；嚴仲弼，九皋之鳴鶴，空谷之白駒；顧彦先，八音之琴瑟，五色之龍章；張威伯，歲寒之茂松，幽夜之逸光；陸士衡士龍，鴻鵠之裴回，懸鼓之待槌。凡此諸君，以洪筆爲鉏耒，以紙札爲良田，以玄默爲稼穡，以義理爲豐年，以談論爲英華，以忠恕爲珍寶，著文章爲錦繡，藴五經爲繒帛。坐謙虚爲席薦，張義讓爲帷幙，行仁義爲室宇，修道德爲廣宅。』（卷中《賞譽》）

〔四〕蔡司徒在洛，見陸機兄弟住參佐廨中，三間瓦屋，士龍住東頭，士衡住西頭。士龍爲

人，文弱可愛。士衡長七尺餘，聲作鐘聲，言多忼慨。（卷中《賞譽》）

〔五〕雲性弘静，怡怡然爲士友所宗。機清厲有風格，爲鄉黨所憚。』（卷中《賞譽》）

〔六〕荀鳴鶴、陸士龍二人未相識，俱會張茂先坐。張令其語，以其並有大才，可勿作常語。陸舉手曰：『雲間陸士龍。』荀答曰：『日下荀鳴鶴。』陸曰：『既開青雲睹白雉，何不張爾弓，布爾矢？』荀答曰：『本謂雲龍騤騤，定是山鹿野麋，獸弱弩彊，是以發遲。』張乃撫掌大笑。（卷下《排調》）

〔七〕陸士衡初入洛，咨張公所宜詣，劉道真是其一。陸既往，劉尚在哀制中，性嗜酒，禮畢，初無他言，惟問：『東吴有長柄壺盧，卿得種來不？』陸兄弟殊失望，乃悔往。（卷下《簡傲》）

〔八〕周處年少時，兇彊俠氣，爲鄉里所患。又義興水中有蛟，山中有邅迹（一作白額）虎，並皆暴犯百姓。義興人謂爲三横，而處尤劇。或説處殺虎、斬蛟，實冀三横唯餘其一。處即刺殺虎，又入水擊蛟。蛟或浮或没，行數十里，處與之俱。經三日三夜，鄉里皆謂已死，更相慶。竟殺蛟而出，聞里人相慶，始知爲人情所患，有自改意。乃自吴尋二陸。平原不在，正見清河，具以情告，并云：『欲自修改，而年已蹉跎，終無所成。』清河曰：『古人貴朝聞夕死，况君前途尚可。且人患志之不立，亦何憂令名不彰耶？』處遂改勵，終爲忠臣孝子。（卷下《自新》）

〔南齊〕臧榮緒《晉書》

機字士衡，吴郡人。祖遜，吴丞相；父抗，吴大司馬。機少襲領父兵，爲牙門將軍。年二十而吴滅，退臨舊里，與弟雲勤學，積十一年。流譽京華，聲溢四表。被徵爲太子洗馬，與弟雲俱入洛，司徒張華素重其名，（此脱『如』）舊相識。以文呈華（一作『録呈』），天才綺練，當時獨絶，新聲妙句，係（一作『繼』）蹤張、蔡。機妙解情理，心識文體，故作《文賦》。（《文選》卷十七《文賦》李善注引）

〔梁〕蕭方等《三十國春秋》

成都王穎僇長沙王乂於建春門，陸機敗遁走，穎誅機及弟雲，夷三族。機吴人，而在寵族之上，人多惡之。成都王嬖人孟玖素不快於雲，及機建門之敗，機衆多喪，牽秀譖之於穎，言機持兩端，孟玖復構之於内，使牽秀斬機。初，機之專征，請孫拯爲後軍司馬，至是收拯，下獄拷捶數百，兩髁骨見，終言機冤。吏知拯義烈，謂拯曰：『二陸之死，誰不知枉，君何不愛身？』拯仰天曰：『陸君兄弟，世之奇士，有顧於吾，吾危不能濟，死復相誣，非吾徒也。』乃夷三族。拯門人費慈自詣穎，明拯之冤。拯喻之曰：『吾唯不負二陸，死自吾分，卿何爲爾耶？』慈曰：『僕又安負君而求生乎！』固明拯冤，玖又疾之，亦並見害。（《太平御覽》卷四百二十引作『崔鴻』撰，誤）

〔唐〕李延壽等《南史》

顧覬之，字偉仁，吴郡吴人也。高祖謙，字公讓，晉平原内史陸機姊夫。（《南史》卷三十五《顧覬之傳》）

〔唐〕房玄齡等《晉書》

〔一〕陸機字士衡，吴郡人也。祖遜，吴丞相。父抗，吴大司馬。機身長七尺，其聲如鐘。少有異才，文章冠世，伏膺儒術，非禮不動。抗卒，領父兵爲牙門將。年二十而吴滅，退居舊里，閉門勤學，積有十年。以孫氏在吴，而祖父世爲將相，有大勳于江表，深慨孫皓舉而棄之，乃論權所以得，皓所以亡，又欲述其祖父功業，遂作《辨亡論》二篇。（文略）

至太康末，與弟雲俱入洛，造太常張華。華素重其名，如舊相識，曰：『伐吴之役，利獲二俊。』又嘗詣侍中王濟，濟指羊酪謂機曰：『卿吴中何以敵此？』答云：『千里蒓羹，未下鹽豉。』時人稱爲名對。張華薦之諸公。後太傅楊駿辟爲祭酒，會駿誅，累遷太子洗馬、著作郎。范陽盧志於衆中問機曰：『陸遜、陸抗於君近遠？』機曰：『如君于盧毓、盧珽。』志默然。既起，雲謂機曰：『殊邦遐遠，容不相悉，何至於此！』機曰：『我父祖名播四海，寧不知邪！』議者以此定二陸之優劣。

吴王晏出鎮淮南，以機爲郎中令，遷尚書中兵郎，轉殿中郎。趙王倫輔政，引爲相國參軍。豫誅賈謐功，賜爵關中侯。倫將篡位，以爲中書郎。倫之誅也，齊王冏以機職在中書，九錫文及禪詔疑機與焉，遂收機等九人付廷尉。賴成都王穎、吴王晏並救理之，得减死徙邊，遇赦而止。

初，機有駿犬，名曰黄耳，甚愛之。既而羈寓京師，久無家問，笑語犬曰：『我家絶無書信，汝能齎書取消息不？』犬摇尾作聲。機乃爲書以竹筩盛之而繫其頸，犬尋路南走，遂至其家，得報還洛。其後因以爲常。時中國多難，顧榮、戴若思等咸勸機還吴，機負其才望，而志匡世難，故不從。

冏既矜功自伐，受爵不讓，機惡之，作《豪士賦》以刺焉。冏不之悟，而竟以敗。

機又以聖王經國，義在封建，因采其遠指，著《五等論》。（文略）

時成都王穎推功不居，勞謙下士。機既感全濟之恩，又見朝廷屢有變難，謂穎必能康隆晉室，遂委身焉。穎以機參大將軍軍事，表爲平原内史。太安初，穎與河間王顒起兵討長沙王乂，假機後將軍、河北大都督，督北中郎將王粹、冠軍牽秀等諸軍二十餘萬人。機以三世爲將，道家所忌，又羈旅入宦，頓居群士之右，而王粹、牽秀等皆有怨心，固辭都督。穎不許。機鄉人孫惠亦勸機讓都督于粹，機曰：『將謂吾爲首鼠避賊，適所以速禍也。』遂行。穎謂機曰：『若功成事定，當爵爲郡公，位以台司，將軍勉之矣！』機曰：『昔齊桓任夷吾以建九合之功，燕惠疑樂毅以失垂成之業，今日之事在公不在機也。』穎左長史盧志心害機寵，言於穎曰：『陸機自比管、樂，擬君闇主，自古命將遣師，未有臣陵其君而可以濟事者也。』穎默然。機始臨戎，而牙旗折，意甚惡之。列軍自朝歌至於河橋，鼓聲聞數百里，漢魏以來，出師之盛未嘗有也。長沙王乂奉天子與機戰于鹿苑，機軍大敗，赴七里澗而死者如積焉，水爲之不流，將軍賈棱皆死之。

初，宦人孟玖弟超並爲穎所嬖寵。超領萬人爲小都督，未戰，縱兵大掠。機録其主者。超將鐵騎百餘人，直入機麾下奪之，顧謂機曰：『貉奴！能作督不？』機司馬孫拯勸機殺之，機不能用。超宣言於衆曰：『陸機將反。』又還書與玖，言機持兩端，軍不速決。及戰，超不受機節度，輕兵獨進而没。玖疑機殺之，遂譖機於穎，言其有異志。將軍王闡、郝昌、公師藩等皆玖所用，與牽秀等共證之。穎大怒，使秀密收機。其夕，機夢黑幰繞車，手決不開，天明而秀兵至。機釋戎服，著白帢，與秀相見，神色自若，謂秀曰：『自吴朝傾覆，吾兄弟宗族蒙國重恩，入侍帷幄，出剖符竹。成都命吾以重任，辭不獲已。今日受誅，豈非命也！』因與穎牋，詞甚凄惻。既而歎曰：『華亭鶴唳，豈可復聞乎！』遂遇害於軍中，時年四十三。二子蔚、夏亦同被害。機既死非其罪，士卒痛之，莫不流涕。是日，昏霧晝合，大風折木，平地尺雪，議者以爲陸氏之冤。

機天才秀逸，辭藻宏麗，張華嘗謂之曰：『人之爲文，常恨才少，而子更患其多。』弟雲嘗與書曰：『君苗見兄文，輒欲燒其筆硯。』後葛洪著書稱：『機文猶玄圃之積玉，無非夜光焉，五河之吐流，泉源如一焉。其弘麗妍贍，英鋭漂逸，亦一代之絶乎！』其爲人所推服如此。然好游

權門，與賈謐親善，以進趣獲譏。所著文章，凡二百餘篇，並行於世。（卷五十四《陸機傳》）

〔二〕雲字士龍，六歲能屬文，性清正，有才理。少與兄機齊名，雖文章不及機，而持論過之，號曰『二陸』。幼時，吴尚書廣陵閔鴻見而奇之，曰：『此兒若非龍駒，當是鳳雛。』後舉雲賢良，時年十六。

吴平入洛。機初詣張華，華問雲何在。機曰：『雲有笑疾，未敢自見。』俄而雲至。華爲人多姿制，又好帛繩纏鬚。雲見而大笑，不能自已。先是，嘗著縗絰上船，於水中顧見其影，因大笑落水，人救獲免。雲與荀隱素未相識，嘗會華坐，華曰：『今日相遇，可勿爲常談。』雲因抗手曰：『雲間陸士龍。』隱曰：『日下荀鳴鶴。』鳴鶴，隱字也。雲又曰：『既開青雲睹白雉，何不張爾弓，挾爾矢？』隱曰：『本謂是雲龍騤騤，乃是山鹿野麋。獸微弩强，是以發遲。』華撫手大笑。刺史周浚召爲從事，謂人曰：『陸士龍，當今之顔子也。』

俄以公府掾爲太子舍人，出補浚儀令。縣居都會之要，名爲難理。雲到官肅然，下不能欺，市無二價。人有見殺者，主名不立，雲録其妻，而無所問。十許日遣出，密令人隨後，謂曰：『其去不出十里，當有男子候之與語，便縛来。』既而果然。問之具服，云：『與此妻通，共殺其夫，聞妻得出，欲與語，憚近縣，故遠相要候。』於是一縣稱其神明。郡守害其能，屢譴責之，雲乃去官。百姓追思之，圖畫形象，配食縣社。

尋拜吴王晏郎中令。晏於西園大營第室，雲上書。（文略）

時晏信任部將，使覆察諸官錢帛。雲又陳。（文略）雲愛才好士，多所貢達。移書太常府薦同郡張贍。入爲尚書郎、侍御史、太子中舍人、中書侍郎。成都王穎表爲清河内史。穎將討齊王冏，以雲爲前鋒都督。會冏誅，轉大將軍右司馬。穎晚節政衰，雲屢以正言忤旨。孟玖欲用其父爲邯鄲令，左長史盧志等並阿意從之，而雲固執不許，曰：『此縣皆公府掾資，豈有黄門父居之耶！』玖深忿怨。張昌爲亂，穎上雲爲使持節大都督、前鋒將軍以討昌。會伐長沙王，乃止。

機之敗也，并收雲。穎官屬江統、蔡克、棗嵩等上疏曰：『統等聞人主聖明，臣下盡規，苟有所懷，不敢不獻。昨聞教以陸機後失軍期，師徒敗績，以法加刑，莫不謂當。誠足以肅齊三軍，威示遠近，所謂一人受戮，天下知誡者也。且聞重教，以機圖爲反逆，應加族誅，未知本末者，莫不疑惑。夫爵人於朝，與衆共之；刑人於市，與衆棄之。惟刑之恤，古人所慎。今明公興舉義兵，以除國難，四海同心，雲合響應，罪人之命，縣於漏刻，泰平之期，不旦則夕矣。機兄弟並蒙拔擢，俱受重任，不當背罔極之恩，而向垂亡之寇；去泰山之安，而赴累卵之危也。直以機計慮淺近，不能董攝群帥，致果殺敵，進退之間，事有疑似，故令聖鑒未察其實耳。刑誅事大，言機有反逆之徵，宜令王粹、牽秀檢校其事。令事驗顯然，暴之萬姓，然後加雲等之誅，未足爲晚。今此舉措，實爲太重，得則足令天下情服，失則必使四方心離，不可不令審諦，不可不令詳慎。統等區區，非爲陸雲請一身之命，實慮此舉有得失之機，敢竭愚戇，以備誹謗。』穎不納。統等重請，穎遲廻者三日。盧志又曰：『昔趙王殺中護軍趙浚，赦其子驤，驤詣明公而擊趙，即前事也。』蔡克入至穎前，叩頭流血，曰：『雲爲孟玖所怨，遠近莫不聞。今果見殺，罪無彰驗，將令群心疑惑，竊爲明公惜之。』僚屬随克入者數十人，流涕固請，穎惻然有宥雲色。孟玖扶穎入，催令殺雲。時年四十二。有二女，無男。門生故吏迎喪葬清河，修墓立碑，四時祠祭。所著文章三百四十九篇，又撰《新書》十篇，並行於世。

初，雲嘗行，逗宿故人家，夜暗迷路，莫知所從。忽望草中有火光，於是趣之。至一家，便寄宿，見一年少，美風姿，共談《老子》，辭致深遠。向曉辭去，行十許里，至故人家，云此數十里中無人居，雲意始悟。却尋昨宿處，乃王弼冢。雲本無玄學，自此談老殊進。（卷五十四《陸雲傳》）

〔三〕雲弟耽，爲平東祭酒，亦有清譽，與雲同遇害。大將軍參軍孫惠與淮南内史朱誕書曰：『不意三陸相携闇朝，一旦湮滅，道業淪喪，痛酷之深，荼毒難言。國喪儁望，悲豈一人！』其爲州里所痛悼如此。後東海王越討穎，移檄天下，亦以機、雲兄弟枉害罪狀穎云。（卷五十四《陸耽傳》）

〔四〕制曰：古人云：『雖楚有才，晉實用之。』觀夫陸機、陸雲，寔荆衡之杞梓，挺珪璋於秀實，馳英華於早年，風鑒澄爽，神情俊邁。文藻宏麗，獨步當時；言論慷慨，冠乎終古。高詞迥映，如朗月之懸光；疊意迴舒，若重巖之積秀。千條析理，則電坼霜開；一緒連文，則珠流璧合。其詞深而雅，其義博而顯，故足遠超枚、馬，高躡王、劉，百代文宗，一人而已。然其祖考重光，羽檝吴運，文武奕葉，將相連華。而機以廊廟藴才，瑚璉標器，宜其承俊乂之慶，奉佐時之業，中能展用，保譽流功。屬吴祚傾基，金陵畢氣，君移國滅，家喪臣遷。矯翮南辭，翻棲火樹；飛鱗此逝，卒委湯池。遂使穴碎雙龍，巢傾兩鳳。激浪之心未騁，遽骨修鱗；陵雲之意將騰，先灰勁翮。望其翔躍，焉可得哉！夫賢之立身，以功名爲本；士之居世，以富貴爲先。然則榮利人之所貪，禍辱人之所惡，故安居保名，則君子處焉；冒危履貴，則哲士去焉。是知蘭植中塗，必無經時之翠；桂生幽壑，終保彌年之丹。非蘭怨而桂親，豈塗害而壑利？而生滅有殊者，隱顯之勢異也。故曰：衒美非所，罕有常安；韜奇擇居，故能全性。觀機、雲之行已也，智不逮言矣。睹其文章之誡，何知易而行難？自以智足安時，才堪佐命，庶保名位，無忝前基。不知世屬未通，運鍾方否。進不能闢昏匡亂，退不能屏迹全身，而奮力危邦，竭心庸主，忠抱實而不諒，謗緣虚而見疑，生在己而難長，死因人而易足。上蔡之犬，不誡於前；華亭之鶴，方悔於後。卒令覆宗絶祀，良可悲夫！然則三世爲將，釁鍾來葉；誅降不祥，殃及後昆。是知西陵結其凶端，河橋收其禍末，其天意也，豈人事乎！（卷五十四）

〔五〕謐好學，有才思。既爲充嗣，繼佐命之後，又賈后專恣，謐權過人主，至乃鏁繫黄門侍郎，其爲威福如此。負其驕寵，奢侈踰度，室宇崇僭，器服珍麗，歌僮舞女，選極一時。開合延賓，海内輻湊，貴游豪戚及浮競之徒，莫不盡禮事之。或著文章稱美謐，以方賈誼。渤海石崇歐陽建、滎陽潘岳、吴國陸機陸雲、蘭陵繆徵、京兆杜斌摯虞、琅邪諸葛詮、弘農王粹、襄城杜育、南陽鄒捷、齊國左思、清河崔基、沛國劉瓌、汝南和郁周恢、安平牽秀、潁川陳眕、太原郭彰、高陽許猛、彭城劉訥、中山劉輿劉琨皆傅會於謐，號曰二十四友，其餘不得預焉。（卷四十《賈謐傳》）

〔六〕江統字應元，陳留圉人也。……後爲博士、尚書郎，參大司馬、齊王冏軍事。冏驕荒將敗，統切諫，文多不載，遷廷尉正。每州郡疑獄，斷處從輕。成都王穎請爲記室，多所箴諫。申論陸雲兄弟，辭甚切至。以母憂去職。服闋，爲司徒左長史。東海王越爲兖州牧，以統爲别駕，委以州事，與統書曰：『昔王子師爲豫州，未下車，辟荀慈明；下車，辟孔文舉。貴州人士有堪應此者不？』統舉高平郄鑒爲賢良，陳留阮脩爲直言，濟北程收爲方正，時以爲知人。尋遷黄門侍郎、散騎常侍，領國子博士。永嘉四年，避難奔于成皋，病卒。凡所造賦頌表奏，皆傳於後。（卷五十六《江統傳》）

〔七〕劉琨字越石，中山魏昌人，漢中山靖王勝之後也。祖邁，有經國之才，爲相國參軍，散騎常侍。父蕃，清高沖儉，位至光禄大夫。琨少得儁朗之目，與范陽祖納，俱以雄豪著名。年三十六，爲司隸從事。時征虜將軍石崇，河南金谷澗中有别廬，冠絶時輩，引致賓客，日以賦詩，琨預其間，文詠頗爲當時所許。祕書監賈謐參管朝政，京師人士無不傾心。石崇、歐陽建、陸機、陸雲之徒，並以文才降節事謐，琨兄弟亦在其間，號曰『二十四友』。（卷六十二《劉琨傳》）

〔八〕盛彦字翁子，廣陵人也。少有異才，年八歲，詣吴太尉戴昌，昌贈詩以觀之，彦於坐答之，辭甚慷慨。母王氏，因疾失明。彦每言及，未嘗不流涕。於是不應辟召，躬自侍養，母食必自哺之。母既疾久，至於婢使，數見捶撻。婢忿恨，伺彦暫行，取蠐螬炙飴之，母食以爲美，然疑是異物，密藏以示彦。彦見之，抱母痛哭，絶而復蘇，母目豁然即開，從此遂愈。彦仕吴，至中書侍郎。吴平，陸雲薦之於刺史周浚。本邑大中正劉頌，又舉彦爲小中正，太康中卒。（卷八十八《孝友傳・盛彦》）

〔九〕吴逵，吴興人也。經荒饑疾病，合門死者十有三人。逵時亦病篤，其喪皆鄰里以葦蓆裹而埋之。逵夫妻既存，家極貧窘，冬無衣被，晝則傭賃，夜燒塼甓，晝夜在山，未嘗休止，遇毒蟲猛獸，輒爲之下道。朞年，成七墓、十三棺。時有賻贈，一無所受。太守張崇義之，以羔雁之禮禮焉。卒於家。（卷八十八《孝友傳・吴逵》）

〔一〇〕史臣曰：尊親之道，禮經之明訓；孝友之義，詩人之美談。是知人倫之本，罔兹攸尚。盛翁子立行淳至，素蓄異才，流慟致其感通，含哺申其就養，戴昌賞其清韻，陸雲嘉其茂德。（卷八十八《孝友傳》）

〔一一〕初，陸機兄弟志氣高爽，自以吴之名家，初入洛，不推中國人士。見華一面如舊，欽華德範，如師資之禮焉。華誅後，作誄，又爲《詠德賦》以悼之。（卷三十六《張華傳》）

〔一二〕澄字平子。……少歷顯位，累遷成都王穎從事中郎。穎嬖豎孟玖譖殺陸機兄弟，天下切齒。澄發玖私姦，勸穎殺玖，穎乃誅之，士庶莫不稱善。（卷四十三《王澄傳》）

〔一三〕亢字季陽。才藻不逮二昆，亦有屬綴，又解音樂伎術。時人謂載協亢、陸機雲曰『二陸』『三張』。（卷五十五《張亢傳》）

〔一四〕史臣曰：……安仁思緒雲騫，詞鋒景焕，前史儔于賈誼，先達方之士衡。賈論政範，源王化之幽賾；潘著哀詞，貫人靈之情性。機文喻海，韞蓬山而育蕪；岳藻如江，濯美錦而增絢。混三家以通校，爲二賢之亞匹矣。然其挾彈盈果，拜塵趨貴，蔑棄倚門之訓，乾没不逞之間，斯才也而有斯行也，天之所賦，何其駁歟！正叔含咀藝文，履危居正，安其身而後動，契其心而後言，著論究人道之綱，裁箴懸乘輿之鑒，可謂玉質而金相者矣。孟陽鏤石之文，見奇于張敏；《蒙汜》之詠，取重于傅玄，爲名流之所挹，亦當代之文宗矣。景陽摛光王府，棣蕚相輝。洎乎二陸入洛，三張減價。考覈遺文，非徒語也。（卷五十五）

〔一五〕吾彦，字士則，吴郡吴人也。……帝嘗問彦：『陸喜、陸抗二人誰多也？』彦對曰：『道德名望，抗不及喜；立功立事，喜不及抗。』

會交州刺史陶璜卒，以彦爲南中都督、交州刺史。重餉陸機兄弟，機將受之，雲曰：『彦本微賤，爲先公所拔，而答詔不善，安可受之！』機乃止。因此每毁之。長沙孝廉尹虞謂機等曰：『自古由賤而興者，乃有帝王，何但公卿。若何元幹、侯孝明、唐儒宗、張義允等並起自寒微，皆内侍外鎮，人無譏者。卿以士則答，詔小有不善，毁之無已，吾恐南人皆將去卿，卿便獨坐也。』於是機等意始解，毁言漸息矣。（卷五十七《吾彦傳》）

〔一六〕顧榮，字彦先，吴國吴人也，爲南土著姓。祖雍，吴丞相。父穆，宜都太守。榮機神朗悟，弱冠仕吴，爲黄門侍郎、太子輔義都尉。吴平，與陸機兄弟同入洛，時人號爲『三俊』。例拜爲郎中，歷尚書郎、太子中舍人、廷尉正。恒縱酒酣暢，謂友人張翰曰：『惟酒可以忘憂，但無如作病何耳。』（卷六十八《顧榮傳》）

〔一七〕紀瞻，字思遠，丹陽秣陵人也。祖亮，吴尚書令。父陟，光禄大夫。瞻少以方直知名。吴平，徙家歷陽郡。察孝廉，不行。

後舉秀才，尚書郎陸機策之。（文略）……瞻性静默，少交遊，好讀書，或手自抄寫，凡所著述，詩賦牋表數十篇。兼解音樂，殆盡其妙。厚自奉養，立宅于烏衣巷，館宇崇麗，園池竹木，有足賞玩焉。慎行愛士，老而彌篤。尚書閔鴻、太常薛兼、廣川太守河南褚沈、給事中宣城章遼、歷陽太守沛國武嘏，並與瞻素疏，咸藉其高義，臨終托後於瞻。瞻悉營護其家，爲起居宅，同於骨肉焉。少與陸機兄弟親善，及機被誅，贍恤其家周至，及嫁機女，資送同於所生。（卷六十八《紀瞻傳》）

〔一八〕孫惠，字德施，吴國富陽人，吴豫章太守賁曾孫也。……成都王穎薦惠爲大將軍參軍、領奮威將軍、白沙督。是時，穎將征長沙王乂，以陸機爲前鋒都督。惠與機同鄉里，憂其致禍，勸機讓都督于王粹。及機兄弟被戮，惠甚傷恨之。時惠又擅殺穎牙門將梁俊，懼罪，因改姓名以遁。（卷七十一《孫惠傳》）

〔一九〕左思，字太沖，齊國臨淄人也。……造《齊都賦》，一年乃成。復欲賦三都，會妹芬入宫，移家京師，乃詣著作郎張載，訪岷邛之事。遂構思十年，門庭藩溷，皆著筆紙，遇得一句，即便疏之。自以所見不博，求爲祕書郎。及賦成，時人未之重。……司空張華見而歎曰：『班、張之流也。使讀之者盡而有餘，久而更新。』於是豪貴之家競相傳寫，洛陽爲之紙貴。初，陸機入洛，欲爲此賦，聞思作之，撫掌而笑，與弟雲書曰：『此間有傖父，欲作《三都賦》，須其成，當以覆酒瓮耳。』及思賦出，機絶歎伏，以爲不能加也，遂輟筆焉。（卷九十二《左思傳》）

〔二〇〕褚陶，字季雅，吴郡錢塘人也。……年十三，作《鷗鳥》《水碓》二賦，見者奇之。陶嘗謂所親曰：『聖賢備在黄卷中，舍此何求！』州郡辟，不就。吴平，召補尚書郎。張華見之，謂陸機曰：『君兄弟龍躍雲津，顧彦先鳳鳴朝陽，謂東南之寶已盡，不意復見褚生。』機曰：『公但未睹不鳴不躍者耳。』華曰：『故知延州之德不孤，川嶽之寶不匱矣。』遷九真太守，轉中尉。年五十五卒。（卷九十二《褚陶傳》）

〔唐〕杜佑《通典》

蘇州（今理吴、長洲二縣），春秋吴國之都也。（自闔閭以後，並都於此。）其南百四十里，與越分境。昔吴伐越，越子禦之於檇李，則今嘉興縣之地。（檇李城在今嘉興縣南三十七里。）戰國時屬越，後屬楚。秦置會稽郡。……漢亦爲會稽郡，後順帝分置吴郡。晉宋亦爲吴郡，與吴興、丹陽爲三吴。齊因之。陳置吴州。隋平陳，改曰蘇州；（因姑蘇山爲名。）煬帝初，復曰吴州，尋爲吴郡。大唐爲蘇州，或曰吴郡。領縣七：吴、（漢舊縣。有太湖、洞庭山，《左傳》吴師伐越，敗之於夫椒，即太湖中椒山。有松江。太伯祠，後漢桓帝時，太守麋豹所建。後至晉内史虞潭改理焉。闔閭墓即虎丘寺。要離墓在今縣西。梁鴻墓在要離墓之北。）長洲、（有吴之長洲苑，因以爲名。）常熟、（漢吴縣司鹽都尉署。吴平，割屬既陽縣。晉立南沙縣。隋改常熟縣。）嘉興、（春秋時，地名長水。秦爲由拳縣，漢因之。吴時有嘉禾生，改爲禾興縣。後以孫皓父名和，又改爲嘉興。）海鹽、（本名武原鄉，秦以爲海鹽縣。）華亭、（天寶中置，地有華亭谷，因以爲名。吴陸機、陸雲宅，即此。）崑山。（漢婁縣地。本因吴之婁門爲名。）（卷一百八十二《州郡》）

［唐］陸廣微《吴地記》

〔一〕按《史記》及《吴越春秋》，自禹治水已後，分定九州。《禹貢》揚州之域，吴國四至：東亘滄溟，西連荆郢，南括越表，北臨大江，蓋吴國之本界也。……從秦始皇併吞六國之後，至漢順帝永建四年，有山陰縣人殷重，獻策於帝，請分江置兩浙，詔司空王襲封，從錢唐江中分，向東爲會稽郡，向西爲吴郡。至陳朝貞明元年，改爲吴州。隋文帝開皇九年，改郡邑至横山東，新立城郭。唐武德七年，移新州，却復舊址，升爲望，管縣七。

〔二〕閶門，亦號破楚門，吴伐楚，大軍從此門出。陸機詩曰：『閶門勢嵯峨，飛閣跨通波。』

〔三〕婁門，本號疁門。東南，秦時有古疁縣。至王莽改爲婁縣。（按：《吴郡志》：婁門，秦婁縣所置，又謂之疁，今謂之崑山。崑山縣東北三里許，有村落名婁縣，蓋古縣治所寓也。《舊唐書・地理志三》：崑山，漢婁縣，屬會稽郡。）

〔四〕吴縣望在郡下，秦始皇二十六年置。漢王莽改泰德縣。陳貞明元年，後主復爲吴縣。隋開皇九年，越國公楊素移郡于横山東五里，今復移城内。（按：《舊唐書・地理志三》：吴，春秋時吴都闔閭邑，漢爲吴縣，屬會稽郡。隋平陳，置蘇州。）

〔五〕長洲縣望在郡下，貞觀起年，分吴縣界，以苑爲名。地名茂苑，水名仙山鄉。東一百里，有秦時古疁縣，王莽改爲婁縣。

〔六〕嘉興縣，本號長水縣，在郡南一百四十三里。周敬王十年置，在谷口湖。秦始皇二十六年重移，改由拳縣。黄龍三年，嘉禾野生，改禾興縣。吴赤烏五年，避吴王太子名，改嘉興縣。……東二十五里有長谷亭，入華亭縣。西行七十里，有震澤。

〔七〕崑山縣在郡東七十里，地名全吴，水名新陽。貞觀十三年，分在吴縣東置縣。（按：嘉靖《崑山縣志》：崑山縣在蘇州府治東七十里……周爲吴，秦始置疁，隸會稽郡，舊有疁城鄉，疑即縣治，今分屬嘉定。漢王莽改婁縣，以婁江得名，今縣東北有婁縣村。後後漢、吴、晉、宋、齊俱隸吴郡。又《吴郡圖經續記》：晉陸機與其弟陸雲生於華亭，以文爲世所貴，時人比之昆岡出玉，故此山得名。）

〔八〕華亭縣在郡東一百六十里，地名雲間，水名谷水。天寶五年置。蓋元侯陸遜宅，造池亭華麗，故名。有陸遜、陸機、陸瑁三墳，在東南二十五里橫山中。

〔九〕陸氏宅在長谷，谷在吴縣東北，谷名華亭。谷水下通松江。昔陸遜、陸凱居此谷。（《太平御覽》卷一八〇引）

［唐］林寶《元和姓纂》

齊宣王田氏之後：宣王封少子通於平原陸鄉，因氏焉。漢太中大夫陸賈子孫過江，居吴郡吴縣。陸賈裔孫、吴丞相遜，生丞相抗；抗生晏、景、機、雲、耽。（卷十）

［宋］樂史《太平寰宇記》

〔一〕浚儀縣舊二十五鄉，今十二鄉八坊。漢武帝元年廢新里城，而立浚儀，屬陳留郡。《輿地志》云：夷門之下，新里之東，浚水之北，象而儀之，以爲邑名。後魏以縣隸梁州，後周改梁州爲汴縣，亦隸焉。隋廢汴改屬鄭州。唐初置汴州縣，復歸焉。今居郭内開封，故城在，即今爲理之所也。（卷一）

〔二〕古浚儀城二：一在縣東三十里，一在縣北四里。（卷一）

〔三〕陸雲祠在縣北二里。《晉書》陸雲嘗爲浚儀令，民爲立祠。（卷一）

〔四〕華亭縣東一百二十里，舊十鄉，今一十七鄉，本嘉興縣地。唐天寶十載置，因華亭谷以爲名華亭谷。《輿地志》云：吴大帝以漢建安中封陸遜華亭侯，即以其所居爲封。谷出佳魚、蓴菜，又多白鶴清唳，故陸機嘆曰：『華亭鶴唳，不可復聞。』（卷九十五）

〔五〕華亭谷，《輿地志》云：吴大帝以漢建安中封陸遜華亭侯，即以其所居爲封。谷出佳魚、蓴菜，又多白鶴清唳，故陸機歎曰：『華亭鶴唳，不可復聞。』二陸宅。《吴地記》云：宅在長谷，谷在吴縣東北二百里。谷周迴二十餘里，谷名華亭，陸機嘆鶴唳處。谷水下通松江，昔陸遜、陸凱居此谷。《吴書》云：漢廬江太守陸康與袁術有隙，使侄遜與其子績，率宗族避難於是谷。谷東二十里，有崐山，父祖墓焉。故陸機《思鄉詩》曰：『彷佛谷水陽，婉孌崐山陰。』崐山，有吴相江陵昭侯陸遜墓。（卷九十五）

〔宋〕陳思《書小史》

陸機，字士衡，吴郡人，官至後將軍。少有異才，善行書。吴亡與弟雲俱入洛。王僧虔云：陸機吴士，書也無以校其多少。（卷四）

〔宋〕歐陽忞《輿地廣記》

〔一〕吴縣。本曰句吴，太伯避公季奔荆蠻，荆蠻歸之，號曰句吴。武王克商因封之。至夫差爲越所滅，後越破，更屬楚，秦置會稽郡。……漢高帝以封吴王濞，後國除，復爲會稽郡。東漢順帝分置吴郡，隋曰蘇州，唐因之。有姑蘇山虎丘山，即吴王闔廬墓也。太湖中有苞山，亦曰夫椒山。《左傳》吴伐越，敗之夫椒是也。山有洞室，入地潛行，北通瑯邪東武，俗謂之洞庭。（卷二十二）

〔二〕長洲縣。吴有長洲苑，在東漢，枚乘諫吴王不如長洲之苑即此。唐萬歲通天元年，析吴置長洲，縣在州郭，與吴分治。（卷二十二）

〔三〕崑山縣。本漢婁縣，地屬會稽郡，東漢、晉屬吴郡。陸機、陸雲生於此，故名其山曰崑山。梁置崑山縣，隋平陳省之，開皇十八年復置，屬吴郡，唐屬蘇州。（卷二十二）

〔宋〕朱長文《吴郡圖經續記》

〔一〕横山，在吴縣西南十里。《志》云：山四面皆横，蓋以此得其名也。又名踞湖山。山中有陸雲墓，今未審其處也。觀是山，鎮此邦之西南，臨湖控越，實吴時要地。隋開皇中，嘗遷郡於横山，東亦以是山爲屏蔽也。（按：横山即《至元嘉禾志》所載之横雲山；據《姑蘇志》卷三十四、《江南通志》卷三十八，陸雲墓當爲陸雲公墓之誤。）（卷中）

〔二〕太湖，在吴縣西南。《禹貢》謂之震澤，《周官》《爾雅》謂之具區，《史記》《國語》謂之五湖，其實一也。吐吸江海，包絡丹陽、義興、吴郡、吴興之境。其所容者大，故以太稱焉。

《書》云：三江既入，震澤底定。三江者，北江、中江、南江也。歷丹陽、毗陵者爲北江，即今之大江也；首受蕪湖，東至陽羡者，爲中江；分于石城，過宛陵，至于具區者，爲南江。三江在震澤上下而皆入於海，震澤之流有所泄，是以底定。……所謂五湖者，蓋所納之湖有五也。……舊傳五湖之名各不同。《圖經》以謂一曰貢湖，二曰遊湖，三曰胥湖，四曰梅梁湖，五曰金鼎湖，又曰菱湖。酈善長以謂長塘湖、貴湖、上湖、滆湖，與太湖而五。韋昭云：胥湖、蠡湖、洮湖、滆湖，就太湖而五。虞仲翔云：太湖東通長洲松江水，南通烏程霅溪水，西通義興荆溪水，北通晉陵滆湖水，東連嘉興韭溪水，凡五道謂之五湖。陸魯望以謂太湖上稟咸池之氣，故一水五名。又爲仙家浮玉之北堂，故其詩曰『嘗聞咸池氣』，下注作清質，至今涵赤霄，尚且浴白日。又云：構浮玉宛，與崑閬一，正謂此也。湖中有山，大小七十二，洞庭其一也。其大雷、小雷山相去十里，其間謂之雷澤，或謂舜之所漁，非也。又有三山，白波天合，三點黛色。陸士龍《贈顧彦先詩》云：『我家五湖陰，君住三山陽。』謂此山也。（卷中）

〔三〕崑山在本縣西北，或曰在華亭，蓋割崑山之境以縣華亭故也。晉陸機與其弟雲，生於華亭，以文爲世所貴。時人比之昆岡出玉，故此山得名。（卷中）

[宋]潘自牧《記纂淵海》

平江府（倚郭二：吳縣、長洲；外縣四：崑山、常熟、吳江、嘉定）

郡號：吴郡蘇州吴會姑蘇，勾吴夫椒府。沿革：吴地斗分野星紀之次，禹貢揚州之域。周封泰伯於此，春秋吴國所都，爲越勾踐所滅。楚伐越，取之。秦置會稽郡，漢高祖爲荆國。十二年，復爲會稽郡，復屬揚州。東漢順帝永建四年，分浙江以西，置吴郡。三國時，吴郡與吴興、丹陽爲三吴。晉以後爲吴郡。陳置吴州，隋平陳，改曰蘇州。大業初，爲吴州，尋爲吴郡，唐蘇州。吴郡屬江南，爲東道採訪使治所。南唐陞爲中吴軍節度。

縣沿革：吴縣，泰伯奔荆蠻居之。秦置會稽郡，漢高帝以封吴王濞。國除，復爲會稽郡吴縣。東漢順帝置吴郡，治此。唐蘇州所治長洲，本漢吴縣地，吴封長沙王果於此。唐萬歲通天元年，析吴縣，置長洲縣，在州郭，與吴縣分治。崑山本漢會稽郡婁縣，東漢屬吴郡，梁大同元年分婁縣，置崑山縣，隋平陳省之。開皇十八年，復置，唐屬蘇州。常熟，本漢吴縣地，晉分吴縣，置海虞縣，屬吴郡。成帝又置南沙縣，屬晉陵郡。梁分置常熟縣及信義郡。隋平陳，徙常熟於南沙省，海虞、南沙入焉。唐屬蘇州吴江，本春秋笠澤地。漢屬吴縣。後梁開平三年，錢鏐奏於松江置吴江縣。嘉定本崑山縣地，嘉定十年，知府趙彦橚、提刑王棐奏：崑山縣地界闊遠，其東瀕海多盜，祈割崑山縣，就練祈要會之地，置立縣治，以嘉定爲名，從之。

形勝：太湖在吴縣南，禹貢謂之震澤，《周官》《爾雅》謂之具區。《史記》《國語》謂之五湖。劍池，在長洲縣虎丘山。胥門，伍子胥家於此，後以諫死，命抉其目垂於此門，觀越兵之入吴。江源，出太湖，一名松江，又名松陵江，又名笠澤。胥山，在吴縣西。崑山，在縣西北，陸機、陸雲生於此，時人比之崑山出玉，因以名焉。林屋山，在太湖水中，爲第九大洞天。鶴市，在閶闔門外。魚城，在吴縣。鷄陂，吴王養鷄之所。鴨城，在吴縣，吴王養鴨之所。豨巷，在吴縣東南。蠡塘，在長洲界。鹿湖，在吴縣下。華山，在吴縣西，頂上有池，生千葉蓮花。姑蘇山，在吴縣西，有姑蘇臺。洞庭山，在太湖中。海隅山，在常熟縣。靈巖山，在吴縣西南。明聖湖，在吴縣南湖中，有金牛常見。鳳凰山，在吴縣西南。馬鞍山，在崑山縣西北，有静濟侯廟。

人物：吴公子季札，吴人。言偃，孔門弟子。范蠡，平吴扁舟泛五湖不返。甪里先生，吴人，隱商山。漢嚴助、朱買臣，後漢陸續，懷橘遺母。吴陸遜、陸抗，晉陸機、陸雲，生崑山縣。張翰爲齊王曹掾，思故鄉蒓鱸。唐陸德明著《釋文》，陸龟蒙自號江湖散人，張旭善草書，酒中八仙。陸贄，相德宗，以直諫著名。皇朝范文正公、米元章，善書。（卷九）

［宋］施宿等《會稽志》

〔一〕虞忠，字四方，翻第五子。貞固幹事，好議人物。造吴郡陸機于童齔之年，稱上虞魏遷于無名之初。（卷十四）

〔二〕賀循字彦先，会稽人。父邵，字興伯。孫皓時，仕至中書令、領太子太傅。皓凶暴驕矜，政事日敝。邵上疏諫，皓深恨之。邵奉公貞正，親近所憚，乃共譖邵，後竟見殺。循于家禍流放海濱。吴平，乃還鄉里。節操高嚴，童齔不群，言行舉動，必以禮讓。好學博聞，尤善三禮。舉秀才，除陽羨、武康令。顧榮、陸機、陸雲表薦循。久之，召爲太子舍人，除吳國内史，不就。元皇帝爲晉王，以循爲中書令，固讓不受，轉太常、領太子太傅。時朝廷初建，動有疑議，宗廟制度，皆循所定，朝野諮詢，爲一時儒宗。諸所著論，並傳于世。

［宋］周應合《景定建康志》

〔一〕古越城，一名范蠡城。……《越絶書》：其城越范蠡所築，城東南角近固城，望國門橋。西北，即吳牙門將軍陸機宅。故機入晉，作《懷舊賦》『西望東城之紆餘』，即此城。在三井岡東南一里，今瓦棺寺閣，在岡東偏也。（《卷二十》）

〔二〕機本吳人，居秦淮。晉滅吳，乃作《辨亡》二論，並述其祖遜父抗之功業。（卷三十四）

〔三〕陸機宅，在秦淮側。又《金陵故事》：臨秦淮有二陸讀書堂，其迹猶在。考證：陸機入洛作《懷舊居賦》云：『望東城之紆餘，邈吾廬之延佇。』李太白《題王處士水亭》云：齊朝南苑是陸機宅，故有『北堂見明月，更憶陸平原』之句。（卷四十二）

［宋］祝穆《方輿勝覽》

陸機宅，《圖經》云：在縣南五里，秦淮之側，有二陸讀書堂在焉。李白《題王處士水亭》云：齊朝南苑是陸機宅。其詩云：『王子躭玄言，賢豪多在門。好鵝尋道士，愛竹嘯名園。樹色老荒苑，池光蕩華軒。北堂見明月，更憶陸平原。掃地清玉簟，爲余置金樽。醉罷欲歸去，花枝宿鳥喧。何時復來此，再得洗囂煩。』（卷十四）

[宋]張敦頤《六朝事蹟編類》

《建康實録》云：『陸機入洛，作《懷舊居賦》云：「望東城之紆徐，邈吾廬之延佇。」李太白《題王處士水亭》云：齊朝南苑是陸機宅。其詩云：「王子躭玄言，賢豪多在門。好鵝尋道士，愛竹嘯名園。樹色老荒苑，池光蕩華軒。北堂見明月，更憶陸平原。掃地青玉簟，爲余置金樽。醉罷欲歸去，花枝宿鳥喧。何時復來此，再得洗囂煩。」《圖經》云：「在縣南五里，秦淮之側。」』（卷下『陸機宅』條）

[元]郝經《郝氏續後漢書》

〔一〕鄭胄字敬先，沛國人。父札，才學博達，權爲驃騎將軍，以札爲從事中郎，與張昭、孫邵共定朝議。胄，其少子，有文武姿局。少知名，舉賢良，稍遷建安太守。吕壹賓客於郡犯法，胄收付獄考竟，壹懷恨。後密漸譖胄，權大怒，召胄還。潘濬陳表，並爲請，得釋。後拜宣信校尉，往救公孫淵，已爲魏所破，還，遷執金吾。子豐，字曼季，有文學操行，與陸雲善。與雲詩相往反。吴亡入晉，司空張華辟，未就。卒。（卷六十七《鄭胄傳》）

〔二〕議曰：偉、平不仕暴朝，終不犯難，非惟明哲保身，至使暴君致敬，就加爵秩。國亡而不苟禄仕，不降其志，不隕其節，有吴高士，二人而已。亦漢季幼安承明之流，亞江南吴越之清風，至今可攀也。彼二陸之貪冒權寵，至於殺身夷宗，視偉、平能無愧乎！（卷六十九下《石偉范平傳論》）

〔三〕議曰：楚祖鬻熊爲文王師，今其書有《鬻子》者。其後成穆莊靈與齊晉狎，主夏盟，虞夏商周之後，皆朝于郢。嘗用六王二公之禮，則其文物不異諸華。左史倚相，能讀三墳、五典、八索、九丘之書，右尹子革克誦祈招之詩，則問學淵源自同於齊魯，豈無風雅之文乎？孔子以其僭王，絶而弗録，故楚之文辭不見於六經之中。及其中也，屈原以騷賦爲辭人倡，自置六經之後。秦漢而下，莫不遵之。於是六經之文不復作，盡爲騷人辭客而文章盛矣。建安末，曹氏昆弟，雖論體制，猶未大備。陸氏世雄荆楚，累將重侯，丕顯武烈，未有文人，國亡而機雲出焉。機年二十作《文賦》，遠探屈宋，下拉曹劉，窮極作文之情狀，推本篇章之體制，究竟辭藻之利病。精粗本末，無不周悉，遂爲作者大匠，百世文宗。嗚呼！六經之後，文章之學皆本於楚，豈抑之久，故發之傑且異歟？抑豈江山之勝，篤生異人哉！夫發造物之機者，必見惡于鬼神，屈平沉江，陸機伏鑕，天奪之也。又可問天邪？又可尤人邪？（卷六十六下《陸機陸雲傳論》）

〔元〕單傾修、徐碩《至元嘉禾志》

〔一〕松江府，舊華亭縣也。唐天寶十年置，華亭縣屬蘇州治。按：《新史》《寰宇記》以爲本嘉興縣地。《輿地廣志》以爲本崑山縣地。《元和郡國圖志》云：吴郡太守趙居貞奏割崑山、嘉興、海鹽三縣爲之。今四境與三縣接，《郡國圖志》爲不誣矣。……晉天福五年，以嘉興縣爲秀州，而割華亭隸焉。《通典》《寰宇記》云：地有華亭谷，因以爲名。《輿地志》云：吴大帝以漢建安中封陸遜爲華亭侯，即以其所居爲封。谷出佳魚、蒓菜，又多白鶴清唳，故陸機歎曰：『千里蒓羹，未下鹽豉。』及臨刑嘆曰：『華亭鶴唳，不可復聞。』又按：《陸遜傳》云：遜初封華亭侯，進婁侯，次江陵侯。漢法：十里一亭，十亭一鄉，萬户以上或不滿萬户爲縣。凡封侯，視功大小，初亭侯，次鄉侯、郡侯，以遜所封次第考之，則華亭，漢故亭，留宿會之所也。昔縣有華亭鎮印，或者遂謂自鎮爲縣。不知所謂鎮者，唐因隋制，置鎮將副，以掌捍防守禦之事縣之冗職耳。《祥符圖經》載：鎮在西南二百步，而《元豐九域志》則廢矣。如自鎮而爲縣，則《新史》《輿地志》諸書不應略而不言也。若夫雲間之名，則自陸士龍對張茂先所謂『雲間陸士龍』一語得之也。華亭民物稍蕃庶，烟火萬家，絃誦之聲相聞，遂爲東南方奥區。聖朝至元十四年陞爲華亭府，至元十五年改爲松江府，領縣一華亭。（卷一）

〔二〕崑山，在府西北二十三里，高一百五十丈周，迴八里。

考證：陸士衡《贈從兄士況車騎詩》云：『髣髴谷水陽，婉孌崑山陰。』注引陸道瞻《吴地記》曰：海鹽縣東北二百里有崑山，陸氏父祖葬焉。《輿地廣記》云：崑山，陸氏之先葬此。後機、雲兄弟有辭學，時人以玉出崑岡，因名之。（卷四）

〔三〕機山，在府西北二十里。

考證：因陸機得名，山下有村，曰平原，亦因陸平原名之。平原内史即機也。《千山圓智寺記》云：所謂機山者，往往排巒别嶺，概爲陸氏之家山，總而名焉。（卷四）

〔四〕横雲山在府西北二十三里，高七十丈，周迴五里。

考證：本名横山，唐天寶六年易是名，與機山相望，僅五里許。或云因陸雲名之。有白龍洞，在山頂之西南，其深不可計，山下有祭龍壇。（卷四）

〔五〕陸機宅。按：陸士衡《贈從兄車騎詩》『髣髴谷水陽』李善注引陸道瞻《吴地記》曰：海鹽縣東北二百里有長谷，晉陸遜、陸凱居此。《元和郡國圖志》云：華亭谷在縣西三十五里，陸抗宅在其側，故遜封華亭侯。《太平寰宇記》云：二陸宅在長谷，谷在吴縣東北二百里，谷周迴百餘里，谷水下通松江者，陸凱居此谷。《吴地記》云：漢廬江太守陸康與袁術有隙，使侄遜與其子績，率宗族避難居於是谷。《舊圖經》云：華亭谷水東有崑山，相傳即其宅舍。是數説觀之，則世傳普照寺爲二陸宅，非也。然建康亦有陸機宅。《建康實録》云：在縣南秦淮之側，李太白《題王處士水亭》云：『齊朝南苑是陸機宅。』按：吴王孫皓徙都建康，機、雲嘗分領父兵

爲牙門，將得非機仕於朝，則居建業，而華亭乃其里第耶？又有八角井。按：《九域志》：在陸機宅之側。（卷十四）

［明］王鏊《姑蘇志》

〔一〕横山，在姑蘇山東。《隋書十道志》云：山四面皆横，故名，又名踞湖山，以山臨太湖若箕踞也。（卷九）

〔二〕晉陸内史祠，在長洲縣相城益地鄉，祀晉大將軍右司馬陸雲士龍也。雲爲郡人，因督糧過吴婁地，見歲侵，以所督糧盡賑饑民。後遇難，民感其惠，以衣冠葬此，立祠祀之。成化中，里人沈貞吉重建。（卷二十七）

〔三〕陸墓，晉陸雲衣冠葬處，在十八都。（卷十八）

〔四〕陸閎字子春，吴縣人，暢之子也。……選尚寧平公主，辭疾不應，爲潁川太守，致鳳凰甘露之瑞，建武中爲尚書令。……孫續，别有傳，續孫康。康字季寧，少篤孝悌，勤修操行，太守李肅舉孝廉。……刺史臧旻舉茂才，除高成令。……光和元年遷武陵太守，轉桂陽、樂安二郡，所在稱之。……拜康廬江太守，康申明賞罰，擊破穰等，餘黨悉降。帝嘉之，拜其孫尚爲郎中。獻帝即位，天下大亂，康蒙險遣孝廉計吏奉貢朝廷，詔勞加忠義將軍，秩中二千石。時袁術屯兵壽春，部曲饑餓，遣使求委輸兵甲。康以其叛逆，閉門不通，内修戰備，將以禦之。術

怒，遣孫策攻康，圍城數重。康固守，受敵二年，城陷。月餘病卒。……朝廷愍其守節，拜子儁爲郎中。少子績。』（卷四十四）

〔五〕績字公紀。……容貌雄壯，博學多識，星曆算數，無不該覽。虞翻舊齒名盛，龐統荆州令士，年亦差長，皆與績友善。孫權辟爲奏曹掾，以直道見憚，出爲鬱林太守，加偏將軍。……作渾天圖、注易釋玄，皆傳於世。……卒年三十二。長子宏，會稽南部都尉；次子叡，長水校尉。（卷四十四）

〔六〕陸瑁字子璋，遜弟也。少好學，篤義陳融。……同郡徐原素不相識，臨死遺書託以孤弱，瑁爲立墳，收導其子。從父績，遺二男一女，皆幼。瑁迎，攝養至長。……嘉禾元年徵拜議郎選曹尚書。……赤烏二年卒。（卷四十四）

〔七〕（瑁）子喜。喜字文仲，一字恭仲，仕吴累遷吏部尚書。少好學，有才思，嘗作《言道》《訪論》《古今歷審機》《娱賓》《九思》，其書近百篇。吴平又作《西州清論》傳於世。……太康中，詔曰：「陸喜等並以貞潔不容皓朝，或忠而獲罪，或退身修志，敕所在以禮，發遣須到，隨才授用。」乃以喜爲散騎常侍，尋卒。子育爲尚書郎、弋陽太守。喜弟英，字季子，長沙太守、高平相、員外散騎常侍。英子曄。（卷四十四）

〔明〕李賢等《明一統志》

〔一〕陸機宅。在府南秦淮側，晉陸機、陸雲讀書臺舊址猶存。機《懷舊居賦》：『望東城之紆徐，邈吾廬之延佇。』（卷六）

〔二〕陸機宅。在府城中至南門外。唐詢詩：『舊諜傳遺址，悠然歷祀深。人無令威至，門異下邽箴。谷水當年溜，崑山昔日陰。魯臺那復見，絲竹若爲尋。』梅堯臣詩：『晴雲唳鶴幾千隻，隔水野梅三四株。欲問陸機當日宅，而今何處不荒蕪。』（卷九）

〔明〕楊維楨《二陸祠堂記》

唐人詩稱陸敬輿爲華亭人。君子論三代以下，王佐人物，仲舒、孔明後，即及敬輿是。敬輿足以重地靈於是邑矣。□者未之建白，余謁淞學，合釋奠禮以祀者，乃有二雋焉。問之庶老，則曰陸士衡、士龍也。二陸自昭侯遜來，世爲華亭人，今縣西二十五里有華亭谷，谷之傍有山曰崐，陸氏之先葬焉。機、雲之生時，人以玉出崐崗，比之因名山。山之北，又有機、雲兩山，亦以兄弟得名。邑士曹君繼善，於山之陰創屋若干楹，祠二陸像其中，名二陸祠堂。且曰崑之陰，其故宅。其《懷鄉詩》有『婉孌崐山陰』。（機）聲如鐘，少有異才，文章冠世。雲六歲能屬文，與機齊名，中州之人號曰『二雋』。末節仕成都王，皆遇害。嗚呼，文章至東京之秀敝矣！

建安諸子傑然角立，而士衡兄弟乃得以名文蓋世。中州之人見之，如景星慶雲，誠可謂一時之雋矣。獨惜其急於功名，至末途猖蹶，豈非文章擅名者，得夫間氣之所鍾。而去就弗是者，皆未知聖賢之學歟？至今士之入吴者，咸仰二高之遺風，而未嘗不悼華亭夜鶴，不勝清唳之悲也。堂以祠之，蓋邑人不忘其鄉，故而祭之。以社之義，以爲人物之準，君子之論缺如也。然崐（山）秀傑之氣，代未嘗絶；華亭秀傑之士，亦代未嘗無。即余之論以其未得夫間氣之鍾者，益自勉；以其未得夫聖賢之學者，益自儆。豈非曹氏建堂之意乎！名世者作，果符吾言，吾於士人失敬輿之祀之嘆，殆亦免矣夫。（《東維子集》卷十二）

［明］徐有貞《晉大將軍右司馬陸士龍祠記》

蘇長洲益地鄉厚生里有祠，祠晉大將軍右司馬陸士龍之神。祠久廢，近里士沈隱君貞吉，以己貲興之。既落成，隱君具顛末徵予記之。

士龍，雲也。雲與其兄機士衡，並生於吴，而仕於晉。以文章顯，辟爲公府掾，遷太子舍人，出補浚儀令。政稱神明，去官，百姓追思之，爲立祠於社。尋拜吴王晏郎中令，一以忠誠輔導之。雲愛才好士，多所貢達。嘗薦衛將軍舍人，同郡張贍，時論韙之。入爲尚書郎、侍御史、太子中舍人、中書侍郎，成都王穎表爲清河内史。穎將討齊王冏，以雲爲前鋒都督。會冏誅，轉大將軍右司馬。因督粮過吴婁地，見歲祲，以所督粮儲，盡賑飢民，忤成都王穎，穎將殺之。而孟玖素忿怨於雲，由是雲遂遇害。雖死一身，能救萬民。民感其德，名其塘曰濟民。以衣冠葬楊城湖之濱，人呼爲陸墓村。立祠於相城，市中至今民祠之不絶。

士龍家華亭。華亭，故吴郡古婁地也，正今長洲東北維之壤。所謂益地鄉厚生里，固其在焉。矧陸氏自遜與抗爲將於吴，有功德遺其鄉國久矣。士龍又以賑貸之，祠之宜也。古之享天下後世祀者，必有大功德被於人，人思慕之，而不忘其祀及乎遠。蓋天地之妙萬物者，神也。神之爲之者，氣也。是氣也，得其靈奇，則爲偉人。况雲爲時名臣，有文武長才，故發而爲忠義之業。及其遭禍之死，人皆悼惜之感之深思之，久祠之不廢。豈非出於天理民彜之正也！故記之以告來者，知所自焉。（《吴中金石新編》卷五）

［明］屠隆《二陸先生祠記》

夫賤華貴實，惇士之操；鞶帨雕蟲，太上之所不由。故世之鉅人鴻德，厭薄浮躁，謂無所用之。然而椎魯之夫，亦往往逃焉。乃臧孫氏所稱三不朽，不廢立言矣。洪荒而後，神聖大賢其所豎立者，朗揭六合爲萬世規。苟不託之文士之竹素，烏能傳之無窮，與天壤共敝乎？即尼父恂恂篤行，而手定六籍；告來世五千言，非文章耶，夫老氏豈不沖然玄素也。不佞仰觀於日月之華，五星之彩，雲霞璀燦，山川焜燿，然後悟此道之貴也。議者謂張司空華而不實少文者，率藉口焉。夫誠使德超太上，功軼三五焉。用文爲若猶未也。奈何奓口而詆天下巨麗之業。

司空妙識，博綜多聞，寧獨辨海鼍龍鮓之屬，稱神智雄藻哉！其大者，精忠奮於國家，款誠信於幽冥。通儒碩望，彬彬質有其文，故可貴也。

二陸先生，早歲以天才贍逸，見賞司空。所操管涌於奔泉，爛於天星。吾固特不論稱平原伏膺儒術，非禮不動，即敦龐本實之士奚過焉？士龍清識，要自偉然矣。或謂其周旋昏亂之朝，卒與禍會，爲缺知幾之神夫？黄鵠遊於汙池，祥鸞鍛於棘林，蓋亦屬有天命，非由人事。豈其時若稽（嵇）叔夜龍性矯舉，薄富貴若絛籠，而亦卒不免，豈文章之過也？觀平原臨收，白帢從容，神色自若，此其氣量宏遠，其於死生了矣。夫學至於了死生，豈易及哉！其生也，馳大譽於九州；而其死也，精魂感於二儀。乃鴻麗之文，兩先生霍焉競爽。至使君苗燒硯，蔡公流血，吴會秀異之氣，實發於兩公。譬之天鷄始鳴，曜靈啓途，其有功於來兹大矣。兩先生華亭人，而青浦者，故華亭西鄙，今兩先生墓實在青浦，則今固青浦人也。不佞来令兹邑，既已祀兩先生，學宫復爲之建祠專祀焉。而并考其平生之操履，使知不佞之所願執鞭從事者，不獨以其文是役也。不佞實捐俸，首事終之者。部民陳謨蔡論而祠墓，則俞孝廉顯卿所捐上田，皆好義有志者。得並書。（《文章辨體彙選》卷五百九十五）

［明］屠隆《祭二陸先生文》

遵太湖而頓轡兮，覽鉅野於修岡。吊先賢之墟墓兮，藤蘿翳鬱而徬徨。時孟冬之玄月兮，風淒緊而凋傷。采蒹葭而臨水兮，白露下而爲霜。感華亭之唳鶴兮，送吾目於雙鴻。孤雲奔其起天末兮，懷二俊於江東。標朗秀之颯沓兮，决焉賞鉅麗於司空。哀夫子之才大兮，遭逢時而多凶。洵嘉名之鵲奮兮，夫何叢蘭之敗於秋風。牙旗折而鼓音死兮，掩雙龍於重泉。風沙起而晝晦兮，亮精魂之所宣。身佩大將之印兮，口吐鴻儒之鉅言。閔四大之缺陷兮，吾獨嗟美好之難堅。肆猰貐之與鑿齒兮，又張羅而彌天。固犯道家之所忌兮，亦夫子之尤也。委去留而無心兮，菾獨遺此丘也。創叢祠而薦藻兮，揚靈爽於千秋也。紛木落而草枯兮，眩玄雲之若結。蒼山空而夜寒兮，河濺濺而聲咽。撫長劍而太息兮，緬想夫子之遺烈。尚饗。（《文章辨體彙選》卷七百五十四）

［明］王世貞《小崑山讀書處記》

崑山爲吴屬邑中，有山巋然，以是得號，故老云此馬鞍山也。去華亭之西南十八里，乃真爲崐山。今以崑山之爲邑，故辱之曰小崑山。是故婁侯陸遜之孫機、雲所讀書處也。然其大，實不能當馬鞍之半，而又以地偏而水迂，不爲使輈游槳之所便習。

今年丙戌春，友生徐孟孺、陳仲醇游焉。其阯蝕民居，逶迤而上至半嶺，而有佳木美箭之屬，其勝始露。更上數十武，爲石塔，而郡之所誇九峰、三泖者悉歸焉。二子樂之，挾塔僧而下，與偕東過，一庄墅楚楚。僧曰：是鄉老陳姓之室也。業且售之，無爲主者。問其直，止可三十金。二子適有某甲饋，欲返其橐而不可。曰：士衡不云乎『髣髴谷水陽，婉孌崑山陰』，即此地也。夫誦其詩，不知其人可乎？請售其地而祠之，置丙舍以歲時賡讀書其中。太原王辰玉聞而欣然爲助，其不給，乃稍稍更飭之。

其居前，俯清流，左右壘黄石爲短垣，其陽獨闕樹槿藩之。曰：槿垣中有堂三楹，頗整靚，斑竹千竿，擁之蒼翠，襲几席。曰：湘玉堂側室，蕉數本輔之。以長夏弄碧，可念曰蕉室，中奉二陸。主又曰：二陸香火處，有石刻曇陽子古篆《心經》，梓龎居士集皮焉。

祠之後，左偏石岩，高可數十丈，空闊瑰奇，石楠十餘樹覆之石，皆作紫紺色，曰赭石壑。竹後小池，蜿蜒至屋角而盡。蘋藻空明，儵魚出没，曰蝌斗灣。出槿藩門，則所謂清流者，其淺可以菱，菱熟則紅如夕霞，曰紅菱渡。渡之東，板橋横焉。左右多垂楊，曰楊柳橋。稍折而東，堰水一區，方廣三畝，馴鶴浴之，没不能脛，曰洗鶴溪。斑竹之餘勢上延，山椒芟其繁者，得地而亭，曰花麓亭。

湘玉堂之陽，與祠之左，爲廣場，且六畝。二子念欲雜蒔諸花卉實之，而橐裝耻矣。乃自草疏，請諸戚執曰：爲我塗澤此石者，花爲我暎帶此水者，花爲我挽客趾者，花爲我娱二陸先生之靈者。花即捐花，而惠之百不爲多，一不爲少，稱意而已。俟花成，當目之曰乞花塲。塲之右方，有井洌而甘，亦前目之曰澆花井。而屬山人爲記。夫以二子之所偶遊，而得真崑山。以崑山而得二陸之遺踪，於千載之後，起哀魄腐骨，而聲施之，久絶之血胤，一噓而熒然復睹香火，兹非文士厚幸哉！雖然，以二陸才不能保首陽之操，而失身於讐國；又不能沈幾辨勢，而失身於伉王晉陽之甲。士衡戎首，卒不勝而以讒死；士龍狡狡，差稱循吏，然於大節，竟胡當也？二子勉乎哉！即秇文一技耳。能使千載之後若新，而况不但爲秇文者，又當何如也？於是呼筆紀之，而致花十種於埸。（《弇州四部續稿》卷六十二）

[明]貝廷臣《三賢贊》并序

瓊嘗求天下士以文章名一世者，古今不數人；以事業著萬世者，古今不數人。若晉平原内史陸士衡及弟清河内史士龍，此以文章名一世者乎！唐平章事陸宣公，此以事業著萬世者乎！初士衡兄弟之歸晉也，張華曰：『伐吴之役，利獲二俊。』且中州非無能言之士，而弘麗漂逸殆不及焉。史稱其遠超枚、馬，高躡王、劉，百代文宗，一人而已，則其文章可知已。宣公之佐唐也。嘗曰：上不負天子，下不負所學，自居翰林至於相，論諫數十百篇，皆本於仁義，而所用裁十一。先儒稱其智如子房，而文則過；辯如賈誼，而術不疏，則其事業可知已。華亭舊有二俊祠，至正二十三年，松江通守顧侯遜、教授馮恕拓地大成殿，北構堂而遷之，并奉宣公焉。明年春，瓊承分教之命，始獲拜其像。按：士衡吴縣人，宣公嘉興人，居非同里也，生非同時也，其出處本末不類也，然上下千百年間而具之人才，以文章事業稱者，獨此三君焉。且不克盡其用以死，孰非天乎？何才之厚於三君者如此，而功之嗇於三君者如彼？故天下莫不爲二俊冤，而尤爲宣公惜也。鄉人思之，深愛之，至合而祠之，宜矣！瓊嘉興人也，數往來華亭，幼讀三君之書，未嘗不服其雄辭大節，恨不得起於九原而忻然執御焉。乃贊之曰：

猗歟盛哉，一門二俊，龍翔鳳騫。天運既移，國鄙臣遷。才高匪福，道否終愆。蘭悲塗剪，玉耻璞全。諤諤宣公，華峰一柱。衆邪而傾，孤立無與。炳炳萬言，以藥人主。功濟時屯，謗由直賈。有烈其芳，有爗其光。近宗遠法，豈惟一鄉！九山峩峩，與岳相望。匪山之高，伊人之良。（《清江貝先生文集》卷四）

[明]凌迪知《萬姓統譜》

（陸氏）河南角音，嬀姓。齊宣王封少子通字季達于平原般郡陸鄉，即陸終故地，因以氏焉。又望出吴郡。（卷一百十一）

[清]趙宏恩等《江南通志》

〔一〕崑山，在府西北二十三里長谷之東，陸氏之先葬此。世謂山因二陸如玉出崑岡得名，然士衡詩已有『婉孌崑山』之語，則山名已在前。山形圓秀而潤，傍無附麗，望之如覆，盎然其上，有三聖閣，下瞰大泖，在几席間，山陰有二陸故居。初，梁時置崑山縣，遂誤以馬鞍山爲崑山。其實崑山在華亭，不在彼也。松人反以小崑自名，山有九峰。九峰者，一鳳凰，二陸寶今以厙公當之，三佘，四細麻，五薛，六機，七横雲，八干，九崑也。在唐宋未名，自元凌嵓作九峰詩，楊維貞（楨）、陶宗儀亟稱九峰，於是大著。（卷十二）

〔二〕横雲山在崑山東北，本名横山，唐天寶中易今名。或云以陸士龍名也。其巔有白龍洞，潛通瀫湖，深不可測，下有祭龍壇，歲旱禱焉。（卷十二）

〔三〕機山，《顧志》云：在横雲後，南北相望，以陸機得名。山下有平原村，亦以機爲平原内史也。前有陂澤，人家散布汀岸，若圖畫。（卷十二）

〔四〕陸機宅在江寧縣秦淮之側。《金陵故事》云：二陸讀書堂，帶秦淮，屏鍾山，最爲幽邃。後機入洛，作《懷舊居賦》即此。（卷三十）

〔五〕二陸草堂在婁縣干山，即今之圓智寺。陸機與弟雲讀書處。（卷三十）

〔六〕五先生祠，在華亭縣干山。祀陸機、陸雲、楊維楨、錢惟善、陸居仁。（卷三十九）

〔七〕圓智寺在干山。唐大中十三年建于邑西南二里。晉天福中，壞於水，始遷於干山。其地晉陸士衡草堂遺址也。宋治平中賜額。有塔，在山之半。明萬曆中，同卿林景暘重修法堂，左爲二俊，祠祀二陸。（卷四十五）

［清］和珅等《大清一統志》

〔一〕陸機宅，在江寧縣南。《輿地紀勝》按：《金陵覽古》：上元縣南，秦淮側，有二陸讀

書臺，舊址猶存。乾隆二十七年，翠華三幸。（卷五十一）

（按：《嘉庆重修一统志》曰：陸機宅，在江寧縣南。《輿地紀勝》按：《金陵覽古》：上元縣南，秦淮側有二陸讀書臺，舊址猶存。本朝乾隆二十七年高宗純皇帝南巡，御製題陸機宅詩。）

〔二〕陸機宅，在婁縣平康村，即古華亭谷也。舊志：機宅在崑山下，又别宅在谷陽門内，今普照寺。又有黄耳冢，在華亭縣南二里。任昉《述異記》：陸機有快犬，名曰黄耳，後入洛，將以自隨。機戲語曰：家久無書，汝能馳往否？犬摇尾作聲以應機。爲書，盛以竹筒，繫犬頸，到家得書。後死，葬村南，聚土爲墳，呼黄耳冢。（卷五十八）

〔三〕陸機墓，在華亭縣西北二十五里。又青浦縣治北三十里有高邱，舊呼陸丞相墓。明嘉靖間土人見墓上有一金蛇，盜發其塚，得古器甚多。後聞於官，悉捕治命，封其塋地。（卷五十八）

〔四〕二俊祠，在婁縣西北崑山上，祀晉陸機、陸雲。（卷五十八）

〔五〕四賢祠，在青浦縣南神山，祀晉陸機、陸雲、張翰，陳顧野王。（卷五十八）

[清]田雯《古歡堂集》

《史記・陸賈傳》索隱注曰：齊宣公友子達，食采於陸鄉，號曰陸侯。賈，其孫也。《唐書・世系表》：陸氏出自嬀姓，田完裔。齊宣王少子通，封於平原般縣陸鄉，即陸終故地，因以氏焉。是平原般縣有陸鄉，般即古鈎盤矣。《晉書》：陸機爲平原内史，集中有《謝平原内史表》。又陸雲爲清河内史，平原、清河連竟。雲撰《祖考頌》序云：『雲之世族，承黄虞之苗裔，襲靈根之遺芳。在周之衰，有嬀育姜。而貞龜發鳴鳳之兆，周史表觀國之繇，故能光宇營丘，奄有東海矣。』（卷四十二）

三、陸士龍文集序跋、題記、提要

［宋］徐民瞻《晉二俊文集》序

民瞻幼閲晉陸機士衡傳。太康末，士衡與弟雲士龍俱入洛，造太常張華，華素重其名，一見如舊識，曰：『伐吴之役，利獲二俊。』嘗伸卷反復，求二俊所以名於世者；張華所以稱道，而有得士之喜者。觀之，蓋其兄弟以文章齊驅並駕，於兵戈擾攘之間，聲聞閎肆，人無能出其右者，時號『二陸』。華聞服之久，一旦驟得之，宜其欣慰而稱道之也。吁！二俊歿，寥寥且千載，其人不可得而見矣。其文章所謂如朗月之垂空，重嵓之積秀者，固自若也。耳目可無所見聞乎？其載于《文選》諸書中者亦多，即而熟讀之。其詞深而雅，其意博而顯，遠超枚馬，高躡王劉，百代之文宗也。每以未見其全集爲恨，聞之鄉老曰：士衡有集十卷，以《文賦》爲首；士龍集十卷，以《逸民賦》爲首。雖知之，求之未遂。偶因乏使，承雲間民社之寄。二俊，雲間人也。拜命之日，良慰千(于)中。謂平素願見而不可得者，遂於此行矣。到官之初，首見遺像於吏舍之旁，塵埃漫汙，曖昧殊甚，大非所以揭虔妥靈之本意。即日辟縣學之東偏，建祠宇奉以遷焉。邦人觀瞻，無不歡喜稱歎。因訪其遺文于鄉曲，得《士衡集》十卷於新淮西撫幹林君，其首篇冠以《文賦》。士龍集十卷則無之。明年移書故人祕書郎鍾君，得之於册府。首篇《逸民賦》，悉如所聞。亟繕寫，命工鋟之木以行，目曰《晉二俊文集》。二俊之文，自晉歷隋唐、更五代，迄于我宋，又二百四十餘年，湮没不彰，今焉恍如揭日月於雲霧之上，震雷霆於久息之中，焜耀雲間。雲間學士大夫，宗之仰之有餘師矣，二俊之名不朽矣，民瞻之欲遂矣。又明年書成，謹述於篇首。慶元庚申仲春既望信安徐民瞻述。（《四部叢刊》陸元大翻宋本）

[宋]晁公武《郡齋讀書志》卷四上《陸雲集》提要

右晉陸雲，士龍也，吴郡人。惠帝時爲中書侍郎，會兄機兵敗，同遇害。雲六歲能屬文，性清正，有才理，與兄齊名。雖文章不及，而持論過之。所著文章三百四十九篇，《新書》十篇。

[宋]陳振孫《直齋書録解題》卷十六《陸士龍集》提要

晉清河内史陸雲士龍撰。太康平吴，二陸入洛，張茂先所謂『利獲二俊』者也。遜、抗之後而有機、雲，可謂代不乏人矣，然皆不免其身。才者，身之累也，况居亂世乎！機好遊權門，抑又有以取之耶。

[元]都穆《晉二俊文集》跋

《士衡集》十卷，宋慶元中嘗刻華亭縣齋。歲久，其書不傳。予家舊有藏本，吴士陸元大爲重刻之。士衡與其弟士龍，並以文章名世，人稱『二俊』。張司空華嘗謂之曰：『人患才少，子患其多。』葛稚川亦稱其文：『猶玄圃之積玉，五河之吐流。』及觀之史，則云『遠超枚馬，高躡王劉，百代文宗，一人而已』。其贊士衡抑又至矣。士衡之文，嘗載蕭氏《文選》，然特十之一二。是集復行，使學者得盡窺古人述作而效法之，此誠斯文之幸，而亦豈非學者之幸哉！正德己卯夏六月，太僕少卿郡人都穆記。

士龍六歲能文，性清正，有才，與兄士衡齊名。人謂士龍文雖不及，而持論過之。其所著有集十卷。然人間之傳，率皆録本，仍僞踵誤，不便覽觀。吴士陸元大近刻《士衡集》訖工，復取斯集，以予家本校而刻之。其亦有功於『二儁』者哉！正德己卯七月之望，太僕少卿郡人都穆記。（《四部叢刊》陸元大翻宋本）

[元]馬端臨《文獻通考》卷二百三十《陸雲集》提要

晁氏曰：晉陸雲，士龍也，吴郡人。惠帝時爲中書侍郎，會兄機兵敗，同遇害。雲六歲能屬文，性清正，有才理，與機齊名。雖文章不及，而持論過之。所著文章三百四十九篇，《新書》十篇，雲仕終清河内史。

[元]項元汴《陸士龍文集》跋

宋板晉陸雲文集五册。墨林項元汴跋于明萬曆二年秋八月，重裝於天籟閣中。

[明]張溥《漢魏六朝百三家集》卷五十《陸雲集》題詞

士龍與兄書稱論文章，頗貴清新，妙若《文賦》，尚嫌綺語未盡。又云：作文尚多，譬家猪羊耳。其數四推兄，或云『瑰鑠』，或云『高遠絶異』，或云『新聲絶曲』。要所得意，惟『清新相接』。士衡文成，輒使弟定之，不假他人。二陸用心，先質後文，重規沓矩，亦不得已而後見耳。哲昆詩匹，人稱如陳思白馬。士龍所傳，四言偏多。《有皇》《思文》諸篇，誦美『祁陽』，式模《大雅》，類以卑《頌》尊，非朋舊之體。餘篇一致，間有至極，使盡其才，即不得爲韋侯《諷諫》、仲宣《思親》顧，高出《補亡》六首，則有餘矣。宰治浚儀，善察疑獄，佐相吴王，屢陳讜論。神明之長，諫諍之臣，有兼能焉。士衡枉死，遂同隕墮。聞河橋之鼓聲，哀華亭之鶴唳，巢覆卵破，宜相及也。集中大文雖少，而江漢同名。劉彦和謂其『布采鮮净，敏於短篇』，殆質論歟？

[明]高儒《百川書志》卷十二《陸士龍集》提要

晉清河内史陸雲士龍，機之弟也。時稱二俊。賦箴八；詩三十五，附二；文八十六，附三；騒九。共一百三十八篇。

[明]《漢魏六朝二十名家集》王元懋、聖修甫《陸士龍文集》序

聞之先輩云：文不窮不發，不奇窮不大發。此語堪生文士危而解文士嘲也。果爾，則王胤侯胄以奇貴自雄，勿復覬其文，安覬其大發於文？稽漢魏諸家，如子建者，則固世胄也，一時擅其名於『繡虎』，榮其才於『七步』，豈不奇貨以自雄？然自《白馬》以下至『煮豆』章，則依然窮且奇。窮且奇，是故文至險仄酸澀，而愈工愈瑰，愈出人表。世傳陸士龍其位置與子建迥異，不藉兄機弟耽，並豔文譽。三陸翼晉以綺藻，猶三謝嘘晉（宋）以風華。當日之精心奇思，可令代屢移而文加彩。何者？精則必貴，奇則不腐。想雲間亦有夢草相映，共樹詞幟於不朽。士龍幼篤笑癡，每見異物，輒發粲移晷，尤好持論，遠出平原上，殊忤人□。始收名于龍駒，閔廣陵之期許，至今猶盡美譚。于爲抗手於日下之鳴鶴，定價於多姿之茂先，獲神頌於浚儀之圖形

彩象，而世祀其馨。士龍值其際文，性必蘭暢，益發取精於奥，而縱響於玄。是故口構《征西》及《大將軍宴會》諸篇什若干首，皆極其偉麗敷榮，上可配食『三百』，其邃渺處，即以問鼎《天問》《秋水》，若其肩相並，踵相接也。中歲不理於世，曠其才而思下之。爾時同志者數十人，公憐其品誼，暨流爲文章，不忍與草木同腐以湮，士龍咎將誰諉？噫！士龍能延千秋之芳，誰開其慧？乃不能贖一日之阨，則又誰司其靈？蒼天之奇窮士龍也。士龍固當奇窮哉，抑别有折士龍也？雖然以視無間之蝮其胸膈而螫其唇舌者，何可勝指！昔唐太宗爲著士龍傳，生平譽辜頗殊，窮顯亦異。至載王弼談老事絶奇詭，向曉始辭去，玄學遂進百竿。塚間一宿，文魅高譚，莫幽於此，惜不告以被妡也，亦天也。噫，惟世無士龍，誰識士龍。余三復是編，而知士龍入吾夢寐，吾亦扼士龍雙腕矣。天啓丙寅小春古吴王元懋、聖修甫撰。

附：［明］《漢魏諸名家集》王元懋、聖修甫《陸士龍文集》序

聞之先輩云：文不窮不發，不奇窮不大發，此語堪生文士危而解文士嘲也。果爾，則王胤侯胄以奇貴自雄，勿復覬其文，安覬其大發於文？稽漢魏諸家，如子建者，則固世胄也，一時擅其名於『繡虎』，榮其才於『七步』，豈不奇貨以自雄？然自《白馬》以下至『煮豆』章，則依然窮且奇，窮且奇，是故文至險仄酸澀，而愈工愈瑰，愈出人表。世傳陸士龍其位置於建迥異，不籍兄機弟耽，並豔文譽。三陸翼晉以綺藻，猶三謝嘘晉（宋）以風華。當日之精心奇思，可令代屢移而文加彩。何者？精則必貴，奇則不腐。想雲間亦有夢草相映，共樹詞幟於不朽。士龍幼篤笑癡，每見異物，輒發粲移晷，尤好持論，遠出平原上，殊忤人□。其始收名于龍駒，閔廣陵之期許，至今猶盡美譚。于爲抗手於日下之鳴鶴，定價於多姿之茂先，獲神頌於浚儀之圖形彩象，而世祀其馨。士龍值其際文，性必蘭暢，益發取精於奥，而縱響於玄。是故口構《征西》及《大將軍宴會》諸篇什若干首，皆極其偉麗敷榮，上可配食『三百』，其邃渺處，即以問鼎《天問》《秋水》，若其肩相並，踵相接也。中歲爲孟玖嫉其才，日謀譖於穎，爾時蔡克輩數十人，憐其冤抑，濺血固請究之，玖横而穎矇，士龍之首已潤於鑕矣。噫！士龍能延千秋之芳，誰開其慧？乃不能贖一日之阸，則誰殄其靈，蒼天之奇窮士龍也。士龍固當奇窮哉，抑别有折士龍也？雖然以視無間之螋其胸膈而螫其脣舌者人孟玖耳。何可勝指！昔唐太宗爲著士龍傳，生平譽辜頗殊，窮顯亦異至哉！王弼談老事絶奇詭，向曉始辭去，玄學遂進百竿。塚間一宿，文魅高譚，莫幽於此，惜不告以被妡也，亦天也。噫，惟世無士龍，誰識士龍。余三復是編，而知士龍入吾夢寐，吾亦扼士龍雙腕矣。天啓丙寅小春古吴王元懋、聖修甫撰。

（按：《漢魏六朝二十名家集》本、《漢魏諸名家集二十一種》本之内容、行款與《文集》基本相同，惟分頁不同，皆改《文集》之避諱，錯訛亦並同，説明二本所使用底本相同。其序言乃同一行款，同一人所書，然内容却有較大差别，故二書之序並附上。）

[清]永瑢《四庫全書簡明目録》卷十五《陸士龍集》提要

晉陸雲撰。原本散佚，宋徐民瞻所刻，亦散佚。此本蓋明人所重輯編次，頗爲叢雜。《答兄平原詩》中，誤收陸機一首。『失題』諸句，載於《藝文類聚·芙蕖部》《嘯部》者，直題曰『芙蕖』，曰『嘯』，尤爲庸妄。以世無别本，姑以存雲著作之概云爾。

[清]紀昀等《四庫全書總目》卷一百四十八《陸士龍集》提要

晉陸雲撰。雲與兄機齊名，時稱『二陸』。史謂其文章不及機，而持論過之。今觀集中諸啓，其執辭諫諍，陳義鯁切，誠近於古之遺直。至其文藻麗密，詞旨深雅，與機亦相上下。平吴二俊，要亦未易優劣也。《隋書·經籍志》載雲集十二卷，又稱梁十卷，録一卷。是當時所傳之本，已有異同。《新唐書·藝文志》但作十卷，則所謂十二卷者，已不復見。至南宋時，十卷之本又漸湮没。慶元間，信安徐民瞻始得之於祕書省，與機集並列以行。然今亦未見宋刻，世所行者，惟此本。考史稱雲所著文詞凡三百四十九篇，此僅録二百餘篇，似非足本。蓋宋以前相傳舊集，久已亡佚。此特裒合散亡，重加編緝，故叙次頗叢雜。如《答兄平原詩》二首，其『行矣怨路長』一首，乃機贈雲之作，故馮惟訥《詩紀》收入機詩内，而此本誤作雲答機詩。又『緑房含青實』四語及『道遥近南畔』二語，皆自《藝文類聚》『芙蕖部』『嘯部』摘出，佚其全篇，故《詩紀》

以爲失題，系之卷末，但注見《藝文》某部。此乃直標曰『芙蓉』，曰『嘯』，殆明人不學者所編，又出《詩紀》之後矣。特是雲之原集既不可見，惟藉此以傳什一，故悉仍其舊，録之，姑以存其梗概焉。

[清]周亮工《明刻函陸士龍集》識

《陸士龍集》四卷，迺明萬曆静紅齋校本，筆力端方，刀法遒勁，勝今坊校者多矣。兼所採擇精詳，真有以少爲貴者。康熙戊子同陳胸度太史遊金陵書肆，因購藏之。櫟園老人識。

[清]孫原湘明鈔本《晉二俊文集》跋

慶元中徐民瞻刻于華亭縣學，與士衡集合爲《晉二俊文集》。正德時陸元大重刻。都元敬頗以宋本譌誤爲重，而不便覽。觀徐民瞻序可知，宋槧明時尠流傳矣。此本爲影鈔宋本，文休承得之武陵市。卷首有竹垞兩印，原止一本，張生伯元重裝，析之爲二。雖未得見宋本，睹此已較明本迴勝耳。孫原湘記。

[清]趙懷玉清影鈔宋本《晉二俊文集》跋

《二俊文集》計二十卷，知不足齋所藏影鈔宋本也。主人借閲，因爲揄校一過，其誤處往往與它本相同。蓋南宋刊本不能無舛，翻雕者不加覆勘，率以宋本爲據，遂不免襲僞滋惑爾。是編如以『二俊』命名之，雅集後幅所具諸條，猶可想見當時承印官書之式，俱俗本所無，宜主人之十襲也。乾隆丙午初元旦懷玉記。（《清影鈔宋本》，趙懷玉、翁同書校　嚴元照批注並録盧文弨校）

［清］嚴元照清影鈔宋本《晉二俊文集》跋

《晉二俊文集》二十卷，鮑文以文藏本。余借讀匝月，僞脱頗多，雖宋未盡善，武進趙味辛舍人曾爲校勘，亦未能精訂。重陽後盧抱經先生（從）余芳茱堂借去重校，凡補正處，瞻用條紙夾出，余因之爲度録于以閒，稍便觀覽。嗚呼，校書之難，殊有如昔人掃葉撲塵之嘆。即此書，雖經屢校定，（未）能必無脱訛，然以視原本則過之遠矣。乾隆五十有九年甲寅十有一月初八日暨芳茱堂主人嚴元照書。（《清影鈔宋本》，趙懷玉、翁同書校　嚴元照批注並録盧文弨校）

［清］翁同書清影鈔宋本《晉二俊文集》跋

嘉慶四年，季松望後一日贈嵇蘭嚴元照文書影鈔宋本《二俊文集》二十卷，舊藏鮑氏知不足齋。曾經趙味辛舍人、盧抱經學士暨芳茱堂主人嚴久能校勘。按：《四庫》止收《士龍集》，而無《士衡集》，且云未見徐民瞻刻本，是宋刻久成《廣陵散》矣。此本遇宋諱皆闕筆，的係從原本影寫，而譌誤極多，未爲善本。《士龍集》中『行矣怨路長』一詩及《芙蓉》《嘯》二題，悉如《四庫提要》所譏，與俗本曾無少異。又民瞻序稱雲集六卷，而此刻實分十卷，抑又何也？予經粱園之變，行篋中宋、元佳槧蕩焉泯焉。鈴下騎卒陳錦以公事過邗上，物色得此，歸以奉予，亦足稱祕笈矣。咸豐九年二月廿二日，翁同書跋於定遠軍中。（《清影鈔宋本》，趙懷玉、翁同書校　嚴元照批注並録盧文弨校）

陸貽典《陸士龍集》跋

丁未二月十日辰刻寒雨中毛黻季宋刻本再校記。常熟陸貽典識。

凡宋板書未嘗無脱誤，然佳處正得之八九，有謂宋刻者可爲粲也。敕先校畢《二俊集》偶書。

丁未孟陬十有四日，從何子遒林乞得此本，黻季出示宋刻，既與黻季校一本，隨又校得此本，凡皆校過兩次，宋本譌字亦俱勘入，其餘當無遺。惜宋本殘缺，不能無恨耳。貽典再識。

（《漢魏六朝諸家文集》二十二種本）

沅林《陸士龍集》跋

丙辰殘臘，文友堂持校本《二俊文集》，來謂是陸敕先手校細審，實是陳仲魚所傳録，因臨《士龍集》於此本，其《士衡集》則迻録正德本上，其原底本固正德本也。丁巳上元日沅林識。

（《漢魏六朝諸家文集》二十二種本）

瞿良士《鐵琴銅劍樓藏書題跋集録》卷四《陸士衡文集》跋

《陸士衡文集》十卷（校宋本）。陸敕先校宋本。宋版十一行二十字，走行不越字數。宋版《士衡集》，闕七卷首四葉。《士龍集》闕六卷第三葉至十卷第七葉。陸校《晉二俊文集》，士衡與士龍俱有。余向藏此本，止有士衡，且失徐民瞻序。想因其無《士龍集》，故去之也。兹余校陸校本，但臨校士衡，難爲兩美之合矣。校畢復翁記。

來柬並《玉海》三册領悉，其書已修至神廟時，似不及周氏本，暫留一閲没，即日奉報命也。弟近得明正德時翻宋本《晉二俊集》，甚精，即《敏求記》所載者。今日又得成化活字銅版《蔡中郎集》，亦佳。喜不自勝，何日便道過我一觀。明日早入城往吊彭遠峰後，即至侍其巷。後日往拙政園，或來奉候，未知在府上否。此送尊大老爺。草覆，廿五日。（附札）

瞿良士《鐵琴銅劍樓藏書題跋集録》卷四《陸士龍文集》跋

《陸士龍文集》十卷（校宋本）。道光元年十月十二日借同里張氏愛日齋所藏影鈔宋本校勘。陳揆。（卷末）

四、校勘、輯佚、注釋、評箋主要引用書目

《陸士龍文集》十卷，刻本。《晉二俊文集》，國家圖書館藏

《陸士龍文集》十卷，刻本。《晉二俊文集》，《四部叢刊》影印陸元大翻宋本

《陸士龍文集》十卷，刻本。《晉二俊文集》，［清］管一德校，南京圖書館藏

《陸士龍文集》十卷，刻本。《晉二俊文集》，清影鈔宋本，國家圖書館藏

《陸士龍文集》十卷，刻本。《晉二俊文集》，［明］汪士賢輯校《漢魏諸家文集》，國家圖書館藏

《陸士龍文集》十卷，刻本。《晉二俊文集》，清光緒四年寄生草堂刊刻，國家圖書館藏

《陸士龍文集》十卷，刻本。《晉二俊文集》，［清］陳仲魚手録陸敕先校宋本，臺灣『國家圖書館』藏

《陸士龍文集》十卷，鈔本。［明］長洲吴氏叢書堂鈔本，［清］韓應陛校宋本，臺灣『國家圖書館』藏

《陸士龍集》十卷，刻本。《漢魏六朝别集》，《四部備要》，上海中華書局一九三六年

《陸士龍集》十卷，刻本。文津閣《四庫全書》，商務印書館二〇〇六年

《陸士衡集》十卷，刻本。《晉二俊文集》，[明]汪士賢校刊本，[清]鄧邦述手校並跋，臺灣『國家圖書館』藏

《陸清河集》八卷，刻本。[明]張燮《七十二家集》，國家圖書館藏

《陸士龍集》四卷，刻本。明嘉靖間刻《六朝詩集》，國家圖書館藏

《陸士龍集》四卷，刻本。明嘉靖年間刻《六朝詩集》，[清]周亮工校，上海圖書館藏

《陸平原集》二卷，刻本。[明]張溥《漢魏六朝百三家集》，國家圖書館藏

《陸士龍集》校一卷，刻本。[清]陸心源撰，清同治光緒間刻潛園總集本

《陸雲文》，刻本。[明]梅鼎祚輯《西晉文紀》卷十六，文津閣《四庫全書》，商務印書館二〇〇六年

《陸雲詩》，刻本。[明]馮惟訥輯《詩紀·晉詩》卷四至卷五，文津閣《四庫全書》，商務印書館二〇〇六年

《陸雲文》，[清]嚴可均輯《全晉文》卷一百至一百〇四，商務印書館一九九九年

《陸雲詩》，逯欽立輯《先秦漢魏晉南北朝詩·晉詩》卷五，中華書局一九八三年

《陸雲集》，黄葵校點，中華書局一九八八年

《陸士衡文集》十卷，鈔本。《晉二俊文集》，清影鈔宋本，國家圖書館藏

《陸機集》，金濤聲校點，中華書局一九八二年

《陸士衡文集校釋》，劉運好校釋，鳳凰出版社二〇二〇年

＊＊＊＊＊＊＊＊＊＊＊＊＊＊＊＊＊＊＊＊＊＊＊＊＊＊＊＊＊＊

《周易注疏》，［三國・魏］王弼、［晉］韓康伯注，［唐］孔穎達疏，北京大學出版社一九九九年

《尚書正義》，［漢］孔安國傳，［唐］孔穎達正義，北京大學出版社一九九九年

《毛詩正義》，［漢］毛亨傳，［漢］鄭玄箋，［唐］孔穎達正義，北京大學出版社一九九九年

《韓詩外傳集釋》，［漢］韓嬰撰，許維遹集釋，中華書局一九八〇年

《詩集傳》，［宋］朱熹撰，王華寶校點，鳳凰出版社二〇〇七年

《毛詩稽古編》，［清］陳啓源撰，文津閣《四庫全書》，商務印書館二〇〇六年

《詩經稗疏》，［清］王夫之撰，文津閣《四庫全書》，商務印書館二〇〇六年

《詩經通義》，［清］朱鶴齡撰，文津閣《四庫全書》，商務印書館二〇〇六年

《詩札》，［清］毛奇齡撰，文津閣《四庫全書》，商務印書館二〇〇六年

《詩識名解》，［清］姚炳撰，文津閣《四庫全書》，商務印書館二〇〇六年

《六家詩名物疏》，［明］馮復京撰，文津閣《四庫全書》，商務印書館二〇〇六年

《周禮注疏》，［漢］鄭玄箋，［唐］賈公彦疏，北京大學出版社一九九九年

《儀禮注疏》，［漢］鄭玄箋，［唐］賈公彦疏，北京大學出版社一九九九年

《禮記注疏》，〔漢〕鄭玄箋，〔唐〕孔穎達疏，北京大學出版社一九九九年
《春秋左傳正義》，〔晉〕杜預注，〔唐〕孔穎達正義，北京大學出版社一九九九年
《惠氏春秋左傳補注》，〔清〕惠棟撰，文津閣《四庫全書》，商務印書館二〇〇六年
《春秋公羊傳注疏》，〔漢〕何休解詁，〔唐〕徐彦疏，北京大學出版社一九九九年
《春秋穀梁傳注疏》，〔晉〕范寧集解，〔唐〕楊士勛疏，北京大學出版社一九九九年
《論語注疏》，〔晉〕何晏集解，〔宋〕邢昺疏，北京大學出版社一九九九年
《論語集注》（《四書章句集注》），〔宋〕朱熹集注，中華書局一九八三年
《孝經注疏》，〔唐〕李隆基注，〔宋〕邢昺疏，北京大學出版社一九九九年
《孟子》，〔漢〕趙岐注，《四部叢刊》初編，商務印書館一九二九年
《孟子正義》，〔清〕焦循撰，沈文倬點校，中華書局二〇一六年
《説文解字段注》，〔漢〕許慎撰，〔清〕段玉裁注，成都古籍書店一九八一年
《爾雅》，〔漢〕佚名撰，〔晉〕郭璞注，《四部叢刊》初編，商務印書館一九二九年
《方言》，〔漢〕揚雄撰，〔晉〕郭璞注，《四部叢刊》初編，商務印書館一九二九年
《釋名》，〔漢〕劉熙撰，《四部叢刊》初編，商務印書館一九二九年
《小爾雅集釋》，〔漢〕佚名撰，遲鐸集釋，中華書局二〇〇八年
《玉篇》，〔南朝·陳〕顧野王撰，《四部叢刊》初編，商務印書館一九二九年

《一切經音義三種校本合刊》，[唐]玄應等撰，徐時儀校注，上海古籍出版社二〇一二年
《經典釋文》，[唐]陸德明撰，《四部叢刊》初編，商務印書館一九二九年
《廣韻》，[宋]陳彭年、丘雍等撰，《四部叢刊》初編，商務印書館一九二九年
《古今韻會舉要》，[元]黄公紹、熊忠撰，寧忌浮整理，中華書局二〇〇〇年
《通雅》，[明]方以智撰，文津閣《四庫全書》，商務印書館二〇〇六年
《廣雅疏證》，[清]王念孫撰，上海古籍出版社二〇一八年
《經傳釋詞》，[清]王引之撰，岳麓書社一九八二年
《經籍籑詁》，[清]阮元撰，成都古籍書店一九八二年
《詞詮》，楊樹達撰，中華書局二〇〇四年
《詩詞曲語詞匯釋》，張相撰，中華書局一九五五年
《古書虚字集釋》，裴學海撰，中華書局二〇〇四年

＊ ＊ ＊ ＊ ＊ ＊ ＊ ＊ ＊ ＊ ＊ ＊ ＊ ＊ ＊ ＊ ＊

《國語》，[三國·吴]韋昭注，《四部叢刊》初編，商務印書館一九二九年
《戰國策校注》，[宋]鮑彪注，《四部叢刊》初編，商務印書館一九二九年
《汲冢周書》，[晉]孔晁注，《四部叢刊》初編，商務印書館一九二九年
《竹書紀年》，[南朝·宋]沈約附注，《四部叢刊》初編，商務印書館一九二九年

《史記》，［漢］司馬遷撰，中華書局一九五九年
《漢書》，［漢］班固撰，中華書局一九六二年
《後漢書》，［南朝・宋］范曄撰，中華書局一九六五年
《前漢紀》，［漢］荀悦撰，《兩漢紀》，中華書局二〇〇五年
《吴越春秋輯校彙考》，［漢］趙曄撰，周春生輯校彙考，上海古籍出版社一九九七年
《越絶書》，舊題［漢］袁康撰，《四部叢刊》初編，商務印書館一九二九年
《三輔黄圖校釋》，［漢］無名氏撰，何清谷校釋，中華書局二〇〇五年
《後漢紀》，［晉］袁宏撰，《兩漢紀》，中華書局二〇〇五年
《三國志》，［晉］陳壽撰，［南朝・宋］裴松之注，中華書局一九八二年
《晉書》，［唐］房玄齡等撰，中華書局一九七四年
《宋書》，［南朝・梁］沈約撰，中華書局一九七四年
《南齊書》，［南朝・梁］蕭子顯撰，中華書局一九七二年
《周書》，［唐］令狐德棻等撰，中華書局一九七一年
《梁書》，［唐］姚思廉撰，中華書局一九七三年
《南史》，［唐］李延壽撰，中華書局一九七四年
《隋書》，［唐］魏徵等撰，中華書局一九七五年

《舊唐書》，[後晉]劉昫等撰，中華書局一九七五年
《新唐書》，[宋]歐陽修等撰，中華書局一九七五年
《通志》（二十略），[宋]鄭樵撰，中華書局一九九五年
《文獻通考》，[元]馬端臨，中華書局二〇一一年
《史通通釋》，[唐]劉知幾撰，浦起龍通釋，上海古籍出版社二〇〇九年
《華陽國志校補圖注》，[晉]常璩撰，任乃强校注，上海古籍出版社一九八七年
《三國志補注》，[清]杭世駿撰，文津閣《四庫全書》，商務印書館二〇〇六年
《山海經》，[晉]郭璞注，《四部叢刊》初編，商務印書館一九二九年
《水經注》，[北魏]酈道元撰，國家圖書館出版社影印本
《吴地記》，[唐]陆广微撰，曹林娣校注，江苏古籍出版社一九九九年
《建康实録》，[唐]許嵩撰，張忱石點校，中華書局一九八六年
《元和姓纂》，[唐]林寶撰，中華書局一九九四年
《景定建康志》，[宋]周應合撰，南京出版社二〇〇九年
《太平寰宇記》，[宋]樂史撰，中華書局二〇〇八年
《輿地廣記》，[宋]歐陽忞撰，文津閣《四庫全書》，商務印書館二〇〇六年
《吴郡圖經續記》，[宋]朱長文撰，江蘇古籍出版社一九九九年

《方輿勝覽》，[宋]祝穆撰，文津閣《四庫全書》，商務印書館二〇〇六年
《吴郡記》，[宋]范成大撰，陸振岳校點，江蘇古籍出版社一九九九年
《會稽志》，[宋]施宿撰，文津閣《四庫全書》，商務印書館二〇〇六年
《至元嘉禾志》，[元]徐碩撰，上海古籍出版社二〇一〇年版
《姑蘇志》，[明]王鏊撰，文津閣《四庫全書》，商務印書館二〇〇六年
《隋書經籍志考證》，[清]姚振宗撰，《二十五史補編》，中華書局一九五五年
《隋書經籍志考證》，[清]章宗源撰，《二十五史補編》，中華書局一九五五年
《晉將相大臣年表》，[清]萬斯同撰，《二十五史補編》，中華書局一九五五年
《晉方鎮年表》，[清]萬斯同撰，《二十五史補編》，中華書局一九五五年
《補晉書藝文志》，[清]丁國鈞撰，《二十五史補編》，中華書局一九五五年
《晉方鎮年表》，吴廷燮撰，《二十五史補編》，中華書局一九五五年
《補晉方鎮年表》，秦錫圭撰，《二十五史補編》，中華書局一九五五年
《晉書斠注》，吴士鑒、劉承幹撰，中華書局二〇〇八年
《漢晉學術編年》，劉汝霖撰，華東師範大學出版社二〇一〇年
《中古文學繫年》，陸侃如撰，人民文學出版社一九九八年
《陸士衡史》，李澤仁著，志景書塾一九二五年排印本

《陸機年表》，朱東潤著，《國立武漢大學文哲季刊》，一九三〇年第一期
《陸平原年譜》，姜亮夫著，《姜亮夫全集》，雲南人民出版社二〇〇二年
《陸機陸雲年譜》，俞士玲著，人民文學出版社二〇〇九年

* *

《老子道德经章句》，［漢］河上公注，《兩漢全書》，山東大學出版社一九九九年
《王弼集校釋》，［三國·魏］王弼撰，樓宇烈校釋，中華書局一九八〇年
《莊子集釋》，［清］郭慶藩撰，中華書局二〇一二年
《莊子集解》，［清］王先謙集解，《諸子集成》，岳麓書社一九九六年
《墨子》，《四部叢刊》初編，商務印書館一九二九年
《墨子閒詁》，［清］孫詒讓撰，中華書局二〇〇一年
《荀子》，［唐］楊倞注，《四部叢刊》初編，商務印書館一九二九年
《荀子集解》，［清］王先謙集解，中華書局一九八八年
《管子》，［唐］房玄齡注，《四部叢刊》初編，商務印書館一九二九年
《管子校正》，［清］戴望校正，《諸子集成》，岳麓書社一九九六年
《韓非子》，［戰國］韓非撰，《四部叢刊》初編，商務印書館一九二九年
《韓非子集解》，［清］王先慎撰，中華書局一九九八年

《晏子春秋》，[漢]劉向整理，《四部叢刊》初編，商務印書館一九二九年
《晏子春秋集釋》，吴則虞撰，中華書局一九六二年
《吕氏春秋》，[秦]吕不韋撰，[漢]高誘注，《四部叢刊》初編，商務印書館一九二九年
《吕氏春秋集釋》，許維遹撰，中華書局二〇〇九年
《淮南子》，[漢]劉安撰，[漢]許慎注，《四部叢刊》初編，商務印書館一九二九年
《淮南子集釋》，何寧撰，中華書局一九九八年
《春秋繁露》，[漢]董仲舒撰，《四部叢刊》初編，商務印書館一九二九年
《春秋繁露義證》，[清]蘇輿撰，中華書局一九九二年
《新語》，[漢]陸賈撰，《四部叢刊》初編，商務印書館一九二九年
《新語校注》，王利器撰，中華書局一九八六年
《新書》，[漢]賈誼撰，《四部叢刊》初編，商務印書館一九二九年
《新書校注》，閻振益、鍾夏撰，中華書局二〇〇〇年
《揚子法言》，[漢]揚雄撰，《四部叢刊》初編，商務印書館一九二九年
《法言義疏》，汪榮寶撰，中華書局一九八七年
《太玄經》，[漢]揚雄撰，《四部叢刊》初編，商務印書館一九二九年
《太玄集注》，[宋]司馬光注，中華書局一九九八年

《潛夫論》，［漢］王符撰，《四部叢刊》初編，商務印書館一九二九年
《潛夫論箋校正》，［漢］王符撰，中華書局一九八五年
《申鑒》，［漢］荀悦撰，《四部叢刊》初編，商務印書館一九二九年
《申鑒》，吴道傳校，《諸子集成》，岳麓書社一九九六年
《中論》，［漢］徐幹撰，《四部叢刊》初編，商務印書館一九二九年
《中論校注》，徐湘霖撰，巴蜀書社二〇〇〇年
《列子注》，舊題［周］列禦寇撰，［晉］張湛注，《諸子集成》，岳麓書社一九九六年
《孔子家語》，［晉］王肅撰，《四部叢刊》初編，商務印書館一九二九年
《列女傳》，［漢］劉向撰，《四部叢刊》初編，商務印書館一九二九年
《新序》，［漢］劉向撰，《四部叢刊》初編，商務印書館一九二九年
《説苑》，［漢］劉向撰，《四部叢刊》初編，商務印書館一九二九年
《列仙傳》，［漢］劉向撰，《四部叢刊》初編，商務印書館一九二九年
《鹽鐵論》，［漢］桓寬撰，《四部叢刊》初編，商務印書館一九二九年
《鹽鐵論校注》，王利器撰，中華書局一九九二年
《焦氏易林》，［漢］焦延壽撰，《四部叢刊》初編，商務印書館一九二九年
《焦氏易林詩學闡釋》，陳良運撰，百花洲文藝出版社二〇〇〇年

《論衡》，[漢]王充撰，《四部叢刊》初編，商務印書館一九二九年
《論衡校釋》，黄暉撰，中華書局一九九〇年
《穆天子傳》，[晉]郭璞注，《四部叢刊》初編，商務印書館一九二九年
《抱朴子》，《四部叢刊》初編，商務印書館一九二九年
《抱朴子外篇校釋》，[晉]葛洪撰，楊明照注，中華書局一九九一年
《世説新語箋疏》，[南朝・宋]劉義慶撰，[梁]梁劉孝標注，余嘉錫箋疏，上海古籍出版社一九九三年
《世説新語彙校集注》，朱鑄禹撰，上海古籍出版社二〇〇二年
《顏氏家訓》，[北齊]顏之推撰，《四部叢刊》初編，商務印書館一九二九年
《弘明集校箋》，[南朝・梁]釋僧祐撰，李小明校箋，上海古籍出版社二〇一三年
《廣弘明集》，[唐]釋道宣撰，《四部叢刊》初編，商務印書館一九二九年
《匡謬正俗平議》，[唐]顏師古撰，劉曉東平議，山東大學出版社一九九九年
《習學記言》，[宋]葉適撰，文津閣《四庫全書》，商務印書館二〇〇六年
《日知録》，[清]顧炎武撰，張京華校釋，岳麓書社二〇一一年
＊　＊
《楚辭》，[漢]王逸章句，《四部叢刊》初編，商務印書館一九二九年

《楚辭補注》，[漢]王逸章句，[宋]洪興祖補注，中華書局二〇一五年
《楚辭集解》，[明]汪瑗集解，北京古籍出版社一九九四年
《文選舊注輯存》，劉躍進撰，鳳凰出版社二〇一七年
《文選彙評》，趙俊玲撰，鳳凰出版社二〇一七年
《文選》，[南朝·梁]蕭統撰，[唐]李善注，中華書局一九九七年
《文選考異》，[清]胡克家撰，附録於中華書局影印胡刻本
《文選》，[南朝·梁]蕭統撰，[唐]六臣注，浙江古籍出版社一九九九年
《文選》，日本足利學校藏宋刊明州本六臣注，人民文學出版社二〇〇八年
《文選》，朝鮮版五臣注，鳳凰出版社二〇一八年
《文選》，朝鮮活字本六臣注，鳳凰出版社二〇一八年
《唐鈔本文選集注彙存》，[唐]陸善經等注，周勛初纂輯，上海古籍出版社二〇〇〇年
《玉臺新詠箋注》，[南朝·陳]徐陵撰，[清]吴兆宜注，中華書局一九八五年
《北堂書鈔》，[唐]虞世南撰，《續修四庫全書》，上海古籍出版社二〇〇三年
《藝文類聚》，[唐]歐陽詢撰，汪紹楹校，上海古籍出版社一九九九年
《初學記》，[唐]徐堅等撰，中華書局二〇〇四年
《群書治要》，[唐]魏徵等撰，《四部叢刊》初編，商務印書館一九二九年

《古文苑》,［唐］無名氏撰,［宋］章樵注,《四部叢刊》初編,商務印書館一九二九年
《文館詞林校證》,［唐］許敬宗編,羅國威校證,中華書局二〇〇一年
《太平御覽》,［宋］李昉撰,夏劍秋等校點,河北教育出版社一九九四年
《册府元龜》,［宋］王欽若撰,文津閣《四庫全書》,商務印書館二〇〇六年
《困學紀聞》,［宋］王應麟撰,上海古籍出版社二〇〇八年
《文章正宗》,［宋］真德秀撰,文津閣《四庫全書》,商務印書館二〇〇六年
《唐文粹》,［宋］姚鉉纂,《四部叢刊》初編,商務印書館一九二九年
《樂府詩集》,［宋］郭茂倩撰,中華書局一九七九年
《吴都文粹》,［宋］鄭虎臣撰,文津閣《四庫全書》,商務印書館二〇〇六年
《説郛》,［元］陶宗儀撰,上海古籍出版社二〇一二年
《古賦辯體》,［元］祝堯撰,文津閣《四庫全書》,商務印書館二〇〇六年
《文章辨體彙選》,［明］賀復徵撰,文津閣《四庫全書》,商務印書館二〇〇六年
《古樂苑》,［明］梅鼎祚撰,文津閣《四庫全書》,商務印書館二〇〇六年
《古詩歸》,［明］鍾惺、譚元春撰,《四庫全書存目叢書》,齊魯書社一九九七年
《古詩解》,［明］唐汝諤撰,《四庫全書存目叢書》,齊魯書社一九九七年
《四六法海》,［明］王志堅編選,文津閣《四庫全書》,商務印書館二〇〇六年

《全唐文》，[清]董誥等編，中華書局一九八三年
《歷代賦匯》，[清]陳元龍輯，許結校訂，鳳凰出版社二〇一八年
《古文雅正》，[清]蔡世遠撰，文津閣《四庫全書》，商務印書館二〇〇六年
《全晉文》，[清]嚴可均輯，商務印書館一九九九年
《古詩源》，[清]沈德潛撰，中華書局二〇〇六年
《古詩評選》，[清]王夫之撰，張國星校點，文化藝術出版社一九九七年
《采菽堂古詩選》，[清]陳祚明撰，李金松校點，上海古籍出版社二〇〇八年
《六朝選詩定論》，[清]吴淇撰，汪俊等點校，廣陵書社二〇〇九年
《古詩賞析》，[清]張玉穀撰，許逸民校點，上海古籍出版社二〇〇〇年
《古詩箋》，[清]王士禛选，聞人倓箋，上海古籍出版社二〇一〇年
《四庫全書考證》，王太岳等撰，文津閣《四庫全書》，商務印書館二〇〇六年
《四庫全書總目》，[清]永瑢、紀昀主編，中華書局一九六五年
《續修四庫全書總目提要》，羅琳整理，天津古籍出版社二〇一九年
《玉函山房輯佚書》，[清]馬國翰輯，廣陵書社二〇〇四年
《玉函山房輯佚書續編三種》，[清]王仁俊輯，上海古籍出版社一九八九年
《漢魏六朝集部珍本叢刊》，劉躍進主編，國家圖書館出版社二〇一九年

* *

《司馬相如集校注》，[漢]司馬相如撰，金國永校注，上海古籍出版社二〇一五年

《蔡中郎文集》，[漢]蔡邕撰，《四部叢刊》初編，商務印書館一九二九年

《曹操集》（解讀），[漢]曹操撰，劉運好解讀，國家圖書館出版社二〇二一年

《建安七子集校注》，[漢]孔融等撰，吴雲主編，天津古籍出版社一九九一年

《建安七子詩箋注》，[漢]孔融等撰，郁賢皓、張采民注，巴蜀書社一九九〇年

《魏文帝集》，[三國·魏]曹丕撰，《漢魏六朝百三家集》，文津閣《四庫全書》，商務印書館二〇〇六年

《曹植集校注》，[三國·魏]曹植撰，趙幼文校注，人民文學出版社一九九八年

《嵇康集校注》，[三國·魏]嵇康撰，戴明揚校注，中華書局二〇一四年

《阮籍集校注》，[三國·魏]阮籍撰，陳伯君校注，中華書局一九八七年

《潘岳集校注》，[晉]潘岳撰，董志廣校注，天津古籍出版社二〇〇五年

《陶淵明集》，[南朝·宋]陶淵明著，逯欽立校注，中華書局二〇一八年

《江文通文集彙注》，[南朝·宋]江淹撰，[明]胡之驥注，中華書局一九八四年

《鮑參軍集注》，[南朝·宋]鮑照撰，錢仲聯校注，上海古籍出版社一九八〇年

《謝宣城集校注》，[南朝·齊]謝朓撰，曹融南校注，上海古籍出版社一九九一年

《昭明太子集》，[南朝·梁]蕭統撰，《四部叢刊》初編，商務印書館一九二九年
《徐孝穆集》，[南朝·陳]徐陵撰，《四部叢刊》初編，商務印書館一九二九年
《庾子山集注》，[北周]庾信撰，[清]倪璠注，許逸民校點，中華書局一九八〇年
《東皋子集》，[唐]王績撰，《四部叢刊》初編，商務印書館一九二九年
《王子安集》，[唐]王勃撰，《四部叢刊》初編，商務印書館一九二九年
《楊盈川集》，[唐]楊炯撰，《四部叢刊》初編，商務印書館一九二九年
《幽憂子集》，[唐]盧照鄰撰，《四部叢刊》初編，商務印書館一九二九年
《駱賓王文集》，[唐]駱賓王撰，《四部叢刊》初編，商務印書館一九二九年
《陳伯玉文集》，[唐]陳子昂撰，《四部叢刊》初編，商務印書館一九二九年
《張説之文集》，[唐]張説撰，《四部叢刊》初編，商務印書館一九二九年
《唐丞相曲江張先生文集》，[唐]張九齡撰，《四部叢刊》初編，商務印書館一九二九年
《分類補注李太白詩》，[唐]李白撰，[明]楊齊賢、蕭士贇等注，《四部叢刊》初編，商務印書館一九二九年
《分門集注杜工部詩》，[唐]韓愈、元稹等注，《四部叢刊》初編，商務印書館一九二九年
《顏魯公集》，[唐]顏真卿撰，文津閣《四庫全書》，商務印書館二〇〇六年
《白氏長慶集》，[唐]白居易撰，文津閣《四庫全書》，商務印書館二〇〇六年

《唐柳先生集》，［唐］柳宗元撰，《四部叢刊》初編，商務印書館一九二九年

《歐陽行周文集》，［唐］歐陽行周，文津閣《四庫全書》，商務印書館二〇〇六年

《毗陵集》，［唐］獨孤及，《四部叢刊》初編，商務印書館一九二九年

《皎然集》，［唐］釋皎然撰，《四部叢刊》初編，商務印書館一九二九年

《杼山集》，［唐］釋皎然撰，文津閣《四庫全書》，商務印書館二〇〇六年

《小畜外集》，［宋］王禹偁撰，《四部叢刊》初編，商務印書館一九二九年

《集注分類東坡先生詩》，［宋］蘇軾撰，［宋］王十朋集注，《四部叢刊》初編，商務印書館一九二九年

《雞肋集》，［宋］晁無咎撰，《四部叢刊》初編，商務印書館一九二九年

《松隱集》，［宋］曹勛撰，文津閣《四庫全書》，商務印書館二〇〇六年

《朱文公文集》，［宋］朱熹撰，《四部叢刊》初編，商務印書館一九二九年

《後村先生大全集》，［宋］劉克莊撰，《四部叢刊》初編，商務印書館一九二九年

《芸庵類稿》，［宋］李洪，文津閣《四庫全書》，商務印書館二〇〇六年

《滹南遺老集》，［金］王若虚撰，文津閣《四庫全書》，商務印書館二〇〇六年

《遜志齋集》，［明］方孝孺撰，《四部叢刊》初編，商務印書館一九二九年

《清江貝先生文集》，［明］貝廷臣撰，《四部叢刊》初編，商務印書館一九二九年

《弇州四部稿》，［明］明王世貞撰，文津閣《四庫全書》，商務印書館二〇〇六年
《王忠文集》，［明］王禕撰，文津閣《四庫全書》，商務印書館二〇〇六年
《少室山房筆叢正集》，［明］胡應麟撰，《四部叢刊》初編，商務印書館一九二九年
《西村集》，［明］史鑑撰，文津閣《四庫全書》，商務印書館二〇〇六年
《沙溪集》，［明］孫緒撰，文津閣《四庫全書》，商務印書館二〇〇六年
《儼山外集》，［明］陸深撰，文津閣《四庫全書》，商務印書館二〇〇六年
《牧齋有學集》，［清］錢謙益撰，《四部叢刊》初編，商務印書館一九二九年
《梅村家藏藁》，［清］吴偉業撰，《四部叢刊》初編，商務印書館一九二九年
《管城碩記》，［清］徐文靖撰，文津閣《四庫全書》，商務印書館二〇〇六年
《二希堂文集》，［清］蔡世遠撰，文津閣《四庫全書》，商務印書館二〇〇六年
《潛研堂文集》，［清］錢大昕撰，《四部叢刊》初編，商務印書館一九二九年
《洪北江詩文集》，［清］洪亮吉撰，文津閣《四庫全書》，商務印書館二〇〇六年
《揅經室四集》，［清］阮元撰，《四部叢刊》初編，商務印書館一九二九年
《揅經室集三集》，［清］阮元撰，《四部叢刊》初編，商務印書館一九二九年
《茗柯文初編》，［清］張惠言撰，《四部叢刊》初編，商務印書館一九二九年
《兼濟堂文集》，［清］魏裔介撰，《四部叢刊》初編，商務印書館一九二九年

《陳迦陵文集》,[清]陳維崧撰,《四部叢刊》初編,商務印書館一九二九年
《曾文正公文集》,[清]曾國藩撰,《四部叢刊》初編,商務印書館一九二九年

＊　＊

《文心雕龍注》,[南朝·梁]劉勰撰,范文瀾注,人民文學出版社二〇〇六年
《詩品集注》(增訂本),[南朝·梁]鍾嶸撰,曹旭集注,上海古籍出版社二〇一一年
《河岳英靈集》,[唐]殷璠編選,《唐人選唐詩》十種,上册,上海古籍出版社一九七八年
《文鏡祕府論》,[日]遍照金剛著,周維德校點,人民文學出版社一九八〇年
《黄庭堅詩話》,[宋] 黄庭堅撰,《宋詩話全編》,鳳凰出版社二〇〇六年
《計有功詩話》,[宋]計有功撰,《宋詩話全編》,鳳凰出版社二〇〇六年
《優古堂詩話》,[宋]吴幵撰,《宋詩話全編》,鳳凰出版社二〇〇六年
《後村詩話,》[宋]劉克莊撰,《宋詩話全編》,鳳凰出版社二〇〇六年
《王正德詩話》,[宋]王正德撰,《宋詩話全編》,鳳凰出版社二〇〇六年
《滄浪詩話》,[宋]嚴羽撰,《宋詩話全編》,鳳凰出版社二〇〇六年
《詩人玉屑》,[宋]魏慶之撰,《宋詩話全編》,鳳凰出版社二〇〇六年
《王觀國詩話》,[宋]王觀國撰,《宋詩話全編》,鳳凰出版社二〇〇六年
《詩話總龜》,[宋]阮閲撰,人民文學出版社一九八七年

《談藝録》,[明]徐禎卿撰,《全明詩話》,齊魯書社二〇〇五年
《儼山詩話》,[明]陸深撰,《全明詩話》,齊魯書社二〇〇五年
《頤山詩話》,[明]安磐撰,《全明詩話》,齊魯書社二〇〇五年
《升庵詩話》,[明]楊慎撰,《全明詩話》,齊魯書社二〇〇五年
《唐詩品》,[明]徐獻忠撰,《全明詩話》,齊魯書社二〇〇五年
《四溟詩話》,[明]謝榛撰,《全明詩話》,齊魯書社二〇〇五年
《解頤新語》,[明]皇甫汸撰,《全明詩話》,齊魯書社二〇〇五年
《元朗詩話》,[明]何良俊撰,《全明詩話》,齊魯書社二〇〇五年
《詩體明辨》,[明]徐師曾撰,《全明詩話》,齊魯書社二〇〇五年
《香宇詩談》,[明]田藝蘅撰,《全明詩話》,齊魯書社二〇〇五年
《冰川詩式》,[明]梁橋撰,《全明詩話》,齊魯書社二〇〇五年
《説詩》,[明]譚浚撰,《全明詩話》,齊魯書社二〇〇五年
《藝苑卮言》,[明]王世貞撰,《全明詩話》,齊魯書社二〇〇五年
《欣賞詩法》,[明]茅一相撰,《全明詩話》,齊魯書社二〇〇五年
《藝圃擷餘》,[明]王世懋撰,《全明詩話》,齊魯書社二〇〇五年
《讀詩拙言》,[明]陳第撰,《全明詩話》,齊魯書社二〇〇五年

《騷壇秘語》,[明]周履靖撰,《全明詩話》,齊魯書社二〇〇五年
《獨鑒録》,[明]穀齋主人撰,《全明詩話》,齊魯書社二〇〇五年
《詩藪》,[明]胡應麟撰,《全明詩話》,齊魯書社二〇〇五年
《雪濤小書詩評》,[明]江盈科撰,《全明詩話》,齊魯書社二〇〇五年
《藝圃傖談》,[明]郝敬撰,《全明詩話》,齊魯書社二〇〇五年
《藝藪談宗》,[明]周子文撰,《全明詩話》,齊魯書社二〇〇五年
《詩學雜言》,[明]陳繼儒撰,《全明詩話》,齊魯書社二〇〇五年
《冷邸小言》,[明]鄧雲霄撰,《全明詩話》,齊魯書社二〇〇五年
《小草齋詩話》,[明]謝肇淛撰,《全明詩話》,齊魯書社二〇〇五年
《唐音癸籤》,[明]胡震亨撰,《全明詩話》,齊魯書社二〇〇五年
《説詩補遺》,[明]馮復京撰,《全明詩話》,齊魯書社二〇〇五年
《雅倫》,[明]費經虞撰,《全明詩話》,齊魯書社二〇〇五年
《詞府靈蛇二集》,[明]鍾惺撰,《全明詩話》,齊魯書社二〇〇五年
《詩鏡總論》,[明]陸時雍撰,《全明詩話》,齊魯書社二〇〇五年
《石室談詩》,[明]趙士喆撰,《全明詩話》,齊魯書社二〇〇五年
《詩源辨體》,[明]許學夷撰,人民文學出版社一九九八年

《歷代詩話》，[清]吴景旭撰，陳衛平、徐傑校點，京華出版社一九九八年
《鈍吟雜録》，[清]馮班撰，《清詩話》，上海古籍出版社一九九九年
《師友詩傳録》，[清]王士禛撰，《清詩話》，上海古籍出版社一九九九年
《貞一齋詩説》，[清]李重華撰，《清詩話》，上海古籍出版社一九九九年
《原詩》，[清]葉燮撰，《清詩話》，上海古籍出版社一九九九年
《説詩晬語》，[清]沈德潛撰，《清詩話》，上海古籍出版社一九九九年
《詩學纂聞》，[清]汪師韓撰，《清詩話》，上海古籍出版社一九九九年
《峴傭説詩》，[清]施補華撰，《清詩話》，上海古籍出版社一九九九年
《抱真堂詩話》，[清]宋徵璧撰，《清詩話續編》，上海古籍出版社一九八三年
《詩辯坻》，[清]毛先舒撰，《清詩話續編》，上海古籍出版社一九八三年
《詩筏》，[清]賀貽孫撰，《清詩話續編》，上海古籍出版社一九八三年
《圍爐詩話》，[清]吴喬撰，《清詩話續編》，上海古籍出版社一九八三年
《龍性堂詩話初集》，[清]葉矯然撰，《清詩話續編》，上海古籍出版社一九八三年
《古歡堂集雜著》，[清]田雯撰，《清詩話續編》，上海古籍出版社一九八三年
《小瀨草堂雜論詩》，[清]牟願相撰，《清詩話續編》，上海古籍出版社一九八三年
《國朝詩話》，[清]楊際昌撰，《清詩話續編》，上海古籍出版社一九八三年

《劍谿説詩》,[清]喬億撰,《清詩話續編》,上海古籍出版社一九八三年
《詩學源流考》,[清]魯九皋撰,《清詩話續編》,上海古籍出版社一九八三年
《雨村詩話》,[清]李調元撰,《清詩話續編》,上海古籍出版社一九八三年
《葚原詩説》,[清]冒春榮撰,《清詩話續編》,上海古籍出版社一九八三年
《静居緒言》,[清]闕名撰,《清詩話續編》,上海古籍出版社一九八三年
《養一齋詩話》,[清]潘德輿撰,《清詩話續編》,上海古籍出版社一九八三年
《小清華園詩談》,[清]王壽昌撰,《清詩話續編》,上海古籍出版社一九八三年
《竹林答問》,[清]陳僅撰,《清詩話續編》,上海古籍出版社一九八三年
《白華山人詩説》,[清]厲志撰,《清詩話續編》,上海古籍出版社一九八三年
《筱園詩話》,[清]朱庭珍撰,《清詩話續編》,上海古籍出版社一九八三年
《池北偶談》,[清]王士禛撰,中華書局一九九七年
《隨園詩話》,[清]袁枚撰,顧學頡校點,人民文學出版社一九八二年
《昭昧詹言》,[清]方東樹撰,人民文學出版社一九六一年
《藝概》,[清]劉熙載撰,王國安校點,上海古籍出版社一九七八年
《文學研究法》,姚永朴撰,《歷代文話》,復旦大學出版社二〇〇七年
《古文詞通義》,王葆心撰,《歷代文話》,復旦大學出版社二〇〇七年

《六朝麗指》，孫德謙撰，《歷代文話》，復旦大學出版社二〇〇七年
《漢文典·文章典》，來裕恂撰，《歷代文話》，復旦大學出版社二〇〇七年
《漢魏六朝專家研究》，劉師培撰，《歷代文話》，復旦大學出版社二〇〇七年